थाती

विश्व क्लासिक शृंखला

अपराध और दंड

उपन्यास

विश्व क्लासिक शृंखला की पुस्तकें

देनी दिदेरो	रामो का भतीजा
ओनोरे द बाल्ज़ाक	किसान
अप्टन सिंक्लेयर	जंगल
वी. एन. वोलोशिनोव	मार्क्सवाद और भाषा का दर्शन
जॉन स्टुअर्ट मिल	स्त्रियों की पराधीनता
गे द मोपासां	मोपासां की संकलित कहानियाँ
गिओर्गी प्लेखानोव	कला के सामाजिक उद्गम
सिंक्लेयर लुइस	ऐरोस्मिथ
स्ताधाल	सुर्ख़ और स्याह
जैक लण्डन	जिंदगी से प्यार और अय कहानियाँ
मेरी वोल्सटनक्राफ़्ट	स्त्री-अधिकारों का औचित्य-साधन
मिखाइल शोलोख़ोव	धीरे बहे दोन रे... (दो खंड)
अलेक्साद्र फ़देयेव	पराजय
शराफ़ रशीदोव	विजेता
शराफ़ रशीदोव	तूफान झुका सकता नहीं
कोस्तातिन फ़ेदिन	पहली उमंगें
कोस्तातिन फ़ेदिन	आग्नेय वर्ष
लेव तोल्स्तोय	क्रूज़र सोनाटा
लेव तोल्स्तोय	आना कारेनिना (दो खंड)
लेव तोल्स्तोय	पुनरुथान
कैथरीन मैसफील्ड	गार्डन पार्टी और अन्य कहानियाँ
फ्योदोर दोस्तोयेव्स्की	बौड़म
फ्योदोर दोस्तोयेव्स्की	अपराध और दंड
रसूल हमजातोव	मेरा दागिस्तान
निकोलाई चेर्नीशेव्स्की	क्या करें
देनी दिदेरो	दालम्बेर का सपना
कामीलो खोसे सेला	पास्कुआल दुआर्ते का परिवार
एमील जोला	उम्मीद है, आएगा वह दिन
टॉमस हार्डी	कोलाहल से दूर

अपराध और दंड

फ़्योदोर दोस्तोयेव्स्की

अनुवाद
मुनीश सक्सेना

ISBN : 978-81-267-1391-2

मूल्य : ₹499

इस रूप में पहली बार : 2007

दूसरा संस्करण : 2026

प्रकाशक : राजकमल प्रकाशन प्रा.लि.
1-बी, नेताजी सुभाष मार्ग, दरियागंज
नई दिल्ली-110 002

शाखाएँ : अशोक राजपथ, साइंस कॉलेज के सामने, पटना-800 006
पहली मंजिल, दरबारी बिल्डिंग, महात्मा गांधी मार्ग, प्रयागराज-211 001
1, अनमोल सोराबजी संतुक लेन, धोबी तलाव, मरीन लाइंस, मुम्बई-400 002

वेबसाइट : www.rajkamalprakashan.com
ई-मेल : info@rajkamalprakashan.com

चयन : रामबाबू

संयोजन : हरीश आनन्द

मुद्रक : बी.के. ऑफसेट
नवीन शाहदरा, दिल्ली.110 032

APRADH AUR DAND
Novel by Dostoyevsky F.
Translated by Munish Saxena

इस श्रृंखला के बारे में

थाती विश्व की उन सुप्रसिद्ध कृतियों के हिन्दी अनुवादों की श्रृंखला है, जो पहले कभी प्रकाशित हुए थे, और अब जिन्हें या तो भुलाया जा चुका है या फिर वे नये पाठकों के लिए दुर्लभ हो गये हैं।

इस तरह, यह श्रृंखला स्मारण का, याददिहानी (रिमाइण्डिंग) का, एक जरूरी उपक्रम है।

राष्ट्रीय स्वातंत्र्य-संघर्ष के दौरान हमारे यशस्वी पूर्वजों ने राष्ट्रीय जागरण का सर्जनात्मक साहित्य रचने के साथ ही विश्व-साहित्य की महान कृतियों से हिन्दी संसार को परिचित कराने की शुरुआत की। उनकी राष्ट्रीय चेतना अन्तर्मुख-आत्मकेन्द्रित नहीं थी। उदग्र विकास के लिए क्षैतिज विस्तार जरूरी है, यह वे समझते थे। भारतीय राष्ट्रीय चेतना के ऊर्ध्वमुखी विकास के लिए उन्होंने उसे बहिर्मुख बनाना—विश्वोन्मुख बनाना, जरूरी समझा। औपनिवेशिक पराधीनता के काल में ही, हिन्दी पाठक **डिकेन्स, जोला, तोल्स्तोय, अनातोल फ्रांस, रोम्याँ रोलाँ, स्टीनबेक, चेखक, गोर्की, हावर्ड फास्ट** आदि-आदि से परिचित हो चुके थे। कमोबेश गत शती के छठे दशक तक, यानी जब तक स्वाधीनता-संघर्ष से जन्मी ऊष्मा, ऊर्जा, स्वप्न और आशाएं किसी सीमा तक बची हुई थीं, यह सिलसिला जारी रहा। बाद के दौरे में, यह सिलसिला क्रमशः कमजोर पड़ता चला गया। छिटफुट कुछ अच्छी कृतियों के अच्छे अनुवाद आये। पर ज्यादातर, अच्छी कृतियों के चलताऊ, घटिया और मनमाने ढंग से सम्पादित-संक्षेपित अनुवाद ही प्रकाशित होते रहे। बाजार की दृष्टि से कुछ चर्चित समकालीन कृतियों के भी अनुवाद हुए, जो प्रायः स्तरीय नहीं थे। विशेषकर, विगत शताब्दी के अन्तिम दो दशकों के दौरान साहित्यिक अभिरुचि का जो संकुचन और बाजारीकरण हुआ, उसके चलते विश्व-क्लासिकी के आम हिन्दी पाठकों की संख्या में काफी गिरावट आयी। ऐसा नहीं है कि हिन्दी का नया पाठक श्रेष्ठ विश्व-साहित्य नहीं पढ़ना चाहता। यह एक मिथ्याभास है जो बाजार-तंत्र और उसके सहोदर प्रचार-तंत्र (विशेषकर इलेक्ट्रॉनिक मीडिया और प्रिण्ट मीडिया का नया अवतार) की माया है।

यह एक अकाट्य सत्य है कि भूतपूर्व समाजवादी देशों के प्रकाशनों—विशेषकर सोवियत संघ के प्रकाशन संस्थानों (विदेशी भाषा प्रकाशन गृह/प्रगति प्रकाशन/रादुगा प्रकाशन आदि) ने भी विश्व-क्लासिकी और क्रान्तिकारी साहित्य से हिन्दी पाठकों को परिचित कराने में कभी अत्यन्त महत्वपूर्ण भूमिका निभायी थी। इन देशों में समाजवाद से विचलन जब विपथगमन बन चुका था, विकृतियाँ रंग ला चुकी थीं और 1990 के दशक में सामने आने वाला भवितव्य निश्चित हो चुका था, तब भी, स्तरीय साहित्य के हिन्दी अनुवादों के प्रकाशन का सिलसिला जारी था। पूर्वी यूरोप और सोवियत संघ में व्यवस्था-परिवर्तन और सोवियत संघ के विघटन के बाद यह प्रक्रिया रुक गयी।

आज स्थिति यह है कि हिन्दी के जिन युवा पाठकों ने विगत दस-पन्द्रह वर्षों के भीतर होश सम्भाला है, वे **गोर्की, तुर्गनेव, पुश्किन, तोल्स्तोय, दोस्तोयेव्स्की, चेखव** आदि के महान कृतित्व से

भी लगभग अपरिचित हैं। यूँ कहें कि उनसे उनकी जान-पहचान करवाने वाले सूत्र ही विलुप्त हो गये हैं। बहुतेरे तो जानते भी नहीं कि इन महान रचनाकारों की बहुतेरी रचनाओं के हिन्दी अनुवाद पहले कभी हो चुके हैं। हमारी हिन्दी-पट्टी के सार्वजनिक पुस्तकालयों—इनमें सरकारी, गैर-सरकारी और विश्वविद्यालयों के पुस्तकालय, सभी शामिल हैं—की दुर्दशा सर्वज्ञात है। 1990 के बाद कई प्रगतिशील और साहित्यिक अभिरुचि वाले बुजुर्गों ने, निराशा और मोहभंग की फ़ौरी मनःस्थिति में अपने निजी पुस्तकालय भी कबाड़ी को बेच डाले। जिन्होने ऐसा नहीं किया, उनमें से कइयों के उत्तराधिकारी इस काम को अंजाम दे रहे हैं।

इस स्थिति में, हमें यह जरूरी लगा कि दुनिया की जिन चर्चित और महान कृतियों के अनुवाद स्वाधीनता संघर्ष के जमाने से लेकर छठे दशक तक, हिन्दी के प्रतिष्ठित साहित्यकारों ने किये थे और भूतपूर्व समाजवादी देशों से विश्व-क्लासिकी कृतियों तथा महत्वपूर्ण क्रान्तिकारी साहित्य के जो अनुवाद प्रकाशित हुए थे, उनमें से चुनी हुई पुस्तकों को पुनर्प्रकाशित किया जाये।

जाहिरा तौर पर, हमारा यह उपक्रम विश्व-साहित्य की हिन्दी में प्रस्तुति की दृष्टि से संतोषजनक नहीं कहा जा सकता। पहले हुए अनुवादों की संख्या यूँ भी कम ही है। यदि सिर्फ आधुनिक विश्व इतिहास की चुनी हुई श्रेष्ठतम कृतियों की एक सूची तैयार की जाये तो वह हजार की संख्या पार कर जायेगी। अतः तय है कि हिन्दी की समृद्धि के लिए अनुवाद की नई महत्वाकांक्षी परियोजनाओं की जरूरत है। वैसे भी, पहले हो चुके अनुवादों में से कइयों की भाषा आज की हिन्दी के मिजाज से मेल नहीं खाती। कुछ अनुवाद भी सन्तोषजनक नहीं है। इसलिए, हम पुराने अनुवादों में से चुनींदा कृतियों का ही पुनर्प्रकाशन करेंगे। साथ ही, जैसा कि हमने पहले ही कहा है, हमारी कोशिश हिन्दी के साहित्येतिहास के कुछ विस्मृतप्राय पन्नों से युवा पाठकों को परिचित कराने की है। जो नया करना है, उसकी पृष्ठभूमि में हमारी थाती है। उसे जानना जरूरी है।

नये पाठकों की सुविधा के लिए हर अनुवाद के साथ कृति और कृतिकार से संक्षिप्त परिचय कराने वाली एक प्रस्तावना हम अपनी ओर से देंगे।

हिन्दी पाठकों की साहित्यिक अभिरुचि में हमारी निष्ठा असंदिग्ध है। स्तरीय विश्व-साहित्य को जन-जन तक पहुँचाना हिन्दी भाषा और हिन्दी भाषी समाज की प्रगति की एक आवश्यकता है और नये सांस्कृतिक प्रबोधन का एक कार्यभार है, हमारी यह मान्यता अविचल है। हिन्दी के पाठक इस नयी पहल का स्वागत करेंगे, हमारा यह विश्वास दृढ़ है।

—सम्पादक

दोस्तोयेव्स्की : भविष्य का समकालीन, सत्यान्वेषी रक्तस्नात हृदय

बहुत कम ऐसे लेखक हैं, जिनके कृतित्व के बारे में, हर समय में, आलोचकों ने उससे अधिक परस्पर-विरोधी दृष्टिकोण और व्याख्याएँ प्रस्तुत की होंगी जितना कि दोस्तोयेव्स्की के कृतित्व के बारे में। लेकिन यह भी सच है कि ऐसे लेखक भी इने-गिने ही हैं जिनकी कृतियों ने पूरी दुनिया में दोस्तोयेव्स्की के बराबर गहन दिलचस्पी पैदा की हो। सब कुछ के बावजूद, जो सच्चाई लगभग निर्विवाद है, वह यह कि फ्योदोर दोस्तोयेव्स्की न केवल उन्नीसवीं शताब्दी के क्रान्तिकारी जनवादी, मानवतावादी और यथार्थवादी रूसी साहित्य के नक्षत्रमण्डल का एक ऐसा सितारा थे, जिसकी अपनी अलग और अनूठी चमक थी, बल्कि समूचे विश्व साहित्य के फलक पर उनकी गणना शेक्सपियर, रैबिले, दांते, गोएठे, बाल्ज़ाक और तोल्स्तोय के साथ की जाती है।

दोस्तोयेव्स्की ने अपने समय के निरंकुश शासन और सामाजिक संरचना में जी रहे आम रूसी लोगों के दारुण यंत्रणाभरे जीवन और निरन्तर आत्मा पर बोझ डालने वाले विमानवीकारी परिवेश को, उनके अवसादों, घुटन और खण्डित स्वप्नों को, पुरातन मंथरता की पीड़ा को और साथ ही पूँजीवादी संक्रमण के साथ-साथ जारी सामाजिकता एवं व्यक्तित्व के विघटन को अपनी रचनाओं का विषय बनाया। अपने दिक्काल के यथार्थ के कलात्मक पुनर्सृजन के लिए उन्होंने जो प्रविधि अपनायी, वह पात्रों के मनोजगत के संश्लिष्ट बहुपरती द्वन्द्वों में गहरे, और गहरे उतरते जाने की प्रविधि थी। ऐसा दोस्तोयेव्स्की के पहले किसी ने नहीं किया था। महान फ्रांसीसी उपन्यासकार स्तान्धाल को इस मायने में 'मनोवैज्ञानिक यथार्थवाद' का प्रवर्तक कहा जाता है कि उसके पहले के यथार्थवादी लेखक सामाजिक जीवन के द्वन्द्वों का विशुद्ध वस्तुगत चित्र उपस्थित करते हुए आत्मिक जीवन की लगभग अनदेखी कर देते थे। दोस्तोयेव्स्की ने मनोजगत की द्वन्द्वात्मकता को उद्घाटित करने की ऐसी पद्धति ईजाद की जो सामाजिक ढाँचे की विरूपता-कुरूपता और उनके शिकार आम लोगों की त्रासदी को भी आँखों में चुभते जलते-दहकते ऐसे दार्शनिक-ऐतिहासिक प्रश्नचिन्हों में ढाल देती थी, जिनका उत्तर स्वयं दोस्तोयेव्स्की की पास भी नहीं था और उनका समूचा सर्जनात्मक जीवन इन्हीं प्रचण्ड प्रश्नों से एक निरन्तर मुठभेड़ बनकर रह गया। समाधान की खोज दोस्तोयेव्स्की को कभी यीशू और ईसाइयत का शरणागत बनाती है तो कभी वह कला और सौन्दर्य से ही धर्म का लक्ष्य साधना चाहते हैं, अराजकतावादी क्रान्तिकारियों की सर्वनिषेधवादी सोच और वैचारिक स्खलन उन्हें एक स्तर पर राजतंत्रवादी अवस्थिति पर पहुँचाती है तो दूसरी ओर निरंकुश तंत्र और अभिजातवर्गीय विशेषाधिकारों की कुत्सित परिणतियों को चित्रित करते हुए वह क्रान्तिकारी जनवादी अवस्थिति के निकट दीखने लगते हैं, कहीं वह आम जनों की त्रासद नियति को गहन नैराश्य के साथ स्वीकारते से दीखते हैं तो कहीं मानवजाति के भविष्य में गहन आस्था प्रकट करते हुए, नैसर्गिकता और सौन्दर्य की

सत्ता की स्थापना की उत्कट लालसा प्रकट करते हैं और एक नयी शुरुआत की आतुरता से ओतप्रोत प्रतीत होते हैं। दोस्तोयेव्स्की की जीवनदृष्टि के इन्हीं असमाधेय युगीन अन्तरविरोधों के चलते उनके उपन्यासों की संरचना बहुस्तरीय (पॉलीफोनिक) हो जाती है। प्रायः इन अन्तरविरोधों और द्वन्द्वों को दोस्तोयेव्स्की सामान्यीकृत करते हैं और तब उनका दार्शनिक विमर्श ऐसा सार्वभौमिक और सार्वकालिक स्वरूप ग्रहण कर लेता है कि उनकी कृतियों में चित्रित आम लोगों के जीवन की यंत्रणाएँ और त्रासदियाँ समूचे वर्ग-समाज में, आम लोगों के जीवन की यंत्रणाओं और त्रासदियों का सामान्य और प्रातिनिधिक निरूपण बन जाती हैं। यही वह मूलभूत कारण है कि दोस्तोयेव्स्की के दार्शनिक और सौन्दर्यशास्त्रीय चिन्तन ने समूची बीसवीं शताब्दी के साहित्य को गहराई से प्रभावित किया। दोस्तोयेव्स्की हर दौर में, किसी न किसी रूप में, चर्चा और विवाद के केन्द्र में रहे। उनके जीवनकाल में उनके कृतित्व को, उसके मूल सन्देश को बहुत कम ही समझा गया। लेकिन समय बीतने के साथ ही उनकी प्रासंगिकता भी बढ़ती चली गयी।

ऐसा लगता है कि दोस्तोयेव्स्की को भी इस विडम्बना का अहसास था और भविष्य का आत्मविश्वासपूर्ण पूर्वाभास भी, तभी तो उन्होंने लिखा था : "यद्यपि आज के रूसी लोगों के लिए मैं अपरिचित हूँ, लेकिन आने वाले कल के रूसी लोग मुझे जानेंगे।" और शायद इसीलिए मक्सिम गोर्की की उत्तरवर्ती पीढ़ी के अग्रणी समाजवादी यथार्थवादी लेखक कोन्स्तान्तिन फेदिन ने दोस्तोयेव्स्की को "भविष्य का समकालीन" कहा था।

दोस्तोयेव्स्की की ऐतिहासिक महत्ता के बारे में कोन्स्तान्तिन फेदिन के विचारों को यहाँ कुछ विस्तार से रखने का लोभ संवरण कर पाना कदाचित कठिन है। दोस्तोयेव्स्की की डेढ़ सौवीं जयन्ती (11 नवम्बर, 1971) के अवसर पर आयोजित समारोह के उद्‌घाटन भाषण में फेदिन ने कहा था :

"पिछली शताब्दी में हमारी संस्कृति विश्व मंच पर पहुँच गयी। वह अपनी शब्द-शक्ति, मानव और मानवजाति के सम्मुख अपने गहन उत्तरदायित्व, सामाजिक और नैतिक समस्याओं के समाधानों की साहसिक खोज के फलस्वरूप ऐसा कर पायी।

"इसलिए रूसी लेखक सार्वजनिक कार्यकर्ता और दार्शनिक भी बन गया, क्योंकि वह पूरी तरह से अपनी जनता का अंग रहते हुए विश्व-संस्कृति का अंग हो गया और अपने समय का प्रतिनिधि होते हुए भविष्य का समकालीन बन गया।

"साहित्यकार की ऐसी उदात्त और गौरवमयी व्याख्या फ्योदोर मिखाइलोविच दोस्तोयेव्स्की पर भी सर्वथा लागू होती है जिन्होंने अपनी आत्मा और प्रतिभा को पूरी शक्ति से, विचार के पूर्ण प्रयास तथा अन्तरात्मा की वेदना से दुखद समय के जटिल और यातनाप्रद प्रश्नों की ओर ध्यान दिया। उस दुखद समय के प्रश्नों की ओर, जब दौलत, हिंसा और मानव द्वेष ने लोगों को निर्मम और अर्थहीन लक्ष्य – सत्ता के लिए लाभ, लाभ के लिए सत्ता–का साधन बना दिया था।

"दोस्तोयेव्स्की के कृतित्व ने तब यह कहा था और आज भी यह कहता है कि मानव की आत्मा विद्रोह करती है, वह मुक्ति मार्गों की खोज में छटपटाती है, कि क्रय-विक्रय का माल बनने को राजी होने के बजाय वह नष्ट हो जाना बेहतर मानेगी।

"दोस्तोयेव्स्की का कृतित्व एक उत्कट कलाकार की शाश्वत बेचैनी, अस्वीकार्य दुनिया के विरुद्ध उसकी आवाज, उसकी चुनौती को ही नहीं, बल्कि उसकी घबराहट, मार्ग खोजने की भूल-भटकन की यातनाओं, उन असंगतियों को भी व्यक्त करता है जिनका किसी एक व्यक्ति के लिए हल ढूँढ़ना सम्भव नहीं।

"दोस्तोयेव्स्की के समकालीन प्रसिद्ध कवि नेक्रासोव ने निकट आती क्रान्ति को ही अपने

समय की एकमात्र गतिशील शक्ति माना। दोस्तोयेव्स्की ने अपने समय की सीमा से मुक्त अन्तिम नैतिक आदर्शों की खोज करते हुए अपने युग से बहुत दूर तक झाँकने का प्रयास किया। स्पष्ट है कि ऐसे व्यापक प्रश्न का व्यावहारिक और कारगर उत्तर नहीं मिल सकता था। किन्तु मेधावी लेखक ने जिस यातनापूर्ण आवेश से इस प्रश्न को प्रस्तुत किया है, उसका आज भी महत्व बना हुआ है, जब अत्याचार और दौलत की दुनिया कायम है जिसमें मानव की आत्मा को रौंदा गया है, वह बुरी तरह से लहूलुहान है।"

फ्योदोर दोस्तोयेव्स्की का जन्म 11 नवम्बर 1821 को मास्को में हुआ था। उनके पिता मिखाईल अन्द्रेयेविच रूसी समाज की धार्मिक श्रेणी से सम्बन्ध रखते थे और मारीइन्स्काया के खैराती अस्पताल में डाक्टर थे। 1828 में उन्हें कुलीन की श्रेणी मिली और 1831-32 में उन्होंने तूला गुबेर्नियां में एक छोटी-सी जागीर खरीद ली। किसानों के साथ वह क्रूरता से पेश आते थे और उनके अपने भूदासों ने ही 1839 में उनकी हत्या कर डाली। दोस्तोयेव्स्की की माँ धार्मिक और काव्यमयी प्रकृति की महिला थीं। उनका देहान्त 1837 में हुआ।

दोस्तोयेव्स्की ने 1838 में भाई मिखाईल के साथ पीटर्सबर्ग के सैन्य इंजीनियरिंग स्कूल में दाखिला लिया। मिखाईल के साथ उनकी गहरी भावनात्मक घनिष्ठता थी जो बाद में पत्रकारिता के दौरान भी बनी रही। 1843 में पढ़ाई समाप्त करके वह सेना में नौकरी करने लगे, लेकिन धीरे-धीरे उन्हें दृढ़ विश्वास हो गया कि साहित्य-सृजन ही उनके जीवन का कार्यक्षेत्र है और फिर एक साल बाद ही, उन्होंने नौकरी छोड़ दी।

दोस्तोयेव्स्की के पहले लघु उपन्यास 'दरिद्र नारायण' (1845) ने ही उन्हें "नेचुरल स्कूल" नाम से ख्यात गोगोलीय प्रवृत्ति के जाने-माने यथार्थवादी लेखकों की कतार में स्थापित कर दिया। उनके समकालीन महान समालोचक बेलीन्स्की ने इस कृति का सोत्साह स्वागत करते हुए लिखा कि युवा लेखक ने रूसी साहित्य में पहली बार "छोटे व्यक्ति" के भाग्य को सामाजिक त्रासदी के रूप में अभिव्यक्ति दी है और अधिकारहीन तथा भूले-बिसरे व्यक्तित्व में गहन मानवीयता का उद्‌घाटन किया है। कुछ ही समय बाद 'रजत रातें' (1848) और 'नेतोच्का नेज़्नानोवा' (1849) नामक दो और लघु उपन्यास प्रकाशित हुए। इन कृतियों में पहली बार यथार्थवाद के वे विशिष्ट लक्षण उभरे जिन्होंने दोस्तोयेव्स्की को 'नेचुरल स्कूल' के तत्कालीन ख्यातिलब्ध लेखकों से अलग स्थान एवं पहचान प्रदान की। ये लक्षण थे : मनोवैज्ञानिक पक्षों की गहनता एवं सूक्ष्मता, मानवीय चेतना की अन्तर्निहित द्वैधता का विश्लेषण तथा पात्रों और परिस्थितियों की अनन्यता। बेलींस्की ने दोस्तोयेव्स्की की "प्रचण्ड सर्जनात्मक शक्ति" और अवधारणात्मकता की गहनता की मुक्त कण्ठ से प्रशंसा की, लेकिन साथ ही उन्होंने उनकी कृतियों के अतिकाल्पनिक स्वरूप एवं विन्यास की आलोचना भी की।

दोस्तोयेव्स्की का विश्व-दृष्टिकोण बेलींस्की के जनवादी और समाजवादी विचारों तथा फ्रांसीसी काल्पनिक समाजवादियों, विशेषकर शार्ल फूरिए के सिद्धान्तों के प्रभाव के अन्तर्गत निर्मित हुआ। 1847 से वह पाँचवे दशक के मुक्ति-आन्दोलन के एक प्रमुखतम कार्यकर्ता पेत्रोशेव्स्की के मण्डल में जाने लगे थे जहाँ समाजवाद की विभिन्न विचार-सरणियों के अध्ययन के साथ ही 1848 की फ्रांसीसी क्रान्ति के विचारों पर चिन्तन-मनन होता था। 1848 से ही दोस्तोयेव्स्की स्पेश्नेव और दूरोव के क्रान्तिकारी मण्डलों में भी सक्रिय भूमिका निभाने लगे थे। जाहिर है कि इन सामाजिक-दार्शनिक बौद्धिक वाद-विवादों और राजनीतिक सक्रियता ने लेखक

के मानस की निर्मिति पर गहरा प्रभाव छोड़ा और उनके उस दौर तक भावी कृतित्व पर भी उनकी प्रभाव-छायाएँ देखी जा सकती हैं जब दोस्तोयेव्स्की सचेतन तौर पर अपने सामाजिक-राजनीतिक विचारों में रूढ़िगामी बन चुके थे। पेत्रोशेव्स्की के मण्डल की बैठकों में गोगोल के नाम बेलींस्की का प्रतिबंधित पत्र दोस्तोयेव्स्की ने दो बार पढ़ा था। 23 अप्रैल, 1849 को मण्डल के अन्य सदस्यों के साथ दोस्तोयेव्स्की को भी गिरफ्तार करके पीटर-पाल के किले में बन्द कर दिया गया और मौत की सजा सुना दी गयी। फायरिंग स्क्वाड द्वारा गोली मार दिये जाने के बस कुछ ही क्षण पहले जार निकोलाई प्रथम के आदेशानुसार उनके मृत्युदण्ड को चार वर्ष (1850-1854) के निर्वासन और निर्वासन काल की समाप्ति के बाद साधारण सैनिक के रूप में सैन्य सेवा में बदल दिया गया।

दोस्तायेव्स्की के मिर्गी के दौरे पहले से ही आते थे। निर्वासन के कठोर श्रम के दिनों में बीमारी और अधिक गम्भीर हो गयी। 1859 में उन्हें साइबेरिया से पहले त्वेर और फिर पीटर्सबर्ग आने की अनुमति मिली। 'चाचा का सपना' (1859) और 'स्तेपान्चिको गाँव तथा उसके वासी' (1859) नाम उनके दो लघु उपन्यासों के प्रकाशन के दो वर्ष बाद 1861 में उनका प्रसिद्ध उपन्यास 'अपमानित और अवमानित' प्रकाशित हुआ। निर्वासन के बाद लिखी गयी उनकी प्रमुखतम रचना थी, 'मुर्दाघर की टिप्पणियाँ' (1861-62), जो निर्वासन काल के मारक श्रमसाध्य जीवन के अनुभवों पर आधारित थी और जिसमें आम आदमी के यातनामय जीवन के प्रामाणिक चित्रण के साथ ही भूदासता की प्रथा की तीव्र भर्त्सना की गयी थी। यह दोस्तोयेव्स्की की सर्वश्रेष्ठ रचनाओं में से एक थी। तुर्गनेव ने इसकी तुलना दांते की महान काव्यकृति 'इन्फर्नो' से की थी तथा हर्जेन ने इसे माइकेलएंजेलो के अमर चित्रकृति 'लास्ट जजमेण्ट' के समतुल्य प्रभावकारी बतलाया था।

1859-61 के सामाजिक उथल-पुथल के माहौल में और फिर क्रान्तिकारी आन्दोलन को कुचल दिये जाने के बाद के दौर में, दोस्तोयेव्स्की ने सार्वजनिक जीवन में सक्रिय भूमिका निभायी। इस दौरान साहित्यालोचक ग्रिगोरियेव और दार्शनिक स्त्राखोव के साथ उनकी गहरी दोस्ती बनी। 'व्रेमिना' ('समय') और 'एपोखा' (युग) नामक पत्रिकाओं का उन्होंने अपने भाई मिखाईल दोस्तोयेव्स्की के साथ मिलकर सम्पादन किया। उन्होंने रूस में भूदास प्रथा का विरोध करने के साथ ही पुराने कुलीन समाज के विघटन पर भी अफसोस जाहिर किया और शोषण की नयी, पूँजीवादी प्रणाली के उद्‌भव एवं विकास की आलोचना करते हुए तथाकथित 'पोच्वेनिचेस्त्वो' (सांस्कृतिक एवं राष्ट्रीय जड़ों की ओर वापसी के आन्दोलन) के सिद्धान्त का पुरजोर समर्थन किया। इसके साथ ही दोस्तोयेव्स्की का यह भी मानना था कि पश्चिमी यूरोप की क्रान्तियों की परिणति जिस तरह पूँजीवादी सामाजिक नियम-विधानों एवं व्यवहार की अमानवीयता के रूप में सामने आयी है, उससे रूस ऐतिहासिक विकास के अपने विशिष्ट मार्ग एवं प्रकृति के चलते बच सकता है। दोस्तायेव्स्की ने इस दौर के अपने चिन्तन में सारी उम्मीदें नैतिक अभ्युत्थान और जमीन से कटे हुए बुद्धिजीवियों के रूपान्तरण पर केन्द्रित कर रखी थीं। आगे चलकर इन आशाओं पर तुषारापात के बाद के गहन मोहभंग की मानसिकता उन्हें तमाम रैडिकल विचारों से चिढ़भरी विरक्ति और धार्मिक आदर्शों की ओर झुकाव की ओर ले गयी, लेकिन मानवीय पीड़ाओं के प्रति उनके संवेदनात्मक सरोकार एवं चिन्ताओं में कमी नहीं आयी तथा अन्ततोगत्वा मानवता के उज्ज्वल भविष्य में उनकी आस्था कभी भी विघटित नहीं हुई। दोस्तोयेव्स्की के वैचारिक-कलात्मक अन्तरविरोधों की पड़ताल के लिए इस पृष्ठभूमि की पहचान जरूरी है। लेकिन यह चर्चा हम आगे करेंगे। 1860 के दशक में, अपने उपरोक्त विचारों की रोशनी में दोस्तोयेव्स्की ने अपनी रचनाओं 'ग्रीष्मकालीन इम्प्रेशंस पर शीतकालीन टिप्पणियाँ (1863) और 'भूमिगत जीवन से टिप्पणियाँ'

(1864) में पश्चिम यूरोपीय बुर्जुआ सभ्यता और व्यक्तिवादी के आत्मिक "भूमिगत" जीवन की अत्यन्त तीखी आलोचना की। साथ ही, उन्होंने 'सोव्रेमेन्निक' ('समकालीन') पत्रिका के क्रान्तिकारी जनवादी सिद्धान्तकारों और 'रुस्कोये स्लोवा' ('रूसी दुनिया') पत्रिका के रैडिकल प्रत्यक्षवादियों के साथ सामाजिक सुधार की प्रक्रिया और प्रकृति के प्रश्न पर, नैतिकता की समस्याओं पर, जनसमुदाय के साथ सम्बन्धों के प्रश्न पर और कला की सारवस्तु के प्रश्न पर लम्बी-लम्बी बहसें चलायीं। इसी दौरान वह एक प्रभावशाली पत्रकार के रूप में भी सामने आये। 1873-74 के वर्षों के दौरान उन्होंने 'ग्राझदानिन' ('नागरिक') नामक पत्रिका का सम्पादन किया। इसी पत्रिका में पहले उनकी सुप्रसिद्ध 'लेखक की डायरी' का प्रकाशन शुरू हुआ, जो बाद में अलग प्रकाशन के रूप में 1876 और 1877 के वर्षों में प्रति मास छपती रही। इसका एक अंक 1880 में और फिर एक और अंक 1881 में भी प्रकाशित हुआ। 'लेखक की डायरी' में सामाजिक जीवन के ज्वलन्त विषयों, साहित्य के सैद्धान्तिक एवं सौन्दर्यशास्त्रीय पक्षों पर महत्वपूर्ण निबन्धों और समीक्षात्मक टिप्पणियों के अतिरिक्त 'क्रिसमस के अवसर पर ईसा के यहाँ लड़का', 'विनीता', 'हास्यास्पद व्यक्ति का सपना' और अन्य कहानियाँ भी छपीं। दोस्तोयेव्स्की के रचना-संसार के विकट अन्तरविरोधों का विश्लेषण करते हुए विश्व-साहित्य के इतिहास में उनके महत्वपूर्ण स्थान को समझने में यदि सैद्धान्तिक और सौन्दर्यशास्त्रीय दायरे में प्रस्तुत निष्पत्तियों-स्थापनाओं के विश्लेषण से सहायता लेनी हो, तो इसमें 'लेखक की डायरी' से हमें सबसे अधिक सहायता मिल सकती है।

उन्नीसवीं शताब्दी के सातवें-आठवें दशकों के दौरान दोस्तोयेव्स्की ने अपने सर्वाधिक प्रतिभापूर्ण और महान उपन्यास लिखे, जिनकी मान्यता आज भी न केवल रूसी साहित्य, बल्कि समूचे विश्व-साहित्य के इतिहास में मील के पत्थरों के रूप में है। ये उपन्यास थे – 'अपराध और दण्ड' (1868), 'बौड़म' (1868), 'भूत-प्रेत' (1871-1872), 'किशोर' (1875) और 'करामाज़ोव बन्धु' (1879-1880)।

दोस्तोयेव्स्की को बचपन में भी अपनी ज्यादातर बीमार रहने वाली माँ के निकट रहने का अवसर बहुत कम ही मिला था। उनकी मृत्यु के दो वर्षों बाद ही पिता की हत्या ने भी उनके ऊपर गहरा प्रभाव छोड़ा। मृत्यु को उन्होंने काफी नजदीक से स्वयं भी देखा और निर्वासन काल के बाद के जो वर्ष सघन-सान्द्र सर्जनात्मकता से भरे हुए थे, वे निजी धरातल पर व्यक्तिगत त्रासदियों के अविराम क्रम के वर्ष थे। मिर्गी के रोग ने कभी भी दोस्तोयेव्स्की का पीछा नहीं छोड़ा। 1857 में उन्होंने मारिया इसायेव नामक एक उन्तीस वर्षीया विधवा से विवाह किया था। 1862 के फ्रांस और इंगलैण्ड की यात्रा के बाद 1863 और 1865 में उन्होंने फिर यूरोप की यात्रा की और सामन्तवाद को पराभूत करने वाले युवा पूँजीवाद की मानवद्रोही सभ्यता-संस्कृति को निकट से देखा। लेकिन इसी दौरान उनकी पत्नी और भाई मिखाईल का, जिनसे उनका भावनात्मक जुड़ाव निर्भर होने की हद तक था, देहान्त हो गया। लगातार मिर्गी के दौरों और कर्ज के बोझ के बीच दोस्तोयेव्स्की इस दौरान बुरी तरह से जुए की लत के शिकार रहे। 1867 में उन्होंने अपनी बाईस वर्षीया स्टेनोग्राफर अन्ना ग्रिगोर्येव्ना स्नित्किना से विवाह किया। अन्ना स्नित्किना उनके रचनात्मक तनावों, "सनकों" और अव्यावहारिकताओं को बखूबी समझती थी, और इस नाते वह उनकी एक योग्य जीवन-संगिनी सिद्ध हुई। अपने कर्जदारों से बचने के लिए दोस्तोयेव्स्की ने शादी के बाद से ज्यादातर वर्ष जर्मनी, इटली और स्विट्ज़रलैण्ड में गरीबी में बिताये, लेकिन जुआ खेलना फिर भी जारी रहा। 'भूत-प्रेत' उपन्यास की सफलता के बाद वह रूस वापस लौटे और स्ताराया रुस्सा

नामक प्रान्तीय शहर में एक घर खरीदकर रहने लगे। 'करामाज़ोव बन्धु' की सफलता के बाद उनकी गणना तत्कालीन रूस के महानतम लेखकों में की जाने लगी थी। अपने समकालीन तोल्स्तोय से वह कभी नहीं मिले, लेकिन तोल्स्तोय उनसे गहरा लगाव रखते थे, उनकी रचनाओं को सावधानीपूर्वक पढ़ते थे और उनकी पूरी खोज-खबर रखते थे। जीवन के अन्तिम वर्षों में दोस्तोयेव्स्की को लगभग पैगम्बरी मान्यता हासिल थी, वह अपने देश के संकट के दिनों में एक महत्वपूर्ण और मौलिक सार्वजनिक आवाज थे, लेकिन उनके असमाधेय वैचारिक द्वन्द्वों से उपजे तनावों ने उन्हें हमेशा ही विकल और उद्विग्न बनाये रखा। 2 फरवरी 1881 को पीटर्सबर्ग में दोस्तोयेव्स्की का निधन हो गया। अलेक्सान्द्र नेव्स्की मठ में उन्हें दफना दिया गया। पत्नी अन्ना ग्रिगोर्येव्ना ने उनकी साहित्यिक विरासत की हिफाजत में अपना पूरा शेष जीवन लगा दिया।

दोस्तोयेव्स्की की दार्शनिक-वैचारिक अवस्थिति के बारे में सर्वथा अलग-अलग अवस्थिति वाले समालोचकों और सुधी पाठकों में से अधिकांश आज इस बात पर सहमत मिलेंगे कि मानवीय पीड़ा-व्यथा ही दोस्तोयेव्स्की के सर्जना-जगत का केन्द्रीय सरोकार और आधारभूत विषयवस्तु है और इसके वर्णनचित्रण में निस्सन्देह वह बेजोड़ हैं। उनकी सभी कृतियों में "मानव के लिए पीड़ा", उसकी गरिमा पर किये जाने वाले आघात और अपमानितों तथा अवमानितों की यातनाओं की तीव्रानुभूति होती है। सत्ता और सम्पत्ति के स्वामियों तथा इनसे वंचित सामान्य जनों के जीवन के बीच की खाई जिन दुख-दर्दों और विमानवीकारी प्रवृत्तियों-शक्तियों को जन्म देती है, उनकी तीव्रानुभूति का मारक प्रभावी एवं प्रामाणिक चित्रण दोस्तोयेव्स्की को एक अकुण्ठ, ईमानदार और सच्चा मानवतावादी सिद्ध करता है।

दोस्तोयेव्स्की की वैचारिक अवस्थिति और गहन मानवतावादी सरोकारों के बीच के संश्लिष्ट अन्तरविरोधों ने समूची बीसवीं शताब्दी के दौरान साहित्य-सैद्धान्तिकी के क्षेत्र में उन्हें विवादों के केन्द्र में बनाये रखा। मार्क्सवादी सौन्दर्यशास्त्र और आलोचना के दायरे में भी यांत्रिक भौतिकवाद या प्रत्यक्षवाद या प्रकृतिवाद तथा कुत्सित समाजशास्त्रीय दृष्टि के शिकार समालोचकों ने एक लम्बे समय तक दोस्तोयेव्स्की को अपना कुछ ज्यादा ही कोपभाजन बनाया। दूसरी ओर दोस्तोयेव्स्की का "मनोविज्ञानवाद" नववाम की कतिपय धाराओं और मार्क्सवादी दायरे के भीतर की कुछ नवहेगेलीय प्रवृत्तियों को कुछ ज्यादा ही भाता रहा।

मुख्यतः दोस्तोयेव्स्की के कृतित्व की अन्तरविरोधी प्रवृ ति के चलते, एक कलाकार और एक चिन्तक के रूप में उनकी भूमिका के आकलन के सन्दर्भ में इतनी परस्पर विरोधी अवस्थितियाँ मौजूद रही हैं, जितनी विगत पूरी शताब्दी के दौरान शायद अन्य किसी भी चिन्तक-सर्जक के मामले में देखने को नहीं मिलतीं। रोजानोव, मेरेझकोव्स्की और बेदुर्यायेव जैसे बुर्जुआ दार्शनिकों ने दोस्तोयेव्स्की को ईसाइयत के पैरोकार के रूप में देखा, जबकि कुछ दूसरों ने उन्हें अराजकतावादी बुर्जुआ व्यक्तिवाद के नीत्शेपंथी विचारों का पुरोवर्ती विचारक सिद्ध करने में अपना पूरा जोर लगा दिया। अस्तित्ववाद के प्रतिनिधियों ने किर्केगार्द और नीत्शे के साथ दोस्तोयेव्स्की को भी अपना सिद्धान्त निरूपक माना। इन भ्रामक धारणाओं-व्याख्याओं के पीछे मूल कारण शायद वह कल्पित परिघटना है जिसे प्रायः रूसी भाषा में 'दोस्तोयेव्श्चिना' का नाम दिया जाता रहा है। कष्टों-पीड़ाओं में एक तरह के आत्मपीड़न-रति-मूलक भावना के साथ तल्लीन होना, विश्व में जो कुछ भी कुरूप है उसे 'पैथोलॉजिकल' ढंग से स्वीकार करना और साथ ही 'पैथोलॉजिकल' ढंग से उनका प्रतिरोध करना, एक रुग्ण अंतश्चेतना जो इस विश्वास से सुकून हासिल करे कि पीड़ामुक्त अंतश्चेतना का

अस्तित्व सम्भव ही नहीं है, एक "जटिल" आत्मा जिसका मूल तत्व दुष्टता हो, एक ऐसी चेतना जिसकी "गहराइयों" में इच्छाशक्ति और दायित्वबोध का अहसास ही न हो, अचेतन में इस तरह डूबना कि चेतन के लिए कोई स्थान ही न हो, जो भी बुरा हो उसका औचित्य-प्रतिपादन, अपने आन्तरिक असमाधेय अन्तरविरोधों और लक्ष्यहीन आत्मविश्लेषण में बस जीते चले जाना और वहाँ पहुँच जाना जहाँ से आगे कोई रास्ता ही न जाता हो—इन नकारात्मक मनोवृत्तियों के समुच्चय को दोस्तोयेव्स्की के कृतित्व का मूल तत्व मानने वाले दार्शनिकों-आलोचकों ने ही इन्हें 'दोस्तोयेव्श्चिना' नाम दिया। इस बात से इन्कार नहीं किया जा सकता कि 'दोस्तोयेव्श्चिना' के बगैर दोस्तायेव्स्की विश्व संस्कृति के घटक नहीं हो सकते। लेकिन दोस्तोयेव्स्की में 'दोस्तोयव्श्चिना' उस हद तक और उस रूप में है ही नहीं, जैसा कि इसके आविष्कर्ता सोचते हैं। ये नकारात्मक और मानवद्रोही प्रवृत्तियाँ दोस्तोयेव्स्की के लिए गहन मानवीय चिन्ता और कलात्मक अन्वेषण एवं सन्धान की वस्तु हैं। किसी भी तरह से वह इन्हें न्यायसंगत ठहराने या अपरिहार्य सिद्ध करने की कोशिश नहीं करते। बेहतर या बदतर सिद्ध करने की कोशिशों को दरकिनार करके सोचने पर ही यह देखा जा सकता है कि जो वास्तविक दोस्तोयेव्स्की हैं, वे सघन-सान्द्र और असमाधेय सामाजिक और संवेदनात्मक-वैचारिक अन्तरविरोधों के मूर्त रूप हैं। दोस्तोयेव्स्की को एक साथ सर्वनिषेधवाद का मसीहा और ईसाइयत का पैरोकार सिद्ध करने वाला, 'दोस्तोयेव्स्की का विश्व-दृष्टिकोण' पुस्तक का लेखक बेद्र्यायेव दरअसल अपने विश्व दृष्टिकोण के त्रिपार्श्व से अपवर्तित दोस्तोयेव्स्की की एक विरूपित छवि प्रस्तुत करता है। स्वयं अपने बारे में वह लिखता है : "दुनिया के निषेध का मेरा धर्म, जीवन के प्रति सम्पूर्ण और 'पैथोलॉजिकल' जुगुप्सा से, जीवन के प्रति, स्वयं अपने प्रति घृणा से पैदा हुआ है...इस जुगुप्सा के चलते मैंने अपनी आधी बन्द आँखों और आधी बन्द नाक के साथ अपना पूरा जीवन बिता दिया है...मेरी जड़ें इस दुनिया में हैं, यह विचार ही मेरे लिए बेगाना है।" बेद्र्यायेव के इस जीवन-दर्शन को जानने के बाद उसके द्वारा दोस्तोयेव्स्की के विकृतिकरण और 'दोस्तोयेव्श्चिना' के आविष्कार के कारणों को समझ पाना कठिन नहीं है।

'दोस्तोयेव्श्चिना' का दूसरा "उत्तराधिकारी" रोज़ानोव दोस्तोयेव्स्की की प्रशंसा करते हुए भी उन्हें इसके लिए फटकार लगाता है कि मासूम बच्चों द्वारा अकारण उठाये जाने वाले कष्टों के विरोधस्वरूप वह "ईश्वर को टिकट वापस कर देते हैं। नये आनुवांशिकता सिद्धान्त के हवाले से रोज़ानोव इसे एक भ्रान्त धारणा बताता है कि बच्चे पापरहित और इसलिए मासूम होते हैं। लेकिन दोस्तोयेव्स्की प्रकारान्तर से 'करामाज़ोव बन्धु' के एक मार्मिक प्रसंग में रोज़ानोव जैसों को पहले ही माकूल जवाब दे चुके थे। उपन्यास के एक प्रसंग में जब कुत्ते आठ वर्ष के एक बच्चे को उसकी माँ के सामने मार डालते हैं तो दोस्तोयेव्स्की लिखते हैं : "कोई विदूषक कह सकता है कि बच्चा बड़ा हुआ होता और फिर किसी न किसी रूप में उसने पाप किया होता। लेकिन मुद्दा यह है कि बच्चे को बड़ा होने का मौका ही नहीं मिला।" वह विदूषक शायद बेद्र्यायेव जैसा ही विश्व-दृष्टिकोण वाला होता, जिसके लिए जीवन जुगुप्सा से ही भरा हुआ है। गौरतलब है कि रोज़ानोव भी ईमानदार आत्मस्वीकृति के क्षणों में स्वयं को एक ऐसा 'मलकुण्ड' बताता है कि जिसकी सतह पर गोल्डफिश तैर रही हों। अब यह एक दीगर बात है कि मलकुण्ड में गोल्डफिश जिन्दा ही नहीं रह सकतीं।

निश्चय ही, दोस्तोयेव्स्की ही शायद 'दोस्तोयेव्श्चिना' को सर्वाधिक असुविधाजनक और अस्वीकार्य पाते। विगत पूरी बीसवीं शताब्दी के दौरान पश्चिम के दार्शनिक और समालोचक दोस्तोयेव्स्की के किसी एक नायक या किसी गौण पात्र को लेखक का प्रवक्ता मानकर दोस्तोयेव्स्की

के सिर पर 'दोस्तोयेव्श्चिना' का बोझ खूब लादते रहे। लेकिन इस धारणा का प्रवर्तन वास्तव में गत शताब्दी के तीसरे दशक में बेद्र्यायेव और रोज़ानोव ने ही किया था। लेकिन जिस समय वे ऐसा कर रहे थे, ठीक उसी समय अनातोली वसील्येविच लुनाचार्स्की और अलेक्सान्द्र कोन्स्तान्तीविच वोरोन्स्की जैसे मार्क्सवादी समालोचक इन प्रतिक्रियावादी अवस्थितियों के प्रतिकूल दोस्तोयेव्स्की के कृतित्व का द्वन्द्ववादी विश्लेषण करते हुए न केवल रूसी, बल्कि समूचे विश्व साहित्य के इतिहास में उनकी महत्ता का प्रतिपादन कर रहे थे। सबसे पहले लुनाचार्स्की ने अपने लेखों में दोस्तोयेव्स्की के विश्व-दृष्टिकोण के अन्तरविरोधों का मार्क्सवादी अवस्थिति से विश्लेषण प्रस्तुत किया। मार्क्सवादी समालोचना की धारा ने दोस्तोयेव्स्की के प्रतिक्रियावादी विचारों की प्रखर आलोचना करते हुए उनके सामाजिक-ऐतिहासिक स्रोतों की पड़ताल की और साथ ही एक कलाकार के रूप में उनकी प्रचण्ड मेधा को स्वीकार करते हुए अपने अन्तिम मूल्यांकन में उन्हें एक उत्कट मानवतावादी और यथार्थवादी धारा का एक स्तम्भ बताया।

दोस्तोयेव्स्की ने जबर्दस्त क्षमता वाली एक ऐसी खुर्दबीन का निर्माण किया जिसने उन चीजों को भी देखना सम्भव बनाया जो पहले मानवीय दृष्टि के लिए अदृश्य हुआ करती थीं। लेकिन साथ ही वह खुर्दबीन उन चीजों के बिम्बों को प्रायः अपवर्तित और विरूपित भी करने का काम करती है। कोई भी व्यक्ति इस "अपवर्तन" के सूचकांक की सही-सटीक गणना कर लेने के बाद ही दोस्तोयेव्स्की द्वारा जीवन के प्रति अपनायी गयी और विकसित की गयी अन्तर्दृष्टि को उपयोगी पा सकता है और स्वयं दोस्तोयेव्स्की के मिथ्याभासों एवं भ्रान्त धारणाओं के विरुद्ध तथा तमाम मानवद्वेषी प्रवृत्तियों के विरुद्ध उनका उपयोग कर सकता है। इस दृष्टि से दोस्तोयेव्स्की की अन्तर्दृष्टि अत्यन्त गहन और बहुमूल्य है। रचना-प्रक्रिया के बारे में लेनिन के परावर्तन सिद्धान्त को लागू करते हुए वोरोन्स्की ने जीवन के कलात्मक पुनर्सृजन की विशिष्टताओं को अपने प्रसिद्ध निबन्ध 'संसार को देखने की कला' में कुछ इस तरह से स्पष्ट किया है कि हमें उससे दोस्तोयेव्स्की को समझने में विशेष मदद मिलती है। उद्धरण की दीर्घता के लिए पाठकों से क्षमाप्रार्थी होते हुए भी, उपयोगिता की दृष्टि से हम वोरोन्स्की को यहाँ किंचित विस्तार के साथ प्रस्तुत करने के लिए अपने को बाध्य पाते हैं :

"...इसमें कोई सन्देह नहीं कि शुद्ध अवबोध शुद्ध अपाकर्षण ही है, किन्तु बहुधा ऐसा होता है कि असामान्य सामाजिक और व्यक्तिगत परिस्थितियों के कारण हम वास्तविकता को तुड़े-मुड़े, विकृत, धुँधले और अन्धकारमय रूप में देखते हैं, उन वस्तुओं और लोगों की ओर बहुधा हमारा ध्यान ही नहीं जाता, जो हमें आकर्षण प्रदान कर सकते हैं, महान सम्पूर्ण के आरोग्यकारी स्रोत से हमें रसपान करा सकते हैं, जो अपने-आप में अनुपम हैं। विकृत सामाजिक मानव का विश्व का बोध, उसके बारे में धारणाएँ और बिम्ब भी विकृत ही होने चाहिए। वक्र दर्पण की ही भाँति हममें भी वास्तविकता विकृत रूप में प्रतिबिम्बित होती है। हम सामान्य लोगों जैसे नहीं, रोगग्रस्त लोगों जैसे ही अधिक हैं। हमारा अतीत, प्रभावशाली पूँजीवादी परिवेश और रूढ़ियाँ कोटि-कोटि लोगों को ऐसा रोगग्रस्त और असामान्य बनाती हैं। समसामयिक समाज में मनुष्य और परिवेश के बीच बिल्कुल सोपाधिक (कण्डीशनल) सन्तुलन भी विरला और सुखद अपवाद है।

"किन्तु अपनी धारणाओं में विकृत इस संसार से घिरा मानव भी अपनी स्मृति में संसार के सच्चे, अविकृत बिम्ब बनाये रखता है, जो कभी-कभी बहुत पहले देखे एक धुँधले सपने जैसे ही होते हैं। सभी बाधाओं को लाँघते हुए वे मानव-चेतना में उभर आते हैं। अपने बचपन और तरुणावस्था की बदौलत वह उनके बारे में जानता है, जीवन के विशिष्ट, असाधारण क्षणों में,

सामाजिक जीवन के कालों में ये बिम्ब उसकी आँखों के सामने घूम जाते हैं। इन अछूते ज्वलन्त बिम्बों की याद में व्यक्ति व्यथित होता है, उनके बारे में वह किंवदन्तियाँ, गाथाएँ, गीत, उपन्यास और कथा-कहानियाँ रचता है। सच्ची कला कभी-कभी सचेतन और बहुधा अवचेतन रूप से ही सदा संसार के इन बिम्बों को पुनः पाने और प्रस्तुत करने की चेष्टा करती आती है। यही कला का प्रमुख मर्म और प्रयोजन है। यह चेष्टा ही हर प्रकार के कलात्मक कार्य की प्रेरणा होती है और भावनात्मक मूलाधार को, जो कभी प्रत्यक्ष तो कभी प्रच्छन्न होता है, पोषित करती है। पहली नजर में जब ऐसा लगता है कि रचनाकार अपने इस कार्य में इससे भिन्न, शायद बिल्कुल विपरीत भावनाओं से प्रेरित है, तब भी उसकी रचनाओं का सूक्ष्म विश्लेषण करने पर हम यह पायेंगे कि प्रमुख विचार इस मूलाधार, इस रंगत से ही सम्बन्धित है, बस किन्हीं कारणों से रचनाकार उन्हें छिपाता है, वे मानो रचना की त्वचा तले छिपे रहते हैं। दोस्तोयेव्स्की को याद करें। संसार की उनकी अस्वीकृति, उनका विद्रोह, महान इंक्विज़िटर की किंवदन्ती, उनकी सारी करामाज़ोवी, स्मिदूर्याकोवी, स्विद्रिगाइलोवी दुनियाएँ—यह सब अन्ततोगत्वा चिपचिपी बसन्ती कोंपलों के स्तुतिगान में मुखरित होता है। “मुझे जीवन में विश्वास न रहे,” इवान करामाज़ोव कहता है, “जो नारी मुझे प्यारी है उस पर से मेरा विश्वास उठ जाये, संसार की व्यवस्था में विश्वास खो बैठूँ, मुझे इस बात तक का यकीन हो जाये कि चारों ओर और कुछ नहीं, बस एक शैतानी अव्यवस्था ही है, निराशा और हताशा के सारे पहाड़ ही मुझ पर क्यों न टूट पड़ें—मैं तो फिर भी जीना चाहूँगा और जिन्दगी के प्याले को एक बार जो होठों से लगाया तो जब तक उसे हलक से नहीं उतार लेता, उसे मुँह से नहीं हटाउँगा...नैतिकता बघारते कुछ कल के छोकरे, तपेदिक के मारे ये लोग, खास तौर पर कवि जिन्दगी की इस प्यास को कमीनापन कहते हैं। **हाँ, यह लक्षण कुछ हद तक करामाज़ोवी ही है**—यह बात तो सच है, तुम चाहे कुछ भी कहते रहो, जिन्दगी की यह प्यास तो तुममें भी है, लेकिन इसे कमीनापन क्यों कहते हैं? धरती पर अभी केन्द्रमुखी शक्ति बहुत है, अल्योशा। जीने का मन करता है, और मैं जी रहा हूँ, भले यह बात तर्क से उलट हो। संसार की व्यवस्था में मुझे विश्वास भले ही न रहा हो, लेकिन बसन्त में फूटती ये चिपचिपी कोंपलें मुझे प्यारी हैं, नीला आसमान मुझे प्यारा है, कोई इन्सान मुझे प्यारा है...तर्क और बुद्धि से यह प्यार नहीं होता, यह तो अन्तस से उठता है, अपने शरीर की अल्हड़ शक्ति से यह प्यार है!” “जीवन की यह नंगी प्यास”, “केन्द्रमुखी शक्ति”, चिपचिपी कोंपलों से नीले आकाश से अनुराग तथा मनुष्य और जीवन में जो कुछ भी निकृष्ट है, मूर्खतापूर्ण है, हेय है उससे इन भावनाओं का टकराव ही दोस्तोयेव्स्की के कृतित्व में निर्णायक तत्व है। उनके उपन्यासों का भावनात्मक मूलाधार यहीं खोजना चाहिए। अपने खण्डनों में भी कला इसी शक्ति से जीवित है। होमर, पुश्किन, तोल्स्तोय, दोस्तोयेव्स्की, गोगोल, लर्मन्तोव, फ्लॉबेयर—सभी हर बात का खण्डन करते हुए बुद्धि और तर्क की परवाह न करते हुए, कुटिलता और अन्याय दिखाते हुए भी जीवन में इस शक्ति का ही उद्घाटन करते हैं। जीवन की इस सुखद और विरली अवस्थाओं से उन्हें आसक्ति है और फ़ाउस्ट की भी भाँति ये भी मानो कहना चाहते हैं ‘ ‘थम जा, रे पल, तू अनुपम है!’”

दोस्तोयेव्स्की के उपन्यासों में ऊपरी तौर पर जो अवसाद का बोझिल परिवेश दीखता है, वह किसी प्रकार की व्यक्तिवादी निराशा या सर्वनिषेधवाद के चलते नहीं है, बल्कि वह मानवद्वेषी शक्तियों और परिवेश से निरन्तर जारी उत्कट संघर्ष के बीच में उभरने वाली थकान है। मानवीय पीड़ा-व्यथा के निराकरण की तलाश दोस्तोयेव्स्की की कभी धर्म के रूढ़िवादी धारणा तक पहुँचाती है तो कभी वह कला को ही धर्म की तरह बरतते हुए दीखते हैं। मानव सभ्यता के इतिहास की

जिसे वह बुनियादी समस्या मानते हैं, उसका समाधान ढूँढ़ पाने की विफलता उन्हें कभी गलत और प्रतिक्रियावदी विचारों तक का शरणागत बनाती है तो कभी वे अवसादग्रस्त प्रतीत होते हैं, लेकिन अन्तिम निष्कर्ष की मनःस्थिति में वह कभी भी मनुष्यता के भविष्य से निराश नहीं होते। कभी भी वे आखिरी तौर पर हथियार नहीं डालते। कभी भी वे नयी शुरुआत की भावना का पूर्ण परित्याग नहीं करते। याद करें कि अपनी मौत से नौ वर्षों पहले उन्होंने लिखा था : "तमाम व्यर्थता के बावजूद, मैं जीवन से गहन प्यार करता हूँ, मैं जीवन की खातिर जीवन से प्यार करता हूँ, और मैं गम्भीरतापूर्वक नये सिरे से अपनी जिन्दगी शुरू करने के बारे में सोच रहा हूँ...यही मेरे चरित्र की, और शायद मेरे कृतित्व की भी, मुख्य चीज़ है।"

दोस्तोयेव्स्की की रचनाएँ दरअसल उस ऐतिहासिक युग के यथार्थ और सामाजिक चिन्तन के अन्तरविरोधों को प्रतिबिम्बित करती हैं जब रूस और पश्चिमी यूरोप में सामाजिक सम्बन्ध विकट विश्रृंखलता और विघटन से गुजर रहे थे। पुराने मूल्य और संस्थाएँ बिखरते-बिखरते भी मानवीय यंत्रणाओं को जन्म दे रही थीं और नयी बुर्जुआ व्यवस्था सामाजिक आदर्शों के लिए संकट उत्पन्न करने के साथ ही नैतिक जीवन में भीषण रिक्तता और अस्थिरता को जन्म दे रही थी। यूरोप में प्रबोधनकालीन मानवतावादी आदर्शों और तर्कणा को बुर्जुआ वर्ग की दमनकारी सत्ता और हड्डियों का चूरा बनाकर बेचने और मुनाफा कमाने वाली पूँजीवादी उत्पादन-प्रणाली की विराट अट्टालिका की नींवों में दफ्न किया जा चुका था। रूस में क्रमिक-मन्थर विकास मार्ग से जो पूँजीवाद आ रहा था, वह पुरानी बुराइयों को नयी बुराइयों से विस्थापित करने भर का ही काम कर रहा था। सामाजिक विस्फोट की परिस्थितियाँ रूस में तैयार हो रही थीं, लेकिन पूँजीवाद-विरोधी नयी ऐतिहासिक क्रान्ति के विचारों का प्रभाव अभी यूरोप तक ही सीमित था। ज्यादा से ज्यादा, दार्शनिक धरातल पर, कहीं चेर्नीशेव्स्की उनके निकट पहुँचते प्रतीत हो रहे थे, जिन्हें कार्ल मार्क्स ने "समाजवादी लेसिंग" कहा था। हर्जन से लेकर बाकुनिन तक अराजकतावादी विचारों के प्रभाव में थे। रूस में नचायेव जैसे अराजकतावादियों के व्यक्तिवाद, आतंकवाद के पतनशील रूप और सर्वनिषेधवाद के नकारात्मक प्रभाव ने दोस्तोयेव्स्की को समाजवाद और क्रान्ति की पूरी अवधारणा से ही दूर ले जाने का काम किया और उनके अतिरिक्त समाजवाद की किसी और धारा से उनका परिचय ही नहीं था। मन्थर गति के सामाजिक संक्रमण के साथ ही रूसी बौद्धिक जगत में अभूतपूर्व वैचारिक उथल-पुथल का दौर था। दोस्तोयेव्स्की ने तत्कालीन समाज के सभी नैतिक-सांस्कृतिक संकटों और मानवीय सन्ताप-सन्त्रास को गहराई से महसूस किया और इस यथार्थ को अपने कलात्मक पुनर्सृजन की विषयवस्तु बनाया। उन्होंने आनुभविक धरातल पर इन संकटों-पीड़ाओं की गतिकी को भी पकड़ने-आँकने की कोशिश की। इन्हीं कोशिशों के बीच हमें उनका उत्कट मानवतावाद, युयुत्स जिजीविषा और आशावाद देखने को मिलता है। दूसरी ओर, वह समस्या के धार्मिक नैतिकतावादी समाधान के प्रतिगामी छोर की ओर जाते हुए और मनुष्य की एकाकी आत्मिक पीड़ा को सघन अवसाद के साथ मानो स्वीकारते हुए दीखते हैं। कहीं एक ईमानदार, प्रज्ञाचक्षु, संवेदनशील कलाकार की जिजीविषा का पक्ष मुखर होता है तो कहीं उनकी दार्शनिक विफलता यथास्थिति और उसके पक्ष में खड़ी शक्तियों के पाले में उन्हें ले जाती प्रतीत होती है। दोस्तोयेव्स्की का यह द्वन्द्व उनकी रचनाओं में लगातार उसी असमाधानित रूप में हमें देखने को मिलता है, जैसा कि उनके युग में था। लेकिन जिस अन्तर्भेदी दृष्टि से उन्होंने जीवन और विचारों के अन्तरविरोधों के उद्घाटित किया और जिस दृढ़ मानवतावादी अवस्थिति से उन्होंने तमाम मानवद्वेषी शक्तियों की आलोचना की और निरंकुश सत्ता के सभी सामाजिक अवलम्बों के अस्तित्व

को जिस तरह से कटघरे में खड़ा किया, उन्हीं के चलते न केवल रूसी साहित्य, बल्कि समुचे विश्व-साहित्य के इतिहास में उनका आज भी एक महत्वपूर्ण स्थान है और आगे भी बना रहेगा।

दोस्तोयेव्स्की ने स्वयं अपने बारे में लिखा था : "मैं अपनी शताब्दी की सन्तान हूँ, आज तक अविश्वास और सन्देह की सन्तान हूँ, और यहाँ तक कि (मैं यह जानता हूँ) अपने मृत्युपर्यन्त यही बना रहूँगा। मैंने यह विश्वास करने की तृषित कामना की कीमत कितनी भयंकर यातना के रूप में चुकायी है और जितना ही मैं इसके विरुद्ध तर्क पाता हूँ, उतना ही यह विश्वास मेरी आत्मा में और मजबूत होता जाता है।" मानवीय कष्टों-सन्तापों की दुनिया, पददलित और अपमानित-अवमानित व्यक्ति की त्रासदी, दोस्तोयेव्स्की के यथार्थवादी सृजन-कर्म का आधार है। मनोविश्लेषण की कला में अपनी महारत के जरिए, दोस्तोयेव्स्की दिखलाते हैं कि किस तरह मनुष्य के आत्मसम्मान का दमन उसकी आत्मा को नष्ट कर देता है और उसकी चेतना को दो हिस्सों में बाँट देता है। साथ ही, वह यह भी दिखलाते हैं कि किसी व्यक्ति की अपनी निरर्थकता का अहसास यदि लगातार बना रहे तो प्रतिरोध की चाहत को जन्म देता है।

दोस्तोयेव्स्की ने एक तीक्ष्ण अन्तर्दृष्टि के साथ बुर्जुआ व्यक्तिवाद के विकास और "नेपोलियनवाद" की विचारधारा की पड़ताल की। 'भूमिगत जीवन से टिप्पणियाँ' के "भूमिगत आदमी" से लेकर 'करामाज़ोव बन्धु' के इवान करामाज़ोव तक, चरित्रों की एक पूरी कतार है, जिनके चित्रण में उनकी यह अन्तर्दृष्टि परिलक्षित होती है। दोस्तोयेव्स्की ने एक ओर जहाँ व्यक्ति की स्वतंत्रता की पुरजोर हिमायत की, वहीं दूसरी ओर उनका यह विश्वास था कि असीमित आत्म-आकांक्षा अमानवीय कार्यों की ओर प्रवृत्त करती है। अपराध को उन्होंने व्यक्तिवादी आत्म-स्वीकरण की सर्वाधिक प्रातिनिधिक अभिव्यक्ति के रूप में देखा। सामाजिक सम्बन्धों के दायरे में व्यक्ति की जाँच-पड़ताल के सिद्धान्तों को लागू करते हुए दोस्तोयेव्स्की ने (खास तौर पर अपने उपन्यास 'भूत-प्रेत' में) अपने समय के क्रान्तिकारी आन्दोलन को अराजकतावादी-व्यक्तिवादी विद्रोह-वृत्ति के रूप में ही देखा। उन्हें भय था कि क्रान्तिकारी व्यवहार इस अनैतिक विचार की ही विजय की परिणिति तक पहुँचेगा कि "साधन का औचित्य साध्य से सिद्ध होता है।" राजनीति-विषयक अपने कलात्मक सामान्यीकरणों का आधार दोस्तोयेव्स्की को बाकुनिन और नचायेव जैसे अपने समकालीनों की गतिविधियों से मिला जिनके समाजवादी विचार निम्न-पूँजीवादी विकृत स्वरूप ग्रहण कर चुके थे। साथ ही, इन सामान्यीकरणों का एक आधार बुर्जुआ क्रान्तियों के इतिहास में भी मौजूद था, जिनमें मेहनतकश जनसमुदाय की माँगों को निर्ममतापूर्वक दबा दिया गया था। मनुष्य में अपनी आस्था को बनाये रखने के सपने और अच्छाई के सिद्धान्तों की जीत पर आधारित एक आदर्श की कामना ने दोस्तोयेव्स्की को यीशू की छवि की ओर आकृष्ट किया, जिन्हें वह उच्चतम नैतिक मूल्यों के मूर्त रूप में देखते थे। दूसरी ओर, ऐतिहासिक अनुभव उनके इस विश्वास से टकराते थे और यह सिद्ध करते थे कि ईसाइयत इस धरती पर स्वर्ग का निर्माण करने में अक्षम है। इवान करामाज़ोव वोल्तेयर के विचारों को प्रतिध्वनित करते हुए, कहता है : "कृपया इस बात को समझने की कोशिश कीजिए कि वह ईश्वर नहीं है, जिसे मैं स्वीकार नहीं करता, बल्कि वह उसके द्वारा बनायी गयी दुनिया है। ईश्वर की दुनिया को मैं स्वीकार नहीं करता और स्वीकारने को तैयार नहीं हो सकता।" "महान इंक्विज़िटर की किंवदन्ती" 'करामाज़ोव बन्धु' की दार्शनिक परिणति है जिसमें दोस्तोयेव्स्की ऐसे "सुखी" समाज के सिद्धान्त को सिरे से खारिज कर देते हैं जिसमें मनुष्य की आजादी और आत्मिक हितों-आकांक्षाओं का स्थान न हो।

विश्लेषणात्मक और सर्व-विध्वंसक तर्कणा की शक्ति से लैस नायकों के बरक्स दोस्तोयेव्स्की

उन चरित्रों का निर्माण करते हैं जो सहृदय और सूक्ष्म बौद्धिक अन्तःप्रज्ञा या सहज बोध से युक्त हैं। सोनिया मार्मेलादोवा ('अपराध और दण्ड'), लेव मिश्किन ('बौड़म') और अलेशा करामाज़ोव ('करामाज़ोव बन्धु') इसी उत्तरवर्ती कोटि के पात्र हैं, जो मानवता के लिए सहर्ष कष्ट उठाने को तैयार हैं। 'बौड़म' के बारे में दोस्तोयेव्स्की ने लिखा था : "इस उपन्यास का मुख्य विचार एक सकारात्मक रूप से सुन्दर मनुष्य का चित्रण है। दुनिया में, खासकर इन दिनों, इससे अधिक कठिन कुछ भी नहीं है। लेकिन मिश्किन की त्रासदी एक आदर्श सहृदय और सत्य के आग्रही प्रेमी तथा वास्तविक जीवन के बीच के अन्तरविरोधों में निहित है। इसी वजह से वह दोन किहोते की तरह कॉमिकल और ट्रैजिक है, जिसके साथ उसे इस उपन्यास में संदर्भित किया गया है।"

एक ओर तो दोस्तायेव्स्की विज्ञान और तर्कणा पर आधारित समाज का निर्माण असम्भव मानते थे, दूसरी ओर वह "कम्युनिज्म और समाजवाद के आग्रहों की वास्तविकता और सच्चाई" को भी स्वीकार करते थे। "आत्मा की गहराइयों" की पड़ताल करते हुए वह बुराई के विरुद्ध संघर्ष के सामाजिक साधनों को अपर्याप्त मानते थे और ईश्वर की अवधारणा में मानवता के लिए नैतिक समर्थन की तलाश करते थे। 'एक लेखक की डायरी' में उन्होंने इस बात पर बल दिया कि "समाजवादी चिकित्सक जितना समझते हैं, मनुष्य में बुराइयाँ उससे कहीं अधिक गहराई में छुपी हुई हैं...किसी भी सामाजिक व्यवस्था में बुराई से बचा नहीं जा सकता।" दूसरी ओर उन्होंने यह भी लिखा कि "इस धरती पर जीने की क्षमता खोये बिना लोग सुन्दर और सुखी हो सकते हैं। मैं यह विश्वास नहीं करना चाहता और नहीं कर सकता कि बुराई मनुष्य की सामान्य अवस्था है।" कुल मिलाकर, कहा जा सकता है कि अच्छे और बुरे की समस्या का समाधान ढूँढ़ते हुए दोस्तोयेव्स्की आद्यन्त गहरे अन्तरविरोधों का शिकार बने रहे। हाँ, इतना निर्विवाद है कि असुन्दर की अस्वीकृति और सुन्दरता के प्रति उनका आग्रह हमेशा अविचल रहा और यह विश्वास भी कि "सौन्दर्य ही इस विश्व को बचायेगा।" सौन्दर्यशास्त्र को परिभाषित करते हुए उन्होंने लिखा था : "सौन्दर्यशास्त्र, आत्मसिद्धि के लिए स्वयं मनुष्य के द्वारा, मानव आत्मा में सुन्दर क्षणों का अन्वेषण है।" "मानव आत्मा में सुन्दर क्षणों" का यह अन्वेषण दोस्तोयेव्स्की ने आध्यात्मिक अमूर्तन में नहीं बल्कि सामाजिक जीवन के यथार्थ के बीच किया। "कला का प्रभाव सच्चाई में और उसके सजीव चित्रण में निहित होता है," ऐसा उनका मानना था। मनुष्य उनके लिए कला के विषय-क्षेत्र के केन्द्र में अवस्थित था। 'एक लेखक की डायरी' में वे लिखते हैं : "यथार्थ से अधिक फन्तासी-सदृश और अप्रत्याशित भला और क्या हो सकता है? कभी-कभी यथार्थ से अधिक असंभाव्य कुछ भी नहीं होता। सर्वाधिक सामान्य चीजों की शक्ल में, हजारों रूपों में प्रतिदिन यथार्थ हमारे सामने जिन असम्भव स्थितियों को ला खड़ा करता है, उनकी उपन्यासकार कभी कल्पना भी नहीं कर सकता।"

दोस्तोयेव्स्की का यथार्थवाद, कुछ मायनों में अपने समय से काफी आगे जाकर सामान्य में विशिष्ट की और सम्भव में असम्भव की खोज करता है। शायद यही कारण रहा हो कि अल्बर्ट आइन्स्टाइन जैसे दार्शनिक वैज्ञानिक ने भी उनके साथ तादात्म्य स्थापित कर लिया और यह लिखा : 'दोस्तोयेव्स्की से मुझे किसी वैज्ञानिक चिन्तक की अपेक्षा कहीं अधिक प्राप्त होता है।"

दोस्तोयेव्स्की के समकालीन सुप्रसिद्ध रूसी लेखक मिखाईल साल्तिकोव-श्चेद्रिन ने उनका मूल्यांकन इन शब्दों में किया था : "कल्पना की गहराई, नैतिक जगत के करणीयों के विस्तार की दृष्टि से, जिनकी ओर उन्होंने अपने कृतित्व में ध्यान दिया है, दोस्तोयेव्स्की का हमारे यहाँ सर्वथा अलग स्थान है। वह न केवल आधुनिक समाज को बिल्कुल करने वाले हितों को पूर्णता को ही

स्वीकार नहीं करते, बल्कि पूर्वज्ञान और पूर्वाभास के क्षेत्र में भी जाते हैं, जो मानव जाति की तात्कालिक नहीं, भावी खोज का लक्ष्य है।" इन विचारों की रोशनी में यह समझना हमारे लिए और आसान हो जाता है कि फेदिन ने दोस्तोयेव्स्की को 'भविष्य का समकालीन' क्यों कहा था!

वर्ग-विभाजित समाज में व्यक्ति की त्रासद नियति और मुक्ति की शाश्वत आकांक्षा की विषयवस्तु ने दोस्तोयेव्स्की को एक सार्वभौमिक और इतिहास में दीर्घकालिक प्रासंगिकता प्रदान की। लेव तोल्स्तोय ने लिखा था : "...आप कहते हैं कि दोस्तोयेव्स्की ने यह कल्पना करते हुए कि सभी लोग उनके जैसे हैं, स्वयं को ही अपने नायकों के रूप में चित्रित किया है। तो क्या हुआ! परिणाम यह है कि इन असाधारण पात्रों में भी, न केवल हम, उने जाति-बन्धु, बल्कि विदेशी भी अपने को, अपनी आत्मा को देख सकते हैं।"

दोस्तोयेव्स्की ने यथार्थवादी रचना के विशिष्ट और नये रूपों का आविष्कार किया, जिनकी अभिलाक्षणिक विशिष्टता वह इन शब्दों में बतलाते हैं : "(कला में) यथार्थ के बारे में मेरा अपना विशिष्ट दृष्टिकोण है, और वह यह है कि जिसे अधिकांश लोग लगभग फन्तासी-सदृश और अपवादस्वरूप बताते हैं, वही कभी-कभी मेरे लिए यथार्थ का सारतत्व होता है। सामान्य परिघटनाएँ और उनके बारे में परम्परागत दृष्टिकोण यथार्थवाद नहीं है, बल्कि मेरी दृष्टि में उसके ठीक उल्टी चीज है।"

अन्यत्र वह लिखते हैं : "हम इस स्वयंसिद्धि को पूरी तरह से भूल चुके हैं कि जीवन में सच्चाई, खास तौर पर अपने शुद्धतम रूप में, सर्वाधिक काव्यात्मक चीज है; और यह किसी चतुर मानव-मस्तिष्क द्वारा आविष्कृत किसी भी चीज के मुकाबले अधिक फन्तासी-सदृश है। लोग अलबत्ता एक ऐसी अवस्था में पहुँच गये हैं कि सच्चाई की अपेक्षा उनके द्वारा आविष्कृत झूठ उन्हें अधिक समझने लायक जान पड़ते हैं, और पूरी दुनिया में ऐसा ही है। सच्चाई लोगों के चेहरों को घूर रही है और वे उसे नहीं देखते। इसके बजाय वे अपनी कल्पना की कुछ चीजों के पीछे भागते हैं क्योंकि वे सच्चाई को फन्तासी-सदृश और काल्पनिक समझकर खारिज कर देते हैं।"

दोस्तोयेव्स्की का यथार्थवाद उसी फन्तासी-सदृश और अवास्तविक लगने वाली सच्चाई को विश्वसनीय और प्रामाणिक बनाकर प्रस्तुत करने का सतत् प्रयोगशील प्रयास है। इसमें एक विलक्षण मेधावी मनोवैज्ञानिक की क्षमता, एक चिन्तक की बौद्धिक गहराई और एक पब्लिसिस्ट के गहन आवेग का संश्लेषण है। दोस्तोयेव्स्की ऐसे विचारधारात्मक उपन्यास के प्रवर्तक थे, जिसमें, सामान्य तौर पर, कथावस्तु का विकास और विन्यास विचारों के संघर्ष और विश्व-दृष्टिकोणों के संघातों द्वारा अनुकूलित होता था और प्रमुख पात्र अलग-अलग विचारों या विश्व-दृष्टिकोणों के प्रतिनिधि या मूर्त रूप होते थे। उन्होंने सामाजिक और दार्शनिक समस्याओं को अपूर्व-अनन्य ढंग से जासूसी कथावस्तु के फ्रेमवर्क में अवस्थित किया। अपनी कृतियों में प्रायः वह जटिल नैतिक-मनोवैज्ञानिक और सामाजिक-दार्शनिक समस्याओं को संरचना (कम्पोज़ीशन) की गतिकी, संघातों के विकास में निहित सस्पेन्स और अभिव्यजंनापूर्ण एवं सघर सान्द्र अभिव्यक्ति के जरिए 'पर्सनलाइज़' कर दिया करते थे।

अनातोली लुनाचार्स्की पहले ऐसे समालोचक थे जिन्होंने अपने कुछ महत्वपूर्ण लेखों में दोस्तोयेव्स्की के विश्व-दृष्टिकोण और कलात्मक-सौन्दर्यशास्त्रीय विचारों के अन्तरविरोधों की मार्क्सवादी अवस्थिति से सांगोपांग व्याख्या प्रस्तुत की। उन्होंने दोस्तोयेव्स्की के उपन्यासों के इस

या उस पात्र को उनके द्वारा अभिव्यक्त विचारों के आधार पर उसे लेखक का प्रतिनिधि या वैचारिक प्रवक्ता मान बैठने की प्रवृत्ति को नितान्त भ्रामक बताया और उनके द्वारा प्रस्तुत सामाजिक अन्तरविरोधों और पात्रों के आन्तरिक वैचारिक-भावनात्मक द्वन्द्वों के रूप में उनके परावर्तन एवं प्रतिफलन की वस्तुपरकता के आकलन पर तथा इस आधार पर दोस्तायेव्स्की के कृतित्व के मूल्यांकन पर बल दिया। उन्होंने यह दिखलाया कि हर सच्चे और महान कलाकार की तरह, यथार्थ की द्वन्द्वात्मकता के कलात्मक पुनर्सृजन में वस्तुपरकता एवं सच्चाई के अविचल-अकुण्ठ आग्रह और उत्कट मानवतावादी आग्रह के चलते अपनी प्रतिक्रियावादी दार्शनिक-राजनीतिक अवस्थिति के बावजूद दोस्तोयेव्स्की अपनी कृतियों में आम लोगों के पक्ष में खड़े होकर चीजों को देखने में सफल रहे और इस प्रकार उनका मौलिक किस्म का आलोचनात्मक यथार्थवाद उनके अनैतिहासिक और प्रतिगामी विचारों का अतिक्रमण करने में काफी हद तक सफल रहा। लुनाचार्स्की ने भी दोस्तोयेव्स्की के उपन्यासों में बहुस्वरता (पॉलीफोनी) की विशिष्टता को रेखांकित किया था, लेकिन मिखाईल मिखाइलोविच बख़्तीन ऐसे पहले सिद्धान्तकार थे जिन्होंने रैबिले ओर गोयठे के साथ-साथ दोस्तोयेव्स्की के उपन्यासों के विशिष्ट बहुस्वरीय चरित्र का सांगोपांग विशद अध्ययन प्रस्तुत किया। उनके अनुसार, "स्वतंत्र और अमिश्रित आवाजों और चेतनाओं की बहुलता, आवाजों की सच्ची बहुस्वरता और प्रत्येक आवाज अपने पूरे मूल्य के साथ--निश्चय ही, यह दोस्तोयेव्स्की के उपन्यासों की मूलभूत अभिलाक्षणिकता है।"

बख़्तीन का उपन्यास-सिद्धान्त उपन्यास को एक जड़ या स्थिर साहित्यिक 'कैनॅन' की तरह देखने के बजाय उसे स्थापित साहित्यिक विधानों का अतिक्रमण करने वाली विधा के रूप में देखता है और उसके इस गतिज चरित्र का मूल कारण अपूर्ण वर्तमान या समकालिकता के साथ इस विधा की सतत् अन्तर्क्रिया में देखता है। उनकी इस अवधारणा के मूल में उनकी यह भाषाशास्त्रीय अवधारणा थी कि संवाद केवल बोलने की क्रिया में ही नहीं बल्कि हमारी चिन्तन-प्रक्रिया में ही निहित होता है। हमारा चिन्तन अपने आप में हमारे और अन्यों के बीच अनबोले संवाद का एक रूप होता है। चूँकि समाज अलग-अलग आवाजों (विचारों, अवस्थितियों या अभिप्रायों) की बहुलता से निर्मित होता है, इसलिए यथार्थ का सटीक, वस्तुपरक चित्रण तभी सम्भव हो सकता है, जबकि कलाकृति में विविध और एक-दूसरे से टकराते दृष्टिकोणों का सांवादिक प्रतिनिधित्व हो। हालाँकि क्लासिकी यूनानी साहित्य में भी संवाद का तत्व एक संघटक अवयव के रूप में देखने को मिलता है, लेकिन यह साहित्य की किसी विधा की प्रमुख अभिलाक्षणिकता पूँजीवाद के ही युग में बन सकता था, जब समाज का आर्थिक मूलाधार वैयक्तिकता और जनवाद के मूल्यों-संस्कारों को जन्म दे चुका था। पूँजीवादी समाज में उपन्यास की विधा इस दृष्टि से सर्वाधिक प्रातिनिधिक और अनुकूलतम विधा के रूप में सामने आयी। उपन्यास एक लचीली और व्यापक चरित्र वाली विधा है। यह व्यक्तियों और सामाजिक अभिव्यक्तियों की विभिन्न कोटियों के लोकप्रिय एवं जनवादी आग्रह एवं आवश्यकता की पूर्ति करने वाली एक अन्वेषक एवं सतत विकासमान विधा के रूप में सामने आयी। महाकाव्य के एकालापी और बन्द सिरे वाले चरित्र के बरक्स इसका चरित्र संवादी और खुले सिरे वाला था। फिर भी ऐसा नहीं था कि पुनर्जागरण काल से लेकर उन्नीसवीं शताब्दी तक के सभी उपन्यास इन आदर्शों के सर्वथा अनुरूप हों। बहुतेरे उपन्यासकारों के कृतित्व में महाकाव्य की विधा से वह निर्णायक विच्छेद नजर नहीं आता, जितना कि बख़्तीन के अनुसार, रैबिले, गोएठे और दोस्तोयेव्स्की के कृतित्व में देखने को मिलता है। बख़्तीन ने यह स्पष्ट किया कि दोस्तोयेव्स्की के कृतित्व में "बहुस्वरता" (पॉलीफोनी) के जरिए उपन्यास ने जो सामाजिक और

मनोवैज्ञानिक अर्थ-गाम्भीर्य हासिल किया, वह अभूतपूर्व था। अपनी बहुस्वरीय प्रकृति के माध्यम से दोस्तोयेव्स्की के उपन्यास चरित्रों के व्यक्तिगत स्वरों और उन परिप्रेक्ष्यों के बीच, जिनका वे प्रतिनिधित्व करते थे, जटिल अन्तर्सम्बन्धों के चित्रण में अत्यन्त सफल सिद्ध हुए। दोस्तोयेव्स्की के उपन्यासों में बहुस्वरता की विशिष्टता प्रायः इस रूप में देखने को मिलती है कि कोई पात्र, अपने आन्तरिक एकालाप में, अन्य पात्र की बोली या कथन का प्रयोग करता है और इस तरह एक किस्म के आत्मगत, अनबोले संवाद की रचना करता है।

लेकिन बहुस्वरता की यही विशिष्टता दोस्तोयेव्स्की के उपन्यासों की अन्तर्वस्तु को समझने में एक तरह की जटिलता और विभ्रम को भी जन्म देती है। दोस्तोयेव्स्की के कृतित्व के अन्तरविरोधी चरित्र के चलते ही एक कलाकार और एक विचारक के रूप में प्रायः उनकी अन्तरविरोधी व्याख्याएँ प्रस्तुत की जाती रही हैं और उन्हें अस्तित्ववाद और नीत्शेपंथी अराजकतावादी व्यक्तिवाद तक का विचारधारात्मक पूर्ववर्ती सिद्ध करने की कोशिशें होती रही हैं।

लेकिन समालोचक और दार्शनिक विश्लेषकों के इन विभ्रमों के बावजूद, इतना तय है कि एक आम पाठक को, दोस्तोयेव्स्की के प्रतिगामी दार्शनिक विचारों के पहलू के बावजूद, उनके मानवतावादी और जनवादी सरोकार गहराई से प्रभावित करते हैं तथा बुर्जुआ व्यक्तिवाद की उनके द्वारा आलोचना उसके जड़ीभूत रूढ़िबद्ध संस्कारों पर अवचेतन की गहराइयों में उतरकर चोट करती है। एक सजग, विचारशील पाठक दोस्तोयेव्स्की से गहन आत्मीयता महसूस करता है।

बौद्धिक उपन्यास के सृजन में दोस्तोयेव्स्की की बेजोड़ मौलिकता और दक्षता ने समूची बीसवीं शताब्दी के विश्व साहित्य पर और साहित्यकारों पर गहरा प्रभाव छोड़ा। बीसवीं शताब्दी के एक महत्वपूर्ण आलोचनात्मक यथार्थवादी लेखक विलियम फॉकनर के शब्दों में : “दोस्तोयेव्स्की ने मुझ पर न केवल बड़ा प्रभाव डाला बल्कि उनकी रचनाओं को पढ़कर मुझे अपार आनन्द भी प्राप्त होता है और मैं उन्हें हर साल फिर से पढ़ता हूँ। अपनी लेखनी की प्रतिभा, लोगों की समझ और सहानुभूति की दृष्टि से वह एक ऐसे लेखक थे कि हरेक रचनाकार, अगर उसका बस चले, उनके बराबर होने का सपना देखता है।

अल्बर्तो मोराविया ने जिन अर्थों में यथार्थवाद को “लेखक का पराक्रम” बताया था, उन अर्थों में दोस्तोयेव्स्की भी एक पराक्रमी लेखक थे। लुनाचार्स्की ने कहा था, “स्मारकीय यथार्थवाद यथार्थवादी तत्वों का प्रयोग करते हुए उन्हें एक ऐसी कला-रचना में संयोजित करता है कि जो अत्यन्त सत्यपरक है और हमारे यथार्थ में विद्यमान अथवा उपलब्ध तत्वों एवं उनकी अन्योन्यक्रिया की दृष्टि से सर्वथा उचित है। किन्तु वह विराट बिम्बों की रचना भी कर सकता है, जो यथार्थ वास्तविकता में तो नहीं मिलते, किन्तु सामूहिक शक्ति के साकार रूप होते हैं।” अपने तमाम वैचारिक अन्तरविरोधों के बावजूद दोस्तोयेव्स्की का यथार्थवाद भी ऐसा ही स्मारकीय यथार्थवाद है।

–कात्यायनी
सत्यम

'अपराध और दंड' के बारे में कुछ शब्द

यह बात बहुत पहले ही मानी जा चुकी है कि फ़्योदोर दोस्तोयेव्स्की (1821-1881) एक महान रचनाकार हैं। उनका नाम दान्ते, शेक्सपियर, सेर्वान्तेस और गेटे के नामों के साथ लिया जाता है। चूँकि उनकी मृत्यु को अभी सौ बरस ही बीते हैं, इसलिए उनकी साहित्यिक धरोहर का ऐसा गहन और चहुँमुखी अध्ययन तथा अन्वेषण नहीं हो पाया है जैसा 'दैवी कामदी', 'हैमलेट', 'डोन-क्विक्ज़ोट' और 'फ़ाउस्ट' के सृजनकारों की धरोहर का हुआ है।

'अपराध और दंड' (1866) लेखक के सभी उपन्यासों में से सबसे आसानी से पढ़ा जा सकनेवाला उपन्यास है। यद्यपि समझने की दृष्टि से यह एक कठिन और गूढ़ रचना है। बाद में रचे गए 'मूर्ख' (1868), 'भूत' (1872), 'किशोर' (1875), 'कारामाज़ोव बन्धु' (1879-1880) उपन्यासों में दोस्तोयेव्स्की ने इससे भी गहरे तथा व्यापक कलात्मक विचारों को चरितार्थ किया।

इस उपन्यास को लेकर प्रचलित धारणाएँ अपेक्षाकृत सरलीकृत हैं, जिनमें सारा ध्यान उसकी अन्तर्वस्तु के किसी एक पहलू पर केन्द्रित किया जाता है। मसलन, 'अपराध और दंड' को प्रायः एक क़िस्म का 'फ़ौजदारी' का उपन्यास माना जाता है (यह मत ख़ासतौर पर अमरीकी पाठकों और समालोचकों में प्रचलित है) अथवा उसे कोरी **राजनीतिक** कृति समझा जाता है, जो तथाकथित निषेधवादियों (मूलतः लैटिन शब्द nihil) अर्थात गत शती के सातवें दशक के विप्लवी और क्रान्तिकारी विचारमना रूसी युवाजन के विरुद्ध लक्षित है (कुछ समय से यह दृष्टिकोण पश्चिम यूरोप में बड़ा लोकप्रिय होता गया है)। इसके अलावा, कुछ लोग 'अपराध और दंड' को उपन्यास रूपी एक दार्शनिक निबन्ध भी कहते हैं।

निस्सन्देह, उपन्यास में ये सभी बातें किसी-न-किसी हद तक मौजूद हैं। दोस्तोयेव्स्की ने हत्यारे की मनोदशा का सूक्ष्मतम, बेजोड़ कलात्मक 'विश्लेषण' किया था। इस बात में भी कोई सन्देह नहीं कि उपन्यास रूसी निषेधवाद से गहरे रूप से सम्बन्धित है। इसी तरह इसमें तनावपूर्ण नैतिक-दार्शनिक मर्म भी भरपूर है। लेकिन मूल बात कुछ और ही है।

दोस्तोयेव्स्की की रचना-कला तक पहुँचने का रास्ता उनके कृतित्व के वर्तमान सोवियत अध्येताओं की रचनाओं में, खासतौर पर मिख़ाईल बाख़्तिन (1895-1975) की समीक्षा 'दोस्तोयेव्स्की के रचना-जगत की समस्याएँ' में, जिसका गत वर्षों में अनेक विदेशी भाषाओं में प्रकाशन हो चुका है, दर्शाया गया है। उपरोक्त निबन्ध में दिखाया गया है कि दोस्तोयेव्स्की के उपन्यासों के मूलाधार में **विचार-मानव** यानी ऐसे चरित्र हैं जो इस या उस विचार के अन्धाधुन्ध समर्थक हैं। 'अपराध और दंड' इसका साकार रूप है; इसमें नायक ने अपने सर्वस्व को एक भ्रामक ही नहीं वरन भयावह विचार के लिए अर्पित कर दिया है...।

वे समीक्षक, जो 'अपराध और दंड' को (अथवा लेखक के किसी और उपन्यास को भी) खुद रचयिता के एक निश्चित दार्शनिक एवं नैतिक विचार की कलापूर्ण अभिव्यक्ति मात्र समझते हैं,

वे मामले को बस निस्सार बना देते हैं। तुर्रा यह कि उपन्यास में जो विचार अन्तर्निहित है, वह **रचनाकार** का नहीं बल्कि उसके **नायक** का होता है। इसलिए होता यह है कि बहुत-सी समीक्षाओं में ऐसे विचार को स्वयं दोस्तोयेव्स्की की मनोभावना की अभिव्यक्ति समझ लिया जाता है। यह रवैया पश्चिम जगत में लोकप्रियता प्राप्त ह्रासवाद (decadency) के रूसी चिन्तकों द. मेरेज्कोव्स्की, अ. वोलीन्स्की, ल. शेस्तोव, स. बुल्गाकोव, व. लोस्की, स. फ़्रान्क आदि की रचनाओं में देखा जा सकता है।

सर्जक दोस्तोयेव्स्की की गरिमा बहुत हद तक यह है कि उनमें **पराये** विचारों और उनकी प्रगति को मूर्त रूप देने की अपार योग्यता थी। इसी की बदौलत वह विचारों के दीवाने रस्कोलनिकोव, मीश्किन ('मूर्ख'), कारामाज़ोव बन्धु आदि के बृहत बिम्ब, समाज से उनकी त्रासदीपूर्ण टक्कर के ज़रिए चित्रित करने में समर्थ हुए।

इसीलिए 'अपराध और दंड' को हत्या का चित्रण करनेवाला एक 'फ़ौजदारी' का उपन्यास समझना कोरी सतही अनुभूति ही है, जो दोस्तोयेव्स्की की इस कृति का वास्तविक सार प्रकट करने से कोसों दूर रहती है। **अपराध–शब्द के क़ानूनी अर्थ में**–रस्कोलनिकोव का, जो प्रतीक रूप में 'विचारों का दीवाना' है, महज़ ऊपरी लक्षण है। हत्या करते समय वह अपने विचारों को या जो ज़्यादा सच है, विचारों के दीवाने के रूप में अपने आपको **आज़मा लेता है।** जहाँ तक 'अपराध' शब्द का सवाल है तो उपन्यास में यह शब्द उसकी क़ानूनी परिभाषा से कहीं अधिक गहरा एवं व्यापक अर्थ रखता है। यहाँ चर्चा सभी मानवीय मानदंडों तथा नियमों का–सामाजिक, नैतिक, धार्मिक, जैविक–उल्लंघन करने की है। रस्कोलनिकोव के सामने जो मक़सद है, उसके मद्देनज़र उसका कृत्य हत्या हरगिज़ नहीं (लूट की बात तो दूर रही) बल्कि हत्या कर देने के नाते स्वयं **अधिकार** की अभिपुष्टि है।

अपनी आन्तरिक प्रेरणा को देखते हुए रस्कोलनिकोव द्वारा की जानेवाली हत्या क़ानूनी अर्थ में कोई हत्या है ही नहीं, क्योंकि उसके पीछे न तो धनलोलुपता है, न बदले की लालसा और न परपीड़न-रति (Sadism) ही। रस्कोलनिकोव ने न केवल चुराए गए ज़ेवरों का कोई लाभ नहीं उठाया बल्कि उसने उन्हें खोलकर देखा तक नहीं। इतना ही नहीं, जैसा कि बाद में मालूम हो गया, वह **पहले से खूब जानता था** कि ये ज़ेवर उसे बिलकुल दरकार नहीं। उपन्यास में इसके बारे में साफ़ बताया गया है, "उसने फ़ैसला किया...कि उसकी योजना 'अपराध नहीं' थी।"

फिर भी रस्कोलनिकोव का कर्म किसी भी क़िस्म के अपराध से **अधिक भयानक** है। वह अपने आगे और सारी दुनिया के आगे यह साबित कर देने के लिए लालायित है कि हद या सीमा नाम की कोई चीज़ नहीं होती, कि **हर चीज़ को पार किया जा सकता है।** वह सोनिया मार्मेलादोवा से कहता है, "अगर मैंने उसकी हत्या सिर्फ़ इसलिए की होती कि भूखा था, तो मैं इस वक़्त...खुश होता !"

बाद में, निर्वासन में रस्कोलनिकोव को "सभी लोग नापसन्द करते थे और सभी उससे कतराते थे...जो लोग उससे भी ज़्यादा अपराधी थे...।" कारण यह कि **क़ानूनी निगाह से** ये ज़्यादा घोर अपराधी महसूस कर रहे थे कि रस्कोलनिकोव ने जो कुछ किया था उसके साथ दानवी अर्थ जुड़ा हुआ है।

परन्तु उपन्यास के कलात्मक ताने-बाने में रस्कोलनिकोव की अकाट्य निन्दा नहीं की गई है। वह कोई 'नकारात्मक' नायक (पात्र) तो है नहीं। इस प्रसंग में यह कहना सर्वथा उचित होगा कि वह प्रचलित मत सरासर ग़लत है कि मानो 'अपराध और दंड' **निषेधवाद-विरोधी** उपन्यास हो,

अर्थात ऐसा, जो अन्तिम विश्लेषण में। क्रान्तिकारियों के विरुद्ध ही लक्षित हो।

दोस्तोयेव्स्की क्रान्ति के **पक्के** शत्रु थे और अपनी कई कृतियों (उदाहरण के लिए 'भूत' उपन्यास) में उन्होंने कुछ ऐसे चरित्रों की सर्जना की, जो क्रान्तिकारी आन्दोलन में शरीक लोगों के प्रति उनका नकारात्मक रुख़ प्रकट करते हैं।

लेकिन 'अपराध और दंड' के नायक में कोई ऐसे स्वार्थी, नीच और नफ़रत पैदा करनेवाले अवगुण ज़ाहिर नहीं हैं। एक हत्यारे के बारे में यह बात चाहे विचित्र ही क्यों न लगे, पर रस्कोलनिकोव में अनैतिक तथा मानवद्वेषी गुण भी नहीं हैं। हाँ, उसने क़त्ल तो कर दिया किन्तु इसमें वह दिल और दिमाग़ से कुछ ऐसा बेहद महत्त्वपूर्ण और अति आवश्यक काम निबटाने के विचार से प्रेरित था जो उसके अपने लिए ही नहीं वरन सारी मानवजाति के लिए महत्त्व रखता था। उपन्यास के अन्त में रस्कोलनिकोव के बारे में बताया गया है कि 'वह एक विचार के लिए...हज़ार बार अपने जीवन की बलि देने को तैयार रह चुका था।' इसमें कोई शक नहीं कि यदि विचार की ख़ातिर वह किसी और की ज़िन्दगी को नहीं बल्कि खुद अपनी जान क़ुरबान करना आवश्यक समझता तो वह ऐसा बेहिचक कर देता। इससे भी बढ़कर, अपने जुर्म के बारे में रस्कोलनिकोव सोनिया से कहता है, ''मैंने खुद अपनी हत्या की, उस खूसट बुढ़िया की नहीं...।'' हम समझते हैं कि इस स्वीकारोक्ति में सच्चाई ज़रूर है। हत्या कर देने के बाद रस्कोलनिकोव ने महसूस किया कि 'उसने मानो कैंची से अपने आपको हर आदमी से और हर चीज़ से काटकर अलग कर दिया हो।' वह अपनी माँ और बहन को भी गले नहीं लगा सकता। आख़िरकार वह अपनी मर्ज़ी से निर्वासित होकर साइबेरिया चला जाता है।

'अपराध और दंड' रचते समय दोस्तोयेव्स्की ने लिखा था, ''उपन्यास का विचार ...जीवन का ज्ञान और चेतना...पक्ष तथा विपक्ष के ऐसे अनुभव से प्राप्त होते हैं जिसे अपने कन्धों पर ढोना चाहिए।'' और रस्कोलनिकोव अपराध के सारे दायित्व को तथा उसकी सारी दर्द-पीड़ा को ''अपने कन्धों पर ढोता है'' और यही वह चीज़ है जो पाठक के दिल में उसके प्रति सहानुभूति पैदा करती है।

दोस्तोयेव्स्कीकृत उपन्यास इसलिए निषेधवाद-विरोधी नहीं है (अर्थात, अन्तिम विश्लेषण में, क्रान्ति-विरोधी नहीं है—दोस्तोयेव्स्की के ख़्याल में निषेधवाद और क्रान्तिकारिता पर्याय थे) कि इसमें विचार के दीवाने का—दोस्तोयेव्स्की के लिए पराये तथा ग़ैर-विचार के दीवाने का—उत्तम, कलात्मक, वस्तुनिष्ठ चित्रण किया गया है। यहाँ उत्प्रवासी लेखक इवान बूनिन के इस कथन का हवाला देना उचित लगता है, ''दोस्तोयेव्स्की खुद भी रस्कोलनिकोव थे। मुझे दोस्तोयेव्स्की से...नफ़रत है !...यहीं से रूस में सब कुछ आरम्भ हुआ : ह्रासवाद (decadency), आधुनिकतावाद (modernism), क्रान्ति...''

ज़ाहिर है, बूनिन का कहना सच नहीं है : दोस्तोयेव्स्की किसी भी हद तक रस्कोलनिकोव नहीं थे। पर एक प्रतिभासम्पन्न कलाकार होने के नाते उन्होंने रस्कोलनिकोव की उद्विग्नता का पूर्णतः यथार्थ चित्रण किया, या यों भी कहा जा सकता है कि उसकी भीतरी, आत्मगत सच्चाई की अभिव्यक्ति की। लाक्षणिक बात यह है कि समालोचक और दार्शनिक निकोलाई स्त्राख़ोव ने, जो दोस्तोयेव्स्की के सहयोगी और क्रान्ति के उनसे भी कट्टर शत्रु थे, लिखा है कि 'रस्कोलनिकोव असली इंसान है...मानव-प्रकृति का समृद्ध रूप' है और एक सच्चा त्रासदीपूर्ण पात्र होने के कारण 'पूरी हमदर्दी' जाग्रत करता है।[1]

1. 'फ़. दोस्तोयेव्स्की की जीवनी, पत्र-व्यवहार और नोटबुक की टिप्पणियाँ', पीटर्सबर्ग, 1883।

लेकिन चर्चित उपन्यास की व्याख्या एक 'निषेधवाद-विरोधी' कृति के रूप में करना एक और कारण से भी ग़लत होगा। अधिकांश अन्य उपन्यासों की भाँति 'अपराध और दंड' की नींव में ठोस ऐतिहासिक वास्तविकता मौजूद है। दोस्तोयेव्स्की ने गत शती के सातवें दशक के पीटर्सबर्ग के एक ग़रीब विद्यार्थी का बड़ी सच्चाई के साथ चित्रण किया है, जब रूसी युवक-युवतियाँ निषेधवादी आन्दोलन से, यानी राज्य से लेकर परिवार तक जीवन से सभी रूढ़िगत रूपों एवं नियमों के परित्याग की भावना से, आन्दोलित थे।

लेकिन हर सचमुच महान कलाकृति की भाँति ही दोस्तोयेव्स्की का यह उपन्यास दिक्काल में सीमित कुछ परिघटनाओं विशेष का छविचित्र मात्र नहीं है बल्कि समग्र रूप में मानव-अस्तित्व का गहन एवं सम्यक् विचार-मनन है। ख़ैर, दोस्तोयेव्स्की एक निश्चित यथार्थता पर अवस्थित और उससे निदेशित थे, अतएव उनके समकालीनों के विचार आसानी से समझे जा सकते हैं; जो 'अपराध और दंड' को मुख्यतया निषेधवाद का 'खंडन करनेवाला' उपन्यास मानते थे, वे बस वही सब कुछ ग्रहण करते थे जो सतह पर था और उसमें निहित सामान्य तात्त्विक मानवीय अर्थ समझने में चूक जाते थे।

इसीलिए 'अपराध और दंड' में रूसी निषेधवाद को लेकर अभी तक जो वाद-विवाद चल रहा है, वह काफ़ी हद तक निराधार ही है। बेशक, उसमें यह विषय अवश्य उपस्थित है, लेकिन उपन्यास बहुत पहले सामान्य मानवीय अस्तित्व के क्षेत्र में आ चुका है।

एक और मान्यता अधिक ध्यान देने योग्य प्रतीत होती है, जिसे औरों के अलावा सुख्यात इतालवी लेखक अल्बेर्तो मोराविया...[1] ने व्यक्त किया है; उन्होंने रस्कोलनिकोव को 'प्रति-नायक', 'मामूली-सा और दिवालिया व्यक्ति' कहा है। उनका कहना है कि 'सच्चे नायक का भी दिवाला पिट सकता है लेकिन इस सूरत में दिवाला ख़ुद उसका नहीं वरन उससे बाहर मौजूद परिस्थितियों का पिटता है।' मोराविया की राय में ओडिसी, हैमलेट और रॉबिनसन क्रूसो जैसे नायक 'मौत के अलावा, जो वीरों की-सी मौत बन जाती है, किसी और पराजय को नहीं जानते।'

पहली नज़र में मोराविया का यह उद्‌गार सच लग सकता है, क्योंकि उन्होंने रस्कोलनिकोव तथा कला-जगत में उसके बहुत से 'पूर्ववर्तियों' के बीच एक साधार भेद दिखाया है। सचमुच, रस्कोलनिकोव की पराजय ख़ुद उसमें निहित है भी, किन्तु मोराविया यह ध्यान रखने में चूक गए कि रस्कोलनिकोव को और दोस्तोयेव्स्की द्वारा रचे गए अन्य पात्रों को समझने के लिए उनके पूर्ववर्तियों से तुलना के अलावा एक दूसरा मापदंड भी आवश्यक है। दोस्तोयेव्स्की के नायक-नायिकाओं में मानव आत्मा एवं कर्म की गति को एक अन्य, उच्चतम स्तर पर पहुँचा दिया गया है।

मोराविया का यह कहना तो सच है कि इससे पहले के नायकों का 'दिवाला पिट जाना' उनके बाहर मौजूद परिस्थितियों में निहित था किंतु हमारी राय में इसके साथ इतना और जोड़ देना भी न्यायसंगत होगा कि इन नायकों की जीतों के पीछे भी बाह्य परिस्थितियाँ ही काम करती थीं। ध्यान देने योग्य बात है कि ओडिसी इताका का राजा था, हैमलेट डेनमार्क का राजकुमार था और क्रूसो एक असभ्य द्वीप का स्वामी था। ये नायक असल में उन विशिष्ट मानवीय समानताओं का प्रत्यक्ष रूप से प्रतिनिधित्व करते हैं (मोराविया के कथनानुसार), जिन पर अवलम्बित हैं और जिनके साथ वे अपने हर काम का दायित्व बाँध देते हैं।

1. Moravia, Alberto, 'Un Mese in URSS', Milano, Bompiani, 1958 (अल्बेर्तो मोराविया, 'एक माह सोवियत संघ में')।

लेकिन पीटर्सबर्ग का कंगाल छात्र रस्कोलनिकोव खुद अपने पर ही भरोसा करता है और हर चीज़ के लिए खुद ज़िम्मेदार है और बावजूद इसके कि वह 'विश्वव्यापी' समस्याएँ हल करने पर तुल जाता है, वह अपने आपको सारे संसार के माप से मापता है। पूर्ववर्ती साहित्य में रस्कोलनिकोव जैसा पात्र केवल अलग से ही सामने आ सकता था, ऐसे आदमी की हैसियत से जो केवल अपनी खुशहाली के लिए ही मैदान में कूदता है। इसकी मिसालें थे; चुलबुले उपन्यासों के नायक (जो अक्सर निर्धन त्रिद्यार्थी होते थे) अथवा बल्ज़ाक और थैकरे की सामाजिक विषयोंवाली कृतियों के नायक।

लगे हाथ हम यह भी कह दें कि रस्कोलनिकोव की तुलना अक्सर बल्ज़ाक के रस्तिन्याक जैसे पात्रों से की जाती थी। लेकिन ऐसी तुलना सरासर भ्रामक है। हाँ, 'अपराध और दंड' में 'रस्तिन्याक' जैसा पात्र है। वह प्योत्र लूजिन है। पर हर कोई साफ़ समझता है कि रस्कोलनिकोव की तुलना में लूजिन की हैसियत दो कौड़ी की है।

मुख्य बात भी यह नहीं है कि लूजिन सरासर 'स्वार्थी' उद्‌देश्य के पीछे पड़ा रहता है, बल्कि यह है कि यह उद्‌देश्य बहुत सीमित, साधारण-सा है। रस्कोलनिकोव के बारे में वही कुछ कहा जा सकता है जो इवान कारामाज़ोव के बारे में कहा जाता है, 'उसे लाखों की दौलत की ज़रूरत नहीं है, उसे समस्या हल करने की चाह है,' जबकि लूजिन का सपना पैसे के आगे नहीं जाता, क्योंकि 'इस दौलत के बल पर ही तो वह उन सब लोगों के बराबर पहुँच गया था जो किसी ज़माने में उससे बहुत ऊँचे माने जाते थे।' रस्कोलनिकोव मानसिक विकास के दूसरे ही चरण पर था : उसके लिए तो लाखों की मदद से 'बड़ाई' पाना औपचारिक, मायावी बड़ाई, एक तरह का खिलौना होता, जिससे केवल वयस्क बच्चे ही अपना मनबहलाव कर सकते। हत्या के ज़रिए वह श्रेष्ठता का—अपने व्यक्तित्व कीं श्रेष्ठता का न कि बाह्य परिस्थितियों की श्रेष्ठता का—असंदिग्ध, यथार्थ अधिकार साबित करना चाहता था (क्योंकि मानव के हाथ में जमा लाखों की दौलत तो केवल परिस्थितियाँ ही हैं न कि उसके व्यक्तित्व के गुण-अवगुण)।

अस्तु, रस्कोलनिकोव दूनिया पर अपनी धाक जमाने का प्रयास करता था, जो केवल उसके व्यक्तित्व पर आश्रित हो—इसका मतलब है कि उसने सारा संसार अपने में समा लेने, अपने को विश्व का क़ानून प्रमाणित करने, या यूँ समझिए कि ईश्वर का स्थान लेने का उद्‌देश्य अपने सामने रखा था।

सोनिया मार्मेलादोवा के सामने दिल खोलते हुए वह भगवान की तरह पेश आता है, "मैं तुम्हारे सामने नहीं बल्कि समस्त पीड़ित मानवता के सामने सिर झुका रहा था।" और सोनिया ने उसे ऐसा मनुष्य समझा जो भगवान होने का दावा करता है।

तो अल्बेर्तो मोराविया की बात पर फिर वापस लौटें। उनका यह कहना सच है कि रस्कोलनिकोव की पराजय खुद उसमें निहित है। इसका कारण यह है कि पहले के नायकों—ओडिसी से लेकर फ़ाउस्ट तक—से भिन्न रस्कोलनिकोव ने दुनिया का अन्तःकरण बनने को उद्यत होकर अपने में विश्व का क़ानून समा लिया। इसीलिए उसने पराजय, या अधिक सच कहा जाए तो, सज़ा भी अपने में ढूँढ़ ली। तो क्या उससे वह अपने पूर्ववर्ती नायकों से कम हो गया ?

मोराविया इंगित करते हैं कि इन नायकों की गरिमा में कभी-कभी 'अन्याय और दुश्चरित्रता' का पुट मिलता है। नतीजे के तौर पर वह मानते हैं कि रस्कोलनिकोव भी अन्यायी और अनैतिक है, लेकिन ओडिसी तथा फ़ाउस्ट की तरह वह उसे सह न पाया। पर अन्तिम विश्लेषण में रस्कोलनिकोव न्यायी और नीतिपरायण है, क्योंकि सामान्य नैतिक क़ानून खुद उसी में है, उसने

उसे अपने में समा लिया और खुद अपने को दंडित किया। परिणामतः उसकी पराजय कला-जगत में उसके 'पूर्ववर्तियों' की विजयों से ऊपर है। दोस्तोयेव्स्की की दृष्टि में रस्कोलनिकोव रूसी जनता और समग्र मानवजाति का 'प्रतिनिधित्व' करता है।

रस्कोलनिकोव ने अपना अपराध 'अपने कन्धों पर ढोया,' विचार की ख़ातिर अपने को बलि चढ़ा दिया और अपनी परिणति से उस विचार के मिथ्या स्वरूप एवं निष्फलता को दर्शाया। सोनिया मार्मेलादोवा इसे परम सत्य ही मानती है : "मैं नहीं समझती कि दुनिया में कोई भी तुमसे ज़्यादा दुखी होगा !" विचार के इस दीवाने की त्रासदी विश्व कला में महानतम त्रासदियों में से एक है।

इस संक्षिप्त भूमिका में 'अपराध और दंड' से सम्बद्ध मात्र कुछेक प्रश्न ही छू लिये गए हैं। दोस्तोयेव्स्की रचित कलापूर्ण जगत विविध एवं अनेकार्थी है। इसमें 'दस्तावेज़ी' बयान का प्रायः उद्वेगपूर्ण गूढ़ता के साथ, सामाजिक समस्याओं का सामान्य नीतिशास्त्रीय तर्क-वितर्क के साथ मेल होता है। उनके बहुसंख्य नायक-नायिकाएँ—सोनिया मार्मेलादोवा, स्विद्रिगाइलोव, वकील पोर्फ़िरी पेत्रोविच, दूनिया रस्कोलनिकोव, रज़ुमीख़िन, कतेरीना इवानोव्ना आदि-आदि अपने ढंग से बहुत गूढ़ और उलझे हुए जटिल पात्र हैं। किन्तु उपन्यास के मूल में 'विचार के दीवाने', 'मिथ्या विचार के दीवाने' की दुखान्त कहानी और संसार तथा जीवन से उसकी टक्कर की दास्तान ही है।

—वदीम कोजिनोव

भाग : 1

•

1

शुरू जुलाई की एक शाम को, जब बेहद गरमी पड़ रही थी, एक नौजवान स. गली की अपनी दुछत्ती में से निकला। और क. पुल की ओर इस तरह धीरे-धीरे चलने लगा मानो उसे कोई संकोच हो रहा हो।

सीढ़ियों पर मकान-मालकिन से मुठभेड़ होने से वह साफ़ बचकर निकल आया था। उसकी दुछत्ती पाँच मंज़िल के एक ऊँचे से घर की एकदम ऊपरवाली छत के नीचे थी; कमरा क्या था, एक अल्मारी जैसी थी। मकान-मालकिन उसके ठीक नीचेवाली मंज़िल पर रहती थी; वह उसे दोपहर का खाना देती थी, और कोई काम पड़ने पर उसकी नौकरानी मौजूद रहती थी। जब वह बाहर जाता था तो उसे उसकी रसोई के सामने से होकर निकलना पड़ता था, जिसका दरवाज़ा हमेशा खुला रहता था। हर बार उधर से गुज़रते हुए उस नौजवान को झिझक-सी होती थी और डर लगता था, जिसकी वजह से उसकी त्योरियों पर बल पड़ जाते थे और शर्म महसूस होती थी। उसके ऊपर मकान-मालकिन का क़ाफ़ी क़र्ज़ चढ़ा हुआ था, और वह उससे मिलते डरता था।

इसकी वजह यह नहीं थी कि वह कायर और दब्बू था, बल्कि उल्टी ही बात थी; लेकिन इधर कुछ समय से उसके दिमाग़ पर बोझ कुछ ज़्यादा ही रहा था और वह इतना चिड़चिड़ा हो गया था कि उसे यह भ्रम होने लगा था कि वह बीमार है। वह अपने आपमें इतनी पूरी तरह खोया रहने लगा था और अपने साथियों से कटकर इतना अलग हो गया था कि उसे मकान-मालकिन से ही नहीं बल्कि किसी से भी मिलते डर लगता था। ग़रीबी ने उसे बिलकुल कुचलकर रख दिया था, लेकिन इधर कुछ समय से अपने हाल पर सोच नहीं पा रहा था। उसने व्यावहारिक महत्त्व की बातों की ओर ध्यान देना छोड़ दिया था; शायद उसमें ऐसा करने की कोई इच्छा ही नहीं रह गई थी। वह मकान-मालकिन से, जो उसके ख़िलाफ़ कुछ भी कर सकती थी, कत्तई डरता न था। लेकिन सीढ़ियों पर रोका जाना, उसकी छोटी-मोटी, बेसिर-पैर की गप-शप, पैसों की अदायगी के तक़ाज़े, धमकियाँ और शिकायतें सुनने के लिए मजबूर किया जाना, और बहाने खोजने के लिए अपने दिमाग़ पर ज़ोर देना, टालमटोल करना, झूठ बोलना—नहीं, इस सबसे अच्छा तो वह यही समझता था कि बिल्ली की तरह दबे पाँव सीढ़ियों से नीचे सरक जाए और किसी के देखे बिना वहाँ से खिसक जाए।

लेकिन इस बार बाहर सड़क पर निकलने पर उसे अपनी क़र्ज़ देनेवाली का सामना होने के डर का तीव्र आभास हुआ।

'मैं एक ऐसा काम करने की कोशिश करना चाहता हूँ और ऐसी छोटी-मोटी बातों से डरता हूँ,' उसने एक विचित्र-सी मुस्कुराहट के साथ सोचा। 'हुँह !...हाँ, सब कुछ आदमी के अपने हाथ में होता है और वह अपनी बुज़दिली की वजह से सब कुछ गँवा देता है, यह एक मानी हुई बात है। यह जानना बहुत दिलचस्प होगा कि आदमी सबसे ज़्यादा किस चीज़ से डरता है। वह सबसे ज़्यादा डरता है कोई नया क़दम उठाने से, कोई नई बात कहने से...लेकिन मैं बक-बक बहुत कर रहा हूँ। चूँकि मैं बक-बक बहुत करता हूँ इसीलिए मैं कुछ करता नहीं। या शायद बात यह है कि मैं कुछ करता नहीं इसलिए बक-बक करता हूँ। यह बक-बक करना मैंने इधर पिछले एक महीने के दौरान सीखा है...अपनी माँद में कई-कई दिन पड़े रहकर सोचते रहते के दौरान...तीसमारख़ाँ के बारे में। मैं इस वक़्त वहाँ क्यों जा रहा हूँ ? क्या मैं वह कर पाऊँगा ? क्या वह संजीदा बात है ? वह तो महज़ मेरा अपना दिल बहलाने के लिए एक कोरी कल्पना है; एक खिलौना ! हाँ, शायद वह एक खिलौना ही है।'

सड़क पर बेहद गरमी थी; और वह उमस, शोर-गुल और पलस्तर, पाड़, ईंटें, धूल और पीटर्सबर्ग की वह ख़ास बदबू, जिससे वे सभी लोग इतनी अच्छी तरह परिचित हैं जो गर्मियों में वहाँ से कहीं बाहर नहीं निकल पाते—इन सब चीज़ों ने उस नौजवान के मानसिक तनाव को और कष्टप्रद बना दिया था। उन शराबख़ानों से आनेवाली असह्य दुर्गन्ध ने, जिनकी संख्या शहर के इस हिस्से में विशेष रूप से अधिक थी, और नशे में धुत्त उन लोगों ने, जो आज काम का दिन होने के बावजूद उसे लगातार आते-जाते मिल रहे थे, इस चित्र के दुखद घिनौनेपन की रही-सही कसर भी पूरी कर दी थी। नौजवान के सुसंस्कृत चेहरे पर एक क्षण के लिए अत्यन्त गहरी विरक्ति की झलक दिखाई दी। वह बेहद ख़ूबसूरत था, औसत से अधिक लम्बा क़द, छरहरा, गठा हुआ बदन, सुन्दर काली आँखें और गहरे सुनहरे रंग के बाल। शीघ्र ही वह गहरे विचारों में डूब गया, बल्कि यह कहना ज़्यादा सही होगा कि उसका दिमाग़ किसी भी प्रकार के विचार से बिलकुल खाली था; यह देखे बिना कि उसके चारों ओर क्या हो रहा है वह चलता रहा और उसे इसकी कोई फ़िक्र भी नहीं थी। अपने आपसे बातें करने की आदत की वजह से, जिसे उसने अभी स्वीकार किया था, वह बीच-बीच में कुछ बुदबुदाने लगता था। इन क्षणों में उसे इस बात का आभास होने लगता था कि उसके विचार कभी-कभी उलझ जाते थे, वह बहुत कमज़ोर था; दो दिन से उसने शायद ही कुछ खाया था।

वह इतने बुरे कपड़े पहने था कि जिस आदमी को मैले-कुचैले रहने की आदत होती उसे भी ऐसे चीथड़े पहनकर सड़क पर निकलने में शर्म आती है। लेकिन शहर के उस हिस्से में कपड़ों की किसी भी ख़ामी से शायद ही किसी को कोई आश्चर्य होता। भूसा मंडी की समीपता, बदनाम अड्डों की बहुतायत, और पीटर्सबर्ग के बीचोंबीच इन सड़कों पर और गलियों में कारीगरों और दस्तकारों की रेल-पेल की वजह से सड़कों पर ऐसे भाँति-भाँति के लोग दिखाई देते थे कि कोई आदमी कितना ही अजीब क्यों न हो, किसी को उस पर आश्चर्य नहीं होता था। लेकिन नौजवानी की तमाम नाज़ुकमिज़ाजी के बावजूद उसे सड़क पर अपने फटे-पुराने कंपड़ों की वजह से सबसे कम चिन्ता हो रही थी तो इसका कारण नौजवान के हृदय में भरी हुई अपार कटुता और तिरस्कार ही था। पहले की बात छोड़ दें तो जान-पहचान के किसी आदमी से या अपने पहले के यार-दोस्त से मिलना उसे दरअसल किसी वक़्त भी अच्छा नहीं लगता।...फिर भी जब शराब के नशे में चूर एक आदमी, जिसे न जाने क्यों एक बड़ी-सी गाड़ी में, जिसमें रेहड़ी खींचनेवाला तगड़ा-सा घोड़ा जुता हुआ था, कहीं ले जाया जा रेहा था, अचानक उसके पास से होकर गुज़रते समय उसकी ओर

उँगली उठाकर और अपने गले का पूरा ज़ोर लगाकर चिल्लाया—'ऐ, जर्मन हैटवाले !'—तो वह नौजवान ठिठक गया और उसने काँपते हाथ से अपनी हैट पकड़ ली। यह ज़िम्मरमैन की बनी हुई ऊँची-सी गोल हैट थी, लेकिन वह बिलकुल घिस चुकी थी; वह इतनी पुरानी थी कि लगता था उसमें ज़ंग लग गया है; वह बिलकुल फट गई थी और जगह-जगह उस पर मैल के धब्बे दिखाई पड़ रहे थे, उसकी कमर बिलकुल ग़ायब थी और एक ओर वह बहुत बेढंगे तरीक़े से झुकी हुई थी। लेकिन शर्म ने नहीं बल्कि एक बिलकुल ही दूसरी भावना ने, जो भय से मिलती-जुलती थी, उसे आ दबोचा था।

"मैं जानता था," वह बुदबुदाया। "मैंने पहले ही सोचा था ! यही तो सबसे बुरी बात है ! ऐसी ही ज़रा-सी नादानी से, इतनी मामूली छोटी-सी बात से सारा बना-बनाया खेल बिगड़ जा सकता है ! हाँ, मेरी हैट की ओर सभी का ध्यान जाता है...वह देखने में लगती ही इतनी बेतुकी है कि किसी का भी ध्यान उसकी ओर जाएगा...अपने इन चीथड़ों के साथ मुझे टोपी पहनना चाहिए, किसी भी क़िस्म की पुरानी चपटी नान-जैसी टोपी, न कि यह बेहूदा चीज़। ऐसी हैट तो कोई भी नहीं पहनता, जो मील भर दूर से नज़र आती है, जो याद रहती है...असल बात तो यह है कि लोगों को यह याद रहेगी, और इससे उन्हें सुराग़ मिल जाएगा। इस काम के लिए तो चाहिए यह कि आदमी जितना कम नज़र में आए उतना ही अच्छा...छोटी-छोटी बातें ही तो असल चीज़ होती हैं !...अरे, ऐसी ही छोटी-छोटी बातें, छोटी-छोटी बातों से हमेशा हर चीज़ तबाह हो जाती है..."

उसे बहुत दूर नहीं जाना था; सच तो यह है कि उसे यह तक मालूम था कि उसके मकान के फाटक से वह जगह कितने क़दम की दूरी पर है; ठीक सात सौ तीस। एक बार जब वह अपने सपनों में खोया हुआ था तब उसने ये क़दम गिने थे। उस समय उसे इन सपनों पर कोई विश्वास नहीं था; वह तो उनकी भयानक और आकर्षक ढिठाई से बस अपने मन को उकसा रहा था। अब, एक महीने बाद वह उन्हें बिलकुल ही दूसरे ढंग से देखने लगा था, और अपने आपसे स्वयं अपनी दुर्बलता और ढुलमुलपन के बारे में की गई बहुत-सी कटुता भरी बातों के बावजूद सपने को एक व्यावहारिक योजना समझने लगा था हालाँकि उसे स्वयं अभी तक विश्वास नहीं था कि वह कभी इस काम को पूरा कर पाएगा। अब वह निश्चित रूप से इस योजना के पूर्वाभिनय के लिए जा रहा था, और हर क़दम के साथ उसका भावावेग अधिक तीव्र होता जा रहा था।

जब वह उस बड़े से मकान के पास पहुँचा, जिसके सामने एक ओर नहर थी और दूसरी ओर सड़क, तो उसका दिल डूब रहा था और घबराहट के मारे वह काँप रहा था। इस घर के छोटे-छोटे हिस्से किराए पर उठा दिए गए थे और उसमें हर तरह के मेहनत-मज़दूरी करनेवाले लोग बसे हुए थे—दर्ज़ी, ताले बनानेवाले, बावर्ची, कुछ जर्मन मूल के लोग, जिस तरह भी बन पड़े अपनी रोज़ी कमानेवाली लड़कियाँ, छोटे-मोटे क्लर्क, वग़ैरह। घर के दोनों फाटकों से और उसके दोनों आँगनों में लगातार आवाजाही बनी रहती थी। पहरा देने के लिए तीन-चार दरबान भी थे। नौजवान बहुत खुश था कि उनमें से किसी से भी उसकी मुठभेड़ नहीं हुई, और वह सबकी नज़रें बचाकर फ़ौरन दाहिनी तरफ़वाले दरवाज़े में घुसकर ऊपर सीढ़ियों पर चला गया। यह पीछेवाली सीढ़ी थी, अँधेरी और सँकरी, जिससे वह परिचित हो चुका था, और फिर उसे अपना रास्ता मालूम भी तो था। उसे यहाँ का सारा वातावरण पसन्द था : ऐसे अँधेरे में तो जिज्ञासु से जिज्ञासु दृष्टि से भी डरने की कोई आवश्यकता नहीं थी। 'अगर मुझे अभी इतना डर लग रहा है, तो मान लो ऐसा हुआ कि मैं सचमुच वह काम करने पर उतर आया तब क्या होगा...?' चौथी मंज़िल पर पहुँचते-पहुँचते वह

अपने आपसे यह सवाल किए बिना न रह सका। काम पर पहुँचकर कुछ क़ुलियों ने उसका रास्ता रोक लिया, जो एक फ़्लैट में से सामान बाहर निकाल रहे थे। वह जानता था कि उस फ़्लैट में सरकारी नौकरी करनेवाला एक जर्मन क्लर्क और उसका परिवार रहता था। 'तो यह जर्मन यहाँ से जा रहा है; अब इस सीढ़ी की तरफ़ से चौथी मंज़िल पर उस बुढ़िया के अलावा और कोई किराएदार नहीं रह जाएगा। चलो, यह भी अच्छी बात है,' उसने बुढ़िया के फ़्लैट की घंटी बजाते हुए अपने मन में सोचा। घंटी में धीमी-सी टनटनाहट हुई, मानो वह ताँबे की नहीं बल्कि टीन की बनी हुई हो। इस तरह के छोटे-छोटे फ़्लैटों में हमेशा ऐसी ही घंटियाँ होती हैं जो इस तरह की आवाज़ करती हैं। वह उस घंटी की आवाज़ भूल चुका था, और अब उसकी यह अजीब सी टनटनाहट सुनकर उसे ऐसा लगा जैसे उसे किसी चीज़ की याद आ गई हो और वह चीज़ साफ़ तौर पर उसके सामने आ गई हो।...वह चौंक पड़ा, उसकी रग-रग में बेहद तनाव पैदा हो चुका था। थोड़ी ही देर बाद दरवाज़े में एक पतली सी दरार खुली : बुढ़िया ने दरार में से आगंतुक को स्पष्ट अविश्वास के साथ देखा; अँधेरे में चमकती हुई उसकी छोटी-छोटी आँखों के अलावा कुछ भी दिखाई नहीं दे रहा था। लेकिन गलियारे में बहुत से लोगों को देखकर उसका साहस बढ़ा और उसने दरवाज़ा पूरा खोल दिया। नौजवान ने अँधेरी ड्योढ़ी में क़दम रखा, जो एक ओट लगाकर छोटी सी रसोई से अलग कर दी गई थी। बुढ़िया चुपचाप उसके सामने खड़ी थी और उसे सवालिया नज़रों से देख रही थी। वह बहुत छोटे, दुबले-पतले सूखे हुए शरीर की साठ साल की बूढ़ी औरत थी; उसकी तीखी नज़रों में द्वेष भरा हुआ था और उसकी नाक बहुत छोटी सी और नुकीली थी। उसके बेरंग, कुछ-कुछ भूरे बालों में ढेरों तेल चुपड़ा हुआ था, और वह अपने सिर पर रूमाल भी नहीं बाँधे थी। उसकी लम्बी पतली गर्दन के चारों ओर, जो देखने में मुर्ग़ी की टाँग जैसी लगती थी, फ़लालैन का एक चीथड़ा जैसा लिपटा हुआ था, और गरमी के बावजूद उसके कन्धों पर एक सड़ियल सा फ़र का लबादा झूल रहा था, जो बहुत पुराना होने के कारण पीला पड़ चुका था। बुढ़िया हर साँस के साथ खाँसती और कराहती थी। नौजवान ने उसे कुछ विचित्र ही भाव से देखा होगा क्योंकि उसकी आँखों में फिर अविश्वास की चमक पैदा हो गई थी।

"रस्कोलनिकोव। मैं पढ़ता हूँ, मैं यहाँ एक महीना पहले आया था," नौजवान जल्दी-जल्दी बुदबुदाया फिर थोड़ा झुका क्योंकि उसे याद आया कि उसे कुछ अधिक शिष्टता बरतनी चाहिए।

"मुझे याद है, जनाब, मुझे आपका यहाँ आना अच्छी तरह याद है," बुढ़िया ने एक-एक शब्द का साफ़-साफ़ उच्चारण करते हुए कहा; वह अपनी जिज्ञासा भरी दृष्टि अभी तक उसके चेहरे पर जमाए हुए थी।

"और आज...मैं फिर उसी काम से आया हूँ," रस्कोलनिकोव ने अपनी बात जारी रखते हुए कहा। बुढ़िया का अविश्वास देखकर वह कुछ बेचैन हो उठा था और उसे कुछ आश्चर्य हो रहा था।

'शायद वह हमेशा ऐसी ही रहती हो, मैंने पिछली बार ध्यान नहीं दिया होगा,' उसने अनायास और अरुचि के भाव से सोचा।

बुढ़िया कुछ देर रुकी, जैसे उसे कुछ संकोच हो रहा हो, फिर एक ओर हटकर और कमरे के दरवाज़े की ओर इशारा करते हुए मेहमान को अपने सामने से होकर गुज़रने का मौक़ा देते हुए बोली–

"अन्दर आइए, जनाब।"

उस छोटे से कमरे में, जिसमें नौजवान ने प्रवेश किया, दीवारों पर पीला काग़ज़ मढ़ा हुआ था,

खिड़कियों पर मलमल के परदे पड़े हुए थे और जेरेनियम के फूल रखे हुए थे। उस समय वहाँ सूर्यास्त से पहले काफ़ी रोशनी थी।

'तो उस समय भी सूरज चमकता होगा !' रस्कोलनिकोव के दिमाग़ में वह विचार बिजली की तरह कौंध गया, और तेज़ी से नज़र दौड़ाकर उसने कमरे की हर चीज़ को एक बार देख लिया; जहाँ तक हो सका उसने कोशिश की कि हर चीज़ की जमावट को अच्छी तरह देखकर याद कर ले। फ़र्नीचर सारा ही बहुत पुराना और पीली लकड़ी का था। उसमें एक सोफ़ा था जिसकी पीछे की बड़ी सी लकड़ी की टेक कुछ झुकी हुई थी, सोफ़े के सामने एक अंडाकार मेज़ थी तथा खिड़कियों के बीच में एक सिंगार-मेज़ जिस पर आईना लगा हुआ था। दीवार से लगी हुई कुर्सियाँ रखी थीं। पीले रंग के फ्रेमों में दो-तीन बहुत सस्ती क़िस्म की तस्वीरें भी लगी थीं, जिनमें जर्मन सुन्दरियाँ हाथों में चिड़ियाँ लिये खड़ी थीं। बस और कुछ नहीं। कोने में एक छोटी सी प्रतिमा के सामने रोशनी जल रही थी। हर चीज़ बहुत साफ़-सुथरी थी। फ़र्श पर और फ़र्नीचर पर चमकदार पालिश थी; हर चीज़ दमक रही थी। 'यह सब लिज़ावेता का काम होगा,' नौजवान ने सोचा। पूरे फ़्लैट में कहीं धूल का एक कण भी नहीं था। 'ऐसी सफ़ाई तो सबसे जलनेवाली बूढ़ी विधवाओं के घरों में ही देखने को मिलती है,' रस्कोलनिकोव ने फिर सोचा, और नज़रें बचाकर दूसरे छोटे से कमरे में जानेवाले दरवाज़े पर पड़े हुए सूती परदे को देखा। उस कमरे में बुढ़िया का पलंग और दरवाज़ोंवाली अल्मारी थी; उस कमरे में उसने इससे पहले कभी नज़र नहीं डाली थी। पूरे फ़्लैट में बस यही दो कमरे थे।

"क्या चाहिए ?" बुढ़िया ने कमरे में आते हुए कठोर स्वर में कहा, और पहले की तरह ही ठीक उसके सामने खड़ी हो गई ताकि सीधे उसकी नज़रों में नज़रें डालकर देख सके।

"मैं कुछ गिरवी रखने लाया हूँ।" उसने अपनी जेब से पुराने ढंग की एक चपटी सी चाँदी की घड़ी निकाली, जिसके पीछे दुनिया का गोल नक़्शा खुदा हुआ था; घड़ी की ज़ंजीर स्टील की थी।

"लेकिन पिछली गिरवी की मीयाद पूरी हो चुकी है। परसों एक महीना पूरा हो गया।"

"मैं आपको एक महीने का सूद और ला दूँगा, थोड़ी सी मोहलत और दे दीजिए।"

"सो तो जैसा मेरा जी चाहेगा वैसा करूँगी, जनाब, मोहलत दूँ या फ़ौरन आपकी गिरवी रखी हुई चीज़ बेच दूँ।"

"अल्योना इवानोव्ना, आप मुझे इस घड़ी का कितना देंगी ?"

"आप ऐसी छोटी-छोटी चीज़ें लेकर आते हैं, जनाब, जिनकी कोई क़ीमत लगाए भी तो क्या। मैंने पिछली बार आपको आपकी अँगूठी की दो पर्चियाँ दी थीं और जौहरी की दुकान में वैसी ही बिलकुल नई अँगूठी डेढ़ रूबल में मिल सकती है।"

"आप मुझे इसके चार रूबल दे दीजिए। गैं इसे छुड़ा लूँगा; यह मेरे पिता की थी। मुझे जल्दी ही कुछ पैसा मिलनेवाला है।"

"डेढ़ रूबल, और सूद पेशगी, अगर आपका जी चाहे !"

"डेढ़ रूबल !" नौजवान की चीख़ निकल गई।

"आपकी मर्ज़ी," यह कहकर बुढ़िया ने घड़ी उसे वापस कर दी। नौजवान ने घड़ी वापस ले ली। उसे इतना गुस्सा आया कि वह वहाँ से उठकर चला जानेवाला था; लेकिन उसने फ़ौरन अपने आपको रोका, क्योंकि उसे याद आया कि उसके पास जाने के लिए कोई और जगह नहीं थी। और फिर यहाँ आने के पीछे उसका एक और भी तो उद्देश्य था।

"लाइए, दीजिए," उसने बड़े अक्खड़पन से कहा।

बुढ़िया ने अपनी जेब में चाभियाँ टटोलीं, और परदे के पीछे दूसरे कमरे में ग़ायब हो गई। नौजवान कमरे के बीचोंबीच अकेला खड़ा रह गया था; वह बड़ी जिज्ञासा से कान लगाकर सुनने लगा, और कुछ सोचता रहा। दराज़ोंवाली अल्मारी का ताला खुलने की आवाज़ उसे सुनाई दे रही थी। 'सबसे ऊपरवाली दराज़ होगी,' उसने सोचा। 'तो वह चाभियाँ अपनी दाहिनी जेब में रखती है...सारी की सारी एक गुच्छे में, लोहे के छल्ले में पिरोई हुई...और उनमें एक चाभी है जो बाक़ी चाभियों से तीन गुनी बड़ी है, गहरे-गहरे खाँचोंवाली; वह तो दरवाज़ोंवाली अल्मारी की चाभी हो हीं सकती...फिर कोई दूसरा बड़ा सन्दूक़ या तिज़ोरी होगी...यह बात जानने की है। तिज़ोरी की ाभियाँ हमेशा ऐसी ही होती हैं...लेकिन यह सब कुछ कितनी नीचता है...'

बुढ़िया वापस आई।

"यह लीजिए, जनाब ! जैसा कि हम लोगों में कहा जाता है–रूबल पीछे दस कोपेक महीना, इसलिए मैं डेढ़ रूबल में से एक महीने के पन्द्रह कोपेक पेशगी काट लूँगी। लेकिन जो दो रूबल मैंने आपको पहले दिए थे, उसके भी इसी हिसाब से आपके ज़िम्मे अब मेरे बीस कोपेक पेशगी के निकलते हैं। इस तरह कुल मिलाकर हुए पैंतीस कोपेक। अब मुझे आपको घड़ी के एक रूबल पन्द्रह कोपेक देने हैं। सो यह लीजिए।"

"क्या कहा ! इस वक़्त बस एक रूबल और पन्द्रह कोपेक !"

"जी हाँ, इतने ही।"

नौजवान ने कोई बहस किए बिना रक़म ले ली। उसने बुढ़िया को ग़ौर से देखा; उसे वहाँ से जाने की कोई जल्दी नहीं थी, मानो वह अभी कुछ और कहना या करना चाहता हो, लेकिन उसे स्वयं ठीक से नहीं मालूम था कि वह क्या कहना या करना चाहता है।

"अल्योना इवानोव्ना, एक-दो दिन में शायद मैं आपके पास कोई और चीज़ लेकर आऊँगा...क़ीमती चीज़...चाँदी की...सिगरेट-केस, जैसे ही वह मुझे अपने दोस्त से वापस मिल जाएगा..."–उसने बौखलाकर अटकते-अटकते कहा।

"ख़ैर, उसकी बात तो उसी वक़्त होगी, जनाब।"

"अच्छा, मैं चलता हूँ...आप घर पर हमेशा अकेली रहती हैं, आपकी बहन यहाँ नहीं रहती क्या ?" उसने ड्योढ़ी में निकलते हुए जहाँ तक हो सका इस तरह पूछा जैसे कोई ख़ास बात न हो।

"आपको उससे क्या लेना-देना है ?"

"नहीं, कोई ख़ास बात नहीं, मैंने तो यों ही पूछा। आप तो बहुत जल्दी...अच्छा, चलता हूँ, अल्योना इवानोव्ना।"

रस्कोलनिकोव बिलकुल बौखलाया हुआ बाहर चला गया। उसकी यह बौखलाहट लगातार और गहरी होती गई। सीढ़ियाँ उतरते हुए वह बीच में दो-तीन बार ठिठका भी, मानो अचानक उसे कुछ ख़्याल आ गया हो। जब वह बाहर सड़क पर निकल आया तो वह चिल्ला उठा–

"हे भगवान, यह सब कितनी घिनौनी बात है ! और क्या मैं ऐसा कर सकता हूँ, क्या यह मेरे लिए मुमकिन है...नहीं, यह सब कुछ बकवास है, सरासर बकवास है !" उसने जी कड़ा करके कहा। "और ऐसी बेहूदा बात मेरे दिमाग़ में आई कैसे ? मेरा दिल भी कैसी-कैसी गन्दी बातें सोच सकता है ! हाँ, सरासर गन्दी, ऐसी कि नफ़रत हो जाए, घिनौनी, घिनौनी !...और पूरे एक महीने से मैं..."

उसके अन्दर जो तूफ़ान उठ रहा था कोई शब्द, कोई भी चीख़-पुकार उसे व्यक्त नहीं कर सकती थी। बुढ़िया के घर जाते समय घृणा की जिस भावना ने उसके हृदय को उत्पीड़ित करना और यन्त्रणा देना शुरू किया था वह अब ऐसे स्तर पर पहुँच गई थी और उसने एक ऐसा निश्चित रूप धारण कर लिया था कि उसकी समझ में नहीं आ रहा था कि वह अपने आपको इस मुसीबत से छुटकारा दिलाने के लिए क्या करे। वह शराब के नशे में चूर आदमी की तरह सड़क की पटरी पर चला जा रहा था; उसे कुछ भी ख़बर नहीं थी कि कौन उसके पास से होकर निकल गया और कौन उससे टकराता हुआ आगे बढ़ गया; उसे होश तब जाकर आया जब वह अगली सड़क पर पहुँच चुका था। उसने चारों ओर नज़र दौड़ाकर देखा तो मालूम हुआ कि वह एक शराबख़ाने के पास खड़ा हुआ है जिसमें जाने के लिए सड़क की पटरी से तहख़ाने तक सीढ़ियाँ उतर गई थीं। उसी समय दो शराबी बाहर निकलकर दरवाज़े पर आए और एक-दूसरे को गालियाँ बकते हुए और सहारा देते हुए सीढ़ियाँ चढ़ने लगे। सोचने के लिए रुके बिना रस्कोलनिकोव फ़ौरन सीढ़ियों से नीचे उतर गया। उस समय तक वह कभी किसी शराबख़ाने में नहीं गया था, लेकिन इस समय उसका सिर चकरा रहा था और प्यास के मारे उसका गला सूखा जा रहा था जिससे ठंडी बियर पीने को उसका बहुत जी चाह रहा था। उसने सोचा कि उसकी कमज़ोरी की वजह खाने की कमी है। वह अँधेरे और गन्दे कोने में छोटी सी चिपचिपी मेज़ के सामने बैठ गया; उसने बियर मँगाई और पहला गिलास एक साँस में पी गया। फ़ौरन उसे कुछ राहत पहुँची और वह साफ़ ढंग से सोचने लगा।

"वह सब कुछ बकवास है," वह आशा से भरकर बुदबुदाया, "और उस सबमें चिन्ता करने की कोई बात नहीं है ! यह बस शरीर की गिरावट है ! बस एक गिलास बियर, एक टुकड़ा सूखी रोटी का–और एक क्षण में दिमाग़ में ताक़त आ गई, विचार पहले से ज़्यादा साफ़ हो गए, और इरादा पक्का हो गया ! छिः, ये सब कैसी टुच्ची बातें हैं !"

लेकिन इस तिरस्कार भरे चिन्तन-मनन के बावजूद वह अब इतना खुश दिखाई दे रहा था मानो अचानक किसी भयानक बोझ से उसे छुटकारा मिल गया हो। उसने बड़ी मित्रता के भाव से कमरे में बैठे हुए लोगों पर नज़र डाली। लेकिन उस क्षण भी उसके मन में धुँधली सी आशंका बनी हुई थी कि शायद उसके दिमाग़ की यह अधिक सुखमय स्थिति भी कोई सामान्य स्थिति नहीं है।

उस समय शराबख़ाने में बहुत थोड़े ही लोग थे। उन दो शराबियों के अलावा, जो उसे सीढ़ियों पर मिले थे, एक और टोली उसी वक़्त बाहर गई थी, जिसमें हार्मोनिया लिये पाँच-छः आदमी और एक लड़की थी। उनके जाते ही कमरे में शान्ति हो गई थी और वह कुछ ख़ाली-ख़ाली लगने लगा था। जो लोग शराबख़ाने में बच गए थे उनमें एक आदमी था जो देखने से दस्तकार लगता था; शराब उसने पी ज़रूर रखी थी, लेकिन इतनी ज़्यादा भी नहीं। वह सामने एक बड़ा सा बियर का मग रखे बैठा था और उसके साथ लम्बे-चौड़े डीलडौल का सफ़ेद दाढ़ीवाला एक तगड़ा सा आदमी था, जिसने एक छोटा सा चुन्नटदार कोट पहन रखा था। वह बहुत पिए हुए था और बेंच पर ही सो गया था; थोड़ी-थोड़ी देर बाद वह मानो सोते-सोते अपनी उँगलियाँ चिटकाने लगता था। उसकी बाँहें पूरी फैली हुई थीं और जब वह कोई बेसिर-पैर की धुन गुनगुनाने की कोशिश करता था तो उसका धड़ बेंच पर इधर-उधर हिलने-डुलने लगता था। वह कुछ इस तरह की पंक्तियाँ याद करने की कोशिश कर रहा था–

जी-जान से चाहा जोरू को लेकिन बस एक साल,
जी-जान से चाहा जोरू को लेकिन बस एक साल...

या फिर अचानक जागकर—

चलते-चलते राह में मिल गई उसको इक बार
जिसका था वह पहले आशिक़, ऐसी इक नार...

लेकिन उसकी इस मस्ती में कोई उसका साथ नहीं दे रहा था। उसका ख़ामोश साथी तो इन सब हरकतों को स्पष्ट विरोध और अविश्वास के भाव से देख रहा था। कमरे में एक और आदमी था जो देखने में कुछ-कुछ रिटायर्ड सरकारी क्लर्क जैसा लगता था। वह सबसे अलग बैठा बीच-बीच में अपने जग में से एक चुस्की लगा लेता था और वहाँ बैठे लोगों पर एक नज़र डाल लेता था। ऐसा लगता था कि वह भी किसी बात पर उद्विग्न है।

2

रस्कोलनिकोव को भीड़ की आदत नहीं थी और, जैसा कि हम पहले बता चुके हैं, वह हर तरह के संग-साथ से कतराता था, ख़ासतौर पर इधर कुछ अरसे से। लेकिन इस वक़्त अचानक उसे दूसरे लोगों के साथ होने की इच्छा हुई। ऐसा लगता था कि उसके अन्दर कोई नई बात हो रही है और उसके साथ ही उसमें किसी के साथ होने की प्यास सी पैदा हुई। पूरे एक महीने तक घोर उलझनों और उदासी भरी उद्विग्नता में फँसे रहने के बाद वह इतना थक गया था कि वह किसी दूसरी दुनिया में, वह जैसी भी हो, एक क्षण के लिए ही सही, आराम करने के लिए तड़प रहा था। यही कारण था कि अपने चारों ओर की गन्दगी के बावजूद, शराबख़ाने में बैठे रहकर उसे ख़ुशी हो रही थी।

उस शराबख़ाने का मालिक दूसरे कमरे में था लेकिन थोड़ी-थोड़ी देर बाद वह कुछ सीढ़ियाँ उतरकर बड़े कमरे में आता था। लेकिन हर बार उसका बाक़ी शरीर दिखाई देने से पहले उसके भड़कीले काले रंग के चमकदार लम्बे जूते दिखाई देते थे जिनका ऊपरवाला लाल रंग का सिरा उसने पलट रखा था। उसने लम्बा कोट और बुरी तरह चिकटी हुई काले रंग की साटन की वास्कट पहन रखी थी। उसने गुलूबन्द नहीं लगा रखा था और उसके पूरे चेहरे पर इतना तेल चुपड़ा हुआ था जैसे लोहे के ताले पर। काउंटर पर लगभग चौदह साल का एक लड़का खड़ा था और एक उससे कुछ छोटा था जो ज़रूरत की चीज़ें लाकर देता था। काउंटर पर कुछ कटा हुआ खीरा, सूखी काली डबल रोटी के कुछ टुकड़े और कुछ छोटे-छोटे मछली के क़तले पड़े हुए थे, जिनसे बहुत बुरी बू आ रही थी। वहाँ बेहद घुटन थी और शराब के भभकों में हवा इतनी बोझल थी कि ऐसे वातावरण में पाँच मिनट रहने से ही आदमी को नशा हो जाए।

संयोगवश कभी-कभी कुछ ऐसे अजनबियों से मुलाक़ात हो जाती है जिनसे हमें बिना कोई बातचीत किए पहले ही क्षण से दिलचस्पी पैदा हो जाती है। रस्कोलनिकोव पर उस आदमी ने भी कुछ ऐसा ही असर डाला जो उससे थोड़ी दूर बैठा हुआ था और देखने में रिटायर्ड क्लर्क लगता था। नौजवान बाद में अपने इस अनुभव की अक्सर चर्चा किया करता था, और यहाँ तक कहता था कि वह मुलाक़ात किसी पूर्वबोध का परिणाम थी। वह बार-बार उस क्लर्क की ओर देखता रहा, यक़ीनन इसलिए भी कि वह क्लर्क लगातार उसे घूरे जा रहा था; स्पष्टः वह उससे बातचीत करने के लिए उत्सुक था। कमरे के दूसरे लोगों को, शराबख़ाने के मालिक को भी, वह क्लर्क इस तरह देख रहा था मानो वह उनके साथ का आदी हो चुका हो, और उससे उकता भी चुका हो। हैसियत और संस्कृति की दृष्टि से उन्हें अपने से घटिया लोग समझने के कारण उसके मन में उनके प्रति

कहीं थोड़ा सा तिरस्कार का भाव भी था, और वह उनके साथ बातचीत करना बेकार समझता था। उस आदमी की उम्र पचास से ऊपर थी—गंजा सिर, खिचड़ी बाल, दरमियाना क़द, और गठा हुआ बदन। लगातार शराब पीने की वजह से उसका चेहरा सपाट पड़ गया था और उसका रंग कुछ-कुछ पीला, यहाँ तक कि हरा सा पड़ गया था। उसके पपोटे सूजे हुए थे जिनके अन्दर से उसकी पैनी, गुलाबी आँखें ऐसी चमकती थीं जैसे छोटी-छोटी दरारों में से झाँक रही हों। लेकिन उसमें कोई बहुत अजीब बात थी; उसकी आँखों में ऐसी चमक थी जैसे वह किसी बात को बहुत गहराई से महसूस कर रहा हो—शायद उनमें चिन्तन तथा प्रखर बुद्धि की भी झलक थी। लेकिन साथ ही उनमें पागलपन जैसी किसी चीज़ की भी चमक थी। वह एक बहुत पुराना और बेहद फटा हुआ काले रंग का सूट के साथ का कोट पहने हुए था, जिसके सारे बटन झड़े हुए थे, एक को छोड़कर, और वह एक बटन उसने लगा रखा था। ऐसा ज़ाहिर होता था कि वह इज़्ज़तदार आदमी होने की अपनी इस आख़िरी निशानी को सीने से लगाए रखना चाहता था। मिंजा हुआ और धब्बों तथा मैल के निशानों से भरा हुआ क़मीज़ का सामना उसकी ज़ीन की वास्कट के बाहर उभरा हुआ था। क्लर्कों की तरह उसकी दाढ़ी-मूँछें भी सफ़ाचट थीं, लेकिन उसने इतने दिन से दाढ़ी नहीं बनाई थी कि उसकी ठोड़ी भूरे रंग के कड़े ब्रश जैसी लग रही थी। और उसकी चाल-ढाल में भी कुछ ऐसी बात थी जिससे उसके इज़्ज़तदार और अफ़सरों जैसा होने का पता चलता था। लेकिन वह बेचैन था; वह बार-बार अपने बाल बिखेर लेता था और थोड़ी-थोड़ी देर बाद अपने कोट की फटी हुई कुहनियों को धब्बेदार और चिपचिपी मेज़ पर टिकाकर बेहद मायूसी से अपना सिर हाथों से पकड़कर बैठ जाता था। आख़िरकार उसने रस्कोलनिकोव की आँखों में आँखें डालकर देखा, और ऊँची आवाज़ में बड़े दृढ़ संकल्प के साथ कहा—

"जनाबे-आली, क्या मैं आपसे कुछ रस्मी गुफ़्तगू करने की जुर्रत कर सकता हूँ ? क्योंकि आप अपने रख-रखाव से तो बा-इज़्ज़त आदमी नहीं मालूम होते, लेकिन मेरा तजुर्बा बताता है कि आप पढ़े-लिखे आदमी हैं और आपको शराब पीने की आदत नहीं है। मैंने तालीम को हमेशा इज़्ज़त की नज़र से देखा है, जब उसके साथ सच्चे जज़्बात भी हों, और इसके अलावा ओहदे के एतबार से मैं टाइटुलर काउंसेलर हूँ। मार्मेलादोव—मेरा यही नाम है; टाइटुलर काउंसेलर। क्या मैं आपसे यह पूछने की गुस्ताख़ी कर सकता हूँ कि आप किसी सरकारी नौकरी में रह चुके हैं ?"

"जी नहीं, मैं पढ़ता हूँ," नौजवान ने जवाब दिया। उसे बोलनेवाले के भव्य ढंग पर कुछ आश्चर्य हो रहा था और कुछ इस बात पर भी कि उसे इस तरह सीधे सम्बोधित किया गया था। हालाँकि क्षण भर पहले वह किसी इंसान के साथ की इच्छा अनुभव कर रहा था किन्तु जब उससे बात की गई तो आदत के मुताबिक़ फ़ौरन उसे अपने क़रीब आनेवाले या क़रीब आने की कोशिश करनेवाले किसी भी अजनबी के प्रति वही चिड़चिड़ाहट और वही बेचैनी भरी अरुचि पैदा हुई।

"तो आप तालिबे-इल्म हैं या तालिबे-इल्म रह चुके हैं।" उस क्लर्क ने ऊँची आवाज़ में कहा, "यही तो मैंने भी सोचा था ! तजुर्बा, जनाब, यह सब बड़े तजुर्बे की बात है।" यह कहकर उसने अपने आपको शाबाशी देते हुए माथे पर एक उँगली रखकर दबाई। "आप तालिबे-इल्म रह चुके हैं या तालीम के किसी इदारे में जाते रहे हैं ! अगर आप इजाज़त दें..."—वह उठकर खड़ा हो गया, लड़खड़ाया, अपना जग और गिलास उठाया, और नौजवान के पास आकर बैठ गया, कुछ इस तरह कि उसके सामने नौजवान के चेहरे का बग़लवाला हिस्सा पड़ता था। वह शराब के नशे में चूर था, लेकिन वह बिना अटके हुए और बड़े भरोसे के साथ बोल रहा था; बस बीच में कभी-कभार उसकी बात का तार टूट जाता था और उसे अपने शब्दों को खींचकर बोलना पड़ता था। वह

रस्कोलनिकोव पर ऐसे नदीदों की तरह टूट पड़ा जैसे उसने भी महीने भर से किसी आदमी से बात न की हो।

"जनाबे-आली," उसने ऐसे गम्भीर भाव से कहना शुरू किया मानो प्रवचन कर रहा हो, "ग़रीबी कोई बुराई नहीं है, यह सच बात है। लेकिन मैं यह भी जानता हूँ कि शराबी होना भी कोई ख़ूबी नहीं है, और यह बात उससे भी ज़्यादा सच है। हाँ, कंगाल होना...जनाबे-आली, कंगाल होना बुराई है। ग़रीबी में आप अपनी आत्मा की पैदाइशी नेकी बनाए रख सकते हैं, लेकिन कंगाली में—कभी नहीं—कोई नहीं। कंगाल होने पर आदमी को डंडा लेकर समाज से खदेड़ा नहीं जाता, झाड़ू से बुहारकर बाहर फेंक दिया जाता है, ताकि जितना ज़्यादा हो सके उसका अपमान हो; और यह ठीक भी है क्योंकि कंगाली में आदमी ख़ुद सबसे पहले अपना अपमान करने को तैयार रहता है। इसलिए दारू की भट्टी ! जनाबे-आली, अभी एक महीना हुआ मिस्टर लेबेज़ियातनिकोव ने मेरी बीवी को पीटा। मेरी बीवी मुझसे बिलकुल ही अलग क़िस्म की चीज़ है ! आप समझते हैं न ? अच्छा, मैं महज़ अपनी जानकारी के लिए आपसे एक सवाल पूछना चाहता हूँ : आपने कभी भूसे की नाव पर रात बसर की है, नेवा नदी पर ?"

"जी नहीं, कभी इत्तफ़ाक़ नहीं हुआ।" रस्कोलनिकोव ने जवाब दिया, "आपका मतलब क्या है ?"

"बात यह है कि मैं अभी वहीं से आया हूँ और इस तरह सोते हुए मुझे यह पाँचवीं रात है..."

उसने अपना गिलास भरा, ख़ाली किया, और रुक गया। भूसे के टुकड़े सचमुच उसके कपड़ों से चिपके हुए थे और उसके बालों में उलझे हुए थे। लगता था कि शायद पाँच दिन से उसने कपड़े नहीं बदले थे और न ही मुँह-हाथ धोया था। खासतौर पर उसके हाथ बहुत ही गन्दे थे। मोटे-मोटे और लाल रंग के थे उसके हाथ, और नाख़ून बिलकुल काले हो रहे थे।

ऐसा लगता था कि उसकी बातचीत में आमतौर पर दिलचस्पी तो ली जा रही थी लेकिन बहुत जोश के साथ नहीं। काउंटर पर काम करनेवाले लड़के खी-खी करके हँसने लगे। शराबख़ाने का मालिक इस 'मसख़रे आदमी' की बातें सुनने के ख़ास इरादे से ऊपरवाले कमरे से उतरकर नीचे आ गया और थोड़ी दूर बैठकर अलसाए हुए ढंग से लेकिन गरिमा के साथ जम्हाई लेने लगा। साफ़ मालूम होता था कि मार्मेलादोव यहाँ की एक जानी-पहचानी हस्ती था, और बहुत मुमकिन था कि लच्छेदार भाषण करने की कमज़ोरी उसमें इस वजह से पैदा हुई हो कि शराबख़ाने में अक्सर तरह-तरह के अजनबियों से बातचीत करने की उसकी आदत थी। कुछ शराबियों में यह आदत बढ़ते-बढ़ते एक ज़रूरत बन जाती है, ख़ासतौर पर उन लोगों में जिन पर घर में कड़ी नज़र रखी जाती है और बहुत बेक़द्री की जाती है। इसलिए दूसरे पीनेवालों के बीच बैठकर वे अपनी हरकतों को सही ठहराने की, और मुमकिन हो तो उनकी हमदर्दी भी हासिल करने की कोशिश करते हैं।

"मसख़रे आदमी !" शराबख़ाने के मालिक ने अपना फ़रमान सुनाया, "आख़िर तुम काम क्यों नहीं करते, और अगर तुम किसी नौकरी पर लगे हो तो अपनी ड्यूटी पर क्यों नहीं हो ?"

"मैं अपनी ड्यूटी पर क्यों नहीं हूँ, जनाबे-आली ?" मार्मेलादोव ने सिर्फ़ रस्कोलनिकोव को सम्बोधित करते हुए अपनी बात जारी रखी, मानो उससे वह सवाल उसी ने पूछा हो, "मैं अपनी ड्यूटी पर क्यों नहीं हूँ ? क्या यह सोचकर मेरा दिल नहीं दुखता कि मैं कैसा बेकार कीड़ा हूँ ? एक महीना हुआ जब मिस्टर लेबेज़ियातनिकोव ने अपने हाथों से मेरी बीवी को पीटा था और मैं शराब के नशे में धुत्त पड़ा रहा था, तो क्या मुझे तकलीफ़ नहीं हुई थी ? माफ़ करना, नौजवान,

क्या तुम्हारे साथ कभी ऐसा हुआ है...हुँह...मेरा मतलब है कि तुम्हें कोई उम्मीद न होते हुए भी किसी से क़र्ज़ के लिए फ़रियाद करनी पड़ी हो ?''

''हाँ हुआ है...लेकिन 'कोई उम्मीद न होते हुए भी' से आपका क्या मतलब है ?''

''हर माने में कोई उम्मीद न होते हुए; जब तुम्हें पहले से मालूम हो कि तुम्हें इससे कुछ मिलनेवाला नहीं है। जैसे समझ लो, तुम्हें पूरे यक़ीन के साथ पहले से ही मालूम है कि यह आदमी, यह नामी-गिरामी शहरी, जिसकी लोग मिसाल देते हैं, किसी भी क़ीमत पर तुम्हें पैसा देनेवाला नहीं है; और सच तो यह है कि, मैं पूछता हूँ, वह क्यों दे। क्योंकि, ज़ाहिर है, वह जानता है कि मैं वापस नहीं करूँगा। तरस खाकर ? क्योंकि मिस्टर लेबेज़ियातनिकोव ने, जो हर नए से नए विचार की ख़बर रखते हैं, अभी उसी दिन समझाया था कि तरस खाने पर तो आजकल साइंस तक ने पाबन्दी लगा दी है, और यह कि अब इंग्लैंड में यही होता है, जहाँ राजनीतिक अर्थशास्त्र का बोलबाला है। आख़िर क्यों, मैं पूछता हूँ, वह मुझे पैसा क्यों दे ? फिर भी, यह जानने के बाद भी कि वह देनेवाला नहीं है, मैं उसके पास जाने के लिए चल पड़ता हूँ और...''

''आप क्यों जाते हैं ?'' रस्कोलनिकोव ने बात काटते हुए पूछा।

''बात यह है, जब किसी का कोई न हो, उसके पास जाने को कोई दूसरा ठिकाना न हो, ऐसे में वह क्या करे, हर आदमी के पास जाने के लिए कोई ठिकाना तो होना चाहिए। क्योंकि ऐसे वक़्त आते हैं जब आदमी को कहीं न कहीं जाना ही पड़ता है ! जब मेरी बेटी पहली बार पीला टिकट लेकर बाहर निकली थी, तो मुझे जाना पड़ा था...(क्योंकि मेरी बेटी के पास है पीला पासपोर्ट)।'' उसने यह आख़िरी बात नौजवान की ओर कुछ बेचैनी से देखते हुए दबी ज़बान से लगे हाथ जोड़ दी, ''कोई बात नहीं, जनाब, कोई बात नहीं !'' जब काउंटर पर बैठे हुए दोनों लड़के ठहाका मारकर हँस पड़े और शराबख़ाने का मालिक तक मुस्कुराने लगा तो जल्दी-जल्दी और अपने आपको ज़ाहिर-बज़ाहिर सँभालते हुए उसने अपनी बात जारी रखी, ''कोई बात नहीं, मुझे उनके सिर हिलाने से ज़रा भी उलझन नहीं होती; क्योंकि हर आदमी इसके बारे में सब कुछ जानता है, और जो कुछ अब तक ढका-छुपा था वह भी खुलकर सामने आ चुका है। यह सब मैं किसी तिरस्कार भाव से नहीं, बल्कि विनम्रता से मानता हूँ। ऐसा ही सही ! ऐसा ही सही ! 'इंसान को देखो !' माफ़ करना, नौजवान, क्या तुम ऐसा कर सकते हो ?...नहीं, मैं अपनी बात ज़्यादा ज़ोरदार तरीक़े से और ज़्यादा साफ़-साफ़ कहूँगा : क्या तुम ऐसा कर सकते हो ? नहीं, बल्कि क्या तुममें ऐसा करने की हिम्मत है कि मुझे देखकर दावे के साथ कह सको कि मैं सूअर नहीं हूँ ?''

नौजवान ने इसके जवाब में एक शब्द भी नहीं कहा।

'ख़ैर,'' भाषण करनेवाले ने कमरे में खी-खी की आवाज़ दब जाने की राह देखने के बाद एक बार फिर ज़्यादा जमकर और पहले से भी ज़्यादा मर्यादा के साथ अपनी बात शुरू की, ''ख़ैर, ऐसा ही सही, मैं तो हूँ सूअर, लेकिन वह रईसज़ादी है ! मैं तो हूँ जानवर जैसा, लेकिन कतेरीना इवानोव्ना, मेरी धर्मपत्नी, वह पढ़ी-लिखी औरत है और अफ़सर की बेटी है। माना, माना, मैं लफ़ंगा हूँ, लेकिन वह दिल की हीरा औरत है, उसके दिल में भावनाएँ हैं, पढ़ाई-लिखाई ने उसके दिल को निखार दिया है ! लेकिन फिर भी...काश, उसके दिल में मेरा भी कुछ दर्द होता ! जनाबे-आली, जनाबे-आली, आप जानते हैं कि हर आदमी के पास कम से कम एक ठिकाना तो ऐसा होना ही चाहिए जहाँ लोगों के दिल में उसका भी कुछ दर्द हो ! लेकिन कतेरीना इवानोव्ना, हालाँकि वह बहुत बड़े दिल की औरत है, लेकिन उसमें इंसाफ़ नहीं है...लेकिन फिर भी, हालाँकि मैं जानता हूँ कि जब वह मेरे बाल पकड़कर घसीटती है तो वह महज़ तरस खाकर ही ऐसा करती

है—क्योंकि मुझे एक बार फिर वह बात कहने में ज़रा भी शर्म नहीं आती, नौजवान, कि वह मेरे बाल पकड़कर घसीटती है," उसने एक बार फिर लोगों को खी-खी करके हँसते सुनकर दुगुनी मर्यादा के साथ एलान किया—"लेकिन, मेरे भगवान, अगर वह एक बार भी...लेकिन नहीं, नहीं ! यह सब कुछ बेकार है और इसकी बात करने से भी कोई फ़ायदा नहीं ! क्योंकि एक बार नहीं, कई बार मेरी तमन्ना पूरी हुई और कितनी ही बार उसके दिल में मेरा दर्द पैदा हुआ लेकिन...मेरी क़िस्मत ही ऐसी है और मैं स्वभाव से हूँ ही जानवर !"

"ठीक कहते हो !" शराबख़ाने के मालिक ने जम्हाई लेते हुए हामी भरी।

मार्मेलादोव ने ज़ोर से मेज़ पर मुक्का मारा।

"मेरी क़िस्मत ही ऐसी है। आप जानते हैं, जनाब, आपको मालूम है, मैंने शराब के लिए उसकी लम्बी जुर्राबें तक बेच दीं ? उसके जूते नहीं—वह तो ख़ैर कमोबेश इतनी बेजा बात न होती, लेकिन उसकी लम्बी जुर्राबें, उसकी जुर्राबें मैंने शराब के लिए बेच दीं ! उसकी पशमीने की शाल मैंने शराब के लिए बेच दी; वह उसे बहुत पहले तोहफ़े में मिली थी, उसकी अपनी चीज़ थी, मेरी नहीं थी; और हम लोग ठिठुरते हुए एक ठंडे कमरे में रहते हैं और इस बार जाड़े में वह सर्दी खा गई और उसे खाँसी आने लगी है और साथ में ख़ून भी आता है। हमारे तीन छोटे-छोटे बच्चे हैं और कतेरीना इवानोव्ना सबेरे से रात तक काम में जुती रहती है। वह झाड़ू-बुहारू करती है, कपड़े वग़ैरह धोती है और बच्चों को नहलाती-धुलाती है, क्योंकि उसे बचपन से सफ़ाई की आदत रही है। लेकिन उसका सीना कमज़ोर है, उसे तपेदिक़ हो जाने का डर रहता है और मैं इस बात को महसूस करता हूँ। क्या आप समझते हैं कि मैं इस बात को महसूस नहीं करता ? और मैं जितनी ज़्यादा शराब पीता हूँ उतना ही ज़्यादा इस बात को महसूस करता हूँ। मैं पीता भी इसीलिए हूँ। शराब में मैं हमदर्दी खोजता हूँ और चाहता हूँ कि कोई मुझ पर तरस खाए...मैं इसलिए पीता हूँ कि मुझे दुगुनी तकलीफ़ हो !" इतना कहने के बाद मानो निराश होकर उसने मेज़ पर अपना सिर टिका दिया।

"नौजवान," उसने सिर उठाकर फिर कहना शुरू किया, "तुम्हारे चेहरे में मुझे कुछ अपनी तकलीफ़ की झलक दिखाई देती है। जब तुम अन्दर आए थे तभी मैंने यह झलक देख ली थी, और इसीलिए मैंने फ़ौरन तुमसे बातें करने का सिलसिला छेड़ा था। तुम्हारे सामने अपनी ज़िन्दगी की दास्तान अगर मैं खोलकर रखना चाहता हूँ तो इसलिए नहीं कि इन निठल्ले सुननेवालों के सामने अपनी हँसी उड़वाऊँ, जिन्हें यों भी सब कुछ मालूम तो है ही, बल्कि इसलिए कि मुझे ऐसे आदमी की तलाश है जिसके दिल में दूसरों का दर्द हो और जो पढ़ा-लिखा हो। तो, मैं बता रहा था कि मेरी बीवी रईसों की बेटियों के आला दर्जे के स्कूल में पढ़ी है, स्कूल छोड़ते वक़्त उसने गवर्नर साहब के सामने और दूसरी बड़ी-बड़ी हस्तियों के सामने शालवाला नाच दिखाया था और उसके लिए उसे इनाम में सोने का एक मेडल और प्रशंसापत्र दिया गया था। मेडल...ख़ैर, मेडल तो ज़ाहिर है बेच दिया गया था—बहुत पहले ही, हुँह...लेकिन वह प्रशंसापत्र अभी तक उसके सन्दूक़ में रखा है, और अभी, बहुत दिन नहीं हुए, उसने वह मकान-मालकिन को दिखाया था। और, हालाँकि मकान- मालकिन से उसकी कभी नहीं बनी, लेकिन वह किसी-न-किसी को अपने पिछले कमालों के बारे में और बीते हुए सुख के दिनों के बारे में बताना चाहती थी। इसके लिए मैं उसे बुरा नहीं कहता, मैं उसे दोष नहीं देता, क्योंकि उसके पास बीते हुए दिनों की इन यादों के अलावा बचा ही क्या है, बाक़ी सब तो मिट्टी में मिल चुका है ! जी हाँ, जी हाँ, बड़े दिल-गुर्दे की ख़ानदानी औरत है, कभी किसी के आगे सिर नहीं झुकाया और जो जी में ठान लिया वह पूरा

करके छोड़ा। अपने हाथ से झाड़ू देती है और खाने को काली रोटी के अलावा कुछ होता नहीं, लेकिन मजाल है कि कोई उसके साथ बेइज़्ज़ती का सलूक कर तो दे। इसलिए तो मिस्टर लेबेज़ियातनिकोव ने उसके साथ जो बदतमीज़ी की उसे वह टाल जाने को तैयार नहीं थी, और यही वजह है कि जब इस बात पर उन्होंने उसकी पिटाई की तो उसने चारपाई पकड़ ली—जो चोट लगी थी उसकी वजह से इतना नहीं जितना इस वजह से कि उसकी भावनाओं को ठेस पहुँची थी। जब मैंने उससे शादी की थी उस वक़्त वह विधवा थी, तीन बच्चों की माँ, सभी एक से एक छोटे। उसने अपने पति से, जो पैदल सेना में अफ़सर था, प्रेम करके शादी की थी, और अपने बाप के घर से उसके साथ भाग गई थी। उसे अपने पति से बेहद लगाव था; लेकिन वह जुआ खेलने लगा, मुकदमे में फँस गया और उसी हालत में मर गया। आख़िर में वह उसे मारने-पीटने लगा था; और, हालाँकि वह भी जवाब में उसकी पिटाई करती थी, जिसका मेरे पास पक्का लिखा हुआ सबूत है, लेकिन आज तक जब वह उसकी बात करती है तो उसकी आँखों में आँसू भर आते हैं और वह हमेशा मुझे उसका हवाला देकर ताने देती रहती है; और मुझे ख़ुशी है, मुझे इस बात की ख़ुशी है कि, कल्पना में ही सही, वह अपने बारे में यह तो सोचती है कि वह कभी सुखी थी...और उसके मर जाने के बाद वह दूर-दराज़ के एक बीहड़ इलाक़े में तीन बच्चों के साथ अकेली रह गई। इत्तफ़ाक़ से उन दिनों मैं भी वहीं था। और वह ऐसी घोर ग़रीबी की हालत में थी कि मैं हर तरह के इतने बहुत से उतार-चढ़ाव देखने के बावजूद अपने आपको इस लायक नहीं पाता कि उसका बयान भी कर सकूँ। उसके सभी रिश्तेदारों ने उससे बिलकुल नाता तोड़ लिया था। वह अपनी आन की पक्की भी थी, बेहद आन की पक्की...और तब, जनाबे-आली, और तब मैंने, उस वक़्त मेरी पहली बीवी मर चुकी थी और उससे मेरी एक चौहद साल की बेटी थी, उसके सामने सुझाव रखा कि मुझसे शादी कर ले, क्योंकि मुझसे उसकी ऐसी दर्दनाक हालत देखी नहीं जाती थी। आप उसकी मुसीबतों की हद का अन्दाज़ा इस बात से लगा सकते हैं कि वह, इतनी पढ़ी-लिखी, इतनी सलीक़ेमन्द और ऐसे ऊँचे ख़ानदान की औरत, मेरी बीवी बनने को राज़ी हो गई ! लेकिन वह हो गई ! रोते-सिसकते हुए और अपने हाथ मलते हुए उसने मुझसे शादी कर ली ! क्योंकि उसके पास जाने को कोई और ठिकाना नहीं था ! आप समझते हैं जनाब, आप समझते हैं कि क्या मतलब होता है इसका जब आपके पास जाने को बिलकुल कोई ठिकाना न हो ? नहीं, यह अभी आप नहीं समझते...और पूरे एक साल तक मैं अपने सारे फ़र्ज़ ईमानदारी और वफ़ादारी के साथ पूरे करता रहा, और उसे छुआ तक नहीं (यह कहकर उसने उँगली से अपने जग को टपटपाया), क्योंकि मेरे दिल में दर्द है, भावनाएँ हैं। लेकिन इतना सब करके भी मैं उसे खुश नहीं कर सका। फिर मेरी नौकरी भी छूट गई। उसमें मेरा कोई क़सूर नहीं था बल्कि दफ़्तर में ही कुछ हेर-फेर हो गए थे। और तब मैंने इसे छुआ !...कुछ ही दिन में डेढ़ साल हो जाएँगे उस बात को जब हम कई जगह भटकने के बाद और कितनी ही मुसीबतें झेलने के बाद अनगिनत स्मारकों से सजी हुई इस शानदार राजधानी में पहुँचे थे। यहाँ भी मुझे एक नौकरी मिल गई।...मिल भी गई और छूट भी गई। आप समझ रहे हैं ? इस बार नौकरी मेरी अपनी ग़लती से गई; क्योंकि मेरी कमज़ोरी उभर आई थी...अब हमारे पास अमानलिया फ़्योदोरोव्ना लिप्पेवेख़्सेल के यहाँ एक कमरे का एक हिस्सा है; और कहाँ से हम अपनी गुजर-बसर करते हैं और कहाँ से हम अपना किराया भरते हैं, यह मैं नहीं बता सकता। वहाँ हमारे अलावा और भी बहुत से लोग रहते हैं। गन्दगी और बेतरतीबी, बिलकुल भटियारख़ाना है...जी हाँ...और इसी बीच पहली बीवी से मेरी जो बेटी थी वह बड़ी हो गई है; लेकिन जिस ज़माने में मेरी बेटी बड़ी हो रही थी उसके दौरान उसे अपनी सौतेली माँ के हाथों क्या सहना

पड़ा है, उसके बारे में मैं कुछ नहीं कहूँगा। कतेरीना इवानोव्ना दिल की बहुत उदार है, लेकिन उसका मिज़ाज बहुत तेज़ है, बेहद चिड़चिड़ी। और गुस्सा तो जैसे नाक पर रखा रहता है...जी हाँ ! लेकिन इन सब बातों की चर्चा करने से कोई फ़ायदा नहीं ! सोनिया को, जैसा कि आप सोच सकते हैं, पढ़ना-लिखना कभी नसीब नहीं हुआ। चार साल पहले मैंने उसे कुछ भूगोल और दुनिया का इतिहास पढ़ाने की कोशिश की थी लेकिन ये विषय मुझे खुद अच्छी तरह नहीं आते थे। हमारे पास ढंग की किताबें भी नहीं थीं और जो थोड़ी-बहुत किताबें थीं भी...हुँह, बहरहाल अब तो वे भी नहीं रह गई हैं हमारे पास, सो हमारा पढ़ने-लिखने का सारा सिलसिला ख़त्म हो गया। हम फ़ारस के बादशाह साइरस तक पहुँचकर उससे आगे नहीं बढ़ पाए। जब से वह जवान हो चली है तब से उसने कुछ और रोमांटिक ढंग की किताबें पढ़ी हैं। अभी इधर हाल में उसने बड़ी दिलचस्पी से एक किताब पढ़ी है जो उसे मिस्टर लेबेज़ियातनिकोव के ज़रिए मिली थी, ल्यूइस का 'शरीरक्रियाशास्त्र'—आप जानते तो होंगे इस किताब को ?—उसने उसके कुछ हिस्से हमें सुनाए भी थे; बस यही है उसकी कुल पढ़ाई। और अब क्या मैं आपसे, जनाबे-आली, अपनी ख़ातिर एक निजी क़िस्म का सवाल पूछने की हिम्मत कर सकता हूँ ? क्या आप समझते हैं कि कोई इज़्ज़तदार ग़रीब लड़की ईमानदारी से काम करके काफ़ी पैसा कमा सकती है ?...वह दिन भर में पन्द्रह टके नहीं कमा सकती है, अगर वह इज़्ज़तदार है और उसमें कोई ख़ास हुनर नहीं है, और सो भी जब वह पल भर को अपने काम से दम न ले ! और इतनी ही बात नहीं है; इवान इवानोविच क्लापस्टाक ने, वही जो सिविल काउंसेलर हैं,—आपने उनका नाम सुना तो होगा—उससे लिनेन की जो आधा दर्जन क़मीजें बनवाई थीं उनके पैसे आज तक उसे नहीं दिए, बल्कि उल्टे उसे झिड़ककर भगा दिया; उन्होंने बहुत पाँव पटके और उसे बहुत बुरा-भला कहा; बहाना यह था कि क़मीजों के कालर वैसे नहीं थे जैसे नमूने की क़मीज़ में थे और टेढ़े लगे थे। और छोटे-छोटे बच्चे भूखे थे...और कतेरीना इवानोव्ना हाथ मलते इधर से उधर टहल रही थी, गाल तमतमाए हुए, जैसा कि इस बीमारी में हमेशा हो जाता है। वह बोली, 'यहाँ हमारे मत्थे रहती है, खाती है, पीती है और गरम कमरे का मज़ा भी लेती है लेकिन काम करते छाती फटती है।' और यह सोचने की बात है कि उसे खाने-पीने को जब तीन-तीन दिन नन्हें बच्चों को एक कौर नसीब नहीं होता ! और उस वक़्त मैं पड़ा हुआ था...उससे क्या होता है ! मैं शराब के नशे में धुत्त पड़ा था और मैंने सोनिया को बोलते सुना (बहुत फूल सी बच्ची है, बहुत कोमल सी धीमी आवाज़ है उसकी...सुनहरे बाल और चेहरा ऐसा पीला और दुबला-पतला कि पूछिए नहीं)। वह बोली : 'कतेरीना इवानोव्ना, क्या आप सचमुच मुझसे वैसा काम करवाना चाहती हैं ?' और दार्या फ़्रांत्सोव्ना जैसी बदचलन औरत, जिसे पुलिस अच्छी तरह जानती है, दो-तीन बार मकान-मालकिन के ज़रिए उसे घेरने की कोशिश कर चुकी थी। 'क्यों, हर्ज ही क्या है ?' कतेरीना इवानोव्ना ने ताने से कहा, 'कहाँ का ऐसा अनमोल रतन हो कि सहेजकर रखा जाए तुम्हें !' लेकिन उसे दोष न दीजिए, उसे दोष न दीजिए, साहब, उसे दोष न दीजिए ! जिस वक़्त उसने यह बात कही थी उस वक़्त वह आपे में नहीं थी। अपनी बीमारी की वजह से और भूखे बच्चों के रोने-बिलखने की वजह से उसके होश-हवास उस वक़्त ठिकाने नहीं थे। उसने वह बात किसी और वजह से नहीं, बस उसे चोट पहुँचाने के लिए कही थी...क्योंकि यह कतेरीना इवानोव्ना का स्वभाव है। जब बच्चे रोने लगते हैं, चाहे वे भूख से ही रो रहे हों, वह फ़ौरन उन्हें धुनककर रख देती है। कोई छः बजे मैंने देखा कि सोनिया उठी, सिर पर रूमाल बाँधा, कन्धे पर बिना आस्तीन का कोट डाला और कमरे के बाहर चली गई; लगभग नौ बजे वह लौट आई। वह सीधे कतेरीना इवानोव्ना के पास गई और चुपचाप उनके सामने मेज़

पर तीस रूबल रख दिए। उसने एक बात भी नहीं कही, उसकी ओर देखा तक नहीं, बस हमारी बड़ी सी हरे रंग की द्रा-द-देम्स की शाल उठाई (हम लोगों के पास एक शाल है द्रा-द-देम्स की) और उसे सिर तक ओढ़कर, दीवार की तरफ़ मुँह करके चारपाई पर लेट गई; और मैं वहीं पड़ा रहा, बिलकुल वैसे ही जैसे पहले पड़ा था...और तब मैंने देखा, नौजवान, मैंने देखा कि कतेरीना इवानोव्ना उसी तरह चुपचाप सोनिया की छोटी सी चारपाई के पास गई; सारी रात घुटनों के बल बैठी वह सोनिया के पाँव चूमती रही, किसी तरह वहाँ से उठने का नाम न लिया, फिर दोनों एक-दूसरे की बाँहों में लिपटकर सो गईं...एक साथ, एक साथ...जी हाँ...और मैं...शराब के नशे में धुत्त पड़ा रहा।''

मार्मेलादोव अचानक चुप हो गया, मानो उसकी आवाज़ जवाब दे गई हो। फिर उसने जल्दी-जल्दी अपना गिलास भरा, पिया और अपना गला साफ़ किया।

''उस वक़्त से, साहब,'' उसने कुछ देर रुककर फिर कहना शुरू किया, ''उस वक़्त से, कुछ तो एक बदनसीबी की बात हो जाने की वजह से और कुछ बुरा चाहनेवाले लोगों के कान भरने की वजह से–जिस सबमें दार्या फ़्रांत्सोव्ना ने इस बहाने बहुत बढ़-चढ़कर हिस्सा लिया–उस वक़्त से मेरी बेटी सोफ्या सेम्योनोव्ना को मजबूर होकर पीला टिकट लेना पड़ा। इस वजह से वह अब हमारे साथ नहीं रह सकती क्योंकि हमारी मकान-मालकिन अमालिया फ़्योदोरोव्ना इस बात को सुनने तक को तैयार नहीं है (हालाँकि पहले उसने ही दार्या फ़्रांत्सोव्ना को बढ़ावा दिया था) और मिस्टर लेबेज़ियातनिकोव भी...हुँह...उनके और कतेरीना इवानोव्ना के बीच जो बखेड़ा हुआ था वह सारा सोनिया को लेकर। पहले तो वह खुद सोनिया पर डोरे डाल रहे थे, फिर अचानक उन्हें अपनी मान-मर्यादा का बहुत ख़्याल हो गया। बोले : 'मेरा जैसा इतना पढ़ा-लिखा आदमी उस जैसी लड़की के साथ उसी घर में कैसे रह सकता है ?' और कतेरीना इवानोव्ना भला कब ऐसी बात बर्दाश्त करनेवाली थी, उसने डटकर उसका पक्ष लिया...तो यह था सारा क़िस्सा। और अब सोनिया हमारे यहाँ आती है तो ज़्यादातर अँधेरा हो जाने के बाद; वह कतेरीना इवानोव्ना को तसल्ली देती है और जो कुछ बन पड़ता है, दे जाती है...कापरनाउमोव दर्ज़ी के यहाँ उसने एक कमरा ले रखा है, उसी के यहाँ किराए पर रहती है। कापरनाउमोव लँगड़ा है और हकलाता है। उसके परिवार के सभी लोग हकलाते हैं। और उसकी बीवी भी हकलाती है...वे सभी एक कमरे में रहते हैं, लेकिन सोनिया के पास अपना कमरा है, जो आड़ लगाकर अलग कर दिया गया है...हुँह...हाँ...बहुत ग़रीब लोग हैं और सभी हकलाते हैं...जी हाँ ! फिर मैं सबेरे उठा, अपने फटे-पुराने कपड़े पहने, आसमान की तरफ़ दोनों हाथ उठाकर दुआ माँगी, और हिज़ एक्सीलेंसी इवान अफ़ानासिविच के यहाँ जाने के लिए चल पड़ा। हिज़ एक्सीलेंसी इवान अफ़ानासिविच, उन्हें तो आप जानते होंगे ? नहीं जानते ? तो फिर आप सचमुच एक बहुत ही अच्छे आदमी को नहीं जानते। वह मोम हैं...भगवान जानता है बिलकुल मोम; पिघल भी मोम की तरह ही जाते हैं ! मेरी कहानी सुनकर उनकी आँखें डबडबा आईं। 'मार्मेलादोव, तुम एक बार पहले मेरी उम्मीदों पर पानी फेर चुके हो...मैं एक बार फिर तुम्हें रख लूँगा, खुद अपनी ज़िम्मेदारी पर'–यही शब्द थे उनके, 'याद रखना,' उन्होंने कहा, 'और अब तुम जा सकते हो।' मैंने उनके पाँव की धूल को चूमा–मेरा मतलब है मन-ही-मन, क्योंकि सचमुच तो वह मुझे कभी ऐसा करने ही नहीं देते, क्योंकि वह राजनेता हैं और आधुनिक राजनीतिक और प्रगतिशील विचारों के आदमी हैं। मैं घर लौट आया और जब मैंने सबको बताया कि मैं नौकरी पर फिर बहाल कर दिया गया हूँ और मुझे तनख़्वाह मिला करेगी, तो क़सम से, कैसा जश्न हुआ...''

मार्मेलादोव एक बार फिर बहुत उत्तेजित होकर रुक गया। उसी वक़्त सड़क पर से पहले से ही शराब पिए हुए लोगों की पूरी टोली हंगामा मचाती हुई अन्दर आई; शराबख़ाने के दरवाज़े पर सात साल का एक लड़का किराए के हार्मोनियम पर अपनी महीन आवाज़ में 'पुरवा मेरा' गा रहा था। सारा कमरा शोर से भर गया। शराबख़ाने का मालिक और छोकरे नए गाहकों में फँस गए। मार्मेलादोव ने नए आनेवालों की ओर कोई ध्यान दिए बिना अपना क़िस्सा जारी रखा। ऐसा लग रहा था कि अब तक वह बेहद कमज़ोर हो चुका है, लेकिन शराब का नशा उस पर जितना ही ज़्यादा चढ़ता गया, वह उतनी ही ज़्यादा बातें करने लगा। ऐसा लगता था कि नौकरी पाने में उसे हाल ही में जो सफलता मिली थी उसकी याद करके उसमें नई जान आ गई थी और यही बात उसके चेहरे पर एक तरह की चमक में प्रतिबिम्बित हो रही थी। रस्कोलनिकोव ध्यान से सुनता रहा।

''यह पाँच हफ़्ते पहले की बात है, जनाब ! जी हाँ...जैसे ही कतेरीना इवानोव्ना और सोनिया ने इसके बारे में सुना, उस ऊपरवाले की दया हो हम पर, ऐसा लगा कि मैं स्वर्ग में पहुँच गया हूँ। पहले जानवर की तरह पड़े रहना पड़ता था, गालियों के अलावा कुछ मिलता नहीं था। अब वे दबे पाँव चलती थीं, बच्चों से चुप रहने को कहती थीं। उन्हें समझाती थीं : 'सेम्योन ज़ख़ारोविच दफ़्तर में काम करते-करते थक गए हैं, आराम कर रहे हैं, शिः !' मेरे काम पर जाने से पहले वे मेरे लिए कॉफ़ी बनाती थीं और उसमें क्रीम उबालकर देती थीं ! वे मेरे लिए कहीं से असली क्रीम लाने लगीं, सुन रहे हैं आप ? और मेरी समझ में नहीं आता कि कहाँ से उन्होंने मेरे पहनने के लिए ढंग के कपड़े लाने को पैसे जुटाए—पूरे ग्यारह रूबल पचास कोपेक। जूते, बेहतरीन सूती क़मीज़ का सामना, कोट-पतलून—उन्होंने हर चीज़ बहुत ठाठदार जुटाई थी, साढ़े ग्यारह रूबल में। पहले दिन मैं शाम को ज़रा जल्दी लौट आया तो देखता क्या हूँ कि कतेरीना इवानोव्ना ने दो कोर्स का डिनर तैयार कर रखा है—सूप और मसालेदार गोश्त और मूली की चटनी—उस वक़्त तक हमने कभी ऐसे खाने की कल्पना भी नहीं की थी। उसके पास कोई ढंग के कपड़े नहीं हैं...बिलकुल हैं ही नहीं, लेकिन वह ऐसी सज-सँवर गई जैसे किसी से मिलने जा रही हो; और ऐसा नहीं है कि उसके पास इसका कोई साज़-सामान रहा हो, बिना किसी चीज़ के वह सज गई। उसने अपने बाल सलीक़े से बनाए, जैसा भी बन पड़ा एक साफ़ कालर लगाया। आस्तीनों के सिरे पर कफ़ लगाए। बिलकुल ही कायापलट हो गई थी उसकी—पहले से ज़्यादा जवान और ज़्यादा ख़ूबसूरत। मेरी प्यारी बच्ची सोनिया ने सिर्फ़ पैसे से मदद की थी। 'अभी,' उसने कहा था, 'मेरे लिए यहाँ बहुत ज़्यादा आना और आप लोगों से मिलना ठीक नहीं रहेगा। बस कभी-कभी अँधेरा हो जाने के बाद, जब कोई देख न सके।' सुनते हैं, सुना आपने ? खाना खाकर मैं एक झपकी लेने के लिए लेट गया और फिर क्या हुआ जानते हैं आप ? हालाँकि अभी पिछले हफ़्ते ही हमारी मकान-मालकिन अमालिया फ़्योदोरोव्ना से कतेरीना इवानोव्ना का बुरी तरह झगड़ा हुआ था, लेकिन उस वक़्त वह उसे कॉफ़ी पीने के लिए बुलाए बिना न रही सकी। दो घंटे तक वे दोनों बैठी आपस में खुसर-पुसर करती रहीं। 'अब सेम्योन ज़ख़ारोविच की नौकरी फिर लग गई है और तनख़्वाह मिलने लगी है,' वह बोली, 'वह ख़ुद हिज़ एक्सीलेंसी के पास गए थे और हिज़ एक्सीलेंसी ख़ुद इनसे मिलने बाहर आए थे; बाक़ी सब लोगों को वहीं बाहर बिठाए रखकर वह सेम्योन ज़ख़ारोविच का हाथ पकड़कर सबके सामने उन्हें अपने काम करने के कमरे में ले गए थे।' सुनते हैं, कुछ सुना आपने ? 'यक़ीनन', वह बोले, 'सेम्योन ज़ख़ारोविच, तुम्हारी पिछली ख़िदमतों को देखते हुए,' वह बोले, 'और उस नादानी की कमज़ोरी की तरफ़ तुम्हारे झुकाव के बावजूद, चूँकि तुम अब वादा करते हो और

इसके अलावा चूँकि तुम्हारे बिना हमारा काम भी ठीक से नहीं चल रहा है' (सुना आपने, कुछ सुना !) 'इसलिए,' वह बोले, 'एक शरीफ़ आदमी की तरह तुम जो वादा कर रहे हो उस पर मैं यक़ीन करता हूँ।' और ये सारी बातें, मैं आपको यक़ीन दिलाता हूँ कि उसने अपने मन से गढ़ी थीं, और सिर्फ़ मस्ती में आकर नहीं, सिर्फ़ डींग मारने के लिए नहीं; जी नहीं, उसे इन सारी बातों पर ख़ुद यक़ीन है। उसे अपने हवाई घोड़े दौड़ाने में मज़ा आता है। मेरी बात मानिए, उसे सचमुच मज़ा आता है। मैं इसके लिए उसे दोष भी नहीं देता, जी नहीं, मैं उसे बिलकुल दोष नहीं देता !...छः दिन हुए जब मैंने अपनी तनख़्वाह पूरी की पूरी लाकर उसे दी—पूरे तेईस रूबल चालीस कोपेक—तो उसने मुझे बड़े लाड़ से अपना गुड्डा कहा था । 'गुड्डू,' उसने कहा था, 'मेरे अच्छे गुड्डा।' उस समय हम दोनों अकेले थे, आप समझते हैं न ? आप मुझे बहुत ख़ूबसूरत नहीं कहेंगे, शौहर की हैसियत से भी आप मुझमें ख़ास ख़ूबी नहीं देखते होंगे; क्यों है न यही बात ? ख़ैर, उसने मेरे गाल पर चिकोटी काटी और बोली, 'मेरे अच्छे गुड्डू !' ''

मार्मेलादोव बात करते-करते रुक गया और उसने मुस्कुराने की कोशिश की, पर अचानक उसकी ठोड़ी फड़कने लगी। उसने किसी तरह अपने को सँभाला। यह शराबख़ाना, उस आदमी की फटीचर हालत, पाँच रात भूसे की नाव पर काटना और शराब की बोतल ख़ाली कर जाना, फिर भी अपनी बीवी और बच्चों के लिए ऐसा दर्द भरा प्यार कि सुननेवाला दंग रह जाए! रस्कोलनिकोव बड़े ध्यान से उसकी बातें सुन रहा था लेकिन साथ ही उसे बेचैनी सी हो रही थी। उसे उलझन हो रही थी कि वह यहाँ आया ही क्यों।

''जनाबे-आली, हुज़ूरे-वाला,'' मार्मेलादोव ने अपने आपको पूरी तरह सँभालकर ऊँची आवाज़ में कहा, ''हो सकता है, साहब, यह सब आपको भी हँसी की बात लगती हो, जैसी दूसरों को लगती है, और शायद आपको मेरी घरेलू ज़िन्दगी की इन छोटी-छोटी बातों की बेवकूफी की वजह से उलझन हो रही हो, लेकिन मेरे लिए यह हँसी की बात नहीं है ! क्योंकि मैं इन सारी बातों को महसूस करता हूँ...और अपनी ज़िन्दगी का वह पूरा सुनहरा दिन, जब मेरी ज़िन्दगी स्वर्ग बन गई थी...और पूरी शाम मैंने यही सपने बुनने में काट दी थी कि किस तरह मैं हर चीज़ का बन्दोबस्त करूँगा, बच्चों के लिए अच्छे-अच्छे कपड़े लाऊँगा, किस तरह मुझे अपनी बीवी को कुछ आराम का मौक़ा देना होगा और किस तरह मुझे अपनी बेटी को बेइज़्ज़ती की ज़िन्दगी से छुटकारा दिलाकर उसे एक बार फिर वापस लाकर उसके परिवार के दिल में बसाना होगा...और इसी तरह की न जाने कितनी और बातें।...बिलकुल समझ में आनेवाली बात है, जनाब ! ख़ैर, साहब, फिर हुआ यह, (मार्मेलादोव अचानक जैसे चौंक पड़ा, उसने अपना सिर ऊपर उठाया और सुननेवाले की आँखों में आँखें डालकर उसे घूरने लगा), कि वे सारे सपने बुनने के बाद अगले ही दिन, यानी ठीक पाँच दिन पहले, रात को मैंने बड़ी चालाकी से चोरों की तरह कतेरीना इवानोव्ना के पास से उसके सन्दूक़ की चाभी उड़ा ली। मेरी तनख़्वाह में से जो कुछ बचा था वह निकाल लिया। कितना था यह तो अब मुझे याद नहीं रहा। और अब मेरी हालत देखिए, आप सब लोग देखिए ! घर छोड़े आज मुझे पाँचवाँ दिन है। वहाँ सब लोग मुझे खोज रहे होंगे और मेरी नौकरी ख़त्म हो चुकी होगी और मेरा कोट-पतलून मिस्री पुल के पास एक शराबख़ाने में पड़ा है। उसके बदले में मैंने ये कपड़े लिये थे, जो मैंने इस वक़्त पहन रखे हैं।...और अब कुछ भी नहीं रह गया है, सब कुछ ख़त्म हो चुका है !''

मार्मेलादोव ने ज़ोर से मुक्के से अपना माथा पीटा, दाँत कसकर भींचे, आँखें बन्द कर लीं और मेज़ पर कुहनियाँ टिकाकर उन पर अपना सारा बोझ डालकर झुक गया। लेकिन एक ही मिनट

बाद उसके चेहरे का रंग अचानक बदला और जान-बूझकर की गई मक्कारी और कुछ बनावटी शेख़ी के अन्दाज़ से उसने एक नज़र रस्कोलनिकोव को देखा, हँसा और बोला—

"आज सुबह मैं सोनिया से मिलने गया था। मैं उससे तलब मिटाने के लिए कुछ पैसे माँगने गया था ! हिः-हिः-हिः !"

"दिए तो नहीं होंगे उसने ?" नए आनेवालों में से एक आदमी ज़ोर से बोला; उसने यह बात चिल्लाकर कही और ठहाका मारकर हँस पड़ा।

"यह बोतल उसी के पैसे से ख़रीदी गई है," मार्मेलादोव ने केवल रस्कोलनिकोव को सम्बोधित करते हुए एलान किया, "तीस कोपेक उसने अपने हाथ से दिए थे मुझे। आख़िरी पैसे थे उसके, कल इतने ही थे उसके पास, मैंने देखा था अपनी आँखों से।...कुछ बोली नहीं, बस कुछ कहे बिना मेरी ओर देखा भर उसने।...इस तरह इस धरती पर नहीं, बल्कि वहाँ ऊपर...इंसानों का मातम करते हैं, रोते हैं, लेकिन उन्हें दोष नहीं देते, दोष नहीं देते उन्हें ! लेकिन उससे ज़्यादा तकलीफ़ होती है, ज़्यादा तकलीफ़ होती है जब कोई दोष नहीं देता ! तीस कोपेक, जी हाँ ! हो सकता है अब उसे उनकी ज़रूरत हो, क्यों ? आपका क्या ख़्याल है, जनाबे-आली ? क्योंकि अब उसे बड़े बनाव-सिंगार से रहना पड़ता है। उसमें पैसा लगता है। उस सज-धज में, उस ख़ास क़िस्म की सज-धज में। आप तो जानते ही होंगे ? समझते हैं न आप ? और फिर, आप देखिए न, पाउडर-क्रीम का ख़र्च है, उसे सभी चीज़ों की तो ज़रूरत है—बढ़िया घेरदार कलफ़ लगा हुआ साया, जूते भी होने चाहिए, सचमुच बाँके जूते ताकि जब वह कीचड़ का गड्ढा पार करने के लिए क़दम उठाए तो सबकी नज़रें उसके पाँव पर जमकर रह जाएँ। आप समझते हैं न, जनाब, आप तो जानते ही होंगे, इस सारी सज-धज का क्या मतलब होता है ? और एक मैं हूँ, उसका सगा बाप, कि उस पैसे में से भी तीस कोपेक शराब पीने के लिए मार लाया ! मैं वही शराब पी रहा हूँ ! बल्कि मैं वह शराब पी चुका हूँ ! बताइए, मुझ जैसे आदमी पर कौन तरस खाएगा ? बोलिए ? जनाब, आपको मुझे देखकर अफ़सोस होता है कि नहीं ? बताइए, जनाब, आपको दुख है कि नहीं ? हिः-हिः-हिः !"

उसने अपना गिलास फिर भर लिया होता, लेकिन शराब बची ही नहीं थी। बोतल ख़ाली हो चुकी थी।

"तुम्हारे ऊपर कोई किसलिए तरस खाए ?" शराबख़ाने के मालिक ने एक बार फिर उसके पास आकर ऊँची आवाज़ में पूछा।

इसके बाद ठहाका मारकर हँसने और ऊँची आवाज़ में गालियाँ देने का शोर सुनाई दिया। ये ठहाके और गालियाँ उन लोगों की थीं जो उसकी बातें सुन रहे थे और उनकी भी जिन्होंने कुछ भी नहीं सुना था, बल्कि नौकरी से निकाल दिए गए उस सरकारी क्लर्क को केवल देख रहे थे।

"कोई तरस खाए ! मुझ पर कोई तरस किसलिए खाए ?" मार्मेलादोव अचानक अपना हाथ आगे फैलाकर खड़ा हो गया और भाषण देने लगा, मानो वह इस सवाल की राह ही देख रहा था—"मुझ पर कोई तरस क्यों खाए, आप कहते हैं ? जी हाँ ! कोई वजह नहीं है कि कोई मुझ पर तरस खाए ! मुझ पर तरस नहीं ही खाया जाना चाहिए, मुझे तो फाँसी चढ़ा दिया जाना चाहिए, सूली पर लटका दिया जाना चाहिए ! मुझे सूली पर चढ़ा दो, ऐ इंसाफ़ करनेवालो, मुझे सूली पर चढ़ा दो लेकिन मुझ पर तरस खाओ ! और तब मैं अपने आप सूली पर चढ़ने के लिए चला जाऊँगा, क्योंकि मैं ख़ुशी नहीं ढूँढ़ रहा हूँ, मुझे तो बस आँसुओं की और दर्द की तलाश है ! क्या तुम यह समझते हो, तुम जो कि शराब बेचते हो, कि तुम्हारा यह अद्धा मुझे पीने में मीठा लगा ?

इसकी तली में मुझे दर्द की तलाश थी, आँसुओं की और दर्द की, सो मुझे मिल गया और मैंने उसे चखा; लेकिन मुझ पर तरस तो वह ऊपरवाला खाएगा जिसके दिल में हर इंसान के लिए रहम है। जिसने हर इंसान को और हर चीज़ को समझा है, वह तो एक ही है, वही इंसाफ़ करनेवाला भी है। वह उस कयामत के दिन आएगा और पूछेगा : 'कहाँ है वह बेटी जिसने अपनी चिड़चिड़ी, दिक़ की मरीज़ सौतेली माँ के लिए और किसी और के नन्हे-नन्हे बच्चों के लिए अपने आपको क़ुर्बान कर दिया ? कहाँ है वह बेटी जिसने उस गन्दे शराबी की, अपने दुनियावी बाप की, दरिन्दगी से तनिक भी डरे बिना उस पर तरस खाया ?' और वह कहेगा : 'मेरे पास आ ! मैं एक बार तुझे माफ़ कर चुका हूँ...मैंने तुझे एक बार पहले भी माफ़ किया है। तेरे गुनाह, जिनकी कोई हद नहीं है, बख़्शे जाते हैं, क्योंकि तूने बहुत प्यार किया है...' और वह मेरी सोनिया को माफ़ कर देगा। वह माफ़ कर देगा, मैं जानता हूँ...। अभी जब मैं उसके पास था तब मुझे दिल में ऐसा लग रहा था ! वह इंसाफ़ करेगा और सबको माफ़ कर देगा—अच्छों को भी और बुरों को भी, उन्हें भी जो समझदार हैं और उन्हें भी जो नादान हैं...और जब वह उन सबको निबटा देगा तब वह हमें बुलाएगा। 'तुम भी आओ,' वह कहेगा, "आगे आओ, ऐ शराबियो, आगे आओ। तुम लोग जो कि कमज़ोर हो, आगे आओ, ऐ बेशर्म लोगो !' और बेशर्मी से हम सब आगे बढ़ेंगे, और उसके सामने जाकर खड़े हो जाएँगे। वह हमसे कहेगा : 'तुम लोग सूअर हो, तुम जानवरों के साँचे में ढले हुए हो, तुम्हारे ऊपर दरिन्दगी की छाप है; लेकिन तुम भी आओ !' और जो लोग अक़्लवाले हैं, जो लोग समझदार हैं वे कहेंगे : 'या ख़ुदा, तू इन लोगों को अपने पास क्यों बुला रहा है ?' और वह कहेगा : 'मैं इन्हें इसलिए अपने पास बुला रहा हूँ, ऐ अक़्लवालो, मैं इन्हें इसलिए अपने पास बुला रहा हूँ, ऐ समझदार लोगो, कि इनमें से एक भी अपने आपको इसके लायक़ नहीं समझता था...' और वह हमारी ओर अपने हाथ बढ़ाएगा और हम उसके क़दमों पर गिर पड़ेंगे... रोएँगे-गिड़गिड़ाएँगे...और हर बात हमारी समझ में आ जाएगी ! उस वक़्त हर बात हमारी समझ में आ जाएगी !...सबकी समझ में आ जाएगी, कतेरीना इवानोव्ना भी समझ जाएगी...वह भी समझ जाएगी...ऐ मालिक, तेरा राज बना रहे !"

यह कहकर बिलकुल निढाल और बेबस होकर, वह बेंच पर बैठ गया। उसने किसी की ओर नहीं देखा। उसे अपने आसपास की कोई ख़बर ही नहीं थी। वह गहरे सोच में डूबा हुआ था। उसके शब्दों का कुछ असर हुआ था; एक क्षण तक बिलकुल ख़ामोशी रही, लेकिन थोड़ी ही देर में फिर ठहाके और गालियाँ सुनाई देने लगीं—

"यह इसकी अपनी समझ है !"

"बेवक़ूफ़ी की बातें करता है !"

"अफ़सर जो है !" वग़ैरह-वग़ैरह।

"आइए चलें, साहब," मार्मेलादोव ने अचानक अपना सिर उठाकर रस्कोलनिकोव को सम्बोधित करते हुए कहा, "आप भी चलिए मेरे साथ...कोज़ेल के घर, अहाते के अन्दरवाला। बहुत देर हो गई है, अब मुझे जाना ही चाहिए कतेरीना इवानोव्ना के पास।"

रस्कोलनिकोव भी काफ़ी देर से वहाँ से उठ जाना चाहता था और वह सचमुच उसकी मदद करना चाहता था। मार्मेलादोव के क़दम उसकी ज़बान से ज़्यादा लड़खड़ा रहे थे और उसने अपना सारा बोझ उस नौजवान के कन्धों पर डाल रखा था। उन्हें कोई दो-तीन सौ क़दम चलकर जाना था। जैसे-जैसे घर पास आता गया वैसे-वैसे उस शराबी का डर और उसकी बौखलाहट भी बढ़ती गई।

"अब मुझे कतेरीना इवानोव्ना का डर नहीं है," वह अपनी उद्विग्नता में बुड़बुड़ाया, "और न इस बात का कि वह मेरे बाल पकड़कर खींचेगी। मेरे बालों की बिसात ही क्या है ! भाड़ में जाएँ मेरे बाल ! मेरा तो यही कहना है ! सच तो यह है कि अच्छा यही होगा कि वह मेरे बाल खींचे, उससे मुझे डर नहीं लगता।...मुझे डर लगता है उसकी आँखों से...जी हाँ, उसकी आँखों से...उसके गालों की तमतमाहट से भी मुझे डर लगता है...और उसके साँस लेने से !...आपने कभी देखा है कि इस बीमारी में लोग किस तरह साँस लेते हैं...जब उन्हें तैश आता है ? मुझे बच्चों के रोने से भी डर लगता है...क्योंकि अगर सोनिया ने उनके लिए कुछ खाने को नहीं पहुँचाया होगा...तो न जाने क्या हुआ होगा ! मालूम नहीं क्या हुआ होगा ! लेकिन घूँसों-मुक्कों से मैं बिलकुल नहीं डरता...मैं आपको यह बता दूँ, साहब, इस तरह के घूँसों से मुझे कोई दर्द नहीं होता, बल्कि मुझे मज़ा ही आता है। सच तो यह है कि उनके बिना मेरा काम ही न चले...इस तरह ज़्यादा अच्छा रहता है। वह मुझे ख़ूब मारे, इससे उसके दिल का बोझ हल्का हो जाता है...यही बेहतर है...वह रहा घर। कोज़ेल का घर, वही तो ताले-चाभी बनाता है...जर्मन है, खाता-पीता आदमी है। आप आगे-आगे चलिए !"

अहाता पार करके वे चौथी मंज़िल पर चढ़ गए। जैसे-जैसे वे ऊपर चढ़ते गए, सीढ़ियों पर अँधेरा बढ़ता गया। लगभग ग्यारह बजे थे, और पीटर्सबर्ग में हालाँकि गर्मियों में रात तो होती ही नहीं है, फिर भी सीढ़ियों के बिलकुल ऊपर काफ़ी अँधेरा था।

सीढ़ियों के ऊपरी छोर पर एक छोटा सा गन्दा दरवाज़ा पूरा खुला हुआ था। कोई दस क़दम लम्बे कमरे में, जिसमें थोड़ा सा टूटा-फूटा फ़र्नीचर था, एक छोटी सी मोमबत्ती जल रही थी; दरवाज़े पर से ही सारा कमरा दिखाई देता था। हर चीज़ इधर-उधर बिखरी हुई थी, चारों ओर तरह-तरह के फटे-पुराने कपड़े पड़े हुए थे, ख़ासतौर पर बच्चों के पहनने के कपड़े। दूरवाले सिरे पर एक फटी हुई चादर लटकी हुई थी। उसके पीछे शायद चारपाई रही होगी। कमरे में दो कुर्सियों और एक सोफ़े के अलावा कुछ भी नहीं था। सोफ़े पर मोमजामा मढ़ा हुआ था, जिसमें जगह-जगह छेद थे। उसके सामने पुराने ढंग की एक किचेन की मेज़ थी जिस पर न कोई रंग-रोग़न था और न उस पर मेज़पोश ही था। मेज़ के सिरे पर लोहे के शमादान में एक सिसकती हुई मोमबत्ती जल रही थी। ऐसा लगता था कि उस परिवार के पास था तो पूरा कमरा, कमरे का हिस्सा नहीं, लेकिन उनका कमरा एक तरह से आवाज़ाही का रास्ता था। दूसरे कमरों में, बल्कि कहना चाहिए उन दूसरी काबुकों में, जिनमें अमालिया लिप्पेवेख़्सेल का घर बँटा हुआ था, जाने का दरवाज़ा आधा खुला हुआ था और उधर से शोरगुल, हुल्लड़ और ठहाकों की आवाज़ आ रही थी। वहाँ लोग शायद ताश खेल रहे थे और चाय पी रहे थे। बीच-बीच में बहुत ही बेहूदा क़िस्म की बातें भी उधर से सुनाई देती थीं।

रस्कोलनिकोव ने कतेरीना इवानोव्ना को फ़ौरन पहचान लिया। वह ज़रा लम्बे क़द और छरहरे बदन की सुडौल औरत थी—बेहद दुबली-पतली सूखी हुई, गहरे बादामी रंग के शानदार बाल और गालों पर तमतमाहट लिये लाली। वह दोनों हाथों से अपना सीना दबाए उस छोटे से कमरे के एक सिरे से दूसरे सिरे पर टहल रही थी; उसके होंठ सूखे हुए थे और उसकी साँस उखड़ी-उखड़ी हुई चल रही थी। उसकी आँखें ऐसे चमक रही थीं जैसे बुख़ार में चमकती हैं और बड़ी कठोरता से आसपास की चीज़ों पर जमकर उन्हें घूर रही थीं। मोमबत्ती के आख़िरी टुकड़े की झिलमिलाती हुई रोशनी में उसके तपेदिक़ के मारे उत्तेजित चेहरे को देखकर बड़ी तकलीफ़ होती थी। रस्कोलनिकोव के हिसाब से वह कोई तीस साल की रही होगी और यक़ीनन उसका मार्मेलादोव की बीवी होना

एक अजीब बात थी।...उसने न उनकी आहट सुनी और न ही उन्हें अन्दर आते हुए देखा। ऐसा लगता था कि वह विचारों में खोई हुई है, न कुछ सुन रही है न देख रही है। कमरे में घुटन थी लेकिन उसने खिड़की नहीं खोल रखी थी; सीढ़ियों से बदबू आ रही थी लेकिन उसने सीढ़ियों की ओर जानेवाला दरवाज़ा बन्द नहीं कर रखा था। अन्दरवाले कमरे से धुएँ के बादल इधर आ रहे थे। वह खाँसती रही लेकिन उसने दरवाज़ा बन्द नहीं किया। सबसे छोटी बच्ची, जो छः बरस की होगी, फ़र्श पर गठरी बनी सोफ़े पर सिर टिकाए सो रही थी। एक लड़का, जो उम्र में उससे साल भर बड़ा होगा, कोने में खड़ा थर-थर काँप रहा था और रो रहा था; शायद उसे अभी मार पड़ी थी। उसके पास ही कोई नौ साल की लम्बी सी सींक जैसी पतली बड़ी लड़की खड़ी थी; वह एक महीन सी फटी हुई कमीज़ पहने थी और अपने खुले हुए कन्धों पर उसने एक बेहद पुराना द्रा-द-देम्स का ऊनी लबादा डाल रखा था, जो दो साल पहले बना था और अब मुश्किल से उसके घुटनों तक पहुँचता था। लकड़ी जैसी सूखी हुई उसकी एक बाँह अपने भाई की गर्दन में पड़ी हुई थी। वह उसे चुप कराने की कोशिश कर रही थी, बहला-फुसला रही थी कि वह और न रोए। साथ ही वह अपनी बड़ी-बड़ी काली आँखों से, जो उसके भयभीत दुबले-पतले चेहरे पर और भी बड़ी लगती थीं, आतंकित होकर अपनी माँ को देख रही थी। मार्मेलादोव दरवाज़े के अन्दर नहीं घुसा बल्कि चौखट पर ही घुटनों के बल गिर पड़ा और उसने रस्कोलनिकोव को आगे कर दिया। औरत एक अजनबी को सामने खड़ा पाकर ठिठक गई और निरीह भाव से उसके सामने खड़ी हो गई कि वह आदमी वहाँ क्यों आया होगा। लेकिन स्पष्टतः वह इस नतीजे पर पहुँची कि उसे बग़लवाले कमरे में जाना होगा और उसके कमरे से होकर ही वह वहाँ जा सकता था। यह समझकर और उसकी ओर अधिक ध्यान दिए बिना वह बाहरवाला दरवाज़ा बन्द करने उधर बढ़ ही रही थी कि चौखट पर अपने पति को घुटनों के बल बैठा देखकर अचानक चीख़ पड़ी।

"आहा !" वह उन्माद से पागल होकर चिल्लाई, "आ गया वापस ! पापी ! पिशाच !...पैसा कहाँ है ? जेब में क्या है, दिखा ! और कपड़े भी वह नहीं हैं ! कहाँ गए कपड़े ? पैसा कहाँ है ? बोल !"

और इतना कहकर वह तलाशी लेने के लिए उस पर टूट पड़ी। मार्मेलादोव ने भीगी बिल्ली की तरह ज़रा भी चूँ-चपड़ किए बिना दोनों हाथ ऊपर उठा दिए ताकि उसे तलाशी लेने में कोई कठिनाई न हो। उसके पास एक दमड़ी भी नहीं थी।

"कहाँ गया पैसा ?" उसने चिल्लाकर पूछा, "हे भगवान, सारा पैसा पी तो नहीं गया ? सन्दूक़ में चाँदी के बारह रूबल बने थे !" यह कहकर उसने मार्मेलादोव को बाल पकड़कर झंझोड़ा और उसे कमरे में खींच लाई। मार्मेलादोव ने खुद घुटनों के बल रेंगकर उसकी इस कोशिश में मदद की।

"और इससे मुझे राहत मिलती है ! इससे मुझे कोई तकलीफ़ नहीं होती, बल्कि यह मेरे लिए ऐन रा-ह-त है, जना-बे, आ-ली," चिल्लाकर बोलता रहा वह। बाल पकड़कर उसे झंझोड़ा जा रहा था और एक बार तो उसने अपना माथा भी ज़मीन पर दे पटका। फ़र्श पर सोई हुई बच्ची जाग पड़ी और रोने लगी। कोने में खड़ा हुआ लड़का भी अपना धीरज खो बैठा और बेहद सहमकर चिल्लाता हुआ, मानो उसे कोई दौरा पड़ा हो, अपनी बहन से चिपट गया। बड़ी बेटी पत्ते की तरह काँप रही थी।

"सब पी गया ! यह सारा पैसा पी गया !" बेचारी औरत घोर निराशा में रो-रोकर चिल्लाने लगी, "और कपड़े भी सब चले गए ! और ये सब भूखे हैं, भूख से बेहाल !" अपने हाथ मल-मलकर उसने बच्चों की तरफ़ इशारा किया, "अरे, लानत है ऐसी ज़िन्दगी पर ! और आपको,

आपको भी शर्म नहीं आती,'' यह कहकर वह अचानक रस्कोलनिकोव की ओर झपटी, ''शराबख़ाने से चले आ रहे हैं ! आप भी इनके साथ पी रहे थे ? आप भी इनके साथ ही पी रहे थे न ! निकल जाइए यहाँ से !''

नौजवान एक शब्द भी कहे बिना जल्दी से वहाँ से चल देने को तैयार हुआ। इतने में अन्दरवाला दरवाज़ा किसी ने पूरा खोल दिया था और कौतूहल भरे चेहरे उसमें से झाँक रहे थे। मुँह में पाइप और सिगरेटें लगाए हुए भौंडे बदसूरत चेहरे, टोपियाँ पहने हुए फिर दरवाज़े पर आकर जमा हो गए और तमाशा देखने लगे। अन्दर कमरे में कुछ आकृतियाँ दिखाई दे रही थीं जिनके ड्रेसिंग गाउन सामने से बिलकुल खुले हुए थे, जिनके शरीर पर शर्मनाक हद तक थोड़े कपड़े थे; कुछ लोगों के हाथों में ताश के पत्ते थे। उन लोगों को उस वक़्त ख़ासतौर पर बहुत मज़ा आया जब मार्मेलादोव के बाल पकड़कर उसे घसीटा जा रहा था और वह चिल्ला-चिल्लाकर कह रहा था कि उसमें उसे बड़ी राहत मिल रही थी। कुछ लोग तो कमरे में भी आने लगे। आख़िरकार एक तीखी भयानक आवाज़ सुनाई दी : यह आवाज़ ख़ुद अमालिया लिप्पेवेख़्सेल की थी जो धक्का देकर उन लोगों के बीच से रास्ता बनाती हुई, अपने ढंग से शान्ति स्थापित करने की कोशिश करने आगे आ रही थी; सौवीं बार उस बेचारी औरत को डराने-धमकाने के लिए भद्‌दी-भद्‌दी गालियाँ दे रही थी और अगले ही दिन कमरा ख़ाली कर देने का हुक्म दे रही थी। बाहर जाते-जाते रस्कोलनिकोव ने अपनी जेब में हाथ डाला और शराबख़ाने में रूबल के बदले जो रेज़गारी मिली थी उसमें से जितनी भी हाथ में आई वह निकालकर उसने सबकी आँख बचाकर खिड़की पर रख दी। बाद में, सीढ़ियाँ उतरते हुए उसकी नीयत बदली और वह वापस जाने का इरादा करने लगा।

'मैंने भी कितनी बड़ी बेवकूफ़ी की है,' उसने अपने मन में सोचा, 'उन्हें तो सोनिया का सहारा है जबकि मुझे तो ख़ुद पैसों की ज़रूरत है।' लेकिन यह सोचकर कि अब वह पैसे वापस लेना नामुमकिन होगा, और यों भी वह उन्हें वापस न लेता, उसने हवा में झटके के साथ अपना हाथ घुमाकर इस विचार को अपने दिमाग़ से निकाल दिया और अपने घर वापस चला गया। 'सोनिया को क्रीम-पाउडर की भी तो ज़रूरत है,' उसने सड़क पर चलते-चलते कहा और बड़ी कटुता से हँसा, ''ऐसी सजधज में पैसा लगता है...हुँह ! और कौन जाने आज सोनिया के पास भी फूटी कौड़ी न हो, क्योंकि इसमें हमेशा बहुत जोखिम रहता है, बड़ा शिकार फाँसने में...सोने की खान खोदने में...तब तो मेरे उन पैसों के बिना उनके पेट में कल एक दाना भी नहीं जाएगा। सोनिया ज़िन्दाबाद ! क्या सोने की खान हाथ लग गई है उनके ! और वे भी उसका पूरा फ़ायदा उठा रहे हैं ! जी हाँ, पूरा फ़ायदा उठा रहे हैं वे लोग उसका ! वे इस बात पर बहुत रो-धो चुके हैं और अब उन्हें इसकी आदत पड़ गई है। आदमी को हर चीज़ की आदत पड़ जाती है, बदमाश कहीं का !''

'और अगर मेरा ऐसा सोचना ग़लत हो तो ?' एक क्षण तक सोचने के बाद वह अचानक चिल्ला पड़ा, 'अगर आदमी, मेरा मतलब है आम आदमी, इंसान की पूरी नस्ल, बदमाश न हो तो—बाक़ी सब कुछ हमारे अपने मन का खोट है, बनावटी डर है और कहीं कोई रोक-टोक नहीं है और होना भी ऐसा ही चाहिए !...''

3

उखड़ी-उखड़ी नींद सोने के बाद अगले दिन सुबह वह देर से उठा। नींद आने के बावजूद उसमें कोई ताज़गी नहीं आई थी। आँख खुलने पर वह झुँझलाया हुआ, चिड़चिड़ा और बदमिज़ाज हो रहा

था और उसने अपने कमरे को बड़ी नफ़रत के साथ देखा। बहुत छोटा सा काबुक जैसा कमरा था, जिसकी लम्बाई मुश्किल से छः कदम की रही होगी। हर तरफ़ कंगाली बरस रही थी। दीवारों पर का धूल से अटा पीला काग़ज़ जगह-जगह से उखड़ने लगा था और कमरे की ऊँचाई इतनी कम थी कि औसत क़द के आदमी को भी उसमें उलझन होती थी। हर वक़्त यही डर लगा रहता था कि न जाने कब सिर छत से टकरा जाए। जैसा कमरा था वैसा ही फ़र्नीचर भी था : तीन पुरानी कुर्सियाँ थीं, जिनकी चूलें हिल गई थीं; कोने में एक रँगी हुई मेज़ थी, जिस पर कुछ कॉपियाँ और कुछ किताबें पड़ी थीं; उन पर धूल की जो मोटी परत जम गई थी उससे पता चलता था कि बहुत अरसे से उन्हें किसी ने हाथ नहीं लगाया था। लगभग एक पूरी दीवार के किनारे एक बड़ा सा बदसूरत सोफ़ा पड़ा हुआ था जिसने आधे कमरे की जगह घेर रखी थी; किसी ज़माने में उस पर छींट का कपड़ा मढ़ा हुआ था जो अब तार-तार हो चुका था और वह रस्कोलनिकोव के लिए पलंग का काम देता था। अक्सर वह कपड़े बदले बिना और चादर ओढ़े या बिछाए बग़ैर ही ज्यों का त्यों, पुराना छात्रोंवाला ओवरकोट लपेटे एक छोटे से तकिए पर सिर रखकर सो जाता था, जिसको कुछ और ऊँचा करने के लिए वह ओढ़ने-बिछाने के अपने सारे मैले और साफ़ कपड़ों का उसके नीचे ढेर लगा लेता था। सोफ़े के सामने एक छोटी सी मेज़ पड़ी थी।

उलझाव-बिखराव के इससे निचले स्तर पर पहुँचना मुश्किल था, लेकिन इस वक़्त रस्कोलनिकोव के दिमाग़ की जो हालत थी उसमें यह सब उसे बिलकुल ठीक लगता था। उसने अपने आपको सबसे बिलकुल अलग कर लिया था, जैसे कछुआ अपने खोल में सिमट जाता है। यहाँ तक कि उस नौकरानी को भी देखते ही, जो उसकी सेवा-टहल करती थी और कभी-कभी कमरे में झाँक लेती थी, वह झुँझलाहट से तिलमिला उठता था। उसकी हालत उन सनकी लोगों जैसी हो गई थी जिनका ध्यान पूरी तरह किसी एक ही चीज़ पर लगा रहता है। उसकी मकान-मालकिन ने पिछले पन्द्रह दिन से उसे खाना भिजवाना भी बन्द कर दिया था, और अभी तक उसने उससे इसके बारे में बात करने की सोची भी नहीं थी, हालाँकि उसे खाना खाए बिना ही रह जाना पड़ता था। नस्तास्या, जो खाना भी पकाती थी और मालकिन की अकेली नौकरानी थी, किराएदार की इस मनोदशा से काफ़ी खुश थी और उसने उसके कमरे में झाड़ू देना और उसे ठीक-ठाक करना भी बन्द कर दिया था। अब वह भूले-भटके कभी आठवें-दसवें दिन उसके कमरे में झाड़ू लेकर आ जाती थी। उस दिन उसी ने उसे जगाया था।

"उठो। अभी तक सो रहे हो !" उसने पुकारकर उससे कहा, "नौ बज चुके हैं। चाय लाई हूँ, पी लो। बहुत भूखे होगे ?"

रस्कोलनिकोव ने चौंककर आँखें खोलीं और नस्तास्या को पहचाना।

"किसने भेजी है ? मकान-मालकिन ने ?" उसने धीरे से पूछा और बीमारों जैसी सूरत लिये उठकर सोफ़े पर बैठ गया।

"मकान-मालकिन ने ? बड़ी आई भेजनेवाली !"

उसने हल्की और बासी चाय से भरी हुई अपनी चिटकी हुई चायदानी उसके सामने सजा दी और शकर के दो पीले डले रख दिए।

"यह ले, नस्तास्या," उसने अपनी जेब के अन्दर टटोलते हुए (क्योंकि वह सारे कपड़े पहने हुए ही सो गया था) कुछ रेज़गारी निकाली और बोला, "ज़रा भागकर मुझे एक डबल रोटी तो ला दे। और, देखना, मिले तो क़साई के यहाँ से थोड़ी सी सॉसेज भी लेती आना, जो सबसे सस्ती हो।"

"रोटी तो मैं अभी लाए देती हूँ, लेकिन सॉसेज के बजाय थोड़ा सा गोभी का शोरबा क्यों

नहीं खा लेते ? बहुत बढ़िया शोरबा है, कल का। मैंने कल बचाकर रखा था, लेकिन तुम देर से आए। बहुत अच्छा शोरबा है।''

जब शोरबा आ गया और वह उसे खाने लगा तो नस्तास्या उसकी बग़ल में सोफ़े पर बैठ गई और बातें करने लगी। वह देहात की किसान औरत थी और बड़ी बातूनी थी।

''प्रस्कोव्या पाव्लोव्ना पुलिस में तुम्हारी शिकायत करनेवाली हैं,'' वह बोली।

उसकी त्योरियों पर बल पड़ गए।

''पुलिस में ? क्यों, क्या चाहती हैं वह ?''

''आप उन्हें पैसा देते नहीं और कमरा भी नहीं ख़ाली करते। बस यही चाहिए उन्हें, और क्या चाहिए।''

''लानत है, यह तो हद ही हो गई,'' वह दाँत पीसकर बुड़बुड़ाया। ''नहीं, आजकल तो यह मुमकिन ही नहीं है मेरे लिए...कभी...वह भी बिलकुल नासमझ हैं,'' उसने ज़ोर से कहा। 'मैं आज ही जाकर उससे बात करूँगा।''

''नासमझ तो वह हैं ही, इसमें क्या शक है, जैसे मैं हूँ। लेकिन अगर तुम ही इतने समझदार हो तो यहाँ बोरे की तरह पड़े क्यों रहते हो, न कोई काम करते हो, न धाम ? पहले तो तुम बाहर जाया करते थे, कहते थे बच्चों को पढ़ाने जाते हो। लेकिन अब कुछ करते क्यों नहीं ?''

''कर तो रहा हूँ...'' रस्कोलनिकोव ने गम्भीर भाव से कुछ सकुचाते हुए कहना शुरू किया।

''क्या कर रहे हो ?''

''काम...''

''कैसा काम ?''

''मैं सोच रहा हूँ,'' उसने कुछ देर रुककर गम्भीरता से जवाब दिया।

नस्तास्या की हँसी फूट पड़ी। उसे हँसने की आदत थी और जब उसे कोई बात बहुत मज़ेदार लगती थी तो वह कोई आवाज़ निकाले बिना हँस पड़ती थी। ऐसा करते समय उसका सारा बदन इतनी बुरी तरह काँपने और हिलने लगता था कि वह बेहाल हो जाती थी।

''और इस सोचने के काम से क्या तुमने बहुत पैसा कमाया है ?'' आख़िरकार उसने किसी तरह बड़ी मुश्किल से कहा।

''ढंग के जूते भी न हों तो कोई पढ़ाने जाए कैसे ? और मैं इस काम से तंग भी आ चुका हूँ।''

''अपनी रोज़ी से बैर न पालो।''

''पढ़ाने का पैसा भी तो बहुत कम देते हैं। कोई चन्द सिक्के लेकर करे भी क्या ?'' उसने झिझकते हुए जवाब दिया, मानो अपने ही किसी विचार का जवाब दे रहा हो।

''और तुम चाहते हो कि एक साथ ही छप्पर फाड़कर कहीं से दौलत मिल जाए।''

उसने नस्तास्या को अजीब ढंग से देखा।

''हाँ, मैं दौलत चाहता हूँ,'' उसने कुछ देर रुककर दृढ़ता से जवाब दिया।

''ऐसी जल्दी न करो, तुमसे तो मुझे डर लगने लगा है ! अच्छा, रोटी ला दूँ कि नहीं ?''

''जैसी तुम्हारी मर्ज़ी।''

''अरे हाँ, मैं तो भूल ही गई थी। कल जब तुम बाहर गए हुए थे तो तुम्हारी एक चिट्ठी आई थी।''

''चिट्ठी ? मेरे लिए ! किसकी ?''

"यह तो मैं जानती नहीं ! मैंने डाकिए को अपने पल्ले से तीन कोपेक दिए थे। हमें लौटा दोगे न ?"

"तो लाओ वह चिट्ठी, भगवान के लिए लाकर दो तो," रस्कोलनिकोव बड़ी उत्सुकता से चिल्लाया, "हे भगवान !"

एक मिनट में चिट्ठी लाकर उसे दे दी गई। तो यह बात थी : उसकी माँ ने भेजी थी, र. प्रान्त से। चिट्ठी लेते ही उसका चेहरा पीला पड़ गया। एक ज़माना हो गया था कि उसके पास कोई चिट्ठी नहीं आई थी, लेकिन अचानक एक दूसरी भावना उसके दिल में तीर की तरह चुभी।

"नस्तास्या, तुम जाओ, भगवान के लिए मेरा पिंड छोड़ दो; ये रहे तुम्हारे तीन कोपेक, लेकिन मेरे हाल पर रहम खाकर फ़ौरन यहाँ से चली जाओ !"

ख़त उसके हाथों में काँप रहा था। वह उसे नस्तास्या के सामने खोलना नहीं चाहता था। वह चाहता था कि उस ख़त के साथ उसे अकेला छोड़ दिया जाए। जब नस्तास्या चली तो उसने झट से ख़त को होंठों से लगाकर चूमा; फिर देर तक पता देखता रहा—छोटे-छोटे तिरछे अक्षरों की लिखावट, इतनी प्यारी और इतनी परिचित, उस माँ की जिसने कभी उसे पढ़ना-लिखना सिखाया था। वह टालता रहा; ऐसा लगता था मानो वह किसी चीज़ से डर रहा हो। आख़िरकार उसने ख़त खोला : बहुत मोटा भारी-भरकम ख़त था, दो औंस से ज़्यादा ही रहा होगा, बहुत छोटे-छोटे अक्षरों की लिखाई में पूरे दो पन्ने भरे हुए थे।

"मेरे प्यारे रोद्या," उसकी माँ ने लिखा था, "चिट्ठी-पत्री के ज़रिए तुमसे बात किए हुए दो महीने हो गए, जिसका मुझे बड़ा दुख है। मुझे रात-रात भर नींद नहीं आती, पड़े-पड़े सोचती रहती हूँ। लेकिन मुझे पूरा भरोसा है कि इस चुप्पी के लिए तुम मुझे दोष नहीं दोगे, क्योंकि मैं लाचार थी। तुम जानते हो मैं तुम्हें कितना प्यार करती हूँ; तुम्हारा ही तो हम लोगों को, दूनिया को और मुझे, सहारा रह गया है; तुम्हीं तो हम लोगों का सब कुछ हो, हमारी सारी आस-उम्मीद, हमारा अकेला आसरा। मुझे यह सुनकर कितना दुख हुआ कि कुछ महीने पहले तुमने यूनिवर्सिटी छोड़ दी थी, क्योंकि तुम्हारे पास साधन नहीं थे और तुम्हारी ट्यूशनें और दूसरा काम भी छूट गया था ! मुझे साल में पेंशन के जो एक सौ बीस रूबल मिलते थे उनमें मैं तुम्हारी कैसे मदद कर सकती थी ? चार महीने पहले मैंने तुम्हें जो पन्द्रह रूबल भेजे थे वह भी, तुम तो जानते ही हो, मैंने अपनी पेंशन की ज़मानत पर इस शहर के एक सौदागर अफ़ानासी इवानोविच वाख़रूशिन से उधार लिये थे। वह बहुत नेकदिल आदमी है और तुम्हारे बाप से उसकी दोस्ती भी थी। लेकिन उसे पेंशन वसूल करने का अधिकार दे देने के बाद मुझे क़र्ज़ चुक जाने तक इन्तज़ार करना पड़ा और वह अब जाकर चुक पाया है, इसीलिए इतने दिन तक मैं तुम्हें कुछ नहीं भेज सकी। लेकिन अब, भगवान की दया से, मैं समझती हूँ कि मैं तुम्हें कुछ और भेज सकूँगी, और सच पूछो तो अब हमें अपने भाग्य को सराहना चाहिए, जिसका पूरा हाल मैं तुम्हें फ़ौरन बता देना चाहती हूँ। पहली बात तो यह है, मेरे प्यारे रोद्या, क्या तुम जानते हो कि तुम्हारी बहन पिछले छः हफ़्ते से मेरे साथ ही रह रही है और अब हमें आगे चलकर भी काफी अलग नहीं होना पड़ेगा। भगवान की कृपा से उसके सारे कष्ट दूर हो गए हैं, लेकिन मैं तुम्हें सारी बात सिलसिले के साथ बता दूँ, ताकि तुम्हें मालूम हो जाए कि यह सब कुछ कैसे हुआ, जिसे हम अभी तक तुमसे छिपाए रहे। दो महीने पहले जब तुमने लिखा था कि तुमने किसी से सुना था कि दूनिया को स्विद्रिगाइलोव के यहाँ बड़ी मुसीबतें झेलनी पड़ रही

थीं, और मुझसे सारी बात बताने को कहा था—तो जवाब में मैं तुम्हें क्या लिख सकती थी ? अगर मैं तुम्हें सारी बात सच-सच लिख देती तो मुझे अच्छी तरह मालूम है कि तुम सब कुछ छोड़-छाड़कर हमारे पास चले आते, चाहे तुम्हें पैदल ही चलकर क्यों न आना पड़ता, क्योंकि मैं तुम्हारा स्वभाव और तुम्हारी भावनाएँ जानती हूँ; और तुम अपनी बहन का अपमान बर्दाश्त न कर पाते। मैं भी बेहद परेशान थी, लेकिन मैं कर ही क्या सकती थी ? और इसके अलावा, तब तक सारी बातें मुझे भी नहीं मालूम थीं। सारा मामला इसलिए इतना उलझ गया था कि दूनिया ने जब उनके परिवार में बच्चों की देखभाल करने का काम सँभाला था तो उसे सौ रूबल पेशगी मिले थे, इस शर्त पर कि हर महीने उसकी तनख़्वाह में से कुछ कटता रहेगा, और इसलिए जब तक क़र्ज़ा चुक न जाता तब तक नौकरी छोड़ना नामुमकिन था। यह रक़म (मेरे कलेजे के टुकड़े रोद्या, अब मैं यह सारी बात तुम्हें समझाकर बता सकती हूँ) उसने ख़ासतौर पर तुहें साठ रूबल भेजने के लिए ली थी, जिसकी तुम्हें इतनी सख़्त ज़रूरत थी और जो तुम्हें पिछले साल हमसे मिली थी। उस वक़्त हमने तुम्हें धोखे में रखा था, और यह लिख दिया था कि यह रक़म दूनिया की बचत में से भेजी जा रही है, लेकिन बात ऐसी नहीं थी, और अब मैं इसके बारे में सब कुछ बता सकती हूँ, क्योंकि भगवान की दया से हालत अचानक सुधर गई है, और इसलिए भी कि तुमको मालूम हो जाए कि दूनिया तुमको कितना प्यार करती है और उसने कैसा बड़ा दिल पाया है। शुरू में मि. स्विद्रिगाइलोव सचमुच उसके साथ बहुत बुरा व्यवहार करते थे और खाने की मेज़ पर उसका अपमान करनेवाली और मज़ाक़ उड़ानेवाली बातें करते थे...लेकिन मैं उन सब तकलीफ़देह बातों का ब्योरा नहीं बताना चाहती, क्योंकि अब जबकि सब कुछ ख़त्म हो गया है तो तुम्हें बेकार में परेशानी क्यों हो। मतलब यह कि मि. स्विद्रिगाइलोव की पत्नी मार्फ़ा पेत्रोव्ना के, और बाक़ी सारे परिवार के, नेकी और उदारता के व्यवहार के बावजूद दूनिया को बहुत कठिन दिन काटने पड़े, ख़ासतौर पर उस वक़्त जब मि. स्विद्रिगाइलोव अपनी पुरानी फ़ौजी आदतों का शिकार हो जाते थे और उन पर शराब का भूत सवार हो जाता था। और जानते हो बाद में इस सारे क़िस्से की असलियत क्या मालूम हुई ? क्या तुम यक़ीन करोगे कि उस दीवाने के दिल में शुरू से ही दूनिया की तरफ़ बहुत गहरा लगाव पैदा हो गया था, लेकिन रुखाई और तिरस्कार का रवैया अपनाकर वह उस पर परदा डाले रहा। शायद अपनी उम्र को देखते हुए और यह सोचकर कि वह कई बच्चों का बाप था, उसे खुद अपने इन हवाई मंसूबों पर शर्म आई होगी और वह अपने आपको धिक्कारने लगा होगा; और इसीलिए वह दुनिया से नाराज़ रहने लगा था। यह भी हो सकता है कि उसे उम्मीद रही हो कि इस तरह का रुखाई और तिरस्कार का रवैया अपनाकर वह सच्चाई को दूसरों से छिपा लेगा। लेकिन आख़िरकार उसे अपने आप पर क़ाबू नहीं रह गया और उसकी हिम्मत इतनी बढ़ गई कि उसने दूनिया के सामने बिलकुल खुला और बेहद शर्मनाक सुझाव रखा, उसे हर तरह के लालच दिए और इसके अलावा उससे यहाँ तक वादा किया कि वह सब कुछ त्याग देगा और उसे लेकर अपनी किसी दूसरी जागीर में, या ज़रूरत पड़ी तो विदेश भी चला जाएगा। तुम अन्दाज़ा लगा सकते हो कि दूनिया पर क्या बीती होगी ! उसके लिए अपनी नौकरी फ़ौरन छोड़ देना नामुमकिन था, सिर्फ़ क़र्ज़ की रक़म की वजह से नहीं बल्कि इस ख़्याल से भी कि मार्फ़ा पेत्रोव्ना की भावनाओं को ठेस न पहुँचे, क्योंकि उनके दिल में फ़ौरन शक पैदा होता और उस हालत में दूनिया परिवार में कलह पैदा करने का कारण तो बन ही जाती बेहद बदनामी भी होती; इससे बचने का कोई रास्ता न होता। और बहुत सी बातें थीं जिनकी वजह से दूनिया के लिए अगले छः हफ़्तों तक उस मनहूस घर से अपना पिंड छुड़ाने की कोई उम्मीद नहीं थी। तुम तो दूनिया को जानते ही हो; तुम यह भी

जानते हो कि वह कितनी होशियार और इरादे की पक्की है। दूनिया बहुत बर्दाश्त कर सकती है और कठिन से कठिन परिस्थिति में भी उसमें अपने क़दम जमाए रखने का धीरज है। उसने इस सारे मामले के बारे में तो मुझे भी नहीं लिखा, हालाँकि हम लोग अक्सर ही एक-दूसरे को ख़त लिखा करते थे। सारा मामला अचानक ऐसे ढंग से ख़त्म हो गया जिसके बारे में किसी ने कभी सोचा भी नहीं था। मार्फ़ा पेत्रोव्ना ने इत्तफ़ाक़ से बाग़ में अपने पति को दूनिया की मिन्नत-चिरौरी करते सुन लिया, और इसका दूसरा ही मतलब लगाकर उन्होंने सारा दोष दूनिया के मत्थे पर मढ़ दिया कि वही इस सारे क़िस्से की जड़ है। वहीं बाग़ में दोनों के बीच बड़ी तू-तू मैं-मैं हुई; मार्फ़ा पेत्रोव्ना ने तो यहाँ तक किया कि दूनिया के एक हाथ भी जड़ दिया, उसकी कोई भी बात सुनने से इनकार कर दिया और घंटे भर तक उस पर चिल्लाती रहीं, और उसके बाद उन्होंने हुक्म दे दिया कि दूनिया को फ़ौरन एक मामूली किसान के छकड़े पर बिठाकर मेरे पास भिजवा दिया जाए। उसका सारा सामान, सारे कपड़े-लत्ते ज्यों के त्यों तह किए या बाँधे बिना ही उसी गाड़ी में झोंक दिए गए। उसी बीच ज़ोर का पानी भी बरसा और दुतकारी-ठुकराई हुई दूनिया को एक किसान के साथ खुल छकड़े पर बैठकर पूरे सत्रह वेर्स्ता[1] पार करके शहर तक आना पड़ा। अब तुम्हीं सोचो कि दो महीने पहले तुमने जो ख़त मुझे भेजा था उसका मैं क्या जवाब देती और क्या लिखती ? मैं बिलकुल लाचार थी; सच बात तुम्हें लिख नहीं सकती थी क्योंकि तुम्हें बहुत दुख होता, तुम बहुत अपमान महसूस करते और तुम्हें बहुत गुस्सा आता, लेकिन तुम कर भी क्या सकते थे। शायद तुम बस अपने आपको तबाह कर लेते। फिर यह भी बात थी कि दूनिया ऐसा कभी होने न देती; और यह मैं कर नहीं सकती थी कि जब मेरा दिल इतना दुखी था तो अपना ख़त इधर-उधर की छोटी-मोटी बातों से भर देती। महीने भर सारे शहर में इस कांड की चर्चा चलती रही और नौबत यहाँ तक पहुँच गई कि लोग जिस तिरस्कार भाव से हमें देखते थे, आपस में कानाफूसी करते थे और यहाँ तक कि ज़ोर-ज़ोर से हमारे ऊपर फ़िक़रे कसते थे—उसकी वजह से दूनिया की और मेरी गिरजाघर जाने की भी हिम्मत न होती थी। जान-पहचान के सब लोग हमसे कतराने लगे थे, सड़क पर मिल जाते तो सलाम तक न करते, और मुझे पता चला कि कुछ दुकानदार और क्लर्क हमारे घर के दरवाज़े पर तारकोल पोतकर बहुत बेहूदा ढंग से हमारा अपमान करने की भी सोच रहे थे, जिसका नतीजा यह हुआ कि मकान-मालिक हमसे घर खाली करने को कहने लगा। यह सब कुछ मार्फ़ा पेत्रोव्ना का किया-धरा था; उन्होंने दूनिया को जी भरकर बदनाम किया और घर-घर जाकर उस पर कीचड़ उछाली। वह पास-पड़ोस के सारे लोगों को जानती हैं। उस महीने वह बार-बार शहर आती रहीं, और चूँकि वह कुछ बातूनी भी हैं तथा उन्हें अपने परिवार के मामलों के बारे में प्रपंच करने का और ख़ासतौर पर ऐरे-ग़ैरे से अपने पति की शिकायत करने का शौक़ है—जो बहुत ही ग़लत बात है—इसलिए थोड़े ही दिन में उन्होंने अपना क़िस्सा सारे शहर में ही नहीं बल्कि पूरे ज़िले में फैला दिया। इन सब बातों की वजह से मैं तो बीमार पड़ गई, लेकिन दूनिया ने सब कुछ मुझसे ज़्यादा अच्छी तरह झेल लिया; काश कि तुम देखते उसने सब कुछ कैसे सहा, कैसे मुझे तसल्ली देती रही और ढाढ़स बँधाती रही ! वह तो बिलकुल फ़रिश्ता है ! लेकिन भगवान की कृपा से हमारी सारी विपदा बहुत जल्दी दूर हो गई : मि. स्विद्रिगाइलोव के होश ठिकाने आ गए; उन्हें अपने किए पर पछतावा हुआ, शायद दूनिया की हालत पर तरस खाकर, उन्होंने मार्फ़ा पेत्रोव्ना के सामने दूनिया के निर्दोष होने का पूरा और पक्का सबूत रख दिया; यह सबूत वह ख़त था जो बाग़ में मार्फ़ा पेत्रोव्ना से उन लोगों की मुठभेड़ होने से पहले दुनिया ने तंग आकर मि. स्विद्रिगाइलोव को

1. वेर्स्ता—लम्बाई की रूसी माप, जो 1060 मीटर के बराबर है।

लिखा था। इस ख़त में, जो उसके चले आने के बाद उन्हीं के हाथों में रह गया था, उसने निजी तौर पर कोई सफ़ाई देने और चोरी-छिपे उनसे मिलने से साफ़ इनकार कर दिया था, जिसके लिए वह उसकी बड़ी मिन्नत कर रहे थे। उस ख़त में उसने बहुत ताव और गुस्से में आकर उन्हें मार्फ़ा पेत्रोव्ना के साथ उनके नीच व्यवहार के लिए बहुत लताड़ा था, और उन्हें याद दिलाया था कि वह कई बच्चों के बाप और परिवार के प्रधान थे। यह भी बताया था कि उनका एक बेबस-लाचार लड़की को, जो पहले से ही काफ़ी दुखी थी, इस तरह सताना और दुखी करना कितनी बड़ी दुष्टता थी। सचमुच, प्यारे रोद्या, उस ख़त के एक-एक अक्षर से ऐसी नेकी टपकती थी और उसकी एक-एक बात दिल को इस तरह छू लेती थी कि जब मैंने उसे पढ़ा तो मैं फूट-फूटकर रो पड़ी और अब भी जब मैं उसे पढ़ती हूँ तो आँखों में आँसू छलक आते हैं। इसके अलावा नौकरों की गवाही से भी दूनिया का सारा कलंक धुल गया; मि. स्विद्रिगाइलोव जितना सोचते थे उससे कहीं ज़्यादा उन लोगों ने देखा था और जानते थे—जैसा कि नौकरों के साथ अक्सर होता है। मार्फ़ा पेत्रोव्ना बिलकुल दंग रह गईं और जैसा कि उन्होंने खुद हमसे कहा, 'एक बार फिर उनका दिल बैठ गया,' लेकिन उन्हें दूनिया के निर्दोष होने का पूरा यक़ीन हो गया था। अगले ही दिन, जो इतवार था, वह सीधे गिरजाघर गईं और घुटने टेककर आँखों में आँसू भरकर उन्होंने माता मेरी से प्रार्थना की कि वह उन्हें इतनी शक्ति दें कि वह इस नई परीक्षा को झेल सकें और अपना कर्तव्य निभा सकें। फिर वह गिरजाघर से सीधे हम लोगों के पास आईं, हमें सारा क़िस्सा सुनाया, फूट-फूटकर रोईं, और अपने किए पर पछताते हुए उन्होंने दूनिया को गले से लगाया और उससे माफ़ी माँगी। उसी दिन सबेरे बिना कोई देर किए, वह शहर के एक-एक घर में आँसू बहाती हुई गईं, और बड़ी प्रशंसा भरे शब्दों में उन्होंने दूनिया के निर्दोष होने की बात और उसकी भावनाओं तथा उसके आचरण की शुद्धता ज़ोर देकर सबको समझाई। इससे भी बड़ी बात तो यह हुई कि उन्होंने मि. स्विद्रिगाइलोव के नाम दूनिया के हाथ का लिखा वह ख़त सबको दिखाया और पढ़कर सुनाया। यहाँ तक कि उन्हें उस ख़त की नक़ल कर लेने की भी इजाज़त दे दी—जिसकी, मेरी राय में, कोई ज़रूरत नहीं थी। इस तरह वह कई दिन तक अपनी गाड़ी पर सारे शहर में घूमती रहीं, क्योंकि कुछ लोगों ने इस बात का बुरा माना था कि वह दूसरों के यहाँ पहले क्यों गईं। इस तरह सबको अपनी बारी आने का इन्तज़ार करना पड़ा, जिसका नतीजा यह हुआ कि हर घर में पहुँचने से पहले ही से उनकी राह देखी जाती थी, और हर आदमी को मालूम रहता था कि फ़लाँ-फ़लाँ दिन मार्फ़ा पेत्रोव्ना फ़लाँ-फ़लाँ जगह वह ख़त पढ़कर सुनाएँगी। हर बार जब वह ख़त पढ़ा जाता था तो लोग जमा हो जाते थे, बहुत से ऐसे लोग भी जो खुद अपने घरों पर और दूसरे लोगों के घरों पर कई-कई बार पहले भी उस ख़त को सुन चुके थे। मेरी राय में इसमें से बहुत कुछ, बहुत ज़्यादा हद तक, ऐसा था जिसकी कोई ज़रूरत नहीं थी, लेकिन मार्फ़ा पेत्रोव्ना का स्वभाव ही ऐसा है। बहरहाल...वह दूनिया की नेकनामी फिर से पूरी तरह क़ायम कर देने में कामयाब हो गईं और इस कांड की सारी बदनामी कभी न मिट सकनेवाले कलंक की तरह उनके पति के मत्थे मढ़ दी गई, सारा दोष अकेले उन्हीं को दिया गया, यहाँ तक कि मुझे उन पर सचमुच तरस आने लगा, सचमुच उस दीवाने आदमी के साथ लोग ज़रूरत से ज़्यादा सख़्ती बरत रहे थे। दूनिया को फ़ौरन कई परिवारों में पढ़ाने के लिए बुलाया गया लेकिन उसने इनकार कर दिया। अचानक लोग उसे बड़ी इज़्ज़त की नज़र से देखने लगे और कहना पड़ेगा कि इन्हीं सब बातों की वजह से वह घटना हुई जिसने हमारे पूरे भाग्य को पलट दिया। प्यारे रोद्या, मैं तुम्हें बताना चाहती हूँ कि एक आदमी दूनिया से ब्याह करना चाहता है और वह भी उससे शादी करने को राज़ी है। मैं चाहती हूँ कि तुम्हें

जल्दी से इस सारे मामले के बारे में बता दूँ। हालाँकि सब कुछ तुम्हारी राय लिये बिना तै किया गया है, लेकिन मैं समझती हूँ कि तुम इस बात पर मुझसे या अपनी बहन से ख़फ़ा नहीं होगे क्योंकि बात यह है कि हम लोग ज़्यादा इन्तजार नहीं कर सकते थे और तुम्हारा जवाब आने तक अपना फ़ैसला टाल नहीं सकते थे। दूसरी ओर, तुम यहाँ आए बिना सारी बातों को परख नहीं सकते थे। असल में यह सब कुछ हुआ ऐसे। यह प्योत्र पेत्रोविच लूजिन काउंसेलर के ओहदे पर पहुँच चुके हैं और मार्फ़ा पेत्रोव्ना के दूर के रिश्तेदार हैं, जो इन दोनों की जोड़ी मिलाने में बहुत सक्रिय रही हैं। सिलसिला शुरू यहाँ से हुआ कि लूजिन ने हम लोगों से जान-पहचान बढ़ाने की इच्छा प्रकट की। उनका बड़े ढंग से स्वागत किया गया। उन्होंने हम लोगों के साथ कॉफ़ी पी और अगले ही दिन उन्होंने हमें एक पत्र भेजा जिसमें उन्होंने बड़ी शिष्टता से शादी का प्रस्ताव रखा और प्रार्थना की कि इसके बारे में जल्दी ही पक्का जवाब दिया जाए। वह बहुत व्यस्त आदमी हैं और जल्दी से जल्दी पीटर्सबर्ग लौट जाना चाहते हैं, इसलिए उनका एक-एक क्षण बहुत क़ीमती है। ज़ाहिर है, शुरू-शुरू में तो हमें बहुत ताज्जुब हुआ क्योंकि यह सब कुछ इतनी जल्दी और ऐसे ढंग से हुआ था जिसका हमें गुमान तक नहीं था। हम लोगों ने दिन भर इसके बारे में सोच-विचार किया और बातें कीं। वह बहुत खाते-पीते, भरोसे के आदमी हैं; सरकार की दो नौकरियों पर लगे हुए हैं और बहुत क़ाफ़ी दौलत जमा कर चुके हैं। यह सच है कि उनकी उम्र पैंतालीस साल की है, लेकिन सूरत-शक्ल काफ़ी अच्छी है; औरतें अब भी उन्हें आकर्षक समझ सकती हैं। वह बहुत ही शरीफ़ और देखने-सुनने में अच्छे आदमी हैं; अलबत्ता, यह ज़रूर है कि थोड़ा सा उदास और कुछ घमंडी लगते हैं। लेकिन हो सकता है कि शायद पहली बार देखने में ही ऐसे लगते हों। ख़ैर, प्यारे रोद्या, जब पीटर्सबर्ग में उनसे मुलाक़ात हो, जो जल्दी ही होनेवाली है, तो उन्हें देखते ही अगर उनकी कोई बात अच्छी न लगे तो उनके बारे में बहुत जल्दी में और सख़्ती के साथ किसी राय पर पहुँचने से सावधान रहना, जैसी कि तुम्हारी आदत है। मैं तुम्हें पहले से यह जताए देती हूँ, हालाँकि मुझे पूरा यक़ीन है कि तुम्हारे ऊपर उनका अच्छा ही असर पड़ेगा। इसके अलावा किसी आदमी को समझने के लिए यह ज़रूरी होता है कि हम सोच-विचार से काम लें और उसके बारे में पहले से कोई राय या ग़लत धारणाएँ बना लेने से सावधान रहें, क्योंकि बाद में उन्हें सुधारने और दूर करने में बहुत कठिनाई होती है। और बहुत सी बातों से यह पता चलता है कि प्योत्र पेत्रोविच बहुत ही भले आदमी हैं। पहली ही मुलाक़ात में उन्होंने हमें बताया कि वह अच्छे आचार-व्यवहार के आदमी हैं, लेकिन इसके साथ ही, जैसा कि उन्होंने हमें बताया, कई बातों में वह 'हमारी सबसे उभरती हुई पीढ़ी की' आस्थाओं से सहमत हैं और हर तरह के पूर्वाग्रह के विरोधी हैं। उन्होंने और भी बहुत सी बातें बताईं। बेशक वह थोड़े घमंडी हैं और चाहते हैं कि उनकी बात सुनी जाए, लेकिन यह कोई ऐसी बुराई नहीं है। मेरी समझ में तो बहुत ज़्यादा कुछ आया नहीं, लेकिन दूनिया ने मुझे बताया कि बहुत पढ़े-लिखे होने के बावजूद वह होशियार हैं और स्वभाव के अच्छे मालूम होते हैं। रोद्या, अपनी बहन का स्वभाव तो तुम जानते ही हो। बह अपने इरादे की पक्की, समझदार, धीरज रखनेवाली और उदार लड़की है, लेकिन उसका हृदय बड़ा भावुक है, इतना मैं जानती हूँ। यह सच है कि कोई ख़ास प्यार-मुहब्बत न इसकी तरफ़ से है और न उनकी तरफ़ से, लेकिन दूनिया समझदार लड़की है और उसका दिल फ़रिश्तों जैसा है। अपने पति को खुश रखना वह अपना कर्त्तव्य समझेगी और वह भी उसे सुखी रखने को अपनी ज़िम्मेदारी समझेंगे। इसमें शक करने की कोई वजह नहीं है, हालाँकि यह मानना पड़ेगा कि यह सारा मामला बहुत जल्दी में तै किया गया है। इसके अलावा वह बहुत समझदार आदमी हैं और पक्की बात है कि वह खुद यह समझेंगे कि दूनिया उनके साथ

जितनी ही ज़्यादा सुखी होगी उतना ही ज़्यादा उनके भी सुखी रहने का भरोसा रहेगा। जहाँ तक स्वभाव की कुछ ख़राबियों का, कुछ आदतों का और कुछ बातों पर मतभेदों का भी सवाल है—जो सुखी से सुखी दाम्पत्य सम्बन्धों में भी अनिवार्य रूप से होते ही हैं—दूनिया ने कहा है कि उसे अपने ऊपर पूरा भरोसा है, इन सब बातों के बारे में परेशान होने की कोई ज़रूरत नहीं है, और यह कि वह बहुत कुछ बर्दाश्त करने को तैयार है, अगर आगे चलकर उनका सम्बन्ध ईमानदारी और इंसाफ़ पर क़ायम रह सके। मिसाल के लिए, शुरू-शुरू में मुझे भी वह कुछ अक्खड़ मालूम हुए। लेकिन यह भी हो सकता है कि वह साफ़ बात कहनेवाले आदमी हों, दरअसल बात है भी यही। जैसे, दूनिया की रज़ामन्दी मिल जाने के बाद जब वह दूसरी बार हमारे यहाँ आए तो बातचीत के दौरान उन्होंने साफ़ कहा कि दूनिया से जान-पहचान होने से पहले ही उन्होंने मन में यह बात ठान ली थी कि वह दहेज लिये बिना किसी ऐसी लड़की से ब्याह करेंगे जो चाल-चलन की अच्छी हो, और, सबसे बढ़कर, जिसने ग़रीबी के दिन देखे हों, क्योंकि, जैसाकि उन्होंने समझाया, किसी आदमी को अपनी बीवी का मोहताज नहीं होना चाहिए, बल्कि अच्छा यही है कि औरत अपने पति को अपना उपकारी समझे। मैं यह भी बता दूँ कि उन्होंने यह बात जिस तरह मैंने कही है उससे कहीं ज़्यादा नरमी और शिष्टता से कही थी; उनके शब्द तो मैं भूल गई हूँ किन्तु उनकी बातों से मुझे ऐसा लगा। इसके अलावा, ज़ाहिर है, उन्होंने यह बात किसी ख़ास मंसूबे से नहीं कही थी बल्कि बातचीत के दौरान सहज भाव से उनके मुँह से निकल गई थी। बाद में उन्होंने अपनी बात को सँवारने की कोशिश की, फिर भी मुझे वह कुछ अक्खड़पन से कही गई बात लगी और बाद में मैंने दूनिया से यह कहा भी। दूनिया परेशान हो गई किन्तु उसने जवाब दिया कि 'आदमी की कथनी उसकी करनी नहीं होती' और यह बात सच भी है। अपना मन पक्का करने से पहले दूनिया रात भर सोई नहीं, और यह सोचकर कि मैं सो गई हूँ वह बिस्तर से उठी और रात भर कमरे में इधर से उधर टहलती रही; आख़िरकार वह प्रतिमा के सामने घुटने टेककर बैठ गई और बड़ी देर तक तन्मय होकर प्रार्थना करती रही। सुबह उसने मुझे बताया कि उसने फ़ैसला कर लिया है।

"मैं पहले ही बता चुकी हूँ कि प्योत्र पेत्रोविच जल्दी ही पीटर्सबर्ग के लिए रवाना होनेवाले हैं, जहाँ उनका बहुत बड़ा कारोबार है और जहाँ वह एक वकालतख़ाना खोलना चाहते हैं। कई साल से वह वकालत कर रहे हैं, और अभी कुछ ही दिन पहले बहुत बड़ा मुक़दमा जीत चुके हैं। उन्हें पीटर्सबर्ग में इसलिए भी होना है कि सीनेट के सामने उनके एक बहुत बड़े मुक़दमे की सुनवाई है। इसलिए, प्यारे रोद्या, हर तरह से वह तुम्हारे बहुत काम आ सकते हैं, और दूनिया और मैं दोनों ही यह समझते हैं कि तुम आज ही से अपनी रोज़ी कमाना शुरू कर सकते हो और यह समझ सकते हो कि तुम्हारा भविष्य निश्चित और पक्का हो चुका है। काश, ऐसा हो जाए ! इससे इतना फ़ायदा होगा कि हम इसे दैवी वरदान ही समझ सकते हैं। दूनिया तो हरदम इसी के सपने देखती रहती है। हम लोगों ने हिम्मत करके प्योत्र पेत्रोविच से इसकी चर्चा छेड़ी भी है। उन्होंने जवाब देने में बहुत सोच-विचार से काम लिया और कहा कि सेक्रेटरी के बिना तो उनका काम चल नहीं सकता, किसी ग़ैर को पैसा देने से अच्छा तो यही है कि अपने किसी रिश्तेदार की तनख़्वाह बाँध दी जाए, अगर वह उस काम के लिए योग्य हो (जैसे तुम्हारे योग्य होने में कोई शक हो सकता है !), लेकिन उन्हें यह शंका ज़रूर थी कि यूनिवर्सिटी की पढ़ाई के बाद तुम्हारे पास दफ़्तर में काम करने के लिए समय बचेगा भी या नहीं। बात फ़िलहाल तो यहीं पर ख़त्म हो गई है लेकिन दूनिया अब और किसी बात के बारे में सोचती ही नहीं। पिछले कुछ दिनों से उस पर जैसे कोई जुनून सवार है, और उसने इस बात की एक पूरी योजना बना ली है कि आख़िर में चलकर तुम प्योत्र पेत्रोविच के वकालत

के धन्धे में उनके सहयोगी ही नहीं बल्कि साझेदार भी बन जाओ, यह तो अच्छा ही है कि तुम क़ानून पढ़ भी रहे हो। रोद्या, मैं इसमें पूरी तरह उससे सहमत हूँ और उसकी सारी योजनाओं और उम्मीदों में उसके साथ हूँ, और मैं समझती हूँ कि उन्हें पूरा करना बिलकुल मुमकिन है। प्योत्र पेत्रोविच की गोलमोल बातों के बावजूद, जो इस वक़्त बहुत स्वाभाविक बात है (क्योंकि वह तुम्हें जानते नहीं हैं), दूनिया को पूरा भरोसा है कि अपने होनेवाले पति पर अपने अच्छे असर के बल पर वह यह सब कुछ हासिल कर लेगी; वह इसी की आस लगाए है। ज़ाहिर है, हम लोगों ने इतनी सावधानी तो बरती ही है कि आगे की इन योजनाओं के बारे में, और ख़ासतौर पर उनके कारोबार में तुम्हारे साझेदार बन जाने के बारे में, हमने प्योत्र पेत्रोविच से कोई चर्चा नहीं की है। वह बहुत व्यवहारकुशल आदमी हैं और हो सकता है इसके बारे में कोई उत्साह न दिखाएँ; उन्हें ये सारी बातें कोरी कल्पनाएँ लग सकती हैं। इस बात के बारे में भी न तो दूनिया ने उनसे एक शब्द कहा है और न मैंने कि हमें इसकी कितनी उम्मीद है कि तुम्हारी यूनिवर्सिटी की पढ़ाई का ख़र्च उठाने में वह हमारी मदद करेंगे। इसकी चर्चा हम लोगों ने सबसे पहले तो इसलिए नहीं की कि आगे चलकर यह तो अपने आप ही हो जाएगा, और वह कोई लम्बी-चौड़ी बात किए बिना ख़ुद ही अपनी तरफ़ से ऐसा करने का सुझाव रखेंगे (भला वह दूनिया की इतनी सी बात को टाल ही कैसे सकते हैं !), और तुम ख़ुद अपनी कोशिश से दफ़्तर में उनका दाहिना हाथ बन जाओगे। तुम्हें उनकी यह मदद ख़ैरात में नहीं मिलेगी, बल्कि अपने काम के बदले वह तुम्हारी अपनी कमाई होगी। दूनिया सारा बन्दोबस्त इस तरह से करना चाहती है और मैं उससे पूरी तरह सहमत हूँ। हमने अपनी योजनाओं के बारे में एक दूसरी वजह से भी बात नहीं की, और वह इसलिए कि मैं ख़ासतौर पर यह चाहती थी कि जब तुम उनसे पहली बार मिलो तो बराबरी की हैसियत से मिलो। जब दूनिया ने बड़े जोश के साथ तुम्हारे बारे में उनसे बात की तो उन्होंने जवाब दिया कि कोई आदमी किसी आदमी को ख़ुद क़रीब से देखे बिना उसके बारे में कोई राय नहीं क़ायम कर सकता, और यह कि वह तुमसे जान-पहचान हो जाने के बाद ख़ुद अपनी राय बनाना चाहते हैं। मेरे अनमोल रोद्या, मैं तुम्हें बताना चाहती हूँ कि कुछ वजहों से (जिनका प्योत्र पेत्रोविच से कोई सम्बन्ध नहीं है, जो महज़ मेरी निजी, बूढ़ी औरतोंवाली सनक है) शायद बेहतर यही होगा कि शादी के बाद मैं उन लोगों के साथ रहने के बजाय अलग अकेले ही रहूँ। मुझे पूरा विश्वास है कि वह इतनी उदारता और शिष्टता दिखाएँगे कि मुझे न्योता दें और मुझसे अनुरोध करें कि मैं आगे भी अपनी बेटी के साथ ही रहूँ। अगर उन्होंने अभी तक इसके बारे में कुछ नहीं कहा है तो उसकी वजह यही है कि इसे तो एक मानी हुई बात समझ लिया गया है; लेकिन मैं ख़ुद मना कर दूँगी। मैंने ज़िन्दगी में कितनी ही बार देखा है कि शादी के बाद लोगों की अपनी सास से निभती नहीं है, और मैं नहीं चाहती कि मेरी वजह से किसी को ज़रा भी तकलीफ़ हो। अपनी ख़ातिर भी मैं यही चाहूँगी कि जब तक मुझे अपना रोटी का एक टुकड़ा नसीब है, और तुम्हारी और दूनिया जैसी औलादें हैं, तब तक अपने बल पर ही खड़ी रहूँ, किसी पर बोझ न बनूँ। अगर हो सका तो मैं तुम दोनों के पास ही कहीं आकर बस जाऊँगी, क्योंकि, प्यारे रोद्या, सबसे बड़ी ख़ुशख़बरी तो मैंने अपने ख़त के आख़िरी हिस्से के लिए बचा रखी है मेरे प्यारे बेटे, मैं तुम्हें बता दूँ कि शायद बहुत जल्दी ही हम सब फिर एक जगह इकट्ठे हो जाएँ और लगभग तीन साल की जुदाई के बाद फिर एक-दूसरे से गले मिलें ! यह पक्के तौर पर तै हो गया है कि दूनिया और मैं दोनों पीटर्सबर्ग जाएँगे। यह तो मुझे मालूम नहीं कि कब लेकिन बहुत जल्दी ही जाएँगे, शायद एक हफ़्ते के अन्दर। इसका दारोमदार प्योत्र पेत्रोविच पर है; उन्हें जब पीटर्सबर्ग में सारी बातों का पता लगाने की फ़ुर्सत मिलेगी तब वह तै करके हमें ख़बर देंगे। ख़ुद अपनी सुविधा के

लिए वह बहुत उत्सुक हैं कि यह रस्म जितनी जल्दी हो सके पूरी कर दी जाए, अगर मुमकिन हो तो देवी के उपवास से पहले ही, और अगर इतनी जल्दी तैयारी न हो सके तो उसके फ़ौरन बाद। तुम्हें अपने कलेजे से लगाकर मुझे कितनी ख़ुशी होगी ! तुमसे मिलने की ख़ुशी की बात सोचकर ही दूनिया का दिल बल्लियों उछल रहा है। एक दिन तो उसने मज़ाक में यहाँ तक कहा कि वह सिर्फ़ इसके लिए भी प्योत्र पेत्रोविच से ब्याह करने को तैयार है। बिलकुल फ़रिश्ता है वह ! वह अभी तुम्हें कुछ नहीं लिख रही है, लेकिन उसने मुझसे इतना लिख देने को कहा है कि उसे तुम्हें इतनी बातें, इतनी बहुत सी बातें, बताने को हैं कि कुछ लाइनों में वह तुम्हें कुछ नहीं बता सकेगी, बल्कि उससे उसका जी बेचैन ही होगा। उसने मुझसे कहा है कि उसकी ओर से मैं तुम्हें बहुत सारा प्यार और ढेरों चुम्बन भेज दूँ। हालाँकि हम लोगों की मुलाक़ात जल्दी ही होगी लेकिन एक-दो दिन में मैं तुम्हें जितना पैसा भी हो सकेगा, भेज दूँगी। अब चूँकि सबको मालूम हो गया है कि दूनिया की शादी प्योत्र पेत्रोविच से होनेवाली है इसलिए मेरी साख अचानक बढ़ गई है और मैं जानती हूँ कि अफ़ानासी इवानोविच अब मेरी पेंशन की ज़मानत पर पचहत्तर रूबल के लिए भी मुझ पर भरोसा कर लेगा और इस तरह मैं तुम्हें पच्चीस या तीस रूबल भी भेज सकूँगी। भेज तो मैं इससे भी ज़्यादा देती, लेकिन मुझे अपने सफ़र के ख़र्च की चिन्ता है। प्योत्र पेत्रोविच ने हालाँकि हमारे सफ़र के ख़र्च का कुछ हिस्सा अपने ज़िम्मे लिया है, मतलब यह कि हमारा सामान और बड़ा सन्दूक़ पहुँचवाने की ज़िम्मेदारी अपने ऊपर ले ली है (जो उसकी जान-पहचान के किसी आदमी के हाथ पहुँचवा दिया जाएगा), फिर भी पीटर्सबर्ग पहुँचने पर थोड़े-बहुत ख़र्च का बन्दोबस्त तो हमें करना ही पड़ेगा, क्योंकि कम-से-कम पहले कुछ दिनों तक तो ऐसा नहीं होना चाहिए कि हमारे पास एक कौड़ी भी न हो। लेकिन हमने, दूनिया ने और मैंने, सारा हिसाब पाई-पाई लगा लिया है, और हम लोग इस नतीजे पर पहुँचे हैं कि इस सफ़र में ख़र्च बहुत ज़्यादा नहीं होगा। हमारे यहाँ से रेलवे स्टेशन की दूरी कुल नब्बे वेर्स्ता की है और हमने यहाँ जान-पहचान के एक गाड़ीवाले से सब कुछ तै कर लिया है, ताकि वह तैयार रहे। वहाँ से मैं और दूनिया बड़े आराम से तीसरे दर्जे में सफ़र कर सकते हैं। इसलिए बहुत मुमकिन है कि मैं तुम्हें पच्चीस नहीं बल्कि तीस रूबल भेज सकूँ। बस काफ़ी हो गया; मैं दो पूरे पन्ने भर चुकी हूँ और अब ज़्यादा लिखने के लिए जगह नहीं है। अपनी पूरी राम-कहानी लिख दी है, लेकिन इस बीच हुआ भी तो बहुत कुछ है ! और अब, मेरे अनमोल रोद्या, मैं तुम्हें कलेजे से लगाती हूँ और मुलाक़ात होने तक के लिए माँ का आशीर्वाद भेजती हूँ। अपनी बहन दूनिया को प्यार करना, रोद्या, उसको उसी तरह प्यार करना जैसे वह तुमको करती है और यह समझ लेना कि वह तुमको हर चीज़ से बढ़कर, अपने आपसे भी बढ़कर, प्यार करती है। वह फ़रिश्ता है और तुम, रोद्या, तुम हम लोगों के लिए सब कुछ हो—हमारी अकेली उम्मीद, हमारा अकेला सहारा। बस तुम सुखी रहो, इसी में हमारा सुख है। रोद्या, तुम अभी तक रोज़ प्रार्थना करते हो कि नहीं, हमारे विधाता और त्राता की दया पर विश्वास रखते हो कि नहीं ? मेरे मन में डर लगा रहता है कि आजकल नास्तिकता की जो नई भावना फैल गई है, कहीं तुम भी तो उसका शिकार नहीं हो गए हो ? अगर ऐसा है तो मैं तुम्हारे लिए प्रार्थना करूँगी। प्यारे बेटे, याद है न बचपन में, जब तुम्हारे बाप ज़िन्दा थे, तुम मेरी गोदी में बैठकर तुतला-तुतलाकर प्रार्थना किया करते थे और उन दिनों सब लोग कितने ख़ुश रहते थे ! अच्छा, अब मैं मुलाक़ात होने तक के लिए विदा लेती हूँ—तुम्हें अपने कलेजे से लगाती हूँ, ढेरों प्यार।

मरते दम तक तुम्हारी,
पुल्ख़ेरिया रस्कोलनिकोव।"

पत्र पढ़ते समय लगभग शुरू से ही रस्कोलनिकोव का चेहरा आँसुओं से भीगा रहा; लेकिन जब उसने पत्र पढ़कर ख़त्म किया तो उसका चेहरा पीला पड़ गया था और विकृत हो गया था; उसके होंठों पर कड़वी, क्रोध भरी और द्वेषपूर्ण मुस्कुराहट थी। उसने अपने फटे हुए मैले तकिए पर अपना सिर टिका दिया और सोचने लगा, बड़ी देर तक सोचता रहा। उसका दिल ज़ोर-ज़ोर से धड़क रहा था, उसके दिमाग़ में एक तूफ़ान मचा हुआ था। आख़िरकार उस छोटे से पीले कमरे में, जो किसी काबुक या सन्दूक़ जैसा था, उसे घुटन महसूस होने लगी, जैसे उसे वहाँ किसी ने जकड़ रखा हो। उसकी आँखें और उसका दिमाग़ खुली जगह के लिए तड़प उठे। उसने अपनी हैट उठाई और बाहर निकल गया; इस बार उसे किसी से मुलाक़ात हो जाने का डर नहीं सता रहा था; वह अपना डर भूल चुका था। वह वसील्येव्स्की ओस्त्रोव की दिशा में मुड़ा और व. प्रॉस्पेक्ट पर इस तरह चलता रहा जैसे उसे किसी काम से कहीं पहुँचने की जल्दी हो, लेकिन, जैसी कि उसकी आदत थी, वह अपने रास्ते की ओर कोई ध्यान दिए बिना चल रहा था, और मन ही मन कुछ बुड़बुड़ाता जा रहा था, बल्कि बीच-बीच में अपने आपसे ज़ोर-ज़ोर से बातें भी करने लगता था, जिस पर राह चलनेवालों को आश्चर्य होता था। उनमें से बहुतेरे तो यह समझते थे कि वह पिए हुए है।

4

अपनी माँ का पत्र पढ़कर उसे बेहद तकलीफ़ हुई थी, लेकिन जहाँ तक उसमें कही गई मुख्य बात का सवाल था उसके बारे में उसे एक क्षण के लिए भी संशय नहीं ही हुआ था, उस समय भी नहीं जब वह पत्र पढ़ रहा था। उसके दिमाग़ में बुनियादी सवाल का फ़ैसला हो गया था, और अटल फ़ैसला हो गया था : "जब तक मैं ज़िन्दा हूँ तब तक यह शादी कभी नहीं हो सकती; भाड़ में जाएँ मिस्टर लूज़िन !"

अपने फ़ैसले की जीत का पहले ही से अनुमान करके वह द्वेषपूर्ण मुस्कुराहट के साथ मन-ही-मन बुड़बुड़ाया, "बात बिलकुल साफ़ है। नहीं माँ, नहीं दूनिया, तुम लोग मुझे धोखा नहीं दे सकतीं ! और ऊपर से ये लोग मुझसे इस बात की माफ़ी माँगती हैं कि उन्होंने मेरी सलाह नहीं ली और मेरी ग़ैर-मौजूदगी में ही फ़ैसला कर लिया। ! वे और कर भी क्या सकती थीं ! वे सोचती हैं कि अब सारी बात तै हो चुकी है और यह शादी तोड़ी नहीं जा सकती; लेकिन हम देखेंगे कि तोड़ी जा सकती है या नहीं ! क्या अच्छा बहाना है : 'प्योत्र पेत्रोविच इतने व्यस्त आदमी हैं कि उनकी शादी भी फ़ौरन से पेशतर होनी चाहिए, बिलकुल डाकगाड़ी की रफ़्तार से।' नहीं, दूनिया, मैं सब समझता हूँ और मुझे मालूम है कि तुम मुझसे क्या कहना चाहती हो; और मैं यह भी जानता हूँ कि जब तुम रात भर इधर-से-उधर टहलती रही थीं तो तुम क्या सोच रही थीं और माँ के सोने के कमरे में कज़ान की देवी-माता की जो प्रतिमा रखी है उसके सामने तुमने क्या प्रार्थना की होगी। कलवारी बलिवेदी तक पहुँचने की चढ़ाई बड़ी कष्टमय होती है।...हुँह...तो सब कुछ पक्का हो गया है; तो अव्दोत्या रोमानोव्ना तुमने एक समझदार और कामकाजी आदमी से शादी करने का फ़ैसला कर लिया है, जिसके पास बहुत दौलत है (जो बहुत दौलत जमा कर चुका है, जिसकी वजह से उसकी हैसियत कहीं ज़्यादा ठोस और रोबदार हो गई है); एक ऐसे आदमी से जो दो-दो सरकारी नौकरियों पर लगा हुआ है और जो हमारी सबसे उभरती हुई पीढ़ी के विचारों से सहमत है, जैसा कि माँ ने लिखा है, और जो स्वभाव का अच्छा मालूम होता है, जैसी कि खुद दूनिया की राय है। इस 'मालूम होता है' का जवाब नहीं है ! और वही दूनिया इसी 'मालूम होता है' की ख़ातिर उससे

शादी कर रही है ! वाह-वाह, क्या कहने !

...लेकिन मैं जानना चाहूँगा कि माँ ने मुझे 'हमारी सबसे उभरती हुई पीढ़ी' के बारे में क्यों लिखा ? क्या सिर्फ़ मुझे यह बताने के लिए कि मिस्टर लूज़िन किस तरह के आदमी हैं, या उनके मन में कोई और बात थी ? या यह सोचकर कि पहले से ही मुझ पर मिस्टर लूज़िन की अच्छी छाप डाल दें ? ओह, कितने कुटिल हैं ये लोग ! मैं एक बात और जानना चाहूँगा : उस दिन और उस रात को और उसके बाद से दोनों ने एक-दूसरे से कितने खुलकर बात की थी ? क्या हर बात शब्दों में कही गई थी, या दोनों ने यह समझ लिया था कि दोनों के दिल और दिमाग़ में एक ही बात है और इसलिए उसके बारे में ज़ोर-ज़ोर से बात करने की कोई ज़रूरत नहीं है, या उसकी चर्चा न करना ही बेहतर है ? सबसे ज़्यादा सम्भावना यही है कि कुछ हद तक यही बात थी, जैसा कि माँ के ख़त से साफ़ ज़ाहिर है, वह उन्हें थोड़ा अक्खड़ लगे, और अपने भोलेपन में माँ ने अपनी राय दूनिया को बताई। दूनिया को परेशान तो होना ही था और उसने 'उन्हें बहुत गुस्से से जवाब दिया'। मैं तो यही समझता हूँ। और किसे गुस्सा न आता जब भोलेपन के सवाल पूछे बिना भी यह बात स्पष्ट थी और यह बात पहले से समझ ली गई थी कि उसके बारे में बहस करना बेकार है ? और उन्होंने मुझे यह क्यों लिखा कि 'रोद्या, दूनिया को प्यार करना, और वह तुम्हें अपने आपसे भी बढ़कर प्यार करती है' ? क्या उनका अन्तःकरण उन्हें अन्दर-ही-अन्दर धिक्कार तो नहीं रहा है कि अपने बेटे की ख़ातिर उन्होंने अपनी बेटी को बलि चढ़ा दिया ? 'तुम्हीं हमारा अकेला सहारा हो, तुम्हीं हमारा सब कुछ हो।' ओह, माँ !..."

उसकी कटुता लगातार और गहरी होती गई, और अगर उसी क्षण मि. लूज़िन से उसकी मुलाक़ात हो गई होती तो उसने उन्हें जान से मार दिया होता !

"हुँह...हाँ, यह सच है," उसके दिमाग़ में तूफ़ान की तरह मँडलाते हुए जो विचार एक-दूसरे का पीछा कर रहे थे उनका सिलसिला पकड़कर वह बुड़बुड़ाता रहा, "यह सच है कि किसी आदमी को 'समझने में समय लगता है और सावधानी बरतनी पड़ती है,' लेकिन मिस्टर लूज़िन के बारे में कोई ग़लती नहीं हो सकती। ख़ास बात यह है कि वह 'कारोबारी आदमी हैं और बहुत भले मालूम होते हैं,' : बड़ा कमाल किया न उन्होंने कि उन लोगों का सारा सामान और बड़ा सन्दूक़ भिजवा दिया ! सचमुच बहुत भले आदमी हैं कि उन्होंने इतना कर दिया। लेकिन उनकी दुल्हन और उसकी माँ को बोरे से ढके हुए छकड़े में बैठकर सफ़र करना होगा (मैं जानता हूँ, मैं उसमें बैठकर सफ़र कर चुका हूँ) ! कोई बात नहीं है ! कुल नब्बे ही वेर्स्ता तो है और फिर एक हज़ार वेर्स्ता तक वे 'तीसरे दर्जे में बड़े आराम से सफ़र कर सकती हैं !' ठीक ही तो है : एतो पैर पसारिए जेती लाम्बी सौर, लेकिन आप अपनी बात सोचिए, मि. लूज़िन। वह आपकी दुल्हन है...और आपको यह भी मालूम होगा कि उसकी माँ को इस सफ़र के लिए अपनी पेंशन गिरवी रखकर पैसा जुटाना पड़ेगा। ज़ाहिर है यह व्यापार का मामला है, एक ऐसी साझेदारी है जिसमें दोनों का फ़ायदा हो, जिसमें दोनों के हिस्से बराबर हों और ख़र्च भी दोनों बराबर उठाएँ; खाने-पीने को तो मिलेगा, लेकिन तम्बाकू का पैसा देना पड़ेगा। यहाँ भी व्यापारी उन्हें दाँव दे गया। सामान पहुँचवाने का ख़र्च किराए से कम होगा और बहुत मुमकिन है कि मुफ़्त ही चला जाए। ये सारी बातें उन दोनों की समझ में कैसे नहीं आतीं, या वे इसे समझना ही नहीं चाहतीं ? और वे ख़ुश हैं, इस बात पर ख़ुश हैं ! और ज़रा सोचिए, यह तो अभी बौर ही लगा है, असली फल तो बाद में लगेंगे ! लेकिन असली सवाल कंजूसी का नहीं है, कमीनेपन का नहीं है, बल्कि इस पूरे मामले के तेवर का है। क्योंकि शादी के बाद भी यही तेवर रहेगा, अभी तो यह सिर्फ़ उसकी बानगी है। और माँ भी, वह पानी की तरह

पैसा क्यों बहा रही हैं ? पीटर्सबर्ग पहुँचने तक उनके पास क्या रह जाएगा ? चाँदी के तीन रूबल या दो 'पर्चियाँ', जैसा कि बुढ़िया कहती है...हुँह ! बाद में वह पीटर्सबर्ग में रहेंगी काहे के सहारे ? अभी से उनको अन्दाज़ा हो चला है कि शादी हो जाने के बाद वह दूनिया के साथ रह नहीं सकतीं, शुरू के कुछ महीने भी नहीं। उस भले आदमी ने लगे हाथ इसके बारे में भी कुछ कह दिया होगा, हालाँकि माँ इस बात को मानेंगी नहीं; 'मैं ख़ुद मना कर दूँगी,' वह कहती हैं। फिर वह किसका आसरा लगाए हैं ? क्या अफ़ानासी इवानोविच का क़र्ज़ चुकाने के बाद उनकी एक सौ बीस रूबल की पेंशन में से जो कुछ बचेगा उसके भरोसे बैठी हैं वह ? ऊनी शालें बनु-बुनकर, कफ़ काढ़-काढ़कर अपनी बूढ़ी आँखें ख़राब कर रही हैं। और जितनी शालें वह बुनती हैं उससे उनकी एक सौ बीस रूबल सालाना आमदनी में बीस रूबल से ज़्यादा की बढ़ती नहीं होती, यह मैं जानता हूँ। इसलिए हरदम वह मि. लूजिन की उदारता के बल पर ही सारी उम्मीदें बाँधती रहती हैं : 'वह ख़ुद अपनी तरफ़ से कहेंगे, वह मेरे ऊपर इसके लिए दबाव डालेंगे'। आँखें पथरा जाएँगी इसके लिए इन्तज़ार करते-करते ! शिलर के पात्रों जैसे इन नेकदिल लोगों का हमेशा यही हाल होता है; आख़िरी वक़्त तक उन्हें बत्तख हंस दिखाई देती है, आख़िरी दम तक वे अच्छी से अच्छी बात की उम्मीद लगाए रहते हैं और उन्हें कोई ख़राबी दिखाई नहीं देती, और हालाँकि उन्हें तस्वीर के दूसरे रुख़ का थोड़ा बहुत अन्दाज़ा रहता ज़रूर है लेकिन जब तक उन्हें मजबूर न कर दिया जाए तब तक वे सच्चाई का सामना करने को तैयार नहीं होते; उसकी बात सोचकर ही वे काँप उठते हैं। वे दोनों हाथों से सच्चाई को दूर ढकेलते रहते हैं, जब तक कि वह आदमी, जिसे वे झूठे रंग-रूप में सजा-सँवारकर पेश करते हैं, ख़ुद अपने हाथों से उन्हें बेवकूफ़ोंवाली टोपी न पहना दे। मैं जानना चाहूँगा क्या मि. लूजिन को कभी कोई सनद मिली है। मैं दावे से कह सकता हूँ कि उनके पास कालर पर फूल के काज में लगाने का आन्ना का तमग़ा ज़रूर होगा और जब वह ठेकेदारों या व्यापारियों के साथ दावतें खाने जाते होंगे तो उसे लगा लेते होंगे। मुझे यक़ीन है कि अपनी शादी के मौक़े पर भी वह उसे ज़रूर लगाएँगे ! मैं तो तंग आ गया उनसे, भाड़ में जाएँ वह !...

'ख़ैर...माँ पर तो मुझे कोई ताज्जुब नहीं होता, वह तो हैं ही ऐसी। भगवान उन्हें सुखी रखे। लेकिन दूनिया ने यह कैसे किया ? प्यारी दूनिया, क्या मैं तुम्हें जानता नहीं ! पिछली बार जब मैं तुमसे मिला था तो तुम उस वक़्त लगभग बीस साल की थीं : तब मैं तुम्हें समझ पाया था। माँ ने लिखा है कि 'दूनिया बहुत कुछ बर्दाश्त कर सकती है।' यह बात तो मैं बहुत अच्छी तरह जानता हूँ। यह बात मुझे ढाई साल पहले ही मालूम थी, और पिछले ढाई साल से मैं इसके बारे में सोचता रहा हूँ, बस इसी के बारे में सोचता रहा हूँ कि 'दूनिया बहुत कुछ बर्दाश्त कर सकती है।' अगर उसने मिस्टर स्विद्रिगाइलोव को और उन बाक़ी सारी बातों को बर्दाश्त कर लिया तो वह सचमुच बहुत कुछ बर्दाश्त कर सकती है। और अब माँ ने और उसने यह बात अपने मन में बिठा ली है कि वह मि. लूजिन को बर्दाश्त कर सकती है, जो इस सिद्धान्त का बखान करते हैं कि जिन बीवियों को कंगाली से बाहर निकालकर लाया जाता है और जो हर चीज़ के लिए अपने शौहरों की मेहरबानी की मोहताज रहती हैं, वे ज़्यादा अच्छी होती हैं—और इस सिद्धान्त का बखान भी उन्होंने लगभग पहली ही मुलाक़ात में किया था। माना कि यह बात उनके 'मुँह से निकल गई थी,' हालाँकि वह समझदार आदमी हैं (फिर भी हो सकता है कि बात उनके मुँह से अनचाहे न निकली हो, बल्कि वह चाहते ही यह हों कि अपना रवैया जल्दी-से-जल्दी साफ़-साफ़ बता दें), लेकिन दूनिया, दूनिया को क्या हो गया ? ठीक है कि वह उस आदमी को समझती है, लेकिन उसे उस आदमी के साथ रहना होगा। वह रूखी रोटी खाकर और पानी पीकर अपने दिन काट लेगी लेकिन अपनी आत्मा

कभी नहीं बेचेगी। लूजिन साहब के पैसे की तो बिसात ही क्या है, वह श्लेसविग-हाल्सटाइन की सारी जागीर के बदले भी उसका सौदा नहीं करेगी। नहीं, जब मैं दूनिया को जानता था तब वह ऐसी नहीं थी और...यक़ीनन वह अब भी वैसी ही है ! अलबत्ता, इससे इनकार नहीं किया जा सकता कि स्विद्रिगाइलोव-परिवार के साथ उसका अनुभव बहुत कटु रहा ! मुफ़स्सिल के किसी क़स्बे में दो सौ रूबल पर गवर्नेस का काम करना यों भी काफ़ी कटु अनुभव होता है, लेकिन मैं जानता हूँ कि वह बागान में हब्शी मज़दूरों की तरह काम कर लेगी या किसी जर्मन ज़मींदार के यहाँ बाल्टिक प्रदेश में आनेवाले खेत-मज़दूरों की तरह अपने दिन काट लेगी, किन्तु अपने स्वार्थ की ख़ातिर अपने आपको हमेशा के लिए किसी ऐसे आदमी के साथ बाँधकर, जिसकी वह इज़्ज़त न करती हो और जिसकी कोई भी चीज़ उससे न मिलती हो, वह अपनी आत्मा को और अपनी नैतिक प्रतिष्ठा को नीचे नहीं गिराएगी ! लूजिन साहब बिलकुल खरा सोना भी होते, या हीरे का बड़ा सा डला भी होते, तब भी वह उनकी क़ानूनी रखैल बनने को कभी राज़ी न होती ! फिर वह राज़ी क्यों हो गई है ? आख़िर बात क्या है ? इसका जवाब क्या है ? बात काफ़ी साफ़ है : ख़ुद अपनी ख़ातिर, अपने आराम की ख़ातिर, अपनी जान बचाने की ख़ातिर वह अपने आपको कभी न बेचती, लेकिन किसी और की ख़ातिर वह ऐसा कर रही है ! किसी ऐसे आदमी की ख़ातिर, जिससे वह प्यार करती है, जिसे वह सराहती है, वह अपने आपको बेच देगी ! तमाम बातों का कुल निचोड़ यही है : अपने भाई की ख़ातिर, अपनी माँ की ख़ातिर वह अपने आपको बेच देगी ! वह हर चीज़ बेच देगी ! ऐसी हालत में ज़रूरत पड़ने पर हम अपनी नैतिक भावना को भी दबा देते हैं; स्वतन्त्रता, शान्ति, यहाँ तक कि अन्तःकरण भी, सब कुछ, हर चीज़ बाज़ार में ले आई जाती है। हमारी ज़िन्दगी भले ही तबाह हो जाए, लेकिन हमारे प्रियजन सुखी रहें ! इतना ही नहीं, हम धर्म-अधर्म की मीमांसा करने लगते हैं, हम छल-कपट की गोल-मोल बातें करना सीख लेते हैं, और कुछ समय के लिए हम अपने आपको तसल्ली दे सकते हैं, अपने मन को समझा सकते हैं कि एक अच्छे लक्ष्य के लिए यह हमारा कर्त्तव्य है। यह बात सूरज की रोशनी की तरह साफ़ है कि हम लोग हैं ही ऐसे। यह बात बिलकुल साफ़ है कि रोदिओन रोमानोविच रस्कोलनिकोव इस पूरे क़िस्से का केन्द्रीय पात्र है, कोई दूसरा नहीं। जी हाँ, वह उसके जीवन को सुखी बनाने का पक्का बन्दोबस्त कर सकती है, यूनिवर्सिटी में उसके पढ़ते रहने का इन्तज़ाम कर सकती है, उसे दफ़्तर में साझेदार बना सकती है, उसके पूरे भविष्य को सुरक्षित बना सकती है। शायद आगे चलकर वह धनी भी बन जाए, दौलतवाला, इज़्ज़तवाला, और कौन जाने वह बहुत मशहूर आदमी होकर मरे ! लेकिन मेरी माँ ? उसके लिए तो रोद्या ही सब कुछ है, जान से प्यारा रोद्या उसकी पहली सन्तान ! ऐसे बेटे की ख़ातिर कौन ऐसी बेटी की बलि नहीं दे देगा ! ओह, प्यार भरे, घोर पक्षपाती हृदय ! अरे, उसकी ख़ातिर तो हम सोनिया जैसा जीवन अपनाने में भी संकोच नहीं करेंगे ! सोनिया, सोनिया मार्मेलादोवा, जब तक यह दूनिया रहेगी उसको ही सारी मुसीबतें झेलनी पड़ेंगी ! क्या तुमने, तुम दोनों ने, अपनी क़ुर्बानी की थाह ली है ? क्या यह सही है ? क्या तुम इसे झेल सकोगी ? क्या इसका कोई फ़ायदा है ? क्या इसमें कोई तुक है ? और दूनिया, मैं तुम्हें इतना बता दूँ कि मिस्टर लूजिन के साथ ज़िन्दगी जैसी होगी सोनिया की ज़िन्दगी उससे बदतर नहीं है। 'प्यार-मुहब्बत का तो कोई सवाल ही नहीं हो सकता,' माँ ने लिखा है। और अगर इज़्ज़त भी न मिली तो ? अगर इसके बजाय उल्टे दुराव, तिरस्कार और नफ़रत हुई तो फिर क्या होगा ? तो तुम्हें भी 'बनाव-सिंगार से रहना पड़ेगा'। है न यही बात ? क्या तुम समझती हो कि उस सज-धज का क्या मतलब होता है ? क्या तुम इस बात को समझती हो कि लूजिन की सज-धज बिलकुल वैसी

ही चीज़ है जैसी सोनिया की सज-धज, और शायद उससे भी बदतर, उससे भी निकृष्ट, उससे भी गिरी हुई चीज़ हो, क्योंकि तुम्हारे मामले में तो, दूनिया, यह बहरहाल ऐश-आराम का सौदा है, लेकिन सोनिया के लिए तो भूखे मरने का सवाल है। इसकी क़ीमत चुकानी पड़ती है, दूनिया, इसकी क़ीमत चुकानी पड़ती है, इस सज-धज की ! और बाद में चलकर अगर यह तुम्हारी बर्दाश्त के बाहर हुआ तो, अगर तुम्हें इसका पछतावा हुआ तो ? कटुता, व्यथा, तिरस्कार, सारी दुनिया से छुपकर आँसू बहाना, क्योंकि तुम मार्फ़ा पेत्रोव्ना नहीं हो। और तब तुम्हारी माँ को कैसा लगेगा ? अभी से उन्हें बेचैनी हो रही है, चिन्ता लगी हुई है, लेकिन तब क्या होगा जब हर बात उन्हें साफ़ दिखाई देने लगेगी ? और मैं ? हाँ, मुझे आख़िर तुम लोगों ने समझा क्या है ? मुझे तुम्हारी क़ुर्बानी नहीं चाहिए, दूनिया, मुझे यह क़ुर्बानी नहीं चाहिए, माँ ! मेरे जीते जी यह नहीं होगा, नहीं होगा, कभी नहीं होगा ! मैं यह नहीं होने दूँगा !''

उसके विचारों का क्रम अचानक रुक गया और वह चुपचाप खड़ा रहा।

''ऐसा नहीं होगा ? लेकिन तुम उसे रोकने के लिए करोगे क्या ? तुम इसकी मनाही कर दोगे ? लेकिन तुम्हें अधिकार क्या है ? अपनी ओर से तुम उन्हें किस चीज़ की उम्मीद दिला सकते हो कि वे तुम्हें यह अधिकार दें ? जब तुम अपनी पढ़ाई पूरी कर लोगे और तुम्हें नौकरी मिल जाएगी तब अपना सारा भविष्य उन्हें अर्पित कर दोगे ? अरे, यह सब कुछ तो हम पहले भी सुन चुके हैं, ये सब केवल बाद की बातें हैं, लेकिन इस वक़्त ? अब कुछ करना होगा, इस वक़्त, यह बात समझते हो तुम ? और तुम इस वक़्त क्या कर रहे हो ? तुम उनके सहारे जी रहे हो। वे अपनी सौ रूबल की पेंशन के बिरते क़र्ज़ लेती हैं। वे स्विद्रिगाइलोव-परिवार से पैसा उधार लेती हैं ! तुम, भावी धन-कुबेर, उनके भाग्य-विधाता ज़ियस, उन्हें स्विद्रिगाइलोव जैसे लोगों से, अफ़ानासी इवानोविच वाख़रूशिन से कैसे बचाओगे ? तुम, जो उनकी ज़िन्दगी की सारी व्यवस्था करनेवाले हो ? अगले दस साल में ? अगले दस साल में माँ तो शालें बुन-बुनकर अन्धी हो जाएँगी, हो सकता है रो-रोकर भी। भूखी रह-रहकर वह सूखकर तिनका हो जाएँगी; और मेरी बहन ? एक क्षण के लिए सोचो तो कि दस साल में तुम्हारी बहन का क्या अंजाम होगा ? उन दस बरसों में उस पर क्या बीतेगी ? सोच सकते हो ?''

इस तरह वह अपने आपको यातना देता रहा, इस तरह के सवालों से उलझता रहा और इसमें उसे एक तरह का मज़ा आता रहा। फिर भी ये सारे सवाल ऐसे नए सवाल नहीं थे जो अचानक उसके सामने आ गए हों; ये पुराने जाने-पहचाने दर्द थे। बहुत पहले ही इन्होंने उसके दिल को अपने शिकंजे में जकड़ना और सालना शुरू कर दिया था। उसकी वर्तमान पीड़ा बहुत पहले शुरू हुई थी; वह बढ़ती गई थी और प्रबल होती गई थी, वह परिपक्व और घनीभूत होती गई थी, यहाँ तक कि उसने एक भयानक, उद्विग्न और कल्पनातीत प्रश्न का रूप धारण कर लिया था, जो उसके दिल और दिमाग़ को सताता रहता था और बार-बार जवाब के लिए शोर मचाता रहता था। अब उसकी माँ का ख़त उसके ऊपर बिजली की तरह आ टूटा था। स्पष्ट था कि अब वह चुपचाप सब कुछ सहता नहीं रह सकता, ऐसे सवालों की चिन्ता में डूबा नहीं रह सकता था जो हल नहीं हुए थे, बल्कि उसे कुछ करना होगा, फ़ौरन करना होगा, और जल्दी करना होगा। बहरहाल, उसे कुछ-न-कुछ फ़ैसला तो करना ही होगा, वरना...'वरना ज़िन्दगी से बिलकुल नाता तोड़ लेना होगा !' सहसा उन्माद से विह्वल होकर वह चिल्लाया, ''अपने मुक़द्दर को ज्यों-का-त्यों हमेशा के लिए स्वीकार कर लेना होगा और अपने अन्दर हर चीज़ का गला घोंट देना होगा, कुछ करने का, ज़िन्दगी का और मुहब्बत का हर दावा छोड़ देना होगा।''

"आप समझते हैं, जनाब, आपको मालूम है कि इसका क्या मतलब होता है जब किसी के पास जाने को बिलकुल कोई ठिकाना न हो ?" मार्मेलादोव का कल का यह सवाल अचानक उसके दिमाग़ में उठा, "क्योंकि हर आदमी के पास जाने को कोई ठिकाना तो होना ही चाहिए..."

वह अचानक चौंक पड़ा : एक और विचार, जो कल उसके मन में उठा था, फिर चुपके से उसके दिमाग़ में वापस आ गया। लेकिन वह इस बात पर नहीं चौंका था कि वह विचार दुबारा उसके दिमाग़ में उठा था, क्योंकि वह जानता था, वह पहले से महसूस कर चुका था, कि वह विचार फिर लौटकर आएगा, वह उसकी राह देख रहा था; इसके अलावा, वह केवल कल का ही विचार नहीं था। अन्तर केवल इतना था कि एक महीना पहले, बल्कि कल भी, यह विचार केवल एक सपना था, लेकिन अब...अब वह सपना बिलकुल नहीं मालूम होता था, उसने एक नया, ख़तरनाक और बिलकुल ही अपरिचित रूप धारण कर लिया था, और सहसा उसे स्वयं इस बात का आभास हो चला था...उसे ऐसा लगा जैसे कोई उसके सिर के अन्दर हथौड़ा चला रहा है, और उसकी आँखों के आगे अँधेरा छा गया।

उसने जल्दी-जल्दी चारों ओर नज़र दौड़ाई, वह कोई चीज़ ढूँढ़ रहा था। वह बैठ जाना चाहता था और कोई बेंच खोज रहा था; वह क. बूलिवार पर चला जा रहा था। उसके सामने कोई सौ क़दम की दूरी पर एक बेंच थी। जितनी तेज़ी से हो सका वह उसकी ओर लपका, लेकिन बीच में ही एक ऐसी छोटी सी आकस्मिक घटना हो गई जिसने उसका सारा ध्यान अपनी ओर आकर्षित कर लिया।

बेंच खोजते समय उसने देखा था कि एक औरत उससे कोई बीस क़दम आगे चली जा रही थी, लेकिन शुरू में उसने उसकी ओर रास्ते में आनेवाली दूसरी चीज़ों से अधिक ध्यान नहीं दिया था। घर जाते हुए पहले भी कितनी ही बार उसके साथ यह हो चुका था कि वह जिस रास्ते से जाता था उसकी ओर कोई ध्यान नहीं देता था, और वह इस तरह चलने का आदी हो गया था। लेकिन पहली ही बार देखने में आगे जाती हुई इस औरत में कुछ ऐसी अजीब बात नज़र आई कि धीरे-धीरे उसका ध्यान उस पर जमकर रह गया, शुरू में तो अनमनेपन से और मानो कुछ चिढ़ते हुए लेकिन बाद में अधिकाधिक एकाग्रता के साथ। अचानक उसे यह पता लगाने की इच्छा हुई कि उस औरत में ऐसी विचित्र क्या बात थी। पहली बात तो यह कि वह देखने में बिलकुल नवयौवना लगती थी, और वह उस सख़्त गर्मी में बिना छतरी और दस्ताने के नंगे सिर चली जा रही थी, साथ ही चलते हुए अपनी बाँहें बड़े बेतुके ढंग से हिला रही थी। वह किसी हल्के रेशमी कपड़े की पोशाक पहने थी, लेकिन उसने उसे कुछ अजीब औंधे-सीधे तरीक़े से पहन रखा था, जिसके बटन भी ठीक से नहीं लगे हुए थे और कमर के पास स्कर्ट से ऊपर वह फटकर खुली हुई थी; उसका एक बड़ा सा टुकड़ा नुचकर नीचे लटक रहा था। उसकी नंगी गर्दन में एक छोटा सा रूमाल पड़ा हुआ था लेकिन वह एक ओर को कुछ तिरछा हो गया था। उस लड़की के पाँव भी सीधे नहीं पड़ रहे थे, वह लड़खड़ाती हुई और कुछ झूमती हुई चल रही थी। आख़िरकार उसने रस्कोलनिकोव का सारा ध्यान अपनी ओर आकर्षित कर लिया। बेंच तक पहुँचते-पहुँचते वह उस लड़की के बिलकुल बराबर आ चुका था, लेकिन वहाँ पहुँचकर वह एक कोने में बेंच पर गिर पड़ी; उसने बेंच के पीछेवाले सहारे पर अपना सिर टिका दिया और आँखें मूँद लीं; साफ़ मालूम हो रहा था कि वह थककर निढाल हो गई है। उसे ग़ौर से देखने पर वह फ़ौरन समझ गया कि वह शराब के नशे में धुत्त है। बहुत अजीब और दिल को धक्का पहुँचानेवाला दृश्य था। उसे किसी तरह यक़ीन नहीं हो रहा था कि जो कुछ वह देख रहा था वह सच था। उसकी आँखों के सामने एक

बिलकुल कमसिन, सुनहरे बालोंवाली लड़की का चेहरा था—सोलह साल की रही होगी, या शायद पन्द्रह से ज़्यादा की न हो; सुन्दर भोला सा चेहरा था, लेकिन तमतमाया हुआ और देखने में कुछ भारी सा, मानो कुछ सूजा हुआ हो। ऐसा लगता था कि उस लड़की को कुछ होश ही नहीं है कि वह क्या कर रही है। उसने बड़े भद्दे ढंग से एक टाँग उठाकर दूसरी टाँग पर चढ़ा ली। उसके आचरण में इस बात के सभी चिन्ह मौजूद थे कि उसे इस बात का भी पता नहीं था कि वह सड़क पर है।

रस्कोलनिकोव बैठा नहीं, लेकिन उसे वहीं छोड़ जाने को भी उसका मन नहीं हुआ; वह दुविधा में पड़ा उसके सामने खड़ा रहा। इस सड़क पर कभी बहुत आवाजाही नहीं रहती थी; और अब दो बजे, घुटन भरी इस गर्मी में तो वह बिलकुल सुनसान थी। फिर भी सड़क की दूसरी ओर, लगभग पन्द्रह क़दम की दूरी पर, फुटपाथ के किनारे एक सज्जन खड़े थे, और लगता था कि वह भी अपने किसी निजी मतलब से उस लड़की के पास आना चाहते थे। शायद उन्होंने भी उस लड़की को दूर से देखा था और उसका पीछा करते आ रहे थे, लेकिन रस्कोलनिकोव उनके आड़े आ गया था। उन्होंने रस्कोलनिकोव को गुस्से से देखा, हालाँकि वह स्वयं उसकी नज़रों से बचने की पूरी कोशिश करते रहे। वह बड़ी बेचैनी से मौक़े की ताक में खड़े रहे कि कबाब में हड्डी की तरह बीच में आ जानेवाला चीथड़े पहने यह आदमी कब वहाँ से टले। उनकी नीयत के बारे में किसी तरह का कोई सन्देह नहीं था। वह सज्जन भरे-भरे बदन के गठे हुए शरीरवाले आदमी थे, यही कोई तीस के लगभग; फ़ैशनेबुल कपड़े पहने हुए, लाल होंठ और मूँछें रखे हुए। रस्कोलनिकोव को बेहद ताव आया; अचानक उसका जी चाहा कि वह किसी तरह इस मोटे छैला आदमी का अपमान करे। एक क्षण के लिए लड़की को वहीं छोड़कर वह उन सज्जन की ओर बढ़ा।

"ऐ ! स्विद्रिगाइलोव के बच्चे ! तू यहाँ क्या कर रहा है ?" उसने मुट्ठियाँ भींचकर और हँसते हुए ज़ोर से चिल्लाकर कहा; गुस्से के मारे उसके मुँह के शब्द भी ठीक से नहीं निकल रहे थे।

"क्या मतलब ?" उन सज्जन ने विस्मित होकर बड़ी सख़्ती से त्योरियों पर बल लाते हुए पूछा।

"चले जाओ यहाँ से, बस यही मतलब है !"

"तेरी यह मजाल ! नीच, कमीने !"

यह कहकर उन्होंने अपना बेंत उठाया। रस्कोलनिकोव मुट्ठियाँ भींचकर उनकी ओर झपटा; उसने यह भी न सोचा कि वह तगड़ा आदमी उसके जैसे दो आदमियों के लिए काफ़ी था। लेकिन उसी क्षण किसी ने पीछे से आकर उसे धर दबोचा; उन दोनों के बीच एक पुलिसवाला खड़ा था।

"बस, बस, साहब, जाने दीजिए, सड़क पर झगड़ा मत कीजिए। क्या चाहिए ? तुम हो कौन ?" उसने रस्कोलनिकोव के फटे-पुराने कपड़े देखकर उससे सख़्ती से पूछा।

रस्कोलनिकोव ने उसे बड़े ग़ौर से देखा। सीधा-सादा, समझदार, सिपाहियों जैसा चेहरा था उसका, सफ़ेद मूँछें और गलमुच्छे।

"तुम्हारे ही जैसे आदमी की तो मुझे तलाश थी।" रस्कोलनिकोव ने उसकी बाँह पकड़ते हुए ऊँची आवाज़ में कहा। "मैं कॉलेज में पढ़ता था, मेरा नाम है रस्कोलनिकोव...आप भी जानना चाहें तो जान लीजिए।" उसने उन सज्जन को सम्बोधित करते हुए इतना और जोड़ दिया। "आओ, तुम्हें एक चीज़ दिखाऊँ।"

इतना कहकर उसने पुलिसवाले का हाथ पकड़ा और उसे बेंच की ओर ले चला।

"यह देखो, बुरी तरह शराब पिए हुए है । अभी इसी बड़ी सड़क से इधर आई है। न जाने

कौन है और क्या करती है, देखने से तो पेशेवर नहीं मालूम होती। मुझे तो ऐसा लगता है कि कहीं किसी ने शराब पिलाकर इसे धोखा दिया है...पहली बार...समझते हो न ? और फिर उन लोगों ने इसे सड़क पर इस हालत में छोड़ दिया। देखो तो, इसके कपड़े किस तरह फटे हैं, और किस तरह इसने उन्हें पहन रखा है । किसी ने इसे कपड़े पहनाए हैं, इसने खुद नहीं पहने हैं, और जिसने भी पहनाए हैं उसे इसकी आदत नहीं रही है; किसी मर्द ने पहनाए हैं, यह साफ़ ज़ाहिर है। और अब उधर देखो : वह छैला, जिससे मैं लड़ने जा रहा था। उसे मैं जानता नहीं हूँ; मैंने उसे पहली बार देखा है; लेकिन उसने भी इस लड़की को सड़क पर देखा है, अभी-अभी, शराब पिए हुए, बिलकुल बेख़बर कि क्या कर रही है, और अब वह साहब इसे अपने क़ब्ज़े में करने के लिए बेताब हैं, कि इसे इसी हालत में कहीं ले जाएँ...इसमें ज़रा भी शक नहीं है, मेरी बात मानो, मैं ग़लत नहीं कह रहा हूँ। मैंने खुद उन्हें इस लड़की को घूरते हुए और इसका पीछा करते हुए देखा है, लेकिन मैं बीच में आ गया, और अब वह इस ताक में हैं कि मैं कब यहाँ से टल जाऊँ। अब वह वहाँ से ज़रा हटकर दूर चले गए हैं और चुपचाप खड़े हैं, जैसे सिगरेट बना रहे हों...कोई तरकीब समझ में आती है कि इसे उनके पंजे से कैसे बचाया जाए और किस तरह इसे इसके घर पहुँचाया जाए ?"

पलक झपकते पुलिसवाले की समझ में सब कुछ आ गया। गठे हुए शरीरवाले उन सज्जन के इरादों को समझना तो कोई मुश्किल काम नहीं था; सवाल उस लड़की के बारे में सोचने का था। पुलिसवाला झुककर उसे और क़रीब से देखने लगा, और उसके चेहरे पर सचमुच दया का भाव उभर आया।

"आह, कितने अफ़सोस की बात है !" उसने सिर हिलाते हुए कहा, "अरे, अभी तो बिलकुल बच्ची है। किसी ने बहला-फुसलाकर धोखा दिया है इसे, इतना तो साफ़ दिखाई देता है। "सुनिए, मिस," उसने उस लड़की से कहना शुरू किया, "आप रहती कहाँ हैं ?" लड़की ने अपनी थकी हुई उनींदी आँखें खोलीं, बोलनेवालों को शून्य भाव से एकटक देखा, और अपना हाथ हवा में घुमा दिया।

"यह लो," रस्कोलनिकोव अपनी जेब टटोलकर उसमें से बीस कोपेक निकालते हुए बोला, "यह लो, एक गाड़ी बुलाकर इसे इसके पते पर पहुँचवा दो। सवाल बस इसका पता मालूम करने का है !"

"मिस साहब, मिस साहब," पुलिसवाले ने पैसे लेकर फिर कहना शुरू किया, "मैं गाड़ी लिये आता हूँ और तुम्हें खुद घर पहुँचा आऊँगा। कहाँ पहुँचा दूँ, बोलो ? कहाँ रहती हो ?"

"चले जाओ ! पीछा ही नहीं छोड़ते किसी तरह," लड़की बुदबुदाई, और एक बार फिर उसने हवा में अपना हाथ घुमाया।

"छिः, छिः, कितनी बुरी बात है ! कोई क्या कहेगा, मिस साहब, बड़ी शर्म की बात है !" उसने एक बार फिर खेद, सहानुभूति और क्रोध के मिले-जुले भाव से अपना सिर हिलाया। "बड़ा मुश्किल काम है," पुलिसवाले ने रस्कोलनिकोव से कहा और यह कहते हुए उसने बड़ी तेज़ी से अपनी नज़र ऊपर-नीचे दौड़ाई। रस्कोलनिकोव भी उसे बड़ा अजीब आदमी लगा होगा : खुद फटे-पुराने चीथड़े पहने था और उसे पैसे दे रहा था।

"इससे तुम्हारी मुलाक़ात क्या यहाँ से काफ़ी दूर हुई थी ?" पुलिसवाले ने उससे पूछा।

"मैंने बताया न कि यह मेरे सामने लड़खड़ाती हुई चल रही थी, यहीं इसी सड़क पर। वह बस इस बेंच के पास पहुँचकर धम से उस पर गिर पड़ी।"

"अरे, आजकल दुनिया में कैसा-कैसा पाप होने लगा है, भगवान ही बचाए ! ऐसी मासूम

बच्ची, अभी से शराब पीने लगी है। इसे धोखा दिया गया है, इसमें तो कोई शक ही नहीं है। देखो तो, इसके कपड़े कितनी बुरी तरह फटे हुए हैं...कैसा-कैसा कुकर्म देखने को मिलता है आजकल ! और किसी अच्छे-ख़ासे घर की लगती है, ग़रीब भले ही हो...आजकल ऐसी कितनी ही लड़कियाँ हैं। और देखने में शरीफ़ भी लगती है, बिलकुल जैसे कोई रईसज़ादी हो," यह कहकर वह एक बार फिर झुककर उसे देखने लगा।

शायद उसकी अपनी बेटियाँ भी इसी तरह पल-बढ़ रही होंगी, 'देखने में रईसज़ादियाँ और शरीफ़' जो अपने बनाव-सिंगार और रख-रखाव से भले शरीफ़ घर की होने का दावा करती होंगी...

"असली काम तो यह है," रस्कोलनिकोव अपनी ही बात कहता रहा, "कि इसे किसी तरह उस बदमाश के पंजे से बचाया जाए ! उसे इसकी लाज लूटने का मौक़ा क्यों दिया जाए ? यह बात तो बिलकुल साफ़ है कि वह किस फेर में है। जानवर कहीं का, किसी तरह वहाँ से टलता ही नहीं !"

रस्कोलनिकोव ने यह बात ऊँचे स्वर में कही और उसकी ओर इशारा किया। उन सज्जन ने उसकी बात सुन ली और ऐसा लगा कि उनका गुस्सा फिर भड़कने ही वाला था, लेकिन कुछ सोचकर वह रुक गए और उन्होंने केवल एक तिरस्कार भरी दृष्टि से देखकर सन्तोष कर लिया। इसके बाद वह धीरे-धीरे चलते हुए वहाँ से दस क़दम और दूर बढ़ गए और वहाँ जाकर ठहर गए।

"उनके चंगुल से इसे हम बचा तो सकते हैं," पुलिसवाला विचारमग्न होकर बोला, "लेकिन यह कुछ बताए तो कि इसे कहाँ ले जाना है, अन्यथा इस तरह तो...मिस साहब, ऐ, मिस साहब !" वह एक बार फिर उसकी ओर झुका।

अचानक लड़की ने अपनी आँखें पूरी खोल दीं, ग़ौर से देखा, मानो कुछ उसकी समझ में आया, और वह बेंच से उठकर उसी ओर चल दी जिधर से आई थी।

"अरे, कमबख़्त, नीच, पीछा ही नहीं छोड़ते किसी तरह !" वह एक बार फिर हवा में अपना हाथ घुमाते हुए बोली। वह तेज़-तेज़ क़दम बढ़ाती हुई चली जा रही थी, हालाँकि अब भी पहले की तरह लड़खड़ा रही थी। वह छैला भी उसके पीछे-पीछे चला लेकिन छायादार पेड़ों के बीच दूसरे रास्ते पर; उसकी नज़रें लगातार उस लड़की पर थीं।

"आप फ़िकर न करें, मैं इसे उनके हत्थे नहीं चढ़ने दूँगा," पुलिसवाले ने दृढ़ता से कहा और उनके पीछे चल पड़ा।

"अरे, कैसा-कैसा कुकर्म आजकल देखने को मिलता है !" उसने आह भरकर एक बार फिर ज़ोर से दोहराया।

अचानक ऐसा लगा कि किसी चीज़ ने रस्कोलनिकोव को डंक मारा हो : एक क्षण में ही मानो वह घृणा की भावना से भर उठा।

"ऐ, सुनो," उसने पुलिसवाले को पुकारा।

पुलिसवाले ने मुड़कर देखा।

"छोड़ो भी उनको ! तुम्हें क्या मतलब ? जाने दो उसे ! मज़ा लूटने दो उसको।" यह कहकर उसने उस छैला की तरफ़ इशारा किया, "तुम्हें इससे क्या मतलब ?"

पुलिसवाला चकरा गया और आँखें फाड़कर उसे घूरने लगा। रस्कोलनिकोव हँस पड़ा।

"अच्छा !" पुलिसवाले ने बड़े तिरस्कार के भाव से विस्मित होकर कहा और उस छैला और

लड़की के पीछे चल दिया; शायद उसने रस्कोलनिकोव को पागल समझा हो या उसके बारे में इससे भी बुरी कोई बात सोची हो।

"मेरे बीस कोपेक भी मार ले गया," रस्कोलनिकोव जब अकेला रह गया तो गुस्से से बुदबुदाया, "ख़ैर, वह उनसे भी लड़की को उनके हवाले कर देने का जितना चाहे ऐंठ ले और मामला ख़त्म हो। लेकिन मैं बीच में पड़ना ही क्यों चाहता था ? मुझ जैसा आदमी मदद कर भी क्या सकता है ? क्या मुझे मदद करने का कोई अधिकार है ? एक-दूसरे को कच्चा चबा जाएँ—मेरी बला से ? और मैंने उसे बीस कोपेक देने की हिम्मत कैसे की ? क्या वे मेरे थे ?"

ये उखड़ी-उखड़ी अजीब बातें कहने के बावजूद उसका मन अन्दर ही अन्दर उसे धिक्कार रहा था। वह ख़ाली बेंच पर बैठ गया। उसके विचार निरुद्देश्य भटकने लगे...उस क्षण उसे किसी भी चीज पर अपना ध्यान केन्द्रित करने में बड़ी कठिनाई हो रही थी। उसका बुरी तरह जी चाह रहा था कि वह अपने आपको भूल जाए, हर चीज़ को भूल जाए, और फिर जागे और नए सिरे से जीवन शुरू करे...

"बेचारी !" उसने बेंच के उस ख़ाली कोने को देखते हुए कहा जहाँ वह बैठी थी "कुछ देर में उसे होश आएगा और वह रोएगी, और फिर उसकी माँ को पता लग जाएगा...वह उसे मारेगी, बुरी तरह धुनकर रख देगी; और फिर, शायद, उसे घर से निकाल देगी...और अगर न भी निकाले तो दार्या फ़्रांत्सोव्ना जैसी किसी औरत को इसकी भनक मिल जाएगी, और फिर यही लड़की चोरी-छिपे इधर-उधर जाने लगेगी। फिर सीधे अस्पताल का रास्ता होगा (शरीफ़ माँओं की इस तरह की बेटियों का, जो चोरी-छिपे ग़लत रास्ते लग जाती हैं, यही अंजाम होता है) और फिर... फिर अस्पताल...शराब...शराबख़ाने...और फिर वही अस्पताल...दो-तीन साल में चूर-चूर होकर बिखर जाएगी और अठारह-उन्नीस साल की उम्र में ज़िन्दगी ख़त्म हो जाएगी उसकी...क्या मैं ऐसे क़िस्से पहले नहीं देख चुका हूँ ? और उन सबका सिलसिला शुरू हुआ कैसे ? अरे, सबने शुरू इसी तरह किया...उफ़, लेकिन फ़र्क़ भी क्या पड़ता है ! लोग कहते हैं, ऐसा तो होता ही रहता है। हमको बताया जाता है कि हर साल कुछ प्रतिशत लड़कियों को तो जाना ही है...इस रास्ते...नरक में, शायद इसीलिए कि बाक़ी लड़कियाँ अछूती रहें, कोई उनके साथ छेड़छाड़ न करे। कुछ प्रतिशत ! कितने शानदार शब्द हैं उन लोगों के पास; विज्ञान की कसौटी पर कैसे खरे उतरनेवाले और दिल को तसल्ली देनेवाले। एक बार जहाँ 'प्रतिशत' कह दिया फिर किसी बात की कोई चिन्ता नहीं रहती। अगर कोई दूसरा शब्द होता...तो शायद हमें ज़्यादा परेशानी होती...लेकिन अगर इसी प्रतिशत में दूनिया हो तो ? इस प्रतिशत में न सही, किसी दूसरे प्रतिशत में ?

'लेकिन मैं जा कहाँ रहा हूँ ?' उसने अचानक सोचा। 'अजीब बात है। मैं किसी काम से निकला था। ख़त पढ़ते ही मैं बाहर निकल आया था...मैं वसील्येव्स्की ओस्त्रोव जा रहा था, रजुमीख़िन के पास। यही काम था...अब मुझे याद आया। लेकिन किसलिए ? और रजुमीख़िन के पास जाने की बात इस वक़्त मेरे दिमाग़ में आई कैसे ? अजीब बात है।'

उसे अपने आप पर आश्चर्य होने लगा। रजुमीख़िन उसका यूनिवर्सिटी का एक पुराना दोस्त था। कमाल की बात थी कि यूनिवर्सिटी में रस्कोलनिकोव का शायद ही कोई दोस्त रहा हो; वह सबसे अलग रहता था, किसी से मिलने नहीं जाता था, और अगर कोई उससे मिलने आता था तो वह उससे तपाक से मिलता भी नहीं था। ज़ाहिर है, जल्दी ही सब लोगों ने उससे मिलना-जुलना छोड़ दिया। वह विद्यार्थियों की सभाओं में, उनके मनोरंजनों में, या उनकी बातचीत में कोई हिस्सा नहीं लेता था। वह तन [illegible] की सुख बिसराकर बड़ी लगन से काम करता था, और इस बात के

लिए सब लोग उसकी इज़्ज़त तो करते थे, लेकिन उसे पसन्द कोई नहीं करता था। वह बहुत ग़रीब था, और उसमें एक तरह का दम्भपूर्ण अहंकार और सबसे अलग-थलग रहने का भाव था, मानो वह किसी चीज़ को अपने आप तक सीमित रखना चाहता हो। उसके कुछ साथियों को ऐसा लगता था कि वह उन सबको अपने सामने बच्चा समझकर बड़े तिरस्कार से देखता था, मानो विकास, ज्ञान और आस्थाओं की दृष्टि से वह उनसे बढ़-चढ़कर हो, मानो उनके विश्वास और उनकी रुचियाँ उसके स्तर से बहुत नीचे हों।

रज़ुमीख़िन से उसकी निभ जाती थी, या कम-से-कम वह उससे इतना ज़्यादा अलगाव नहीं रखता था और दूसरों की अपेक्षा उससे बातचीत भी ज़्यादा कर लेता था। सच तो यह है कि रज़ुमीख़िन के साथ कोई इसके अलावा किसी तरह का बर्ताव रख भी नहीं सकता था। वह बेहद ख़ुशमिज़ाज और खुले दिल का नौजवान था, भोलेपन की हद तक अच्छे स्वभाव का, हालाँकि उस भोलेपन के पीछे गहराई भी छिपी हुई थी और स्वाभिमान भी। उसके ज़्यादातर साथी इस बात को समझते थे, और सभी उसे बहुत पसन्द करते थे। वह बेहद तेज़ दिमाग़ का लड़का था, हालाँकि कभी-कभी निश्चित रूप से कुछ सीधेपन का परिचय देता था। उसका चेहरा-मोहरा और डीलडौल बरबस अपनी ओर आकर्षित कर लेता था—लम्बा क़द, छरहरा बदन, काले बाल और दाढ़ी हमेशा कुछ बढ़ी हुई। कभी-कभी वह आपे से बाहर हो जाता था और मशहूर यह था कि उसके शरीर में बड़ा बल था। एक रात जब वह कुछ मस्त दोस्तों के साथ बाहर टहल रहा था तो उसने एक भारी-भरकम पुलिसवाले को एक ही घूँसे से चारों ख़ाने चित कर दिया था। पीने पर आता था तो कोई सीमा नहीं होती थी, और न पिए तो बिलकुल नहीं पीता था। शरारत में कभी-कभी वह हद से आगे निकल जाता था, लेकिन ऐसा भी होता था कि वह बिलकुल शरारत नहीं करता था। रज़ुमीख़िन में एक ख़ूबी और थी : बड़ी-से-बड़ी विफलता से भी वह हताश नहीं होता था, और ऐसा लगता था कि कोई भी मुसीबत उसका मनोबल तोड़ नहीं सकती। वह किसी भी जगह रह सकता था, और कड़ी-से-कड़ी सर्दी और भूख बर्दाश्त कर सकता था। वह बहुत ग़रीब था और किसी-न-किसी तरह का काम करके जो भी थोड़ा-बहुत कमा पाता था उसी में गुज़र करता था। पैसा कमाने की उसे जितनी तरकीबें आती थीं उनका कोई अन्त नहीं था। एक बार पूरा जाड़ा उसने कमरा गरम करने का चूल्हा जलाए बिना ही काट दिया था और वह कहा करता था कि इस तरह उसे ज़्यादा अच्छा लगता है, क्योंकि ठंड में नींद गहरी आती है। इस वक़्त उसे भी मजबूर होकर यूनिवर्सिटी छोड़ देनी पड़ी थी, लेकिन कुछ ही समय के लिए, और वह अपना पूरा ज़ोर लगाकर काम कर रहा था ताकि इतना पैसा बचा ले कि फिर से अपनी पढ़ाई जारी रख सके। रस्कोलनिकोव पिछले चार महीने से उससे मिलने नहीं गया था, और रज़ुमीख़िन को तो उसका पता भी नहीं मालूम था। लगभग दो महीने पहले, यों ही सड़क पर उनका आमना-सामना हो गया था, लेकिन रस्कोलनिकोव मुँह फेरकर सड़क की दूसरी पटरी पर चला गया था ताकि उसे वह देख न ले। और रज़ुमीख़िन ने हालाँकि उसे देख लिया था लेकिन अनजान होकर आगे बढ़ गया था, क्योंकि वह अपने दोस्त को उलझन में नहीं डालना चाहता था।

5

'अरे हाँ, इधर कुछ दिन से मैं रज़ुमीख़िन के पास कोई काम माँगने के लिए जाने का इरादा कर रहा था, उससे यह कहने कि वह मुझे कहीं पढ़ाने का या कोई दूसरा काम दिलवा दे...'

रस्कोलनिकोव ने सोचा, 'लेकिन अब वह मेरी क्या मदद कर सकता है ? मान लो उसने मुझे कहीं पढ़ाने का काम दिलवा भी दिया, मान लो वह अपनी आख़िरी दमड़ी में से भी आधी मुझे दे दे, अगर उसके पास कोई दमड़ी हो तो, ताकि मैं अपने लिए जूते ख़रीद सकूँ और अपने आपको इतना सँवार-सुधार सकूँ कि कहीं पढ़ाने जाने लायक़ हो जाऊँ...हुँह...तो, तो फिर क्या होगा ? मुझे ताँबे के जो थोड़े-बहुत सिक्के मिलेंगे उनसे मैं क्या करूँगा ? इस वक़्त मुझे ज़रूरत इसकी नहीं है। मेरे लिए रज़ुमीख़िन के पास जाना सरासर बेतुकी बात है...'

इस वक़्त वह रज़ुमीख़िन के पास किसलिए जा रहा था इस सवाल ने उसे उससे भी ज़्यादा उद्विग्न कर रखा था जितना कि उसे आभास था। वह अपनी इस हरकत में, जो देखने में बहुत ही मामूली मालूम होती थी, बड़ी बेचैनी से कोई ख़तरनाक महत्त्व खोजने की कोशिश कर रहा था।

'कहीं ऐसा तो नहीं है कि मैं यह आस लगाए था कि अकेले रज़ुमीख़िन के सहारे मैं सब कुछ ठीक-ठाक कर लूँगा और कोई हल ढूँढ़ निकालूँगा ?' उसने परेशान होकर अपने आपसे सवाल किया।

वह सोच में डूबा रहा और अपना माथा रगड़ता रहा, और अजीब बात थी कि बहुत देर सोचते रहने के बाद अचानक, मानो अपने आप ही और संयोग से, उसके दिमाग़ में एक अनोखा विचार आया।

"हुँह...रज़ुमीख़िन के पास," उसने यकायक कहा, बड़े शान्त भाव से, मानो वह किसी अन्तिम दृढ़ निश्चय पर पहुँच गया हो, "मैं रज़ुमीख़िन के पास जाऊँगा, ज़रूर जाऊँगा, लेकिन...अभी नहीं, मैं उसके पास जाऊँगा...उसके अगले दिन, जब वह काम पूरा हो जाएगा और हर चीज़ फिर नए सिरे से शुरू होगी..."

और अचानक उसे महसूस हुआ कि वह क्या सोच रहा था। 'उसके बाद,' वह बेंच पर से उछलकर चिल्लाया, "लेकिन क्या वह सचमुच होनेवाला है ? क्या यह मुमकिन है कि वह सचमुच हो जाए ?"

वह बेंच छोड़कर उठ खड़ा हुआ और लगभग दौड़ता हुआ आगे बढ़ने लगा। उसका इरादा पीछे मुड़कर घर की ओर जाने का था, लेकिन घर जाने के विचार से अचानक उसे गहरी घृणा सी होने लगी—उस बिल में, अपनी उस छोटी सी मनहूस काबुक में, पिछले एक महीने से जहाँ वह सब कुछ उसके अन्दर-ही-अन्दर पकता रहा था; और वह निरुद्देश्य चलता रहा।

उसकी घबराहट की सिहरन ने बढ़ते-बढ़ते बुख़ार का रूप धारण कर लिया था जिसकी वजह से वह काँपने लगा था; गर्मी के बावजूद उसे ठंड लग रही थी। किसी तरह कोशिश करके वह लगभग अनजाने ही, मानो किसी प्रबल आन्तरिक इच्छा से प्रेरित होकर, अपने सामने आनेवाली हर चीज़ को घूरने लगा, मानो अपना ध्यान बँटाने के लिए किसी चीज़ को खोज रहा हो; लेकिन वह सफल न हो सका। बार-बार कुछ ही क्षणों बाद वह अपने ही विचारों में डूब जाता था। अचानक चौंककर जब वह अपना सिर उठाता और चारों ओर नज़र दौड़ाता तो वह फ़ौरन भूल जाता कि अभी क्या सोच रहा था और यह तक उसे याद न रहता कि वह कहाँ जा रहा था। इसी तरह चलते-चलते वह पूरा वसील्येव्स्की ओस्त्रोव पार कर गया और छोटी नेवा के पास आ निकला; वहाँ से पुल पार करके वह द्वीपों की ओर मुड़ा। शहर की धूल-गर्द, पलस्तर और चारों ओर से उसे घेरे हुए और उस पर एक बोझ सा बने हुए बड़े-बड़े मकानों के बाद यहाँ की हरियाली और ताज़गी से शुरू-शुरू में तो उसकी थकी हुई आँखों को कुछ राहत मिली—यहाँ न कोई शराबख़ाने थे, न दम घोंट देनेवाला बन्द-बन्द वातावरण, न कोई बदबू। लेकिन शीघ्र ही ये नई सुखद संवेदनाएँ

विकारयुक्त चिड़चिड़ाहट में बदल गईं। कभी वह हरियाली के बीच चटकीले रंगों में पुते हुए किसी बंगले के सामने ठिठककर चुपचाप खड़ा हो जाता, अहाते के पार एकटक घूरता रहता; वहाँ दूर पर बरामदों में और छज्जों पर उसे सजी-बनी अच्छे-अच्छे कपड़े पहने औरतें और बाग़ों में भागते-दौड़ते बच्चे दिखाई देते। फूलों की ओर उसका ध्यान विशेष रूप से जाता; वह उन्हें किसी भी दूसरी चीज़ की अपेक्षा ज़्यादा देर तक ध्यान से देखता रहता। उसे रास्ते में ठाठदार बग्घियाँ और घोड़ों पर सवार औरतें और मर्द भी मिलते; वह उन्हें कौतूहल भरी दृष्टि से देखता और इससे पहले ही कि वे उसकी आँखों से ओझल हों वह उन्हें भूल भी जाता। एक बार वह चुपचाप खड़ा अपने पैसे गिनता रहा; पता चला कि उसके पास तीस कोपेक थे। 'बीस पुलिसवाले को, तीन नस्तास्या को चिट्ठी के लिए। इसका मतलब है कि कल मार्मेलादोव के यहाँ मैं सैंतालीस या पचास छोड़ आया हूँगा,' न जाने क्यों उसने हिसाब लगाकर सोचा, लेकिन शीघ्र ही वह भूल गया कि उसने जेब से पैसे निकाले क्यों थे। किसी ढाबे या शराबख़ाने के सामने से गुज़रते हुए उसे यह याद आया, और उसे ऐसा लगा कि वह भूखा था। शराबख़ाने में जाकर उसने वोदका का एक गिलास पिया और जैसी-तैसी एक टिकिया खाई। वहाँ से चलते-चलते वह उसे पूरा खा चुका था। बहुत समय बाद उसने वोदका पी थी और वह फ़ौरन उसको चढ़ गई, हालाँकि उसने सिर्फ़ एक छोटे गिलास भर ही पी थी। अचानक उसे अपनी टाँगें भारी लगने लगीं और उसे नींद सी आने लगी। वह घर की ओर मुड़ा, लेकिन पेत्रोव्स्की ओस्त्रोव के पास पहुँचने पर वह रुक गया; वह थककर चूर हो गया था। फिर किसी तरह सड़क से वह झाड़ियों की ओर मुड़ा और घास पर ढेर होकर फ़ौरन सो गया।

जब दिमाग़ बीमारी की हालत में हो तो सपनों में अक्सर एक अनोखी वास्तविकता, स्पष्टता और यथार्थ से एक असाधारण समानता पैदा हो जाती है। कभी-कभी भयानक शक्लें बनती हैं, लेकिन पूरा वातावरण और सारा चित्र ऐसा जीता-जागता होता है और ऐसी कोमल, ऐसी अप्रत्याशित, लेकिन कला की दृष्टि से इतनी सुसंगत बारीकियों से भरा होता है कि सपना देखनेवाला, वह पुश्किन या तुर्गनेव जैसा कलाकार ही क्यों न हो, जागृतावस्था में अपनी कल्पनाशक्ति से कभी उनका सृजन नहीं कर सकता था। इस तरह के बीमार सपने बहुत समय तक स्मृति-पट पर अंकित रहते हैं और आवश्यकता से अधिक तनाव में जकड़े हुए तथा विक्षिप्त तन्त्रिका-तन्त्र पर गहरी छाप डालते हैं।

रस्कोलनिकोव ने एक भयानक सपना देखा। उसने देखा कि वह उस छोटे से क़स्बे में जहाँ वह पैदा हुआ था, अपने बचपन के दिनों में वापस पहुँच गया है। वह लगभग सात बरस का बच्चा था और एक छुट्टी के दिन शाम को अपने बाप के साथ देहात में घूम रहा था। मौसम धुँधला और बोझल था, और देहात ठीक वैसा ही था जैसा कि उसे याद था। सच तो यह है कि उसकी स्मृति में देहात का जो चित्र था उससे कहीं अधिक स्पष्ट रूप में वह उसे सपने में दिखाई दिया। वह छोटा सा क़स्बा एक खुले मैदान में आबाद था जो हथेली की तरह सपाट था, दूर-दूर तक कहीं कोई बेद का पेड़ भी दिखाई नहीं देता था; बस बहुत दूर पेड़ों का एक झुरमुट दिखाई देता था, क्षितिज के छोर पर गहरी धुन्ध जैसा। क़स्बे के आख़िरी बग़ीचे से कुछ क़दम पर एक शराबख़ाना था, बड़ा सा शराबख़ाना, जिसके सामने से होकर जब भी वह अपने बाप के साथ गुज़रता था तो उसे मतली सी होती थी, बल्कि डर भी लगता था। वहाँ हरदम भीड़ लगी रहती थी, हमेशा लोग चिल्लाते रहते थे, ठहाकों और गालियों की आवाज़ गूँजती रहती थी, भयानक फटी हुई आवाज़ में लोग गाते रहते थे और अक्सर मारपीट भी हो जाती थी। शराब के नशे में धुत्त और देखने में

भयानक आकृतियाँ शराबख़ाने के आसपास मँडलाती रहती थीं। जब उनसे आमना-सामना हो जाता था तो वह अपने बाप से चिपक जाता था और काँप उठता था। शराबख़ाने के पास पहुँचकर सड़क धूल से अटी हुई एक कच्ची सड़क बन गई थी, जहाँ हमेशा काली गर्द उड़ती रहती थी। चक्करदार टेढ़ी-मेढ़ी यह सड़क कोई तीन सौ क़दम आगे जाकर दाहिनी तरफ़ से क़ब्रिस्तान के गिर्द जाती थी। क़ब्रिस्तान के बीच में हरे रंग के गुंबदवाला पत्थर का एक गिरजाघर था, जहाँ वह साल में दो-तीन बार अपने माँ-बाप के साथ जाता था, जब उसकी दादी की याद में विशेष प्रार्थना का आयोजन होता था, जो बहुत दिन हुए मर चुकी थीं और जिन्हें उसने कभी देखा भी नहीं था। इन अवसरों पर वे लोग वहाँ सफ़ेद कपड़े में लपेटकर सफ़ेद तश्तरी में ख़ास क़िस्म की चावल की पुडिंग ले जाते थे जिस पर सलीब की शक्ल में किशमिशें चिपकाकर उसे सजाया जाता था। उस गिरजाघर से उसे बड़ा लगाव था, पुराने ढंग की बिना फ़्रेम की प्रतिमाएँ और वह बूढ़ा पादरी जिसका सिर हमेशा हिलता रहता था। उसकी दादी की क़ब्र के पास ही, जिस पर एक निशानी की तख़्ती लगी हुई थी, उसके छोटे भाई की नन्ही सी क़ब्र थी, जो छः महीने का होकर मर गया था। उसे अपने छोटे भाई की तनिक भी याद नहीं थी, लेकिन उसने दूसरों के मुँह से उसके बारे में सुना था, और जब भी वह क़ब्रिस्तान जाता था तो बड़ी आस्था से और श्रद्धा के साथ अपनी उँगलियों से सीने पर सलीब का निशान बनाता था और झुककर उस नन्ही सी क़ब्र को चूमता था। और अब उसने सपने में देखा कि वह अपने बाप के साथ शराबख़ाने के सामने से क़ब्रिस्तान की ओर जा रहा था; वह अपने बाप का हाथ पकड़े हुए था और सहमा हुआ शराबख़ाने को देख रहा था। एक विशेष परिस्थिति ने बरबस उसका ध्यान अपनी ओर आकर्षित कर लिया : ऐसा लग रहा था कि जैसे वहाँ कोई मेला लगा हो; रंग-बिरंगे कपड़े पहने शहरी लोगों, किसान औरतों, उनके मर्दों, और हर तरह के फ़ालतू लोगों की भीड़ें वहाँ जमा थीं; सभी गा रहे थे और सभी ने थोड़ी-बहुत पी रखी थी। शराबख़ाने के दरवाज़े के पास एक गाड़ी खड़ी थी, लेकिन वह अजीब गाड़ी थी। वह उस तरह की बड़ी सी गाड़ी थी जिनमें तगड़े घोड़े जोते जाते हैं और जिन पर शराब के पीपे या दूसरा भारी सामान लादा जाता है। उसे गाड़ी खींचनेवाले उन बड़े-बड़े घोड़ों को देखकर बहुत मज़ा आता था। उनकी गरदन पर लम्बे-लम्बे बाल, मोटी-मोटी टाँगें, और धीमी सधी हुई चाल, पहाड़ का पहाड़ बोझ खींचते हुए, लेकिन देखने से नहीं लगता था कि ज़रा भी ज़ोर लगाना पड़ रहा है, मानो बोझ खींचकर ले जाना बिना बोझ के चलने से कहीं ज़्यादा आसान हो। लेकिन इस वक़्त, अजीब बात थी, इस तरह की गाड़ी के बमों के बीच उसने देखा कि एक छोटी सी दुबली-पतली बादामी रंग की घोड़ी जुती हुई है, किसानों के उन टट्टुओं जैसी जिन्हें उसने अपना सारा ज़ोर लगाकर लकड़ी या भूसे का भारी बोझ खींचते हुए अक्सर देखा था, ख़ासतौर पर उस वक़्त जब गाड़ी के पहिए कीचड़ में या किसी लीक में फँस जाते थे। और किसान तब उन्हें इतनी निर्दयता से पीटते थे, कभी-कभी तो नाक और आँखों पर भी, और उसे उन जानवरों पर इतना तरस आता था, इतना तरस आता था कि उसके आँसू निकलने को हो आते थे, और उसकी माँ हमेशा उसे खिड़की के पास से हटा लिया करती थी। अचानक चिल्लाने, गाने और बलालाइका बजाने का ज़बर्दस्त शोर सुनाई दिया और शराबख़ाने में से बहुत से लम्बे-तड़ंगे किसान बेहद पिए हुए निकले। वे लाल और नीली क़मीज़ें पहने हुए थे और उन्होंने अपने कोट कन्धों पर डाल रखे थे। "बैठ जाओ, बैठ जाओ !" उनमें से एक चिल्लाया। यह एक मोटी गर्दनवाला नौजवान किसान था, जिसका फूला हुआ मांसल चेहरा गाजर की तरह लाल हो रहा था। "सबको ले चलूँगा, बैठ जाओ !" लेकिन अचानक भीड़ में ठहाका पड़ा और लोग फब्तियाँ कसने लगे—

“ऐसे जानवर के सहारे हम सबको ले जाओगे !”

“अरे, मिकोल्का, तुम दीवाने तो नहीं हो गए हो कि ऐसी गाड़ी में यह मरियल घोड़ी जोत रखी है !”

“और, भैया, यह घोड़ी बीस साल से एक दिन भी कम की नहीं होने की।”

“बैठ जाओ, सबको ले चलूँगा,” मिकोल्का फिर चिल्लाया और सबसे पहले कूदकर गाड़ी पर चढ़ गया। उसने रास अपने हाथ में थाम ली और गाड़ी के सामनेवाले हिस्से पर तनकर सीधा खड़ा हो गया। “वह कत्थई घोड़ा मत्वेई ले गया है,” उसने गाड़ी पर से चिल्लाकर कहा, “और, भैया, यह डाइन तो जी का जंजाल बन गई है। जी चाहता है इसे जान से मार दूँ। बस खाए चली जाती है। सरपट भगाऊँगा ! सरपट दौड़ेगी !” यह कहकर उसने चाबुक उठाई और चटख़ारा लेकर उस घोड़ी को मारने के लिए तैयार हुआ।

“बैठ जाओ ! आओ न !” भीड़ ठहाका मारकर हँस पड़ी। “सुनते हो इसकी बातें ? सरपट भागेगी !”

“दस बरस से तो इसमें सरपट भागने का दम रहा नहीं है !”

“दुलकी चल ले तो बहुत समझो !”

“उसकी फ़िकर न करो भैया, तुम सब लोग एक-एक चाबुक लेते आओ, तैयार हो जाओ !”

“ठीक है ! लगाओ कस-कसके !”

वे सब हँसते हुए और मज़ाक करते हुए मिकोल्का की गाड़ी पर चढ़ गए। छः आदमी तो चढ़ गए थे, अभी कई लोगों की जगह और थी। उन लोगों ने एक मोटी सी गुलाबी गालोंवाली औरत को भी ऊपर खींच लिया। वह लाल रंग की सूती पोशाक, सिर पर पोत के काम की नोकदार टोपी और गोट पर फ़र लगे चमड़े के जूते पहने थी; वह हेज़लनट खा रही थी और हँस रही थी। उनके चारों ओर की भीड़ भी हँस रही थी और सच तो यह है कि हँसे बिना वह रहती भी कैसे ? उस मरियल घोड़ी को उस पूरी गाड़ी के बोझ को सरपट चाल से खींचकर ले जाना था। गाड़ी पर बैठे हुए दो नौजवान मिकोल्का की मदद करने के लिए अपनी चाबुकें तैयार कर रहे थे। ‘चल’ की आवाज़ सुनते ही घोड़ी ने अपना पूरा ज़ोर लगाकर गाड़ी खींचने की कोशिश की, लेकिन सरपट भागना तो दूर रहा, वह आगे खिसक भी नहीं पाई; पैर जमाकर वह पूरा ज़ोर लगा रही थी, हाँफती जा रही थी और ओलों की बौछार की तरह बरसती हुई तीन चाबुकों की मार से बचने की कोशिश कर रही थी। गाड़ी में और चारों ओर खड़ी हुई भीड़ में हँसी के फ़व्वारे दुगुने-चौगुने ज़ोर से फूट पड़े, लेकिन मिकोल्का को ताव आ गया और वह बेतहाशा घोड़ी की धुनाई करने लगा, मानो वह सचमुच सरपट भाग सकती हो।

“ज़रा मुझे भी आने दो, भैया,” भीड़ में से एक नौजवान चिल्लाया; उसे भी जोश आ गया था।

“आ जाओ, सब आ जाओ,” मिकोल्का चिल्लाया, “सबको खींचकर ले जाएगी। मैं तो मार-मारकर जान निकाल दूँगा इसकी !” और गुस्से में आपे से बाहर होकर वह घोड़ी को बुरी तरह पीटता रहा, पीटता ही रहा।

“बाबा, बाबा,” वह चिल्लाया, “बाबा, ये लोग क्या कर रहे हैं ? बाबा, ये लोग बेचारे घोड़े को मार रहे हैं !”

“चलो, आओ चलें !” बाप ने कहा, “शराब पिए हुए हैं, बेवक़ूफ़ लोग हैं, इस वक़्त मस्ती में हैं; चलो, उधर मत देखो !” यह कहकर बाप ने उसे वहाँ से खींच ले जाने की कोशिश की,

लेकिन उसने बाप के हाथ से अपना हाथ छुड़ा लिया और इस भयानक दृश्य को देखकर बेक़ाबू होकर घोड़ी की ओर भागा। बेचारी का बुरा हाल था। वह खड़ी हाँफ रही थी। उसने एक बार फिर गाड़ी खींचने के लिए ज़ोर लगाया और गिरते-गिरते बची।

''मार-मारकर कचूमर निकाल दो इसका,'' मिकोल्का चिल्लाया, ''और कोई चारा ही नहीं है। मैं अभी इसकी ख़बर लेता हूँ !''

''क्या करना चाहता है तू, अपने को ईसाई कहता है, क़साई कहीं का ?'' भीड़ में से एक बुड्ढा चिल्लाया।

''कभी ऐसा देखा है किसी ने कि ऐसी मरियल घोड़ी इतना गाड़ी भर बोझा खींच ले ?'' एक दूसरा बोला।

''मर जाएगी,'' तीसरा चिल्लाया।

''तुम बीच में टाँग न अड़ाओ ! मेरा माल है, मैं जो चाहूँ करूँ। आ जाओ, और आ जाओ ! सब आ जाओ ! मैं इसे सरपट भगाकर ही दम लूँगा !...''

यकायक हँसी की गूँज उठी और हर चीज़ पर छा गई। चाबुकों की बौछार से उत्तेजित होकर घोड़ी ने अपनी बेजान टाँगों से दुलत्ती झाड़ना शुरू किया। बूढ़ा भी मुस्कुराए बिना न रह सका। सोचने की बात थी कि ऐसा छोटा मरियल सा जानवर और दुलत्ती झाड़ने की कोशिश करे !

भीड़ में से दो छोकरे चाबुकें उठाकर घोड़ी को पसलियों पर मारने के लिए लपके। दोनों ने एक-एक तरफ़ की ज़िम्मेदारी सँभाल ली।

''यहाँ मुँह पर मारो, आँख में, आँख में !'' मिकोल्का ज़ोर से चिल्लाया।

''कोई धुन छेड़ो, साथियो,'' गाड़ी में से कोई चिल्लाया और गाड़ी में बैठे हुए सब लोग हंगामा मचा देनेवाले गीत में शामिल हो गए, खंजरी खड़क उठी और सीटियाँ बजने लगीं। गाड़ी पर बैठी हुई औरत हेज़लनट खाती रही और हँसती रही।

...वह घोड़ी की बग़ल में भाग रहा था, उसके सामने भाग रहा था, उसकी आँखों के आर-पार, ठीक आँखों पर चाबुक पड़ते देख रहा था ! वह रो रहा था, उसका गला रुँधा जा रहा था, उसकी आँखों से आँसू बह रहे थे। एक आदमी का चाबुक उसके चेहरे पर लगा, लेकिन उसे कुछ महसूस नहीं हुआ। अपने हाथ मलता हुआ और चिल्लाता हुआ वह भागकर सफ़ेद बालों और सफ़ेद दाढ़ीवाले बूढ़े के पास पहुँचा; बूढ़ा सिर हिला रहा था। उसे यह सब कुछ अच्छा नहीं लग रहा था। एक औरत ने उसका हाथ पकड़ लिया और वह उसे वहाँ से अलग खींच ले गई होती, लेकिन वह उससे हाथ छुड़ाकर फिर भागकर सीधे घोड़ी के पास पहुँच गया। वह बिलकुल दम तोड़ रही थी, लेकिन उसने एक बार फिर दुलत्ती झाड़ना शुरू किया।

''मैं अभी तुझे दुलत्ती झाड़ना सिखाता हूँ,'' मिकोल्का ख़ूँख़ार जानवर की तरह चिल्लाया। उसने चाबुक फेंक दी और आगे झुककर गाड़ी में से एक मोटी सी लम्बी बल्ली निकाली। दोनों हाथों से उसका एक सिरा पकड़कर उसने पूरा ज़ोर लगाकर घोड़ी के ऊपर बल्ली घुमाई।

''अरे, उसकी हड्डी-पसली एक कर देगा,'' चारों ओर से लोग चिल्लाए, ''अरे, मार डालेगा !''

''मेरी चीज़ है,'' मिकोल्का चिल्लाया और हाथ घुमाकर बल्ली से भरपूर वार किया। थप् की एक ज़ोर की आवाज़ हुई।

''मारो इसे, ख़ूब मारो ! रुक क्यों गए ?'' भीड़ में से कुछ आवाज़ें आईं।

और मिकोल्का ने एक बार फिर बल्ली घुमाई और वह एक बार फिर उस अभागी घोड़ी की

कमर पर पड़ी। वह कूल्हों के बल ढेर हो गई, लेकिन आगे की ओर झटका लेते हुए उसने पूरा ज़ोर लगाकर बोझ खींचना शुरू किया, पहले एक ओर झुककर खींचा, फिर दूसरी ओर झुककर। वह गाड़ी को किसी तरह आगे खिसकाने की कोशिश कर रही थी। लेकिन चारों ओर से उस पर छः चाबुकों की मार पड़ रही थी। बल्ली एक बार फिर ऊपर उठी और नपे-तुले ज़ोरदार वार के साथ तीसरी बार उसकी कमर पर पड़ी, फिर चौथी बार। मिकोल्का को इस बात पर ताव आ रहा था कि वह अपने पहले ही वार में उसे जान से क्यों नहीं मार पाया।

''बड़ी पोढ़ी हड्डी की है,'' भीड़ में से किसी ने ज़ोर से कहा।

''अभी एक मिनट में ढेर हुई जाती है, भैया, उसका काम तमाम होते अब देर नहीं लगेगी,'' भीड़ में से किसी तमाशा देखनेवाले की आवाज़ आई।

''इसके लिए तो कुल्हाड़ी लाओ ! सफ़ाया ही कर दो इसका,'' एक तीसरा आदमी चिल्लाया।

''मैं अभी दिखाता हूँ ! हट जाओ !'' मिकोल्का दीवानों की तरह चिल्लाया। उसने बल्ली नीचे फेंक दी और झुककर गाड़ी में से लोहे की एक मोटी सी छड़ निकाली। ''ज़रा देखके,'' वह चिल्लाया और अपनी सारी ताक़त लगाकर उसने बेचारी घोड़ी पर भरपूर वार किया। वार निशाने पर पड़ा; घोड़ी लड़खड़ाई, नीचे बैठ गई, उसने गाड़ी खींचने की कोशिश की, लेकिन धुमाकर चलाई गई छड़ का वार एक बार फिर उसकी पीठ पर पड़ा और वह कटे पेड़ की तरह ज़मीन पर गिर पड़ी।

''ख़तम कर दो !'' मिकोल्का चिल्लाया और आपे से बाहर होकर गाड़ी से नीचे कूद पड़ा। नशे में चूर कई दूसरे नौजवान भी, जो भी हाथ लगा—चाबुकें, लाठियाँ, बल्लियाँ—लेकर दौड़ पड़े और दम तोड़ती हुई घोड़ी की तरफ़ लपके। मिकोल्का एक ओर खड़ा होकर अन्धाधुन्ध लोहे की छड़ से उस पर वार किए जा रहा था। घोड़ी ने अपनी गर्दन आगे तानी, एक लम्बी साँस ली, और दम तोड़ दिया।

''हड्डी-पसली एक कर दी न उसकी,'' भीड़ में से कोई चिल्लाया।

''आख़िर वह सरपट भागी क्यों नहीं ?''

''मेरी चीज़ थी !'' मिकोल्का चिल्लाया; लोहे की छड़ उसके हाथों में चमक रही थी और उसकी आँखों में ख़ून उतर आया था। वह वहाँ ऐसे खड़ा था मानो उसे इस बात का बड़ा दुख हो कि अब उसके पास पीटने के लिए कुछ नहीं बचा था।

''यह तो पक्की बात है कि तुम ईसाई नहीं हो,'' भीड़ में से कई लोग चिल्लाए।

लेकिन वह बेचारा लड़का बेक़ाबू होकर रोता-बिलखता भीड़ को चीरता हुआ बादामी रंग की उस घोड़ी के पास पहुँच गया। उसने उसके मुर्दा लहूलुहान सिर के चारों ओर बाँहें डालकर उसे प्यार किया, उसकी आँखों पर प्यार किया, उसके होंठों पर प्यार किया...फिर वह उछलकर खड़ा हो गया और उन्मादियों की तरह अपनी नन्ही-नन्ही मुट्ठियाँ तानकर मिकोल्का पर झपटा। उसी क्षण उसके बाप ने, जो उसका पीछा कर रहा था, लपककर उसे उठा लिया और भीड़ के बाहर लेकर चला गया।

''आओ चलो, चलें ! चलो, घर चलें,'' उसने अपने बेटे से कहा।

''बाबा ! उन लोगों ने...बेचारे घोड़े को...मार क्यों डाला ?'' उसने सिसकते हुए पूछा, लेकिन उसकी आवाज़ उखड़ गई थी और उसके हाँफते हुए सीने में से शब्द चीख़ों की शक्ल में निकल रहे थे।

''शराबी लोग हैं...जानवर हैं, जानवर,..लेकिन हमें क्या लेना-देना उनसे !'' बाप ने कहा। बच्चे ने अपनी बाँहें बाप के गले में डाल दीं, लेकिन उसे ऐसा लग रहा था कि उसका दम घुटा

जा रहा है। उसने लम्बी साँस लेने की कोशिश की, चीख़ना चाहा—और जाग पड़ा।

उसकी आँख खुली तो वह हाँफ रहा था; उसकी साँस नहीं समा रही थी; उसके बाल पसीने में तर थे। वह सहमकर उठ खड़ा हुआ।

"भगवान की दया है कि यह सपना ही था," उसने उठकर एक पेड़ के नीचे बैठते हुए और लम्बी-लम्बी साँसें लेते हुए कहा, "लेकिन यह क्या ? क्या मुझे बुख़ार चढ़ रहा है ? ऐसा भयानक सपना !"

उसे ऐसा लगा कि वह बिलकुल टूट गया है : अँधेरा और उलझन उसकी आत्मा में समाए हुए थे। उसने अपनी कुहनियाँ घुटनों पर टिका लीं और सिर अपने हाथों पर झुका लिया।

"हे भगवान !" वह चिल्लाया, "क्या यह हो सकता है, क्या यह हो सकता है कि मैं सचमुच कुल्हाड़ी उठाऊँगा, कि मैं उसे सिर पर मारूँगा, उसकी खोपड़ी खोल दूँगा...कि मैं चिपचिपे गर्म ख़ून में चलूँगा, ताला तोड़ूँगा, चोरी करूँगा और थरथर काँपूँगा; सिर से पाँव तक ख़ून के धब्बों से अटा हुआ छिप जाऊँगा...कुल्हाड़ी के साथ...हे भगवान, क्या ऐसा हो सकता है ?"

यह कहते हुए वह पत्ते की तरह काँप रहा था।

"लेकिन मैं इस चक्कर में क्यों पड़ा हूँ ?" एक बार फिर सीधे बैठते हुए मानो गहरे विस्मय के साथ वह कहता रहा, "मैं जानता था कि मैं कभी ऐसा बर्दाश्त नहीं कर पाऊँगा, तो फिर मैं अभी तक अपने आपको क्यों सताता रहा हूँ ? कल, अभी कल, जब मैं वह...कोशिश करने गया था, तो कल ही मुझे पूरी तरह अन्दाज़ा हो गया था कि ऐसा करना मैं कभी बर्दाश्त नहीं कर सकूँगा...फिर मैं दुबारा उसी बात को क्यों दोहरा रहा हूँ ? मैं अभी तक दुविधा में क्यों पड़ा हूँ ? कल जब मैं सीढ़ियों से नीचे उतर रहा था, तो मैंने अपने आपसे कहा था कि यह बहुत कमीनापन है, घिनौना काम है, नीचता है...उसकी बात सोचकर ही मुझे सचमुच मतली होने लगती थी और मेरा रोम-रोम मुझे धिक्कारने लगता था।

"नहीं, मैं ऐसा नहीं कर पाऊँगा, नहीं कर पाऊँगा ! माना कि इस सारे तर्क में कहीं कोई ख़राबी नहीं है, कि इस पिछले एक महीने में मैं जिस नतीजे पर भी पहुँचा हूँ वह आईने की तरह साफ़ है, गणित की तरह सच है। मेरे भगवान ! फिर भी यह काम मुझसे हो नहीं पाएगा ! मैं नहीं कर पाऊँगा, नहीं कर पाऊँगा ! फिर क्यों, क्यों मैं अभी तक..."

वह उठकर खड़ा हो गया और चारों ओर विस्मय से देखा मानो उसे अपने आपको इस जगह पाकर आश्चर्य हो रहा हो। वह त. पुल की ओर चल पड़ा। उसका रंग पीला पड़ गया था, आँखें अंगारों की तरह दहक रही थीं, उसका अंग-अंग थकन से चूर था, लेकिन ऐसा लग रहा था कि अचानक उसे साँस लेने में अब उतनी कठिनाई नहीं हो रही है। उसे ऐसा महसूस हो रहा था कि अचानक उसने वह भयानक बोझ उतार फेंका है जो अब तक उस पर पहाड़ की तरह लदा हुआ था, और यकायक उसे राहत और शान्ति का आभास हुआ। "भगवान," उसने प्रार्थना करते हुए कहा, "मुझे मेरा रास्ता दिखाओ—मैं अपने उस...मनहूस सपने से बिलकुल कोई नाता नहीं रखना चाहता !"

पुल पार करते हुए वह चुपचाप और शान्त भाव से नेवा नदी को तथा दहकते हुए आकाश पर डूबते हुए सूरज की लाली को एकटक देखता रहा। अपनी कमज़ोरी के बावजूद उसे थकन का आभास नहीं हो रहा था। ऐसा लग रहा था कि पिछले एक महीने से उसके दिल में जो फोड़ा पक रहा था वह अचानक फूट गया था। छुटकारा मिल गया था !

बाद में जब उसने उस समय का और उन दिनों के दौरान उसके साथ जो कुछ हुआ था उसके

एक-एक मिनट का, एक-एक बात का लेखा-जोखा किया तो एक बात का उस पर अन्धविश्वास जैसा गहरा प्रभाव पड़ा। हालाँकि वह घटना अपने आपमें बहुत असाधारण नहीं थी, लेकिन बाद में चलकर उसे हमेशा ऐसा लगा कि वह उसकी नियति का पूर्व-निर्धारित निर्णायक मोड़ थी। यह बात उसकी समझ में कभी नहीं आई और वह अपने आपको कभी इसका कारण नहीं समझा सका कि जब वह थका हुआ और बिलकुल निढाल था, जब उसके लिए यह अधिक सुविधाजनक होता कि सबसे छोटे और सबसे सीधे रास्ते से अपने घर चला जाए, तो वह भूसा मंडी के रास्ते क्यों लौटा था, जहाँ जाने की उसे कोई ज़रूरत नहीं थी। चक्कर ज़्यादा लम्बा तो न था लेकिन बेमतलब और अनावश्यक ज़रूर था। यह सच है कि उसके साथ दर्जनों बार ऐसा हो चुका था कि वह बिना इस बात की ओर ध्यान दिए घर वापस पहुँच गया था कि वह किन सड़कों से होकर गुज़रा था। लेकिन वह हमेशा अपने आपसे यह सवाल पूछता रहता था कि इसका क्या कारण था कि ऐसी महत्त्वपूर्ण, ऐसी निर्णायक, और साथ ही ऐसी सर्वथा आकस्मिक मुलाक़ात भूसा मंडी में (जहाँ उसके जाने की कोई वजह भी नहीं थी) ठीक उसी घड़ी, उसके जीवन के ठीक उसी क्षण हुई थी जब उसकी मनोदशा और उसकी परिस्थितियाँ बिलकुल ऐसी थीं जिनमें वह मुलाक़ात उसकी सम्पूर्ण नियति पर सबसे गम्भीर और सबसे निर्णायक प्रभाव डाल सकी ? मानो वह इसी काम के लिए वहाँ घात लगाए बैठी हो !

जब वह भूसा मंडी से होकर गुज़रा उस वक़्त लगभग नौ बजे थे। मेज़ों पर और ठेलों पर, खोखों में और दुकानों में बाज़ार के सभी लोग अपना कारोबार समेट रहे थे या अपना माल बटोरकर बाँध रहे थे और, अपने गाहकों की तरह ही, घर जाने की तैयारी कर रहे थे। भूसा मंडी से लगे मकानों की निचली मंज़िलों के ढाबों के पास, गन्दे और बदबूदार अहातों में और ख़ासतौर पर शराबख़ानों में भाँति-भाँति के कबाड़ी और फेरीवाले जमा होते जा रहे थे। रस्कोलनिकोव जब सड़कों पर निरुद्देश्य फिरता रहता था तब उसे यह जगह और इसके आसपास की गलियाँ ख़ासतौर पर बहुत अच्छी लगती थीं। यहाँ उसके चीथड़ों पर किसी की तिरस्कार भरी नज़र टिक नहीं जाती थी, और यहाँ कोई किसी भी तरह के कपड़े पहनकर घूम-फिर सकता था, किसी को तनिक भी बुरा नहीं लगता था। क. गली के नुक्कड़ पर एक फेरीवाले और उसकी घरवाली ने दो मेज़ों पर फ़ीते, धागे, सूती रूमाल वगैरह सजा रखे थे। वे भी घर जाने के लिए उठ तो खड़े हुए थे लेकिन इतने में जान-पहचान की एक औरत वहाँ आ गई थी और वे उससे बातें करने में लग गए थे। यह औरत थी लिज़ावेता इवानोव्ना, या सिर्फ़ लिज़ावेता, जैसा कि सभी लोग उसे कहते थे। वह सामान गिरवी रखने का धन्धा करनेवाली उस बुढ़िया अल्योना इवानोव्ना की छोटी बहन थी, जिसके यहाँ रस्कोलनिकोव अभी कल ही अपनी घड़ी गिरवी रखने और 'कोशिश' करने गया था...उसे लिज़ावेता के बारे में सब कुछ पहले से मालूम था और वह भी उसे थोड़ा-बहुत जानती थी। वह लगभग पैंतीस साल की बिनब्याही औरत थी—लम्बी, फूहड़, दब्बू, डरपोक और लगभग पूरी बौरही। वह अपनी बहन की बिलकुल दासी थी और उसके डर से हरदम थरथर काँपती रहती थी; उसकी बहन उससे दिन-रात काम लेती थी और उसे मारती-पीटती भी थी। वह एक पोटली लिये उस फेरीवाले और उसकी औरत के सामने खड़ी बड़े ध्यान से और हिचकिचाते हुए उनकी बातें सुन रही थी। वे बड़े जोश के साथ किसी चीज़ के बारे में उसे समझा रहे थे। ज्यों ही उस पर रस्कोलनिकोव की नज़र पड़ी, उसे मानो गहरे आश्चर्य की एक विचित्र भावना ने आ दबोचा, हालाँकि इस मुलाक़ात में आश्चर्य की ऐसी कोई बात नहीं थी।

"तुम अपना मन खुद पक्का कर लो, लिज़ावेता इवानोव्ना," फेरीवाला ऊँचे स्वर में कह रहा

था, ''कल सात बजे के लगभग हमारे यहाँ आना। वे लोग भी होंगे।''

''कल ?'' लिज़ावेता ने धीरे-धीरे और कुछ सोचते हुए कहा, मानो वह फ़ैसला न कर पा रही हो।

''सच कहती हूँ, तुम्हें अल्योना इवानोव्ना से डर क्यों लगता है ?'' फेरीवाले की औरत बड़बड़ाई; वह बहुत चुस्त-चालाक औरत थी। वह कहती रही, ''तुम्हें देखती हूँ तो ऐसा लगता है कि जैसे कोई नन्ही बच्ची हो। वह कोई तुम्हारी सगी बहन तो है नहीं—सौतेली बहन ही तो है और कैसा कसकर रखती है तुम्हें अपनी मुट्ठी में !''

''लेकिन इस बार अल्योना इवानोव्ना से कुछ न कहना,'' उसका पति बीच में बोल पड़ा, ''यह मेरी सलाह है, बस उससे पूछे बिना ही हमारे पास चली आना। तुम्हारा कुछ भला ही होगा। बाद में तुम्हारी बहन को भी इसका कुछ अन्दाज़ा हो जाएगा।''

''तो फिर मैं आऊँ ?''

''कल लगभग सात बजे। और वे लोग यहाँ होंगे। तुम ख़ुद फ़ैसला कर लेना।''

''और इस मौक़े पर समोवार गरमाकर चाय भी पिएँगे,'' उसकी घरवाली ने बात जोड़ी।

''अच्छी बात है, मैं आ जाऊँगी,'' लिज़ावेता ने अब भी कुछ सोचते हुए कहा, और धीरे-धीरे वहाँ से जाने लगी।

रस्कोलनिकोव उसी वक़्त उधर से गुज़र रहा था और उसने इसके अलावा कुछ नहीं सुना था। वह दबे पाँव, सबकी नज़र बचाकर, एक-एक शब्द अच्छी तरह सुन लेने की कोशिश करता हुआ वहाँ से गुज़र गया। शुरू-शुरू में उसे आश्चर्य का जो आभास हुआ था उसके बाद उसने वीभत्सता का रोमांच अनुभव किया। उसे पता लग गया था, उसे अचानक पहले से किसी उम्मीद के बिना ही पता लग गया था कि अगले दिन सात बजे लिज़ावेता, उस बुढ़िया की बहन और उसकी एकमात्र साथी, घर पर नहीं होगी और इसलिए ठीक सात बजे बुढ़िया वहाँ अकेली रह जाएगी।

वह अपने घर से कुछ ही क़दम की दूरी पर था। वह एक ऐसे आदमी की तरह घर में घुसा जिसे मौत की सज़ा दी गई हो। उसने किसी भी बात के बारे में नहीं सोचा क्योंकि उसमें सोचने की सकत बाक़ी ही नहीं रह गई थी; लेकिन अचानक उसने अपने रोम-रोम में यह अनुभव किया कि अब उसके पास सोचने की स्वतन्त्रता रह ही नहीं गई थी, तनिक भी इच्छा-शक्ति नहीं रह गई थी, और यह कि हर बात का अचानक और अटल रूप से फ़ैसला हो चुका था।

इसमें सन्देह नहीं कि अगर वह उचित अवसर की प्रतीक्षा में कई वर्ष भी लगा देता तो वह अपनी योजना की सफलता की दिशा में उससे अधिक सुनिश्चित क़दम की कल्पना नहीं कर सकता था जो अभी उसके सामने अपने आप आ गया था। बहरहाल, पहले से और पक्के भरोसे के साथ, इससे ज़्यादा सही-सही तौर पर और कम जोखिम के साथ, और ख़तरनाक पूछताछ और छानबीन के बिना, यह पता लगाना कठिन होता कि अगले दिन एक ख़ास वक़्त पर एक बुढ़िया, जिसे क़त्ल करने की बात सोची जा रही थी, घर पर और बिलकुल अकेली होगी कि नहीं।

6

बाद में रस्कोलनिकोव को किसी तरह पता चल गया कि फेरीवाले और उसकी औरत ने लिज़ावेता को किसलिए बुलाया था। बहुत मामूली सा काम था और उसमें ऐसी कोई असाधारण बात नहीं थी। एक परिवार, जो उस शहर में रहने आया था और कंगाल हो गया था, अपने घर का सामान

और कपड़े-लत्ते बेच रहा था; सब चीज़ें औरतों के मतलब की थीं। चूँकि बाज़ार में उन चीज़ों के बहुत थोड़े पैसे मिलते इसलिए वे किसी ऐसे आदमी की तलाश में थे जो उनका यह सारा सामान बिकवा दे। लिज़ावेता यही काम करती थी। वह ऐसे कामों की ज़िम्मेदारी ले लेती थी और लोग अक्सर उसे इस काम के लिए रख लेते थे, क्योंकि वह बहुत ईमानदार थी और हमेशा मुनासिब दाम लगाकर उस पर टिकी रहती थी। वह हमेशा बहुत कम बोलती थी और, जैसा कि हम पहले बता चुके हैं, वह बहुत दब्बू और डरपोक थी।

लेकिन इधर कुछ समय से रस्कोलनिकोव अन्धविश्वासी हो गया था। अन्धविश्वास के ये चिन्ह उसमें बहुत बाद तक बाक़ी रहे और लगभग अमिट हो गए। बाद में चलकर इन सब बातों में उसे कोई विचित्र और रहस्यमय बात देखने की प्रवृत्ति पैदा हो गई थी, मानो कोई अनोखे प्रभाव तथा संयोग उनके पीछे काम कर रहे हों। पिछले जाड़े में उसकी जान-पहचान के एक विद्यार्थी ने, जिसका नाम पोकोरेव था और जो ख़ार्कोव चला गया था, यों ही बातों-बातों में उसे अल्योना इवानोव्ना का पता दे दिया था, उस बुढ़िया का जो चीज़ें गिरवी रखने का काम करती थी, कि शायद कभी उसे कोई चीज़ गिरवी रखने की ज़रूरत पड़े। बहुत दिन तक वह उसके पास नहीं गया क्योंकि उसके पास पढ़ाने का काम था और किसी तरह वह अपनी गाड़ी चला रहा था। छः हफ़्ते पहले उसे वह पता याद आया था; उसके पास गिरवी रखने लायक़ दो चीज़ें थीं : एक तो उसके बाप की पुरानी चाँदी की घड़ी और दूसरी चलते समय उसकी बहन की दी हुई छोटी सी सोने की अँगूठी, जिसमें तीन लाल नग जड़े हुए थे। उसने अँगूठी ले जाने का फ़ैसला किया। जब उसने उस बुढ़िया को ढूँढ़ निकाला तो देखते ही उसके मन में उसके लिए अपार घृणा पैदा हुई, हालाँकि वह उसके बारे में कोई ख़ास बात नहीं जानता था। उसे उस बुढ़िया से दो 'पर्चियाँ' मिली थीं और घर वापस जाते हुए वह एक छोटे से फटीचर शराबख़ाने में गया था। वह चाय मँगाकर वहाँ बैठ गया था और गहरे सोच में डूब गया था। एक अजीब विचार उसके दिमाग़ को ठोंग रहा था जैसे अंडे के अन्दर मुर्ग़ी का बच्चा चोंच मारता है, और वह उस विचार में बुरी तरह, बहुत बुरी तरह उलझ गया था।

लगभग उसकी बग़ल में अगली मेज़ पर एक विद्यार्थी बैठा था जिसे वह जानता नहीं था, और उसके साथ एक नौजवान अफ़सर था। वे बिलियर्ड खेलकर आए थे और चाय पीने बैठे थे। अचानक उस लड़के ने उस अफ़सर से चीज़ें गिरवी रखनेवाली अल्योना इवानोव्ना की चर्चा की और उसे उसका पता दिया। यह बात अपने आपमें रस्कोलनिकोव को कुछ अजीब मालूम हुई; वह अभी उसके यहाँ से आ रहा था और आते ही यहाँ उसके नाम की चर्चा सुनाई दी थी। ज़ाहिर है कि यह संयोग की बात थी, लेकिन उसके दिमाग़ पर जो असाधारण छाप पड़ी थी उसे वह किसी तरह दूर नहीं कर पा रहा था, और यहाँ कोई आदमी मानो उसी को सुनाने के लिए सब कुछ कह रहा था; वह विद्यार्थी अपने दोस्त को अल्योना इवानोव्ना के बारे में ब्योरे की बहुत सी बातें बताने लगा।

"उसका जवाब नहीं है," वह बोला, "उससे पैसा तो किसी भी वक़्त मिल सकता है। यहूदियों जैसी अमीर है, एक साथ पाँच हज़ार रूबल तक दे सकती है। लेकिन उसे एक रूबल की चीज़ गिरवी रखने में भी कोई ख़ास एतराज़ नहीं है। हमारे कई साथियों का उसके साथ व्यवहार रह चुका है। लेकिन बुढ़िया है बला की खूसट..."

और वह बताने लगा कि वह कैसी कमीनी है और यह कि उसके बारे में भरोसे के साथ तो कुछ कहा ही नहीं जा सकता; अगर सूद चुकाने में एक दिन की भी देर हो जाए तो गिरवी रखा हुआ माल गया समझो; किस तरह वह माल की चौथाई क़ीमत देती है और उस पर हर महीने पाँच

ही नहीं बल्कि कभी-कभी तो सात फ़ीसदी तक सूद लेती है, वग़ैरह-वग़ैरह। वह विद्यार्थी लगातार बोलता रहा; उसने बताया कि बुढ़िया की एक बहन है लिज़ावेता, जिसे वह कमबख़्त ठिंगनी बुढ़िया हर वक़्त पीटती रहती है, और बिलकुल बच्चों की तरह अपने शिकंजे में जकड़कर गुलामों की तरह रखती है, हालाँकि लिज़ावेता कम-से-कम छह-फ़ुटी होगी।

"अजीबोग़रीब चीज़ है वह," विद्यार्थी ने ऊँचे स्वर में कहा और हँस पड़ा।

वे लिज़ावेता के बारे में बातें करने लगे। विद्यार्थी उसकी बातें ख़ास चटख़ारा लेकर कर रहा था और लगातार हँसे जा रहा था; अफ़सर बड़ी दिलचस्पी से उसकी बातें सुन रहा था और उसने उससे कहा कि लिज़ावेता को कुछ कपड़ों की मरम्मत करने के लिए उसके पास भेज दे। रस्कोलनिकोव एक शब्द भी सुनने से नहीं चूका और उसके बारे में सब कुछ जान लिया। लिज़ावेता उम्र में बुढ़िया से छोटी थी और उसकी सौतेली बहन थी; वह दूसरी माँ से थी और पैंतीस साल की थी। वह दिन-रात अपनी बहन का सारा काम-काज करती थी और खाना पकाने और कपड़े धोने के अलावा वह सीने-पिरोने और दूसरों के यहाँ झाड़ू-बुहारू वग़ैरह का काम भी करती थी और जो कुछ कमाती थी सब लाकर अपनी बहन को दे देती थी। अपनी बहन से पूछे बिना किसी भी तरह का काम अपने ज़िम्मे लेने या कोई नौकरी पकड़ने की उसकी हिम्मत नहीं होती थी। बुढ़िया अपनी वसीयत लिख चुकी थी। लिज़ावेता को यह बात मालूम थी। इस वसीयत के अनुसार उसे एक दमड़ी भी मिलनेवाली नहीं थी; घर के सामान, कुर्सियों वग़ैरह के अलावा कुछ भी नहीं। सारा पैसा न. प्रान्त के एक मठ के नाम कर दिया गया था कि उसके मरने के बाद हर बरसी पर उसके वास्ते प्रार्थना की जाती रहे। लिज़ावेता अपनी बहन से कम हैसियत की थी, बिनब्याही थी, और सूरत-शक्ल में ऐसी लगती थी जैसे बाहर की ओर मुड़ी हुई हो। वह हमेशा बकरी की खाल के फटे-पुराने जूते पहने रहती थी और खुद बहुत साफ़-सुथरी रहती थी। उस विद्यार्थी ने जिस बात पर सबसे अधिक आश्चर्य प्रकट किया और जो बात उसे सबसे ज़्यादा मज़ेदार लगी वह यह थी कि लिज़ावेता हमेशा पेट से रहती थी।

"लेकिन तुम तो कह रहे थे कि वह बेहद बदसूरत है ?" अफ़सर ने अपनी राय ज़ाहिर की।

"हाँ, उसका रंग गहरा ज़रूर है और देखने में ऐसी लगती है जैसे किसी सिपाही को ज़नाने कपड़े पहना दिए गए हों, लेकिन वह बदसूरत बिलकुल नहीं है। उसका चेहरा और उसकी आँखें बहुत ही सुशील हैं। हद से ज़्यादा। और इसका सबूत यह है कि बहुत से लोग उस पर रीझ जाते हैं। वह इतने कोमल और अच्छे स्वभाव की औरत है कि कुछ पूछिए नहीं। सब कुछ हँसी-खुशी सह लेती है, हर बात मान लेती है, कुछ भी मान लेने को तैयार रहती है। और उसकी मुस्कुराहट तो सचमुच बहुत ही मीठी है।"

"ऐसा लगता है कि तुम खुद उस पर रीझे हुए हो," अफ़सर हँसकर बोला।

"उसके अनोखेपन की वजह से। नहीं, मैं बताऊँ बात क्या है। मैं तो उस कमबख़्त बुढ़िया को जान से मार दूँ और उसका सारा पैसा लेकर चम्पत हो जाऊँ। और मैं आपसे सच कहता हूँ इस पर मेरी आत्मा को तनिक भी क्लेश न होगा," लड़के ने अपनी बात जारी रखते हुए बहुत जोश के साथ कहा।

अफ़सर फिर हँस पड़ा और रस्कोलनिकोव काँप उठा। कैसी अजीब बात थी !

"सुनो, मैं तुमसे एक संजीदा सवाल पूछना चाहता हूँ," छात्र ने उत्तेजित होकर कहा, "ज़ाहिर है, वह तो मैं मज़ाक़ कर रहा था, लेकिन एक बात बताओ—एक तरफ़ तो वह बेवक़ूफ़, नासमझ, निकम्मी, सबका बुरा चाहनेवाली, बीमार, बेहूदा बुढ़िया है, जो न सिर्फ़ बेकार है बल्कि जान-बूझकर

दूसरों को नुक़सान पहुँचाती है, जिसे ख़ुद नहीं मालूम है कि वह जी किसलिए रही है, और जो दो-चार दिन में यों भी मर जाएगी। समझे न ? समझ रहे हो न ?"

"हाँ, मैं समझ रहा हूँ," अफ़सर ने अपने उत्तेजित साथी को बड़े ध्यान से देखते हुए जवाब दिया।

"अच्छा, तो फिर सुनो। दूसरी ओर, मदद न मिल पाने की वजह से हज़ारों नौजवानों की ज़िन्दगी तबाह हो रही है ! उस बुढ़िया के पैसे से, जो जाकर किसी मठ में दफ़न हो जाएगा, लाखों नेक काम किए जा सकते हैं, लाखों नेक कामों में मदद पहुँचाई जा सकती है ! सैकड़ों, शायद हज़ारों लोगों को सही रास्ते पर लाया जा सकता है; दर्ज़नों परिवारों को कंगाली से, तबाही से, बदकारी से, गुप्त रोगों के अस्पतालों से बचाया जा सकता है—हाँ, उसके पैसे से। उसे मार डालो, उसका पैसा ले लो और उसकी मदद से मानवता की सेवा में और सभी लोगों की भलाई के कामों में अपना जीवन अर्पित कर दो। क्या राय है तुम्हारी, क्या हज़ारों नेक कामों से यह एक छोटा सा अपराध धुल नहीं जाएगा ? एक जान लेकर हज़ारों लोगों को भ्रष्टता और पतन से बचाया जा सकेगा। एक मौत, और उसके बदले सैकड़ों ज़िन्दगियाँ—सीधा-सादा हिसाब है ! इसके अलावा, अस्तित्व के तराज़ू पर तोलकर देखा जाए तो उस मरियल, बेवक़ूफ़, चिड़चिड़ी बुढ़िया के जीवन का मूल्य ही क्या है ? एक जूँ, या एक काक्रोच से अधिक कुछ नहीं, दरअसल उससे भी कुछ कम ही होगा, क्योंकि यह बुढ़िया नुक़सान पहुँचा रही है। वह दूसरों की ज़िन्दगियों को खोखला बना रही है। अभी उस दिन उसने महज़ जलन के मारे लिज़ावेता की उँगली पर काट लिया; बाल-बाल बच गई नहीं तो उँगली ही काट देनी पड़ती।"

"ज़ाहिर है उसे ज़िन्दा रहने का कोई हक़ नहीं है," अफ़सर बोला, "लेकिन वह ज़िन्दा है, यही प्रकृति का नियम है।"

"यह तो ठीक है, भाई, लेकिन हमें प्रकृति को ठीक करना होगा और उसे सही दिशा में ले जाना होगा, और अगर यह न किया तो हम दुराग्रहों के महासागर में डूब जाएँगे। अगर ऐसा न किया गया होता तो कभी कोई बड़ा आदमी होता ही नहीं। लोग कर्त्तव्य की, अन्तःकरण की बातें करते हैं—मैं कर्त्तव्य और अन्तःकरण के खिलाफ़ कुछ नहीं कहना चाहता, लेकिन सवाल यह है कि उनसे हमारा अभिप्राय क्या है ? ठहरो, मुझे तुमसे एक और सवाल पूछना है। सुनो !"

"नहीं, ज़रा ठहरो, पहले मैं तुमसे एक सवाल पूछता हूँ। सुनो !"

"पूछो !"

"तुम बहुत बातें कर रहे हो और भाषण झाड़ रहे हो, लेकिन बताओ, क्या तुम ख़ुद उस बुढ़िया को जान से मारने को तैयार हो ?"

"हरगिज़ नहीं ! मैं तो बस यह दलील दे रहा था कि ऐसा करना ही इंसाफ़ की बात होगी...इसका मुझसे कोई सम्बन्ध नहीं है..."

"लेकिन मैं समझता हूँ कि अगर तुम ख़ुद यह काम करने को तैयार नहीं हो तो इसमें इंसाफ़ की कोई बात नहीं है ! आओ, एक बाज़ी और खेलें !"

रस्कोलनिकोव बेहद उद्विग्न हो उठा। ज़ाहिर है ये सब वही नौजवानी की बातें और विचार थे जो वह पहले भी अलग-अलग शक्लों में और अलग-अलग विषयों के बारे में सुन चुका था। लेकिन यह संयोग क्यों हुआ कि इस तरह की बातचीत और इस तरह के विचार उसे ठीक उसी क्षण सुनने को मिले जब ख़ुद उसके दिमाग़ में ठीक वही विचार पनप रहे थे ? और ऐसा क्यों था कि ठीक उसी क्षण जब वह उस बुढ़िया के यहाँ से अपने विचार का अंकुर लाया था, फ़ौरन ही

उसे उसके बारे में बातचीत सुनने का संयोग हुआ था ? यह संयोग उसे हमेशा बहुत विचित्र लगा। बाद में चलकर उसने जो कुछ किया उस पर शराबख़ाने की इस मामूली बातचीत का बहुत गहरा असर पड़ा था; मानो उसमें सचमुच कुछ ऐसा था जो पूर्व-निर्धारित था, उसमें कोई मार्गदर्शक संकेत था...।

◆◆◆

भूसा मंडी से लौटकर वह सीधा सोफ़े पर ढेर हो गया और घंटे भर तक बिना हिले-डुले वहीं बैठा रहा। इसी बीच अँधेरा हो गया; उसके पास मोमबत्ती भी नहीं थी और सच तो यह है कि रोशनी करने की बात उसे सूझी ही नहीं थी। बाद में भी वह कभी याद नहीं कर पाया कि वह उस वक़्त किसी चीज़ के बारे में सोच भी रहा था कि नहीं। ख़ैर, उस समय उसे अपने पहलेवाले बुख़ार और कँपकँपी का आभास हुआ, और उसने बड़ी सहजता से महसूस किया कि वह सोफ़े पर लेट सकता था। जल्दी ही उसे गहरी नींद आ गई, मानो सीसे जैसी किसी भारी चीज़ के नीचे वह कुचल गया हो।

वह बहुत देर तक सोता रहा, निःस्वप्न। अगले दिन सुबह दस बजे जब नस्तास्या उसके कमरे में आई तो वह भी उसे बड़ी मुश्किल से जगा सकी। वह उसके लिए चाय और रोटी लाई थी। चाय इस बार भी पत्तियाँ दुबारा उबालकर बनाई गई थी और इस बार भी वह उसे अपनी ही चायदानी में लाई थी।

"हे भगवान, कैसी नींद है !" वह गुस्से से चिल्लाई, "जब देखो तब सोता ही रहता है !"

वह कोशिश करके उठा। उसका सिर दर्द कर रहा था। वह उठकर खड़ा हुआ, अपनी कोठरी में एक चक्कर लगाया और फिर धम से सोफ़े पर गिर पड़ा।

"फिर सोने जा रहे हो," नस्तास्या ज़ोर से चिल्लाई, "कुछ बीमार हो क्या ?"

उसने कोई जवाब नहीं दिया।

"चाय चाहिए ?"

"बाद में," उसने फिर अपनी आँखें बन्द करते हुए और दीवार की ओर करवट बदलते हुए बड़ी कोशिश करके कहा।

नस्तास्या उसके ऊपर झुककर खड़ी हो गई।

"शायद सचमुच बीमार है," वह बोली और मुड़कर बाहर चली गई।

दो बजे वह फिर सूप लेकर आई। वह पहले की तरह ही लेटा था। चाय छुई तक नहीं थी, वैसी ही रखी थी। नस्तास्या को सचमुच बुरा लगा और वह बहुत गुस्सा होकर उसे जगाने लगी।

"ऐसे कुत्तों की तरह क्यों पड़े हो ?" वह नफ़रत से उसे देखते हुए ज़ोर से चिल्लाई।

वह उठकर बैठ गया, लेकिन कुछ बोला नहीं और फ़र्श को घूरता रहा।

"जी अच्छा है कि नहीं ?" नस्तास्या ने पूछा और इस बार भी उसे कोई जवाब नहीं मिला। "ज़रा बाहर जाकर थोड़ी हवा खा आओ, ठीक हो जाओगे," उसने कुछ देर रुककर कहा, "यह खाना है कि नहीं ?"

"बाद में खा लूँगा," उसने क्षीण स्वर में कहा, "तुम जाओ !" और उसने हाथ के इशारे से उसे बाहर जाने को कहा।

वह कुछ देर और वहीं खड़ी रहकर बड़ी दया के साथ उसे देखती रही और फिर बाहर चली गई।

कुछ देर बाद उसने आँखें ऊपर उठाईं और बड़ी देर तक चाय और सूप को देखता रहा। फिर

उसने रोटी उठाई, एक चम्मच लिया और खाना शुरू किया।

उसने भूख न रहते हुए भी, मानो यन्त्रवत्, थोड़ा सा खाया, कोई तीन-चार चम्मच। उसके सिर का दर्द कुछ कम हो गया था। खाकर वह फिर सोफ़े पर लेट गया, लेकिन अब उसे नींद नहीं आई; तकिए में मुँह दिए वह निश्चल पड़ा रहा। दिवा-स्वप्न उसे सताते रहे और दिवा-स्वप्न भी कैसे-कैसे अजीब ! ऐसे ही एक दिवा-स्वप्न में, जो बार-बार आता रहा, उसने कल्पना की कि वह अफ़्रीका में था, मिस्र के किसी नख़्लिस्तान में। कारवाँ आराम कर रहा था, ऊँट आराम से लेटे हुए थे, चारों ओर घेरा बनाए खजूर के पेड़ खड़े थे। पूरा काफ़िला खाना खा रहा था, लेकिन वह एक चश्मे से पानी पी रहा था, जो पास ही कलकल ध्वनि करता हुआ बह रहा था। वह काफ़ी ठंडा और मज़ेदार था; मज़ेदार, नीला-नीला, ठंडा-ठंडा पानी रंग-बिरंगे पत्थरों और साफ़ रेत पर से होकर बह रहा था, जो जहाँ-तहाँ सोने की तरह चमक रही थी।...अचानक उसे कहीं घड़ियाल बजने की आवाज़ सुनाई दी। उसने चौंककर आँखें खोल दीं, सिर उठाकर खिड़की के बाहर देखा, और यह देखकर कि कितनी देर हो चुकी थी वह पूरी तरह जागकर अचानक उछल पड़ा, जैसे किसी ने उसे सोफ़े पर से खींचकर उठा दिया हो। वह धीरे-धीरे दबे पाँव दरवाज़े तक गया, चुपके से उसे खोला, और सीढ़ियों की ओर कान लगाकर सुनने लगा। उसका दिल बुरी तरह धड़क रहा था। लेकिन सीढ़ियों पर बिलकुल सन्नाटा था जैसे हर आदमी सो रहा हो।...उसे यह बात बहुत अजीब और भयानक लगी कि वह इस तरह सब कुछ भूलकर कल से सो रहा था और उसने कुछ भी नहीं किया था, अभी तक कोई तैयारी नहीं की थी...और इसी बीच शायद छः बज गए थे। ऊँघते रहने और कुछ भी किए बिना पड़े रहने के बाद उस पर एक असाधारण, तूफ़ानी, बिलकुल उन्मादियों जैसी जल्दबाजी का दौरा पड़ा। लेकिन तैयारी कुछ विशेष नहीं करनी थी। उसने अपनी सारी शक्ति हर चीज़ के बारे में सोचने और कुछ भी भूल न जाने पर केन्द्रित कर दी; उसका दिल इतनी बुरी तरह धड़कता रहा कि उसके लिए साँस लेना भी मुश्किल हो गया। पहले तो उसे एक फन्दा बनाकर अपने ओवरकोट के अन्दर सी लेना था—यह पल भर का काम था। उसने अपने तकिए के नीचे हर चीज़ को उलट-पुलटकर देखा और उसके नीचे ठुँसे हुए कपड़ों में से उसने एक फटी हुई पुरानी मैली क़मीज़ निकाली। उसके चीथड़ों में से उसने एक लम्बी सी धज्जी फाड़ी, कोई दो-तीन इंच चौड़ी और लगभग सोलह इंच लम्बी। उसने इस धज्जी को दोहरा तह किया, किसी मज़बूत सूती कपड़े का बना हुआ गर्मियों में पहनने का अपना मोटा ओवरकोट निकाला (बाहर पहनने का उसके पास यही एक कपड़ा था) और उस धज्जी के दोनों सिरे उसके अन्दर बाईं बाँह के सूराख़ के नीचे सिलने लगा। सिलाई करते वक़्त उसके हाथ काँप रहे थे, लेकिन उसने यह काम इतनी कामयाबी से किया था कि जब उसने उस कोट को दोबारा पहना तो बाहर से कुछ भी दिखाई नहीं दे रहा था। सुई-धागा उसने बहुत पहले से तैयार कर रखा था और ये दोनों चीज़ें काग़ज़ के एक टुकड़े से लिपटी हुई उसकी मेज की दराज़ में पड़ी थीं। जहाँ तक फन्दे का सवाल था यह उसकी अपनी सूझ-बूझ की बहुत ही निराली तरकीब थी; यह फन्दा कुल्हाड़ी के लिए था। कुल्हाड़ी हाथ में लेकर तो वह सड़क पर जा नहीं सकता था। और अगर कोट के अन्दर छिपाकर ले जाता तब भी उसको अपने हाथ से उसे सहारा देना पड़ता, जिस पर किसी की भी नज़र पड़ सकती थी। अब उसे सिर्फ़ कुल्हाड़ी का फाल उस फन्दे में फँसा देना था, और वह अन्दर उसकी बाँह के नीचे चुपचाप लटकी रहेगी। अपना हाथ कोट की जेब में डालकर वह उसकी बेंट का सिरा रास्ते भर पकड़े रह सकता था ताकि वह झूले नहीं। और चूँकि कोट लम्बा और ढीला था, जैसे बोरा हो, इसलिए बाहर से कोई यह नहीं देख सकता था कि उसकी जेब में जो हाथ था उससे उसने कोई चीज़ पकड़ रखी

थी। इस फन्दे का डिज़ाइन भी उसने पन्द्रह दिन पहले ही बना लिया था।

यह काम पूरा कर लेने के बाद उसने अपना हाथ सोफ़े और फ़र्श के बीच की पतली सी जगह में डाला, बाएँ कोने में टटोलकर गिरवी रखने की चीज़ निकाली, जिसे उसने बहुत पहले ही तैयार करके वहाँ छिपा दिया था। लेकिन जो चीज़ वह गिरवी रखनेवाला था वह चाँदी के सिगरेट-केस की लम्बाई-चौड़ाई और उतनी ही मोटाई की लकड़ी की एक तख़्ती थी जिसे रन्दा करके ख़ूब चिकना कर दिया गया था। लकड़ी की यह तख़्ती उसने एक बार किसी अहाते में टहलते हुए उठा ली थी, जहाँ किसी क़िस्म का छोटा-मोटा कारख़ाना था। बाद में उसने लकड़ी की इस तख़्ती के साथ लोहे की पतली सी चादर का एक चिकना टुकड़ा जोड़ दिया था; लोहे का एक टुकड़ा भी उसने उसी वक़्त कहीं सड़क पर से उठाया था। लोहे का टुकड़ा, जो आकार में थोड़ा सा छोटा था, लकड़ी की तख़्ती पर रखकर उसने दोनों को आर-पार धागा लपेटकर कसकर बाँध दिया था; फिर उसने बड़ी सावँधानी और सफ़ाई से इनको एक साफ़, सफ़ेद काग़ज़ में लपेटा था और इस तरह बाँध दिया था कि वह आसानी से खुल न सके। ऐसा इसलिए किया गया था कि गाँठ खोलने की कोशिश करते हुए बुढ़िया का ध्यान उधर ही लगा रहे, और इस तरह उसे कुछ समय मिल जाए। लोहे की पट्टी उसे भारी बनाने के लिए जोड़ दी गई थी, ताकि उस औरत को छूटते ही यह अन्दाज़ा न हो जाए कि वह 'माल' लकड़ी का बना हुआ है। ये सारी चीज़ें उसने पहले ही से सोफ़े के नीचे जमा कर रखी थीं। उसने गिरवी रखने की चीज़ अभी निकाली ही थी कि अचानक उसे नीचे अहाते में से किसी के ज़ोर से चिल्लाने की आवाज़ सुनाई दी—

"छः तो कबके बज चुके हैं !"

"कबके ! हे भगवान !"

वह दरवाज़े की तरफ़ लपका, कान लगाकर सुना, झपटकर अपनी टोपी उठाई और बड़ी सतर्कता से, कोई आवाज़ किए बिना, बिल्ली की तरह ज़ीने उतरने लगा। सबसे ज़रूरी काम तो उसे अभी करना बाक़ी ही था—रसोई में से कुल्हाड़ी चुराने का काम। यह काम कुल्हाड़ी से ही किया जाना है, यह उसने बहुत पहले तै कर लिया था। उसके पास खटकेदार चाक़ू भी था, लेकिन वह चाक़ू पर भरोसा नहीं कर सकता था। अपनी ताक़त पर तो उसे और भी कम भरोसा था, इसीलिए आख़िर में उसने कुल्हाड़ी इस्तेमाल करने का फ़ैसला किया था। लगे हाथ हम उन सभी आख़िरी फ़ैसलों के बारे में, जो उसने इस सिलसिले में किए थे, एक और विचित्र बात का भी उल्लेख कर दें। उनमें एक अजीब विशेषता थी : वे जितना ही पक्का अन्तिम रूप धारण करते जाते थे, उसकी नज़रों में वे फ़ौरन उतने ही अधिक वीभत्स और उतने ही अधिक बेतुके मालूम होने लगते थे। अपने समस्त कष्टप्रद आन्तरिक संघर्ष के बावजूद उसने इस पूरे अरसे में कभी एक क्षण के लिए भी अपनी योजनाओं को पूरा करने का विश्वास नहीं किया था।

सच तो यह है कि अगर ऐसा कभी हो जाता कि छोटी से छोटी बारीकी तक हर चीज़ पर सोच-विचार कर उसे अन्तिम रूप से तै कर लिया गया होता और किसी तरह की कोई दुविधा बाक़ी न रह जाती, तो वह, इस पूरे मामले को बेतुका, पैशाचिक और असम्भव कहकर त्याग देता। लेकिन ढेरों ऐसी छोटी-छोटी बातें और दुविधाएँ बाक़ी रह गईं जिनके बारे में कोई फ़ैसला नहीं किया जा सका। जहाँ तक कुल्हाड़ी हथियाने का सवाल था, इस मामूली से काम की वजह से उसे कभी कोई चिन्ता नहीं हुई, क्योंकि इससे आसान तो कोई और काम हो ही नहीं सकता था। नस्तास्या हर वक़्त घर के बाहर रहती थी, ख़ासतौर पर शाम को; वह बार-बार भागकर पड़ोसियों के यहाँ या किसी दुकान पर चली जाती थी और हमेशा दरवाज़ा खुला छोड़ जाती थी। मकान-मालकिन इसी

एक बात के लिए उसे हमेशा डाँटती रहती थी। इसलिए वक़्त आने पर उसे बस चुपके से रसोई में जाकर कुल्हाड़ी उठा लानी थी, और घंटे भर बाद (सारा काम पूरा हो जाने पर) उसे जाकर वापस रख देना था। लेकिन ये सब ऐसी बातें थीं जिनमें शक की गुंजाइश थी। मान लीजिए, घंटे भर बाद वह उसे वहाँ वापस रखने गया और उस वक़्त तक नस्तास्या लौट आई और वहाँ पर मौजूद हुई तो ? ज़ाहिर है उसे वहाँ से गुज़र जाना होगा और उसके दोबारा बाहर जाने का इन्तज़ार करना होगा। लेकिन मान लीजिए कि इसी बीच उसे कुल्हाड़ी की ज़रूरत पड़ी और वह उसे न मिली; उसने उसे ढूँढ़ा और कोई बखेड़ा खड़ा कर दिया—उसका मतलब होगा शक या कम-से-कम शक की गुंजाइश तो ज़रूर ही।

लेकिन ये सब बहुत छोटी-छोटी मामूली बातें थीं जिनके बारे में उसने सोचना शुरू भी नहीं किया था, और सचमुच इसके लिए उसके पास वक़्त भी नहीं था। वह सबसे ख़ास बात के बारे में सोच रहा था और छोटी-छोटी बातों को उस वक़्त तक के लिए टालता जा रहा था जब तक कि उसे इस पूरे मामले के बारे में विश्वास न पैदा हो जाए। लेकिन ऐसा होना बिलकुल असम्भव लगता था। कम-से-कम ख़ुद उसे तो ऐसा ही लगता था। मिसाल के तौर पर, वह कल्पना भी नहीं कर सकता था कि कभी ऐसा भी होगा कि वह सोचना छोड़ दे, उठ खड़ा हो और बस सीधा वहाँ चला जाए...उसकी कुछ दिन पहले की 'कोशिश' भी (अर्थात उस जगह को अन्तिम रूप से अच्छी तरह देख आने के उद्देश्य से उसका वहाँ जाना) असली चीज़ से कोसों दूर की केवल एक आज़माइश भर थी, जैसे कोई कहे, "आओ, चलें और आज़माकर देख तो लें—ख़ाली सपने देखने से क्या फ़ायदा ?"—और फ़ौरन उसका मनोबल चूर-चूर हो गया था और वह वहाँ से स्वयं को कोसता हुआ, अपने आप पर बेहद झुँझलाता हुआ भाग खड़ा हुआ था। इसी बीच, जहाँ तक नैतिकता का प्रश्न था, ऐसा लगता है कि उसके बारे में उसका विश्लेषण पूरा हो चुका था; उसकी भलाई-बुराई की परख करने की क्षमता उस्तरे की धार की तरह तेज़ हो गई थी और उसे अपने अन्दर कोई तर्कसंगत आपत्तियाँ नहीं मिल सकी थीं। लेकिन आख़िरी सहारे के तौर पर उसने अपने आप पर ही विश्वास करना बन्द कर दिया था, और वह पूरी तरह जुटकर, दासता के बन्धनों में जकड़े हुए किसी मजबूर आदमी की तरह, हर दिशा में तर्क खोजता फिरता था, उनके लिए हर चीज़ को टटोलता रहता था, मानो कोई उसे इस काम के लिए मजबूर कर रहा हो और ज़बर्दस्ती उसकी ओर खींच रहा हो। लेकिन इस आख़िरी दिन का, जो इस तरह अचानक आ गया था और जिसने आनन-फ़ानन हर बात का फ़ैसला कर दिया था, लगभग अपने आप ही उस पर असर पड़ा था : ऐसा लगता था कि कोई उसका हाथ पकड़कर उसे अन्धों की तरह, किसी अदम्य पारलौकिक बल के सहारे अपने पीछे खींचे लिये जा रहा था और वह कोई आपत्ति भी नहीं कर पा रहा था। ऐसा लगता था कि उसके कोट का किनारा मशीन के पहिए में फँस गया था और वह मशीन में खिंचा चला जा रहा था।

शुरू-शुरू में—वास्तव में बहुत पहले—वह एक सवाल में बेहद उलझा रहता था : ऐसा क्यों है कि लगभग सभी अपराध इतने फूहड़पन से छिपाए जाते हैं और इतनी आसानी से उनका पता लग जाता है, और ऐसा क्यों है कि लगभग सभी अपराधी अपने पीछे इतने खुले सुराग़ छोड़ जाते हैं ? धीरे-धीरे वह कई अलग-अलग और विचित्र निष्कर्षों पर पहुँचा था, और उसकी राय में इसका मुख्य कारण इस बात में इतना निहित नहीं था कि अपराध को छिपाना भौतिक दृष्टि से असम्भव था जितना कि स्वयं अपराधी में। ठीक उसी क्षण जब समझदारी और सतर्कता की सबसे ज़्यादा ज़रूरत होती है, बच्चों जैसी और हद दर्जे की लापरवाही की वजह से लगभग हर अपराधी

इच्छा-शक्ति और विवेक-बुद्धि खो देता है। उसका यह पक्का विश्वास था कि विवेक-बुद्धि के ह्रास और इच्छा-शक्ति के लोप का यह हमला मनुष्य पर एक ऐसी बीमारी की तरह होता है जो धीरे-धीरे बढ़ते-बढ़ते अपराध किए जाने से ठीक पहले अपने चरम-बिन्दु पर पहुँच जाती है, अपराध के क्षण और, अलग-अलग उदाहरणों में, अधिक या कम समय तक उसके बाद भी उतनी ही उग्रता से जारी रहती है, और फिर किसी भी दूसरी बीमारी की तरह धीरे-धीरे ठीक हो जाती है। अभी तक वह इस सवाल का जवाब देने की क्षमता अपने अन्दर महसूस नहीं करता था कि वह बीमारी अपराध को जन्म देती है या स्वयं अपराध के विशिष्ट लक्षण के कारण उसके साथ ही बीमारी के कुछ लक्षण भी पाए जाते हैं।

जब वह इन निष्कर्षों पर पहुँच गया तो उसने फ़ैसला किया कि उसके अपने मामले में इस तरह की विकारयुक्त प्रतिक्रिया नहीं होगी; अपनी योजना को पूरा करते समय उसकी विवेक-बुद्धि तथा इच्छा-शक्ति केवल इस कारण ज्यों की त्यों बनी रहेगी कि उसकी योजना 'अपराध नहीं' थी।...हम उस पूरी प्रक्रिया को अभी छोड़ देंगे जिसके ज़रिए वह इस अन्तिम निर्णय तक पहुँचा था; हम यों भी ज़रूरत से ज़्यादा आगे निकल आए हैं।...हम केवल इतना और बता दें कि उसके दिमाग़ में इस मामले की व्यावहारिक और शुद्धतः भौतिक कठिनाइयों को एक गौण स्थान प्राप्त था। "उनसे निबटने के लिए आदमी को बस अपनी इच्छा-शक्ति और अपनी विवेक-बुद्धि बनाए रखनी चाहिए, और जहाँ आदमी ने अपने आपको इस कारोबार की छोटी-से-छोटी ब्योरे की बातों से परिचित कर लिया, बस फिर तो समय आने पर वे सभी दूर हो जाती हैं।..." लेकिन यह कारोबार शुरू ही नहीं हो पा रहा था। अपने अन्तिम निर्णयों पर उसे सबसे कम भरोसा रह गया था, और जब वह घड़ी आई तो सब कुछ बिलकुल ही दूसरे ढंग से, मानो आकस्मिक और अप्रत्याशित रूप से हुआ।

वह अभी सीढ़ियाँ पूरी तरह उतरा भी नहीं था कि एक छोटी सी बात ने उसका सारा हिसाब गड़बड़ कर दिया। जब वह मकान-मालकिन की रसोई के पास पहुँचा, जिसका दरवाज़ा हमेशा की तरह खुला हुआ था, तो उसने बड़ी सतर्कता से अन्दर नज़र डाली कि नस्तास्या के मौजूद न होने पर कहीं मकान-मालकिन खुद तो वहाँ नहीं हैं, या अगर वह वहाँ नहीं हैं तो उसके अपने कमरे का दरवाज़ा तो बन्द है, ताकि जब वह कुल्हाड़ी लेने अन्दर जाए तो वह कहीं बाहर झाँककर न देखें। लेकिन अचानक यह देखकर उसके आश्चर्य की सीमा न रही कि नस्तास्या न सिर्फ़ घर पर रसोई में थी बल्कि वह वहाँ काम में व्यस्त थी; वह एक पिटारी में से कपड़े निकालकर अलगनी पर फैला रही थी ! उसे देखकर वह कपड़े फैलाना बन्द करके उसकी ओर मुड़ी और जितनी देर में वह वहाँ से गुज़रा तमाम वक़्त उसे घूरती रही। उसने अपनी आँखें फेर लीं और वहाँ से इस तरह गुज़र गया जैसे उसने कुछ देखा ही न हो। लेकिन सारा क़िस्सा ही ख़त्म हो गया था : उसके पास कुल्हाड़ी ही नहीं थी ! उसके होश उड़ गए।

'मैंने यह क्यों समझ लिया था,' फाटक के दर के नीचे से गुज़रते हुए वह सोचने लगा, 'मैंने यह क्यों समझ लिया था कि उस क्षण वह यक़ीनन घर पर नहीं होगी ? क्यों, क्यों, आख़िर क्यों मैंने इस बात को इतने यक़ीन के साथ मान लिया था ?' उसका हौसला बिलकुल पस्त हो चुका था और वह अपमानित भी महसूस कर रहा था। क्रोध में उसका जी अपने आप पर हँसने को चाह रहा था...उसके अन्दर एक पशुओं जैसा अन्धा रोष खौल रहा था।

संकोच में पड़ा वह कुछ देर तक फाटक के दर में खड़ा रहा। सड़क पर जाना, महज़ दिखावे के लिए टहलने निकल जाना उसे अरुचिकर था और अपने कमरे में वापस चला जाना और भी

अरुचिकर था। "कैसा बढ़िया मौक़ा मैंने हमेशा के लिए खो दिया !" दरबान की छोटी सी अँधेरी कोठरी के ठीक सामने फाटक के दर में निरुद्देश्य खड़े-खड़े वह बुड़बुड़ाया। कोठरी का दरवाज़ा खुला हुआ था। अचानक वह चौंक पड़ा। उससे दो क़दम की दूरी पर दरबान की कोठरी में दाहिनी ओर बेंच के नीचे किसी चमकती हुई चीज़ पर उसकी नज़र पड़ी।...उसने अपने चारों ओर देखा—कोई नहीं था। वह पंजों के बल चलता हुआ कोठरी तक गया, दो क़दम उसके अन्दर घुसा, और दबी ज़बान से दरबान को पुकारा। 'हाँ, घर पर नहीं है ! लेकिन कहीं पास ही अहाते में होगा, क्योंकि दरवाज़ा पूरा खुला हुआ है।' सोचता हुआ वह कुल्हाड़ी की ओर झपटा (वह कुल्हाड़ी ही थी) और उसे बेंच के नीचे से खींचकर निकाला जहाँ वह दो चैलों के बीच पड़ी हुई थी। कोठरी से बाहर निकलने से पहले उसने जल्दी से उसे फन्दे में अटका लिया, दोनों हाथ अपनी जेबों में डाले, और कोठरी के बाहर चला गया; किसी ने उसे देखा नहीं था ! 'जब अक़्ल काम नहीं करती तो शैतान मदद करता है !' उसने अजीब सी मुस्कुराहट के साथ सोचा। इस संयोग से उसका हौसला बेहद बढ़ गया।

वह शान्त भाव से, कोई जल्दी किए बिना, चुपचाप चलता रहा ताकि किसी को शक न हो। वह आसपास से गुज़रनेवालों को भी कम ही देख रहा था, उनके चेहरों को देखने से कतराने की कोशिश कर रहा था और साथ ही इस बात की भी कोशिश कर रहा था कि जहाँ तक हो सके खुद उसकी ओर भी दूसरों का ध्यान कम-से-कम जाए। अचानक उसे अपने हैट का ख़्याल आया। 'लानत है ! अभी परसों मेरे पास पैसे थे और इसकी बजाय पहनने के लिए मैंने एक टोपी भी नहीं ख़रीदी !' उसकी आत्मा की गहराई से एक गाली निकली।

कनखियों से एक दुकान के अन्दर देखते हुए दीवार पर लगी एक घड़ी पर उसकी नज़र पड़ी जो सात बजकर दस मिनट का समय बता रही थी। उसे जल्दी करनी थी और साथ ही कुछ चक्कर लगाकर जाना था ताकि उस घर में वह दूसरी ओर से घुसे...

पहले इन सब बातों की कल्पना करते समय कभी-कभी वह यह भी सोचता था कि उसे बहुत डर लगेगा। लेकिन इस वक़्त उसे बहुत डर नहीं लग रहा था, बल्कि सच तो यह था कि उसे बिलकुल डर नहीं लग रहा था। उसका दिमाग़ बेमतलब चीज़ों में भी उलझा रहा, लेकिन किसी भी चीज़ में देर तक नहीं। जब वह युसूपोव बाग़ के पास से होकर गुजरा तो वह बड़े-बड़े फ़व्वारे बनाने के बारे में गहरे चिन्तन में डूबा हुआ था और हर चौक के वातावरण पर उनके सुखद प्रभाव पर विचार कर रहा था। धीरे-धीरे उसे विश्वास होता गया कि इस ग्रीष्म-उद्यान को बढ़ाकर अगर मार्स के मैदान तक फैला दिया जाए, और मिख़ाइलोव्स्की शाही बाग़ से जोड़ दिया जाए, तो बहुत ही शानदार बात होगी और उससे पूरे शहर को बहुत फ़ायदा पहुँचेगा। फिर उसे इस सवाल में दिलचस्पी पैदा हुई कि उसकी क्या वजह है कि सभी बड़े शहरों में लोग सीधे-सीधे आवश्यकता से प्रेरित नहीं होते, बल्कि अजीब बात है कि उनमें शहर के उन हिस्सों में रहने की प्रवृत्ति पाई जाती है जहाँ न बाग़ होते हैं न फ़व्वारे; जहाँ सबसे ज़्यादा गर्द और बदबू और हर तरह की गन्दगी होती है। फिर उसे किसी ज़माने में भूसा मंडी से होकर खुद अपने गुज़रने की याद आई, और एक क्षण के लिए सारी वास्तविकता उसके सामने आ गई, जैसे वह अचानक जाग पड़ा हो। 'क्या बकवास है !' उसने सोचा। 'इससे तो अच्छा है कि किसी चीज़ के बारे में सोचो ही नहीं !'

'इसी तरह शायद जब लोगों को फाँसी के तख़्ते की ओर ले जाया जाता है तो अपने दिमाग़ में वे रास्ते में आनेवाली हर चीज़ को मज़बूती से पकड़ लेने की कोशिश करते हैं,' उसके दिमाग़ में यह विचार कौंधा, लेकिन केवल कौंधा, बिजली की तरह; उसने जल्दी से इस विचार को अपने

दिमाग़ से निकाल दिया...और अब वह बिलकुल पास पहुँच गया था। यह रहा घर; यह रहा फाटक। अचानक कहीं घड़ियाल ने एक घंटा बजाया। 'क्या ? साढ़े सात बज गए ? नामुमकिन है, घड़ी तेज़ होगी !'

सौभाग्य से एक बार फिर फाटक पर कोई अड़चन नहीं हुई। मानो ख़ास उसी की सुविधा के लिए ठीक उसी क्षण भूसे से लदी हुई एक बड़ी सी गाड़ी फाटक के अन्दर आई थी, जिसने उसे फाटक के पास से गुज़रते समय पूरी तरह अपनी आड़ में ले लिया था, और गाड़ी अभी अहाते में पहुँच भी नहीं पाई थी कि पलक झपकते वह दाहिनी ओर को हो लिया। गाड़ी की दूसरी ओर उसे चिल्लाने और झगड़ने की आवाज़ें सुनाई दे रही थीं; लेकिन किसी ने न तो उसे देखा और न ही कोई उसको मिला। बड़े से चौकोर आँगन के सामनेवाली बहुत सी खिड़कियाँ उस समय खुली हुई थीं, लेकिन उसने सिर उठाकर देखा तक नहीं—उसमें इतनी ताक़त ही नहीं थी। बुढ़िया के कमरे को जानेवाली सीढ़ियाँ पास ही थीं, फाटक के दर से ठीक दाहिनी ओर। वह सीढ़ियों पर पहुँच चुका था।...

एक लम्बी साँस खींचकर, अपने धड़कते हुए दिल पर हाथ रखकर और एक बार फिर कुल्हाड़ी को टटोलकर देखने और उसे सीधी कर लेने के बाद धीरे-धीरे और बड़ी सावधानी से लगातार कान लगाकर सुनते हुए उसने सीढ़ियाँ चढ़ना शुरू किया। लेकिन सीढ़ियों पर भी बिलकुल सन्नाटा था; सारे दरवाज़े बन्द थे, उसे कोई भी नहीं मिला। अलबत्ता पहली मंज़िल पर एक फ़्लैट का दरवाज़ा पूरा खुला हुआ था और पुताई करनेवाले मज़दूर वहाँ काम कर रहे थे, लेकिन उन्होंने उसकी ओर देखा तक नहीं। वह शान्त खड़ा रहा, एक मिनट कुछ सोचा और आगे बढ़ गया। 'अच्छा तो यही होता कि ये लोग यहाँ न होते, लेकिन...वह जगह तो इन लोगों से दो मंज़िल ऊपर है।'

और यह रही चौथी मंज़िल, यह रहा दरवाज़ा, यह रहा सामनेवाला फ़्लैट, ख़ालीवाला। बुढ़िया के ठीक नीचेवाला फ़्लैट भी देखने में ख़ाली ही लगता था; दरवाज़े पर कील से ठुँका हुआ विज़िटिंग-कार्ड नोच दिया गया था—वे लोग चले गए थे !...उसका दम फूल रहा था। एक क्षण के लिए यह विचार उसके दिमाग़ में तैरकर निकल गया : 'वापस न चला जाऊँ ?' लेकिन उसने कोई जवाब नहीं दिया और बुढ़िया के दरवाज़े पर कान लगाकर सुनने लगा—बिलकुल ख़ामोशी थी। इसके बाद उसने एक बार फिर सीढ़ियों की ओर कान लगाकर सुना, बड़ी देर तक ध्यान लगाकर सुनता रहा...और फिर उसने आख़िरी बार अपने चारों ओर नज़र डाली, अपने आपको सँभाला, सीधा तनकर खड़ा हो गया और एक बार फिर फन्दे में अटकी हुई कुल्हाड़ी को हिला-डुलाकर देखा। 'मेरे चेहरे का रंग उड़ तो नहीं गया है ?' वह सोचने लगा। 'कहीं मैं देखने से ही बौखलाया हुआ तो नहीं लग रहा हूँ ? वह बहुत शक्की है...थोड़ी देर और इन्तज़ार न कर लूँ...जब तक मेरा दिल धौंकनी की तरह चलना बन्द न कर दे ?...' लेकिन उसका दिल उसी तरह धड़कता रहा। बल्कि, मानो उसे चिढ़ाने के लिए, उसकी धड़कन और भी तेज़ होती गई...। वह अब और अधिक सहन नहीं कर सकता था; उसने धीरे से घंटी की ओर हाथ बढ़ाया और उसे बजाया। आधे मिनट बाद उसने फिर घंटी बजाई, इस बार ज़्यादा ज़ोर से।

कोई जवाब नहीं। घंटी बजाते रहना बेकार भी था और उसमें कोई तुक भी नहीं था। बुढ़िया घर पर तो थी, लेकिन वह शक्की थी और अकेली थी। उसकी आदतों का रस्कोलनिकोव को कुछ-कुछ पता था।...उसने एक बार फिर दरवाज़े से अपना कान लगाया। या तो उसकी इन्द्रियाँ विशेष रूप से सजग थीं (जिस बात को मानना ज़रा कठिन है) या आवाज़ सचमुच बहुत साफ़ थी। बहरहाल, अचानक उसने बड़ी सावधानी से हाथ से ताले को छूने की और उसी दरवाज़े के पास

फ़्राक की सरसराहट की आवाज़ सुनी। कोई चोरी से ताले के पास खड़ा हुआ था और ठीक उसी तरह जैसे वह बाहर खड़ा हुआ कर रहा था, कोई अन्दर से छिपकर सुन रहा था, और ऐसा लगता था कि वह भी अपना कान दरवाज़े से लगाए हुए है।...

वह जान-बूझकर थोड़ा सा खिसका और ऊँची आवाज़ में कुछ बुड़बुड़ाया ताकि यह न मालूम हो कि वह छिपा खड़ा है। फिर उसने तीसरी बार घंटी बजाई, लेकिन धीरे से, बड़ी गम्भीरता से और तनिक भी अधीरता दिखाए बिना। बाद में याद करने पर, वह क्षण उसके दिमाग़ में जीते-जागते रूप में, बिलकुल साफ़, हमेशा के लिए अंकित हो गया था। उसकी समझ में नहीं आता था कि उसमें इतनी कुटिलता कहाँ से आ गई थी, क्योंकि एक तरह से बीच-बीच में ऐसे क्षण आते थे जब उसका दिमाग़ बिलकुल धुँधला हो जाता था और अपने शरीर से वह बिलकुल बेख़बर हो जाता था...एक पल बाद उसने कुंडी खोले जाने की आवाज़ सुनी।

7

पहले की तरह ही इस बार भी दरवाज़े में एक पतली सी दरार खुली, और फिर दो तेज़ और सन्देह भरी आँखों ने उसे अँधेरे में से घूरा। इस पर रस्कोलनिकोव अपना मानसिक सन्तुलन खो बैठा और एक बहुत बड़ी ग़लती करते-करते बचा।

इस डर से कि उनके अकेले होने की वजह से बुढ़िया घबरा जाएगी, और यह उम्मीद न करते हुए कि उसे देखकर उसके सारे शक दूर हो जाएँगे, उसने दरवाज़ा पकड़कर अपनी ओर खींचा, ताकि बुढ़िया उसे फिर बन्द कर लेने की कोशिश न कर सके। यह देखकर बुढ़िया ने दरवाज़ा अपनी ओर खींचा तो नहीं, लेकिन उसने दरवाज़े का हैंडिल छोड़ा भी नहीं, जिसका नतीजा यह हुआ कि वह उसे दरवाज़े के साथ लगभग घसीटता हुआ सीढ़ियों पर ले आया। यह देखकर कि वह ठीक दरवाज़े के बीच में खड़ी है और उसे अन्दर आने न देगी, वह सीधे उसकी ओर बढ़ चला। वह सहमकर पीछे हट गई, उसने कुछ कहने की कोशिश की, लेकिन ऐसा लगा कि वह बोल नहीं पा रही थी, बस फटी-फटी आँखों से उसे घूर रही थी।

"गुड ईवनिंग, अल्योना इवानोव्ना," उसने सहज भाव से बोलने की कोशिश करते हुए कहना शुरू किया, लेकिन उसकी आवाज़ उसका साथ नहीं दे रही थी, वह उखड़ी-उखड़ी और भर्राई हुई निकल रही थी। "मैं आया हूँ...मैं कुछ लाया हूँ...लेकिन अन्दर आ जाएँ तो ठीक रहेगा...रोशनी में..." और उसे वहीं छोड़कर वह बिना अनुमति लिए सीधा कमरे में घुस गया। बुढ़िया उसके पीछे लपकी; उसकी ज़बान चल निकली थी।

"हाय दैया ! क्या, है क्या ? कौन है ? क्या चाहिए तुम्हें ?"

"अरे, अल्योना इवानोव्ना, तुम मुझे पहचानती नहीं हो ?...रस्कोलनिकोव...यह देखो, मैं तुम्हारे पास यह चीज़ गिरवी रखने लाया हूँ, जिसका मैंने उस दिन वादा किया था..." यह कहकर उसने पैकेट उसके सामने कर दिया।

बुढ़िया ने पैकेट को एक नज़र देखा, लेकिन फ़ौरन ही अपने बिन-बुलाए मेहमान की आँखों में आँखें डालकर उसे घूरने लगी। वह बड़े ग़ौर से, द्वेष और सन्देह भरी नज़रों से उसे देख रही थी। एक मिनट इसी तरह बीत गया; उसे ऐसा लगा कि बुढ़िया की आँखों में उसे तिरस्कार का भाव भी दिखाई दिया, जैसे उसने सब कुछ भाँप लिया है। रस्कोलनिकोव को ऐसा लगा कि उसके होश गुम होते जा रहे हैं, कि वह डर रहा है, इतना डर रहा है कि अगर वह आधे मिनट तक और

इसी तरह देखती रही और कुछ भी न कहा तो शायद वह उसके पास से भाग जाएगा।

"मुझे इस तरह क्यों देख रही हो जैसे तुम मुझे जानती ही नहीं ?" उसने भी अचानक द्वेष के साथ कहा। "जी चाहे तो रख लो, नहीं तो मैं कहीं और ले जाऊँ। मुझे जल्दी है।"

उसने यह बात कहने के बारे में सोचा भी नहीं था, लेकिन अचानक वह अपने आप ही उसके मुँह से निकल गई थी। बुढ़िया ने अपने आपको सँभाला, और ऐसा लगा कि उसके मेहमान के सख़्त लहजे की वजह से उसमें फिर आत्मविश्वास पैदा हो गया।

"लेकिन, मेहरबान, बस एक मिनट...क्या है यह ?" उसने पैकेट की ओर देखकर पूछा।

"चाँदी का सिगरेट-केस; पिछली बार मैंने इसके बारे में बात की थी, याद है न।"

बुढ़िया ने अपना हाथ बढ़ा दिया।

"लेकिन तुम इतने पीले क्यों पड़ गए हो ? और तुम्हारे हाथ भी काँप रहे हैं ! कहीं नहाने गए थे क्या ?"

"बुख़ार," उसने झट से जवाब दिया। "पीला तो पड़ ही जाएगा...अगर आदमी के पास खाने को कुछ न हो," उसने बड़ी मुश्किल से अपने शब्दों का उच्चारण करते हुए इतना और जोड़ दिया। एक बार फिर उसकी ताक़त जवाब देने लगी थी। लेकिन उसके उत्तर में सच्चाई मालूम हो रही थी; बुढ़िया ने पैकेट ले लिया।

"क्या है यह ?" उसने रस्कोलनिकोव को ध्यान से देखते हुए और पैकेट को हाथ से तोलते हुए एक बार फिर पूछा।

"एक चीज़ है..सिगरेट-केस...चाँदी का...देख लो।"

"मगर चाँदी का तो नहीं लगता है...लपेट कैसा रखा है !"

डोरी की गाँठ खोलने की कोशिश करते हुए वह खिड़की की ओर, रोशनी की तरफ़ मुड़ी (दम घोंट देनेवाली गर्मी के बावजूद सारी खिड़कियाँ बन्द थीं)। रस्कोलनिकोव को कुछ सेकंड के लिए उसने बिलकुल अकेला छोड़ दिया और उसकी तरफ़ पीठ करके खड़ी हो गई। रस्कोलनिकोव ने कोट का बटन खोला और कुल्हाड़ी को फन्दे में से छुड़ा लिया, लेकिन उसे पूरी तरह बाहर नहीं निकाला, बस उसे कोट के नीचे अपने दाहिने हाथ में पकड़े रहा। उसके हाथ बेहद कमज़ोर थे; उसे ऐसा लग रहा था कि हर क्षण वे ज़्यादा कमज़ोर और ज़्यादा बेजान, लकड़ी जैसे होते जा रहे हैं। वह डर रहा था कि कुल्हाड़ी कहीं फिसलकर गिर न पड़े...अचानक उसका सिर चकराने सा लगा।

"लेकिन इतना कसकर क्यों बाँध रखा है ?" बुढ़िया झुँझलाकर चिल्लाई और उसकी ओर बढ़ी।

अब उसके पास खोने के लिए एक मिनट का भी समय नहीं था। उसने कुल्हाड़ी पूरी तरह बाहर निकाल ली, उसे दोनों हाथों से घुमाया...। ऐसा करते हुए उसे खुद भी आभास नहीं था कि वह क्या कर रहा है; उसने लगभग बिना किसी कोशिश के, बिलकुल मशीन की तरह, कुल्हाड़ी का कुन्द हिस्सा बुढ़िया के सिर पर दे मारा। ऐसा नहीं लग रहा था कि इस काम में वह खुद अपनी ताक़त इस्तेमाल कर रहा है। लेकिन एक बार कुल्हाड़ी चलाते ही उसकी सारी ताक़त लौट आई।

बुढ़िया हमेशा की तरह नंगे सिर थी। उसके पतले, छिदरे बाल, जिनमें बीच में कहीं-कहीं सफ़ेदी की धारियाँ थीं और जिनमें उसने ढेर सा तेल चुपड़ रखा था, चूहे की दुम जैसी एक चोटी में गुँधे हुए थे और उन्हें सींग की एक टूटी कंघी से अटका रखा गया था, जो उसकी गुद्दी पर ऊपर को उभरी हुई थी। चूँकि वह बहुत छोटे क़द की थी इसलिए कुल्हाड़ी का वार सीधा उसकी

खोपड़ी के ऊपर पड़ा। वह चीख़ पड़ी, लेकिन बहुत कमज़ोर आवाज़ में, और अपने हाथ सिर की ओर उठाती हुई फ़र्श पर ढेर हो गई। अपने एक हाथ में वह अब भी 'गिरवी की चीज़' पकड़े हुए थी। फिर रस्कोलनिकोव ने कुल्हाड़ी के कुन्द सिरे से उसी जगह पर एक और वार किया और फिर एक और। ख़ून इस तरह बह निकला जैसे कोई गिलास उलट गया हो, और उसका शरीर पीछे की ओर लुढ़क गया। रस्कोलनिकोव पीछे हट गया, उसके शरीर को नीचे गिर जाने दिया और फ़ौरन उसके चेहरे की ओर झुका; वह मर चुकी थी। ऐसा लग रहा था कि उसकी आँखें अभी अपने कोटरों में से बाहर निकल आएँगी। उसके माथे और पूरे चेहरे की खाल तन गई थी और वह इस तरह विकृत हो गया था जैसे उसे कोई दौरा पड़ा हो।

उसने कुल्हाड़ी लाश के पास डाल दी और फ़ौरन बुढ़िया की जेब टटोलने लगा (इस बात की कोशिश करते हुए कि बहते हुए खून से दूर रहे)—वही दाहिने हाथवाली जेब जिसमें से पिछली बार उसके यहाँ आने पर बुढ़िया ने चाभी निकाली थी। उसके होश-हवास बिलकुल सही-सलामत थे; वह न बौखला रहा था न उसे चक्कर आ रहा था, लेकिन उसके हाथ अब भी काँप रहे थे। बाद में वह याद किया करता था कि उस समय वह ख़ासतौर पर सुलझा हुआ और सावधान था, और सारे वक़्त यही कोशिश कर रहा था कि ख़ून का एक धब्बा भी उसके न लगने पाए। उसने चाभियाँ फ़ौरन बाहर निकाल लीं; पहले की तरह ही वे सभी लोहे के एक छल्ले में पिरोई हुई थीं। उन्हें लेकर वह भागता हुआ फ़ौरन सोने के कमरे में पहुँचा। यह बहुत छोटा सा कमरा था जिसमें प्रतिमाओं की एक पूरी वेदी बनी हुई थी। दूसरी दीवार के किनारे एक बड़ा सा पलंग था, साफ़-सुथरा और उस पर एक रेशमी कथरी जैसी रज़ाई बिछी हुई थी। तीसरी दीवार के सहारे दराज़ोंवाली बड़ी अल्मारी थी। अजीब बात थी कि जैसे ही उसने अल्मारी में चाभियाँ लगाकर देखना शुरू किया, जैसे ही उसे उनकी झंकार सुनाई दी, उसके पूरे शरीर में सिहरन की लहर दौड़ गई। अचानक एक बार फिर उसका जी चाहा कि सब कुछ छोड़-छाड़कर चला जाए। लेकिन यह भावना केवल पल भर के लिए रही; वापस जाने के लिए अब बहुत देर हो चुकी थी। वह अपने आप पर मुस्कुरा भी दिया पर सहसा एक भयानक विचार उसके दिमाग़ में आया। अचानक वह कल्पना करने लगा कि कौन जाने बुढ़िया अभी ज़िन्दा हो और उसे फिर होश आ जाए। चाभियाँ अल्मारी में ही लगी छोड़कर वह भागकर लाश के पास पहुँचा, झपटकर कुल्हाड़ी उठाई और एक बार फिर उसे बुढ़िया के ऊपर ताना, लेकिन उसे चलाया नहीं। इसमें कोई सन्देह नहीं था कि वह मर चुकी थी। नीचे झुककर उसे एक बार फिर और ग़ौर से जाँचने पर साफ़ दिखाई दिया कि उसकी खोपड़ी फट गई थी और एक तरफ़ अन्दर को धँस भी गई थी। वह उसे अपनी उँगली से छूकर देखनेवाला था, लेकिन उसने अपना हाथ पीछे खींच लिया; सचमुच छुए बिना भी यह बात साफ़ दिखाई दे रही थी। इसी बीच वहाँ ख़ून का एक अच्छा-ख़ासा तालाब सा बन गया था। यकायक उसे बुढ़िया के गले में एक डोरी पड़ी हुई दिखाई दी; उसने उसे खींचा, लेकिन डोरी मज़बूत थी और इसीलिए वह टूटी नहीं। उसने उसे उसकी पोशाक के अन्दर से खींचकर निकालने की कोशिश भी की लेकिन वह किसी चीज़ में अटकी हुई थी और बाहर नहीं आई। अपनी बेसब्री में डोरी को उसके शरीर पर ही ऊपर से काट देने के लिए उसने फिर कुल्हाड़ी उठाई लेकिन उसकी हिम्मत नहीं पड़ी; बड़ी मुश्किल से, दो मिनट तक जूझने के बाद और अपना हाथ और कुल्हाड़ी ख़ून में सान लेने के बाद उसने लाश को कुल्हाड़ी से छुए बिना डोरी को काट दिया और उसे बाहर खींच लिया। उसका अनुमान ग़लत नहीं था—वह बटुआ ही था। डोरी में दो सलीबें—एक साइप्रेस की लकड़ी की तथा दूसरी ताँबे की और चाँदी के तार के काम की एक छोटी सी प्रतिमा बँधी थी, और उनके साथ

ही एक छोटा सा चिकटा हुआ मख़मली चमड़े का बटुआ था जिस पर लोहे का घेरा और छल्ला लगा हुआ था। बटुआ ठसाठस भरा हुआ था; रस्कोलनिकोव ने देखे बिना ही उसे अपनी जेब में ठूँस लिया, दोनों सलीबें बुढ़िया के सीने पर फेंक दीं, और भागकर सोने के कमरे में वापस चला गया। इस बार वह कुल्हाड़ी भी अपने साथ लेता गया।

वह बेहद जल्दी में था, उसने चाभियाँ झपट लीं और उन्हें फिर लगाकर देखने लगा। लेकिन काम बना नहीं। उनमें से कोई चाभी तालों में लगती ही नहीं थी। इसकी वजह यह नहीं थी कि उसके हाथ काँप रहे थे, बल्कि इससे ज़्यादा इसकी वजह यह थी कि वह हर बार कोई-न-कोई ग़लती कर देता था। मसलन, जब वह किसी चाभी के बारे में यह देख भी लेता था कि वह ठीक चाभी नहीं है और लगेगी नहीं, तब भी वह उसे लगाने की कोशिश करता था। अचानक उसे याद आया कि गुच्छे में छोटी चाभियों के साथ गहरे खाँचोंवाली जो बड़ी चाभी लटक रही थी वह दराज़ोंवाली अल्मारी की नहीं हो सकती (पिछली बार जब वह यहाँ आया था तभी यह बात उसे खटकी थी), बल्कि वह किसी तिज़ोरी की होगी, और शायद सब कुछ उसी तिज़ोरी में छिपाकर रखा गया होगा। उसने दराज़ोंवाली अल्मारी को छोड़ दिया और फ़ौरन पलंग के नीचे टटोलने लगा, क्योंकि वह जानता था कि बूढ़ी औरतें आमतौर पर अपनी तिजोरियाँ पलंग के नीचे रखती हैं। बात सही भी थी : पलंग के नीचे एक बड़ा सा सन्दूक़ था, कम-से-कम गज़ भर लम्बा रहा होगा, जिसके मेहराबी ढक्कन पर लाल चमड़ा मढ़ा हुआ था और उसमें लोहे की कीलें जड़ी हुई थीं। वह खाँचेदार चाभी फ़ौरन उसमें लग गई और ताला खुल गया। सबसे ऊपर एक सफ़ेद चादर के नीचे ख़रगोश की खाल का एक कोट था जिसमें लाल ज़री की गोट लगी हुई थी; उसके नीचे एक रेशमी पोशाक थी, फिर एक शाल, और ऐसा लग रहा था कि नीचे भी कपड़ों के अलावा कुछ नहीं है। उसने सबसे पहला काम यह किया कि अपने हाथों पर लगे हुए ख़ून के धब्बे लाल ज़री से पोंछ डाले। 'इसका रंग लाल है, और लाल रंग पर ख़ून इतनी आसानी से दिखाई नहीं देगा,' यह विचार उसके दिमाग़ में आया; फिर अचानक उसे होश आया। 'लानत है, मेरा दिमाग़ तो ख़राब नहीं हो गया है ?' उसने भयभीत होकर सोचा।

लेकिन उसने अभी कपड़ों को हाथ लगाया ही था कि फ़र के कोट के नीचे से सोने की एक घड़ी गिरी। उसने जल्दी-जल्दी सारे कपड़े उलझ डाले। सचमुच कपड़ों के बीच सोने की बनी हुई बहुत सी चीज़ें रखी थीं—शायद सब गिरवी रखी हुई चीज़ें थीं, जिन्हें या तो छुड़ाया नहीं गया था या जिन्हें छुड़ाने का अभी वक़्त नहीं आया था—कंगन, हार, कान की बालियाँ, पिनें और ऐसी ही बहुत सी और चीज़ें। कुछ डिब्बों में रखी हुई थीं, कुछ अख़बार के काग़ज़ को बड़ी सावधानी से सही-सही तह करके उसमें लपेट दी गई थीं और ऊपर से फ़ीता बाँध दिया गया था। बिना कोई पल गँवाए और पैकेटों तथा डिब्बों को खोलकर देखे बिना ही वह अपने पतलून और ओवरकोट की जेबों में भरने लगा; लेकिन उसके पास बहुत ज़्यादा चीज़ें ले जाने का वक़्त नहीं था।...

अचानक उसे उस कमरे में, जहाँ बुढ़िया पड़ी हुई थी, किसी के क़दमों की आहट सुनाई दी। वह चौंक पड़ा और इस तरह सन्नाटे में आ गया जैसे उसे साँप सूँघ गया हो। लेकिन हर तरफ़ ख़ामोशी थी; शायद उसे भ्रम हुआ होगा। इतने में उसे किसी की हल्की सी चीख़ साफ़ सुनाई दी, जैसे किसी ने धीमी सी उखड़ी हुई सिसकी ली हो। फिर एक-दो मिनट तक बिलकुल सन्नाटा रहा। वह सन्दूक़ के पास उकड़ूँ बैठा दम साधे इन्तज़ार करता रहा। यकायक वह उछलकर खड़ा हो गया, उसने कुल्हाड़ी उठा ली, और सोने के कमरे के बाहर भागा।

बाहरवाले कमरे के बीच में लिज़ावेता हाथ में एक पोटली लिये खड़ी थी। वह हक्का-बक्का

अपनी बहन की लाश को घूरे जा रही थी। उसका चेहरा बिलकुल सफ़ेद पड़ गया था और ऐसा लग रहा था कि उसमें चीख़ने की भी ताक़त नहीं रह गई है। उसे भागकर सोने के कमरे के बाहर आता देखकर वह पत्ते की तरह थर-थर काँपने लगी, उसके चेहरे पर सिहरन की लहर दौड़ गई; उसने हाथ उठाकर मुँह तो खोला लेकिन चीख़ न सकी। वह धीरे-धीरे उससे दूर कोने की ओर पीछे खिसकने लगी। वह आँखें गड़ाकर एकटक उसे घूरे जा रही थी, फिर भी उसके मुँह से कोई आवाज़ नहीं निकली, मानो चीख़ने के लिए उसके सीने में दम ही न रह गया हो। रस्कोलनिकोव कुल्हाड़ी लेकर उसकी ओर झपटा : लिज़ावेता के होंठ बड़े दयनीय ढंग से फड़कने लगे जैसे बच्चों के उस वक़्त फड़कते हैं जब उन्हें डर लगता है, और वे उस चीज़ को, जिससे उन्हें डर लगता है, एकटक घूरते हैं, और चीख़ पड़ने को होते हैं। और यह बेचारी लिज़ावेता तो इतनी सीधी-सादी थी और इतनी बुरी तरह दबी-कुचली और सहमी हुई रहती थी कि उसने अपना चेहरा बचाने के लिए हाथ तक नहीं उठाया, हालाँकि उस क्षण उसके लिए ऐसा करना ही सबसे आवश्यक और स्वाभाविक काम होता, क्योंकि कुल्हाड़ी ठीक उसके चेहरे के ऊपर तनी हुई थी। उसने बस अपना ख़ालीवाला हाथ ऊपर उठाया, लेकिन चेहरे तक नहीं, और धीरे-धीरे उसे इस तरह अपने सामने की ओर बढ़ाया जैसे उसे दूर हट जाने का इशारा कर रही हो। कुल्हाड़ी की तेज़ धार ठीक उसकी खोपड़ी पर पड़ी और एक ही वार में उसकी पूरी खोपड़ी खुल गई। वह फ़ौरन वहीं कटे पेड़ की तरह गिर पड़ी। रस्कोलनिकोव के होश बिलकुल उड़ गए; उसने झपटकर उसकी पोटली उठाई लेकिन फ़ौरन ही उसे फेंक दिया और ड्योढ़ी की तरफ़ भागा।

धीरे-धीरे भय उसे अपने शिकंजे में ज़्यादा मज़बूती से जकड़ता गया, ख़ासतौर पर इस दूसरे क़त्ल के बाद जिसका उसे गुमान तक नहीं था। वह उस जगह से जल्दी से जल्दी भाग जाना चाहता था। और उस क्षण अगर उसमें चीज़ों को ज़्यादा सही-सही देखने और उनके बारे में विवेक से काम लेने की क्षमता होती, अगर वह अपनी स्थिति की सारी कठिनाइयों को, उसकी बेबसी को, उसकी वीभत्सता को, उसके बेतुकेपन को महसूस कर पाता, और साथ ही यह समझ पाता कि उस जगह से निकल जाने के लिए और घर तक पहुँचने के लिए उसे अभी कितनी और अड़चनें पार करनी होंगी या कितने और अपराध करने होंगे, तो बहुत मुमकिन है कि उसने हर चीज़ को तिलांजलि दे दी होती और सीधे जाकर अपने आपको पुलिस के हवाले कर दिया होता, डर के मारे नहीं बल्कि जो कुछ उसने किया था उससे सीधी-सादी अरुचि और नफ़रत की वजह से। नफ़रत की यह भावना उसके अन्दर ख़ासतौर पर उभरती गई और हर क्षण गहरी होती गई। अब वह किसी भी क़ीमत पर बक्स के पास या कमरों तक में जाने को तैयार नहीं था।

लेकिन धीरे-धीरे एक तरह की शून्यता, बल्कि तन्द्रा सी उस पर छाने लगी थी : कुछ क्षण ऐसे आते थे जब वह अपने आपको भूल जाता था, या यह कहना ज़्यादा ठीक होगा कि वह यह भूल जाता था कि कौन सी चीज़ महत्त्वपूर्ण है और छोटी-छोटी महत्त्वहीन बातों को पकड़कर बैठ जाता था। लेकिन रसोई में नज़र डालने पर जब उसे वहाँ एक बेंच पर पानी में आधी भरी हुई बाल्टी दिखाई दी तो उसने सोचा कि अपने हाथ और कुल्हाड़ी धो डालो। उसके हाथ ख़ून से चिपचिपे हो रहे थे। उसने कुल्हाड़ी का फाल पानी में डाल दिया, खिड़की पर एक टूटी हुई तश्तरी में रखा हुआ साबुन का टुकड़ा झपटकर उठाया और बाल्टी में ही अपने हाथ धोने लगा। हाथ धोकर उसने कुल्हाड़ी बाल्टी में से निकाली, उसका फाल धोया और उसकी लकड़ी की बेंट को साबुन से मल-मलकर धोने में, जिस पर ख़ून के कुछ धब्बे थे, काफ़ी समय लगाया, लगभग तीन मिनट। फिर उसने रसोई में अलगनी पर सूखने के लिए फैलाए गए किसी कपड़े से हर चीज़ को अच्छी तरह

पोंछा और बड़ी देर तक खिड़की के पास खड़े होकर कुल्हाड़ी को अच्छी तरह उलट-पुलटकर देखता रहा। उस पर कोई धब्बा बाक़ी नहीं रह गया था, बस लकंड़ी अभी तक थोड़ी गीली थी। उसने बड़ी सावधानी से कुल्हाड़ी अपने कोट के नीचे फन्दे में लटका ली। फिर उसने रसोई की मद्धिम रोशनी में, जहाँ तक हो सका, अपने ओवरकोट, पतलून और जूतों को अच्छी तरह देखा। पहली नज़र में तो कुछ भी दिखाई नहीं दिया, बस जूते पर कुछ धब्बे थे। उसने कपड़ा भिगोकर जूते को उससे अच्छी तरह रगड़ा। लेकिन वह जानता था कि वह अच्छी तरह नहीं देख रहा है, कि शायद कोई ऐसी चीज़ हो जो आसानी से देखी जा सकती हो और जिसकी ओर उसका ध्यान न गया हो। वह विचारों में डूबा हुआ कमरे के बीच में खड़ा रहा। उसके दिमाग़ में एक मनहूस, तकलीफ़ पहुँचानेवाला विचार उठ रहा था—यह विचार कि वह पागल था और यह कि उस क्षण वह अपनी विवेक-बुद्धि खो चुका था, कि वह अपने आपको बचा नहीं सकता, कि इस वक़्त वह जो कुछ कर रहा था उससे शायद बिलकुल ही अलग क़िस्म का कोई क़दम उठाना चाहिए। "हे भगवान !" वह बुड़बुड़ाया, "मुझे भाग जाना चाहिए," और यह सोचते ही वह भागकर ड्योढ़ी में पहुँच गया। लेकिन वहाँ पहुँचकर उसे ऐसा भयानक आघात पहुँचा जैसा उसने इससे पहले कभी अनुभव नहीं किया था।

वह खड़ा घूरता रहा और उसे अपनी आँखों पर विश्वास नहीं हो रहा था : दरवाज़ा, सीढ़ियों से आने का बाहरवाला दरवाज़ा, जिस पर अभी कुछ देर पहले उसने घंटी बजाई थी और जिससे होकर वह भीतर आया था, उसकी कुंडी नहीं लगी थी और वह कम-से-कम छः इंच खुला हुआ था। पूरे वक़्त, पूरे वक़्त उसमें न ताला बन्द था, न कुंडी लगी हुई थी ! शायद बुढ़िया ने सावधानी बरतते हुए जान-बूझकर उसके अन्दर आने के बाद उसे बन्द नहीं किया होगा ! लेकिन, लानत है ! अरे, उसके बाद तो उसने लिज़ावेता को देखा था ! वह यह क्यों नहीं समझ सका, आख़िर क्यों नहीं सोच सका कि वह अन्दर किसी तरह तो आई होगी ? दीवार फोड़कर तो अन्दर आ नहीं गई होगी !

वह झपटकर दरवाज़े के पास गया और उसने कुंडी चढ़ा दी।

'लेकिन नहीं, फिर वही ग़लती ! मुझे भाग जाना चाहिए, यहाँ से निकल जाना चाहिए...'

उसने कुंडी खिसकाई, दरवाज़ा खोला और सीढ़ियों की ओर कान लगाकर सुनने लगा।

वह बड़ी देर तक सुनता रहा। कहीं दूर, शायद फाटक पर चिल्लाने, लड़ने और डाँटने-फटकारने की दो ऊँची और तीखी आवाज़ें सुनाई दीं। 'ये आवाज़ें कैसी हैं ?' वह बड़े धीरज के साथ इन्तज़ार करता रहा। आख़िरकार चारों ओर ख़ामोशी छा गई, जैसे किसी ने अचानक आवाज़ों को काट दिया हो; लड़नेवाले अलग हो गए थे। वह बाहर जाने की सोच ही रहा था कि इतने में नीचेवाली मंज़िल पर ज़ोर से दरवाज़ा खुलने की आवाज़ आई और कोई आदमी गुनगुनाता हुआ सीढ़ियाँ उतरने लगा। 'आख़िर ये सब लोग इतना शोर क्यों मचाते हैं ?' उसके दिमाग़ में यह बात बिजली की तरह कौंध गई। एक बार फिर वह दरवाज़ा बन्द करके राह देखने लगा। आख़िरकार चारों ओर ख़ामोशी छा गई, पत्ता तक नहीं खड़क रहा था। उसने सीढ़ियों की तरफ़ क़दम बढ़ाया ही था कि उसे फिर किसी के क़दमों की नई आहट सुनाई दी।

आहट से ये क़दम कहीं बहुत दूर मालूम होते थे, सीढ़ियों के बिलकुल नीचे, लेकिन यह बात उसे अच्छी तरह और बिलकुल साफ़ याद रही कि पहली आहट सुनते ही न जाने क्यों उसे यह शक हुआ था कि यह कोई ऐसा आदमी था जो वहीं आ रहा था, चौथी मंज़िल पर, बुढ़िया के यहाँ। क्यों ? क्या इन क़दमों की आवाज़ में कोई ख़ास बात थी, कोई महत्त्वपूर्ण बात ? क़दम भारी और

सधे हुए थे, और उनमें कोई जल्दबाजी नहीं थी। अब वह पहली मंज़िल पार कर चुका था, अब वह और ऊपर चढ़ रहा था, क़दमों की आहट ज़्यादा साफ़ होती जा रही थी ! उसे उसकी गहरी साँसों की आवाज़ सुनाई दे रही थी। अब तीसरी मंज़िल आ चुकी थी...यहाँ आ रहे हैं ! अचानक उसे ऐसा लगा कि वह पथरा गया है, कि यह एक ऐसा सपना था जिसमें किसी आदमी का पीछा किया जा रहा है, कि वह लगभग पकड़ा गया है और मार डाला जाएगा, वह उसी जगह गड़कर रह गया है और अपना हाथ तक नहीं हिला सकता।

आख़िरकार जब वह गुमनाम आदमी चौथी मंज़िल की ओर चढ़ने लगा तो रस्कोलनिकोव अचानक चौंक पड़ा और बड़ी फुर्ती के साथ वापस फ़्लैट में खिसक गया। अन्दर पहुँचकर उसने दरवाज़ा बन्द कर लिया। फिर उसने हुक उठाया और धीरे से, बिना कोई आवाज़ किए, उसे कुंडे में फँसा दिया। सहज बुद्धि उसके काम आई। यह कर चुकने के बाद वह दम साधकर दरवाज़े के पास दुबक गया। आनेवाला भी तब तक दरवाज़े पर पहुँच चुका था। अब वे दोनों एक-दूसरे के आमने-सामने खड़े थे, ठीक उसी तरह जैसे अभी कुछ ही देर पहले वह और बुढ़िया खड़े थे, जब उनके बीच सिर्फ़ दरवाज़ा था और वह कान लगाए सुन रहा था।

आनेवाला कई बार हाँफा। 'कोई बड़े डीलडौल का मोटा आदमी होगा,' रस्कोलनिकोव ने कुल्हाड़ी अपने हाथ में कसकर पकड़ते हुए सोचा। सचमुच बिलकुल सपना मालूम होता था। आनेवाले ने घंटी पकड़कर ज़ोर से बजाई।

टीन की घंटी की टनटनाहट सुनाई देते ही रस्कोलनिकोव को ऐसा लगा कि कमरे में कोई चीज़ हिल-डुल रही है। कुछ सेकंड तक वह बहुत ध्यान से सुनता रहा। अनजान आदमी ने फिर घंटी बजाई, कुछ देर इन्तज़ार किया और अचानक बड़ी अधीरता से दरवाज़े का हैंडिल ज़ोर से खींचा। रस्कोलनिकोव दहशत से कुंडे में फँसे हुए हुक को हिलता हुआ देखता रहा, और आतंकित होकर हर क्षण यही सोचता रहा कि कुंडा अब उखड़ा, अब उखड़ा। वह उसे इतने ज़ोर से हिला रहा था कि यह बात बिलकुल सम्भव लग रही थी। उसका बहुत जी चाहा कि कुंडा पकड़ ले, लेकिन उसे पता लग जाएगा। उसे फिर चक्कर आने लगा। 'मैं गिर पड़ूँगा !' यह विचार उसके दिमाग़ में बिजली की तरह कौंधा, लेकिन वह अनजान आदमी बड़बड़ाने लगा और रस्कोलनिकोव फ़ौरन सँभल गया।

"क्या, बात क्या है ? सो रही हैं या किसी ने मार डाला है ? भ-भाड़ में जाएँ !" वह मोटी आवाज़ में दहाड़ा, "ऐ, अल्योना इवानोव्ना, चुड़ैल ! लिज़ावेता इवानोव्ना, ओ, मेरी जान ! दरवाज़ा तो खोलो ! ओह, जहन्नुम में जाए ! सो रही हैं क्या ?"

और एक बार फिर तैश में आकर उसने पूरी ताक़त से कोई एक दर्जन बार घंटी बजाई। ज़रूर कोई रोबदार और गहरी जान-पहचान का आदमी होगा।

उसी क्षण सीढ़ियों पर कहीं पास ही किसी के तेज़ क़दमों से चलने की आहट सुनाई दी। कोई और आ रहा था। पहले रस्कोलनिकोव को इन क़दमों की आहट सुनाई नहीं दी थी।

"क्या सचमुच घर पर कोई नहीं है ?" नवागन्तुक ने पहले आए हुए आदमी को गूँजती आवाज़ में सम्बोधित करते हुए कहा, जो अभी तक घंटी बजाए चला जा रहा था, "गुड ईवनिंग, कोख़ !"

'आवाज़ से तो लगता है कि बिलकुल नौजवान होगा,' रस्कोलनिकोव ने सोचा।

"भगवान ही जाने ! मैं तो दरवाज़ा खींच-खींचकर थक गया, बस ताला टूटने में थोड़ी ही कसर रह गई है," कोख़ ने जवाब दिया, "लेकिन तुम मुझे कैसे जानते हो ?"

"अरे ! अभी परसों ही तो 'गैंब्रिनुस' में ताबड़तोड़ तीन बार तुम्हें बिलियर्ड में हरा चुका हूँ।"

"अरे हाँ !"

"तो क्या ये लोग घर पर नहीं हैं ? अजीब बात है। और बेतुकी भी। आख़िर बुढ़िया गई कहाँ होगी ? मैं काम से आया था।"

"हाँ, मुझे भी उससे काम है !"

"तो, अब किया क्या जाए ? मैं समझता हूँ वापस ही चलना चाहिए ! बेड़ा ग़र्क़ हो ! मैं यह उम्मीद लेकर आया था कि कुछ पैसा मिल जाएगा !" वह नौजवान ऊँचे स्वर में बोला।

"ज़ाहिर है, अब तो वापस जाना ही होगा, लेकिन उसने यह वक़्त तै ही क्यों किया था ? चुड़ैल बुढ़िया ने ख़ुद मुझसे इसी वक़्त आने को कहा था। और यह जगह मेरे रास्ते में भी नहीं पड़ती है। समझ में नहीं आता कि कमबख़्त वह गई कहाँ होगी ? वैसे वह खूसट बुढ़िया साल के बारहों महीने चौबीसों घंटे यहीं बैठी रहती है; उसकी टाँगें ठीक नहीं हैं फिर भी न जाने क्या सूझी कि टहलने निकल गई !"

"चलकर दरबान से न पूछें ?"

"क्या ?"

"यही कि कहाँ गई है और कब लौटकर आएगी।"

"हुँह...भाड़ में जाए !...पूछने को पूछ सकते हैं...मगर बात यह है कि वह कभी कहीं जाती नहीं है।" और उसने एक बार फिर दरवाज़े का हैंडिल पकड़कर ज़ोर से खींचा। "लानत है ! कुछ नहीं किया जा सकता, चलो चलें !"

"ज़रा ठहरो !" नौजवान अचानक चिल्लाया, "देख रहे हो कि जब तुम दरवाज़े को खींचते हो तो वह किस तरह हिलता है।"

"तो ?"

"इससे लगता है कि उसमें ताला नहीं बन्द है ! सुन रहे हो, हुक किस तरह खनकता है ?"

"तो ?"

"अरे, समझे नहीं ? इससे साबित होता है कि दोनों में से एक तो घर पर है ही। दोनों बाहर होतीं तो उन्होंने बाहर दरवाज़े में चाभीवाला ताला लगाया होता, दरवाज़ा अन्दर से हुक लगाकर बन्द न किया होता। वह सुनो, हुक किस तरह खनक रहा है ? अन्दर से हुक लगाने का मतलब है कि वे घर पर ही होंगी, समझे न ? बस, अन्दर बैठी हैं और दरवाज़ा नहीं खोलतीं !"

"हाँ ! ज़रूर ऐसी ही बात होगी !" कोख़ ताज्जुब से चिल्लाया, "लेकिन अन्दर कर क्या रही है ?" यह कहकर उसने ज़ोर से दरवाज़ा भड़भड़ाना शुरू किया।

"ठहरो !" नौजवान फिर चिल्लाया, "दरवाज़ा मत खींचो ! कोई-न-कोई गड़बड़ ज़रूर है... इतनी देर से तो तुम घंटी बजा रहे हो और दरवाज़ा भड़भड़ा रहे हो, फिर भी नहीं खोलतीं ! इसलिए या तो दोनों बेहोश हो गई हैं या फिर..."

"क्या ?"

"मैं बताता हूँ। चलो, चलकर दरबान को बुला लाएँ, वह आकर उन्हें जगाएगा।"

"अच्छी बात है !" दोनों नीचे जाने लगे, लेकिन तभी नौजवान की आवाज़ सुनाई दी—

"ठहरो ! तुम यहीं रुको, मैं भागकर दरबान को बुलाए लाता हूँ।"

"मैं यहाँ ठहरूँ किसलिए ?"

"यही अच्छा रहेगा।"

"शायद तुम्हारा कहना ठीक है।"

"मैं वकालत पढ़ रहा हूँ, जानते हो ! यह बात बिलकुल साफ़ है, बिल-कुल सा-फ़ कि कोई-न-कोई गड़बड़ ज़रूर है !" नौजवान जोश में आकर ज़ोर से बोला और भागकर सीढ़ियाँ उतरने लगा।

कोख़ वहीं रुक गया। एक बार फिर उसने धीरे से घंटी को छुआ जो एक बार टनटनाई, फिर उसने बड़ी नरमी से, मानो कुछ सोच रहा हो, दरवाज़े को देखते हुए हैंडिल पकड़कर उसे खींचना और छोड़ना शुरू किया; वह एक बार फिर इस बात का पक्का यक़ीन कर लेना चाहता था कि उसे सिर्फ़ हुक लगाकर अटकाया गया है। फिर हाँफते हुए उसने झुककर चाभी के सूराख़ में से देखना शुरू किया : लेकिन अन्दर से चाभी ताले में लगी हुई थी, इसलिए कुछ दिखाई नहीं दे रहा था।

रस्कोलनिकोव कुल्हाड़ी को कसकर पकड़े खड़ा रहा। उस पर एक तरह की बेहोशी छाई हुई थी। वह उन लोगों के अन्दर आने पर उनसे लड़ने की भी तैयारी कर रहा था। जब वे दोनों दरवाज़ा खटखटा रहे थे और आपस में बातें कर रहे थे तो उसके दिमाग़ में अचानक कई बार यह बात आई कि वह दरवाज़े के पार उनसे चिल्लाकर कुछ कहे और इस सारे क़िस्से को ख़त्म ही कर दे। जब तक दरवाज़ा उनसे खुल नहीं रहा था, बीच-बीच में कई बार उसका जी चाहा कि उन्हें गाली दे, उनका मज़ाक़ उड़ाए। 'बस, किसी तरह जल्दी से यह क़िस्सा ख़त्म हो !' उसके दिमाग़ में यह विचार बिजली की तरह कौंध गया।

"ओह ! वह कमबख़्त करने क्या लगा ?..." कोख़ बुदबुदाया।

समय बीतता जा रहा था, एक मिनट, फिर दूसरा मिनट—कोई नहीं आया। कोख़ बेचैन होने लगा।

"लानत है !" अचानक उसने ज़ोर से कहा, और अधीर होकर पहरा देने की अपनी ज़िम्मेदारी से विदा ली; वह भी जल्दी-जल्दी अपने भारी जूतों से सीढ़ियों पर धप-धप की आवाज़ करता हुआ नीचे उतर गया। उसके क़दमों की आहट सुनाई देना बन्द हो गई।

"हे भगवान ! अब मैं क्या करूँ ?"

रस्कोलनिकोव ने कुंडे में से हुक निकाला और दरवाज़ा खोला—कहीं कोई आवाज़ नहीं थी। एक झटके में, कुछ भी सोचे बिना वह बाहर निकला और जितनी भी मज़बूती से हो सका दरवाज़ा बन्द कर सीढ़ियों से नीचे उतरने लगा।

वह अभी सीढ़ियों की तीन ही क़तारें उतरा था कि अचानक उसे नीचे बहुत शोर सुनाई दिया—अब वह कहाँ जाए ? छिपने की कोई जगह नहीं थी। वह उसी फ़्लैट में फिर वापस जानेवाला था।

"अरे दौड़ो ! पकड़ो बदमाश को !"

नीचेवाले फ़्लैट से निकलकर कोई चिल्लाता हुआ भागा लेकिन ऐसा लग रहा था कि वह भागकर सीढ़ियाँ नहीं उतर रहा है बल्कि उन पर से लुढ़क रहा है। वह अपनी पूरी आवाज़ से चिल्ला रहा था—

"मित्का ! मित्का ! मित्का ! मित्का ! मित्का ! शैतान कहीं का !"

चिल्लाने की आवाज़ एक चीख़ बनकर बन्द हो गई। आख़िरी आवाज़ें नीचे आँगन में से आई थीं, फिर चारों तरफ़ शान्ति छा गई। लेकिन उसी क्षण कई लोग ऊँची आवाज़ में और जल्दी-जल्दी बातें करते हुए सीढ़ियाँ चढ़ने लगे। तीन-चार आदमी थे। उसने नौजवान की गूँजती हुई आवाज़

पहचान ली। 'फिर वही लोग !'

बच निकलने का कोई रास्ता न पाकर जान हथेली पर रखकर वह सीधे उनकी तरफ़ बढ़ता रहा, यह सोचकर कि अब जो होना हो सो हो ! अगर उन लोगों ने उसे रोका—तब तो बचने की कोई उम्मीद नहीं है; और अगर उन्होंने उसे निकल जाने दिया—तब भी बचने की कोई उम्मीद नहीं है : उन्हें उसकी सूरत तो याद ही रहेगी। वे पास आते जा रहे थे; वे अब उससे एक ही मंज़िल नीचे रह गए थे—और अचानक छुटकारे की राह खुल गई। उससे कुछ ही क़दम की दूरी पर दाहिनी ओर एक ख़ाली फ़्लैट था जिसका दरवाज़ा पूरा खुला हुआ था। दूसरी मंज़िल के उस फ़्लैट में पुताई करनेवाले काम कर रहे थे, और मानो उसी की सुविधा के लिए, वे अभी-अभी वहाँ से चले गए थे। पक्की बात थी कि अभी वे ही चिल्लाते हुए भागकर नीचे गए थे। उस मंज़िल की अभी-अभी पुताई हुई थी, कमरे के बीच में एक बाल्टी और एक टूटा बर्तन रखा था जिसमें रंग और ब्रश थे। चुटकी बजाते वह खुले हुए दरवाज़े से अन्दर जा पहुँचा और दीवार के पीछे छिप गया; पल भर की भी देर होती तो वह मारा गया था; वे लोग उस मंज़िल पर पहुँच चुके थे। इसके बाद वे लोग मुड़े और ज़ोर-ज़ोर से बातें करते हुए चौथी मंज़िल तक चढ़ते चले गए। कुछ देर राह देखने के बाद वह पंजों के बल चलता हुआ बाहर निकला और भागकर सीढ़ियाँ उतरने लगा।

सीढ़ियों पर कोई भी नहीं था, और न ही फाटक पर कोई था। जल्दी से वह फाटक के बाहर निकला और बाईं ओर सड़क पर मुड़ गया।

वह जानता था, अच्छी तरह जानता था कि उस क्षण वे लोग उस फ़्लैट में थे, जिसे खुला पाकर उन्हें बड़ा आश्चर्य हो रहा था, क्योंकि अभी कुछ ही देर पहले दरवाज़ा अन्दर से बन्द था, कि अब वे लाशों को देख रहे थे, कि अभी एक मिनट में वे अन्दाज़ा लगा लेंगे और उन्हें यह बात पूरी तरह समझ में आ जाएगी कि हत्यारा अभी कुछ देर पहले वहाँ था, कि वह उन्हें चकमा देकर भाग गया था और कहीं जाकर छिप गया था। बहुत मुमकिन है कि वे यह अटकल भी लगा लें कि जिस वक़्त वे ऊपर जा रहे थे उस वक़्त वह ख़ाली फ़्लैट में था। और हालाँकि अगला मोड़ अब भी लगभग सौ गज़ दूर था लेकिन उसे अपनी रफ़्तार तेज़ करने का साहस नहीं हो रहा था। 'क्यों न चुपके से किसी फाटक में घुस जाऊँ और वह हंगामा ख़त्म होने तक सीढ़ी पर कुछ देर इन्तज़ार करूँ ? नहीं, ऐसा करना मुसीबत को बुलाना होगा ! कुल्हाड़ी कहीं फेंक दूँ ? घोड़ागाड़ी ले लूँ ? बुरा फँसा ! बहुत बुरा फँसा !'

आख़िरकार वह गली तक पहुँच गया। जब वह वहाँ मुड़ा तो ज़िन्दा से ज़्यादा मुर्दा था। वह सुरक्षा की मंज़िल का आधा रास्ता तै कर चुका था, और वह इस बात को जानता था कि यहाँ जोखिम कम था क्योंकि यहाँ बहुत से लोगों की रेलपेल थी, जिसमें वह बालू के कण की तरह खो गया था। लेकिन उस पर जो कुछ बीती थी उससे वह इतना कमज़ोर हो चुका था कि उससे चला भी नहीं जा रहा था। उसके बुरी तरह पसीना बह रहा था, गर्दन बिलकुल भीग गई थी। जब वह नहर के किनारे आ निकला तो किसी ने ऊँची आवाज़ में उससे कहा, "जी भरके चढ़ाई है, क्यों है न ?"

अब उसे अपने बारे में बहुत धुँधली-धुँधली चेतना ही रह गई थी; जितना ही वह आगे बढ़ता जा रहा था उतनी ड़ी उसकी हालत और बुरी होती जा रही थी। लेकिन इतना उसे याद था कि जब वह नहर के किनारे पहुँचा था तो वह वहाँ बहुत थोड़े लोगों को देखकर बेहद डर गया था क्योंकि उनके बीच वह ज़्यादा आसानी से अलग पहचाना जा सकता था, और इसलिए उसने गली में लौट जाने की बात सोची थी। हालाँकि वह थकन के मारे गिरा पड़ रहा था लेकिन उसने काफ़ी

लम्बा चक्कर लगाया और बिलकुल ही दूसरी तरफ़ से घर पहुँचा।

उसे इस बात की भी पूरी चेतना नहीं थी कि कब वह अपने घर के फाटक से होकर गुज़रा; जब उसे कुल्हाड़ी की याद आई उस वक़्त तक वह सीढ़ियों पर पहुँच चुका था। लेकिन उसके सामने बहुत गम्भीर समस्या यह थी कि कैसे उसे वापस रखे, इस तरह कि जहाँ तक हो सके कोई यह न देख पाए कि वह क्या कर रहा है। ज़ाहिर है, यह सोचने की तो उसमें क्षमता ही नहीं रह गई थी कि शायद यह कहीं बेहतर होगा कि वह कुल्हाड़ी वापस रखे ही नहीं बल्कि बाद में उसे किसी के अहाते में फेंक आए।

लेकिन जो कुछ हुआ वह अच्छा ही हुआ। दरबान की कोठरी का दरवाज़ा बन्द था पर उसमें ताला नहीं पड़ा हुआ था, इसलिए लगता यही था कि दरबान घर पर ही था। लेकिन रस्कोलनिकोव कुछ भी सोचने की शक्ति इतनी पूरी तरह खो चुका था कि वह सीधे दरवाज़े तक गया और उसे खोल दिया। अगर दरबान उससे पूछता कि 'क्या चाहिए ?' तो शायद वह उसे सीधे-सीधे कुल्हाड़ी थमा देता। लेकिन इस बार भी दरबान घर पर नहीं था। उसने न सिर्फ़ कुल्हाड़ी बेंच के नीचे रख दी बल्कि पहले की तरह उस पर एक चैला भी रख दिया। बाद में अपने कमरे की ओर जाते हुए उसे कोई भी नहीं मिला, चिड़िया तक नहीं; मकान-मालिकन का दरवाज़ा बन्द था। कमरे में पहुँचकर वह ज्यों-का-त्यों सोफ़े पर जाकर गिर पड़ा—सोया नहीं, बल्कि विस्मृति के गर्त्त में डूब गया। अगर उस वक़्त कोई उसके कमरे में आता तो रस्कोलनिकोव फ़ौरन उछल पड़ता और चीख़ने लगता। उसके दिमाग़ में विचारों की चिन्दियाँ और धज्जियाँ झुंड बाँधे बस इधर से उधर मँडला रही थीं, लेकिन वह लाख कोशिश करने पर भी उनमें से किसी एक को भी पकड़ नहीं पा रहा था, किसी एक पर भी टिक नहीं पा रहा था...

भाग : 2

•

1

वह इसी तरह बहुत देर तक लेट रहा। बीच-बीच में ऐसा लगता था कि उसकी नींद टूट गई है, और ऐसे क्षणों में उसे ऐसा दिखाई देता था कि जैसे रात बहुत बीत चुकी है, लेकिन उठ बैठने की बात उसे नहीं सूझती थी। आख़िरकार उसने देखा कि दिन निकल आया है। अपनी विस्मृति की अवस्था से अभी तक चौंधियाया हुआ वह पीठ के बल लेटा था। सड़क से भयभीत, निराशा में डूबी कर्कश चीख़ें ऊपर आ रही थीं, वही आवाज़ें जिन्हें अपनी खिड़की के नीचे वह रोज़ रात को दो बजे के बाद सुनता आया था। अब इन आवाज़ों को सुनकर उसकी नींद खुल गई। 'ओह ! नशे में चूर लोग अब शराबखानों से बाहर आ रहे हैं,' उसने सोचा, 'दो बज चुके हैं,' और यह सोचकर वह फ़ौरन उछल पड़ा, मानो किसी ने उसे झंझोड़कर सोफ़े पर से घसीट लिया हो। 'अरे, क्या दो बज गए ?' वह उठकर सोफ़े पर बैठ गया—और अचानक हर चीज़ उसे याद आ गई ! एक क्षण में, बिजली की कौंध की तरह हर चीज़ उसे याद आ गई !

पहले क्षण तो उसे ऐसा लगा कि वह पागल होता जा रहा है। भयानक सिहरन से उसका शरीर काँप उठा; लेकिन यह सिहरन उस बुख़ार की वजह से थी जो उसे बहुत पहले नींद के दौरान ही चढ़ चुका था। अब अचानक उसके शरीर में इतने ज़ोर की कँपकँपी पैदा हुई कि उसके दाँत बजने लगे और उसके हाथ-पाँव थरथराने लगे। उसने दरवाज़ा खोला और कान लगाकर सुनने लगा—घर की हर चीज़ सो रही थी। चकित होकर वह अपने आपको और कमरे में अपने चारों ओर की हर चीज़ को घूरने लगा। उसे इस बात पर आश्चर्य हो रहा था कि पिछली रात अन्दर आकर वह दरवाज़े की कुंडी चढ़ाना कैसे भूल गया था, और कपड़े उतारे बिना, यहाँ तक कि हैट भी उतारे बिना, सोफ़े पर कैसे ढेर हो गया था। हैट सोफ़े से लुढ़ककर तकिए के पास नीचे फ़र्श पर पड़ी थी। 'अगर कोई अन्दर आ जाता तो क्या सोचता ? कि मैं शराब पिए हूँ, लेकिन...' वह लपककर खिड़की के पास गया। रोशनी काफ़ी थी, और वह जल्दी-जल्दी सिर से पाँव तक अपने आपको, अपने सारे कपड़ों को देखने लगा : कहीं कोई निशान तो नहीं रह गया है ? लेकिन इस तरह यह काम नहीं किया जा सकता था। काँपते-ठिठुरते हुए उसने हर चीज़ को उतारना और एक बार फिर से देखना शुरू किया। उसने हर चीज़ के एक-एक तार को, एक-एक चिन्दी को ध्यान से देखा; अपने आप पर भरोसा न होने के कारण उसने हर चीज़ की तीन बार अच्छी तरह छानबीन की। लेकिन कहीं भी कुछ नहीं था, कोई भी निशान नहीं था, बस एक जगह उसके पतलून की मोरी के निचले सिरे पर, जो घिसकर फट चला था, जमे हुए ख़ून की कुछ बूँदें चिपकी हुई थीं। उसने

एक बड़ा सा बन्द होनेवाला चाक़ू उठाकर लटकते हुए फुचड़ों को काट डाला। अब कहीं कुछ भी नहीं रह गया था। अचानक उसे याद आया कि बटुआ और बुढ़िया के सन्दूक़ में से उसने जो दूसरी चीज़ें निकाली थीं वे अभी तक उसकी जेबों में ही थीं ! अब तक उसने उन चीज़ों को निकालकर कहीं छिपा देने की बात सोची भी नहीं थी ! अपने कपड़ों की जाँच-पड़ताल करते समय उसने इसके बारे में सोचा भी नहीं था ! उसे हो क्या गया था ? फ़ौरन उसने झपटकर वे सारी चीज़ें निकालीं और मेज़ पर पटक दीं। जब उसने सारी चीज़ें निकाल लीं और जेबों का अस्तर तक बाहर निकालकर पूरा भरोसा कर लिया कि उनमें कुछ रह नहीं गया है, तब वह उस पूरे ढेर को समेटकर एक कोने में ले गया। दीवार के निचले सिरे पर काग़ज़ उखड़ आया था और चीथड़ों की तरह लटक रहा था। उसने काग़ज़ के नीचे की खोखली जगह में सारी चीज़ें ठूँसना शुरू किया। 'बस चली गईं ! अब कुछ भी दिखाई नहीं देता, बटुआ भी !' उसने बेहद ख़ुश होकर सोचा, उठकर खड़ा हो गया और सूनी-सूनी आँखों से उस कोने और खोखल को घूरने लगा जहाँ हमेशा से ज़्यादा उभार दिखाई दे रहा था। अचानक भयातुर होकर वह सिर से पाँव तक काँप उठा। "हे भगवान !" उसने निराशा में डूबे हुए क्षीण स्वर में कहा, "मुझे क्या हो गया है ? क्या सब कुछ छिप गया है ? क्या चीज़ों को छिपाने का यही तरीक़ा है ?"

उसने यह नहीं सोचा था कि उसे छोटे-छोटे गहने-ज़ेवर भी छिपाने पड़ेंगे। उसने तो बस पैसों की बात सोची थी, और इसलिए छिपाने की कोई जगह तैयार नहीं की थी। 'लेकिन अब, अब मैं इतना ख़ुश किस बात पर हो रहा हूँ ?' उसने सोचा, 'क्या इसे चीज़ों को छिपाना कहते हैं ? मेरी समझ जवाब देती जा रही है—और कुछ नहीं !' वह निढाल होकर सोफ़े पर बैठ गया और अचानक असह्य कँपकँपी के एक और दौरे ने उसे आ दबोचा। यन्त्रवत् उसने बग़ल में पड़ी हुई कुर्सी पर से अपना तार-तार हो चुका पुराना छात्रोंवाला जाड़े का लम्बा गरम कोट खींचा, उसे सिर तक ओढ़ा और एक बार फिर निश्चेतना और मूर्च्छा में डूब गया। वह गहरी नींद सो गया था।

अभी पाँच मिनट भी नहीं बीते थे कि वह एक बार फिर उछलकर खड़ा हो गया, और एक बार फिर उन्मादियों की तरह अपने कपड़ों पर झपटा। 'कुछ किए बिना ही मैं दुबारा सो कैसे गया ? हाँ, हाँ; कोट की बग़ल में से मैंने वह फन्दा तो निकाला ही नहीं है ! बिलकुल भूल गया था, ऐसी बात भूल गया था ! ऐसा पक्का सबूत !' उसने खींचकर फन्दा उखाड़ा, जल्दी-जल्दी काटकर उसे टुकड़े-टुकड़े किया, और उन टुकड़ों को तकिए के नीचे रखे हुए कपड़ों के ढेर के बीच डाल दिया। 'कुछ भी हो जाए, फटे हुए कपड़ों की चिन्दियों से कोई शक पैदा नहीं हो सकता। हाँ, ऐसे ठीक है ! यही ठीक है !' कमरे के बीचोंबीच खड़े होकर उसने कई बार दोहराया, और कष्टप्रद हद तक अपना ध्यान केन्द्रित करके वह एक बार फिर अपने चारों ओर घूरने लगा, फ़र्श पर और हर जगह; कहीं कोई चीज़ भूल तो नहीं गया है ? उसे पक्का विश्वास हो चला था कि उसकी सारी चेतनाएँ, उसकी स्मृति और सोचने की मामूली सी शक्ति भी जवाब देती जा रही थी और यह बात उसके लिए असह्य यातना का कारण बन गई थी। 'कहीं ऐसा तो नहीं है कि सिलसिला शुरू हो गया हो ! कहीं ऐसा तो नहीं है कि मेरा दंड मुझे मिलने लगा हो ? यही बात है !' उसने अपने पतलून से जो घिसी हुई चिन्दियाँ काटी थीं वे तो कमरे के बीचोंबीच फ़र्श पर ही पड़ी हुई थीं, जहाँ अन्दर आनेवाला कोई भी आदमी उन्हें देख लेता ! "मुझे हो क्या गया है ?" वह एक बार फिर चिल्लाया, मानो विक्षिप्त हो गया हो।

फिर एक अजीब विचार उसके दिमाग़ में आया : कि शायद उसके सारे कपड़े ख़ून से सने हुए हैं, कि शायद उन पर बहुत से धब्बे हैं, लेकिन वे उसे दिखाई नहीं दे रहे हैं, वह उन्हें इसलिए

देख नहीं पा रहा है कि उसके सारे बोध जवाब देते जा रहे हैं, वे छिन्न-भिन्न होते जा रहे हैं...उसकी तर्क-बुद्धि पर बादल छाते जा रहे हैं...। अचानक उसे याद आया कि बटुए पर भी तो ख़ून लगा था...'अरे ! तब तो जेब में भी ख़ून लगा होगा, क्योंकि मैंने गीला बटुआ अपनी जेब में रख लिया था !' पलक झपकते उसने जेब का अस्तर बाहर निकाला। हाँ ! उस पर निशान थे; जेब के अस्तर पर धब्बे थे ! 'तो मेरी समझ ने पूरी तरह मेरा साथ नहीं छोड़ा है, अभी तक कुछ समझ और याद बाक़ी है, क्योंकि यह बात मुझे ख़ुद सूझी थी,' उसने राहत की गहरी साँस लेकर विजय-गर्व के साथ सोचा, 'बस बुख़ार की कमज़ोरी है, एक क्षण की मूर्च्छा,' और यह सोचते ही उसने अपने पतलून की बाईं जेब का सारा अस्तर नोच डाला। उसी क्षण धूप की किरण उसके बाएँ जूते पर पड़ी : उसे कुछ शक हुआ कि उसके मोज़े पर, जो बूट के बाहर झाँक रहा था, कुछ निशान थे ! उसने झटके से अपना बूट उतार फेंका : 'सचमुच निशान था ! मोज़े का सिरा ख़ून में लथपथ था।' अनजाने ही फ़र्श पर जमा ख़ून में उसका पाँव पड़ गया होगा...'लेकिन अब मैं इसका क्या करूँ ? अब मैं यह मोज़ा, ये फटी हुई चिन्दियाँ और जेब का अस्तर कहाँ रखूँ ?'

उन सब चीज़ों को अपने हाथों में बटोरे हुए वह कमरे के बीचोंबीच खड़ा था। 'आतिशदान में ? लेकिन आतिशदान की तलाशी तो वे सबसे पहले लेंगे। जला दूँ ? लेकिन मैं इन चीज़ों को जलाऊँ काहे से ? माचिस भी तो नहीं है। नहीं, बेहतर यही होगा कि मैं बाहर जाकर इन सब चीज़ों को कहीं फेंक जाऊँ। हाँ, इन्हें कहीं फेंक आना ही बेहतर रहेगा,' उसने सोफ़े पर फिर बैठते हुए दोहराया, 'और फ़ौरन, इसी दम, बिना कोई देर किए...।' लेकिन इसके बजाय उसका सिर तकिए पर टिक गया। एक बार फिर बर्फ़ जैसी ठंडी असह्य कँपकँपी ने उसे आ दबोचा। उसने एक बार फिर अपना कोट ओढ़ लिया और बड़ी देर तक, कई घंटों तक, यह उद्वेग भूत की तरह उस पर सवार रहा कि वह 'फ़ौरन, उसी वक़्त, कहीं चला जाए और इन सारी चीज़ों को फेंक आए, ताकि वे हमेशा के लिए उसकी आँखों से ओझल हो जाएँ और उनका नाम-निशान भी बाक़ी न रहे, फ़ौरन, फ़ौरन !' कई बार उसने सोफ़े से उठने की कोशिश की लेकिन उठ नहीं पाया। आख़िरकार किसी के ज़ोर-ज़ोर से दरवाज़ा खटखटाने की आवाज़ सुनकर वह पूरी तरह जाग गया।

"खोलो, दरवाज़ा तो खोलो, ज़िन्दा हो कि मर गए ? पड़ा-पड़ा सोता रहता है !" नस्तास्या मुक्के से दरवाज़ा पीटते हुए चिल्लाई, "दिन-दिन भर पड़ा कुत्ते की तरह खर्राटे लेता रहता है ! है भी बिलकुल कुत्ता ! मैं कहती हूँ, दरवाज़ा खोलो ! दस बज गए हैं ?"

"हो सकता है घर पर न हो," किसी मर्द की आवाज़ सुनाई दी।

'अरे ! यह तो दरबान की आवाज़ है...उसे क्या चाहिए ?'

वह उछल पड़ा और सोफ़े पर बैठ गया। अपने दिल की धड़कन उसके लिए एक निश्चित पीड़ा बन गई थी।

"फिर अन्दर से कुंडी किसने लगाई, यह तो बताओ," नस्तास्या ने पलटकर पूछा, "अच्छा सिलसिला शुरू किया है ! अन्दर से कुंडी चढ़ाने का ! डरता है कि कोई उसे उठा ले जाएगा क्या ? अरे नासमझ, दरवाज़ा खोल, उठ जा !"

'इन्हें चाहिए क्या ? दरबान क्यों आया है ? हर बात का पता लग गया है। टक्कर ले या दरवाज़ा खोल दे ? खोल देना ही ठीक रहेगा ! अब तो जो होना है सो हो...'

वह आधा उठकर आगे की ओर झुका और दरवाज़े की कुंडी खोल दी।

उसका कमरा इतना छोटा था कि बिस्तर से उठे बिना ही वह कुंडी खोल सकता था।

हाँ, दरबान और नस्तास्या वहाँ खड़े थे।

नस्तास्या अजीब ढंग से उसे घूर रही थी। उसने बड़ी ढिठाई और बेबसी से दरबान को कनखियों से देखा, जिसने कुछ कहे बिना एक तह किया हुआ बादामी काग़ज़ उसकी तरफ़ बढ़ा दिया जिसे लाख की सील लगाकर बन्द कर दिया गया था।

''दफ़्तर से सम्मन आया है,'' दरबान ने काग़ज़ आगे बढ़ाते हुए कहा।

''किस दफ़्तर से ?''

''पुलिस थाने से, और कहाँ से। पुलिस के उसी दफ़्तर ने बुलवाया है।''

''पुलिस ने ?...मुझे बुलवाया है ? किसलिए ?...''

''मैं क्या जानूँ ? तुम्हें तलब किया गया है, जाना तो पड़ेगा।'' उस आदमी ने उसे बड़े ध्यान से देखा, कमरे में चारों ओर नज़र दौड़ाई और मुड़कर जाने लगा।

''बहुत बीमार जान पड़ता है !'' नस्तास्या ने उस पर नज़रें जमाए रहकर अपना मत व्यक्त किया। दरबान ने एक क्षण के लिए सिर घुमाकर देखा। ''कल से बुख़ार है,'' नस्तास्या ने अपनी बात जारी रखते हुए कहा।

रस्कोलनिकोव पर कोई प्रतिक्रिया नहीं हुई; वह उस काग़ज़ को खोले बिना अपने हाथ में लिये रहा।

''उठना नहीं,'' नस्तास्या ने उसे सोफ़े पर से पाँव नीचे उतारते देखकर दया के भाव से कहा, ''तुम बीमार हो, इसलिए जाने की कोई ज़रूरत नहीं है; कोई ऐसी जल्दी नहीं है। वह तुम्हारे हाथ में क्या है ?''

रस्कोलनिकोव ने देखा : अपने दाहिने हाथ में उसने पतलून से काटे हुए फुचड़े, मोज़ा और जेब का फटा हुआ अस्तर पकड़ रखा था। तो वह उन्हें हाथ में लिये-लिये ही सो गया था। बाद में इस बात के बारे में सोचते हुए उसे याद आया कि बुख़ार में जब उसकी नींद उचटती थी तो वह इन चीज़ों को मज़बूती से अपने हाथ में जकड़ लेता था और उसी तरह फिर सो जाता था।

''देखो तो, जाने कहाँ-कहाँ के चीथड़े जमा कर लाता है और उन्हें लेकर सो जाता है, जैसे कोई बहुत बड़ी दौलत मिल गई हो...,'' और नस्तास्या दीवानों की तरह खिलखिलाकर हँस पड़ी। फ़ौरन उसने वे सारी चीज़ें लम्बे कोट के नीचे घुसेड़ दीं और नज़रें गड़ाकर बड़े ग़ौर से नस्तास्या को देखता रहा। उस दम उसमें समझ-बूझ के साथ सोचने की ताक़त तो कम ही रह गई थी, लेकिन उसने महसूस किया कि एक ऐसे आदमी के साथ, जो किसी भी क्षण गिरफ़्तार किया जानेवाला हो, कोई इस तरह पेश नहीं आ सकता। 'लेकिन...पुलिस ?'

''एक प्याली चाय पिओगे, साहब ? अगर जी चाहे तो मैं लिये आती हूँ, कुछ बची हुई है।''

''नहीं...मैं जा रहा हूँ; मैं अभी जाऊँगा,'' उसने उठकर खड़े होते हुए बुदबुदाकर कहा।

''जाओगे कैसे, तुम तो सीढ़ियों के नीचे तक भी नहीं पहुँच पाओगे !''

''नहीं, मैं जाऊँगा...''

''जैसी तुम्हारी मर्ज़ी।''

दरबान के पीछे-पीछे वह भी बाहर चली गई। वह मोज़े और उन चीथड़ों की जाँच-पड़ताल करने के लिए झपटकर फ़ौरन रोशनी में पहुँच गया : 'धब्बे हैं तो, लेकिन आसानी से दिखाई नहीं देते; सब पर मिट्टी जम गई है, और रगड़ खाकर वे बदरंग हो चुके हैं। जिस आदमी को पहले से कोई शक न हो वह कुछ पहचान नहीं सकता। ख़ैरियत है कि नस्तास्या ने दूर से कुछ नहीं देखा होगा !' फिर काँपते हाथों से उसने नोटिस पर लगी हुई सील तोड़ी और पढ़ने लगा; वह बड़ी देर तक पढ़ता रहा तब जाकर उसकी समझ में कुछ आया। कोतवाली का मामूली सम्मन था कि उसी

दिन साढ़े नौ बजे उसे थानेदार साहब के दफ़्तर में हाज़िर होना था।

'लेकिन ऐसी कोई बात हुई ही कब ? मेरा तो पुलिस से कभी कोई वास्ता नहीं रहा ! और फिर आज ही क्यों ?' उसने व्यथित होकर बड़े आश्चर्य से सोचा। 'हे भगवान, बस सब कुछ जल्दी निबट जाए !' वह प्रार्थना करने के लिए घुटने टेककर बैठने ही जा रहा था कि अचानक ठहाका मारकर हँस पड़ा—प्रार्थना करने के विचार पर नहीं, बल्कि अपने आप पर। उसने जल्दी-जल्दी कपड़े पहनते हुए कहना शुरू किया, ''अगर मिटना है तो मिट जाऊँ, मुझे कोई चिन्ता नहीं। मोज़ा पहन लूँ !'' वह अचानक सोच में पड़ गया, उस पर और धूल जम जाएगी और सारे निशान मिट जाएँगे। लेकिन मोज़ा पहनते ही उसने घृणा और आतंक से घबराकर उसे फिर उतार दिया। उसने मोज़ा उतार तो दिया, लेकिन यह सोचकर कि उसके पास कोई दूसरा मोज़ा नहीं था, उसने उसे उठाया और फिर पहन लिया—और एक बार फिर वह हँस पड़ा।

'ये सब तो रस्मी बातें हैं, किसी दूसरी चीज़ से मुक़ाबला करने पर ही सामने आती हैं, यह तो चीज़ों को देखने का बस एक तरीक़ा है,' उसके दिमाग़ में यह विचार बिजली की तरह कौंध गया, लेकिन केवल ऊपरी सतह पर। उसका सारा शरीर थर-थर काँप रहा था, 'यह लो, झगड़ा ही ख़त्म हो गया ! मैंने उसे पहनकर सारा झगड़ा ही ख़त्म कर दिया !' लेकिन उसकी इस हँसी के फ़ौरन ही बाद उस पर घोर निराशा छा गई। 'नहीं, यह मेरे बूते के बाहर है...' उसने सोचा। उसके पाँव काँप रहे थे। ''डर के मारे,'' वह बुदबुदाया। उसका सिर चकराने लगा और बुख़ार की वजह से उसमें दर्द होने लगा। 'यह चाल है ! वे लोग मुझे तिकड़म से वहाँ बुलाना चाहते हैं और हर बात के बारे में मुझे उलझन में डाल देना चाहते हैं,' बाहर सीढ़ियों पर निकलते हुए उसने सोचा, 'सबसे बुरी बात तो यह है कि मुझे खुद अपने दिमाग़ पर लगभग बिलकुल क़ाबू नहीं रह गया है...शायद खुद ही कोई बेवक़ूफ़ी की बात मेरे मुँह से निकल जाए...'

सीढ़ियों पर उसे याद आया कि वह सारी चीज़ें दीवार के खोखल में ज्यों-की-त्यों छोड़े जा रहा था। 'बहुत मुमकिन है कि उनकी चाल ही यह हो कि जब मैं बाहर निकल जाऊँ तब तलाशी लें,' उसने सोचा और ठिठक गया। पर उसे ऐसी घोर निराशा ने, और आनेवाली तबाही की तरफ़ से ऐसी बेफ़िक्री ने आ दबोचा कि हवा में हाथ झटककर वह आगे बढ़ता रहा।

'किसी तरह झंझट ख़त्म हो !...'

सड़क पर फिर असह्य गरमी थी; इतने दिनों से एक बूँद भी पानी नहीं बरसा था। फिर वही धूल, ईंटें, गारा, फिर वही दुकानों और शराबख़ानों की बदबू, फिर वही शराबी, वही फ़िनलैंड के फेरीवाले और टूटी-फूटी घोड़ागाड़ियाँ। सूरज की तेज़ चमक सीधी उसकी आँखों में इस तरह पड़ रही थी कि उसे अपनी आँखों से किसी चीज़ को देखने में भी तकलीफ़ हो रही थी और उसका सिर घूम रहा था—उसी तरह जैसे उस आदमी को लगता है जो बुख़ार में पड़ा रहा हो और अचानक तेज़ धूप में बाहर सड़क पर निकल आए। जब वह उस सड़क के मोड़ पर पहुँचा तो भयातुर होकर उसने उस पर नज़र डाली...उस घर पर नज़र डाली...और फ़ौरन अपनी आँखें फेर लीं।

'अगर मुझसे पूछेंगे तो शायद मैं सब कुछ साफ़-साफ़ बता दूँगा,' थाने के पास पहुँचते-पहुँचते उसने सोचा।

थाना वहाँ से कोई चौथाई वेर्स्ता दूर रहा होगा। अभी हाल ही में वह हटाकर नई इमारत की चौथी मंज़िल पर लाया गया था। एक बार बहुत थोड़ी देर के लिए वह पुराने दफ़्तर में तो गया था, लेकिन वह बहुत पहले की बात थी। फाटक में मुड़ने पर उसे दाहिनी तरफ़ सीढ़ियाँ दिखाई दीं जिन पर एक आदमी हाथ में किताब लिये नीचे उतर रहा था। 'ज़रूर दरबान होगा; तो थाना

यहीं है,' इस अटकल के आधार पर वह भी सीढ़ियाँ चढ़ने लगा। वह किसी से कोई बात नहीं पूछना चाहता था।

'मैं अन्दर जाऊँगा, घुटने टेक दूँगा और सारी बातें मान लूँगा...' उसने चौथी मंज़िल पर पहुँचते हुए सोचा।

सीढ़ियाँ बहुत खड़ी और सँकरी थीं और गन्दा पानी बहने की वजह से उन पर फिसलन थी। चारों मंज़िलों के फ़्लैटों के रसोईघरों के दरवाज़े सीढ़ियों पर खुलते थे और लगभग दिन भर खुले ही रहते थे। इसलिए वहाँ बुरी तरह गन्ध बसी रहती थी और गर्मी रहती थी। सीढ़ियों पर बग़ल में किताबें दबाए चढ़ते-उतरते दरबानों, चपरासियों और भाँति-भाँति के मर्दों-औरतों की रेल-पेल रहती थी। दफ़्तर का दरवाज़ा भी पूरा खुला हुआ था। अन्दर जाकर वह ड्योढ़ी में रुक गया। अन्दर कई किसान खड़े राह देख रहे थे। वहाँ भी गर्मी की वजह से बेहद घुटन थी और नए पुते हुए कमरों से ताज़े रंग-रोगन और सड़े हुए तेल की बू आ रही थी जिससे मतली होने लगती थी। कुछ देर इन्तज़ार करने के बाद उसने अगले कमरे में जाने का फ़ैसला किया। सभी कमरे छोटे-छोटे थे और उनकी छतें नीची थीं। एक भयावह अधीरता के वश वह आगे बढ़ता रहा। किसी ने उसकी ओर कोई ध्यान नहीं दिया। दूसरे कमरे में कुछ बाबू लोग बैठे कुछ लिख रहे थे। उनके कपड़े उससे कुछ ख़ास अच्छे नहीं थे और देखने में वे बहुत अजीब क़िस्म के लोग लगते थे। वह उनमें से एक के पास गया।

"क्या है ?"

उसने सम्मन दिखाया जो उसे मिला था।

"तुम पढ़ते हो ?" उस आदमी ने नोटिस पर नज़र दौड़ाते हुए पूछा।

"हाँ, पहले पढ़ता था।"

क्लर्क ने उसकी ओर देखा अवश्य लेकिन उसमें तनिक भी दिलचस्पी नहीं दिखाई। वह बहुत ही मैला-कुचैला आदमी था और उसकी आँखों से लगता था कि उसके दिमाग़ में कोई एक ही बात बैठी हुई है।

'इससे कोई काम नहीं बनने का, क्योंकि इसे किसी चीज़ से कोई दिलचस्पी ही नहीं है,' रस्कोलनिकोव ने सोचा।

"वहाँ अन्दर बड़े बाबू के पास जाओ," क्लर्क ने सबसे दूरवाले कमरे की तरफ़ इशारा करते हुए कहा।

वह उस कमरे में गया—लाइन से बने हुए कमरों में चौथा कमरा; छोटा सा कमरा था और उसमें लोग ठसाठस भरे हुए थे, जो बाहरवाले कमरों के लोगों से कुछ बेहतर कपड़े पहने हुए थे। उनमें दो औरतें भी थीं। एक, जो किसी का शोक मना रही थी और बहुत मामूली कपड़े पहने थी, बड़े बाबू की मेज़ पर उसके ठीक सामने बैठी थी, और जो कुछ वह बताते जा रहे थे वह लिखती जा रही थी। दूसरी, जो बहुत हट्टी-कट्टी, गदराई हुई, ऊदी-ऊदी चित्तियोंवाले चेहरे की औरत थी, बहुत बढ़िया कपड़े पहने थी और उसने अपने सीने पर तश्तरी जितनी बड़ी जड़ाऊ पिन लगा रखी थी; वह एक ओर खड़ी ज़ाहिर है किसी चीज़ का इन्तज़ार कर रही थी। रस्कोलनिकोव ने अपना सम्मन बड़े बाबू के सामने सरका दिया। बड़े बाबू ने उस पर एक नज़र डाली और बोले : "एक मिनट ठहरो," और फिर उस शोकग्रस्त महिला के काम की ओर ध्यान देने लगे।

रस्कोलनिकोव की जान में जान आई। 'वह बात नहीं हो सकती !' धीरे-धीरे उसमें फिर से भरोसा आता गया; वह अपने आपको साहस रखने और शान्त रहने के लिए प्रेरित करता रहा।

'किसी भी बेवक़ूफ़ी से, किसी भी छोटी सी लापरवाही से मेरा सारा भाँडा फूट जाएगा! हुँह...कितनी बुरी बात है कि यहाँ हवा बिलकुल नहीं है,' वह अपने मन में कहता रहा, 'बड़ी घुटन है...सिर पहले से भी ज़्यादा...चकराने लगता है...और आदमी का दिमाग़ भी...'

उसे इस बात का आभास था कि उसके अन्दर एक भीषण तूफ़ान मचा हुआ था। वह डर रहा था कि कहीं ऐसा न हो कि उसे अपने आप पर क़ाबू न रह जाए। उसने कोई चीज़ ढूँढ़कर उस पर अपना ध्यान केन्द्रित करने की कोशिश की, कोई ऐसी चीज़ जिसका इन बातों से कोई सम्बन्ध न हो, लेकिन वह इसमें बिलकुल असफल रहा। फिर भी बड़े बाबू में उसे बहुत दिलचस्पी पैदा हुई : वह उम्मीद करता रहा कि किसी तरह वह उनके अन्दर की थाह पा ले और उनके चेहरे से कुछ अनुमान लगा ले। वह बहुत नौजवान आदमी था, लगभग बाईस बरस का होगा, साँवला, चंचल चेहरा जिसे देखने से वह अपनी उम्र से बड़ा लगता था। वह बहुत फ़ैशनेबुल कपड़े पहने था और बहुत बना-ठना हुआ था। उसने बालों में अच्छी तरह कंघी करके बीच में माँग निकाल रखी थी और क्रीम लगाकर उन्हें चिपका भी रखा था। उसने बहुत रगड़-रगड़कर साफ़ की हुई अपनी उँगलियों पर कई अँगूठियाँ पहन रखी थीं और वास्कट में सोने की ज़ंजीरें लगा रखी थीं। उसने एक विदेशी से, जो उस कमरे में था, फ़्रांसीसी में कुछ शब्द कहे और उनका उच्चारण काफ़ी ठीक ढंग से किया।

''लुईज़ा इवानोव्ना, आप बैठ जाइए,'' उसने लगे हाथ बढ़िया पोशाक पहने ऊदी-ऊदी चित्तियोंदार चेहरेवाली महिला से कहा, जो अभी तक खड़ी हुई थीं मानो उनकी बैठने की हिम्मत न हो रही हो, हालाँकि उनकी बग़ल में ही एक कुर्सी पड़ी हुई थी।

"Ich danke,"[1] उन महिला ने कहा और बहुत आहिस्ता से, रेशम की सरसराहट के साथ वह कुर्सी पर बैठ गईं। सफ़ेद लैस लगी हुई उनकी आसमानी रंग की पोशाक मेज़ के पास से हवा भरे गुब्बारे की तरह लहराती हुई कुर्सी के चारों ओर फैल गई और उसने लगभग आधा कमरा घेर लिया। वह इत्र से महक रही थीं। लेकिन साफ़ मालूम हो रहा था कि आधा कमरा घेर लेने पर और इस तरह इत्र की ख़ुशबू बिखेरने पर वह कुछ अटपटा महसूस कर रही थीं; और हालाँकि उनकी मुस्कुराहट में ढिठाई भी थी और गिड़गिड़ाहट भी, लेकिन उससे साफ़ ज़ाहिर हो रहा था कि वह कुछ बेचैन सी हैं।

शोकग्रस्त महिला का काम आख़िरकार ख़त्म हो गया और वह उठ खड़ी हुईं। अचानक कुछ शोरगुल के साथ एक अफ़सर बहुत अकड़ता हुआ और हर क़दम पर अपने कन्धों को एक ख़ास तरीक़े से झटकता हुआ अन्दर आया। उसने अपनी बिल्ला लगी हुई टोपी मेज़ पर फेंक दी और एक आरामकुर्सी पर बैठ गया। उसे देखते ही वह बनी-सँवरी महिला फुदककर अपनी कुर्सी से उठ खड़ी हुईं और पुलकित होकर झुक-झुककर उसे सलाम करने लगीं; लेकिन उस अफ़सर ने उनकी ओर तनिक भी ध्यान नहीं दिया, और उनकी भी उसके सामने दुबारा बैठ जाने की हिम्मत नहीं पड़ी। वह असिस्टेंट सुपरिंटेंडेंट था। उसकी मूँछें मेंहदी के रंग की थीं जो उसके चेहरे पर दोनों ओर आड़ी-आड़ी निकली हुई थीं। उसके नाक-नक़्शे में हर चीज़ बेहद छोटी थी, जिससे थोड़े से अक्खड़पन के अलावा और किसी भी बात का पता नहीं चलता था। उसने तिरछी नज़र से और कुछ गुस्से से रस्कोलनिकोव को देखा : रस्कोलनिकोव बहुत बुरे कपड़े पहने हुए था, और उसकी अपमानजनक स्थिति के बावजूद उसके तेवर उसकी पोशाक से बिलकुल मेल नहीं खा रहे थे। रस्कोलनिकोव अनजाने ही बड़ी देर तक और नज़रें जमाकर उसे घूरता रहा था, जिसकी वजह से

1. धन्यवाद (जर्मन)।

वह निश्चित रूप से नाराज़ हो गया था।

''क्या चाहिए तुम्हें ?'' वह चिल्लाया; साफ़ मालूम हो रहा था कि उसे इस बात पर बड़ी हैरत थी कि ऐसे फटे-पुराने कपड़े पहननेवाला आदमी उसकी नज़र के रोब से भी परास्त नहीं हुआ था।

''मुझे यहाँ बुलाया गया था...सम्मन भेजकर...'' रस्कोलनिकोव ने हकलाते हुए कहा।

''बक़ाया रक़म की वसूली के लिए, वह 'उस विद्यार्थी से,' '' बड़े बाबू जल्दी से अपने काग़ज़ात की ओर से ध्यान हटाकर बीच में बोले। ''यह लो !'' कहकर उन्होंने एक दस्तावेज़ रस्कोलनिकोव की ओर बढ़ा दिया और उसके एक हिस्से की तरफ़ इशारा किया। ''यह पढ़ो !''

'रक़म ? कैसी रक़म ?' रस्कोलनिकोव ने सोचा, 'लेकिन...इसका मतलब है...यह यक़ीनन वह मामला नहीं है।' और वह ख़ुशी के मारे काँप उठा। अचानक उसने ऐसी गहरी राहत महसूस की जिसे वह बयान नहीं कर सकता था। उसके सिर से बोझ हट गया था।

''और, जनाब, आपसे किस वक़्त आने को कहा गया था ?'' असिस्टेंट सुपरिंटेंडेंट दहाड़ा; न जाने क्यों उसकी नाराज़गी लगातार बढ़ती ही जा रही थी। ''कहा गया था नौ बजे आने को, और अब बारह बज रहे हैं !''

''सम्मन मुझे अभी पन्द्रह मिनट पहले ही तो मिला है,'' रस्कोलनिकोव ने अफ़सर से ऊँचे स्वर में कहा, जो उसकी ओर पीठ किए हुए था। उसे ख़ुद भी इस बात पर ताज्जुब हो रहा था कि अचानक उसे गुस्सा आ गया था और इसमें उसे कुछ आनन्द भी मिल रहा था। ''यही क्या कम है कि भरे बुख़ार में मैं यहाँ आया हूँ।''

''मेहरबानी करके चिल्लाइए मत !''

''मैं चिल्ला नहीं रहा हूँ, मैं तो बड़े शान्त भाव से बोल रहा हूँ; चिल्ला आप रहे हैं मुझ पर। मैं कॉलेज में पढ़ता हूँ और किसी को इस बात की इजाज़त नहीं देता कि वह मुझ पर चिल्लाए।''

असिस्टेंट सुपरिंटेंडेंट को इतना ताव आया कि पहले एक मिनट तक तो वह इस तरह अटक-अटककर बोलता रहा जैसे कुछ समझ ही में नहीं आता था कि कह क्या रहा है, फिर वह अपनी कुर्सी से उछलकर खड़ा हो गया।

''ख़ामोश रहिए ! आप सरकारी दफ़्तर में हैं। बदतमीज़ी मत कीजिए, जनाब !''

''आप भी सरकारी दफ़्तर में हैं,'' रस्कोलनिकोव भी चिल्लाया, ''और आप सिगरेट भी पी रहे हैं और चिल्ला भी रहे हैं, और इस तरह आप हम सब लोगों की तौहीन कर रहे हैं।'' यह कहकर उसने ऐसा सन्तोष महसूस किया जिसे वह बयान नहीं कर सकता था।

बड़े बाबू ने मुस्कुराकर उनकी ओर देखा। बिफरा हुआ असिस्टेंट सुपरिंटेंडेंट, ज़ाहिर है, इस बात पर सिटपिटा गया।

''इससे आपको कोई मतलब नहीं !'' आख़िरकार वह स्वाभाविक रूप से ऊँचे स्वर में चिल्लाया, ''बस आपसे जो कहा जा रहा है वह लिखकर दे दीजिए। दिखा दो इन्हें, अलेक्सान्द्र ग्रिगोरियेविच। आपके ख़िलाफ़ शिकायत है ! आप अपना क़र्ज़ा नहीं चुकाते ! अच्छे आदमी हैं आप भी !''

लेकिन रस्कोलनिकोव अब उसकी बात नहीं सुन रहा था। उसने बड़ी उत्सुकता से वह काग़ज़ ले लिया; उसे यह पता लगाने की जल्दी थी कि मामला क्या है। उसने उस काग़ज़ को एक बार पढ़ा, फिर दूसरी बार पढ़ा लेकिन उसकी समझ में कुछ भी न आया।

''यह है क्या ?'' उसने बड़े बाबू से पूछा।

''पुरनोट पर दिए गए पैसे की वसूली का सम्मन है। या तो सारे ख़र्चे, ज़ुर्माने वग़ैरह के साथ भुगतान कर दो, या लिखकर दे दो कि कब तक रक़म अदा कर सकते हो, और साथ ही लिखकर यह भी वचन दो कि पैसा चुकाए बिना राजधानी छोड़कर कहीं जाओगे नहीं, और अपनी जायदाद न किसी को बेचोगे न छिपाओगे। क़र्ज़ देनेवाले को तुम्हारी जायदाद बिकवा देने की और तुम्हारे ख़िलाफ़ क़ानूनी कार्रवाई करने की छूट होगी।''

''लेकिन मैं तो...किसी का क़र्ज़दार नहीं हूँ !''

''इससे हमें कोई मतलब नहीं। यह है एक सौ पन्द्रह रूबल का पुरनोट, पक्का क़ानूनी दस्तावेज़, जिसकी मियाद पूरी हो चुकी है। यह हमारे पास वसूली के लिए लाया गया है; यह पुरनोट तुमने नौ महीने पहले असेसर ज़ारनीत्सिन की विधवा को दिया था, और विधवा ज़ारनीत्सिन ने गह पुरनोट चेबारोव नामक एक काउंसेलर साहब को दे दिया था। इसलिए तुम्हारे नाम सम्मन जारी किया जाता है।''

''लेकिन वह तो मेरी मकान-मालकिन है !''

''तुम्हारी मकान-मालकिन है तो क्या हुआ ?''

बड़े बाबू ने दया के भाव से मुस्कुराते हुए उसकी ओर देखा मानो उसके साथ कोई उपकार कर रहे हों, लेकिन इसके साथ ही उस मुस्कुराहट में कुछ विजय का भाव भी था, मानो वह किसी ऐसे नौसिखिए पर मुस्कुरा रहे हों जो पहली बार जाल में फँसा हो—मानो उससे कहना चाहते हों : 'कहो, अब कैसा लग रहा है ?' लेकिन अब उसे पुरनोट की, वसूली के सम्मन की क्या परवाह थी ? क्या यह सब कुछ अब इस लायक़ रह गया था कि उसकी चिन्ता की जाए, या उसकी ओर ध्यान भी दिया जाए ? वह वहाँ खड़ा रहा, उसने पढ़ा, उसने सुना, उसने जवाब दिया, उसने ख़ुद सवाल भी पूछे, लेकिन सब कुछ यन्त्रवत्। सुरक्षा की, एक बहुत बड़े ख़तरे से छुटकारा पाने की, विजयपूर्ण भावना उस क्षण उसकी सारी आत्मा पर व्याप्त थी, जिसमें भविष्य की कोई चिन्ता नहीं थी, कोई विश्लेषण नहीं था, न कोई अनुमान थे और न कोई अटकलें, न कोई शंकाएँ थीं न कोई सवाल। वह सम्पूर्ण, प्रत्यक्ष, शुद्धतः सहज उल्लास का क्षण था। लेकिन उसी क्षण दफ़्तर में एक ऐसी घटना हुई जैसे बिजली टूट पड़ी हो। रस्कोलनिकोव की बदतमीज़ी पर असिस्टेंट सुपरिंटेंडेंट अभी तक तिलमिला रहा था, अभी तक वह गुस्से से खौल रहा था और स्पष्ट था कि वह अपनी आहत प्रतिष्ठा को फिर से ऊँचा करने के लिए बेचैन था। वह उन बेचारी बनी-सँवरी महिला पर झपट पड़ा, जो दफ़्तर में उसके घुसने के समय से ही बेहद बेवक़ूफ़ी भरी मुस्कुराहट के साथ उसे घूरे चली जा रही थीं।

''बेशरम, छिनाल !'' वह अचानक अपनी पूरी आवाज़ से चिल्लाया (शोकग्रस्त महिला दफ़्तर से जा चुकी थीं), ''कल रात तुम्हारे घर पर क्या हो रहा था ? क्यों ? फिर वही बेहूदगी, तुम्हारी वजह से पूरे मोहल्ले की नाक में दम है। फिर वही लड़ाई-झगड़ा और पीना-पिलाना। क़ैदख़ाने जाना चाहती हो ? मैं दस बार तुम्हें चेतावनी दे चुका हूँ कि ग्यारहवीं बार नहीं छोड़ूँगा। और तुम...फिर...फिर वही हरकत करने लगीं...बदचलन, आवारा कहीं की !''

ताज्जुब के मारे काग़ज़ रस्कोलनिकोव के हाथों से गिर पड़ा, और उसने बौखलाकर उन बनी-सँवरी महिला को देखा जिनके साथ ऐसा अभद्रता का व्यवहार किया जा रहा था। लेकिन जल्दी ही उसकी समझ में आ गया कि यह सारा क़िस्सा क्या था, और उसे तुरन्त इस पूरे कांड में निश्चित रूप से मज़ा आने लगा। वह मज़ा लेकर सुनने लगा; उसका जी चाहा कि हँसे, ख़ूब जी खोलकर हँसे...वह बेहद झुँझलाया हुआ था।

''इल्या पेत्रोविच !'' बड़े बाबू ने चिन्तित होकर कुछ कहना शुरू किया था लेकिन बीच में ही रुक गए, क्योंकि वह अपने अनुभव से जानते थे कि भड़के हुए असिस्टेंट सुपरिंटेंडेंट को ज़ोर-ज़बर्दस्ती के अलावा क़ाबू में नहीं किया जा सकता।

जहाँ तक उन बनी-ठनी महिला का सवाल था, शुरू में तो वह ज़रूर तूफ़ान के आगे काँपने लगी थीं लेकिन अजीब बात थी कि गालियों की संख्या और उनकी सख़्ती जितनी बढ़ती जाती थी, उतनी ही ज़्यादा वह विनम्र होती जाती थीं और उस रोबदार असिस्टेंट सुपरिंटेंडेंट पर वह जो मुस्कुराहटें बिखेर रही थीं उनमें रिझाने का गुण और बढ़ता जाता था। वह बड़ी बेचैनी से कसमसा रही थीं और लगातार झुक-झुककर सलाम कर रही थीं; वह बड़ी बेताबी से अपनी बात कहने का मौक़ा तलाश रही थीं और आख़िरकार वह मौक़ा उन्हें मिल गया।

''अपन का घर में किसी माफ़िक शोर-फोर या तंगा-दंगा होना नईं होता, कप्तान साहब ?'' उन्होंने पटर-पटर जिस तरह एक साँस में अपनी सारी बात कही उससे लगता था कि जैसे मटर के दाने टपक रहे हों। वह रूसी बड़े भरोसे के साथ बोल रही थीं हालाँकि उनके उच्चारण में गहरा जर्मन पुट था, ''और हंगामे भी कोई नहीं होना होता। साहब बहादुर नशे में टाइट आया होता। हम सब बात सच्ची-सच्ची बोलता, कप्तान साहब, और अपन का रत्ती भर भी मिस्टेक नईं होना होता उसमें...अपन का घर सरीफ लोग का घर होता और सारा बात पूरा जैसा सरीफ लोग का। कप्तान साहब, अपन को ख़ुद नईं माँगता कभी कोई तंगा-दंगा, शोर-फोर होने का। पन वह आया होता बिलकुल नशे में टाइट और बोलने को लगा तीन बोतल और होना। वह एक टाँग उठाया ऊपर और पाँव से पियानो बजाने को लगा। सरीफ का घर में ऐसा करने सकता कोई ! अपन का फ़स्ट क्लास पियानो खलास कर डाला। ऐसा बदतमीजी नईं करना माँगता और अपन साफ़-साफ़ बोला उसको यह बात। फिन वह एक बोतल उठाता होता और इसको मारता, उसको मारता। अपन क्या करने सकता...दरबान को ताबड़तोड़ बुलाया, और कार्ल बरोबर आया। पन, साहब, कार्ल को वह पकड़ा और उसका आँख को मारता होता और हेनरिएट का भी आँख को मारता होता और अपन का गाल का ऊपर पाँच तमाचा...तड़-तड़ मारता होता। किसी सरीफ का घर में कोई ऐसा करने को माँगता कभी, कप्तान साहब, और अपन तो रोने को लगा। फिन वह नहर साइड का खिड़की खोलने को होता और खिड़की के पास में जाता होता और सूअर की माफ़िक़ घुर्र-घुर्र करता होता; कैसा बड़ा सरम का बात होता। खिड़की के सामने में खड़ा होने का ..फिन सड़क की साइड मुँह करने का और सूअर की माफ़िक़ घुर्र-घुर्र बोलने का। ऐसे भी करने सकता कोई जंटलमैन आदमी ! छिः-छिः ! कार्ल उनका कोट पकड़ लेता होता और खिड़की का साइड से इधर को घसीटता-घसीटता होता...अपन सच्ची-सच्ची बताता, कप्तान साहब, इसमें कोट उसका पीछू से छोटा सा फट जाता होता। बस वह क्या बमकने को लगा। बोलने को लगा कोट फाड़ा तो पन्द्रह रूबल देने को होना जुर्माना। और अपन, कप्तान साहब, उसको पाँच रूबल देता भी होता, कोट फाटने का। बिलकुल जंटलमैन सरीफ आदमी नहीं होता वह और सारा ख़िट-पिट जो होना होता उसी का कारन से। अपन को बोलता होता कि अपन का बारे में सारा बुरा-बुरा बात पेपर में लिखने का, काहे से कि वह सारा पेपर को अपन के बारे में कुछ भी लिखने को सकता।''

''तो वह लेखक थे ?''

''हाँ, कप्तान साहब, और बिलकुल जंटलमैन आदमी नहीं वह...किसी सरीफ आदमी का घर में।''

"बस-बस ! बहुत हो गया ! मैं तुमसे पहले भी बता चुका हूँ..."

"इल्या पेत्रोविच !" बड़े बाबू ने एक बार फिर अर्थपूर्ण ढंग से कहा। असिस्टेंट सुपरिंटेंडेंट ने तेज़ी से उन्हें एक नज़र देखा; बड़े बाबू ने अपना सिर थोड़ा सा हिला दिया।

"...तो मैं यह बात तुम्हें बताए देता हूँ, शरीफ़ों की शरीफ़ लुईज़ा इवानोव्ना, और यह मैं तुम्हें आख़िरी बार बताए दे रहा हूँ," असिस्टेंट साहब का चर्ख़ा चलता रहा, "अगर फिर कभी तुम्हारे शरीफ़ों के घर में कोई हंगामा हुआ, तो मैं तुम्हीं को, जिसे शरीफ़ों की ज़बान में कहते हैं, हवालात में बन्द करवा दूँगा। सुन लिया ? तो एक आलिम-फ़ाज़िल आदमी ने, एक लेखक ने, 'शरीफ़ों के घर' में अपना कोट फटने के पाँच रूबल वसूल कर लिये ? कमाल के होते हैं ये लेखक लोग भी !" फिर उन्होंने रस्कोलनिकोव पर तिरस्कार भरी दृष्टि डाली। "अभी उस दिन एक रेस्तराँ में भी हंगामा हुआ था। एक लेखक साहब ने खाना खा लिया था और पैसे नहीं देते थे; बोले : 'मैं तुम्हारे बारे में व्यंग्य-लेख लिखूँगा।' इसी तरह पिछले हफ़्ते एक स्टीमर पर ऐसे ही एक साहब ने एक सिविल काउंसिलर साहब के ख़ानदान, उनकी बीवी और बेटी के बारे में निहायत बेहूदा बातें कीं। और इसी बिरादरी के एक साहब को अभी उस दिन मिठाई की एक दुकान से निकाल दिया गया था। ये लोग होते ही ऐसे हैं, लेखक हुए, साहित्यकार हुए, विद्यार्थी हुए, ढिंढोरची हुए...छिः ! तुम चलो अब यहाँ से ! मैं एक दिन ख़ुद तुम्हारे यहाँ मुआइना करने आऊँगा। तब ज़रा ख़्याल रहना ! सुन लिया ?"

जल्दी-जल्दी बड़े अदब से हर दिशा में झुक-झुककर सलाम करती हुई लुईज़ा इवानोव्ना पीछे हटते-हटते दरवाज़े तक पहुँच गईं। लेकिन दरवाज़े पर वह खिले हुए किताबी चेहरे और घने सुनहरे गलमुच्छोंवाले एक खूबसूरत अफ़सर से टकरा गईं। यह उस मोहल्ले के सुपरिंटेंडेंट साहब ख़ुद थे, निकोदिम फ़ोमीच। लुईज़ा इवानोव्ना ने जल्दी से लगभग ज़मीन तक झुककर सलाम किया, और छोटे-छोटे क़दमों से तितली की तरह पर फड़फड़ाती हुई वह दफ़्तर के बाहर चली गईं।

"फिर वही गरजना और कड़कना—वही तूफ़ान !" निकोदिम फ़ोमीच ने इल्या पेत्रोविच से बड़े शरीफ़ाना और दोस्ताना अन्दाज़ से कहा। "तुम फिर भड़क उठे, तुम्हारा ज्वालामुखी फिर फूट पड़ा ! मैंने सीढ़ियों पर से सुना !"

"अच्छा, ऐसी बात है !" इल्या पेत्रोविच ने शब्दों को खींच-खींचकर बड़ी शरीफ़ाना लापरवाही से कहा; और कुछ काग़ज़ लेकर, हर क़दम पर बड़ी अकड़ से अपने कन्धों को झटका देता हुआ वह दूसरी मेज़ पर चला गया। "ज़रा आप इस मामले को देख लीजिए : एक लेखक, या विद्यार्थी, कम-से-कम विद्यार्थी रह चुका है, अपना क़र्ज़ा नहीं अदा करता, पुरनोट लिखकर दे रखे हैं, कमरा ख़ाली नहीं करता, और उसके ख़िलाफ़ लगातार शिकायतें आती रहती हैं, और ऊपर से इन हज़रत को उनके सामने मेरे सिगरेट पीने पर एतराज है ! ख़ुद कमीनों जैसी हरकतें करते हैं, ज़रा इनकी सूरत देख लीजिए। यह हैं वह साहब, कैसी खूबसूरत शक्ल पाई है !"

"ग़रीबी कोई ऐब नहीं है, मेरे दोस्त, लेकिन यह बड़ी आसानी से भड़क उठता है, बारूद की तरह, और मैं समझता हूँ कि किसी बात पर चिढ़ गया होगा। और शायद आप," सुपरिंटेंडेंट रस्कोलनिकोव से बड़ी शिष्टता से बात कर रहा था, "आप भी बुरा मान गए होंगे और अपने आपको क़ाबू में न रख सके होंगे। लेकिन मैं आपको यक़ीन दिलाता हूँ, साहब, बुरा मानने की कोई ज़रूरत नहीं थी, यह असिस्टेंट सुपरिंटेंडेंट आदमी बहुत लाजवाब है, बस मिज़ाज का गरम है, बहुत जल्दी भड़क उठता है ! बड़ी जल्दी भड़क उठता है, गुस्सा फूट पड़ता है और बस जलकर राख हो जाता है ! और फिर थोड़ी ही देर में सब मामला ठंडा हो जाता है ! बुनियादी तौर

पर, दिल का बड़ा हीरा आदमी है। रेजिमेंट में इसका नाम लोगों ने रख छोड़ा था : 'बारूदी लेफ़्टिनेंट'[1]...''

''और रेजिमेंट भी कैसी थी !'' इल्या पेत्रोविच उसके मतलब की इस दोस्ताना छेड़छाड़ पर ख़ुश होकर चिल्लाया, हालाँकि उसका मुँह अब भी कुछ फूला हुआ था।

रस्कोलनिकोव का अचानक जी चाहा कि वह उन सबसे कोई बेहद ख़ुशगवार बात कहे।

''माफ़ कीजिएगा, कप्तान साहब,'' उसने सहसा निकोदिम फ़ोमीच को सम्बोधित करके कहना शुरू किया, ''आप अपने आपको मेरी जगह पर रखकर देखिए, अगर मैंने कोई बदतमीज़ी की हो तो मैं माफ़ी माँगने को तैयार हूँ। मैं एक ग़रीब विद्यार्थी हूँ, बीमार और ग़रीबी से चकनाचूर। (उसने 'चकनाचूर' शब्द का ही इस्तेमाल किया था।) अभी पढ़ाई भी नहीं कर रहा हूँ, क्योंकि आजकल मैं अपना ख़र्चा नहीं चला सकता, लेकिन मुझे पैसा मिलनेवाला है...मेरी माँ और बहन रियाज़ान प्रान्त में रहती हैं...वे मुझे पैसा भेजेंगी तब मैं...भुगतान कर दूँगा। मेरी मकान-मालकिन दिल की बड़ी अच्छी औरत है, लेकिन मेरी ट्यूशनें छूट जाने की वजह से और पिछले चार महीने से मेरे कोई पैसा न देने की वजह से वह इतनी तंग आ चुकी हैं कि मेरे लिए ऊपर खाना भेजना भी बन्द कर दिया है...और वह पुरनोट तो मेरी समझ में बिलकुल नहीं आता। वह मुझसे इस पुरनोट का भुगतान करने को कहती हैं। मैं कहाँ से अदा करूँ ? आप ख़ुद ही फ़ैसला कीजिए !...''

''लेकिन इससे हमें कोई मतलब नहीं है, समझ गए न,'' बड़े बाबू ने अपनी राय दी।

''हाँ, हाँ। यह बात तो आपकी मैं बिलकुल मानता हूँ। लेकिन मुझे पूरी बात समझाने का मौक़ा दीजिए...'' रस्कोलनिकोव ने फिर कहा; वह अभी तक निकोदिम फ़ोमीच को ही सम्बोधित कर रहा था, लेकिन अपनी बात इल्या पेत्रोविच के कानों तक भी पहुँचा देने की पूरी कोशिश कर रहा था, हालाँकि वह लगातार अपने काग़ज़ात को उलटने-पुलटने में ही व्यस्त मालूम होता था और बड़े तिरस्कार के साथ उसकी ओर तनिक भी ध्यान नहीं दे रहा था। ''मैं आपको इतना बता दूँ कि मैं उसके यहाँ लगभग तीन साल से रह रहा हूँ, जब से क़स्बे से आया हूँ तभी से और शुरू में...शुरू-शुरू में...मेरे लिए इस बात को मान लेने में हर्ज ही क्या है, बिलकुल शुरू में मैंने उसकी बेटी से शादी करने का वादा किया था। मैंने ज़बानी वादा किया था, और अपनी मर्ज़ी से किया था...बड़ी अच्छी लड़की थी।...सचमुच, मुझे अच्छी लगती थी, हालाँकि मुझे उससे कोई प्यार नहीं था।...सच पूछिए तो जवानी के जोश का मामला था...कहने का मतलब यह कि मेरी मकान-मालकिन उन दिनों मुझे बेझिझक क़र्ज़ा दिया करती थी, और मेरे दिन भी...मैं बहुत लापरवाही करता था...''

''आपसे आपकी निजी ज़िन्दगी की ये बातें किसने पूछी हैं, साहब, हमारे पास बेकार की बातों में ख़राब करने के लिए वक़्त नहीं है।'' इल्या पेत्रोविच बड़ी रुखाई से और कुछ विजय के भाव से बात काटकर बोला; लेकिन रस्कोलनिकोव ने बड़ी सख़्ती से उसे बीच में ही रोक दिया, हालाँकि अचानक उसे ऐसा लगा कि उसे बोलने में कठिनाई हो रही थी।

''लेकिन माफ़ कीजिए, यह बताना तो मेरा काम है...कि यह सब कुछ हुआ कैसे...हालाँकि अपनी हद तक...मैं आपकी यह बात मानने को तैयार हूँ कि...यह ग़ैर-ज़रूरी है। लेकिन एक साल हुआ वह लड़की टाइफ़स से मर गई। मैं पहले की तरह ही वहाँ रहता रहा, और जब मेरी मकान-मालकिन घर बदलकर इस नई जगह में आई तो मुझसे कहा...बड़े दोस्ताना ढंग से...कि उसे मुझ पर पूरा भरोसा है, फिर भी मैं एक सौ पन्द्रह रूबल का पुरनोट लिखकर दे दूँ, उसकी उस

1. उसका असली नाम पोरोख़ था। रूसी में 'पोरोख़' का अर्थ होता है 'बारूद'। अनु.

पूरी रक़म का जो मेरी तरफ़ निकलती थी। उसने कहा कि अगर मैं बस यह पुरनोट लिखकर दे दूँ तो वह मुझ पर फिर जितना भी मैं चाहूँगा भरोसा कर लेगी, और यह कि वह तब तक उस पुरनोट को हरगिज़-हरगिज़—ये उसके ही शब्द थे—इस्तेमाल नहीं करेगी, जब तक कि मैं ख़ुद पैसा चुकाने की हालत में न हो जाऊँ...और अब, जबकि मेरी ट्यूशनें भी छूट गई हैं और मेरे पास खाने तक को कुछ नहीं है, उसने मेरे ऊपर यह नालिश कर दी है। अब मैं इसको क्या कहूँ ?''

''इस दर्द भरी दास्तान से हमें कोई सरोकार नहीं है,'' इल्या पेत्रोविच बड़े रूखेपन से बीच में बोल पड़ा, ''आपको लिखा हुआ पक्का वादा देना होगा, और जहाँ तक आपके इश्क़-मुहब्बत के मामलों और इन दुख-दर्द की कहानियों का सवाल है, हमें उनसे कोई मतलब नहीं है।''

''जाने दो...तुम ज़रूरत से ज़्यादा सख़्ती कर रहे हो,'' मेज़ पर बैठते हुए निकोदिम फ़ोमीच ने बुदबुदाकर कहा और वह भी कुछ लिखने लगा। वह कुछ लज्जित सा लग रहा था।

''लिखो,'' बड़े बाबू ने रस्कोलनिकोव से कहा।

''क्या लिखूँ ?'' उसने झल्लाकर पूछा।

''मैं बताता हूँ।''

रस्कोलनिकोव को ऐसा लगा कि उसके भाषण के बाद बड़े बाबू उसके साथ ज़्यादा बेरुख़ी और हिक़ारत के साथ पेश आ रहे थे, लेकिन अजीब बात थी कि अचानक उसे ऐसा लगा कि उसे किसी भी राय की रत्ती भर परवाह नहीं रह गई थी, और उसमें यह विरक्ति पलक झपकते, एक क्षण में पैदा हो गई थी। अगर उसने ज़रा भी सोचने की कोशिश की होती, तो उसे इस बात पर सचमुच बड़ा ताज्जुब होता कि अभी एक मिनट पहले ही उन लोगों से वह उस तरह की बातें कर ही कैसे सका था, उन पर अपनी भावनाएँ थोप कैसे सका था ? और वे भावनाएँ पैदा कहाँ से हुई थीं ? अगर उस वक़्त उस कमरे में पुलिस अफ़सरों के बजाय उसके अपने निकटतम प्रियजन भी होते, तो उसके पास उनसे कहने के लिए इंसानों जैसी एक भी बात न होती, उसका दिल इतना ख़ाली हो चुका था। उसकी आत्मा में पीड़ाजनक चिरस्थायी अकेलेपन और दुराव की संवेदना सचेतन रूप धारण करती जा रही थी। उसके मन में यह विरक्ति पैदा होने की वजह न तो इल्या पेत्रोविच के सामने व्यक्त किए गए भावोद्‌गारों की तुच्छता थी, और न ही उस पर पुलिस अफ़सर की विजय की तुच्छता। ओह, लेकिन अब उसे स्वयं अपनी तुच्छता से, इन छोटी-मोटी अहंकार की बातों से, अफ़सरों से, जर्मन औरतों से, क़र्ज़ों से, पुलिस थानों से क्या लेना-देना था ? उस क्षण अगर उसे ज़िन्दा जला दिए जाने की सज़ा भी सुना दी जाती तब भी वह विचलित न होता, उसने सज़ा आख़िर तक सुनी भी न होती। उसे कुछ ऐसा हो रहा था, जो पहले कभी नहीं हुआ था, जो अचानक हो रहा था और जिससे वह बिलकुल परिचित नहीं था। ऐसा नहीं था कि वह इस बात को समझ रहा था, लेकिन संवेदना की भरपूर उग्रता के साथ वह इस बात को साफ़ महसूस कर रहा था कि वह थाने के लोगों से अब कभी उस तरह के भावुकतापूर्ण उद्‌गारों का या किसी भी चीज़ का सहारा लेकर गिड़गिड़ा नहीं सकता था, जिस तरह के उद्‌गार अभी कुछ देर पहले फूट पड़े थे; और यह कि अगर वे पुलिस के अफ़सर न होकर उसके अपने भाई-बहन भी होते तो जीवन की किसी भी परिस्थिति में उनके सामने गिड़गिड़ाने का बिलकुल कोई सवाल ही नहीं था। उसने ऐसी अजीब और भयानक संवेदना पहले कभी अनुभव नहीं की थी। और सबसे अधिक पीड़ाजनक बात यह थी कि वह संकल्पना या विचार की अपेक्षा एक संवेदना अधिक थी, एक प्रत्यक्ष संवेदना, अपने जीवन में उसने जितनी संवेदनाएँ अनुभव की थीं उन सबसे अधिक पीड़ाजनक !

बड़े बाबू उसे बँधा-टँका बयान लिखाने लगे, कि वह रक़म अभी अदा नहीं कर सकता है,

कि वह आगे चलकर रक़म चुका देने का वादा करता है, कि वह शहर छोड़कर कहीं नहीं जाएगा, न अपनी जायदाद बेचेगा, न किसी के नाम करेगा, वग़ैरह-वग़ैरह।

"लेकिन तुमसे तो लिखा नहीं जा रहा है, तुम तो क़लम भी ठीक से नहीं पकड़ पा रहे हो," बड़े बाबू ने बड़े कौतूहल से रस्कोलनिकोव को देखते हुए कहा, "क्या तबियत नहीं ठीक है ?"

"हाँ...चक्कर आ रहा है...आप बोलते जाइए !"

"बस इतना ही। इस पर दस्तख़त कर दो।"

बड़े बाबू ने काग़ज़ ले लिया, और दूसरों के काम की ओर ध्यान देने लगे।

रस्कोलनिकोव ने क़लम लौटाया, लेकिन उठकर वहाँ से चले जाने के बजाय उसने अपनी कुहनियाँ मेज़ पर टिका दीं और हाथों से अपने सिर को कसकर थाम लिया। उसे ऐसा लग रहा था जैसे उसकी खोपड़ी में कोई कील ठोंक रहा है। अचानक एक अजीब विचार उसके मन में उठा, कि फ़ौरन निकोदिम फ़ोमीच के पास जाए और कल जो कुछ हुआ था सब साफ़-साफ़ बता दे, और फिर उसके साथ अपने कमरे पर जाए और उसे कोनेवाले खोखल में रखी हुई सारी चीज़ें दिखा दे। यह उद्वेग इतना प्रबल था कि वह उसे पूरा करने के लिए अपनी कुर्सी से उठ खड़ा हुआ। 'क्या यह ज़्यादा अच्छा न होगा कि एक मिनट इसके बारे में सोच लूँ ?' उसके दिमाग़ में बिजली की तरह यह विचार कौंधा, 'नहीं, बिना सोचे ही सारा बोझ उतार फेंकना अच्छा रहेगा !' लेकिन अचानक वह उसी जगह पत्थर की तरह गड़ा रह गया। निकोदिम फ़ोमीच बड़ी तल्लीनता से इल्या पेत्रोविच से कुछ बातें कर रहे थे, और उनके शब्द उसके कानों तक पहुँचे–

"ऐसा हो ही नहीं सकता, दोनों छोड़ दिए जाएँगे। पहली बात तो यह कि सारी दलील अपनी काट ख़ुद करती है। अगर यह काम उन्होंने किया होता तो वे दरबान को बुलाकर क्यों लाते ? अपने ख़िलाफ़ मुख़बिरी करने के लिए ? या आँख में धूल झोंकने के लिए ? लेकिन यह तो हद से ज़्यादा चालाकी की बात है ! और फिर उस विद्यार्थी प्रेस्त्याकोव को दोनों दरबानों ने और एक औरत ने अन्दर आते हुए फाटक पर देखा था। वह तीन दोस्तों के साथ आया था जिन्होंने उसे फाटक पर ही छोड़ा था, और उसने अपने दोस्तों के सामने दरबानों से किसी किराए के कमरे के बारे में पूछा था। अब तुम्हीं बताओ, अगर वह इस इरादे से जा रहा होता तो क्या वह दरबानों से कमरे की बात पूछता ? जहाँ तक कोख़ का सवाल है, ऊपर बुढ़िया के यहाँ जाने से पहले वह आधे घंटे तक नीचे सुनार के यहाँ बैठा रहा था और उसके यहाँ से वह ठीक पौने आठ बजे उठा था। अब ज़रा सोचो..."

"लेकिन माफ़ कीजिएगा, उसके बयान में जो ये दो एक-दूसरे की उल्टी बातें हैं उसका आपके पास क्या जवाब है ? वे ख़ुद कहते हैं कि उन्होंने दरवाज़ा खटखटाया और दरवाज़ा बन्द था; लेकिन तीन ही मिनट बाद जब वे दरबान को लेकर ऊपर गए तो पता चला कि दरवाज़े की कुंडी खुली हुई थी।"

"यही तो असली बात है। हत्यारा वहीं होगा और उसने दरवाज़ा अन्दर से बन्द कर रखा होगा। और कोख़ अगर इतना बड़ा गधा न होता कि ख़ुद भी दरबान को खोजने चला जाता तो वे लोग हत्यारे को यक़ीनन पकड़ लेते। उसने बीच में जो यह वक़्त मिला उसका फ़ायदा उठाया और नीचे उतरकर किसी तरह उन्हें चकमा देकर खिसक गया। कोख़ क़समें खा-खाकर कहता है : 'अगर मैं वहाँ मौजूद होता तो वह झपटकर बाहर निकलता और उसी कुल्हाड़ी से मुझे भी मार डालता।' अब वह लड्डू बँटवाएगा–हः, हः !"

"और किसी ने हत्यारे को देखा नहीं ?"

“उनका उसे न देखना कोई ऐसी बड़ी बात नहीं है; वह घर थोड़े ही है, बिलकुल भानमती का पिटारा है,” बड़े बाबू ने कहा; वह सारी बातें सुन रहे थे।

“बात साफ़ है, बिलकुल साफ़ है,” निकोदिम फ़ोमीच ने बड़े जोश से अपनी बात दोहराई।

“नहीं, साफ़ तो बिलकुल नहीं है, और चाहे जो हो,” इल्या पेत्रोविच अपनी बात पर अड़ा रहा।

रस्कोलनिकोव अपनी हैट उठाकर दरवाज़े की ओर चला, लेकिन वह वहाँ तक पहुँच नहीं पाया।

जब उसे होश आया तो उसने देखा कि वह एक कुर्सी पर बैठा है और दाहिनी ओर से किसी ने उसे सहारा दे रखा है, एक दूसरा आदमी उसके बाईं ओर पीले रंग के गिलास में पीले रंग का पानी लिये खड़ा है, और निकोदिम फ़ोमीच उसके सामने खड़ा उसे ग़ौर से देख रहा है। वह कुर्सी से उठा।

“क्या बात है ? तबियत ख़राब है ?” निकोदिम फ़ोमीच ने कुछ तीखेपन से पूछा।

“दस्तख़त करते वक़्त इससे क़लम भी ठीक से नहीं पकड़ा जा रहा था,” बड़े बाबू ने अपनी जगह बैठते हुए और अपना काम फिर से सँभालते हुए कहा।

“बहुत दिन से बीमार हो ?” इल्या पेत्रोविच ने अपनी जगह बैठे-बैठे ही, जहाँ वह कुछ काग़ज़ उलट-पुलटकर देख रहा था, ऊँची आवाज़ में पूछा। जब रस्कोलनिकोव बेहोश हुआ था तब तो वह उसे देखने ज़रूर आया था, लेकिन उसको होश आते ही वह फिर अपनी जगह वापस चला गया था।

“कल से,” रस्कोलनिकोव ने बुदबुदाकर जवाब दिया।

“कल तुम कहीं बाहर गए थे ?”

“हाँ।”

“इस बीमारी की हालत में ?”

“हाँ।”

“किस वक़्त ?”

“कोई सात बजे।”

“और कहाँ गए थे, मैं पूछ सकता हूँ ?”

“सड़क पर।”

“दो-टूक और साफ़-साफ़।”

रस्कोलनिकोव ने, जिसका रंग बिलकुल सफ़ेद पड़ गया था, तीखे स्वर में, कुछ झटके के साथ जवाब दिए थे; उसने इल्या पेत्रोविच के घूरने के बावजूद अपनी बुख़ार भरी काली-काली आँखें झुकाई नहीं थीं।

“उससे सीधे खड़ा तो हुआ नहीं जा रहा है, और तुम...” निकोदिम फ़ोमीच ने कुछ कहना शुरू किया।

“कोई बात नहीं है,” इल्या पेत्रोविच ने कुछ अजीब ढंग से फ़ैसला सुनाया। निकोदिम फ़ोमीच कुछ और भी जोड़नेवाला था, लेकिन बड़े बाबू पर एक नज़र डालने के बाद, जो उसे नज़रें जमाए घूर रहे थे, वह कुछ नहीं बोला। अचानक ख़ामोशी छा गई। बड़ा अजीब लग रहा था।

“अच्छी बात है,” इल्या पेत्रोविच ने अपनी बात पूरी करते हुए कहा, “हम तुम्हें और ज़्यादा देर नहीं रोकेंगे।”

रस्कोलनिकोव बाहर चला आया। वहाँ से जाते हुए उसने उन लोगों को बड़ी उत्सुकता से आपस में बातें करते हुए सुना; निकोदिम फ़ोमीच की सवाल करती हुई आवाज़ सबकी आवाज़ों के ऊपर सुनाई दे रही थी। सड़क पर पहुँचकर उसकी मूर्च्छा बिलकुल दूर हो चुकी थी।

'तलाशी—अब फ़ौरन तलाशी होगी,' उसने जल्दी-जल्दी घर की ओर क़दम बढ़ाते हुए मन-ही-मन दोहराया। 'जानवर कहीं के ! उन्हें शक हो गया है !' एक बार फिर उसकी पहलेवाली दहशत ने उसे आ दबोचा।

2

'और अगर इसी बीच तलाशी हो भी चुकी हो, तो ? जब मैं अपने कमरे में पहुँचूँ तब वे लोग वहाँ मौजूद हों, तो ?'

लेकिन उसका कमरा आ गया था। उसमें कुछ भी नहीं था, कोई भी नहीं था। किसी ने वहाँ झाँका तक नहीं था। नस्तास्या तक ने वहाँ किसी चीज़ को हाथ नहीं लगाया था। लेकिन, हे भगवान ! वह उन सब चीज़ों को खोखल में छोड़कर कैसे चला गया था ?

वह लपककर कोने में पहुँचा, काग़ज़ के नीचे अपना हाथ डाला, सब चीज़ें बाहर निकालीं, और उन्हें अपनी जेबों में भर लिया। कुल मिलाकर आठ नग थे : कान की बालियों या इसी तरह की किसी और चीज़ की दो छोटी-छोटी डिबियाँ—उसने ठीक से देखा भी नहीं। फिर चार छोटे-छोटे चमड़े के केस थे। एक ज़ंजीर भी थी, जिसे अख़बार के एक टुकड़े में यों ही लपेट रखा गया था और अख़बार में ही लिपटी हुई एक और चीज़ थी, जो कोई तमग़ा मालूम पड़ता था।...

उसने उन सब चीज़ों को अपने ओवरकोट की अलग-अलग जेबों में, और अपने पतलून की बची हुई दाहिनी जेब में रख लिया, और इस बात की पूरी कोशिश की कि उन पर किसी की नज़र न पड़ सके। उसने बटुआ भी ले लिया। फिर वह दरवाज़ा खुला छोड़कर कमरे से बाहर निकल गया।

दृढ़ संकल्प लिये वह जल्दी-जल्दी चल रहा था, और हालाँकि वह बिलकुल टूटा हुआ महसूस कर रहा था पर उसकी सारी चेतनाएँ सजग थीं। उसे पीछा किए जाने का डर लगा हुआ था। वह डर रहा था कि अभी आधे घंटे में, शायद पन्द्रह मिनट में ही, उसका पीछा करने का हुक्म जारी कर दिया जाएगा, इसलिए उससे पहले ही हर क़ीमत पर उसे सारे सबूत छिपा देने चाहिए। जब तक उसके शरीर में थोड़ी-बहुत ताक़त बाक़ी थी, जब तक उसकी अक़्ल थोड़ा-बहुत काम कर रही थी, उसे सब कुछ ठीक-ठाक कर देना चाहिए...।

वह जाए कहाँ...यह बात बहुत पहले ही तै हो चुकी थी : 'उन्हें नहर में फेंक दूँगा, सारे सबूत पानी में छिप जाएँगे और सारा क़िस्सा ही ख़त्म हो जाएगा।' यह फ़ैसला उसने रात को सरसाम की उस हालत में ही कर लिया था जब कई बार उसके दिल में वह जोश पैदा हुआ था कि उठ खड़ा हो और चल दे, और जल्दी-से-जल्दी उन सब चीज़ों से छुटकारा पा ले। लेकिन उनसे छुटकारा पाना टेढ़ी खीर निकला।

वह आधे घंटे तक या उससे भी ज़्यादा एकतेरीनिंस्की नहर के किनारे टहलता रहा। उसने कई बार उन सीढ़ियों को देखा जो पानी तक चली गई थीं, लेकिन वह अपनी योजना पूरी करने की बात सोच भी नहीं सका; या तो सीढ़ियों के छोर पर कोई-न-कोई बेड़ा खड़ा होता था, या औरतें उन पर बैठी कपड़े धोती होती थीं, या वहाँ कोई-न-कोई नाव लगी होती थी, और हर जगह लोगों

के झुंड मँडलाते होते थे। इसके अलावा किनारे पर से हर तरफ़ से उसे देखा जा सकता था और उसकी पकड़ हो सकती थी। किसी का इरादा करके नीचे उतरना, वहाँ रुकना और कोई चीज़ पानी में फेंकना शक पैदा कर सकता था। और अगर डिब्बे डूबने के बजाय तैरते रहे तो ? और वे तैरेंगे तो ज़रूर। हर कोई देखेगा। यों भी, जो उसे रास्ते में मिलता था वह उसे घूरता हुआ और ग़ौर से उसे देखता हुआ ही लगता था, मानो उसे उस पर नज़र रखने के अलावा कोई काम ही न हो। 'ऐसा क्यों है, या यह सिर्फ़ मेरा वहम है ?' उसने सोचा।

आख़िरकार उसे यह बात सूझी कि नेवा नदी पर जाना ही सबसे ठीक होगा। वहाँ इतने बहुत लोग नहीं होते, उस पर लोगों की नज़र भी कम पड़ेगी, और हर तरह से वहाँ अधिक सुविधा रहेगी; सबसे बड़ी बात तो यह कि वह जगह और दूर थी। उसे ताज्जुब हो रहा था कि वह पूरे आधे घंटे से इस ख़तरनाक जगह में परेशानी और चिन्ता में डूबा हुआ फिरता रहा और यह बात उसे पहले नहीं सूझी ! वह आधा घंटा उसने एक बेतुकी योजना में खो दिया था, महज़ इसलिए कि सरसाम की हालत में वह उसे सूझ गई थी ! वह बेहद बदहवास होता जा रहा था और हर बात बड़ी जल्दी भूल जाता था। उसे इस बात का आभास भी था। अतः उसने तय किया कि इस कार्य में उसे अब जल्दी करनी ही पड़ेगी।

वह व. प्रॉस्पेक्ट से होता हुआ नेवा की ओर चला, लेकिन रास्ते में उसे एक और बात सूझ गई : 'नेवा की ओर क्यों ? पानी में क्यों ? क्या ज़्यादा अच्छा यह न होगा कि कहीं और दूर निकल चला जाए, द्वीपों की ओर, जहाँ किसी सुनसान जगह पर, जंगल में या किसी झाड़ी में, इन चीज़ों को छिपा दिया जाए, और उस जगह पर पहचान के लिए कोई निशान लगा दिया जाए ?' हालाँकि वह महसूस कर रहा था कि उसमें साफ़-साफ़ कोई बात तै करने की क्षमता नहीं रह गई है, फिर भी उसे यह विचार बहुत जँचा।

लेकिन संयोग ने उसे वहाँ तक पहुँचने नहीं दिया; क्योंकि व. प्रॉस्पेक्ट से निकलकर चौक की तरफ़ आते वक़्त उसे बाईं ओर एक गलियारा दिखाई दिया जो दो सपाट दीवारों के बीच से होकर एक अहाते की ओर जाता था। दाहिनी ओर एक चौमंज़िले मकान की सपाट बिना पुती दीवार अहाते से दूर तक चली गई थी, बाईं ओर उसके समानान्तर लकड़ी का बड़ा सा बोर्ड कोई बीस क़दम की दूरी तक अहाते में जाकर अचानक बाईं ओर को घूम गया था। यह जगह चारों ओर से घेरकर अलग कर दी गई थी, जहाँ हर तरह की फ़ालतू चीज़ें इधर-उधर पड़ी थीं। अहाते के सिरे पर, लकड़ी की बाड़ के पीछे से नीची छतवाली एक कालिख लगी पत्थर की इमारत, जो देखने से किसी कारख़ाने का हिस्सा मालूम होती थी, झाँक रही थी। वह शायद किसी गाड़ी बनानेवाले या किसी बढ़ई का शेड था। फाटक से लेकर वहाँ तक सारी जगह कोयले की गर्द बिछी थी। 'यहाँ फेंकने लायक़ कोई जगह होगी,' उसने सोचा। अहाते में किसी को न देखकर वह चुपके से अन्दर गया। फाटक के पास ही उसे लोहे की एक खुली नाली दिखाई दी जैसी कि उन जगहों में अक्सर होती है जहाँ बहुत से मज़दूर या कोचवान रहते हैं; और उसके ऊपर लकड़ी के तख़्ते पर खरिया से वह युगों पुराना नारा लिखा हुआ था : ''यहाँ पेशाब करना मना है !'' यह तो और भी अच्छी बात थी, क्योंकि उसके अन्दर जाने पर किसी को शक नहीं होगा। 'मैं सब कुछ यहीं कहीं इस ढेर में फेंककर चुपचाप निकल जाऊँगा,' उसने सोचा।

जेब में अपना हाथ डाले हुए एक बार फिर चारों ओर नज़र दौड़ाने पर उसे अहाते की दीवार के पास फाटक और नाली के बीच की लगभग एक गज़ सँकरी जगह में एक बड़ा सा अनगढ़ पत्थर पड़ा दिखाई दिया जिसका वज़न शायद साठ पौंड रहा होगा। दीवार की दूसरी ओर एक सड़क थी।

उसे राहगीरों की आवाज़ें सुनाई दे रही थीं, जिनकी कभी भी वहाँ कोई कमी नहीं रहती थी। यद्यपि उसे फाटक के पीछे कोई देख नहीं सकता था जब तक वह सड़क से अन्दर न आ रहा हो, किन्तु ऐसा किसी वक़्त भी हो सकता था इसलिए जल्दी करना ज़रूरी था।

वह पत्थर पर झुका, कसकर उसका ऊपरी सिरा दोनों हाथों से पकड़ा और पूरा ज़ोर लगाकर उसे पलट दिया। पत्थर के नीचे ज़मीन में एक छोटा सा गड्ढा था, जिसमें फ़ौरन उसने अपनी जेबें ख़ाली कर दीं। बटुआ सबसे ऊपर था। किन्तु गड्ढा पूरी तरह भरा नहीं था। उसने एक बार फिर पत्थर को पकड़कर हुमसाया और एक ही झटके में उसे फिर सीधा कर दिया। पत्थर अपनी पहलेवाली हालत में आ गया था, बस थोड़ा सा ऊँचा हो गया था। लेकिन उसने उसके चारों ओर की मिट्टी खुरची और अपने पाँव से पत्थर के चारों ओर दबा दी। अब किसी को कुछ भी दिखाई नहीं दे सकता था।

इसके बाद वह बाहर जाकर चौक की ओर मुड़ गया। एक बार फिर क्षण भर के लिए उस पर बहुत गहरा, लगभग असह्य उल्लास छा गया, जैसा कि थाने में हुआ था। 'मैंने सारे सुराग़ दफ़न कर दिए हैं ! भला पत्थर के नीचे देखने की बात किसके दिमाग़ में आएगी ? शायद जब से घर बना है तब से यह यहाँ पड़ा है, और उतने ही बरसों तक अभी और पड़ा रहेगा। अगर पता लग भी गया तो मुझ पर किसे शक होगा ? सारा क़िस्सा ख़तम ! कोई सुराग़ बाक़ी नहीं !' वह हँस पड़ा। हाँ, उसे याद था कि उसने एक महीन सी, घबराई हुई, बिना आवाज़ की हँसी हँसना शुरू किया था और चौक पार करते हुए सारी देर वह इसी तरह हँसता रहा था। लेकिन क. बूलिवार पर पहुँचकर, जहाँ दो दिन पहले उसे वह लड़की मिली थी, उसकी हँसी अचानक रुक गई। उसके दिमाग़ में दूसरे विचार धीरे-धीरे आने लगे। एकदम उसे ऐसा लगा कि उस बेंच के सामने से गुज़रते उसे घिन आएगी, जिस पर लड़की के चले जाने के बाद वह बड़ी देर तक बैठा सोचता रहा था, और उसे गलमुच्छोंवाले उस पुलिसवाले से मिलकर भी बड़ी नफ़रत होगी जिसे उसने बीस कोपेक दिए थे : 'भाड़ में जाए वह !'

वह क्रोध से और विक्षिप्त होकर अपने चारों ओर देखता हुआ चलता रहा। ऐसा लग रहा था कि उस समय उसके सारे विचार किसी एक ही बिन्दु के चारों ओर चक्कर काट रहे हैं। उसे महसूस हुआ कि सचमुच ऐसा एक बिन्दु है, और यह कि अब, इस समय, वह उस बिन्दु के सामने खड़ा रह गया है—और पिछले दो महीनों में सचमुच पहली बार ऐसा हुआ था।

'भाड़ में जाए सब !' सहसा अदम्य रोष से भरकर उसने सोचा। 'अगर सिलसिला शुरू हो गया है, तो शुरू हो गया है। नई ज़िन्दगी को मारो गोली ! हे भगवान, कैसी नादानी है !...और कैसे-कैसे झूठ बोला हूँ आज मैं भी ! कैसे घृणित ढंग से मैंने उस कमबख़्त इल्या पेत्रोविच की खुशामद की थी ! लेकिन यह सब कुछ बेवक़ूफ़ी थी। मुझे उन सब लोगों की और उनकी खुशामद करने की अब क्या परवाह है ! हाँ, बात यह बिलकुल नहीं है ! बात यह बिलकुल नहीं है !'

अचानक वह रुक गया; एक नया, बिलकुल ही अप्रत्याशित और बेहद सीधा-सादा सवाल उसे परेशान करने लगा और उसने उसे एक गहरी उलझन में डाल दिया :

'अगर यह सब कुछ सोच-समझकर किया गया था, मूर्खों की तरह नहीं, अगर सचमुच मेरा कोई निश्चित और पक्का उद्देश्य था, तो फिर इसकी क्या वजह है कि मैंने बटुए में झाँककर भी नहीं देखा और मुझे यह तक नहीं मालूम है कि उसके अन्दर था क्या, जिसके लिए मैंने ये सारी यातनाएँ सहीं और जान-बूझकर इस नीच, गन्दे और घिनौने काम का बीड़ा उठाया ? मैं उस बटुए को और उसके साथ ही उन सारी चीज़ों को भी फ़ौरन पानी में फेंक देना चाहता था जिन्हें मैंने

ठीक से देखा तक नहीं था...इसकी क्या वजह है ?'

हाँ, ऐसा तो था, सब कुछ बिलकुल ऐसा ही था। फिर भी ये सारी बातें उसे पहले से मालूम थीं और यह उसके लिए कोई नया सवाल नहीं था। उस वक़्त भी जब रात को किसी झिझक या किसी दुविधा के बिना पानी में फेंकने का इसे फ़ैसला किया गया था, कुछ इस तरह मानो इसके अलावा और कुछ हो ही न सकता हो...हाँ, उसे यह सबकुछ मालूम था, और उसने यह सबकुछ अच्छी तरह समझ लिया था; यह सबकुछ तो पक्के तौर पर कल उसी क्षण तै हो गया था जब वह बक्स पर झुका हुआ उसमें से गहनों की डिबियाँ निकाल रहा था...हाँ, यही बात थी !...

"इसकी वजह यह है कि मैं बहुत बीमार हूँ," आख़िरकार उसने बड़े उदास मन से फ़ैसला किया। "मैं चिन्ता करता रहा हूँ, अन्दर-ही-अन्दर कुढ़ता रहा हूँ और मैं यह भी नहीं जानता कि मैं कर क्या रहा हूँ...कल और परसों और इस पूरे दौरान में मैं चिन्ता की आग में अपने आपको जलाता रहा हूँ...मैं चंगा हो जाऊँगा और मैं चिन्ता नहीं करूँगा...लेकिन अगर मैं बिलकुल भी अच्छा न हुआ तो ? हे भगवान, मैं इस सबसे कितना तंग आ चुका हूँ !"

वह बिना रुके चलता रहा। उसका बेहद जी चाह रहा था कि उसका ध्यान बँटाने के लिए कोई चीज़ उसे मिल जाए, लेकिन उसकी समझ में नहीं आ रहा था कि क्या करे, किस बात की कोशिश करे। हर क्षण एक नई अत्यन्त प्रबल संवेदना उसे अधिकाधिक अपने शिकंजे में कसती जा रही थी; यह थी अपने चारों ओर की हर चीज़ से अथाह लगभग शारीरिक विरक्ति, घृणा की एक जड़ और कुत्सित भावना। जो भी उसे दिखाई देता था वह उसे घिनौना मालूम होता था—उसे उसकी सूरत से, उसकी चाल-ढाल से, उसके हाव-भाव के घिन आती थी। उसे ऐसा लग रहा था कि अगर उनमें से कोई उसे सम्बोधित करता तो वह उसके मुँह पर थूक देता या उसे काट खाता...

वह वसील्येव्स्की ओस्त्रोव में छोटी नेवा के किनारे पहुँचकर पुल के पास अचानक रुक गया। 'वह तो यहीं रहता है, इसी घर में,' उसने सोचा, 'हे भगवान, मैं रज़ुमीख़िन के यहाँ तो नहीं पहुँच गया हूँ ? लो, फिर वही सिलसिला शुरू हो गया...काश मुझे मालूम होता कि मैं यहाँ जान-बूझकर आया हूँ ? लेकिन, कोई बात नहीं। मैंने अभी परसों ही तो कहा था कि उससे मिलने मैं उसके बादवाले दिन जाऊँगा; तो अब मैं जाकर उससे मिल ही क्यों न आऊँ ?'

वह पाँचवीं मंज़िल पर रज़ुमीख़िन के कमरे तक गया।

रज़ुमीख़िन घर पर अपने दड़बे में था; वह उस समय बड़ी तन्मयता से कुछ लिख रहा था; दरवाज़ा उसने ख़ुद खोला। वे दोनों चार महीने से एक-दूसरे से नहीं मिले थे। रज़ुमीख़िन एक झीना फटीचर ड्रेसिंग गाउन और अपने नंगे पाँवों पर सलीपरें पहने बैठा था, बाल बिखरे हुए, दाढ़ी बढ़ी हुई, लगता था उसने मुँह-हाथ भी नहीं धोया है। उसके चेहरे से आश्चर्य टपक रहा था।

"अरे, तुम हो ?" वह चिल्लाया। उसने अपने साथी को सिर से पाँव तक देखा; फिर कुछ देर रुककर उसने सीटी बजाई।

"ऐसी कंगाली आ गई ! अरे, भाई, तुमने तो हम सबको मात कर दिया !" उसने रस्कोलनिकोव के तार-तार कपड़ों को देखते हुए अपनी बात जारी रखी। "आओ बैठो, थके हुए हो, मैं दावे के साथ कह सकता हूँ।" और जब वह मोमजामा मढ़े हुए सोफ़े में धँसकर बैठ गया, जिसकी हालत उसके अपने सोफ़े से भी बदतर थी, तब रज़ुमीख़िन ने अचानक देखा कि उसका मेहमान बीमार है।

"अरे, तुम तो बहुत बीमार हो, कुछ तुम्हें ख़बर भी है ?" उसने उसकी नब्ज़ देखते हुए कहना

शुरू किया। रस्कोलनिकोव ने अपना हाथ खींच लिया।

"कोई बात नहीं," वह बोला, "मैं एक काम से आया था : मेरे पास कोई ट्यूशन नहीं है...मैं चाहता था...लेकिन दरअसल मुझे पढ़ाने का काम नहीं चाहिए..."

"लेकिन मैं कहता हूँ, तुम्हें तो सरसाम हो गया है, कुछ पता है !" रज़ुमीख़िन ने उसे गौर से देखते हुए अपना मत प्रकट किया।

"नहीं, सरसाम नहीं है।"

रस्कोलनिकोव सोफ़े से उठ खड़ा हुआ। रज़ुमीख़िन के कमरे की सीढ़ियाँ चढ़ते समय उसने यह नहीं सोचा था कि अपने दोस्त से उसका आमना-सामना हो जाएगा। अब पलक झपकते वह समझ गया था कि उस क्षण वह जो चीज़ सबसे कम चाहता था वह यह थी कि इस घड़ी दुनिया में किसी से भी उसका आमना-सामना हो। उसका पित्त खौलने लगा। रज़ुमीख़िन के कमरे की चौखट पार करते ही उसे अपने आप पर इतना गुस्सा आया कि उसका दम घुटने लगा।

"अच्छा मैं चला, फिर मिलेंगे," उसने सहसा कहा और दरवाज़े की ओर चल दिया।

"ठहरो, ठहरो ! तुम भी अजीब आदमी हो !"

"मेरा जी नहीं चाहता," रस्कोलनिकोव ने फिर अपना हाथ खींचते हुए कहा।

"तो फिर कमबख़्त यहाँ आए क्यों थे ? पागल हो गए हो क्या ? अरे, यह तो...सरासर मेरा अपमान है ! मैं तुम्हें इस तरह नहीं जाने दूँगा।"

"अच्छा, तो बात यह है कि मैं तुम्हारे पास इसलिए आया था कि तुम्हारे अलावा मैं किसी दूसरे ऐसे आदमी को नहीं जानता जो मेरी मदद कर सके...शुरुआत करने में...क्योंकि तुम औरों से ज़्यादा नेक हो—मेरा मतलब है, समझदार हो, और भले-बुरे की परख कर सकते हो...और अब मैं देखता हूँ कि मुझे कुछ भी नहीं चाहिए। सुन रहे हो ? कुछ भी नहीं...न किसी की मदद...न किसी की हमदर्दी। मैं ख़ुद...बस, मैं ख़ुद...अकेला। बस, बहुत हो चुका ! मुझे मेरे हाल पर छोड़ दो।"

"एक मिनट तो ठहरो, बाँगडू ! तुम तो बिलकुल पागल हो। वैसे तुम्हारी मर्ज़ी, मेरा क्या। बात यह है कि मेरे पास भी कोई ट्यूशन नहीं है, और मुझे इसकी परवाह भी नहीं है, लेकिन किताबें बेचनेवाला एक आदमी है, ख़ेरुवीमोव—उसने ट्यूशनों की कमी पूरी कर दी है। उसे छोड़कर तो मैं सेठों के घर पाँच ट्यूशनें भी न करूँ। वह थोड़ा-बहुत प्रकाशन का काम करता है, प्राकृतिक विज्ञान की छोटी-छोटी किताबें भी छापता है, और क्या बिक्री होती है उनकी ! उनके नाम पढ़कर ही पैसे वसूल हो जाते हैं ? तुम हमेशा कहते थे कि मैं बेवक़ूफ़ हूँ, लेकिन भगवान जानता है, मेरे यार, कि इस दुनिया में मुझसे बड़े-बड़े बेवक़ूफ़ पड़े हैं ! अब वह भी एक प्रवृत्ति अपनाने की सोच रहा है, इसलिए नहीं कि उसे किसी बात का पता है, बल्कि, दरअसल, मैं ही उसे बढ़ावा देता रहता हूँ। यह जर्मन मूल पुस्तक के दो फ़रमे हैं—मेरी राय में इससे भोंडी धूर्त्तता हो नहीं सकती : इसमें इस सवाल पर बहस की गई है कि क्या औरत इंसान है ? और बड़े गर्व के साथ साबित किया गया है कि वह है। ख़ेरुवीमोव नारी-समस्या के समाधान में अपने योगदान के रूप में इसे प्रकाशित करनेवाला है। मैं इसका अनुवाद कर रहा हूँ। वह इन ढाई फ़रमों को छः में फैला देगा। हम लोग कोई आधे पन्ने का इसका कोई भारी-भरकम नाम रख देंगे और वह आधे रूबल की किताब छाप देगा। हाथों-हाथ बिक जाएगी। वह मुझे एक फ़रमे के छः रूबल देता है, इस तरह पूरे काम के पन्द्रह रूबल बनते हैं, और छः रूबल मुझे पेशगी मिल चुके हैं। यह काम ख़त्म हो जाने के बाद हम लोग ह्वेल मछलियों के बारे में एक किताब का अनुवाद शुरू करनेवाले

हैं, और फिर रूसो की पुस्तक 'स्वीकारोक्तियाँ' के दूसरे भाग में से कुछ बेहद नीरस क़िस्से, जो हमने अनुवाद करने के लिये छाँट लिए हैं। किसी ने ख़ेरुवीमोव को बता दिया है कि रूसो बहुत कुछ रदीश्चेव जैसा आदमी था। और ज़ाहिर है मैं उसकी किसी बात का खंडन नहीं करता, मेरी बला से ! तुम 'क्या औरत इंसान है ?' का दूसरा फ़रमा करना चाहोगे ? अगर चाहो तो जर्मन मूल, क़लम और काग़ज़ लेते जाओ—यह सब कुछ वहीं से मिलता है और तीन रूबल भी लेते जाओ; क्योंकि मुझे शुरू में पूरे काम के छः रूबल पेशगी मिले थे—तुम्हारे हिस्से के तीन रूबल बनते हैं। और जब यह फ़रमा पूरा कर लोगे तो तुम्हें तीन रूबल और मिलेंगे। और मेहरबानी करके यह न समझना कि मैं तुम्हारे ऊपर कोई एहसान कर रहा हूँ; बल्कि उल्टी बात है, जैसे ही तुमने अन्दर क़दम रखा था मैंने सोच लिया था कि तुमसे मुझे क्या मदद लेनी है। पहली बात तो यह कि मेरी स्पेलिंग कमज़ोर है, दूसरे, जर्मन भाषा में मैं बिलकुल भटक जाता हूँ, इसलिए अनुवाद करते-करते बीच-बीच में ज़्यादातर तो अपनी तरफ़ से ही ठोंकता जाता हूँ। तसल्ली की बात बस यह है कि वह यक़ीनन मूल से अच्छा ही होता होगा। लेकिन कौन जाने, शायद वह बेहतर नहीं, बदतर भी हो...ले जाओगे ?''

रस्कोलनिकोव ने जर्मन के पन्ने चुपचाप ले लिये, तीन रूबल भी ले लिये और कुछ भी कहे बिना बाहर चला गया। रज़ुमीख़िन बड़े अचरज से उसे जाते हुए एकटक देखता रह गया। लेकिन रस्कोलनिकोव अगली सड़क पर पहुँचकर वापस लौटा, फिर रज़ुमीख़िन के कमरे की सीढ़ियाँ चढ़ा और जर्मन लेख और तीन रूबल मेज़ पर रखकर फिर बाहर चला आया; इस बार भी उसने कोई शब्द नहीं कहा।

''कुछ दीवाने तो नहीं हो गए हो ?'' रज़ुमीख़िन आख़िरकार ताव में आकर ज़ोर से चिल्लाया, ''यह क्या नाटक है ! तुम मुझे भी पागल बना दोगे...फिर कमबख़्त तुम मेरे पास आए क्यों थे ?''

''मुझे नहीं चाहिए...यह अनुवाद का काम,'' रस्कोलनिकोव ने सीढ़ियों पर से ही बुदबुदाकर कहा।

''तो फिर, कमबख़्त क्या चाहिए तुम्हें ?'' रज़ुमीख़िन ने ऊपर से चिल्लाकर कहा। रस्कोलनिकोव चुपचाप सीढ़ियाँ उतरता रहा।

''अरे, सुनो ! कहाँ रहते हो तुम ?''

कोई जवाब नहीं मिला।

''अच्छा तो भाड़ में जाओ !''

लेकिन तब तक रस्कोलनिकोव सड़क पर निकल आया था। निकोलायेव्स्की पुल पर पहुँचकर उसे एक अरुचिकर घटना की वजह से फिर जाकर पूरी तरह होश आया। एक कोचवान ने उस पर तीन-चार बार चिल्लाने के बाद पीठ पर ज़ोर से एक चाबुक जड़ दी, क्योंकि वह उसके घोड़े की टापों के नीचे कुचलते-कुचलते बचा था। चाबुक पड़ते ही वह गुस्से से ऐसा तिलमिला उठा कि झपटकर सीधे पुल के जंगले के पास जा पहुँचा (न जाने क्यों वह गाड़ियों की उस आवाजाही में पुल के बीचोंबीच चल रहा था)। गुस्से से वह दाँत पीसने लगा। ज़ाहिर है, उसे लोगों के हँसने की आवाज़ सुनाई दी।

''अच्छा हुआ !''

''ज़रूर कोई गिरहकट होगा !''

''पक्की बात है, नशे में होने का बहाना करता है और जान-बूझकर पहियों के नीचे आ जाता है; और नाम लगाता है दूसरों का।''

"धन्धा बना लिया है, यही काम है इसका।"

वह जंगले के पास खड़ा अभी तक गुस्से से और भौंचक्का होकर दूर जाती हुई गाड़ी को देख रहा था, साथ ही अपनी पीठ भी सहला रहा था कि इतने में उसने महसूस किया किसी ने उसके हाथ में कुछ पैसे रख दिए हैं। उसने देखा। सिर पर रूमाल बाँधे और पाँवों में बकरी की खाल के जूते पहने एक अधेड़ उम्र की औरत थी; उसके साथ एक लड़की थी, शायद उसकी बेटी होगी, जो हैट लगाए थी और हरे रंग की छतरी लिये थी। "ले लो, भले आदमी, भगवान के नाम का !" उसने पैसे ले लिये और वे दोनों आगे बढ़ गईं। बीस कोपेक का सिक्का था। उसके कपड़ों और उसकी सूरत-शक्ल से उन लोगों ने उसे सड़क का कोई भिखारी समझा होगा। बीस कोपेक का यह दान उसे चाबुक खाने का मिला था, जिसकी वजह से उन्हें उस पर दया आ गई थी।

बीस कोपेक का वह सिक्का अपनी मुट्ठी में बन्द करके वह दस क़दम चला, फिर मुड़कर नेवा नदी की ओर मुँह करके खड़ा हो गया और महल की ओर देखने लगा। आसमान पर एक भी बादल नहीं था और नदी का पानी गहरा नीला लग रहा था, जैसा कि नेवा नदी में कभी-कभार ही होता है। गिरजाघर का गुम्बद, जिसका सबसे अच्छा दृश्य छोटे गिरजाघर से कोई बीस क़दम पर पुल से दिखाई देता है, धूप में चमक रहा था, और साफ़ हवा में उसकी एक-एक सजावट अलग-अलग पहचानी जाती थी। चाबुक की मार का दर्द दूर हो गया और रस्कोलनिकोव उसके बारे में भूल भी गया; एक बेचैन करनेवाला विचार, जो पूरी तरह स्पष्ट भी नहीं था, इस समय उसके दिमाग़ पर पूरी तरह छाया हुआ था। वह शान्त खड़ा बड़ी देर तक टकटकी बाँधे दूर क्षितिज को घूरता रहा; इस जगह से वह विशेष रूप से अच्छी तरह परिचित था। जब वह यूनिवर्सिटी में पढ़ता था तब वह सैकड़ों बार–आमतौर पर अपने घर जाते हुए–इस जगह शान्त खड़ा रहकर इस सचमुच भव्य दृश्य को टकटकी बाँधे देखता रहता था। यह दृश्य उसके अन्दर जो एक अस्पष्ट सी और रहस्यमयी भावना पैदा करता था, उस पर वह हमेशा ही आश्चर्य करता रहता था। उसे देखकर उस पर एक विचित्र उदासीनता सी छा जाती थी। यह शानदार रंगारंग चित्र उसे बिलकुल मूक और बेजान लगता था। हर बार उसे अपने मन पर पड़नेवाली इस धुँधली और रहस्यमयी छाप पर अचरज होता था, और अपने आप पर विश्वास न करके वह इसका कारण जानने का काम फिर कभी के लिए टाल देता था। अब उसे अपनी वे पुरानी शंकाएँ और उलझनें बिलकुल साफ़ याद आ रही थीं और उसे लग रहा था कि इस समय उनका याद आना केवल संयोग नहीं था। यह बात उसे कुछ अजीब और बेतुकी लग रही थी कि वह पहले की तरह ही ठीक उसी जगह आकर रुक गया था, मानो उसने यह कल्पना की हो कि वह उन्हीं विचारों को सोच सकेगा, उन्हीं मान्यताओं और चित्रों में दिलचस्पी ले सकेगा जिनमें उसे अभी...इतने थोड़े समय पहले ही... दिलचस्पी थी। उसे यह बात कुछ हास्यास्पद लगी, फिर भी उसका दिल तड़प उठा। अब उसे यह सब कुछ बहुत दूर गहराई में, कहीं उसके पाँवों के नीचे ही, आँखों से ओझल मालूम पड़ रहा था–उसका सारा अतीत, उसके पुराने विचार, उसकी पुरानी समस्याएँ और मान्यताएँ, उसकी पुरानी स्मृतियाँ और यह चित्र और वह स्वयं भी, सब, सब कुछ।...उसे ऐसा लगा जैसे वह ऊपर की ओर उड़ा चला जा रहा है और हर चीज़ आँखों से ओझल होती जा रही है...अनजाने ही अपने हाथ को हवा में घुमाते हुए उसे अचानक मुट्ठी में बन्द उस सिक्के की याद आई। उसने मुट्ठी खोल दी, कुछ देर सिक्के को घूरता रहा, और फिर ज़ोर से बाँह घुमाकर उसने उसे पानी में फेंक दिया; फिर वह मुड़ा और घर की ओर चल दिया। उसे ऐसा लग रहा था कि उस क्षण उसने अपने आपको हर आदमी से और हर चीज़ से काटकर अलग कर लिया है।

जब वह घर पहुँचा तो दिन ढल रहा था, जिसका मतलब है वह छः घंटे तक चलता रहा होगा। कैसे और कहाँ से होकर वह वापस आया यह उसे याद नहीं था। कपड़े उतारकर वह बुरी तरह काँपता हुआ सोफ़े पर लेट गया; उसकी हालत दौड़ा-दौड़ाकर बेदम कर दिए गए घोड़े जैसी हो रही थी। उसने अपना ओवरकोट ओढ़ लिया और तुरन्त विस्मृति के गर्त्त में डूब गया...

जब वह एक भयानक चीख़ सुनकर जाग पड़ा उस समय गोधूलि वेला थी। हे भगवान, कैसी भयानक चीख़ थी ! ऐसी अजीब आवाज़ें, ऐसी चीख़-पुकार, ऐसा रोना-पीटना, ऐसी मार-कुटाई, ऐसे आँसू, ऐसे लात-घूँसे और ऐसी गालियाँ उसने पहले कभी नहीं सुनी थीं। ऐसी पाशविकता की, ऐसे उन्माद की वह कल्पना भी नहीं कर सकता था। दहशत के मारे वह उठकर पलंग पर बैठ गया, और तीव्र व्यथा के कारण उस पर मूर्च्छा सी छाने लगी। लेकिन लड़ने, रोने और गाली-गलौज की आवाज़ तेज़ होती जा रही थी। और फिर अपनी मकान-मालकिन की आवाज़ पहचानकर वह हक्का-बक्का रह गया। वह दहाड़ें मार-मारकर चिल्ला रही थी, चीख़ रही थी और रो-रोकर तेज़ी से, जल्दी-जल्दी, उखड़े-उखड़े शब्दों में कुछ कह रही थी, इसलिए उसकी समझ में कुछ नहीं आ रहा था कि वह क्या कह रही है। यह तो ज़ाहिर था कि वह गिड़गिड़ाकर कह रही थी कि उसे पीटा न जाए, क्योंकि सीढ़ियों पर बड़ी बेरहमी से उसे पीटा जा रहा था। जो आदमी उसे मार रहा था उसकी आवाज़ द्वेष और क्रोध के कारण इतनी भयानक हो गई थी कि मेंढक की टर्र-टर्र जैसी लग रही थी; लेकिन वह भी उतनी ही तेज़ी से और उतने ही अस्पष्ट ढंग से, जल्दी-जल्दी और हकला-हकलाकर कुछ कह रहा था। सहसा रस्कोलनिकोव सिहर उठा; उसने आवाज़ पहचान ली थी—यह इल्या पेत्रोविच की आवाज़ थी। इल्या पेत्रोविच यहाँ ! और वह मकान-मालकिन को मार रहा था ! वह उसे ठोकरों से मार रहा था और उसका सिर सीढ़ियों पर पटक रहा था—यह बात तो साफ़ थी, रोने की और धड़-धड़ की आवाज़ों से इतना तो पता लग ही रहा था। बात क्या है, यह सारी दुनिया उलट-पुलट क्यों हुई जा रही है ? सभी मंज़िलों से और सभी सीढ़ियों पर उसे झुंड के झुंड लोगों के भागने की आवाज़ सुनाई दे रही थी; उसे लोगों के बोलने की, भय और आश्चर्य से चिल्लाने की, टकराने की और दरवाज़े भड़भड़ाने की आवाज़ें सुनाई दे रही थीं। 'लेकिन क्यों, आख़िर क्यों, और यह सब हुआ कैसे ?' उसने कई बार दोहराया और सचमुच सोचने लगा कि वह पागल हो गया है। लेकिन नहीं, उसने बिलकुल साफ़ सुना था ! और फिर इसके बाद वे लोग उसके पास आएँगे, 'क्योंकि इसमें तो कोई शक है ही नहीं...कि यह सब कुछ उसी सिलसिले में है...कल के बारे में...हे भगवान !' उसने अपने दरवाज़े की कुंडी चढ़ा ली होती, लेकिन वह अपना हाथ भी नहीं उठा पा रहा था...और फिर उससे फ़ायदा भी क्या था ! दहशत ने उसके दिल को अपने शिकंजे में जकड़ लिया, जैसे बर्फ़ की सिल के अन्दर कोई चीज़ जम गई हो; भय उसे त्रस्त करता रहा और वह निःसंज्ञ हो गया। लेकिन आख़िरकार, लगभग दस मिनट तक जारी रहने के बाद, वह सारा शोर-गुल धीरे-धीरे ठंडा पड़ने लगा। मकान-मालकिन सिसक-सिसककर रो रही थी और कराह रही थी; इल्या पेत्रोविच अब भी उसे धमका रहा था और गालियाँ दे रहा था। लेकिन, आख़िरकार ऐसा लगा कि वह भी शान्त हो गया, और अब उसकी आवाज़ सुनाई नहीं दे रही थी। 'क्या वह चला गया ? चलो, जान छूटी !' हाँ, और अब मकान-मालकिन भी जा रही है, यों वह अब भी रो रही है, बिलख रही है...और फिर उसका दरवाज़ा भी धड़ से बन्द हो गया।....अब भीड़ सीढ़ियों से अपने-अपने कमरों की ओर जा रही थी। लोग ज़ोर-ज़ोर से बोल रहे थे, आपस में बहस कर रहे थे और एक-दूसरे को पुकार रहे थे; कभी उनकी आवाज़ ऊँची होकर चिल्लाने का रूप धारण कर लेती थी, और कभी इतनी धीमी हो जाती थी कि लगता था कि वे कानाफूसी कर रहे

हैं। बहुत से लोग रहे होंगे—उस मकान में रहनेवाले लगभग सभी लोग। 'लेकिन, हे भगवान, यह हो कैसे सकता है ? और वह यहाँ आया क्यों था, किसलिए ?'

रस्कोलनिकोव निढाल होकर सोफ़े पर लेट गया, लेकिन वह अपनी आँखें नहीं बन्द कर सका। ऐसी वेदना से, अपार भय की ऐसी असह्य अनुभूति से तड़पता हुआ, जैसी उसने इससे पहले कभी अनुभव नहीं की थी, वह आधे घंटे तक सोफ़े पर पड़ा रहा। अचानक उसकी कोठरी में एक तेज़ रोशनी चमकी। नस्तास्या एक हाथ में मोमबत्ती और दूसरे में सूप की प्लेट लेकर आई थी। बड़े ध्यान से उसे देखकर और इस बात का भरोसा कर लेने के बाद कि वह सो नहीं रहा है, उसने मोमबत्ती मेज़ पर रख दी और जो कुछ वह लाई थी उसे मेज़ पर सजाने लगी—रोटी, नमक, प्लेट और चम्मच।

"मैं दावे से कह सकती हूँ कि कल से तुमने कुछ खाया नहीं है। दिन भर इधर-उधर मारे-मारे फिरते रहे हो, और बुख़ार से सारा शरीर कैसी बुरी तरह काँप रहा है।"

"नस्तास्या...वे लोग मकान-मालकिन को मार क्यों रहे थे ?"

नस्तास्या ने उसे घूरकर देखा।

"मकान-मालकिन को मारा ? किसने ?"

"अभी...कोई आधा घंटा हुआ, असिस्टेंट सुपरिंटेंडेंट इल्या पेत्रोविच ने, सीढ़ियों पर...वह उसके साथ इतनी बुरी तरह क्यों पेश आ रहा था, और...वह यहाँ आया क्यों था ?"

नस्तास्या ने कुछ कहे बिना आँखें सिकोड़कर उसे ऊपर से नीचे तक ग़ौर से देखा, और बड़ी देर तक इसी तरह देखती रही। उसकी तीख़ी नज़रों के आगे वह बेचैनी सी महसूस करने लगा, बल्कि उसे उससे कुछ डर सा लगने लगा।

"नस्तास्या, तुम कुछ बोलती क्यों नहीं ?" उसने आख़िरकार बहुत कमज़ोर आवाज़ में डरते-डरते पूछा।

"ख़ून का असर है," आख़िरकार उसने बहुत ही धीरे से जवाब दिया, मानो अपने आपसे कुछ कह रही हो।

"ख़ून ? कैसा ख़ून ?" दीवार की ओर सरकते हुए वह बुदबुदाया; उसका रंग बिलकुल सफ़ेद पड़ गया था। नस्तास्या अब भी कुछ बोले बिना एकटक उसे देखे जा रही थी।

"मकान-मालकिन को मार तो कोई भी नहीं रहा था," आख़िरकार उसने जमे हुए, दृढ़ स्वर में कहा।

रस्कोलनिकोव नज़रें जमाए उसे घूरता रहा; उसे साँस लेने में कठिनाई हो रही थी।

"मैंने ख़ुद सुना था...मैं सो नहीं रहा था...मैं उठकर बैठा हुआ था," उसने और भी दबी ज़बान में डरते-डरते कहा, "मैंने बड़ी देर तक सुना...असिस्टेंट सुपरिंटेंडेंट आया था...सभी घरों से सारे लोग भागकर सीढ़ियों पर आ गए थे..."

"यहाँ तो कोई भी नहीं आया। तुम्हारे कानों में ख़ून बोल रहा है। जब उसे निकासी का कोई रास्ता नहीं मिलता और वह जम जाता है तब ऐसा ही होता है। तुमने यह सब अपने मन में सोचा होगा...कुछ खाओगे ?"

उसने कुछ जवाब नहीं दिया। नस्तास्या अब भी उसके ऊपर झुकी हुई खड़ी थी और उसे ग़ौर से देख रही थी।

"मुझे पीने को कुछ दे दो...नस्तास्या।"

वह नीचे गई और चीनी के सफ़ेद मग में पानी ले आई। लेकिन इसके बाद जो हुआ उसे

कुछ भी याद नहीं था। रस्कोलनिकोव को बस इतना याद था कि उसने एक घूँट ही पानी पिया था और कुछ पानी अपने सीने पर छलका दिया था। इसके बाद वह फिर विस्मृति में लीन हो गया।

3

लेकिन बीमार रहने तक वह बिलकुल बेहोश रहा हो ऐसी बात नहीं थी; उसको तेज़ बुख़ार था, कभी सरसामी हालत हो जाती थी, कभी आधी बेहोशी जैसी हालत रहती थी। बाद में उसे उस समय की बहुत सी बातें याद रह गईं। कभी ऐसा लगता था कि उसके चारों ओर बहुत से लोग थे; वे उसे कहीं ले जाना चाहते थे, उसके बारे में बहुत बहस हुई, बहुत झगड़ा हुआ। फिर वह कमरे में अकेला रह जाता था; सब लोग उससे डरकर चले जाते थे और बीच-बीच में दरवाज़े को जरा सा खोलकर उसे देख लेते थे। वे उसे धमकाते थे। मिलकर कोई साज़िश करते थे, हँसते थे और उसे मुँह चिढ़ाते थे। उसे याद आता कि अक्सर नस्तास्या उसके बिस्तर के पास होती थी। वह एक और आदमी को भी पहचानता था, जिसके बारे में उसे लगता था कि वह उसे बहुत अच्छी तरह जानता था, हालाँकि उसे यह नहीं याद पड़ता था कि वह कौन था। इस विस्मृति पर वह बहुत झुँझलाता था और रो तक पड़ता था। कभी-कभी उसे लगता था कि वह महीने भर से वहाँ पड़ा था; और फिर लगने लगता कि वही दिन है। लेकिन उसकी–'उस बात की' उसे बिलकुल याद नहीं थी। फिर भी हर क्षण वह महसूस करता था कि वह कोई ऐसी बात भूल गया था जो उसे याद रहनी चाहिए थी। याद करने की कोशिश में वह परेशान होता रहता था और अपने आपको यातना देता था, कराहता था, ग़ुस्से से भड़क उठता था या भयानक रूप से असह्य आतंक में डूब जाता था। तब वह उठने के लिए पूरा ज़ोर लगाता था, भाग जाना चाहता था, लेकिन हर बार कोई उसे ज़बर्दस्ती रोक लेता था, और वह फिर बेहद कमज़ोरी और बेहोशी का शिकार हो जाता था। आख़िरकार उसे पूरी तरह होश आ गया।

यह घटना सुबह दस बजे हुई। जब आसमान खुला होता था उस वक़्त कमरे में धूप आती थी। और दाहिनी ओर की दीवार पर और दरवाज़े के पासवाले कोने में रोशनी की एक पट्टी दिखाई देती थी। नस्तास्या किसी और आदमी के साथ उसकी बग़ल में खड़ी थी। वह आदमी बिलकुल अजनबी था, जो उसे बड़े कौतूहल से देख रहा था। यह एक दाढ़ीवाला नौजवान आदमी था। वह पिंडलियों तक का लम्बा कोट पहने था और देखने में चपरासी लगता था। मकान-मालकिन अधखुले दरवाज़े में से झाँक रही थी। रस्कोलनिकोव उठकर बैठ गया।

"यह कौन है, नस्तास्या ?" उसने नौजवान की तरफ़ इशारा करते हुए पूछा।

"सचमुच, इसे होश आ गया है !" वह बोली।

"हाँ, होश आ गया है," उस आदमी ने उसकी बात दोहराई। इस नतीजे पर पहुँचकर कि उसे होश आ गया है, मकान-मालकिन दरवाज़ा बन्द करके वहाँ से खिसक गई। वह हमेशा से बहुत शर्मीली थी और बातचीत या बहस से बहुत घबराती थी। वह कोई चालीस बरस की औरत थी, सूरत-शक्ल की भी बुरी नहीं थी–मोटा और गदराया हुआ शरीर, काली आँखें और भवें, मोटापे और काहिली की वजह से स्वभाव की अच्छी, और बेतुकेपन की हद तक लजीली।

"कौन...हो तुम ?" उस आदमी को सम्बोधित करके वह कहता रहा। लेकिन उसी समय दरवाज़ा धड़ से खुला और रज़ुमीख़िन अन्दर आया; लम्बा होने की वजह से उसे कुछ झुकना पड़ा।

"खूब दड़बा है यह भी !" वह ज़ोर से चिल्लाया, "हर बार मेरा सिर टकरा जाता है। यह

भी कोई रहने की जगह है ! तो तुम्हें होश आ गया, भाई ! मुझे अभी पाशेंका ने बताया।''

''अभी-अभी होश आया है,'' नस्तास्या बोली।

''बिलकुल अभी होश आया है,'' उस आदमी ने मुस्कुराते हुए फिर उसकी बात दोहराई।

''और आप कौन हैं, साहब ?'' रज़ुमीख़िन ने अचानक उसकी ओर मुड़ते हुए कहा, ''मेरा नाम व्रज़ुमीख़िन है, आपका सेवक; रज़ुमीख़िन नहीं, जैसा कि लोग मुझे हमेशा कहते हैं; व्रज़ुमीख़िन, विद्यार्थी और शरीफ़ज़ादा, और यह हैं मेरे दोस्त। और आप कौन हैं ?''

''मुझे अपने दफ़्तर की तरफ़ से भेजा गया है, सेठ शेलोपायेव के दफ़्तर से, और मैं एक काम से आया हूँ।''

''तशरीफ़ रखिए।'' रज़ुमीख़िन मेज़ की दूसरी तरफ़ बैठ गया। ''भाई, यह बड़ा अच्छा हुआ कि तुम्हें होश आ गया,'' वह रस्कोलनिकोव से कहता रहा, ''चार दिन से तुमने न कुछ खाया है न पिया। तुम्हें चम्मच से चाय पिलानी पड़ी हम लोगों को। मैं दो बार ज़ोसिमोव को तुम्हें देखने के लिए लाया। ज़ोसिमोव की याद है तुम्हें ? उसने अच्छी तरह देखकर फ़ौरन बता दिया कि घबराने की कोई बात नहीं है—कोई चीज़ तुम्हारे दिमाग़ को चढ़ गई थी। कोई नसों की गड़बड़ी थी, ठीक से खाना न खाने की वजह से। उसका कहना है कि तुम्हें काफ़ी समय से बियर और मूली नहीं मिली है, लेकिन कोई ख़ास बीमारी नहीं है, कुछ दिन में दूर हो जाएगी और तुम बिलकुल ठीक हो जाओगे। ज़ोसिमोव बहुत बढ़िया आदमी है ! काफ़ी नाम कमा रहा है। अच्छा बताओ, मैं तुम्हें बहुत ज़्यादा देर नहीं रोकना चाहता,'' उसने फिर उस आदमी को सम्बोधित करते हुए कहा, ''बताओ, क्या काम है ? तुम्हें मालूम होना चाहिए, रोद्या, यह दूसरी बार उस दफ़्तर से आदमी आया है; लेकिन पिछली बार कोई और आदमी आया था, मैंने उससे बात की थी। पहले कौन आया था ?''

''साहब, मैं यह बताना चाहूँगा कि वह परसों की बात है। वह अलेक्सेई सेम्योनोविच था; वह भी हमारे दफ़्तर में ही काम करता है।''

''वह तुमसे ज़्यादा समझदार था, मानते हो न ?''

''हाँ, साहब, यह बात तो है, उसका रुतबा भी तो मुझसे ज़्यादा है।''

''बिलकुल ठीक कहते हो; अच्छा, बताते जाओ।''

''आपकी माँ की हिदायत पर, अफ़ानासी इवानोविच वाख़रूशिन के ज़रिए, जिनकी चर्चा मैं समझता हूँ, आप पहले भी कई बार सुन चुके होंगे, हमारे दफ़्तर से आपके लिए कुछ रक़म भेजी गई है,'' उस आदमी ने रस्कोलनिकोव को सम्बोधित करते हुए कहना शुरू किया, ''अगर आप बात समझने की हालत में हैं, तो मुझे आपको पैंतीस रूबल देने हैं, क्योंकि पहले कई बार की तरह आपकी माँ की ख़ास हिदायत पर सेम्योन सेम्योनोविच को अफ़ानासी इवानोविच से यह रक़म मिल चुकी है। साहब, आप उन्हें जानते हैं ?''

''हाँ, मुझे याद है...वाख़रूशिन की,'' रस्कोलनिकोव ने सोच में डूबे हुए कहा।

''सुना तुमने, वह व्यापारी वाख़रूशिन को पहचानता है !'' रज़ुमीख़िन ख़ुशी से उछल पड़ा। ''वह 'बात समझने की हालत' में है ! अब मैं देखता हूँ कि तुम भी समझदार आदमी हो। बहरहाल अक़्लमन्दी की बात सुनकर हमेशा बड़ी ख़ुशी होती है।''

''हाँ, वही वाख़रूशिन, अफ़ानासी इवानोविच। और आपकी माँ के कहने पर, जिन्होंने पहले भी एक बार उनके ज़रिए आपके लिए इसी तरह रक़म भेजी थी, इस बार भी उन्होंने इनकार नहीं किया। उन्होंने सेम्योन सेम्योनोविच को अब से कुछ दिन पहले हिदायत भेज दी थी कि आपको

पैंतीस रूबल अदा कर दिए जाएँ और आप आगे चलकर इससे भी ज़्यादा की उम्मीद रख सकते हैं।''

''तुमने 'आगे चलकर इससे भी ज़्यादा की उम्मीद' वाली बात आज सबसे बढ़िया बात कही है, हालाँकि 'आपकी माँ' वाली बात भी तुमने कुछ बुरी नहीं कही। तो बताओ, क्या कहते हो ? पूरी तरह होश में हैं न यह ?''

''सो तो ठीक है। बस इस काग़ज़ पर दस्तख़त कर दें।''

''हाँ, अपना नाम तो लिख ही लेंगे। तुम्हारे पास किताब है ?''

''हाँ, यह रही किताब।''

''लाओ, मुझे दो। यह लो, रोद्या, ज़रा उठकर बैठो। मैं तुम्हें पकड़े रहूँगा। क़लम लेकर 'रस्कोलनिकोव' घसीट तो दो। क्योंकि इस वक़्त तो, भाई, पैसा हमारे लिए शीरे से भी मीठा है।''

''मुझे नहीं चाहिए,'' रस्कोलनिकोव ने क़लम दूर हटाते हुए कहा।

''क्या नहीं चाहिए ?''

''मैं इस पर दस्तख़त नहीं करूँगा।''

''अरे कमबख़्त, दस्तख़त किए बिना कैसे काम चलेगा ?''

''मुझे नहीं चाहिए...यह पैसा।''

''पैसा नहीं चाहिए ! अरे भाई, सब झूठ है—मैं गवाह हूँ ! तुम परेशान न हो, बस बात यह है कि ज़रा यह फिर बहकने लगा है। लेकिन यह तो इसके लिए कोई नई बात नहीं है, हमेशा ही होता रहता है। तुम तो समझदार आदमी हो; हम लोग अभी इसे क़ाबू में किए लेते हैं। मेरा सीधा-सादा मतलब यह है कि हम इसका हाथ पकड़कर दस्तख़त करवा देंगे। बस, झटपट काम निबटा दो।''

''लेकिन मैं फिर कभी आ जाऊँगा।''

''नहीं, नहीं। तुम परेशान क्यों हो ? तुम तो समझदार आदमी हो।...चलो, रोद्या, इसे बेकार क्यों रोक रखा है ! देखो तो, कब से इन्तज़ार कर रहा है,'' और यह कहकर वह सचमुच रस्कोलनिकोव का हाथ पकड़ने के लिए बढ़ा।

''तुम रहने दो, मैं ख़ुद...'' रस्कोलनिकोव ने क़लम लेकर दस्तख़त कर दिए। चपरासी ने पैसे निकालकर दिए और चला गया।

''शाबाश ! अच्छा भाई, अब कुछ भूख लगी है ?''

''हाँ,'' रस्कोलनिकोव ने जवाब दिया।

''कोई सूप है ?''

''कल का बचा हुआ थोड़ा सा है,'' नस्तास्या ने जवाब दिया; वह सारे वक़्त वहीं खड़ी थी।

''उसमें आलू और चावल पड़ा है न ?''

''हाँ।''

''मुझे तो रत्ती-रत्ती सब पता है। सूप ले आओ और हम लोगों को थोड़ी सी चाय पिला दो।''

''अच्छी बात है।''

रस्कोलनिकोव बड़े आश्चर्य से और एक दबी-दबी, बेबुनियाद दहशत के साथ यह सब कुछ देखता रहा। उसने फ़ैसला कर लिया था कि बिलकुल चुप रहेगा और देखता रहेगा कि क्या होता है। 'मैं समझता हूँ कि मैं बहक नहीं रहा हूँ। मैं समझता हूँ कि यह सब कुछ सचमुच हो रहा है,' उसने सोचा।

कुछ ही मिनट में नस्तास्या सूप लेकर लौट आई और उसने एलान किया कि चाय अभी तैयार हुई जाती है। सूप के साथ वह दो चम्मच, दो प्लेटें, नमक, मिर्च, गोश्त के लिए पिसी हुई राई वग़ैरह भी लाई थी। खाने की मेज़ कुछ इस तरह सजाई गई थी जैसे वह बहुत दिन से नहीं सजाई गई हो। मेज़पोश भी साफ़ था।

''मेरी प्यारी नस्तास्या, अगर प्रस्कोव्या पाव्लोव्ना हमें दो-तीन बोतल बियर भी भिजवा दें तो कुछ बेजा बात नहीं होगी। हम उन्हें ख़ाली कर देंगे।''

''तुम भी कोई मौक़ा चूकते नहीं,'' नस्तास्या ने मुँह ही मुँह में कहा और उसका हुक्म बजा लाने को चल पड़ी।

रस्कोलनिकोव अभी तक फटी-फटी आँखों से घूरे चला जा रहा था हालाँकि ध्यान केन्द्रित करने के लिए उसे ज़ोर लगाना पड़ रहा था। इसी बीच रज़ुमीख़िन सोफ़े पर बग़ल में आकर बैठ गया और हालाँकि रस्कोलनिकोव स्वयं सक्षम था, उसने अपने बाएँ हाथ से बड़े भोंडे तरीक़े से, जैसे भालू ने किसी को दबोच लिया हो, रस्कोलनिकोव के सिर को सहारा देकर, दाहिने हाथ से चम्मच में सूप लेकर पिलाने लगा। वह सूप को फूँक मार-मारकर ठंडा करता जाता था कि कहीं मुँह जल न जाए। लेकिन सूप बहुत गरम नहीं था। रस्कोलनिकोव तरसे हुए आदमी की तरह एक चम्मच सूप निगल गया, फिर दूसरा, फिर तीसरा। लेकिन उसे कुछ और चम्मच सूप पिलाने के बाद रज़ुमीख़िन अचानक रुक गया और बोला कि उसे ज़ोसिमोव से पूछना होगा कि तुम्हें और दिया जाए या नहीं।

नस्तास्या बियर की दो बोतलें ले आई।

''चाय पिओगे ?''

''हाँ।''

''नस्तास्या, भागके जा और थोड़ी चाय तो ले आ, क्योंकि चाय तो हम बिना किसी से पूछे भी पी सकते हैं। वैसे बियर आ गई है !'' वह वापस अपनी कुर्सी पर जाकर बैठ गया, सूप और गोश्त सामने खींच लिया और इस तरह खाने लगा जैसे तीन दिन से उसने खाना छुआ न हो।

''मैं तुम्हें यह बता दूँ, रोद्या, अब रोज़ यहाँ इसी तरह खाता हूँ,'' वह मुँह में गोश्त भरे कुछ इस तरह बोल रहा था कि आधी बात समझ में ही नहीं आती थी, ''और यह सब कुछ तुम्हारी प्यारी मकान-मालकिन पाशेंका की मेहरबानी है, जो इसका पूरा बन्दोबस्त कर देती है; वह मेरे लिए कुछ भी करने को तैयार रहती है। मैं उससे यह सब कुछ करने को कहता नहीं, लेकिन, ज़ाहिर है, मैं उसे रोकता भी नहीं। यह लो, नस्तास्या चाय भी ले आई। बड़ी चुस्त लड़की है ! नस्तास्या, मेरी प्यारी नस्तास्या, थोड़ी सी बियर पिओगी ?''

''बस, रहने दो अपनी बकवास !''

''एक प्याली चाय ही पी लो।''

''चाय पी लूँगी।''

''तो बनाओ ! अच्छा, रहने दो, मैं ख़ुद बनाता हूँ। तुम बैठ जाओ।''

उसने दो प्याली चाय बनाई, और खाना छोड़कर फिर सोफ़े पर आकर बैठ गया। पहले की तरह ही उसने अपने बीमार दोस्त के सिर को अपने बाएँ हाथ से सहारा देकर उठाया और चम्मच से उसे चाय पिलाने लगा। इस बार भी वह बहुत सँभालकर और बड़ी लगन के साथ हर चम्मच को इस तरह फूँक मार-मारकर पिला रहा था जैसे उसके दोस्त को चंगा करने का यही ख़ास और सबसे कारगर तरीक़ा हो। रस्कोलनिकोव कुछ बोला नहीं और जो कुछ वह कर रहा था उसे करने

दिया, हालाँकि वह अपने शरीर में इतनी काफ़ी ताक़त महसूस कर रहा था कि सोफ़े पर किसी सहारे के बिना बैठ सकता था, और वह न सिर्फ़ चम्मच या प्याला पकड़ सकता था, बल्कि शायद उठकर चल-फिर भी सकता था। लेकिन किसी अजीब, जानवरों जैसी चालाकी की वजह से उसने यह तरकीब सोची कि अपनी ताक़त का किसी को पता न लगने दे और कुछ समय के लिए ऐसे ही दुबका पड़ा रहे; अगर ज़रूरत हो तो यह भी ढोंग रचे कि अभी उसके होश-हवास पूरी तरह ठीक नहीं हुए हैं। इस बीच वह कान लगाकर सुनता रहे और मालूम करता रहे कि क्या हो रहा है। फिर भी वह अपनी तीव्र घृणा की भावना पर क़ाबू नहीं पा सका। चाय के लगभग एक दर्जन चम्मच धीरे-धीरे पीने के बाद उसने अपना सिर छुड़ा लिया और अचानक उसके जी में न जाने क्या आई कि चम्मच दूर हटाकर वह फिर तकिए पर लुढ़क गया। अब उसके सिर के नीचे सचमुच के तकिए थे, साफ़ गिलाफ़ चढ़े हुए, चिड़ियों के पर भरे हुए तकिये : उसने यह बात देखी और उसे अच्छी तरह अपने मन में बिठा लिया।

"आज पाशेंका से अगर थोड़ा सा रसभरी का मुरब्बा मिल जाता तो इसे रसभरी की चाय पिलाते," रज़ुमीख़िन ने फिर अपनी कुर्सी पर वापस जाते हुए और फिर अपने सूप और बियर पर धावा बोलते हुए कहा।

"तुम्हारे लिए उसे रसभरियाँ मिलेंगी कहाँ से ?" नस्तास्या ने अपनी पाँचों फैली हुई उँगलियों पर तश्तरी टिकाकर शकर का डला मुँह में रखकर चाय पीते हुए पूछा।

"दुकान से मिलेंगी, भलीमानस, और कहाँ से। बात यह है, रोद्या, कि जब से तुम बीमार पड़े हो तब से बहुत कुछ होता रहा है। जब तुम चरका देकर अपना पता छोड़े बिना मेरे यहाँ से भाग आए तो मुझे इतना गुस्सा आया कि मैंने तुम्हें खोज निकालने और तुम्हें सज़ा देने का फ़ैसला किया। मैं उसी दिन इस काम में जुट गया। तुम्हारा पता लगाने के लिए मैं कहाँ-कहाँ नहीं भागा ! तुम्हारी यह रहने की जगह मैं भूल गया था, हालाँकि सच तो यह है कि मुझे यह कभी याद ही नहीं थी, क्योंकि मैं इसे जानता ही नहीं था; और रहा तुम्हारी पुरानी जगह का सवाल, तो मुझे बस इतना याद है कि वह पंचकोण में थी, ख़र्लामोव के मकान में। मैं ख़र्लामोव का वह घर खोजते-खोजते हार गया और बाद में पता यह चला कि वह ख़र्लामोव का नहीं बल्कि बुख़ का घर था। कभी-कभी सुनने में कैसी गड़बड़ी हो जाती है ! मैं तो गुस्से के मारे आपे से बाहर हो गया और अगले ही दिन यों ही क़िस्मत आज़माने पतोंवाले दफ़्तर चला गया, और यह कमाल हुआ कि दो मिनट में उन्होंने तुम्हारा पता ढूँढ़ निकाला ! तुम्हारा नाम वहाँ चढ़ा हुआ है।"

"मेरा नाम चढ़ा हुआ है ?"

"लगता तो ऐसा ही है; लेकिन यह भी हुआ कि जब मैं वहाँ था तो वे लोग एक किसी जनरल कोबेलेव का पता नहीं ढूँढ़ पाए। ख़ैर, छोड़ो, वह बहुत लम्बा क़िस्सा है। लेकिन इस जगह क़दम रखते ही, थोड़े ही देर में मुझे तुम्हारा सारा कच्चा चिट्ठा मालूम हो गया—सब कुछ, एक-एक बात, मेरे भाई, मुझे सब मालूम है; यह नस्तास्या तुम्हें बताएगी। मैंने निकोदिम फ़ोमीच से, इल्या पेत्रोविच से, दरबान से, और मिस्टर ज़मेतोव से, वही अलेक्सान्द्र ग्रिगोरियेविच, जो पुलिस के दफ़्तर में बड़े बाबू हैं, और सबसे बढ़कर, पाशेंका से जान-पहचान पैदा की; नस्तास्या को सब मालूम है..."

"इन्होंने उनके ऊपर कोई मन्तर फूँक दिया है," नस्तास्या ने शरारत से मुस्कुराते हुए दबी ज़बान से कहा।

"तुम शकर अपनी चाय में डाल क्यों नहीं लेतीं, नस्तास्या निकीफ़ोरोव्ना ?"

"तुम भी एक ही आदमी हो !" नस्तास्या अचानक हँसी से दोहरी होती हुई बोली। फिर

अपनी हँसी रोककर उसने तुरन्त ही कहा, "निकीफ़ोरोव्ना नहीं, पेत्रोव्ना हूँ।"

"मैं अब याद रखूँगा। अच्छा, भाई, लम्बा क़िस्सा तो छोड़ो, असली मतलब की बात यह है कि मैं तो यहाँ के सारे अन्धविश्वास पैदा करनेवाले हालात जड़ से उखाड़ फेंकने के लिए बाक़ायदा बम का धमाका करनेवाला था, लेकिन पाशेंका के आगे मेरी एक न चली। भाई, मैंने तो कभी सोचा भी नहीं था कि वह ऐसी...लाजवाब औरत होगी। क्यों, तुम्हारा क्या ख़्याल है ?"

रस्कोलनिकोव कुछ नहीं बोला, बस अपनी दहशत भरी आँखें उस पर जमाए रहा।

"सच तो यह है कि हर मामले में उसने किसी तरह की कोई कमी रहने नहीं दी," रस्कोलनिकोव की चुप्पी से ज़रा भी परेशान हुए बिना रज़ुमीख़िन अपनी बात कहता रहा।

"अरे, बड़ा चलता पुर्ज़ा आदमी है !" नस्तास्या एक बार फिर ख़ुशी से चिल्ला पड़ी। उसे इस बातचीत में बेहद मज़ा आ रहा था।

"बड़े अफ़सोस की बात है, मेरे भाई, कि शुरू से तुमने कुछ ठीक ढंग से इस मामले को सँभाला नहीं। तुम्हें उसके साथ कुछ अलग ढंग का रवैया अपनाना चाहिए था। उसका स्वभाव, बस यों समझ लो, आसानी से समझ में नहीं आ सकता। लेकिन उसके स्वभाव के बारे में फिर कभी बात करेंगे।...तुमने नौबत यहाँ तक पहुँचने ही कैसे दी कि उसने तुम्हारा खाना तक भेजना बन्द कर दिया ? और वह पुरनोट ? तुम्हारा दिमाग़ बिलकुल ही ख़राब हो गया होगा कि तुमने उस पुरनोट पर दस्तख़त कर दिए थे ! और जब उसकी वह बेटी, नताल्या येगोरोव्ना, ज़िन्दा थी तब उससे शादी करने का वह वादा ?...मुझे सब कुछ मालूम है ! पर मैं देखता हूँ कि वह नाज़ुक मामला है और मैं भी बहुत बड़ा गधा हूँ; मुझे माफ़ करना। लेकिन अब बेवक़ूफ़ी की चर्चा चल निकली है तो मैं इतना बता दूँ कि प्रस्कोव्या पाव्लोव्ना उतनी बेवक़ूफ़ नहीं है जितना कि पहली बार देखने में लगती है, यह मालूम है तुम्हें ?"

"मालूम है," रस्कोलनिकोव मुँह फेरकर बुदबुदाया, लेकिन वह महसूस कर रहा था कि बातचीत का सिलसिला जारी रखना ही अच्छा है।

"नहीं है, न ?" उसके मुँह से जवाब में कुछ सुनकर रज़ुमीख़िन ख़ुशी के मारे उछल पड़ा, "लेकिन वह बहुत चालाक भी नहीं है, क्यों है न यह बात ? वह बुनियादी तौर पर, बुनियादी तौर पर वह एक पहेली है ! मैं तुमसे सच कहता हूँ कि कभी-कभी तो मैं बिलकुल दंग रह जाता हूँ...चालीस की तो होगी; कहती है कि छत्तीस की है, और उसे ऐसा कहने का पूरा अधिकार है। लेकिन मैं क़सम खाकर कहता हूँ कि मैं उसे बौद्धिकता की कसौटी पर परखता हूँ, केवल आध्यात्मिक दृष्टिकोण से। देखो यार, बात यह है कि हम दोनों के बीच जो सम्बन्ध है उसकी बुनियाद प्रतीकों पर है, बिलकुल तुम्हारी बीजगणित की तरह ! मैं इस चीज़ को पूरी तरह समझ नहीं पाता ! ख़ैर, छोड़ो, यह सब तो बकवास है। बात बस इतनी है कि जब उसने देखा कि तुम अब पढ़ते भी नहीं हो और तुम्हारी ट्यूशनें भी छूट गई हैं और तुम्हारे पास ढंग के कपड़े तक नहीं रहे, और उस लड़की के मर जाने की वजह से अब उसे तुम्हारे साथ रिश्तेदारों जैसा बर्ताव रखने की भी कोई ज़रूरत नहीं रह गई है, तो यकायक उसे डर लगने लगा; और चूँकि तुम भी मुँह छुपाकर अपनी माँद में पड़े रहने लगे और तुमने उसके साथ अपने सारे पुराने सम्बन्ध तोड़ लिये तो उसने भी तुमसे छुटकारा पाने की ठान ली। उसने यह बात ठान तो पहले ही ली थी, लेकिन उसे इस बात का बड़ा अफ़सोस था कि उसकी रक़म मारी जाएगी। इसके अलावा, तुम ख़ुद उसे यक़ीन दिलाते रहे थे कि तुम्हारी माँ रक़म चुका देंगी।"

"हाँ, वह बात कहना सरासर मेरा कमीनापन था।...मेरी माँ ख़ुद लगभग कंगाल हैं...लेकिन

मैंने तो वह झूठ इसलिए बोल दिया था कि रहने की जगह बनी रहे और...खाना मिलता रहे," रस्कोलनिकोव ने ऊँचे स्वर में और बिलकुल साफ़-साफ़ कहा।

"हाँ, वह तो तुमने बड़ी समझदारी की। लेकिन सबसे बुरी बात यह हुई कि उसी वक़्त मिस्टर चेबारोव आ पहुँचे, कोई ब्योपारी हैं। पाशेंका तो अपनी तरफ़ से कुछ कार्रवाई करने की बात सोचती तक नहीं, वह हद से ज़्यादा संकोची है; लेकिन ब्योपारी तो संकोची नहीं होता, इसलिए उन्होंने पहला काम यह किया कि एक सवाल पूछा : 'क्या, पुरनोट की वसूली की कोई उम्मीद है ?' जवाब मिला : 'है तो, क्योंकि उसकी माँ है, जो अपनी सवा सौ रूबल की पेंशन के बल पर अपने रोद्या को ज़रूर बचाएगी, चाहे इसके लिए भूखा ही क्यों न रहना पड़े; और फिर उसकी एक बहन है जो उसकी ख़ातिर अपने आपको भी गिरवी रख देगी।' वह इसी की आस लगाए थे।...तुम चौंक क्यों पड़े ? अब मुझे तुम्हारा सारा कच्चा चिट्ठा मालूम हो गया है, मेरे यार, जब तुम पाशेंका के होनेवाले दामाद थे तब तुम इतना खुलकर उससे सारी बातें कह देते थे। मैं यह सब कुछ एक दोस्त की हैसियत से तुम्हें बता रहा हूँ...लेकिन मैं तुम्हें बताऊँ बात क्या है : ईमानदार और दर्दमन्द आदमी खुले दिल से बात करता है, और ब्योपारी तुम्हारी बात सुनता रहता है और अन्दर-ही-अन्दर खा-खाकर बिलकुल खोखला कर देता है। ख़ैर, तो हुआ यह कि उसने वह पुरनोट किसी भुगतान के बदले इन चेबारोव साहब को दे दिया, और उन्होंने आव देखा न ताव, बाक़ायदा वसूली के लिए उसे दाख़िल कर दिया। जब मुझे यह सब कुछ मालूम हुआ तो मेरा जी चाहा कि अपना अन्तःकरण साफ़ रखने के लिए मैं उनकी भी धज्जियाँ उड़ा दूँ, लेकिन अब तक मेरे और पाशेंका के बीच गहरा दोस्ताना हो गया था, और मैंने इस पूरे मामले को ख़त्म कर देने पर ज़ोर दिया, और यह ज़िम्मा लिया कि रक़म तुम चुका दोगे। मैंने तुम्हारी ज़मानत ली, मेरे भाई। समझ रहे हो ? हमने चेबारोव को बुलवाया, दस रूबल उसके मुँह पर फेंककर मारे और पुरनोट उससे वापस ले लिया, और वह पुरनोट यह आपकी ख़िदमत में पेश कर रहा हूँ। अब पाशेंका को तुम्हारे ऊपर पूरा भरोसा है। लो, यह लो, मैंने उसे फाड़ दिया।"

रज़ुमीख़िन ने पुरनोट मेज़ पर रख दिया। रस्कोलनिकोव ने उसकी ओर देखा और कुछ भी कहे बिना दीवार की तरफ़ मुँह फेरकर लेट गया। रज़ुमीख़िन को भी थोड़ा सा बुरा लगा।

"भाई, मेरी समझ में तो यह आ रहा है," एक क्षण बाद वह बोला, "कि मैं फिर बेवक़ूफ़ी करता रहा हूँ। मैंने सोचा था कि अपनी बकबक से तुम्हारा कुछ दिल बहलाऊँ, लेकिन मुझे लग यह रहा है कि मेरी बातों से तुम्हें कोफ़्त ही हो रही है।"

"जब मैं सरसामी हालत में था तब क्या तुम ही आए थे जिसे मैंने पहचाना नहीं था ?" रस्कोलनिकोव ने अपना सिर घुमाए बिना ही एक क्षण रुककर पूछा।

"हाँ, और तुम उस पर भड़क उठे थे, ख़ासतौर पर एक दिन जब मैं ज़मेतोव को लाया था।"

"ज़मेतोव ? वह बड़े बाबू ? किसलिए ?" रस्कोलनिकोव ने जल्दी से करवट बदली और नज़रें गड़ाकर रज़ुमीख़िन को घूरने लगा।

"तुम्हें आख़िर हो क्या गया है ?...तुम आख़िर इतना परेशान क्यों हो ? वह तो तुमसे यों ही मिलना चाहता था क्योंकि मैंने उससे तुम्हारे बारे में बहुत सी बातें की थीं...उसके बताए बिना मुझे इतनी सारी बातें मालूम कैसे होतीं ? बड़ा लाजवाब आदमी है, भाई, बेहद उम्दा...ज़ाहिर है, अपने ढंग से। अब हमारी दोस्ती हो गई है—लगभग रोज़ ही मुलाक़ात होती है। मैं इसी इलाक़े में आ गया हूँ, जानते हो ? बस अभी तो आया हूँ। मैं उसके साथ एक-दो बार लुईज़ा इवानोव्ना के यहाँ भी हो आया हूँ...लुईज़ा की याद है, लुईज़ा इवानोव्ना ?"

''सरसामी की हालत में क्या मैंने कुछ कहा था ?''

''कहा तो बहुत कुछ था ! तुम अपने होश में नहीं थे।''

''किस चीज़ के बारे में बड़बड़ा रहा था ?''

''अब इसके बाद क्या पूछोगे ? किस चीज़ के बारे में बड़बड़ा रहे थे ? लोग काहे के बारे में बड़बड़ाते हैं...अच्छा, भाई, अब मुझे चलना चाहिए। अब मेरे पास और वक़्त गँवाने को नहीं है।''

वह मेज़ के पास से उठ खड़ा हुआ और उसने अपनी टोपी उठा ली।

''मैं किस चीज़ के बारे में बड़बड़ा रहा था ?''

''कैसी रट लगा रखी है ! क्या तुम्हें डर है कि कहीं तुमने कोई भेद तो नहीं खोल दिया ? परेशान न हो; तुमने किसी शहज़ादी के बारे में कुछ नहीं कहा था। लेकिन तुम किसी बुलडाग के बारे में, और कानों की बालियों और ज़ंजीरों के बारे में, और क्रेस्तोव्स्की द्वीप के बारे में, और निकोदिम फ़ोमीच और असिस्टेंट सुपरिंटेंडेंट इल्या पेत्रोविच के बारे में न जाने क्या-क्या कह रहे थे। और एक चीज़ जिसमें तुम्हें ख़ास दिलचस्पी थी वह था तुम्हारा मोज़ा ! तुम कराह-कराहकर कह रहे थे : 'मुझे मेरा मोज़ा दे दो !' ज़मेतोव ने कमरे भर में तुम्हारे मोज़े ढूँढ़े, और ख़ुद अपने इत्र से महकते हुए और अँगूठियों से सजे हुए हाथों से वह चीथड़ा कहीं से खोजकर तुम्हें दिया था। और तब जाकर तुम्हें तसल्ली हुई थी, और अगले चौबीस घंटे तक तुम उन मनहूस मोज़ों को अपनी मुट्ठी में दबोचे रहे थे; लाख कोशिश करने पर भी हम उन्हें तुमसे ले नहीं पाए थे। इस वक़्त भी कहीं तुम्हारी रज़ाई के अन्दर ही होंगे...और फिर तुम बहुत दर्द भरी आवाज़ में अपने पतलून की कगर माँगने लगे थे, लेकिन हमारी कुछ भी समझ में नहीं आया। अच्छा, अब कुछ काम की बातें करें ! ये पैंतीस रूबल हैं; इनमें से दस मैं लिये लेता हूँ, और अभी घंटे-दो घंटे में मैं तुम्हें उसका हिसाब दे दूँगा। साथ ही मैं ज़ोसिमोव को भी बता दूँगा, हालाँकि उसे यहाँ बहुत पहले ही आ जाना चाहिएं था, क्योंकि अब तो बारह बज रहे हैं। और तुम, नस्तास्या, मेरे चले जाने के बाद बीच-बीच में जितनी बार भी हो सके, आकर झाँक लिया करना कि इसे कुछ पीने के लिए या कोई और चीज़ तो नहीं चाहिए। और बाक़ी जिन चीज़ों की ज़रूरत है वह पाशेंका से मैं अभी ख़ुद कहे जाता हूँ। अच्छा, मैं चला !''

''उन्हें पाशेंका कहता हूँ ! अरे, बहुत पहुँचा हुआ है !'' उसके बाहर निकलते-निकलते नस्तास्या ने कहा। फिर उसने दरवाज़ा खोला और कान लगाकर खड़ी सुनती रही, लेकिन भागकर सीढ़ियाँ उतरते हुए उसके पीछे-पीछे जाए बिना उससे रहा न गया। उसे यह सुनने की बड़ी उत्सुकता थी कि वह मकान-मालकिन से क्या कहता है। साफ़ ज़ाहिर था कि वह रज़ुमीख़िन पर काफ़ी रीझ गई थी।

नस्तास्या के बाहर जाते ही बीमार ने अपनी रज़ाई वग़ैरह उतार फेंकी और पागलों की तरह बिस्तर से उछल खड़ा हुआ। अधीरता के मारे वह अन्दर-ही-अन्दर फुँक रहा था और उसका अंग-अंग फड़क रहा था; वह कब से इन्तज़ार कर रहा था कि ये लोग टलें तो वह अपना काम शुरू करे। लेकिन कौन सा काम ? अब मानो उसे चिढ़ाने के लिए यह बात उसके दिमाग़ से निकल गई थी। 'हे भगवान, मेरे अच्छे भगवान, मुझे बस एक बात बता दो : उन लोगों को अभी तक पता चला है या नहीं ? क्या उन्हें मालूम हो गया है और वे बस बन रहे हैं, मेरी बीमारी में मुझे चिढ़ा रहे हैं ? और वे अचानक अन्दर आ धमकेंगे और मुझसे कहेंगे कि पता तो बहुत पहले ही चल गया था। और यह कि वे लोग तो बस...अब मैं करूँ तो क्या ? यही तो मैं भूल गया हूँ, मानो

जान-बूझकर और एकदम से भूल गया; अभी एक मिनट पहले तक याद था...'

वह कमरे के बीच में खड़ा बहुत व्यथित होकर भौंचक्का इधर-उधर देखता रहा। वह चलकर दरवाज़े तक गया, उसे खोला और कान लगाकर सुनने लगा; लेकिन यह तो वह काम नहीं था जो वह करना चाहता था। अचानक, जैसे उसे किसी बात की याद आ गई हो, वह भागकर उस कोने में गया जहाँ काग़ज़ के नीचे खोखल था और उसकी छानबीन करने लगा। उसने खोखल में हाथ डाला, इधर-उधर टटोला—लेकिन यह भी वह काम नहीं था। वह आतिशदान के पास गया, उसे खोला, और राख कुरेदकर देखने लगा : उसके पतलून के फुचड़े और जेब में से नोचे गए चीथड़े अभी तक वहाँ उसी तरह पड़े थे जिस तरह उसने उन्हें फेंका था। तो फिर, किसी ने वहाँ देखा नहीं है ! फिर उसे उस मोज़े की याद आई जिसके बारे में रज़ुमीख़िन अभी उसे बता रहा था। हाँ, वह वहीं सोफ़े पर रज़ाई के नीचे पड़ा था, लेकिन उस पर इतनी गर्द और मैल जम गया था कि ज़मेतोव को उस पर कुछ दिखाई नहीं दिया होगा।

"अरे हाँ, ज़मेतोव !...पुलिस थाना !...मुझे थाने बुलाया क्यों गया है ? सम्मन कहाँ है ? लानत है ! मैं सब बातों को एक में मिलाए दे रहा हूँ : वह तो तब की बात है ! मैंने उस वक़्त भी अपने मोज़े को देखा था, लेकिन अब...अब तो मैं बीमारी से उठा हूँ। लेकिन ज़मेतोव आया क्यों था ? रज़ुमीख़िन उसे क्यों लाया था ?..." वह लाचार होकर फिर सोफ़े पर बैठते हुए बुड़बुड़ाया, "इसका मतलब क्या है ? क्या अभी तक मैं अपने होश में नहीं हूँ, या यह सब कुछ सच है ? मैं समझता हूँ कि यह सब कुछ सच है...अच्छा, अब मुझे याद आया : मुझे भाग जाना चाहिए ! हाँ, मुझे यही करना चाहिए, भाग जाना चाहिए। ! हाँ,...लेकिन कहाँ ? और मेरे कपड़े कहाँ गए ? मेरे पास जूते भी नहीं हैं ! वे लोग सब ले गए ! उन्होंने छिपा दिए हैं ! मैं सब समझता हूँ ! अरे, यह रहा मेरा कोट—यह उनकी नज़र से चूक गया ! और यह मेज़ पर पैसे भी रखे हैं, भगवान भला करे ! और यह रहा पुरनोट।...मैं पैसे लेकर चला जाता हूँ और रहने की कोई दूसरी जगह लिये लेता हूँ। वे लोग मुझे ढूँढ़ नहीं पाएँगे !...हाँ, लेकिन पतोंवाला दफ़्तर ? वे मुझे खोज निकालेंगे, रज़ुमीख़िन मुझे ढूँढ़ लेगा। बेहतर यही होगा कि बिलकुल भाग जाया जाए...कहीं बहुत दूर...अमरीका, और फ़िर वे अपना सिर फोड़ते रहें ! और पुरनोट भी लेता जाऊँ...वहाँ काम आएगा। और क्या-क्या ले जाना है मुझे ? ये लोग समझते हैं मैं बीमार हूँ ! उन्हें यह तक नहीं मालूम कि मैं चल-फिर सकता हूँ, हः-हः-हः ! उनकी आँखों से मुझे लग रहा था कि उन्हें सब कुछ मालूम है ! बस किसी तरह नीचे उतर पाऊँ ! और अगर उन्होंने पहरा बिठा रखा हो—पुलिसवाले ! यह क्या है, चाय ? ओह, और यह कुछ बियर भी बची है, आधी बोतल, ठंडी !"

उसने झपटकर बोतल उठा ली, जिसमें अब भी गिलास भर बियर बची हुई थी और बड़े चाव से उसे गटगट पी गया, जैसे अपने सीने के अंदर कोई आग बुझा रहा हो। लेकिन अगले ही मिनट बियर उसके सिर को चढ़ गई, और एक हल्की सी, बल्कि कहना चाहिए सुखद सिहरन की लहर उसकी पीठ में ऊपर से नीचे तक दौड़ गई। वह लेट गया और रज़ाई उसने अपने ऊपर खींच ली। उसके बीमार और बिखरे हुए विचार और भी तितर-बितर होते जा रहे थे और जल्दी ही हल्की-हल्की, सुखद तन्द्रा ने उसे आ घेरा। बहुत आराम महसूस करते हुए उसने अपना सिर तकिए में जमा लिया, उस नरम, गुलगुली रज़ाई को, जिसने उसके उस फटे-पुराने ओवरकोट का स्थान ले लिया था, अपने शरीर पर और कसकर लपेट लिया, हल्की सी आह भरी और गहरी, ताज़गी देनेवाली नींद सो गया।

किसी के अन्दर आने की आहट सुनकर वह जाग पड़ा। आँख खोली तो देखा कि रज़ुमीख़िन

चौखट पर इस संकोच में खड़ा है कि अन्दर आए कि न आए। रस्कोलनिकोव जल्दी से उठकर सोफ़े पर बैठ गया और उसे घूरता रहा, जैसे कुछ याद करने की कोशिश कर रहा हो।

"अच्छा, तो तुम सो नहीं रहे हो ! मैं आ गया ! नस्तास्या, बंडल यहाँ अन्दर ले आओ !" रज़ुमीख़िन ने सीढ़ियों से नीचे पुकारकर कहा, "हिसाब तुम्हें अभी मिला जाता है।"

"क्या बजा है ?" रस्कोलनिकोव ने अपने चारों ओर बेचैनी से देखते हुए पूछा।

"हाँ, तुम अच्छी नींद सोए, भाई, अब तो शाम होने को आई; थोड़ी देर में छः बजनेवाले हैं। छः घंटे से ज़्यादा सोए।"

"कमाल हो गया ! सचमुच, इतना सोया मैं ?"

"हर्ज ही क्या है ? तुम्हारे लिए अच्छा ही है। जल्दी भी क्या है ? किसी से मिलने जाना है, क्यों ? हमारे पास वक़्त ही वक़्त है। पिछले तीन घंटे से तुम्हारा इन्तज़ार कर रहा हूँ। ऊपर दो बार आया और देखा कि तुम सो रहे हो। दो बार ज़ोसिमोव के यहाँ हो आया हूँ; घर पर नहीं है, ज़रा सोचो। लेकिन कोई बात नहीं है, आ जाएगा !...और मैं अपने काम से भी थोड़ी देर के लिए गया था। आज मैं घर बदल रहा हूँ, अपने चाचा के साथ रहने आ रहा हूँ। अब मेरे साथ मेरे एक चाचा रहते हैं। लेकिन छोड़ो यह बात, काम की बात करें ! मुझे बंडल तो देना नस्तास्या। अभी इसे खोले देते हैं। और अब तुम्हारा जी कैसा है, भाई ?"

"मैं बिलकुल ठीक हूँ, मैं बीमार थोड़े ही हूँ...रज़ुमीख़िन, तुम्हें यहाँ आए बहुत वक़्त हो गया ?"

"मैंने बताया न, पिछले तीन घंटे से इन्तज़ार कर रहा हूँ।"

"नहीं, अभी नहीं, पहले ?"

"क्या मतलब ?"

"तुम यहाँ कब से आते रहे हो ?"

"अरे, अभी सबेरे ही तो तुम्हें सब कुछ बता चुका हूँ। याद नहीं ?"

रस्कोलनिकोव सोचने लगा। सुबह की बात उसे एक सपना लग रही थी। उसे अकेले कुछ नहीं याद आ रहा था। उसने रज़ुमीख़िन की तरफ़ सवालिया नज़रों से देखा।

"हुँह !" रज़ुमीख़िन बोला, "भूल गए हो ! मैंने उसी वक़्त सोचा था कि तुम पूरी तरह होश में नहीं हो। अब सो लेने के बाद तुम्हारी हालत पहले से बहुत अच्छी है...पहले से बहुत अच्छे दिखाई दे रहे हो। बहुत बढ़िया ! अच्छा, तो काम की बात ! अभी सब कुछ याद आ जाएगा। यह देखो, मेरे यार।"

उसने बंडल खोलना शुरू किया और साफ़ लग रहा था कि इस काम में वह बड़ी दिलचस्पी ले रहा था।

"यक़ीन मानो, मेरे भाई, यह एक ऐसी बात है जो ख़ासतौर पर मेरे अपने दिल की बात है। क्योंकि तुमको इंसान बनाना हमारा काम है। तो आओ, ऊपर से शुरू करते हैं। यह टोपी देखी ?" उसने बंडल से एक काफ़ी अच्छी, हालाँकि सस्ती और मामूली सी टोपी निकाली। "लाओ, पहनाकर तो देखूँ।"

"थोड़ी देर में, बाद में," रस्कोलनिकोव ने चिड़चिड़ाकर उसे दूर हटाते हुए कहा।

"आओ भी, रोद्या मेरे यार, ज़िद न करो, बाद में बहुत देर हो जाएगी; और मुझे सारी रात नींद नहीं आएगी, क्योंकि मैंने इसे अन्दाज़े से, बिना नाप के ख़रीदा है। बिलकुल ठीक !" उसे टोपी पहनाते हुए वह ज़ोर से चिल्लाया जैसे कोई बहुत बड़ा मैदान मार लिया हो, "ठीक तुम्हारी

नाप की है ! पहनावे में पहली बात देखने की यह होती है कि सिर पर पहनने की चीज़ ठीक हो, और एक तरह से देखा जाए तो उसी से आदमी की पहचान होती है। मेरा एक दोस्त है तोल्स्त्याकोव; वह जब भी किसी ऐसी जगह जाता है जहाँ सभी लोग अपनी हैट या टोपियाँ पहने रहते हैं तो उसे हमेशा अपना तसला उतार लेना पड़ता है। लोग समझते हैं कि वह ऐसा दासों जैसी विनम्रता के कारण करता है, लेकिन इसकी सीधी-सादी वजह यह है कि उसे अपने उस चिड़िया के घोंसले पर शर्म आती है। ऐसा झेंपू आदमी है कि बस ! देखो, नस्तास्या, ये टोपियों के दो नमूने हैं : यह पामर्स्टन हैट,'' यह कहकर उसने कोने में से रस्कोलनिकोव की पुरानी टूट-फूटी हैट उठाई, जिसे वह न जाने क्यों पामर्स्टन कहता था, ''और यह नगीना ! क़ीमत का अन्दाज़ा लगाओ, रोद्या; तुम्हारा क्या ख़्याल है, नस्तास्या, मैंने इसके क्या दाम दिए होंगे ?'' यह देखकर कि रस्कोलनिकोव कुछ नहीं बोला, उसने नस्तास्या की ओर मुड़कर पूछा।

''ज़्यादा-से-ज़्यादा बीस कोपेक, मैं दावे के साथ कह सकती हूँ,'' नस्तास्या ने जवाब दिया।

''बीस कोपेक, बेवक़ूफ़ कहीं की !'' वह झुँझलाकर ज़ोर से चिल्लाया, ''अरे, आजकल तो तुम्हारा मोल भी इससे ज़्यादा होगा—अस्सी कोपेक ! और सो भी इसलिए कि पहनी हुई है। और इस शर्त पर ख़रीदी गई है कि जब फट जाएगी, तो अगले साल वे लोग दूसरी मुफ़्त दे देंगे। हाँ, मेरी बात मानो ! अच्छा, अब आओ अ़मरीका के नक़्शे पर, जैसा कि हम लोग इसे स्कूल में कहा करते थे। मैं तुम्हें यक़ीन दिलाता हूँ कि इस पर मुझे बहुत नाज़ है,'' यह कहकर उसने रस्कोलनिकोव को स्लेटी रंग की ऊनी कपड़े की हल्की, गर्मी में पहनने की पतलून दिखाई। ''न कोई सूराख़ है, न कहीं धब्बा है, और देखने में बहुत शरीफ़ाना लगती है, हालाँकि थोड़ी पहनी हुई है; और इसी के जोड़ की वास्कट, बिलकुल आजकल के फ़ैशन के हिसाब से। और थोड़ी सी पहनी हुई होने की वजह से तो और भी अच्छी हो गई है, ज़्यादा नरम और ज़्यादा मुलायम। देखो, रोद्या, मैं तो यह समझता हूँ कि इस दुनिया में निभाने के लिए सबसे बड़ी बात यह है कि आदमी मौसम के हिसाब से चले; अगर जनवरी में शतावर खाने का शौक़ नहीं है, तो पैसे बचाकर अपने बटुए में रखो; और यही बात इस सौदे के बारे में भी सच है। आजकल गर्मी है इसलिए मैं गर्मी की चीज़ें ख़रीदकर लाया हूँ—पतझड़ में इससे ज़्यादा गरम कपड़ों की ज़रूरत पड़ेगी, तब ये चीज़ें यों भी फेंक ही देनी पड़ेंगी...अगर तुम्हारा ऐश-आराम का स्तर ऊँचा हो जाने की वजह से न भी सही तो भी ख़ासतौर पर इसलिए कि इनमें खुद इतना गठाव बाक़ी नहीं रह जाएगा। अच्छा, इनकी क़ीमत लगाओ ! बोलो, क्या कहते हो ? सिर्फ़ दो रूबल पच्चीस कोपेक ! और शर्त याद रहे। एक बार कोई चीज़ खरीद ली तो जनम-भर की तसल्ली, क्योंकि अपनी मर्ज़ी से तो फिर तुम्हें वहाँ जाना नहीं पड़ेगा। अब आइए जूतों पर। क्या कहते हो ? थोड़े से घिसे हुए ज़रूर हैं, लेकिन दो-चार महीने चल जाएँगे, क्योंकि विलायती कारीगर के हाथ का काम है, और चमड़ा भी विलायती है; इंग्लैंड की एम्बेसी को सेक्रेटरी ने पिछले हफ़्ते बेचे थे—उसने इन्हें कुल छः दिन पहना था, लेकिन उसे पैसों की बड़ी तंगी हो गई। क़ीमत—डेढ़ रूबल। है न बढ़िया सौदा ?''

''लेकिन शायद इनके पाँव में ठीक नहीं आएँगे,'' नस्तास्या ने अपनी राय दी।

''ठीक नहीं आएँगे ?'' यह कहकर उसने अपनी जेब से रस्कोलनिकोव का पुराना, टूटा हुआ जूता निकाला, जिस पर कीचड़ की पपड़ी जमी हुई थी। ''मैं ख़ाली हाथ नहीं गया था—इस जिन्नाती जूते से नापकर दिया है उन लोगों ने। हम सबने अपनी तरफ़ से अच्छे से अच्छा माल लाने की पूरी कोशिश की है। और जहाँ तक तुम्हारे दूसरे कपड़ों का सवाल है, तो तुम्हारी मकान-मालकिन ने उसका बंदोबस्त कर दिया है। यह लो, सबसे पहले तो ये रहीं तीन कमीज़ें, हैं

तो मोटे कपड़े की लेकिन सामना बहुत फ़ैशनेबुल है...अच्छा, तो अब अस्सी कोपेक टोपी के; दो रूबल पच्चीस कोपेक सूट के—कुल मिलाकर हुए तीन रूबल पाँच कोपेक—डेढ़ रूबल जूतों के—क्योंकि, तुम जानो, हैं बहुत बढ़िया—तो हो गए चार रूबल पचपन कोपेक; पाँच रूबल अन्दर पहनने के कपड़ों के—वे थोक भाव से ख़रीदे गए थे—जिसको मिलाकर कुल हुए पूरे नौ रूबल पचपन कोपेक। और यह रही पैंतालीस कोपेक की रेज़गारी—पाँच-पाँच कोपेक के ताँबे के सिक्कों में। तो, रोद्या, अब तुम्हारा सारा ताम-झाम बिलकुल नया हो गया, क्योंकि तुम्हारा ओवरकोट अभी काम देगा, और उसकी अपनी अलग ही एक शान है। यही होता है जब आदमी शार्मेर के यहाँ से कोई कपड़ा ख़रीदता है ! अब रहा तुम्हारे मोज़ों और दूसरी चीज़ों का सवाल, तो वह तुम्हारे ऊपर छोड़ दिया; अभी हमारे पास पच्चीस रूबल बचे हैं। और जहाँ तक पाशेंका की और यहाँ रहने के पैसे देने की बात है, तो उसकी तुम चिन्ता न करो। मैं बताता हूँ, वह तुम्हारा किसी भी चीज़ के लिए भरोसा कर लेगी। और अब, भाई, लाओ तुम्हारे कपड़े बदलवा दूँ, क्योंकि मैं दावे के साथ कह सकता हूँ, कमीज़ उतारकर फेंकते ही तुम्हारी बीमारी भी दूर हो जाएगी।''

''रहने दो ! मुझे नहीं चाहिए !'' रस्कोलनिकोव ने उसे झटककर अलग कर दिया। रज़ुमीख़िन अपनी ख़रीदारी के बारे में जिस तरह मसख़रेपन की बातें करने की कोशिश कर रहा था उसे वह बहुत खीझ-खीझकर सुनता रहा था।

''आओ, भाई, अब तुम यह तो नहीं कहोगे कि मैं बेकार इतनी देर अपनी टाँगें तोड़ता रहा हूँ,'' रज़ुमीख़िन ने ज़िद करते हुए कहा, ''नास्तास्या, शरमाओ नहीं, आकर मेरी मदद करो—यह हुई बात,'' और रस्कोलनिकोव के विरोध के बावजूद उसने उसकी कमीज़ बदलवा ही दी। रस्कोलनिकोव ने फिर अपना सिर अपने तकियों में धँसा लिया और एक-दो मिनट तक कुछ नहीं बोला।

'इनसे पिंड छुड़ाने में बहुत वक़्त लगेगा,' उसने सोचा। ''यह सब कुछ किस पैसे से ख़रीदा गया है ?'' उसने आख़िरकार दीवार को घूरते हुए पूछा।

''पैसा ? क्यों, तुम्हारा ही पैसा था, वही जो वाख़रूशिन के यहाँ का चपरासी लाया था। तुम्हारी माँ ने भेजा था। यह भी भूल गए ?''

''अब याद आया,'' रस्कोलनिकोव ने बड़ी देर तक उदास होकर चुप रहने के बाद कहा। रज़ुमीख़िन माथे पर बल डाले बड़ी बेचैनी से उसे देखता रहा।

इतने में दरवाज़ा खुला और एक लम्बा-तगड़ा आदमी, जिसकी सूरत रस्कोलनिकोव को कुछ पहचानी-पहचानी लग रही थी, अन्दर आया।

''ज़ोसिमोव ! आख़िर आ ही गया !'' रज़ुमीख़िन ख़ुश होकर चिल्लाया।

4

ज़ोसिमोव लम्बे क़द का मोटा सा आदमी था—फूला-फूला, बेरंग, सफ़ाचट चेहरा और सीधे सन जैसे बाल। चश्मा लगाता था और अपनी मोटी सी उँगली पर एक बड़ी सी सोने की अँगूठी पहनता था। वह सत्ताईस साल का था। वह हल्के सुरमई रंग का फ़ैशनेबुल ढीला कोट और हल्का गर्मियोंवाला पतलून पहने था; उसकी हर चीज़ ढीली-ढाली, फ़ैशनेबुल और बिलकुल नई थी। उसकी कमीज़ पर कोई उँगली नहीं उठा सकता था, उसकी घड़ी की चेन बहुत भारी-भरकम थी। एक तरह से देखा जाए तो वह सुस्त और बहुत कुछ लापरवाह था; लेकिन इसके साथ ही उसमें बहुत कोशिश

से पैदा की हुई बेतकल्लुफ़ी और बेबाकी थी; वह अपने अभिमान को छुपाने की कोशिश करता था, लेकिन हर क्षण वह उभरकर सामने आ जाता था। सभी जानने-पहचाननेवाले उसे टेढ़ा आदमी समझते थे, लेकिन इतना ज़रूर मानते थे कि वह अपने काम में होशियार था।

''भाई, आज मैं तुम्हारे यहाँ दो बार गया। देख रहे हो, इसे होश आ गया है,'' रजुमीख़िन बड़े जोश से बोला।

''अच्छा, अच्छा; और अब जी कैसा है, क्यों ?'' ज़ोसिमोव ने रस्कोलनिकोव को बड़े ध्यान से देखते हुए और सोफ़े के पाँयती जितने भी आराम से मुमकिन हो सका बैठते हुए, उससे पूछा।

''अभी तबियत कुछ गिरी-गिरी सी है,'' रजुमीख़िन कहता रहा, ''हमने अभी इसकी कमीज़ बदलवाई तो यह लगभग रो पड़ा।''

''यह तो समझने की बात है। अगर इसका जी नहीं चाह रहा था तो न बदलवाते, नब्ज़ तो बहुत बढ़िया चल रही है। सिर में अब भी दर्द है, क्यों ?''

''मैं ठीक हूँ, मैं बिलकुल ठीक हूँ !'' रस्कोलनिकोव ने बड़े भरोसे के साथ और कुछ चिढ़कर कहा। वह सोफ़े पर थोड़ा उठा और उन्हें चमकती हुई आँखों से देखने लगा, लेकिन फ़ौरन ही फिर तकिए में सिर धँसाकर उसने दीवार की ओर मुँह कर लिया। ज़ोसिमोव ग़ौर से उसे देखता रहा।

''बहुत अच्छा है...ठीक चल रहा है,'' उसने अलसाए हुए स्वर से कहा, ''कुछ खाया है ?''

उन लोगों ने बता दिया और फिर पूछा कि खाने को क्या-क्या दिया जा सकता है।

''कुछ भी खा सकते हैं...सूप, चाय...अलबत्ता मशरूम और खीरा न देना; अच्छा हो कि अभी गोश्त भी न खाएँ, और...लेकिन वह बताने की तो तुम्हें कोई ज़रूरत नहीं !'' रजुमीख़िन और ज़ोसिमोव ने एक-दूसरे को देखा। ''अब और कोई दवा या कोई और चीज़ नहीं देनी है। मैं कल फिर देखने जाऊँगा। शायद, आज ही आ जाऊँ...लेकिन कोई बात फ़िक्र की नहीं है...''

''कल शाम मैं इसे टहलाने ले जाऊँगा,'' रजुमीख़िन ने कहा, ''हम लोग युसूपोव बाग़ जाएँगे फिर 'बल्लूर महल' जाएँगे।''

''कल तो मेरी राय में इन्हें बिलकुल न छेड़ा जाए, लेकिन मैं ठीक से कह नहीं सकता...हो सकता है थोड़ा-बहुत चलने में कोई हर्ज़ न हो...ख़ैर, देखेंगे कल।''

''अरे, हाँ, अच्छा याद आया। आज हमारी गृह-प्रवेश की पार्टी है; यहाँ से दो ही क़दम पर। इसे नहीं ले जा सकते ? वहाँ सोफ़े पर लेटा रहेगा। तुम तो आ रहे हो न ?'' रजुमीख़िन ने ज़ोसिमोव से कहा, ''भूलना नहीं, तुमने वादा किया था।''

''अच्छी बात है, लेकिन ज़रा देर से आऊँगा। क्या-क्या करनेवाले हो ?''

''अरे, कुछ नहीं—यही चाय, वोद्का, नमक-लगी मछली। एक केक होगा...बस हमारे दोस्त होंगे।''

''कौन-कौन ?''

''सब यहीं के रहनेवाले हैं और लगभग सभी नए हैं, मेरे बूढ़े चाचा को छोड़कर और वह भी नए ही हैं—वह अपने किसी काम के सिलसिले में अभी कल ही तो पीटर्सबर्ग आए हैं। हम लोगों की मुलाक़ात पाँच बरस में जाकर कहीं एक बार होती है।''

''क्या करते हैं ?''

''उम्र भर ज़िले के पोस्टमास्टर की नौकरी में सड़ते रहे, अब थोड़ी-बहुत पेंशन मिलती है। पैंसठ साल के हैं—कोई ख़ास बात नहीं है उनके बारे में चर्चा करने लायक़...लेकिन मुझे उनसे बहुत लगाव है। पोर्फ़िरी पेत्रोविच, यहाँ का छानबीन करनेवाला अफ़सर, क़ानून का जानकार...उसे तो

तुम जानते हो।''

''वह भी तुम्हारा रिश्तेदार है ?''

''बहुत दूर का। लेकिन इस तरह मुँह क्यों बना रहे हो ? एक बार कभी उससे झगड़ा हो गया था, तो इसलिए तुम नहीं आओगे, क्यों ?''

''मैं उसकी तिनका बराबर परवाह नहीं करता !''

''यह तो और अच्छी बात है। और, कुछ लड़के होंगे, एक टीचर, एक सरकारी क्लर्क, गानेवाला, एक अफ़सर, और ज़मेतोव।''

''अच्छा, मुझे यह बताओ, तुम्हारा या इनका,'' ज़ोसिमोव ने सिर हिलाकर रस्कोलनिकोव की तरफ़ इशारा किया, ''इस ज़मेतोव का क्या साथ है ?''

''ओह, तुम लोग तो ख़ास क़िस्म के शरीफ़ हो ! सिद्धान्त ! तुमको तो सिद्धान्त चलाते हैं, कमानियों की तरह : तुम लोग अपने आप तो घूमने की हिम्मत कर ही नहीं सकते। लेकिन मेरी राय में बस आदमी भला हो—मेरा तो यही सिद्धान्त है और बस इतना ही काफ़ी है। ज़मेतोव बहुत ही उम्दा आदमी है।''

''हालाँकि रिश्वत लेता है।''

''अच्छा, लेता है, तो ! उससे क्या होता है ? अगर वह रिश्वत लेता भी है तब भी इसकी मुझे कोई परवाह नहीं,'' रज़ुमीख़िन बेहद चिढ़कर ज़ोर से बोला, ''रिश्वत लेने के लिए मैं उसकी तारीफ़ तो नहीं करता। मैं तो बस इतना कहता हूँ कि अपने तरीक़े का बहुत अच्छा आदमी है ! लेकिन अगर हर आदमी को हर पहलू से देखा जाए—तो कितने आदमी अच्छे बचेंगे ? मैं तो समझता हूँ कि कोई मुझे एक टके को भी नहीं पूछेगा—सो भी अगर तुम्हें मुफ़्त जोड़ दिया जाए।''

''इतना तो बहुत कम है; मैं तुम्हारे दो देने को तैयार हूँ।''

''और मैं तुम्हारा एक से ज़्यादा किसी क़ीमत पर न दूँ। अच्छा, बस अब अपने ये मज़ाक रहने दो ! ज़मेतोव अभी कल का लड़का है, मैं उसके कान खींच सकता हूँ। आदमी को अपनी ओर लाना चाहिए, उसे दूर नहीं भगाना चाहिए। दूर भगाकर आप किसी आदमी को सुधार नहीं सकते, ख़ासतौर पर अगर वह अभी लड़का हो। लड़के के साथ दुगुनी सावधानी बरतनी पड़ती है। अरे, तुम प्रगतिशील बुद्धू लोगो ! तुम नहीं समझते। दूसरे आदमी की निन्दा करके तुम अपने आपको नुक़सान पहुँचाते हो,...लेकिन अगर जानना ही चाहते हो, तो हम लोग मिलकर एक काम कर रहे हैं।''

''मैं जानना चाहूँगा कि वह क्या है।''

''अरे, कुछ नहीं, वह एक घर की पुताई करनेवाले का मामला है...झंझट में फँस गया था, हम लोग उसे छुड़ाने की कोशिश कर रहे हैं। हालाँकि अब कोई ऐसी डरने की बात नहीं है। मामला बिलकुल साफ़ है ! हमें बस थोड़ा सा ज़ोर लगाना पड़ेगा।''

''पुताई करनेवाला ?''

''क्यों, मैंने तुम्हें उसके बारे में बताया नहीं था ? तो फिर मैंने तुमको उस बुढ़िया के क़त्ल के बारे में, जो चीज़ें गिरवी रखने का काम करती थी, शुरू का क़िस्सा ही बताया होगा। तो, वह पुताई करनेवाला उसमें फँस गया है...''

''ओह, उस क़त्ल के बारे में तो मैंने पहले भी सुना था और मुझे उसमें कुछ दिलचस्पी भी पैदा हुई थी...कुछ-कुछ...एक ख़ास वजह से...मैंने उसके बारे में अख़बारों में भी पढ़ा था ! लेकिन...''

"लिज़ावेता भी तो क़त्ल कर दी गई थी," नस्तास्या भी अचानक रस्कोलनिकोव को संबोधित करते हुए बोल पड़ी। वह तमाम वक़्त कमरे में ही दरवाज़े के पास खड़ी सब सुन रही थी।

"लिज़ावेता ?" रस्कोलनिकोव इतने धीरे से बुदबुदाया कि मुश्किल से ही कोई सुन सकता था।

"वही लिज़ावेता, जो पुराने कपड़े बेचती थी। उसे जानते नहीं थे तुम ? वह यहाँ आया करती थी। तुम्हारी एक कमीज़ भी मरम्मत की थी उसने।"

रस्कोलनिकोव ने दीवार की ओर मुँह कर लिया और मैले, पीले काग़ज़ पर एक भद्दा सा सफ़ेद फूल छाँटकर, जिस पर कत्थई लकीरें थीं, वह यह देखने लगा कि उसमें कितनी पत्तियाँ हैं, पत्तियों में कितने कंगूरे हैं और उन पर कितनी लकीरें हैं। उसे अपनी बाँहें और टाँगें ऐसी बेजान लग रही थीं जैसे काटकर शरीर से अलग कर दी गई हों। उसने हिलने-डुलने की कोई कोशिश नहीं की और एकटक उस फूल को घूरता रहा।

"लेकिन उस पुताई करनेवाले का क्या हुआ ?" ज़ोसिमोव ने खुली नाराज़गी के साथ नस्तास्या की बकबक को बीच में काटकर कहा। वह आह भरकर चुप हो गई।

"अरे, उस पर क़त्ल का इल्ज़ाम लगाया गया था," रज़ुमीख़िन उत्तेजित होकर बोलता रहा।

"तो उसके खिलाफ़ कोई सबूत रहा होगा ?"

"सबूत की भी अच्छी कही ! सबूत ऐसा था जो कोई सबूत नहीं था, और यही हमें साबित करना था ! बिलकुल वैसे ही जैसे उन लोगों ने शुरू में कोख़ और पेस्त्र्याकोव को धर लिया था। छिः ! कितनी बेवक़ूफ़ी से यह सब कुछ किया जाता है कि मतली होने लगती है, हालाँकि हमारा कोई लेना-देना नहीं है इस बात से ! पेस्त्र्याकोव शायद आज रात को आए...अच्छा, हाँ, रोद्या, तुम तो इस मामले के बारे में सुन चुके होगे; तुम्हारे बीमार पड़ने से पहले की बात है, उस दिन जब वे लोग उसके बारे में बातें कर रहे थे और तुम बेहोश हो गए थे, उससे एक दिन पहले की।"

ज़ोसिमोव बड़ी जिज्ञासा से रस्कोलनिकोव को देखता रहा। रस्कोलनिकोव हिला तक नहीं।

"लेकिन मैं कहता हूँ, रज़ुमीख़िन, मुझे तो तुम्हारे ऊपर हैरत होती है। तुम भी ज़रूरत से ज़्यादा जोश दिखाते हो !" ज़ोसिमोव ने अपना मत प्रकट किया।

"हो सकता है, लेकिन हम लोग उसे छुड़ाकर ही दम लेंगे," रज़ुमीख़िन मेज़ पर मुक्का मारकर ज़ोर से चिल्लाया, "सबसे ज़्यादा बुरी जो बात लगती है वह यह नहीं है कि वे झूठ बोलते हैं–झूठ बोलना तो हमेशा माफ़ किया जा सकता है, झूठ बोलना तो बड़ी अच्छी बात है क्योंकि उसी के सहारे हम सच्चाई तक पहुँचते हैं–बुरी लगनेवाली बात यह है कि वे झूठ बोलते हैं और अपने झूठ बोलने को सराहते हैं, उसकी पूजा करते हैं...मैं पोर्फ़िरी की इज़्ज़त करता हूँ, लेकिन...सबसे पहले किस बात ने उन्हें चक्कर में डाल दिया ? दरवाज़ा बन्द था, और जब वे दरबान को लेकर लौटे तो दरवाज़ा खुला था। इसलिए नतीजा यह निकला कि क़त्ल कोख़ और पेस्त्र्याकोव ने किया है–यह थी उनकी दलील !"

"हाँ, लेकिन ज़्यादा ताव न खाओ; उन लोगों ने उन्हें सिर्फ़ पकड़ा ही तो था, और यह तो उन्हें करना ही पड़ता...और, हाँ, मैं कोख़ से मिल चुका हूँ। वह उस बुढ़िया से गिरवी रखी हुई ऐसी चीज़ें ख़रीदता था जिन्हें छुड़ाया न गया हो, है न ?"

"हाँ, वह जालिया तो है। वह पुरनोट भी ख़रीदता है। उसका यही धन्धा है। लेकिन छोड़ो उसकी बातें ! जानते हो मुझे गुस्सा किस बात पर आता है ? उनकी उस घिनौनी, सड़ी हुई, घिसी-पिटी ख़ानापूरी पर...और यह मामला कोई नया तरीक़ा लागू करने की बुनियाद बन सकता है। मनोवैज्ञानिक तथ्यों के सहारे ही हम बता सकते हैं कि असली आदमी का पता कैसे लगाया

जाए। 'हमारे पास तथ्य हैं,' वे कहते हैं। लेकिन तथ्य ही तो सब कुछ नहीं होते—कम-से-कम आधा दारोमदार तो इस बात पर होता है कि उन तथ्यों का मतलब किस तरह निकाला जाता है !"

"तो क्या तुम उनका मतलब निकाल सकते हो ?"

"बहरहाल, आदमी अपनी ज़बान तो नहीं बन्द रख सकता अगर वह यह महसूस करता हो, और ठोस बुनियाद पर महसूस करता हो, कि वह शायद कुछ मदद कर सकता है...क्यों ? तुम्हें पूरा क़िस्सा मालूम है ?"

"मैं तो यह सुनने का इन्तज़ार कर रहा हूँ कि उस पुताई करनेवाले का क्या हुआ ?"

"अरे हाँ ! तो वह क़िस्सा इस तरह है। क़त्ल के तीसरे दिन सबेरे, जब वे अभी तक कोख़ और पेस्त्र्याकोव की रगड़ाई कर रहे थे—हालाँकि उन्होंने अपने एक-एक क़दम का पूरा हिसाब दे दिया था और बात बिलकुल साफ़ हो चुकी थी—अचानक एक ऐसी बात सामने आई जिसके बारे में किसी ने सोचा भी नहीं था। दूश्किन नाम का एक किसान, जो उसी घर के सामने एक शराबख़ाना चलाता है, थाने में ज़ेवर की एक डिबिया लेकर आया जिसमें कानों की कुछ बालियाँ थीं, और उसने एक लम्बा-चौड़ा क़िस्सा सुनाया—'परसों शाम को, ठीक आठ बजे के बाद'—दिन और वक़्त पर ध्यान दीजिएगा !—'घर की पुताई करनेवाला एक मामूली मज़दूर, निकोलाई, जो उस दिन पहले भी मेरे यहाँ आ चुका था, सोने की बालियों और नगीनों की एक डिबिया लेकर आया और मुझसे कहने लगा कि इसके दो रूबल उसे दे दूँ। जब मैंने उससे पूछा कि ये चीज़ें उसे कहाँ मिलीं, तो उसने बताया कि उसने सड़क पर पड़ी पाई हैं। मैंने उससे ज़्यादा कुछ नहीं पूछा।' यह तुम्हें दूश्किन का बयान किया हुआ क़िस्सा बता रहा हूँ मैं। 'मैंने उसे एक नोट दिया'—यानी एक रूबल—'क्योंकि मैंने सोचा कि अगर मेरे पास गिरवी नहीं रखेगा तो किसी और के पास जाकर रखेगा। बात तो एक ही होगी—पैसा तो वह दारू में उड़ाएगा ही, तो चीज़ मेरे ही पास रहे तो क्या बुरा है। जितना ही छिपाओगे उतनी ही जल्दी उसका पता लग जाएगा, और अगर कोई ऐसी-वैसी बात हुई, अगर मैंने उड़ती हुई कोई बात सुनी, तो मैं सारी चीज़ें लेकर पुलिस के पास चला जाऊँगा।' ज़ाहिर है, यह सब उसकी गप है; साफ़ झूठ बोलता है और पलक तक नहीं झपकाता। मैं अच्छी तरह जानता हूँ इस दूश्किन को; चीज़ें गिरवी रखता है और चोरी का माल ख़रीदता है। आख़िर उसने निकोलाई को झाँसा देकर तीस रूबल का वह माल पुलिस को दे देने के लिए तो हथियाया नहीं था। बस वह डर गया। ख़ैर छोड़ो, दूश्किन का क़िस्सा सुनो। 'मैं इस किसान निकोलाई देमेंत्येव को बचपन से जानता हूँ; वह भी हमारे प्रान्त और ज़रायस्क के उसी ज़िले का रहनेवाला है; हम दोनों रियाज़ान के हैं। निकोलाई शराबी तो नहीं है, मगर पीता है, और मैं जानता था कि वह उस घर में काम पर लगा है, मित्का के साथ पुताई का काम कर रहा है। मित्का भी उसी गाँव का रहनेवाला है। रूबल पाते ही उसने उसे भुनाया, दो-एक गिलास पी और अपने बाक़ी पैसे लेकर चला गया। उस वक़्त मैंने मित्का को उसके साथ नहीं देखा था। और अगले दिन मैंने सुना कि अल्योना इवानोव्ना और उसकी बहन लिज़ावेता इवानोव्ना को किसी ने कुल्हाड़ी से क़त्ल कर दिया है। हम लोग उन्हें जानते थे और मुझे फ़ौरन उन बालियों के बारे में शक हुआ, क्योंकि मैं जानता था कि जो औरत मारी गई थी वह माल गिरवी रखकर पैसा क़र्ज़ देती थी। मैं उस घर में गया और किसी से कुछ कहे बिना बड़ी सावधानी से पूछताछ करने लगा। सबसे पहले मैंने पूछा : 'निकोलाई है ?' मित्का ने मुझे बताया कि निकोलाई कहीं मौज कर रहा है; वह भोर पहर शराब पिए हुए घर आया था, कोई दस मिनट वहाँ रुका होगा, और फिर निकल गया। उसके बाद से मित्का ने उसे नहीं देखा और अकेले ही काम पूरा कर रहा है। और वे लोग जिस फ़्लैट में काम

कर रहे हैं वह भी उन्हीं सीढ़ियों पर है जहाँ क़त्ल हुआ था, दूसरी मंज़िल पर। जब मैंने यह सब कुछ सुना तो मैंने किसी से कुछ भी नहीं कहा'—यह दूश्किन का कहना है—'लेकिन उस क़त्ल के बारे में मैं जो कुछ भी पता लगा पाया, मैंने लगाया और पहले की तरह ही शक में डूबा हुआ घर चला गया। और आज सबेरे आठ बजे'—वह तीसरा दिन था, आप समझ रहे हैं न—''मैंने निकोलाई को अन्दर आते देखा, पूरी तरह होश में तो नहीं था, लेकिन सच पूछिए तो बहुत पिए हुए भी नहीं था—जो बात उससे कही जाती वह समझ सकता था। वह बेंच पर बैठ गया और कुछ बोला नहीं। उस वक़्त शराबख़ाने में बस एक अजनबी था; एक और आदमी, जिसे मैं जानता था, बेंच पर सो रहा था और हमारे यहाँ काम करनेवाले दो छोकरे थे। 'तुमने मित्का को देखा है ?' मैंने पूछा। 'नहीं, मैंने तो नहीं देखा,' वह बोला। 'और तुम यहाँ भी नहीं आए ?' 'परसों के बाद नहीं,' वह बोला। 'और कल रात तुम सोए कहाँ थे ?' 'पेस्की में, कोलोम्नावाले लोगों के साथ।' 'और कानों की वह बालियाँ तुम्हें कहाँ मिली थीं ?' मैंने पूछा। 'मुझे सड़क पर पड़ी मिली थीं,' और जिस तरह उसने यह बात कही वह मुझे कुछ अजीब लगी; उसने मेरी ओर देखा नहीं। 'कुछ तुमने सुना है कि उसी दिन शाम को, उसी वक़्त, उन्हीं सीढ़ियों पर क्या हुआ ?' मैंने पूछा। 'नहीं,' वह बोला, 'मैंने तो कुछ नहीं सुना,' और जितनी देर वह ये सारी बातें सुन रहा था उसकी आँखें अपने गड्ढों में से बाहर निकली पड़ रही थीं और उसका रंग बिलकुल चूने की तरह सफ़ेद पड़ गया था। मैंने उसे सारी बातें बताईं और वह अपनी हैट उठाकर चलने लगा। मैं उसे वहीं रोके रखना चाहता था। 'ठहरो तो, निकोलाई' मैंने कहा, 'कुछ पिओगे नहीं ?' और मैं छोकरे को दरवाज़ा रोके रहने का इशारा करके गल्ले के पीछे से निकलकर बाहर आ गया; मगर वह तीर की तरह सड़क पर निकल गया और भागता हुआ मोड़ पर पहुँचकर गली में ग़ायब हो गया। तब मेरे सारे शक दूर हो गए—उसी की हरकत थी, इसमें तो कोई शक ही नहीं रह गया था...' ''

''लगता तो ऐसा ही है,'' ज़ोसिमोव ने कहा।

''ज़रा ठहरो ! आख़िर तक सुन लो। ज़ाहिर है, उन लोगों ने निकोलाई को ढूँढ़ने के लिए कुओं में बाँस डलवा दिए : दूश्किन को पकड़कर थाने ले जाया गया और उसके घर की तलाशी ली गई; मित्का भी गिरफ़्तार कर लिया गया; कोलोम्नावाले लोगों की भी खूब रगड़ाई की गई। और परसों उन लोगों ने शहर के छोर पर एक शराबख़ाने में निकोलाई को गिरफ़्तार कर लिया। वह वहाँ गया था और अपने गले से चाँदी की सलीब उतारकर उसने उसके बदले थोड़ी सी शराब माँगी थी। उन लोगों ने शराब उसे दे दी। कुछ ही मिनट बाद शराबवाले की औरत गायें बाँधने के छप्पर में गई, और वहाँ उसने दीवार की एक दरार में से देखा कि बग़लवाले अस्तबल में उसने छत के शहतीर में अपना कमरबन्द बाँधकर एक फन्दा बना रखा है और लकड़ी के एक कुन्दे पर खड़ा होकर उस फन्दे में अपनी गर्दन फँसाने की कोशिश कर रहा है। औरत पूरा ज़ोर लगाकर चीख़ी; लोग भागकर वहाँ पहुँचे। 'तो अब पता चला तुम्हारी असलियत का !' 'मुझे ले चलो,' वह बोला, 'फ़लाँ थाने में; मैं सब कुछ सच-सच बता दूँगा।' तो, कुछ लोगों की निगरानी में उसे थाने ले जाया गया—मतलब है यहाँ लाया गया। उससे इधर-उधर की बहुत सी बातें पूछी गईं, जैसे क्या उम्र है ?, 'बाईस साल', वग़ैरह-वग़ैरह। जब उससे पूछा गया, 'जब तुम मित्का के साथ काम कर रहे थे तब तुमने फ़लाँ वक़्त किसी को सीढ़ियों पर देखा था ?' तो उसने जवाब दिया : 'लोग ज़रूर ऊपर-नीचे आते-जाते रहे होंगे, लेकिन मैंने उनकी ओर ध्यान नहीं दिया।' 'और तुमने कुछ सुना तो नहीं, कोई शोर वग़ैरह ?' 'हमने कोई ख़ास बात तो नहीं सुनी।' 'और, निकोलाई, क्या तुमने यह सुना था कि उसी दिन फ़लाँ विधवा और उसकी बहन का क़त्ल हुआ था और उन्हें लूट लिया गया था ?'

'मुझे उसके बारे में रत्ती भर भी कुछ नहीं मालूम था। उसके बारे में तो मैंने पहली बार परसों अफ़ानासी पाव्लोविच से सुना।' 'और कानों की बालियाँ तुम्हें कहाँ मिली थीं ?' 'मैंने सड़क की पटरी पर पड़ी पाई थीं।' 'अगले दिन तुम मित्का के साथ काम करने क्यों नहीं गए थे ?' 'क्योंकि मैं शराब पी रहा था।' 'और, कहाँ शराब पी रहे थे तुम ?' 'अरे, फ़लाँ जगह।' 'और तुम दूश्किन के यहाँ से भाग क्यों आए थे ?' 'क्योंकि मुझे बहुत डर लग रहा था।' 'तुम्हें किस बात का डर लग रहा था ?' 'कि मुझ पर इल्ज़ाम लगाया जाएगा।' 'जब तुम जानते थे कि तुम्हारा कोई क़सूर नहीं है, तो फिर तुम्हें डर कैसे लग रहा था ?' अब, ज़ोसिमोव, तुम मेरी बात पर यक़ीन करो न करो लेकिन यह सवाल हूबहू इन्हीं शब्दों में पूछा गया था। मैं इस बात को पक्की तरह जानता हूँ, वह सवाल ज्यों-का-त्यों मेरे सामने दोहराया गया था ! इसके बारे में क्या कहते हो ?''

''लेकिन, बहरहाल, सबूत तो है।''

''मैं अभी सबूत की बात नहीं कर रहा हूँ, मैं उस सवाल की बात कर रहा हूँ, ख़ुद अपने बारे में वे लोग जो कुछ समझते हैं, उसकी बात कर रहा हूँ। ख़ैर, तो वे लोग उसे रगड़ते रहे, रगड़ते रहे, यहाँ तक कि आख़िरकार उसने मान लिया : 'मुझे सड़क पर नहीं मिली थीं बल्कि उस फ़्लैट में मिली थीं जहाँ मैं मित्का के साथ काम कर रहा था।' 'मतलब ?' 'मतलब यह कि मित्का और मैं दिन भर पुताई करते रहे थे। जब हम लोग काम ख़तम करके चलने की तैयारी कर रहे थे तब मित्का ने ब्रश लेकर मेरे मुँह पर रंग लगा दिया और भागा, मैं भी उसके पीछे भागा—मैं अपनी पूरी ताक़त से चिल्लाता हुआ उसके पीछे भागा और सीढ़ियों के नीचे पहुँचकर मेरी सीधी मुठभेड़ दरबान से और कुछ और लोगों से हो गई—कितने लोग थे यह तो मुझे याद नहीं। दरबान ने मुझे गाली दी और दूसरे लोगों ने भी फिर दरबान की औरत बाहर निकल आई और वह भी हम लोगों को गालियाँ देने लगी। एक साहब इतने में एक मेम साहब को साथ लिये हुए फाटक में आए और उन्होंने भी हमें गालियाँ दीं, क्योंकि मित्का और मैं बीच रास्ते में पड़े हुए थे। मित्का के बाल मेरे हाथ में आ गए थे। मैं उसे पटककर मार रहा था। मित्का ने भी मेरे बाल पकड़ रखे थे और वह भी मुझे मारने लगा। लेकिन हम यह सब कुछ गुस्से में आकर नहीं कर रहे थे, बल्कि दोस्तों की तरह, खिलवाड़ में कर रहे थे। उसके बाद मित्का स्वयं को मुझसे छुड़ाकर सड़क पर भागा और मैं भी उसके पीछे भागा; लेकिन मैं उसे पकड़ नहीं पाया और फ़्लैट में अकेला ही वापस चला गया; मुझे अपना सामान बटोरना था। मैं सारी चीज़ें समेटकर रखने लगा, यह सोचकर कि मित्का आएगा। उसी वक़्त ड्योढ़ी में, दरवाज़े के पासवाले कोने में, मेरा पाँव डिबिया पर पड़ा। मैंने देखा कि वह काग़ज़ में लिपटी हुई पड़ी है। मैंने काग़ज़ उतारा तो कुछ छोटी-छोटी कंटियाँ दिखाई दीं; मैंने खोला और देखा कि डिबिया में कानों की बालियाँ थीं...' ''

''दरवाज़े के पीछे ? दरवाज़े के पीछे पड़ी थीं ? दरवाज़े के पीछे ?'' अचानक रस्कोलनिकोव ज़ोर से चिल्लाया और आतंक भरी सूनी-सूनी नज़रों से कुछ देर रज़ुमीख़िन को घूरते रहने के बाद धीरे-धीरे हाथ का सहारा लेकर सोफ़े पर बैठ गया।

''हाँ...क्यों ? बात क्या है ? हुआ क्या ?'' रज़ुमीख़िन भी अपनी जगह से उठ खड़ा हुआ।

''कुछ नहीं,'' रस्कोलनिकोव ने फिर तकिए पर सिर टिकाकर और दीवार की ओर मुँह फेरते हुए धीमी आवाज़ में जवाब दिया। कुछ देर सब चुप रहे।

''आँख लग गई है—शायद सोते में बड़बड़ा रहा होगा,'' रज़ुमीख़िन ने सवालिया नज़रों से ज़ोसिमोव को देखते हुए कहा। ज़ोसिमोव ने धीरे से अपना सिर हिलाकर खंडन किया।

''अच्छा, बताओ,'' ज़ोसिमोव बोला, ''फिर क्या हुआ ?''

"फिर क्या हुआ ? बालियाँ देखते ही फ़्लैट और मित्का सब कुछ भूल-भालकर उसने सीधे अपनी टोपी उठाई और भागा हुआ दूश्किन के यहाँ पहुँच गया और, जैसा कि हमें मालूम है, उससे उसने एक रूबल पाया। वह झूठ बोला कि बालियाँ उसने सड़क पर पड़ी पाई थीं, और जाकर पीने लगा। क़त्ल के बारे में वह अपनी कही शुरूवाली बात दोहराता रहता है : 'मैं उसके बारे में कुछ नहीं जानता, परसों से पहले मैंने उसके बारे में कभी सुना तक नहीं था।' 'और तुम अभी तक पुलिस के पास क्यों नहीं आए ?' 'मुझे डर लगता था।' 'और तुमने फाँसी लगाने की कोशिश क्यों की ?' 'चिन्ता के मारे।' 'काहे की चिन्ता ?' 'यही कि मेरे ऊपर उसका इल्ज़ाम लगाया जाएगा।' तो, यह है सारा क़िस्सा। अच्छा, अब तुम्हारे ख़्याल से उन लोगों ने इससे क्या नतीजा निकाला होगा?"

"अरे, इसमें ख़्याल की कोई बात ही नहीं है। सुराग़ मौजूद है, जैसा भी है, वह एक हक़ीक़त है। तुम यह उम्मीद तो नहीं करते होगे कि तुम्हारे उस पुताई करनेवाले को छोड़ दिया जाए ?"

"अब उन्होंने तो उसे सीधे-सीधे क़ातिल समझ लिया है ! उन्हें इसमें रत्ती भर शक नहीं है।"

"ये सब बेतुकी बातें हैं। तुम बिला वजह ताव खा रहे हो। लेकिन उन बालियों के बारे में तुम्हें क्या क़हना है ? तुम्हें यह तो मानना पड़ेगा कि अगर उसी दिन और उसी वक़्त बुढ़िया के सन्दूक़ में से बालियाँ निकोलाई के हाथों में पहुँचीं तो किसी तरह तो पहुँची ही होंगी। इस तरह के मामले में यह बहुत बड़ी बात होती है।"

"वे वहाँ पहुँचीं कैसे ? कैसे पहुँचीं ?" रज़ुमीख़िन चिल्लाया, "तुम एक डॉक्टर होकर, जिसका काम यह होता है कि वह मनुष्य का अध्ययन करे और जिसे मनुष्य के स्वभाव का अध्ययन करने के सबसे ज़्यादा अवसर मिलते हैं—तुम इस पूरे क़िस्से में उस आदमी के चरित्र को क्यों नहीं देख पाते ? क्या यह बात फ़ौरन तुम्हें दिखाई नहीं देती कि छानबीन के दौरान उसने जो जवाब दिए हैं वे पवित्र सत्य हैं? बालियाँ उसके हाथों में उसी तरह पहुँची थीं जिस तरह कि उसने हमें बताया है—उसका पाँव डिबिया पर पड़ा और उसने उसे उठा लिया।"

"पवित्र सत्य ! लेकिन क्या उसने खुद यह बात नहीं मानी है कि पहले वह झूठ बोला था ?"

"मेरी बात सुनो, ध्यान से सुनो। दरबान, कोख़ और पेस्त्र्याकोव, दूसरा दरबान, पहले दरबान की बीवी और वह औरत जो दरबान के घर बैठी थी और वह सरकारी अफ़सर क्रियूकोव, जो उसी क्षण गाड़ी में से उतरा था और एक मेम साहब के हाथ में हाथ डाले फाटक से अन्दर गया था—मतलब यह कि आठ-दस गवाह सब इस बात को मानते हैं कि निकोलाई ने मित्का को ज़मीन पर पटक रखा था, और उसके ऊपर चढ़कर उसे मार रहा था, जबकि मित्का ने भी उसके बाल कसकर पकड़ रखे थे और वह भी उसे मार रहा था। दोनों ठीक सड़क के बीच में पड़े हुए थे और उन्होंने आवाजाही का रास्ता रोक रखा था। उन्हें चारों ओर से गालियाँ पड़ रही थीं और वे 'बच्चों की तरह' (गवाहों के यही शब्द थे) एक-दूसरे को पटकनियाँ दे रहे थे, किलकारियाँ मार रहे थे, लड़ रहे थे, अजीब-अजीब सूरतें बनाकर हँस रहे थे, और बच्चों की तरह एक-दूसरे का पीछा करते हुए वे बाहर सड़क पर निकल गए थे। समझे ? अब ज़रा ध्यान देकर सुनना। ऊपर लाशों में गर्मी बाक़ी थी, समझे, जब उन लोगों ने उन्हें देखा तब उनमें गर्मी बाक़ी थी ! अगर उन्होंने या अकेले निकोलाई ने, उनको क़त्ल किया होता और सन्दूक़ तोड़े होते, या सिर्फ़ डाका डालने में भी हिस्सा लिया होता, तो मैं तुमसे एक सवाल पूछना चाहूँगा : क्या उनकी उस वक़्त की दिमाग़ी हालत, फाटक पर उनका किलकारियाँ मारना, हँसना और झगड़ा करना—क्या ये बातें कुल्हाड़ियों, ख़ून-ख़च्चर, शैतानों जैसी चालाकी, डाकाज़नी से मेल खाती हैं ? उन्होंने अभी-अभी उन दोनों औरतों को क़त्ल किया था, पाँच या दस मिनट पहले भी नहीं, क्योंकि लाशों में उस वक़्त तक

गर्मी बाक़ी थी, और फ़ौरन, फ़्लैट खुला छोड़कर, यह जानते हुए कि लोग अभी तुरन्त वहाँ पहुँच जाएँगे, वे अपना लूट का माल वहीं फेंककर बच्चों की तरह इधर-उधर लुढ़क रहे थे, हँस रहे थे और सभी का ध्यान अपनी ओर आकर्षित कर रहे थे। और दर्जन भर गवाह ऐसे हैं जो क़सम खाकर यह बात कहने को तैयार हैं !''

''बात कुछ अजीब तो ज़रूर है ! सच तो यह है कि नामुमकिन है, मगर...''

''नहीं, भाई, कोई अगर-मगर नहीं। अगर उसी दिन और उसी वक़्त, जब क़त्ल हुआ था, कानों की बालियों का निकोलाई के हाथों में पाया जाना उसके ख़िलाफ़ एक बहुत बड़ा पारिस्थितिक प्रमाण बन जाता है—हालाँकि उसने जो सफ़ाई दी है उसमें इसकी वजह अच्छी तरह समझा दी गई है और इसलिए अगर कोई दूसरा सबूत हो तो भी यह बात उसकी पुष्टि करनेवाला सबूत नहीं हो सकती—तो हमें उन बातों पर भी ध्यान देना चाहिए जिनसे वह बेक़सूर साबित होता है, ख़ासतौर पर इसलिए कि वे ऐसी बातें हैं जिनसे कि 'इनकार नहीं किया जा सकता।' फिर हमारी क़ानूनी व्यवस्था के स्वरूप को देखते हुए क्या तुम समझते हो कि वे लोग इस बात को मानेंगे, या वे इसे मानने की स्थिति में भी हैं—जिसका आधार केवल मनोविज्ञान की दृष्टि से उसका असम्भव होना है—कि यह बात अभियोग-पक्ष के पारिस्थितिक प्रमाण को सोलह आने पक्के तौर पर चूर-चूर कर देती है ? नहीं, वे इस बात को नहीं मानेंगे, वे क़तई नहीं मानेंगे, क्योंकि उन्हें ज़ेवर की डिबिया उस आदमी के हाथ में मिली थी और उस आदमी ने अपने को फाँसी लगाने की कोशिश की थी, 'जैसा कि वह कभी न कर सकता अगर वह अपने आपको अपराधी न समझता होता !' यही बात तो, जिस पर मुझे ताव आता है, तुम्हें समझनी चाहिए !''

''ओह, तो तुम्हें ताव आ रहा है ! ज़रा ठहरो। मैं तुमसे एक बात पूछना भूल गया : इस बात का क्या सबूत है कि वह डिबिया बुढ़िया के यहाँ से ही आई थी ?''

''यह साबित हो चुका है,'' रज़ुमीख़िन ने त्योरियों पर बल डालकर साफ़ झिझकते हुए जवाब दिया, ''कोख़ ने ज़ेवर की वह डिबिया पहचान ली थी और उसके असली मालिक का नाम भी बताया था, जिसने पक्के तौर पर यह साबित कर दिया था कि वह उसी की थी।''

''यह तो बुरा हुआ। अच्छा, एक बात और। क्या किसी ने निकोलाई को उस वक़्त देखा था जब कोख़ और पेस्त्र्याकोव पहली बार ऊपर जा रहे थे ? क्या उसके बारे में कोई सबूत नहीं है ?''

''यही तो असली बात है कि किसी ने नहीं देखा,'' रज़ुमीख़िन ने चिढ़कर जवाब दिया, ''यही तो सबसे बुरी बात है। ऊपर जाते हुए कोख़ और पेस्त्र्याकोव ने भी उन्हें नहीं देखा था, हालाँकि अब उनकी गवाही को बहुत वज़नदार माना भी न जाता। उन्होंने कहा कि वह फ़्लैट खुला था, और यह कि वहाँ ज़रूर काम हो रहा होगा, लेकिन उन्होंने इस बात की ओर ख़ासतौर पर कोई ध्यान नहीं दिया था और उन्हें यह याद नहीं था कि वहाँ आदमी सचमुच काम कर रहे थे कि नहीं।''

''हूँह !...तो सफ़ाई में अकेला सबूत यह है कि वे एक-दूसरे को मार रहे थे और हँस रहे थे। इस बात को मान लेने में दम तो काफ़ी है, लेकिन...जो सच्चाइयाँ सामने आई हैं उनको तुमने किस तरह समझा है ? मेरा मतलब है कि तुम्हारी समझ के हिसाब से वे बालियाँ वहाँ कैसे पहुँचीं, यानी अगर वे सचमुच उसे वहाँ मिली थीं, जैसा कि वह कहता है ?''

''मेरी समझ के हिसाब से ? इसमें समझ का क्या सवाल है ? बात बिलकुल साफ़ है ! बहरहाल, जिस रुख़ से इस बात को समझने की कोशिश की जानी चाहिए वह बिलकुल साफ़ है और ज़ेवर की डिबिया उस तरफ़ इशारा करती है। कानों की वे बालियाँ असली क़ातिल ने गिराई थीं। जिस वक़्त कोख़ और पेस्त्र्याकोव ने दरवाज़ा खटखटाया उस वक़्त क़ातिल ऊपर ही था, कमरे

में बन्द। कोख़ ने गधापन यह किया कि वह वहीं दरवाज़े पर खड़ा नहीं रहा; इसलिए क़ातिल भी झट से बाहर निकलकर नीचे भागा, क्योंकि उसके लिए भागने का कोई दूसरा रास्ता ही नहीं था। जिस वक़्त निकोलाई और मित्का उस ख़ाली फ़्लैट में से भागकर बाहर निकले तो कोख, पेस्त्र्याकोव और दरबान की नज़रें बचाकर वह उसी फ़्लैट में छिपा। जिस वक़्त दरबान और दूसरे लोग ऊपर जा रहे थे उस वक़्त वह वहीं ठहरा रहा और उनके इतनी दूर निकल जाने की राह देखता रहा कि उन्हें उसकी आहट सुनाई न दे। उसके बाद वह चुपचाप ठीक उस वक़्त नीचे उतर गया जब निकोलाई और मित्का भागकर सड़क पर निकल गए थे और फाटक पर कोई नहीं था। शायद किसी ने उसे देखा भी हो, लेकिन किसी ने उसकी ओर कोई ध्यान नहीं दिया। बहुत से लोग अन्दर-बाहर आते-जाते रहते ही हैं। बालियाँ उसकी जेब से उस वक़्त गिर गई होंगी जब वह दरवाज़े के पीछे खड़ा था, और उसे पता नहीं चला कि वे गिर गई हैं, क्योंकि वह और बहुत सी बातों के बारे में सोच रहा था। ज़ेवर की डिबिया इस बात का पक्का सबूत है कि वह उस जगह खड़ा हुआ था। यह है सारी बात का निचोड़।''

''ज़रूरत से ज़्यादा बारीकी ! नहीं, मेरे भाई, तुमने ज़रूरत से ज़्यादा बारीकी से काम लिया है ! तुमने तो सबको मात कर दिया !''

''लेकिन क्यों, आख़िर क्यों ?''

''इसलिए कि हर चीज़ ज़रूरत से ज़्यादा फ़िट बैठ जाती है...इसमें नाटक कुछ ज़रूरत से ज़्यादा ही है।''

''ओफ़ !'' रज़ुमीख़िन अपनी प्रतिक्रिया व्यक्त करने ही जा रहा था कि उसी क्षण दरवाज़ा खुला और एक हस्ती अन्दर आई जो वहाँ पर मौजूद सभी लोगों के लिए बिलकुल अजनबी थी।

5

यह एक ऐसे सज्जन थे जो अपनी नौजवानी की उम्र पार कर चुके थे—कुछ अकड़ा हुआ भारी-भरकम डील-डौल और सतर्क, कुछ चिढ़ी हुई सी सूरत। सबसे पहला काम तो उन्होंने यह किया कि दरवाज़े पर ही ठिठक गए और अपने चारों ओर तिरस्कार भरे और खुले विस्मय से ग़ौर से देखा, मानो अपने आपसे पूछ रहे हों कि वह कैसी जगह आ गए। उन्होंने रस्कोलनिकोव की उस नीची सी, सँकरी 'केबिन' को सन्देह भरी नज़रों से और कुछ ऐसे भाव से देखा मानो वह दंग रह गए हों और अपमानित अनुभव कर रहे हों। विस्मय के उसी भाव से उन्होंने रस्कोलनिकोव को घूरकर देखा जो अपने मैले से फटीचर सोफ़े पर लेटा एकटक उन्हें देखे जा रहा था; उसने ठीक से कपड़े नहीं पहन रखे थे, बाल भी उसके बिखरे हुए थे और कई दिन से मुँह भी नहीं धुला था। फिर उसी तरह ध्यान से उन्होंने रज़ुमीख़िन को सिर से पाँव तक देखा—मैली-कुचैली वेश-भूषा, बिखरे हुए बाल, चेहरे पर बढ़ी हुई दाढ़ी; रज़ुमीख़िन भी बड़ी ढिठाई से उनकी आँखों में आँखें डालकर इस तरह देखता रहा जैसे उनसे कोई सवाल पूछ रहा हो। कुछ क्षण तक ख़ामोशी छाई रही और फिर जैसी कि आशा की जानी चाहिए, दृश्य में कुछ परिवर्तन हुआ। मानो कुछ असंदिग्ध संकेतों के आधार पर यह सोचकर कि उन लोगों पर अपना रोब जमाने की कोशिश करके उन्हें यहाँ इस 'केबिन' में कुछ नहीं मिलेगा, वह सज्जन कुछ नरम पड़े और बड़ी शिष्टता से, हालाँकि उसमें कुछ सख़्ती भी थी, अपने सवाल के हर शब्द के एक-एक टुकड़े पर ज़ोर देते हुए उन्होंने ज़ोसिमोव को सम्बोधित किया—

''रोदिओन रोमानोविच रस्कोलनिकोव, विद्यार्थी, या जो पहले विद्यार्थी था ?''

ज़ोसिमोव थोड़ा सा कसमसाया और उसने सवाल का जवाब भी दे दिया होता अगर रज़ुमीख़िन, जिसका इससे कोई वास्ता न था, उससे पहले ही न बोल पड़ा होता–

"यह सोफ़े पर लेटा है ! आपको क्या चाहिए ?"

ऐसा लगा कि इस जाने-पहचाने सवाल 'आपको क्या चाहिए ?' ने उनके पाँव तले की ज़मीन ही खिसका दी। वह रज़ुमीख़िन की ओर मुड़ ही रहे थे कि समय रहते उन्होंने अपने आपको सँभाल लिया और एक बार फिर ज़ोसिमोव की ओर मुड़े।

"यही है रस्कोलनिकोव," ज़ोसिमोव ने उसकी ओर सिर हिलाकर इशारा करते हुए मुँह-ही-मुँह में कहा। इसके बाद उसने अपना मुँह जहाँ तक हो सकता था पूरा खोलकर लम्बी सी जम्हाई ली। फिर उसने अलसाए हुए ढंग से अपनी वास्कट की जेब में हाथ डालकर एक बड़ी सी सोने की घड़ी निकाली, उसको खोलकर देखा और उतने ही धीरे-धीरे और अलसाए हुए ढंग से उसे अपनी जेब में वापस रखने लगा।

रस्कोलनिकोव ख़ुद कुछ बोले बिना चित लेटा हुआ लगातार, बिना कुछ समझे हुए, अजनबी को घूरे चला जा रहा था। उसका चेहरा जिसे उसने दीवार के काग़ज़ पर बने बेहद आकर्षक फूल की ओर से फेर लिया था, बेहद पीला पड़ गया और उस पर वेदना झलक रही थी, जैसे उसका अभी कोई बहुत ही पीड़ाजनक ऑपरेशन हुआ हो या उसे अभी सूली पर से उतारा गया हो। लेकिन धीरे-धीरे पहले तो उसे नवागंतुक में दिलचस्पी पैदा होती गई, फिर आश्चर्य का भाव जागा, फिर सन्देह का और यहाँ तक कि आतंक का भी। जब ज़ोसिमोव ने कहा, 'यही है रस्कोलनिकोव' तो वह जल्दी से उछलकर सोफ़े पर बैठ गया और लगभग चुनौती देते हुए, लेकिन क्षीण और टूटे-टूटे स्वर में बोला–

"जी हाँ, मैं ही हूँ रस्कोलनिकोव। क्या चाहिए आपको ?"

आनेवाले ने उसे ऊपर से नीचे तक देखा और बड़े रोब से एलान किया–

"प्योत्र पेत्रोविच लूज़िन। मैं समझता हूँ कि मेरा यह उम्मीद करना बेबुनियाद नहीं है कि आप मेरे नाम से बिलकुल ही अनजान तो न होंगे ?"

लेकिन रस्कोलनिकोव, जो कोई बिलकुल ही दूसरी बात सोचे बैठा था, जैसे स्वप्न भाव से शून्य में टकटकी बाँधे देखता रहा; उसने कोई जवाब नहीं दिया, मानो प्योत्र पेत्रोविच लूज़िन का नाम उसने पहली बार सुना हो।

"क्या यह हो सकता है कि आपको अभी तक कोई ख़बर नहीं मिली है ?" प्योत्र पेत्रोविच ने कुछ बिगड़कर पूछा।

इसके जवाब में रस्कोलनिकोव धीरे-धीरे फिर अपने तकिए पर झुक गया, उसने अपने हाथ सिर के पीछे रख लिये और एकटक छत को देखता रहा। लूज़िन के चेहरे पर उदासी का भाव उभर आया। ज़ोसिमोव और रज़ुमीख़िन उन्हें पहले से भी अधिक कौतूहल से घूरने लगे। शीघ्र ही यह स्पष्ट हो गया कि वह कुछ अटपटा महसूस कर रहे हैं।

"मैं यह मानकर आया था और मैंने हिसाब लगाया था," वह अटक-अटककर बोले, "कि जो ख़त अगर पन्द्रह दिन पहले नहीं तो कम-से-कम दस दिन पहले तो ज़रूर ही डाक में डाला गया था..."

"मैं कहता हूँ कि आप चौखट पर क्यों खड़े हैं ?" रज़ुमीख़िन ने अचानक उनकी बात काटते हुए कहा, "अगर आपको कुछ कहना है तो बैठ जाइए। नस्तास्या और आप इतने दबे-सटे खड़े हैं। नस्तास्या, ज़रा जगह देना ! यह कुर्सी है, किसी तरह अन्दर आ जाइए !"

उसने अपनी कुर्सी मेज़ के पास से कुछ पीछे सरकाते हुए मेज़ और अपने घुटनों के बीच थोड़ी सी जगह बना दी और सिकुड़ा-सिमटा इस बात की राह देखता रहा कि आनेवाला 'किसी तरह अन्दर आ जाए'। उसने अपनी बात कहने के लिए ऐसा क्षण चुना था कि इनकार किया ही नहीं जा सकता था। आनेवाला गिरता-पड़ता किसी तरह रास्ता बनाकर अन्दर घुस आया। कुर्सी के पास पहुँचकर वह उस पर बैठ गया और सन्देह भरी दृष्टि से रज़ुमीख़िन को देखने लगा।

''घबराने की कोई ज़रूरत नहीं,'' रज़ुमीख़िन अनायास ही बोल पड़ा, ''रोद्या पिछले पाँच दिन से बीमार है और तीन दिन से तो सरसाम की हालत में है, लेकिन अब वह ठीक हो रहा है और उसे भूख भी लगने लगी है। यह हैं उसके डॉक्टर जिन्होंने अभी उसे देखा है। मैं रोद्या का साथी हूँ और उसी की तरह मैं भी पहले पढ़ता था, और आजकल इसकी तीमारदारी में लगा हूँ; इसलिए आप हमारी कोई परवाह किए बिना अपना काम कीजिए।''

''शुक्रिया। लेकिन यहाँ मेरे मौजूद रहने से और मेरी बातचीत से मरीज़ को कोई परेशानी तो नहीं होगी ?'' प्योत्र पेत्रोविच ने ज़ोसिमोव से पूछा।

''न-हीं,'' ज़ोसिमोव ने मुँह-ही-मुँह में कहा, ''आपसे कुछ मन ही बहलेगा।'' उसने फिर जम्हाई ली।

''काफ़ी देर से होश में है, सबेरे से,'' रज़ुमीख़िन कहता रहा। उसकी बेतकल्लुफ़ी में शिष्टता और निष्कपटता का कुछ ऐसा भाव था कि प्योत्र पेत्रोविच अधिक प्रसन्नचित्त दिखाई देने लगे, शायद कुछ हद तक इसलिए भी कि इस मैले-कुचैले और ढीठ आदमी ने अपना परिचय विद्यार्थी कहकर कराया था।

''आपकी माँ...,'' लूज़िन ने कहना शुरू किया।

''हुँ-ह !'' रज़ुमीख़िन ज़ोर से खखारा। लूज़िन ने उसे चकराकर देखा।

''कोई बात नहीं, आप कहिए।''

लूज़िन ने अपने कन्धे उचकाए।

''आपकी माँ ने, जिन दिनों मैं उनके पड़ोस में रह रहा था, आपको एक ख़त लिखना शुरू किया था। यहाँ पहुँचने पर मैं जान-बूझकर कुछ दिन आपसे मिलने नहीं आया ताकि मुझे इस बात का पक्का भरोसा हो जाए कि आपको पूरी तरह ख़बर मिल गई है; लेकिन अब मुझे यह जानकर हैरत हो रही है...''

''मुझे मालूम है, मुझे सब मालूम है !'' रस्कोलनिकोव अचानक बड़ी अधीरता से झुँझलाकर चिल्लाया, ''तो आप हैं मंगेतर ? मैं जानता हूँ, और बस इतना ही काफ़ी है !''

अब इसमें कोई शक नहीं रह गया था कि इस बार बात प्योत्र पेत्रोविच को बुरी लगी थी, पर उन्होंने कुछ कहा नहीं। उन्होंने इस बात को समझने की बेहद कोशिश की कि इस सबका मतलब क्या था। एक क्षण तक ख़ामोशी रही।

इसी बीच रस्कोलनिकोव, जो जवाब देने के लिए थोड़ा सा उनकी ओर मुड़ गया था, अचानक फिर उन्हें बड़े कौतूहल से घूरने लगा, मानो अभी तक उसने उन्हें ठीक से देखा न हो, या जैसे कोई नई बात उसे खटकी हो; उसने जान-बूझकर उन्हें घूरने के लिए तकिए पर से अपना सिर उठाया। प्योत्र पेत्रोविच की पूरी चाल-ढाल में निश्चित रूप से कोई अनोखी बात थी, कोई ऐसी बात जिसकी वजह से 'मंगेतर' की उपाधि का इतनी अशिष्टता से उनके लिए इस्तेमाल किया जाना ठीक ही लगता था। पहली बात तो यह कि यह बिलकुल साफ़ था, बल्कि सच पूछिए तो ज़रूरत से ज़्यादा साफ़ था, कि प्योत्र पेत्रोविच ने राजधानी में जो थोड़े से दिन बिताए थे उनको उन्होंने

अपनी शादी की तैयारी में अपने आपको सजाने-सँवारने के लिए बड़े उत्साह और उत्सुकता से ख़र्च किया था—सचमुच यह बिलकुल निष्कपट और सर्वथा उचित आचरण था। इस बात को देखते हुए कि प्योत्र पेत्रोविच ने मंगेतर की भूमिका अपना ली थी और इन परिस्थितियों में स्वयं उन्हें अपनी सूरत-शक्ल और चाल-ढाल में रुचिकर सुधार का जो आभास था, जिसकी वजह से शायद वह आवश्यकता से अधिक निश्चिन्त हो गए थे, उन्हें क्षमा किया जा सकता था। उनके सारे कपड़े अभी सीधे दर्ज़ी के यहाँ से आए थे और बिलकुल ठीक थे, बस इतनी बात थी कि वे ज़रूरत से ज़्यादा नए थे और हद से ज़्यादा मुनासिब लग रहे थे। उनकी तरहदार नई गोल हैट में भी यही ख़ासियत थी : प्योत्र पेत्रोविच उसके साथ बड़े सम्मान का बर्ताव कर रहे थे और उसे बहुत सँभालकर अपने हाथ में लिये हुए थे। असली जूवें में यहाँ के बने हुए कासनी रंग के बेहद उम्दा फ़्रांसीसी दस्ताने भी इसी बात का सबूत दे रहे थे, कम-से-कम इस बात से तो अवश्य ही कि उन्होंने उनको पहन नहीं रखा था, बल्कि दिखाने के लिए वह उन्हें हाथ में लिये हुए थे। प्योत्र पेत्रोविच के पूरे लिबास में हल्के और नौजवानों लायक़ रंगों का ज़ोर था। हल्के बादामी रंग का खूबसूरत गर्मियों का कोट, हल्के पतले कपड़े का पतलून, उसी कपड़े की वास्कट, नई और बहुत बढ़िया क़मीज़, बेहद बारीक कैंब्रिक का गुलाबी धारियोंवाला गुलूबन्द—और सबसे अच्छी बात तो यह थी कि यह सब कुछ प्योत्र पेत्रोविच पर फबता था। उनका खिला हुआ, बल्कि कहना चाहिए खूबसूरत सा चेहरा भी हर हालत में पैंतालीस साल से बहुत कम उम्र के आदमी का लगने लगा था। दोनों ओर बहुत घने उगे हुए उनके गहरे रंग के मटन चॉप जैसे गलमुच्छे उनके चमकदार सफ़ाचट चेहरे की शोभा बढ़ा रहे थे। अपने बालों से भी, जिनमें कहीं-कहीं सफ़ेदी झाँकने लगी थी, हालाँकि उन्हें किसी नाई की दुकान में घूँघर डलवाकर सजाया-सँवारा गया था, वह देखने में बुद्धू नहीं लगते थे, जैसाकि घुँघराले बालोंवाला आदमी कुछ-कुछ जर्मन लगने की वजह से अपनी शादी के दिन हमेशा लगता है। देखने में भले और रोबदार लगनेवाले उनके चेहरे में अगर कोई चीज़ सचमुच अरुचिकर और भोंडी थी, तो वह बिलकुल ही दूसरे कारणों से थी। मिस्टर लूजिन को बड़ी अशिष्टता से सिर से पाँव तक देखने के बाद रस्कोलनिकोव द्वेष के भाव से मुस्कुराया, फिर अपने तकिए पर लुढ़क गया और पहले की तरह छत को घूरने लगा।

लेकिन मिस्टर लूजिन ने अपना दिल कड़ा करके इन लोगों की ऊल-जलूल हरकतों की ओर कोई ध्यान न देने का फ़ैसला कर लिया था।

"आपको इस हालत में देखकर मुझे बेहद अफ़सोस है," बड़ी कोशिश करके ख़ामोशी को तोड़ते हुए उन्होंने कहना शुरू किया, "अगर मुझे आपकी बीमारी का पता होता तो मैं पहले ही आ जाता। लेकिन आप तो जानते हैं कारोबार की हालत। इसके अलावा, सीनेट में भी एक बहुत बड़ा क़ानूनी मामला फँसा हुआ है; दूसरे भी बहुत से काम हैं जिनमें बहुत वक़्त निकल जाता है, जिसका आप आसानी से अन्दाज़ा लगा सकते हैं। अब किसी भी वक़्त आपकी माँ और बहन भी आनेवाली हैं।"

रस्कोलनिकोव कुछ कसमसाया और ऐसा लगा कि वह कुछ कहनेवाला है; उसके चेहरे पर कुछ व्यग्रता दिखाई दे रही थी। प्योत्र पेत्रोविच कुछ देर ठहरकर इन्तज़ार करते रहे, लेकिन जब कुछ भी नहीं हुआ तो उन्होंने अपनी बात जारी रखी—

"...किसी भी वक़्त। यहाँ पहुँचने पर उनके लिए मैंने रहने की एक जगह भी ढूँढ़ ली है..."

"कहाँ ?" रस्कोलनिकोव ने बुझी हुई आवाज़ में पूछा।

"पास ही है। बकालेयेव के घर में।"

"वह तो वोज़्नेसेंस्की में है," रज़ुमीख़िन बीच में बोला, "उसमें दो मंज़िलों पर बहुत से कमरे हैं जिन्हें यूशिन नाम का एक व्यापारी किराए पर उठाता है। मैं वहाँ हो आया हूँ।"

"हाँ, कमरे..."

"बहुत ही बेहूदा जगह है—गन्दी, बदबूदार और इतना ही नहीं, बदनाम भी है। वहाँ कुछ वारदातें हो चुकी हैं। भाँति-भाँति के अजीब लोग रहते हैं वहाँ ! मैं भी एक झंझट के सिलसिले में गया था। जगह सस्ती ज़रूर है, हालाँकि..."

"ज़ाहिर है, मैं उस जगह के बारे में इतना सब मालूम नहीं कर पाया, क्योंकि मैं ख़ुद पीटर्सबर्ग में परदेसी हूँ," प्योत्र पेत्रोविच ने झल्लाकर जवाब दिया, "लेकिन दोनों कमरे हैं बेहद साफ़, और हमें थोड़े ही दिन के लिए तो ज़रूरत है उनकी...मैंने वैसे एक जगह पक्के तौर पर ले ली है, मेरा मतलब है, आगे चलकर हम लोगों के रहने के लिए," उसने रस्कोलनिकोव को सम्बोधित कर कहा, "और उसे मैं ठीक करवा रहा हूँ। इस बीच मैं अपने नौजवान दोस्त अन्द्रेई सेम्योनोविच लेबेज़ियातनिकोव के साथ किसी तरह थोड़ी सी जगह में रह रहा हूँ, मादाम लिप्पेवेख़्सेल के फ़्लैट में; उन्होंने ही मुझे बकालेयेव के इस घर के बारे में भी बताया था..."

"लेबेज़ियातनिकोव ?" रस्कोलनिकोव ने धीरे से कहा, जैसे उसे कुछ याद आया हो।

"हाँ, अन्द्रेई सेम्योनोविच लेबेज़ियातनिकोव, मिनिस्ट्री में क्लर्क हैं। आप उन्हें जानते हैं ?"

"हाँ...नहीं," रस्कोलनिकोव ने जवाब दिया।

"माफ़ कीजिएगा, आपने जिस तरह पूछा उससे मुझे ऐसा लगा। किसी ज़माने में मैं उसका गार्जियन था...बहुत अच्छा नौजवान है और नए विचारों का आदमी है। मुझे नौजवान लोगों से मिलकर बड़ी ख़ुशी होती है; हमें उनसे नई-नई बातें सीखने को मिलती हैं।" लूजिन ने बड़ी उम्मीद भरी नज़रों से उन सबको देखा।

"क्या मतलब ?" रज़ुमीख़िन ने पूछा।

"सबसे ज़्यादा गम्भीर और बुनियादी सवालों के बारे में," प्योत्र पेत्रोविच ने इस तरह जवाब दिया जैसे यह सवाल सुनकर बहुत ख़ुश हो गए हों, "देखिए, बात यह है कि मैं दस साल बाद पीटर्सबर्ग आया हूँ। सारी नई-नई अनोखी चीज़ें, सारे सुधार, सारे विचार हमारे पास दूर-दराज़ क़स्बों तक पहुँच गए हैं, लेकिन इन बातों को ज़्यादा साफ़ तरीक़े से देखने के लिए आदमी को पीटर्सबर्ग आना चाहिए। और मैं तो यह सोचता हूँ कि नौजवान पीढ़ी को देखकर हम सबसे ज़्यादा समझते और सीखते हैं। और मैं मानता हूँ कि मुझे बड़ी ख़ुशी होती है..."

"किस बात पर ?"

"तुम्हारा सवाल बहुत फैला हुआ है। मुमकिन है मेरा ख़्याल ग़लत हो, लेकिन मैं समझता हूँ कि मुझे ज़्यादा साफ़ विचार मिलते हैं, ज़्यादा, कहना चाहिए, आलोचना मिलती है, ज़्यादा व्यावहारिकता मिलती है..."

"यह तो सच है," ज़ोसिमोव टप से बोला।

"बकवास है ! कहीं कोई व्यावहारिकता नहीं है," रज़ुमीख़िन उस पर बरस पड़ा, "व्यावहारिकता बड़ी मुश्किल से मिलती है, वह आसमान से नहीं टपकती है। पिछले दो सौ साल से हमारा व्यावहारिक जीवन से कोई नाता नहीं रहा है। विचार, आप कह सकते हैं, पक रहे हैं," उसने प्योत्र पेत्रोविच से कहा, "और अच्छाई की इच्छा मौजूद है, हालाँकि वह भी अभी बचकाना शक्ल में है, ईमानदारी भी आपको मिल सकती है, हालाँकि लुटेरों के गिरोह भी हैं। बहरहाल, व्यावहारिकता नहीं है ! व्यावहारिकता तो खाते-पीते लोगों के यहाँ ही होती है।"

''मैं तुम्हारी यह बात नहीं मानता,'' प्योत्र पेत्रोविच ने जवाब दिया; देखने से ही लग रहा था कि उन्हें इस बातचीत में बहुत मज़ा आ रहा था। ''ज़ाहिर है, लोगों को ज़रूरत से ज़्यादा जोश आ जाता है और वे ग़लतियाँ कर बैठते हैं, लेकिन हमें बर्दाश्त करना चाहिए; वह जोश अपने ध्येय के लिए उत्साह का और उन विकृत बाहरी परिस्थितियों का ही सबूत होता है जिनमें व्यवसाय चलता है। अगर काम बहुत थोड़ा हुआ है, तो वक़्त भी तो बहुत ज़्यादा नहीं मिला है; साधनों की बात मैं नहीं करूँगा। मेरा निजी विचार है, अगर आप जानना चाहें, कि कुछ-न-कुछ तो हासिल किया जा चुका है : नए उपयोगी विचार फैलने लगे हैं, पुरानी और बेदह काल्पनिक रचनाओं की जगह कुछ नई उपयोगी रचनाओं का चलन बढ़ रहा है। साहित्य में ज़्यादा प्रौढ़ता आती जा रही है, कितने ही हानिकारक पूर्वाग्रह उखाड़ फेंके गए हैं और उन्हें हास्यास्पद बना दिया गया है...थोड़े शब्दों में कहा जाए तो हमने अतीत से अपना नाता पूरी तरह तोड़ लिया है, और मेरी राय में, यह बहुत बड़ी बात है...''

''रोब झाड़ने के लिए सब रट रखा है !'' रस्कोलनिकोव ने अचानक अपना फ़ैसला सुनाया।

''क्या कहा आपने ?'' प्योत्र पेत्रोविच ने पूछा; वह उसकी बात ठीक से सुन नहीं पाए थे, लेकिन यह निश्चित था कि उन्हें अपने सवाल का कोई जवाब नहीं मिला।

''आप बिलकुल ठीक कहते हैं,'' ज़ोसिमोव जल्दी से बीच में बोल पड़ा।

''है न ?'' प्योत्र पेत्रोविच ने ज़ोसिमोव को बड़ी सज्जनता से देखते हुए अपनी बात जारी रखी। ''तुम्हें मानना पड़ेगा,'' उन्होंने 'नौजवान' शब्द जोड़ने से खुद को बचाते हुए कुछ विजय के भाव से और कुछ तिरस्कार के साथ—रज़ुमीख़िन को सम्बोधित करते हुए अपनी बात का क्रम बनाए रखा, ''कि विज्ञान और आर्थिक सत्य के मामले में हम आगे बढ़े हैं, या जैसा कि आजकल लोग कहते हैं, प्रगति हुई है...''

''घिसी-पिटी बात है !''

''नहीं, घिसी-पिटी बात नहीं है ! मिसाल के लिए, अब तक अगर मुझसे कहा जाता कि 'अपने पड़ोसी को प्यार करो,' तो उसका क्या नतीजा होता ?'' प्योत्र पेत्रोविच शायद ज़रूरत से ज़्यादा जल्दी-जल्दी अपनी बात कहते रहे। ''इसका मतलब यह होता है कि मैं अपना आधा कोट फाड़कर अपने पड़ोसी के साथ बाँट लूँ और हम दोनों आधे-आधे नंगे रह जाएँ। जैसी कि एक रूसी कहावत है, 'अगर दो ख़रगोशों का पीछा करोगे तो एक भी हाथ नहीं लगेगा'। अब विज्ञान हमें बताता है कि सबसे बढ़कर अपने आपको प्यार करो, क्योंकि दुनिया में हर चीज़ का दारोमदार स्वार्थ पर है। अपने आपको प्यार करोगे तो अपना हर काम ठीक से चलाओगे और तुम्हारा कोट पूरा रहेगा। आर्थिक सत्य इसमें इतना और जोड़ देता है कि समाज में निजी मामलों की व्यवस्था जितने ही अच्छे ढंग से की जाएगी—कहने का मतलब यह कि जितने ज़्यादा लोगों के पास पूरे कोट होंगे—उतनी ही मज़बूत उस समाज की बुनियादें होंगी और जन-कल्याण की व्यवस्था भी उतनी ही अच्छी होगी। इसलिए, सिर्फ़ अकेले अपने लिए दौलत जुटाकर भी मैं एक तरह से सबके लिए दौलत जुटा रहा हूँ और ऐसी हालत पैदा करने में मदद पहुँचा रहा हूँ कि मेरे पड़ोसी को आधे कोट से ज़्यादा कुछ मिल सके; और ऐसा अलग-अलग लोगों की निजी उदारता की वजह से नहीं बल्कि इसलिए होता है कि आमतौर पर सभी ने तरक़्क़ी की है। विचार बहुत सीधा-सादा है, लेकिन अफ़सोस की बात यह है कि इसे हमारे पास तक पहुँचने में बहुत समय लगा, क्योंकि आदर्शवाद और भावुकता उसके रास्ते में रुकावट बने हुए थे। फिर भी ऐसा लगता है कि इस बात को देख सकने के लिए बहुत ज़्यादा समझ की ज़रूरत नहीं है...''

''माफ़ कीजिएगा, इन बातों की मेरी समझ बहुत थोड़ी है,'' रज़ुमीख़िन ने चट से बात काटकर कहा, ''इसलिए अब इस बहस को रहने ही दें। मैंने वह बहस एक ख़ास मक़सद से शुरू की थी, लेकिन पिछले तीन साल के दौरान अपना मन बहलाने के लिए इस बकबक से, इन धाराप्रवाह घिसी-पिटी बातों से, जो हमेशा वही की वही रहती हैं, मैं इतना तंग आ चुका हूँ कि, भगवान जानता है, जब दूसरे लोग भी इस तरह की बातें करते हैं तो मुझे शर्म आती है। यक़ीनन, आपको यह दिखाने की बेचैनी है कि आप कितने पढ़े-लिखे आदमी हैं; इस बात को माफ़ किया जा सकता है और मैं इसके लिए आपको दोष भी नहीं देता, क्योंकि यह कोई ऐसी बुरी बात भी नहीं है। मैं तो बस यह मालूम करना चाहता था कि आप किस तरह के आदमी हैं, क्योंकि इधर कुछ दिनों से इतने बहुत से पाखंडी लोगों ने प्रगतिशील ध्येय को अपना लिया है और अपने निजी हितों के लिए उन्होंने जिस चीज़ को भी हाथ लगाया है उसे इतना विकृत कर दिया है कि पूरे ध्येय की मिट्टी पलीद हो गई है। बस इतना ही काफ़ी है।''

''माफ़ कीजिएगा, जनाब,'' लूज़िन ने बुरा मानकर और बेहद आन-बान के साथ बोलते हुए कहा, ''कहीं आप यह तो नहीं कहना चाहते हैं कि मैं भी...''

''अरे नहीं, साहब...भला मेरी ऐसी मजाल ?...छोड़िए, बस बहुत हो गया,'' रज़ुमीख़िन ने बात ख़त्म करते हुए कहा, और फिर वह अपनी पहलेवाली बातचीत का सिलसिला जारी रखने के लिए ज़ोसिमोव की ओर मुड़ गया।

प्योत्र पेत्रोविच ने उसके इस खंडन को स्वीकार कर लेने में ही भलाई समझी। उन्होंने उन लोगों से अगले एक-दो मिनट में विदा लेने का फ़ैसला कर लिया था।

''मुझे यक़ीन है कि हमारी जान-पहचान,'' उन्होंने रस्कोलनिकोव को सम्बोधित करते हुए कहा, ''आपके अच्छे हो जाने पर, और उन परिस्थितियों को देखते हुए, जिनसे आप परिचित हैं, और गहरी होती जाएगी...अभी तो, मैं आपके शीघ्र स्वस्थ हो जाने की कामना करता हूँ...''

रस्कोलनिकोव ने सिर तक नहीं घुमाया। प्योत्र पेत्रोविच कुर्सी से उठने लगे।

''उसके किसी गाहक ने ही उसे मारा होगा,'' ज़ोसिमोव ने पूरे विश्वास के साथ एलान किया।

''इसमें तो कोई शक ही नहीं है,'' रज़ुमीख़िन ने जवाब दिया, ''पोर्फ़िरी अपनी राय बताता नहीं, लेकिन वह उन सब लोगों से पूछताछ कर रहा है जिन्होंने वहाँ चीज़ें गिरवी रखी थीं।''

''पूछताछ कर रहा है ?'' रस्कोलनिकोव ने ज़ोर से पूछा।

''हाँ। तो क्या हुआ ?''

''कुछ भी नहीं।''

''वे लोग उसे मिलेंगे कैसे ?'' ज़ोसिमोव ने पूछा।

''कुछ लोगों के नाम तो कोख़ ने दिए हैं, कुछ नाम गिरवी रखी हुई चीज़ों के लिफ़ाफ़ों पर लिखे हैं और कुछ लोग इस मामले की ख़बर सुनकर ख़ुद ही आ गए हैं।''

''कोई बहुत ही चालाक और छँटा हुआ बदमाश होगा ! हिम्मत तो देखो उसकी ! कैसे ठंडे दिमाग़ से सारा काम कर दिया उसने !''

''यही बात तो नहीं है,'' रज़ुमीख़िन बीच में बोल पड़ा, ''यही बात तो तुम सब लोगों को भटका देती है। मेरा कहना तो यही है कि वह चालाक नहीं है, मँझा हुआ नहीं है, और शायद यह उसका पहला अपराध था। यह मान लेने से गुत्थी नहीं सुलझती कि यह अपराध अच्छी तरह सोच-समझकर किया गया था और अपराधी चालाक था। अब मान लीजिए कि वह अनाड़ी था, तो यह बात साफ़ हो जाती है कि बस संयोग से ही वह बच निकला—और संयोग से तो कुछ भी हो सकता है। देखते

नहीं, शायद उसे पहले से यह अन्दाज़ा नहीं था कि रास्ते में क्या-क्या अड़चनें आएँगी ! और उसने सारा काम निबटाया किस तरह ? उसने दस-बीस रूबल की चीज़ें लेकर अपनी जेबों में ठूँस लीं, बुढ़िया का सन्दूक़, उसके फटे-पुराने कपड़े छान मारे—और अल्मारी की सबसे ऊपरवाली दराज़ में एक सन्दूक़ची के अन्दर नोटों के अलावा पन्द्रह सौ रूबल वैसे के वैसे ही रखे हुए मिले ! उसे चोरी करना नहीं आता था, वह सिर्फ़ क़त्ल कर सकता था। यह उसका पहला अपराध था, मैं तुम्हें यक़ीन दिलाता हूँ, उसका पहला अपराध था जिसे अंजाम देते उसके हाथ-पाँव फूल गए। और अगर वह बच निकला तो इसमें उसकी समझदारी से ज़्यादा उसकी क़िस्मत का हाथ था।''

''मैं समझता हूँ कि आप उस बुढ़िया के क़त्ल की बात कर रहे हैं, जो चीज़ें गिरवी रखती थीं ?'' प्योत्र पेत्रोविच ज़ोसिमोव को सम्बोधित करते हुए बीच में बोल पड़े। वह हैट और दस्ताने हाथ में लिये खड़े थे, लेकिन चलने से पहले उनका जी चाहा कि गहरी अक़्ल की बातों के कुछ मोती और बिखेरते जाएँ। ज़ाहिर है कि वह इस बात के लिए बहुत उत्सुक थे कि उन लोगों पर अपने बारे में अच्छा असर छोड़ जाएँ और इसीलिए उनके अहंकार ने उनके विवेक को दबा लिया।

''जी हाँ। आप उसके बारे में सुन चुके हैं ?''

''हाँ, पड़ोस में ही तो हूँ।''

''आपको सारी बातें मालूम हैं ?''

''मैं यह तो नहीं कह सकता लेकिन इस मामले की एक और बात से—बल्कि कहना चाहिए पूरी समस्या से—मुझे बड़ी दिलचस्पी है। इस बात से अलग कि पिछले पाँच साल के दौरान में निचले वर्गों के बीच अपराध बहुत बढ़ते रहे हैं, और इस बात से भी अलग कि हर जगह डाके पड़ने और आगज़नी की वारदातें हो रही हैं, यह बात मुझे सबसे अजीब लगती है कि ऊँचे वर्गों में भी अपराध इतनी ही तेज़ी से बढ़ रहे हैं। कहीं सुनने को मिलता है कि किसी विद्यार्थी ने खुली सड़क पर डाक लूट ली, कहीं और अच्छी-ख़ासी सामाजिक हैसियत के लोग जाली नोट बनाते हैं। अभी हाल ही में मास्को में एक पूरा गिरोह पकड़ा गया है जो लॉटरी के जाली टिकट छापता था, और उसका एक सरगना विश्व इतिहास का अध्यापक था। फिर किसी नामाकूल फ़ायदे के लिए विदेश में हमारे सेक्रेटरी की हत्या कर दी गई...और अगर चीज़ें गिरवी रखनेवाली इस बुढ़िया की हत्या भी समाज के किसी ऊँचे वर्ग के आदमी ने की है—क्योंकि किसान तो सोने के ज़ेवर गिरवी रखते नहीं—तो अपने समाज के इस सभ्य हिस्से के नैतिक पतन की हम क्या वजह बता सकते हैं ?''

''बहुत से आर्थिक परिवर्तन हुए हैं,'' ज़ोसिमोव ने कहा।

''हम इसकी क्या वजह बता सकते हैं ?'' रज़ुमीख़िन ने उसे बीच में ही टोक दिया, ''इसकी वजह है हमारी सरासर अव्यावहारिकता।''

''क्या मतलब ?''

''आपके मास्कोवाले उस अध्यापक ने इस सवाल का क्या जवाब दिया था कि वह जाली नोट क्यों बनाता था ? यही न कि 'हर आदमी किसी-न-किसी तरीक़े से अमीर बनता जा रहा है, इसलिए मैं भी जल्दी से अमीर बन जाना चाहता हूँ।' मुझे ठीक-ठीक उसके शब्द तो नहीं याद हैं, लेकिन उसका निचोड़ यह था कि वह बिना कुछ किए, धैर्य रखे बिना, कोई काम किए बिना ही पैसा बनाना चाहता था ! हम लोगों की आदत पड़ गई है कि हम चाहते हैं कि हर चीज़ बनी-बनाई मिल जाए। हम बैसाखियों के सहारे चलना चाहते हैं। हम चाहते हैं कि हमारा खाना भी कोई दूसरा चबाकर हमें खिला दे। फिर वह फ़ैसले की घड़ी[1] आई और हर आदमी की असलियत सामने आ गई।''

1. अभिप्राय 1861 में कृषिदासों की मुक्ति से है।—अनु.

"लेकिन नैतिकता ? और जिसे सिद्धान्त कहा जाता है...?"

"आप उसकी चिन्ता क्यों करते हैं ?" रस्कोलनिकोव अचानक बीच में बोला, "यह बात तो आपके सिद्धान्त से मेल खाती है !"

"मेरे सिद्धान्त से मेल खाती है ?"

"क्यों, आप अभी जिस सिद्धान्त की पैरवी कर रहे थे उसे उसकी तर्कसंगत सीमा तक ले जाइए तो आप इसी नतीजे पर पहुँचेंगे कि लोग मारे जाने चाहिए..."

"कमाल करते हैं आप भी !" लूज़िन चिल्ला उठे।

"नहीं, ऐसी बात नहीं है," ज़ोसिमोव ने बीच में ही कहा।

रस्कोलनिकोव लेटा हुआ था। उसका चेहरा बिलकुल सफ़ेद था और ऊपरवाला होंठ फड़क रहा था। उसे साँस लेने में तकलीफ़ हो रही थी।

"हर चीज़ की एक हद होती है," लूज़िन उसी तरह तिरस्कार के भाव से बोलते रहे, "आर्थिक विचार क़त्ल करने का उकसावा नहीं देते; हमें बस यह मान लेना पड़ता है..."

"और क्या यह सच है," रस्कोलनिकोव एक बार फिर अचानक बीच में बोल पड़ा; इस बार भी उसकी आवाज़ ग़ुस्से से काँप रही थी और उसे लूज़िन का अपमान करने में मज़ा आ रहा था, "क्या यह सच है कि आपने अपनी होनेवाली बीवी से...उसकी रज़ामन्दी मिलने के वक़्त ही...यह कहा था कि जिस बात की आपको सबसे ज़्यादा ख़ुशी थी...वह यह कि वह कंगाल थी...क्योंकि बीवी को ग़रीबी के चंगुल से छुड़ाकर लाना कहीं अच्छा होता है, ताकि वह पूरी तरह आपके क़ाबू में रहे और आप उस पर यह उपकार करने की वजह से उसे ताना दे सकें ?"

"कमाल कर दिया !" लूज़िन ग़ुस्से से और भी चिढ़कर चिल्लाए। बौखलाहट के मारे उनका चेहरा तमतमा उठा था, "मेरी बात को इस तरह से तोड़ा-मरोड़ा गया है ! माफ़ कीजिएगा, मैं आपको यक़ीन दिलाना चाहता हूँ कि आपके पास जो ख़बर पहुँची है, बल्कि, मैं इसे इस तरह कहूँ, आप तक पहुँचाई गई है, उसकी हक़ीक़त में कोई बुनियाद नहीं है, और मुझे...शक है किसने... एक शब्द में...यह तीर...एक शब्द में...आपकी माँ...उनकी तमाम ख़ूबियों के बावजूद, दूसरी बातों में मुझे ऐसा लगा था कि उनका सोचने का तरीक़ा कुछ हवाई और रोमांटिक क़िस्म का है...लेकिन मुझे दूर-दूर तक इस बात का गुमान भी नहीं था कि वह मेरी बातों को इतना ग़लत समझेंगी और अपनी कल्पना के सहारे उनका ऐसा ग़लत मतलब लगाएँगी...और आख़िरकार...आख़िरकार तो..."

"मैं आपको एक बात बता दूँ," रस्कोलनिकोव तकिए पर से सिर उठाकर उन्हें अपनी तीखी और दहकती हुई नज़रों से घूरता हुआ चिल्लाया, "मैं आपको एक बात बता दूँ...।"

"क्या ?" लूज़िन चुपचाप खड़े इन्तज़ार करते रहे। उनके चेहरे से लग रहा था कि उन्हें गहरी ठेस लगी थी और वह किसी भी चीज़ का सामना करने को तैयार थे। यह चुप्पी कुछ सेकंड तक रही।

"अगर फिर कभी...आपने मेरी माँ के बारे में...एक बात भी मुँह से निकालने की हिम्मत की...तो मैं आपको नीचे फेंक दूँगा।"

"तुम्हें हो क्या गया है ?" रज़ुमीख़िन ज़ोर से चिल्लाया।

"तो यह बात है ?" लूज़िन का रंग पीला पड़ गया और वह अपना होंठ चबाने लगे। "मैं आपको इतना बता दूँ, जनाब," उन्होंने सँभल-सँभलकर कहना शुरू किया; वह लम्बी-लम्बी साँसें लेकर अपने आपको क़ाबू में रखने की कोशिश कर रहे थे, "आते ही मैंने देख लिया था कि मेरे

प्रति आपका रवैया बहुत अच्छा नहीं था, लेकिन मैं जान-बूझकर यहाँ रुका रहा कि और बातें मालूम कर सकूँ। मैं बीमार आदमी की, और सो भी एक रिश्तेदार की बहुत सी बातें माफ़ कर सकता हूँ, लेकिन आपको...इसके बाद कभी नहीं...''

''मैं बीमार नहीं हूँ !'' रस्कोलनिकोव ज़ोर से चिल्लाया।

''तब तो और बुरा है...''

''जहन्नुम में जाइए आप !''

लूजिन अपना भाषण पूरा किए बिना मेज़ और कुर्सी के बीच से रास्ता बनाते हुए यों भी वहाँ से चल पड़ने को तैयार हो गए थे; इस बार रज़ुमीख़िन उन्हें रास्ता देने के लिए खड़ा हो गया था। किसी की ओर देखे बिना, और ज़ोसिमोव की ओर तो सिर हिलाए बिना ही, जो काफ़ी देर से उनको इशारा कर रहा था कि वह बीमार को उसके हाल पर छोड़ दें, लूजिन बाहर चले गए; उन्होंने दरवाज़े से बाहर निकलने के लिए झुकते समय इस डर से कि कहीं हैट दब न जाए, उसे कन्धे तक ऊँचा उठा लिया था। उनकी झुकी हुई पीठ से भी साफ़ पता चल रहा था कि उनका कैसा अपमान हुआ था।

''तुमने ऐसा क्यों किया—क्यों किया ?'' रज़ुमीख़िन परेशान होकर अपना सिर हिलाते हुए बोला।

''मुझे मेरे हाल पर छोड़ दो—तुम सब लोग, मुझे मेरे हाल पर छोड़ दो !'' रस्कोलनिकोव दीवानों की तरह चिल्लाया, ''तुम लोग मुझे सताना कभी बन्द भी करोगे कि नहीं ? मैं तुमसे डरता नहीं हूँ ! मैं अब किसी से नहीं डरता, किसी से भी नहीं ! मेरे पास से चले जाओ ! मैं अकेला रहना चाहता हूँ, अकेला, अकेला !''

''आओ, चलें,'' ज़ोसिमोव ने सिर हिलाकर रज़ुमीख़िन को इशारा किया।

''लेकिन हम इसे इस तरह छोड़कर तो नहीं जा सकते !''

''चलो भी,'' ज़ोसिमोव ने आग्रहपूर्वक दोहराया और बाहर निकल गया। रज़ुमीख़िन एक मिनट तक सोचता रहा और फिर वह भी उसके पीछे लपका।

''उसकी मर्ज़ी के ख़िलाफ़ कुछ करने का नतीजा और भी बुरा हो सकता है,'' ज़ोसिमोव ने सीढ़ियों पर कहा, ''कोई ऐसी बात नहीं करनी चाहिए जिस पर वह झुँझलाए।''

''उसे आख़िर हो क्या गया है ?''

''अगर उसे अचानक कोई ऐसा झटका लगे जिससे उसे बेहद ख़ुशी पहुँचे, तो काम बन सकता है ! अभी घंटा भर पहले वह ठीक था...बात यह है कि उसके दिमाग़ में कोई बात समाई हुई है ! कोई ऐसा विचार जमकर रह गया है जो उसके लिए बोझ बन गया है...मुझे तो डर लगता है... कोई विचार ज़रूर ऐसा होगा !''

''शायद वह सज्जन जो आए थे, प्योत्र पेत्रोविच ! उनकी बातचीत से मुझे ऐसा लगा कि वह उसकी बहन से शादी करनेवाले हैं, और अपनी बीमारी से फ़ौरन पहले उसे इसके बारे में एक ख़त मिला था...''

''हाँ, लानत है उस आदमी पर ! हो सकता है कि उसी ने सारा मामला बिगाड़ दिया हो। लेकिन तुमने एक बात देखी है, वह किसी चीज़ में दिलचस्पी नहीं लेता है, किसी चीज़ का उस पर कोई असर नहीं होता है, अलावा एक बात के जिस पर वह भड़क उठता है—और वह है वह क़त्ल !''

''हाँ, हाँ !'' रज़ुमीख़िन ने हामी भरी, ''मैंने भी यह बात देखी है। वह दिलचस्पी लेता है,

लेकिन डरता है। जिस दिन वह बीमार था उस दिन उसे थाने में डराया-धमकाया गया था; वह बेहोश हो गया था।''

''आज रात को मुझे इसके बारे में और बताना, फिर बाद में मैं तुम्हें कुछ बताऊँगा। उसमें मुझे बड़ी दिलचस्पी पैदा हो गई है ! आधे घंटे में मैं उसे फिर देखने जाऊँगा...मैं समझता हूँ कि बुख़ार उसके दिमाग़ को नहीं चढ़ जाएगा।''

''शुक्रिया ! और उतनी देर मैं पाशेंका के पास बैठकर इन्तज़ार करूँगा और नस्तास्या के ज़रिए उसकी खोज-ख़बर रखूँगा...''

अकेले रह जाने पर रस्कोलनिकोव ने बहुत अधीर और व्यथित होकर नस्तास्या को देखा, लेकिन वह वहीं मँडलाती रही।

''अब थोड़ी सी चाय पियोगे ?'' उसने पूछा।

''बाद में ! मुझे नींद आ रही है ! तुम जाओ यहाँ से !''

यह कहकर उसने झट से अपना मुँह दीवार की ओर फेर लिया। नस्तास्या बाहर चली गई।

6

लेकिन नस्तास्या के जाते ही वह उठ बैठा। उसने दरवाज़े की कुंडी लगा दी, वह बंडल खोला जो रज़ुमीख़िन शाम को लाया था और जिसे उसने फिर से बाँध दिया था, और कपड़े पहनने लगा। अजीब बात थी कि इतनी जल्दी वह बिलकुल शान्त हो गया लगता था; अभी कुछ ही समय पहले की सरसामी हालत का कोई चिन्ह बाक़ी नहीं रह गया था और न उस दहशत का जो उस पर इधर कुछ समय में छाई हुई थी। वह अचानक पैदा हो जानेवाली एक विचित्र शान्ति का पहला क्षण था। वह जो कुछ भी कर रहा था बहुत नपे-तुले और निश्चित ढंग से; उसके हर काम में एक निश्चित उद्देश्य की झलक मिलती थी। 'आज, आज ही,' वह मन ही मन बुड़बुड़ाया। वह समझ रहा था कि वह अब भी कमज़ोर है, लेकिन उसकी गहरी आत्मिक एकाग्रता जो पूर्ण शान्ति का, एक दृढ़ विचार का रूप धारण कर चुकी थी, उसे शक्ति और आत्म-विश्वास प्रदान कर रही थी। इसके अलावा, उसे यह भी उम्मीद हो चली थी कि वह सड़क पर गिर नहीं पड़ेगा। नए कपड़े पहन चुकने के बाद उसने मेज़ पर पड़ी हुई रक़म को देखा और क्षण भर सोचने के बाद उसे जेब में रख लिया। पच्चीस रूबल थे। रज़ुमीख़िन ने कपड़ों पर जो दस रूबल ख़र्च किए थे उसमें से बची हुई सारी रेज़गारी भी उसने ले ली। फिर उसने धीरे से दरवाज़े की कुंडी खोली, बाहर निकला और चुपके से सीढ़ियाँ उतरकर एक नज़र रसोई के खुले हुए दरवाज़े की ओर डाली। नस्तास्या उसकी ओर पीठ किए खड़ी मकान-मालकिन के समोवार में आग सुलगा रही थी। उसने कुछ भी नहीं सुना। यह गुमान ही किसे हो सकता था कि वह बाहर निकल जाएगा ? एक मिनट बाद वह सड़क पर था।

लगभग आठ बजे थे। सूरज डूब रहा था। पहले जैसी ही घुटन थी, लेकिन वह बड़ी उत्सुकता से शहर की बदबूदार, गर्द भरी हवा में इस तरह लम्बी-लम्बी साँसें लेने लगा मानो उसे जी भरकर पी लेना चाहता हो। उसका सिर कुछ-कुछ चकरा रहा था। अचानक बुख़ार से तमतमाई उसकी आँखों में और उसके मुरझाए हुए पीले चेहरे पर एक तरह की पाशविक शक्ति चमक उठी। वह कहाँ जा रहा था, यह उसे न तो मालूम था और न ही वह इसके बारे में सोच रहा था; उसके दिमाग में बस एक विचार था : 'यह सब कुछ आज ही ख़त्म कर देना होगा; हमेशा के लिए, फ़ौरन। वह

इस काम को पूरा किए बिना घर नहीं लौटेगा, क्योंकि 'अब और वह इस तरह का जीवन नहीं जी सकता।' लेकिन ख़त्म करे तो कैसे, किस चीज़ से ? उसे इसके बारे में कुछ भी अन्दाज़ा नहीं था, वह इसके बारे में सोचना तक नहीं चाहता था। वह हर विचार को दूर भगा रहा था : मानो उसे विचारों से बेहद तकलीफ़ पहुँचती थी। वह बस इतना जानता था, बस यह महसूस करता था कि हर चीज़ को एक न एक दिशा में बदल देना होगा। उसने घोर निराशा में डूबे हुए और अटल आत्मविश्वास तथा दृढ़ संकल्प के साथ इसी बात को दोहराया।

आदतन सैर-सपाटे के अपने पुराने रास्ते पर वह भूसा मंडी की ओर चल पड़ा। एक छोटी सी बिसाती की दुकान के सामने सड़क पर काले बालोंवाला एक नौजवान हार्मोनियम लिये खड़ा था और विरह में डूबी हुई कोई बहुत ही दर्द भरी धुन बजा रहा था। उसके साथ पन्द्रह साल की एक लड़की थी, जो उसके सामने सड़क की पटरी पर खड़ी थी। वह क्राइनोलीन साया, उस पर एक ढीला सा बिना आस्तीन का कोट और दस्ताने पहने थी। वह तिनकों की हैट लगाए थी जिसमें गहरे नारंगी रंग का एक पंख खुँसा हुआ था। हर चीज़ बहुत पुरानी और बेढंगी थी। पाटदार और काफ़ी सुरीली आवाज़ में, जो सड़क पर गाते-गाते कुछ फट गई थी और कुछ भर्राने लगी थी, वह दुकान से कुछ पैसे मिल जाने की उम्मीद में गा रही थी। रस्कोलनिकोव भी दो-तीन सुननेवालों के साथ जाकर खड़ा हो गया। उसने कुछ देर गाना सुना, फिर पाँच कोपेक का सिक्का लड़की के हाथ में रख दिया। भावुकता में डूबे पंचम सुर पर पहुँचकर लड़की ने अचानक गाना बन्द कर दिया और तीखी आवाज़ में अपने बाजा बजानेवाले साथी से चिल्लाकर बोली, "आओ, चलो," और दोनों अगली दुकान की ओर बढ़ गए।

"आपको यह सड़क पर का गाना पसन्द है ?" रस्कोलनिकोव ने अपने पास निरुद्देश्य खड़े अधेड़ उम्र के एक आदमी से पूछा। आदमी ने चौंककर बड़ी हैरत से उसे देखा।

"मुझे हार्मोनियम पर गाना सुनने का बहुत शौक़ है," रस्कोलनिकोव बोला; उसके बोलने का ढंग विषय से बिलकुल मेल खाता हुआ नहीं लग रहा था, "मुझे पतझड़ की ठंडी, काली, भीगी-भीगी रातों को इस तरह का गाना बहुत अच्छा लगता है—उनका भीगा-भीगा होना बहुत ज़रूरी है—जब सभी राहगीरों के बीमारों जैसे चेहरों पर मुर्दनी छाई रहती है, या इससे भी अच्छा हो कि गीली-गीली बर्फ़ सीधी गिर रही हो, और हवा बिलकुल न चल रही हो—और सड़क की बत्तियाँ उसके बीच से चमक रही हों, आप मेरा मतलब समझ रहे हैं न।"

"मालूम नहीं...माफ़ कीजिएगा..." वह अजनबी बुदबुदाया और सड़क पार करके दूसरी ओर चला गया; उसे रस्कोलनिकोव के सवाल से और उसके विचित्र आचरण से डर लगने लगा था।

रस्कोलनिकोव सीधा चलता रहा और भूसा मंडी के नुक्कड़ पर पहुँच गया, उसी जगह जहाँ फेरीवाले और उसकी औरत ने लिज़ावेता से बातें की थीं। लेकिन इस वक़्त वे वहाँ नहीं थे। उस जगह को पहचानकर वह रुक गया। उसने चारों ओर नज़र दौड़ाई और एक नौजवान को सम्बोधित किया जो लाल क़मीज़ पहने एक पंसारी की दुकान के सामने मुँह बाए खड़ा था।

"इस नुक्कड़ पर एक आदमी और उसकी बीवी अपना ख़ोमचा लगाते थे न ?"

"भाँति-भाँति के लोग यहाँ ख़ोमचा लगाते हैं," नौजवान ने रस्कोलनिकोव को उचटती नज़रों से देखकर जवाब दिया।

"उसका नाम क्या है ?"

"वही जो उसके माँ-बाप ने रखा होगा।"

"तुम भी ज़रायस्क के रहनेवाले तो नहीं हो ? किस सूबे के हो ?"

नौजवान ने फिर रस्कोलनिकोव की ओर देखा।

"वह सूबा नहीं है, सरकार, ज़िला है। मेरा भाई ही जाया करता था और मैं तो यहीं रहा, सो मुझे मालूम नहीं। गुस्ताख़ी माफ़ करें, सरकार।"

"वहाँ ऊपर शराबख़ाना है क्या ?"

"हाँ, खाने का होटल भी है और बिलियर्ड खेलने का कमरा भी; बड़ी-बड़ी शहज़ादियाँ आती हैं वहाँ...ल-ल-ल-ला !"

रस्कोलनिकोव ने चौक पार किया। उधरवाले नुक्कड़ पर किसानों की बहुत बड़ी भीड़ जमा थी। वह धक्का देता हुआ उस जगह पहुँच गया जहाँ भीड़ सबसे घनी थी और लोगों के चेहरे देखने लगा। न जाने क्यों उसका उन लोगों से बातें करने को जी चाह रहा था। लेकिन किसानों ने उसकी ओर कोई ध्यान नहीं दिया, वे अलग-अलग टोलियों में एक साथ चिल्ला रहे थे। वह खड़ा कुछ देर सोचता रहा और फिर दाहिने मुड़कर व. की ओर चल दिया। चौक पार करके वह एक गली में घुस गया।

वह पहले भी कितनी ही बार उस छोटी सी गली को पार कर चुका था, जो तेज़ मोड़ लेकर मंडी से सदोवाया स्ट्रीट की तरफ़ चली गई थी। इधर कुछ दिनों से जब वह उदास होता था तो अक्सर उसका जी इस इलाक़े में टहलने को करता था 'ताकि वह और उदास हो जाए'। इस वक़्त उसने किसी भी चीज़ के बारे में सोचे बिना उसमें प्रवेश किया था। उस जगह पर एक बहुत बड़ी इमारत थी, जो पूरी-की-पूरी शराबख़ानों और खाने-पीने की अन्य दुकानों के लिए किराए पर चढ़ा रखी गई थी। नंगे सिर और घर में पहनने के कपड़े पहने हुए औरतें लगातार वहाँ अन्दर-बाहर भागती रहती थीं। कहीं-कहीं वे सड़क की पटरी पर टोलियाँ बाँधकर जमा हो जाती थीं, ख़ासतौर पर उन रंगीन अड्डों के दरवाज़ों के इर्द-गिर्द जो नीचे की मंज़िलों पर थे। इसी तरह के एक अड्डे से शोर-गुल, गाने की धुनों, गिटार की झंकार और मस्ती भरी चीख़ों की आवाज़ हवा की लहरों पर तैरती हुई सड़क तक आ रही थी। औरतों की एक भीड़ दरवाज़े के इर्द-गिर्द जमा थी—कुछ सीढ़ियों पर बैठी थीं, कुछ सड़क की पटरी पर और कुछ खड़ी बातें कर रही थीं। शराब के नशे में चूर एक सिपाही सिगरेट पीता हुआ और गालियाँ बकता हुआ उनके पास से होकर सड़क पर जा रहा था; ऐसा लगता था कि वह कहीं जाने का रास्ता ढूँढ़ रहा था, लेकिन वह भूल गया था कि उसे कहाँ जाना था। एक भिखारी दूसरे से झगड़ रहा था, और नशे में धुत्त एक आदमी बीच सड़क पर पड़ा हुआ था। रस्कोलनिकोव भी उन औरतों की भीड़ में जा मिला जो भर्राई हुई आवाज़ में बातें कर रही थीं। वे नंगे सिर थीं और उन्होंने सूती कपड़े और बकरी की खाल के जूते पहन रखे थे। उनमें चालीस साल की भी औरतें थीं और कुछ सत्रह से ज़्यादा की न रही होंगी; लगभग सभी की आँखों के आसपास पिटाई के निशान थे।

नीचे की मंज़िल के उस अड्डे से आनेवाली गाने की आवाज़ और वहाँ का तमाम शोरगुल और हुल्लड़ उसे बरबस अपनी ओर खींचने लगा...

अन्दर किसी के मस्त होकर नाचने की आवाज़ सुनाई दे रही थी; गिटार की धुन पर वह अपनी एड़ियों से ताल देता जा रहा था। उसके साथ कोई बहुत महीन आवाज़ से तान लेकर एक फड़कता हुआ गीत गा रहा था। वह उदास मन से ध्यान लगाकर सुनता रहा। वह पटरी पर खड़ा दरवाज़े में झुककर बड़े कौतूहल से अन्दर झाँक रहा था।

बैरी सिपहिया बावरे,
काहे मारो, न मारो, मोहे

गानेवाले की लहकती हुई महीन आवाज़ सुनाई दे रही थी। रस्कोलनिकोव गाने के बोल समझने के लिए बेताब हो रहा था, मानो ऐसा करना उसके लिए आवश्यक हो।

'अन्दर जाऊँ ?' उसने सोचा, 'वे लोग हँस रहे हैं। शराब के नशे में। मैं भी पीकर मस्त हो जाऊँ ?'

"अन्दर आओ न !" एक औरत ने अनुरोध किया। उसकी आवाज़ अब भी सुरीली थी और दूसरों से कम भारी थी। वह नौजवान थी और सूरत-शक्ल की भी ऐसी बुरी नहीं थी—उस पूरी टोली में वही अकेली ऐसी थी।

"ख़ासी सलोनी है," उसने सीधे खड़े होते हुए उसकी ओर देखकर कहा।

औरत अपनी तारीफ़ सुनकर मुस्कुरा दी।

"तुम भी तो कुछ कम सुन्दर नहीं हो," वह बोली।

"मगर कितना दुबला-पतला है !" एक दूसरी औरत ने भारी खरजदार आवाज़ में कहा, "क्या अस्पताल से चले आ रहे हो ?"

"ऐसा लगता है सब जरनैलों की ही बेटियाँ हैं, लेकिन हैं सब नकचपटी," शराब के नशे में झूमता हुआ एक किसान, जो ढीला-ढाला कोट पहने था, अपने चेहरे पर शरारत भरी मुस्कुराहट लाकर बीच में बोला, "देखो तो, चहक कैसी रही हैं !"

"तो चलो, साथ चलें !"

"क्यों नहीं, मेरी जान !"

यह कहकर नीचे उतरते हुए वह तीर की तरह अड्डे में घुस गया। रस्कोलनिकोव आगे बढ़ गया।

"मैं कहती हूँ, साहब," लड़की ने पीछे से उसे आवाज़ दी।

"क्या है ?"

वह सकुचा गई।

"घड़ी-दो घड़ी आपके साथ बिताने को मिलता तो जी निहाल हो जाता, मेहरबान, मगर अभी तो मुझे सरम आवे है। पीने को छः कोपेक तो लाओ, कितने अच्छे हो!"

रस्कोलनिकोव ने जो सिक्के हाथ में आए उसे दे दिए—पन्द्रह कोपेक थे।

"अरे, कैसा भला मानस है !"

"तुम्हारा नाम क्या है ?"

"दुक्लिदा कहकर पूछ लेना।"

"अरे, इसने तो हद ही कर दी," एक औरत ने दुक्लिदा की ओर सिर हिलाते हुए अपनी राय ज़ाहिर की, "समझ में नहीं आता, ऐसे पूछा कैसे जाए है ! मैं तो मारे शरम के वहीं गड़ जाऊँ..."

रस्कोलनिकोव ने जिज्ञासा से उस औरत की तरफ़ देखा। तीस साल की छिनाल थी, मुँह पर चेचक के दाग़, चेहरे पर जगह-जगह नील पड़े हुए और ऊपरवाला होंठ सूजा हुआ। उसने बड़े शान्त भाव से और सच्चे मन से यह आलोचना की थी।

'कहाँ था वह ?' रस्कोलनिकोव आगे चलते हुए सोचने लगा, 'कहाँ पढ़ा था मैंने कि जब किसी को मौत की सज़ा सुना दी जाती है तो वह अपनी मौत से घंटे भर पहले कहता है या सोचता है कि अगर किसी ऐसी ऊँची चट्टान पर, किसी ऐसी पतली सी कगर पर भी रहना पड़े, जहाँ सिर्फ़ खड़े होने की जगह हो, और उसके चारों ओर अथाह सागर हो, अनन्त अन्धकार हो, अनन्त एकान्त हो, अनन्त तूफ़ान हो; अगर उसे गज़ भर चौकोर जगह में सारे जीवन, हज़ार साल तक,

अनन्त काल तक खड़े रहना पड़े, तब भी फ़ौरन मर जाने से इस तरह जिए जाना कहीं अच्छा है ! बस जिए जाना, जिए जाना और जिए जाना ! ज़िन्दगी, वह कैसी भी हो !...कितनी सच बात है ! क़सम से, कितना सच कहा है ! आदमी भी कैसा बदज़ात है !...बदज़ात है वह जो उसे इस बात पर बदज़ात कहता है,' उसने एक क्षण बाद कहा !

वह दूसरी सड़क में मुड़ गया। "छिः, 'बिल्लूर महल !' रज़ुमीख़िन अभी इसी 'बिल्लूर महल' की बातें कर रहा था। लेकिन कमबख़्त वह क्या चीज़ थी जिसकी मुझे तलाश थी ? हाँ, पढ़ने की !...ज़ोसिमोव कह रहा था कि उसने अख़बार में पढ़ा था..."

"तुम्हारे यहाँ अख़बार होंगे ?" उसने एक लम्बे-चौड़े और काफ़ी साफ़-सुथरे रेस्तराँ में जाकर पूछा। रेस्तराँ में कई कमरे थे, लेकिन वे ज़्यादातर ख़ाली थे। दो-तीन लोग बैठे चाय पी रहे थे, और वहाँ से कुछ हटकर एक दूसरे कमरे में चार आदमी बैठे शैम्पेन पी रहे थे। रस्कोलनिकोव को ऐसा लगा कि उनमें से एक ज़मेतोव था, लेकिन इतनी दूर से वह भरोसे के साथ नहीं कह सकता था। 'हो भी तो क्या ?' उसने सोचा।

"वोदका लेंगे ?" वेटर ने पूछा।

"थोड़ी सी चाय ले आओ और अख़बार ला दो—पुराने, पिछले पाँच दिन के—और तब मैं भी तुम्हें वोदका के लिए कुछ दूँगा।"

"अच्छी बात है, आज के तो यह रहे। वोदका अभी नहीं लेंगे ?"

वह चुप रहा।

थोड़ी देर में पुराने अख़बार और चाय आ गई। रस्कोलनिकोव बैठकर उनके पन्ने उलटने लगा।

"अरे, बेड़ा ग़र्क़ हो...ये सब तो दुर्घटनाओं की ख़बरें हैं। किसी सीढ़ी पर से कोई लुढ़क गई, कोई ज़्यादा शराब पी-पीकर मर गया, पेस्की में आग लग गई, पीटर्सबर्ग के किसी मोहल्ले में आग लग गई...पीटर्सबर्ग के एक और मोहल्ले में आग लग गई...और यह भी पीटर्सबर्ग के ही किसी और मोहल्ले में आग...अरे, यह रही !"

आख़िरकार, जो कुछ वह ढूँढ़ रहा था उसे मिल गया और वह उसे पढ़ने लगा। लाइनें उसकी आँखों के सामने नाचने लगीं लेकिन वह सारा क़िस्सा पढ़ गया और बड़ी उत्कंठा से उसके बाद के अख़बारों में आगे का हाल ढूँढ़ने लगा। पन्ने पलटते हुए उसके हाथ घबराहट और बेचैनी से काँप रहे थे। इतने में कोई उसकी मेज़ पर आकर बग़ल में बैठ गया। उसने नज़रें उठाकर देखा : थाने के बड़े बाबू थे, ज़मेतोव। उनका अब भी वही हुलिया था—उँगलियों पर वही अँगूठियाँ और वही सोने की चेनें, घुँघराले काले बाल, बीच में माँग निकली हुई और तेल चुपड़ा, छैलों जैसी वास्कट, कुछ घिसा हुआ मलगजा सा कोट, और कुछ मैली सी क़मीज़। वह बहुत ख़ुश नज़र आ रहे थे, कम-से-कम मुस्कुरा तो बहुत खिलकर और ख़ुशमिज़ाजी से रहे थे। जो शैम्पेन पी रखी थी उसकी वजह से उनके चेहरे का साँवला रंग कुछ तमतमा आया था।

"अरे, तुम यहाँ ?" उन्होंने ताज्जुब से इस तरह बात करना शुरू किया जैसे उम्र भर से उसे जानते हों, "रज़ुमीख़िन ने अभी कल ही तो बताया था कि तुम बेहोश थे। कैसी अजीब बात है ! और, जानते हो, मैं तुमसे मिलने गया था ?"

रस्कोलनिकोव जानता था कि वह उठकर उसके पास आएगा। उसने अख़बार अलग रख दिए और ज़मेतोव की ओर मुड़ा। उसके होंठों पर मुस्कुराहट थी, और उस मुस्कुराहट में चिड़चिड़ाहट और झुँझलाहट का रंग साफ़ झलक रहा था।

"मैं जानता हूँ आप आए थे," उसने जवाब दिया, "मैंनें सुना है, आपने मेरा मोज़ा ढूँढा था...और, आप जानते हैं, रज़ुमीख़िन आप पर बिलकुल लट्टू हो चुका है ? कहता था, आप उसके साथ लुईज़ा इवानोव्ना के यहाँ गए थे—जानते हैं न, वही औरत जिसकी ख़ातिर आपने आँख मारकर उस बारूदी लेफ़्टिनेंट को इशारा किया था और वह किसी तरह आपका इशारा नहीं समझा था। याद है न ? आख़िर वह क्यों नहीं समझ पाया—बिलकुल साफ़ इशारा था, था न ?"

"वह भी एक ही सिरफिरा है !"

"वह बारूदी न ?"

"नहीं, तुम्हारा दोस्त रज़ुमीख़िन।"

"आपके भी बड़े ठाठ हैं, मिस्टर ज़मेतोव; सारी रंगीन जगहों में दाख़िला मुफ़्त ! अभी आपके लिए वह शैम्पेन कौन लुँढा रहा था ?"

"कुछ नहीं, हम लोग बस...साथ बैठे पी रहे थे...लुँढाने की भी एक ख़ूब कही तुमने !"

"नज़राने के तौर पर ! आपकी तो पाँचों उँगलियाँ घी में हैं !" रस्कोलनिकोव हँसा, "ठीक है, मेरे यार," उसने ज़मेतोव के कन्धे पर धप जमाकर कहा, "मैं ग़ुस्से से नहीं कह रहा हूँ बल्कि दोस्ताना तरीक़े से कह रहा हूँ, मज़ाक़ में, जिस तरह तुम्हारा वह मज़दूर, उस बुढ़ियावाले मामले में, मित्का के साथ हाथापाई के बारे में बता रहा था।"

"तुम्हें उसके बारे में कैसे मालूम ?"

"शायद मुझे इसके बारे में तुमसे भी ज़्यादा मालूम है।"

"तुम भी कैसे अजीब लग रहे हो...मुझे पूरा यक़ीन है कि तुम्हारी तबीयत अभी तक ठीक नहीं हुई है। तुम्हें बाहर नहीं निकलना चाहिए था !"

"ओह, तो मैं आपको अजीब लग रहा हूँ ?"

"हाँ। कर क्या रहे हो ? अख़बार पढ़ रहे हो ?"

"हाँ।"

"आग लगने की बहुत सी ख़बरें हैं।"

"नहीं, मैं आग लगने की ख़बरें नहीं पढ़ रहा हूँ।" यह कहकर उसने बड़े रहस्यमय ढंग से ज़मेतोव को देखा; उसके होंठों पर फिर एक चिढ़नेवाली मुस्कुराहट खेलने लगी थी। "नहीं, मैं आग लगने की ख़बरें नहीं पढ़ रहा था," ज़मेतोव की ओर आँख मारकर वह कहता रहा, "लेकिन अब मान भी लो, मेरे यार, कि तुम्हें यह जानने की बेहद फ़िक्र लगी हुई है कि मैं किस चीज़ के बारे में पढ़ रहा हूँ, है न ?"

"मुझे रत्ती भर भी फ़िक्र नहीं है। मैंने यों ही पूछ लिया। क्या पूछना मना है ? क्यों तुम ऐसे..."

"सुनो, तुम पढ़े-लिखे और शरीफ़ आदमी हो न ?"

"हाँ, मैं छः साल जिम्नेज़ियम स्कूल में पढ़ा हूँ," ज़मेतोव ने बड़ी शान से कहा।

"छः साल ! अरे वाह, मेरे चिरौंटे ! बालों की माँग और जमावट से और अपनी अँगूठियों से—तुम ख़ासे दौलतवाले आदमी मालूम होते हो। वाह ! कैसा बाँका लड़का है !" यह कहकर रस्कोलनिकोव ने ज़मेतोव के मुँह के ठीक सामने एक ज़ोरदार ठहाका मारा। ज़मेतोव पीछे हट गया, उसने इस बात का बुरा उतना नहीं माना था जितना कि वह उस पर दंग रह गया था।

"वाह ! तुम कैसे अजीब आदमी हो !" ज़मेतोव ने बहुत गम्भीर होकर एक बार फिर दोहराया, "मैं मान ही नहीं सकता कि तुम अभी तक सरसामी हालत में नहीं हो।"

"मैं सरसामी हालत में हूँ ? मज़ाक़ न करो, मेरे चिरौंटे। तो मैं अजीब हूँ ? मैं तुमको अजीब लगता हूँ, क्यों ?"

"हाँ, बिलकुल अजीब।"

"मैं बताऊँ तुम्हें किस चीज़ के बारे में पढ़ रहा था, मैं क्या ढूँढ़ रहा था ? देखो, मैंने कितने बहुत से अख़बार मँगवा रखे हैं ! कुछ शक हो रहा है, क्यों ?"

"बताओ, क्या है ?"

"कान खड़े होने लगे ?"

" 'कान खड़े होने' से क्या मतलब है तुम्हारा ?"

"यह मैं बाद में समझाऊँगा, लेकिन अभी तो, मेरे यार, मैं तुम्हारे सामने एलान करता हूँ...नहीं, यह कहना बेहतर होगा 'मैं इक़बाल करता हूँ,'...नहीं, यह भी ठीक नहीं है; 'मैं हलफ़ उठाकर कहता हूँ, तुम उसे लिख लो,' मैं हलफ़ उठाकर कहता हूँ कि मैं पढ़ रहा था, कि मैं देख रहा था और खोज रहा था, उसने अपनी आँखें सिकोड़ीं और रुक गया, 'मैं खोज रहा था—और यहाँ ख़ास इसी काम से आया था—चीज़ें गिरवी रखनेवाली उस बुढ़िया के क़त्ल की ख़बरें,' " आख़िरकार उसने अपना मुँह ज़मेतोव के मुँह के बिलकुल पास लाकर यह बात कह ही दी, कुछ इस तरह जैसे कानाफूसी कर रहा हो। ज़मेतोव नज़रें जमाए उसे देखता रहा; वह न तो अपनी जगह से हिला और न ही उसने अपना मुँह पीछे हटाया। बाद में इस सबमें ज़मेतोव को जो बात सबसे अजीब लगी वह यह थी कि इसके बाद पूरे एक मिनट तक ख़ामोशी रही, और इस पूरे दौरान वे एक-दूसरे को घूरते रहे।

"अगर तुम उसके बारे में पढ़ते भी रहे हो तो क्या हुआ ?" आख़िरकार वह विस्मय से और बेचैन होकर चिल्लाया, "मुझे उससे क्या लेना-देना ! उसमें ऐसी क्या बात है ?"

"वही बुढ़िया," ज़मेतोव के विस्मय की ओर कोई ध्यान दिए बिना रस्कोलनिकोव उसी तरह कानाफूसी के ढंग से कहता रहा, "जिसके बारे में तुम थाने में बातें कर रहे थे। याद है, जब मैं बेहोश हो गया था...बोलो, अब तुम्हारी समझ में आया ?"

"क्या मतलब...? 'समझ में आया'...क्या ?" ज़मेतोव ने बौखलाकर किसी तरह अपनी बात पूरी की।

रस्कोलनिकोव का सधा हुआ गम्भीर चेहरा अचानक बदल गया; वह एक बार फिर पहले की तरह अचानक ठहाका मारकर खिसियायी हुई हँसी हँसने लगा, जैसे वह अपने आपको बिलकुल क़ाबू में न रख पा रहा हो। पलक झपकते असाधारण रूप से जाग्रत अपनी संवेदना के साथ उसे अभी हाल ही का एक बीता हुआ क्षण याद आया, वह क्षण जब वह कुल्हाड़ी लिये दरवाज़े के पीछे खड़ा था, और दरवाज़े की कुंडी काँप रही थी। बाहर खड़े हुए लोग गालियाँ दे रहे थे और दरवाज़े को ज़ोर-ज़ोर से हिला रहे थे, अचानक उसका जी चाहा था कि उन लोगों पर चिल्लाए, उन्हें गालियाँ दे, अपनी जीभ बाहर निकालकर उन्हें दिखाए, उन्हें मुँह चिढ़ाए, हँसे, और हँसे, और हँसे !

"तुम या तो पागल हो, या..." ज़मेतोव ने कहना शुरू किया लेकिन वह बीच में ही रुक गया, मानो जो विचार अभी उसके दिमाग़ में बिजली की तरह अचानक कौंधा था उससे वह स्तम्भित रह गया हो।

"या ? 'या' क्या ? क्या ? बताओ न !"

"कुछ नहीं," ज़मेतोव ने गुस्से से कहा, "सब बकवास है !"

दोनों चुप रहे। अचानक हँसी का दौरा पड़ने के बाद रस्कोलनिकोव एकदम विचारमग्न और

उदास हो गया। मेज़ पर कुहनी रखकर उसने अपना सिर हाथ पर टिका लिया। ऐसा लग रहा था कि वह ज़मेतोव को बिलकुल भूल गया है। यह ख़ामोशी कुछ देर तक रही।

''अपनी चाय क्यों नहीं पीते ? ठंडी हुई जा रही है,'' ज़मेतोव ने कहा।

''क्या ! चाय ? अरे हाँ...'' रस्कोलनिकोव चुस्की लेकर चाय पीने लगा। उसने रोटी का एक टुकड़ा मुँह में रखा और अचानक ज़मेतोव की ओर देखते हुए उसे ऐसा लगा कि जैसे उसे सब कुछ याद आ गया हो और उसने अपने आपको सँभाल लिया। इसके साथ ही उसके चेहरे पर फिर वही पहलेवाला भाव आ गया जैसे वह किसी को मुँह चिढ़ा रहा हो। वह चाय पीता रहा।

''इधर पिछले कुछ दिनों में इस तरह की बहुत सी जालसाज़ियाँ हुई हैं,'' ज़मेतोव बोला, ''अभी उसी दिन मैंने 'मोस्कोव्स्कीये वेदोमोस्ती' में पढ़ा था कि मास्को में जालसाज़ों का एक पूरा गिरोह पकड़ा गया है। उन लोगों की बाक़ायदा एक सोसायटी थी। वे लोग जाली नोट छापते थे !''

''ओह, लेकिन वह तो बहुत पुरानी बात है !'' मैंने उसके बारे में महीना भर पहले पढ़ा था,'' रस्कोलनिकोव ने शान्त भाव से जवाब दिया। ''तो तुम उन लोगों को जालसाज़ समझते हो ?'' उसने मुस्कुराकर इतना और जोड़ा।

''यक़ीनन वे लोग जालसाज़ हैं।''

''वे ? वे बच्चे हैं, बिलकुल बुद्धू, जालसाज़ नहीं हैं ! अरे, ऐसे काम के लिए पचास आदमियों को जुटाना—यह भी कोई बात हुई ! तीन भी भाँडा फोड़ देने के लिए काफ़ी थे। और फिर भी उन्हें अपने आपसे ज़्यादा भरोसा एक-दूसरे पर होना चाहिए। नशे में किसी के मुँह से ज़रा सी बात निकल जाती और सब कुछ ढह जाता। बुद्धू कहीं के ! उन्होंने नोट भुनाने के काम पर ऐसे लोगों को लगाया था जिन पर बिलकुल भरोसा नहीं किया जा सकता था—ऐसा काम कहीं किसी निरे अजनबी को सौंपा जाता है ! अच्छा, मान लीजिए कि ये बुद्धू कामयाब हो भी जाते और उनमें से हर आदमी लखपति हो जाता, फिर बाक़ी ज़िन्दगी उनका क्या हाल होता ? उनमें से हर एक उम्र भर दूसरों की दया पर रहता ! इससे अच्छा तो है कि आदमी फ़ौरन फाँसी लगाकर मर जाए ! और उन्हें नोट भुनाना भी नहीं आता था; जो आदमी नोट भुनाने गया था उसने पाँच हज़ार रूबल लिये और उसके हाथ काँपने लगे। उसने पहले चार हज़ार तो गिने, लेकिन पाँचवाँ हज़ार नहीं गिना—उसे रक़म अपनी जेब में डालकर भाग जाने की ऐसी जल्दी पड़ी थी। ज़ाहिर है, लोगों को शक हो गया। और एक बेवक़ूफ़ की वजह से सब कुछ ढह गया ! क्या ऐसा हो सकता है ?''

''कि उसके हाथ काँपने लगे हों ?'' ज़मेतोव ने अपना विचार व्यक्त करते हुए कहा, ''हाँ, बिलकुल हो सकता है। मुझे पूरा यक़ीन है कि ऐसा हो सकता है। कभी-कभी आदमी बर्दाश्त नहीं कर पाता।''

''ऐसी चीज़ बर्दाश्त नहीं कर पाता ?''

''अच्छा बताओ, क्या तुम बर्दाश्त कर लेते ? मैं तो न कर पाता ! सौ रूबल की ख़ातिर ऐसे भयानक अनुभव से गुज़रना ? जाली नोट लेकर बैंक में जाना जहाँ इस तरह की चीजों को पकड़ना उन लोगों का काम ही है ! नहीं, मेरी तो ऐसा करने की हिम्मत न पड़ती। तुम्हारी पड़ती ?''

एक बार फिर रस्कोलनिकोव का बेहद जी चाहा कि वह 'जीभ निकालकर उसे चिढ़ाए'। उसकी पीठ पर ऊपर से नीचे सिहरन की लहरें दौड़ रही थीं।

''मैं होता तो इस काम को बिलकुल ही दूसरे ढंग से करता,'' रस्कोलनिकोव ने कहना शुरू किया, ''मैं नोट इस तरह भुनाता : पहले एक हज़ार तो मैं तीन-चार बार गिनता, कभी सीधी तरफ़ से कभी उल्टी तरफ़ से, एक-एक नोट को अच्छी तरह देख-देखकर और तब मैं दूसरे हज़ार को

हाथ लगाता; मैं वह गड्डी आधी गिनता और फिर पचास रूबल का एक नोट उसमें से निकालकर रोशनी के सामने करके देखता, फिर उसे उलटता और दुबारा उसे रोशनी के सामने करके देखता—यह मालूम करने के लिए कि वह ठीक है कि नहीं। 'बुरा न मानिएगा,' मैं कहता, 'अभी कुछ ही दिन पहले मेरे एक रिश्तेदार को एक जाली नोट की वजह से पच्चीस रूबल का नुक़सान हो गया,' और तब मैं उन्हें सारा क़िस्सा बताता। और तीसरा हज़ार गिनना शुरू करने के बाद मैं कहता, 'नहीं, माफ़ कीजिएगा, मुझे ऐसा लगता है कि दूसरे हज़ार के सातवें सैकड़े में मुझसे गिनने में ग़लती हो गई है, मैं ठीक से कह नहीं सकता,' तीसरा हज़ार बीच में छोड़कर फिर दूसरा हज़ार गिनना शुरू करता और इसी तरह आख़िर तक गिनता रहता। जब सारे गिन लेता तो एक नोट पाँचवें हज़ार में से और एक नोट दूसरे हज़ार में से निकालकर रोशनी के सामने करके देखता और फिर कहता, 'मेहरबानी करके इन्हें बदल दीजिए,' और इस तरह वहाँ बैठे हुए क्लर्क को ऐसे चक्कर में डाल देता कि उसकी समझ में न आता कि मुझसे पिंड कैसे छुड़ाए ! अपना काम पूरा करके बाहर चले जाने के बाद मैं फिर लौटकर आता और 'नहीं, माफ़ कीजिएगा' कहकर उससे कोई बात समझाने को कहता। मैं तो यह काम इस तरह करता !''

''वाह ! तुम भी कैसी अजीब बातें करते हो !'' ज़मेतोव ने हँसकर कहा, ''लेकिन ये सारी बातें बस कहने की हैं। मैं दावे के साथ कह सकता हूँ कि जब करने का वक़्त आता तो तुम भी कोई ग़लती कर बैठते। मैं तो समझता हूँ कि बहुत अनुभवी आदमी भी, जिसने सब कुछ दाँव पर लगा दिया हो, हमेशा अपने आप पर भरोसा नहीं कर सकता, तुम्हारी और मेरी तो बात ही क्या है। दूर क्यों जाओ, यहीं की एक मिसाल ले लो—उस बुढ़िया की जिसका हमारे इलाक़े में क़त्ल हुआ था। ऐसा लगता है कि क़ातिल ज़िन्दगी से हारा हुआ आदमी था। उसने सारा जोखिम दिन-दहाड़े उठाया। चमत्कार ही कहना चाहिए कि वह बच गया—लेकिन हाथ उसके भी काँप गए थे। वह उस जगह को ठीक से लूट नहीं सका, उससे बर्दाश्त नहीं हो सका। यह बात इससे साफ़ ज़ाहिर होती है कि...''

ऐसा लगा कि रस्कोलनिकोव को कोई बात बुरी लगी है।

''साफ़ ज़ाहिर होती है ? तो फिर उसे पकड़ क्यों नहीं लेते ?'' वह बहुत जलकर ज़मेतोव को ताना देते हुए ज़ोर से चिल्लाया।

''ख़ैर, पकड़ तो लेंगे।''

''कौन ? तुम ? तुम समझते हो कि तुम लोग उसे पकड़ सकते हो ? बड़ा मुश्किल काम है तुम्हारे लिए ! तुम लोगों के लिए बहुत बड़ा सुराग़ यह होता है कि आदमी पैसा ख़र्च कर रहा है कि नहीं। अगर पहले उसके पास पैसा न रहा हो और वह अचानक हाथ खोलकर ख़र्च करने लगे, तो वही आदमी होगा। इसीलिए तो एक बच्चा भी तुम लोगों को गुमराह कर सकता है !''

''असलियत यही है कि वे हमेशा करते यही हैं,'' ज़मेतोव ने जवाब दिया, ''एक आदमी अपनी जान जोखिम में डालकर बड़ी चालाकी से क़त्ल तो कर देता है लेकिन फ़ौरन ही किसी शराबख़ाने में पकड़ा जाता है। वे पैसा ख़र्च करते हुए ही पकड़े जाते हैं, सब तुम्हारे जैसे चालाक नहीं होते। ज़ाहिर है, तुम शराबख़ाने में नहीं जाओगे ?''

रस्कोलनिकोव त्योरियों पर बल डाले एकटक ज़मेतोव को देखता रहा।

''ऐसा लगता है कि तुम्हें इस चर्चा में बहुत मज़ा आ रहा है और तुम जानना चाहोगे कि इस मामले में भी मैं क्या करता ?'' उसने कुछ चिढ़कर पूछा।

''जानना तो चाहूँगा,'' ज़मेतोव ने दृढ़ता और गम्भीरता से जवाब दिया। उसके शब्दों में और

उसकी मुद्रा में कुछ ज़रूरत से ज़्यादा ही उत्सुकता झलकने लगी थी।

"बहुत ज़्यादा ?"

"बहुत ज़्यादा !"

"अच्छी बात है, तो सुनो। मैं यह करता," रस्कोलनिकोव एक बार फिर अपना मुँह ज़मेतोव के मुँह के पास लाया, और एक बार फिर उसे घूरते हुए और कानाफूसी के ढंग से बोलना शुरू किया, "मैं तो यह करता : मैं पैसे और ज़ेवर ले लेता और वहाँ से निकलकर सीधा किसी सुनसान जगह में जाता जो चारदीवारी से घिरी होती और जहाँ कोई भी आसानी से दिखाई न देता, किसी के घर के पिछवाड़े का बग़ीचा या इसी तरह की कोई जगह। मन-डेढ़ मन का कोई पत्थर मैं पहले से देख रखता, जो वहाँ किसी कोने में घर बनने के समय से पड़ा होता। मैं उस पत्थर को उठाता—उसके नीचे ज़रूर एक गड्ढा होता, और मैं ज़ेवर और पैसे उस गड्ढे में रख देता। इसके बाद मैं पत्थर को लुढ़काकर फिर वहीं पहुँचा देता ताकि वह देखने में पहले की तरह ही लगे। इसके बाद मैं उसे अपने पाँव से दबाकर चला आता। फिर एक या दो साल तक, शायद तीन साल तक मैं उसे हाथ भी न लगाता। वे लोग लाख तलाश करते, कहीं कोई सुराग़ न मिलता !"

"तुम पागल आदमी हो," ज़मेतोव ने कहा और न जाने क्यों वह भी कानाफूसी के ढंग से ही बोला और बोलकर रस्कोलनिकोव से दूर हट गया, जिसकी आँखें दहकते अंगारों की तरह चमक रही थीं। वह बेहद पीला पड़ गया था और उसका ऊपरवाला होंठ फड़कने के साथ-साथ काँप भी रहा था। वह जितना भी मुमकिन हो सका ज़मेतोव की ओर झुका और उसके होंठ एक शब्द भी निकाले बिना चलने लगे। कोई आधे मिनट तक यही सिलसिला चलता रहा। वह जानता था कि वह क्या कर रहा है, लेकिन वह अपने आपको रोक नहीं पा रहा था। वह भयानक शब्द उसके होंठों पर काँप रहा था, बिलकुल उस दरवाज़े की कुंडी की तरह; अगले ही क्षण वह उसके होंठ से अलग हो जाएगा, किसी भी क्षण वह उसे मुक्त कर देगा, वह बोल पड़ेगा !

"और अगर उस बुढ़िया को और लिज़ावेता को मैंने ही क़त्ल किया हो तो ?" उसने अचानक कहा और महसूस किया कि वह क्या कर बैठा है।

ज़मेतोव ने आँखें फाड़कर उसे देखा और उसका रंग मेज़पोश की तरह सफ़ेद हो गया। उसके चेहरे पर एक विकृत मुस्कुराहट थी।

"लेकिन क्या यह मुमकिन है ?" उसने बहुत धीमी आवाज़ में बड़ी मुश्किल से कहा। रस्कोलनिकोव ने उसे बिफरकर देखा।

"अब मान भी लो कि तुम्हें इस बात पर यक़ीन आ गया था, हाँ, आ गया था न ?"

"रत्ती भर नहीं, अब तो मुझे इस पर पहले जितना भी यक़ीन नहीं रहा," ज़मेतोव जल्दी से चिल्लाकर बोला।

"पकड़ लिया चिरौंटे को ! तो पहले तुम्हें यक़ीन था, तभी तो तुम्हें अब पहले जितना भी यक़ीन नहीं रह गया है ?"

"बिलकुल नहीं," ज़मेतोव ज़ोर से बोला। साफ़ मालूम हो रहा था कि वह इस बात से सिटपिटा गया है। "क्या तुम इसी बात पर लाने के लिए मुझे अभी तक डरा रहे थे ?"

"तो तुम्हें इस बात पर यक़ीन नहीं है ? जब मैं थाने से चला आया था तब तुम मेरी पीठ पीछे क्या बातें कर रहे थे ? और मेरे बेहोश हो जाने के बाद उस बारूदी लेफ़्टिनेंट ने मुझसे सवाल-जवाब क्यों किए थे ? ऐ, सुनो," उसने अपनी टोपी उठाकर खड़े होते हुए वेटर से चिल्लाकर कहा, "कितना हुआ ?"

"तीस कोपेक," वेटर ने भागकर आते हुए जवाब दिया।

"और यह बीस कोपेक वोदका के लिए। देखो, कितना पैसा है !" उसने अपना काँपता हुआ हाथ, जिसमें उसने नोट पकड़ रखे थे, ज़मेतोव की ओर बढ़ाकर कहा, "लाल नोट और नीले पच्चीस रूबल। कहाँ से आए मेरे पास ? और मेरे ये नए कपड़े कहाँ से आए ? तुम्हें मालूम है मेरे पास एक कोपेक भी नहीं था ! मैं दावे से कह सकता हूँ कि तुम मेरी मकान-मालकिन से पूछताछ कर चुके हो...अच्छा, बस इतना काफ़ी है ! Assez causé ![1] फिर मिलेंगे !"

एक तरह के तीव्र उन्माद की संवेदना से, जिसमें असह्य हर्षातिरेक का भी पुट था, सिर से पाँव तक काँपता हुआ वह बाहर चला गया। फिर भी वह उदास और बेहद थका हुआ था। उसका चेहरा इस तरह ऐंठा हुआ था जैसे अभी उसे दौरा पड़ चुका हो। उसकी थकन बड़ी तेज़ी से बढ़ती गई। कोई भी आघात, कोई भी चिड़चिड़ाहट पैदा करनेवाली संवेदना उसकी सारी शक्तियों को फ़ौरन उत्तेजित कर देती थी और उनमें फिर से जान डाल देती थी, लेकिन जैसे ही उत्तेजना का वह स्रोत हटा लिया जाता था उसकी सारी शक्ति उतनी ही जल्दी क्षीण भी हो जाती थी।

अकेला रह जाने पर ज़मेतोव बड़ी देर तक विचारों में डूबा हुआ उसी जगह बैठा रहा। रस्कोलनिकोव ने अनजाने ही उसके दिमाग़ में एक बात के बारे में क्रान्ति पैदा कर दी थी और अन्तिम रूप से उसका इरादा पक्का कर दिया था।

"असिस्टेंट सुपरिंटेंडेंट तो गधा है !" उसने अपना फ़ैसला सुना दिया।

रस्कोलनिकोव ने अभी रेस्तराँ का दरवाज़ा खोला ही था कि सीढ़ियों पर ही रज़ुमीख़िन से उसकी मुठभेड़ हो गई। उन्होंने एक-दूसरे को उस समय तक नहीं देखा जब तक वे लगभग टकरा नहीं गए। एक क्षण दोनों एक-दूसरे को ऊपर से नीचे तक देखते रहे। रज़ुमीख़िन को बेहद हैरत हो रही थी। फिर उसकी आँखों में क्रोध की, सचमुच के क्रोध की भीषण चमक दिखाई दी।

"तो तुम यहाँ हो !" वह गला फाड़कर चिल्लाया—"तुम अपना बिस्तर छोड़कर भाग आए ! और मैं तुम्हें सोफ़े तक के नीचे ढूँढ़ रहा था ! हम ऊपर अटारी पर भी गए। तुम्हारी वजह से मैंने नस्तास्या को मारते-मारते छोड़ दिया। और तुम जाकर मिले यहाँ ! रोद्या, इस सबका मतलब क्या है ? मुझे सच-सच सब बता दो ! जो बात हो साफ़ बता दो ! सुन लिया ?"

"इसका मतलब यह है कि मैं तुम सब लोगों से तंग आ चुका हूँ और मैं चाहता हूँ कि मुझे मेरे हाल पर अकेला छोड़ दिया जाए," रस्कोलनिकोव ने शान्त भाव से उत्तर दिया।

"अकेला ? जबकि तुमसे ठीक से चला भी नहीं जाता, जबकि तुम्हारा चेहरा चादर की तरह सफ़ेद हो रहा है और तुमसे साँस भी नहीं ली जा रही है ! बेवक़ूफ़ !...तुम यहाँ 'बिल्लूर महल' में क्या कर रहे थे ? फ़ौरन सच-सच बता दो !"

"मुझे जाने दो !" रस्कोलनिकोव ने कहा और उससे कतराकर निकल जाने की कोशिश की। यह रज़ुमीख़िन की बर्दाश्त से बाहर था; उसने कसकर रस्कोलनिकोव का कन्धा पकड़ लिया।

"तुम्हें जाने दूँ ? तुम्हारी यह हिम्मत कि मुझसे कहते हो कि 'मुझे जाने दो' ? जानते हो मैं तुम्हारे साथ अभी इसी वक़्त क्या करनेवाला हूँ ? मैं अभी तुम्हें उठाकर, तुम्हारा एक गट्ठर बाँधूँगा और बग़ल में दबाकर घर ले जाऊँगा और ताले में बन्द कर दूँगा !"

"सुनो, रज़ुमीख़िन," रस्कोलनिकोव ने धीरे से कहा; वह देखने में बिलकुल शान्त लग रहा था—"तुम्हारी समझ में यह नहीं आता कि मुझे तुम्हारा उपकार नहीं चाहिए ? तुम्हारे मन में भी यह अजीब इच्छा है कि तुम एक ऐसे आदमी पर सारे उपकार लुटाना चाहते हो जो...जो उन्हें

1. बहुत हो चुका है ! (फ्रांसीसी)

धिक्कारता है, जो उन्हें दरअसल एक बोझ समझता है ! मेरी बीमारी के शुरू में तुमने मुझे खोज क्यों निकाला ? कौन जाने, मरकर मुझे बहुत ख़ुशी होती ! क्या आज मैंने तुम्हें यह बात काफ़ी साफ़-साफ़ नहीं बता दी थी कि तुम मुझे सता रहे हो, कि मैं...तुमसे तंग आ गया हूँ ! ऐसा लगता है कि तुम लोगों को सताना चाहते हो ! मैं तुम्हें यक़ीन दिलाता हूँ कि इन सब बातों से मेरे ठीक होने में बहुत रुकावट पड़ रही है, क्योंकि इससे मुझे हरदम कोफ़्त होती रहती है। तुमने देखा कि ज़ोसिमोव अभी इसीलिए चला गया कि मुझे कोफ़्त न हो। तुम भी मेरे हाल पर रहम खाकर मुझे अकेला छोड़ दो ! सचमुच, मुझको ज़बर्दस्ती अपने क़ब्ज़े में रखने का तुम्हें क्या हक़ है ? तुम देखते नहीं कि अब मेरे सारे होश-हवास ठीक हैं ? किस तरह, आख़िर किस तरह मैं तुम्हें समझाऊँ कि तुम मुझे अपनी नेकी से सताओ मत ? हो सकता है कि मैं एहसानफ़रामोश हूँ, हो सकता है कि मैं कमीना हूँ, लेकिन मुझे मेरे हाल पर छोड़ दो, ख़ुदा के वास्ते मुझे मेरे हाल पर छोड़ दो, मेरा पिंड छोड़ दो !''

उसने बहुत शान्त भाव से बोलना शुरू किया था। ज़हर में बुझी जो भी बात वह कहनेवाला होता था उस पर पहले से मन-ही-मन ख़ुश हो लेता था, लेकिन जब उसने अपनी बात ख़त्म की तो वह उन्माद के कारण बुरी तरह हाँफ रहा था, ठीक उसी तरह जैसे लूजिन के साथ उसका हाल हुआ था।

रज़ुमीख़िन एक क्षण खड़ा रहकर कुछ सोचता रहा और फिर उसने अपना हाथ हटा लिया।

''अच्छी बात है, जहन्नुम में जाओ,'' उसने विचारमग्न होकर बहुत धीरे से कहा। लेकिन जैसे ही रस्कोलनिकोव चलने को हुआ, उसने गरजकर कहा, ''ठहरो ! मेरी बात सुनो। मैं तुम्हें इतना बता दूँ कि तुम सबके सब ख़ाली बकबक करनेवाले, बेकार का रोब झाड़नेवाले बेवक़ूफ़ हो ! अगर ज़रा सी कोई मुसीबत आ पड़ती है तो उसे लेकर ऐसे बैठ जाते हो जैसे मुर्ग़ी अंडे पर बैठती है। और इसमें भी तुम दूसरों की नक़ल ही करते हो ! तुम लोगों में स्वतन्त्र जीवन का नामोनिशान तक नहीं है ! तुम लोग मोम के बने हो और तुम्हारी नसों में ख़ून नहीं, बलग़म भरा है ! मुझे तुममें से किसी एक का भी भरोसा नहीं है। हर हालत में तुम्हारी सबकी पहली कोशिश यही होती है कि इंसानों जैसे न रह जाओ ! ठहरो !'' रस्कोलनिकोव को फिर खिसकने की कोशिश करते देखकर वह और भी ग़ुस्से से चिल्लाया—''मेरी पूरी बात सुन लो ! तुम जानते हो कि आज रात को मेरे यहाँ गृह-प्रवेश की पार्टी है। मुझे यक़ीन है कि लोग अब तक आ भी गए होंगे। लेकिन मेहमानों की अगवानी के लिए अपने चाचा को वहाँ छोड़कर मैं खुद यहाँ भाग आया। और अगर तुम बेवक़ूफ़ नहीं हो, सरासर बेवक़ूफ़ नहीं हो, पक्के बेवक़ूफ़ नहीं हो, अगर तुम नक़ल नहीं बल्कि असल हो...देखो, रोद्या, मैं जानता हूँ कि तुम होशियार आदमी हो, लेकिन बेवक़ूफ़ हो !—और अगर तुम बेवक़ूफ़ न होते तो यहाँ सड़क पर जूते घिसने के बजाय मेरे यहाँ आ जाते ! अब तुम बाहर निकल ही आए हो तो किया ही क्या जा सकता है! मैं तुम्हें गद्देदार आरामकुर्सी दूँगा, मेरी मकान-मालकिन के पास है, चाय पिलाऊँगा और बहुत से लोगों का साथ रहेगा...या तुम सोफ़े पर लेट सकते हो—बहरहाल, तुम होगे हमारे साथ ही। ज़ोसिमोव भी वहाँ होगा। आओगे न ?''

''नहीं।''

''बक-वास !'' रज़ुमीख़िन धीरज खोकर चिल्लाया, ''तुम्हें क्या मालूम ? तुम अपनी तरफ़ से जवाब नहीं दे सकते ! तुम्हें इसके बारे में कुछ नहीं मालूम है...हज़ारों बार ऐसा हो चुका है कि मैं लोगों से बुरी तरह लड़ा हूँ और बाद में भागकर फिर उन्हीं के पास गया हूँ।...आदमी को बाद में अपने किए पर शर्म आती है और वह उसी आदमी के पास वापस जाता है ! इसलिए याद

रखना, पोचिंकोव का घर, तीसरी मंज़िल पर...''

''अरे, मिस्टर रज़ुमीख़िन, मैं समझता हूँ कि अगर कोई तुम्हें मारे भी तो तुम महज़ अपनी उदारता में उसे भी चुपचाप सह लोगे।''

''मारे ? किसे ? मुझे ? किसी ने ऐसी बात सोची भी तो मैं उसकी नाक तोड़ दूँगा ! पोचिंकोव का घर, नम्बर 47, बाबुश्किन का फ़्लैट...''

''मैं आऊँगा नहीं, रज़ुमीख़िन।'' रस्कोलनिकोव मुड़कर चला गया।

''मैं शर्त लगा सकता हूँ कि तुम आओगे,'' रज़ुमीख़िन ने उसके पीछे से चिल्लाकर कहा, ''अगर नहीं आए तो मैं तुम्हें पहचानना भी छोड़ दूँगा ! ऐ, सुनो तो, ज़मेतोव अन्दर है ?''

''हाँ।''

''तुम उससे मिले थे ?''

''हाँ।''

''कोई बात की थी ?''

''हाँ।''

''काहे के बारे में ? अच्छा, न बताओ मुझे, भाड़ में जाओ। पोचिंकोव का घर, नम्बर 47, बाबुश्किन का फ़्लैट, याद रखना !''

रस्कोलनिकोव चलता रहा और नुक्कड़ पर पहुँचकर सदोवाया स्ट्रीट में मुड़ गया। रज़ुमीख़िन विचारों में डूबा हुआ उसे जाते देखता रहा। फिर अपना हाथ हवा में घुमाकर वह मकान के अन्दर घुसा लेकिन सीढ़ियों पर ही ठिठक गया।

''लानत है,'' वह काफ़ी ऊँची आवाज़ में अपने आपसे कहता रहा, ''वह समझदारी की बातें कर रहा था, फिर भी... मैं भी बड़ा बेवक़ूफ़ हूँ ! जैसे पागल आदमी समझदारी की बातें करते ही नहीं ! और ज़ोसिमोव, शायद इसी बात से डर रहा था।'' उसने उँगली से अपने माथे पर टहोका मारा। ''अगर कहीं...मैंने उसे अकेले जाने कैसे दिया ? कहीं जाकर डूब मरे तो...छिः, कैसी भयानक ग़लती की मैंने ! नहीं, मैं ऐसा नहीं होने दे सकता।'' और वह रस्कोलनिकोव को पकड़ने के लिए लपका, लेकिन उसका कहीं पता नहीं था। वह कोसता हुआ तेज़-तेज़ क़दमों से ज़मेतोव से पूछने के लिए 'बिल्लूर महल' लौट आया।

रस्कोलनिकोव चलते-चलते सीधा ख. पुल जा पहुँचा, और पुल के बीचोंबीच जंगले पर दोनों कुहनियाँ टिकाकर खड़े-खड़े दूर क्षितिज की ओर घूरने लगा। रज़ुमीख़िन से विदा होने के बाद वह इतनी कमज़ोरी महसूस कर रहा था कि यहाँ तक बड़ी मुश्किल से पहुँच पाया था। वह सड़क पर ही कहीं बैठ जाने के लिए या लेट जाने के लिए तड़प रहा था। पानी के ऊपर झुककर वह सूर्यास्त की अन्तिम हल्की-हल्की गुलाबी लाली को, गहराते हुए झुटपुटे में अँधियारे होते हुए घरों की क़तार को, बाएँ किनारे पर बहुत दूर एक अटारी की उस खिड़की को, जो डूबते सूरज की अन्तिम किरणों में ऐसी चमक रही थी जैसे उसमें आग लग गई हो, और नहर के काले पड़ते हुए पानी को यन्त्रवत् घूरता रहा। ऐसा लग रहा था कि पानी ने उसका सारा ध्यान अपनी ओर खींच लिया है। आख़िरकार, उसकी आँखों के सामने लाल घेरे नाचने लगे, घर हिलते हुए लग रहे थे, राहगीर, नहर के दोनों किनारे, गाड़ियाँ, सभी चीज़ें उसकी आँखों के सामने नाच रही थीं। सहसा वह चौंक पड़ा; शायद एक विचित्र और भयानक दृश्य ने उसे फिर बेहोश होने से बचा लिया था। उसे आभास हुआ कि कोई उसकी दाहिनी ओर खड़ा है। वह उधर मुड़ा और देखा कि लम्बे, पीले, मुरझाए हुए चेहरे और धँसी हुई लाल आँखोंवाली एक लम्बी सी औरत सिर पर रूमाल बाँधे खड़ी है। वह सीधे

उसकी ओर देख रही थी, लेकिन यह ज़ाहिर था कि उसे न तो कुछ दिखाई दे रहा था और न वह किसी को पहचान रही थी। अचानक उसने अपना दाहिना हाथ जंगले पर टिकाया, फिर बारी-बारी अपनी दाहिनी और बाईं टाँग, रेलिंग पर रखकर झम से नहर में कूद गई। गँदला पानी एक क्षण के लिए फटा और उसने अपने शिकार को निगल लिया। लेकिन एक ही क्षण बाद डूबती हुई औरत ऊपर उतरा आई और धीरे-धीरे धारा के साथ बहने लगी; उसका सिर और टाँगें पानी में थीं और स्कर्ट उसकी पीठ पर गुब्बारे की तरह फूली हुई थी।

"औरत डूबी ! औरत डूबी !" दर्जनों आवाज़ें एक साथ आईं। लोग दौड़ पड़े। दोनों किनारों पर तमाशा देखनेवालों की भीड़ जमा हो गई थी और वे पीछे से उसे धक्का दे रहे थे।

"अरे, कोई तो रहम खाओ ! अरे, हमारी अफ़्रोसीनिया है !" पास ही खड़ी एक औरत रुआँसी आवाज़ में चिल्ला रही थी, "दया करो ! उसे बचाओ ! अरे, दयावानो, कोई तो उसे बाहर निकाल लो !"

"नाव लाना, नाव !" भीड़ में से कोई चिल्लाया। लेकिन नाव की ज़रूरत नहीं पड़ी; एक पुलिसवाला नहर की सीढ़ियों से भागता हुआ नीचे पहुँचा, उसने अपना लम्बा कोट और जूते उतारे, और झट से पानी में कूद पड़ा। उस औरत के पास तक पहुँचने में कोई कठिनाई नहीं हुई : उसका शरीर सीढ़ियों से कुछ ही गज़ की दूरी पर पानी पर तैर रहा था। पुलिसवाले ने दाहिने हाथ से उसके कपड़े थाम लिये और बाएँ हाथ से उस बाँस को पकड़ लिया जो उसके साथी ने उसकी ओर बढ़ा दिया था। डूबती हुई औरत फ़ौरन बाहर निकाल लाई गई। उसे नहर के किनारे पत्थर के फ़र्श पर लिटा गया। जल्दी ही उसे होश आ गया; उसने अपना सिर ऊपर उठाया, उठकर बैठ गई और छींकते-खाँसते हुए बेमतलब अपने गीले कपड़े दोनों हाथों से झाड़ने लगी। वह बोली कुछ नहीं।

"पी-पीकर अपना बुरा हाल कर लिया है," बग़ल में उसी औरत के रोने की आवाज़ सुनाई दी। "बिलकुल दीवानी हो गई है। अभी उस दिन फाँसी लगा रही थी; वह तो कहो हम लोगों ने रस्सी काट दी। मैं अभी-अभी भागकर ज़रा देर को दुकान तक गई थी। अपनी छोटी बच्ची को मैंने इसकी निगरानी के लिए छोड़ दिया था—लेकिन इसने फिर यह मुसीबत खड़ी कर ली अपने लिए ! पड़ोसिन है, साहब, पड़ोसिन; हम लोग पास ही तो रहते हैं, उस छोर से दूसरा घर, वहाँ—वह रहा..."

भीड़ छँट गई; पुलिसवाले उस औरत को घेरे रहे; किसी ने थाने की बात कही...रस्कोलनिकोव विरक्ति और उदासीनता की विचित्र भावना से खड़ा देखता रहा। उसे नफ़रत सी हो रही थी। "नहीं, यह बहुत घिनावना है...यह पानी...और फिर इसका कुछ भरोसा भी नहीं है," वह अपने आप बुड़बुड़ाता रहा। "इससे कोई काम नहीं बनने का," वह कहता रहा, "यहाँ इन्तज़ार करने से कोई फ़ायदा नहीं। थाना ?...लेकिन ज़मेतोव थाने में नहीं है ? थाना दस बजे तक खुला रहता है..." पुल के जंगले की ओर पीठ फेरकर उसने चारों ओर नज़र दौड़ाई।

"अच्छी बात है !" उसने दृढ़ता के साथ कहा; वह पुल छोड़कर थाने की ओर चल दिया। उसे अपना दिल खोखला और ख़ाली-ख़ाली लग रहा था। वह कुछ भी सोचना नहीं चाहता था। उसकी उदासी भी दूर हो गई थी; जिस मुस्तैदी के साथ वह 'इस पूरे क़िस्से को ही ख़त्म कर देने के लिए' निकला था, उसका भी नाम-निशान बाक़ी नहीं रह गया था; उसकी जगह भरपूर उदासीनता ने ले ली थी।

'ख़ैर, बाहर निकलने का एक रास्ता है तो यह भी,' उसने नहर के किनारे धीरे-धीरे बे-जान क़दमों से चलते हुए सोचा, 'बहरहाल मैं इस झंझट को ख़त्म तो कर ही दूँगा, क्योंकि मैं ख़त्म करना

चाहता हूँ...लेकिन क्या यह छुटकारे का रास्ता है ? फ़र्क़ भी क्या पड़ता है ? गज़ भर जगह तो मिलेगी ही—हः हः ! लेकिन कैसा अन्त होगा ! क्या सचमुच वह अन्त होगा ? मैं उन्हें बताऊँ या नहीं ? आह...लानत है ! कितना थक गया हूँ मैं ! काश, जल्दी से कहीं बैठने या लेटने की कोई जगह मिल जाती ! मैं सबसे ज़्यादा शर्मिन्दा तो इस बात पर हूँ कि यह कितनी नादानी की बात है। लेकिन मुझे उसकी भी परवाह नहीं है ! आदमी के दिमाग़ में भी कैसे-कैसे बेवक़ूफ़ी के विचार आते हैं।'

थाने तक पहुँचने के लिए उसे सीधे जाकर बाईं ओर की दूसरी सड़क में मुड़ना था। थाना वहाँ से कुछ ही क़दम पर था। लेकिन वह पहले मोड़ पर ही रुक गया और देर तक सोचते रहने के बाद एक छोटी गली में मुड़कर अपने रास्ते से दो सड़क दूर निकल गया—शायद बिना किसी उद्देश्य के, या शायद एक मिनट देर करके कुछ समय और पा लेने के लिए। वह ज़मीन को देखता हुआ आगे बढ़ता रहा। अचानक उसे ऐसा लगा कि किसी ने उसके कान में कुछ कहा। उसने सिर उठाकर देखा तो पता चला कि वह उसी घर के सामने, ऐन फाटक के पास खड़ा था। वह उस शाम के बाद से उधर से गुज़रा नहीं था, वह कहीं उसके पास भी नहीं आया था।

कोई अज्ञात अदम्य शक्ति उसे खींचे लिये जा रही थी। वह फाटक से होकर अन्दर घर में घुस गया, फिर दाहिनी ओर से पहले दरवाज़े में जाकर चौथी मंज़िल तक जानेवाली जानी-पहचानी सीढ़ियाँ चढ़ने लगा। सँकरी, खड़ी सीढ़ियों में बहुत अँधेरा था। हर मंज़िल पर पहुँचकर वह रुक जाता और चारों ओर बड़ी उत्सुकता से देखता; पहली मंज़िल पर खिड़की का चौखटा निकाल दिया गया था। 'तब तो ऐसा नहीं था,' उसने सोचा, 'दूसरी मंज़िल पर तो वह फ़्लैट था जहाँ निकोलाई और मित्का काम कर रहे थे। फ़्लैट बन्द कर दिया गया है और दरवाज़े पर अभी नया-नया रंग किया गया है। इसका मतलब है किराए पर उठाने के लिए ख़ाली है।' फिर तीसरी मंज़िल और उसके बाद चौथी। 'यह रहा !' उसे यह देखकर बड़ी परेशानी हुई कि फ़्लैट का दरवाज़ा पूरा खुला हुआ था। अन्दर लोग थे; आवाज़ें सुनाई दे रही थीं; उसने इसकी उम्मीद नहीं की थी। कुछ देर संकोच करने के बाद वह आख़िरी सीढ़ियाँ चढ़ा और फ़्लैट में चला गया।

उसकी भी रँगाई-पुताई हो रही थी; मज़दूर काम पर लगे हुए थे। इस बात पर उसे कुछ हैरत हुई; न जाने क्यों उसने सोचा था कि उसे हर चीज़ वैसी ही मिलेगी जैसी कि वह छोड़ गया था, यहाँ तक कि शायद लाशें भी वहीं फ़र्श पर पड़ी होंगी। और अब नंगी-बूची दीवारें, फ़र्नीचर का कहीं नाम नहीं; बड़ा अजीब सा लग रहा था। खिड़की के पास जाकर वह उसकी सिल पर बैठ गया। दो मज़दूर काम कर रहे थे; दोनों नौजवान थे, लेकिन एक उम्र में दूसरे से बहुत छोटा था। वे दीवारों पर पुराने, मैले, पीले रंग के काग़ज़ की जगह नया, कासनी फूलोंवाला सफ़ेद काग़ज़ लगा रहे थे। रस्कोलनिकोव को न जाने क्यों इस बात पर बड़ी झुँझलाहट महसूस हुई। उसने नए काग़ज़ को बड़ी अरुचि से देखा, जैसे हर चीज़ के इस तरह बदल दिए जाने पर उसे बड़ा अफ़सोस हो रहा हो।

ज़ाहिर था कि मज़दूर अपने वक़्त से ज़्यादा देर तक काम करते रहे थे और अब वे जल्दी-जल्दी अपना काग़ज़ लपेटकर घर जाने की तैयारी कर रहे थे। उन्होंने रस्कोलनिकोव के अन्दर आने की ओर कोई ध्यान नहीं दिया था; वे आपस में बातें करते रहे थे। रस्कोलनिकोव हाथ बाँधे उनकी बातें सुन रहा था।

"वह सबेरे-सबेरे मेरे पास आई," बड़ेवाले ने छोटे से कहा, "बहुत सबेरे, सोलहों सिंगार किए। 'बन-ठनके ऐसा इतरा क्यों रही हो ?' मैंने कहा। वह बोली, 'तुम्हें ख़ुश करने के लिए तित

वसील्येविच, मैं कुछ भी करने को तैयार हूँ।' यह भी एक तरीक़ा होता है रिझाने का ! पहनावा तो ऐसा था कि एकदम फ़ैशन की पत्रिका, सोलह आना पत्रिका थी।''

''यह फ़ैशन की पत्रिका क्या होती है, चचा ?'' छोटेवाले ने पूछा। उसकी बातों से मालूम हो रहा था कि वह 'चचा' को हर बात में उस्ताद मानता था।

''फ़ैशन की पत्रिका में बहुत सी तस्वीरें होती हैं, रंगीन, और ये किताबें विलायत से डाक से हर सनीचर को यहाँ दर्ज़ियों के पास आती हैं; उन तस्वीरों में दिखाया जाता है कि लोगों को किस तरह के कपड़े पहनने चाहिए, मर्दों को भी और औरतों को भी। देखने लायक़ तस्वीरें होती हैं। मर्द आमतौर पर फ़र के कोट पहने रहते हैं और जहाँ तक औरतों के कपड़ों का सवाल है, उनके बारे में तो तुम सोच भी नहीं सकते। देखते ही बनता है !''

''पीटर्सबर्ग में क्या नहीं मिलता !'' छोटेवाले से चिल्लाकर कहा, ''बस माँ-बाप को छोड़कर हर चीज़ मिलती है !''

''उन्हें छोड़कर हर चीज़ मिलती है, यार,'' बड़ेवाले ने बड़े सारगर्भित ढंग से एलान किया।

रस्कोलनिकोव उठकर दूसरे कमरे में चला गया जहाँ पहले वह भारी सन्दूक़, पलंग और दराज़ोंवाली अल्मारी थी; फ़र्नीचर के बिना वह कमरा उसे बेहद छोटा लगा। दीवारों पर काग़ज़ वही था; एक कोने के काग़ज़ के रंग से पता चल रहा था कि पहले वहाँ प्रतिमाओं का फ़्रेम था। उसने देखा और फिर अपनी खिड़की के पास चला गया। बड़ेवाले मज़दूर ने उसे आश्चर्य से देखा।

''क्या चाहिए तुम्हें ?'' उसने सहसा पूछा।

उसके सवाल का जवाब देने के बजाय रस्कोलनिकोव गलियारे में जाकर घंटी बजाने लगा। वही घंटी थी; वही उसकी फटी हुई आवाज़ थी। उसने दुबारा घंटी बजाई और फिर तीसरी बार; वह सुनता रहा और उसे कुछ याद आता रहा। उस समय उसने जो भयानक और तड़पा देनेवाली डरावनी संवेदना अनुभव की थी वह फिर अधिकाधिक स्पष्ट रूप से लौट-लौटकर आने लगी। घंटी की हर आवाज़ पर वह काँप उठता था और उसे उससे अधिकाधिक सन्तोष भी मिलता था।

''बोलो, क्या चाहिए तुम्हें ? तुम हो कौन ?'' मज़दूर ने उसके पास जाकर डपटकर पूछा। रस्कोलनिकोव फिर अन्दर चला गया।

''मैं एक फ़्लैट किराए पर लेना चाहता हूँ,'' वह बोला, ''देख रहा हूँ।''

''यह रात को कमरे देखने का वक़्त नहीं है; और तुम्हें दरबान के साथ आना चाहिए था।''

''फ़र्श धो तो दिए गए हैं, क्या उन पर पॉलिश भी की जाएगी ?'' रस्कोलनिकोव कहता रहा, ''कहीं ख़ून तो नहीं लगा रह गया है ?''

''कैसा ख़ून ?''

''अरे, उस बुढ़िया को और उसकी बहन को यहीं तो क़त्ल किया गया। यहाँ अच्छा-खासा ख़ून जमा हो गया था।''

''लेकिन तुम हो कौन ?'' मज़दूर बेचैन होकर चिल्लाया।

''मैं कौन हूँ ?''

''हाँ।''

''जानना चाहते हो ? थाने चलो, वहाँ बताऊँगा।''

मज़दूर उसे हैरत से देखते रहे।

''चलने का वक़्त हो गया, वैसे ही देर हो गई है। चलो, अल्योश्का, चलें। हमें बन्द करना है,'' बड़ेवाले मज़दूर ने कहा।

"अच्छा तो चलें," रस्कोलनिकोव ने लापरवाही से कहा और सबसे पहले बाहर निकलकर वह धीरे-धीरे सीढ़ियाँ उतरने लगा, "ऐ, दरबान !" फाटक पर पहुँचकर उसने पुकारा।

फाटक पर कई लोग खड़े राहगीरों को घूर रहे थे—दोनों दरबान, एक किसान औरत, लम्बा गाउन पहने हुए एक आदमी और कुछ और लोग। रस्कोलनिकोव सीधा उनके पास गया।

"क्या चाहिए ?" एक दरबान ने पूछा।

"थाने गए थे ?"

"अभी वहीं से तो आया हूँ। तुम्हें चाहिए क्या ?"

"थाना खुला है ?"

"बिलकुल खुला है !"

"असिस्टेंट सुपरिंटेंडेंट साहब हैं वहाँ ?"

"थोड़ी देर के लिए आए तो थे। तुम्हें चाहिए क्या ?"

रस्कोलनिकोव ने कोई जवाब नहीं दिया; वह विचारों में डूबा हुआ उनके पास खड़ा रहा।

"यह आदमी फ़्लैट देखने गया था," बड़ेवाले मज़दूर ने आगे बढ़कर कहा।

"कौन सा फ़्लैट ?"

"जहाँ हम काम कर रहे हैं। 'तुमने ख़ून धो क्यों डाला ?' यह कह रहा था, 'यहाँ तो क़त्ल हुआ था,' इसने यह भी बताया और कहा, 'मैं फ़्लैट किराए पर लेने आया हूँ।' और फिर यह घंटी बजाने लगा, वह तो कहो, बस, तोड़ी नहीं। 'थाने चलो,' यह कह रहा था, 'वहाँ सब कुछ बताऊँगा।' किसी तरह हमारा पिंड ही नहीं छोड़ता था।"

दरबान त्योरियों पर बल डाले शुबहे की नज़र से रस्कोलनिकोव को देखता रहा।

"तुम हो कौन ?" उसने भरपूर रोब से डपटकर पूछा।

"मैं हूँ रोदिओन रोमानोविच रस्कोलनिकोव, पहले पढ़ता था। शिल के मकान में रहता हूँ, पास की गली में, यहाँ से दूर नहीं है, 14 नम्बर के फ़्लैट में, दरबान से पूछ लेना...वह मुझे जानता है।" रस्कोलनिकोव ने ये सारी बातें इधर-उधर मुड़कर देखे बिना अलसायी हुई, खोई-खोई आवाज़ में कहीं; वह एकटक सड़की की ओर देख रहा था जहाँ अँधेरा गहरा होता जा रहा था।

"फ़्लैट में किसलिए गए थे ?"

"देखने के लिए।"

"उसमें देखने की क्या चीज़ है ऐसी ?"

"इसे सीधे थाने ले जाओ," लम्बे गाउनवाले आदमी ने अचानक बीच में कहा और चुप हो गया।

रस्कोलनिकोव ने गर्दन घुमाकर उसे घूरकर देखा और उसी तरह धीरे-धीरे अलसायी हुई आवाज़ में कहा—

"आओ, चलो !"

"हाँ, ले जाओ," वह आदमी इस बार और भी भरोसे के साथ बोला, "यह उसके अन्दर क्यों जा रहा था ? इसके मन में कोई बात तो ज़रूर होगी, क्यों ?"

"शराब तो पिए नहीं है, लेकिन भगवान जाने क्या हो गया है इसे," मज़दूर बुड़बुड़ाया।

"लेकिन तुम्हें चाहिए क्या ?" दरबान एक बार फिर चिल्लाया; उसे सचमुच गुस्सा आने लगा था, "तुम यहाँ क्यों मँडला रहे हो ?"

"थाने जाने के नाम से दम निकलता है ?" रस्कोलनिकोव ने चिढ़ाते हुए कहा।

"दम क्यों निकलने लगा ? तो फिर तुम यहाँ से टलते क्यों नहीं ?"

"अरे, कोई बदमास-लफ़ंगा होगा !" किसान औरत ज़ोर से चिल्लाई।

"इससे बात करके काहे को अपना वक़्त बर्बाद कर रहे हो ?" दूसरे दरबान ने ऊँचे स्वर में कहा। वह भारी-भरकम डीलडौल का आदमी था। उसने लम्बा टखनों तक का कोट पहन रखा था जिसके सारे बटन खुले हुए थे और उसकी पेटी से चाभियों का गुच्छा लटक रहा था। "चलो यहाँ से। बदमाश तो है ही ! चलो, खिसको यहाँ से !"

और रस्कोलनिकोव का कन्धा पकड़कर उसने उसे सड़क पर ढकेल दिया। वह आगे की ओर लड़खड़ाया, फिर सँभलकर खड़ा हो गया। एक नज़र तमाशा देखनेवालों को घूरा और वहाँ से चला गया।

"अजीब आदमी है !" मज़दूर ने अपना मत व्यक्त किया।

"आजकल जहाँ देखो, अजीब-अजीब लोग दिखाई देते हैं," औरत बोली।

"मगर तुम्हें हर हालत में उसको थाने ले जाना चाहिए था," लम्बे गाउनवाले आदमी ने कहा।

"उसके मुँह न लगना ही अच्छा है," भारी-भरकम डीलडौलवाले दरबान ने फ़ैसला करते हुए कहा। "सरासर बदमाश है ! सच जानो, यही तो वह चाहता था, लेकिन एक बार थाने ले जाते तो पिंड छुड़ाना मुश्किल हो जाता...हम ऐसे लोगों को ख़ूब जानते हैं !"

'जाऊँ कि न जाऊँ ?' रस्कोलनिकोव चौराहे पर बीच सड़क में खड़ा सोचता रहा; उसने अपने चारों ओर इस तरह नज़र दौड़ाकर देखा जैसे किसी से इस बात का फ़ैसला सुनने की उम्मीद कर रहा हो। लेकिन कोई आवाज़ नहीं आई; हर चीज़ उन्हीं पत्थरों की तरह मुर्दा और ख़ामोश थी जिन पर वह चल रहा था—उसके लिए मुर्दा थी, सिर्फ़ उसके लिए। अचानक सड़क के छोर पर, वहाँ से कोई दो सौ गज़ दूर, गहराते हुए झुटपुटे में उसे एक भीड़ दिखाई दी और लोगों के बात करने और चिल्लाने की आवाज़ें सुनाई दीं। भीड़ के बीच में एक गाड़ी खड़ी थी...सड़क के बीच में एक रोशनी टिमटिमा रही थी। 'क्या बात है ?' रस्कोलनिकोव दाहिनी ओर मुड़कर भीड़ की ओर चल दिया। वह हर चीज़ को पकड़ने की कोशिश कर रहा था और इसके बारे में सोचकर वह क्रूरता से मुस्कुरा दिया, क्योंकि उसने थाने जाने का फ़ैसला कर लिया था और वह जानता था कि जल्दी ही यह सारा मामला ख़त्म हो जाएगा।

7

सड़क के बीच में एक शानदार गाड़ी खड़ी हुई थी जिसमें दो सफ़ेद घोड़े जुते हुए थे। गाड़ी में कोई बैठा नहीं था और कोचवान भी अपनी जगह से उतरकर पास ही खड़ा था। उसने घोड़ों की लगाम पकड़ रखी थी। चारों ओर बहुत से लोग जमा हो गए थे। सामने पुलिसवाले खड़े थे। उनमें से एक के हाथ में जलती हुई लालटेन थी जिसकी रोशनी वह पहियों के पास पड़ी हुई किसी चीज़ पर डाल रहा था। हर आदमी बातें कर रहा था, चिल्ला रहा था, जोश में आकर कुछ बोला था जबकि कोचवान घबराया हुआ सा लग रहा था और बार-बार यही कहता जाता था—

"कैसी बदनसीबी की बात है ! हे भगवान, कैसी बदनसीबी की बात है !"

रस्कोलनिकोव धक्का देकर जहाँ तक आगे हो सका पहुँच गया और आख़िरकार उस चीज़ को देखने में कामयाब हो गया जिसकी वजह से यह सारा हंगामा मचा हुआ था और जिसमें लोग इतनी दिलचस्पी ले रहे थे। ज़मीन पर एक आदमी पड़ा हुआ था जो गाड़ी के नीचे आ गया था।

वह देखने में बेहोश लग रहा था और ख़ून में लथपथ था। उसने बहुत ही बुरे कपड़े पहन रखे थे, लेकिन मज़दूरों जैसे नहीं। उसके सिर से और चेहरे से खून बह रहा था। उसका चेहरा बुरी तरह कुचलकर कट-फट गया था और विकृत हो गया था। साफ़ ज़ाहिर था कि उसे बुरी तरह चोट आई थी।

''दया करना भगवान !'' कोचवान गिड़गिड़ाकर कह रहा था, ''मैं और कर ही क्या सकता था ! अगर मैं गाड़ी तेज़ चला रहा होता या पुकार-पुकारकर मैंने उससे हट जाने को न कहा होता तब भी बात थी; लेकिन मैं तो बड़ी शान्ति से जा रहा था, कोई जल्दी भी नहीं कर रहा था। सभी ने देखा होगा कि जैसे सब लोग जा रहे थे वैसे ही मैं भी जा रहा था। मगर शराबी तो सीधा चल ही नहीं सकता, यह तो सभी जानते हैं...मैंने इसे सड़क पार करते देखा, लड़खड़ाता हुआ चल रहा था, बिलकुल गिरा पड़ रहा था। मैंने आवाज़ दी और दूसरी बार चिल्लाया और फिर तीसरी बार; फिर मैंने घोड़ों की रास खींची, लेकिन वह तो आकर सीधा उनके पैरों के नीचे ही गिर पड़ा ! या तो उसने जान-बूझकर ऐसा किया था या फिर बहुत नशे में था...घोड़े अभी जवान हैं और ज़रा में चमक उठते हैं...वे चौंक गए, वह चीख़ा...इस पर घोड़े और भी भड़के। बस यह हुई सारी बात !''

''बिलकुल यही बात थी,'' भीड़ में से एक आवाज़ ने उसकी बात की पुष्टि की।

''वह चिल्लाया तो था, यह बात तो सच है, तीन बार चिल्लाया था,'' एक और आवाज़ ने एलान किया।

''तीन बार चिल्लाया, हम सबने सुना,'' तीसरा आदमी ज़ोर से बोला।

लेकिन कोचवान बहुत परेशान और डरा हुआ नहीं था। साफ़ दिखाई दे रहा था कि गाड़ी किसी रईस की थी, जो कहीं उसकी राह देख रहा था। ज़ाहिर है, पुलिस को भी उसकी इस व्यवस्था में विघ्न डालने की कोई इच्छा नहीं थी। उसे तो बस घायल आदमी को थाने और अस्पताल ले जाना था। किसी को उसका नाम तक नहीं मालूम था।

इसी बीच रस्कोलनिकोव घुस-पिलकर अन्दर पहुँच गया था और झुककर उस आदमी को पास से देख रहा था। अचानक लालटेन की रोशनी उस अभागे आदमी के चेहरे पर पड़ी। रस्कोलनिकोव ने उसे पहचान लिया।

''मैं इसे जानता हूँ! मैं इसे जानता हूँ !'' वह धक्का देकर आगे आते हुए चिल्लाया, ''सरकारी दफ़्तर में क्लर्क था, नौकरी से रिटायर हो चुका है, मार्मेलादोव नाम है। यहाँ पास ही कोज़ेल के मकान में रहता है...जल्दी से डॉक्टर बुलाओ ! पैसे मैं दूँगा, यह देखो, हैं मेरे पास।'' यह कहकर उसने जेब से पैसे निकालकर पुलिसवाले को दिखाए। वह बेहद उत्तेजित था।

पुलिस को इस बात की ख़ुशी थी कि उन्हें यह मालूम हो गया था कि वह आदमी है कौन। रस्कोलनिकोव ने अपना नाम-पता बताया और पुलिसवालों से बेहोश मार्मेलादोव को फ़ौरन उसके घर ले जाने के लिए ऐसा व्याकुल होकर कहने लगा जैसे उसका अपना बाप घायल हुआ हो।

''यहीं है, तीन घर छोड़कर,'' उसने बड़ी उत्सुकता से कहा, ''वह घर एक बहुत पैसेवाले जर्मन का है, कोज़ेल का। यक़ीनन, शराब पिए हुए घर जा रहा था। मैं इसे जानता हूँ, बेहद शराब पीता है। परिवार के साथ रहता है, बीवी है, बच्चे हैं। उसकी एक बड़ी बेटी भी है। अस्पताल ले जाने में तो बड़ा वक़्त लगेगा, उस मकान में कोई डॉक्टर ज़रूर होगा। पैसे मैं दूँगा, पैसे मैं दूँगा ! घर पर कोई देखभाल करनेवाला तो होगा। फ़ौरन मरहम-पट्टी हो जाएगी। अस्पताल पहुँचते-पहुँचते तो यह मर भी जाएगा।''

उसने सबकी नज़रें बचाकर पुलिसवाले के हाथ में चुपके से कुछ सरका दिया। लेकिन उसमें कोई बेईमानी की या ग़ैर-क़ानूनी बात नहीं थी। बहरहाल, यहाँ मरहम-पट्टी ज़्यादा जल्दी हो सकती थी। उन लोगों ने घायल आदमी को उठा लिया; बहुत से लोग हाथ लगाने को खुद आगे आए। कोज़ेल का मकान वहाँ से कोई तीस गज़ की दूरी पर था। रस्कोलनिकोव बड़ी सावधानी से मार्मेलादोव का सिर पकड़े पीछे-पीछे चल रहा था और रास्ता बताता जाता था।

"इधर से, इधर से ! सीढ़ियों पर सिर ऊपर की तरफ़ करके ले जाना चाहिए। घूम जाओ ! पैसे मैं दूँगा, किसी को कोई शिकायत नहीं रह जाएगी," वह बुड़बुड़ाता रहा।

कतेरीना इवानोव्ना ने सीने पर हाथ बाँधे अपने आपसे बातें करते और खाँसते हुए उस छोटे से कमरे में खिड़की और आतिशदान के बीच टहलना अभी शुरू ही किया था। जब भी उसे थोड़ा सा वक़्त मिलता था, वह यही करती थी। इधर कुछ समय से वह अपनी बड़ी बेटी पोलेंका से पहले से ज़्यादा बातें करने लगी थी। वह अभी दस साल की बच्ची थी। बहुत सी बातें उसकी समझ में नहीं आती थीं, लेकिन वह इतना तो अच्छी तरह समझती थी कि उसकी माँ को उसकी ज़रूरत है। इसलिए वह अपनी बड़ी-बड़ी चतुर आँखों में हमेशा अपनी माँ को देखती रहती थी और यह जताने की पूरी कोशिश करती थी कि सब समझ रही है। इस वक़्त पोलेंका अपने छोटे भाई के कपड़े उतार रही थी। उसका जी दिन भर अच्छा नहीं रहा था और वह अभी सोने जा रहा था। लड़का इस बात का इन्तज़ार कर रहा था कि उसकी बहन आकर उसकी क़मीज उतारे जो रात को धोई जानेवाली थी। वह कुर्सी पर बिलकुल शान्त और सीधा तना बैठा था। उसका चेहरा गम्भीर था और वह एक शब्द भी नहीं बोल रहा था। उसने अपनी टाँगें सीधे सामने फैला रखी थीं—एड़ियाँ जुड़ी हुई और अँगूठे एक-दूसरे से अलग। माँ उसकी बहन से जो कुछ कह रही थी, उसे वह होंठ बाहर की ओर निकाले हुए और आँखें फाड़े हुए बिलकुल चुप बैठा सुन रहा था, जिस तरह सभी अच्छे बच्चों को सोने जाने से पहले कपड़े उतरवाते वक़्त बैठना पड़ता है। एक छोटी बच्ची, जो उससे भी छोटी थी, बिलकुल चीथड़े पहने हुए ओट के पास खड़ी अपनी बारी आने की राह देख रही थी। सीढ़ियों की ओर जानेवाला दरवाज़ा खुला हुआ था ताकि उन्हें तम्बाकू के धुएँ के उन बादलों से कुछ राहत मिल सके जो दूसरे कमरों से तैरते हुए उनके कमरे की ओर आते थे और जिनकी वजह से उस बेचारी तपेदिक की मारी औरत को खाँसी के भयानक दौरे पड़ते थे। ऐसा लगता था कि इस पिछले एक हफ़्ते के दौरान कतेरीना इवानोव्ना और भी दुबली हो गई थी और उसके गालों की तमतमाहट में पहले से भी ज़्यादा चमक पैदा हो गई थी।

"तुम्हें विश्वास नहीं होगा, तुम सोच भी नहीं सकती हो, पोलेंका," वह कमरे में टहल-टहलकर कह रही थी, "कि तुम्हारे नाना के घर हम लोग कितने ऐश से और कितने खुश रहते थे और किस तरह इस शराबी ने मुझे तो तबाह कर ही दिया है और तुम सब लोगों को भी तबाह कर देगा ! तुम्हारे नाना सिविल कर्नल थे और गवर्नर से एक ही ओहदा नीचे थे; बस एक सीढ़ी ऊपर और चढ़ते तो गवर्नर हो जाते। इसलिए जो भी उनसे मिलने आता था वह यही कहता था : 'हम तो, इवान मिखाइलोविच, आप ही को अपना गवर्नर समझते हैं !' जब मैं...जब..." वह ज़ोर से खाँसी, "ओह, लानत है इस ज़िन्दगी पर," वह खखारते हुए और हाथ से अपना सीना दबाते हुए ज़ोर से चिल्लाई, "जब मैं...जब आख़िरी नाच में...मार्शल साहब के यहाँ...जब राजकुमारी बेज़्ज़ेमेलनी ने मुझे देखा—जब तुम्हारे पापा के साथ मेरी शादी हुई थी, पोलेंका, तब उन्होंने ही हमें आशीर्वाद दिया था—तो उन्होंने फ़ौरन पूछा था : 'यह वही सुन्दर लड़की है न, जिसने स्कूल की पढ़ाई ख़त्म होने के वक़्त शालवाला नाच दिखाया था ?' " ("वह जहाँ फट गई है उसे ठीक कर लेना, सुई

लेकर जैसे मैंने बताया था रफ़ू कर लेना, नहीं तो कल वह उस छेद को और बड़ा कर देगा," उसने खाँस-खाँसकर बड़ी मुश्किल से कहा।) 'राजकुमार श्चेगोल्सकोय, जो सम्राट् के रनवास में बहुत ऊँचे पद पर थे, उन्हीं दिनों पीटर्सबर्ग से आए थे...वह मेरे साथ मजूर्का नाचे थे और अगले ही दिन वह मुझसे शादी का प्रस्ताव रखना चाहते थे, लेकिन मैंने बड़े प्रशंसा भरे शब्दों में उन्हें धन्यवाद दिया और उन्हें बताया कि मैं बहुत पहले ही अपना दिल किसी और को दे चुकी हूँ। वह कोई और नहीं, तुम्हारे पापा ही थे, पोल्या। तुम्हारे नाना बेहद गुस्सा हुए थे...पानी गरम हो गया ? अपनी क़मीज़ और मोज़े मुझे देना ! लीदा," उसने सबसे छोटी बच्ची से कहा, "तुम आज रात कुरती के बिना ही काम चला लो...और उसके साथ ही अपने मोज़े भी रख देना...दोनों चीज़ें एक साथ धो दूँगी...वह आवारा शराबी अभी तक आया क्यों नहीं ? क़मीज़ पहन-पहनकर इतनी मैली कर ली है कि बिलकुल बर्तन माँजने का जूना लगने लगी है। फाड़कर बिलकुल चिथड़े-चिथड़े पर डाली है ! मैं सब एक साथ धो डालूँगी जिससे लगातार दो रात काम न करना पड़े। हाय दैया !" उसे अचानक खाँसी आने लगी। "फिर ! अब क्या हुआ ?" वह गलियारे में भीड़ को और कुछ लोगों को कोई बोझ उठाए अपने कमरे में आते देखकर चिल्ला पड़ी, "क्या, है क्या ? क्या ला रहे हैं ये लोग ? हे भगवान, दया करना !"

"कहाँ लिटा दें ?" जब बेहोश और ख़ून में लथपथ मार्मेलादोव को अन्दर ले आया गया तो पुलिसवाले ने चारों ओर नज़र डालकर पूछा।

"सोफ़े पर ! सीधे ले जाकर सोफ़े पर लिटा दो, इधर सिर करके," रस्कोलनिकोव ने इशारा करके उसे बताया।

"सड़क पर गाड़ी से कुचल गया ! शराब पिए था !" ड्योढ़ी में से कोई चिल्लाया।

कतेरीना इवानोव्ना खड़ी रही; उसका रंग सफ़ेद पड़ गया था और उसका दम बुरी तरह फूल रहा था। बच्चे सहम गए थे। नन्हीं लीदा चीख पड़ी और भागकर पोलेंका से जाकर लिपट गई। वह थरथर काँप रही थी।

मार्मेलादोव को लिटा देने के बाद रस्कोलनिकोव झपटकर कतेरीना इवानोव्ना के पास पहुँचा।

"भगवान के लिए शान्त रहो, डरो नहीं," उसने जल्दी-जल्दी बोलते हुए कहा, "सड़क पार कर रहा था, गाड़ी के नीचे आ गया। घबराओ नहीं, अभी होश आ जाएगा। मैंने ही इन लोगों से यहाँ ले आने को कहा था...मैं यहाँ पहले आ चुका हूँ, याद है न ? अभी होश आ जाएगा; पैसे मैं दूँगा !"

"बस यही होने को रह गया था," कतेरीना इवानोव्ना घोर निराशा में डूबी हुई चिल्लाकर अपने पति की ओर भागी।

रस्कोलनिकोव का ध्यान फ़ौरन इस बात की ओर गया कि वह उन औरतों में से नहीं थी जो बहुत जल्दी मूर्च्छित हो जाती हैं। उसने अपने अभागे पति के सिर के नीचे तकिया रख दिया, जिसका किसी को ध्यान भी नहीं आया था। वह उसके कपड़े उतारने लगी और अच्छी तरह देखने-भालने लगी। अपनी सुध-बुध भूलकर भी उसने अपना धैर्य नहीं खोया; काँपते हुए होंठों को दाँतों से दबाकर उसने अपनी उन चीख़ों को अन्दर ही दबाए रखा जो किसी भी क्षण उसके सीने से फूट निकलने को तैयार थीं।

इसी बीच रस्कोलनिकोव ने किसी को राज़ी करके डॉक्टर के पास भेज दिया। पता यह चला कि बीच में एक मकान छोड़कर डॉक्टर पास ही रहता था।

"मैंने डॉक्टर को बुलवाया है," वह कतेरीना इवानोव्ना को दिलासा देता रहा, "घबराओ नहीं,

पैसे मैं दूँगा। थोड़ा सा पानी होगा ?...और रूमाल या तौलिया देना, जो भी मिल जाए, जल्दी से...चोट लगी है, लेकिन मरा नहीं है, मेरी बात मानो...देखें, डॉक्टर क्या कहता है !''

कतेरीना इवानोव्ना भागकर खिड़की के पास गई। वहाँ कोने में एक टूटी-फूटी कुर्सी पर बड़ी सी मिट्टी की नाँद में पानी भरा रखा था; वह इसी पानी से रात को अपने पति और बच्चों के कपड़े धोनेवाली थी। कतेरीना इवानोव्ना हफ़्ते में कम-से-कम दो बार रात को कपड़े ज़रूर धोती थी। परिवार की हालत ऐसी हो गई थी कि किसी के पास बदलने को दूसरा जोड़ी कपड़ा नहीं था, और कतेरीना इवानोव्ना गन्दगी बर्दाश्त नहीं कर सकती थी। घर में गन्दगी उससे देखी नहीं जाती थी; इसके बजाय रात को जब सब लोग सो जाते थे तब अपने बूते से ज़्यादा काम करके खटना उसे मंजूर था, ताकि कपड़े धोकर रात को फैला दे और सबेरे तक वे सूख जाएँ। रस्कोलनिकोव के पानी माँगने पर उसने नाँद उठा तो ली लेकिन उसके बोझ से वह गिरते-गिरते बची। रस्कोलनिकोव इसी बीच कहीं से तौलिया ढूँढ़ लाया था; उसे भिगोकर वह मार्मेलादोव के चेहरे से ख़ून पोंछने लगा। कतेरीना इवानोव्ना हाथों से अपना सीना दबाए पास ही खड़ी रही, उसे साँस लेने में कष्ट हो रहा था। उसकी हालत ख़ुद ऐसी थी कि कोई उसकी देखभाल करे। रस्कोलनिकोव महसूस करने लगा था कि घायल को यहाँ लाकर शायद उसने ग़लती की थी। पुलिसवाला भी कुछ संकोच में पड़ा हुआ खड़ा था।

''पोल्या,'' कतेरीना इवानोव्ना ने पुकारा, ''जल्दी से सोनिया के पास तो चली जाओ। अगर वह घर पर न हो तो वहाँ किसी से कह आना कि उसका बाप गाड़ी से कुचल गया है, जैसे ही आए सीधी यहाँ चली आए... भागकर जाना, पोलेंका ! लो, यह शाल लपेट लो।''

''जल्दी-जल्दी भागकर जाना !'' कुर्सी पर बैठा हुआ छोटा लड़का अचानक चिल्लाया। इसके बाद वह फिर वैसे ही गूँगों की तरह, गोल-गोल आँखें खोले, पत्थर की मूरत की तरह बैठा रहा—टाँगें सामने फैलाए, एड़ियाँ जोड़े और अँगूठे एक-दूसरे से दूर।

इसी बीच कमरे में लोग इतने ठसाठस भर गए थे कि कहीं तिल धरने की जगह नहीं थी। एक को छोड़कर बाक़ी सब पुलिसवाले चले गए थे। थोड़ी देर वहीं रुककर वह सीढ़ियों पर से आते हुए लोगों को बाहर भगाने की कोशिश कर रहा था। मादाम लिप्पेवेख़्सेल के उस फ़्लैट में रहनेवाले सभी किराएदार अन्दर के कमरों से आकर वहाँ जमा हो गए थे; शुरू में तो वे दरवाज़े के पास दबे-सिकुड़े खड़े रहे, लेकिन बाद में कमरे के अन्दर आ गए। कतेरीना इवानोव्ना का गुस्सा भड़क उठा।

''कम-से-कम चैन से मरने तो दो,'' वह भीड़ पर चिल्लाई, ''यह भी कोई तुम लोगों के देखने का तमाशा है ? चले आए सिगरेट पीते हुए !'' वह फिर खाँसने लगी, ''हैट भी लगाकर आते... एक तो हैट लगाए भी है !...चलो, भागो यहाँ से ! कम-से-कम मरनेवाले का तो कुछ लिहाज़ करो !''

खाँसी के मारे दम घुटा जा रहा था, लेकिन उसकी डाँट-फटकार का लोगों पर असर पड़ा। साफ़ लग रहा था कि वे कतेरीना इवानोव्ना से काफ़ी डरते थे। सारे किराएदार एक-एक करके फिर दरवाज़े के पास दुबक गए। मन-ही-मन वे एक विचित्र सन्तोष अनुभव कर रहे थे। यह एक ऐसी भावना थी जो किसी आकस्मिक दुर्घटना के समय उस दुर्घटना का शिकार होनेवाले व्यक्ति के निकटतम प्रियजनों तक में देखी जाती है, जिस भावना से कोई भी मनुष्य, अपनी सर्वश्रेष्ठ हार्दिक सहानुभूति तथा समवेदना के बावजूद मुक्त नहीं रहता।

लेकिन बाहर से अस्पताल की चर्चा सम्बन्धी कुछ आवाज़ें सुनाई दीं; कुछ लोग कह रहे थे

कि यहाँ यह सब बखेड़ा करने की कोई ज़रूरत नहीं थी।

"यह कहो कि मरने की ज़रूरत नहीं थी !" कतेरीना इवानोव्ना चिल्लाती हुई उन लोगों पर अपना गुस्सा उतारने के लिए दरवाज़े की ओर लपकी, लेकिन दरवाज़े पर ही उसकी मुठभेड़ मादाम लिप्पेवेख़्सेल से हो गई, जिन्हें उसी समय दुर्घटना की ख़बर मिली थी और खुद सारी गड़बड़ी ठीक कराने के लिए वह भागी-भागी वहाँ आई थीं। वह बेहद झगड़ालू और बेलगाम जर्मन औरत थीं।

"हे भगवान !" वह अपने हाथों को आपस में कसकर ज़ोर से चिल्लाईं, "तुम्हारा मरद शराब पिया हुआ घोड़ों ने रौंदा ! अस्पताल पहुँचाने का उसे अभी ! हम इधर मकान का मालकिन है !"

"अमालिया लूदविगोव्ना, मैं तुमसे कहे देती हूँ कि ज़रा सोच समझकर बात करो," कतेरीना इवानोव्ना ने अकड़कर कहना शुरू किया (वह मकान-मालकिन से हमेशा ऐसे ही अकड़कर बात करती थी कि वह 'अपनी हैसियत न भूले' और इस समय भी वह अपने आपको इस सन्तोष से वंचित नहीं रखना चाहती थी)।

"मैं पहले भी एक बार बोला तुमको कि अमालिया लूदविगोव्ना बोलने का हिम्मत नहीं करने का हमको; हमारा नाम अमालिया इवानोव्ना, मालूम !"

"तुम अमालिया इवानोव्ना नहीं हो, बल्कि अमालिया लूदविगोव्ना हो, और चूँकि मैं मिस्टर लेबेज़ियातनिकोव जैसे उन लोगों में से नहीं हूँ जो तुम्हारे तलुवे चाटते हैं और तुम्हारी चापलूसी करते हैं, जो इस वक़्त भी दरवाज़े के पीछे खड़े हँस रहे हैं (सचमुच दरवाज़े के पीछे से किसी के हँसने की और ज़ोर से यह कहने की आवाज़ सुनाई दी थी कि 'दोनों में फिर ठन गई'), इसलिए मैं तुम्हें हमेशा अमालिया लूदविगोव्ना ही कहूँगी, हालाँकि मेरी समझ में नहीं आता कि वह नाम तुम्हें इतना बुरा क्यों लगता है। तुमको खुद दिखाई नहीं देता कि सेम्योन ज़ख़ारोविच का क्या हाल है ? वह मर रहे हैं। मैं हाथ जोड़कर कहती हूँ कि दरवाज़ा फ़ौरन बन्द कर दो और किसी को अन्दर न आने दो। कम-से-कम चैन से मरने तो दो ! वरना, मैं कहे देती हूँ, कल ही गवर्नर-जनरल साहब को तुम्हारी हरकतों की ख़बर दे दी जाएगी। राजकुमार मुझे बचपन से जानते हैं। उन्हें सेम्योन ज़ख़ारोविच की भी अच्छी तरह याद है और वह कई बार उन पर उपकार कर चुके हैं। सभी जानते हैं कि सेम्योन ज़ख़ारोविच के बहुत से दोस्त और धनी-मानी लोग ऐसे थे, जिनसे उन्होंने अपनी इस कमबख़्त कमज़ोरी को जानते हुए तथा अपनी मान-मर्यादा और अपने अभिमान की वजह से खुद ही मिलना-जुलना छोड़ दिया था। लेकिन अब," उसने रस्कोलनिकोव की तरफ़ इशारा किया, "एक परोपकारी नौजवान हमारी मदद को आया है, जो बहुत पैसेवाला है और जिसकी बहुत दूर-दूर तक पहुँच है और जिसे सेम्योन ज़ख़ारोविच बचपन से जानते हैं। तुम यक़ीन जानो, अमालिया लूदविगोव्ना..."

ये सारी बातें उसने बेहद तेज़ी से कही थीं और जैसे-जैसे वह बोलती गई थी उसकी रफ़्तार भी बढ़ती गई थी, लेकिन अचानक खाँसी आ जाने की वजह से कतेरीना इवानोव्ना का भाषण ख़त्म हो गया। उसी क्षण मरनेवाले को होश आ गया और वह ज़ोर से कराहा। वह भागकर उसके पास गई। घायल आदमी ने आँखें खोलीं और किसी को पहचाने बिना या कुछ समझे बिना वह रस्कोलनिकोव को घूरता रहा, जो उसके ऊपर झुका खड़ा था। वह गहरी-गहरी, धीमी-धीमी साँसें ले रहा था जिसमें उसे बहुत कष्ट हो रहा था; उसके मुँह के कोनों से ख़ून रिस रहा था और माथे पर पसीने की बूँदें छलक आई थीं। रस्कोलनिकोव को न पहचानकर वह बेचैनी से चारों ओर देखने लगा। कतेरीना इवानोव्ना उदास परन्तु कठोर मुद्रा से उसे देखती रही। फिर उसकी आँखों से आँसू बहने लगे।

"हे भगवान ! सारा सीना कुचल गया है ! देखो तो, ख़ून कैसा बह रहा है !" उसने घोर निराशा में डूबे हुए स्वर में कहा। "कपड़े उतार दें। थोड़ा सा उधर घूमो, सेम्योन ज़ख़ारोविच, घूम पाओगे ?" उसने रोकर उससे कहा।

मार्मेलादोव ने उसे पहचान लिया।

"पादरी," उसने भर्राई हुई आवाज़ में कहा।

कतेरीना इवानोव्ना चलकर खिड़की के पास गई और उसकी चौखट से सिर टिकाकर निराश स्वर में बोली—

"ओह, लानत है इस ज़िन्दगी पर !"

"पादरी," मरनेवाले ने एक क्षण चुप रहने के बाद फिर कहा।

"बुलाने गए हैं !" कतेरीना इवानोव्ना ने ऊँचे स्वर में चिल्लाकर उससे कहा। उसका चिल्लाना सुनकर वह चुप हो गया। उदास और सहमी हुई आँखों से वह उसे खोजता रहा। वह वापस आकर उसके सिरहाने खड़ी हो गई। ऐसा लग रहा था कि उसे कुछ चैन पड़ गया है, लेकिन ज़्यादा देर के लिए नहीं। जल्दी ही उसकी नज़रें अपनी लाड़ली बेटी लीदा पर टिक गईं, जो कोने में खड़ी ऐसे काँप रही थी जैसे उसे दौरा पड़ गया हो। वह अपनी आश्चर्यभरी भोली-भोली आँखों से उसे घूरे जा रही थी।

"आ—ह !" उसने बेचैन होकर बेटी की तरफ़ इशारा किया। वह कुछ कहना चाहता था।

"अब क्या है ?" कतेरीना इवानोव्ना चिल्लाई।

"नंगे पाँव, नंगे पाँव !" उन्माद भरी आँखों से बच्ची के नंगे पाँवों की ओर इशारा करके वह बुड़बुड़ाया।

"अब चुप भी रहो !" कतेरीना इवानोव्ना चिढ़कर ज़ोर से बोली, "जानते तो हो कि नंगे पाँव क्यों है !"

"शुक्र है, डॉक्टर आ गया," रस्कोलनिकोव ने राहत की साँस लेकर कहा।

डॉक्टर अपने चारों ओर सन्देह भरी नज़रों से देखता हुआ अन्दर आया। वह छोटे क़द का, साफ़-सुथरा, बूढ़ा जर्मन था। उसने बीमार के पास जाकर उसकी नब्ज़ देखी, बड़ी सावधानी से उसके सिर को टटोला और कतेरीना इवानोव्ना की मदद से उसकी ख़ून में सनी क़मीज़ के बटन खोल दिए। सीना बुरी तरह जख़्मी था, बिलकुल कुचल गया था और दाहिनी ओर की कई पसलियाँ टूट गई थीं। बाईं ओर दिल के ठीक ऊपर एक बड़ा सा, पीलापन लिये हुए काले रंग का बहुत डरावना निशान था—घोड़े की टाप की ठोकर का निशान। डॉक्टर ने भवें सिकोड़कर देखा। पुलिसवाले ने बताया कि वह पहिए में फँस गया था और सड़क पर कोई तीस गज़ तक उसके साथ घूमता हुआ घिसटता चला गया था।

"चमत्कार ही है कि होश आ गया," डॉक्टर ने धीरे से रस्कोलनिकोव के कान में कहा।

"आपका क्या ख़्याल है ?" उसने पूछा।

"अभी मर जाएगा।"

"बिलकुल कोई उम्मीद नहीं है ?"

"ज़रा भी नहीं ! आख़िरी साँसों पर है...सिर में भी बुरी तरह चोट आई है...हुँ...अगर चाहो तो थोड़ा सा ख़ून निकाल दूँ, लेकिन...कोई फ़ायदा नहीं होगा। अगले पाँच-दस मिनट में मर जाएगा।"

"कुछ ख़ून निकाल ही दीजिए।"

"निकाल तो सकता हूँ...लेकिन मैं पहले से बताए देता हूँ कि बिलकुल बेकार होगा।"

उसी क्षण कुछ और क़दमों की आहट सुनाई दी। ड्योढ़ी में खड़ी हुई भीड़ ने रास्ता दिया और एक नाटा सा सफ़ेद बालोंवाला बूढ़ा पादरी अन्तिम संस्कार का सारा साज़-सामान लिये हुए दरवाज़े पर आया। जब दुर्घटना हुई थी उसी समय एक पुलिसवाला उसे बुलाने चला गया था। डॉक्टर ने अपनी जगह पादरी के लिए ख़ाली कर दी और ख़ुद उसकी जगह चला गया; दोनों ने एक-दूसरे को कनखियों से देखा। रस्कोलनिकोव ने डॉक्टर से कुछ देर और रुके रहने की प्रार्थना की। डॉक्टर कन्धे बिचकाकर ठहर गया।

सब लोग पीछे हट गए। मरने से पहले पाप स्वीकार कराने का संस्कार जल्दी ही पूरा हो गया। मरनेवाले को शायद कुछ समझ में ही नहीं आ रहा था। वह उखड़ी-उखड़ी आवाज़ में कुछ टूटे-फूटे शब्द ही बोल पा रहा था, जो ठीक से सुनाई भी नहीं दे रहे थे। कतेरीना इवानोव्ना ने लीदा का हाथ पकड़ा, छोटे लड़के को कुर्सी पर से उठाया और कोने में आतिशदान के पास घुटनों के बल बैठ गई। बच्चों को सामने घुटनों के बल बिठा दिया। छोटी बच्ची काँपे जा रही थी; लेकिन लड़का नंगे घुटनों के बल बैठा नियमित रूप से थोड़ी-थोड़ी देर बाद अपना हाथ ऊपर उठाकर बड़े नपे-तुले ढंग से अपने सीने पर उँगलियों से सलीब का निशान बनाता था और झुककर ज़मीन पर माथा टेक देता था। ऐसा लगता था कि इसमें उसे विशेष सन्तोष मिलता था। कतेरीना इवानोव्ना दाँतों से होंठ दबाए अपने आँसू रोकने की कोशिश कर रही थी। वह प्रार्थना भी करती जाती थी और बीच-बीच में लड़के की क़मीज़ भी खींचकर सीधी करती जाती थी। प्रार्थना करना बन्द किए बिना और अपनी जगह से उठे बिना ही अल्मारी पर से एक रूमाल उठाकर उसने बच्ची के कन्धों पर डाल दिया था। इसी बीच किसी ने जिज्ञासावश अन्दर के कमरों की तरफ़वाला दरवाज़ा खोला। ड्योढ़ी में और सीढ़ियों पर सभी फ़्लैटों से तमाशा देखने के लिए बाहर निकल आए लोगों की भीड़ घनी होती जा रही थी, लेकिन कोई चौखट से आगे बढ़ने की हिम्मत नहीं कर रहा था। इस पूरे दृश्य पर मोमबत्ती के एक छोटे से टुकड़े से ही रोशनी हो रही थी।

उसी समय पोलेंका भीड़ को चीरती हुई दरवाज़े पर आई। तेज़ भागकर आने की वजह से वह हाँफ रही थी। उसने अपना रूमाल खोला, माँ को खोजकर उसके पास गई और बोली, "अभी आ रही है, रास्ते में मिली थी।" माँ ने उसे भी घुटनों के बल अपने पास बिठा लिया।

एक नौजवान लड़की सहमी-सहमी चुपचाप भीड़ के बीच से रास्ता बनाती हुई आगे आई। तंगी, चीथड़ों, मौत और निराशा के उस वातावरण के बीच उस कमरे में उसका आना कुछ अजीब लग रहा था। वह भी फटे-पुराने कपड़े ही पहने थी; उसके सारे कपड़े सबसे सस्ती क़िस्म के थे, लेकिन उन्हें इस तरह सजा-सँवारकर पहना गया था कि उस पर बाज़ारू सज-धज की एक ख़ास छाप थी और उनके शर्मनाक उद्देश्य के बारे में किसी प्रकार का सन्देह नहीं रह जाता था। सोनिया दरवाज़े पर आकर ठिठक गई और घबराई हुई हर चीज़ से बेख़बर, अपने चारों ओर देखने लगी। चार बार बिकने के बाद उसके पास तक पहुँचनेवाली अपनी भड़कीली पोशाक को भी वह भूल गई थी। उस पोशाक का ज़मीन पर लिथड़ता हुआ पीछेवाला लम्बा हिस्सा, उसका कलफ़ लगा हुआ घेरदार साया, जिससे पूरा दरवाज़ा भर गया था, उसके हल्के रंग के जूते, छतरी, जिसे वह अपने साथ ले आई थी, जिसकी रात को कोई ज़रूरत नहीं थी और तिनके की वह बेडौल गोल टोपी जिसमें गहरे नारंगी रंग का एक पंख लगा हुआ था—यह सब कुछ यहाँ बहुत बेतुका लग रहा था। बड़े बाँकपन से एक ओर को झुकी हुई उस हैट के नीचे एक पीला सा सहमा हुआ चेहरा था, होंठ खुले हुए और आँखें दहशत से फटी हुईं। सोनिया अठारह साल की दुबली-पतली छोटी सी लड़की

थी–सुनहरे बाल, शक्ल-सूरत सलोनी और बड़ी-बड़ी नीली आँखें। उसने बड़े ग़ौर से बिस्तर की ओर और फिर पादरी की ओर देखा। वह भी भागकर आने की वजह से हाँफ रही थी। आख़िरकार उसे कुछ कानाफूसी सुनाई दी; शायद भीड़ में लोग कुछ कह रहे थे। उसने नीचे देखा और क़दम बढ़ाकर कमरे में चली गई, लेकिन दरवाज़े से बहुत आगे नहीं बढ़ी।

संस्कार पूरा हो चुका था। कतेरीना इवानोव्ना फिर अपने पति के पास गई। पादरी पीछे हट गया और चलते-चलते कतेरीना इवानोव्ना से उपदेश और सांत्वना के कुछ शब्द कहने के लिए मुड़ा।

"इनका क्या करूँ मैं ?" अपने बच्चों की ओर इशारा करके वह कठोर स्वर में बीच में ही बोली।

"ईश्वर बड़ा दयालु है; उस परमपिता का आसरा लो," पादरी ने कहना शुरू किया।

"छिः ! दयालु होगा, लेकिन हमारे लिए तो नहीं है।"

"ऐसा कहना पाप है, महापाप," पादरी ने सिर हिलाते हुए अपना मत व्यक्त किया।

"और यह पाप नहीं है ?" कतेरीना इवानोव्ना ने मरनेवाले की ओर इशारा करते हुए कहा।

"जिन लोगों से अनजाने में यह दुर्घटना हुई है वे शायद तुम्हें इसका हर्जाना देने को राज़ी हो जाएँगे, कम-से-कम इसकी कमाई का सहारा न रह जाने का हर्जाना तो देंगे ही।"

"आप मेरी बात समझते नहीं !" कतेरीना इवानोव्ना गुस्से से अपना हाथ चलाते हुए ज़ोर से चिल्लाई, "मुझे किस बात का हर्जाना देंगे ? शराब इसने पी रखी थी और ख़ुद घोड़ों के नीचे आ गया ! कहाँ की कमाई, कैसी कमाई ? मुसीबतों के अलावा और कुछ तो कभी हमें दिया नहीं इसने। सब कुछ पी गया, शराबी। पीने की ख़ातिर हमारी चीज़ें चुराकर हमें कंगाल कर दिया। शराब के पीछे इनकी भी ज़िन्दगी बर्बाद कर दी और मेरी भी ! भगवान की कृपा है कि अब मर रहा है ! एक खानेवाला तो कम होगा !"

"मरनेवाले को क्षमा कर देना चाहिए। ऐसा कहना पाप है, नादान, ऐसी बात मन में लाना भी महापाप है।"

कतेरीना इवानोव्ना मरनेवाले में व्यस्त रही; कभी उसे पानी पिलाती, कभी उसके माथे से पसीना और ख़ून पोंछती, कभी उसका तकिया सीधा करती; बीच-बीच में बस कभी-कभार उसे पादरी से कुछ कहने के लिए एक क्षण का समय मिल जाता। अब वह गुस्से से बिफरकर उन्मादियों की तरह उस पर बरस पड़ी।

"अरे, फ़ादर ! ये सब बातें हैं, कोरी बातें ! क्षमा ! अगर गाड़ी से कुचल न जाता तो आज यह शराब के नशे में धुत्त आता। उसकी अकेली क़मीज़ मैली होती और फटकर तार-तार हो चुकी होती। वह तो आकर लकड़ी के कुन्दे की तरह सो जाता और मैं भोर पहर तक बैठी फींचती रहती। इसके चिथड़े धोती, बच्चों के चिथड़े धोती, धोकर उन्हें खिड़की के बाहर सूखने के लिए लटका देती और फिर सूरज निकलते ही गूदड़ गाँठने बैठ जाती। मेरी हर रात इसी तरह कटती है !...क्षमा की बातें करने से क्या फ़ायदा ! क्षमा तो मैं यों भी कर चुकी हूँ !"

भयानक खोखली खाँसी आ जाने की वजह से उसकी बात अधूरी ही रह गई। उसने अपना रूमाल होंठों से लगाकर पादरी को दिखाया; दूसरे हाथ से वह अपना दुखता हुआ सीना दबाए थी। रूमाल ख़ून में सना था...

पादरी सिर झुकाकर चुप रह गया।

मार्मेलादोव अन्तिम क्षण की व्यथा से छटपटा रहा था। वह अपनी नज़रें कतेरीना इवानोव्ना

के चेहरे पर जमाए हुए था, जो फिर उसके ऊपर झुकी हुई खड़ी थी। वह लगातार उससे कुछ कहने की कोशिश कर रहा था। बड़ी मुश्किल से वह अपनी ज़बान हिलाने लगा और अस्फुट स्वर में कुछ शब्द कहने लगा, लेकिन कतेरीना इवानोव्ना ने यह समझते हुए कि वह उससे माफ़ कर देने को कह रहा है, झिड़ककर उससे कहा–

"चुप रहो ! कोई ज़रूरत नहीं है ! मैं जानती हूँ तुम क्या कहना चाहते हो !" बीमार चुप हो गया, लेकिन उसी क्षण उसकी भटकती हुई आँखें दरवाज़े की ओर घूम गईं और उसने सोनिया को देखा।

तब तक उसने उसे नहीं देखा था : वह एक कोने में आड़ में खड़ी थी।

"वह कौन है ? वह कौन है ?" अचानक उद्विग्न होकर दरवाज़े की ओर, जहाँ उसकी बेटी खड़ी थी, अपनी भयभीत आँखें घुमाते हुए, भारी उखड़ी-उखड़ी आवाज़ में कहा और उठकर बैठने की कोशिश की।

"लेटे रहो ! ले-टे रहो !" कतेरीना इवानोव्ना ज़ोर से चिल्लाई।

लेकिन वह उठने में सफल हो गया। कुछ देर तक वह उन्मादियों की तरह नज़रें गड़ाए अपनी बेटी को देखता रहा, मानो उसे पहचान न पा रहा हो। उसने पहले कभी उसे ऐसी पोशाक पहने नहीं देखा था। अचानक उसने अपनी बेटी को पहचाना। अपनी भड़कीली सज-धज और इस अपमानजनक स्थिति में वह बिलकुल टूटी हुई और लज्जित सी लग रही थी। वह बड़े विनीत भाव से अपने मरते हुए बाप से विदाई के दो शब्द कहने के लिए अपनी बारी की राह देख रही थी। मरनेवाले के चेहरे पर गहरी व्यथा के चिन्ह स्पष्ट दिखाई दे रहे थे।

"सोनिया ! मेरी बेटी ! मुझे माफ़ कर देना !" वह ज़ोर से चिल्लाया और उसने अपना हाथ उसकी ओर बढ़ाने की कोशिश की, लेकिन वह अपना सन्तुलन खो बैठा और सोफ़े से मुँह के बल फ़र्श पर लुढ़क गया। लोग उसे उठाने के लिए लपके और उन्होंने उसे उठाकर फिर सोफ़े पर लिटा दिया; लेकिन वह मर रहा था। सोनिया के मुँह से हल्की सी चीख़ निकल गई। वह उसकी ओर लपकी और उसे गले से लगा लिया। वह बड़ी देर तक बिना हिले-डुले उसे गले से लगाए रही। उसने उसकी बाँहों में ही दम तोड़ दिया।

"जो चाहते थे सो मिल गया !" कतेरीना इवानोव्ना अपने पति की लाश को देखकर चिल्लाई, "लेकिन अब क्या किया जाए ! इनका कफ़न-दफ़न कैसे करूँगी ? कल इन सबको खिलाऊँगी क्या ?"

रस्कोलनिकोव कतेरीना इवानोव्ना के पास गया।

"कतेरीना इवानोव्ना," उसने कहना शुरू किया, "पिछले हफ़्ते आपके शौहर ने मुझे अपनी पूरी ज़िन्दगी के बारे में और अपने हालात के बारे में बताया...यक़ीन मानिए, आपकी चर्चा उसने जिस तरह की उससे साफ़ लगता था कि उसके दिल में आपके लिए बेहद इज़्ज़त थी। एक शाम, जब मुझे पता लगा कि उसे आप सबसे कितना गहरा लगाव था। और अपनी इस कमबख़्त कमज़ोरी के बावजूद ख़ासतौर पर, कतेरीना इवानोव्ना, आपसे वह कितना प्यार करता था और आपकी कितनी इज़्ज़त करता था, तो उस शाम के बाद से हम दोस्त बन गए थे।...अब मुझे मौक़ा दीजिए कि मैं अपने मरे हुए दोस्त का...क़र्ज़ चुकाने के लिए...कुछ कर सकूँ। ये बीस रूबल हैं– मेरे ख़्याल से–अगर इनसे आपकी कुछ मदद हो सके, तो...मैं...मतलब यह है कि...मैं फिर आऊँगा...मैं फिर ज़रूर आऊँगा...मैं शायद कल ही फिर आऊँगा...अच्छा, अब मैं चलता हूँ !"

यह कहकर वह जल्दी से कमरे के बाहर निकल गया और भीड़ के बीच से रास्ता बनाता हुआ

सीढ़ियों की ओर चल दिया। लेकिन भीड़ में अचानक उसकी मुठभेड़ निकोदिम फ़ोमीच से हो गई। उन्हें दुर्घटना की ख़बर मिली थी और वह खुद सारी हिदायतें देने वहाँ आए थे। उस दिन थाने में जो वारदात हुई थी उसके बाद से उन दोनों की मुलाक़ात नहीं हुई थी, लेकिन निकोदिम फ़ोमीच ने उसे फ़ौरन पहचान लिया।

''अरे, तुम हो ?'' उन्होंने पूछा।

''मर गया,'' रस्कोलनिकोव ने जवाब दिया, ''डॉक्टर और पादरी आकर जा चुके हैं, जैसा होना चाहिए था सब हो गया है। उस बेचारी औरत को बहुत परेशान न कीजिएगा, वह पहले ही तपेदिक़ की मारी हुई है। अगर हो सके तो उसे दिलासा दीजिएगा...मैं जानता हूँ, आप बहुत रहमदिल आदमी हैं...'' रस्कोलनिकोव ने सीधे उनकी आँखों में आँखें डालकर मुस्कुराते हुए कहा।

''लेकिन तुम्हारे कपड़ों पर कितना ख़ून लगा है,'' निकोदिम फ़ोमीच ने लैंप की रोशनी में रस्कोलनिकोव की वास्कट पर ख़ून के कुछ ताज़े धब्बे देखकर कहा।

''हाँ...मैं ख़ून में नहाया हुआ हूँ,'' रस्कोलनिकोव ने अजीब अन्दाज से कहा; फिर वह मुस्कुराया और सिर हिलाकर सलाम करते हुए नीचे उतर गया।

वह सोच-सोचकर क़दम रखता हुआ धीरे-धीरे सीढ़ियाँ उतर रहा था। उसे बुख़ार चढ़ रहा था लेकिन उसे इसका आभास नहीं था। अचानक उसके अन्दर जीवन और शक्ति की जो एक नई भरपूर संवेदना उमड़ आई थी उसमें वह पूरी तरह खो गया था। इस संवेदना की तुलना उस आदमी की संवेदना से की जा सकती है जिसे मौत की सज़ा सुना दिए जाने के बाद अचानक माफ़ कर दिया गया हो। जब वह आधी सीढ़ियाँ उतर चुका था तो घर लौटता हुआ पादरी उसके पास से होकर गुज़रा। रस्कोलनिकोव ने आँखों में सलाम करके उसे आगे निकल जाने दिया। वह अभी आख़िरी सीढ़ियाँ उतर ही रहा था कि उसे पीछे से किसी के जल्दी-जल्दी सीढ़ियाँ उतरने की आहट सुनाई दी। कोई उसके पीछे आ रहा था। वह पोलेंका थी। वह उसके पीछे भागती हुई पुकार रही थी, ''ठहरिए ! ठहरिए !''

रस्कोलनिकोव ने मुड़कर देखा। वह सीढ़ियों के बिलकुल नीचे तक पहुँच चुकी थी और उससे एक सीढ़ी ऊपर आकर रुक गई थी। नीचे आँगन में से मद्धिम-मद्धिम रोशनी आ रही थी। रस्कोलनिकोव ने बच्ची का दुबला-पतला लेकिन सुन्दर छोटा सा चेहरा देखा; वह बच्चों जैसी खिली हुई मुस्कुराहट के साथ उसे देख रही थी। वह उसके लिए एक सन्देश लेकर आई थी, जिसे पहुँचाकर उसे बहुत खुशी हो रही थी।

''बताइए, आपका नाम क्या है ?...और आप रहते कहाँ हैं ?'' उसने हाँफती हुई आवाज़ में जल्दी-जल्दी कहा।

रस्कोलनिकोव ने अपने दोनों हाथ उसके कन्धों पर रख दिए और हर्षातिरेक से विभोर होकर उसे देखता रहा। उस बच्ची को देखकर उसे इतनी खुशी हो रही थी कि वह बता नहीं सकता था।

''तुम्हें किसने भेजा है ?''

''सोनिया दीदी ने भेजा है,'' लड़की ने और भी खिलकर मुस्कुराते हुए जवाब दिया।

''मुझे मालूम था कि तुम्हारी सोनिया दीदी ने ही तुम्हें भेजा है।''

''माँ ने भी भेजा है...जब सोनिया दीदी मुझे भेज रही थीं तब माँ ने भी आकर कहा था, 'भागकर जाना, पोलेंका !' ''

''तुम सोनिया दीदी को प्यार करती हो ?''

''मुझे जितना प्यार उनसे है उतना किसी से नहीं है,'' पोलेंका ने विचित्र दृढ़ता से जवाब दिया

और उसकी मुस्कुराहट सहसा अधिक गम्भीर हो गई।

"तुम मुझसे भी प्यार करोगी ?"

अपने सवाल के जवाब में उसने देखा कि उस छोटी सी बच्ची का चेहरा उसकी ओर बढ़ रहा था और उसने अपने भरे-भरे होंठ बड़े भोलेपन से उसे प्यार करने के लिए आगे निकाल रखे थे। सूखी लकड़ी जैसी उसकी पतली-पतली बाँहों ने अचानक उसे कसकर जकड़ लिया, उसका सिर उसके कन्धे पर टिक गया और वह मासूम बच्ची अपना चेहरा उसके चेहरे से सटाकर चुपके-चुपके रोने लगी।

"मुझे पापा का बड़ा अफ़सोस है," उसने एक क्षण बाद अपना आँसुओं से भीगा हुआ चेहरा उठाकर हाथ से आँसू पोंछते हुए कहा। "अब तो बस मुसीबतें ही मुसीबतें हैं," उसने अचानक अपनी बात में इतना और जोड़ दिया। उसके चेहरे पर वही विचित्र गम्भीर भाव था जो बच्चे उस समय अपने चेहरे पर ले आने की बेहद कोशिश करते हैं जब वे बड़े लोगों की तरह कोई बात कहना चाहते हैं।

"तुम्हारे पापा तुम्हें प्यार करते थे ?"

"वह सबसे ज़्यादा प्यार लीदा से करते थे," वह तनिक भी मुस्कुराए बिना बड़े गम्भीर भाव से बिलकुल बड़े लोगों की तरह बोलती रही, "वह उसे इसलिए प्यार करते थे कि एक तो वह छोटी है और फिर बीमार भी रहती है। वह हमेशा उसके लिए कोई न कोई चीज़ लाते रहते थे। लेकिन उन्होंने हम सबको को पढ़ना सिखाया और मुझे व्याकरण पढ़ाया और बाइबिल भी," उसने बड़ी गरिमा से कहा, "और माँ कभी कुछ नहीं कहती थीं, लेकिन हम जानते थे कि उन्हें यह अच्छा लगता था और पापा भी जानते थे। माँ मुझे फ़्रांसीसी पढ़ाना चाहती हैं, क्योंकि अब मेरी पढ़ाई शुरू होने का समय आ गया है।"

"और तुम्हें प्रार्थना करना आता है ?"

"हाँ, ज़रूर आता है ! बहुत दिन से। मैं तो अपने आप प्रार्थना कर लेती हूँ, क्योंकि अब मैं बड़ी हो गई हूँ न, लेकिन कोल्या और लीदा जो कुछ माँ बताती हैं उसे ज़ोर-ज़ोर से दोहराते जाते हैं। सबसे पहले तो वे 'देवी मरियम की वन्दना' दोहराते हैं और फिर उसके बाद एक और प्रार्थना दोहराते हैं : 'प्रभु, सोनिया दीदी को क्षमा कर देना और उस पर अपनी कृपा रखना,' और फिर एक और प्रार्थना, 'प्रभु, हमारे दूसरे पिता को क्षमा कर देना और उन पर अपनी कृपा रखना' क्योंकि बड़े पापा तो मर गए हैं और यह दूसरेवाले हैं, लेकिन हम उनके लिए भी प्रार्थना करते हैं।"

"पोलेंका, मेरा नाम रोदिओन है। कभी-कभी मेरे लिए भी प्रार्थना कर लिया करना : 'और अपने सेवक रोदिओन पर भी,' बस इतना ही, और कुछ नहीं।"

"मैं जीवन भर आपके लिए प्रार्थना करूँगी," छोटी बच्ची ने बड़े उत्साह से हामी भरी; अचानक फिर मुस्कुराकर वह उसकी ओर लपकी और एक बार फिर बड़े तपाक से उससे चिपट गई।

रस्कोलनिकोव ने उसे अपना नाम और पता बताया और अगले दिन ज़रूर आने का वादा किया। बच्ची उस पर बिलकुल मुग्ध होकर चली गई। जब वह बाहर सड़क पर आया उस समय दस बज चुके थे। पाँच मिनट बाद वह पुल पर उसी जगह खड़ा था जहाँ से वह औरत पानी में कूदी थी।

"बस, बहुत हो चुका," उसने दृढ़ संकल्प और विजयोल्लास से कहा, "कोरे सपनों, कल्पित

आतंकों और मृग-मरीचिकाओं से अब मेरा कोई नाता नहीं ! जीवन सत्य है ! क्या अभी-अभी मैं जीवन नहीं जी रहा था ? उस बुढ़िया के साथ मेरा जीवन मर नहीं गया है ! उसे स्वर्ग का राज्य मुबारक हो—और अब, मेम साहब, बहुत हो चुका, मेरा पिंड छोड़ दो ! अब विवेक और प्रकाश का राज होगा...और दृढ़ संकल्प का और शक्ति का...और अब हम देख लेंगे ! अब हम अपनी ताक़त आज़माएँगे !'' उसने विद्रोह की भावना से कहा, मानो अन्धकार की किसी शक्ति को चुनौती दे रहा हो, ''और मैं तो गज़ भर ज़मीन के टुकड़े पर भी रहने को तैयार था !

''...अभी तो मैं बहुत कमज़ोर हूँ, लेकिन...मैं समझता हूँ मेरी बीमारी दूर हो गई है। मैं जानता था कि जब मैं बाहर निकलूँगा तो बीमारी दूर हो जाएगी। अरे हाँ, अच्छा याद आया, पोचिंकोव का मकान तो यहाँ से कुछ ही क़दम पर है। अगर वह इतना पास न भी होता तब भी रजुमीख़िन के पास तो मुझे जाना ही है...उसे शर्त जीत लेने दो ! उसे भी तो कुछ सन्तोष मिले—कोई बात नहीं ! शक्ति, शक्ति ही तो हम चाहते हैं, इसके बिना कुछ भी नहीं मिल सकता। और शक्ति तो शक्ति के बल पर ही हासिल की जाती है—यही बात तो कोई जानता नहीं,'' उसने बड़े गर्व और आत्म-विश्वास के साथ अपने विचारों का क्रम आगे बढ़ाते हुए कहा और कमज़ोर पड़ते हुए क़दम बढ़ाता हुआ पुल से चल दिया। उसके अन्दर गर्व और आत्म-विश्वास की भावना लगातार प्रबल होती जा रही थी; हर क्षण वह बिलकुल ही दूसरा आदमी बनता जा रहा था। उसमें यह क्रान्ति किस चीज़ ने पैदा कर दी थी ? यह तो वह स्वयं भी नहीं जानता था। उस डूबते हुए आदमी की तरह जो तिनके का सहारा लेना चाहता है, उसने सहसा अनुभव किया कि वह भी 'जीवित रह सकता है, कि अब भी उसके लिए जीवन बाक़ी है, कि उसका जीवन उस बुढ़िया के साथ ही मर नहीं गया है।' अपने निष्कर्षों पर पहुँचने में शायद वह जल्दी कर रहा था, लेकिन उसने इसके बारे में सोचा नहीं।

''लेकिन मैंने उससे अपनी प्रार्थना में 'अपने सेवक रोदिओन' को याद रखने को कहा था,' वह विचार अचानक उसे खटका। 'ख़ैर, वह तो...मौक़े की बात थी,' '' उसने तर्क-वितर्क करते हुए कहा और उसे अपनी इस बचकाना दलील पर ख़ुद हँसी आ गई। उसका दिल बल्लियों उछल रहा था।

रजुमीख़िन का ठिकाना उसे बड़ी आसानी से मिल गया। पोचिंकोव के घर में लोग नए किराएदार को जानते थे और दरबान ने उसे फ़ौरन रास्ता बता दिया। आधी सीढ़ियाँ चढ़ जाने पर उसे लोगों के बहुत बड़े जमघट के शोर और जोश में आकर बातें करने की आवाज़ें सुनाई दीं। सीढ़ियों की तरफ़ का दरवाज़ा पूरा खुला हुआ था; उसे लोगों की चिल्लाहट और उनकी बहस सुनाई दे रही थी। रजुमीख़िन का कमरा काफ़ी बड़ा था; वहाँ पन्द्रह लोग जमा थे। रस्कोलनिकोव ड्योढ़ी में ही रुक गया, जहाँ मकान-मालकिन की दो नौकरानियाँ एक ओट के पीछे दो समोवार, बोतलें, प्लेटें और मकान-मालकिन की रसोई से लाए गए पकवानों की तश्तरियाँ सामने जुटाए अपने काम में व्यस्त थीं। रस्कोलनिकोव ने रजुमीख़िन को बाहर बुलवाया। वह ख़ुश होकर भागा-भागा आया। पहली ही नज़र में यह बात साफ़ हो गई थी कि उसने बहुत पी रखी थी, हालाँकि रजुमीख़िन को कितनी भी पी लेने पर नशा ज़्यादा चढ़ता नहीं था, लेकिन इस बार तो उसका असर साफ़ दिखाई दे रहा था।

''सुनो,'' रस्कोलनिकोव ने जल्दी से कहा, ''मैं तो तुमसे बस इतना कहने आया हूँ कि तुम अपनी शर्त जीत गए और यह कि कोई भी यह नहीं कह सकता कि उसे कब क्या न हो जाए। मैं अन्दर नहीं आऊँगा : मैं इतनी कमज़ोरी महसूस कर रहा हूँ कि फ़ौरन बेहोश होकर गिर पड़ूँगा।

इसलिए आने का भी सलाम और जाने का भी ! कल आकर मिलना !''

''एक बात बताऊँ ? मैं तुम्हें घर पहुँचाए आता हूँ। जब तुम ख़ुद कह रहे हो कि तुम कमज़ोरी महसूस कर रहे हो, तो सचमुच तुम...''

''और तुम्हारे मेहमान ? वह घुँघराले बालोंवाला आदमी कौन था जिसने अभी बाहर झाँका था ?''

''वह ? न जाने कौन है ! मेरे ख़याल से, मेरे चाचा का कोई दोस्त है या शायद बिना बुलाए ही आ गया हो...मैं चाचा को उन लोगों के पास छोड़ जाऊँगा; बहुत ही हीरा आदमी हैं, अफ़सोस कि मैं इस वक़्त तुम्हें उनसे मिला नहीं सकता। लेकिन इस वक़्त तो उन सबको मारो गोली ! कोई मेरे मौजूद न होने की तरफ़ ध्यान भी नहीं देगा, और मुझे थोड़ी ताज़ा हवा भी चाहिए, क्योंकि तुम बिलकुल ठीक वक़्त पर आ गए—और दो मिनट बाद आते तो हाथापाई हो गई होती ! ऐसी बेसिर-पैर की उड़ा रहे हैं वे लोग...कि तुम सोच भी नहीं सकते कि लोग कैसी-कैसी बातें कर सकते हैं ! हालाँकि सोच क्यों नहीं सकते ! क्या हम लोग ख़ुद बकवास नहीं करते ? और करने दो बकवास...इसी तरह तो आदमी बकवास न करना सीखता है ! एक मिनट रुको...मैं ज़ोसिमोव को बुलाए लाता हूँ।''

ज़ोसिमोव नदीदों की तरह रस्कोलनिकोव पर टूट पड़ा। वह उसमें ख़ास दिलचस्पी दिखा रहा था। थोड़ी ही देर में उसका चेहरा खिल उठा।

''तुम फ़ौरन जाकर सो जाओ,'' उसने बीमार को जितनी भी अच्छी तरह हो सका देखने के बाद अपना फ़ैसला सुनाया, ''और रात के लिए कुछ लेते जाओ। ले जाओगे न ? कुछ देर पहले ही मैंने तैयार करके रख ली थी...एक पुड़िया है।''

''दो दे दो,'' रस्कोलनिकोव ने जवाब दिया। उसने पुड़िया फ़ौरन खा ली।

''बड़ा अच्छा है कि तुम इसे घर पहुँचाने जा रहे हो,'' ज़ोसिमोव ने रज़ुमीख़िन से कहा, ''देखें कल कैसी रहती है तबियत, आज तो बिलकुल ठीक लग रहा है : शाम से तो काफ़ी फ़र्क़ है। जियो और सीखो...''

''जानते हो, जब हम बाहर आ रहे थे तो ज़ोसिमोव ने मेरे कान में क्या कहा था ?'' सड़क पर निकलते ही रज़ुमीख़िन से कहे बिना रहा नहीं गया, ''मैं तुम्हें सारी बातें साफ़-साफ़ बताऊँगा, भाई, क्योंकि वे लोग परले दर्जे के बेवक़ूफ़ हैं। ज़ोसिमोव ने मुझसे कहा था कि रास्ते में मैं तुमसे खुलकर बातें कर लूँ और तुम्हें भी मुझसे खुलकर बातें करने दूँ, और बाद में जाकर मैं उसे सारी बातें बताऊँ, क्योंकि उसके दिमाग में यह ख़ब्त समा गया है कि तुम...या तो पागल हो चुके हो या होनेवाले हो। ज़रा सोचो तो ! पहली बात तो यह कि तुम्हारे में कम-से-कम उसकी तीन-गुनी अक़्ल है; दूसरी बात यह कि अगर तुम पागल नहीं हो तो तुम्हें इसकी रत्ती भर परवाह नहीं करनी चाहिए कि उसके दिमाग़ में इस तरह की बेसिर-पैर की बात है; और तीसरे, यह दुम्बा, जिसका ख़ास काम है चीर-फाड़ करना, दिमाग की बीमारियों के बारे में दीवाना हो गया है, और जिस चीज़ की वजह से वह तुम्हारे बारे में इस नतीजे पर पहुंचा वह थी ज़मेतोव के साथ तुम्हारी आज की बातचीत।''

''ज़मेतोव ने तुम्हें उसके बारे में सब कुछ बता दिया ?''

''हाँ, और यह उसने अच्छा ही किया। अब मेरी समझ में आ गया कि इस सबका क्या मतलब है और ज़मेतोव की भी समझ में आ गया...तो, बात यह है कि, रोद्या...असल बात यह है कि... इस वक़्त तो मैं थोड़ा नशे में हूँ...लेकिन वह...कोई ऐसी बड़ी बात नहीं है...बात यह है कि यह ख़्याल...तुम समझते हो न ? उनके दिमाग़ में पनप रहा था...समझ रहे हो न ?...मतलब कि कोई

खुलकर कहने की हिम्मत नहीं करता था, क्योंकि यह ख़्याल था ही इतना बेतुका और ख़ासतौर पर उस पुताई करनेवाले की गिरफ़्तारी के बाद तो वह बुलबुला फूटकर हमेशा के लिए ख़त्म हो गया है। लेकिन ये लोग इतने बेवक़ूफ़ क्यों हैं ? उस वक़्त मैंने ज़मेतोव को बहुत झाड़ा था—यह बात हम लोगों तक ही रहे, भाई। कभी इशारे में भी यह ज़ाहिर न होने देना कि तुम इसके बारे में जानते हो। मैंने देखा है कि ज़रा तुनुक-मिज़ाज आदमी है। वह बात लुईज़ा इवानोव्ना के यहाँ की थी। लेकिन आज, आज सारी बात साफ़ हो गई है। इसकी सारी जड़ वह इल्या पेत्रोविच है ! उसने थाने में तुम्हारे बेहोश होने का फ़ायदा उठाया, लेकिन अब वह ख़ुद इस बात पर शर्मिन्दा है। मुझे मालूम है कि...''

रस्कोलनिकोव उसका एक-एक शब्द बड़ी उत्सुकता से सुन रहा था। रज़ुमीख़िन ने इतनी ज़्यादा पी रखी थी कि वह बिलकुल खुलकर बातें कर रहा था।

''उस वक़्त मैं बेहोश इसलिए हो गया था कि वहाँ बहुत घुटन थी और रंग-रोग़न की बेहद बदबू भी,'' रस्कोलनिकोव ने कहा।

''मुझे समझाने की ज़रूरत नहीं ! और ख़ाली रंग-रोग़न की बात नहीं थी; महीने भर से तुम्हें बुख़ार आ रहा था। ज़ोसिमोव इस बात का गवाह है ! लेकिन अब बच्चू की ऐसी सिट्टी गुम है कि तुम यक़ीन नहीं करोगे। कहता है : 'मैं तो उसकी कानी उँगली के बराबर भी नहीं हूँ !' उसका मतलब है, तुम्हारी। भाई, कभी-कभी उसके दिल में अच्छी भावनाएँ आती हैं। लेकिन वह सबक़, वह सबक़ जो तुमने उसे आज 'बिल्लूर महल' में सिखाया, उसका तो जवाब नहीं ! पहले तो तुमने उसे इतना दहला दिया था कि, जानते हो, उसे दौरा सा पड़ गया था ! तुमने एक बार फिर उसे उस सारी भयानक बकवास के सच होने का यक़ीन दिला दिया था, लेकिन अचानक तुमने उसे ठेंगा दिखा दिया : 'अब बोलो, क्या मतलब निकालते हो इसका ?' लाजवाब काम किया तुमने ! अब वह बिलकुल चकनाचूर हो चुका है, बिलकुल ख़त्म हो चुका है ! क्या उस्तादोंवाला हाथ दिखाया है, क़सम से ! ये लोग हैं ही इसी क़ाबिल ! काश, मैं भी वहाँ होता ! वह तुमसे मिलने को बहुत बेचैन था। पोर्फ़िरी भी तुमसे जान-पहचान पैदा करना चाहता था...''

''अच्छा !...वह भी !...लेकिन उन लोगों ने मुझे पागल क्यों समझ लिया था ?''

''अरे, पागल नहीं ! शायद मैंने बात को बहुत बढ़ा-चढ़ाकर कह दिया है। मेरे भाई,...देखो, जो बात उसे खटकी वह यह थी कि वही एक बात थी जिसमें तुम्हें कुछ दिलचस्पी मालूम होती थी। अब बात साफ़ हो गई कि तुम्हें उसमें दिलचस्पी क्यों थी। सारे हालात जान लेने के बाद...और उस बात से तुम्हारी चिड़चिड़ाहट कितनी बढ़ जाती थी और उसकी वजह से तुम्हारी बीमारी भी बढ़ जाती थी...मैं थोड़ा नशे में हूँ, भाई, बस और कुछ नहीं। लानत हो उस पर ! उसकी अपनी एक सनक है...मैं तुम्हें बताता हूँ : उसे दिमाग की बीमारियों का ख़ब्त हो गया है। लेकिन तुम इसकी ज़रा भी परवाह न करना...''

आधे मिनट तक दोनों चुप रहे।

''सुनो, रज़ुमीख़िन,'' रस्कोलनिकोव ने कहना शुरू किया, ''मैं तुम्हें साफ़-साफ़ बता देना चाहता हूँ। मैं अभी एक मरते हुए आदमी के पास से आ रहा हूँ। एक क्लर्क था जो मर गया...मैं अपना सारा पैसा उन लोगों को दे आया...और इसके अलावा अभी मुझे किसी ऐसे शख़्स ने चूमा है कि अगर मैंने किसी की जान भी ली होती, तब भी वह...सच तो यह है कि वहाँ मुझे कोई और भी मिला था...गहरे नारंगी रंग का पर लगाए...लेकिन मैं बकवास कर रहा हूँ; मुझे बहुत कमज़ोरी आ रही है, ज़रा सहारा दो...हम लोग अभी सीढ़ियों पर पहुँचे जाते हैं...''

"क्या, बात क्या है ? तुम्हें हो क्या गया है ?" रज़ुमीख़िन ने चिन्तित होकर पूछा।

"कुछ चक्कर आ रहा है, लेकिन बात यह नहीं है; मैं बहुत उदास हूँ, बेहद उदास हूँ...औरतों की तरह। देखो, वह क्या है ? देखो, देखो !"

"क्या है ?"

"दिखाई नहीं दिया ? मेरे कमरे में रोशनी, दिखाई दी ? दरार में से..."

वे लोग सीढ़ियों की आख़िरी किस्त के नीचे तक पहुँच चुके थे जिस मंज़िल पर मकान-मालकिन रहती थी, और नीचे से उन्हें साफ़ दिखाई दे रहा था कि रस्कोलनिकोव की कोठरी में सचमुच रोशनी थी।

"अजीब बात है ! नस्तास्या होगी," रज़ुमीख़िन ने अटकल लगाई।

"वह इस वक़्त मेरे कमरे में कभी नहीं आती और वह तो न जाने कब की सो भी गई होगी, लेकिन...मुझे कोई परवाह नहीं है ! अच्छा, मैं चला !"

"क्या मतलब ? मैं तुम्हारे साथ चल रहा हूँ, दोनों साथ चलेंगे अन्दर !"

"यह तो मैं जानता हूँ कि दोनों साथ अन्दर चलेंगे, लेकिन मैं यहीं तुमसे हाथ मिला लेना चाहता हूँ। हाथ लाओ। फिर मिलेंगे !"

"तुम्हें हो क्या गया है, रोद्या ?"

"कुछ नहीं...आओ चलो...गवाह रहना।"

वे सीढ़ियाँ चढ़ने लगे और रज़ुमीख़िन को अचानक ख़्याल आया कि शायद ज़ोसिमोव की ही बात ठीक हो। "मैंने अपनी बकबक से उसे फिर परेशान कर दिया है !" वह मुँह-ही-मुँह में बुड़बुड़ाया। जब वे दरवाज़े के पास पहुँचे तो उन्हें कमरे में आवाज़ें सुनाई दीं।

"यह क्या है ?" रज़ुमीख़िन चिल्लाया।

रस्कोलनिकोव ने आगे बढ़कर दरवाज़े का हैंडिल पकड़कर उसे पूरा खोल दिया और चौखट पर अवाक् खड़ा रह गया।

उसकी माँ और बहन सोफ़े पर बैठी थीं और डेढ़ घंटे से उसकी राह देख रही थीं। उसे उनके वहाँ होने की उम्मीद क्यों नहीं हुई, उसने उनके बारे में क्यों नहीं सोचा, जबकि यह ख़बर उसी दिन उसे पहुँचा दी गई थी कि वे चल चुकी थीं, रास्ते में थीं और कभी भी पहुँच सकती थीं? उन्होंने डेढ़ घंटा नस्तास्या से दुनिया भर के सवाल पूछने में ख़र्च किया था। वह इस वक़्त भी उनके सामने खड़ी थी और अब तक उन्हें सब कुछ बता चुकी थी। आज बीमारी की हालत में उसके 'भाग जाने' की ख़बर सुनकर वे बहुत डर गई थीं। नस्तास्या के बयान से उन्हें यह भी पता चला था कि वह सरसामी हालत में था ! "हे भगवान, उसे हो क्या गया है !" दोनों रोती रही थीं। उस डेढ़ घंटे तक दोनों न जाने कितनी घोर व्यथा से व्याकुल रही थीं।

रस्कोलनिकोव के अन्दर आते ही दोनों ख़ुशी के मारे फूली न समाकर चीख़ पड़ीं। दोनों उसकी ओर लपकीं। लेकिन वह मुर्दे की तरह खड़ा रहा; अचानक एक असह्य संवेदना ने उसे आ घेरा था, जैसे बिजली टूट पड़ी हो। उसने उन्हें गले लगाने के लिए अपने हाथ भी नहीं बढ़ाए, वह हाथ उठा ही नहीं पाया। माँ और बहन ने उसे अपनी बाँहों में जकड़ लिया, उसे प्यार किया, हँसने लगीं और चिल्लाने लगीं। उसने एक क़दम आगे बढ़ाया, लड़खड़ाया और ग़श खाकर ज़मीन पर गिर पड़ा।

चिन्ता, दहशत भरी चीख़ें, कराहें...रज़ुमीख़िन, जो अभी तक चौखट पर खड़ा था, झपटकर कमरे के अन्दर आया। उसने बीमार को अपनी मज़बूत बाँहों में उठा लिया और क्षण भर में सोफ़े

पर लिटा दिया।

"कोई बात नहीं है, कोई बात नहीं है !" उसने माँ और बहन से चिल्लाकर कहा, "ग़श आ गया है, कोई ख़ास बात नहीं है ! अभी डॉक्टर बता रहा था कि अब हालत पहले से बहुत अच्छी है, बिलकुल ठीक है ! पानी लाना ! देखिए, होश आने लगा, अब फिर बिलकुल ठीक हो गया !"

यह कहकर उसने दूनिया की बाँह ज़ोर से पकड़कर, इतने ज़ोर से कि वह लगभग उखड़ ही गई, उसे झुकाकर दिखाया कि 'वह फिर बिलकुल ठीक हो गया है'। माँ-बेटी ने भाव-विह्वल होकर कृतज्ञता के साथ उसकी ओर इस तरह देखा मानो वह उनका त्राता हो। वे दोनों नस्तास्या से सब सुन चुकी थीं कि उसके रोद्या की बीमारी के दौरान इस 'योग्य नौजवान' ने उनके लिए क्या-क्या किया था। उस रात दूनिया के साथ अपनी बातचीत के दौरान पुल्ख़ेरिया अलेक्सांद्रोव्ना रस्कोलनिकोव उसकी चर्चा इसी नाम से करती रही थीं।

भाग : 3

•

1

रस्कोलनिकोव उठकर सोफ़े पर बैठ गया।

उसने बड़ी कमज़ोरी के साथ अपना हाथ हिलाकर रज़ुमीख़िन को इशारा किया कि वह उसकी माँ और बहन को सम्बोधित करके सांत्वना की जो भावपूर्ण तथा असंगत धारा प्रवाहित कर रहा था उसे बन्द कर दे; फिर उसने उन दोनों के हाथ पकड़े और एक-दो मिनट तक कुछ भी कहे बिना बारी-बारी से उन्हें घूरता रहा। उसकी माँ उसके चेहरे का भाव देखकर भयभीत हो उठी। उसमें एक ऐसी भावना की झलक साफ़ दिखाई देती थी जिसमें हृदयविदारक व्यथा के साथ ही कोई जड़ता भी थी, लगभग पागलपन जैसी। पुल्ख़ेरिया अलेक्सान्द्रोव्ना रोने लगीं।

अव्दोत्या रोमानोव्ना का रंग पीला पड़ गया; अपने भाई के हाथों में उसके हाथ काँपने लगे।

''घर चली जाओ...इसके साथ,'' उसने रज़ुमीख़िन की ओर इशारा करते हुए उखड़े हुए स्वर में कहा, ''कल फिर मिलेंगे। सारी बातें कल होंगी...क्या तुम लोगों को आए बहुत देर हो गई ?''

''आज शाम ही को तो आए, रोद्या,'' पुल्ख़ेरिया अलेक्सांद्रोव्ना ने जवाब दिया, ''ट्रेन बहुत लेट थी। लेकिन, रोद्या, मैं इस वक़्त किसी भी हालत में तुमको अकेला छोड़कर जाने को तैयार नहीं हूँ ! मैं रात को यहीं रहूँगी, तुम्हारे पास...''

''मुझे तंग मत करो !'' रस्कोलनिकोव ने चिड़चिड़ाकर कहा।

''मैं इसके पास रह जाऊँगा,'' रज़ुमीख़िन बोला, ''मैं इसे एक क्षण के लिए नहीं छोड़ सकता। भाड़ में जाएँ सारे मेहमान ! चाचा तो वहाँ हैं ही सँभालने के लिए।''

''कैसे, कैसे मैं तुम्हारा शुक्रिया अदा करूँ ! पुल्ख़ेरिया अलेक्सांद्रोव्ना ने एक बार फिर रज़ुमीख़िन के हाथ अपने हाथों में लेकर बात शुरू ही की थी कि रस्कोलनिकोव ने फिर बीच में ही टोक दिया–

''मैं यह बर्दाश्त नहीं कर सकता ! मैं बर्दाश्त नहीं कर सकता !'' उसने झुँझलाकर दोहराया, ''मुझे परेशान न करो ! बस, सब लोग चले जाओ...मैं बर्दाश्त नहीं कर सकता !''

''आओ, माँ, कम-से-कम एक मिनट के लिए कमरे के बाहर तो आ जाओ,'' दूनिया ने बड़ी हैरत से दबी ज़बान से कहा, ''हमारी वजह से उन्हें उलझन हो रही है, इतना तो साफ़ दिखाई दे रहा है।''

''तीन बरस बाद जी भरकर देख भी नहीं सकती ?'' पुल्ख़ेरिया अलेक्सांद्रोव्ना ने रोते-रोते कहा।

"ठहरो," उसने उन्हें फिर रोक लिया, "तुम लोग बीच में टोकती रहती हो, मेरे विचार उलझकर रह जाते हैं...लूजिन से भेंट हुई ?"

"नहीं, रोद्या, लेकिन उन्हें हमारे पहुँच जाने की ख़बर मिल गई है। हमने सुना है, रोद्या, कि प्योत्र पेत्रोविच, भला हो उनका, आज तुमसे मिलने आए थे," पुल्ख़ेरिया अलेक्सांद्रोव्ना ने कुछ डरते-डरते कहा।

"हाँ, यह भलमनसाहत की तो थी उन्होंने...दूनिया, मैंने लूजिन से कह दिया कि मैं उसे सीढ़ियों से नीचे फेंक दूँगा और मैंने उससे यह भी कहा कि जहन्नुम में जाए वह..."

"रोद्या, क्या कह रहे हो तुम ? कहीं तुमने सचमुच..." पुल्ख़ेरिया अलेक्सांद्रोव्ना ने सहमकर अपनी बात शुरू ही की थी कि दूनिया की ओर देखते ही अचानक रुक गईं।

अव्दोत्या रोमानोव्ना बड़े ध्यान से अपने भाई को देख रही थी कि अब आगे क्या होनेवाला है। इस झगड़े के बारे में वे दोनों नस्तास्या से पहले जिस हद तक भी वह उसे समझ पाई थी और बयान कर सकी थी, जिससे उन्हें—दुख तो हुआ ही था साथ ही वे चिन्ता और दुविधा में पड़ गई थीं।

"दूनिया," रस्कोलनिकोव ने बहुत कोशिश करके अपनी बात जारी रखी, "मुझे यह शादी बिलकुल पसन्द नहीं, इसलिए तुम कल पहला मौक़ा मिलते ही लूजिन से इनकार कर दो, ताकि हमें फिर कभी उसका नाम भी सुनाई न दे।"

"हे भगवान !" पुल्ख़ेरिया अलेक्सांद्रोव्ना चिल्ला पड़ीं।

"भैया, सोचो तो तुम क्या कह रहे हो !" अव्दोत्या रोमानोव्ना ने अधीर होकर कहना शुरू किया लेकिन फ़ौरन अपने आपको सँभाल लिया। "शायद तुम अभी ठीक से बात करने की हालत में नहीं हो, बहुत थक गए हो," उसने अपनी बात जारी रखते हुए बड़ी नरमी से कहा।

"तुम समझती हो कि मुझे सरसाम है ? नहीं...तुम लूजिन से मेरी ख़ातिर शादी कर रही हो। लेकिन मुझे यह क़ुर्बानी नहीं चाहिए। इसलिए तुम कल ही ख़त लिखकर उससे इनकार कर दो...सुबह मुझे दिखा देना, झगड़ा ही ख़त्म हो !"

"यह मैं नहीं कर सकती !" लड़की बुरा मानकर चिल्लाई, "तुम्हें क्या अधिकार है कि..."

"दूनिया, तुम्हें भी धीरज नहीं है, चुप रहो, कल देखा जाएगा...देखती नहीं...," माँ घबराकर उसकी ओर लपकी, "आओ, चलें !"

"यह अपने होश में नहीं है," रज़ुमीख़िन नशे में डूबी आवाज़ में ज़ोर से बोला, "वरना इतनी हिम्मत कैसे पड़ती ! कल यह सारी हिमाक़त ख़त्म हो जाएगी। आज इसने उन्हें यहाँ से भगा तो दिया था। यह तो बिलकुल सच है। और लूजिन को भी गुस्सा आ गया था...वह यहाँ भाषण झाड़ रहे थे, अपने विद्वान होने का रोब जमाना चाहते थे और जब गए तो दुम ही दबाए हुए..."

"तो यह बात सच है ?" पुल्ख़ेरिया अलेक्सांद्रोव्ना ने चिल्लाकर पूछा।

"अच्छा, भैया, कल मिलेंगे," दूनिया ने दया के भाव से कहा, "आओ, माँ, चलें...अच्छा, रोद्या, चलते हैं।"

"सुनती हो, दूनिया," उसने आख़िरी बार कोशिश करते हुए उनके जाते-जाते फिर दोहराया, "मैं सरसाम की हालत में नहीं हूँ; यह शादी—एक कलंक है। मैं भले ही बदमाश-लफ़ंगा हूँ, लेकिन तुम्हें तो ऐसा नहीं करना चाहिए...हम दोनों में से कोई एक ही रहेगा...और हालाँकि मैं बदमाश हूँ, लेकिन मैं ऐसी बहन को कभी अपनी बहन नहीं मानूँगा। या मैं, या लूजिन ! अच्छा, अब जाओ..."

"लेकिन तुम्हारा दिमाग़ तो नहीं ख़राब हो गया है ! जल्लाद कहीं का !" रज़ुमीख़िन गरजा। लेकिन रस्कोलनिकोव ने कोई जवाब नहीं दिया और शायद वह दे भी नहीं सकता था। वह बिलकुल निढाल होकर सोफ़े पर लेट गया और उसने अपना मुँह दीवार की ओर फेर लिया। अव्दोत्या रोमानोव्ना दिलचस्पी से रज़ुमीख़िन को देखती रही; उसकी काली आँखों में बिजली जैसी चमक थी : उसके इस तरह देखने से रज़ुमीख़िन चौंक पड़ा। पुल्ख़ेरिया अलेक्सांद्रोव्ना अवाक् खड़ी थीं।

"मैं किसी भी हालत में नहीं जाऊँगी," उन्होंने घोर निराशा में डूबे हुए स्वर में धीरे से रज़ुमीख़िन से कहा, "मैं यहीं रह जाऊँगी...तुम दूनिया को घर पहुँचा आओ।"

"आप सारा बना-बनाया खेल बिगाड़ देंगी," रज़ुमीख़िन ने अधीर होकर उसी तरह धीमी आवाज़ में कहा, "बहरहाल, आप बाहर सीढ़ियों पर तो आइए। नस्तास्या, ज़रा रोशनी दिखाना ! मैं आपको यक़ीन दिलाता हूँ," वह सीढ़ियों पर पहुँचकर भी कुछ-कुछ कानाफूसी के ढंग से कहता रहा, "कि आज तीसरे पहर तो वह मुझे और डॉक्टर को बिलकुल मारने पर उतारू था ! आप समझ रही हैं न ? डॉक्टर तक को ? वह भी हार मानकर यहाँ से चला गया ताकि उसे झुँझलाहट न हो। मैं नीचे खड़ा पहरा देता रहा, लेकिन उसने चटपट कपड़े पहने और आँख बचाकर खिसक गया। अगर आपकी किसी बात पर वह झुँझला उठा तो वह इसी वक़्त रात को फिर कहीं खिसक जाएगा और अपने आपको किसी मुसीबत में फँसा लेगा..."

"क्या कह रहे हो ?"

"और अव्दोत्या रोमानोव्ना को आपके बिना उस घर में अकेला नहीं छोड़ा जा सकता ! ज़रा सोचिए तो आप कहाँ ठहरी हुई हैं। उस पाजी प्योत्र पेत्रोविच को आपके लिए कोई इससे अच्छा घर भी नहीं मिला...लेकिन, आप जानती हैं, मैंने थोड़ी सी पी रखी है और उसी की वजह से मैं...गाली दे रहा हूँ; बुरा न मानिएगा..."

"लेकिन मैं यहाँ की मकान-मालकिन के पास जाऊँगी," पुल्ख़ेरिया अलेक्सांद्रोव्ना अपनी बात पर अड़ी रहीं, "मैं उसकी मिन्नत करूँगी कि वह मेरे और दूनिया के सोने के लिए किसी कोने में बस थोड़ी सी जगह दे दे। मैं इसे इस हालत में छोड़कर नहीं जा सकती, हरगिज़ नहीं जा सकती !"

यह सारी बातचीत मकान-मालकिन के दरवाज़े के ठीक सामने की खुली जगह में हो रही थी। नस्तास्या एक सीढ़ी नीचे खड़े होकर रोशनी कर रही थी। रज़ुमीख़िन असाधारण रूप से उद्विग्न था। अभी आधे घंटे पहले जब वह रस्कोलनिकोव को घर ला रहा था तब भी उसकी ज़बान ज़रूरत से ज़्यादा चल रही थी। लेकिन उसे ख़ुद इस बात का पता था, और काफ़ी ज़्यादा शराब पी लेने के बावजूद उसका दिमाग़ बिलकुल सुलझा हुआ था। इस समय वह हर्षोन्माद की सी अवस्था में था। और ऐसा लग रहा था कि उसने जितनी भी पी रखी थी वह सब दुगुने-चौगुने असर के साथ उसके दिमाग को चढ़ती जा रही थी। वह अपने दोनों हाथों में उन दोनों औरतों के हाथ पकड़े खड़ा उन्हें समझा-बुझा रहा था और आश्चर्य की हद तो यह थी कि अपने सीधे-सादे शब्दों के साथ, शायद अपनी दलीलों पर ज़ोर देने के लिए, वह उनके हाथ इतने कसकर दबाता था कि उन्हें तकलीफ़ होने लगती थी, मानो किसी ने शिकंजा कस दिया हो। वह शिष्टता की तनिक भी परवाह किए बिना अव्दोत्या रोमानोव्ना को घूरता रहा। वे कभी-कभी अपने हाथ उसके बड़े-बड़े सख़्त हड्डियोंवाले पंजों में से निकालने की कोशिश करतीं, लेकिन इस बात की ओर ध्यान दिए बिना कि वे चाहती क्या हैं वह उनके और भी क़रीब खिंच आता। अगर वे उससे यह भी कहतीं कि सिर के बल सीढ़ियों से नीचे कूद जाए तो वह उनको ख़ुश करने के लिए सोचे-समझे बिना या

तनिक भी संकोच किए बिना यह भी करने को तैयार हो जाता। हालाँकि पुल्ख़ेरिया अलेक्सांद्रोव्ना यह महसूस कर रही थीं कि वह नौजवान बहुत अजीब था और उनका हाथ ज़रूरत से कुछ ज़्यादा ही दबा रहा था, लेकिन अपने रोद्या की चिन्ता की वजह से वह उसके वहाँ मौजूद होने को दैवी कृपा समझ रही थीं, और उसकी इन सब अजीब हरकतों को नज़रअन्दाज़ कर देने को तैयार थीं। अव्दोत्या रोमानोव्ना भी अपने भाई की वजह से हालाँकि इतनी ही चिन्तित थी, और वह स्वभाव से ऐसी डरपोक भी नहीं थी, लेकिन रज़ुमीख़िन की आँखों में दहकती हुई चमक को देखकर उसे भी आश्चर्य होने लगा और वह कुछ डर सी गई। अपने भाई के इस विचित्र दोस्त के बारे में नस्तास्या ने जो कुछ बताया था उसकी वजह से अगर उसके मन में उसके लिए इतना असीम विश्वास न पैदा हो गया होता तो वह उसके पास से न जाने कब की भाग गई होती और उसने अपनी माँ को भी ऐसा ही करने के लिए मजबूर किया होता। उसने यह भी सोचा होगा कि अब भाग जाना भी शायद असम्भव है। लेकिन दस मिनट बाद वह आश्वस्त हो गई। रज़ुमीख़िन की यह विशेषता थी कि उसकी मनोदशा कुछ भी हो, वह अपना असली स्वभाव फ़ौरन ज़ाहिर कर देता था, इसलिए लोग बहुत जल्दी समझ जाते थे कि उनका पाला किस तरह के आदमी से पड़ा है।

"आप मकान-मालकिन के पास तो नहीं जा सकतीं, यह तो ख़ैर बिलकुल बेकार की बात है !" उसने ऊँचे स्वर में कहा, "हालाँकि आप उसकी माँ हैं, लेकिन यदि आप यहाँ रुकीं तो आप उसे बिलकुल जुनून की हद तक पहुँचा देंगी, और तब भगवान जानता है जो भी हो जाए सो थोड़ा है। सुनिए, मैं बताता हूँ कि मैं क्या करूँगा : इस वक़्त नस्तास्या उसके पास रहेगी। मैं आप दोनों को घर पहुँचाए देता हूँ। आपका सड़क पर अकेले जाना ठीक नहीं है। पीटर्सबर्ग एक बहुत ही बेहूदा जगह है...लेकिन कोई बात नहीं ! फिर मैं लौटकर सीधा यहाँ आऊँगा, और मैं क़सम खाकर कहता हूँ कि पन्द्रह मिनट बाद आकर आपको सारा हाल बता दूँगा कि वह कैसा है, सो रहा है कि नहीं, वग़ैरह-वग़ैरह। उसके बाद, सुनिए ! फिर मैं पलक झपकते भागकर अपने घर जाऊँगा—वहाँ मेरे मेहमान जमा हैं, सब नशे में चूर—और ज़ोसिमोव को साथ ले आऊँगा—उसी डॉक्टर को जो इसका इलाज कर रहा है। वह भी वहीं है लेकिन वह नशे में नहीं है; वह नशे में कभी नहीं होता ! मैं उसे घसीटकर पहले रोद्या के पास ले जाऊँगा, फिर आपके पास लाऊँगा, और इस तरह घंटे भर में आपको दो रिपोर्टें मिल जाएँगी—डॉक्टर की रिपोर्ट भी। आप समझ रही हैं न, खुद डॉक्टर की रिपोर्ट, जो मेरे बताए हुए हाल से बिलकुल ही दूसरी चीज़ होगी ! अगर कोई ऐसी-वैसी बात हुई तो मैं क़सम खाकर कहता हूँ कि मैं ख़ुद आपको यहाँ ले आऊँगा, और अगर सब ठीक-ठाक हुआ तो आप सो जाइएगा ! मैं रात भर यहीं रहूँगा, ड्योढ़ी में। उसे मेरा पता तक नहीं चलेगा। ज़ोसिमोव को मैं मकान-मालकिन के यहाँ सुला दूँगा ताकि ज़रूरत पड़ने पर वह वहीं हो। उसके लिए कौन बेहतर है इस वक़्त : आप या डॉक्टर ? इसलिए चलिए, घर चलिए ! लेकिन मकान-मालकिन के यहाँ आपके जाने का तो सवाल ही नहीं उठता : वह आपको रखेगी ही नहीं, क्योंकि वह... क्योंकि वह बेवक़ूफ़ है। अगर जानना ही चाहती हैं तो सुनिए, उसे मेरी वजह से अव्दोत्या रोमानोव्ना से और आपसे भी जलन होने लगेगी...अव्दोत्या रोमानोव्ना से तो ज़रूर ही होने लगेगी। उसके बारे में भरोसे के साथ कुछ नहीं कहा जा सकता कि कब क्या कर बैठे, बिलकुल नहीं कहा जा सकता ! लेकिन मैं भी तो बेवक़ूफ़ हूँ...कोई बात नहीं ! चलिए ! आपको मुझ पर भरोसा है ? बताइए, आपको मुझ पर भरोसा है कि नहीं ?"

"आओ चलो, माँ," अव्दोत्या रोमानोव्ना ने कहा, "जो वादा किया है इन्होंने उसे ज़रूर पूरा

करेंगे। रोद्या की जान बचाई है इन्होंने, और अगर डॉक्टर सचमुच यहाँ रात को रहने पर राज़ी हो जाए तो इससे अच्छी और क्या बात है ?''

''देखिए, आप...आप...मुझे समझती हैं, क्योंकि आप फ़रिश्ता हैं !'' रज़ुमीख़िन ख़ुशी से पागल हो उठा, ''आइए, चलें ! नस्तास्या ! भागकर ऊपर तो आ जाओ और ज़रा रोशनी लेकर इसके पास बैठो; मैं अभी पन्द्रह मिनट में आता हूँ।''

पुल्ख़ेरिया अलेक्सांद्रोव्ना को पूरी तरह भरोसा तो नहीं हुआ, लेकिन उन्होंने और ज़्यादा हठ नहीं किया। रज़ुमीख़िन दोनों को अपनी एक-एक बाँह का सहारा देकर सीढ़ियों से नीचे घसीट लाया। 'हालाँकि वह बहुत मुस्तैद और अच्छे स्वभाव का है,' माँ बेचैनी से सोच रही थीं, 'लेकिन क्या वह अपना वादा पूरा कर पाएगा ? उसकी हालत तो ऐसी है कि...'

''अच्छा, शायद आप समझ रही हैं कि मेरी हालत इस वक़्त ऐसी नहीं है !'' रज़ुमीख़िन ने उनके विचारों को भाँपकर उनका क्रम भंग कर दिया। वह सड़क की पटरी पर लम्बे-लम्बे डग भरता हुआ चल रहा था, जिसकी वजह से उन दोनों महिलाओं को उसके साथ चलने में भी कठिनाई हो रही थी। लेकिन इस बात की ओर उसका कोई ध्यान नहीं गया। ''सरासर बकवास ! मेरा मतलब है...मैंने इतनी पी ली है कि मेरी मत मारी गई है। लेकिन बात यह नहीं है; मुझे शराब का नशा नहीं है। आपको देखकर मेरा दिमाग़ फिर गया है...लेकिन गोली मारिए मुझे ! बल्कि मेरी किसी बात की ओर ध्यान ही मत दीजिए : मैं बकवास कर रहा हूँ, मैं आपके लायक़ नहीं हूँ...मैं आपके लायक़ बिलकुल नहीं हूँ ! आपको घर पहुँचाने के बाद मैं यहीं मोरी पर अपने सिर पर दो बाल्टी पानी डालूँगा और बिलकुल ठीक हो जाऊँगा...काश, आपको मालूम होता कि मुझे आप दोनों से कितना प्रेम है ! हँसिए नहीं, और नाराज़ भी मत होइए ! आप किसी से भी नाराज़ हो जाइए, लेकिन मुझसे नहीं ! मैं उसका दोस्त हूँ, इसलिए मैं आपका भी दोस्त हूँ। मैं होना चाहता हूँ... मैंने एक सपना सा देखा था...पिछले साल एक क्षण ऐसा आया था...हालाँकि सच पूछिए तो वह सपना नहीं था, क्योंकि आप तो जैसे आसमान से उतरकर आई हैं। और मैं समझता हूँ कि अब मुझे रात भर नींद नहीं आएगी...अभी कुछ ही पहले तक ज़ोसिमोव को यह डर था कि यह पागल हो जाएगा...और इसीलिए कोई ऐसी बात नहीं करनी चाहिए, जिससे उसे चिड़चिड़ाहट हो।''

''क्या कह रहे हो !'' माँ ने चिन्तित स्वर में कहा।

''क्या डॉक्टर ने सचमुच ऐसी बात कही थी ?'' अव्दोत्या रोमानोव्ना ने सहमकर पूछा।

''लेकिन बात ऐसी है नहीं, बिलकुल ऐसी बात नहीं है। उसने इसे कोई दवा दी थी, कोई पुड़िया थी, मैंने ख़ुद देखा था। और फिर आप लोगों के यहाँ आ जाने से...आह ! कितना अच्छा होता अगर आप लोग कल आतीं। अच्छा ही हुआ कि हम लोग चले आए। और अभी घंटे भर में ज़ोसिमोव ख़ुद आपको सारा हाल बता जाएगा। वह नशे में नहीं है ! और मैं भी नशे में नहीं रहूँगा...और मुझे इतनी बुरी तरह नशा चढ़ा किसलिए ? क्योंकि उन लोगों ने मुझे बहस में उलझा लिया, लानत हो उन पर ! मैंने क़सम खाई थी कि कभी बहस नहीं करूँगा ! ऐसी ख़ुराफ़ात बातें करते हैं लोग कि बस ! मेरी तो हाथापाई होते-होते रह गई ! मैं वहाँ चाचा को छोड़ आया हूँ, वह सब कुछ सँभाल लेंगे। क्या आप यक़ीन करेंगी ? उनकी अड़ यह है कि किसी आदमी की अलग अपनी कोई हस्ती होनी ही नहीं चाहिए और इसी में उनको मज़ा आता है ! कि वे जो हैं वह न लगें ! इसी को वे प्रगति का शिखर मानते हैं। अगर यह बकवास उनकी अपनी होती तब भी बात थी, लेकिन है यह कि...''

''सुनो !'' पुल्ख़ेरिया अलेक्सांद्रोव्ना ने दबी ज़बान से उसे बीच में टोका, लेकिन इसने आग

में घी का काम किया।

"आप क्या समझती हैं ?" रज़ुमीख़िन पहले से भी ऊँचे स्वर में बोला, "क्या आप समझती हैं कि मैं उन पर इस बात के लिए बरस पड़ता हूँ कि वे बकवास करते हैं ? क़तई नहीं ! मैं तो चाहता हूँ कि वे बकवास करें ! यही तो मनुष्य का एक ऐसा विशेषाधिकार है जो पूरी सृष्टि में किसी और प्राणी को नहीं दिया गया है। झूठ बोलकर ही आप सच्चाई तक पहुँचते हैं ! मैं इंसान इसीलिए हूँ कि मैं झूठ बोलता हूँ ! आप कभी किसी सच्चाई तक पहुँच ही नहीं सकते जब तक आप उससे पहले चौदह बार झूठ न बोल लें और कौन जाने एक सौ चौदह बार ही बोलने पड़ें। और अपने ढंग से यह एक सम्मान की बात भी है; लेकिन हम झूठ भी तो अपने ढंग से नहीं बोलते ! बकवास करो, लेकिन वह तुम्हारी अपनी बकवास हो, मैं तुम्हारे क़दम चूम लूँगा। अपने ढंग से झूठ बोलना किसी दूसरे के ढंग से सही चलने से अच्छा है। पहलीवाली हालत में आप इंसान होते हैं, दूसरीवाली हालत में आप चिड़िया से बढ़कर कुछ नहीं होते ! सच्चाई तो आपसे बचकर नहीं जा सकती, कभी-न-कभी तो हाथ लगेगी ही, लेकिन ग़लतियों से डरने की वजह से ज़िन्दगी में घुटन पैदा हो सकती है। इसकी बहुत सी मिसालें मिलती हैं। और इस वक़्त हम क्या कुछ हैं ? विज्ञान में, विकास में, चिन्तन, आविष्कार, आदर्शों, उद्देश्यों, उदारवाद, विवेक, अनुभव और हर चीज़ में, हर चीज़ में, हर चीज़ में हम सभी स्कूल की तैयारी की कक्षा में हैं। हमें दूसरों के विचारों के सहारे जीना अच्छा लगता है, हमें इसी की आदत पड़ गई है ! ठीक बात है न, मैं ठीक कह रहा हूँ न ?" रज़ुमीख़िन दोनों महिलाओं के हाथ ज़ोर से दबाकर हिलाते हुए चिल्लाया।

"अरे, मुझसे क्या पूछते हो, मुझे तो ये बातें समझ में आती नहीं," बेचारी पुल्ख़ेरिया अलेक्सांद्रोव्ना बड़ी लाचारी से बोलीं।

"ठीक है, ठीक कहते हैं...हालाँकि मैं आपकी हर बात को ठीक नहीं मानती हूँ," अव्दोत्या रोमानोव्ना ने सच्चे हृदय से कहा और अचानक एक हल्की सी चीख़ उसके मुँह से निकल गई, क्योंकि उसने उसका हाथ इतने ज़ोर से दबाया कि तकलीफ़ होने लगी।

"अच्छा, आपने कहा ठीक है...अरे, अब तो आप...आप..." वह बिलकुल मन्त्रमुग्ध होकर चिल्लाया, "आप तो सारी नेकी, शुद्धता, विवेक...और उत्कृष्टता का स्रोत हैं ! अपना हाथ तो इधर लाइए...और आप भी लाइए ! मैं अभी यहीं आपके हाथों को चूमना चाहता हूँ, घुटनों के बल बैठकर !"

यह कहकर वह वहीं सड़क की पटरी पर घुटनों के बल बैठ गया; ख़ैरियत यह हुई कि वहाँ इस वक़्त कोई था नहीं।

"बस, रहने दो, मैं तुम्हारे पाँव पड़ती हूँ, तुम यह कर क्या रहे हो ?" पुल्ख़ेरिया अलेक्सांद्रोव्ना बहुत दुखी होकर चिल्लाईं।

"उठिए, उठिए !" दूनिया ने भी हँसते हुए कहा, हालाँकि वह भी बहुत परेशान हो रही थी।

"मैं किसी भी हालत में नहीं उठूँगा, जब तक आप मुझे अपना हाथ नहीं चूम लेने देंगी ! यह बात हुई ! बस ! मैं उठ गया और अब चलिए। मैं बड़ा अभागा बेवक़ूफ़ हूँ, मैं आपके लायक़ नहीं हूँ, और फिर नशे में हूँ...और मैं शर्मिन्दा हूँ...मैं आपसे प्यार करने लायक़ नहीं हूँ, लेकिन हर उस आदमी का, जो बिलकुल ही जानवर न हो, आपके सामने सिर झुकाना फ़र्ज़ है ! और मैं अपना यह फ़र्ज़ पूरा कर चुका...यह रही आपकी रहने की जगह, सिर्फ़ इसी की वजह से रोद्या ने आपके उस प्योत्र पेत्रोविच को ठीक ही भगा दिया ! उसकी यह मजाल ! ऐसी जगह में आपको रखने की उसे हिम्मत कैसे पड़ी ! बेहद शर्मनाक बात है ! आप जानती हैं यहाँ कैसे-कैसे लोग किराएदार रखे

जाते हैं ? और आप उसकी मंगेतर ! आप उसकी मंगेतर हैं ? हैं न ? अच्छी बात है, तो मैं आपको इतना बता दूँ कि आपका वह 'होनेवाला' बिलकुल बदमाश है !''

''माफ़ कीजिएगा, मिस्टर रज़ुमीख़िन, आप यह भूल रहे हैं...'' पुल्ख़ेरिया अलेक्सांद्रोव्ना कुछ कहना शुरू कर रही थीं।

''जी हाँ, जी हाँ, आप ठीक कहती हैं, मैं अपने आपको भूल गया था, मैं अपनी इस हरकत पर शर्मिन्दा हूँ,'' रज़ुमीख़िन ने जल्दी से माफ़ी माँगते हुए कहा, ''लेकिन...लेकिन आप ऐसी बात कहने पर मुझसे नाराज़ न होइए ! क्योंकि मैं यह बात सच्चे दिल से कह रहा हूँ, और इसलिए नहीं कि...हुँ, हुँ ! वह तो बड़ी शर्म की बात होगी; दरअसल इसलिए नहीं कि मुझे आपसे...हुँ ! ख़ैर, बहरहाल, मैं इसकी वजह तो नहीं बताऊँगा, मेरी हिम्मत ही नहीं पड़ेगी !...लेकिन आज जब वह तशरीफ़ लाए तो हम सबने देखा कि वह हमारी बिरादरी के आदमी नहीं हैं। इसलिए नहीं कि उन्होंने नाई के यहाँ जाकर अपने बालों में घूँघर डलवाए थे, इसलिए भी नहीं कि उन्हें अपना सारा इल्म हम लोगों पर झाड़ देने की जल्दी थी, बल्कि इसलिए कि वह जासूस हैं, सटोरिए हैं, इसलिए कि वह कंजूस-मक्खीचूस हैं और बिलकुल मसख़रे हैं। यह बात बिलकुल साफ़ है। आप उन्हें बहुत होशियार समझती हैं ? जी नहीं, वह बेवक़ूफ़ हैं, सरासर बेवक़ूफ़ ! और उनका आपका क्या जोड़ ? भगवान बचाए ! देवियो ! आप लोग समझ रही हैं न ?'' अचानक उनके कमरों की ओर जानेवाली सीढ़ियाँ चढ़ते-चढ़ते वह रुक गया, ''हालाँकि वहाँ मेरे सब दोस्त शराब पिए हुए हैं, लेकिन वे सब ईमानदार हैं, और हालाँकि हम सब लोग बहुत सी बकवास करते हैं, और मैं भी करता हूँ, फिर भी हम लोग इसी तरह बातें करते-करते आख़िरकार सच्चाई तक पहुँच जाएँगे, क्योंकि हम सही रास्ते पर चल रहे हैं, लेकिन आपके प्योत्र पेत्रोविच....सही रास्ते पर नहीं चल रहे हैं।...हालाँकि मैं अभी उन लोगों को हर तरह की गालियाँ दे रहा था, लेकिन मैं उन सबकी इज़्ज़त करता हूँ...और हालाँकि मैं ज़मेतोव की इज़्ज़त नहीं करता, फिर भी वह मुझे अच्छा लगता है, क्योंकि अभी उसकी उम्र ही क्या है,...और वह साँड़ ज़ोसिमोव भी, क्योंकि वह ईमानदार आदमी है और अपना काम जानता है। लेकिन बस, अब जाने दीजिए, कहा-सुना माफ़ कीजिए। माफ़ कर दिया न ? अच्छी बात है, तो फिर आइए, चलिए। मुझे यह रास्ता मालूम है, मैं यहाँ पहले आ चुका हूँ, यहाँ 3 नम्बर में एक शर्मनाक वारदात हो गई थी...आप यहाँ कहाँ हैं ? किस नम्बर में ? आठ में ? अच्छा, तो रात को अन्दर से दरवाज़ा बन्द कर लीजिएगा। किसी को भीतर आने न दीजिएगा। अभी पन्द्रह मिनट में मैं सारा हाल लेकर आता हूँ और उसके आधे घंटे बाद मैं ज़ोसिमोव को लाऊँगा, आप देखती जाइए। अच्छा, तो मैं चला, भागकर जाता हूँ।''

''हे भगवान, दूनिया, क्या होनेवाला है ?'' चिन्ता और विस्मय के भाव से पुल्ख़ेरिया अलेक्सांद्रोव्ना ने अपनी बेटी से कहा।

''तुम चिन्ता न करो, माँ,'' दूनिया ने अपना हैट और कोट उतारते हुए कहा, ''भगवान ने इस भले आदमी को हमारी मदद के लिए भेजा है, हालाँकि यह सीधा शराब की महफ़िल से उठकर आया है। मेरी बात मानो, हम उस पर भरोसा कर सकते हैं। और रोद्या के लिए उसने जो कुछ किया है...''

''अरे, दूनिया, भगवान जाने वह आएगा भी कि नहीं ! मैं रोद्या को छोड़कर चली कैसे आई ?...मैंने क्या-क्या सोच रखा था इस मुलाक़ात के बारे में और क्या हो गया ! कैसा कठोर था वह, जैसे हमसे मिलकर उसे कोई ख़ुशी ही न हुई हो...''

उनकी आँखों में आँसू भर आए।

"नहीं, ऐसी बात नहीं है, माँ, तुमने देखा नहीं, तुम तो सारे वक़्त रो रही थीं। सख़्त बीमारी की वजह से उनका दिमाग़ ठिकाने नहीं रह गया है—असली वजह यह है।"

"हाय, यह बीमारी ! अब क्या होगा, अब क्या होगा ? और वह तुमसे कैसी बातें कर रहा था, दूनिया !" माँ ने कातर दृष्टि से अपनी बेटी की ओर देखते हुए कहा; वह अपनी बेटी के मन की बात जानने की कोशिश कर रही थीं। दूनिया के अपने भाई का पक्ष लेने की वजह से उन्हें आधी तसल्ली तो हो ही गई थी, क्योंकि इसका मतलब था कि उसने उसे माफ़ कर दिया था। "मैं समझती हूँ कि कल वह इसके बारे में ठीक से सोच सकेगा," माँ ने उसके विचारों की और थाह लेने की कोशिश करते हुए कहा।

"और मैं समझती हूँ कि कल भी वह...उस बात के बारे में...यही कहेंगे," अव्दोत्या रोमानोव्ना ने अन्तिम रूप से कहा। और, सच तो यह है कि इससे आगे कहने को कुछ था भी नहीं, क्योंकि यह एक ऐसी बात थी जिस पर बात करते पुल्ख़ेरिया अलेक्सांद्रोव्ना डरती थीं। दूनिया ने आगे बढ़कर माँ को प्यार कर लिया। माँ ने भी कुछ कहे बिना उसे कसकर गले लगा लिया। इसके बाद वह बैठकर बड़ी व्यग्रता से रज़ुमीख़िन के लौटकर आने का इन्तजार करने लगीं और सहमी-सहमी निगाहों से बेटी को देखती रहीं, जो दोनों हाथ सामने बाँधे विचारों में डूबी कमरे में इधर से उधर टहल रही थी। अव्दोत्या रोमानोव्ना की आदत थी कि जब किसी बात के बारे में सोचती होती थी तो इधर से उधर टहलती रहती थी और माँ को ऐसे क्षणों में विघ्न डालने से डर लगता था।

रज़ुमीख़िन का नशे की हालत में अचानक अव्दोत्या रोमानोव्ना पर लट्टू हो जाना तो हास्यास्पद बात थी लेकिन उसकी इस सनक से अलग भी, बहुत से लोग उसकी इस हरकत को ठीक ही समझते अगर वे अव्दोत्या रोमानोव्ना को देख लेते, ख़ासतौर पर उस क्षण जब वह अपने दोनों हाथ सीने पर बाँधे, विचारमग्न और उदास टहलती होती थी। अव्दोत्या रोमानोव्ना बेहद ख़ूबसूरत थी—लम्बा क़द, सुडौल, गठा हुआ शरीर और आत्म-विश्वास कूट-कूटकर भरा हुआ। उसका यह आत्म-विश्वास उसके हर हाव-भाव से झलकता था, हालाँकि उसकी वजह से उसकी चाल-ढाल की शालीनता और कोमलता में रत्ती भर भी कमी नहीं आती थी। सूरत-शक्ल में वह अपने भाई से मिलती थी, लेकिन उसे सचमुच सुन्दर कहा जा सकता था। उसके बाल गहरे बादामी रंग के थे, अपने भाई के बालों के रंग से कुछ ही कम गहरे; उसकी लगभग काली आँखों में गर्व और स्वाभिमान की चमक थी लेकिन साथ ही कभी-कभी उनमें असाधारण कृपालुता का भाव भी स्पष्ट दिखाई देता था। उसका रंग पीला ज़रूर था, लेकिन यह स्वस्थ पीलापन था; उसके चेहरे पर ताज़गी और स्फूर्ति की चमक थी। उसका मुँह ज़रा छोटा था और नीचे का भरा-भरा लाल होंठ उसकी ठोड़ी की तरह ही कुछ बाहर को निकला हुआ था। उसके सुन्दर चेहरे में बस यही एक छोटी सी असंगति थी, लेकिन इसकी वजह से उसमें एक विचित्र सा, अनोखा और दम्भ का भ्रम पैदा करनेवाला भाव आ गया था। उसकी मुद्रा उल्लसित रहने की अपेक्षा हमेशा कुछ गम्भीर और चिन्तामग्न अधिक रहती थी; लेकिन मुस्कानें, हल्की-फुल्की, यौवनमय, चिन्तामुक्त हँसी उसके चेहरे पर ऐसी फबती थी कि देखते ही बनता था ! यह स्वाभाविक ही था कि रज़ुमीख़िन जैसा सहृदय, खुले दिल का, भोला-भाला, ईमानदार, लम्बे-चौड़े डीलडौल का आदमी, जिसने उसकी जैसी किसी औरत को पहले कभी नहीं देखा था और जो उस वक़्त पूरी तरह अपने होश में भी नहीं था, फ़ौरन उस पर रीझ गया। इसके अलावा, यह भी संयोग ही था कि उसने दूनिया को पहली बार ऐसे समय देखा था जब अपने भाई के प्रति उसके प्रेम के कारण और उससे मिलने के अपार हर्ष के कारण वह बिलकुल ही दूसरे रूप में दिखाई दे रही थी। बाद में रज़ुमीख़िन ने भाई के अशिष्ट, क्रूर और

कृतघ्नतापूर्ण शब्दों पर रोष से उसके निचले होंठ को काँपते हुए भी देखा था–और उसी वक़्त उसकी क़िस्मत का फ़ैसला हो गया था।

लेकिन जब रज़ुमीख़िन ने रस्कोलनिकोव की बेलगाम झक्की मकान-मालकिन प्रस्कोव्या के बारे में सीढ़ियों पर नशे में बात करते हुए यह कहा था कि उसे उसकी वजह से अव्दोत्या रोमानोव्ना से ही नहीं बल्कि पुल्ख़ेरिया अलेक्सांद्रोव्ना से भी जलन होने लगेगी तो उसने यह सच ही कहा था। हालाँकि पुल्ख़ेरिया अलेक्सांद्रोव्ना तैंतालीस साल की हो गई थीं लेकिन उनके चेहरे पर उनकी पुरानी सुन्दरता के चिन्ह बाक़ी थे। सचमुच वह देखने में अपनी उम्र से बहुत छोटी लगती थीं, जैसाकि उन औरतों के साथ प्रायः होता है जो बुढ़ापे तक अपनी भावनाओं में शान्ति, संवेदनशीलता और शुद्ध निष्कपट सहृदयता बनाए रखती हैं। प्रसंगवश हम यह भी बता दें कि बुढ़ापे तक अपनी सुन्दरता को क़ायम रखने का यही एक तरीक़ा है कि इन सब बातों को बनाए रखा जाए। उनके बालों में जहाँ-तहाँ सफ़ेदी आने लगी थी और वे उतने घने भी नहीं रह गए थे; उनकी आँखों में चारों ओर बहुत पहले से ही कौए के पंजे की शक्ल की झुर्रियाँ पड़ गई थीं और चिन्ता और व्यथा के कारण उनके गाल पिचककर अन्दर धँस गए थे, फिर भी उनका चेहरा सुन्दर था। वह देखने में बिलकुल दूनिया का ही दूसरा रूप लगती थीं, बस उससे बीस साल बड़ी थीं और उनका निचला होंठ बाहर की ओर निकला हुआ नहीं था। पुल्ख़ेरिया अलेक्सांद्रोव्ना भावुक अवश्य थीं पर सहज ही भावनाओं के प्रवाह में बह जानेवाली नहीं थीं; वह भीरु थीं और आसानी से बात मान लेती थीं, लेकिन केवल एक हद तक। अपनी आस्थाओं के विपरीत भी वह बहुत कुछ मान लेने को और दब जाने को तैयार हो जाती थीं, लेकिन ईमानदारी, सिद्धान्त और गहरी आस्थाओं की एक सीमा थी जिसे पार करने के लिए कोई भी चीज़ उन्हें मजबूर नहीं कर सकती थी।

रज़ुमीख़िन के जाने के ठीक बीस मिनट बाद किसी ने दो बार जल्दी-जल्दी दरवाज़ा खटखटाया : वह वापस आ गया था।

"मैं अन्दर नहीं आऊँगा, अभी मेरे पास वक़्त नहीं है," दरवाज़ा खुलते ही उसने जल्दी से कहा, "वह शान्तिपूर्वक, गहरी नींद सो रहा है, जैसे घोड़े बेचकर सो रहा हो। भगवान करे वह दस घंटे तक ऐसे ही सोता रहे। नस्तास्या उसके पास है और मैं उससे कह आया हूँ कि जब तक मैं आ न जाऊँ तब तक कहीं जाए नहीं। अब मैं जाकर ज़ोसिमोव को लिये आता हूँ। वह आकर आपको सारा हाल बताएगा। उसके बाद आप लोग आराम से सो जाइए; क्योंकि आप इतनी थकी हुई दिखाई दे रही हैं कि अब कुछ कर नहीं सकतीं..."

यह कहकर वह गलियारे में भागा।

"कैसा मुस्तैद और...वफ़ादार नौजवान है !" पुल्ख़ेरिया अलेक्सांद्रोव्ना ने बेहद ख़ुश होकर कहा।

"बहुत ही अच्छा आदमी मालूम होता है !" अव्दोत्या रोमानोव्ना ने फिर कमरे में इधर से उधर टहलते हुए कुछ जोश से जवाब दिया।

लगभग एक घंटे बाद उन्हें फिर बाहर गलियारे से किसी के क़दमों की आहट और फिर किसी के दरवाज़ा खटखटाने की आवाज़ सुनाई दी। इस बार दोनों औरतें रज़ुमीख़िन के वादे पर पूरा भरोसा करके राह देख रही थीं; वह सचमुच ज़ोसिमोव को ले आने में सफल हो गया था। ज़ोसिमोव शराब की महफ़िल छोड़कर फ़ौरन रस्कोलनिकोव के पास जाने को तैयार हो गया था, लेकिन वह उन दोनों महिलाओं से मिलने बड़े संकोच और शंका के भाव से आया, क्योंकि इस मस्ती की हालत में रज़ुमीख़िन पर उसे पूरा भरोसा नहीं था। लेकिन यह देखकर कि वे लोग सचमुच किसी मसीहा

की तरह उसकी राह देख रही थीं उसके स्वाभिमान की भावना पूरी तरह आश्वस्त हो गई और उसे अपनी इस अहमियत पर ख़ुशी भी हुई। वह वहाँ कुल दस मिनट ही ठहरा होगा और इतनी ही देर में उसने पुल्खेरिया अलेक्सांद्रोव्ना को पूरी तरह यक़ीन दिला दिया। उसने गहरी सहानुभूति के साथ बातें कीं, लेकिन साथ ही उसके भाव में किसी महत्त्वपूर्ण परामर्श में भाग लेनेवाले नौजवान डॉक्टर जैसा ठहराव और भरपूर गम्भीरता भी थी। उसने किसी भी दूसरे विषय के बारे में एक शब्द भी नहीं कहा और उन दोनों महिलाओं के साथ अधिक वैयक्तिक सम्बन्ध स्थापित करने की तनिक भी इच्छा प्रकट नहीं की। कमरे में क़दम रखते ही वह अव्दोत्या रोमानोव्ना के चकाचौंध कर देनेवाले रूप को देखकर ऐसा दंग रह गया था कि वह वहाँ जितनी देर रहा उसने उसकी ओर कोई भी ध्यान न देने की कोशिश की और सारी देर केवल पुल्खेरिया अलेक्सांद्रोव्ना को सम्बोधित करके बातें करता रहा। इन सब बातों से उसे गहरा आत्मिक सन्तोष मिल रहा था। उसने एलान किया कि उसकी राय में बीमार इस समय काफ़ी सन्तोषजनक प्रगति कर रहा था। उसके मत के अनुसार रोगी की बीमारी की वजह कुछ हद तक तो पिछले कुछ महीनों के दौरान उसकी दुर्भाग्यपूर्ण भौतिक परिस्थितियाँ थीं, लेकिन कुछ हद तक उसकी वजह नैतिक भी थी, ''एक तरह से वह अनेक नैतिक तथा भौतिक प्रभावों, चिन्ताओं, आशंकाओं, मुसीबतों, कुछ विचारों...इत्यादि का नतीजा थीं।'' कनखियों से यह देखकर कि अव्दोत्या रोमानोव्ना उसके एक-एक शब्द को बड़े ध्यान से सुन रही थी, ज़ोसिमोव इस विषय पर और विस्तार से बातें करने लगा। जब पुल्खेरिया अलेक्सांद्रोव्ना ने डरते-डरते कुछ चिन्तित होकर 'पागलपन का कुछ सन्देह' होने के बारे में पूछा तो उसने बहुत सधी हुई और निष्कपट मुस्कुराहट के साथ जवाब दिया कि उसके शब्दों को बढ़ा-चढ़ाकर पेश किया गया था; कि निश्चित रूप से रोगी के दिमाग़ में कोई एक विचार जमकर रह गया था, जो एकोन्माद या मोनोमेनिया जैसी कुछ हालत थी—वह, ज़ोसिमोव, स्वयं इस समय डॉक्टरी की इस दिलचस्प शाखा का विशेष रूप से अध्ययन कर रहा था—लेकिन यह बात याद रखनी चाहिए कि आज तक रोगी सरसाम की हालत में था और...और यह कि उसके सगे-सम्बन्धियों के यहाँ मौजूद होने से उसके ठीक होने में मदद मिलेगी और उसका दिमाग़ दूसरी ओर हटेगा, 'लेकिन केवल इस शर्त पर कि अब उसे कोई नया धक्का न पहुँचे।' उसने अपनी यह आख़िरी बात बड़े महत्त्वपूर्ण ढंग से कही। उसके बाद वह उठा, बड़े प्रभावशाली और विनम्र ढंग से झुककर उसने विदा ली; उस पर आशीर्वादों, हार्दिक कृतज्ञता के उद्‌गारों और प्रार्थनाओं की बौछार हो रही थी, और अव्दोत्या रोमानोव्ना ने अनायास ही अपना हाथ उसकी ओर बढ़ा दिया। जब वह बाहर निकला तो यहाँ आने पर वह बहुत ख़ुश था और उससे भी ज़्यादा ख़ुश वह अपने आपसे था।

''कल बात करेंगे; अब आप लोग सो जाइए !'' रज़ुमीख़िन ने ज़ोसिमोव के पीछे-पीछे बाहर निकलते हुए अन्त में कहा, ''मैं कल सुबह सारा हालचाल लेकर आपके पास जल्दी-से-जल्दी आऊँगा।''

जब वे दोनों बाहर सड़क पर आए तो ज़ोसिमोव ने लगभग अपने होंठ चाटते हुए कहा, ''लड़की है बड़ी सलोनी, यह अव्दोत्या रोमानोव्ना !''

''सलोनी ? क्या कहा तुमने, सलोनी ?'' रज़ुमीख़िन गरजा और उसने लपककर ज़ोसिमोव की गर्दन पकड़ ली, ''ख़बरदार, जो फिर कभी हिम्मत की...समझ गए ?...समझ गए न ?'' उसने कालर पकड़कर उसे झँझोड़ते हुए और दीवार से भिड़ाकर दबाते हुए चिल्लाकर कहा, ''सुन लिया तुमने ?''

''छोड़ दे मुझे, शराबी शैतान,'' ज़ोसिमोव ने अपने आपको छुड़ाने की कोशिश करते हुए कहा,

और जब रज़ुमीख़िन ने उसे छोड़ दिया, तो वह उसे पहले तो घूरता रहा फिर ठहाका मारकर हँस पड़ा। रज़ुमीख़िन उसके सामने उदास सूरत बनाए और गहरे विचारों में डूबा हुआ खड़ा रहा।

"सच बात है, मैं बिलकुल गधा हूँ," उसने बहुत दुखी स्वर में जवाब दिया, "लेकिन तुम भी..."

"नहीं भाई, तुम्हारे जैसा नहीं। मैं कोई बेवक़ूफ़ी के सपने नहीं देख रहा हूँ।"

वे दोनों चुपचाप चलते रहे और जब वे रस्कोलनिकोव के घर के पास पहुँचे तो रज़ुमीख़िन ने काफ़ी चिन्तित होकर इस चुप्पी को तोड़ा।

"सुनो," उसने कहा, "तुम आदमी तो लाजवाब हो, लेकिन दूसरी ख़राबियों के अलावा तुम्हारी एक ख़राबी यह भी है। और मैं जानता हूँ, कि तुम बहुत लम्पट आदमी हो, और सो भी घटिया क़िस्म के। तुम तबीयत के कमज़ोर, हर वक़्त बौखलाए रहनेवाले मुसीबत के मारे आदमी हो। दुनिया भर की हर सनक तुमने पाल रखी है। दिन ब दिन मोटे और काहिल अलग होते जा रहे हो और मिलती हुई कोई चीज़ छोड़ दो यह तुम्हारे बस की बात है नहीं—और इसे मैं घटिया इसलिए कहता हूँ कि इस रास्ते पर चलकर आदमी सीधा नाबदान में पहुँच जाता है। तुमने अपने आपको इतना ढीला छोड़ रखा है कि मेरी तो यही समझ में नहीं आता कि तुम अभी तक अच्छे डॉक्टर हो कैसे, और सो भी लगन से काम करनेवाले। तुम—एक डॉक्टर—परों से भरे हुए गद्दे के बिस्तर पर सोते हो और रात को अपने मरीजों को देखने के लिए उठ भी जाते हो ! तीन-चार साल की बात और है फिर मरीज़ों के लिए उठना भी छोड़ दोगे...लेकिन छोड़ो भी यह सब, असल बात यह नहीं है...बात यह है कि आज रात तुम्हें यहाँ मकान-मालकिन के फ़्लैट में सोना है। (मैंने बड़ी मुश्किल से उसे हाथ-पाँव जोड़कर राज़ी किया है !) और मैं रसोई में सोऊँगा। यह तुम्हारे लिए उससे जान-पहचान बढ़ाने का बेहतरीन मौक़ा है ! तुम जो सोचते हो, वह बात नहीं है ! उस तरह की रत्ती भर भी बात नहीं है, भाई..."

"लेकिन मैं तो कुछ सोचता ही नहीं।"

"भाई, यहाँ, तुम्हें मिलेगी विनम्रता, ख़ामोशी, लजीलापन, उदात्त निष्कलंकता...फिर भी वह आहें भरती है और मोम की तरह पिघल जाती है, बस पिघलती रहती है ! मुझे उससे बचा लो, कुछ भी करके बचा लो ! वह तो पटाख़ा है। बिलकुल पटाख़ा, सच कहता हूँ। मैं तुम्हारा पाई-पाई बदला चुका दूँगा, मैं तुम्हारे लिए कुछ भी करूँगा !"

ज़ोसिमोव पहले से भी ज़्यादा ज़ोर से ठहाका मारकर हँसा।

"तुम्हें कुछ ज़्यादा मुसीबत नहीं उठानी पड़ेगी, मैं तुम्हें यक़ीन दिलाता हूँ। जो भी जी में आए उससे बकवास करते रहो, बस उसके पास बैठे उससे बातें करते रहो। तुम तो डॉक्टर भी हो; उसकी बीमारी का कुछ इलाज भी करो। मैं क़सम खाकर कहता हूँ कि तुम्हें पछतावा नहीं होगा। उसके पास पिआनो है, और तुम तो जानते ही हो, मैं थोड़ा-बहुत सुर छेड़ना जानता हूँ। मुझे एक गाना याद था, ठेठ रूसी गाना : 'मैं ख़ून के आँसू रोता हूँ...।' उसे इस तरह की खरी चीज़ें बहुत पसन्द हैं—और हाँ, सारा क़िस्सा इसी गीत से शुरू हुआ। तुम तो बाक़ायदा गवैये हो, उस्ताद हो, अपने वक़्तों के रूबिंस्टाइन हो...मैं तुम्हें यक़ीन दिलाता हूँ, तुम्हें किसी तरह का पछतावा नहीं होगा !"

"लेकिन क्या तुमने उससे कोई वादा कर रखा है ? कुछ लिखकर दे दिया है ? शादी करने का वादा, या ऐसी ही कोई बात ?"

"कुछ भी नहीं, बिलकुल नहीं, इस तरह की कोई बात ही नहीं है ! इसके अलावा, वह इस तरह की औरत है ही नहीं। चेबारोव ने इसकी कोशिश की थी..."

"तो फिर छोड़ो उसे !"

"लेकिन मैं उसे इस तरह छोड़ नहीं सकता !"

"क्यों नहीं छोड़ सकते ?"

"बात ही कुछ ऐसी है कि नहीं छोड़ सकता ! एक अजीब कशिश है उसमें, मेरे भाई !"

"तो फिर तुमने उसे अपने ऊपर रिझा क्यों लिया ?"

"मैंने उसे नहीं रिझाया; शायद अपनी बेवक़ूफ़ी में मैं ख़ुद उस पर रीझ गया। लेकिन उसे इस बात की तिनका भर भी परवाह नहीं कि तुम हो या मैं हूँ, बस कोई उसके पास बैठा आहें भरता रहे...यह, भाई...मैं सारी बात तुम्हें समझा नहीं सकता, मेरे भाई...देखो, तुम गणित अच्छी जानते हो...और आजकल उस पर काम भी कर रहे हो...उसे समाकलन गणित पढ़ाना शुरू कर दो। अपनी जान की क़सम, मैं मज़ाक़ नहीं कर रहा हूँ, तुमसे सच कहता हूँ, उसके लिए कोई फ़र्क़ नहीं पड़ेगा। वह तुम्हें नज़रें जमाए एकटक देखती रहेगी और साल भर तक आहें भरती रहेगी। एक बार मैं लगातार दो दिन तक उससे प्रशा की संसद के अभिजात सदन की बातें करता रहा (विषय कोई हो, बात करना तो बात करना ही है)—वह बस आहें भरती रही और पिघलती रही ! और मुहब्बत की बात भूलकर भी न करना—वह लजीली तो इतनी है कि दौरा पड़ जाता है—बस उसे इतना जता दो कि किसी तरह वहाँ से उठकर आने को तुम्हारा जी नहीं चाहता—बस इतना ही काफ़ी है। वहाँ हद से ज़्यादा आराम है; बिलकुल अपने घर जैसा लगता है, पढ़ो, बैठो, लेटो, लिखो, जो जी चाहे करो। कभी-कभार एकाध प्यार भी कर सकते हो, मगर हाथ-पाँव बचाकर..."

"लेकिन मुझे उससे लेना-देना क्या ?"

"अरे, मैं तुम्हें कैसे समझाऊँ ! देखो, बात यह है कि तुम्हारी जोड़ी लाजवाब रहेगी, तुम दोनों बनाए ही एक-दूसरे के लिए गए हो ! तुम्हारे बारे में मैंने पहले भी सोचा था...आख़िरकार तुम्हें पहुँचना यहीं है ! तो फ़र्क़ क्या पड़ता है, जल्दी पहुँचो या देर में पहुँचो ? यहाँ परों से भरे हुए गद्दोंवाली कुछ बात है, मेरे भाई—अहा ! और सिर्फ़ इतनी ही बात नहीं है। यहाँ एक कशिश है—यहाँ पर आकर दुनिया ख़त्म हो जाती है, समझो, लंगर डालने की जगह है, चैन से रहने की जगह है जहाँ न कोई झगड़ा है न झंझट; यहीं धरती की धुरी है, वह तीन मछलियाँ जो धरती को अपने ऊपर रोके हुए हैं। बेहतरीन पकवान, ज़ायक़ेदार कबाब, शाम को दहकते हुए समोवार से चाय की चुस्कियाँ, ठंडी-ठंडी आहें और गर्म शाल, और सोने के लिए आतिशदान के ऊपर गर्म चबूतरा—ऐसा सुख मिलता है जैसे मर गए हो और फिर भी ज़िन्दा रहते हो—एक साथ दोनों चीज़ों का मज़ा ! ख़ैर, छोड़ो ये सब बातें, मैं भी कहाँ की बकवास लेकर बैठ गया, अब सोने का वक़्त हो गया है ! सुनो। रात को कभी-कभी मेरी आँख खुल जाती है; तो मैं जाकर उसे देख लिया करूँगा। वैसे कोई ज़रूरत नहीं है, सब ठीक-ठाक तो है ही। तुम कोई फ़िक्र न करो। फिर भी तुम्हारा जी चाहे तो एक बार तुम भी झाँक लेना। लेकिन अगर तुम्हें कोई बात दिखाई दे—सरसाम हो या बुख़ार तो मुझे फ़ौरन जगा लेना। लेकिन कोई जरूरत पडेगी नहीं..."

2

रजुमीख़िन अगले दिन सबेरे आठ बजे उठा तो बहुत परेशान और गम्भीर था। उसके सामने बहुत सी नई और अनचाही परेशानियाँ थीं। उसने कभी सोचा भी न था कि वह ऐसा महसूस करता हुआ उठेगा। उसे पिछले दिन की एक-एक बात याद थी और वह जानता था कि उसे एक बिलकुल

ही नया और अनोखा अनुभव हुआ था। उसके दिल पर एक ऐसी छाप पड़ी थी जैसी इससे पहले कभी नहीं पड़ी थी। इसके साथ ही उसने साफ़ तौर पर यह भी पहचाना कि जिस स्वप्न ने उसकी कल्पना को प्रज्वलित कर दिया था वह कभी पूरा हो ही नहीं सकता था—उसका पूरा होना इतना असम्भव था कि उसे सोचकर भी शर्म महसूस होती थी। उसने जल्दी से अपना ध्यान उन अधिक व्यावहारिक चिन्ताओं और कठिनाइयों की ओर मोड़ दिया जो उसे 'उस अभिशप्त बीते हुए कल' से धरोहर मिली थीं।

पिछले दिन की जो बातें उसे याद थीं उनमें सबसे अरुचिकर वह थी जिस ढंग से कि उसने अपने 'नीच और कमीने' होने का परिचय दिया था, इस वजह से ही नहीं कि वह नशे में था, बल्कि इस वजह से भी कि उसने उस नौजवान लड़की की स्थिति का लाभ उठाकर अपनी मूर्खतापूर्ण ईर्ष्या में उसके मंगेतर को गालियाँ दी थीं, जबकि उसे उनके आपसी सम्बन्धों और दायित्वों के बारे में कुछ भी नहीं मालूम था और इसके अलावा उस आदमी के बारे में भी तो उसे कुछ नहीं मालूम था। और इतनी जल्दीबाज़ी में बिलकुल बेलगाम होकर उसे बुरा-भला कहने का उसको अधिकार ही क्या था ? उसकी राय पूछी ही किसने थी ? क्या यह बात सोची भी जा सकती थी कि अव्दोत्या रोमानोव्ना जैसी लड़की पैसे के लोभ में किसी ऐसे-वैसे आदमी से शादी कर रही होगी ? मतलब यह कि उसमें कोई-न-कोई ख़ूबी तो होगी। रहने की जगह ? लेकिन उसे आख़िर उस रहने की जगह के बारे में भी क्या मालूम था कि वह कैसी थी ? वह एक फ़्लैट ठीक करा रहा था...छिः ! यह सब कुछ कितना नफ़रत के क़ाबिल था ! और यह क्या दलील हुई कि वह नशे में था ? इस तरह का पोच बहाना तो और भी नीचता का सबूत था ! शराब में सच्चाई होती है और सारी सच्चाई, यानि 'उसके कुत्सित और ईर्ष्यालु हृदय की सारी गन्दगी' बाहर आ गई थी ! और क्या उसे, रज़ुमीख़िन को, कभी इस बात का सपना देखना नसीब भी हो सकता था ? ऐसी लड़की के सामने उसकी हस्ती ही क्या थी—कल रात के इस शराबी बड़बोले की ? 'क्या ऐसी बेतुकी और बेमेल जोड़ी की कल्पना भी की जा सकती थी ?' इस विचार से ही रज़ुमीख़िन का चेहरा शर्म से लाल हो गया और अचानक उसे यह बात भी बिलकुल साफ़ याद आई कि कल रात सीढ़ियों पर उसने कहा था कि मकान-मालकिन को अव्दोत्या रोमानोव्ना से जलन होने लगेगी...यह बात तो कभी बर्दाश्त की ही नहीं जा सकती। उसने चूल्हे के चबूतरे पर ज़ोर से मुक्का मारा, अपना हाथ ज़ख़्मी कर लिया और उसकी एक ईंट भी गिरा दी।

"ज़ाहिर है," एक मिनट बाद आत्म-तिरस्कार की भावना से वह मन-ही-मन बुड़बुड़ाया, "ज़ाहिर है, ये सारे कलंक न तो कभी धुल सकते हैं और न ही उनकी कोई सफ़ाई दी जा सकती है...इसलिए इसके बारे में सोचना भी बेकार है। इसलिए मुझे चुपचाप उनके पास जाना चाहिए और...अपना कर्त्तव्य पूरा करना चाहिए...वह भी चुपचाप...और क्षमा भी नहीं माँगनी चाहिए, कुछ भी नहीं कहना चाहिए...क्योंकि अब तो सब कुछ मिट्‌टी में मिल ही चुका है !"

फिर भी कपड़े पहनते वक़्त उसने अपनी पोशाक को हमेशा से ज़्यादा सावधानी से देखा। उसके पास कोई दूसरा सूट नहीं था—अगर होता भी तो शायद वह उसे न पहनता। "मैं उसे हरगिज़ न पहनता।" लेकिन वह दुनिया से चिढ़ा हुआ, अघोरी बना तो नहीं घूम सकता था : उसे दूसरों की भावनाओं को ठेस पहुँचाने का तो कोई अधिकार नहीं था, ख़ासतौर पर जब उन्हें उसकी मदद की ज़रूरत थी और उन्होंने उसे बुलाया था। उसने अपने कपड़े अच्छी तरह ब्रश से साफ़ किए। उसकी क़मीज़ हमेशा बहुत बढ़िया रहती थी; इस मामले में वह ख़ासतौर पर बहुत साफ़-सुथरा था।

उस दिन सुबह उसने बहुत मल-मलकर अपनी सफाई की। नस्तास्या से उसे साबुन का एक टुकड़ा भी मिल गया था। उसने अपने बाल धोए, गर्दन धोई और अपने हाथ तो ख़ासतौर पर धोए। जब ठोड़ी पर बढ़ी हुई दाढ़ी का सवाल आया कि उसे बनाए या न बनाए (प्रस्कोव्या पाव्लोव्ना के पास उसके स्वर्गीय पति के बहुत बढ़िया-बढ़िया उस्तरे थे), तो उसने इस प्रश्न का उत्तर बहुत गुस्से से 'नहीं' में दिया। "जैसी है वैसी ही रहने दो ! अगर उन लोगों ने यह सोचा कि मैं जान-बूझकर बहुत साफ़ दाढ़ी बनाकर इसलिए आया हूँ कि...ज़रूर यही सोचेंगी ! किसी भी हालत में नहीं, बिलकुल नहीं !

'और सबसे बुरी बात तो यह थी कि वह बेहद उजड्ड था, बेहद गन्दा था और उसके तौर-तरीक़े बिलकुल भठियारख़ाने जैसे थे। और...और अगर यह मान भी लिया जाए कि उसे यह मालूम था कि उसमें शरीफ़ लोगोंवाली कुछ बुनियादी बातें थीं...तो भी इसमें ऐसी इतराने की क्या बात थी ? हर आदमी को शरीफ़ होना ही चाहिए, बल्कि उससे भी बढ़कर...और फिर भी (उसे याद आया) उसने भी तो छोटी-छोटी कुछ बातें ऐसी की थीं...जिन्हें बेईमानी तो नहीं कहा जा सकता, फिर भी !...और कभी-कभी उसके मन में कैसे विचार उठते थे ! हुँ...और इन सब बातों का मुक़ाबला अव्दोत्या रोमानोव्ना से करना ! लानत है ! तो यही सही ! अच्छी बात है, वह जान-बूझकर गन्दा रहेगा, चीकट रहेगा, भठियारख़ाने जैसे तौर-तरीक़े अपनाएगा और रत्ती भर परवाह नहीं करेगा इसकी ! बल्कि इससे भी बदतर बन जाएगा !...'

वह अपने आपसे इसी तरह की बातें कर रहा था कि इतने में ज़ोसिमोव, जिसने रात प्रस्कोव्या पाव्लोव्ना के घर में बिताई थी, वहाँ आ पहुँचा।

वह अपने घर जा रहा था लेकिन पहले उसे अपने मरीज़ को देखने की जल्दी थी। रज़ुमीख़िन ने उसे बताया कि रस्कोलनिकोव बहुत गहरी नींद सो रहा है। ज़ोसिमोव ने कहा कि उसे जगाया न जाए और वह लगभग ग्यारह बजे फिर आकर उसे देखने का वादा करके चला गया।

"अगर वह तब तक घर पर हुआ," चलते-चलते उसने इतना और जोड़ दिया। "लानत है ! अगर मरीज़ क़ाबू में न रहे तो कोई उसका इलाज कैसे करे ? कुछ तुम्हें मालूम है कि वह उन लोगों के पास जाएगा या वे लोग यहाँ आएँगी ?"

"मैं तो समझता हूँ कि वे लोग आ रही हैं," रज़ुमीख़िन ने उसके प्रश्न का उद्‌देश्य समझते हुए जवाब दिया, "और ज़ाहिर है, वे लोग अपने पारिवारिक मामलों के बारे में बातें करेंगे। मैं तो चला जाऊँगा। डॉक्टर के नाते तुम्हें यहाँ होने का मुझसे ज़्यादा हक़ है।"

"लेकिन मैं कोई पादरी तो हूँ नहीं जिसके सामने जाकर आदमी अपने पाप स्वीकार करता है। मैं आऊँगा और चला जाऊँगा; उनकी देखभाल करने के अलावा मुझे और भी बहुत से काम हैं।"

"मुझे एक बात की वजह से बड़ी परेशानी है," रज़ुमीख़िन माथे पर बल डाले हुए बीच में बोला, "घर आते हुए रास्ते में मैंने नशे में उससे ढेरों बकवास की थी...दुनिया भर की बातें...यह भी कि तुम्हें डर था कि वह...पागल हो जाएगा।"

"तुमने माँ-बेटी से भी यह बात कही होगी।"

"मैं जानता हूँ कि यह मेरी बेवक़ूफ़ी थी ! तुम्हारा जी चाहे तो मुझे मार लो। क्या तुम सचमुच ऐसा समझते थे ?"

"मैं तुम्हें बताता हूँ, यह सब बकवास है। भला मैं सचमुच ऐसा कैसे सोच सकता हूँ ? जब तुम मुझे उसके पास ले गए थे तब तुमने ख़ुद बताया था कि किसी एक बात की सनक उसमें समा

गई है...और कल हम लोगों ने आग में और घी डालने का काम किया, मतलब यह कि तुमने किया, पुताई करनेवाले का क़िस्सा सुनाकर। बहुत अच्छी बातचीत हो रही थी जब शायद उसी बात पर उसका पागलपन भड़क उठा ! काश, मुझे मालूम होता कि थाने में क्या हुआ था और यह कि किसी कमबख़्त ने...यही शक करके उसका अपमान किया था ! हुँह...तो कल मैं वह बातचीत होने ही न देता। इस तरह के जुनूनी लोग तिल का ताड़ बना देते हैं...और अपनी कल्पनाओं को ठोस सच्चाइयों की शक्ल में देखने लगते हैं।...मुझे याद पड़ता है कि ज़मेतोव के क़िस्से ने इस रहस्य पर से आधा परदा हटाया था, जहाँ तक मैं समझता हूँ। अरे, मैं तो एक ऐसा मामला जानता हूँ जिसमें ऐसे ही एक ख़ब्ती ने, चालीस साल का आदमी था, आठ साल के लड़के की गर्दन बस इसलिए काट दी थी कि रोज खाने की मेज़ पर वह लड़का जो मज़ाक़ करता था उन्हें वह बर्दाश्त नहीं कर सकता था ! और इस मामले में तो इसके फटे-पुराने कपड़े, सिरफिरा पुलिस अफ़सर, बुख़ार और यह शक ! एक आदमी जो बीमारी के ख़ब्त से आधा पागल यों ही हो, और जिसका हद दर्जे का अहंकार बीमारी का रूप धारण कर चुका हो, उस पर ऊपर से इन बस बातों का असर ! बहुत मुमकिन है वही बीमारी की शुरुआत रही हो ! ख़ैर, छोड़ो इन सब बातों को !...और हाँ, वह ज़मेतोव आदमी तो बहुत उम्दा है, लेकिन है...उसे कल रात वह सब कुछ नहीं बताना चाहिए था। वह भी बला का बातूनी है !''

''लेकिन उसने बताया ही किसे ? बस तुम्हें और मुझे ही न ?''

''और पोर्फ़िरी को।''

''तो उससे क्या हुआ ?''

''यह छोड़ो और बताओ कि उन लोगों पर तुम्हारा कोई ज़ोर-असर है, उसकी माँ और बहन पर ? उनसे कह देना कि आज उसके साथ जरा ज़्यादा सावधानी बरतें...''

''वे ठीक-ठाक ही रहेंगी !'' रजुमीख़िन ने सकुचाते हुए जवाब दिया।

''वह आख़िर इस लूजिन के इतना ख़िलाफ़ क्यों है ? पैसेवाला आदमी है और वह उसे ऐसा कुछ नापसन्द भी नहीं करती है...और, जहाँ तक मैं समझता हूँ, उन लोगों के पास एक फूटी कौड़ी भी नहीं है ? क्यों ?''

''लेकिन तुम्हें इससे क्या लेना-देना ?'' रजुमीख़िन झल्लाकर बोला, ''मुझे क्या मालूम कि उनके पास फूटी कौड़ी है या नहीं ? खुद पूछ लो, शायद पता चल जाए...''

''उफ़ ! तुम भी कभी-कभी कैसे गधेपन की बातें करते हो ! कल रात की चढ़ी हुई अभी तक उतरी नहीं है...अच्छा, मैं चला; अपनी प्रस्कोव्या पाव्लोव्ना का रात को मुझे ठहराने का शुक्रिया अदा कर देना। वह तो कमरा अन्दर से बन्द करके लेट गईं; मैंने दरवाज़े के बाहर से सलाम किया तो उसका भी कोई जवाब नहीं। सुबह सात बजे उठीं, रसोई से समोवार सीधा उनके कमरे में लाया गया। मुझे तो दीदार तक नहीं नसीब हुआ उनका...''

ठीक नौ बजे रजुमीख़िन बकालेयेव के मकान पर पहुँचा। दोनों महिलाएँ घबराई हुई बड़ी अधीरता से उसकी राह देख रही थीं। वे सात बजे या उससे भी पहले उठ गई थीं। वह अन्दर आया तो चेहरे पर रात जैसी स्याही छाई हुई थी; कुछ सिटपिटाकर वह सलाम करने के अन्दाज़ से झुका और फ़ौरन ही इस बात पर अपने आपको धिक्कारने लगा। उसे इस बात का पूरा अन्दाज़ा नहीं था कि वह किससे मिलने आया है। पुल्ख़ेरिया अलेक्सांद्रोव्ना तो उसकी ओर लपक ही पड़ीं, उन्होंने बड़े तपाक से उसके दोनों हाथ पकड़ लिये और लगभग उन्हें चूमने लगीं। रजुमीख़िन ने डरते-डरते कनखियों से अव्दोत्या रोमानोव्ना की ओर देखा, लेकिन उस क्षण उसके गर्वीले चेहरे पर

ऐसी कृतज्ञता और मित्रता का भाव था, इतना सम्पूर्ण और अप्रत्याशित सम्मान का भाव था (जबकि वह उपहास की दृष्टि और खुले तिरस्कार के व्यवहार की आशा लेकर आया था) कि वह और भी निराश हो उठा। अगर उसे गाली दी गई होती तो भी शायद वह इतना न बौखलाता। भाग्य से बातचीत के लिए एक विषय था और फ़ौरन झपटकर उसका सहारा लेने से वह नहीं चूका।

यह सुनकर कि सब कुछ ठीक-ठाक चल रहा था और रोद्या अभी तक सोकर जागा नहीं था, पुल्ख़ेरिया अलेक्सांद्रोव्ना ने इस बात पर अपनी ख़ुशी का एलान किया, क्योंकि 'एक बात ऐसी थी जिसके बारे में पहले से बात कर लेना बहुत ही ज़रूरी था।' इसके बाद नाश्ते की बात पूछी गई और उसे भी साथ ही नाश्ता करने का निमन्त्रण मिला; वे लोग उसके साथ ही नाश्ता करने का इन्तज़ार कर रही थीं। अव्दोत्या रोमानोव्ना ने घंटी बजाई। घंटी की आवाज़ सुनकर फटे-पुराने मैले कपड़े पहने एक गन्दा सा वेटर आया और उन्होंने उससे चाय लाने को कहा। आख़िरकार चाय आई लेकिन ऐसे गन्दे और बेहूदा तरीक़े से कि दोनों महिलाएँ लज्जित हो गईं। रज़ुमीख़िन ने रहने की उस जगह पर धुआँधार हमला शुरू ही किया था कि लूजिन की याद आते ही वह सकपकाकर रुक गया। उसे पुल्ख़ेरिया अलेक्सांद्रोव्ना के सवालों की लगातार झड़ी से बड़ी राहत पहुँची।

वह पौन घंटे तक बोलता रहा; बीच-बीच में वे दोनों उससे सवाल भी पूछती रहीं। उसे रस्कोलनिकोव के पिछले एक साल के जीवन की जो सबसे महत्त्वपूर्ण बातें मालूम थीं वे उसने उनके सामने बयान कर दीं और अन्त में उसकी बीमारी से सम्बन्धित परिस्थितियों का विवरण भी दे दिया। लेकिन उसने बहुत सी बातें छोड़ भी दीं, जिनका छोड़ दिया जाना बेहतर ही था। इन बातों में पुलिस थाने का वह दृश्य और उसके बाद की घटनाएँ शामिल थीं। उन्होंने उसका यह पूरा क़िस्सा बड़ी उत्सुकता से सुना और जब वह समझ रहा था कि वह ख़त्म कर चुका है और उसके सुननेवालों को सन्तोष हो गया होगा, तब उसे पता चला कि वे लोग तो यही समझ रही थीं कि अभी उसने अपनी बात शुरू भी नहीं की है।

"अच्छा बताओ, मुझे यह तो बताओ ! तुम्हारे ख़्याल से...माफ़ करना, मुझे तो अभी तक तुम्हारा नाम भी नहीं मालूम !" पुल्ख़ेरिया अलेक्सांद्रोव्ना जल्दी से बोलीं।

"द्मित्री प्रोकोफ़िच !"

"मैं यह जानना चाहूँगी, द्मित्री प्रोकोफ़िच, बहुत-बहुत जानना चाहूँगी कि अब आमतौर पर चीज़ों की तरफ़...उसका रवैया क्या है, मेरा मतलब है, मैं कैसे समझाऊँ, क्या बातें उसे पसन्द हैं और क्या नापसन्द ? क्या वह हमेशा ऐसा ही चिड़चिड़ा रहता है ? मुझे बताओ तो, अगर तुम्हें मालूम हो कि उसकी उम्मीदें क्या हैं और, यों समझ लो, उसके सपने क्या हैं ? इस वक़्त उस पर किन बातों का असर है ? कुल मतलब यह है कि मैं चाहूँगी कि..."

"अरे, माँ, कोई इतनी सारी बातों का जवाब एक साथ कैसे दे सकता है ?" दूनिया ने बीच में टोका।

"भगवान जानता है, द्मित्री प्रोकोफ़िच, मुझे रत्ती भर भी यह उम्मीद नहीं थी कि वह ऐसी हालत में होगा !"

"स्वाभाविक बात है," रज़ुमीख़िन ने जवाब दिया, "मेरी माँ तो हैं नहीं, लेकिन मेरे चाचा हर साल आते हैं और लगभग हर बार ही ऐसा होता है कि वह मुझे पहचान भी मुश्किल से ही पाते हैं, यहाँ तक कि मेरी सूरत भी, हालाँकि वह बहुत होशियार आदमी हैं; और आपके तीन साल से अलग रहने से तो बहुत फ़र्क़ पड़ गया है। अब मैं आपसे क्या बताऊँ ? मैं रोदिओन को डेढ़ साल

से जानता हूँ : वह कुछ खोया-खोया और उदास सा रहता है, बड़ा स्वाभिमानी और ज़िद्दी है, और इधर कुछ समय से—और हो सकता है उससे भी बहुत पहले से—वह शक्की हो गया है, अपने मन से कोई बात सोचकर उसे पकड़कर बैठ जाता है। स्वभाव का बहुत अच्छा और दिल का बहुत नेक है। वह अपनी भावनाएँ सबके सामने ज़ाहिर करना पसन्द नहीं करता और उसे बेरहमी का बर्ताव भले ही करना पड़े लेकिन वह अपने दिल की बात खोलकर सामने कभी नहीं रखेगा। हालाँकि कभी-कभी ऐसा भी होता है कि वह किसी कुंठा या बीमारी का शिकार हुए बिना भी बिलकुल निर्मम और अमानुषिकता की हद तक कठोर हो जाता है; ऐसा लगता है कि एक नहीं दो आदमी हैं, कभी वह एक हो जाता है, कभी दूसरा। कभी-कभी तो वह अपने आपमें इतना सिमटकर रह जाता है कि डर लगने लगता है। कहता है उसे इतना काम है कि हर चीज़ से उसमें बाधा पड़ती है, लेकिन वह बस बिस्तर पर पड़ा रहता है और करता कुछ भी नहीं है। वह किसी चीज़ का मज़ाक़ भी नहीं उड़ाता, इसलिए नहीं कि उसमें इतनी बुद्धि नहीं है, बल्कि ऐसा लगता है उसके पास ऐसी टुच्ची बातों में गँवाने के लिए वक़्त नहीं है। उससे जो कुछ कहा जाता है वह उसे पूरी तरह कभी नहीं सुनता। किसी ख़ास मौक़े पर लोग जिस बात में दिलचस्पी लेते हैं उससे उसे कोई दिलचस्पी नहीं रहती। अपने आपको बहुत समझता है और शायद वह ठीक ही है। बस, और क्या बताऊँ ? मैं समझता हूँ कि आप लोगों के आने का उस पर बहुत अच्छा ही असर पड़ेगा।''

''भगवान करे ऐसा ही हो,'' रज़ुमीख़िन ने उसके रोद्या का जो हाल सुनाया था उससे व्यथित होकर पुल्ख़ेरिया अलेक्सांद्रोव्ना ने आशा करते हुए कहा।

आख़िरकार रज़ुमीख़िन ने अव्दोत्या रोमानोव्ना की ओर ज़्यादा बेझिझक होकर देखने की हिम्मत की। जब वह बातें कर रहा था तो बीच-बीच में अक्सर कनखियों से उसकी ओर देख लेता था, लेकिन बस एक क्षण के लिए देखकर फ़ौरन अपनी नज़रें दूसरी ओर फेर लेता था। अव्दोत्या रोमानोव्ना मेज़ के पास बैठी ध्यान से सुन रही थी। थोड़ी-थोड़ी देर बाद उठती और सीने पर हाथ बाँधे, होंठ भींचे, कमरे में इधर से उधर टहलने लगती; बीच-बीच में अपना टहलना रोके बिना ही वह कोई सवाल पूछ लेती। उसकी भी वही आदत थी कि जो कुछ कहा जाता था उसे वह सुनती नहीं थी। उसने गहरे रंग के महीन कपड़े की पोशाक पहन रखी थी और गले में सफ़ेद रंग का झीना रूमाल लपेट रखा था। रज़ुमीख़िन को उनकी हर चीज़ में बेहद ग़रीबी की झलक देख लेने में बहुत समय नहीं लगा। वह महसूस कर रहा था कि अगर अव्दोत्या रोमानोव्ना रानी-महारानी की तरह सजी-बनी होती तो उसको उससे कोई डर न लगता, लेकिन शायद बस इसी वजह से कि उसके कपड़े इतने मामूली थे और उसके चारों ओर की हर चीज़ से उसे मुफ़लिसी टपकती दिखाई देती थी, उसके दिल में डर समा गया। उसे अपने कहे हुए हर शब्द से, अपने हर हाव-भाव से डर लगने लगा था, और जो आदमी पहले से ही सहमा-सकुचाया हुआ हो उसके लिए यह बहुत ही परेशानी की बात थी।

''आपने मेरे भाई के चरित्र के बारे में बहुत सी दिलचस्प बातें बताई हैं...और बड़े निष्पक्ष भाव से बताई हैं। मुझे इस बात की बहुत ख़ुशी है। मैं समझती थी कि आपको उनसे इतना गहरा लगाव है कि आप उनकी कोई बुराई देख ही नहीं सकते,'' अव्दोत्या रोमानोव्ना ने मुस्कुराकर कहा। ''मैं समझती हूँ आपका यह कहना बिलकुल ठीक है कि उसे इस बात की ज़रूरत है कि कोई औरत उसकी देखभाल करे,'' कुछ सोचकर उसने इतना और जोड़ दिया।

''मैंने यह कहा तो नहीं था, लेकिन मैं इतना ज़रूर कह सकता हूँ कि आपका यह कहना बिलकुल ठीक है, बस इतनी बात है...''

''क्या ?''

''वह किसी से प्यार नहीं करता है और शायद कभी करेगा भी नहीं,'' रज़ुमीख़िन ने अपना निर्णय देते हुए कहा।

''आपका कहने का मतलब यह है कि वह प्यार कर ही नहीं सकता ?''

''आपको शायद मालूम नहीं, अव्दोत्या रोमानोव्ना, कि आप सचमुच हर बात में हूबहू अपने भाई जैसी हैं !'' अचानक उसके मुँह से यह बात निकल गई और उसे ऐसा कहने पर स्वयं आश्चर्य हुआ, लेकिन फ़ौरन यह याद आते ही कि अभी इससे पहले उसके भाई के बारे में क्या कहा था, उसका रंग चुक़न्दर की तरह लाल हो गया और वह सिटपिटा गया। उसे देखकर अव्दोत्या रोमानोव्ना को बरबस हँसी आ गई।

''रोद्या के बारे में तुम दोनों की राय ग़लत हो सकती है,'' पुल्ख़ेरिया अलेक्सांद्रोव्ना ने कुछ खीझकर कहा, ''मैं इस वक़्त की उलझन की बात नहीं कर रही हूँ, बेटी दूनिया। प्योत्र पेत्रोविच ने अपने इस ख़त में जो कुछ लिखा है और जो कुछ तुम और मैं अपने मन में माने बैठे हैं वह ग़लत हो सकता है, लेकिन, द्मित्री प्रोकोफ़िच, तुम सोच भी नहीं सकते कि वह कितना सनकी है, बस, यों समझ लो कि बेहद बदमिज़ाज है। जब वह पन्द्रह साल का था तभी से मुझे कभी यह भरोसा नहीं रहता था कि वह कब क्या कर बैठे। और मुझे तो पूरा यक़ीन है कि अब भी वह कोई ऐसा काम कर बैठेगा जिसे करने की बात कोई दूसरा आदमी सोच भी नहीं सकता।...अब जैसे इसी बात को ले लो, अभी डेढ़ साल पहले की बात है...उसने मुझे ऐसे चक्कर में डाल दिया और मुझे ऐसा गहरा धक्का पहुँचाया कि मैं तो मरते-मरते बची। जब वह उस लड़की से ब्याह करने की सोच रहा था—क्या नाम था उसका ?—अरे, वही उसकी मकान-मालकिन की बेटी ?''

''आपने उस मामले के बारे में विस्तार से सुना था ?'' अव्दोत्या रोमानोव्ना ने पूछा।

''क्या तुम समझते हो,'' पुल्ख़ेरिया अलेक्सांद्रोव्ना बड़े जोश के साथ अपनी बात कहती रहीं, ''क्या तुम समझते हो कि मैं लाख आँसू बहाती, लाख रोती-गिड़गिड़ाती, बीमार पड़ जाती, दुख से मर भी जाती, या हमारी ग़रीबी, कोई भी चीज़ उसे रोक सकती थी ? नहीं, इन सारी बाधाओं की परवाह किए बिना वह चुपचाप अपने रास्ते पर आगे बढ़ता जाता। तो क्या, क्या उसे हम लोगों से प्यार नहीं ?''

''उस मामले के बारे में उसने कभी मुझसे एक बात भी नहीं कही,'' रज़ुमीख़िन ने सतर्क रहकर जवाब दिया, ''लेकिन ख़ुद प्रस्कोव्या पाव्लोव्ना के मुँह से मैंने इसके बारे में कुछ सुना था, हालाँकि वह ऐसी औरत बिलकुल नहीं है कि किसी के बारे में कोई बात यों ही फैलाए। और मैंने जो कुछ सुना वह सचमुच कुछ अजीब था।''

''क्या, क्या सुना तुमने ?'' दोनों औरतों ने एक साथ पूछा।

''नहीं, कोई ख़ास बात नहीं। मुझे तो बस इतना मालूम हुआ कि वह शादी, जो बस उस लड़की के मर जाने की वजह से ही नहीं हो सकी, प्रस्कोव्या पाव्लोव्ना को बिलकुल पसन्द नहीं थी। लोग तो यह भी कहते हैं कि लड़की बिलकुल सुन्दर नहीं थी। मैंने तो यहाँ तक सुना है कि वह सरासर बदसूरत थी...हमेशा बीमार रहती थी...और कुछ अजीब सी लड़की थी। लेकिन ऐसा लगता है कि उस लड़की में कुछ अच्छाइयाँ भी थीं। कुछ-न-कुछ अच्छाइयाँ तो उसमें ज़रूर रही होंगी, वरना यह बात समझ में नहीं आती...दहेज के नाम पर भी कुछ नहीं था और उसके पैसे के चक्कर में वह पड़ता भी नहीं...लेकिन इन सब मामलों में कोई फ़ैसला करना हमेशा कठिन होता है।''

‘‘मुझे यक़ीन है कि वह ज़रूर अच्छी लड़की रही होगी,’’ अव्दोत्या रोमानोव्ना ने संक्षेप में अपनी राय दी।

‘‘भगवान मुझे क्षमा करे, उसके मरने पर मैं बहुत ख़ुश हुई थी। हालाँकि मैं ठीक से नहीं कह सकती कि दोनों में से कौन किसे ज़्यादा तकलीफ़ पहुँचाता–यह उसको, या वह इसको,’’ पुल्ख़ेरिया अलेक्सांद्रोव्ना ने इस सिलसिले को ख़त्म करते हुए कहा। इसके बाद उन्होंने कल लूजिन के साथ जो कांड हुआ था उसके बारे में टोह लेने के लिए उससे कुछ सवाल पूछने शुरू किए। ऐसा करते समय वह कुछ झिझक रही थीं और बीच-बीच में कनखियों से लगातार दूनिया को देखती जाती थीं, जिस पर दूनिया को साफ़ तौर पर बड़ी उलझन हो रही थी। ज़ाहिर था कि बाक़ी जो कुछ हुआ था उस सबसे बढ़कर इस घटना की वजह से उन्हें बहुत बेचैनी, बल्कि कहना चाहिए परेशानी थी। रज़ुमीख़िन ने एक बार फिर विस्तार से सारी घटना बयान कर दी, लेकिन इस बार वह अपनी राय भी जोड़ता गया। उसने खुले तौर पर रस्कोलनिकोव को जान-बूझकर प्योत्र पेत्रोविच का अपमान करने का दोषी ठहराया और उसके बीमार होने के बावजूद भी उसे माफ़ नहीं किया।

‘‘अपनी बीमारी से पहले ही उसने यह बात ठान रखी थी,’’ उसने आख़िर में यह भी कहा।

‘‘मेरा भी यही ख़्याल है,’’ पुल्ख़ेरिया अलेक्सांद्रोव्ना ने बहुत निराश भाव से सहमति प्रकट की। लेकिन उन्हें यह सुनकर बहुत ताज्जुब हो रहा था कि रज़ुमीख़िन इतनी सावधानी से, बल्कि कुछ हद तक प्योत्र पेत्रोविच के लिए सम्मान की भावना के साथ अपनी राय ज़ाहिर कर रहा था। यह बात अव्दोत्या रोमानोव्ना को भी कुछ खटकी।

‘‘तो प्योत्र पेत्रोविच के बारे में यह है तुम्हारी राय ?’’ पुल्ख़ेरिया अलेक्सांद्रोव्ना उससे पूछे बिना न रह सकीं।

‘‘आपकी बेटी के होनेवाले शौहर के बारे में मेरी राय और हो भी क्या सकती है,’’ रज़ुमीख़िन ने बड़ी दृढ़ता और सहृदयता से जवाब दिया, ‘‘और मैं यह बात बस कोरी शिष्टता के नाते नहीं कह रहा हूँ, बल्कि इसलिए...सिर्फ़ इसलिए कि अव्दोत्या रोमानोव्ना ने अपनी मर्ज़ी से इस आदमी को अपनाना स्वीकार किया है। कल रात उनके बारे में मैं जो इतनी बदतमीज़ी से बातें कर रहा था, उसकी वजह यह थी कि मैं बुरी तरह नशे में था और...उसके अलावा कुछ पागल भी हो गया था। जी हाँ, पागल, दीवाना। मेरा दिमाग़ बिलकुल फिर गया था...और आज सुबह से मैं अपनी उस हरकत पर शर्मिन्दा हूँ।’’ उसका चेहरा लाल हो गया और वह इसके आगे कुछ और बोल न सका। अव्दोत्या रोमानोव्ना के चेहरे पर भी लाली दौड़ गई, लेकिन उसने भी इस चुप्पी को नहीं तोड़ा। जब से उन लोगों ने लूजिन की चर्चा छेड़ी थी तब से वह एक शब्द भी नहीं बोली थी।

उसका सहारा पाए बिना पुल्ख़ेरिया अलेक्सांद्रोव्ना की समझ में नहीं आ रहा था कि वह क्या करें। आख़िरकार अटक-अटककर बोलते हुए और बराबर कनखियों से अपनी बेटी की ओर देखते हुए उन्होंने यह बात मानी कि एक बात की वजह से वह बेहद परेशान थीं।

‘‘देखो, द्मित्री प्रोकोफ़िच,’’ उन्होंने कहना शुरू किया, ‘‘मैं द्मित्री प्रोकोफ़िच से बिलकुल खुलकर बात करूँगी दूनिया ?’’

‘‘हाँ, हाँ, क्यों नहीं, माँ,’’ अव्दोत्या रोमानोव्ना ने ज़ोर देकर कहा।

‘‘बात असल में यह है,’’ उन्होंने जल्दी-जल्दी कहना शुरू किया, मानो अपनी परेशानी के बारे में बात करने की इजाज़त पाकर उनके दिमाग़ पर से एक बोझ हट गया हो, ‘‘आज बहुत सबेरे हमारे पास प्योत्र पेत्रोविच ने हमारे उस ख़त के जवाब में, जिसमें हमने उन्हें यहाँ अपने पहुँचने की ख़बर दी थी, एक पर्चा लिखकर भेजा। उन्होंने हमें लेने स्टेशन आने का वादा किया था, यह

तो तुम जानते ही हो; इसके बजाय उन्होंने हमें एक नौकर के हाथ रहने की इस जगह का पता भिजवा दिया और उससे हमें यहाँ तक का रास्ता बता देने को कह दिया; साथ ही उन्होंने यह सन्देश भी भिजवाया था कि आज सबेरे वह यहाँ आएँगे। लेकिन आज सबेरे उनका यह पर्चा आया है...तुम ख़ुद पढ़ लो। इसमें एक बात है जिसकी वजह से मुझे बड़ी चिन्ता है...अभी तुम्हारी समझ में आ जाएगा कि वह कौन सी बात है, और, द्मित्री प्रोकोफ़िच...मुझे अपनी सही-सही राय बताना ! तुम रोद्या के स्वभाव को जितनी अच्छी तरह जानते हो उतनी अच्छी तरह कोई और नहीं जानता, और हमें तुमसे ज़्यादा अच्छी सलाह भी कोई और नहीं दे सकता। मैं तुम्हें इतना बता दूँ कि दूनिया ने तो अपना फ़ैसला फ़ौरन कर लिया था, लेकिन मैं अभी तक अपना मन पक्का नहीं कर पाई हूँ कि हमें क्या क़दम उठाना चाहिए और मैं...मैं तुम्हारी राय जानने की राह देख रही थी।''

रज़ुमीख़िन ने पर्चा खोला, जिस पर पिछली शाम की तारीख़ पड़ी थी और उसमें लिखा था—

''प्रिय—महोदया, पुल्ख़ेरिया अलेक्सांद्रोव्ना, बड़े सम्मान के साथ मैं आपको यह सूचना देना चाहता हूँ कि कुछ ऐसी अड़चनों की वजह से, जिनका मुझे पहले से कोई पता नहीं था, मैं इतना लाचार हो गया कि आपको लेने रेलवे स्टेशन नहीं आ सका; इस काम के लिए मैंने एक बहुत ज़िम्मेदार आदमी को भेज दिया था। कल सबेरे भी मैं आपके दर्शन करने का सौभाग्य प्राप्त नहीं कर सकूँगा क्योंकि सीनेट में एक ऐसा काम आ पड़ा है जिसे टाला नहीं जा सकता। इसके अलावा यह भी बात है कि जब आप अपने बेटे से और अव्दोत्या रोमानोव्ना अपने भाई से मिल रही हों तो मैं उस मुलाक़ात में विघ्न नहीं डालना चाहता। मैं आपसे मिलने और आपके प्रति अपना सम्मान प्रकट करने आपके निवास-स्थान पर कल शाम तक, बल्कि ठीक आठ बजे, उपस्थित हूँगा। इसके साथ ही मैं आपकी सेवा में अपनी यह हार्दिक, बल्कि मैं यह भी कह दूँ, नितान्त आवश्यक प्रार्थना भी रखना चाहता हूँ कि हमारी भेंट के समय रोदिओन रोमानोविच वहाँ उपस्थित न रहें—क्योंकि कल जब उनकी बीमारी के समय मैं उन्हें देखने गया था तो उन्होंने मेरा ऐसा खुला अपमान किया जैसा आज तक किसी ने नहीं किया। इसके अलावा मैं एक और बात के बारे में आपसे निजी तौर पर नितान्त आवश्यक और परिस्थितिमूलक सफाई चाहता हूँ, मैं आपको पहले से ही यह सूचना भी दे देना चाहूँगा कि अगर मेरी इस प्रार्थना के बावजूद मेरी भेंट रोदिओन रोमानोविच से वहाँ हुई तो मैं फ़ौरन वहाँ से चले आने पर मजबूर हो जाऊँगा और इसके लिए केवल आप ही दोषी होंगी। मैं यह मानकर लिख रहा हूँ कि रोदिओन रोमानोविच, जो मेरे उनको देखने जाने के समय इतने बीमार लग रहे थे, अचानक दो ही घंटे बाद बिलकुल चंगे हो गए थे और इसलिए—घर से बाहर निकल सकने की हालत में होने की वजह से—हो सकता है कि वह आपसे मिलने भी आएँ। मेरा यह विश्वास उस बात से और भी पक्का हो गया है जो मैंने ख़ुद अपनी आँखों से एक शराबी के घर पर देखी जो सड़क पर गाड़ी से कुचल गया था और बाद में मर भी गया। उसकी बेटी को, जो बदचलन है, उन्होंने कफ़न-दफ़न के बहाने पच्चीस रूबल भी दिए, जिस पर मुझे गहरा आश्चर्य हुआ क्योंकि मुझे मालूम था कि आपने वह रक़म कितनी तकलीफ़ें उठाकर जुटाई थी। इसके साथ ही आपकी आदरणीय पुत्री अव्दोत्या रोमानोव्ना के प्रति अपना विशेष सम्मान प्रकट करते हुए मैं आपसे मेरा श्रद्धापूर्ण नमस्कार स्वीकार करने की प्रार्थना करता हूँ।

आपका तुच्छ सेवक,
प. लूजिन।''

''अब मैं क्या करूँ, द्मित्री प्रोकोफ़िच ?'' पुल्ख़ेरिया अलेक्सांद्रोव्ना ने लगभग रोते हुए अपनी बात

कहना शुरू किया, "भला मैं रोद्या को आने से कैसे मना कर सकती हूँ ? कल उसने इतनी ज़िद करके कहा कि हम प्योत्र पेत्रोविच से साफ़ इनकार कर दें और अब हमें हुक्म दिया जा रहा है कि रोद्या को अपने यहाँ न आने दें ! अगर उसे मालूम हो गया तो वह अदबदाकर आएगा, और...तब क्या होगा ?"

"अव्दोत्या रोमानोव्ना जो फ़ैसला करें वैसा कीजिए," रज़ुमीख़िन ने फ़ौरन शान्त भाव से उत्तर दिया।

"हाय, कुछ समझ में नहीं आता ! वह कहती है...भगवान जाने वह क्या कहती है, वह कुछ बताती ही नहीं कि चाहती क्या है ! वह तो कहती है कि सबसे अच्छा यही होगा, और सबसे अच्छा न भी हो तो यह बिलकुल ज़रूरी है कि रोद्या आठ बजे यहाँ मौजूद रहे और यह कि उन दोनों की मुलाक़ात हो...मैं तो उसे यह ख़त भी नहीं दिखाना चाहती थी, बल्कि तुम्हारी मदद से किसी तरकीब से उसे यहाँ आने से रोकना चाहती थी...क्योंकि वह काफ़ी चिड़चिड़ा हो गया है...इसके अलावा मेरी समझ में वह बात भी नहीं आती–उस शराबी की जो मर गया और उसकी बेटी की। और उसने उसकी बेटी को सारा पैसा दे कैसे दिया...जिसके..."

"जिसके लिए तुम्हें इतनी क़ुर्बानी करनी पड़ी थी, माँ," अव्दोत्या रोमानोव्ना ने उसकी बात पूरी करते हुए कहा।

"कल वह अपने होश में नहीं था," रज़ुमीख़िन ने कुछ सोचते हुए कहा, "काश, आपको मालूम होता कि कल उसने एक रेस्तराँ में क्या किया, हालाँकि उसमें एक तुक था...हुँ ! कल रात जब हम लोग घर जा रहे थे तो वह कुछ कह तो रहा था एक मरे हुए आदमी और एक लड़की के बारे में, लेकिन मेरी समझ में तो एक शब्द भी नहीं आया...लेकिन कल रात मैं ख़ुद भी..."

"माँ सबसे अच्छी बात यह होगी कि हम लोग ख़ुद उसके पास जाएँ। मैं यक़ीन दिलाती हूँ, वहाँ पहुँचकर हमारी समझ में फ़ौरन आ जाएगा कि हमें क्या करना है। इसके अलावा, अब देर भी होती जा रही है–बाप रे बाप, दस बज चुके हैं।" वह अपने गले में वेनिस की बनी हुई महीन सी ज़ंजीर से लटकी हुई एक बहुत ही शानदार सुनहरी घड़ी में, जिसका उसकी बाक़ी पोशाक के साथ कोई मेल नहीं दिखाई पड़ रहा था, वक़्त देखकर चिल्ला पड़ी। 'मंगेतर ने भेंट दी होगी,' रज़ुमीख़िन ने सोचा।

"हमें चल देना चाहिए, बेटी, फ़ौरन चल पड़ना चाहिए," उसकी माँ ने हड़बड़ी मचाते हुए कहा, "हमारे इतनी देर से आने पर वह सोचेगा कि हम लोग कलवाली बात पर अभी तक नाराज़ हैं। भगवान ही बचाए !"

यह कहते हुए उन्होंने जल्दी-जल्दी अपना लबादा पहना और टोपी लगा ली। दूनिया भी पहन-ओढ़कर तैयार हो गई। रज़ुमीख़िन ने देखा कि उसके दस्ताने न सिर्फ़ बदरंग और भद्दे थे बल्कि उनमें जगह-जगह सूराख़ भी हो गए थे। फिर भी साफ़ दिखाई देनेवाली इस ग़रीबी की वजह से दोनों महिलाओं में एक विशेष प्रकार की गरिमा और प्रतिष्ठा आ गई थी, जो ऐसे लोगों में हमेशा पाई जाती है जो जानते हैं कि मामूली कपड़े भी किस तरह सँवारकर, सलीक़े से पहने जा सकते हैं। रज़ुमीख़िन ने बड़ी श्रद्धा से दूनिया की ओर देखा और इस बात पर गर्व अनुभव किया कि वह उसके साथ चल रहा था। 'वह रानी जो क़ैदख़ाने में अपने मोज़े रफ़ू करती थी,' उसने सोचा, 'उस वक़्त भी सोलहों आने रानी ही लगती होगी, बल्कि उससे भी ज़्यादा रानी लगती होगी जैसी कि वह आलीशान दावतों में और दरबार सजने पर लगती रही होगी।'

"हे भगवान !" पुल्ख़ेरिया अलेक्सांद्रोव्ना ने बहुत दुखी होकर कहा, "मैंने कभी सोचा भी नहीं

था कि मुझे कभी अपने बेटे से, अपने कलेजे के टुकड़े रोद्या से मिलने में डर भी लग सकता है ! मुझे अब डर लग रहा है, द्मित्री प्रोकोफ़िच।'' कहते हुए उन्होंने सहमी हुई दृष्टि से उसे देखा।

''डरो नहीं, माँ,'' दूनिया ने उसे प्यार करते हुए कहा, ''भरोसा करो उस पर। मैं भी करती हूँ।''

''अरे, भरोसा तो है उस पर, लेकिन सारी रात मेरी आँख नहीं लगी,'' बेचारी माँ ने निरीह स्वर में कहा।

वे लोग बाहर सड़क पर आ निकले थे।

''जानती हो, दूनिया, आज सबेरे जब थोड़ी देर को मेरी आँख लगी तो मैंने सपने में मार्फ़ा पेत्रोव्ना को देखा...वह सिर से पाँव तक सफ़ेद कपड़े पहने थीं...वह मेरे पास आईं और मेरा हाथ पकड़कर मेरी ओर सिर हिलाया, कुछ इस तरह के झटके से मानो मुझे दोष दे रही हों...क्या यह अच्छा शगुन है ? अरे, तुम नहीं जानते, द्मित्री प्रोकोफ़िच, मार्फ़ा पेत्रोव्ना मर चुकी हैं !''

''नहीं, मुझे नहीं मालूम था; मार्फ़ा पेत्रोव्ना थीं कौन ?''

''बस अचानक मर गईं; और ज़रा सोचो...''

''बाद में, माँ,'' दूनिया ने उसकी बात काटते हुए कहा, ''इन्हें क्या मालूम कि मार्फ़ा पेत्रोव्ना कौन थीं।''

''अरे, तुम नहीं जानते ? और मैं समझ रही थी कि तुम्हें हम लोगों के बारे में सब कुछ मालूम है। माफ़ करना, द्मित्री प्रोकोफ़िच, इधर पिछले कुछ दिनों से मैं न जाने क्या-क्या सोचती रहती हूँ। मैं तुम्हें सचमुच हम लोगों के लिए भगवान की देन समझती हूँ, और इसलिए मैंने यह मान लिया था कि तुम हम लोगों के बारे में सब कुछ जानते होंगे। मैं तो तुम्हें अपना रिश्तेदार समझती हूँ...मेरी इस बात का बुरा मानना। अरे, यह तुम्हारे दाहिने हाथ में क्या हुआ ? कहीं चोट लगा ली क्या ?''

''हाँ, चोट लग गई थी,'' रज़ुमीख़िन ने दबे स्वर में जवाब दिया; वह ख़ुशी से फूला नहीं समा रहा था।

''मैं कभी-कभी बिलकुल अपने दिल की बात कह देती हूँ, और दूनिया मुझे टोकती है...लेकिन, भैया, वह भी कैसे दड़बे में रहता है ! मालूम नहीं अभी जागा भी होगा कि नहीं ? क्या यह औरत, उसकी मकान-मालकिन, उस जगह को कमरा समझती है ? सुनो, तुम कह रहे थे कि वह अपनी भावनाएँ किसी के सामने खोलकर रखना नहीं चाहता, तो यदि मैं अपनी कमज़ोरियाँ उसके सामने रखूँगी तो उसे झुँझलाहट ही होगी ? मुझे सलाह दो, द्मित्री प्रोकोफ़िच, मैं उसके साथ किस तरह का बर्ताव करूँ ? मेरी तो कुछ समझ में नहीं आता, मैं बिलकुल खोई-खोई सी रहती हूँ !''

''अगर उसके माथे पर बल पड़े हों तो उससे किसी बात के बारे में बहुत सवाल न पूछिएगा; उससे उसकी तन्दुरुस्ती के बारे में बहुत न पूछिएगा; यह उसे अच्छा नहीं लगता।''

''आह, द्मित्री प्रोकोफ़िच, माँ होना भी कैसी मुसीबत है ! लो, यह तो सीढ़ियाँ आ गईं...कैसी बेढब सीढ़ियाँ हैं !''

''माँ, तुम्हारा चेहरा तो बिलकुल पीला पड़ गया है ! इतनी दुखी न हो, माँ,'' दूनिया ने बड़े प्यार से उसे सहलाते हुए कहा और फिर चमकती हुई आँखों से देखकर बोली, ''वह तुम्हें देखकर खुश ही होगा, तुम बेकार परेशान हो रही हो।''

''आप लोग ठहरिएगा, मैं ज़रा अन्दर झाँककर देख लूँ कि वह जाग गया है या नहीं।''

रज़ुमीख़िन आगे बढ़ गया; दोनों औरतें धीरे-धीरे उसके पीछे आ रही थीं। जब वे चौथी मंज़िल

पर मकान-मालकिन के दरवाज़े पर पहुँचीं तो उन्होंने देखा कि उसके दरवाज़े में एक पतली सी दरार खुली थी और दो काली-काली आँखें अँधेरे में उन्हें देख रही थीं। अब उनकी आँखें चार हुईं तो दरवाज़ा अचानक इतने ज़ोर से बन्द कर दिया गया कि पुल्ख़ेरिया अलेक्सांद्रोव्ना के मुँह से तो चीख़ निकलते-निकलते रह गई।

3

"ठीक है, बिलकुल ठीक है !" उनके अन्दर आते ही ज़ोसिमोव ख़ुश होकर ऊँचे स्वर में बोला। वह अभी दस ही मिनट पहले आया था और सोफ़े पर उसी पहलेवाली जगह पर बैठा था। रस्कोलनिकोव सामनेवाले कोने में बैठा था। वह अच्छी तरह मुँह-हाथ धोए, बाल बनाए और सारे कपड़े पहने हुए था, जैसा कि इधर काफ़ी अरसे से नहीं हुआ था। कमरा फ़ौरन ठसाठस भर गया, फिर भी नस्तास्या मेहमानों के पीछे-पीछे अन्दर आ गई और उनकी बातें सुनने के लिए वहीं रुकी रही।

कल की हालत की तुलना में रस्कोलनिकोव लगभग बिलकुल चंगा हो गया था, लेकिन उसका चेहरा अब भी पीला, बेजान और उदास लगता था। देखने में वह किसी घायल आदमी या किसी ऐसे आदमी जैसा लगता था जो कोई भयानक शारीरिक पीड़ा झेल चुका हो। उसकी भवें तनी हुईं, होंठ भिंचे हुए और आँखों में बुख़ार जैसी हालत थी। वह बहुत थोड़ा बोलता था और वह भी अटक-अटककर मानो कोई फ़र्ज़ पूरा कर रहा हो। उसकी चाल-ढाल में एक बेचैनी सी थी।

बस इतनी ही कमी रह गई थी कि अगर उसकी बाँह स्लिंग से टिकी होती या उसकी उँगली पर पट्टी बँधी होती तो उसका हुलिया उस आदमी जैसा हो जाता जिसके हाथ में चोट लगी हुई हो या जिसके कोई बेहद दर्द करनेवाला फोड़ा हो।

कमरे में माँ और बहन के आने पर उसके पीले, उदास चेहरे पर एक क्षण के लिए चमक सी आ गई, लेकिन इसकी वजह से उस पर निराशा की बजाय अधिक गहरी व्यथा का भाव आ गया था। यह चमक तो थोड़ी देर में ग़ायब हो गई लेकिन व्यथा का भाव बना रहा, ज़ोसिमोव ने नई-नई डॉक्टरी शुरू करनेवाले नौजवान डॉक्टर के पूरे उत्साह के साथ अपने मरीज़ को ध्यान से देखने और उसकी हालत पर गहराई से विचार करने के बाद यह नतीजा निकाला कि उसे अपनी माँ और बहन के आने से कोई ख़ुशी नहीं हुई थी, बल्कि अन्दर-ही-अन्दर एक छिपा हुआ कटु दृढ़ संकल्प पैदा हुआ था कि वह घंटे या दो घंटे तक एक बार फिर उस यातना को झेल लेगा जिसे टाला नहीं जा सकता था। बाद में उसने देखा कि उनके बीच जो बातचीत हुई उसका एक-एक शब्द ऐसा लग रहा था कि वह किसी दुखते हुए घाव को छेड़कर उसमें टीस पैदा कर देता था। लेकिन इसके साथ ही उसे एक ऐसे मरीज की अपने आप पर क़ाबू रखने और अपनी भावनाओं को छिपाने की ताक़त पर हैरत भी हो रही थी जो अभी कल तक ज़रा सी बात पर पागलों की तरह भड़क उठता था।

"हाँ, अब मुझे ख़ुद ऐसा लगता है कि मैं लगभग बिलकुल ठीक हो गया हूँ," रस्कोलनिकोव ने माँ और बहन को चूमकर उनका स्वागत करते हुए कहा, जिससे पुल्ख़ेरिया अलेक्सांद्रोव्ना की फ़ौरन बाछें खिल गईं। "और मैं यह बात उस तरह नहीं कह रहा हूँ जिस तरह कल कही थी," उसने बड़े दोस्ताना ढंग से रज़ुमीख़िन का हाथ दबाते हुए उससे कहा।

"सचमुच, आज इसे देखकर मुझे ख़ुद ताज्जुब हो रहा है," ज़ोसिमोव ने कहना शुरू किया;

वह उन दोनों महिलाओं के आ जाने से बहुत खुश था क्योंकि अब से पहले वह अपने मरीज़ के साथ दस मिनट भी बातचीत करने में असफल रहा था। "अगर यह सिलसिला इसी तरह चलता रहा तो तीन-चार दिन में यह फिर पहले जैसा हो जाएगा, मेरा मतलब है कि जैसा एक महीने पहले, या दो महीने पहले था...या शायद वैसा भी जैसा तीन महीने पहले था। यह हालत काफ़ी दिनों से धीरे-धीरे बिगड़ती गई है...क्यों ? अब मान भी लो कि शायद यह सब कुछ तुम्हारा अपना ही किया-धरा है ?" उसने कुछ झिझकते हुए मुस्कुराकर कहा, मानो वह अब भी डर रहा हो कि कहीं वह चिढ़ न जाए।

"बहुत मुमकिन है," रस्कोलनिकोव ने सपाट स्वर में जवाब दिया।

"मैं तो यह भी कहना चाहूँगा," ज़ोसिमोव ने बड़े उत्साह से अपनी बात जारी रखी, "कि तुम्हारे ठीक होने का सारा दारोमदार खुद तुम पर है। अब चूँकि तुमसे बात की जा सकती है, इसलिए मैं यह बात तुम्हारे दिमाग़ में अच्छी तरह बिठा देना चाहूँगा कि तुम्हारे लिए उन बुनियादी वजहों से बचना निहायत ज़रूरी है जो तुम्हारी यह बीमारी पैदा कर सकती हैं, मेरा मतलब है कि जो तुम्हारी इस हालत की जड़ हैं। अगर तुम ऐसा करोगे तो अच्छे हो जाओगे, और अगर नहीं करोगे तो तुम्हारी हालत दिन ब दिन बिगड़ती जाएगी। ये बुनियादी वजहें क्या हैं, मुझे तो मालूम नहीं लेकिन तुम्हें ज़रूर मालूम होंगी। तुम समझदार आदमी हो, और ज़ाहिर है, तुमने इन वजहों को खुद पहचाना होगा। मैं समझता हूँ कि तुम्हारे बहकने की पहली मंज़िल का वक़्त भी वही था जब तुमने यूनिवर्सिटी छोड़ी थी। तुम्हें ख़ाली नहीं बैठना चाहिए, इसलिए मैं समझता हूँ कि अगर तुम कोई काम करते रहोगे और अपने सामने कोई लक्ष्य रखोगे तो बहुत फ़ायदा होगा।"

"हाँ, हाँ; तुम बिलकुल ठीक कहते हो...मैं जल्दी-से-जल्दी यूनिवर्सिटी वापस जाने की कोशिश करूँगा और तब...सब कुछ ठीक हो जाएगा..."

ज़ोसिमोव ने ये उपदेश की बातें कुछ हद तक उन महिलाओं पर अपनी धाक जमाने के लिए शुरू की थीं; लेकिन जब भाषण समाप्त करके उसने एक नज़र अपने मरीज़ पर डाली और उसके चेहरे पर एक कटु मुस्कुराहट देखी तो उसे कुछ हैरत ज़रूर हुई। लेकिन यह हालत बस एक क्षण तक ही रही। पुल्ख़ेरिया अलेक्सांद्रोव्ना ने फ़ौरन ज़ोसिमोव का शुक्रिया अदा करना शुरू कर दिया, ख़ासतौर पर पिछली रात उनके यहाँ आने का।

"क्या ! यह कल रात भी तुम लोगों से मिला था ?" रस्कोलनिकोव ने मानो चौंककर पूछा, "तब तो इतने लम्बे सफ़र के बाद तुम लोग भी सोई नहीं होगी !"

"अरे नहीं, रोद्या, वह तो बस दो बजे तक की बात थी। और घर पर भी तो हम और दूनिया कभी दो बजे से पहले नहीं सोते।"

"मेरी समझ में नहीं आता कि मैं इसका शुक्रिया भी कैसे अदा करूँ," रस्कोलनिकोव अचानक माथे पर बल डालकर और नीचे ताकते हुए कहता रहा, "पैसे देने का सवाल तो अलग रहा—मुझे इस बात की चर्चा छेड़ने के लिए माफ़ करना," उसने ज़ोसिमोव की ओर मुड़कर कहा, "सचमुच मेरी समझ में नहीं आता कि मैंने तुम्हारे साथ ऐसा कौन सा उपकार किया है कि तुम ख़ासतौर पर मेरा इतना ध्यान रख रहे हो ! मेरी समझ में बिलकुल नहीं आती यह बात...और...और...सच पूछो तो यह मेरे लिए एक बोझ बन गई है, क्योंकि मेरी समझ में नहीं आती। मैं तुमसे बिलकुल साफ़-साफ़ कह रहा हूँ।"

"परेशान न हो !" ज़ोसिमोव ने ज़बर्दस्ती हँसते हुए कहा, "यों समझ लो कि तुम मेरे पहले मरीज़ हो। हम लोग जब नई-नई डॉक्टरी शुरू करते हैं तो अपने पहले मरीज़ों से हमें ऐसा लगाव

हो जाता है जैसे वे हमारे बच्चे हों और कुछ तो उनसे बिलकुल प्यार सा करने लगते हैं। और मेरे पास तो मरीज़ भी बहुत ज़्यादा नहीं हैं।''

''इसके बारे में तो मैं कुछ कहता ही नहीं,'' रस्कोलनिकोव ने रज़ुमीख़िन की ओर इशारा करते हुए कहा, ''हालाँकि इसे भी मुझसे झिड़कियों और मुसीबतों के अलावा कुछ नहीं मिला।''

''कैसी बकवास कर रहा है ! क्यों, आज इतनी भावुकता क्यों उमड़ी पड़ रही है ?'' रज़ुमीख़िन ऊँचे स्वर में बोला।

अगर उसकी समझ थोड़ी और पैनी होती तो वह बड़ी आसानी से देख लेता कि उसमें भावुकता का नाम भी नहीं था, बल्कि उसकी उल्टी ही कोई चीज़ थी। लेकिन दूनिया ने इस बात को ताड़ लिया। वह अपने भाई को बड़े ग़ौर और बड़ी बेचैनी से देख रही थी।

''जहाँ तक तुम्हारा सवाल है, माँ, मैं कुछ कहने की हिम्मत ही नहीं कर सकता,'' वह इस तरह कहता रहा जैसे कोई रटा हुआ पाठ सुना रहा हो, ''आज जाकर मुझे इस बात का कुछ अन्दाज़ा हुआ कि कल मेरे वापस आने की राह देखते हुए तुम्हें कितनी तकलीफ़ हुई होगी।'' यह सब कुछ कह चुकने के बाद उसने एक शब्द भी कहे बिना मुस्कुराते हुए अचानक अपनी बहन की ओर हाथ बढ़ा दिया। लेकिन इस मुस्कुराहट में सच्ची, निष्कपट भावना की चमक थी। दूनिया ने फ़ौरन इस बात को देख लिया और बेहद ख़ुश होकर कृतज्ञता के भाव से उसका हाथ बड़े तपाक से दबाया। कल के उनके झगड़े के बाद रस्कोलनिकोव ने पहली बार उसे सम्बोधित किया था। भाई-बहन के बीच इस तरह फिर से बिलकुल पक्की सुलह हो जाते देखकर माँ का चेहरा हर्षातिरेक से खिल उठा।

''बस, इसकी यही बात तो मुझे बेहद पसन्द है,'' रज़ुमीख़िन, जिसे हर बात बढ़ा-चढ़ाकर कहने की आदत थी, झटके से कुर्सी पर पहलू बदलते हुए, मुँह-ही-मुँह में बुड़बुड़ाया, ''ऐसी लहरें भी उठती हैं इसके दिल में !''

'और करता कैसे ढंग से है यह सब,' माँ अपने मन में सोच रही थी, 'कैसे उदार भाव हैं उसके, और कितने सीधे-सादे ढंग से, कैसी कोमलता से उसने बहन के साथ कल की अपनी सारी ग़लतफ़हमी दूर कर दी—बस बिलकुल सही क्षण पर उसकी ओर अपना हाथ बढ़ाकर। और उसका पूरा मुखड़ा कितना सुन्दर है !...देखने में दूनिया से भी सुन्दर लगता है...मगर, हे भगवान, सूट तो देखो—कैसे बुरे कपड़े पहन रखे हैं !...अफ़ानासी इवानोविच की दुकान का चपरासी वास्या भी इससे अच्छे कपड़े पहनता है ! मेरा जी चाहता है आगे बढ़कर उसे कलेजे से लगा लूँ...और ख़ुश होकर रोऊँ, ख़ूब रोऊँ—लेकिन मुझे डर लगता है...क्या बताऊँ, कैसा अजीब लगता है वह ! कैसी मीठी-मीठी बातें कर रहा है, लेकिन मुझे डर लगता है ! आख़िर, मुझे किस बात का डर लगता है ?...'

''अरे, रोद्या, तुम्हें यक़ीन नहीं आएगा,'' माँ ने अचानक कहना शुरू किया जैसे उन्हें उन शब्दों के जवाब में कुछ कहने की जल्दी हो जो बेटे ने उनसे कहे थे, ''कल दूनिया और मैं कितने दुखी थे ! अब जब सारा झगड़ा चुक गया है, हम सब फिर बहुत ख़ुश हैं—इतना तो मैं तुम्हें बता सकती हूँ। ज़रा सोचो, हम लोग तुमसे मिलने को इतने बेताब थे कि रेलगाड़ी से उतरते ही लगभग सीधे यहाँ आए और उस औरत ने—अरे, यह रही वह ! कहो, कैसी हो, नस्तास्या !...इसने हमें आते ही बताया कि तुम तेज़ बुख़ार में पड़े थे और सरसाम की हालत में डॉक्टर से भागकर बाहर चले गए थे और वे लोग तुम्हें बाहर सड़क पर ढूँढ़ रहे थे। तुम सोच नहीं सकते कि हमें उस वक़्त कैसा लगा होगा ! मुझे अचानक लेफ़्टिनेंट पोतांचिकोव का अंजाम याद आ गया। तुम्हारे बाप के एक दोस्त थे—तुम्हें तो उनकी याद नहीं होगी, रोद्या—वह भी इसी तरह तेज़ बुख़ार में भागकर

बाहर निकल गए थे और आँगन के कुएँ में गिर पड़े थे, कहीं अगले दिन जाकर निकाले जा सके। और हमने तो मामले को बढ़ा-चढ़ाकर सौ गुना बना दिया था। हम तो मदद माँगने के लिए भागकर प्योत्र पेत्रोविच के पास जानेवाले थे...क्योंकि हम अकेले थे, बिलकुल अकेले,'' उन्होंने दर्द में डूबी हुई आवाज़ में कहा और अचानक रुक गईं; उन्हें याद आया कि अभी प्योत्र पेत्रोविच की बात करना ख़तरे से ख़ाली नहीं होगा।

''हाँ, हाँ...झुंझलाने की बात ही है...'' रस्कोलनिकोव जवाब में बुदबुदाया, लेकिन वह अपने विचारों में ऐसा डूबा हुआ और कुछ खोया-खोया सा था कि दूनिया परेशान होकर उसे घूरती रही।

''मैं और क्या कहना चाहता था ?'' वह कुछ याद करने की कोशिश करता हुआ अपनी बात कहता रहा, ''अरे हाँ, माँ, और दूनिया तुम भी, तुम लोग यह न समझना कि मैं आज आकर तुम लोगों से मिलने का कोई इरादा नहीं रखता था और इस बात की राह देख रहा था कि पहले तुम लोग यहाँ आओ।''

''कैसी बात करते हो, रोद्या ?'' पुल्ख़ेरिया अलेक्सांद्रोव्ना ने विचलित होकर कहा। उन्हें भी बड़ा ताज्जुब हुआ था उसकी बात पर।

'क्या यह जवाब फ़र्ज़ निभाने के लिए दिया जा रहा है ?' दूनिया सोचने लगी। 'क्या यह सुलह-समझौता कर लेने और अपनी ग़लती की माफ़ी माँगने की कोशिश है, जैसे कोई रस्म पूरी की जा रही हो या कोई सबक़ सुनाया जा रहा हो ?'

''मैं तो अभी सोकर उठा, और तुम लोगों के यहाँ जाना चाहता था लेकिन अपने कपड़ों की वजह से देर हो गई; मैं कल इससे...नस्तास्या से...कहना भूल गया था...कि ख़ून धो डाले...बस, अभी कपड़े पहनकर तैयार ही हुआ था।''

''ख़ून ! कैसा ख़ून !'' पुल्ख़ेरिया अलेक्सांद्रोव्ना ने चौंककर पूछा।

''अरे कुछ नहीं—परेशान न हो। कल जब मैं इधर-उधर घूम रहा था, कुछ-कुछ सरसामी हालत में, तब रास्ते में एक आदमी सड़क पर पड़ा मिल गया था जो गाड़ी से कुचल गया था...क्लर्क था...''

''सरसामी हालत में ? लेकिन तुम्हें याद तो सब कुछ है !'' रज़ुमीख़िन बीच में बोला।

''तुम ठीक कहते हो,'' रस्कोलनिकोव ने ख़ासतौर पर सावधान रहकर जवाब दिया, ''मुझे सब कुछ याद है, छोटी-से-छोटी बात भी, मगर फिर भी—मैंने वैसा क्यों किया, वहाँ क्यों गया और वह बात क्यों कही, यह अब मैं ठीक-ठीक नहीं बता सकता।''

''यह बात तो सभी जानते हैं,'' ज़ोसिमोव बीच में अपनी राय देते हुए बोला, ''कभी-कभी ऐसा होता है कि कोई योजना बड़े कुशल ढंग से, निपुणता के साथ और बड़ी चालाकी से पूरी की जाती है, लेकिन उसके अलग-अलग कामों पर नियन्त्रण में, ख़ासतौर पर शुरू में, ढील रहती है और उसका फ़ैसला बहुत सी ऐसी धारणाओं की बुनियाद पर होता है जो स्वस्थ नहीं होतीं—बिलकुल सपने जैसी बात होती है।''

'शायद यह अच्छा ही है कि वह मुझे लगभग पागल समझ रहा है,' रस्कोलनिकोव ने सोचा।

''क्यों, अच्छे-भले लोग भी, जिन्हें कोई बीमारी नहीं होती, ऐसी ही हरकतें करते हैं,'' दूनिया ने बेचैन होकर ज़ोसिमोव की ओर देखते हुए कहा।

''आप जो कह रही हैं उसमें कुछ सच्चाई है,'' ज़ोसिमोव ने जवाब दिया, ''उस माने में तो यह कोई अनोखी बात नहीं है कि हम सभी लोग पागलों जैसी हरकतें करते हैं, बस फ़र्क़ इतना होता है कि जिन लोगों का 'दिमाग पटरी से उतर जाता है' वे कुछ ज़्यादा पागल होते हैं। कहीं

तो हमें दोनों के बीच कोई फ़र्क़ करना ही पड़ेगा। यह सच है कि ऐसा आदमी शायद ही कोई होता हो जिसमें किसी तरह की कोई गड़बड़ी न हो। हज़ारों में—शायद लाखों में—मुश्किल से कहीं एक मिलता है और सो भी विशुद्ध रूप से नहीं।''

अपने प्रिय विषय पर धाराप्रवाह बोलते हुए ज़ोसिमोव के मुँह से असावधानी में 'पागल' शब्द निकलते ही सबके माथे पर बल पड़ गए।

रस्कोलनिकोव अपने पीले होंठों पर एक अजीब सी मुस्कुराहट लिये विचारों में डूबा हुआ बैठा रहा; ऐसा लग रहा था कि उसने इस बात की ओर कोई ध्यान नहीं दिया है। वह अभी तक किसी बात के बारे में सोच रहा था।

''हाँ, तो उस आदमी का क्या हुआ जो गाड़ी से कुचल गया था ? मैंने तुम्हारी बात बीच में काट दी थी !'' रज़ुमीख़िन जल्दी से बोला।

''क्या ?'' रस्कोलनिकोव जैसे सोते से अचानक जाग पड़ा हो, ''ओह...उसे घर तक पहुँचाने में मदद देते वक़्त मेरे कपड़े ख़ून में सन गए थे। अरे हाँ, माँ, अच्छा याद आया, कल मैंने एक ऐसी हरकत की जिसके लिए मुझे माफ़ नहीं किया जा सकता। सचमुच मैं बेहोशी की हालत में था। तुमने मुझे जो पैसा भेजा था वह सारे का सारा मैंने...उसकी बीवी को कफ़न-दफ़न के लिए दे दिया। अब वह विधवा हो गई है, तपेदिक़ की मारी वैसे ही है, बेचारी...तीन बच्चे हैं, भूखे बिलखते हुए...घर में दाना भी तो नहीं है...एक बेटी भी है...अगर तुमने उन लोगों को देखा होता तो शायद तुम भी दे देतीं।...लेकिन, मैं मानता हूँ मुझे ऐसा करने का कोई हक़ नहीं था, ख़ासतौर पर ऐसी हालत में जबकि मुझे मालूम था कि तुम्हें ख़ुद उस पैसे की कितनी ज़रूरत थी। दूसरों की मदद करने के लिए आदमी को ऐसा करने का हक़ होना चाहिए, वरना Crevez, chiens, si vous n'êtes pas contents !''[1] यह कहकर वह हँस पड़ा, ''क्यों, ठीक बात है न, दूनिया ?''

''नहीं, ऐसी बात नहीं है,'' दूनिया ने दृढ़ता से उत्तर दिया।

''छिः ! तुम्हारे भी आदर्श हैं !'' वह दूनिया को लगभग घृणा से देखते हुए और व्यंग्य से मुस्कुराते हुए बुड़बुड़ाया, ''मुझे पहले ही सोचना चाहिए था...ख़ैर, यह तारीफ़ की ही बात है, और तुम्हारे लिए अच्छा ही है...और अगर तुम ऐसी हद पर पहुँच गईं जिसे पार करने को तुम तैयार न हुईं तो तुम बहुत दुखी रहोगी...और अगर तुमने उसे पार कर लिया तो और भी दुखी होगी... लेकिन यह सब बकवास है !'' उसने चिढ़कर कहा; उसे इस तरह भावनाओं के प्रवाह में बह जाने पर झुँझलाहट हो रही थी। ''मैं तो बस इतना कहना चाहता था, माँ, कि मैं उसके लिए माफ़ी चाहता हूँ,'' उसने अचानक अपनी बात ख़त्म करते हुए संक्षेप में कहा।

''जाने भी दो, रोद्या, मैं तो बस इतना जानती हूँ कि तुमने जो कुछ भी किया बहुत अच्छा किया !'' माँ ने ख़ुश होकर कहा।

''इस बात पर बहुत ज़्यादा भरोसा न रखना,'' रस्कोलनिकोव ने कुछ मुँह टेढ़ा करके मुस्कुराते हुए जवाब दिया।

इसके बाद कुछ देर तक सब चुप रहे। इस सारी बातचीत में, इस ख़ामोशी में, इस सुलह-समझौते और इस क्षमा कर देने में कुछ झिझक थी, जिसे सभी महसूस कर रहे थे।

'ऐसा लगता है कि वे मुझसे डरी हुई हैं,' रस्कोलनिकोव अपनी माँ और बहन को कनखियों से देखता हुआ मन-ही-मन सोच रहा था। पुल्ख़ेरिया अलेक्सांद्रोव्ना को तो जितनी ही ज़्यादा देर तक चुप रहना पड़ रहा था उतना ही उनका डर बढ़ता जा रहा था।

---

1. कुत्ते, अगर तू संतुष्ट नहीं है तो मर ! (फ़्रांसीसी)

'फिर भी जब वे यहाँ नहीं थीं तब मैं अपने दिल में उनके लिए कितना प्यार महसूस करता था,' अचानक यह विचार उसके दिमाग़ में बिजली की तरह कौंध गया।

"तुम्हें मालूम है, रोद्या, मार्फ़ा पेत्रोव्ना मर गईं," पुल्ख़ेरिया अलेक्सांद्रोव्ना ने अचानक बिना किसी प्रसंग के कहा।

"कौन मार्फ़ा पेत्रोव्ना ?"

"अरे, भगवान भला करे, वही मार्फ़ा पेत्रोव्ना स्विद्रिगाइलोवा ! मैंने तुम्हें उनके बारे में इतनी बहुत सी बातें लिखी थीं।"

"ओ-ह ! हाँ, याद आया...अच्छा, वह मर गईं ! सचमुच ?" रस्कोलनिकोव ने अचानक जल्दी से कहा, जैसे सोते से जाग पड़ा हो, "कैसे मरीं ?"

"आश्चर्य की बात है, बस अचानक मर गईं !" पुल्ख़ेरिया अलेक्सांद्रोव्ना ने उसकी उत्सुकता से प्रोत्साहित होकर जल्दी से जवाब दिया, "उसी दिन मैंने तुम्हें वह ख़त भेजा था ! सच जानो, उस जल्लाद आदमी की वजह से ही उनकी मौत हुई। लोग तो कहते हैं कि उसने उन्हें बुरी तरह पीटा था।"

"क्यों, क्या उनकी बिलकुल नहीं बनती थी ?" रस्कोलनिकोव ने अपनी बहन की ओर देखकर पूछा।

"नहीं, ऐसी बात तो बिलकुल नहीं है। बल्कि इसकी उल्टी ही बात थी। उनके साथ तो वह हमेशा बड़े धीरज से पेश आता था, बल्कि कहिना चाहिए कि उनका बहुत ख़्याल रखता था। सच तो यह है कि अपनी शादी के उन सात बरसों के दौरान बहुत सी बातों में वह वही करता था जो उन्हें पसन्द था, सच पूछो तो हद से ज़्यादा हद तक। लगता है अचानक वह धीरज खो बैठा।"

"अगर सात साल तक वह अपने आपको क़ाबू में रख सका, तब तो वह इतना बुरा आदमी नहीं हो सकता ? तुम तो, दूनिया, ऐसा लगता है कि उसकी तरफ़ से सफ़ाई दे रही हो ?"

"नहीं, नहीं, आदमी वह बहुत बुरा है ! मेरी समझ में तो उससे बुरा कोई आदमी हो ही नहीं सकता !" दूनिया ने लगभग सहमते हुए जवाब दिया; उसकी त्योरियों पर बल पड़ गए और वह विचार में डूब गई।

"यह सबेरे की बात है," पुल्ख़ेरिया अलेक्सान्द्रोव्ना ने जल्दी से अपनी बात फिर जारी रखते हुए कहा, "और उसके तुरन्त बाद ही उन्होंने हुक्म दिया कि खाना खाने के फ़ौरन बाद उन्हें शहर ले जाने के बग्घी लिए तैयार रहे। ऐसी हालत में वह फ़ौरन बग्घी जुतवाकर शहर चली जाया करती थीं। मैंने सुना है कि खाना उन्होंने डटकर खाया था..."

"मार खाने के बाद ?"

"उनकी हमेशा से यही...आदत थी। और खाना खाने के फ़ौरन बाद, कि कहीं चलने में देर न हो जाए, वह सीधे नहाने गईं...बात यह है कि उनकी कुछ स्नान चिकित्सा चल रही थी। वहाँ ठंडे पानी के झरने में नहाने का ख़ास इन्तज़ाम था और वह रोज़ उसमें नहाती थीं; बस पानी में घुसते ही अचानक उन्हें लक़वा मार गया !"

"ज़रूर मार गया होगा," ज़ोसिमोव बोला।

"क्या उसने उन्हें बहुत बुरी तरह मारा था ?"

"उससे क्या फ़र्क़ पड़ता है ?" दूनिया झट से बोली।

"हुँह ! लेकिन, माँ, मेरी समझ में नहीं आता कि तुम इस तरह की इधर-उधर की ख़बर हम लोगों को क्यों सुनाना चाहती हो," रस्कोलनिकोव ने चिढ़कर कहा, मानो यह बात अनायास ही

उनके मुँह से निकल गई हो।

"अरे बेटा, कुछ समझ में ही नहीं आता कि क्या बातें करूँ," पुल्ख़ेरिया अलेक्सान्द्रोव्ना ने बड़ी लाचारी के भाव से कहा।

"क्यों, क्या तुम सब लोगों को मुझसे डर लगता है ?" उसने सूखी सी मुस्कुराहट के साथ पूछा।

"यह बात तो है," दूनिया ने अपने भाई की आँखों में आँखें डालकर बड़ी कठोरता से देखते हुए कहा, "सीढ़ियाँ चढ़ते वक़्त माँ डर के मारे रह-रहकर दुआ माँग रही थीं।"

रस्कोलनिकोव का चेहरा फड़कने लगा, जैसे उसे दौरा पड़ रहा हो।

"छिः, दूनिया, कैसी बात करती हो ? रोद्या, तुम नाराज़ न होना, बेटा।...यह बात तुमने कैसे कही, दूनिया ?" पुल्ख़ेरिया अलेक्सान्द्रोव्ना ने भाव-विह्वल होकर कहना शुरू किया, "बात यह है कि यहाँ आते वक़्त रास्ते भर रेलगाड़ी में मैं यह सोचती आ रही थी कि कैसे हम लोग मिलेंगे, कैसे हम लोग मिलकर हर चीज़ के बारे में बातें करेंगे...और मैं इतनी ख़ुश थी, इतनी ख़ुश थी कि कुछ पता ही नहीं चला कि रास्ता कब और कैसे कट गया ! लेकिन मैं कह क्या रही हूँ ? मैं अब भी बहुत ख़ुश हूँ...ऐसी बात नहीं कहनी चाहिए तुम्हें, दूनिया ! मैं अब भी बहुत ख़ुश हूँ—बस तुम्हें देखकर ही मैं निहाल हो गई, रोद्या..."

"बस, माँ," वह सिटपिटाकर बुदबुदाया; उसने माँ की ओर देखे बिना ही चुपके से उसका हाथ दबा दिया, "हर चीज़ के बारे में खुलकर बात करने का भी वक़्त आएगा !"

यह बात कहते-कहते सिटपिटाहट ने उसे पूरी तरह आ घेरा और उसका रंग पीला पड़ गया। एक बार फिर वही भयानक संवेदना, जो वह इधर कुछ समय से अनुभव करता आया था, उसकी आत्मा पर छा गई और वह सिहर उठा। एक बार फिर अचानक यह बात उसे साफ़ समझ में आने लगी कि अभी-अभी वह एक भयानक झूठ बोला था—कि अब वह कभी किसी चीज़ के बारे में खुलकर बात नहीं कर सकेगा—कि अब फिर कभी ऐसा नहीं हो सकता कि वह किसी से भी किसी भी चीज़ के बारे में बात कर सके। इस विचार से उसने ऐसी घोर व्यथा अनुभव की कि एक क्षण के लिए वह अपने आपको बिलकुल भूल सा गया। वह अपनी जगह से उठा और किसी की ओर देखे बिना दरवाज़े की ओर चल पड़ा।

"क्या करने जा रहो हो?" रज़ुमीख़िन उसकी बाँह पकड़कर चिल्लाया।

वह फिर बैठ गया और चुपचाप अपने चारों ओर देखने लगा। सब लोग परेशान होकर उसे देख रहे थे।

"लेकिन तुम सब लोग इतने गुमसुम क्यों हो ?" वह अचानक चिल्लाया, जबकि किसी को इसकी उम्मीद भी नहीं थी, "कुछ तो बोलो ! इस तरह बैठे रहने से क्या फ़ायदा ? बोलो, कुछ तो बोलो ! आओ, बातें करें...हम लोग आपस में मिलें और चुप बैठे रहें, यह तो कोई बात न हुई...बोलो, कुछ तो बोलो !"

"भगवान की दया है ! मैं तो समझी थी कि फिर वही कलवाला सिलसिला शुरू हो गया," पुल्ख़ेरिया अलेक्सान्द्रोव्ना ने अपने हाथ से सीने पर सलीब का निशान बनाते हुए कहा।

"बात क्या है, रोद्या ?" अव्दोत्या रोमानोव्ना ने शंका के भाव से पूछा।

"कुछ भी नहीं ! मुझे कुछ याद आ गया था," उसने जवाब दिया और अचानक हँस पड़ा।

"चलो अच्छा है। अगर कुछ याद आ गया तो इसमें कोई हर्ज नहीं है ! मैं तो सोचने लगा था..." ज़ोसिमोव सोफ़े पर से उठते हुए बुदबुदाया, "अच्छा, अब मैं चलूँगा। अगर हो सका...तो

शायद मैं फिर आऊँ...अगर तब तक आप घर पर ही हों...'' बारी-बारी से सबकी ओर झुककर वह बाहर चला गया।

''कितना अच्छा आदमी है !'' पुल्ख़ेरिया अलेक्सान्द्रोव्ना ने अपनी राय ज़ाहिर करते हुए कहा।

''हाँ, अच्छा, बढ़िया, पढ़ा-लिखा, समझदार,'' रस्कोलनिकोव ने अचानक बेहद तेज़ी से बोलना शुरू किया और उसमें ऐसी चुस्ती और फुर्ती आ गई जैसी अभी तक दिखाई नहीं दी थी। ''मुझे याद नहीं पड़ता कि अपनी बीमारी से पहले मैं इससे कहाँ मिला था...मुझे लगता है कि कहीं मिला ज़रूर हूँ...और यह भी बहुत अच्छा आदमी है,'' उसने सिर के झटके से रज़ुमीख़िन की तरफ़ इशारा करके कहा। ''यह तुम्हें अच्छा लगता है, दूनिया ?'' उसने अपनी बहन से पूछा और यकायक न जाने क्यों हँस पड़ा।

''बहुत,'' दूनिया ने जवाब दिया।

''उफ़ ! तुम भी कितने सूअर हो !'' रज़ुमीख़िन ने सिटपिटाकर उसे झिड़का। उसकी कान की लवें तक लाल हो गई थीं और वह कुर्सी से उठ खड़ा हुआ। पुल्ख़ेरिया अलेक्सान्द्रोव्ना धीरे से मुस्कुराईं, लेकिन रस्कोलनिकोव ज़ोर से हँसा।

''कहाँ चल दिए ?''

''मुझे भी...जाना है।''

''नहीं, कोई ज़रूरत नहीं है। ठहरो ! ज़ोसिमोव चला गया, इसलिए तुम्हें भी जाना है। अभी न जाओ...क्या बजा है ? क्या बारह बज गए ? दूनिया, तुम्हारी घड़ी कितनी ख़ूबसूरत है ! लेकिन तुम सब लोग फिर चुप क्यों हो गए ? अकेले मैं ही बातें किए जा रहा हूँ।''

''मार्फ़ा पेत्रोव्ना ने दी थी,'' दूनिया ने जवाब दिया।

''और बहुत महँगी है !'' पुल्ख़ेरिया अलेक्सान्द्रोव्ना ने इतना और बता दिया।

''अच्छा ! है भी तो कितनी बड़ी ! बिलकुल ज़नाना घड़ी नहीं लगती है।''

''मुझे ऐसी घड़ी अच्छी लगती है,'' दूनिया बोली।

'तो यह उसके मंगेतर का तोहफ़ा नहीं,' रज़ुमीख़िन ने सोचा और न जाने क्यों इस बात से उसे बेहद ख़ुशी हुई।

''मैं समझा था कि लूज़िन ने तोहफ़ा दिया होगा,'' रस्कोलनिकोव ने अपना विचार व्यक्त किया।

''नहीं, उन्होंने अभी तक दूनिया को कोई तोहफ़े नहीं दिए हैं।''

''अच्छा ! तुम्हें याद है, माँ, मुझे भी किसी से प्यार हो गया था और मैं शादी करना चाहता था ?'' वह यकायक अपनी माँ की ओर देखकर बोला। अचानक बातचीत का विषय इस तरह बदल जाने से और जिस तरह वह इस नए विषय के बारे में बोल रहा था उससे माँ कुछ उलझन में पड़ गईं।

''हाँ, बेटा !'' पुल्ख़ेरिया अलेक्सान्द्रोव्ना ने कनखियों से दूनिया और रज़ुमीख़िन को देखा।

''हुँह, अच्छा। मैं तुम्हें क्या बताऊँ ? मुझे ज़्यादा कुछ याद ही नहीं है। वह ऐसी मरी-मरी बीमार सी लड़की थी,'' यादों में खोया हुआ वह बोलता रहा और एक बार फिर ज़मीन की ओर ताकने लगा, ''बिलकुल बीमार थी। उसे ग़रीबों को भीख देने का शौक़ था और वह हमेशा किसी मठ में जाकर रहने के सपने देखा करती थी। एक बार जब वह मुझसे इसके बारे में बातें करने लगी तो उसकी आँखों में आँसू आ गए। हाँ, हाँ, मुझे याद है...मुझे बहुत अच्छी तरह याद है। देखने

में तो यों ही मामूली सी थी। सचमुच मुझे मालूम नहीं कि उस वक़्त किस चीज़ ने मुझे उसकी ओर खींचा था—मैं समझता हूँ इसलिए कि वह हमेशा बीमार रहती थी। अगर वह लँगड़ी या कुबड़ी होती, तो मैं समझता हूँ वह मुझे और भी अच्छी लगती,'' वह सपनों में खोया हुआ सा मुस्कुराया, ''हाँ, एक तरह का मौसमी बुख़ार था...''

''नहीं, ख़ाली मौसमी बुख़ार नहीं था,'' दूनिया ने बड़ी हार्दिकता से कहा।

वह आँखें गड़ाकर अपनी बहन को देखता रहा लेकिन उसने न तो उसकी बात सुनी और न ही उसकी समझ में कुछ आया। फिर पूरी तरह विचारों में डूबा हुआ वह उठा, माँ के पास गया, उसे प्यार किया और अपनी जगह पर वापस आकर बैठ गया।

''तुम्हें अब भी उससे प्यार है !'' पुल्ख़ेरिया अलेक्सान्द्रोव्ना ने बड़ी हमदर्दी से कहा।

''उससे ? अब ? हाँ...तुम उसके बारे में पूछ रही हो ! नहीं...वह सब तो अब, एक तरह से, दूसरी दुनिया की बात मालूम होती है...और बहुत पहले की। और सच तो यह है कि यहाँ भी जो कुछ हो रहा है वह भी न जाने क्यों बहुत दूर की चीज़ लगता है।''

उसने उन लोगों को बड़े ध्यान से देखा।

''जैसे तुम्हीं हो, अब...ऐसा लगता है कि मैं तुम्हें हज़ार मील दूर से देख रहा हूँ...लेकिन आख़िर हम यह सब बातें कर क्यों रहे हैं ! और उसके बारे में पूछने से फ़ायदा भी क्या ?'' उसने कुछ झुँझलाकर कहा और दाँतों से नाख़ून कुतरते हुए एक बार फिर सपनों की ख़ामोशी में खो गया।

''तुम्हारी यह रहने की जगह भी कैसी मनहूस है, रोद्या, बिलकुल मक़बरा लगता है,'' पुल्ख़ेरिया अलेक्सान्द्रोव्ना ने अचानक इस घुटन भरी ख़ामोशी को तोड़ते हुए कहा, ''मुझे पक्का यक़ीन है कि आधी वजह तो तुम्हारी यह रहने की जगह है कि तुम इतने उदास रहने लगे हो।''

''मेरी रहने की जगह ?'' उसने मरी हुई आवाज़ में कहा, ''हाँ, रहने की जगह का भी इसमें बड़ा हाथ था।...मैं भी यही सोचता था।...हालाँकि तुम्हें शायद मालूम नहीं है, माँ, कि तुमने अभी कैसी अजीब बात कही है,'' उसने बड़े विचित्र ढंग से हँसते हुए कहा।

बस थोड़ी ही कसर रह गई थी; अगर यह सिलसिला कुछ देर और चलता तो उनका यह साथ, उसकी माँ और यह बहन, जो तीन साल बाद उससे मिली थीं, और किसी भी चीज़ के बारे में बात करने की पूरी नाउम्मीदी के बावजूद बातचीत में आत्मीयता का यह भाव, यह सब कुछ उसकी बर्दाश्त के बाहर हो जाता। लेकिन यह ज़रूरी सवाल ऐसा था जिसका फ़ैसला इस पार या उस पार उसी दिन हो जाना था—यह बात उसने सुबह आँख खुलते ही तै कर ली थी। अब उसे बहुत ख़ुशी हो रही थी कि उसे बच निकलने के रास्ते की शक्ल में इस बात की याद आ गई थी।

''सुनो, दूनिया,'' उसने बड़े गम्भीर और रूखे स्वर में कहना शुरू किया, ''कल जो कुछ हुआ उसके लिए तो मैं तुमसे माफ़ी माँगता हूँ, लेकिन एक बार फिर तुम्हें यह बता देना मैं अपना फ़र्ज़ समझता हूँ कि मैंने जो ख़ास बात उठाई थी उससे पीछे हटने को मैं क़तई तैयार नहीं हूँ। या मैं, या लूजिन। भले ही मैं दुष्ट हूँ, लेकिन तुम्हें ऐसा नहीं करना चाहिए। बात यह है कि दोनों में से एक को चुन लो। अगर तुमने लूजिन से शादी की तो मैं तुम्हें अपनी बहन मानना छोड़ दूँगा।''

''रोद्या, रोद्या ! फिर वही कलवाली बात,'' पुल्ख़ेरिया अलेक्सान्द्रोव्ना बहुत व्यथित स्वर में चिल्लाईं, ''और तुम अपने आपको दुष्ट क्यों कहते हो ? मैं इसे बर्दाश्त नहीं कर सकती। कल भी तुमने यही बात कही थी।''

''भैया,'' दूनिया ने भी बड़ी दृढ़ता से और उसी रूखेपन से जवाब दिया, ''इस सबमें तुम्हारी

एक ग़लती है। मैंने रात को इसके बारे में बहुत सोचा और उस ग़लती का पता लगा लिया। इस सबकी जड़, यह है कि ऐसा लगता है, तुम समझते हो मैं अपने आपको किसी के सामने और किसी की ख़ातिर क़ुर्बान कर रही हूँ। ऐसी बात बिलकुल नहीं है। मैं महज़ अपनी ख़ातिर शादी कर रही हूँ, क्योंकि मुझे ज़िन्दगी में बहुत कठिनाइयों का सामना करना पड़ रहा है। हालाँकि, अगर मैं अपने परिवारवालों के किसी काम आ सकूँ तो, अलबत्ता, मुझे ख़ुशी होगी। लेकिन मेरे इस फ़ैसले का सबसे बड़ा मक़सद यह नहीं है...''

'झूठ बोल रही है,' रस्कोलनिकोव ने जलकर अपने नाख़ून कुतरते हुए मन-ही-मन सोचा यह सब। 'घमंडी ! वह कभी नहीं मानेगी कि वह परोपकार के लिए ऐसा कर रही है ! बड़ी ज़िद्दी है ! ओह, नीच लोग ! वे प्यार भी ऐसे करते हैं जैसे नफ़रत कर रहे हों !...उफ़, कितनी नफ़रत है...मुझे इन सबसे !'

''मतलब यह है कि,'' दूनिया ने अपनी बात जारी रखते हुए कहा, ''मैं प्योत्र पेत्रोविच से शादी इसलिए कर रही हूँ कि दो बुरी चीज़ों में से जो कम बुरी है उसे मैंने चुन लिया है। उन्हें मुझसे जो भी उम्मीदें हैं उन सबको मैं ईमानदारी के साथ पूरा करने का इरादा रखती हूँ, इसलिए मैं उन्हें किसी तरह का धोखा नहीं दे रही हूँ।...तुम अभी मुस्कुराए किस बात पर थे ?''

उसका चेहरा तमतमा उठा और आँखें उसकी गुस्से से चमकने लगीं।

''सबको ?'' रस्कोलनिकोव ने बड़े द्वेष से मुस्कुराकर पूछा।

''कुछ हदों के अन्दर। लेकिन विवाह का प्रस्ताव रखने का ढंग और जिस शक्ल में उन्होंने यह प्रस्ताव रखा उससे मुझे फ़ौरन पता चल गया कि वह चाहते क्या हैं। वह यक़ीनन अपने आपको बहुत समझते हैं, लेकिन मैं उम्मीद करती हूँ कि उनकी नज़र में मेरी भी कुछ इज़्ज़त है...तुम फिर किस बात पर हँस रहे हो ?''

''और तुम फिर शरमा किस बात पर रही हो ? तुम झूठ बोल रही हो, मेरी बहन। तुम जान-बूझकर झूठ बोल रही हो, बस तिरिया-हठ की वजह से, मेरी बात के आगे अपनी बात को ऊँचा रखने के लिए...तुम लूजिन की इज़्ज़त नहीं कर सकतीं। मैंने उसे देखा है और उससे बात की है। तो है यह कि तुम पैसे के लिए अपने आपको बेच रही हो, और इसलिए हर हालत में तुम बहुत घटिया हरकत कर रही हो ! ख़ैर, मुझे इस बात की ख़ुशी है कि कम-से-कम तुम्हें उस पर शरम तो आती है।''

''यह बात सच नहीं है ! मैं झूठ नहीं बोल रही हूँ,'' दूनिया अपना सन्तुलन खोकर ऊँचे स्वर में बोली, ''मैं उनसे कभी शादी न करती अगर मुझे इस बात का पूरा यक़ीन न होता कि वह मेरी क़द्र करते हैं और मेरे बारे में बहुत अच्छी राय रखते हैं। मैं उनसे कभी शादी न करती अगर मुझे इसका पूरा विश्वास न होता कि मैं खुद भी उनका आदर कर सकती हूँ। सौभाग्य से मुझे इस बात का पक्का सबूत आज ही मिल सकता है...और इस तरह की शादी नीचता नहीं है, जैसा तुम कहते हो ! और अगर तुम्हारी बात सही भी होती, अगर मैंने सचमुच कोई नीच काम करने की ठान भी ली होती, तो क्या मुझसे तुम्हारा इस तरह बात करना बेरहमी नहीं है ? तुम मुझसे ऐसी बहादुरी दिखाने का तक़ाज़ा क्यों करते हो जैसी कि शायद खुद तुममें नहीं है ? यह सरासर नादिरशाही है; यह ज़ुल्म है ! अगर मैं किसी को तबाह करूँगी तो सिर्फ़ अपने आपको।...मैं कोई क़त्ल नहीं कर रही हूँ !...तुम मुझे इस तरह क्यों देख रहे हो ? तुम्हारा रंग इतना पीला क्यों पड़ गया ? रोद्या, भैया, क्या, बात क्या है ?''

''हे भगवान ! तुमने फिर उसे बेहोश कर दिया,'' पुल्ख़ेरिया अलेक्सान्द्रोव्ना घबराकर चिल्लाई।

"नहीं, नहीं, बेकार की बातें न करो ! कुछ नहीं है। बस ज़रा सा चक्कर आ गया है—बेहोशी नहीं है। तुमको तो बेहोशी का ख़ब्त हो गया है।...हाँ, तो मैं क्या कह रहा था ? अरे, हाँ। तो आज इस बात का पक्का सबूत तुम्हें किस तरह मिलेगा कि तुम उसकी इज़्ज़त कर सकती हो, और यह कि वह...तुम्हारी क़द्र करता है ? मैं समझता हूँ, तुमने आज ही के लिए कहा था न ? या मैंने ग़लत समझा ?"

"माँ, रोद्या को प्योत्र पेत्रोविच का ख़त दिखा दो," दूनिया ने कहा।

पुल्ख़ेरिया अलेक्सान्द्रोव्ना ने काँपते हाथों से ख़त उसे दे दिया। उसने बड़ी उत्सुकता से उसे ले तो लिया लेकिन उसे खोलने से पहले उसने दूनिया की तरफ़ कुछ हैरत से देखा।

"अजीब बात है," उसने धीरे-धीरे कहना शुरू किया, मानो कोई नया विचार उसके दिमाग़ में आया हो, "मैं आख़िर इतना बखेड़ा क्यों खड़ा कर रहा हूँ ? आख़िर यह सब क्यों ? तुम्हारा जिससे जी चाहे शादी कर लो !"

उसने यह बात कही इस ढंग से मानो अपने आपसे बातें कर रहा हो, लेकिन कही ऊँचे स्वर में और थोड़ी देर तक अपनी बहन की ओर असमंजस में पड़ा देखता रहा।

आख़िरकार उसने ख़त खोला; उसके चेहरे पर अब भी वही अजीब सा हैरत का अन्दाज़ था। फिर धीरे-धीरे और बड़े ध्यान से उसने पढ़ना शुरू किया और ख़त को दो बार पूरा पढ़ गया। पुल्ख़ेरिया अलेक्सान्द्रोव्ना के चेहरे पर चिन्ता साफ़ झलक रही थी। सच तो यह है कि सभी को किसी ख़ास बात की उम्मीद थी।

"मुझे जिस बात पर ताज्जुब होता है," उसने ख़त माँ को देते हुए थोड़ी देर रुककर कहना शुरू किया, लेकिन वह अपनी बात ख़ासतौर पर किसी से नहीं कह रहा था, "वह यह है कि वह कामकाजी आदमी है, वकील है, और उसकी बातचीत का ढंग तो...बहुत दबंग है ही, और फिर भी वह ऐसा जाहिलों जैसा ख़त लिखता है।"

सब लोग चौंक पड़े। उन्हें बिलकुल ही कोई दूसरी बात सुनने की उम्मीद थी।

"लेकिन, तुम तो जानते ही हो, वे सभी इसी तरह लिखते हैं," रज़ुमीख़िन ने संक्षेप में अपनी राय ज़ाहिर की।

"तुमने इसे पढ़ा है ?"

"हाँ।"

"हमने इन्हें दिखाया था, रोद्या। हमने...अभी इनसे भी सलाह ली थी," पुल्ख़ेरिया अलेक्सान्द्रोव्ना ने कुछ सिटपिटाकर कहा।

"यह तो कचहरियों-अदालतों की ज़बान है," रज़ुमीख़िन बीच में बोला, "आज तक सारे क़ानूनी दस्तावेज़ इसी ज़बान में लिखे जाते हैं।"

"क़ानूनी ? हाँ, यह क़ानूनी ही है—कारोबारी ज़बान—न ऐसी जाहिलों की ज़बान, और न ही बिलकुल पढ़े-लिखे लोगों जैसी ज़बान—कारोबारी ज़बान !"

"प्योत्र पेत्रोविच ने इस बात को छिपाने की कोशिश नहीं की है कि उनकी पढ़ाई-लिखाई बहुत ही सस्ती घटिया क़िस्म की हुई थी; बल्कि उन्हें तो इस बात पर गर्व भी है कि वह अपने बलबूते पर यहाँ तक पहुँचे हैं," अव्दोत्या रोमानोव्ना ने अपने भाई के लहजे का कुछ बुरा मानते हुए मत व्यक्त किया।

"ख़ैर, अगर उसे गर्व है इस बात पर तो यह बिलकुल ठीक ही है, मैं इस बात से इनकार नहीं करता। ऐसा लगता है, मेरी बहन, तुम्हें यह बात बुरी लग गई कि मैंने इस ख़त पर बस इतनी

हल्की-फुल्की राय दी। तुम शायद यह भी सोचती होगी कि मैं जान-बूझकर तुम्हें चिढ़ाने के लिए ऐसी टुच्ची चीज़ों के बारे में बात कर रहा हूँ। लेकिन बात बिलकुल उल्टी है। ख़त लिखने के ढंग के बारे में मैंने जो राय दी उसका, हालत को देखते हुए, इस मामले से बिलकुल ही कोई सम्बन्ध न हो, ऐसी बात नहीं है। इसमें एक बात बहुत गहरे मतलब के साथ और बिलकुल साफ़-साफ़ कही गई है कि 'इसके लिए केवल आप ही दोषी होंगी,' और इसके साथ ही उसमें यह धमकी भी है कि अगर मैं वहाँ पर मौजूद हुआ तो वह फ़ौरन वहाँ से उठकर चला जाएगा। चले जाने की इस धमकी का मतलब यही है कि अगर तुम दोनों ने उसका हुक्म न माना तो वह तुम दोनों से नाता तोड़ लेगा, और अब तुम लोगों को यहाँ पीटर्सबर्ग बुलाने के बाद तुम्हें बेसहारा छोड़ देगा। बोलो, तुम्हारा क्या ख़्याल है ? क्या लूजिन की क़लम से ऐसी बात का हम उसी तरह बुरा मान सकते हैं, जैसे कि हम उस हालत में बुरा मानते अगर यही बात इसने," उसने रज़ुमीख़िन की तरफ़ इशारा किया, "लिखी होती, या ज़ोसिमोव ने, या हममें से किसी ने ?"

"न-हीं," दूनिया ने कुछ ज़्यादा मुस्तैदी से जवाब दिया, "यह तो मुझे भी साफ़ दिखाई दिया था कि यह बात बहुत ही फूहड़ तरीक़े से कही गई थी, और यह कि शायद उन्हें लिखने का सलीक़ा नहीं है...यह तुम्हारा विचार सही है, भैया। मुझे सचमुच उम्मीद नहीं थी..."

"बात क़ानूनी ढंग से कही गई है, और इसलिए शायद उससे ज़्यादा फूहड़ और भोंडी लगती है जितना कि उनका इरादा था। लेकिन मैं तुम्हारी थोड़ी सी ग़लतफ़हमी दूर कर दूँ। इस ख़त में एक और बात लिखी गई है, मेरे बारे में एक तोहमत, और दो बहुत ही घटिया क़िस्म की तोहमत है। मैंने कल रात पैसा उस विधवा को दिया था, एक ऐसी औरत को जो तपेदिक़ की मारी हुई है, जिसके सिर पर मुसीबत का पहाड़ टूट पड़ा है। और मैंने वह पैसा 'कफ़न-दफ़न के बहाने' नहीं दिया था, बल्कि सीधे-सीधे कफ़न-दफ़न का ख़र्च पूरा करने के लिए दिया था। मैंने वह पैसा बेटी को नहीं दिया था—जो, जैसा कि उसने लिखा है, एक 'बदचलन' नौजवान औरत है (जिसे मैंने कल रात अपनी ज़िन्दगी में पहली बार देखा था)—बल्कि उस विधवा को दिया था। इस सबमें मुझे यह दिखाई पड़ता है कि उसे मुझको बदनाम करने की और हम लोगों के बीच झगड़ा पैदा करने की जल्दी पड़ी हुई थी। यह बात भी घिसी-पिटी क़ानूनी ज़बान में लिखी गई है। मतलब यह कि जो बात वह कहना चाहता था वह ज़रूरत से ज़्यादा साफ़ हो गई है, और वह लिखी भी बहुत ही फूहड़ किस्म की बेताबी के साथ गई है। उसमें अक़्ल है, लेकिन समझदारी के साथ काम करने के लिए सिर्फ़ अक़्ल ही काफ़ी नहीं होती। इन सब बातों से उस आदमी की असलियत का पता चलता है और...मैं नहीं समझता कि उसके दिल में तुम्हारे लिए बहुत क़द्र है। मैं यह बात तुम्हें सिर्फ़ चेतावनी देने के लिए बता रहा हूँ, क्योंकि मैं सचमुच तुम्हारा भला चाहता हूँ..."

दूनिया ने कोई जवाब नहीं दिया। वह अपना फ़ैसला कर चुकी थी। वह तो बस शाम की राह देख रही थी।

"तो तुम्हारा क्या फ़ैसला है, रोद्या ?" पुल्ख़ेरिया अलेक्सान्द्रोव्ना ने पूछा। वह उसकी बातचीत में अचानक यह नया कारोबारी लहजा सुनकर पहले से भी ज़्यादा परेशान हो गई थीं।

"कौन सा फ़ैसला ?"

"देखो न, प्योत्र पेत्रोविच ने लिखा है कि तुमको आज शाम हम लोगों के साथ नहीं होना है, और अगर तुम आए तो वह चले जाएँगे। तो क्या तुम...आओगे ?"

"ज़ाहिर है कि इसका फ़ैसला मुझे नहीं करना है, बल्कि पहले तुम्हें यह तै करना है कि इस तरह की माँग तुम्हें बुरी नहीं लगी है; और फिर दूनिया को फ़ैसला करना है कि उसे भी यह माँग

बुरी नहीं लगी है। मैं वैसा ही करूँगा जैसा तुम लोग सबसे अच्छा समझो," उसने बड़ी रुखाई से अपनी बात ख़त्म करते हुए कहा।

"दूनिया ने तो फ़ैसला कर लिया है, और इस मामले में मैं पूरी तरह उसके साथ हूँ," पुल्ख़ेरिया अलेक्सान्द्रोव्ना ने जल्दी से एलान किया।

"मैंने तुमसे यह कहने का फ़ैसला किया है, रोद्या, तुमको इस बात के लिए राज़ी करने का, कि आज शाम हमारी इस मुलाक़ात के वक़्त तुम हमारे साथ ज़रूर मौजूद रहोगे," दूनिया ने कहा, "आओगे न ?"

"हाँ।"

"मैं आपसे भी कहना चाहती हूँ कि आप भी आठ बजे हमारे यहाँ आ जाइएगा," उसने रज़ुमीख़िन से कहा, "माँ, मैंने इनको भी बुला लिया है।"

"बहुत अच्छा किया, दूनिया ! अच्छी बात है, जैसा तुम लोगों ने फ़ैसला कर लिया है," पुल्ख़ेरिया अलेक्सान्द्रोव्ना ने कहा, "वैसा ही होगा। मुझे भी परेशानी कम रहेगी। चोरी-छिपे कुछ करना और झूठ मुझे अच्छा नहीं लगता। अच्छा यही है कि सारी सच्चाई सामने आ जाए...अब, प्योत्र पेत्रोविच चाहे नाराज़ हों, चाहे न हों !"

4

उसी समय दरवाज़ा धीरे से खुला और एक नौजवान लड़की सहमी-सहमी नज़रों से चारों ओर देखती हुई कमरे में आई। सबने आश्चर्य और कौतूहल से उसकी ओर मुड़कर देखा। पहली नज़र में तो रस्कोलनिकोव ने उसे पहचाना भी नहीं। वह थी सोफ़्या सेम्योनोव्ना मार्मेलादोवा। उसने कल ही तो उसे पहली बार देखा था, लेकिन ऐसे वक़्त देखा था, ऐसे माहौल में देखा था और ऐसी पोशाक में देखा था कि उसकी याद में उसकी एक बिलकुल ही दूसरी तस्वीर बाक़ी रह गई थी। इस समय वह बहुत मामूली और ग़रीबों जैसे कपड़े पहने हुए एक छोटी सी लड़की लग रही थी, बहुत ही छोटी, सच पूछिए तो बिलकुल बच्चों जैसी। चाल-ढाल से बहुत विनम्र और तमीज़दार। उसका चेहरा बिलकुल निष्कपट लेकिन कुछ भयभीत सा लग रहा था। उसने घर में पहनने की एक बहुत ही सादी पोशाक पहन रखी थी और सिर पर तुड़ी-मुड़ी पुराने ढंग की हैट लगा रखी थी, लेकिन छतरी वह इस वक़्त भी लिये हुए थी। कमरे में इतने बहुत से लोगों को देखकर वह सिटपिटाई तो ज़रूर लेकिन उतना नहीं जितना कि बिलकुल छोटे बच्चे की तरह पूरी तरह शरमा गई। वह तो उल्टे पाँव वापस भी जानेवाली थी।

"अरे...तुम हो !" रस्कोलनिकोव ने बेहद ताज्जुब से कहा और वह भी कुछ सकुचा गया। एकदम उसे याद आया कि उसकी माँ और बहन को लूजिन के ख़त से किसी 'बदचलन' नौजवान औरत के बारे में मालूम हो चुका था। अभी थोड़ी ही देर पहले तो वह लूजिन की इस तोहमत के ख़िलाफ़ अपनी आवाज़ उठा रहा था और यह कह रहा था कि उसने उस लड़की को कल रात पहली बार देखा था, और अचानक वह आ पहुँची थी। उसे यह भी याद आया कि उसने उसके 'बदचलन' कहे जाने के ख़िलाफ़ कोई आवाज़ नहीं उठाई थी। यह सब कुछ उसके दिमाग़ से बहुत धुँधले-धुँधले तरीक़े से और बड़ी तेज़ी से होकर गुज़रा, लेकिन उसे ज़्यादा ग़ौर से देखने पर उसे लगा कि वह डरी-सहमी बच्ची काफ़ी शर्मिन्दगी महसूस कर रही है और उसे अचानक उस पर तरस आने लगा। जब वह डरकर वापस जाने के लिए पीछे हटी तो रस्कोलनिकोव के दिल में एक टीस सी उठी।

''मैंने सोचा भी नहीं था कि तुम यहाँ आओगी,'' उसने जल्दी-जल्दी उसे कुछ इस तरह देखकर कहा कि वह रुक गई, ''बैठ जाओ। ज़ाहिर है, तुम्हें कतेरीना इवानोव्ना ने भेजा होगा। नहीं, वहाँ नहीं। यहाँ बैठो...''

सोनिया के अन्दर आते ही रज़ुमीख़िन, जो रस्कोलनिकोव की तीन कुर्सियों में से एक पर दरवाज़े के पास बैठा हुआ था, उसे रास्ता देने के लिए उठ खड़ा हुआ। रस्कोलनिकोव ने पहले तो उसे सोफ़े पर उस जगह बैठने का इशारा किया था जहाँ ज़ोसिमोव बैठा हुआ था, लेकिन यह सोचकर कि उस सोफ़े पर उसे बिठाना, जिसे वह पलंग की तरह इस्तेमाल करता था, बहुत ज़्यादा बेतकल्लुफ़ी का सबूत देना होगा, उसने जल्दी से रज़ुमीख़िन की कुर्सी की तरफ़ इशारा किया।

''तुम यहाँ बैठ जाओ,'' उसने रज़ुमीख़िन को सोफ़े के उसी सिरे पर बिठाते हुए कहा, जहाँ ज़ोसिमोव बैठा था।

सोनिया डर के मारे लगभग काँपती हुई बैठ गई और सहमी हुई नज़रों से उन दोनों औरतों को देखती रही। साफ़ मालूम हो रहा था कि वह यह बात सोच भी नहीं पा रही थी कि वह उनकी बग़ल में बैठ सकती है। यह सोचते ही वह इतना डर गई कि जल्दी से फिर उठ खड़ी हुई और बेहद घबराकर रस्कोलनिकोव से कुछ कहने लगी।

''मैं...मैं...बस एक मिनट के लिए आई हूँ। माफ़ कीजिएगा, मैंने आप लोगों को परेशान किया,'' उसने अटक-अटककर बोलना शुरू किया, ''मुझे कतेरीना इवानोव्ना ने भेजा है, और कोई भेजने को था ही नहीं। मुझसे कतेरीना इवानोव्ना ने आपसे यह प्रार्थना करने के लिए कहा है...कि कल सबेरे....मित्रोफ़ानियेव्स्की में...जनाज़े पर ज़रूर आइएगा...और फिर...उसके बाद... हमारे यहाँ...उनके यहाँ...उन्हें यह इज़्ज़त बख़्शिएगा...उन्होंने मुझसे आपसे प्रार्थना करने को कहा था...''

सोनिया हकलाकर चुप हो गई।

''मैं कोशिश करूँगा...ज़रूर, यक़ीनन,'' रस्कोलनिकोव ने जवाब दिया। वह भी उठ खड़ा हुआ और कुछ ऐसा सिटपिटा गया कि अपनी बात पूरी नहीं कर सका। ''बैठ तो जाओ,'' उसने अचानक कहा। ''मुझे तुमसे कुछ बात करनी है। तुम्हें शायद जल्दी है, लेकिन मेहरबानी करके बस दो मिनट का वक़्त मुझे दो,'' यह कहकर उसने उसके लिए एक कुर्सी खींच दी।

सोनिया फिर बैठ गई। एक बार फिर उसने सहमकर उन दोनों महिलाओं को जल्दी से देखा, और फिर अपनी आँखें झुका लीं।

रस्कोलनिकोव का पीला चेहरा तमतमा उठा, उसके शरीर में कँपकँपी सी दौड़ गई, उसकी आँखें चमकने लगीं।

'माँ,'' उसने दृढ़ स्वर में और आग्रहपूर्वक कहा, ''यह है सोफ़्या सेम्योनोव्ना मार्मेलादोवा, उन बदनसीब मार्मेलादोव साहब की बेटी जो कल मेरी आँखों के सामने गाड़ी से कुचल गए थे, और जिनके बारे में मैं अभी तुम्हें बता रहा था।''

पुल्ख़ेरिया अलेक्सान्द्रोव्ना ने अपनी आँखें कुछ तरेरकर एक नज़र सोनिया को देखा। रोद्या की उतावली और चुनौती भरी नज़रों के आगे कुछ अटपटा महसूस करने के बावजूद वह अपने आपको इस सन्तोष से वंचित न रख सकीं। दूनिया उस बेचारी लड़की के चेहरे को बड़ी गम्भीरता से नज़रें गड़ाकर देखती रही और आश्चर्यचकित सी उसकी थाह लेने की कोशिश करती रही। सोनिया ने यह सुनकर कि उसका परिचय कराया जा रहा है, अपनी आँखें फिर उठाने की कोशिश की, लेकिन वह पहले से भी ज़्यादा अटपटा महसूस करने लगी।

“मैं तुमसे यह पूछना चाहता था,” रस्कोलनिकोव ने जल्दी से कहा, “आज सब कुछ ठीक से निबट तो गया था न ? जैसे, पुलिस ने तुम लोगों को परेशान तो नहीं किया ?”

“नहीं, वह तो सब ठीक है...यह तो बिलकुल साफ़ था कि मौत किस वजह से हुई...उन लोगों ने हमें परेशान नहीं किया...बस वहाँ रहनेवाले लोग नाराज़ हैं।”

“क्यों ?”

“क्योंकि लाश इतनी देर तक वहाँ रखी रही। देखिए, बात यह है कि अब गर्मी भी तो बहुत है...और घुटन। इसलिए आज उसे क़ब्रिस्तान ले जाकर कल तक के लिए वहाँ के गिरजाघर में रख दिया जाएगा। पहले तो कतेरीना इवानोव्ना इसके लिए तैयार नहीं थीं, लेकिन अब उनकी भी समझ में आ गया है कि यह ज़रूरी है।”

“तो, आज ?”

“उन्होंने आपसे ख़ासतौर पर प्रार्थना की है कि कल गिरजाघर में अन्तिम संस्कार के वक़्त ज़रूर आइएगा, और उसके बाद जनाज़े की दावत में भी।”

“जनाज़े की दावत भी हो रही है ?”

“हाँ...बस छोटी सी...उन्होंने मुझसे कल आपने जो मदद की थी उसके लिए शुक्रिया अदा करने को भी कहा था। आप न होते तो हम लोगों के पास तो कफ़न-दफ़न के लिए भी कुछ न होता।”

अचानक उसके होंठों और उसकी ठोड़ी में कँपकँपी पैदा हुई, लेकिन उसने बड़ी कोशिश करके अपने आपको सँभाल लिया और फिर ज़मीन की ओर ताकने लगी।

इस बातचीत के दौरान रस्कोलनिकोव उसे बड़े ध्यान से देख रहा था। उसका चेहरा पतला, बहुत ही पतला, पीला और छोटा सा था, कुछ नुकीला सा और बहुत सुडौल भी नहीं, छोटी सी तीखी नाक और ठोड़ी। उसे ख़ूबसूरत नहीं कहा जा सकता था, लेकिन उसकी नीली आँखें बेहद साफ़ थीं, और जब वे चमक उठती थीं तो उसके चेहरे पर ऐसी नेकी और सादगी का भाव आ जाता था कि देखनेवाला बरबस उसकी ओर आकर्षित हो जाता था। उसके चेहरे में बल्कि उसके पूरे डील-डौल में एक और अजीब खूबी थी : अठारह साल की होने के बावजूद वह बिलकुल छोटी सी लड़की लगती थी—बिलकुल बच्ची जैसी। और उसकी कुछ मुद्राओं में तो यह बचपना लगभग बिलकुल बेतुका लगता था।

“लेकिन क्या कतेरीना इवानोव्ना ने इतने थोड़े से पैसों में सब कुछ निबटा दिया है ? क्या वह सचमुच जनाज़े की दावत करना चाहती हैं ?” रस्कोलनिकोव ने हर हालत में बातचीत का सिलसिला जारी रखने के लिए पूछा।

“ताबूत बहुत मामूली होगा, ज़ाहिर है...और बाक़ी हर चीज़ भी बहुत मामूली होगी, इसलिए ज़्यादा ख़र्च नहीं होगा। कतेरीना इवानोव्ना ने और मैंने सारा हिसाब लगा लिया है, इसलिए दावत के लिए भी पैसा बच जाएगा...कतेरीना इवानोव्ना की बहुत ख़्वाहिश थी कि ऐसा हो। आप जानते हैं कि इसके बग़ैर काम भी नहीं चलता...इससे उनके दिल को राहत पहुँचेगी...वह हैं ही ऐसी, आप तो जानते हैं।...”

“मैं समझता हूँ, मैं समझता हूँ...ज़ाहिर है...तुम मेरे कमरे को इस तरह क्यों देख रही हो ? मेरी माँ अभी कह रही थीं कि यह बिलकुल मक़बरा मालूम होता है।”

“आपने कल जो कुछ आपके पास था हमें दे दिया,” सोनिया ने अचानक दबी ज़बान में बड़ी तेज़ी से बोलते हुए जवाब दिया और एक बार फिर सिटपिटाकर ज़मीन को ताकने लगी। उसकी

ठोड़ी और होंठ एक बार फिर काँपने लगे थे। रस्कोलनिकोव जैसी ग़रीबी की हालत में रहता था उसका उस पर इतना गहरा असर हुआ था कि ये शब्द उसके मुँह से अपने आप ही निकल गए थे। इसके बाद थोड़ी देर तक सब लोग चुप रहे। दूनिया की आँखों में एक चमक थी, और पुल्ख़ेरिया अलेक्सान्द्रोव्ना तक बड़े स्नेह से सोनिया की ओर देखने लगीं।

"रोद्या," उन्होंने उठते हुए कहा, "हम लोग दोपहर का खाना तो साथ खाएँगे ही न। चलो दूनिया, चलें।...और, रोद्या, तुम थोड़ी देर को बाहर जाकर घूम आओ, और फिर हमारे यहाँ आने से पहले थोड़ी देर लेटकर आराम कर लो।...मुझे ऐसा लगता है कि हम लोगों की वजह से तुम बहुत थक गए हो..."

"हाँ, हाँ, मैं ज़रूर आऊँगा," उसने हड़बड़ाकर उठते हुए जवाब दिया। "लेकिन मुझे पहले कुछ काम निबटाना है।"

"लेकिन तुम खाना तो साथ ही खाओगे न ?" रज़ुमीख़िन ने बड़े ताज्जुब से रस्कोलनिकोव को देखते हुए कहा, "तुम्हारा इरादा क्या है ?"

"हाँ, हाँ, मैं आऊँगा...ज़रूर आऊँगा, ज़रूर आऊँगा ! तुम ज़रा अभी एक मिनट ठहरो। तुम्हें अभी तो इससे कोई काम नहीं है, माँ, कि है ? कहीं ऐसा तो नहीं है कि मैं इसे तुमसे छीने ले रहा हूँ ?"

"अरे, नहीं, नहीं। और, द्मित्री प्रोकोफ़िच, तुम भी मेहरबानी करके हम लोगों के साथ ही खाना।"

"ज़रूर आइएगा," दूनिया ने अपनी ओर से आग्रह किया।

रज़ुमीख़िन ने झुककर शुक्रिया अदा किया। उसके चेहरे से ख़ुशी फूटी पड़ रही थी। एक क्षण के लिए वे सभी कुछ अजीब ढंग से सिटपिटा गए।

"अच्छा, विदा, रोद्या, मतलब यह कि फिर मुलाक़ात होने तक के लिए। 'विदा' कहने को मेरा जी नहीं चाहता। विदा, नस्तास्या। ओह, मैंने फिर वही 'विदा' कहा।"

पुल्ख़ेरिया अलेक्सान्द्रोव्ना सोनिया से भी विदा के लिए कुछ शब्द कहना चाहती थीं लेकिन ने जाने क्यों ये शब्द उनके मुँह से निकले नहीं, और वह जल्दी से कमरे के बाहर चली गईं।

लेकिन ऐसा लग रहा था कि अव्दोत्या रोमानोव्ना अपनी बारी का इन्तज़ार कर रही थी। अपनी माँ के पीछे-पीछे कमरे से बाहर जाते हुए उसने सोनिया की ओर बड़े ध्यान से देखा और बड़ी शिष्टता से झुककर उससे विदा ली। सोनिया ने भी जल्दी से और कुछ सहमे हुए ढंग से झुककर उसका जवाब दिया। उसके चेहरे पर एक व्यथित उलझन का भाव था, मानो अव्दोत्या रोमानोव्ना के उसे सलाम करने और उसकी ओर ध्यान देने से उसे बड़ी घुटन और तकलीफ़ हो रही हो।

"दूनिया, फिर मिलेंगे," रस्कोलनिकोव ने ड्योढ़ी में आकर ज़ोर से कहा, "मुझसे हाथ तो मिला लो !"

"अरे, अभी मिलाया तो था। भूल गए क्या ?" दूनिया ने बड़े तपाक से कुछ अटपटाकर उसकी ओर मुड़ते हुए कहा।

"कोई बात नहीं, फिर मिला लो !" और यह कहकर उसने उसकी उँगलियाँ अपने हाथ में दबा लीं।

दूनिया मुस्कुराई, शरमाई और अपना हाथ खींचकर ख़ुश-ख़ुश वहाँ से चली गई।

"चलो, यह तो बहुत ही अच्छा हुआ," उसने कमरे में वापस जाकर और बड़ी प्रसन्नता से

सोनिया को देखते हुए कहा, "भगवान मरनेवालों को शान्ति दें, जीनेवालों को तो अभी जीना है ! ठीक बात है न ? ठीक है न ?"

सोनिया उसके चेहरे पर अचानक ऐसी प्रसन्नता देखकर चकित रह गई। वह कुछ क्षण तक चुपचाप उसे देखता रहा। उन कुछ क्षणों के दौरान सोनिया के बाप ने बेटी के बारे में जो क़िस्सा सुनाया था, वह रस्कोलनिकोव के स्मृति-पट पर चलचित्र की तरह घूम गया...

"भगवान जानता है, दूनिया बेटी," पुल्ख़ेरिया अलेक्सान्द्रोव्ना ने बाहर सड़क पर निकलते ही कहना शुरू किया, "वहाँ से आकर मुझे सचमुच ऐसा लग रहा है जैसे कोई बोझ उतर गया हो—मैं ज़्यादा राहत महसूस कर रही हूँ। कल रेलगाड़ी में मैंने कभी सोचा भी नहीं था कि मुझे इससे भी ख़ुशी होगी।"

"मैं तुमसे फिर बताती हूँ, माँ, कि वह अब भी बहुत बीमार है। तुमने देखा नहीं ? शायद हम लोगों की चिन्ता करते-करते वह बहुत उलझ गया है। हमें धीरज रखना चाहिए। और बहुत कुछ, बहुत सी बातें माफ़ की जा सकती हैं।"

"मगर तुमने तो बहुत धीरज नहीं दिखाया !" पुल्ख़ेरिया अलेक्सान्द्रोव्ना ने कुछ भड़ककर उसकी बात पकड़ते हुए कहा, "तुम हूबहू उसकी नक़ल हो, सूरत-शक्ल में उतनी नहीं, जितनी कि अपनी आत्मा में। तुम दोनों उदास स्वभाव के हो, दोनों में एक रूखापन है और दोनों को ग़ुस्सा बड़ी जल्दी आ जाता है। दोनों स्वाभिमानी और उदार दिल के भी हो।...ऐसा तो नहीं हो सकता, दूनिया, कि वह अपने अलावा और किसी के बारे में सोचता ही न हो। क्यों ? यह सोच-सोचकर तो मेरा दिल ही बैठा जाता है कि आज शाम को हम लोगों पर क्या बीतेगी !"

"तुम परेशान न हो, माँ। जो होना होगा, सो होगा।"

"बेटी, ज़रा सोचो तो हम लोगों की क्या हालत है ! अगर प्योत्र पेत्रोविच ने रिश्ता तोड़ दिया तो क्या होगा ?" बेचारी पुल्ख़ेरिया अलेक्सान्द्रोव्ना के मुँह से असावधानी में यह बात निकल गई।

"अगर रिश्ता तोड़ दिया तो वह इस लायक़ नहीं हैं कि उनकी परवाह की जाए," दूनिया ने कुछ सख़्ती से तिरस्कार भाव के साथ जवाब दिया।

"हमने अच्छा ही किया कि चले आए," पुल्ख़ेरिया अलेक्सान्द्रोव्ना ने जल्दी से बात बदलते हुए कहा, "उसे किसी-न-किसी काम की जल्दी थी। अगर यह किसी तरह बाहर जाकर थोड़ी-सी देर खुली हवा में घूम ले...उसके कमरे में तो बड़ी घुटन थी...लेकिन यहाँ खुली हवा मिलेगी कहाँ ? यहाँ की सड़कें भी तो बन्द कोठरियों जैसी लगती हैं। हे भगवान ! कैसा शहर है !...ज़रा देखके...हट जाओ...कुचल जाओगी—देखती नहीं कि वे लोग कोई चीज़ ले जा रहे हैं ! अरे, यह तो पिआनो है, सच कहती हूँ...कैसी बुरी तरह ढकेल रहे हैं !...मुझे तो उस नौजवान औरत से भी बड़ा डर लगता है।"

"कौन सी नौजवान औरत, माँ ?"

"अरे वही सोफ़्या सेम्योनोव्ना, जो अभी वहाँ आई थी।"

"क्यों ?"

"मुझे तो कुछ दाल में काला लगता है, दूनिया। तुम मानो चाहे न मानो, लेकिन जैसे ही वह आई थी, उसी दम मुझे ऐसा लगा था कि सारी मुसीबत की जड़ वही है..."

"ऐसी कोई बात नहीं है," दूनिया ने झल्लाकर कहा, "बिलकुल बेसिर-पैर की बातें करती हो।

तुम्हें तो वहम हो गया, माँ ! भैया अभी कल रात ही को तो पहली बार उससे मिले थे, और जब वह अन्दर तक आई थी तो उन्होंने फ़ौरन उसे पहचाना भी नहीं था।''

''ख़ैर, देख लेना !...उसकी वजह से मुझे बड़ी चिन्ता है। तुम देखना, देख लेना ! मुझे तो बहुत डर लगा था। मुझे वह कैसी आँखों से घूर रही थी ! जब उसने उसका परिचय कराना शुरू किया तो मैं तो अपनी कुर्सी पर चैन से बैठी भी नहीं रह पा रही थी, तुम्हें याद है न ? बड़ा अजीब लगता है : प्योत्र पेत्रोविच ने उसके बारे में ऐसी बात लिखी है, उसने हम लोगों से, तुमसे उसे बाक़ायदा मिलवाया ! इसका मतलब है कि वह उसके क़ाबू में होगा।''

''लिखने को तो लोग कुछ भी लिखते रहते हैं। हमारे बारे में भी बहुत सी बातें कही गई थीं और बहुत कुछ लिखा गया था। भूल गईं तुम ? मुझे यक़ीन है कि वह बहुत अच्छी लड़की है, और ये सारी बातें बकवास हैं।''

''भगवान करे ऐसा ही हो।''

''और प्योत्र पेत्रोविच बहुत ही नीच क़िस्म का दूसरों पर कीचड़ उछालनेवाला आदमी है,'' दूनिया ने अचानक बिगड़कर कहा।

पुल्ख़ेरिया अलेक्सान्द्रोव्ना दंग रह गईं। बातचीत फिर शुरू नहीं हुई।

''मैं तुम्हें बताता हूँ कि मुझे तुमसे क्या काम है,'' रजुमीख़िन को खिड़की के पास ले जाते हुए रस्कोलनिकोव ने कहा।

''तो मैं कतेरीना इवानोव्ना से कह दूँ कि आप आएँगे,'' सोनिया ने जल्दी से कहा, और चल देने को तैयार हो गई।

''एक मिनट, सोफ़्या सेम्योनोव्ना। हम कोई ऐसी बातें नहीं कर रहे हैं जो तुम्हारे सुनने की न हों...तुम्हारे यहाँ मौजूद रहने से कोई बाधा नहीं है। मुझे तुमसे एक-दो बातें और करनी हैं !...सुनो !'' वह अचानक फिर रजुमीख़िन की ओर मुड़ा। ''तुम जानते हो...क्या नाम है उसका...पोर्फ़िरी पेत्रोविच ?''

''जानता तो हूँ ! मेरा रिश्तेदार लगता है ! क्यों ?'' रजुमीख़िन ने बड़ी दिलचस्पी से कहा।

''वह मामला वही निबटा रहे हैं न...तुम जानते हो, वही क़त्लवाला मामला ?...कल तुम कुछ इसके बारे में चर्चा कर रहे थे।''

''हाँ...तो ?'' रजुमीख़िन की आँखें फटी-की-फटी रह गईं।

''वह उन लोगों का पता लगा रहा था जिन्होंने वहाँ चीज़ें गिरवी रखी थीं। मेरी भी कुछ चीज़ें वहाँ गिरवी रखी हैं—छोटी-मोटी चीज़ें—एक अँगूठी जो मेरी बहन ने घर से चलते वक़्त मुझे निशानी दी थी, और मेरे बाप की चाँदी की घड़ी—कुल मिलाकर पाँच-छः रूबल की होंगी...लेकिन मेरे लिए वे बहुत क़ीमती हैं। तो अब मैं क्या करूँ ? मैं उन चीज़ों को खोना नहीं चाहता, ख़ासतौर पर वह घड़ी। मैं तो अभी थर-थर काँप रहा था—कि जब हम लोग दूनिया की घड़ी की बातें कर रहे थे—कि माँ कहीं वह घड़ी देखने को न माँग ले। मेरे बाप की वही एक चीज़ हम लोगों के पास बची है। अगर वह खो गई तो माँ को बहुत सदमा होगा ! तुम तो जानते हो औरतों की आदत ! तो बताओ, क्या किया जाए। मैं जानता हूँ कि मुझे थाने में ख़बर कर देनी चाहिए थी, लेकिन क्या सीधे पोर्फ़िरी के पास जाना बेहतर न होगा ? क्यों ? तुम्हारी क्या राय है ? इस तरह मुमकिन है मामला जल्दी तै हो जाए। बात यह है कि शायद माँ दोपहर के खाने से पहले घड़ी माँगें !''

"थाने तो हरगिज़ नहीं जाना चाहिए। बिलकुल पोर्फ़िरी के पास जाना चाहिए," रज़ुमीख़िन ने बेहद जोश में आकर कहा, "कितनी ख़ुशी हो रही है मुझे। चलो, फ़ौरन चलें। यहाँ से दो क़दम पर तो है। वह वहाँ ज़रूर होगा।"

"अच्छी बात है...चलो..."

"और वह तुमसे मिलकर बहुत ही बहुत ख़ुश होगा। मैंने कई मौक़ों पर अक्सर उससे तुम्हारी चर्चा की है। कल ही मैं तुम्हारी बातें कर रहा था। आओ, चलें। तो तुम उस बुढ़िया को जानते थे ? तो यह बात है ! सारी गुत्थी सुलझती जा रही है...अरे हाँ, सोफ़्या इवानोव्ना..."

"सोफ़्या सेम्योनोव्ना," रस्कोलनिकोव ने उसकी ग़लती ठीक करते हुए कहा, "सोफ़्या सेम्योनोव्ना, यह हैं मेरे दोस्त रज़ुमीख़िन। बहुत ही अच्छे आदमी हैं।"

"अगर आप लोगों को अभी जाना है," सोनिया ने रज़ुमीख़िन की ओर देखे बिना कहना शुरू किया, लेकिन वह पहले से भी ज़्यादा सकपका गई।

"आओ, चलें," रज़ुमीख़िन ने फ़ैसला सुनाया, "मैं आज तुम्हारे यहाँ आऊँगा, सोफ़्या सेम्योनोव्ना। बस इतना बता दो कि तुम रहती कहाँ हो।"

वह झेंप बिलकुल नहीं रहा था, बल्कि ऐसा लग रहा था कि वह जल्दी में था और सोनिया से नज़रें मिलाने से कतरा रहा था। सोनिया ने अपना पता बताया और पता बताते-बताते शरमा गई। वे तीनों साथ बाहर निकले।

"तुम अपने कमरे में ताला नहीं लगाते ?" रज़ुमीख़िन ने उसके पीछे-पीछे सीढ़ियों पर आकर पूछा।

"कभी नहीं," रस्कोलनिकोव ने लापरवाही से जवाब दिया, "दो साल से ताला ख़रीदने की सोच रहा हूँ। कितने सुखी रहते हैं वे लोग जिन्हें ताले की ज़रूरत नहीं पड़ती," उसने हँसते हुए सोनिया से कहा।

फाटक पर वे चुपचाप खड़े रहे।

"तुम्हें दाहिनी तरफ़ जाना है, सोफ़्या सेम्योनोव्ना ? लेकिन तुम्हें मेरा पता कैसे मिला ?" उसने बात को इस तरह बढ़ाया जैसे वह बिलकुल ही कोई दूसरी बात कहना चाह रहा था। वह उसकी कोमल निर्मल आँखों में झाँककर देखना चाहता था लेकिन यह काम इतना आसान नहीं था।

"क्यों, आपने कल पोलेंका को अपना पता बताया था न।"

"पोलेंका ? अरे हाँ ! पोलेंका, वह छोटी बच्ची ! वह तुम्हारी बहन है ? मैंने उसे पता बताया था ?"

"क्यों, क्या भूल गए ?"

"नहीं, मुझे याद है।"

"मैंने अपने पापा से आपके बारे में सुना था...वह आपकी बातें किया करते थे।...बस मुझे आपका नाम नहीं मालूम था, वैसे मालूम तो उन्हें भी नहीं था। और आज जब मैं आपके यहाँ आई. ..तो चूँकि मुझे आपका नाम मालूम हो गया था, इसलिए मैंने पूछा : 'मिस्टर रस्कोलनिकोव कहाँ रहते हैं ?' मुझे यह पता नहीं था कि आप भी किराएदार हैं।...अच्छा, अब मैं चलती हूँ।...मैं कतेरीना इवानोव्ना से कह दूँगी।"

वहाँ से आख़िरकार छुटकारा पाकर उसे बहुत ख़ुशी हुई; वह नज़रें झुकाए चली गई। वह तेज़ क़दमों से चल रही थी ताकि जल्दी-से-जल्दी आँख से ओझल हो जाए, बीस क़दम चलकर किसी तरह दाहिनी ओरवाले मोड़ तक पहुँच जाए, और आख़िरकार बिलकुल अकेली रह जाए; फिर तेज़ी

से चलते हुए, किसी की ओर देखे बिना, किसी चीज़ की ओर ध्यान दिए बिना, सोचे, याद करे, एक-एक शब्द के बारे में, छोटी-से-छोटी हर बात के बारे में अच्छी तरह मनन करे। अब से पहले कभी उसे ऐसा आभास नहीं हुआ था, कभी नहीं। धुँधले-धुँधले तौर पर और अनजाने ही उसके सामने एक पूरी नई दुनिया के दरवाज़े खुलते जा रहे थे। अचानक उसे याद आया कि रस्कोलनिकोव उसके यहाँ आज ही आनेवाला था, शायद सबेरे ही, शायद उसी वक़्त !

''बस आज नहीं, मेहरबानी करके आज नहीं !'' वह डूबते हुए दिल से मुँह-ही-मुँह बुड़बुड़ाती रही, जैसे डरे हुए बच्चे की तरह किसी के आगे गिड़गिड़ा रही हो, ''भगवान, मुझ पर दया करो ! मेरे पास...उस कमरे में...सब देखेंगे...हे भगवान !''

उस समय उसमें एक ऐसे अज्ञात सज्जन की ओर ध्यान देने की क्षमता ही नहीं थी जो उस पर बराबर नज़र रख रहे थे और लगातार उसका पीछा कर रहे थे। वह फाटक के पास से ही उसके साथ हो लिये थे। जिस क्षण रज़ुमीख़िन, रस्कोलनिकोव और वह एक-दूसरे से विदा होने से पहले सड़क की पटरी पर खड़े हुए थे, उसी समय यह सज्जन जो इधर से गुज़र रहे थे, सोनिया के ये शब्द सुनकर चौंक पड़े थे : ''और मैंने पूछा मिस्टर रस्कोलनिकोव कहाँ रहते हैं ?'' उन्होंने मुड़कर जल्दी से लेकिन बड़े ध्यान से उन तीनों को देखा, ख़ासतौर पर रस्कोलनिकोव को, जिससे सोनिया बातें कर रही थी; फिर उन्होंने मुड़कर उस घर को अच्छी तरह देखकर याद कर लिया। यह सब कुछ उन्होंने वहाँ से गुज़रते-गुज़रते पलक झपकते कर लिया था और इस बात में अपनी दिलचस्पी का किसी को पता न लगने देने की कोशिश में वह और भी धीरे चलने लगे थे जैसे किसी चीज़ का इन्तज़ार कर रहे हों। वह सोनिया की राह देख रहे थे; उन्होंने देखा कि वे लोग एक-दूसरे से विदा हो रहे हैं और सोनिया अपने घर जा रही है।

'घर ? कहाँ ? मैंने यह सूरत कहीं देखी है,' उसने सोनिया की सूरत याद करके सोचा, 'पता लगाना चाहिए।'

मोड़ पर वह आदमी सड़क के दूसरी ओर चला गया, चारों तरफ़ नज़र दौड़ाई और देखा कि सोनिया उधर ही आ रही है, किसी भी चीज़ की ओर ध्यान दिए बिना। वह नुक्कड़ पर मुड़ गई। वह सड़क की दूसरी पटरी पर उसके पीछे-पीछे चलता रहा। लगभग पचास क़दम चलने के बाद वह फिर सड़क की इस पटरी पर आकर उसके पास पहुँच गया और उससे दो-तीन गज़ पीछे चलने लगा।

उसकी उम्र लगभग पचास साल की होगी, क़द कुछ लम्बा और शरीर गठा हुआ। उसके कन्धे चौड़े और ऊँचे थे, जिसकी वजह से देखने में ऐसा लगता था कि वह कुछ झुककर चल रहा है। वह बहुत अच्छे और फ़ैशनेबुल कपड़े पहने था और हैसियतदार शरीफ़ आदमी मालूम होता था। उसके हाथ में बहुत ख़ूबसूरत छड़ी थी जिसे वह हर क़दम के साथ सड़क पर टेकता हुआ चल रह था। उसके दस्ताने बिलकुल बेदाग़, दूध जैसे सफ़ेद थे। चौड़ा-चकला अच्छा-ख़ासा ख़ुशनुमा चेहरा, गालों की हड्डियाँ कुछ उभरी हुईं और चेहरे के रंग में ताज़गी, जैसी कि पीटर्सबर्ग में अक्सर दिखाई नहीं देती। उसके हल्के भूरे रंग के बाल अभी तक काफ़ी घने थे और बस बीच-बीच में कहीं-कहीं उसमें सफ़ेदी झलकने लगी थी। उसकी घनी चौकोर दाढ़ी का रंग उसके बालों से भी हल्का था। उसकी आँखों का रंग नीला था और उसके देखने के ढंग में कुछ कठोरता, पैनापन और विचारमग्नता का भाव था; उसके होंठों का रंग लाल था। उसने अपने स्वास्थ्य को बहुत सँभालकर रखा था, जिसकी वजह से वह अपनी उम्र से बहुत छोटा लगता था।

जब सोनिया नहर के किनारे पहुँची, उस वक़्त सड़क की पटरी पर बस वे ही दोनों थे। उसने इस

बात को ध्यान से देखा कि सोनिया अपने ही विचारों में खोई-खोई सी है जैसे सपना देख रही हो। उस घर पर पहुँचकर जहाँ वह रहती थी वह फाटक में मुड़ी; वह सज्जन भी उसके पीछे मुड़े और ऐसा लगा कि उन्हें कुछ ताज्जुब हो रहा था। अहाते में पहुँचकर वह दाहिने कोने की ओर मुड़ी। "वाह !" अजनबी ने अस्फुट स्वर में कहा और उसके पीछे ही सीढ़ियाँ चढ़ने लगा। तब जाकर सोनिया का ध्यान उसकी ओर गया। तीसरी मंज़िल पर पहुँचकर वह गलियारे में मुड़ी और 9 नम्बर के कमरे की घंटी बजाई। उसके दरवाज़े पर खरिया से लिखा था : 'कापरनाउमोव, दर्ज़ी'। "वाह !" अजनबी ने एक बार फिर दोहराया और इस अनोखे संयोग पर आश्चर्य करने लगा। उसने अगले दरवाज़े पर 8 नम्बर के कमरे की घंटी बजाई। दोनों दरवाज़ों के बीच कोई दो-तीन गज़ का फ़ासला था।

"तुम कापरनाउमोव के यहाँ रहती हो," उसने सोनिया की ओर देखकर हँसते हुए कहा, "कल ही मैंने उससे अपनी एक वास्कट ठीक कराई है। मैं इधर बग़ल में मादाम रेसलिख़ के यहाँ रहता हूँ। कैसी अजीब बात है !"

सोनिया ने उसे बड़े ग़ौर से देखा।

"हम लोग पड़ोसी हैं," वह बेहद ख़ुश होकर बोलता रहा, "मैं अभी परसों ही तो यहाँ आया हूँ। अच्छा, फिर मिलेंगे।"

सोनिया ने कुछ जवाब नहीं दिया; दरवाज़ा खुला और वह चुपके से अन्दर चली गई। न जाने क्यों वह लज्जित महसूस करने लगी और उसे बेचैनी सी होने लगी।

पोर्फ़िरी के यहाँ जाते हुए रास्ते में रज़ुमीख़िन का जोश फूटा पड़ रहा था।

"यह तो लाजवाब बात हुई, भाई," उसने कई बार दोहराया, "और मैं बहुत ख़ुश हूँ ! मुझे बेहद ख़ुशी है !"

'किस बात की ख़ुशी है ?' रस्कोलनिकोव ने मन-ही-मन सोचा।

"मुझे नहीं मालूम था कि तुमने भी उस बुढ़िया के यहाँ कुछ चीज़ें गिरवी रखी थीं। और... और क्या यह बहुत दिन की बात है ? मेरा मतलब है कि क्या तुम्हें वहाँ गए बहुत दिन हो गए ?"

'यह भी कैसा भोला मूरख है !'

"कब की बात है ?" रस्कोलनिकोव याद करने के लिए ठहर गया। "उसके मरने के दो-तीन दिन पहले की बात होगी। लेकिन मैं उन चीज़ों को अभी छुड़ाऊँगा नहीं," उसने उन चीज़ों के बारे में बहुत गहरी दिलचस्पी दिखाते हुए जल्दी से कहा, "मेरे पास तो...कल रात की उस कमबख़्त सरसामी हालत के बाद...अब चाँदी का एक रूबल ही बचा है !"

उसने 'सरसामी हालत' पर ख़ासतौर पर ज़ोर दिया।

"हाँ, हाँ," रज़ुमीख़िन ने जल्दी से सहमति प्रकट की—लेकिन यह साफ़ न हो सका कि किस बात से। "अच्छा, तो यह बात थी कि तुमको...एक रट सी लग गई थी...कुछ हद तक...बात यह है कि अपनी सरसामी हालत में तुम लगातार कुछ अँगूठियों या ज़ंजीरों की बातें कर रहे थे ! हाँ, हाँ...समझ में आ गया, अब सारी बात साफ़ हो गई।"

"हाँ, यह बात हुई ! यह विचार उन लोगों के बीच कैसा फैला हुआ है ! इसी को ले लो, यह मेरी ख़ातिर सूली तक पर चढ़ने को तैयार है, लेकिन इसे भी इस बात की ख़ुशी है कि सरसाम की हालत में मैं अँगूठियों की इतनी चर्चा क्यों कर रहा था यह बात साफ़ हो गई ! यह बात उन सब लोगों के दिमाग़ में कितनी गहराई से जम गई होगी !"

"इस वक़्त वह मिलेगा ?" उसने अचानक पूछा।

"हाँ, हाँ," रज़ुमीख़िन ने जल्दी से जवाब दिया, "वह बहुत उम्दा आदमी है, भाई, तुम देखना। थोड़ा सा बेढब ज़रूर है, मतलब यह कि आदमी तो बहुत नफ़ीस है लेकिन दूसरे माने में बेढब है। बहुत समझदार आदमी है, सच पूछो तो कुछ ज़रूरत से ज़्यादा ही समझदार है, लेकिन उसकी कुछ हदें हैं, उनके अन्दर ही सोचता है।...कुछ शक्की है, कुछ सनकी है...लोगों को धोखा देना चाहता है, बल्कि उनका मज़ाक़ उड़ाना चाहता है। उसका तरीक़ा वही पुराना ठोस सबूतवाला तरीक़ा है, सीधी बात को छोड़कर बाल की खाल निकालने का...लेकिन अपना काम जानता है...बिलकुल पक्की तरह समझता है।...पिछले साल उसने क़त्ल का एक ऐसा मामला बिलकुल सुलझा दिया था, जिसमें पुलिस के पास कोई भी सुराग़ नहीं था। वह तुमसे मिलने के लिए बहुत-बहुत बेचैन है !"

"किसलिए वह इतना बेचैन है ?"

"अरे नहीं, ऐसी बात नहीं है...बात यह है कि जब से तुम बीमार पड़े हो तब से मैं कई बार उससे तुम्हारी चर्चा कर चुका हूँ।...तो जब उसने तुम्हारे बारे में सुना...कि तुम वकालत पढ़ते थे और अपनी पढ़ाई पूरी नहीं कर पाए तो उसने कहा, 'बड़े अफ़सोस की बात है !' और इसलिए मैंने यह नतीजा निकाला...सब बातों को मिलाकर, किसी अकेली एक बात से नहीं। अब कल ज़मेतोव...तुम तो जानते ही हो, रोद्या, कल रात तुम्हारे घर जाते हुए रास्ते में मैंने नशे में कुछ बकवास की थी।...मुझे डर है, भाई, कि तुम कहीं उसका बहुत बढ़ा-चढ़ाकर मतलब न लगा लो।"

"क्या ? इस बात का कि वे लोग मुझे पागल समझते हैं ? हो सकता है कि वे ठीक ही समझते हों," उसने कुछ रुकी-रुकी मुस्कुराहट के साथ कहा।

"हाँ, हाँ, यही...वह सब खुराफ़ात बात है, है न !...लेकिन मैंने जो कुछ कहा था (और उसके अलावा और भी कुछ बात थी) वह सब बकवास थी, शराबी की बड़ थी।"

"लेकिन तुम इतनी माफ़ी क्यों माँग रहे हो ? मैं इस तरह की बातों से बिलकुल तंग आ चुका हूँ !" रस्कोलनिकोव कुछ ज़रूरत से ज़्यादा ही चिढ़कर चिल्लाया। लेकिन उसका यह बर्ताव कुछ हद तक बनावटी था।

"मैं जानता हूँ, मैं जानता हूँ, मैं समझता हूँ ! यक़ीन मानो, मैं सब समझता हूँ। उसकी बात करते शर्म आती है।"

"शर्म आती है तो मत करो बात उसकी !"

दोनों चुप हो गए। खुशी के मारे रज़ुमीख़िन की बाछें खिली जा रही थीं। और यह देखकर रस्कोलनिकोव को नफ़रत सी हो रही थी। रज़ुमीख़िन ने अभी पोर्फ़िरी के बारे में जो कुछ कहा था उससे उसे परेशानी भी हो रही थी।

'मुझे उसके सामने भी गम्भीर सूरत बनाए रहनी पड़ेगी,' उसने धड़कते हुए दिल से सोचा और उसका रंग बिलकुल सफ़ेद पड़ गया, 'और सो भी इस तरह कि मालूम न हो मैं बनकर ऐसा कर रहा हूँ। लेकिन सबसे सहज बात यही होगी कि कुछ किया ही न जाए। बड़ी सावधानी से कुछ भी न किया जाए ! नहीं, सावधानी बरतना भी बनावट मालूम होगी...ख़ैर, देखा जाएगा कि क्या होता है...देखेंगे...वहाँ पहुँचकर। लेकिन वहाँ जाना ठीक भी है या नहीं ? पतंगा उड़कर चिराग़ की तरफ़ जाता है। बुरी बात तो यह है कि मेरा दिल धड़क रहा है !'

"इस स्लेटी घर में," रज़ुमीख़िन ने कहा।

'सबसे बड़ी सोचने की बात यह है कि क्या पोर्फ़िरी को यह बात मालूम है कि कल मैं उस खूसट बुढ़िया के यहाँ गया था...और मैंने खून के बारे में पूछा था ? मुझे इस बात का फ़ौरन पता

लगाना होगा, अन्दर घुसते ही उसके चेहरे से पता लगाना होगा; वरना...मुझे पता लगाना होगा चाहे वह मेरी तबाही का ही सबब क्यों न बन जाए !'

"मैं कहता हूँ, भाई," उसने अचानक रज़ुमीख़िन की ओर मुड़कर बड़ी कुटिल मुस्कुराहट के साथ कहा, "मैं आज दिन भर देखता रहा हूँ कि तुममें एक अजीब सी उमंग है। है न ?"

"उमंग ? नहीं तो, बिलकुल नहीं," रज़ुमीख़िन ने कहा, जैसे किसी ने उसे डंक मार दिया हो।

"हाँ, भाई, मैं जो कहता हूँ, साफ़ दिखाई दे रहा है। अरे, तुम कुर्सी पर भी इस तरह बैठे थे जैसे कभी नहीं बैठते, बिलकुल किनारे पर टिककर, और ऐसा लग रहा था कि सारी देर तुम तिलमिला रहे हो। बिना बात तुम बीच-बीच में उचक पड़ते थे। पल भर में तुम नाराज़ हो जाते थे और दूसरे ही पल तुम्हारा चेहरा बिलकुल खिल उठता था। तुम्हारी कान की लवें तक लाल हो जाती थीं, ख़ासतौर पर जब तुम्हें खाने के लिए बुलाया गया था, तुम बेहद शरमा रहे थे।"

"ऐसी कोई बात नहीं थी, सब बकवास है ! तुम्हारा मतलब क्या है ?"

"लेकिन तुम स्कूली लड़कों की तरह इस बात से कतराना क्यों चाहते हो ? क़सम से, वह देखो, फिर शरमाने लगे !"

"तुम भी बहुत बड़े सूअर हो !"

"लेकिन तुम इतना झेंप क्यों रहे हो ? मजनूँ ! तुम देखते जाओ, मैं आज किसी को इसके बारे में बताऊँगा। हः-हः-हः ! माँ तो हँसते-हँसते लोटपोट हो जाएँगी, और कोई और भी..."

"देखो, सुनो, मैं कहे देता हूँ, यह कोई मज़ाक़ की बात नहीं है।...अब तुम क्या करनेवाले हो, शैतान की दुम !" रज़ुमीख़िन बुरी तरह झेंप रहा था; डर के मारे उसे ठंडे पसीने छूटने लगे थे, "तुम उन लोगों से क्या कहोगे ? मैं तो, भाई, उफ़ ! तुम भी बहुत बड़े सूअर हो !"

"बिलकुल गुलाब की तरह खिले जा रहे हो। काश, तुम्हें मालूम होता कि यह सब कुछ तुम्हारे ऊपर कैसा फबता है; ताड़ जैसा लम्बा मजनूँ ! और आज कैसे नहाए-धोए लग रहे हो—नाख़ून भी साफ़ किए हैं, मैं दावे के साथ कह सकता हूँ। क्यों ? आज तक तो कभी ऐसा हुआ नहीं ! अरे, मुझे तो ऐसा लगता है कि बालों में क्रीम भी लगाई है ! ज़रा झुककर दिखाओ तो !"

"सूअर कहीं का !"

रस्कोलनिकोव लाख रोकने पर भी अपनी हँसी न रोक सका। इसी तरह हँसते हुए वे दोनों पोर्फ़िरी पेत्रोविच के फ़्लैट में घुसे। यही तो रस्कोलनिकोव चाहता था। अन्दर उनके हँसने की आवाज़ सुनाई दे रही थी। वे दोनों भी अभी तक ड्योढ़ी में ठहाका मारकर हँस रहे थे।

"यहाँ एक बात भी इसके बारे में तुम्हारे मुँह से निकली तो...मैं तुम्हारा भेजा उड़ा दूँगा !" रज़ुमीख़िन ने रस्कोलनिकोव का कन्धा पकड़कर गुस्से से उसके कान में कहा।

5

रस्कोलनिकोव कमरे में प्रवेश कर रहा था। जब वह अन्दर आया तो उसकी सूरत देखने से ऐसा लगता था कि उसे फिर ठहाका मारकर हँस पड़ने से अपने आपको रोकने में बड़ी कठिनाई हो रही थी। उसके पीछे रज़ुमीख़िन कुछ अटपटे और भोंडे तरीक़े से अन्दर आया। वह कुछ शरमाया हुआ था और उसका चेहरा टमाटर की तरह लाल हो रहा था; वह बुरी तरह झेंपा हुआ और गुस्से से भरा हुआ लग रहा था। उस समय उसका चेहरा और उसकी पूरी आकृति सचमुच बहुत ही हास्यास्पद लग रही थी और अगर रस्कोलनिकोव को हँसी आ रही थी तो ठीक ही आ रही थी।

रस्कोलनिकोव ने परिचय कराए जाने का इन्तज़ार किए बिना झुककर पोर्फ़िरी पेत्रोविच को सलाम किया; वह कमरे के बीच में खड़ा सवालिया नज़रों से उन्हें देख रहा था। रस्कोलनिकोव ने आगे बढ़कर हाथ मिलाया; वह अभी तक अपनी फूटी पड़ रही ख़ुशी को दबाने की बेहद कोशिश कर रहा था। वह अपना परिचय देने के लिए कुछ शब्द कहना चाहता था लेकिन गम्भीर मुद्रा धारण करने में और दबी ज़बान से कुछ कहने में अभी सफल ही हुआ था कि अचानक उसकी नज़र फिर रज़ुमीख़िन पर पड़ गई, और वह अपने आपको क़ाबू में न रख सका : अपनी दबी हुई हँसी को वह जितना ही दबाने की कोशिश कर रहा था उतनी ही वह और फूटी पड़ रही थी। रज़ुमीख़िन को उसके हँसी-दिल्लगी के इस 'सहज' उद्‌गार पर जिस तरह बेतहाशा गुस्सा आया उसकी वजह से इस पूरे दृश्य में अत्यन्त वास्तविक आमोद-प्रमोद तथा स्वाभाविकता का वातावरण पैदा हो गया। रज़ुमीख़िन ने मानो जान-बूझकर इस धारणा को और पक्का कर दिया था।

"बेवक़ूफ़ ! शैतान कहीं का !" वह अपना एक हाथ घुमाकर ज़ोर से गरजा। उसका हाथ जाकर एक छोटी सी गोल मेज़ से टकराया जिस पर चाय का एक ख़ाली गिलास रखा हुआ था। मेज़ उलट गई और उस पर रखा हुआ काँच का गिलास झनझनाकर टूट गया।

"लेकिन कुर्सियाँ क्यों तोड़ रहे हैं आप लोग ? आप जानते हैं इससे सरकार का नुक़सान होता है," पोर्फ़िरी पेत्रोविच ने मज़ाक़ करते हुए ज़ोर से कहा।

रस्कोलनिकोव अभी तक हँस रहा था। उसका हाथ अभी तक पोर्फ़िरी पेत्रोविच के हाथ में था, लेकिन वह नहीं चाहता था कि ज़रूरत से ज़्यादा बेतकल्लुफ़ी का परिचय दे, इसलिए वह इस सिलसिले को स्वाभाविक ढंग से ख़त्म करने के लिए उचित क्षण की प्रतीक्षा कर रहा था। मेज़ उलट जाने और काँच का गिलास टूट जाने से रज़ुमीख़िन बिलकुल सिटपिटा गया था और बड़ी उदास नज़रों से काँच के टूटे हुए टुकड़ों को देख रहा था। वह अपने आपको कोसता हुआ तेज़ी से खिड़की की ओर मुड़ा और बेहद गुस्से से भरा हुआ त्योरियों पर बल डाले उन लोगों की ओर पीठ किए खड़ा रहा; वह शून्य भाव से देख रहा था। पोर्फ़िरी पेत्रोविच हँसा और वह इसी तरह हँसते जाने को तैयार था, लेकिन वह जानना चाहता था कि यह सब क्या और क्यों हो रहा है। ज़मेतोव एक कोने में बैठा हुआ था, लेकिन इन लोगों के अन्दर आते ही वह उठ पड़ा और अपने होंठों पर मुस्कुराहट लिये किसी चीज़ की प्रतीक्षा में खड़ा रहा, हालाँकि वह इस पूरे दृश्य को बड़े आश्चर्य से देख रहा था और ऐसा लग रहा था कि उसकी समझ में कुछ भी नहीं आ रहा है; रस्कोलनिकोव को देखकर वह कुछ खिसिया भी रहा था। ज़मेतोव का वहाँ आशा के विपरीत उपस्थित रहना रस्कोलनिकोव को कुछ अच्छा नहीं लगा।

'मुझे इसका ध्यान रखना होगा,' रस्कोलनिकोव ने सोचा। "माफ़ कीजिएगा," उसने बेहद अटपटा महसूस करने की मुद्रा धारण करते हुए कहना शुरू किया, "मैं हूँ रस्कोलनिकोव।"

"इसमें माफ़ी की क्या बात है, आपसे मिलकर बड़ी ख़ुशी हुई...और आप आए भी तो कैसी ख़ुशी बिखेरते हुए हैं !...अरे, वह क्या सलाम-दुआ भी नहीं करेगा ?" पोर्फ़िरी पेत्रोविच ने सिर के झटके से रज़ुमीख़िन की तरफ़ इशारा करते हुए कहा।

"क़सम खाकर कहता हूँ कि वह जाने क्यों मुझसे इतना बिफरा हुआ है। अभी यहाँ आते हुए मैंने उससे बस इतना कह दिया था कि वह मजनूँ लग रहा है...और इस बात को साबित भी कर दिया था। जहाँ तक मैं समझता हूँ, बस इतनी सी बात थी।"

"सूअर कहीं का !" रज़ुमीख़िन ने मुड़े बिना ही चिढ़कर कहा।

"अगर वह बस इतना कहने पर इस तरह जामे से बाहर हो गया है तो इसकी वजह भी

होगी,'' प्रोफ़िरी ने हँसकर कहा।

''बस-बस, बड़े आए वकील कहीं के !...भाड़ में जाओ तुम सब लोग !'' रज़ुमीख़िन ने झिड़ककर कहा और अचानक ख़ुद भी खिलखिलाकर हँस पड़ा। वह और भी ज़्यादा खिले हुए चेहरे के साथ पोर्फ़िरी के पास गया, जैसे कुछ हुआ ही न हो। ''बस, छोड़ो इन बातों को। हम सब बेवक़ूफ़ हैं। अब मतलब की बात करें। यह है मेरा दोस्त रोदिओन रोमानोविच रस्कोलनिकोव। पहली बात तो यह है कि इसने तुम्हारी चर्चा सुनी थी और तुमसे मिलना चाहता था। दूसरी बात यह कि इसे तुमसे एक छोटा सा काम भी है। अरे वाह ! ज़मेतोव, तुम यहाँ कैसे ? तुम लोग क्या पहले मिल चुके हो ? क्या तुम दोनों एक-दूसरे को बहुत दिन से जानते हो ?''

'इसका क्या मतलब हो सकता है ?' रस्कोलनिकोव ने बेचैन होकर सोचा।

ऐसा लगा कि ज़मेतोव कुछ चौंक पड़ा, लेकिन बहुत ज़्यादा नहीं।

''अरे, अभी कल ही तो तुम्हारे यहाँ मुलाक़ात हुई थी,'' उसने सहज भाव से कहा।

''चलो अच्छा हुआ, मैं इस ज़िम्मेदारी से बच गया। हफ़्ते भर से यह मेरे पीछे पड़ा हुआ था कि मैं इसे तुमसे मिला दूँ। पोर्फ़िरी और तुम, दोनों एक-दूसरे तक पहुँच ही गए आख़िरकार। तुम्हारी तम्बाकू कहाँ है ?''

पोर्फ़िरी पेत्रोविच ने ड्रेसिंग गाउन, बहुत साफ़ क़मीज़ और दबी हुई एड़ी की स्लीपर पहन रखी थी। वह लगभग पैंतीस साल का आदमी था—छोटा क़द, गठा हुआ शरीर कुछ मोटापा लिये हुए और दाढ़ी-मूँछ बिलकुल सफ़ाचट। उसने अपने बाल बहुत छोटे कटवा रखे थे और उसका सिर बहुत बड़ा और गोल था, जो पीछे की ओर ख़ासतौर पर कुछ ज़्यादा ही उभरा हुआ था। उसका फूला हुआ, गोल और ज़रा चपटी नाकवाला चेहरा बिलकुल बीमारों की तरह पीले रंग का था, लेकिन उस पर बड़ी चुस्ती और कुछ व्यंग्य का भाव था। आँखों को छोड़कर उसका बाक़ी चेहरा काफ़ी हँसमुख और सहृदय भी था; उसकी आँखों में लगभग बिलकुल सफ़ेद झपकती हुई पलकों के नीचे एक अजीब गीली-गीली फीकी सी चमक थी; हरदम ऐसा लगता था कि वह आँख मार रहा है। उन आँखों का भाव उसे कुछ-कुछ ज़नाने डील-डौल से मेल न खाने की वजह से कुछ अजीब सा लगता था, और उनमें पहली बार देखने में जितनी संजीदगी लगती थी उससे कहीं अधिक गम्भीरता आ जाती थी।

पोर्फ़िरी पेत्रोविच ने यह सुनते ही कि उससे मिलने के लिए आनेवाले को उससे 'एक छोटा सा काम' है, उससे सोफ़े पर बैठ जाने की प्रार्थना की और ख़ुद सोफ़े के दूसरे सिरे पर बैठकर इस बात की राह देखने लगा कि रस्कोलनिकोव उसे अपना काम बताए। पोर्फ़िरी उसे इतनी सतर्कता और आवश्यकता से अधिक गम्भीरता से देख रहा था कि सामनेवाला आदमी, ख़ासतौर पर अगर वह अजनबी हो, घुटन और घबराहट महसूस करने लगे, और खासतौर पर उस हालत में और भी जब वह मामला, जिसके बारे में आप बात कर रहे हों, ख़ुद आपकी राय में इतना कम महत्त्व रखता हो कि उसकी ओर इतनी असाधारण गम्भीरता से ध्यान देने की कोई ज़रूरत न हो। लेकिन रस्कोलनिकोव ने बहुत थोड़े और गठे हुए शब्दों में अपना काम बहुत साफ़-साफ़ और बिलकुल सही-सही समझाया। और वह अपने आपसे इतना सन्तुष्ट था कि उसने पोर्फ़िरी को नज़र भरकर देख भी लिया। पोर्फ़िरी पेत्रोविच ने अपनी नज़रें उसकी ओर से एक क्षण के लिए भी नहीं हटाईं। रज़ुमीख़िन उसी मेज़ के सामने बैठा हुआ बड़े जोश और बड़ी अधीरता से सुन रहा था, और एक-एक क्षण बाद बारी-बारी से ज़रूरत से ज़्यादा दिलचस्पी के साथ कभी एक की ओर देखता था और कभी दूसरे की ओर।

'बेवक़ूफ़,' रस्कोलनिकोव ने मन-ही-मन गाली दी।

''आपको पुलिस को बताना होगा,'' पोर्फ़िरी ने बहुत ही कारोबारी ढंग से जवाब दिया, ''कि इस मामले की, यानी इस क़त्ल की ख़बर मिलने पर आप इस मामले की छानबीन करनेवाले वकील को यह बताना चाहते हैं कि फ़लाँ-फ़लाँ चीज़ें आपकी हैं और आप उन्हें छुड़ाना चाहते हैं...या...बल्कि वे लोग आपको खुद लिखेंगे।''

''यही तो बात है इस...इस वक़्त,'' रस्कोलनिकोव ने यह जताने की भरपूर कोशिश की कि वह कुछ अटपटा महसूस कर रहा है, ''मेरे पास पैसा बिलकुल नहीं है...और यह छोटी सी रक़म अदा करना भी मेरे बूते के बाहर है...बात यह है कि इस वक़्त तो मैं सिर्फ़ यह दर्ज़ करा देना चाहता हूँ कि वे चीज़ें मेरी हैं, और जब मेरे पास पैसा होगा...''

''कोई बात नहीं है,'' अपनी पैसे की तंगी के बारे में रस्कोलनिकोव के बयान पर कोई प्रतिक्रिया दिए बिना पोर्फ़िरी पेत्रोविच ने जवाब दिया, ''लेकिन अगर आप चाहें तो सीधे मुझे भी लिख सकते हैं कि इस मामले की ख़बर मिलने पर, और फ़लाँ-फ़लाँ चीज़ों को अपना बताते हुए, आप चाहते हैं कि...''

''सादे काग़ज़ पर ?'' रस्कोलनिकोव ने एक बार फिर इस मामले के पैसेवाले पहलू में दिलचस्पी दिखाते हुए बड़ी उत्सुकता से उनकी बात काटकर पूछा।

''जी हाँ, बिलकुल मामूली काग़ज़ पर,'' और यह कहकर पोर्फ़िरी पेत्रोविच ने अपनी आँखें सिकोड़कर, मानो उसकी ओर आँख मार रहा हो, खुले व्यंग्य के भाव से कहा। लेकिन शायद यह केवल रस्कोलनिकोव का भ्रम था, क्योंकि उसका यह भाव केवल एक क्षण तक रहा। फिर भी इस तरह की कोई बात थी ज़रूर; रस्कोलनिकोव क़सम खाकर कह सकता था कि उसने उसकी ओर आँख मारी थी, हालाँकि वह इसका कारण नहीं बता सकता।

''इसे सब मालूम है,'' अचानक यह विचार उसके दिमाग़ में बिजली की तरह कौंध गया।

''मुझे इतनी छोटी सी बात के लिए आपको परेशान करना पड़ा, इसके लिए माफ़ी चाहता हूँ'' वह कुछ घबराकर कहता रहा, ''उन चीज़ों की क़ीमत तो सिर्फ़ पाँच रूबल होगी लेकिन उन लोगों की वजह से, जिनसे वे मुझे मिली हैं, मैं उनकी क़द्र करता हूँ, और मैं यह मानने को बिलकुल तैयार हूँ कि मेरे दिल में तो दहशत समा गई थी जब मैंने सुना कि...''

''इसीलिए तुम इतना चौंक पड़े थे जब मैंने ज़ोसिमोव से कहा था कि पोर्फ़िरी उन तमाम लोगों के बारे में पूछताछ कर रहा है जिन्होंने वहाँ चीज़ें गिरवी रखी थीं !'' रज़ुमीख़िन ने जान-बूझकर ख़ास इरादे से बीच में कहा।

यह बात सचमुच बर्दाश्त के बाहर थी। रस्कोलनिकोव अपनी काली आँखों में प्रतिकार भरे रोष की चमक लिये उसकी ओर देखे बिना न रह सका, लेकिन उसने फ़ौरन ही अपने आपको सँभाल लिया।

''तुम, ऐसा लगता है, मेरी खिल्ली तो नहीं उड़ा रहे हो, भाई ?'' उसने बनावटी चिड़चिड़ाहट के साथ उससे कहा, ''मैं मानता हूँ कि तुम्हारे ख़्याल से मुझे इस तरह की फुटकर चीज़ों में बेतुकेपन की हद तक दिलचस्पी है, लेकिन इसकी वजह से तुम यह न समझ लेना कि मैं बड़ा स्वार्थी और लालची हूँ; और ये दो चीज़ें मेरी नज़रों में बिलकुल फुटकर नहीं हैं। मैंने अभी तुम्हें बताया था कि वह चाँदी की घड़ी भले ही दो कौड़ी की न हो, लेकिन मेरे बाप की वही अकेली चीज़ हम लोगों के पास बची है। आप मेरा मज़ाक़ उड़ाएँगे लेकिन मेरी माँ यहाँ हैं,'' उसने अचानक पोर्फ़िरी की ओर मुड़कर कहा, ''और अगर उन्हें मालूम हो गया,'' वह एक बार फिर अचानक जल्दी से

रज़ुमीख़िन की ओर मुड़ा और बड़ी सावधानी से उसने अपनी आवाज़ में कँपकँपी पैदा की, "कि घड़ी खो गई है तो उनका दिल टूट जाएगा ! आप तो जानते ही हैं औरतों की बातें !"

"नहीं, नहीं, ऐसा बिलकुल नहीं है ! मेरा मतलब यह हरगिज़ नहीं था ! बल्कि बात इसकी उल्टी ही थी !" रज़ुमीख़िन ने दुखी होकर ऊँचे स्वर में कहा।

'क्या यह सही था ? क्या यह स्वाभाविक था ? कहीं मैंने ज़रूरत से ज़्यादा नाराज़गी तो नहीं दिखाई ?' रस्कोलनिकोव ने डरकर काँपते हुए अपने आपसे पूछा, 'मैंने औरतों के बारे में वह बात क्यों कही ?'

"अच्छा, आपकी माँ आपके साथ हैं ?" पोर्फ़िरी पेत्रोविच ने पूछा।

"जी हाँ।"

"कब आईं वह ?"

पोर्फ़िरी रुक गया, मानो कुछ सोच रहा हो।

"आपकी चीज़ें बहरहाल खोएँगी नहीं," वह बड़े शान्त भाव से निरीह स्वर में कहता रहा, "मैं काफ़ी अरसे से यहाँ आपके आने की उम्मीद लगाए था।"

यह बात इस तरह कहकर मानो इसका कोई बहुत महत्त्व न हो, उसने बहुत सँभालकर ऐश-ट्रे रज़ुमीख़िन की ओर बढ़ा दी, जो क़ालीन पर अन्धाधुन्ध सिगरेट की राख बिखेरे जा रहा था। रस्कोलनिकोव सहमकर काँप उठा, लेकिन पोर्फ़िरी के आचरण से ऐसा लग रहा था कि वह उसकी ओर देख ही नहीं रहा है, अभी तक उसका ध्यान रज़ुमीख़िन की सिगरेट की ओर ही था।

"क्या कहा ? इसके आने की उम्मीद लगाए थे ? क्यों, क्या तुम्हें मालूम था कि इसकी चीज़ें वहाँ गिरवी रखी हैं ?" रज़ुमीख़िन ने अधीर होकर पूछा।

पोर्फ़िरी पेत्रोविच रस्कोलनिकोव से ही बातें करता रहा।

"तुम्हारी दोनों चीज़ें—घड़ी और अँगूठी—एक साथ लपेटकर रखी गई थीं। काग़ज़ पर तुम्हारा नाम पेंसिल से साफ़-साफ़ अक्षरों में लिखा था और साथ ही वे तारीख़ें भी पड़ी थीं जब तुम वे चीज़ें उसके पास छोड़कर आए थे..."

"आपकी नज़र भी कितनी तेज़ है !" रस्कोलनिकोव कुछ खिसियाकर मुस्कुराया और उसने उसकी आँखों में आँखें डालकर देखने की भरपूर कोशिश की, लेकिन वह ऐसा कर न सका और अचानक बातचीत का सिलसिला जारी रखते हुए बोला, "मैं इसलिए ऐसा कह रहा हूँ कि शायद वहाँ बहुत सी चीज़ें गिरवी रखी गई होंगी...इसलिए उन सबको याद रखना ज़रा मुश्किल काम है...लेकिन आपको चीज़ें बिलकुल साफ़-साफ़ याद हैं...और...और..."

'बेवक़ूफ़ ! कमज़ोर !' उसने सोचा, 'यह बात कहने की क्या ज़रूरत थी ?'

"लेकिन हमें उन सब लोगों के बारे में मालूम है जिनकी चीज़ें वहाँ गिरवी थीं, और तुम्हीं अकेले ऐसे आदमी थे जो अभी तक नहीं आए थे," पोर्फ़िरी ने बहुत ही छिपे हुए व्यंग्य के साथ जवाब दिया।

"मेरी तबियत कुछ ठीक नहीं थी।"

"यह बात भी सुनी थी। सच तो यह है कि मैंने यह सुना था कि तुम किसी बात की वजह से बेहद परेशान थे। अभी तक तुम्हारा रंग बिलकुल पीला है।"

"नहीं, मेरा रंग तो बिलकुल पीला नहीं है...नहीं, मैं बिलकुल ठीक हूँ," रस्कोलनिकोव ने बड़ी रुखाई और गुस्से से अपना लहजा बिलकुल बदलते हुए झट से जवाब दिया। उसका गुस्सा बढ़ता जा रहा था, वह किसी तरह उसे दबा नहीं पा रहा था। 'और अपने गुस्से की वजह से मैं अपना

भाँडा फोड़ दूँगा,' एक बार फिर यह विचार उसके दिमाग़ में बिजली की तरह कौंध गया, 'ये लोग मुझे क्यों सता रहे हैं ?'

''बिलकुल ठीक नहीं है !'' रज़ुमीख़िन ने उसकी बात का खंडन करते हुए कहा, ''सब बकवास है ! अभी कल तक यह बेहोश था और सरसाम की हालत में था। यक़ीन जानें, पोर्फ़िरी, हम लोगों की पीठ मुड़ते ही इसने कपड़े पहने, हालाँकि इससे ठीक से खड़ा भी नहीं हुआ जा रहा था, हम लोगों को चकमा देकर यह आधी रात तक न जाने कहाँ घूमता रहा, और तमाम वक़्त सरसाम की हालत में ! तुम यक़ीन करोगे ! हद कर दी !''

''सचमुच सरसाम की हालत में ? सच कह रहे हो न।'' पोर्फ़िरी ने औरतों के ढंग से अपना सिर हिलाया।

''बकवास है। आप इसकी बातों में न आइएगा ! लेकिन आपको तो यों भी इस बात पर यक़ीन नहीं है,'' रस्कोलनिकोव के मुँह से गुस्से में निकल गया। लेकिन ऐसा लग रहा था कि पोर्फ़िरी पेत्रोविच पर उन विचित्र शब्दों की कोई प्रतिक्रिया नहीं हुई थी।

''लेकिन अगर तुम्हारी सरसामी हालत नहीं थी तो तुम बाहर गए कैसे ?'' रज़ुमीख़िन को अचानक तैश आ गया, ''तुम बाहर किसलिए गए थे ? क्या काम था तुम्हें ? और इस तरह चोरी से क्यों गए ? जिस वक़्त तुमने यह किया, क्या तुम्हें पूरी तरह होश था ? अब चूँकि सब ख़तरा दूर हो चुका है इसलिए मैं साफ़-साफ़ बात कर सकता हूँ।''

''मैं कल इन लोगों से बेहद तंग आ चुका था।'' रस्कोलनिकोव ने अचानक बड़ी ढिठाई से मुस्कुराते हुए पोर्फ़िरी को सम्बोधित किया, ''मैं इन लोगों से भागकर रहने की कोई ऐसी जगह ढूँढने गया था जहाँ इन लोगों को मेरा पता न चल सके। और मैं अपने साथ बहुत सा पैसा भी ले गया था। वह ज़मेतोव साहब जो वहाँ बैठे हैं, उन्होंने वह पैसा देखा था। मैं पूछता हूँ, ज़मेतोव साहब, कल मैं होश में था या सरसाम की हालत में था ? हमारा झगड़ा आप ही निबटा दीजिए।''

ज़मेतोव की मुद्रा और उसकी ख़ामोशी से रस्कोलनिकोव को इतनी नफ़रत हो रही थी कि अगर उसका बस चलता तो वह उसका गला घोंट देता।

''मेरी राय में तो तुम पूरी समझदारी से, बल्कि काफ़ी होशियारी से बातें कर रहे थे, लेकिन तुम बेहद चिड़चिड़े हो रहे थे,'' ज़मेतोव ने रूखे स्वर में अपना फ़ैसला सुनाया।

''और निकोदिम फ़ोमीच मुझे आज बता रहा था,'' पोर्फ़िरी पेत्रोविच बीच में बोला, ''कि कल बहुत रात गए वह तुमसे उस आदमी के घर पर मिला था जो गाड़ी से कुचल गया था।''

''लो, सुन लिया,'' रज़ुमीख़िन बोला, ''उस वक़्त क्या तुम पागल नहीं थे ? तुमने पाई-पाई अपना सारा पैसा उस विधवा को कफ़न-दफ़न के लिए दे दिया ! मदद ही करना चाहते थे तो पन्द्रह दे देते, चलो बीस दे देते, अपने लिए कम-से-कम तीन-चार रूबल तो रख लेते; लेकिन इसने पूरे पच्चीस रूबल एक साथ दे दिए !''

''हो सकता है मुझे कहीं कोई ख़ज़ाना मिल गया हो और तुम्हें उसके बारे में कुछ मालूम न हो ? और इसीलिए मैं कल इतना दानी बन गया था...ज़मेतोव साहब को मालूम है कि मुझे ख़ज़ाना मिल गया है ! माफ़ कीजिएगा, हम लोग आधे घंटे से ऐसी फ़िज़ूल बातों में आपका वक़्त ख़राब कर रहे हैं,'' उसने पोर्फ़िरी पेत्रोविच की ओर मुड़कर काँपते हुए होंठों से कहा, ''आप हम लोगों की बातों से ऊब रहे होंगे, क्यों, है न ?''

''अरे नहीं, बल्कि बात इसकी उल्टी है, बिलकुल उल्टी ! तुम्हें मालूम नहीं कि तुम्हारी बातों में मुझे कितनी दिलचस्पी है ! जी करता है बैठकर सुनता रहूँ...और मुझे बड़ी ख़ुशी है कि

आख़िरकार तुम ख़ुद आए।''

''लेकिन हम लोगों को चाय तो पिलाओ ! हमारा गला सूख रहा है,'' रज़ुमीख़िन एकदम बोला।

''बेहतरीन ख़्याल है ! शायद हम सभी लोग तुम्हारा साथ देंगे। चाय से पहले कुछ और बुनियादी चीज़ तो...नहीं लेंगे ?''

''जो मँगाना है, जल्दी मँगाओ !''

पोर्फ़िरी पेत्रोविच चाय के लिए कहने चला गया।

रस्कोलनिकोव के विचारों में बवंडर सा उठ रहा था। वह बेहद बौखला गया था।

'सबसे बुरी बात यह है कि ये लोग छिपाते भी नहीं; उन्हें इसकी भी फ़िक्र नहीं है कि कुछ तो तकल्लुफ़ से काम लें। और, अगर आप मुझे बिलकुल नहीं जानते थे तो आपने निकोदिम फ़ोमीच से मेरे बारे में बात कैसे की ? तो इन लोगों को इस बात को छिपाने की भी फ़िक्र नहीं है कि ये लोग मेरे पीछे शिकारी कुत्तों की तरह पड़े हुए हैं। वे सरासर मेरे मुँह पर थूक रहे हैं !' वह गुस्से के मारे काँप रहा था, 'आओ, मुझ पर सीधा वार करो, मेरे साथ वैसा खिलवाड़ न करो जैसा बिल्ली चूहे के साथ करती है। यह शराफ़त की बात नहीं है, पोर्फ़िरी पेत्रोविच, और मैं शायद इसकी इजाज़त भी नहीं दूँगा। मैं अभी उठकर सारी सच्चाई आपके इन बदसूरत चेहरों पर फेंककर मारूँगा और आपको पता चल जाएगा कि मुझे आप सब लोगों से कितनी नफ़रत है !...' उसे साँस लेने में भी कठिनाई हो रही थी, 'और अगर यह सिर्फ़ मेरा भ्रम हो ? अगर मेरा इस तरह सोचना ग़लत हो, और अपनी नातजुर्बेकारी की वजह से गुस्से में आकर अपनी घृणित भूमिका मैं न निभा पा रहा हूँ ? लेकिन ये सब बातें निरर्थक हैं ? उनकी सारी बातें घिसी-पिटी हैं, लेकिन उनमें कोई बात है ज़रूर...ये सभी बातें कही जा सकती हैं, लेकिन उनमें कोई बात है ज़रूर। इसने इतने मुँहफट तरीक़े से यह क्यों कहा : 'उसके यहाँ' ? ज़मेतोव ने भी यह क्यों कहा कि मैं होशियारी से बातें कर रहा था ? ये लोग ऐसे लहजे में बातें क्यों करते हैं ? हाँ, उनका लहजा...रज़ुमीख़िन भी यहाँ बैठा है, उसे कुछ दिखाई क्यों नहीं देता ? इस काठ के उल्लू को तो कभी कुछ दिखाई नहीं देता ! फिर बुख़ार चढ़ रहा है ! क्या पोर्फ़िरी ने अभी मेरी ओर देखकर आँख मारी थी ? नहीं, यह सरासर बकवास है ! वह आँख क्यों मारने लगा भला ? क्या ये लोग मुझे बौखला देने की कोशिश कर रहे हैं, या ये लोग मुझे तंग कर रहे हैं ? या तो वह सब कुछ मेरा भ्रम है या इन लोगों को सब कुछ मालूम है ! ज़मेतोव तक अक्खड़पन से बात करता है...क्या ज़मेतोव अक्खड़ है ? ज़मेतोव ने अपनी राय बदल दी है। मैं पहले ही समझ गया था कि वह अपनी राय बदल देगा ! उसके लिए तो यह जैसे अपना घर है, और वह यहाँ पहली बार आया है। पोर्फ़िरी उसे कोई ऐसा आदमी नहीं समझता जो उससे मिलने आया हो; वह उसकी तरफ़ पीठ करके बैठता है। मेरे बारे में उन दोनों के बीच चोरोंवाली मिलीभगत है, इसमें तो कोई शक ही नहीं है ! इसमें भी कोई शक नहीं है कि हम लोगों के आने से पहले वे मेरे बारे में बातें कर रहे थे। क्या उन्हें फ़्लैटवाली बात मालूम है ? जो कुछ भी करना हो बस जल्दी से ख़त्म कर दें तो अच्छा हो ! जब मैंने यह कहा था कि मैं फ़्लैट किराए पर लेने के लिए अपने यहाँ से भाग आया था तो उसने उस बात को नज़रअन्दाज़ कर दिया...वह फ़्लैटवाली बात मैंने बड़ी चालाकी से कही थी। मुमकिन है बाद में चलकर काम आए...सरसामी हालत, क्या बात है...हः-हः-हः ! कल रात के बारे में उसे सब कुछ मालूम है ! उसे मेरी माँ के आने के बारे में नहीं मालूम था !...उस चुड़ैल ने पुड़िया पर तारीख पेंसिल से लिख रखी थी। आप लोगों को भ्रम है, आप हमें नहीं पकड़ सकते ! आपके पास कोई ठोस सबूत नहीं है, सब हवाई बातें हैं ! कोई ठोस सच्चाई पेश कीजिए ! फ़्लैटवाली बात भी ठोस सबूत नहीं है, वह

तो सरसामी हालत की बात है। मैं जानता हूँ कि मुझे उनसे क्या कहना है...क्या उन्हें फ़्लैटवाली बात मालूम है ? इस बात का पता लगाए बिना मैं यहाँ से नहीं जाऊँगा। मैं यहाँ किसलिए आया था ? लेकिन मेरा इस वक़्त नाराज़ होना, शायद, एक ठोस सच्चाई है ! बेवक़ूफ़, मैं भी कितना चिड़चिड़ा हूँ ! शायद यही ठीक है; बीमारी का बहाना करते रहना...वह मेरी थाह ले रहा है। वह मुझे पकड़ने की कोशिश करेगा। मैं क्यों आया था यहाँ ?'

ये सारी बातें उसके दिमाग़ में बिजली की तरह कौंध गईं।

पोर्फ़िरी पेत्रोविच जल्दी ही वापस आ गया। अचानक वह पहले से भी ज़्यादा हँसी-मज़ाक़ करने लगा था।

''कल तुम्हारी पार्टी के बाद से, भाई, मेरा सिर ज़रा...और मेरा अंजर-पंजर ढीला हो रहा है,'' उसने रज़ुमीख़िन की ओर देखकर हँसते हुए एक बिलकुल ही दूसरे लहजे में कहा।

''क्या सचमुच दिलचस्प रही ? कल मैं तुम्हें जब छोड़कर आया था तब बहस दिलचस्प मोड़ पर थी। आख़िर में बाज़ी किसके हाथ रही ?''

''ज़ाहिर है, किसी के भी नहीं। वे लोग ऐसे सवालों में उलझ गए जो हमेशा सवाल ही बने रहते हैं, और भटकते हुए दूर चाँद-सितारों में खो गए।''

''तुम्हें नहीं मालूम, रोद्या, कल हम लोग किस बहस में उलझ गए थे : क्या अपराध जैसी कोई चीज़ है ? मैंने तुम्हें बताया था कि बहस करते-करते हम लोग सिड़ी हो गए थे।''

''इसमें अजीब क्या बात है ? यह तो रोज़मर्रा का समाजी सवाल है,'' रस्कोलनिकोव ने बड़े सहज भाव से जवाब दिया।

''असल में सवाल इस ढंग से नहीं रखा गया था,'' पोर्फ़िरी ने अपना मत व्यक्त किया।

''ठीक, इस ढंग से तो नहीं, यह तो सच है,'' रज़ुमीख़िन ने फ़ौरन बात मान ली; हमेशा की तरह वह बड़े जोश से और जल्दबाज़ी में बोल रहा था, ''सुनो, रोदिओन, तुम हमें अपनी राय बताओ, मैं सुनना चाहता हूँ। मैं उनसे डटकर मोर्चा ले रहा था और मुझे तुम्हारी मदद की ज़रूरत थी। मैंने उन लोगों से कहा था कि तुम आ रहे हो...बहस शुरू हुई थी समाजवादियों के सिद्धान्त से। तुम तो उन लोगों का सिद्धान्त जानते हो : अपराध समाज के संगठन के विकार के ख़िलाफ़ विरोध के अलावा और कुछ नहीं है, कुछ भी नहीं; इसके अलावा उसका और कोई कारण माना ही नहीं जाता।''

''यह तुम ग़लत कह रहे हो,'' पोर्फ़िरी पेत्रोविच ने तेज़ आवाज़ में उसका खंडन करते हुए कहा। देखने से ही लग रहा था कि वह बड़े जोश में था। वह रज़ुमीख़िन की ओर देखकर बराबर हँसता रहा, जिसकी वजह से वह पहले से भी ज़्यादा उत्तेजित हो गया।

''कुछ भी नहीं माना जाता,'' रज़ुमीख़िन ने जोश में आकर उसकी बात काटी, ''मैं बिलकुल ग़लत नहीं कह रहा हूँ। मैं तुम्हें उनकी किताबें दिखा सकता हूँ। उनके यहाँ हर चीज़ 'परिवेश का प्रभाव' होती है, और कुछ भी नहीं ! यह उनका सबसे चहेता नारा है ! इससे नतीजा यह निकाला जाता है कि अगर समाज को ठीक ढंग से संगठित किया जाए तो सारे अपराध फ़ौरन मिट जाएँगे, क्योंकि फिर कोई चीज़ ऐसी रह ही नहीं जाएगी जिसके ख़िलाफ़ आवाज़ उठाई जाए और हर आदमी पल भर में बिलकुल पुण्यात्मा हो जाएगा। मनुष्य के स्वभाव की ओर तो कोई ध्यान दिया ही नहीं जाता, उसे बिलकुल निकालकर अलग कर दिया जाता है, उसके बारे में तो यह समझ लिया जाता है कि जैसे वह है ही नहीं ! वे इस बात को नहीं मानते कि मानवजाति इतिहास की एक 'सप्राण' प्रक्रिया के अनुसार विकसित होकर आख़िर में चलकर एक सुलझा हुआ, ढंग का समाज बन जाएगी, बल्कि वे लोग यह समझते हैं कि गणित के अनुसार काम करनेवाले किसी दिमाग़ से

निकली हुई समाज-व्यवस्था पूरी मानवता को एकदम से संगठित कर देगी और पल भर में, किसी भी 'सप्राण' प्रक्रिया से ज़्यादा तेज़ी के साथ, उसे न्याय के मार्ग पर चलनेवाला और पाप से दूर रहनेवाला बना देगी ! अपने इसी सहज स्वभाव की वजह से वे इतिहास को पसन्द नहीं करते : 'उसमें उन्हें बदसूरती और बेवक़ूफ़ी के अलावा कुछ भी दिखाई नहीं देता,' और वे सारे के सारे इतिहास को बेवक़ूफ़ी ही साबित करते हैं ! यही वजह है कि उन्हें जीवन की 'सप्राण' प्रक्रिया से इतनी नफ़रत है; वे 'सप्राण आत्मा' चाहते ही नहीं ! सप्राण आत्मा के लिए जीवन की ज़रूरत होती है, वह मशीनों के नियमों को नहीं मानती। सप्राण आत्मा शंकालु होती है, सप्राण आत्मा पीछे ले जानेवाली चीज़ है ! जिस तरह की आत्मा वे चाहते हैं उसमें भले ही मौत की बदबू आती हो, और भले ही वह कोई ऐसी चीज़ हो जिसे रबर से बनाया जा सकता हो, लेकिन उसमें कम-से-कम जान तो नहीं होती, कम-से-कम उसमें अपनी इच्छाशक्ति तो नहीं होती, वह आज्ञाकारी होती है और विद्रोह नहीं करती। और आख़िर में इसका नतीजा यह होता है कि वे हर चीज़ को एक बिरादरी के रहने की इमारत की दीवारें खड़ी करने और उसमें कमरों और गलियारों की योजना तैयार करने के स्तर पर उतार लाते हैं ! समाजवादी बिरादरी के रहने के लिए इमारत तो तैयार हो गई, लेकिन मनुष्य का स्वभाव इस इमारत में रहने के लिए तैयार नहीं है—वह जीवन चाहता है, उसने अभी अपनी जीवन-लीला पूरी नहीं की है, इसके लिए अभी क़ब्रिस्तान में जाने का समय नहीं आया है ! आप तर्क के सहारे मनुष्य के स्वभाव को फलाँगकर आगे नहीं जा सकते ! तर्क केवल तीन सम्भावनाओं को मानकर चलता है, लेकिन सम्भावनाएँ तो करोड़ों हैं ! उन करोड़ों सम्भावनाओं को काट दीजिए और सारी समस्या को बस सुख-सुविधा तक सीमित कर दीजिए ! यह समस्या का सबसे आसान हल है ! यह हल इतना साफ़ है कि बरबस आपको लुभा लेता है, उसके बारे में सोचने की कोई ज़रूरत नहीं। सबसे बड़ी बात तो यही है कि सोचना नहीं चाहिए ! जीवन का सारा रहस्य छपे हुए पन्नों में समा जाता है !''

''लो अब यह चालू हो गए, ढोल पीटना शुरू कर दिया ! अरे भाई, रोको इन्हें !'' पोर्फ़िरी ने हँसकर कहा। ''भला तुम सोच सकते हो,'' उसने रस्कोलनिकोव की ओर मुड़कर कहा, ''कल रात छः आदमी एक कमरे में इसी तरह बहस में जुटे हुए थे और इसकी तैयारी के लिए सबके अन्दर काफ़ी शराब उँड़ेल दी गई थी। नहीं, भाई, तुम्हारा कहना ग़लत है : अपराध में चारों तरफ़ के हालात का बड़ा दख़ल होता है; इसका तो मैं तुम्हें यक़ीन दिला सकता हूँ।''

''अरे, यह तो मैं जान्ता हूँ कि होता है, लेकिन मुझे एक बात बताओ : चालीस साल का एक आदमी दस साल की बच्ची के साथ बलात्कार करता है; क्या उसे ऐसा करने के लिए उसके चारों ओर के हालात ने मजबूर किया ?''

''एक तरह से, सच पूछा जाए तो उन्होंने मजबूर किया,'' पोर्फ़िरी ने बहुत गम्भीर स्वर में अपनी राय दी, ''इस तरह के अपराध को चारों ओर के हालात के असर का नतीजा बिलकुल कहा जा सकता है।''

रज़ुमीख़िन का जोश बढ़ते-बढ़ते जुनून की हद तक पहुँच गया था।

''अरे, अगर तुम इस तरह कहो,'' उसने गरजकर कहा, ''तो मैं यह साबित कर दूँगा कि तुम्हारी पलकें सफ़ेद होने की वजह बिलकुल यह हो सकती है कि इवान महान घंटाभर पैंतीस साजेन ऊँचा है, और मैं इसे बिलकुल साफ़-साफ़, सही-सही और प्रगतिशील ढंग से साबित कर दूँगा जिसमें उदारपन्थी विचारों की ओर झुकाव भी होगा। मैं बिलकुल इसका ज़िम्मा लेने को तैयार हूँ ! शर्त बदते हो ?''

''शर्त रही ! ज़रा सुनें तो कैसे साबित करते हो !''

''हमेशा ऐसी ही धोखेधड़ी की बातें करते रहते हो, भाड़ में जाओ तुम,'' रज़ुमीख़िन उछलकर खड़ा हो गया और ज़ोर-ज़ोर से हाथ हिलाते हुए ऊँची आवाज़ में बोला, ''तुमसे बात करने से फ़ायदा ही क्या ? रोदिओन, तुम नहीं जानते हो, ये सारी बातें यह जान-बूझकर करता है ! इसने कल उन लोगों का पक्ष महज़ उन्हें बेवक़ूफ़ बनाने के लिए लिया था। और कल कैसी-कैसी बातें कही थीं इसने ! और वे लोग भी बहुत खुश हुए थे ! और यह पन्द्रह दिन तक यही नाटक जारी रख सकता है। पारसाल इसने हम लोगों को यक़ीन दिला दिया था कि संन्यास लेकर यह किसी मठ में चला जानेवाला है : और दो महीने तक यह इसी बात पर अड़ा रहा। अभी बहुत दिन नहीं हुए, इसे न जाने क्या सूझी कि इसने एलान कर दिया कि यह शादी करनेवाला है, बल्कि यहाँ तक कह दिया कि शादी की सारी तैयारी हो भी चुकी है। सचमुच, नए कपड़े तक सिलवा लिये इसने। हम सब लोग इसे बधाइयाँ भी देने लगे। लेकिन न कहीं कोई दुल्हन थी, न और कुछ, सब मनगढ़न्त बातें थीं !''

''नहीं, यह तो तुम ग़लत कह रहे हो ! कपड़े तो मैंने पहले ही सिलवा लिये थे। सच तो यह है कि उन नए कपड़ों की वजह से ही मुझे तुम लोगों को उल्लू बनाने की बात सूझी थी।''

''तो आप ऐसा ढोंग भी रच सकते हैं ?'' रस्कोलनिकोव ने लापरवाही से पूछा।

''तुम्हारा ऐसा ख़्याल नहीं था, न ? ज़रा ठहरो, मैं तुम्हें भी ऐसा ढोंग रचकर दिखाऊँगा कि याद करोगे। हः-हः-हः ! नहीं, मैं तुमसे सच बात कहूँगा। अपराध, परिवेश, बच्ची वग़ैरह के बारे में इन सब सवालों से मुझे तुम्हारे एक लेख की याद आती है जिसमें मुझे उस वक़्त दिलचस्पी पैदा हुई थी। 'अपराध के बारे में'...या ऐसा ही कुछ भला सा नाम था, नाम तो मुझे ठीक से याद नहीं आ रहा है। दो महीने पहले 'सामयिक समीक्षा' में उसे पढ़कर मैं बहुत खुश हुआ था।''

''मेरा लेख ? 'सामयिक समीक्षा' में ?'' रस्कोलनिकोव ने आश्चर्य से पूछा, ''छः महीने पहले जब मैंने यूनिवर्सिटी छोड़ी थी तब मैंने एक किताब के बारे में एक लेख लिखा ज़रूर था, लेकिन मैंने तो उसे 'साप्ताहिक समीक्षा' में भेजा था।''

''लेकिन वह छपा 'सामयिक' में था।''

''और 'साप्ताहिक समीक्षा' तो बन्द हो गई थी, इसलिए वह लेख उस वक़्त नहीं छपा था।''

''यही बात थी; लेकिन 'साप्ताहिक समीक्षा' के बन्द हो जाने के बाद उसे 'सामयिक' में मिला लिया गया था, और इसीलिए तुम्हारा लेख दो महीने पहले उसमें छपा था। तुम्हें पता नहीं था ?''

रस्कोलनिकोव को सचमुच पता नहीं था।

''अरे, उस लेख के तो तुम्हें उन लोगों से कुछ पैसे मिल सकते हैं ! तुम भी अजीब आदमी हो ! तुम भी सबसे इतना अलग-थलग अकेले रहते हो कि तुम्हें उन बातों का पता नहीं रहता जिनसे तुम्हारा सीधा सम्बन्ध होता है। यह सच बात है, मैं तुम्हें यक़ीन दिलाता हूँ।''

''वाह, रोद्या ! मुझे भी इसके बारे में कुछ नहीं मालूम था !'' रज़ुमीख़िन सहसा बोला, ''मैं आज ही लाइब्रेरी में जाकर उसका वह अंक निकलवाता हूँ। दो महीने पहले की बात है ? क्या तारीख़ थी ? लेकिन उससे कोई फ़र्क़ नहीं पड़ता, मैं पता लगा लूँगा। कमाल कर दिया, हमें बताया तक नहीं !''

''आपको यह कैसे मालूम हुआ कि वह लेख मेरा था ? उसके नीचे तो मैंने बस अपने नाम के पहले अक्षर ही लिखे थे।''

''अभी उस दिन इत्तफ़ाक़ से पता चल गया। सम्पादक ने बताया; मैं उन्हें जानता हूँ...मुझे बड़ी दिलचस्पी थी उस लेख में।''

"जहाँ तक मुझे याद पड़ता है, मैंने उसमें अपराध से पहले और अपराध के बाद अपराधी की मनोदशा का विश्लेषण किया था।"

"हाँ, और उसमें तुमने यह बात ज़ोर देकर कही थी कि कोई भी अपराध करने पर कोई बीमारी भी साथ ज़रूर लगी रहती है। बहुत ही बहुत अछूता ख़्याल है, लेकिन...लेख के उस हिस्से में मुझे इतनी ज़्यादा दिलचस्पी नहीं थी, बल्कि लेख के आख़िर में एक विचार था जिसकी तरफ़ सिर्फ़ इशारा किया गया था, साफ़-साफ़ शब्दों में, विस्तार के साथ कुछ नहीं बताया गया था। अगर तुमको याद हो, उसमें इस बात की तरफ़ इशारा किया गया है कि कुछ लोग ऐसे होते हैं जो...मतलब यह कि वे ऐसा करते तो नहीं हैं लेकिन उन्हें इस बात का पूरा अधिकार होता है कि वे नैतिकता के नियमों का पालन न करें और अपराध करें, और यह कि क़ानून उनके लिए नहीं होता।"

उसके विचार को जिस तरह अतिशयोक्ति के साथ और जान-बूझकर तोड़-मरोड़कर पेश किया गया था, उस पर रस्कोलनिकोव मुस्कुरा दिया।

"क्या ? क्या मतलब है तुम्हारा ? अपराध करने का अधिकार ? लेकिन चारों तरफ़ के 'हालात' की वजह से नहीं ?" रज़ुमीख़िन ने कुछ चिन्तित होकर पूछा।

"नहीं, यह तो नहीं कहा जा सकता कि उन्हीं की वजह से," पोर्फ़िरी ने जवाब दिया, "इनके लेख में सभी इंसानों को दो हिस्सों में बाँट दिया गया है : 'साधारण' और 'असाधारण'। साधारण लोग वे होते हैं जिन्हें दबकर रहना पड़ता है, जिन्हें क़ानून का उल्लंघन करने का कोई अधिकार नहीं होता, क्योंकि, यों समझ लो, वे साधारण होते हैं। लेकिन असाधारण लोगों को कोई भी अपराध करने का, क़ानून का किसी भी तरह उल्लंघन करने का अधिकार होता है, सिर्फ़ इसलिए कि वे असाधारण होते हैं। अगर मैं ग़लती पर नहीं हूँ तो यही आपका विचार था न ?"

"क्या मतलब ? यह बात ठीक नहीं हो सकती।" रज़ुमीख़िन बौखलाकर बुड़बुड़ाता रहा।

रस्कोलनिकोव फिर मुस्कुराया। मतलब की बात इसने फ़ौरन पकड़ ली, और वह समझ गया कि वे लोग उसे ढकेलकर किधर ले जाना चाहते थे। उसे अपना लेख याद था। उसने उनकी चुनौती स्वीकार कर लेने का फ़ैसला किया।

"मेरा कहने का मतलब पूरी तरह यह तो नहीं था," रस्कोलनिकोव ने सीधे-सादे ढंग से और बड़ी विनम्रता दिखाते हुए कहना शुरू किया, "फिर भी मैं मानता हूँ कि आपने मेरी बात को लगभग पूरी तरह सही-सही बयान किया है, मैं तो यहाँ तक कहने को तैयार हूँ कि शायद उसमें कोई भी ख़राबी नहीं है। (इस बात को स्वीकार करके उसे कुछ ख़ुशी सी हुई।) फ़र्क़ बस इतना है कि मैं इस पर आग्रह नहीं करता कि असाधारण लोगों के लिए हमेशा यह लाज़िमी नहीं है कि वे, जिसे आप कहते हैं, नैतिकता के नियमों के ख़िलाफ़ ही काम करें। दरअसल, मुझे तो इसमें भी शक है कि इस तरह की दलील छापी भी जा सकती थी। मैंने तो बस इस बात की तरफ़ इशारा किया था कि 'असाधारण' आदमी को इस बात का अधिकार होता है...मतलब यह कि सरकारी तौर पर अधिकार नहीं होता, बल्कि उसे इस बात का अन्दरूनी अधिकार होता है कि वह अपने अन्तःकरण में इस बात का फ़ैसला कर सके कि वह कुछ बाधाओं को...पार करके आगे जा सकता है, और वह भी उस हालत में जब ऐसा करना उसके विचार को व्यवहार में पूरा करने के लिए ज़रूरी हो (शायद कभी-कभी पूरी मानवता के हित में)। आपका कहना है कि मेरे लेख में बात को स्पष्ट ढंग से नहीं कहा गया है; मैं अपनी बात को, जहाँ तक मेरे लिए मुमकिन है, बिलकुल साफ़-साफ़ कहने को तैयार हूँ। शायद मेरा यह सोचना ठीक ही है कि आप चाहेंगे कि मैं ऐसा करूँ; अच्छी बात है। मेरा कहना यह है कि अगर एक, एक दर्जन, एक सौ या उससे भी ज़्यादा लोगों की जान की

क़ुर्बानी दिए बिना केपलर और न्यूटन की खोजों को सामने लाना मुमकिन न होता, तो न्यूटन को इस बात का अधिकार होता, बल्कि सच पूछिए तो यह उनका कर्त्तव्य होता...कि वह अपनी खोजों की जानकारी पूरी मानवता तक पहुँचाने के लिए...उन दर्जन भर या सौ आदमियों का सफ़ाया कर दें। लेकिन इससे यह नतीजा नहीं निकलता कि न्यूटन को इस बात का अधिकार था कि वह अन्धाधुन्ध लोगों की हत्या करते रहें और रोज़ बाज़ार में जाकर चीज़ें चुराएँ। फिर, मुझे याद है, मैंने अपने लेख में यह दावा किया था कि सभी...मेरा मतलब है कि सुदूर अतीत से लेकर क़ानून बनानेवाले और लोगों के नेता, जैसे लिकुर्गस, सोलोन, मुहम्मद, नेपोलियन वग़ैरह-वग़ैरह सारे के सारे एक तरह से अपराधी थे, सिर्फ़ इस बात की बुनियाद पर कि उन्होंने एक नया क़ानून बनाकर उस पुराने क़ानून का उल्लंघन किया, जो उन्हें उनके पुरखों से मिला था और जिसे आम लोग अटल मानते थे। और ये लोग ख़ून-ख़राबे से भी नहीं झिझके अगर उस ख़ून-ख़राबे से—जिसमें अक्सर पुराने क़ानून को बचाने के लिए बहादुरी से लड़नेवाले मासूम लोगों का खून बहाया जाता था—उन्हें अपने लक्ष्य तक पहुँचने में मदद मिलती थी। दरअसल, कमाल तो यह है कि मानवता का उद्धार करनेवाले इन लोगों में से, मानवता के इन नेताओं में से ज़्यादातर भयानक ख़ून-ख़राबे के दोषी थे। इससे मैं यह नतीजा निकालता हूँ कि सभी महापुरुषों को, सभी बड़े लोगों को, या उन लोगों को भी जो आम लोगों से थोड़ा हटकर होते हैं, यानी...कहने का मतलब यह कि जो लोग कोई नई बात कह सकते हैं, उन्हें स्वभाव से ही अपराधी होना पड़ता है—ज़ाहिर है, कमोबेश हद तक—वरना उनके लिए घिसी-पिटी लीक से बाहर निकलना मुश्किल हो जाए; और घिसी-पिटी लीक पर चलते रहना वे कभी बर्दाश्त नहीं कर सकते, यह भी अपने स्वभाव की वजह से ही, और मैं तो यह समझता हूँ कि दरअसल उन्हें बर्दाश्त करना भी नहीं चाहिए। आप देखेंगे कि इसमें कोई ऐसी ख़ास नई बात नहीं कही गई है। यही बात पहले हज़ारों बार छप चुकी है और पढ़ी जा चुकी है। जहाँ तक इस बात का सवाल है कि मैंने लोगों को साधारण और असाधारण के बीच बाँटा है, तो मैं यह मानता हूँ कि इसमें मैंने कुछ मनमानेपन से काम लिया है, लेकिन उनकी सही-सही गिनती कितनी हो इसके बारे में मेरा कोई हठ नहीं है। मैं तो बस अपने इस मुख्य विचार पर विश्वास रखता हूँ कि प्रकृति का एक नियम लोगों को आमतौर पर दो तरह के लोगों में बाँट देता है : एक घटिया (साधारण)। कहने का मतलब यह है कि वह सामग्री जो सिर्फ़ अपनी ही क़िस्म की सामग्री बार-बार पैदा करते रहने के लिए होती है, और दूसरे वे लोग जिनमें कोई नई बात कहने का गुण या प्रतिभा होती है। ज़ाहिर है, इनके और भी अनगिनत छोटे-छोटे हिस्से हैं, लेकिन इन दो तरह के लोगों को जिन गुणों की बुनियाद पर अलग-अलग पहचाना जा सकता है वे काफ़ी साफ़ हैं। आमतौर पर, पहली क़िस्म के लोग ऐसे लोग होते हैं जो स्वभाव से ही दक़ियानूसी और क़ानून को माननेवाले होते हैं; वे आज्ञाकारी होते हैं और आज्ञाकारी रहना पसन्द करते हैं। मेरी राय में उन्हें आज्ञाकारी ही होना चाहिए, क्योंकि उनका यही काम है, और इसमें उनकी कोई हेठी नहीं होती। दूसरी क़िस्म के सभी लोग क़ानून की सीमाओं का उल्लंघन करते हैं; अपनी-अपनी क्षमता के हिसाब से वे या तो चीज़ों को नष्ट करनेवाले होते हैं या चीज़ों को नष्ट करने की ओर उनका झुकाव रहता है। ज़ाहिर है, इन लोगों के अपराध कई तरह के होते हैं और किसी दूसरी चीज़ से तुलना करने पर ही उन्हें अपराध कहा जा सकता है; ज़्यादातर होता यह है कि तरह-तरह के कई वक्तव्यों में जो चीज़ मौजूद है उसे वे किसी बेहतर चीज़ की ख़ातिर नष्ट करने की माँग करते हैं। लेकिन इस तरह का कोई आदमी अगर अपने विचार की ख़ातिर किसी लाश को रौंदकर या ख़ून की नदी में से भी होकर पार निकल जाने पर मजबूर हो जाए, तो वह, मेरा दावा है, अपने अन्दर,

अपने अन्तःकरण में, ख़ून की इस नदी को पार करने को उचित ठहराने के लिए कोई कारण ढूँढ़ निकालेगा—इसका दारोमदार इस पर है कि वह विचार क्या है और वह कितना व्यापक है, यह ध्यान में रखने की बात है। अपने लेख में मैंने सिर्फ़ इसी माने में उनके अपराध करने के अधिकार की बात कही है (आपको याद होगा कि वह लेख क़ानूनी सवाल से शुरू हुआ था)। लेकिन ज़्यादा चिन्ता करने की कोई बात नहीं है : आम लोग इस अधिकार को शायद कभी मानेंगे ही नहीं; वे ऐसे लोगों को या तो मौत की सज़ा देते हैं या फाँसी पर लटका देते हैं (कमोबेश), और ऐसा करके वे अपने दक़ियानूसी फ़र्ज़ को पूरा करते हैं, जो बिलकुल ठीक भी है। लेकिन अगली पीढ़ी में पहुँचकर यही आम लोग इन अपराधियों की ऊँची-ऊँची मूर्तियाँ स्थापित करते हैं और उनकी पूजा करते हैं (कमोबेश)। पहली क़िस्म के लोगों का अधिकार हमेशा केवल वर्तमान पर ही रहता है और दूसरी क़िस्म के लोग हमेशा भविष्य के मालिक होते हैं। पहली तरह के लोग दुनिया को ज्यों का त्यों बनाए रखते हैं और उनकी बदौलत दुनिया बसी रहती है; दूसरी तरह के लोग दुनिया को आगे बढ़ाते हैं और उसे उसकी मंज़िल की ओर ले जाते हैं। हर वर्ग को ज़िन्दा रहने का बराबर अधिकार होता है। सच तो यह है कि मेरी हद तक सभी के अधिकार बराबर होते हैं—और vive la guerre e'ternelle[1]—जब तक फिर कोई नया मसीहा येरूशलम में न आए !''

''तो येरूशलम में नए मसीहा के आने पर आप भी विश्वास रखते हैं, क्यों ?''

''रखता हूँ,'' रस्कोलनिकोव ने दृढ़ स्वर में कहा; ये शब्द कहते समय और इससे पहलेवाले पूरे प्रवचन के दौरान वह क़ालीन पर एक जगह अपनी नज़रें जमाए रहा था।

''और...आप ईश्वर में भी विश्वास रखते हैं ? यह सवाल पूछने के लिए मुझे माफ़ कीजिएगा।''

''रखता हूँ,'' रस्कोलनिकोव ने पोर्फ़िरी की ओर नज़रें उठाकर एक बार फिर कहा।

''और...आप लैज़रस के फिर से ज़िन्दा हो जाने में भी विश्वास रखते हैं ?''

''मैं...हाँ, रखता हूँ। आप यह सब पूछ क्यों रहे हैं ?''

''आप उस क़िस्से में ज्यों-का-त्यों, उसके एक-एक शब्द पर विश्वास रखते हैं ?''

''एक-एक शब्द पर।''

''सचमुच, आपके मुँह से सुनकर इस बात पर यक़ीन नहीं आता...मैंने तो यों ही जानने के लिए पूछा था। माफ़ कीजिएगा। लेकिन आइए, हम फिर अपने सवाल पर लौट आएँ। उन्हें हमेशा मौत के घाट नहीं उतारा जाता बल्कि इसके बरख़िलाफ़ कुछ लोग...''

''अपनी ज़िन्दगी में ही कामयाब हो जाते हैं ? जी हाँ, कुछ लोग इस ज़िन्दगी में ही अपने लक्ष्य तक पहुँच जाते हैं, और तब...''

''वे दूसरों को मौत के घाट उतारने लगते हैं ?''

''अगर ज़रूरी होता है; सच तो यह है कि ज़्यादातर वे ऐसा ही करते हैं। आपने चुटकी बहुत गहरी ली।''

''शुक्रिया। लेकिन मुझे यह बताइए : आप इन असाधारण लोगों को और साधारण लोगों को एक-दूसरे से अलग करके पहचानते कैसे हैं ? क्या उनमें जन्म से ही कुछ ऐसे चिन्ह होते हैं ? मैं महसूस करता हूँ कि इस बात को और ज़्यादा सही-सही तौर पर समझाया जाना चाहिए, कुछ ऐसा होना चाहिए कि बाहर से देखने में ही ज़्यादा साफ़-साफ़ पहचाना जा सके। क़ानून को माननेवाले एक व्यावहारिक नागरिक की तरह मुझे जो स्वाभाविक चिन्ता है उसके लिए मुझे माफ़ कीजिएगा, लेकिन क्या, मिसाल के लिए, उनकी कोई ख़ास वर्दी नहीं हो सकती, क्या उन्हें अलग कोई चीज़

1. अनन्त युद्ध अमर रहे। (फ़्रांसीसी)

पहनाई नहीं जा सकती, उन पर कोई निशान नहीं लगाया जा सकता ? क्योंकि, देखिए बात यह है, अगर कोई गड़बड़ी हो जाए और एक क़िस्म का कोई आदमी समझ बैठे कि वह दूसरी क़िस्म का है, और 'बाधाओं का सफ़ाया करना' शुरू कर दे, जैसा कि आपने इस बात को बड़े अच्छे ढंग से कहा है, तब...''

''अरे, ऐसा अक्सर होता है ! यह चुटकी पहलेवाली से भी गहरी है।''

''शुक्रिया।''

''शुक्रिया की कोई बात नहीं; लेकिन एक बात ध्यान रखिए कि यह ग़लती सिर्फ़ पहली क़िस्म के लोग कर सकते हैं, यानी 'साधारण' लोग (जैसा कि शायद बदक़िस्मती से मैंने उन्हें कहा है)। आज्ञा का पालन करने के अपने स्वभाव के बावजूद उनमें से बहुत से लोग, तबियत में कोई शरारत पैदा हो जाने पर, शरारत तो गाय जैसे जानवर को भी कभी-कभी सूझ सकती है, अपने आपको दूसरों से आगे, 'नाश करनेवाले' समझने लगते हैं और धक्कामुक्की करके 'नई धारा' से जा चिपकते हैं, और ऐसा वे पूरी ईमानदारी के साथ करते हैं। इसके साथ ही, जो लोग सचमुच 'नए' होते हैं वे अक्सर उन्हें नज़रअन्दाज़ कर देते हैं या वे उन्हें पिछड़े हुए, जाहिल लोग समझकर उनसे नफ़रत तक करने लगते हैं। लेकिन मैं नहीं समझता कि इसमें कोई बहुत बड़ा ख़तरा है। आपको उनकी तरफ़ से सचमुच परेशान नहीं होना चाहिए, क्योंकि वे बहुत आगे तक नहीं जा पाते। अलबत्ता, कभी-कभी ऐसा भी हो सकता है कि ऐसी उड़ान भरने पर और उन्हें उनकी असली हैसियत बता देने के लिए उनकी मरम्मत भी कर दी जाए, बस इससे ज़्यादा कुछ नहीं। दरअसल इसकी भी ज़रूरत नहीं पड़ती क्योंकि वे ख़ुद अपने आपको धिक्कार सकते हैं, इसलिए कि वे बेहद ईमानदार होते हैं। और कुछ दूसरे ऐसे होते हैं जो ख़ुद अपने हाथों अपने आपको सज़ा देते हैं...ये लोग तरह-तरह से सरेआम इस तरह प्रायश्चित करते हैं कि दूसरों पर उसका बहुत सुन्दर और बहुत अच्छा असर पड़ता है। दरअसल, इसमें आपके लिए परेशान होने की कोई बात नहीं है...यह प्रकृति का नियम है।''

''ख़ैर, इस मसले के बारे में तो आपने यक़ीनन मेरी परेशानी बहुत हद तक दूर कर दी; लेकिन एक और बात मुझे परेशान करती रहती है। मेहरबानी करके मुझे यह बताइए कि क्या इस तरह के लोग बहुत ज़्यादा होते हैं, ये 'असाधारण लोग', जिन्हें दूसरों को मार डालने का अधिकार होता है ? मैं उनके सामने सिर झुकाने को बिलकुल तैयार हूँ, लेकिन यह तो आप भी मानेंगे कि अगर इस तरह के लोग बहुत से हों तो यह बात सोचकर ही दिल दहल जाता है, है न ?''

''अरे नहीं, आपको उसकी वजह से भी परेशान होने की ज़रूरत नहीं,'' रस्कोलनिकोव उसी लहजे में कहता रहा, ''जिन लोगों के पास नए विचार होते हैं, जिन लोगों में कुछ 'नया' कहने की जरा भी क्षमता होती है, उनकी गिनती बहुत ही थोड़ी होती है। सच तो यह है कि ऐसे लोग इने-गिने ही होते हैं। बस एक बात बिलकुल साफ़ है कि लोगों की ये सभी कोटियाँ और उप-कोटियाँ प्रकृति के किसी नियम की पूरी तरह पाबन्द रहकर ही उभरती हैं। ज़ाहिर है, अभी उस नियम का पता नहीं चल सका है, लेकिन मुझे पूरा यक़ीन है कि इस तरह का कोई नियम है ज़रूर, और एक न एक दिन उसका पता चल जाएगा। यह विशाल मानवजाति तो केवल वह सामग्री है, जिसका अस्तित्व केवल इसलिए है कि किसी बहुत बड़े प्रयास के ज़रिए, किसी रहस्यमयी प्रक्रिया से, जातियों और नस्लों के आपस में घुलने-मिलने के फलस्वरूप वह आख़िरकार इस दुनिया में हज़ार में से एक आदमी ऐसा पैदा कर सके जिसमें आज़ादी की कोई चिंगारी हो। शायद दस हज़ार में एक आदमी—मैं मोटा-मोटा अन्दाज़ा बता रहा हूँ—ऐसा पैदा होता है जिसमें कुछ आज़ादी

होती है, और इससे ज़्यादा आज़ादी तो शायद लाख में एक में होती होगी। मेधावी पुरुष तो करोड़ों में एक होता है, और महान मेधावी पुरुष तो, जो मानवजाति का सिरमौर होते हैं, इस पृथ्वी पर शायद अरबों-खरबों लोगों में से कोई एक ही होता है। सच पूछिए तो मैंने उस यन्त्र में झाँककर तो देखा नहीं जिसमें यह प्रक्रिया चलती रहती है, लेकिन कोई पक्का नियम ज़रूर है और होना चाहिए भी; यह सब कुछ संयोग की बात तो नहीं हो सकती।''

''तुम दोनों मज़ाक़ कर रहे हो, क्या ?'' रज़ुमीख़िन से आख़िरकार रहा नहीं गया; वह चीख़कर बोला, ''एक-दूसरे को बना रहे हो क्या ? बैठे-बैठे एक-दूसरे का मज़ाक़ उड़ा रहे हो ? रोद्या, क्या तुम यह सब कुछ गम्भीरता से कह रहे हो ?''

रस्कोलनिकोव ने अपना पीला और उदास चेहरा ऊपर उठाकर उसकी ओर देखा और कोई जवाब नहीं दिया। उसके उस शान्त और उदास चेहरे के मुक़ाबले में पोर्फ़िरी का खुला, लगातार खिसियाया हुआ और 'अशिष्ट' व्यंग्य रज़ुमीख़िन को कुछ अजीब लगा।

''ख़ैर, भाई, अगर तुम सचमुच गम्भीरता से बात कर रहे हो...तो, ज़ाहिर है, तुम्हारा यह कहना तो ठीक है कि इसमें कोई नई बात नहीं है, कि यह कोई वैसी ही बात है जैसी कि हम पहले भी हज़ार बार पढ़ और सुन चुके हैं; लेकिन इस सबमें एक बात सचमुच मौलिक, सचमुच अछूती है, और मैं तो यह सोचकर काँप जाता हूँ कि वह पूरी तरह तुम्हारी अपनी है, और वह यह कि तुम अन्तःकरण की दुहाई देकर, और मुझे माफ़ करना, इतने कट्टरपन के साथ, ख़ून-ख़राबे को सही ठहराते हो। जहाँ तक मैं समझ पाया हूँ, यही तुम्हारे लेख की ख़ास बात है। लेकिन अन्तःकरण के नाम पर ख़ून-ख़राबे को इस तरह उचित ठहराना, मेरी समझ से तो...उससे भी ज़्यादा भयानक बात है जिस तरह ख़ून-ख़राबे को सरकारी तौर पर, क़ानूनी तौर पर, उचित ठहराया जाता है...''

''आप बिलकुल ठीक कहते हैं, यह उससे भी भयानक बात है,'' पोर्फ़िरी ने सहमति प्रकट की।

''हाँ, तुमने बात तो ज़रूर बढ़ा-चढ़ाकर कही होगी ! कहीं कोई ग़लती ज़रूर है...मैं पढ़कर देखूँगा। तुम ऐसा नहीं सोच सकते ! मैं पढ़ूँगा।''

''यह सब कुछ उस लेख में नहीं है, उसमें तो बस इसकी तरफ़ इशारा किया गया है,'' रस्कोलनिकोव ने कहा।

''हाँ, वह तो ठीक है,'' पोर्फ़िरी से चुप नहीं बैठा जा रहा था, ''अपराध के बारे में आपका रवैया तो अब मेरी समझ में काफ़ी साफ़ हो गया है, लेकिन...मेरी गुस्ताख़ी माफ़ कीजिएगा (मैं आपको इस तरह परेशान करने पर सचमुच बहुत शर्मिन्दा हूँ !), देखिए, बात यह है कि आपने दोनों क़िस्म के लोगों के आपस में गड्ड-मड्ड हो जाने के सवाल के बारे में तो मेरी परेशानी दूर कर दी है, लेकिन...अमल में कई तरह की बातें हो सकती हैं जो मुझे परेशान कर सकती हैं ! मान लीजिए कोई आदमी या नौजवान यह समझने लगता है कि वह लिकुर्गस या मुहम्मद है—ज़ाहिर है, मतलब यह कि आगे चलकर वह बन सकता है—और मान लीजिए कि वह सारी रुकावटों को दूर करना शुरू कर देता है, तब क्या होगा ?...उसके सामने कोई बहुत बड़ा काम है और उसके लिए उसे पैसे की ज़रूरत है...और वह उस पैसे को हासिल करने की कोशिश करता है...आप समझ रहे हैं न ?''

ज़मेतोव कोने में अपनी जगह पर बैठे-बैठे ही ठहाका मारकर हँस पड़ा। रस्कोलनिकोव ने उसकी तरफ़ आँख उठाकर देखा भी नहीं।

''मैं मानता हूँ,'' वह शान्त भाव से कहता रहा, ''कि इस तरह की मिसालें हो सकती हैं। बुद्धू और शेख़ीबाज़ लोग ख़ासतौर पर इस जाल में फँस सकते हैं; नौजवान लोग ख़ासतौर पर।''

"जी हाँ, आप ही बताइए, तब क्या होगा ?

"तब क्या होगा ?" रस्कोलनिकोव जवाब में मुस्कुरा दिया, "इसमें मेरा कोई क़सूर नहीं है। ऐसा है और ऐसा हमेशा होता रहेगा। अभी यह कह रहा था (उसने रज़ुमीख़िन की तरफ़ सिर हिलाकर इशारा किया) कि मैं ख़ून-ख़राबे को सही ठहराता हूँ। तो इसमें हर्ज ही क्या है ? समाज के बचाव के लिए जेलख़ानों, देश-निकाले, जाँच-पड़ताल और सख़्त सज़ाओं का काफ़ी पक्का बन्दोबस्त है। परेशान होने की कोई ज़रूरत नहीं है। आपको तो बस चोर को पकड़ लेना है !"

"और अगर हम उसे पकड़ लें तो फिर ?"

"तो वह अपनी सज़ा भुगतेगा।"

"आप बात तो दलील की कहते हैं। लेकिन उसके अन्तःकरण का क्या होगा ?"

"आप उसकी चिन्ता क्यों करते हैं ?"

"महज़ इंसान होने के नाते।"

"अगर उसके अन्तःकरण होगा तो वह अपनी ग़लती पर पछताएगा। वही उसकी सज़ा होगी—और जेलख़ाना तो होगा ही।"

"लेकिन जो असली मेधावी लोग हैं," रज़ुमीख़िन ने त्योरियों पर बल डालकर पूछा, "जिन्हें हत्या करने का अधिकार है ? क्या इन लोगों को उस ख़ून की भी कोई सज़ा नहीं मिलनी चाहिए जो ये लोग बहाते हैं ?"

"आख़िर यह 'चाहिए' का शब्द क्यों ? यह कोई इजाज़त या पाबन्दी का सवाल तो है नहीं। जिसको उसने मारा है अगर उसके लिए उसे अफ़सोस होगा तो उसे पछतावा होगा...जिसके समझ ज़्यादा होती है और जिसके दिल में गहराई होती है उसे हमेशा लाज़िमी तौर पर तकलीफ़ और मुसीबत झेलनी पड़ती है। मैं समझता हूँ कि जो लोग सचमुच बड़े होते हैं उनके लिए इस धरती पर बस बेहद उदासी रहती है," रस्कोलनिकोव ने ऐसे लहजे में कहा जो इस बातचीत का लहजा नहीं था; ऐसा लग रहा था कि जैसे वह कोई सपना देख रहा हो।

उसने नज़रें उठाकर बड़ी सादगी से उन सबकी ओर देखा, मुस्कुराया और अपनी टोपी उठा ली। वह जिस ढंग से अन्दर आया था उसके मुक़ाबले वह बहुत शान्त था, और उसने इस बात को महसूस किया। सब लोग उठ खड़े हुए।

"ख़ैर, आप भले ही हमें गाली दे लें, अगर आप चाहें तो मुझ पर नाराज़ हो लें," पोर्फ़िरी ने फिर कहना शुरू किया, "लेकिन मैं अपनी बात कहे बिना नहीं रह सकता। मुझे बस एक छोटा सा सवाल पूछने की इजाज़त दीजिए (मैं जानता हूँ कि मेरी वजह से आपको परेशानी हो रही है !)। बस, मेरे दिल में एक छोटी सी बात है जो कह देना चाहता हूँ, बस इसलिए कि मैं उसे भूल न जाऊँ।"

"बहुत अच्छा, बताइए वह छोटी सी बात क्या है।" रस्कोलनिकोव उसके सामने खड़ा इन्तज़ार करता रहा। उसका चेहरा पीला और गम्भीर था।

"देखिए, बात यह है...मेरी समझ में नहीं आ रहा है कि दरअसल मैं उस बात को सही ढंग से कहूँ कैसे...बड़ा दिलचस्प, मनोवैज्ञानिक ढंग का विचार है। जब आप वह लेख लिख रहे थे, तो आप भी...हिः-हिः...अपने बारे में यह सोचे बिना न रह सके होंगे...कि आप भी, बहुत थोड़ी हद तक ही सही, एक 'असाधारण' आदमी हैं, जो अपनी समझ के हिसाब से एक 'नई बात' कह रहा है...है न यह बात ?"

"बिलकुल मुमकिन है," रस्कोलनिकोव ने तिरस्कार भाव से जवाब दिया।

रज़ुमीख़िन कुछ कसमसाया।

"और अगर ऐसा है तो क्या यह मुमकिन है कि रोज़मर्रा की ज़िन्दगी की कठिनाइयों और मुसीबतों का सामना होने पर–या मानव जाति की कोई सेवा करने के लिए–आप उन बाधाओं को पार कर जाते ?...मिसाल के लिए, कहीं डाका डालते या किसी को क़त्ल कर देते ?"

और एक बार फिर उसने बाईं आँख मारी और पहले की तरह ही एक दबी हुई हँसी हँस दिया।

"अगर मैं ऐसा करता भी तो मैं आपको बताने तो नहीं आता," रस्कोलनिकोव ने चुनौती और दम्भ से भरी हुई तिरस्कार की भावना से जवाब दिया।

"नहीं, मुझे तो सिर्फ़ आपके लेख की वजह से, साहित्यिक दृष्टिकोण से दिलचस्पी थी..."

'उफ़ ! कितनी सरासर ढिठाई की बात है !' रस्कोलनिकोव ने बड़ी नफ़रत के साथ सोचा। "मुझे यह कहने की इजाज़त दीजिए," उसने बड़े रूखेपन से जवाब दिया, "कि मैं अपने आपको न तो मुहम्मद समझता हूँ न नेपोलियन, और न ही उस तरह की कोई दूसरी हस्ती, और चूँकि मैं उनमें से नहीं हूँ इसलिए मैं आपको यह नहीं बता सकता कि मैं क्या करता।"

"अरे छोड़िए भी, आज रूस में क्या हम सभी अपने आपको नेपोलियन नहीं समझते हैं ?" पोर्फ़िरी पेत्रोविच ने ख़ौफ़नाक बेतकल्लुफ़ी से कहा। उसकी आवाज़ के उतार-चढ़ाव से ही किसी अजीब बात का पता चलता था।

"शायद आगे चलकर नेपोलियन बनने का सपना देखनेवाले ऐसे ही किसी आदमी ने पिछले हफ़्ते अल्योना इवानोव्ना को ठिकाने लगा दिया होगा ?" ज़मेतोव कोने में बैठे-बैठे बोला।

रस्कोलनिकोव कुछ बोला नहीं, लेकिन उसने नज़रें जमाकर बड़े ग़ौर से पोर्फ़िरी की ओर देखा। रज़ुमीख़िन त्योरियों पर बल डाले बड़ी निराश मुद्रा में बैठा हुआ था। इससे पहले ऐसा लग रहा था कि उसका ध्यान किसी चीज़ की ओर जा रहा है। उसने गुस्से से चारों ओर देखा। एक मिनट एक निराशा भरी ख़ामोशी छाई रही। रस्कोलनिकोव चल देने के लिए मुड़ा।

"क्या आप जा रहे हैं ?" पोर्फ़िरी ने बेहद शिष्टता से हाथ आगे बढ़ाते हुए बड़ी नरमी से कहा, "आपसे मिलकर बहुत-बहुत ख़ुशी हुई। जहाँ तक आपकी उस समस्या का सवाल है, तो उसके बारे में बिलकुल परेशान न हों। जैसा मैंने आपको बताया है वैसी अर्ज़ी लिख दीजिए, बल्कि अच्छा तो यह होगा कि एक-दो दिन में आप ख़ुद ही वहाँ आ जाइए...चाहें तो कल ही आ जाइए। मैं ग्यारह बजे वहाँ ज़रूर रहूँगा। हम सब बन्दोबस्त कर देंगे; वहीं बात भी कर लेंगे। चूँकि वहाँ जानेवाले आख़िरी लोगों में से आप एक थे, इसलिए शायद आप हमें कुछ बता सकें," उसने बड़ी सहृदयता से कहा।

"आप बाक़ायदा सरकारी तौर पर सवाल-जवाब करना चाहते हैं ?" रस्कोलनिकोव न तीखे स्वर में पूछा।

"अरे नहीं, किसलिए ? उसकी अभी कोई ज़रूरत नहीं है। आप मुझे ग़लत समझे। देखिए, बात यह है, मैं कोई मौक़ा हाथ से जाने नहीं देता, और...जिन-जिन लोगों की चीज़ें वहाँ गिरवी थीं उन सभी से मैंने बात की है...उनमें से कुछ की मैंने गवाहियाँ भी ली हैं, और आप आख़िरी आदमी हैं...अरे हाँ, एक बात तो बताइए," वह अचानक मानो बहुत ख़ुश होकर बोला, "अभी याद आया जाता है, मैं क्या सोच रहा था ?" वह रज़ुमीख़िन की ओर मुड़ा। "तुम उस निकोलाई के बारे में मेरे कान खाए जा रहे थे...ज़ाहिर है, मैं जानता हूँ, मैं बहुत अच्छी तरह जानता हूँ," यह कहकर वह रस्कोलनिकोव की ओर मुड़ा, "कि वह आदमी बिलकुल बेक़सूर है, लेकिन किया क्या

जाए ? हमें मित्का को भी हैरान करना पड़ा। बात यह है, बस इतनी सी : जब आप सीढ़ियों से ऊपर थे उस वक़्त सात बज चुके थे न ?''

''हाँ,'' रस्कोलनिकोव ने जवाब दिया; जैसे ही उसने यह कहा उसी क्षण उसके मन में एक खटक सी पैदा हुई कि उसे यह बात नहीं कहनी चाहिए थी।

''जब आप सात और आठ बजे के बीच ऊपर गए थे, तो आपने दूसरी मंज़िल पर एक खुले हुए फ़्लैट में दो मज़दूरों को या कम-से-कम एक को काम करते देखा था ? कुछ याद है आपको ? वे वहाँ रँगाई-पुताई का काम कर रहे थे, आपने देखा था उन्हें ? यह बात उनके लिए बहुत ही ज़्यादा महत्त्व रखती है।''

''पुताई करनेवाले ? नहीं, मैंने तो नहीं देखा था उन्हें,'' रस्कोलनिकोव ने धीरे-धीरे जवाब दिया, मानो वह अपनी याद को टटोल रहा हो; साथ ही वह अपने दिमाग़ का पूरा ज़ोर लगाकर जल्दी-से-जल्दी यह पता लगाने की कोशिश कर रहा था कि इसमें फन्दा कहाँ पर है, और इसकी भी कि कोई बात उसकी नज़र से चूकने न पाए, और इस फ़िक्र की वजह से उसे ग़श सा आया जा रहा था। ''नहीं, मैंने तो उन्हें नहीं देखा था, और मुझे नहीं याद पड़ता कि मैंने इस तरह का कोई खुला फ़्लैट देखा हो...लेकिन चौथी मंज़िल पर,'' अब फन्दा उसकी समझ में आ गया था और उसे ऐसा लग रहा था कि उसकी बहुत बड़ी जीत हो गई है, ''अब मुझे याद आता है कि चौथी मंज़िल पर कोई अल्योना इवानोव्ना के सामनेवाला फ़्लैट छोड़कर जा रहा था...मुझे याद है...बिलकुल अच्छी तरह याद है। कुछ मज़दूर सोफ़ा बाहर निकाल रहे थे और उन्होंने मुझे दबाते-दबाते बिलकुल दीवार से भिड़ा दिया था। लेकिन पुताई करनेवाले...नहीं, मुझे बिलकुल याद नहीं पड़ता कि वहाँ कोई पुताई करनेवाले रहे हों, और मैं नहीं समझता कि कहीं कोई फ़्लैट खुला हुआ था, नहीं, कोई नहीं था।''

''मतलब क्या है तुम्हारा ?'' रज़ुमीख़िन अचानक ज़ोर से बोला, जैसे उसने सोचकर कोई बात पकड़ ली हो, ''अरे, पुताई करनेवाले तो उस दिन काम कर रहे थे जिस दिन क़त्ल हुआ था, और यह वहाँ तीन दिन पहले गया था ? तुम पूछ क्या रहे हो ?''

''उफ़ ! मैं भी कैसा उलझ गया हूँ !'' पोर्फ़िरी ने अपना माथा ठोंकते हुए कहा, ''लानत है ! इस चक्कर में मेरा दिमाग़ भी कुछ फिरता जा रहा है !'' उसने रस्कोलनिकोव से कुछ-कुछ माफ़ी माँगने के अन्दाज़ में कहा, ''हमारे लिए यह पता लगाना बेहद ज़रूरी है कि किसी ने सात और आठ बजे के बीच उन्हें उस फ़्लैट में देखा था कि नहीं, इसलिए मैंने सोचा कि शायद आप कुछ बता सकें हमें...मैंने बिलकुल उलझा दिया सारी बातों को !''

''ज़्यादा सावधानी से काम लेना चाहिए,'' रज़ुमीख़िन ने गम्भीरता से कहा।

ये आख़िरी शब्द बाहर निकलते-निकलते ड्योढ़ी में कहे गए थे। पोर्फ़िरी पेत्रोविच ज़रूरत से ज़्यादा शिष्टता का परिचय देते हुए उन्हें दरवाज़े तक छोड़ने आया।

जब वे बाहर सड़क पर निकले तो बहुत निराश और गम्भीर थे, और कुछ क़दम तक दोनों ने एक शब्द भी नहीं कहा। रस्कोलनिकोव ने गहरी साँस ली...

6

''मैं नहीं मानता, मैं मान ही नहीं सकता !'' रज़ुमीख़िन ने परेशान होकर रस्कोलनिकोव के तर्कों का खंडन करते हुए कहा।

अब वे लोग बकालेयेव के मकान के पास पहुँचते जा रहे थे जहाँ पुल्ख़ेरिया अलेक्सान्द्रोव्ना और दूनिया बड़ी देर से उनकी राह देख रही थीं। रज़ुमीख़िन बहस के जोश में आकर रास्ते में बार-बार रुक जाता था; वह इस बात से कुछ बौखलाया हुआ और उत्तेजित था कि वे पहली बार उसके बारे में खुलकर बातें कर रहे थे।

''तो न मानो !'' रस्कोलनिकोव ने बड़ी लापरवाही से एक भावहीन मुस्कुराहट के साथ जवाब दिया, ''तुम तो हमेशा की तरह ही, किसी भी बात की ओर ध्यान नहीं दे रहे थे, लेकिन मैं एक-एक शब्द को तोल रहा था।''

''तुम तो शक्की हो ! इसीलिए तुम उसके हर शब्द को तोल रहे थे...हुँः...यक़ीनन, मैं मानता हूँ कि पोर्फ़िरी का बात करने का ढंग कुछ अजीब ज़रूर था, और उससे भी ज़्यादा उस कमबख़्त ज़मेतोव का ! तुम ठीक कहते हो, उसके रवैये में कोई बात ज़रूर थी—लेकिन क्यों ? किसलिए ?''

''कल रात के बाद से उसने अपनी राय बदल दी है।''

''बल्कि बिलकुल उल्टी बात है ! अगर उनके दिमाग़ में वह बेसिर-पैर का ख़्याल होता तो वे उसे छिपाने की भरपूर कोशिश करते और अपने सारे पत्ते तुम्हें न दिखाते, ताकि बाद में चलकर वे तुम्हें पकड़ सकें...लेकिन उनकी सारी बातें ढिठाई और लापरवाही से भरी हुई थीं।''

''अगर उनके पास सबूत होते—मेरा मतलब है, ठोस सबूत या कम-से-कम कोई शक की गुंजाइश भी होती, तो वे कुछ और बातें खोद निकालने की उम्मीद में अपनी चाल को छिपाने की कोशिश ज़रूर करते (इसके अलावा वे बहुत पहले ही तलाशी ले चुके होते !)। लेकिन उनके पास कोई सबूत तो है नहीं, एक भी नहीं। सारा मामला एक भ्रम है, एक छलावा—हर चीज़ धुँधली-धुँधली। बस एक उड़ता हुआ बेबुनियाद ख़्याल है। इसलिए वे लोग ढिठाई का सहारा लेकर मेरे पाँव उखाड़ देने की कोशिश करते हैं। और शायद वह इस बात से चिढ़ भी रहा था कि उसके पास कोई ठोस सबूत नहीं थे। अपनी झुँझलाहट में उसने यह बात उगल भी दी—या शायद उसका कोई मंसूबा हो...बहुत तेज़ आदमी मालूम होता है। यह जताकर कि वह जानता है, शायद वह मुझे डरा देना चाहता था। इन लोगों का अपना अलग ही एक सोचने का ढंग होता है, भाई। लेकिन हर बात की सफ़ाई देने से नफ़रत होती है। गोली मारो इसे !''

''और दूसरा आदमी अपमान महसूस करता है, सरासर अपमान ! मैं तुम्हारी बात समझता हूँ ! लेकिन...चूँकि अब हम लोग इसके बारे में खुलकर बातें कर चुके हैं (और यह बहुत ही अच्छी बात है कि आख़िरकार ऐसा हुआ—मुझे बड़ी ख़ुशी है !), इसलिए अब मैं भी साफ़-साफ़ बता दूँ कि मैंने बहुत पहले ही इन लोगों में यह बात देखी थी, यह विचार। अलबत्ता, बस उसकी झलक भर थी—एक ढका-छिपा इशारा—लेकिन यह ढका-छिपा इशारा भी क्यों ? उनकी हिम्मत कैसे पड़ी ? उनके पास क्या बुनियाद है इसके लिए ? तुम नहीं जानते कि मैं कितना खौलता रहा हूँ। ज़रा सोचने की बात है। एक ग़रीब विद्यार्थी को, एक ऐसे आदमी को जो शक्की, घमंडी और स्वाभिमानी है, जिसने छः महीने से किसी से मिलकर बात नहीं की है, जिसके कपड़े तार-तार हो चुके हैं और जिसके जूतों के तले तक नदारद हैं, उस आदमी को जो अपनी ग़रीबी और बीमारी के वहम की वजह से बिलकुल टूट चुका है, सख़्त सरसामी से फ़ौरन पहले (यह ध्यान में रखने की बात है), कुछ मनहूस पुलिसवालों का सामना करना पड़ता है और उनकी बदतमीज़ी को बर्दाश्त करना पड़ता है। अचानक एक क़र्ज़ के भुगतान का झंझट उसके सामने खड़ा कर दिया जाता है, वही पुरनोट जो चेबारोव ने पेश किया था। उस पर नए रंग-रोग़न की बदबू, तीस रिआमर गर्मी और हवा में घुटन, लोगों की भीड़, एक ऐसे शख़्स के क़त्ल की चर्चा जिसके यहाँ वह उससे कुछ

ही अरसा पहले गया था, और ऊपर से ख़ाली पेट—ऐसे में उसे ग़श आ जाना कौन बड़ी बात है ! और यह है, यही है वह पूरी बुनियाद, जिस पर उन्होंने यह सारा तूमार बाँधा है ! गोली मारो उनको ! मैं समझ सकता हूँ कि तुम्हें कितनी ठेस पहुँचती होगी इस बात से, लेकिन, रोद्या, अगर मैं तुम्हारी जगह होता तो इन लोगों पर हँसता, बल्कि उनके मनहूस मुँह पर थूकता, एक बार नहीं एक दर्जन बार थूकता और हर तरफ़ थूकता। मैं बड़ी सफ़ाई से उन पर चौतरफ़ा चोट करता और इस तरह मैं सारे मामले को ख़त्म कर देता। भाड़ में जाने दो उन्हें ! तुम हिम्मत न हारो ! बड़े शर्म की बात है !''

'लेकिन सारी बात को इसने लड़ी में पिरोया बड़े ढंग से है,' रस्कोलनिकोव ने सोचा।

''भाड़ में जाएँ ! लेकिन कल फिर जिरह होगी !'' उसने कटुता से कहा, ''क्या ज़रूरी है कि मैं उन्हें हर बात की सफ़ाई देता फिरूँ ? मुझे इसी बात से झुँझलाहट हो रही है कि कल रेस्तराँ में मैंने ज़मेतोव से बात भी करना गवारा किया...''

''छोड़ो भी ! मैं ख़ुद पोर्फ़िरी के पास जाऊँगा और घर के आदमी की तरह सारी बातें उससे उगलवा लूँगा : सारी बातें पूरी तरह खोलकर रत्ती-रत्ती मुझे बताए बिना वह बचकर जाएगा कहाँ ! और रही ज़मेतोव की बात...''

'आख़िरकार इसने सारी असलियत पहचान ही ली !' रस्कोलनिकोव ने सोचा।

''रुको !'' रज़ुमीख़िन सहसा उसका कन्धा पकड़कर उत्तेजना के साथ बोला। ''रुको ! तुम ग़लत कह रहे थे। अब सारी बात मेरी समझ में आ गई है : तुम्हारा कहना ग़लत है ! वह फन्दा कैसे था ? तुम कहते हो कि मज़दूरों के बारे में जो सवाल किया गया था वह एक फन्दा था ? अगर वह तुम्हारा काम होता, तो क्या तुम कह देते कि तुमने फ़्लैट की पुताई होते देखी थी...और मज़दूरों को देखा था ? बल्कि इसके ख़िलाफ़, अगर तुमने देखा भी होता तो तुम यही कहते कि तुमने कुछ नहीं देखा ! अपने ख़िलाफ़ भला कौन इस बात को मान लेगा ?''

''अगर मैंने 'वह काम' किया होता तो मैं यक़ीनन यह कहता कि मैंने मज़दूरों को देखा था और फ़्लैट को भी,'' रस्कोलनिकोव ने झिझकते-झिझकते और ज़ाहिरा नफ़रत से जवाब दिया।

''लेकिन अपने ख़िलाफ़ बात कहने की ज़रूरत क्या है ?''

''क्योंकि सिर्फ़ किसान, या बिलकुल ही नौसिखिए अनाड़ी जिरह में हर बात से साफ़ इनकार करते हैं। अगर आदमी ज़रा भी समझदार और तजुर्बेकार हो तो वह उन तमाम बाहरी बातों को मान लेने की कोशिश करेगा, जिनसे बचा नहीं जा सकता, लेकिन उनके लिए वह कोई दूसरी वजह ढूँढ़ निकालने की कोशिश करेगा, उसे कोई ऐसा ख़ास, नया मोड़ देने की कोशिश करेगा जिसका किसी को गुमान भी न हो, जिसकी वजह से उन बातों का महत्त्व ही दूसरा हो जाए और उनका मतलब ही बदल जाए। पोर्फ़िरी को यही उम्मीद रही होगी कि मैं यक़ीनन यही जवाब दूँगा और सच्चाई का रंग पैदा करने के लिए यही कहूँगा कि मैंने उन्हें देखा था, और फिर उसकी कोई सफ़ाई दूँगा...''

''लेकिन तब तो वह फ़ौरन तुमसे यही कहता कि दो दिन पहले तो मज़दूर वहाँ हो ही नहीं सकते थे और इसलिए तुम वहाँ क़त्ल के दिन आठ बजे ज़रूर रहे होगे। और इस तरह वह एक छोटी सी बात पर तुम्हें पकड़ लेता।''

''हाँ, यही तो वह उम्मीद लगाए बैठा था कि मुझे सोचने का मौक़ा न मिले और मैं जल्दी से सबसे सामने का जवाब दे दूँ, और इस तरह यह भूल जाऊँ कि मज़दूर वहाँ दो दिन पहले हो ही नहीं सकते थे।''

"लेकिन तुम इस बात को भूल कैसे सकते थे ?"

"बड़ी आसान सी बात है ! ऐसी ही बेवक़ूफ़ी की बातों में तो चालाक लोग सबसे ज़्यादा आसानी से फँस जाते हैं। आदमी जितना ही ज़्यादा सयाना होता है उतना ही कम उसे इस बात का शक रहता है कि वह सीधी-सादी बात में पकड़ा जाएगा। आदमी जितना ही ज़्यादा सयाना होता है उतना ही ज़्यादा सीधे-सादे फन्दे में वह फँस जाता है। पोर्फ़िरी उतना बेवक़ूफ़ नहीं है जितना तुम समझते हो..."

"अगर ऐसी बात है तो वह पाजी है !"

रस्कोलनिकोव अपनी हँसी न रोक सका। लेकिन उसी क्षण उसे यह बात भी कुछ अजीब सी लगी कि वह इस तरह खुलकर बातें कर रहा था और सफ़ाई देने के लिए इतना उत्सुक था, हालाँकि इससे पहले की सारी बातचीत वह बड़े उदास भाव से और बड़ी अरुचि के साथ करता रहा था। ज़ाहिर था कि इसके पीछे उसका एक उद्देश्य था, वह अपनी ज़रूरत से मजबूर था।

'इसके कुछ पहलुओं में मुझे मज़ा आने लगा है !' उसने मन-ही-मन सोचा।

लेकिन उसी क्षण वह अचानक बेचैन हो उठा, जैसे उसके दिमाग़ में कोई ऐसा भयानक विचार पैदा हो गया हो जिसकी उसे कोई उम्मीद नहीं थी। उसकी बेचैनी बढ़ती गई। वे बकालेयेव के मकान के फाटक पर पहुँच चुके थे।

"तुम अकेले चले जाओ !" रस्कोलनिकोव ने अचानक कहा, "मैं अभी लौटकर आता हूँ।"

"कहाँ जा कहाँ रहे हो ? अरे, अब तो यहाँ पहुँच गए हैं !"

"मुझे जाना ही पड़ेगा; एक काम है...मैं अभी आधे घंटे में आता हूँ। उन लोगों से कह देना।"

"तुम चाहे जो कहो, मैं तुम्हारे साथ चलूँगा !"

"तुम भी मुझे सताना चाहते हो !" वह इतनी कटुता से चिड़चिड़ाकर और आँखों में घोर निराशा भरकर चीख़ा कि रज़ुमीख़िन सहम गया; उसके हाथ-पाँव ढीले पड़ गए। कुछ देर तक वह बड़े उदास भाव से चौखट पर खड़ा देखता रहा कि रस्कोलनिकोव लम्बे-लम्बे डग भरता हुआ अपने घर की ओर चला जा रहा है। आख़िरकार दाँत पीसकर और अपनी मुट्ठियाँ भींचकर उसने क़सम खाई कि वह आज ही पोर्फ़िरी को नीबू की तरह निचोड़कर रख देगा। इसके बाद वह पुल्खेरिया अलेक्सान्द्रोव्ना को तसल्ली देने ऊपर चला गया, जो उन लोगों के इतनी देर तक न आने की वजह से बेहद परेशान हो रही थीं।

जब रस्कोलनिकोव अपने घर पहुँचा तो उसके बाल पसीने से बिलकुल भीग चुके थे और वह बुरी तरह हाँफ रहा था। तेज़ी से सीढ़ियाँ चढ़ता हुआ वह ऊपर गया और अपने खुले हुए कमरे में जाकर उसने फ़ौरन अन्दर से कुंडी लगा ली। फिर वह दहशत और बदहवासी की हालत में कोने की ओर भागा, काग़ज़ के नीचे के उस खोखल की ओर जहाँ उसने चीज़ें रखी थीं; उसने अपना हाथ अन्दर डाला और कई मिनट तक बड़े ध्यान से उस खोखल के अन्दर, हर दरार में और काग़ज़ की हर सिलवट में टटोलकर देखता रहा। वहाँ कुछ भी न मिलने पर वह उठकर खड़ा हो गया और उसने गहरी साँस ली। बकालेयेव के मकान की सीढ़ियों पर पहुँचते-पहुँचते अचानक वह फिर सोचने लगा कि कहीं ऐसा तो नहीं है कि कोई चीज़, कोई ज़ंजीर, कोई बटन या उसके काग़ज़ का कोई छोटा सा पुर्ज़ा भी, जिसमें उन चीज़ों को लपेटा गया था और जिस पर बुढ़िया के हाथ से कुछ लिखा हो, किसी तरह इधर-उधर कहीं खिसक गया हो और किसी दरार में जा पड़ा हो, और बाद में अचानक उसके ख़िलाफ़ एक पक्के सबूत की तरह बरामद हो जाए।

वह विचारों में खोया सा खड़ा रहा और एक विचित्र सी, खिसियायी हुई, लगभग निरर्थक

मुस्कुराहट उसके होंठों पर मँडलाती रही। आख़िरकार वह अपनी टोपी उठाकर चुपचाप कमरे के बाहर चला गया। उसके विचार बुरी तरह उलझे हुए थे। वह सपनों में खोया सा फाटक तक पहुँचा।

''लो, वह ख़ुद ही आ गया !'' किसी ने ऊँची आवाज़ में पुकारकर कहा। रस्कोलनिकोव ने नज़रें उठाकर देखा।

दरबान अपनी कोठरी के दरवाज़े पर खड़ा उसकी ओर उँगली से इशारा करके नाटे क़द के एक आदमी को बता रहा था। वह आदमी, जो देखने से शहरी लगता था, गाउन जैसा लम्बा कोट और वास्कट पहने था, और दूर से देखने पर बिलकुल औरत जैसा लगता था। उसके कन्धे कुछ झुके हुए थे और तेल से चिकटी हुई टोपी से ढका हुआ उसका सिर आगे की ओर लटका हुआ था। झुर्रियोंवाले थुल-थुल चेहरे से उसकी उम्र पचास से ऊपर लगती थी। उसकी छोटी-छोटी आँखें चर्बी की तहों में खोकर रह गई थीं और उन तहों के बीच से झाँककर वे बड़ी उदासी, कठोरता और असन्तोष से देखती थीं।

''क्या बात है ?'' रस्कोलनिकोव ने दरबान के पास जाकर पूछा।

उस आदमी ने नज़र बचाकर रस्कोलनिकोव को बड़े ग़ौर से, किसी निश्चित उद्देश्य से देखा और फिर धीरे-धीरे मुड़कर एक शब्द भी कहे बिना फाटक से बाहर सड़क पर चला गया।

''क्या बात है ?'' रस्कोलनिकोव ज़ोर से चिल्लाया।

''अरे, वह आदमी पूछ रहा था कि यहाँ कोई विद्यार्थी रहता है। आपका नाम लिया और पूछा कि किसका किराएदार है। मैंने आपको आते देखा तो इशारा करके बता दिया और वह चला गया। अजीब बात है !''

दरबान भी कुछ चकराया हुआ लग रहा था, लेकिन कुछ ऐसा ज़्यादा नहीं; और एक क्षण सोचने के बाद वह मुड़कर अपनी कोठरी में चला गया।

रस्कोलनिकोव उस अजनबी के पीछे भागा और फ़ौरन ही उसने देखा कि वह सड़क की दूसरी पटरी पर वैसे ही नपे-तुले क़दम बढ़ाता ज़मीन पर नज़रें गड़ाए चला जा रहा है, मानो किसी गहरे सोच में डूबा हुआ हो। थोड़ी ही देर में रस्कोलनिकोव ने उसे पकड़ लिया और कुछ देर तक उसके पीछे चलता रहा। आख़िरकार उसके बराबर आकर उसने उसके चेहरे की ओर देखा। उस आदमी ने भी फ़ौरन उसे पहचान लिया, जल्दी से उस पर एक नज़र डाली, लेकिन फिर अपनी नज़रें झुका लीं। इस तरह वे दोनों एक-दूसरे के साथ-साथ एक शब्द भी बोले बिना चलते रहे।

''आप मुझे पूछ रहे थे...दरबान से ?'' आख़िरकार रस्कोलनिकोव ने कहा, लेकिन कुछ अजीब से शान्त स्वर में।

उस आदमी ने कोई जवाब नहीं दिया; उसने रस्कोलनिकोव की तरफ़ देखा तक नहीं। दोनों फिर चुप हो गए।

''क्या वजह है कि आप...आए और मेरे बारे में पूछा...और अब कुछ कहते नहीं...आख़िर इसका मतलब क्या है ?'' रस्कोलनिकोव की आवाज़ उखड़ गई और ऐसा लगा कि वह शब्दों का उच्चारण भी ठीक से नहीं कर पा रहा है।

इस बार उस आदमी ने आँखें ऊपर उठाईं और रस्कोलनिकोव को ख़ौफ़नाक़ नज़रों से देखा।

''हत्यारा!'' उसने अचानक शान्त लेकिन साफ़ और स्पष्ट स्वर में कहा।

रस्कोलनिकोव उसके साथ-साथ चलता रहा। उसकी टाँगों में अचानक कमज़ोरी महसूस होने लगी, उसकी पीठ में ऊपर से नीचे तक एक सिहरन सी दौड़ गई और ऐसा लगा कि उसके दिल की धड़कन एक क्षण के लिए रुक गई है। अचानक उसका दिल फिर इस तरह धड़कने लगा जैसे

उसे आज़ाद कर दिया गया हो। वे दोनों इसी तरह चुपचाप एक-दूसरे के साथ कोई सौ क़दम तक चलते रहे।

उस आदमी ने रस्कोलनिकोव की ओर देखा भी नहीं।

"क्या मतलब है तुम्हारा...क्या...कौन है हत्यारा ?" रस्कोलनिकोव ने इतने धीरे से बुदबुदाकर कहा कि सुनना भी मुश्किल था।

"तुम हो हत्यारे," उस आदमी ने और भी स्पष्ट स्वर में और काफ़ी ज़ोर देकर कहा; उसके होंठों पर विजय की नफ़रत भरी मुस्कुराहट थी। उसने एक बार फिर रस्कोलनिकोव के पीले चेहरे की ओर, उसकी भयभीत आँखों में आँखें डालकर देखा। वे दोनों चौराहे पर पहुँच चुके थे। वह आदमी पीछे की ओर देखे बिना बाईं ओर मुड़ गया। रस्कोलनिकोव वहीं खड़ा उसे घूरता रहा। उसने देखा कि पचास क़दम जाने के बाद उस आदमी ने मुड़कर उसे वहीं खड़े हुए देखा। रस्कोलनिकोव ठीक से देख तो नहीं पा रहा था लेकिन उसे ऐसा लगा कि उस आदमी के होंठों पर खुली नफ़रत और विजय की वही मुस्कुराहट थी।

धीमे, लड़खड़ाते हुए क़दमों से रस्कोलनिकोव अपने कमरे की ओर वापस चल पड़ा। उसके घुटने आपस में टकरा रहे थे और उसे ऐसा लग रहा था कि उसका सारा शरीर बर्फ़ की तरह ठंडा पड़ गया है। कमरे में पहुँचकर उसने टोपी उतारकर मेज़ पर रख दी और दस मिनट तक बिना हिले-डुले मूर्ति की तरह खड़ा रहा। वह निढाल होकर सोफ़े पर बैठ गया और फिर दर्द की एक हल्की सी कराह के साथ टाँगें फैलाकर लेट गया। उसकी आँखें बन्द थीं। आधे घंटे तक वह इसी तरह लेटा रहा।

वह किसी चीज़ के बारे में नहीं सोच रहा था। कुछ विचार या विचारों के टुकड़े, कुछ अव्यवस्थित और बिखरी हुई तस्वीरें उसके दिमाग़ में तैर रही थीं—उन लोगों के चेहरे जिन्हें उसने बचपन में देखा था या जिनसे वह कहीं एक बार मिला था, जिनकी सूरत भी वह कभी याद नहीं कर सकता था, व. के गिरजाघर की वह बुर्जी जिसमें घंटा लगा हुआ था, किसी रेस्तराँ में पड़ी हुई बिलियर्ड की मेज़ और उस पर बिलियर्ड खेलता हुआ कोई अफ़सर, किसी तहख़ाने की तम्बाकू की दुकान में सिगारों की ख़ुशबू, एक भटियारख़ाना, अँधेरी सीढ़ियाँ जिन पर गन्दा पानी बहते रहने की वजह से चिपचिपी सी फिसलन थी और हर तरफ़ अंडे के छिलके बिखरे हुए थे, और कहीं दूर से हवा की लहरों पर इतवार को गिरजाघर में बजते हुए घंटे की आवाज़ हवा की लहरों पर तैरकर आती हुई...ये तस्वीरें एक तूफ़ानी बवंडर की तरह चक्कर काटती हुई तेज़ी से एक के बाद एक चली आ रही थीं। कुछ तस्वीरें उसे अच्छी लगीं और उसने उन्हें पकड़ना चाहा, लेकिन वे धुँधली होते-होते ग़ायब हो गईं। तमाम वक़्त उसके अन्दर एक घुटन सी बनी हुई थी, लेकिन वह ऐसी नहीं थी कि पूरी तरह उसे दबोच ले, बल्कि कभी-कभी वह अच्छी भी लगती थी। उसके बदन में हल्की-हल्की कँपकँपी अब भी हो रही थी, लेकिन यह कँपकँपी भी उसे अच्छी ही लग रही थी।

उसे रज़ुमीख़िन के तेज़ क़दमों की आहट सुनाई दी; उसने अपनी आँखें बन्द कर लीं और वह सोने का बहाना किए लेटा रहा। रज़ुमीख़िन ने दरवाज़ा खोला और कुछ देर तक मानो हिचकिचाता हुआ दरवाज़े पर ही खड़ा रहा; फिर वह दबे पाँव कमरे में आया और बड़ी सावधानी से सोफ़े के पास गया। रस्कोलनिकोव को नस्तास्या के चुपके-चुपके बोलने की आवाज़ सुनाई दी—

"जगाना नहीं ! सोने दो। खाना बाद में खा लेंगे।"

"ठीक बात है," रज़ुमीख़िन ने जवाब दिया।

दोनों दबे पाँव बाहर चले गए और दरवाज़ा बन्द कर दिया। आधा घंटा और बीता।

रस्कोलनिकोव ने आँखें खोलीं, करवट बदलकर सिर के पीछे दोनों हाथों की उँगलियाँ आपस में फँसाकर पीठ के बल लेट गया।

'वह कौन है ? कौन है वह आदमी जो धरती का सीना चीरकर इस तरह अचानक बाहर निकल आया था ? वह कहाँ था, उसने क्या-क्या देखा है ? उसने सब कुछ देखा है, इतना तो साफ़ है। उस वक़्त वह कहाँ था ? और कहाँ से उसने वह सब कुछ देखा ? और वह इसी वक़्त धरती का सीना चीरकर बाहर क्यों निकला ? और वह देख कैसे सकता था ? क्या यह मुमकिन है ? हुँ...' रस्कोलनिकोव सोचता रहा, उसका बदन ठंडा पड़ता गया और कँपकँपी बढ़ती गई, 'और ज़ेवर की वह डिबिया जो निकोलाई को दरवाज़े के पीछे मिली थी—थी—क्या वह मुमकिन था ? सुराग़ ? बाल बराबर लकीर भी नज़र से चूक जाए तो उससे पहाड़ सबूत बन सकता है ! एक मक्खी उधर से उड़कर गई थी, उसने देखा था ! क्या यह मुमकिन है ?'

यह महसूस करके कि वह कितना कमज़ोर हो गया था, उसका शरीर कितना दुर्बल हो गया था उसे अचानक अपने आपसे नफ़रत सी होने लगी।

'मुझे यह बात जाननी चाहिए थी,' उसने कटुता से मुस्कुराते हुए सोचा। "अपने आपको जानते हुए, और यह जानते हुए कि मुझे कैसा होना चाहिए, मैंने यह हिम्मत कैसे की कि कुल्हाड़ी उठाई और ख़ून बहा दिया ! मुझे पहले मालूम होना चाहिए था...आह, मुझे मालूम तो था !" उसने घोर निराशा के साथ बहुत धीमे स्वर में कहा।

कभी-कभी वह किसी विचार पर आकर अटक जाता था—

'नहीं, वे लोग इस तरह के बने हुए नहीं होते। जो सच्चा स्वामी होता है, जिसे हर बात की छूट होती है, वह तूलोन पर तूफ़ान की तरह चढ़ाई करता है, पेरिस में क़त्ले-आम करता है, मिस्र में अपनी एक पूरी फ़ौज 'भूल आता है,' मास्को के धावे में अपने पाँच लाख सिपाही 'खो देता है' और विल्नो पहुँचकर इस सारी बात को लफ़्ज़ों के खेल में हँसकर टाल देता है। और उसके मरने के बाद उसके स्मारक बनाए जाते हैं, और इस तरह 'सब कुछ' माफ़ कर दिया जाता है। नहीं, ऐसा लगता है कि इस तरह के लोग हाड़-मांस के नहीं बल्कि काँसे के बने होते हैं !'

अचानक एक ऐसा विचार उसके दिमाग़ में आया कि उसे हँसी सी आ गई—

"नेपोलियन, मिस्र के पिरामिड, वाटरलू और एक कमबख़्त सूखी-मारी बुढ़िया, चीज़ें गिरवी रखनेवाली, जिसके पलंग के नीचे एक बड़ा सा लाल रंग का सन्दूक़ था—अच्छा पंचमेल मसाला है पोर्फ़िरी पेत्रोविच के हज़म करने के लिए ! आख़िर वे लोग ऐसी बातों को पचा कैसे पाते हैं ? बेहद फूहड़ बात है। 'एक नेपोलियन घुटनों के बल रेंगकर एक खूसट बुढ़िया के पलंग के नीचे जा रहा है।' उफ़, क्या बकवास है !"

कुछ क्षण तो ऐसे भी आते थे जब उसे लगता था कि वह पागलों की तरह बक रहा है। उस पर बुख़ार के जुनून जैसी हालत छा गई।

'बुढ़िया का कोई महत्त्व नहीं है,' उसने उत्तेजित होकर बिना किसी प्रसंग के सोचा। 'बुढ़िया शायद एक ग़लती थी, लेकिन असली महत्त्व उसका नहीं है ! बुढ़िया तो बस एक बीमारी थी... मुझे हद पार कर जाने की जल्दी थी...मैंने एक इंसान की नहीं बल्कि एक सिद्धान्त की हत्या की ! मैंने सिद्धान्त की हत्या तो कर दी, लेकिन मैं हद के पार न जा सका, मैं इसी तरफ़ रुक गया...मैं सिर्फ़ हत्या ही कर सकता था। और, लगता है कि मैं वह भी नहीं कर सकता था... सिद्धान्त ? वह बेवक़ूफ़ रजुमीख़िन सोशलिस्टों को गाली क्यों दे रहा था ? वे मेहनती, कारोबारी लोग होते हैं, 'सबका सुख' उनका नारा है। नहीं, यह ज़िन्दगी मुझे सिर्फ़ एक बार मिली है और

वह मुझे फिर कभी नहीं मिलेगी : मैं 'सबके सुख' की राह नहीं देखना चाहता। मैं अपनी ज़िन्दगी जीना चाहता हूँ, वरना इससे तो अच्छा है कि ज़िन्दा ही न रहा जाए। मैं यह कर ही नहीं सकता कि मेरी माँ भूखी मर रही हो और मैं अपनी जेब में अपना रूबल रखे 'सबके सुख' की राह देखता हुआ उसके पास से होकर गुज़र जाऊँ। 'सबके सुख की इमारत खड़ी करने के लिए मैं भी अपनी एक छोटी सी ईंट उसमें लगा रहा हूँ और इस बात पर मेरे मन को पूरा सन्तोष है।' हः-हः ! तुमने मुझे नज़रअन्दाज़ क्यों किया ? मुझे सिर्फ़ एक बार ज़िन्दा रहना है, मैं भी चाहता हूँ कि...छिः, मैं एक संवेदनशील जूँ हूँ, उससे ज़्यादा कुछ नहीं,' अचानक उसने पागलों की तरह हँसते हुए कहा। 'हाँ, मैं एक जूँ हूँ,' उसके विचारों का क्रम जारी रहा; उसने इस विचार को पकड़ लिया था, वह उस पर मन-ही-मन बहुत ख़ुश हो रहा था और उससे खेल रहा था; इसमें उसे ऐसी ख़ुशी मिल रही थी जैसे किसी से बदला लेकर मिलती है। 'सबसे पहले तो इसलिए कि मैं इसके बारे में तर्क कर सकता हूँ कि मैं जूँ हूँ, और दूसरे इसलिए कि पिछले एक महीने से मैं अपनी हितैषी नियति को परेशान करता रहा हूँ, और उससे इस बात की साक्षी रहने को कहता रहा हूँ कि मैंने अपनी शारीरिक लालसाओं के लिए नहीं बल्कि एक भव्य और उदात्त उद्देश्य को लेकर इस काम का बीड़ा उठाया था—हः-हः ! तीसरे, इसलिए कि मैंने इस काम को, जहाँ तक हो सका, पूरी तरह न्यायपूर्ण ढंग से निभाने की कोशिश की, हर चीज़ को अच्छी तरह नाप-तोलकर, हर बात का हिसाब लगाकर। जितनी जुँएँ थीं उनमें से मैंने सबसे बेकार जूँ को चुना और मैं उससे बस उतना ही लेना चाहता था जितने की मुझे पहला क़दम उठाने के लिए ज़रूरत थी, न उससे ज़्यादा और न उससे कम (ताकि बाक़ी उसकी वसीयत के अनुसार मठ को चला जाए, हः-हः !)। और जिस बात से यह पता चलता है कि मैं सरासर एक जूँ हूँ,' उसने दाँत पीसकर मन-ही-मन कहा, 'वह यह है कि मैं शायद उस जूँ से भी ज़्यादा नीच और ज़्यादा घिनौना हूँ जिसको मैंने मार डाला, और मैंने पहले से सोच लिया था कि उसे मारने के बाद मैं अपने आपसे यही कहूँगा ! क्या इससे भी भयानक कोई बात हो सकती है ! कैसा ओछापन ! कैसी नीचता ! मैं तलवार हाथ में लिए घोड़े पर सवार उस 'पैग़म्बर,' को तो समझ सकता हूँ जो कहता है : अल्लाह का हुक्म है और 'थरथर काँपती हुई' मख़लूक़ को उसका हुक्म मानना चाहिए ! 'पैग़म्बर' का कहना ठीक है, 'पैग़म्बर' का यह करना भी ठीक है कि वह सड़क पर लश्कर खड़ा करके गुनाहगारों और बेगुनाहों दोनों का सफ़ाया कर दे और इसकी वजह तक न बताए कि उसने ऐसा क्यों किया ! ऐ थर-थर काँपती हुई मख़लूक़, तेरा काम है हुक्म मानना, न कि ख़्वाहिशें रखना, क्योंकि वह तेरे हिस्से में नहीं है !...मैं उस बुढ़िया को कभी माफ़ नहीं करूँगा !'

उसके बाल पसीने से भीगे हुए थे, उसके काँपते हुए होंठ सूख गए थे और उसकी नज़रें छत पर जमी हुई थीं।

'मेरी माँ, मेरी बहन—मुझे कितना प्यार था उनसे ! अब मुझे उनसे नफ़रत क्यों है ? हाँ, मैं उनसे नफ़रत करता हूँ, मुझे उनकी सूरत से नफ़रत है, उन्हें अपने पास बर्दाश्त नहीं कर सकता...मैंने अपनी माँ के पास जाकर उन्हें प्यार किया था, मुझे याद है...उनके सीने से लग जाऊँ और सोचूँ कि अगर उन्हें मालूम होता कि...तो फिर मैं उन्हें बता क्यों न दूँ ? मुमकिन है मैं यही करूँ...हुँ : ! 'वह' भइअ ाी बिलकुल वैसी ही होगी जैसा मैं हूँ,' उसने दिमाग़ पर ज़ोर देकर सोचने की कोशिश करते हुए अपने मन में कहा, मानो वह सरसामी हालत से लड़ने की कोशिश कर रहा हो, 'ओह, अब मुझे उस बुढ़िया से कितनी नफ़रत है ! मुझे ऐसा लगता है कि अगर वह फिर ज़िन्दा हो जाए तो मैं उसे फिर क़त्ल कर दूँ ! बेचारी लिज़ावेता ! वह अन्दर आई क्यों !...लेकिन अजीब

बात है, ऐसा क्यों है कि मैं उसके बारे में सोचता ही नहीं, जैसे मैंने उसे क़त्ल ही न किया हो ? लिज़ावेता ! सोनिया ! बेचारी बेज़बान। जिनकी आँखों से हरदम नेकी बरसती है...बेचारी नेक औरतें ! वे रोतीं क्यों नहीं ? वे कराहतीं क्यों नहीं ? वे हर चीज़ छोड़ देती हैं...उनकी आँखों में नरमी है और नेकी है...सोनिया, सोनिया, सोनिया ! नेक सोनिया !'

वह बेहोश हो गया; उसे बड़ा अजीब लग रहा था कि उसे यह तक याद नहीं था कि वह सड़क पर कैसे पहुँच गया। रात हो चली थी। गोधूलिवेला बीत चुकी थी और पूनम के चाँद की चमक तेज़ होती जा रही थी; लेकिन हवा में एक अजीब घुटन थी। सड़क पर लोगों की भीड़ें थीं; मज़दूर और व्यापारी अपने-अपने घर जा रहे थे; बाक़ी लोग टहलने निकले थे; गारे, धूल और सड़ते हुए ठहरे पानी की बू चारों ओर फैली हुई थी। रस्कोलनिकोव उदासी और चिन्ता में डूबा हुआ चला जा रहा था; उसे इस बात का पूरा आभास था कि वह किसी उद्देश्य से निकला था, उसे जल्दी से कोई काम करना था, लेकिन वह काम क्या था, यह वह भूल गया था। अचानक वह ठिठककर खड़ा हो गया और उसने देखा कि एक आदमी सड़क की दूसरी पटरी पर खड़ा उसे इशारे से बुला रहा है। सड़क पार करके वह उसके पास गया, लेकिन फ़ौरन ही वह आदमी मुड़कर सिर झुकाए हुए चल दिया, मानो उसने उसे इशारा किया ही न हो। 'ज़रा ठहरो, क्या उसने सचमुच इशारा किया था ?' रस्कोलनिकोव सोचने लगा, लेकिन साथ ही वह उसके बराबर पहुँच जाने की भी कोशिश करता रहा। उससे कोई दस क़दम दूर रह जाने पर उसने उसे पहचाना और डर गया : वह लम्बा कोट पहने वही झुके हुए कन्धोंवाला आदमी था। रस्कोलनिकोव कुछ दूरी पर उसके पीछे चलता रहा; उसका दिल धड़क रहा था। दोनों एक मोड़ पर मुड़ गए; उस आदमी ने अब भी पीछे पलटकर नहीं देखा। 'क्या उसे मालूम है कि मैं उसके पीछे-पीछे आ रहा हूँ ?' रस्कोलनिकोव ने सोचा। वह आदमी एक बड़े से घर के फाटक में घुसा। रस्कोलनिकोव भी जल्दी से फाटक के पास पहुँच गया और अन्दर झाँककर देखने लगा कि वह आदमी मुड़कर उसे इशारा करता है या नहीं। अहाते में पहुँचकर वह आदमी मुड़ा और ऐसा लगा कि उसने एक बार फिर उसे इशारे से बुलाया। रस्कोलनिकोव फ़ौरन उसके पीछे-पीछे अहाते में पहुँच गया, लेकिन वह आदमी जा चुका था। वह पहले ज़ीने से ऊपर गया होगा। रस्कोलनिकोव उसके पीछे लपका। उसने दो मंज़िल ऊपर सधे हुए धीमे क़दमों की आहट सुनी। सीढ़ियाँ कुछ अजीब पहचानी हुई लग रही थीं। वह पहली मंज़िल की खिड़की के पास पहुँचा। खिड़की के काँच में से चमकते हुए चाँद की फीकी-फीकी उदास और रहस्य भरी रोशनी दिखाई दे रही थी; फिर वह दूसरी मंज़िल पर पहुँचा। वाह ! यही तो वह फ़्लैट है जहाँ पुताई करनेवाले मज़दूर काम कर रहे थे...वह इसे फ़ौरन क्यों नहीं पहचान पाया ? ऊपर से उस आदमी के क़दमों की आहट सुनाई देना बन्द हो गई थी। 'वह रुक गया होगा या कहीं छिप गया होगा।' वह तीसरी मंज़िल पर पहुँचा; क्या और ऊपर जाए ? चारों ओर भयानक सन्नाटा था...लेकिन वह आगे बढ़ता गया। उसे खुद अपने क़दमों की आहट से डर लगने लगा था। कितना अँधेरा था ! वह आदमी यहीं किसी कोने में छिपा होगा। ओह ! फ़्लैट तो बिलकुल खुला हुआ था। वह झिझकते-झिझकते अन्दर गया। ड्योढ़ी बहुत अँधेरी और ख़ाली-ख़ाली लग रही थी, जैसे हर चीज़ हटा दी गई हो। वह दबे पाँव धीरे-धीरे बैठक में घुसा, जिसमें भरपूर चाँदनी छिटकी हुई थी। वहाँ हर चीज़ पहले की तरह ही मौजूद थी : कुर्सियाँ, आईना, पीला सोफ़ा और फ्रेमों में जड़ी हुई तस्वीरें। खिड़कियों में से बड़ा सा, ताँबे जैसे लाल रंग का गोल चाँद झाँक रहा था। 'चाँद की वजह से ही चारों ओर इतनी शान्ति है, एक रहस्य का ताना-बाना बुन दिया गया है,' रस्कोलनिकोव ने सोचा। वह खड़ा इन्तज़ार करता रहा, बड़ी देर तक इन्तज़ार करता रहा; चाँदनी की ख़ामोशी

जितनी ही बढ़ती जाती थी, उसके दिल की धड़कन उतनी ही तेज़ होती जाती थी, यहाँ तक कि उसे दर्द सा होने लगा। फिर भी सन्नाटा छाया रहा। अचानक उसे सूखी लकड़ी के टूटने जैसी तेज़ चटकने की आवाज़ क्षण भर के लिए सुनाई दी और उसके बाद फिर सन्नाटा छा गया। अचानक एक मक्खी उड़ी और दर्द भरी भिनभिनाहट के साथ जाकर खिड़की के काँच से टकराई। उसी क्षण उसे खिड़की और छोटी सी अल्मारी के बीचवाले कोने में दीवार पर लबादे जैसी कोई चीज़ लटकी हुई दिखाई दी। 'वह लबादा यहाँ क्यों है ?' उसने सोचा, 'पहले तो नहीं था...' वह चुपचाप उसके पास गया और उसे ऐसा लगा कि कोई चीज़ उसके पीछे छिपी हुई है। उसने सावधानी से लबादे को हटाकर देखा : कोने में एक कुर्सी पर वह बुढ़िया कमर दोहरी किए इस तरह बैठी थी कि उसे उसका चेहरा दिखाई नहीं पड़ रहा था; लेकिन वह थी वही। वह उसके पास खड़ा झुककर उसे देखता रहा। 'वह डर रही है,' उसने सोचा। उसने चुपके से फन्दे में से कुल्हाड़ी निकाली और उसकी खोपड़ी पर एक वार तक किया, फिर दूसरा। लेकिन अजीब बात थी कि वह हिली तक नहीं, मानो लकड़ी की बनी हुई हो। वह डर गया, और पहले से भी ज़्यादा झुककर उसे और भी पास से देखने की कोशिश करने लगा; लेकिन उसने भी अपना सिर और नीचे झुका लिया। वह बिलकुल ज़मीन तक झुक गया और नीचे से झाँककर उसके चेहरे को देखने लगा। उसने झाँककर देखा और उसका सारा बदन दहशत के मारे ठंडा पड़ गया : बुढ़िया बैठी हँस रही थी, बेआवाज़ हँसी से उसका सारा बदन हिल रहा था; वह पूरी कोशिश कर रही थी कि उसकी हँसी उसे सुनाई न दे। अचानक रस्कोलनिकोव को ऐसा लगा कि सोने के कमरे का दरवाज़ा थोड़ा सा खुला और अन्दर से हँसने और खुसफुसाहट की आवाज़ आई। उस पर जुनून सवार हो गया और वह पूरा ज़ोर लगाकर बुढ़िया के सिर पर वार करने लगा, लेकिन कुल्हाड़ी के हर वार के साथ सोने के कमरे में से आनेवाली हँसने और खुसफुसाहट की आवाज़ और तेज़ होती गई और बुढ़िया तो हँस-हँसकर लोट-पोट हुई जा रही थी। वह वहाँ से भागना चाहता था लेकिन ड्योढ़ी में लोग भरे हुए थे, हर फ़्लैट का दरवाज़ा खुला हुआ था और बीच की खुली जगह में, सीढ़ियों पर और सीढ़ियों के नीचे भी हर जगह लोग खड़े थे, सिरों की कतारें। सब लोग देख रहे थे, लेकिन बिलकुल चुप, किसी चीज़ की आशा करते हुए वे एक-दूसरे से सटे खड़े थे। किसी चीज़ ने उसके दिल को शिकंजे की तरह जकड़ लिया, उसके पाँव वहीं जमकर रह गए, वे किसी तरह हिल ही नहीं रहे थे...उसने चीख़ने की कोशिश की और जाग पड़ा।

उसने एक गहरी साँस ली—लेकिन अजीब बात थी कि उसे ऐसा लग रहा था कि सपना अभी तक चल रहा है : उसका दरवाज़ा खुला था; दरवाज़े पर खड़ा एक आदमी, जिसे उसने पहले कभी नहीं देखा था, उसे बड़े ग़ौर से घूर रहा था।

रस्कोलनिकोव की आँखें अभी ठीक से खुली भी नहीं थीं कि उसने उन्हें फिर मूँद लिया। वह हिले-डुले बिना चुपचाप पीठ के बल लेटा रहा। 'क्या मैं अभी तक सपना देख रहा हूँ ?' वह सोचने लगा और उसने अपनी पलकें ज़रा सी खोलीं कि कोई दूसरा देख न सके : वह अजनबी अभी तक उसे घूर रहा था। अचानक उसने बहुत सँभालकर कमरे में क़दम रखा, अन्दर आकर बड़ी सावधानी से दरवाज़ा बन्द किया, मेज़ के पास तक गया, रस्कोलनिकोव पर अपनी नज़रें जमाए हुए एक क्षण के लिए रुका और चुपचाप सोफ़े के पासवाली कुर्सी पर बैठ गया; उसने अपनी टोपी पास ही फ़र्श पर रख दी और अपनी छड़ी पर दोनों हाथ टिकाकर उन पर अपनी ठोड़ी टिका ली। साफ़ ज़ाहिर था कि वह जितनी देर भी ज़रूरी हो इन्तज़ार करने के लिए तैयार था। जहाँ तक रस्कोलनिकोव कनखियों से उसे देख पाया, वह आदमी अपनी जवानी की उम्र पार कर चुका था, उसका बदन

गठा हुआ था और उसके चेहरे पर घनी भरपूर दाढ़ी थी जिसका बहुत ही हल्का सुनहरा रंग लगभग बिलकुल सफ़ेद लगता था।

दस मिनट बीत गए। अभी तक थोड़ी-थोड़ी रोशनी थी लेकिन झुटपुटा छाने लगा था। कमरे में बिलकुल ख़ामोशी थी। सीढ़ियों पर से एक आवाज़ भी नहीं आ रही थी। बस एक बड़ी सी मक्खी भिनभिनाती हुई जाकर खिड़की के काँच से फड़फड़ाकर टकरा रही थी। आख़िरकार, यह हालत बर्दाश्त से बाहर हो गई। रस्कोलनिकोव अचानक उठकर सोफ़े पर बैठ गया।

"हाँ, बताइए, क्या काम है ?"

"मैं जानता था कि आप सो नहीं रहे हैं, सिर्फ़ सोने का बहाना कर रहे हैं," अजनबी ने शान्त भाव से हँसते हुए बड़े अजीब ढंग से जवाब दिया, "मैं अपना परिचय दे दूँ, मैं हूँ अर्कादी इवानोविच स्विद्रिगाइलोव..."

भाग : 4

•

1

'कहीं मैं अभी तक सपना तो नहीं देख रहा हूँ ?' रस्कोलनिकोव ने सोचा। उसने बिन-बुलाए मेहमान की ओर बड़े ध्यान और शंका से देखा।

"स्विद्रिगाइलोव ! क्या बकवास है ! हो ही नहीं सकता !" उसने आख़िरकार भड़ककर आश्चर्य से कहा।

लग रहा था कि आगंतुक को उसके इस तरह भड़कने पर तनिक भी आश्चर्य नहीं हुआ।

"मैं आपके पास दो वजहों से आया हूँ। पहली बात तो यह कि मैं आपसे निजी तौर पर जान-पहचान पैदा करना चाहता था, क्योंकि मैं आपकी तारीफ़ में बहुत सी दिलचस्प बातें सुन चुका हूँ, दूसरे, मैं अपने दिल में यह उम्मीद लेकर आया हूँ कि आप एक ऐसे मामले में मेरी मदद करने से इनकार नहीं करेंगे जिसका सीधा सम्बन्ध आपकी बहन अव्दोत्या रोमानोव्ना की भलाई से है। क्योंकि आपके सहारे के बिना शायद वह अब मुझे अपने पास भी न फटकने दें, क्योंकि उनके मन में मेरे ख़िलाफ़ कुछ ग़लत बातें बिठा दी गई हैं, लेकिन मुझे पूरा भरोसा है कि आपकी मदद से..."

"आपको ग़लत भरोसा है," रस्कोलनिकोव ने बीच में ही टोक दिया।

"क्या मैं आपसे पूछ सकता हूँ कि वे लोग क्या अभी कल ही आई हैं ?"

रस्कोलनिकोव ने कोई जवाब नहीं दिया।

"कल ही आई हैं, मुझे मालूम है। मैं ख़ुद अभी परसों आया हूँ। देखिए, मैं आपको यह बता दूँ, रोदिओन रोमानोविच, कि मैं अपनी तरफ़ से कोई सफ़ाई पेश करना ज़रूरी नहीं समझता, लेकिन मेहरबानी करके मुझे यह बताइए कि इस पूरे क़िस्से में मेरा ऐसा कौन सा क़सूर था ? बिना किसी तरफ़दारी के, जो समझदारी की बात हो वही कहिएगा ?"

रस्कोलनिकोव चुपचाप उसे देखता रहा।

"यह कि मैंने अपने घर में एक बेबस-लाचार लड़की को सताया और 'उसके सामने अपने शर्मनाक सुझाव रखकर उसका अपमान किया'—यही मेरा जुर्म है ? (आप जो कहना चाहेंगे वह मैं ख़ुद पहले से कहे दे रहा हूँ !) लेकिन अगर आप सिर्फ़ इतना मान लें कि मैं भी एक इंसान हूँ और et nihil humanum...[1] कहने का मतलब यह कि मैं भी किसी की तरफ़ खिंच सकता हूँ और मुझे भी किसी से प्यार हो सकता है (जो हमारे बस की बात नहीं है)—यह मान लेने के बाद

1. इंसान का कोई भी गुण-अवगुण...(लैटिन)।

हर बात बड़ी आसानी से समझ में आ सकती है। सवाल यह है कि मैं राक्षस हूँ या मैं ख़ुद शिकार हुआ हूँ? और अगर मैं शिकार हूँ तो ? हो सकता है कि जिसके पीछे मैं पागल था उसके सामने मेरे साथ अमरीका या स्विट्ज़रलैंड भाग चलने का सुझाव रखने के पीछे उसके लिए मेरे दिल में जो बेहद इज़्ज़त थी वह काम कर रही हो और मैंने सोचा हो कि मैं अपनी दोनों की ख़ुशी के लिए कोई क़दम उठा रहा हूँ ! मुहब्बत के जुनून के आगे अक़्ल की एक नहीं चलती, यह तो आप जानते हैं। हो सकता है, जितना नुक़सान मैं अपने आपको पहुँचा रहा था उतना किसी और को नहीं !...''

''लेकिन बात यह नहीं है,'' रस्कोलनिकोव बेहद झुँझलाकर बीच में बोला, ''सीधी सी बात यह है कि आप सही हों या ग़लत, हमें आप पसन्द नहीं हैं। हम आपसे कोई सरोकार नहीं रखना चाहते। हम आपकी सूरत तक देखना नहीं चाहते। बस, चले जाइए!...''

स्विद्रिगाइलोव अचानक ज़ोर से हँस पड़ा।

''लेकिन आप तो...आपको शीशे में उतारना नामुमकिन है,'' उसने बेझिझक हँसते हुए कहा, ''मैं तो यह सोचकर आया था कि आपको बहला-फुसलाकर राज़ी कर लूँगा, लेकिन आपने तो फ़ौरन सीधा रास्ता पकड़ लिया।''

''लेकिन आप अब भी मुझे बहलाने-फुसलाने की कोशिश कर रहे हैं।''

''तो क्या हुआ ?'' स्विद्रिगाइलोव खुलकर हँसते हुए बोला, ''लेकिन यह तो bonne guerre[1] है और यह तो बहुत ही सीधा-सादा चरका है, जिसमें कोई छल-कपट नहीं है !...लेकिन आपने मेरी बात बीच में ही काट दी। बहरहाल, मैं एक बार फिर कहता हूँ : उस दिन बाग़ में जो कुछ हुआ अगर वह न होता तो कभी कोई बदमज़गी न होती। मार्फ़ा पेत्रोव्ना ने...''

''लोग कहते हैं, आपने मार्फ़ा पेत्रोव्ना से भी छुटकारा पा लिया है, है न ?'' रस्कोलनिकोव ने बड़ी रुखाई से उसकी बात काटते हुए कहा।

''ओह, तो आपने यह बात भी सुन रखी है ? कभी-न-कभी तो यह बात आपके कानों तक पहुँचनी ही थी...लेकिन जहाँ तक आपके सवाल की बात है, सचमुच मेरी समझ में नहीं आता कि क्या कहूँ, हालाँकि इस मामले में मेरा दिल बिलकुल साफ़ है। यह न समझिएगा कि इस सिलसिले में मेरे दिल में कोई अन्देशा है। सब ठीक-ठाक था, कहीं कोई गड़बड़ी नहीं थी। डॉक्टरी जाँच के बाद मौत की वजह यह बताई गई कि छककर खाना खाने और एक बोतल अंगूरी पीने के फ़ौरन बाद नहाने की वजह से लक़वा मार गया, और सच तो यह है कि इसके अलावा कोई दूसरी बात साबित की भी नहीं जा सकती थी...लेकिन मैं आपको बता दूँ कि इधर कुछ अरसे से मैं अपने मन में क्या सोचता रहा हूँ, ख़ासतौर पर यहाँ तक के रेल के सफ़र के दौरान : क्या इस सबमें मेरा भी हाथ नहीं रहा है...एक तरह से, नैतिक दृष्टि से देखा जाए तो यह जो आफ़त आई, क्या उसकी वजह यह नहीं थी कि मेरी वजह से कोई दिमाग़ी उलझन या चिड़चिड़ाहट या इसी क़िस्म की कोई चीज़ पैदा हुई ? लेकिन मैं इस नतीजे पर पहुँचा कि उसका भी सवाल पैदा नहीं होता।''

रस्कोलनिकोव हँस दिया।

''मुझे तो यक़ीन नहीं आता कि आप इसके बारे में परेशान होते होंगे !''

''लेकिन आप हँस किस बात पर रहे हैं ? ज़रा सोचिए, मैंने उसे सिर्फ़ दो बार चाबुक से मारा था—और सो भी इस तरह कि कोई निशान तक नहीं पड़ा था...मेहरबानी करके मुझे ऐसा बेरहम न समझिए; मैं अच्छी तरह जानता हूँ कि मेरी यह हरकत कितनी बेहूदा थी, वग़ैरह-वग़ैरह; लेकिन

1. नेकी भरी लड़ाई। (फ्रांसीसी)

इसके साथ ही मैं यह बात भी पूरे यक़ीन के साथ जानता हूँ कि मार्फ़ा पेत्रोव्ना मेरी इस, समझ लीजिए, गर्मजोशी से बहुत खुश हुई थीं। आपकी बहन के क़िस्से में से तो जितना रस निचोड़ा जा सकता था बूँद-बूँद निचोड़ लिया गया था। आख़िरी तीन दिन तो मार्फ़ा पेत्रोव्ना को मजबूर होकर घर पर ही बैठे रहना पड़ा था; उनके पास शहर जाने के लिए कुछ रह ही नहीं गया था। इसके अलावा, उस ख़त से (आपने उनके उस ख़त को पढ़ने के बारे में तो सुना होगा ?) लोग तंग आ चुके थे। और अचानक न जाने कहाँ से वे दो चाबुक पड़ गए। उन्होंने पहला काम यह किया कि गाड़ी तैयार कराने का हुक्म दिया। इस बात को तो ख़ैर जाने दीजिए कि कभी-कभी बेहद गुस्सा दिखाने के बावजूद औरतें इस बात से बहुत ही ख़ुश होती हैं कि कोई उनका अपमान करे। हर आदमी के सिलसिले में इस तरह की मिसालें मिलती हैं। कभी आपने इस बात पर ग़ौर किया है कि सचमुच आमतौर पर हर इंसान को बहुत अच्छा लगता है कि उसका अपमान किया जाए ? लेकिन औरतों के बारे में यह बात ख़ासतौर पर सच है। यहाँ तक कहा जा सकता है कि उन्हें बस इसी एक बात में मज़ा आता है।"

एक बार तो रस्कोलनिकोव के जी में आया कि वह उठकर बाहर चला जाए और इस बातचीत को यहीं पर ख़त्म कर दे। लेकिन किसी कौतूहल के कारण, बल्कि यह सोचकर कि उसकी असली मंशा जान लेना ही समझदारी होगी, वह एक क्षण के लिए रुक गया।

"आपको लड़ने का शौक़ है ?" उसने लापरवाही से पूछा।

"जी नहीं, कोई ख़ास नहीं," स्विद्रिगाइलोव ने शान्त भाव से जवाब दिया, "और मेरी और मार्फ़ा पेत्रोव्ना की तो शायद ही कभी लड़ाई हुई हो। हम लोग बहुत मेल-जोल से रहते थे, और वह हमेशा मुझसे बहुत ख़ुश रहती थीं। अपनी शादी के सात बरसों में सिर्फ़ दो बार मैंने कोड़े का इस्तेमाल किया (अगर उस तीसरी बार को छोड़ दिया जाए जो कुछ बहुत ही गोलमोल क़िस्म का मामला था)। पहली बार तो अपनी शादी के दो महीने बाद, गाँव पहुँचने के फ़ौरन बाद, और आख़िरी बार वह जिसकी हम लोग बातें कर रहे थे। क्या आप समझते थे कि मैं ऐसा राक्षस, दक़ियानूस और पिछड़े हुए ख़्यालोंवाला, जल्लाद हूँ ? हः-हः ! अच्छा, यह तो बताइए, रोदिओन रोमानोविच, भला आपको अभी कुछ ही साल पहले का वह क़िस्सा याद है, उन दिनों का जब अख़बारों में हर बात की भरपूर चर्चा करने को बहुत बड़ा परोपकार समझा जाता था, वह क़िस्सा जिसमें किसी ख़ानदानी आदमी को, उसका नाम तो मैं भूल गया, हर जगह, हर अख़बार में, इस बात के लिए लताड़ा गया था कि उसने रेलगाड़ी में एक जर्मन औरत की पिटाई की थी ? याद है आपको ? मैं समझता हूँ यह उन्हीं दिनों की, उसी साल की, बात है जब पीटर्सबर्ग के एक अख़बार में 'युग' की शर्मनाक कार्रवाई' शीर्षक से एक लेख छपा था (आपको याद है न कि किसी सरकारी अफ़सर की बीवी पुश्किन की 'मिस्र की रातें' पढ़ रही थी, जिसकी पूरी ख़बर 'पीटर्सबर्ग समाचार' में छापी गई थी और इस पर 'युग' पत्रिका ने हमारी क़स्बाती मेम साहबों की दिखावटी साहित्यिक रुचि पर बड़ी हिक़ारत से हमला करते हुए एक लेख छापा था ? वे काली आँखें, आप तो जानते ही हैं ! आह, हमारी जवानी के वे सुनहरे दिन, कहाँ गए वे ?) ख़ैर, जहाँ तक उन साहब का सवाल है, जिन्होंने उस जर्मन औरत को पीटा था, तो उनसे तो मुझे कोई हमदर्दी नहीं है, क्योंकि बहरहाल हमदर्दी की ज़रूरत ही क्या है ? लेकिन इतना मैं ज़रूर कहूँगा कि कभी-कभी ऐसी ताव दिलानेवाली 'जर्मन औरतों' से पाला पड़ता है कि कोई प्रगतिशील आदमी भी अपने आप पर क़ाबू नहीं रख सकता। उस वक़्त किसी ने इस सवाल को इस नज़र से नहीं देखा था, लेकिन यही सच्चा इंसानी तरीक़ा है इसे देखने का, मैं आपको यक़ीन दिलाता हूँ।"

यह कहने के बाद स्विद्रिगाइलोव फिर अचानक हँस पड़ा। रस्कोलनिकोव को साफ़ दिखाई दे रहा था कि वह एक ऐसा आदमी था जो अपने दिमाग़ में कोई पक्का इरादा लेकर आया था।

"मैं समझता हूँ कि आपने इधर कई दिन से किसी से भी बात नहीं की है ?" रस्कोलनिकोव ने पूछा।

"शायद ही किसी से। शायद आप इस बात पर ताज्जुब कर रहे होंगे कि मैं अपने आपको कैसे इतनी आसानी से किसी भी साँचे में ढाल लेता हूँ ?"

"नहीं, मैं ताज्जुब इस बात पर कर रहा हूँ कि आप ज़रूरत से ज़्यादा हद तक ऐसा कर लेते हैं।"

"क्योंकि मैं आपके सवालों की गुस्ताख़ी का बुरा नहीं मान रहा हूँ ? क्या यह बात है ? लेकिन बुरा मानने की ज़रूरत ही क्या है ? जैसा आपका सवाल था, वैसा ही मेरा जवाब था," उसने इतनी सादगी से जवाब दिया कि हैरत होती थी। "बात यह है कि अब शायद ही किसी चीज़ में मुझे दिलचस्पी रह गई हो," वह कहता रहा, जैसे कोई सपना देख रहा हो, "ख़ासतौर पर अब जबकि मेरे पास करने को कुछ नहीं है...हालाँकि आप समझते होंगे कि मैं अपनी किसी ग़रज़ से आपको ख़ुश करने के लिए ऐसा कह रहा हूँ, ख़ासतौर पर इसलिए, जैसा कि मैं आपको अभी बता चुका हूँ, कि मैं किसी बात के बारे में आपकी बहन से मिलना चाहता हूँ। लेकिन मुझे यह मानने में ज़रा भी झिझक नहीं है कि मैं बहुत उकताया हुआ हूँ। ख़ासतौर पर पिछले तीन दिनों से, इसलिए मुझे आपसे मिलकर बहुत ख़ुशी हुई है...बुरा मत मानिएगा, रोदिओन रोमानोविच, लेकिन आप ख़ुद न जाने क्यों मुझे बेहद अजीब से लग रहे हैं। आप कुछ भी कहें, लेकिन आपके साथ कहीं कोई गड़बड़ ज़रूर है, और अब भी...मेरा मतलब है, इसी क्षण नहीं, बल्कि आमतौर पर, इस वक़्त... अच्छी बात है, अच्छी बात है, मैं नहीं कहूँगा, नहीं कहूँगा, नाक-भौं मत सिकोड़िए ! आप इतना जान लीजिए, मैं वैसा बनमानुस भी नहीं हूँ जैसा कि आप समझते हैं।"

रस्कोलनिकोव ने गुमसुम होकर उसे देखा।

"शायद आप बनमानुस तो बिलकुल ही नहीं हैं," उसने कहा। "सच तो यह है कि मेरी समझ में आप बहुत शरीफ़ आदमी हैं, या कम-से-कम ज़रूरत पड़ने पर शरीफ़ों जैसा बर्ताव करना तो जानते ही हैं।"

"मुझे इसमें कोई ख़ास दिलचस्पी नहीं है कि मेरे बारे में किसी की क्या राय है," स्विद्रिगाइलोव ने रुखाई से, बल्कि कुछ ढिठाई के साथ भी जवाब दिया। "और इसलिए कभी-कभी बेहूदगी का सबूत देने में भी क्या हर्ज है जबकि हमारे मौसम के लिए इस तरह का लबादा ओढ़ लेने से बेहद सुभीता रहता है...और ख़ासतौर पर अगर किसी के स्वभाव का झुकाव ही उस ओर हो," उसने फिर हँसते हुए कहा।

"लेकिन मैंने सुना है कि यहाँ आपके बहुत से दोस्त हैं। आप, जिसे कहते हैं, 'बिलकुल बेयारो-मददगार' नहीं हैं। फिर आपको मुझसे क्या ग़रज़ हो सकती है, जब तक कि आपका कोई ख़ास मक़सद ही न हो ?"

"यह तो सच है कि यहाँ मेरे दोस्त हैं," स्विद्रिगाइलोव ने ख़ास बात का जवाब दिए बिना स्वीकार किया, "कुछ से तो मैं मिल भी चुका हूँ। पिछले तीन दिन में मैं इधर-उधर मँडलाता रहा हूँ, और या तो मैं उनसे कहीं मिल गया हूँ, या फिर वे मुझे कहीं मिल गए हैं। बस यों ही कहीं राह चलते। कपड़े मैं अच्छे पहनता हूँ और मुझे ग़रीब आदमी भी नहीं समझा जाता। भू-दासों की आज़ादी का मेरे ऊपर कोई असर नहीं पड़ा है : मेरी जायदाद में ज़्यादातर जंगलात और नदी के

किनारे की चरागाहें हैं जो अक्सर बाढ़ में डूब जाती हैं। मेरी आमदनी कम नहीं हुई है; लेकिन...मैं उन लोगों से मिलने नहीं जाऊँगा, मैं उनसे बहुत पहले ही तंग आ चुका था। मैं यहाँ तीन दिन से हूँ और किसी से भी मिलने नहीं गया...अजीब शहर है यह भी ! हम लोगों के बीच यह शहर आबाद कैसे हुआ, बता सकते हैं आप मुझे ? भाँति-भाँति के सरकारी नौकरों और विद्यार्थियों का शहर ! अलबत्ता, आठ साल पहले जब मैं यहाँ था, किसी तरह अपने ज़िन्दगी के दिन काट रहा था, तब मेरा ध्यान इनमें से बहुत सी चीज़ों की तरफ़ नहीं गया था...अब तो मेरी रही-सही उम्मीद शरीर-रचना में रह गई है, क़सम से, बस उसी में !''

''शरीर-रचना ?''

''लेकिन जहाँ तक इन क्लबों, दूसों, पुआन्तों का सवाल है, या शायद तरक़्क़ी का भी सवाल है—तो यह सब कुछ तो मेरे बग़ैर भी चलता रहेगा,'' वह कहता रहा; इस बार भी उसने सवाल की ओर कोई ध्यान नहीं दिया, ''और फिर यह भी बात है कि पत्तेबाज़ कौन बनना चाहता है ?''

''क्यों, क्या आप पत्तेबाज़ भी रह चुके हैं ?''

''इससे मैं बच भी कैसे सकता था ? हम लोगों का एक पूरा गिरोह था, आठ साल पहले। सब अच्छे-से-अच्छे घरों के लोग थे; ख़ूब ऐश करते थे हम लोग। और सभी ख़ानदानी लोग थे, आप यह समझ लीजिए—शायर, बड़ी-बड़ी जायदादों के मालिक। और सच तो यह है कि हमारे रूसी समाज में सबसे अच्छे तौर-तरीक़े उन्हीं लोगों में पाए जाते हैं जो मार खा चुके हैं, यह बात देखी है आपने ? गाँव जाकर तो मेरी हालत गिर गई। लेकिन मुझे क़र्ज़ अदा न कर सकने की वजह से, नेजिन के एक कमीने यूनानी की बदौलत, जेल भेज दिया गया। तभी मार्फ़ा पेत्रोव्ना कहीं से आ गईं; उन्होंने उससे सौदा करके मुझे चाँदी के तीस हज़ार रूबल के बदले ख़रीद लिया (मुझ पर क़र्ज़ सत्तर हज़ार का था)। हम दोनों की बाक़ायदा क़ानूनी तौर पर शादी हो गई और वह मुझे एक ख़ज़ाने की तरह लेकर गाँव चली गईं। आपको शायद मालूम हो कि उम्र में वह मुझसे पाँच साल बड़ी थीं। उन्हें मुझसे बहुत गहरा लगाव था। सात साल तक मैंने गाँव के बाहर क़दम नहीं रखा। और, यह याद रखिए, तमाम उम्र उनके पास मुझे क़ब्ज़े में रखने के लिए एक दस्तावेज़ था, तीस हज़ार रूबल का पुरनोट, ताकि अगर कभी मैं किसी बात पर भाग निकलने की कोशिश करूँ तो फ़ौरन फन्दे में फँस जाऊँ ! और वह ऐसा किए बिना मानतीं नहीं ! औरतों को इसमें कोई बेजा बात नज़र नहीं आती।''

''अगर वह न होता तो क्या आप उन्हें चकमा देकर खिसक जाते ?''

''समझ में नहीं आता इसका क्या जवाब दूँ। उस दस्तावेज़ ने ही मुझे बाँध रखा हो, ऐसी बात नहीं थी। मैं कहीं और जाना ही नहीं चाहता था। यह देखकर कि मैं उकताया हुआ रहता हूँ, मार्फ़ा पेत्रोव्ना ने ख़ुद मुझसे कहीं विदेश चलने को कहा, लेकिन विदेश मैं पहले भी हो आया था, और हमेशा वहाँ जाकर मुझे मतली होती थी। किसी ख़ास वजह से नहीं, लेकिन सूरज का निकलना, नेपल्स की खाड़ी, समुद्र—आप इन चीज़ों को देखकर ही उदास हो जाते हैं। ज़्यादा नफ़रत इसलिए होती है कि आप सचमुच उदास होते हैं। नहीं, घर पर ज़्यादा अच्छा है। यहाँ आप कम-से-कम हर चीज़ के लिए दूसरों को इल्ज़ाम तो दे सकते हैं और अपने आपको बेक़सूर समझ सकते हैं। इस वक़्त शायद मुझे उत्तरी ध्रुव पर चले जाने की चाह है क्योंकि **j' ai le vin mauvais**[1] और शराब पीने से मुझे नफ़रत है, लेकिन शराब के अलावा और कुछ बचा भी नहीं है। मैं उसे भी आज़माकर देख चुका हूँ। लेकिन, सुनिए, किसी ने मुझे बताया है कि अगले इतवार को बेर्ग

1. नशे में मेरी हालत मनहूस होती है। (फ्रांसीसी)

एक बहुत बड़े गुब्बारे में युसूपोव बाग़ से उड़नेवाला है और वह पैसे लेकर मुसाफ़िरों को भी अपने साथ ले जाएगा। क्या यह सच है ?''

''क्यों, क्या आप जाना चाहते हैं ?''

''मैं...नहीं, जी नहीं,'' स्विद्रिगाइलोव बुड़बुड़ाया; सचमुच ऐसा लग रहा था कि वह किसी गहरे ख़्याल में डूबा हुआ है।

''इसका मतलब क्या है ? क्या यह सच कह रहा है ?''

''नहीं, मैं इस दस्तावेज़ की वजह से नहीं बँधा रहा,'' स्विद्रिगाइलोव सोच में डूबा हुआ कहता रहा, ''गाँव छोड़कर कहीं न जाना मेरी अपनी मर्ज़ी की बात थी, लगभग एक साल पहले मेरी सालगिरह पर मार्फ़ा पेत्रोव्ना ने वह दस्तावेज़ मुझे लौटा दिया था और मुझे बहुत बड़ी रक़म भी तोहफ़े में दी थी। उनके पास बेशुमार दौलत थी। 'देखो, मैं तुम पर कितना भरोसा रखती हूँ, अर्कादी इवानोविच'—हूबहू यही लफ़्ज़ इस्तेमाल किए थे उन्होंने। आपको यक़ीन नहीं आता कि उन्होंने यह कहा होगा ? लेकिन क्या आप जानते हैं कि मैं उनकी ज़मीन-जायदाद का इन्तज़ाम काफ़ी अच्छी तरह करता था; आसपास के सब लोग मुझे जानते हैं। मैं बाहर से किताबें भी मँगाता था। शुरू में तो मार्फ़ा पेत्रोव्ना ने कोई एतराज़ नहीं किया, लेकिन बाद में उन्हें मेरे बहुत ज़्यादा पढ़ने से डर लगने लगा।''

''लगता है कि आपको मार्फ़ा पेत्रोव्ना की बहुत याद आती है।''

''याद आती है ? शायद। सचमुच, शायद मुझे आती है। और, हाँ, क्या आप भूत-प्रेत में यक़ीन रखते हैं ?''

''कैसे भूत-प्रेत ?''

''यही, मामूली भूत-प्रेत !''

''क्या आप उनमें यक़ीन रखते हैं ?''

''शायद नहीं, pour vous plaire...[1] मैं साफ़-साफ़ 'नहीं' तो नहीं कह सकता।''

''क्या आपको दिखाई देते हैं ?''

स्विद्रिगाइलोव ने उसकी तरफ़ कुछ अजीब ढंग से देखा।

''मार्फ़ा पेत्रोव्ना कभी-कभी मुझसे मिलने आने की मेहरबानी करती हैं,'' उसने मुँह टेढ़ा करके कुछ अजीब ढंग से मुस्कुराते हुए कहा।

''क्या मतलब है आपका इस बात से कि 'वह आपसे मिलने आने की मेहरबानी करती हैं ?' ''

''वह तीन बार आ चुकी हैं। पहली बार तो मैंने उन्हें उनके जनाज़े के दिन ही देखा था, उनके दफ़न किए जाने के घंटे भर बाद। जिस दिन मैं यहाँ आने के लिए चला था उससे पहलेवाले दिन। दूसरी बार परसों, भोर पहर, सफ़र के दौरान मालया विशेरा के स्टेशन पर, और तीसरी बार अभी दो घंटे पहले उस कमरे में जहाँ मैं ठहरा हूँ। मैं अकेला था।''

''आप जाग रहे थे ?''

''बिलकुल जाग रहा था। तीनों बार मैं पूरी तरह जाग रहा था। वह आती हैं, एक मिनट मुझसे बात करती हैं और दरवाज़े से बाहर चली जाती हैं; हमेशा दरवाज़े से। उनकी आहट तक लगभग मुझे सुनाई देती है।''

''मेरे दिल में यह बात क्यों आई थी कि आपके साथ ऐसा ही कुछ हो रहा होगा ?'' रस्कोलनिकोव ने अचानक कहा। उसी क्षण उसे यह बात कहने पर आश्चर्य भी हुआ। उसका

1. आपको खुश करने के लिए। (फ़्रांसीसी)

कौतूहल बेहद बढ़ चुका था।

"क्या ! आपने ऐसा सोचा था ?" स्विद्रिगाइलोव ने हैरत से पूछा, "आपने सचमुच ऐसा सोचा था ? मैंने आपसे कहा था न कि हम दोनों के बीच कोई बात एक जैसी है ज़रूर, क्यों ?"

"आपने यह तो कभी नहीं कहा था !" रस्कोलनिकोव ने कुछ ताव में आकर बड़े तीखेपन से कहा।

"मैंने नहीं कहा था ?"

"जी नहीं !"

"मैंने सोचा कि मैंने कहा था। जब मैं अन्दर आया था और आपको बहाना किए हुए आँखें मूँदे लेटे देखा था तो फ़ौरन अपने मन में कहा था : 'यही है वह आदमी'।"

" 'वह आदमी' से क्या मतलब है आपका ? आप किस चीज़ के बारे में बातें कर रहे हैं ?" रस्कोलनिकोव ज़ोर से चिल्लाया।

"क्या मतलब है मेरा ? सचमुच मुझे नहीं मालूम..." स्विद्रिगाइलोव ने बड़े निष्कपट भाव से धीमे स्वर में कहा, जैसे वह ख़ुद चकरा गया हो।

एक मिनट तक दोनों चुप रहे। दोनों एक-दूसरे के चेहरों को घूरते रहे।

"यह सब बकवास है !" रस्कोलनिकोव झुँझलाकर चिल्लाया, "जब वह आपके पास आती हैं तो कहती क्या हैं ?"

"वह ? आप यक़ीन करेंगे, वह मुझसे बेवक़ूफ़ी की मामूली से मामूली चीज़ों के बारे में बातें करती हैं और—आदमी तो है ही अजीब चीज़—मुझे गुस्सा आ जाता है। पहली बार जब वह आईं (मैं थका हुआ था, आप तो जानते हैं : गिरजाघर में जनाज़े की प्रार्थना, जनाज़े की रस्म, फिर उसके बाद खाना। आख़िरकार मैं अपने पढ़ने के कमरे में अकेला रह गया। मैं सिगार जलाकर कुछ सोचने लगा), तो दरवाज़े के अन्दर आईं और बोलीं, 'आज तुम्हें बहुत भाग-दौड़ करनी पड़ी, अर्कादी इवानोविच, तुम खाने के कमरे की घड़ी की चाभी देना भूल गए।' सात साल तक हर हफ़्ते मैं घड़ी में चाभी देता था और अगर कभी भूल जाता था तो वह मुझे याद दिलाती थीं। अगले दिन मैं यहाँ के लिए रवाना हो गया। मैं स्टेशन पर उतरा; रात ठीक से सोया नहीं था, थका हुआ अलग था, नींद के मारे आँखें बन्द हुई जा रही थीं, मैं बैठकर कॉफ़ी पीने लगा। मैंने नज़रें उठाकर देखा तो अचानक मार्फ़ा पेत्रोव्ना को हाथ में ताश की गड्डी लिये बग़ल में बैठा हुआ पाया। 'सफ़र के सिलसिले में तुम्हारी क़िस्मत का हाल बताऊँ, अर्कादी इवानोविच ?' क़िस्मत का हाल बताने में वह बहुत माहिर थीं। मैं अपने आपको कभी माफ़ नहीं कर सकता कि मैंने उनसे हाल बताने को नहीं कहा ! मैं डरकर वहाँ से भाग खड़ा हुआ, और इसके अलावा घंटी भी बज गई थी। आज एक होटल का बहुत बुरा खाना खाने के बाद तबियत कुछ भारी-भारी लग रही थी; मैं बैठा सिगार पी रहा था, अचानक फिर वही मार्फ़ा पेत्रोव्ना। वह हरे रंग के एक नए रेशमी लिबास में सजी-बनी, जिसमें बहुत लम्बा सा पुछल्ला था, आईं और बोलीं : 'इधर देखो, अर्कादी इवानोविच ! तुम्हें मेरा यह लिबास कैसा लगा ? अनीस्का ऐसा नहीं बना सकती।' (अनीस्का गाँव में कपड़े सिलने का काम करती थी; पहले हमारे यहाँ बँधुआ मज़दूरी करती थी और उसने मास्को में यह काम सीखा था, बड़ी सलोनी लड़की थी।) वह मेरे सामने खड़ी होकर चारों ओर घूमकर अपना लिबास दिखाने लगीं। मैंने उनके लिबास को देखा, और फिर ध्यान से, बहुत ध्यान से उनके चेहरे को देखा। 'मुझे यक़ीन नहीं होता, मार्फ़ा पेत्रोव्ना, कि आप मेरे पास सिर्फ़ ऐसी छोटी-छोटी बातों के लिए आती हैं।' 'तुम तो किसी को अपने पास किसी भी बात के लिए आने तक नहीं देना चाहते !' उन्हें छेड़ने

के लिए मैंने कहा : 'मैं शादी करना चाहता हूँ, मार्फ़ा पेत्रोव्ना।' 'तुम तो हो ही ऐसे, अर्कादी इवानोविच; यह तुम्हारे लिए कोई भलमनसाहत की बात नहीं है कि एक बीवी दफ़न किए अभी देर नहीं हुई और दूसरी दुल्हन ढूँढ़ने के लिए निकल पड़े। और अगर कोई अच्छी सी दुल्हन ढूँढ़ पाते तब भी कोई बात थी, लेकिन मैं जानती हूँ कि न तुम सुखी रहोगे न वह रहेगी, बस अपनी जगहँसाई कराओगे।'' इतना कहकर वह बाहर चली गईं और मुझे उनके लिबास के पुछल्ले की सरसराहट सी सुनाई दी। है न बकवास, क्यों ?''

''लेकिन आप झूठ तो नहीं बोल रहे हैं ?'' रस्कोलनिकोव ने पूछा।

''मैं शायद ही कभी झूठ बोलता हूँ,'' स्विद्रिगाइलोव ने सोचते हुए जवाब दिया, ऐसा जताते हुए जैसे रस्कोलनिकोव के सवाल की गुस्ताख़ी की ओर उसका ध्यान ही न गया हो।

''और अपनी ज़िन्दगी में इससे पहले भी आपने कभी भूत देखे हैं ?''

''जी हाँ, देखे हैं, लेकिन अपनी ज़िन्दगी में सिर्फ़ एक बार, छः साल पहले। मेरे पास एक बँधुआ नौकर था, फ़ील्का; उसे दफ़न कर देने के कुछ ही देर बाद मैंने, यह भूलकर कि वह मर चुका है, पुकारा, 'फ़ील्का, मेरा पाइप तो देना !' वह अन्दर आया और उस अल्मारी के पास गया जिसमें मेरे पाइप रखे थे। मैं बैठा सोच रहा था कि 'वह बदला लेने के लिए यह सब कुछ कर रहा है,' क्योंकि उसके मरने के फ़ौरन पहले मेरा और उसका बहुत झगड़ा हुआ था। 'तेरी आस्तीन में कुहनी के पास यह छेद क्यों है, तेरी अन्दर आने की हिम्मत कैसे हुई ?' मैं बोला, 'निकल जा यहाँ से, बदमाश कहीं का !' वह मुड़कर बाहर चला गया, और फिर कभी नहीं आया। मैंने मार्फ़ा पेत्रोव्ना को उस वक़्त इसके बारे में नहीं बताया। मैं उसके लिए गिरजाघर में प्रार्थना करवाना चाहता था, लेकिन मैं बेहद शर्मिन्दा था।''

''आपको किसी डॉक्टर के पास जाना चाहिए।''

''मैं जानता हूँ कि मेरी तबियत ठीक नहीं है, आपको यह बात मुझे बताने की ज़रूरत नहीं, लेकिन मेरी समझ में नहीं आता कि गड़बड़ी क्या है; मैं समझता हूँ कि आपके मुक़ाबले में मैं पाँच-गुना तगड़ा हूँ। मैंने आपसे यह नहीं पूछा था कि क्या आप भूतों के दिखाई देने में यक़ीन रखते हैं, बल्कि यह कि क्या आप उनके होने में यक़ीन रखते हैं।''

''जी नहीं, मैं इस पर यक़ीन कर ही नहीं सकता !'' रस्कोलनिकोव सचमुच गुस्सा होकर ज़ोर से बोला।

''लोग आमतौर पर क्या कहते हैं ?'' स्विद्रिगाइलोव बग़ल की ओर देखते हुए अपना सिर झुकाकर बुदबुदाया, मानो अपने आपसे बातें कर रहा हो, ''लोग कहते हैं : 'आप बीमार हैं, इसलिए आपको जो कुछ दिखाई देता है वह कोरी कल्पना है।' लेकिन यह बात तर्क की कसौटी पर पूरी तरह खरी नहीं उतरती। यह मैं मानता हूँ कि भूत सिर्फ़ बीमार लोगों को दिखाई देते हैं, लेकिन इससे बस इतना ही साबित होता है कि वे बीमारों के अलावा और किसी को दिखाई दे नहीं सकते, यह नहीं कि वे होते ही नहीं।''

''ऐसी बात क़तई नहीं है !'' रस्कोलनिकोव ने चिढ़कर आग्रह किया।

''नहीं ? आप ऐसा समझते हैं ?'' स्विद्रिगाइलोव नज़रें गड़ाकर उसकी ओर देखते हुए कहता रहा, ''लेकिन इस दलील के बारे में आपका क्या कहना है (समझने में मेरी मदद कीजिए) : भूत, एक तरह से, दूसरी दुनियाओं के रेशे और छोटे-छोटे टुकड़े होते हैं, उनकी शुरुआत होते हैं। ज़ाहिर है, जो आदमी तन्दुरुस्त हेता है उसके लिए उन्हें देखने की कोई वजह ही नहीं होती, क्योंकि सबसे बढ़कर वह इस दुनिया का आदमी होता है और पूर्णता और व्यवस्था की ख़ातिर वह इस बात पर

मजबूर रहता है कि वह सिर्फ़ इसी ज़िन्दगी में रहे। लेकिन जैसे ही आदमी बीमार हो जाता है, जैसे ही जीव की स्वाभाविक संसारी व्यवस्था टूट जाती है, वह आदमी दूसरी दुनिया की सम्भावना को महसूस करने लगता है। जो आदमी जितना ही ज़्यादा बीमार होता है, उस दूसरी दुनिया के साथ उसका सम्पर्क भी उतना ही ज़्यादा गहरा होता जाता है, जिसका नतीजा यह होता है कि जैसे ही आदमी मर जाता है वह सीधे उस दुनिया में पहुँच जाता है। मैंने यह बात बहुत पहले सोची थी। अगर आप मरने के बाद दूसरी ज़िन्दगी पर यक़ीन रखते हैं, तो आप इस पर भी यक़ीन रख सकते हैं।''

''मैं मरने के बाद की ज़िन्दगी पर यक़ीन नहीं रखता,'' रस्कोलनिकोव ने कहा।

स्विद्रिगाइलोव विचारों में डूबा बैठा रहा।

''और अगर वहाँ सिर्फ़ मकड़ियाँ या इसी तरह की कोई चीज़ें हों तो क्या होगा ?'' सहसा वह बोला।

'यह आदमी पागल है,' रस्कोलनिकोव ने सोचा।

''हम हमेशा यह सोचते हैं कि परलोक कोई ऐसी चीज़ है जहाँ तक हमारी कल्पना भी नहीं पहुँच सकती, कोई बहुत बड़ी चीज़, बहुत बड़ी ! लेकिन उसके लिए इतने बड़े होने की क्या ज़रूरत है ? इसके बजाय अगर वह एक छोटी सी कोठरी हो, गाँव के हम्माम जैसी, अँधेरी और गन्दी और हर कोने में मकड़ियों के जाले, और बस यही परलोक हो ? कभी-कभी मैं उसकी कल्पना इसी शक्ल में करता हूँ।''

''क्या आप इससे ज़्यादा माक़ूल या इससे ज़्यादा खुशगवार किसी चीज़ के बारे में कभी सोच ही नहीं सकते ?'' रस्कोलनिकोव व्यथित होकर चिल्लाया।

''ज़्यादा माक़ूल ? आप यह कैसे बता सकते हैं कि यह माक़ूल नहीं है; और क्या आप जानते हैं कि मैंने यक़ीनन उसे ऐसा ही बनाया होता ?'' स्विद्रिगाइलोव ने एक अस्पष्ट सी मुस्कुराहट के साथ जवाब दिया।

उसका यह भयानक जवाब सुनकर रस्कोलनिकोव सिहर उठा। स्विद्रिगाइलोव ने अपना सिर उठाया, उसकी ओर देखा और अचानक हँसने लगा।

''ज़रा सोचिए,'' वह आवेश में आकर बोला, ''अभी आधे घंटे पहले तक हमने एक-दूसरे को कभी देखा भी नहीं था, हम एक-दूसरे को दुश्मन समझते थे; हम दोनों के बीच एक ऐसा मामला है जिसका अभी तक फ़ैसला नहीं हुआ है; उस मामले को ताक़ पर रखकर हम लोग अज्ञात क्षेत्र में चले गए हैं ! मैंने ठीक ही कहा था न कि हम दोनों एक ही थैली के चट्टे-बट्टे हैं ?''

''मेहरबानी करके,'' रस्कोलनिकोव ने चिड़चिड़ाहट के साथ कहा, ''मुझे बस इतना बता दीजिए कि आपने मुझे इतनी इज़्ज़त क्यों बख़्शी कि आप मेरे यहाँ तशरीफ़ लाए...और...और मुझे बहुत जल्दी है, मेरे पास बिलकुल वक़्त नहीं है। मुझे बाहर जाना है।''

''ज़रूर, ज़रूर। आपकी बहन अव्दोत्या रोमानोव्ना की शादी मिस्टर प्योत्र पेत्रोविच लूज़िन के साथ होनेवाली है ?''

''क्या आप इतना कर सकते हैं कि मेरी बहन के बारे में कोई सवाल न पूछें और उसका नाम तक न लें ? मेरी समझ में नहीं आता कि अगर आप सचमुच स्विद्रिगाइलोव हैं तो आपको मेरे सामने उसका नाम लेने की हिम्मत कैसे पड़ी ?''

''अरे, मैं तो उसके बारे में ही बात करने यहाँ आया हूँ; यह कैसे हो सकता है कि मैं उसका नाम भी न लूँ ?''

"अच्छी बात है, कहिए, लेकिन जल्दी कीजिए !"

"मुझे यक़ीन है कि अगर आप इस शख़्स–मिस्टर लूजिन से, जो मेरी बीवी की तरफ़ से मेरा दूर का रिश्तेदार होता है, आधे घंटे के लिए भी मिले हैं, या आपने उसके बारे में कुछ बातें सुनी हैं, तो आपने खुद उसके बारे में अपनी राय बना ली होगी। उसका और अव्दोत्या रोमानोव्ना का कोई जोड़ नहीं है। मैं समझता हूँ कि अव्दोत्या रोमानोव्ना उदारता और नासमझी की वजह से यह क़ुर्बानी...अपने परिवार की ख़ातिर दे रही हैं। आपके बारे में मैंने जो कुछ सुना है उसकी बुनियाद पर मैंने सोचा कि आप लोगों के हितों को कोई नुक़सान पहुँचाए बिना अगर यह रिश्ता तोड़ा जा सके तो आपको भी खुशी होगी। अब जबकि मैं ज़ाती तौर पर आपको अच्छी तरह समझ गया हूँ, इसका मुझे पूरा यक़ीन है।"

"यह सब आपकी नादानी है...माफ़ कीजिए, मुझे कहना चाहिए यह आपकी सरासर गुस्ताख़ी है," रस्कोलनिकोव ने कहा।

"आपका कहने का मतलब है कि मैं अपना उल्लू सीधा करने की कोशिश कर रहा हूँ। आप परेशान न हों, रोदिओन रोमानोविच, अगर मैं यह सब कुछ अपने फ़ायदे के लिए कर रहा होता तो मैंने इतनी साफ़-साफ़ बात नहीं की होती। मैं बेवक़ूफ़ नहीं हूँ। इस सिलसिले में एक बात साफ़-साफ़ मान लूँगा, जो मनोविज्ञान की दृष्टि से कुछ विचित्र सी बात है : अभी, अव्दोत्या रोमानोव्ना से अपनी मुहब्बत के बारे में सफ़ाई पेश करते हुए मैंने कहा था कि मैं खुद शिकार बनाया गया था। तो मैं आपको इतना बता दूँ कि अब मेरे दिल में मुहब्बत की कोई भावना नहीं है, ज़रा सी भी नहीं, यहाँ तक कि मुझे खुद ताज्जुब होता है, क्योंकि कभी सचमुच मेरे दिल में इस तरह का कुछ था..."

"बेकार बैठे रहने और बदकारियों की वजह से," रस्कोलनिकोव ने बात काटते हुए कहा।

"मैं यक़ीनन निकम्मा और बदकार हूँ, लेकिन आपकी बहन में कुछ ऐसी खूबियाँ हैं कि मुझ पर भी उनका गहरा असर पड़े बिना न रह सका। लेकिन, जैसा कि अब मैं खुद समझ गया हूँ, वह सब कुछ बकवास था।"

"यह बात समझे आपको बहुत अरसा हो गया ?"

"मुझे इसका कुछ-कुछ एहसास तो पहले भी होने लगा था, लेकिन इसका पक्का यक़ीन मुझे अभी परसों हुआ, यहाँ पीटर्सबर्ग पहुँचते ही। हालाँकि मास्को में मैं सोचा करता था कि मैं यहाँ अव्दोत्या रोमानोव्ना से अपनी शादी पक्की करने की कोशिश करने और मिस्टर लूजिन का पत्ता काट देने के लिए आ रहा हूँ।"

"माफ़ कीजिएगा, मैं आपकी बात काट रहा हूँ; लेकिन मेहरबानी करके थोड़े में अपनी बात कहिए और साफ़-साफ़ बताइए कि आप यहाँ किसलिए आए थे। मुझे जल्दी है, मुझे बाहर जाना है..."

"बड़ी खुशी से। यहाँ पहुँचकर और...सफ़र पर जाने का इरादा करके, मैं पहले इसके लिए कुछ ज़रूरी तैयारियाँ भी कर लेना चाहता था। अपने बच्चों को मैं उनकी चाची के पास छोड़ आया हूँ; उनके पास भरपूर पैसा है; और उन्हें ज़ाती तौर पर मेरी कोई ज़रूरत भी नहीं है। और फिर मैं कोई बहुत अच्छा बाप हूँ भी नहीं। मार्फ़ा पेत्रोव्ना ने साल भर पहले जो कुछ मुझे तोहफ़े में दिया था उसके अलावा मैंने अपने लिए कुछ भी नहीं लिया है। मेरे लिए उतना ही काफ़ी है। माफ़ कीजिएगा, मैं अभी मतलब की बात पर आता हूँ। सफ़र पर जाने से पहले, जिस पर शायद मैं चला ही जाऊँ, मैं मिस्टर लूजिन से भी हिसाब चुका लेना चाहता हूँ। ऐसा नहीं है कि मैं उनसे

कोई ऐसी ज़्यादा नफ़रत करता हूँ, लेकिन बात यह है कि उन्हीं की वजह से मार्फ़ा पेत्रोव्ना से मेरा झगड़ा हुआ था, जब मुझे यह पता चला था कि उन्होंने यह शादी तै कराई है। अब मैं आपको बीच में डालकर, और अगर आप चाहें तो आपकी मौजूदगी में, अव्दोत्या रोमानोव्ना से इसलिए मिलना चाहता हूँ कि उन्हें यह बात समझा सकूँ कि उन्हें मिस्टर लूजिन से नुक़सान होने के अलावा कभी कोई फ़ायदा नहीं होगा। फिर, पिछली तमाम बदमज़गियों के लिए उनसे माफ़ी माँगकर मैं उन्हें दस हज़ार रूबल तोहफ़े के तौर पर देना चाहता हूँ ताकि मिस्टर लूजिन के साथ रिश्ता तोड़ने में मदद मिले; मैं समझता हूँ कि अगर उन्हें इसका कोई रास्ता दिखाई दे तो उन्हें यह रिश्ता तोड़ने में ख़ुद कोई एतराज़ नहीं होगा।''

''आप यक़ीनन पागल हैं,'' रस्कोलनिकोव ने चिल्लाकर कहा; उसे गुस्सा उतना नहीं आ रहा था जितना कि ताज्जुब हो रहा था, ''आपकी इस तरह की बात कहने की हिम्मत कैसे हुई !''

''मैं जानता था कि आप मुझ पर चिल्लाएँगे; लेकिन पहली बात तो यह कि मैं हालाँकि बहुत अमीर नहीं हूँ, फिर भी ये दस हज़ार रूबल मैं नहीं चाहता, यानी मुझे सचमुच उनकी कोई ज़रूरत नहीं है। अगर अव्दोत्या रोमानोव्ना उन्हें नहीं लेंगी तो मैं किसी और बेवक़ूफ़ी के तरीक़े से उन्हें बर्बाद कर दूँगा। यह तो है पहली बात। दूसरे, मेरा दिल बिलकुल साफ़ है; मैं यह रक़म देकर अपनी कोई ग़रज़ पूरी नहीं करना चाहता। आप यक़ीन तो नहीं करेंगे, लेकिन आपको और अव्दोत्या रोमानोव्ना को आख़िर में चलकर सब पता चल जाएगा। बात यह है कि मेरी वजह से आपकी बहन को, जिनकी मैं बहुत इज़्ज़त करता हूँ, सचमुच कुछ परेशानी हुई है और मेरी कुछ बातें उन्हें बुरी लगी हैं। इसलिए उस बात पर दिल से अफ़सोस करते हुए, मैं—उस बदमज़गी का हर्जाना देने के लिए नहीं, बल्कि महज़ उनके साथ कोई भलाई करने के लिए—यह बताना चाहता हूँ कि ऐसा नहीं कि मैंने लोगों को सिर्फ़ नुक़सान पहुँचाने का कोई ठेका ले रखा है। अगर यह रक़म पेश करने के पीछे मेरी रत्तीभर भी ख़ुदग़रज़ी होती, तो मैं इस तरह खुलेआम यह रक़म न देता, न ही मैं उन्हें सिर्फ़ दस हज़ार देने की बात करता, जबकि अभी पाँच ही हफ़्ते पहले मैं उन्हें इससे बहुत ज़्यादा देने को तैयार था। इसके अलावा, शायद बहुत जल्दी ही मैं एक लड़की से शादी कर लूँ, और अकेली यही बात अव्दोत्या रोमानोव्ना के बारे में मेरे दिल में कोई बुरा इरादा होने का हर शक दूर कर देने के लिए काफ़ी होनी चाहिए। आख़िर में, मैं इतना कहना चाहूँगा कि मिस्टर लूजिन से शादी करके वह पैसा तो ले ही रही हैं, फ़र्क़ बस इतना है कि दूसरे आदमी से...आप नाराज़ न हों, रोदिओन रोमानोविच, ठंडे दिमाग़ से और शान्त होकर इसके बारे में सोचिए।''

ये सारी बातें स्विद्रिगाइलोव ने ख़ुद बहुत ठंडे दिमाग़ से और शान्त भाव से कही थीं।

''मेरी आपसे दरख़्वास्त है कि बस अब आप और कुछ न कहें,'' रस्कोलनिकोव ने कहा, ''बहरहाल, यही इतनी बड़ी गुस्ताख़ी है जिसे माफ़ नहीं किया जा सकता।''

''ऐसी बात हरगिज़ नहीं है। अगर ऐसा होता तो कोई भी इंसान इस दुनिया में दूसरे इंसान के साथ बुराई करने के अलावा कुछ कर ही न पाता और सच तो यह है कि उसे तरह-तरह की बेवक़ूफ़ी की सामाजिक परम्पराओं की वजह से छोटी-से-छोटी भलाई करने का भी अधिकार नहीं होता। यह तो बिलकुल बेतुकी बात है। समझ लीजिए, मैं मर जाता और अपनी वसीयत में यह रक़म आपकी बहन के नाम छोड़ जाता, तब भी क्या वह इसे लेने से इनकार कर देतीं ?''

''बहुत मुमकिन है।''

''अरे नहीं, बिलकुल नहीं ! लेकिन अगर वह इसे लेने से इनकार करती हैं तो ऐसा ही सही, हालाँकि दस हज़ार रूबल की रक़म मौक़ा पड़ने पर काफ़ी बड़ी पूँजी होती है। बहरहाल, आपसे

मेरी दरख़्वास्त यही है कि मेरा सुझाव अव्दोत्या रोमानोव्ना तक पहुँचा दें।''

''जी नहीं, मैं ऐसा नहीं करूँगा।'

''उस सूरत में, रोदिओन रोमानोविच, मुझे मजबूर होकर खुद उनसे मिलने की कोशिश करनी पड़ेगी और ऐसा करने से उन्हें परेशानी ही होगी।''

''और अगर मैं कह दूँ, तो आप मिलने की कोशिश नहीं करेंगे ?''

''सचमुच मेरी समझ में नहीं आ रहा है कि क्या कहूँ। उनसे बस एक बार और मिलने को मेरा बहुत जी चाहता है।''

''उसकी उम्मीद छोड़ दीजिए।''

''मुझे बहुत अफ़सोस है। लेकिन आप मुझे जानते नहीं। शायद हम आगे चलकर बेहतर दोस्त बन जाएँ।''

''आप समझते हैं कि हम दोस्त बन सकते हैं ?''

''क्यों नहीं ?'' स्विद्रिगाइलोव ने मुस्कुराते हुए कहा। वह उठ खड़ा हुआ और उसने अपनी हैट उठा ली, ''आपको किसी तरह परेशान करने का मेरा कोई इरादा नहीं था और मैं यहाँ कोई बड़ी उम्मीद लेकर भी नहीं आया था...हालाँकि आज सुबह आपकी सूरत देखते ही मुझ पर बहुत गहरा असर पड़ा था।''

''आपने आज सुबह मुझे कहाँ देखा था ?'' रस्कोलनिकोव ने बेचैन होकर पूछा।

''मैंने आपको यों ही इत्तफ़ाक़ से देखा था...मैं सोचता रहता हूँ कि आपमें कोई बात मेरी जैसी है...लेकिन आप परेशान न हों। मैं दूसरों के मामलों में दख़ल नहीं देता। पत्तेबाज़ों से मेरी अच्छी निभती थी, और राजकुमार स्विरबेय मेरी बातों से कभी नहीं उकताते थे। वह एक बहुत बड़ी हस्ती हैं और मेरे दूर के रिश्तेदार भी लगते हैं। मैं मादाम प्रिलूकोवा की एल्बम में रफ़ाएल की मैडोना के बारे में लिख सकता था, और सात साल तक मैंने मार्फ़ा पेत्रोव्ना का साथ नहीं छोड़ा, और किसी ज़माने में मैं भूसा मंडी में वियाज़ेम्स्की के घर में रात-रात भर रह जाता था, और मैं बेर्ग के साथ गुब्बारे में बैठकर उड़ने भी जा सकता हूँ, शायद।''

''अच्छी बात है। क्या मैं पूछ सकता हूँ कि आप अपनी यात्रा पर क्या जल्दी ही जानेवाले हैं ?''

''कौन सी यात्रा ?''

''अरे वही 'सफ़र'; आपने खुद ही तो कहा था।''

''सफ़र ? अरे हाँ। मैंने सचमुच सफ़र पर जाने की बात की थी। हाँ, वह तो एक बहुत बड़ा सवाल है...काश ! आप जानते होते कि आप क्या पूछ रहे हैं,'' उसने कहा और अचानक ज़ोर से थोड़ा सा हँस दिया, ''सफ़र पर जाने के बजाय शायद मैं शादी कर लूँ। मेरी शादी कराने की कोशिश की जा रही है।''

''यहाँ ?''

''जी हाँ।''

''आपको इसके लिए वक़्त कैसे मिला ?''

''लेकिन अव्दोत्या रोमानोव्ना से एक बार मिलने को मेरा बहुत जी चाहता है। मैं सच्चे दिल से आपसे इसकी प्रार्थना करता हूँ। ख़ैर, इस वक़्त तो मैं चलता हूँ। अरे हाँ, एक बात तो मैं भूल ही गया। रोदिओन रोमानोविच, अपनी बहन से कह दीजिएगा कि मार्फ़ा पेत्रोव्ना ने अपनी वसीयत में उन्हें याद किया है और उनके नाम तीन हज़ार रूबल छोड़े हैं। यह बात बिलकुल पक्की है।

मार्फ़ा पेत्रोव्ना ने मरने से एक हफ़्ता पहले इसका बन्दोबस्त कर दिया था और यह काम मेरे सामने किया गया था। अव्दोत्या रोमानोव्ना को यह रक़म दो-तीन हफ़्ते में मिल जाएगी।''

''आप सच कह रहे हैं ?''

''जी हाँ, उनसे कह दीजिएगा। और, मेरे लायक़ कोई ख़िदमत हो तो मैं हाज़िर हूँ। मैं यहाँ से क़रीब ही रहता हूँ।''

बाहर जाते-जाते दरवाज़े पर स्विद्रिगाइलोव की मुठभेड़ रज़ुमीख़िन से हो गई।

2

लगभग आठ बजे थे। दोनों नौजवान तेज़ क़दम बढ़ाते हुए बकालेयेव के मकान की ओर जा रहे थे कि लूज़िन से पहले वहाँ पहुँच जाएँ।

''क्यों, कौन था वह ?'' सड़क पर निकलते ही रज़ुमीख़िन ने पूछा।

''स्विद्रिगाइलोव था, वही ज़मींदार जिसके घर में मेरी बहन का अपमान किया गया था जब वह वहाँ उनके बच्चों की देखभाल करती थी। जब इन्होंने उस पर डोरे डालना शुरू किया और उसे सताना शुरू किया तो इनकी बीवी मार्फ़ा पेत्रोव्ना ने उसे निकाल दिया। बाद में इन्हीं मार्फ़ा पेत्रोव्ना ने बहन से माफ़ी माँग ली थी और अभी हाल में वह अचानक मर गईं। सुबह हम लोग इन्हीं की बातें कर रहे थे। न जाने क्यों मुझे इस आदमी से डर लगता है। अपनी बीवी के जनाज़े के फ़ौरन बाद यह यहाँ चला आया। बड़ा अजीब आदमी है और कुछ करने पर तुला हुआ है...हमें दूनिया को इससे बचाना होगा...यही मैं तुम्हें बताना चाहता था, सुन रहे हो ?''

''बचाना होगा ! वह अव्दोत्या रोमानोव्ना को किस तरह नुक़सान पहुँचा सकता है ? तुम्हारा बहुत-बहुत शुक्रिया, रोद्या, कि तुम मुझ पर इतना भरोसा रखकर मुझसे बातें कर रहे हो...हम करेंगे, हम उन्हें बचाएँगे। वह रहता कहाँ है ?''

''मालूम नहीं।''

''तुमने पूछा क्यों नहीं ? यह तो बड़ा बुरा किया ! ख़ैर, मैं पता लगा लूँगा।''

''तुमने उसे देखा था न ?'' कुछ देर रुककर रस्कोलनिकोव ने पूछा।

''हाँ, मैंने देखा था, अच्छी तरह देखा था।''

''सचमुच उसे देखा था ? साफ़-साफ़ देखा था ?'' रस्कोलनिकोव पूछता रहा।

''हाँ, मुझे उसकी सूरत अच्छी तरह याद है, हज़ार लोगों के बीच भी पहचान लूँगा; लोगों के चेहरे मुझे अच्छी तरह याद रहते हैं।''

वे फिर चुप हो गए।

''हुँ :...ठीक है,'' रस्कोलनिकोव बुदबुदाया, ''जानते हो, मैं सोचता था...मैं सोचता रहता हूँ...मुझे लगता है कि...मुमकिन है यह मेरे मन का भ्रम रहा हो।''

''क्या मतलब है तुम्हारा ? तुम्हारी बात मेरी समझ में नहीं आई।''

''बात यह है, तुम सब लोग कहते हो,'' रस्कोलनिकोव मुँह टेढ़ा करके मुस्कुराते हुए कहता रहा, ''कि मैं पागल हूँ। मैं अभी सोच रहा था कि शायद मैं सचमुच पागल हूँ, और मैंने सिर्फ़ कोई भूत देखा है।''

''क्या मतलब है तुम्हारा ?''

''कौन जाने ? शायद मैं सचमुच पागल हूँ, और इन तमाम दिनों में जो कुछ भी होता रहा

है वह शायद केवल मेरी कल्पना हो।''

''छिः, रोद्या, तुम फिर बहकने लगे !...लेकिन कहा क्या उसने, वह आया किसलिए था ?''

रस्कोलनिकोव ने कोई जवाब नहीं दिया। रज़ुमीख़िन एक मिनट सोचता रहा।

''अच्छा, अब मेरा क़िस्सा सुनो,'' उसने कहना शुरू किया, ''मैं तुम्हारे यहाँ आया तो तुम सो रहे थे। फिर हम लोगों ने खाना खाया और मैं पोर्फ़िरी के पास गया, ज़मेतोव तब तक वहीं था। मैंने बात शुरू करने की कोशिश की लेकिन कुछ बना नहीं। मैं ठीक से अपनी बात कह नहीं पाया। ऐसा लगता है कि वे लोग समझते नहीं हैं और समझ सकते भी नहीं, लेकिन उन्हें ज़रा भी शर्म नहीं आती। मैं पोर्फ़िरी को खिड़की के पास ले गया और उससे बातें करने लगा, फिर भी कुछ ठीक से बन नहीं पाया। वह दूसरी तरफ़ देखने लगा और मैंने भी मुँह फेर लिया। आख़िरकार मैंने उसके मनहूस चेहरे की तरफ़ मुक्का ताना, और एक रिश्तेदार के नाते उससे कहा कि मैं उसकी नाक तोड़ दूँगा। उसने सिर्फ़ मेरी तरफ़ देखा; मैं गालियाँ देकर चला आया। बस इतना हुआ। बहुत ही हिमाक़त की बात थी। ज़मेतोव से मैंने एक शब्द भी नहीं कहा। बात यह है, मैंने सोचा कि मैंने सब घोटाला कर दिया है, लेकिन सीढ़ियाँ उतरते वक़्त मेरे दिमाग़ में एक बहुत अच्छी बात आई : हम परेशान क्यों हों ? अगर तुम्हें कोई ख़तरा होता या ऐसा कुछ होता तो बात दूसरी थी, लेकिन तुम्हें फ़िक्र करने की ज़रूरत ही क्या है ? तुम उनकी रत्ती भर परवाह न करो। बाद में हम उन पर जी भरकर हँसेंगे, और अगर मैं तुम्हारी जगह होता तो मैं उन्हें और भी गहरे चक्कर में उलझाता जाता। बाद में वे कितने शर्मिन्दा होंगे ! छोड़ो उन्हें ! बाद में हम उनकी अच्छी पिटाई करेंगे, अभी तो बस उन पर हँसें !''

''बिलकुल ठीक बात है,'' रस्कोलनिकोव ने जवाब दिया। 'लेकिन कल क्या कहोगे ?' उसने अपने मन में सोचा। अजीब बात है, उस वक़्त तक उसे यह सोचने की बात कभी नहीं सूझी थी कि जब रज़ुमीख़िन को पता चलेगा तो वह क्या सोचेगा। यह सोचते हुए रस्कोलनिकोव ने उसकी ओर ध्यान से देखा। रज़ुमीखिन ने पोर्फ़िरी के साथ अपनी मुलाक़ात का जो क़िस्सा सुनाया था उसमें उसे बहुत कम दिलचस्पी थी, क्योंकि उसके बाद से तो बहुत कुछ हो चुका था।

गलियारे में ही उनकी मुलाक़ात लूजिन से हो गई; वह ठीक आठ बजे पहुँच गया था, और कमरा ढूँढ़ रहा था। इस तरह वे तीनों एक-दूसरे की ओर देखे या एक-दूसरे को सलाम किए बिना ही एक साथ वहाँ पहुँचे। दोनों नौजवान पहले अन्दर गए, प्योत्र पेत्रोविच शिष्टता के नाते थोड़ी देर ड्योढ़ी में ही रुककर अपना कोट उतारता रहा। पुल्ख़ेरिया अलेक्सान्द्रोव्ना उसका स्वागत करने फ़ौरन दरवाज़े पर आईं, दूनिया अपने भाई का स्वागत कर रही थी।

प्योत्र पेत्रोविच ने कमरे में प्रवेश किया और काफ़ी शिष्टता से, लेकिन दुगुने रोब के साथ, उसने झुककर दोनों महिलाओं का अभिवादन किया। लेकिन ऐसा लग रहा था कि वह अभी तक कुछ उखड़ा हुआ है और अपने आपको पूरी तरह सँभाल नहीं पाया है। पुल्ख़ेरिया अलेक्सान्द्रोव्ना भी कुछ अटपटा सा महसूस कर रही थीं; उन्होंने जल्दी-जल्दी सभी को उस गोल मेज़ के चारों ओर बिठाया जिस पर एक समोवार में पानी खौल रहा था। दूनिया और लूजिन मेज़ के दो सिरों पर एक-दूसरे के सामने बैठे थे। रज़ुमीख़िन और रस्कोलनिकोव पुल्ख़ेरिया अलेक्सान्द्रोव्ना के सामने बैठे थे, रज़ुमीख़िन लूजिन के पास और रस्कोलनिकोव अपनी बहन के पास।

एक क्षण तक सब चुप रहे। प्योत्र पेत्रोविच ने इत्मीनान से इत्र में बसा हुआ कैम्ब्रिक का रूमाल निकालकर उसमें नाक छिनकी, कुछ इस अन्दाज़ में मानो उसके जैसे हीरा आदमी का अपमान हुआ है और वह इसका जवाब-तलब करने का पक्का इरादा कर चुका है। अन्दर आते

वक़्त ड्योढ़ी में उसके दिमाग़ में यह ख़्याल आया था कि अपना ओवरकोट न उतारे और वहाँ से चला जाए, और इस तरह उन दोनों औरतों को ज़ोरदार तरीक़े से एक अच्छा सबक़ सिखा दे ताकि वे महसूस कर सकें कि मामला कितना संगीन है। लेकिन वह ऐसा कर न सका। इसके अलावा वह मामले को लटकाए रखना भी बर्दाश्त नहीं कर सकता था, और इसलिए वह जवाब-तलब करना चाहता था : चूँकि उसके अनुरोध को इतने खुले तौर पर ठुकरा दिया गया था इसलिए उसके पीछे ज़रूर कोई बात होगी, और ऐसी हालत में बेहतर यही था कि पहले से उसका पता लगा लिया जाए। उन लोगों को सज़ा देना तो उसके हाथ में था और उसके लिए हमेशा वक़्त रहेगा।

"मुझे यक़ीन है कि आप लोगों का सफ़र अच्छा कटा होगा," उसने पुल्ख़ेरिया अलेक्सान्द्रोव्ना से बड़े औपचारिक ढंग से पूछा।

"जी हाँ, बहुत अच्छा, प्योत्र पेत्रोविच।"

"यह जानकर मुझे बेहद ख़ुशी हुई। और अव्दोत्या रोमानोव्ना भी बहुत ज़्यादा थकीं तो नहीं ?"

"मैं तो जवान और हट्टी-कट्टी हूँ, मैं नहीं थकती, लेकिन माँ के लिए सफ़र बहुत भारी रहा," दूनिया ने जवाब दिया।

"यह सुनकर मुझे दुख हुआ, लेकिन अफ़सोस तो यह है कि कुछ किया भी तो नहीं जा सकता था। हमारे यहाँ रेल के रास्ते हैं भी तो बहुत लम्बे। जिसे 'रूस माता' कहते हैं वह है भी तो बहुत लम्बा-चौड़ा देश...पूरी तरह चाहते हुए भी मैं कल आप लोगों को लेने नहीं आ सका। लेकिन मुझे उम्मीद है कि आप लोगों को किसी तरह की कोई तकलीफ़ नहीं हुई होगी ?"

"नहीं, प्योत्र पेत्रोविच, मेरा तो दिल ही बैठ गया था," पुल्ख़ेरिया अलेक्सान्द्रोव्ना ने कुछ अजीब लहजे में जल्दी से कहा, "और अगर द्मित्री प्रोकोफ़िच को हमारे पास न भेज दिया गया होता तो, भगवान जानता है, हम कहीं के भी न रहते। यह हैं द्मित्री प्रोकोफ़िच रज़ुमीख़िन," उन्होंने लूज़िन से उसका परिचय कराते हुए कहा।

"आपसे मुलाक़ात हो चुकी है...कल," प्योत्र पेत्रोविच ने ज़हर भरी निगाहों से रज़ुमीख़िन को कनखियों से देखते हुए बुदबुदाकर कहा और फिर माथे पर बल डाले हुए ख़ामोश हो गया। प्योत्र पेत्रोविच उन लोगों के वर्ग में से था जो समाज में उठते-बैठते समय ऊपर से तो बेहद शिष्ट बने रहते हैं, और सच तो यह है कि हर मामले में हद से ज़्यादा शिष्टता बरतने पर ज़ोर देते हैं, लेकिन अगर कोई बात ज़रा सी भी उनकी मर्ज़ी के ख़िलाफ़ हो जाए तो वे अपना सारा रख-रखाव और शिष्टता भूलकर आटे के बोरे जैसे ठस हो जाते हैं, वे जैसे ज़िन्दादिल लोग नहीं रह जाते जिनके मौजूद रहने से ही महफ़िल में ताज़गी आ जाती है। एक बार फिर सब लोग ख़ामोश हो गए। रस्कोलनिकोव ने तो जैसे न बोलने की क़सम खा रखी थी, और अव्दोत्या रोमानोव्ना इतनी जल्दी बातचीत शुरू नहीं करना चाहती थी। रज़ुमीख़िन के पास कहने को कुछ था नहीं और पुल्ख़ेरिया अलेक्सान्द्रोव्ना एक बार फिर चिन्ताग्रस्त हो गई थीं।

"मार्फ़ा पेत्रोव्ना मर गईं, आपने सुना होगा ?" उसने बातचीत के अपने मुख्य विषय का सहारा लेते हुए कहना शुरू किया।

"जी हाँ, मैंने सुना है। मुझे फ़ौरन ख़बर मिल गई थी, और मैं आपको यह बात भी बताने आया हूँ कि अपनी बीवी के जनाज़े के फ़ौरन बाद अर्कादी इवानोविच स्विद्रिगाइलोव पीटर्सबर्ग के लिए रवाना हो गए थे। कम-से-कम मुझे बिलकुल पक्के तौर पर पता यही चला है।"

"पीटर्सबर्ग के लिए ? यहाँ ?" दूनिया ने चौंककर पूछा और अपनी माँ की ओर देखा।

"जी हाँ, बिलकुल, और इस बात को देखते हुए कि वह इतनी जल्दी चल पड़े, साथ ही उससे पहले जो कुछ हुआ था उसे देखते हुए वह यक़ीनन यहाँ किसी ख़ास इरादे से ही आए हैं।"

"हे भगवान, क्या वह दूनिया को यहाँ भी चैन से नहीं रहने देगा ?" पुल्ख़ेरिया अलेक्सान्द्रोव्ना दुखी होकर बोलीं।

"मेरे ख़्याल से आपको और अव्दोत्या रोमानोव्ना को परेशान होने की कोई ज़रूरत नहीं है; अगर आप लोग ख़ुद ही उनसे बातचीत का सिलसिला क़ायम करना चाहें तो बात दूसरी है। जहाँ तक मेरा सवाल है, मैं पूरी तरह चौकस हूँ और अब यह मालूम करने की कोशिश कर रहा हूँ कि वह आकर ठहरे कहाँ हैं..."

"ओह, प्योत्र पेत्रोविच, आप नहीं जानते कि आपने मेरे दिल में कैसा डर पैदा कर दिया है," पुल्ख़ेरिया अलेक्सान्द्रोव्ना अपनी बात कहती रहीं : "मैं सिर्फ़ दो बार उससे मिली हूँ, लेकिन मैं समझती हूँ कि वह बहुत बेहूदा आदमी है, बहुत ही बेहूदा ! मुझे तो पूरा यक़ीन है कि मार्फ़ा पेत्रोव्ना की मौत भी उसी की वजह से हुई !"

"यह बात पूरे यक़ीन के साथ तो नहीं कही जा सकती। मुझे इस बात की सही-सही जानकारी है। मैं इस बात से इनकार नहीं करता कि, एक तरह से, अपमान के नैतिक प्रभाव के ज़रिए घटनाओं की रफ़्तार को तेज़ करने में उसका शायद हाथ रहा हो; लेकिन जहाँ तक उस शख़्स के आम व्यवहार और नैतिक गुणों का सवाल है, मैं आपकी बात पूरी तरह मानता हूँ। यह तो मैं नहीं जानता कि धन-दौलत के मामले में अब उसकी हालत अच्छी है कि नहीं और न ही मुझे यह मालूम है कि मार्फ़ा पेत्रोव्ना उसके लिए कितना छोड़कर मरी हैं; यह बात मुझे कुछ ही दिन में मालूम हो जाएगी; लेकिन इस बात में ज़रा भी शक नहीं है कि अगर उसके पास थोड़ा-बहुत भी पैसा हुआ तो यहाँ पीटर्सबर्ग में वह फ़ौरन फिर अपना वही पुराना ढर्रा पकड़ लेगा। उस वर्ग के लोगों का वह सबसे ज़्यादा चरित्रहीन और नीच क़िस्म का नमूना है। कई वजहों की बुनियाद पर मैं यह समझता हूँ कि मार्फ़ा पेत्रोव्ना ने, जिनकी यह बदनसीबी थी कि वह उसकी मुहब्बत के जाल में फँस गई थीं और आठ साल पहले उन्होंने उसका क़र्ज़ चुका दिया था, एक और तरीक़े से उस पर बहुत बड़ा एहसान किया। उन्हीं की कोशिशों और क़ुर्बानियों की बदौलत उसके ख़िलाफ़ अपराध का एक इल्ज़ाम चुपचाप दबा दिया गया। उस मामले में तो ऐसे अजीबोग़रीब हालात में और ऐसी बेरहमी से एक आदमी की जान ले ली गई थी कि बहुत मुमकिन था इसे साइबेरिया भेज दिया जाता। अगर आप जानना ही चाहती हैं तो इस क़िस्म का आदमी है वह।"

"हे भगवान !" पुल्ख़ेरिया अलेक्सान्द्रोव्ना आतंकित होकर बोलीं। रस्कोलनिकोव बैठा बड़े ध्यान से सुनता रहा।

"क्या आप सच कह रहे हैं कि आपके पास इसका पक्का सबूत है ?" दूनिया ने कठोर स्वर में और ज़ोर देकर पूछा।

"मैं आपके सामने वही बात दोहरा रहा हूँ जो मार्फ़ा पेत्रोव्ना ने मुझ पर पूरा भरोसा करके चुपके से मुझे बताई थी। लेकिन इतना मैं ज़रूर कहूँगा कि क़ानून की नज़र से देखा जाए तो मामला इतना साफ़ नहीं था। किसी ज़माने में यहाँ रेसलिख़ नाम की एक विदेशी औरत रहा करती थी, और मैं समझता हूँ कि वह अब भी यहीं रहती है। वह सूद पर छोटी-मोटी रक़में उधार देती है, उसके तरह-तरह के न जाने कितने और धन्धे हैं। इस औरत के साथ बहुत अरसे से स्विद्रिगाइलोव का बहुत गहरा और रहस्यमय सम्बन्ध रहा है। उसके साथ उसकी एक रिश्तेदार, शायद उसकी भतीजी, रहती थी; वह पन्द्रह साल की, या शायद चौदह साल से ज़्यादा की न हो, गूँगी-बहरी

लड़की थी। रेसलिख़ इस लड़की से नफ़रत करती थी, और उसे रोटी के एक-एक टुकड़े के लिए तरसाती थी। वह उसे बड़ी बेरहमी से पीटती भी थी। एक दिन वह लड़की अटारी में रस्सी से लटकी हुई पाई गई। जाँच-पड़ताल के बाद फ़ैसला यह सुनाया गया कि उसने आत्महत्या कर ली थी। आम रस्मी कार्रवाई के बाद मामला वहीं पर ख़त्म कर दिया गया, लेकिन बाद में पता यह चला कि उस बच्ची के साथ...स्विद्रिगाइलोव ने बलात्कार किया था। यह सच है कि यह बात पक्के तौर पर साबित नहीं हो सकी, क्योंकि यह जानकारी एक दूसरी बदचलन जर्मन औरत ने दी थी, जिसकी बात का भरोसा नहीं किया जा सकता था; दूसरी ओर, मार्फ़ा पेत्रोव्ना के पैसे और उनकी कोशिशों की वजह से पुलिस के सामने कोई बयान दर्ज नहीं कराया जा सका और बात आपस की चर्चा से आगे नहीं बढ़ सकी। फिर भी यह कहानी बहुत महत्त्व रखती है। अव्दोत्या रोमानोव्ना, जब आप उनके यहाँ काम करती थीं तब आपने उनके नौकर फ़िलिप का क़िस्सा तो सुना ही होगा, जो कोई छः साल पहले, जब बँधुआ-प्रथा ख़त्म नहीं हुई थी, बुरे सुलूक की वजह से मर गया था।''

''मैंने तो इसकी उल्टी ही बात सुनी थी कि फ़िलिप ने ख़ुद अपने फाँसी लगा ली थी।''

''हुआ तो यही था, लेकिन जिस चीज़ ने उसे आत्महत्या करने पर मजबूर किया, बल्कि कहना चाहिए कि शायद जिस चीज़ ने उसके दिल में यह विचार पैदा किया, वह यह थी कि यह स्विद्रिगाइलोव साहब लगातार उसे सताते थे और उसके साथ बड़ी सख़्ती का बर्ताव करते थे।''

''यह तो मुझे मालूम नहीं,'' दूनिया ने रूखेपन से जवाब दिया, ''मैंने तो बस एक अजीब क़िस्सा यह सुना था कि फ़िलिप को किसी तरह का ख़ब्त था, वह एक तरह का घरेलू फ़लसफ़ी था। दूसरे नौकर-चाकर कहा करते थे कि 'पढ़-पढ़कर उसने अपना दिमाग़ ख़राब कर लिया है,' और वह फाँसी लगाकर इसलिए नहीं मर गया कि मिस्टर स्विद्रिगाइलोव उसे मारते-पीटते थे, बल्कि कुछ हद तक इसकी वजह यह थी कि वह उसका मज़ाक़ उड़ाया करते थे। जब मैं उनके यहाँ काम करती थी तब तो नौकरों के साथ उनका बर्ताव बहुत अच्छा था, और वे सभी उन्हें बहुत पसन्द भी करते थे, हालाँकि फ़िलिप की मौत के लिए भी वे उन्हीं को ज़िम्मेदार ठहराते थे।''

''मैं देखता हूँ, अव्दोत्या रोमानोव्ना, कि अचानक आपका झुकाव उसका पक्ष लेने की ओर हो गया है,'' लूजिन ने अपने होंठों को टेढ़ा करके एक अस्पष्ट सा भाव व्यक्त करनेवाली मुस्कुराहट के साथ कहा, ''इसमें तो शक नहीं कि वह बहुत होशियार आदमी है, और जहाँ तक औरतों का सवाल है वह उन्हें बड़ी जल्दी अपने जाल में फाँस लेता है, जिसकी एक बहुत ही दयनीय मिसाल मार्फ़ा पेत्रोव्ना हैं, जो अभी कुछ ही दिन हुए ऐसे रहस्यमय ढंग से मर गईं। मैं तो बस इतना चाहता हूँ कि अपने सलाह-मशविरे से आपकी और आपकी माँ की कुछ मदद कर सकूँ, क्योंकि इस बात का पूरा डर है कि उसकी तरफ़ से कुछ नई कोशिशें ज़रूर की जाएँगी। मुझे तो इस बात का पक्का यक़ीन है कि वह एक बार फिर क़र्ज़ न चुकाने की वजह से जेल पहुँच जाएगा। उसके बच्चों की भलाई को ध्यान में रखते हुए मार्फ़ा पेत्रोव्ना का इरादा उसे कोई बड़ी रक़म देने का नहीं था, और अगर उन्होंने उसके नाम कुछ छोड़ा भी होगा तो वह बस काम चलाने भर को ही काफ़ी होगा, कोई बहुत छोटी सी रक़म जो थोड़े ही दिन में ख़त्म हो जाएगी। उसकी जैसी आदतोंवाले आदमी के पास तो साल-भर भी नहीं चलेगी।''

''प्योत्र पेत्रोविच, मेरी आपसे दरख़्वास्त है,'' दूनिया ने कहा, ''कि अब स्विद्रिगाइलोव साहब की कोई चर्चा न करें। मुझे बहुत तकलीफ़ होती है।''

''वह अभी मुझसे मिलने आए थे,'' रस्कोलनिकोव ने पहली बार अपनी चुप्पी तोड़ते हुए कहा।

सबके मुँह से ताज्जुब के मारे चीख़ सी निकल गई, और सभी उसकी ओर मुड़कर देखने लगे। प्योत्र पेत्रोविच को भी दिलचस्पी पैदा हुई।

"डेढ़ घंटा हुआ, जब मैं सो रहा था, उन्होंने आकर मुझे जगाया और अपना परिचय दिया," रस्कोलनिकोव अपनी बात कहता रहा, "वह काफ़ी खुश नज़र आ रहे थे और ज़रा भी परेशान नहीं थे; उन्हें पूरी उम्मीद है कि हम दोनों दोस्त हो जाएँगे। और हाँ, दूनिया, वह तुमसे मिलने के लिए ख़ासतौर पर बेचैन हैं, और इस काम के लिए उन्होंने मेरी मदद भी माँगी है। उन्हें तुम्हारे सामने कोई सुझाव रखना है, जिसके बारे में उन्होंने मुझे बताया भी है। उन्होंने मुझे यह भी बताया कि अपने मरने से एक हफ़्ता पहले मार्फ़ा पेत्रोव्ना ने अपनी वसीयत में, दूनिया, तुम्हारे नाम तीन हज़ार रूबल छोड़े थे और यह रक़म तुम्हें बहुत जल्दी मिल जाएगी।"

"भगवान उनका भला करे !" पुल्ख़ेरिया अलेक्सान्द्रोव्ना ने हाथ से अपने सीने पर सलीब का निशान बनाते हुए खुश होकर कहा, "उनकी आत्मा की शान्ति के लिए प्रार्थना करो !"

"बिलकुल ठीक बात," लूजिन सहमति प्रकट किए बिना न रह सका।

"बताओ, और क्या कहा था ?" दूनिया ने रस्कोलनिकोव से अनुरोध किया।

"इसके बाद उन्होंने कहा कि वह बहुत अमीर नहीं हैं और उनकी सारी ज़मीन-जायदाद उनके बच्चों के नाम कर दी गई है, जो अब अपनी चाची के पास रहते हैं। फिर उन्होंने बताया कि वह मेरे घर के पास ही कहीं रहते हैं, लेकिन कहाँ रहते हैं यह मुझे नहीं मालूम, मैंने पूछा नहीं..."

"लेकिन आख़िर वह दूनिया के सामने सुझाव क्या रखना चाहता है ?" पुल्ख़ेरिया अलेक्सान्द्रोव्ना डरकर बोलीं, "कुछ बताया था उसने ?"

"हाँ।"

"क्या ?"

"बाद में बताऊँगा।"

रस्कोलनिकोव चुप हो गया और अपनी चाय की ओर ध्यान देने लगा।

प्योत्र पेत्रोविच ने अपनी घड़ी देखी।

"मुझे काम से जाना है, इसलिए मैं आप लोगों की बातों में बाधा नहीं डालना चाहता," उसने कुछ रूठे हुए स्वर में कहा और उठने लगा।

"जाइए नहीं, प्योत्र पेत्रोविच," दूनिया बोली, "आप तो सारी शाम हम लोगों के साथ गुज़ारने आए थे। इसके अलावा आपने खुद लिखा था कि आप माँ से किसी बात की सफ़ाई चाहते थे।"

"बात तो ऐसी ही है, अब्दोत्या रोमानोव्ना," प्योत्र पेत्रोविच ने फिर बैठते हुए अकड़कर जवाब दिया, लेकिन उसकी हैट अभी तक उसके हाथ में ही थी। "मैं यक़ीनन आपसे और आपकी माँ से एक सचमुच बहुत ही ज़रूरी बात के बारे में कुछ सफ़ाई चाहता था, लेकिन आपके भाई साहब की तरह, जो मेरे सामने मिस्टर स्विद्रिगाइलोव के कुछ सुझावों के बारे में खुलकर बात नहीं करना चाहते, मैं भी कुछ बहुत ही गम्भीर सवालों के बारे में...दूसरों के सामने...खुलकर बात करना नहीं चाहता और कर भी नहीं पाऊँगा। इसके अलावा मेरी सबसे बड़ी और ज़रूरी दरख़्वास्त तो पहले ही ठुकरा दी गई है..."

रूठने का भाव अपनाकर लूजिन एक बार फिर बहुत अकड़कर चुप हो गया।

"आपकी यह दरख़्वास्त कि मेरे भाई साहब हम लोगों की मुलाक़ात के वक़्त मौजूद न रहें सिर्फ़ मेरे कहने पर नहीं मानी गई," दूनिया बोली, "आपने लिखा था कि मेरे भाई साहब ने आपका अपमान किया है; मैं समझती हूँ इस बात की फ़ौरन सफ़ाई हो जानी चाहिए और आप दोनों के

बीच सुलह-समझौता हो जाना चाहिए। और अगर रोद्या ने आपका अपमान किया है तो उन्हें माफ़ी माँगनी चाहिए और वह माँगेंगे।"

प्योत्र पेत्रोविच ने ज़्यादा सख़्त रवैया अपनाया।

"कुछ अपमान ऐसे होते हैं, अव्दोत्या रोमानोव्ना, जिन्हें लाख चाहने पर भी हम नहीं भुला सकते। हर चीज़ की हद होती है जिससे पार निकल जाना ख़तरनाक होता है; और उसके पार निकल जाने के बाद वापस लौटने का कोई सवाल नहीं होता।"

"जिस बात की मैं चर्चा कर रही थी वह यह नहीं थी, प्योत्र पेत्रोविच," दूनिया कुछ अधीर होकर बीच में बोली, "मेहरबानी करके इस बात को समझने की कोशिश कीजिए कि हमारा पूरा भविष्य अब इस बात पर निर्भर है कि इस सारे मामले की जल्दी-से-जल्दी सुलह-सफ़ाई करके उसे ठीक कर लिया जाता है कि नहीं। मैं आपसे शुरू में ही साफ़-साफ़ कहे देती हूँ कि मैं इस बात को और किसी तरह देख ही नहीं सकती। और अगर आपको मेरा ज़रा सा भी ख़्याल है, तो इस सारे मामले को आज ही निबटा दिया जाना चाहिए, चाहे उसमें कितनी ही मुश्किल का सामना क्यों न करना पड़े। मैं एक बार फिर कहती हूँ कि अगर क़सूर मेरे भाई का हुआ तो वही माफ़ी माँग लेंगे।"

"मुझे ताज्जुब है कि आपने सवाल को इस तरह पेश किया है," लूजिन बोला; उसकी चिड़चिड़ाहट लगातार बढ़ती जा रही थी। "आपकी क़द्र करते हुए, बल्कि कहना चाहिए, आपको बेहद तारीफ़ की नज़र से देखने के बावजूद यह भी तो हो सकता है कि आपके परिवार का कोई आदमी मुझे नापसन्द हो। हालाँकि मैं आपसे शादी करके आपको ख़ुश रखना चाहता हूँ, लेकिन मैं ऐसी ज़िम्मेदारियाँ अपने ऊपर नहीं ले सकता जिनका इस बात के साथ कोई मेल नहीं है..."

"अरे, इतनी ज़रा सी बात पर बुरा न मानिए, प्योत्र पेत्रोविच," दूनिया ने भावुक होकर उनकी बात काटते हुए कहा, "और वैसे ही समझदार और उदार आदमी जैसा बर्ताव कीजिए जैसा कि मैं आपको समझती रही हूँ और समझती रहना चाहती हूँ। मैंने आपसे एक बहुत बड़ा वादा किया है, मैं आपकी मंगेतर हूँ। इस मामले में मुझ पर भरोसा कीजिए और मेरी बात मानिए, मैं किसी का पक्ष लिये बिना फ़ैसला करूँगी। इंसाफ़ करने का काम इस तरह अपने ज़िम्मे लेने पर शायद मेरे भाई को भी इतना ही ताज्जुब है जितना आपको है। आपका ख़त मिलने के बाद जब मैंने उनसे आज हमारी इस मुलाक़ात के वक़्त मौजूद रहने को कहा, तब मैंने उन्हें यह कुछ नहीं बताया था कि मैं क्या करना चाहती हूँ। इतना समझ लीजिए कि अगर आप दोनों के बीच कोई समझौता न हुआ तो मुझे आप दोनों में से एक को चुन लेना होगा—या आपको या उन्हें। आपके सिलसिले में और उनके सिलसिले में भी सवाल यही है। मैं अपनी पसन्द में कोई ग़लती नहीं करना चाहती, और मुझे करनी भी नहीं चाहिए। आपकी ख़ातिर मुझे अपने भाई से नाता तोड़ना पड़ेगा और अपने भाई की ख़ातिर आपसे रिश्ता तोड़ना पड़ेगा। इस वक़्त मैं इस बात का पूरे यक़ीन के साथ पता लगा सकती हूँ कि वह मेरा भाई है या नहीं, और मैं यह बात जानना चाहती हूँ; और आपके सिलसिले में यह कि क्या आप मुझे प्यार करते हैं, क्या आप मेरी इज़्ज़त करते हैं, क्या आप मेरे लिए सही शौहर हैं या नहीं।"

"अव्दोत्या रोमानोव्ना," लूजिन ने बेहद झुँझलाकर कहा, "आपने जो कुछ कहा है वह मेरे लिए बेहद मायने रखता है; और आपके सिलसिले में मुझे जो हैसियत हासिल है उसे देखते हुए आपकी बातें बेहद अपमानजनक हैं। इस बात को तो जाने दीजिए कि आपने इतने अजीब और इतने अपमानजनक तरीक़े से मुझे और एक बदतमीज़ लड़के को बराबर के पलड़ों में रखा है, आपने

यह माना है कि ऐसा भी हो सकता है कि आपने मुझसे जो वादा किया है उसे आप तोड़ दें। आप का कहना है 'आप या वह।' इस तरह आपने साबित कर दिया है कि आपकी नज़रों में मेरी हैसियत कितनी कम है।...हम दोनों के बीच जो रिश्ता...और जो क़ौल-क़सम है उसे देखते हुए मैं कभी ऐसा नहीं होने दे सकता।''

''क्या !'' दूनिया ज़ोर से बोली; उसका चेहरा तमतमा उठा, ''आपके हित को मैंने उन तमाम चीज़ों के बराबर के पलड़े पर रखा जो अब तक मेरी ज़िन्दगी में सबसे ज़्यादा अनमोल रही हैं, जिनसे मिलकर मेरी पूरी ज़िन्दगी बनी है, और आप इस बात का बुरा मान रहे हैं कि मैंने आपको बहुत कम हैसियत दी है !''

रस्कोलनिकोव व्यंग्य से मुस्कुराया, रज़ुमीख़िन अपनी जगह बैठे-बैठे कसमसाया, लेकिन प्योत्र पेत्रोविच ने इस जवाब को स्वीकार नहीं किया; बल्कि इसके ख़िलाफ़, हर शब्द पर वह ज़्यादा अड़ता गया और उसकी चिड़चिड़ाहट बढ़ती गई, मानो उसे इसमें मज़ा आ रहा हो।

''अपने होनेवाले जीवन-साथी के लिए, अपने शौहर के लिए आपके दिल में अपने भाई से ज़्यादा प्यार होना चाहिए।'' उसने उपदेश देते हुए घोषणा की, ''बहरहाल मैं उसके बराबर के पलड़े में रखे जाने को क़तई तैयार नहीं हूँ !...हालाँकि मैंने इतना जोर देकर कहा था कि आपके सामने मैं खुलकर बात नहीं करूँगा, लेकिन अब मैं आपकी माँ से एक बहुत ही महत्त्वपूर्ण बात के बारे में ज़रूरी सफ़ाई चाहता हूँ, जिसका मेरी इज़्ज़त से, मेरी मान-मर्यादा से बहुत गहरा सम्बन्ध है। आपके बेटे ने,'' वह पुल्ख़ेरिया अलेक्सान्द्रोव्ना की ओर मुड़ा, ''कल राज़सूदकिन के सामने (या...मैं समझता हूँ यही नाम है आपका ? माफ़ कीजिएगा, मैं आपका नाम भूल गया),'' वह बड़ी शिष्टता से रज़ुमीख़िन की ओर झुका, ''मेरी एक ऐसी राय को, जो मैंने निजी बातचीत के दौरान, कॉफ़ी पीते वक़्त, आपके सामने ज़ाहिर की थी, ग़लत ढंग से पेश करके मेरा अपमान किया, मेरा मतलब अपनी इस राय से है कि एक ऐसी ग़रीब लड़की के साथ, जिसने मुसीबत के दिन देखे हों, शादी करना, साथ ज़िन्दगी बिताने के एतबार से, उस लड़की से शादी करने के मुक़ाबले में ज़्यादा अच्छा रहता है जिसने ऐशो-आराम की ज़िन्दगी बसर की हो, क्योंकि नैतिक चाल-चलन के लिए वह ज़्यादा महत्त्वपूर्ण होता है। आपके बेटे ने जानबूझकर मेरे शब्दों के अर्थ को ज़रूरत से ज़्यादा बढ़ा-चढ़ाकर पेश किया और उन्हें हास्यास्पद बना दिया। इसके अलावा मुझ पर बुरी नीयत रखने का इल्ज़ाम भी लगाया, और जहाँ तक मैं समझ पाया हूँ, उसके लिए उन्होंने उस ख़त का सहारा लिया जो आपने उन्हें लिखा था। मुझे बेहद खुशी होगी, पुल्ख़ेरिया अलेक्सान्द्रोव्ना, अगर आप मुझे यक़ीन दें कि मैंने जो नतीजा निकाला है वह ग़लत है, और इस तरह मेहरबानी करके मेरी तसल्ली करा दें। मेहरबानी करके मुझे यह बता दीजिए कि आपने रोदिओन रोमानोविच के नाम अपने ख़त में मेरी बात को किन शब्दों में दोहराया था ?''

''मुझे ठीक से याद नहीं,'' पुल्ख़ेरिया अलेक्सान्द्रोव्ना अटक-अटककर बोलीं, ''मैंने उसी तरह उन्हें दोहराया था जिस तरह मैंने उन्हें समझा था। मुझे मालूम नहीं कि रोद्या ने आपके सामने उन्हें किस तरह दोहराया, हो सकता है कि उसने बढ़ा-चढ़ाकर बात कही हो।''

''आपकी शह के बिना वह उन्हें बढ़ा-चढ़ाकर पेश नहीं कर सकते थे।''

''प्योत्र पेत्रोविच,'' पुल्ख़ेरिया अलेक्सान्द्रोव्ना ने बड़ी मर्यादा से एलान किया, ''हम लोगों का यहाँ मौजूद होना ही इस बात का सबूत है कि दूनिया ने और मैंने आपकी बात का बुरा नहीं माना था।''

''ठीक बात है, माँ,'' दूनिया ने सहमति प्रकट करते हुए कहा।

"तो ऐसा लगता है कि इसमें भी मेरा ही दोष है !" लूजिन ने बुरा मानकर कहा।

"ख़ैर, प्योत्र पेत्रोविच, आप रोदिओन को तो इल्ज़ाम देते चले जा रहे हैं, लेकिन आपने ख़ुद अभी उसके बारे में एक ऐसी बात लिखी थी जो झूठ थी," पुल्ख़ेरिया अलेक्सान्द्रोव्ना ने फिर कहा; उनकी हिम्मत बढ़ गई थी।

"मुझे नहीं याद पड़ता कि मैंने कोई झूठ बात लिखी हो।"

"आपने लिखा था," रस्कोलनिकोव ने लूजिन की ओर मुड़े बिना तीखे स्वर में कहा "कि मैंने कल वह रक़म गाड़ी से कुचलकर मर जानेवाले उस आदमी की विधवा को नहीं, जो कि सच बात थी, बल्कि उसकी बेटी को दी थी (जिसे मैंने कल से पहले कभी देखा भी नहीं था)। आपने यह बात मेरे और मेरे परिवार के लोगों के बीच झगड़ा डालने के लिए लिखी थी, और इसी ग़रज़ से आपने एक ऐसी लड़की के चालचलन के बारे में, जिसे आप जानते तक नहीं हैं, कुछ बेहूदा बातें भी जोड़ दी थीं। यह सब कुछ बहुत नीचता से किसी पर कीचड़ उछालना है।"

"माफ़ कीजिएगा, जनाब," लूजिन ने क्रोध से काँपते हुए कहा, "आपकी ख़ूबियों-ख़राबियों और आपके बर्ताव की चर्चा अपने ख़त में मैंने सिर्फ़ इसलिए की थी कि आपकी बहन ने और आपकी माँ ने पूछा था कि मैंने आपको कैसा पाया और आप मुझे कैसे लगे। और आपने मेरे ख़त की जिस बात की तरफ़ इशारा किया है, तो उसके सिलसिले में, मेहरबानी करके, उसका एक शब्द भी ऐसा बता दें जो झूठ हो; मेरा मतलब यह कि उस परिवार में, वह कितना ही मुसीबत का मारा क्यों न हो, निकम्मे बेकार लोग नहीं हैं।"

"मेरी राय में, अपनी तमाम ख़ूबियों के साथ आप उस अभागी लड़की की कानी उँगली के बराबर भी नहीं हैं जिस पर आप कीचड़ उछाल रहे हैं।"

"क्या आप इस हद तक जाने को तैयार हैं कि उसे अपनी माँ और बहन के साथ उठने-बैठने दें ?"

"अगर आप जानना ही चाहते हैं तो मैं ऐसा कर भी चुका हूँ। आज मैंने उसे माँ और दूनिया के साथ ही बिठाया था।"

"रोद्या !" पुल्ख़ेरिया अलेक्सान्द्रोव्ना की चीख़ निकल गई। दूनिया का चेहरा लाल हो गया और रज़ुमीख़िन की त्योरियों पर बल पड़ गए। लूजिन बड़े व्यंग्य से मुस्कुराता रहा जैसे वह उन सबसे बहुत ऊँचा हो।

"आप ख़ुद देख लीजिए, अव्दोत्या रोमानोव्ना," उसने कहा, "क्या हम लोगों के बीच कोई समझौता हो सकता है ? मैं उम्मीद करता हूँ कि यह मामला अब हमेशा के लिए ख़त्म हो गया। मैं अब चलूँगा ताकि परिवार के लोगों के आपस में घुल-मिलकर बैठने और निजी बातें करने की ख़ुशियों में मेरी वजह से बाधा न पड़े।" वह कुर्सी से उठ खड़ा हुआ और उसने अपनी हैट उठा ली। "लेकिन चलते-चलते इतनी दरख़्वास्त ज़रूर करूँगा कि आइन्दा मुझे इस तरह की मुलाक़ातों से, बल्कि कहना चाहिए, इस तरह के झंझटों से दूर रखा जाए। इस सिलसिले में, पुल्ख़ेरिया अलेक्सान्द्रोव्ना साहिबा, मैं आपसे ख़ासतौर पर प्रार्थना करता हूँ, इसलिए और भी ज़्यादा कि मैंने ख़त आपको लिखा था, किसी और को नहीं।"

पुल्ख़ेरिया अलेक्सान्द्रोव्ना को यह बात कुछ बुरी लगी।

"प्योत्र पेत्रोविच, आप शायद यह समझते हैं कि हम लोग पूरी तरह आपके हुक्म के पाबन्द हैं। दूनिया आपको बता चुकी है कि आप जो चाहते थे उसे पूरा क्यों नहीं किया गया; ऐसा करने में उसकी नीयत अच्छी ही थी। और सच बात तो यह है कि आपने मुझे इस तरह लिखा था जैसे

आप हुक्म दे रहे हों। क्या हम लोग आपकी हर इच्छा को हुक्म समझा करें ? मैं आपको बता दूँ कि इसके बजाय आपको अब हमारे साथ ज़्यादा नरमी से पेश आना चाहिए और हमारा ज़्यादा ख़्याल रखना चाहिए, क्योंकि हम लोग अपना सब कुछ छोड़कर आपके भरोसे यहाँ आए हैं, और इसलिए बहरहाल हम लोग आपके हाथों में हैं।''

''यह बात पूरी तरह सही नहीं है, पुल्ख़ेरिया अलेक्सान्द्रोव्ना, ख़ासतौर पर इस वक़्त, जबकि मार्फ़ा पेत्रोव्ना की वसीयत की ख़बर आपको मिल चुकी है, जो मेरी तरफ़ आपके नए रवैये को देखते हुए आपके लिए बहुत मुनासिब ही मालूम होता है,'' उसने व्यंग से कहा।

''आपकी इस बात से हम लोग यह नतीजा निकाल सकते हैं कि आप हमारी लाचारी की आस लगाए बैठे थे,'' दूनिया ने चिढ़कर कहा।

''लेकिन अब तो मैं इसकी आस लगा भी नहीं सकता, और ख़ासतौर पर मैं यह नहीं चाहता कि अर्कादी इवानोविच स्विद्रिगाइलोव के खुफ़िया सुझावों पर आप लोगों की आपस की बातचीत में कोई बाधा डालूँ, जो उन्होंने आपके भाई के सामने रखे हैं और जिनमें, मैं देख रहा हूँ, आपको बहुत गहरी और शायद बहुत खुशगवार दिलचस्पी है।''

''हे भगवान !'' पुल्ख़ेरिया अलेक्सान्द्रोव्ना चीख़ पड़ीं।

रज़ुमीख़िन अपनी कुर्सी पर शान्त नहीं बैठा रह सका।

''अब तो तुम शर्मिन्दा हुई होगी, दूनिया ?'' रस्कोलनिकोव ने पूछा।

''मैं बहुत शर्मिन्दा हूँ, रोदया,'' दूनिया बोली। ''प्योत्र पेत्रोविच,'' वह गुस्से से लाल होकर उसकी ओर मुड़ी, ''आप यहाँ से चले जाइए !''

साफ़ लग रहा था कि प्योत्र पेत्रोविच को यह उम्मीद बिलकुल नहीं थी कि नौबत यहाँ तक पहुँच जाएगी। उसे अपने आप पर, अपनी ताक़त पर और अपने शिकारों की लाचारी पर बहुत भरोसा था। उसे अब भी यक़ीन नहीं आ रहा था। उसका चेहरा पीला पड़ गया और होंठ काँपने लगे।

''अव्दोत्या रोमानोव्ना, अगर मैं इस तरह दुतकारे जाने के बाद इस वक़्त इस दरवाज़े के बाहर चला गया तो फिर कभी लौटकर नहीं आऊँगा। सोच लीजिए, आप क्या कर रही हैं। मेरी बात अटल है।''

''आपकी यह मजाल !'' दूनिया अपनी कुर्सी से उछलकर खड़े होते हुए चिल्लाकर बोली, ''मैं चाहती भी नहीं कि आप लौटकर आएँ।''

''क्या ! तो यह बात है !'' लूजिन भी चिल्लाया; उसे अन्तिम क्षण तक सम्बन्ध टूट जाने पर बिलकुल विश्वास नहीं हो रहा था और वह बिलकुल बौखला उठा था, ''तो यह बात है ! लेकिन क्या आप जानती हैं, अव्दोत्या रोमानोव्ना, कि मैं इसके ख़िलाफ़ कार्रवाई कर सकता हूँ।''

''आपको उसके साथ इस तरह बात करने का क्या हक़ है ?'' पुल्ख़ेरिया अलेक्सान्द्रोव्ना तैश में आकर बीच में बोलीं, ''और आप कार्रवाई किस चीज़ के बारे में करेंगे ? आपके अधिकार हैं ही क्या ? क्या मैं अपनी दूनिया को आप जैसे आदमी के हवाले कर दूँगी ? चले जाइए, हम लोगों की नज़रों से दूर हो जाइए ! यह हमारी ही भूल थी कि हम एक ग़लत क़दम उठाने पर तैयार हो गए थे, और सबसे बढ़कर मैं...''

''लेकिन, पुल्ख़ेरिया अलेक्सान्द्रोव्ना,'' लूजिन गुस्से से भड़ककर गरजा, ''आपने वचन दिया था और अब आप उससे मुकर रही हैं, और...फिर...उसकी वजह से मुझे कुछ ख़र्च भी उठाने पड़े हैं...''

यह आख़िरी शिकायत प्योत्र पेत्रोविच की असलियत को इतनी अच्छी तरह ज़ाहिर करती थी कि रस्कोलनिकोव, जो गुस्से के मारे और उस गुस्से को रोकने में पीला पड़ गया था, हँसे बिना न रह सका। लेकिन पुल्ख़ेरिया अलेक्सान्द्रोव्ना का गुस्सा भड़क उठा था।

"ख़र्च ? कैसा ख़र्च ? आप हमारा सन्दूक़ भिजवाने की बात तो नहीं कर रहे हैं ? लेकिन वह तो कंडक्टर ने आपसे एक दमड़ी लिये बिना ही पहुँचा दिया था। यह भी अच्छी कही, वचन दिया था ! आपने समझ क्या रखा है, प्योत्र पेत्रोविच ? हमारे हाथ-पाँव आपने बाँध रखे थे, हमने आपको नहीं जकड़ रखा था !"

"बस, माँ, अब रहने दो, मैं हाथ जोड़ती हूँ," अव्दोत्या रोमानोव्ना ने विनती करते हुए कहा। "प्योत्र पेत्रोविच, मेहरबानी करके चले जाइए।"

"मैं जा तो रहा हूँ, लेकिन एक आख़िरी बात," उसने आपे से बाहर होकर कहा, "आपकी माँ शायद यह बात बिलकुल भूल गईं कि मैंने आपको, एक तरह से, उस वक़्त अपना बनाने का फ़ैसला किया था अब आपकी बदनामी की चर्चा सारे इलाक़े में फैल चुकी थी। आपकी ख़ातिर लोगों की राय की परवाह न करके और आपकी नेकनामी फिर से क़ायम करके, मैं यह उम्मीद ज़रूर रखता था कि इसके बदले में आप लोग मेरे साथ भी वैसा ही सलूक करेंगी, और मैं यह भी उम्मीद रखता था कि आप मेरा एहसान मानेंगी। लेकिन मेरी आँखें अब जाकर खुली हैं ! मैं ख़ुद देख रहा हूँ कि सब लोगों की राय की परवाह न करके मैंने बिलकुल अन्धों की तरह काम करने का सबूत दिया था..."

"क्या यह शख़्स अपना सिर तुड़वाना चाहता है," रज़ुमीख़िन चिल्लाकर उछल पड़ा।

"आप बहुत ही कमीने और दिल के काले आदमी हैं !" दूनिया बोली।

"ख़बरदार, जो अब कुछ कहा ! ख़बरदार, जो अपनी जगह से हिले !" रस्कोलनिकोव ने रज़ुमीख़िन को रोकते हुए चिल्लाकर कहा; फिर लूज़िन के पास जाकर वह शान्त और स्पष्ट स्वर में बोला : "मेहरबानी करके कमरे से बाहर चले जाइए ! और अब अगर एक लफ़्ज़ भी आपके मुँह से निकला तो..."

प्योत्र पेत्रोविच कुछ सेकंड तक उसे घूरता रहा; उसका चेहरा पीला पड़ गया था और गुस्से के मारे फड़क रहा था; फिर वह मुड़ा और बाहर चला गया। उस वक़्त उसके दिल में रस्कोलनिकोव के ख़िलाफ़ जितनी नफ़रत और बदला लेने की जितनी गहरी भावना थी उतनी शायद ही किसी आदमी ने कभी महसूस की होगी। वह हर बात के लिए उसको, और सिर्फ़ उसको, दोषी ठहरा रहा था। हैरत की बात यह है कि सीढ़ियाँ उतरते वक़्त भी वह यही सोच रहा था कि शायद उसकी डूबती हुई नैया को अब भी बचाया जा सके और यह कि जहाँ तक उन दोनों महिलाओं का सवाल था, 'बहुत मुमकिन था' कि सारा मामला अब भी सँभल जाए।

3

सबसे बड़ी बात तो यह थी कि अन्तिम क्षण तक उसने कभी सोचा भी नहीं था कि यह मामला इस तरह ख़त्म होगा। वह बेहद अकड़ का रवैया अपनाए रहा था, क्योंकि उसे गुमान तक नहीं था कि वे दोनों कंगाल और लाचार औरतें उसके चंगुल से बचकर निकल भी सकती हैं। अहंकार और दम्भ की वजह से, ऐसा दम्भ जिसे अपने मुँह मियाँ मिट्ठू बनना ही कहा जा सकता है, उसका यह विश्वास और भी पक्का हो गया था। प्योत्र पेत्रोविच बहुत मामूली हैसियत से ऊपर चढ़ते-चढ़ते

यहाँ तक पहुँचा था, वह बीमारी की हद तक आत्मप्रशंसा का शिकार था। उसे अपनी बुद्धि और क्षमताओं पर बेहद नाज़ था और कभी-कभी तो अकेले में वह आईने के सामने खड़े होकर अपने रंग-रूप पर भी इतराया करता था। लेकिन जिस चीज़ से उसे सबसे बढ़कर प्यार था और जिसे वह सबसे ज़्यादा मूल्यवान समझता था, वह थी वह दौलत जो उसने अपनी मेहनत से और हर तरह की तिकड़मों से जमा की थी : इस दौलत के बल पर ही तो वह उन सब लोगों के बराबर पहुँच गया था जो किसी ज़माने में उससे बहुत ऊँचे माने जाते थे।

जब उसने जलकर दूनिया को इस बात की याद दिलाई थी कि उसके बारे में तरह-तरह की बुरी बातें सुनने के बावजूद उसने उसे अपनाने का फ़ैसला किया था तो यह बात उसके दिल से निकली थी और उसे इस तरह की 'सरासर कृतघ्ना' पर सचमुच गुस्सा आया था। फिर भी दूनिया के सामने शादी का प्रस्ताव रखते समय उसे इन सब अफ़वाहों के बिलकुल बेबुनियाद होने का पूरी तरह पता था। माफ़ी पेत्रोव्ना खुलेआम इस क़िस्से का खंडन कर चुकी थीं और शहर के सारे लोग उस बात को न जाने कब का भुला भी चुके थे और वे बड़ी हमदर्दी के साथ दूनिया का पक्ष भी लेने लगे थे। और वह इस बात से इनकार भी न करता कि ये सारी बातें उसे उस वक़्त मालूम थीं। इसके बावजूद वह दूनिया को ऊपर उठाकर इस स्तर तक पहुँचा देने के अपने फ़ैसले को बहुत बड़ा कमाल और बहुत बड़ी बहादुरी समझता था। दूनिया से इसकी चर्चा करके उसने इस गुप्त भावना को व्यक्त कर दिया था जिसे वह अपने मन में सँजोए हुए था और जिसे वह सराहना की दृष्टि से देखता था, और यह बात उसकी समझ के बाहर थी कि कोई भी इस बात की सराहना किए बिना कैसे रह सकता था। वह रस्कोलनिकोव से मिलने एक ऐसे परोपकारी आदमी की भावना लेकर गया था जिसे अपने नेक कामों का फल प्राप्त होनेवाला था जो इस सिलसिले में सुखद चापलूसी के शब्द सुनना चाहता था। और अब सीढ़ियाँ उतरते समय वह अपने बारे में यही सोच रहा था कि उसे चोट पहुँचाकर और उसे इस तरह ठुकराकर उसके साथ बहुत बड़ा अन्याय किया गया है।

सीधी बात यह थी कि दूनिया के बिना उसका काम चल ही नहीं सकता था। उसे छोड़ देना उसके लिए बिलकुल नामुमकिन था। कई वर्षों से वह शादी के सुनहरे सपने देखता आया था, लेकिन वह राह देखता रहा था और पैसा बटोरता रहा था। वह बिलकुल एकान्त में बड़ा आनन्द लेकर अपनी कल्पना में एक लड़की का चित्र बनाया करता था—जो सच्चरित्र हो, ग़रीब हो (उसका ग़रीब होना ज़रूरी था), बहुत जवान हो, बहुत सुन्दर हो, अच्छे घर की और पढ़ी-लिखी हो, बेहद दब्बू हो, जिसने बेहद मुसीबतें झेली हों और जो उसके सामने पूरी तरह विनीत और विनम्र रहे, एक ऐसी लड़की जो जीवन भर उसे अपना त्राता समझे, उसकी पूजा करे, उसकी सराहना करे और केवल उसकी। अपने काम से छुट्टी मिलने पर वह इस लुभावने और रँगीले विषय के बारे में कैसे-कैसे दृश्यों की, कैसी-कैसी प्रणय-लीलाओं की कल्पना किया करता था ! और, लो, वर्षों का गह सुहाना सपना पूरा होनेवाला था : अव्दोत्या रोमानोव्ना की सुन्दरता और उसकी शिक्षा ने उसे बहुत प्रभावित किया था; उसकी लाचारी की हालत देखकर उसके मुँह में पानी आ गया था; उसे पाकर तो जितने की उसने अपने स्वप्नों में कल्पना की थी उससे भी ज़्यादा उसे मिल गया था। वह एक ऐसी लड़की थी जिसमें स्वाभिमान था, चरित्र था, गुण थे, जिसकी शिक्षा और जिसके लालन-पालन का स्तर उससे ऊँचा था (यह बात वह महसूस करता था), और यह लड़की उसकी बहादुरी और उसके एहसान की वजह से जीवन भर उसकी बन्दी बनकर रहेगी, उसके पाँव धोकर पिएगी, और पूरी तरह उसके वश में रहेगी !...अभी कुछ ही समय पहले उसने बहुत सोच-विचार करने के बाद अपने जीवन के ढर्रे में एक बहुत बड़ा परिवर्तन करने और अपने कारोबार का क्षेत्र

बढ़ाने का फ़ैसला किया था। उसे ऐसा लग रहा था कि इस परिवर्तन के साथ समाज के उच्चतर वर्ग में पहुँच जाने का उसका चिरपोषित स्वप्न अब पूरा होनेवाला था।...सच तो यह है कि वह पीटर्सबर्ग में अपनी तक़दीर आज़माने पर तुला हुआ था। वह जानता था कि औरतें बहुत कुछ कर सकती हैं। एक रूपवती, सच्चरित्र और बहुत पढ़ी-लिखी स्त्री का आकर्षण उसके मार्ग को अधिक सुगम बना सकता था, लोगों को उसकी ओर खींचकर लाने के सिलसिले में चमत्कार कर सकता था, उसके चारों ओर एक नई आभा पैदा कर सकता था, और अब यह सब कुछ बिखरकर चूर-चूर हो गया था ! इस अप्रत्याशित भयानक सम्बन्ध-विच्छेद से उसे ऐसा लगा जैसे उस पर बिजली टूट पड़ी हो; यह एक बहुत भयानक मज़ाक़ था, एक बेतुकी बात थी ! उसने बस थोड़ा सा अकड़ने की कोशिश की थी, उसे अपनी पूरी बात कहने का समय भी नहीं मिला था, उसने तो बस एक छोटा सा मज़ाक़ किया था, वह प्रवाह में बह गया था—और उसका इतना गम्भीर परिणाम हुआ था। और यह बात भी सच है कि अपने ढंग से वह दूनिया से प्यार भी करता था; अपने स्वप्नों में वह उसे हथिया चुका था—और अचानक !...नहीं ! अगले दिन, अगले ही दिन, यह सब कुछ ठीक कर लेना होगा, सारी गुत्थियाँ सुलझा लेनी होंगी, हर बात तै कर लेनी होगी। सबसे बढ़कर उसे उस दुधमुँहे लौंडे को कुचल देना होगा जो इन सब बातों की जड़ था। बरबस उसे रज़ुमीख़िन का भी ध्यान आया और उसके बारे में सोचते ही उसे न जाने क्यों बेचैनी सी होने लगी, लेकिन इस सवाल के बारे में उसने जल्दी ही अपने दिल को तसल्ली दे ली; भला उस तरह के आदमी को उसकी बराबरी पर कैसे रखा जा सकता था ! लेकिन जिस आदमी से उसे सचमुच डर लगता था वह था स्विद्रिगाइलोव...मतलब यह कि उसे अभी बहुत सा काम निबटाना था...

"नहीं, सबसे ज़्यादा दोष मेरा है, मेरा !" दूनिया ने माँ के गले से लगकर उसे प्यार करते हुए कहा, "मैं उसके पैसे के लोभ में आ गई थी, लेकिन, भैया, मैं अपनी इज़्ज़त की क़सम खाकर कहती हूँ कि मुझे यह पता नहीं था कि वह ऐसा नीच आदमी है। अगर मैंने उसकी असलियत को पहले ही पहचान लिया होता तो मैं किसी लोभ में न आती ! भैया, मुझे दोष न देना!"

"भगवान ने बचा लिया ! भगवान ने बचा लिया !" पुल्ख़ेरिया अलेक्सान्द्रोव्ना बुड़बुड़ाईं, लेकिन उन्हें पूरा होश नहीं था, ऐसा लग रहा था कि वह अभी तक ठीक से समझ नहीं पाई थीं कि क्या हो गया है।

राहत सभी को मिली थी और पाँच मिनट में सब हँसने लगे थे। बस बीच-बीच में दूनिया यह सोचकर कि क्या हो गया था, सफ़ेद पड़ जाती थी और उसके माथे पर बल आ जाते थे। पुल्ख़ेरिया अलेक्सान्द्रोव्ना को इस बात का बड़ा ताज्जुब था कि वह भी खुश थीं : अभी सबेरे तक तो वह यही समझ रही थीं कि लूजिन से रिश्ता टूटना बहुत बड़ा दुर्भाग्य होगा। रज़ुमीख़िन बहुत खुश हो रहा था। उसे अभी तक अपनी खुशी पूरी तरह ज़ाहिर करने की हिम्मत नहीं पड़ रही थी, लेकिन वह खुशी के मारे फूला नहीं समा रहा था, मानो उसके दिल पर से कोई बहुत भारी पत्थर हट गया हो। अब उसे अपना जीवन उन लोगों को अर्पित कर देने का, उनकी सेवा करने का अधिकार था...अब कुछ भी हो सकता था ! लेकिन अभी वह इससे आगे की सम्भावनाओं के बारे में सोचते डरता था और उसे अपनी कल्पना को बहुत छूट देने की हिम्मत नहीं पड़ती थी। अकेला रस्कोलनिकोव अभी तक अपनी जगह बैठा हुआ था; वह उदास भी था और उदासीन भी। हालाँकि लूजिन से छुटकारा पाने का सबसे ज़्यादा ज़ोर वही दे रहा था, लेकिन अब ऐसा लग रहा था कि

जो कुछ हुआ था उसमें सबसे कम दिलचस्पी उसी को थी। दूनिया को रह-रहकर यह ख़्याल आता था कि वह अभी तक उससे नाराज़ था और पुल्खेरिया अलेक्सान्द्रोव्ना सहमी हुई उसे देख रही थीं।

''स्विद्रिगाइलोव ने क्या कहा था ?'' दूनिया ने उसके पास जाकर पूछा।

''हाँ, हाँ, बताओ तो !'' पुल्खेरिया अलेक्सान्द्रोव्ना बड़ी उत्कंठा से बोलीं। रस्कोलनिकोव ने सिर उठाकर ऊपर देखा।

''वह तुम्हें दस हज़ार रूबल भेंट करना चाहता है और एक बार मेरी मौजूदगी में तुमसे मिलना चाहता है।''

''इससे मिलना चाहता है ! किसी हालत में नहीं !'' पुल्खेरिया अलेक्सान्द्रोव्ना ने चिल्लाकर कहा, ''और इसे पैसे देने की बात कहने की उसे हिम्मत कैसे पड़ी !''

इसके बाद रस्कोलनिकोव ने स्विद्रिगाइलोव के साथ अपनी बातचीत को (कुछ रूखे ढंग से) दोहराया; उसने मार्फ़ा पेत्रोव्ना का भूत आने की बात नहीं कही क्योंकि वह ब्योरे की बातों में नहीं जाना चाहता था और जब तक बिलकुल ज़रूरी ही न हो तब तक कोई बातचीत करने को भी उसका जी नहीं चाह रहा था।

''तुमने क्या जवाब दिया ?'' दूनिया ने पूछा।

''पहले तो मैंने कहा कि मैं उसका कोई सन्देसा लेकर तुम्हारे पास नहीं जाऊँगा। तब उसने कहा कि मेरी मदद के बिना ही वह तुमसे मुलाक़ात करने के लिए ज़मीन-आसमान एक कर देगा। उसने मुझे यक़ीन दिलाया कि तुम्हारे लिए उसके दिल में जो तूफ़ान उठा था वह एक आनी-जानी बात थी, और अब उसे तुमसे कोई लगाव नहीं रह गया है। वह नहीं चाहता कि तुम लूजिन से शादी करो...उसकी सारी बातचीत कुछ उलझी-उलझी सी थी।''

''तुमने उनकी बातों के बारे में अपने मन में क्या राय बनाई है, रोद्या ? वह तुम्हें कैसे आदमी लगे ?''

''मैं साफ़ बात बताऊँ तो मैं उसे ठीक से समझ नहीं पाया। वह एक तरफ़ तुम्हें दस हज़ार रूबल देने की बात कहता है और दूसरी तरफ़ यह भी कहता है कि वह बहुत मालदार नहीं है। कभी वह कहता है कि वह कहीं चला जाएगा और दस मिनट बाद ही भूल जाता है कि उसने ऐसा कहा था। फिर कभी कहता है कि वह शादी करनेवाला है और लड़की उसने तै भी कर ली है।...इसमें तो कोई शक नहीं कि उसका कोई मंसूबा है, और शायद वह बुरा ही है। लेकिन यह कुछ अजीब लगता है कि अगर तुम्हारे बारे में उसका कोई मंसूबा होता तो वह उसे इतने भोंडेपन से क्यों कहता...ज़ाहिर है, मैंने यह रक़म लेने से तुम्हारी तरफ़ से इनकार कर दिया, बिलकुल साफ़ और पक्का इनकार कर दिया। कुल मिलाकर, वह मुझे कुछ अजीब सा लगा...कभी-कभी तो बिलकुल ऐसा लगता था कि वह पागल है। लेकिन हो सकता है कि मेरा ख़्याल ग़लत हो; हो सकता है कि वह महज़ ऐसा स्वाँग रचता हो। ऐसा लगता है कि मार्फ़ा पेत्रोव्ना के मरने का उसके दिल पर बहुत गहरा असर हुआ है।''

''भगवान उनकी आत्मा को शान्ति दे !'' पुल्खेरिया अलेक्सान्द्रोव्ना ने आह भरकर कहा, ''मैं हमेशा-हमेशा उनके लिए प्रार्थना करूँगी ! इन तीन हज़ार रूबल के बिना, दूनिया, हम लोग कहीं के न रहते ! यह रक़म तो जैसे भगवान ने छप्पर फाड़कर दी है ! रोद्या, आज सबेरे हम लोगों की जेब में सिर्फ़ तीन रूबल थे और दूनिया और मैं घड़ी गिरवी रखने की बात सोच रहे थे, ताकि जब तक वह आदमी खुद अपनी तरफ़ से मदद करने की बात न करे तब तक हमें उससे माँगना न पड़े।''

स्विद्रिगाइलोव के रक़म देने की बात कहने का दूनिया पर अजीब असर हुआ था। वह अभी तक खड़ी सोच रही थी।

"उनके दिमाग़ में कोई भयानक मंसूबा है," उसने अस्फुट स्वर में अपने आपसे कहा और काँप सी उठी।

स्कोलनिकोव का ध्यान उसकी इस ज़रूरत से ज़्यादा सहमी हुई मुद्रा की ओर गया।

"मैं समझता हूँ कि अभी मुझे कई बार फिर उससे मिलना पड़ेगा," उसने दूनिया से कहा।

"हम उस पर कड़ी नज़र रखेंगे ! मैं उसका पता खोज निकालूँगा !" रज़ुमीख़िन जोश में आकर चिल्लाया, "मैं उसे आँखों से ओझल नहीं होने दूँगा। रोद्या ने मुझे इसकी इजाज़त दे दी है। उसने अभी खुद मुझसे कहा था : 'मेरी बहन का ख़्याल रखना।' क्या मुझे आपकी भी इजाज़त है, अव्दोत्या रोमानोव्ना ?"

दूनिया ने मुस्कुराकर अपना हाथ बढ़ा दिया लेकिन उसके चेहरे पर चिन्ता के बादल छाए रहे। पुल्ख़ेरिया अलेक्सान्द्रोव्ना सहमी हुई उसे देखती रहीं, लेकिन तीन हज़ार रूबल की बात से उन्हें जो ढाँढ़स बँधा था वह साफ़ दिखाई दे रहा था।

कोई पन्द्रह मिनट बाद ही वे सब आपस में दिल खोलकर हँस-बोल रहे थे। रस्कोलनिकोव भी कुछ देर तक बड़े ध्यान से सुनता रहा, हालाँकि वह कुछ बोला नहीं। बोलने का काम रज़ुमीख़िन ने सँभाल रखा था।

"आख़िर क्यों, आप लोग चली क्यों जाएँगी ?" वह हर्षातिरेक के प्रवाह में बोलता रहा, "आप लोग उस छोटे से क़स्बे में जाकर करेंगी क्या ? सबसे बड़ी बात यह है कि यहाँ आप सब लोग एक साथ हैं और आप लोगों को एक-दूसरे की ज़रूरत है—आप लोगों को एक-दूसरे की बिलकुल ज़रूरत है, मेरी बात मानिए। बहरहाल, कुछ वक़्त के लिए तो है ही...मुझे अपना साथी, अपनी दोस्त बना लीजिए, और मैं आपको यक़ीन दिलाता हूँ कि हम लोग बहुत शानदार कारोबार खड़ा करने की योजना बनाएँगे। सुनिए ! मैं आपको सारी बात विस्तार से समझाता हूँ, सारी योजना ! यह बात आज सुबह मेरे दिमाग़ में अचानक आई, जब कुछ हुआ नहीं था।...मैं क्या कहता हूँ : मेरे एक चाचा हैं, मैं उन्हें आप लोगों से मिलवाऊँगा (बहुत ही मेल-जोल से रहनेवाले और इज़्ज़तदार बूढ़े आदमी हैं)। मेरे इन चाचा के पास एक हज़ार रूबल की पूँजी है, लेकिन वह अपनी पेंशन पर गुज़र कर लेते हैं और उन्हें उस पैसे की कोई ज़रूरत नहीं है। पिछले दो साल से वह मेरी जान खा रहे हैं कि मैं यह रक़म उनसे उधार ले लूँ और उन्हें उसका छः फ़ीसदी सूद चुका दिया करूँ। मैं जानता हूँ कि इसका मतलब क्या है; वह बस मेरी मदद करना चाहते हैं। पारसाल मुझे इस रक़म की कोई ज़रूरत नहीं थी, लेकिन इस साल मैंने फ़ैसला किया है कि उनके आते ही यह रक़म उनसे उधार ले लूँगा। फिर आप लोग अपने इन तीन हज़ार में से एक हज़ार मुझे उधार दे दीजिएगा और हमारे पास कारोबार शुरू करने के लिए काफ़ी पूँजी हो जाएगी। इस तरह हम लोग एक साझेदारी बना लेंगे, लेकिन हमें इस पर सोचना होगा कि हम लोग कारोबार क्या करेंगे ?"

इसके बाद रज़ुमीख़िन अपनी योजना समझाने लगा, और उसने बड़े विस्तार से बताया कि हमारे जितने प्रकाशक और किताब बेचनेवाले हैं उन्हें किताबों के बारे में बेहद कम जानकारी है और इसीलिए वे इतने बुरे प्रकाशक हैं; दूसरी ओर, यह एक नियम सा है कि कोई भी अच्छा प्रकाशन बिक जाता है और उसमें मुनाफ़ा होता है, कभी-कभी तो काफ़ी मुनाफ़ा होता है। सच तो यह है कि रज़ुमीख़िन बहुत दिन से प्रकाशक बनने का सपना देख रहा था। पिछले दो साल

से वह प्रकाशकों के यहाँ काम कर रहा था और वह तीन यूरोपीय भाषाएँ अच्छी तरह जानता था, हालाँकि अभी छः दिन पहले ही उसने रस्कोलनिकोव को बताया था कि वह जर्मन भाषा में 'कमज़ोर' था क्योंकि वह चाहता था कि रस्कोलनिकोव उससे अनुवाद का आधा काम और उस काम का आधा पैसा ले ले। उस वक़्त वह झूठ बोला था, और रस्कोलनिकोव भी जानता था कि वह झूठ बोल रहा है।

"हम यह मौक़ा क्यों चूकें, आख़िर क्यों, जब हमारे पास सफलता का सबसे बड़ा साधन है—ख़ुद अपना पैसा !" रज़ुमीख़िन जोश में आकर ज़ोर से बोला, "ज़ाहिर है, काम तो बहुत करना पड़ेगा, लेकिन हम सब लोग काम करेंगे—आप, अव्दोत्या रोमानोव्ना, मैं और रोदिओन...आजकल कुछ किताबों पर बेहद मुनाफ़ा मिलता है ! और इस कारोबार में सबसे अच्छी बात यह होगी कि हमें मालूम होगा कि किस चीज़ का अनुवाद करने की ज़रूरत है, और हम लोग सारे काम एक साथ करेंगे, अनुवाद करेंगे, किताबें छापेंगे, बहुत कुछ सीखेंगे। मैं काम का आदमी साबित हो सकता हूँ क्योंकि मुझे अनुभव है। लगभग दो साल से मैं प्रकाशकों के यहाँ चक्कर काटता रहा हूँ, और अब मुझे उनके कारोबार की हर बात मालूम हो गई है : वे परोपकारी या सन्त नहीं होते, मेरी बात मानिए ! और हम यह मौक़ा अपने हाथ से क्यों जाने दें ! अरे, दो-तीन किताबें तो मैं ऐसी जानता हूँ—मैं किसी को बताता नहीं—कि उनका अनुवाद करने और उन्हें छापने की बात सोचने से ही सौ-सौ रूबल मिल सकते हैं। और, सचमुच, मैं उनमें से एक के लिए पाँच सौ भी लेने को तैयार नहीं हूँगा। और, एक बात आपको मालूम है ? अगर मैं किसी प्रकाशक से कहूँ तो मेरा दावा है कि वह हिचकिचाएगा—ऐसे काठ के उल्लू होते हैं ये लोग। और जहाँ तक कारोबार, छपाई, काग़ज़, बिक्री आदि का सवाल है, आप मुझ पर भरोसा रखिए, ये सारी बातें मैं अच्छी तरह जानता हूँ। हम लोग छोटे पैमाने पर काम शुरू करेंगे और धीरे-धीरे उसे बढ़ाते जाएँगे। बहरहाल, हमें पेट भरने को तो मिल ही जाएगा और हमारी पूँजी भी वापस आ जाएगी।"

दूनिया की आँखें चमक उठीं।

"जो कुछ आप कह रहे हैं, द्मित्री प्रोकोफ़िच, वह मुझे पसन्द है !" वह बोली।

"मेरी पूछो तो मैं इसके बारे में कुछ जानती नहीं," पुल्ख़ेरिया अलेक्सान्द्रोव्ना बीच में बोल पड़ीं, "हो सकता है कि ख़्याल अच्छा हो, लेकिन सच क्या है यह तो भगवान ही जानता है। नया काम है, पहले का किया हुआ तो है नहीं। ज़ाहिर है, हम लोगों को यहाँ काफ़ी दिन रहना पड़ेगा..."

उन्होंने रोद्या की ओर देखा।

"तुम्हारा क्या ख़्याल है, भैया ?" दूनिया ने पूछा।

"मैं समझता हूँ कि इसका ख़्याल बहुत अच्छा है," उसने जवाब दिया, "ज़ाहिर है, अभी से प्रकाशनगृह के सपने देखने के लिए बहुत जल्दी है, लेकिन हम पाँच-छः किताबें ज़रूर छाप सकते हैं और अपनी सफलता की पक्की नींव डाल सकते हैं। एक किताब तो मैं भी जानता हूँ, जो यक़ीनन बहुत बिकेगी। जहाँ तक प्रबन्ध का सवाल है, तो उसके बारे में भी मुझे कोई शक नहीं है। यह कारोबार को समझता है...लेकिन उसकी बातें हम बाद में कर सकते हैं..."

"वाह-वाह !" रज़ुमीख़िन ख़ुश होकर चिल्लाया, "अच्छा, अब सुनिए, इसी घर में इसी मालिक का एक फ़्लैट है। वह अलग एक ख़ास फ़्लैट है, जिसका इन दूसरे किराए के कमरों से कोई वास्ता नहीं है। उसमें ज़रूरत का सारा फ़र्नीचर मौजूद है, किराया मामूली है, तीन कमरे हैं। आप लोग शुरू में रहने के लिए उसे ले लें। मैं कल ही आपकी घड़ी गिरवी रखकर पैसे आपको

ला दूँगा, और सारा इन्तज़ाम कर लिया जाएगा। आप तीनों साथ रह सकते हैं, और रोद्या आपके साथ रहेगा...लेकिन, रोद्या, तुम चल कहाँ दिए ?''

''अरे, रोद्या, तुम अभी से जा रहे हो ?'' पुल्ख़ेरिया अलेक्सान्द्रोव्ना ने ताज्जुब से पूछा।

''ऐसे वक़्त ?'' रज़ुमीख़िन भी भड़ककर बोला।

दूनिया अपने भाई को अविश्वास और विस्मय से देखती रही। वह अपनी टोपी हाथ में लिये खड़ा था और उन लोगों से विदा लेने जा रहा था।

''कोई देखे तो सोचेगा कि तुम लोग मुझे दफ़न करने जा रहे हो या हमेशा के लिए मुझसे विदा हो रहे हो,'' उसने कुछ अजीब ढंग से कहा।

उसने मुस्कुराने की कोशिश की लेकिन उसके होंठों पर मुस्कुराहट आ न सकी।

''लेकिन कौन जाने, शायद यह हमारी आख़िरी मुलाक़ात ही हो...'' उसके मुँह से अचानक निकल गया।

वह दरअसल यही सोच रहा था, और बात उसके मुँह से किसी तरह ज़ोर से निकल गई।

''तुम्हें हुआ क्या है ?'' उसकी माँ ने विचलित होकर पूछा।

''कहाँ जा रहे हो, रोद्या ?'' दूनिया ने कुछ विचित्र ढंग से पूछा।

''नहीं, मुझे जाना ही पड़ेगा,'' उसने कुछ अस्पष्ट भाव से उत्तर दिया, मानो जो कुछ वह कहना चाहता था उसे कहने में झिझक रहा हो। लेकिन उसके चेहरे पर, जिसका रंग बिलकुल सफ़ेद पड़ गया था, दृढ़ संकल्प का भाव था।

''मैं यह कहने के इरादे से आया था...जब मैं यहाँ आ रहा था...माँ, मैं तुम्हें और, दूनिया, को भी बताना चाहता था कि हमारे लिए अच्छा यही होगा कि हम कुछ वक़्त के लिए अलग हो जाएँ। मैं बीमार हूँ, मेरे मन में शान्ति नहीं है।...मैं बाद में आऊँगा, मैं ख़ुद आ जाऊँगा...जब भी मुमकिन होगा। मैं तुम लोगों को याद करता हूँ और मुझे तुम लोगों से प्यार है।...मुझे छोड़ दो, मुझे मेरे हाल पर छोड़ दो। इसका फ़ैसला मैंने पहले ही कर लिया था...मैं यह बात अपने मन में ठान चुका हूँ। मेरा चाहे जो हाल हो, चाहे मैं तबाह हो जाऊँ या न हो जाऊँ, मैं अकेले रहना चाहता हूँ। मुझे बिलकुल भूल जाओ, यही अच्छा होगा...मेरे बारे में पूछताछ न करना। जब भी हो सकेगा, मैं ख़ुद आ जाऊँगा या...मैं तुम लोगों को बुलवा लूँगा। शायद सब कुछ फिर पहले जैसा हो जाएगा, लेकिन अगर तुम लोगों को मुझसे प्यार है, तो मुझे भूल जाओ...वरना मुझे तुम लोगों से नफ़रत होने लगेगी, यह बात मैं महसूस कर रहा हूँ...अच्छा, मैं चला !''

''हे भगवान !'' पुल्ख़ेरिया अलेक्सान्द्रोव्ना चीख़ पड़ीं।

माँ और बहन दोनों ही बेहद सहम गई थीं। रज़ुमीख़िन भी सहम गया था।

''रोद्या, रोद्या, हम लोगों से रूठकर न जाओ ! हम लोग पहले की तरह रहेंगे !'' बेचारी माँ दुखी होकर बोलीं।

वह धीरे-धीरे दरवाज़े की ओर मुड़ा लेकिन उसके वहाँ तक पहुँचने से पहले ही दूनिया वहाँ पहुँच गई।

''भैया, माँ का क्या हाल कर रहे हो ?'' उसने धीमे स्वर में कहा, उसकी आँखें गुस्से से चमक रही थीं।

रस्कोलनिकोव ने निस्तेज आँखों से उसे देखा।

''कोई बात नहीं है, मैं आऊँगा...मैं आया करूँगा,'' वह बहुत ही धीमे स्वर में बुदबुदाया, मानो उसे इस बात का पूरा होश न हो कि वह क्या कह रहा है; और इतना कहकर वह कमरे के बाहर

चला गया।

"दुष्ट, निर्दयी, स्वार्थी !" दूनिया जोर से चिल्लाई।

"वह पागल ज़रूर है, लेकिन निर्दयी नहीं है। वह पागल है ! आपको दिखाई नहीं देता ? अगर आप इतना भी नहीं समझ पाई हैं तो आप खुद निर्दयी हैं !..." रज़ुमीख़िन ने उसका हाथ ज़ोर से दबाते हुए उसके कान में कहा।

"मैं अभी लौटकर आता हूँ," उसने भयभीत माँ से चिल्लाकर कहा और भागकर कमरे के बाहर चला गया।

रस्कोलनिकोव गलियारे के छोर पर उसकी राह देख रहा था।

"मैं जानता था कि तुम मेरे पीछे भागे हुए आओगे," उसने कहा, "उनके पास लौट जाओ–उनके पास रहो...उनके पास कल भी रहना और हमेशा...मैं...शायद मैं आऊँगा...अगर आ सका। अच्छा, मैं चला।"

और मिलाने के लिए हाथ बढ़ाए बिना ही वह चल दिया।

"लेकिन तुम जा कहाँ रहे हो ? यह कर क्या रहे हो तुम ? तुम्हें हो क्या गया है ? इस तरह काम कैसे चलेगा ?..." रज़ुमीख़िन घोर निराशा से बुदबुदाया।

रस्कोलनिकोव एक बार फिर रुक गया।

"हमेशा के लिए कहे देता हूँ, मुझसे किसी बात के बारे में कभी न पूछना। मेरे पास तुम्हें बताने के लिए कुछ भी नहीं है...मुझसे मिलने भी मत आना। शायद मैं ही यहाँ आऊँ...मुझे भले ही छोड़ दो, लेकिन इन लोगों का...साथ न छोड़ना। समझ गए मेरी बात ?"

गलियारे में अँधेरा था; वे दोनों लैंप के पास खड़े थे। एक मिनट तक दोनों एक-दूसरे को चुप देखते रहे। रज़ुमीख़िन को वह एक मिनट अपने जीवन भर याद रहा। रस्कोलनिकोव की सुलगती हुई तीखी नज़रें हर क्षण अधिक पैनी होती जा रही थीं, और उसकी आत्मा में, उसकी चेतना में, पैठती जा रही थीं। अचानक रज़ुमीख़िन चौंक पड़ा। ऐसा लगा कि उन दोनों के बीच कोई विचित्र बात हुई हो...ऐसा लगा कि कोई विचार, कोई इशारा अचानक फिसलकर निकल गया था, कोई भयानक, विकराल बात, जिसे अचानक दोनों ने समझ लिया था...रज़ुमीख़िन का रंग पीला पड़ गया।

"अब तुम्हारी समझ में आ गया ?..." रस्कोलनिकोव ने कहा; उसका चेहरा घबराहट के मारे फड़क रहा था। "लौट जाओ, उनके पास वापस जाओ," उसने अचानक कहा और तेज़ी से मुड़कर घर से बाहर चला गया...

मैं यह बयान करने की कोशिश नहीं करूँगा कि रज़ुमीख़िन किस तरह उन दोनों महिलाओं के पास वापस गया, किस तरह उसने उन्हें तसल्ली दी, किस तरह उसने उन्हें समझाया कि रोद्या को अपनी बीमारी में आराम की ज़रूरत है, उन्हें समझाया कि रोद्या ज़रूर आएगा, कि वह रोज़ आएगा, कि वह बेहद परेशान है, कि कोई बात ऐसी नहीं की जानी चाहिए जिससे उसकी चिड़चिड़ाहट बढ़े, कि वह, यानी रज़ुमीख़िन, उस पर नज़र रखेगा, उसके लिए डॉक्टर बुला देगा, सबसे अच्छा डॉक्टर, उसके इलाज का बन्दोबस्त कर देगा...सच तो यह है कि उसी रात से रज़ुमीख़िन ने उनके बीच एक बेटे और भाई की हैसियत से अपने लिए जगह बना ली।

4

रस्कोलनिकोव सीधा नहर के किनारेवाले उस घर की ओर गया जहाँ सोनिया रहती थी। हरे रंग का एक पुराना सा तीन मंज़िल का मकान था। उसने दरबान को खोजकर उससे कापरनाउमोव दर्ज़ी के यहाँ तक पहुँचने का रास्ता मोटे तौर पर मालूम किया। आँगन के एक कोने में अँधेरी और तंग सीढ़ियों का दरवाज़ा ढूँढ़कर वह ऊपर की ओर पूरी दूसरी मंज़िल पर चढ़ गया और एक गैलरी में जा निकला जो आँगन की ओर चली गई थी। अभी वह अँधेरे में भटक ही रहा था कि कापरनाउमोव के दरवाज़े तक पहुँचने के लिए किधर मुड़े, कि इतने में उससे तीन क़दम की दूरी पर एक दरवाज़ा खुला; कुछ सोचे-समझे बिना उसने यन्त्रवत् उस दरवाज़े को पकड़ लिया।

"कौन है ?" एक औरत की घबराई हुई आवाज़ ने पूछा।

"मैं हूँ...तुमसे मिलने आया हूँ," रस्कोलनिकोव ने जवाब दिया और छोटी सी ड्योढ़ी में घुस गया। टूटी कुर्सी पर ताँबे के एक दबे-पिचके शमादान में मोमबत्ती जल रही थी।

"आप हैं ! हे भगवान !" सोनिया ने कमजोर आवाज़ में कहा और उसी जगह खड़ी रह गई।

"कौन सा है तुम्हारा कमरा ? इधर ?"

और रस्कोलनिकोव उसकी ओर देखने की कोई कोशिश किए बिना जल्दी से अन्दर चला गया।

एक मिनट बाद सोनिया भी मोमबत्ती लिये हुए अन्दर आई और शमादान रखकर बिलकुल घबराई हुई उसके सामने खड़ी हो गई; उसे एक अजीब बेचैनी सी महसूस हो रही थी और वह उसके इस तरह अचानक वहाँ आ जाने से कुछ डर गई थी। अचानक उसके पीले चेहरे पर लाली दौड़ गई और उसकी आँखों में आँसू आ गए।...वह परेशानी और शर्मिन्दगी महसूस कर रही थी और साथ ही ख़ुश भी थी।...रस्कोलनिकोव तेज़ी से मुड़ा और मेज़ के पास पड़ी हुई कुर्सी पर बैठ गया। उसने कमरे की हर चीज़ पर एक सरसरी सी नज़र डाली।

काफ़ी बड़ा लेकिन बेहद नीची छत का कमरा था। कापरनाउमोव परिवार ने यही एक कमरा किराए पर उठा रखा था। बाईं ओर की दीवार में जो बन्द दरवाज़ा था वह उनके कमरों में जाने का रास्ता था। सामने दाहिनी ओर की दीवार में एक और दरवाज़ा था जिसमें हमेशा ताला पड़ा रहता था। वह दूसरे फ़्लैट में जाने का रास्ता था, जो किसी और का था। सोनिया का कमरा देखने में खलिहान जैसा लगता था; बहुत ही बेतुका सा चौकोर कमरा था जिसका कोई कोना बराबर नहीं, जिसकी वजह से वह देखने में कुछ अजीब भयानक सा लगता था। एक दीवार में तीन खिड़कियाँ नहर की ओर खुलती थीं और वह तिरछी दीवार पर इतना तीखा कोण बनाती हुई जाकर दूसरी दीवार से मिलती थीं कि बहुत तेज़ रोशनी की मदद के बिना उस कोने में रखी हुई किसी चीज़ को देखना भी मुश्किल था। दूसरा कोना ज़रूरत से ज़्यादा फैला हुआ था। कमरे में फ़र्नीचर के नाम पर बहुत थोड़ी सी चीज़ें थीं : दाहिनी ओर कोने में एक पलंग था और उसके पास ही दरवाज़े से मिली हुई एक कुर्सी रखी थी। उसी दीवार के सहारे दूसरे फ़्लैट में जाने के दरवाज़े के पास एक छोटी सी बहुत ही मामूली चीड़ की मेज़ रखी थी जिस पर नीले रंग का मेज़पोश पड़ा था। मेज़ के पास बेंत से बुनी हुई दो कुर्सियाँ पड़ी थीं। सामनेवाली दीवार के सहारे तीखे कोने के पास एक मामूली सी बहुत छोटी अल्मारी रखी थी, जो देखने में ऐसी लगती थी कि जैसे रेगिस्तान में खो गई हो। कमरे में बस इतना ही सामान था। पीले रंग का, खरोंच लगा हुआ और मैला दीवार का काग़ज़ कोनों के पास बिलकुल काला पड़ चुका था। जाड़े में यहाँ बेहद सीलन रहती होगी और

धुआँ भर जाता होगा। हर चीज़ से ग़रीबी टपकती थी; पलंग पर पर्दे तक नहीं थे।

सोनिया चुपचाप खड़ी अपने मेहमान को देखती रही, जो उसके कमरे को इतने ध्यान से इस तरह बेझिझक देख रहा था; आख़िरकार वह काँपने भी लगी, मानो वह अपनी क़िस्मत का फ़ैसला करनेवाले के सामने खड़ी हो।

''बहुत देर हो गई...ग्यारह बज रहा होगा, न ?'' उसने पूछा; वह अभी तक नज़रें झुकाए था।

''जी हाँ,'' सोनिया ने बुदबुदाकर कहा, ''जी हाँ, इतना ही बजा होगा,'' उसने जल्दी से दुबारा इस तरह कहा जैसे यही उसके बच निकलने का रास्ता हो, ''मकान-मालकिन की घड़ी में अभी घंटा बजा था...मैंने ख़ुद सुना था।...''

''मैं तुम्हारे पास आख़िरी बार आया हूँ,'' रस्कोलनिकोव उदास स्वर में कहता रहा, हालाँकि वह वहाँ पहली बार आया था, ''शायद अब तुमसे कभी मुलाक़ात न हो...''

''क्या आप...कहीं जा रहे हैं ?''

''मालूम नहीं...कल...''

''तो आप कल कतेरीना इवानोव्ना के यहाँ नहीं आएँगे ?'' सोनिया की आवाज़ काँप उठी।

''कह नहीं सकता। कल सुबह मालूम होगा...उसकी फ़िक्र न करो। मैं एक बात कहने आया हूँ...''

उसने अपनी सोच में डूबी हुई नज़रें उठाकर सोनिया की ओर देखा और अचानक उसे ख़्याल आया कि इतनी देर से वह कुर्सी पर बैठा था और वह तमाम वक़्त उसके सामने खड़ी रही थी।

''खड़ी क्यों हो ? बैठ जाओ,'' उसने बहुत बदले स्वर में कहा, जिसमें नरमी थी और स्नेह था।

वह बैठ गई। रस्कोलनिकोव ने बड़े प्यार से और उस पर तरस सा खाते हुए उसकी ओर देखा।

''तुम कितनी दुबली हो ! हाथ तो देखो ! बिलकुल काँच का बना हुआ लगता है, मुर्दों जैसा।''

यह कहकर उसने उसका हाथ पकड़ लिया। सोनिया धीरे से मुस्कुरा दी।

''हमेशा से ऐसी ही हूँ,'' वह बोली।

''जब घर पर रहती थीं तब भी ?''

''जी हाँ।''

''ज़रूर रही होगी,'' उसने जल्दी से कहा और अचानक उसके चेहरे का भाव और उसका स्वर फिर बदल गया। उसने एक बार फिर चारों ओर नज़र डाली।

''यह कमरा तुमने कापरनाउमोव से किराए पर ले रखा है ?''

''जी हाँ...''

''वे लोग उधर रहते हैं, दरवाज़े के उस पार ?''

''जी हाँ...उनके पास भी ऐसा ही एक कमरा है।''

''सब लोग एक कमरे में रहते हैं ?''

''जी हाँ।''

''मुझे तो तुम्हारे इस कमरे में रात को डर लगे,'' उसने बहुत उदास होकर कहा।

''बहुत अच्छे लोग हैं, बड़े दयालु,'' सोनिया ने जवाब दिया; वह अभी तक बौखलाई हुई लग रही थी, ''और सारा फ़र्नीचर, हर चीज़...हर चीज़ उन्हीं की है। वे बड़े नेक लोग हैं; उनके बच्चे भी मुझसे मिलने आते हैं...''

"सब हकलाते हैं न ?"

"जी हाँ...वह हकलाता है और लँगड़ा भी है। और उसकी बीवी भी...वह हकलाती तो नहीं है, लेकिन साफ़ बोल नहीं पाती। बहुत अच्छे दिल की औरत है। और वह किसी के घर में बँधुआ नौकर था। सात बच्चे हैं...सिर्फ़ सबसे बड़ावाला हकलाता है और बाक़ी सब बस बीमार रहते हैं...लेकिन वे हकलाते नहीं हैं।...उनके बारे में आपने कहाँ सुना ?" उसने कुछ ताज्जुब से पूछा।

"तुम्हारे पिता ने मुझे बताया था, पहले। उन्होंने मुझे तुम्हारे बारे में सब कुछ बताया था...किस तरह छः बजे निकाली गई थीं और नौ बजे लौटकर आई थीं और किस तरह कतेरीना इवानोव्ना घुटने टेके तुम्हारे पलंग के पास बैठी रही थीं।"

सोनिया सिटपिटा गई।

"मुझे ऐसा लगा कि आज मैंने उन्हें देखा था," उसने सकुचाते हुए धीरे से कहा।

"किसे ?"

"पापा को। मैं सड़क पर चली जा रही थी, वहाँ उस नुक्कड़ पर, कोई दस बजे होंगे और मुझे ऐसा लगा कि वह मेरे आगे-आगे चले जा रहे हैं। बिलकुल वही लग रहे थे। मैं कतेरीना इवानोव्ना के पास जा रही थी..."

"तुम सड़क पर घूम रही थीं ?"

"जी हाँ," सोनिया ने झट से जवाब दिया और एक बार फिर सिटपिटाकर नीचे देखने लगी।

"जब तुम कतेरीना इवानोव्ना के साथ रहती थीं तब वह तुम्हें ज़रूर मारती होंगी। मारती थीं न ?"

"जी नहीं, आप कह क्या रहे हैं ? बिलकुल नहीं !" सोनिया ने उसे कुछ-कुछ विस्मय के भाव से देखा।

"तो तुम उन्हें प्यार करती हो ?"

"उन्हें प्यार करती हूँ ? ज़रूर करती हूँ !" सोनिया ने दर्द से भरी आवाज़ में ज़ोर देकर कहा और अपने दोनों हाथ आपस में कसकर भींच लिये। "ओह, आप उन्हें नहीं जानते...काश, आपको मालूम होता। वह तो बिलकुल बच्चों जैसी हैं।...उनका दिमाग़ अब बिलकुल ठिकाने नहीं रह गया है...दुख झेलते-झेलते। कितनी समझदार हुआ करती थीं वह...और कितनी उदार...कितनी नेक ! ओह, आप नहीं जानते, आप नहीं जानते !"

सोनिया ने यह बात भावावेग और व्यथा से हाथ मलते हुए कुछ इस ढंग से कही जैसे वह बिलकुल निराश हो चुकी हो। उसके पीले गालों पर लाली दौड़ गई और उसकी आँखों से व्यथा टपकने लगी। साफ़ मालूम हो रहा था कि वह अपने दिल की गहराइयों तक आन्दोलित हो उठी थी, कि वह कुछ कहने के लिए तड़प रही थी, किसी के पक्ष में कुछ कहने के लिए, अपनी भावनाओं को व्यक्त करने के लिए। उसके चेहरे की एक-एक मुद्रा से कहना चाहिए, अपार संवेदना का भाव प्रकट हो रहा था।

"मुझे मारती थीं ! आपने यह बात कैसे कही ? हे भगवान, मुझे वह मारती थीं ! और अगर वह मुझे मारती भी थीं तो क्या हुआ ? उससे क्या होता है ? आपको कुछ नहीं मालूम है, कुछ नहीं मालूम है इसके बारे में...वह कितनी दुखी हैं...आह, कितनी दुखी ! और बीमार...वह न्याय की खोज में हैं, उनका मन बिलकुल शुद्ध है। उन्हें इतना पक्का विश्वास है कि हर जगह न्याय होना चाहिए और वह इसकी आशा करती हैं...अगर आप उन्हें तकलीफ़ भी पहुँचाएँ तब भी वह आपके साथ कोई अन्याय नहीं करेंगी। वह यह नहीं समझतीं कि लोगों के लिए न्यायपूर्ण होना

नामुमकिन है और जब ऐसा नहीं होता तो उन्हें इस बात पर गुस्सा आता है...बच्चों की तरह, बिलकुल बच्चों की तरह ! वह बहुत न्यायप्रेमी हैं।''

''और तुम्हारा क्या होगा ?''

सोनिया ने उसे सवालिया नज़रों से देखा।

''बात यह है कि अब उन सबका बोझ तुम्हारे ऊपर आ पड़ा है। हालाँकि पहले भी उन सबका बोझ तुम्हारे ऊपर ही था। तुम्हारा बाप तुम्हारे पास शराब के लिए पैसे माँगने भी आया था। ख़ैर, अब यह गाड़ी कैसे चलेगी ?''

''मालूम नहीं,'' सोनिया ने उदास होकर कहा।

''क्या वे लोग वहीं रहेंगे ?'

''मालूम नहीं...उन्हें उस घर का बहुत सा किराया चुकाना है, लेकिन मैंने सुना है कि मकान-मालकिन ने आज कहा था कि वह उन लोगों से छुटकारा पाना चाहती है, और कतेरीना इवानोव्ना भी कहती हैं कि अब वहाँ एक मिनट नहीं रहेंगी।''

''उनमें इतनी हिम्मत कहाँ से आई ? तुम्हारे भरोसे पर ?''

''जी नहीं, इस तरह की बातें न कीजिए !...हम सब एक हैं, हम सब एक होकर रहते हैं।'' सोनिया फिर उत्तेजित हो उठी थी और उसे गुस्सा भी आ रहा था, बिलकुल ऐसे ही जैसे किसी छोटी सी चिड़िया को गुस्सा आ जाए। ''वह और कर भी क्या सकती थीं ? वह क्या कर सकती थीं ?'' वह आवेश और उत्तेजना के साथ अपनी बात को बार-बार दोहराती रही, ''और आज वह कैसा रो रही थीं ! उनका दिमाग़ ठिकाने नहीं है, आपने देखा नहीं ? बिलकुल ठिकाने नहीं है। एक क्षण वह बच्चों की तरह परेशान होने लगती हैं कि कल हर चीज़ ठीक-ठाक होनी चाहिए—खाना और हर चीज़—और फिर अगले ही क्षण वह अपने हाथ मलने लगती हैं, ख़ून थूकने लगती हैं, रोने लगती हैं और निराश होकर अचानक दीवार से अपना सिर टकराने लगती हैं। कुछ देर बाद उन्हें फिर तसल्ली हो जाती है। वह सारी आस आपसे लगाए हुए हैं। कहती हैं कि अब आप उनकी मदद करेंगे और यह भी कहती हैं कि कहीं से थोड़ा सा पैसा उधार लेकर वह मेरे साथ अपने शहर चली जाएँगी और वहाँ भले घरों की लड़कियों के लिए एक बोर्डिंग स्कूल खोलेंगी जिसकी निगरानी का काम मुझे सौंप देंगी, और इस तरह हम लोग एक नई शानदार ज़िन्दगी शुरू करेंगे। वह मुझे चूमती हैं, कलेजे से लगाती हैं, मुझे तसल्ली देती हैं, और आपसे क्या बताऊँ उन्हें कितना भरोसा है, कितना भरोसा है अपने इन सपनों पर ! आप उनकी इन बातों को काट नहीं सकते। आज तो उन्होंने सारा दिन कपड़े धोते, झाड़ू-बुहारू करते और फटे कपड़ों की मरम्मत करते बिता दिया है। वह अपने कमजोर हाथों से कपड़े धोने की नाँद घसीटकर कमरे में लाईं और हाँफकर पलंग पर ढेर हो गईं। आज सुबह हम लोग पोलेंका और लीदा के लिए जूते ख़रीदने बाज़ार गए थे क्योंकि उनके जूते बिलकुल फट गए थे। हम लोग जितना पैसा जुटा पाए थे वह काफी नहीं था, या पूरी तरह काफ़ी नहीं था। और उन्होंने ऐसे प्यारे छोटे-छोटे जूते पसन्द किए थे कि क्या कहूँ, उनकी पसन्द बहुत अच्छी है, आप नहीं जानते...और वह वहीं दुकान के नौकरों के सामने फूट-फूटकर रोने लगीं क्योंकि उनके पास पैसा काफ़ी नहीं था...उन्हें देखकर कलेजा फटा जाता था।''

''अच्छा, अब मेरी समझ में आया कि तुम...इस तरह क्यों रहती हो,'' रस्कोलनिकोव ने बड़ी कटु मुस्कुराहट के साथ कहा।

''और आपको उन पर तरस नहीं आता ? आपको दुख नहीं होता ?'' सोनिया फिर उस पर बरस पड़ी, ''क्या मैं जानती नहीं कि आपने यह सब कुछ देखे बिना भी उन्हें अपनी आख़िरी पाई

तक दे दी थी। काश, आपने सब कुछ देखा होता ! और कितनी बार ऐसा हो चुका है, कितनी बार वह मेरी वजह से रोई हैं ! अभी पिछले हफ़्ते ! जी हाँ, मेरी वजह से ! पापा के मरने से एक ही हफ़्ता पहले। मैंने बड़ी बेरहमी की थी ! और कितनी बार मैं ऐसा कर चुकी हूँ ! आह, उसके बारे में सोच-सोचकर मैं दिन भर दुखी होती रही !''

सोनिया उस बात को याद करके दुखी होकर अपने हाथ मलने लगी।

''तुमने बेरहमी की थी ?''

''हाँ, मैंने, मैंने। मैं उन लोगों से मिलने गई थी,'' वह रोकर कहती रही, ''और पापा ने कहा : 'मुझे कुछ पढ़कर सुनाओ, सोनिया, मेरे सिर में दर्द हो रहा है, पढ़कर सुनाओ, यह किताब लो।' उनके पास एक किताब थी जो उन्हें आन्द्रेई सेम्योनोविच लेबेज़ियातनिकोव ने दी थी; वह वहीं रहते हैं और हमेशा न जाने कहाँ से ऐसी मज़ेदार किताबें ले आते हैं। मैंने कहा : 'मैं ज़्यादा देर रुक नहीं सकती,' क्योंकि मैं पढ़ना नहीं चाहती थी। मैं तो ख़ासतौर पर कतेरीना इवानोव्ना को कुछ कालर-क़फ़ दिखाने गई थी। उस फेरीवाली लिज़ावेता ने कुछ कालर और क़फ़ मेरे हाथ बहुत सस्ते बेच दिए थे, बहुत ख़ूबसूरत, नए काढ़े हुए। कतेरीना इवानोव्ना को वे बहुत अच्छे लगे थे; उनको लगाकर उन्होंने अपने आपको आईने में देखा था और बेहद ख़ुश हुई थीं। 'ये मुझे दे दे, सोनिया,' वह बोलीं, 'मैं हमेशा तेरा एहसान मानूँगी। हमेशा तेरा एहसान मानूँगी,' उन्होंने कहा था, क्योंकि उनके लिए उनका जी बहुत ललचा रहा था। भला, उन्हें वह पहनतीं कब ? बस उन्हें देखकर उनको अपने सुख के बीते हुए दिनों की याद आती थी। उन्होंने अपने आपको आईने में देखा, अपने आपको सराहा, और यह तब जबकि उनके पास ढंग के कपड़े तक नहीं हैं, अपनी कोई चीज़ नहीं है, बरसों से कभी रही ही नहीं ! और वह कभी किसी से कोई चीज़ नहीं माँगतीं। और ये उन्होंने इसलिए माँगे थे कि उन्हें बेहद अच्छे लगे थे। और मेरा देने को जी नहीं चाहता था। 'ये आपके किस काम के हैं ?' मैंने कहा। मैंने उनसे बिलकुल इसी तरह कह दिया, हालाँकि मुझे ऐसा कहना नहीं चाहिए था ! उन्होंने मुझे इस तरह देखा कि बस कुछ पूछिए मत। और मेरे इनकार करने पर वह इतनी दुखी हुईं, इतनी दुखी हुईं कि बस। उन्हें देखकर दिल दुखता था।...उन्हें कालर न मिलने का दुख नहीं था, दुख था मेरे इनकार करने का, यह बात मैंने अच्छी तरह देखी थी। काश, मैं उस सबको लौटा सकती, बदल सकती, अपनी कही हुई बात वापस ले सकती ! काश, मैं...लेकिन आपको इससे क्या !''

''क्या तुम उस फेरीवाली लिज़ावेता को जानती थीं ?''

''जी हाँ.... आप भी उसे जानते थे ?'' सोनिया ने कुछ ताज्जुब से पूछा।

''कतेरीना इवानोव्ना को तपेदिक़ है, तेज़ी से बढ़नेवाली तपेदिक़; वह जल्दी ही मर जाएँगी,'' रस्कोलनिकोव ने उसके सवाल का जवाब दिए बिना कुछ रुककर कहा।

''अरे नहीं, नहीं, ऐसा न कहिए !'' और सोनिया ने अनायास ही रस्कोलनिकोव के दोनों हाथ कसकर पकड़ लिये, जैसे यह मना रही हो कि वह न मरें।

''लेकिन उनके लिए मर जाना ही बेहतर होगा।''

''नहीं, बेहतर नहीं होगा, क़तई बेहतर नहीं होगा !'' सोनिया ने एक बार फिर अनजाने में ही डरकर दोहराया।

''और बच्चे ? तुम उन्हें लाकर अपने साथ रखने के अलावा कर ही क्या सकती हो ?''

''ओह, मुझे मालूम नहीं,'' सोनिया चीख़ पड़ी और बिलकुल निराश होकर उसने दोनों हाथों से अपना सिर पकड़ लिया। साफ़ लग रहा था कि यह बात उसके मन में पहले भी कई बार आई

थी और रस्कोलनिकोव ने उसे बस फिर से कुरेद दिया था।

''और इस वक़्त भी, जबकि कतेरीना इवानोव्ना ज़िन्दा हैं, तुम बीमार पड़ जाओ और अस्पताल भेज दी जाओ, तब क्या होगा ?'' बड़ी निर्दयता से वह उसी बात को आगे बढ़ाता रहा।

''आप ऐसी बातें क्यों कर रहे हैं ? ऐसा नहीं हो सकता !'' और सोनिया का चेहरा दहशत के मारे फड़कने लगा।

''नहीं हो सकता ?'' रस्कोलनिकोव कठोर मुस्कुराहट के साथ कहता रहा, ''इसके ख़िलाफ़ तुम्हारा कोई बीमा तो है नहीं, या है ? तब उनका क्या होगा ? सब सड़क पर मारे-मारे फिरेंगे, सारे-के-सारे, वह खाँस-खाँसकर भीख माँगेंगी और किसी दीवार से अपना सिर टकरा देंगी, जैसा आज सुबह किया था, और बच्चे रोएँगे...फिर वह कहीं गिर पड़ेंगी, थाने और अस्पताल ले जाई जाएँगी, वहाँ वह मर जाएँगी, और बच्चे...''

''अरे नहीं, नहीं !...भगवान ऐसा कभी नहीं होने देगा !'' अचानक सोनिया के सीने में भरा हुआ सारा गुबार फूट पड़ा। वह कातर भाव से उसकी बात सुनती रही, और दोनों हाथ जोड़े मूक प्रार्थना के भाव से उसे देखती रही मानो सब कुछ उस पर निर्भर हो।

रस्कोलनिकोव उठ खड़ा हुआ और कमरे में टहलने लगा। एक मिनट बीता। सोनिया घोर निराशा में डूबी सिर झुकाए खड़ी थी, उसके ढीले हाथ लटक रहे थे।

''क्या तुम कुछ पैसा बचा नहीं सकतीं—आड़े वक़्त में काम आने के लिए ?'' उसने अचानक सोनिया के सामने रुककर पूछा।

''नहीं,'' सोनिया ने धीरे से कहा।

''ज़ाहिर है, तुम्हारे लिए मुमकिन नहीं है। कभी कोशिश की है ?'' उसने कुछ व्यंग्य से कहा।

''की तो है।''

''और उसका कुछ नतीजा नहीं निकला ! ज़ाहिर है, नहीं निकला होगा ! इसमें पूछने की क्या बात है।''

और एक बार फिर वह कमरे में टहलने लगा। एक मिनट और बीता।

''तुम्हें रोज़ पैसे नहीं मिलते ?''

सोनिया पहले से भी ज़्यादा सिटपिटा गई और उसका चेहरा फिर तमतमा उठा।

''नहीं,'' उसने बहुत कोशिश करके धीरे से कहा, जैसे उसे बहुत तकलीफ़ हो रही हो।

''ज़ाहिर है, पोलेंका का भी यही हाल होगा,'' वह अचानक बोला।

''नहीं, नहीं ! ऐसा नहीं हो सकता, कभी नहीं हो सकता !'' सोनिया घोर निराशा से तड़पकर ज़ोर से चिल्लाई, जैसे किसी ने उसे छुरा भोंक दिया हो, ''भगवान ऐसी भयानक बात कभी नहीं होने दे सकता !...''

''वह दूसरों का तो ऐसा हाल करता है।'

''नहीं, नहीं ! भगवान उसकी रक्षा करेगा, भगवान !...'' उसने व्याकुल होकर एक बार फिर कहा।

''लेकिन, शायद, भगवान तो कोई है ही नहीं,'' रस्कोलनिकोव ने कुछ जलकर कहा, हँसा और उसकी ओर देखने लगा।

अचानक सोनिया के चेहरे का भाव भयानक रूप से बदल गया : उस पर एक हल्की सी कँपकँपी दौड़ गई। उसने रस्कोलनिकोव को अकथनीय निन्दा के भाव से देखा, कुछ कहने की कोशिश की, लेकिन वह कुछ कह न सकी और दोनों हाथों में अपना मुँह छिपाकर सिसककर रोने लगी।

"तुम कहती हो कि कतेरीना इवानोव्ना का दिमाग़ ठिकाने नहीं है; तुम्हारा ख़ुद दिमाग़ ठिकाने नहीं," उसने थोड़ी देर चुप रहने के बाद कहा।

कोई पाँच मिनट बीत गए। वह अभी तक सोनिया की ओर देखे बिना कमरे में इधर से उधर टहल रहा था। आख़िरकार वह उसके पास गया; उसकी आँखें चमक रही थीं। अपने दोनों हाथ उसके कन्धों पर रखकर वह उसकी आँसू भरी आँखों में आँखें डालकर देखने लगा। उसकी आँखों में कठोरता थी, मानो उसे तेज़ बुख़ार चढ़ा हो, साथ ही उसकी नज़रें तीर की तरह बेध रही थीं; उसके होंठ फड़क रहे थे...अचानक वह तेज़ी से नीचे झुका और ज़मीन पर गिरकर उसने सोनिया के पाँव चूम लिये। सोनिया उससे छिटककर इस तरह दूर हो गई जैसे किसी पागल से दूर भाग रही हो। और सचमुच वह बिलकुल पागलों जैसा लग रहा था।

"आप यह कर क्या रहे हैं ? मेरे सामने ?" वह धीरे से बुदबुदाई। उसका रंग पीला पड़ गया था और अचानक एक व्यथा ने उसके दिल को जकड़ लिया था।

वह फ़ौरन उठ खड़ा हुआ।

"मैं तुम्हारे सामने नहीं बल्कि समस्त पीड़ित मानवता के सामने सिर झुका रहा था," वह उन्मत्त होकर बोला और खिड़की के पास चला गया। "सुनो," एक मिनट बाद उसने सोनिया की ओर मुड़कर कहा, "मैंने अभी एक बहुत ही बदतमीज़ आदमी से कहा था कि वह तुम्हारी कानी उँगली के बराबर भी नहीं है...और यह भी कहा था कि मैंने अपनी बहन को तुम्हारे साथ बिठाकर उसे सम्मान दिया था।"

"छिः आपने उनसे ऐसी बात कही ! और अपनी बहन के सामने !" सोनिया डरकर चिल्लाई, "मेरे साथ बैठना ! सम्मान की बात ! अरे, मैं तो...कलंकिनी हूँ !...मैं बड़ी पापिन हूँ...आह, आपने ऐसी बात क्यों कही ?"

"मैंने तुम्हारे बारे में यह बात तुम्हारे कलंक और तुम्हारे पाप की वजह से नहीं कही थी, बल्कि मुसीबतों की वजह से कही थी जो तुमने झेली हैं। लेकिन तुम बहुत बड़ी पापिन हो, यह बात तो सच है," उसने काफ़ी उत्तेजना से कहा, "और तुम्हारा सबसे बड़ा पाप यह है कि तुमने व्यर्थ ही अपने आपको तबाह किया है और अपने साथ विश्वासघात किया है। क्या यह भयानक बात नहीं है ? क्या यह भयानक बात नहीं कि तुम इस गन्दगी में रहती हो (तुम्हें बस अपनी आँखें खोलने की ज़रूरत है) कि तुम ऐसा करके किसी की मदद नहीं कर रही हो, किसी को भी किसी चीज़ से बचा नहीं रही हो ? मुझे बताओ," वह लगभग दीवानों की तरह कहता रहा, "यह कलंक और यह पतन तुम्हारे अन्दर उनकी उल्टी, उन दूसरी पवित्र भावनाओं के साथ कैसे रह सकते हैं। इससे कहीं अच्छी, हज़ार गुनी अच्छी और समझदारी की बात यह होगी कि तुम पानी में कूद पड़ो और इस सबका ख़ात्मा कर दो।"

"लेकिन उनका क्या होगा ?" सोनिया ने व्यथा भरी आँखों से उसे घूरते हुए पूछा, लेकिन उसके भाव से ऐसा नहीं लग रहा था कि उसे इस सुझाव पर कोई आश्चर्य हुआ हो। रस्कोलनिकोव ने बड़े विचित्र ढंग से सोनिया को देखा।

उसके चेहरे में उसने सब कुछ पढ़ लिया; तो यह विचार उसके मन में पहले ही उठा होगा, शायद कई बार, और उसने हर तरफ़ से निराश होकर ईमानदारी से यह सोचा होगा कि उसे ख़त्म कैसे किया जाए, और इतनी ईमानदारी से सोचा होगा कि अब उसके इस सुझाव पर उसे लगभग कोई आश्चर्य नहीं हो रहा था। उसने तो उसके शब्दों की क्रूरता की ओर भी ध्यान नहीं दिया था (ज़ाहिर है, सोनिया ने उसके उलाहनों और अपने प्रति उसके विचित्र रवैये की ओर भी ध्यान नहीं

दिया था, और यह बात भी रस्कोलनिकोव की समझ में अच्छी तरह आ गई थी)। लेकिन यह बात भी उसकी समझ में आ गई थी कि अपनी इस कलंकित, अपमानित स्थिति का विचार उसे कितनी बुरी तरह यातना दे रहा था और कितने लम्बे अरसे से यातना देता रहा था। 'क्या चीज़ थी, वह क्या चीज़ थी,' उसने सोचा 'जो अब तक उसे इस सिलसिले को ख़त्म कर देने से रोके रही ?' जब जाकर उसकी समझ में आया कि उन बेचारे छोटे-छोटे अनाथ बच्चों का और उस दयनीय आधी पागल कतेरीना इवानोव्ना का, जो तपेदिक़ की मरीज़ थी और बार-बार अपना सिर दीवार से फोड़ने लगती थीं, सोनिया के लिए क्या महत्त्व था।

फिर भी, यह बात भी उसके दिमाग़ में बिलकुल साफ़ थी कि अपने स्वभाव की वजह से और जैसे-तैसे करके उसने जो शिक्षा पाई थी उसकी वजह से, वह बहरहाल ऐसी हालत में तो नहीं रह सकती थी। लेकिन यह सवाल अब भी उसे परेशान कर रहा था कि इतने दिन तक इस हालत में रहने के बाद अगर वह पानी में कूदकर आत्महत्या नहीं कर सकती थी तो वह पागल क्यों नहीं हो गई ? यह तो वह जानता था कि समाज में सोनिया की स्थिति एक दुर्घटना का नतीजा थी, हालाँकि दुर्भाग्य की बात तो यह थी कि ऐसा नहीं था कि ऐसा पहले कभी हुआ ही न हो या अक्सर होता न रहता हो। लेकिन समझ में तो यह आता था कि इसी वजह से जो थोड़ी-बहुत शिक्षा उसने पाई थी उसकी वजह से, और अपने इससे पहले से जीवन की वजह से, उसे इस घृणित पथ पर पहला क़दम रखते ही मर जाना चाहिए था। उसे किस चीज़ ने रोके रखा ? चरित्रहीन तो वह थी नहीं ? इस सारी बदनामी का स्पष्टतः उस पर यन्त्रवत ही थोड़ा सा असर हुआ था, असली चरित्रहीनता की एक बूँद भी उसके दिल की गहराइयों तक नहीं पहुँच पाई थी; यह बात वह जानता था। उसके सामने खड़े रहकर रस्कोलनिकोव को उसका सारा वास्तविक रूप दिखाई दे रहा था।...

'इसके सामने तीन रास्ते हैं,' उसने सोचा, 'नहर में डूब मरे, पागलख़ाने चली जाए, या...अन्त में उस चरित्रहीनता में जाकर फँस जाए जिसमें सोचने की शक्ति धुँधली पड़ जाती है और दिल पत्थर हो जाता है।' अन्तिम विकल्प सबसे ज़्यादा घृणास्पद था, लेकिन वह अविश्वासी था। वह नौजवान था, वह अमूर्त्त ढंग से सोचता था, और इसलिए वह क्रूर था; यही कारण था कि वह यह सोचे बिना नहीं रह सकता था कि अन्तिम विकल्प के ही साकार होने की सम्भावना सबसे अधिक थी।

'लेकिन क्या ऐसा हो सकता है ?' उसका मन चीत्कार कर उठा, 'क्या यह सम्भव है कि वह प्राणी जिसने अपनी आत्मा की शुद्धता को अभी तक बनाए रखा हो, आख़िरकार जानते-बूझते गन्दगी और सड़ाँध के इस नरक में खिंचा चला आए ? कहीं ऐसा तो नहीं कि यह सिलसिला शुरू हो गया हो ? कहीं ऐसा तो नहीं है कि अभी तक वह इसे बस इसलिए बर्दाश्त करती रही हो कि पाप का यह जीवन उसे कम घृणित लगने लगा हो ? नहीं, नहीं, ऐसा नहीं हो सकता !' वह उसी तरह चिल्लाया जैसे अभी कुछ देर पहले सोनिया चिल्लाई थी, 'नहीं, अभी तक जिस चीज़ ने उसे नहर में कूदकर डूब मरने से रोके रखा है वह है पाप का विचार और वे, बच्चे...और अगर वह अभी तक पागल नहीं हुई है...लेकिन कौन कहता है कि वह पागल नहीं है ? क्या वह अपने होश में है ? क्या कोई उस तरह बात कर सकता है, उस तरह तर्क दे सकता है जैसे वह देती है ? यह कैसे हो सकता है कि घिनौनेपन के जिस गर्त्त में फिसलकर वह पहुँचती जा रही है उसके कगार पर वह बैठी रहे और जब उसे उस ख़तरे के बारे में बताया जाए तो वह सुनने से इनकार कर दे ? क्या वह कोई चमत्कार होने की आस लगाए है ? बेशक वह यही आस लगाए है। क्या इन सब बातों का मतलब पागलपन नहीं है ?'

वह हठधर्मी से इस विचार पर अड़ा रहा। यह वजह उसे किसी भी दूसरी वजह के मुक़ाबले ज़्यादा पसन्द थी। वह सोनिया को और भी ध्यान से देखने लगा।

"तो तुम भगवान की बहुत प्रार्थना करती हो, सोनिया ?" उसने उससे पूछा।

सोनिया कुछ नहीं बोली। वह उत्तर की प्रतीक्षा में उसके पास खड़ा रहा।

"भगवान के बिना मेरा क्या हाल होता ?" सोनिया ने, जिसकी आँखें अचानक चमक उठी थीं, रस्कोलनिकोव की ओर एक नज़र देखकर धीमे स्वर में किन्तु अपने शब्दों पर भरपूर ज़ोर देते हुए, जल्दी से कहा और उसने रस्कोलनिकोव का हाथ कसकर अपने हाथों में भींच लिया।

'अच्छा, तो मेरी बात सही है !' उसने सोचा।

"और भगवान तुम्हारे लिए क्या करता है ?" उसने सोनिया के विचारों की और थाह लेने के लिए पूछा।

सोनिया बड़ी देर तक चुप रही, जैसे वह कोई जवाब न दे पा रही हो। उसका कमज़ोर सीना भावनाओं के आवेग से धौंकनी की तरह चल रहा था।

"चुप रहिए ! ऐसे सवाल मत पूछिए ! आपको इसका अधिकार नहीं है !..." वह उसे कठोर और क्रोध से भरी हुई आँखों से देखती हुई अचानक चिल्ला उठी।

'पागल है ! पागल !' वह बार-बार अपने आपसे दोहराता रहा।

"वही सब कुछ करता है," सोनिया ने जल्दी से धीमे स्वर में कहा और एक बार फिर नीचे देखने लगी।

'तो यह है हल ! यह है असली वजह !' रस्कोलनिकोव एक नई, विचित्र, लगभग बीमारों जैसी भावना के साथ उस पीले, दुबले-पतले, हड़ियल, तीखे नाक-नक़्शेवाले छोटे से चेहरे को, उन नीली-नीली कोमल आँखों को, जिनमें ऐसी आग जैसी, ऐसी कठोर, प्रबल भावना की चमक पैदा हो सकती थी तथा क्रोध और रोष से काँपते हुए उस छोटे शरीर को एकटक देखता रहा—और यह सब कुछ उसे हर क्षण अधिकाधिक विचित्र, लगभग असम्भव लगता गया। 'दिमाग़ की कमजोरी ! दिमाग़ की कमजोरी !' वह अपने आपसे दोहराता रहा।

दराज़ोंवाली अल्मारी के ऊपर एक किताब पड़ी हुई थी। कमरे में टहलते हुए एक बार उधर से गुज़रते समय रस्कोलनिकोव ने उसे देखा था। अब उसने वह किताब उठा ली और उसे देखने लगा। बाइबिल के नए टेस्टामेंट का रूसी अनुवाद था। चमड़े की जिल्द मढ़ी हुई फटी-पुरानी किताब थी।

"यह कहाँ मिली तुमको ?" उसने कमरे के पार पुकारकर पूछा। वह अभी तक उसी जगह मेज़ से तीन क़दम दूर खड़ी थी।

"किसी ने लाकर दी थी," उसने उसकी ओर देखे बिना जवाब दिया, मानो जवाब देने को उसका जी न चाह रहा हो।

"कौन लाया था ?"

"लिज़ावेता, मैंने मँगवाई थी।"

'लिज़ावेता ! अजीब बात है !' उसने सोचा। सोनिया की हर बात उसे हर क्षण अधिक विचित्र और अधिक आश्चर्यजनक लगती जा रही थी। किताब मोमबत्ती के पास ले जाकर वह उसके पन्ने उलटने लगा।

"इसमें लैज़रस का क़िस्सा कहाँ है ?" उसने अचानक पूछा।

सोनिया नज़रें जमाए ज़मीन की ओर देखती रही और उसने कोई जवाब नहीं दिया। वह मेज़

के पास कुछ तिरछी होकर खड़ी थी।

''इसमें लैज़रस को फिर से ज़िन्दा करने की बात कहाँ पर है ? ज़रा मुझे ढूँढ़ तो दो, सोनिया।''

सोनिया ने चुपके से नज़रें बचाकर एक बार उसकी ओर देखा।

''आप ठीक जगह पर नहीं देख रहे हैं...चौथे पर्व में है,'' सोनिया ने उसके पास आए बिना धीमे स्वर में बड़ी कठोरता से कहा।

''निकालकर मुझे पढ़कर सुनाओ,'' उसने कहा। वह मेज़ पर कुहनियाँ टिकाकर बैठ गया, सिर अपने हाथ के सहारे झुका लिया और उदास भाव से दूर देखता हुआ सुनने के लिए तैयार हो गया।

'तीन हफ़्ते में उसे पागलख़ाने भेज दिया जाएगा !' वह अपने आप बुड़बुड़ाता रहा। 'मैं समझता हूँ कि मैं भी वहीं हूँगा, अगर मेरे साथ उससे भी बदतर कुछ न हुआ।' वह मन-ही-मन बुदबुदाया।

सोनिया ने रस्कोलनिकोव की प्रार्थना बड़े अविश्वास से सुनी और झिझकती हुई मेज़ की ओर बढ़ आई। उसने न चाहते हुए भी किताब उठा ली।

''आपने पढ़ा नहीं है ?'' रस्कोलनिकोव की ओर मेज़ के पार आँखें उठाकर देखते हुए उसने पूछा। उसके स्वर में कठोरता निरन्तर बढ़ती जा रही थी।

''बहुत पहले...जब मैं स्कूल में था। पढ़ो !''

''और कभी गिरजाघर में नहीं सुना ?''

''मैं...वहाँ कभी गया नहीं। क्या तुम अक्सर जाती हो ?''

''न-हीं,'' सोनिया ने दबी आवाज़ में जवाब दिया।

रस्कोलनिकोव मुस्कुरा दिया।

''मैं समझता हूँ...और कल तुम अपने बाप के जनाज़े में भी नहीं जाओगी ?''

''हाँ-हाँ, जाऊँगी। गिरजाघर भी पिछले हफ़्ते गई थी...आत्मा की शान्ति के लिए ख़ासतौर पर प्रार्थना कराई थी।''

''किसकी आत्मा की शान्ति के लिए ?''

''लिज़ावेता की। किसी ने कुल्हाड़ी से उसकी हत्या कर दी थी।''

रस्कोलनिकोव के दिमाग़ में तनाव बढ़ता जा रहा था। उसका सिर चकराने लगा।

''क्या लिज़ावेता से तुम्हारी दोस्ती थी ?''

''जी हाँ...वह बहुत अच्छी थी...यहाँ आती रहती थी...बहुत तो नहीं...उसे इतना मौक़ा ही नहीं मिलता था...हम लोग मिलकर पढ़ा करते थे और...बातें किया करते थे। वह भगवान के पास जाएगी।''

ये किताबी बातें रस्कोलनिकोव के कानों में कुछ विचित्र सी लगीं। और इसमें उसे फिर एक नई बात दिखाई दी : लिज़ावेता से उसका रहस्यमय ढंग से मिलना और दोनों कमजोर दिमाग़ की !

'जल्दी ही मैं भी कमजोर दिमाग़ का हो जाऊँगा। यह छूत की बीमारी है !' उसने सोचा। ''पढ़ो !'' उसने अचानक चिड़चिड़ाकर आग्रह करते हुए ऊँचे स्वर में कहा।

सोनिया अब भी झिझक रही थी। उसका दिल धड़क रहा था। उसे पढ़कर सुनाने की उसकी हिम्मत नहीं पड़ रही थी। वह उस 'दुखी पागल' की ओर लगभग व्यथित होकर देखने लगा।

''किसलिए ? आप विश्वास तो रखते नहीं ?...'' उसने दबे स्वर में मानो हाँफते हुए कहा।

''पढ़ो तो ! मैं चाहता हूँ कि तुम मुझे पढ़कर सुनाओ !'' वह आग्रह करता रहा, ''तुम

लिज़ावेता को तो पढ़कर सुनाती थीं !''

सोनिया ने किताब खोलकर वह प्रसंग निकाला। उसके हाथ काँप रहे थे, उसकी आवाज़ उसका साथ नहीं दे रही थी। दो बार उसने शुरू करने की कोशिश की लेकिन पहला अक्षर भी उसके मुँह से न निकल सका।

''तो हुआ यह कि कोई आदमी बीमार था, उसका नाम था लैज़रस, बेथानी का रहनेवाला...'' आख़िरकार उसने किसी तरह अपने आपको मजबूर करके पढ़ा, लेकिन तीसरे शब्द पर ही उसकी आवाज़ ज़रूरत से ज़्यादा कसे हुए तार की तरह झनझनाकर टूट गई। उसकी साँस में फन्दा पड़ गया।

रस्कोलनिकोव की समझ में कुछ-कुछ आ रहा था कि सोनिया उसे पढ़कर सुनाने के लिए अपने आपको तैयार क्यों नहीं कर पा रही थी, और जितनी ही यह बात उसकी समझ में आती जा रही थी उतनी ही ज़्यादा रुखाई और चिड़चिड़ाहट के साथ वह उससे पढ़ने का आग्रह करता जा रहा था। वह बहुत अच्छी तरह समझ रहा था कि सोनिया को जो कुछ उसका अपना था उसे बताने में, उसे खोलकर उसके सामने रखने में कितना कष्ट हो रहा था। वह समझ रहा था कि ये भावनाएँ सचमुच उसकी गुप्त निधि थीं, जिन्हें उसने शायद बरसों से सँजोकर रखा था, शायद बचपन से, जब वह एक अभागे बाप और दुख झेलते-झेलते पागल हो जानेवाली विक्षिप्त सौतेली माँ के साथ, भूख से बिलखते हुए बच्चों के बीच रहती थी और उसे बुरी-बुरी गालियाँ और उलाहने सुनने पड़ते थे। लेकिन उसके साथ ही अब वह यह भी जानता था, और पक्के तौर पर जानता था, कि हालाँकि उसके मन में डर समाया जा रहा था और उसे बहुत पीड़ा हो रही थी, फिर भी उसे यह इच्छा निरन्तर साल रही थी कि वह पढ़े और 'उसे' पढ़कर सुनाए, और 'इसी वक़्त' पढ़कर सुनाए, 'फिर चाहे जो हो !...' यह बात उसे सोनिया की आँखों में दिखाई दे रही थी, यह बात उसे उसके तीव्र भावावेश में दिखाई दे रही थी। सोनिया ने अपने आपको सँभाला, अपने गले में फँसे हुए आवेश को वश में किया और सेंट जॉन के पर्व का ग्यारहवाँ अध्याय पढ़ती रही। वह उन्नीसवें अनुवाक्य पर पहुँची—

''और बहुत से यहूदी मार्था और मरियम को उनके भाई के बारे में सांत्वना देने उनके पास आए। फिर मार्था को जैसे ही यह पता चला कि यीशु आ रहे हैं, वह जाकर उनसे मिली; मरियम घर पर ही थी। फिर मार्था ने यीशु से कहा, प्रभु ! यदि आप यहाँ होते तो मेरा भाई न मरता। लेकिन अब मैं भी जान चुकी हूँ कि अब भी आप ईश्वर से जो कुछ माँगेंगे, ईश्वर आपको देगा।''

इतना पढ़कर वह एक बार फिर रुक गई; यह सोचकर वह लज्जित हो रही थी कि उसकी आवाज़ फिर काँपेगी और बीच में टूट जाएगी...

''यीशु ने उससे कहा : तेरा भाई फिर जी उठेगा। मार्था उनसे बोली : यह तो मैं जानती हूँ कि अन्तिम दिन, रविवार को, जब मृतोत्थान होगा, तब वह भी उठा खड़ा होगा। यीशु ने उससे कहा : मैं ही मृतोत्थान हूँ और मैं ही जीवन हूँ : जो मुझ पर विश्वास रखता है, वह मर ही क्यों न चुका हो, फिर भी वह जीवित रहेगा। और जो जीवित है और मुझ पर विश्वास रखता है वह कभी मरेगा नहीं। क्या तुझे इस बात पर विश्वास है ? वह उनसे बोली :''

(और बहुत दर्द भरी साँस लेकर सोनिया साफ़-साफ़ और ज़ोर देकर पढ़ती रही, मानो सबके सामने अपनी आस्था को स्वीकार कर रही हो :)

''हाँ, प्रभु ! मुझे विश्वास है कि आप ही ख़ीस्त हैं, ईश्वर के वह पुत्र जिन्हें इस संसार में आना है।''

वह पढ़ते-पढ़ते रुक गई किन्तु उसने जल्दी से नज़रें उठाकर उसकी ओर देखा और अपने आपको वश में करके दुबारा पढ़ने लगी। रस्कोलनिकोव मेज़ पर कुहनियाँ टिकाए और अपनी नज़रें दूसरी ओर फेरे चुपचाप बैठा रहा। सोनिया पढ़ते-पढ़ते बत्तीसवें अनुवाक्य पर पहुँच गई।

"फिर जब मरियम वहाँ आई जहाँ यीशु थे और उसने उन्हें देखा, तो वह उनके पाँव पर गिर पड़ी और उनसे बोली : प्रभु ! अगर आप यहाँ होते तो मेरा भाई न मरता। जब यीशु ने उसे और उन यहूदियों को भी जो उसके साथ आए थे, रोते देखा, तो उनकी आत्मा कराह उठी। वह चिन्तित हो उठे; और बोले : तुम लोगों ने उसे कहाँ दफ़न किया है ? वे लोग उनसे बोले : प्रभु ! चलकर देख लीजिए। यीशु रो पड़े। तब यहूदी बोले : देखो यह कितना प्यार करते थे उससे ! और उनमें से कुछ ने कहा : क्या यह आदमी जिसने अन्धे की आँखें खोल दीं, ऐसा नहीं कर सकता था कि यह आदमी भी न मरता ?"

रस्कोलनिकोव ने उसकी ओर भाव-विभोर होकर देखा। हाँ, उसे यह पहले से मालूम था ! सोनिया काँप रही थी ! उसे सचमुच बुख़ार चढ़ आया था। रस्कोलनिकोव पहले से सोच रहा था कि ऐसा ही होगा। वह सबसे बड़े चमत्कार की कहानी के निकट पहुँचती जा रही थी और बहुत बड़ी विजय की भावना उस पर छा गई थी। उसकी आवाज़ घंटी की तरह गूँजने लगी; विजय और उल्लास की भावना ने उसमें शक्ति भर दी थी। पंक्तियाँ उसकी आँखों के सामने नाच रही थीं, लेकिन जो कुछ वह पढ़ रही थी वह उसे कंठस्थ था। इस अन्तिम वाक्य पर पहुँचकर कि 'क्या वह आदमी, जिसने अन्धे की आँखें खोल दीं...' सोनिया ने अपनी आवाज़ कुछ धीमी करके बड़े भावावेग से उन अन्धे अविश्वासी यहूदियों की शंका, उनके उलाहने और उनकी भर्त्सना को व्यक्त किया, जो दूसरे ही क्षण यीशु के चरणों में इस तरह गिरकर रोने लगेंगे मानो उन पर बिजली गिर पड़ी हो और उसी क्षण उनके मन में आस्था उत्पन्न होगी..."और 'वह, वह' भी—अन्धा और अविश्वासी—वह भी सुनेगा, वह भी विश्वास करेगा, हाँ, हाँ ! फ़ौरन, अभी," सोनिया यह सपना देख रही थी, और इस पूर्वाभास से काँप रही थी।

"यीशु अन्दर-ही-अन्दर कराहते हुए क़ब्र के पास पहुँचे। वह एक गुफा थी और उसके मुँह पर एक पत्थर रखा हुआ था। यीशु बोले : पत्थर हटा दो। मार्था ने, जो मरनेवाले की बहन थी, उनसे कहा : प्रभु ! अब तक तो उसके शव से दुर्गन्ध आने लगी होगी : क्योंकि उसे मरे हुए तो 'चार' दिन बीत चुके हैं।"

सोनिया ने 'चार' शब्द पर ज़ोर दिया।

"यीशु उससे बोले : मैंने तुझसे कहा था न कि यदि तेरे मन में आस्था होगी, तो तुझे ईश्वर की लीला दिखाई देगी ? तब उन लोगों ने उस जगह से पत्थर हटाया जहाँ मृतक का शव रखा था। यीशु ने अपनी आँखें ऊपर की ओर उठाईं और बोले : हे परमपिता, मैं तेरा आभारी हूँ कि तूने मेरी बात सुन ली। मैं जानता था कि तू सदा मेरी बात सुनेगा; लेकिन मैंने अपने आसपास खड़े लोगों के कारण ऐसा कहा था, जिससे उन्हें यह विश्वास हो जाए कि तूने ही मुझे भेजा है। यह कह चुकने के बाद उन्होंने ऊँचे स्वर में पुकारकर कहा : लैज़रस, उठ जाओ। और वह जो मर चुका था, उठ खड़ा हुआ।"

(वह ऊँचे स्वर में पढ़ रही थी; हर्षातिरेक से उसका शरीर ठंडा पड़ गया था और वह काँप रही थी, मानो वह अपनी आँखों के सामने यह दृश्य देख रही हो :) "उसके हाथ और पाँव कफ़न में लिपटे हुए थे; और उसके मुँह पर रूमाल बँधा हुआ था। यीशु ने उन लोगों से कहा : उसे खोल दो और जाने दो।

“ ‘तब बहुत से यहूदी, जो मरियम के पास आए थे और यीशु ने जो कुछ किया था वह उन्होंने अपनी आँखों से देखा था, उन पर विश्वास करने लगे।’ ”

सोनिया ने इसके आगे नहीं पढ़ा, सच तो यह है कि वह पढ़ न सकी। उसने किताब बन्द कर दी और जल्दी से अपनी कुर्सी से उठ खड़ी हुई।

“बस लैज़रस के फिर से ज़िन्दा हो जाने की कहानी इतनी ही है,” सोनिया ने अचानक कठोर स्वर में कहा और मुड़कर निश्चल खड़ी रही। आँखें उठाकर रस्कोलनिकोव की ओर देखने की उसकी हिम्मत नहीं हो रही थी, मानो वह लज्जित अनुभव कर रही हो। वह अभी तक काँप रही थी जैसे उसे बुख़ार चढ़ा हो। दबे-पिचके शमादान में मोमबत्ती के आख़िरी सिरे की लौ झिलमिला रही थी और इस दरिद्रताग्रस्त कमरे में उस हत्यारे और उस वेश्या पर मद्धिम-मद्धिम रोशनी बिखेर रही थी जो इतने विचित्र ढंग से साथ मिलकर उस अमर धर्मग्रन्थ का पाठ कर रहे थे। इसी तरह पाँच मिनट या उससे भी ज़्यादा बीत गए।

“मैं तुमसे कुछ कहने आया था,” रस्कोलनिकोव ने माथे पर बल डालकर ऊँचे स्वर में अचानक कहा। वह उठकर सोनिया के पास चला गया। सोनिया ने अपनी आँखें उठाकर चुपचाप उसे देखा। रस्कोलनिकोव का चेहरा विशेष तौर पर कठोर लग रहा था, उस पर एक पाशविक दृढ़ संकल्प का भाव था।

“आज मैं अपने परिवार को छोड़कर आया हूँ,” वह बोला, “अपनी माँ और अपनी बहन को। मैं अब उनसे मिलने नहीं जाऊँगा। मैंने उनसे बिलकुल नाता तोड़ लिया है।”

“क्यों ?” सोनिया ने आश्चर्य से पूछा। हाल ही में उसकी माँ और बहन से मिलकर वह बहुत प्रभावित हुई थी, हालाँकि अगर उससे इसका कारण पूछा जाता तो वह आसानी से बता नहीं सकती। रस्कोलनिकोव के मुँह से यह ख़बर सुनकर वह सहम सी गई।

“अब मुझे बस तुम्हारा सहारा है,” रस्कोलनिकोव कहता रहा, “मैं तुम्हारे पास आया हूँ। हम दोनों अभागे हैं, इसलिए चलो, हम दोनों साथ चलें !”

उसकी आँखें चमक रही थीं। ‘जैसे वह पागल हो,’ इस बार सोनिया ने सोचा।

“कहाँ जाएँगे ?” सोनिया ने आतंकित होकर पूछा और अनायास पीछे हट गई।

“यह मुझे क्या मालूम ? मैं तो बस इतना जानता हूँ कि दोनों का रास्ता एक ही है। इतना मुझे पक्का मालूम है—बस इतना ही। हम दोनों के सामने मंज़िल एक ही है !”

सोनिया ने उसकी ओर देखा लेकिन उसकी समझ में कुछ भी न आया। वह बस इतना समझ पाई कि वह बहुत दुखी था, बेहद दुखी।

“अगर तुम बताओगी भी तो उनमें से कोई तुम्हारी बात नहीं समझेगा, लेकिन मैं समझ गया हूँ। मुझे तुम्हारी ज़रूरत है, इसीलिए मैं तुम्हारे पास आया हूँ,” वह कहता रहा।

“मैं समझी नहीं...” सोनिया ने बहुत धीमे स्वर में कहा।

“बाद में समझ जाओगी। क्या तुमने भी वही नहीं किया है ? तुम भी हद से आगे निकल गई हो...तुममें हद से आगे निकल जाने की हिम्मत थी। तुमने ख़ुद अपने ऊपर हाथ डाला है, तुमने एक ज़िन्दगी बर्बाद की है, ख़ुद अपनी (वह भी वही बात है !)। तुम भी आत्मा और विवेक की कसौटी पर खरी उतरनेवाली ज़िन्दगी बिता सकती थीं, लेकिन आख़िर में तुम भूसा मंडी पहुँच जाओगी...लेकिन वह तुम बर्दाश्त नहीं कर सकोगी, और अगर तुम ‘अकेली’ रहोगी तो तुम भी मेरी तरह पागल हो जाओगी। अभी से तुम बिलकुल पागलों जैसी हो। इसलिए हम दोनों को एक ही रास्ते पर साथ चलना चाहिए ! आओ, चलें !”

"किसलिए ? यह सब किसलिए ?" सोनिया बोली, उसकी बातों से उसमें एक विचित्र और तीव्र उद्विग्नता पैदा हो गई थी।

"किसलिए ? इसलिए कि तुम इस हालत में नहीं रह सकतीं, और किसलिए ! तुम्हें आख़िरकार संजीदगी और सच्चाई से हर चीज़ के बारे में सोचना चाहिए, बच्चों की तरह रो-रोकर यह नहीं कहना चाहिए कि भगवान ऐसा कभी नहीं होने देगा ! अगर कल तुम्हें सचमुच अस्पताल पहुँचा दिया गया तो क्या होगा ? वह तो ख़ैर पागल हैं और तपेदिक़ की मरीज़ हैं, वह तो कुछ ही दिन की मेहमान हैं—और बच्चे ? क्या तुम मुझसे यह कहना चाहती हो कि पोलेंका की दुर्गति नहीं होगी ? क्या तुमने यहाँ उन बच्चों को नहीं देखा है जिन्हें उनकी माँएँ सड़क के नुक्कड़ों पर भीख माँगने के लिए भेज देती हैं ? मैंने पता लगाया कि वे माँएँ कहाँ और कैसी परिस्थितियों में रहती हैं। बच्चे वहाँ बच्चे नहीं रह सकते। वहाँ सात साल के बच्चे में सारी बुराइयाँ पैदा हो जाती हैं और वह चोर बन जाता है। फिर भी बच्चे, तुम तो जानती ही हो, ईसा मसीह का रूप होते हैं : 'उनका जीवन स्वर्ग है !' उन्होंने हमें उनका सम्मान करने और उनसे प्यार करने का आदेश दिया था, वे मानवता का भविष्य हैं..."

"क्या किया जाए, क्या किया जाए ?" सोनिया ने अपने हाथ मलते हुए और बिलख-बिलखकर रोते हुए दोहराया।

"क्या किया जाए ? जिस चीज़ को तोड़ना ही है उसे तोड़ दें, फ़ौरन, बस, और सारी मुसीबत अपने ऊपर ले लें। क्या, तुम समझीं नहीं ? तुम बाद में समझोगी...आज़ादी और ताक़त, सबसे बढ़कर ताक़त ! सारी काँपती हुई मख़लूक़ पर, चींटियों के सारे ढेर पर !...यही लक्ष्य है ! इतना याद रखना ! चलते-चलते यही मेरा सन्देश है ! शायद तुमसे मैं यह आख़िरी बार बातें कर रहा हूँ। अगर मैं कल न आया, तो तुम इसके बारे में सब कुछ सुनोगी और तब इन शब्दों को याद रखना। और कुछ दिन बीत जाने पर, बरसों बाद, शायद तुम्हारी समझ में आएगा कि उनका क्या मतलब था। अगर मैं कल आया तो मैं तुम्हें बता दूँगा कि लिज़ावेता को किसने मारा था। अच्छा, मैं चला।"

सोनिया डरकर चौंक उठी।

"क्यों, क्या आपको मालूम है कि उसे किसने मारा है ?" उसने दीवानों की तरह उसे देखते हुए पूछा; डर के मारे उसका ख़ून जम गया।

"मुझे मालूम है और मैं बता दूँगा...तुम्हें, सिर्फ़ तुम्हें ! इसके लिए मैंने तुम्हें चुन लिया है। मैं तुम्हारे पास क्षमा माँगने नहीं, बल्कि सिर्फ़ तुम्हें बताने आऊँगा। यह बात सुनाने के लिए मैंने तुम्हें बहुत पहले चुन लिया था, जब तुम्हारे पिता ने मुझसे तुम्हारे बारे में बातें की थीं और जब लिज़ावेता ज़िन्दा थी, तभी मैंने इसके बारे में सोचा था। अच्छा, मैं चला। हाथ मिलाने की कोई ज़रूरत नहीं है। कल !"

वह बाहर चला गया। सोनिया उसे इस तरह घूरती रही जैसे वह कोई पागल हो; लेकिन वह ख़ुद पागलों जैसी थी और इस बात को महसूस करती थी। उसका सिर चकरा रहा था। 'हे भगवान, इन्हें कैसे मालूम है कि लिज़ावेता को किसने मारा है ? उन शब्दों का क्या मतलब है ? कैसी भयानक बात है !' लेकिन इसके साथ ही वह विचार उसके दिमाग़ में नहीं आया, एक क्षण के लिए भी नहीं ! 'ओह, वह बहुत दुखी होंगे !...उन्होंने अपनी माँ और बहन को छोड़ दिया है। किसलिए ? हुआ क्या है ? और उनके दिमाग़ पर क्या बोझ था ? उन्होंने उससे क्या कहा था ? उन्होंने उसका पाँव चूमा था और कहा था...और कहा था (हाँ बिलकुल साफ़-साफ़ कहा था) कि

वह उसके बिना नहीं रह सकते...हे भगवान, दया करो !'

सोनिया ने सारी रात बुख़ार और सरसाम की हालत में बिताई। बीच-बीच में वह चौंककर उछल पड़ती थी, रोती थी और अपने हाथ मलने लगती थी। उसके बाद फिर बुख़ार की हालत में सो जाती थी और पोलेंका, कतेरीना इवानोव्ना और लिज़ावेता को सपने में देखती थी। वह सपने में देखती थी कि वह बाइबिल पढ़कर सुना रही है और उन्हें देखती थी...उनका पीला चेहरा और दहकती हुई आँखें...कि वह उसके पाँव चूम रहे हैं और रो रहे हैं...हे भगवान।

दाहिनी तरफ़ सोनिया के कमरे और मादाम रेसलिख़ के फ़्लैट के बीच जो दरवाज़ा था, उसके दूसरी ओर एक कमरा था जो बहुत दिन से ख़ाली पड़ा था। उस कमरे के किराए के लिए ख़ाली होने का इश्तहार करने के लिए फाटक पर और नहर की ओर खुलनेवाली खिड़कियों पर इस आशय की नोटिसें चिपका दी गई थीं। सोनिया बहुत अरसे से उस कमरे के ख़ाली पड़े रहने की आदी हो चुकी थी। लेकिन तमाम वक़्त स्विद्रिगाइलोव उस ख़ाली कमरे के दरवाज़े के पास खड़ा कान लगाए सुनता रहा था। रस्कोलनिकोव के चले जाने के बाद वह चुपचाप खड़ा एक क्षण तक कुछ सोचता रहा, फिर पंजों के बल चलते हुए उस ख़ाली कमरे से मिले हुए अपने कमरे में गया और कोई आवाज़ किए बिना वहाँ से एक कुर्सी लाकर उसने सोनिया के कमरे में जाने के दरवाज़े के पास रख दी। वह बातचीत उसे दिलचस्प और महत्त्वपूर्ण लगी थी और उसे उसमें बहुत मज़ा आया था—यहाँ तक कि वह एक कुर्सी भी उठा लाया था ताकि आगे चलकर, मिसाल के लिए कल ही, उसे घंटे भर खड़े रहने की तक़लीफ़ न उठानी पड़े, बल्कि वह आराम से सारी बातें सुन सके।

5

अगले दिन सबेरे जब रस्कोलनिकोव ठीक ग्यारह बजे फ़ौजदारी मामलों की छानबीन करनेवाले विभाग में पहुँचा और उसने अपना नाम पोर्फ़िरी पेत्रोविच के पास भिजवाया तो उसे यह देखकर ताज्जुब हुआ कि उसे इतनी देर इन्तज़ार कराया गया : कम-से-कम दस मिनट बीत जाने के बाद उसे अन्दर बुलाया गया। उसने सोचा था कि वे लोग देखते ही उस पर टूट पड़ेंगे। लेकिन वह बाहर के कमरे में खड़ा इन्तज़ार करता रहा और लगातार ऐसे लोग, जिनको बज़ाहिर उससे कोई सरोकार नहीं था, इधर से उधर उसके सामने से होकर गुज़रते रहे। उसके बादवाले कमरे में, जो देखने में दफ़्तर जैसा लगता था, कई क्लर्क बैठे कुछ लिख रहे थे; ज़ाहिर है उन्हें इस बात का कोई पता नहीं था कि रस्कोलनिकोव कौन है और क्या है। उसने बेचैन होकर और शक से अपने चारों ओर देखा, यह पता लगा लेने के लिए कि उस पर कोई पहरा तो नहीं बिठा दिया गया है, किसी रहस्यमय ढंग से उस पर नज़र तो नहीं रखी जा रही कि वह भागने न पाए। लेकिन इस तरह की कोई बात नहीं थी : उसे तो बस उन क्लर्कों के चेहरे दिखाई दिए जो छोटे-मोटे कामों में व्यस्त थे, फिर कुछ ऐसे लोगों के जिनमें किसी को भी उसमें कोई दिलचस्पी नहीं थी। जहाँ तक उनका सवाल था वह जहाँ चाहे जा सकता था। उसके मन में यह विश्वास और भी पक्का होता गया कि अगर कलवाले उस रहस्यमय आदमी ने, उस भूत ने जो धरती का सीना चीरकर अचानक निकल आया था, सब कुछ देखा होता तो वे लोग उसे इस तरह वहाँ खड़े-खड़े इन्तज़ार करने का मौक़ा न देते। और क्या वे लोग इस बात की राह देखते कि वह ख़ुद ग्यारह बजे आकर वहाँ हाज़िर हो ? या तो उस आदमी ने अभी तक उन लोगों को ख़बर नहीं दी थी, या...या फिर उसे कुछ मालूम ही नहीं था, उसने कुछ देखा ही नहीं था (और वह कुछ भी देख ही कैसे सकता था ?), और

इसलिए कल उसके साथ जो कुछ हुआ था वह भी एक भ्रम था, जिसे उसकी बीमार और ज़रूरत से ज़्यादा थकी हुई कल्पना ने बढ़ा-चढ़ाकर इतना बड़ा रूप दे दिया था। यह अनुमान कल ही उसके सारे भय और सारी निराशा के बीच दृढ़ होना शुरू हो गया था। अब इस सारी बात पर फिर से विचार करते हुए और एक नए संघर्ष की तैयारी करते हुए उसे अचानक आभास हुआ कि वह काँप रहा है—और यह विचार मन में आते ही कि वह उस मनहूस पोर्फ़िरी पेत्रोविच का सामना करने के डर से काँप रहा था, उसने अपने अन्दर क्रोध का एक तूफ़ान उठता हुआ महसूस किया। उसे सबसे ज़्यादा डर उससे फिर मिलने से लग रहा था : उसको उससे बहुत गहरी नफ़रत थी, बिलकुल खुली नफ़रत, और वह डरता था कि इस नफ़रत की वजह से कहीं उसका भेद न खुल जाए। उसे इतना गुस्सा आ रहा था कि उसका काँपना फ़ौरन बन्द हो गया। वह बिलकुल शान्त भाव से और ढिठाई के साथ अन्दर जाने को तैयार हो गया। उसने मन-ही-मन क़सम खाई कि जहाँ तक हो सकेगा वह चुप रहेगा, बस देखेगा और सुनेगा, और कम-से-कम इस बार अपने ज़रूरत से ज़्यादा थके हुए दिमाग़ पर क़ाबू रखेगा। उसी क्षण उसे पोर्फ़िरी पेत्रोविच के सामने बुलाया गया।

उसने देखा कि पोर्फ़िरी पेत्रोविच अपने दफ़्तर में अकेला था। उसका दफ़्तर न बहुत बड़ा था, न बहुत छोटा। उसमें एक बड़ी सी लिखने की मेज़ रखी हुई थी जिसके पास ही एक सोफ़ा पड़ा था जिस पर मोमजामा चढ़ा हुआ था, एक और दफ़्तर की मेज़ थी; कोने में किताबों की एक अल्मारी रखी थी और बहुत सी कुर्सियाँ पड़ी थीं—सारे का सारा पॉलिश की हुई पीली लकड़ी का सरकारी फर्नीचर था। दूरवाली दीवार में एक बन्द दरवाज़ा था, जिसके पार यक़ीनन दूसरे कमरे रहे होंगे। रस्कोलनिकोव के अन्दर आते ही पोर्फ़िरी पेत्रोविच ने फ़ौरन वह दरवाज़ा बन्द कर दिया जिस रास्ते वह कमरे में आया था। वे दोनों वहाँ अकेले रह गए। वह अपने मेहमान से देखने में बहुत ही मिलनसारी और खुशमिज़ाजी के साथ मिला। कुछ मिनट बाद जाकर ही रस्कोलनिकोव को उसमें अटपटा महसूस करने के लिए कुछ चिन्ह दिखाई दिए, मानो उसका लगाया हुआ सारा हिसाब गड़बड़ हो गया हो या वह कोई बहुत ही खुफ़िया काम करते हुए पकड़ा गया हो।

"आओ यार ! तो तुम आ गए...हमारे पाले में..." पोर्फ़िरी ने अपने दोनों हाथ उसकी ओर बढ़ाकर कहना शुरू किया, "जाओ, बैठ जाओ, उस्ताद...या शायद तुम्हें यह पसन्द नहीं कि तुमसे 'यार' और 'उस्ताद' कहकर बात की जाए—ख़ैर छोड़ो ! मेरी बेतकल्लुफ़ी का बुरा न मानना...यहाँ सोफ़े पर बैठो।"

रस्कोलनिकोव बैठ गया और नज़रें जमाए उसे देखता रहा। 'हमारे पाले में,' बेतकल्लुफ़ी की माफ़ी माँगना, बीच में फ़्रांसीसी में कुछ कह देना, ये सब बातें ख़ास पहचान होती थीं। 'उसने दोनों हाथ मेरी ओर बढ़ाए तो लेकिन हाथ मिलाया नहीं—मिलाने से पहले ही खींच लिया,' इस बात से उसके मन में शक पैदा हुआ। दोनों एक-दूसरे को ग़ौर से देख रहे थे, लेकिन नज़रें मिलते ही वे बिजली जैसी तेज़ी के साथ दूसरी ओर देखने लगते थे।

"मैं आपके पास यह काग़ज़ लेकर आया था...घड़ी के बारे में। देख लीजिए। ठीक है न, या फिर से लिख दूँ ?"

"क्या ? काग़ज़ ? हाँ, हाँ...परेशान न हो, ठीक है," पोर्फ़िरी पेत्रोविच ने कहा, जैसे उसे किसी बात की बड़ी जल्दी हो, और यह कह चुकने के बाद उसने काग़ज़ की ओर देखा। "हाँ, ठीक है। और किसी चीज़ की ज़रूरत नहीं है," उसने उतनी ही तेज़ी से कहा और काग़ज़ मेज़ पर रख दिया। एक मिनट बाद जब वह कोई दूसरी बात कर रहा था, तब उसने वह काग़ज़ उठाकर अपनी दफ़्तरवाली मेज़ पर रख दिया।

"मैं समझता हूँ, कल आपने कहा था कि आप उस औरत के साथ...जिसका क़त्ल हुआ है, मेरी जान-पहचान के बारे में मुझसे पूछताछ करेंगे...बाक़ायदा सरकारी तौर पर ?" रस्कोलनिकोव ने फिर कहना शुरू किया। लेकिन फ़ौरन ही उसके दिमाग़ में एक दूसरा विचार भी बिजली की तरह कौंध गया, 'मैंने 'मैं समझता हूँ' क्यों जोड़ दिया ?' उसके दिमाग़ में पल झपकते यह विचार उठा। 'आख़िर 'मैं समझता हूँ' कह देने पर मैं इतना परेशान क्यों हूँ ?' और फ़ौरन ही यह दूसरा विचार उसके दिमाग़ में बिजली की तरह कौंध गया।

अचानक उसे ऐसा महसूस हुआ कि पोर्फ़िरी के साथ सम्पर्क होते ही, उसकी पहली बात पर ही, उसकी सूरत देखते ही, उसकी बेचैनी ने बढ़ते-बढ़ते भयानक रूप धारण कर लिया था...और यह कि यह बात बेहद ख़तरनाक थी। उसकी नसें तक काँप रही थीं और उसके भावों का ज्वार चढ़ता जा रहा था। 'बहुत बुरी बात है, बहुत बुरी बात है !...मैं फिर ज़रूरत से ज़्यादा कुछ कह जाऊँगा।'

"हाँ, हाँ, हाँ ! कोई जल्दी नहीं है, कोई जल्दी नहीं है," पोर्फ़िरी पेत्रोविच ने मेज़ के पास किसी स्पष्ट उद्देश्य के बिना ही इधर से उधर टहलते हुए बुदबुदाकर कहा; कभी वह झपटकर खिड़की के पास पहुँच जाता, कभी दफ़्तर की मेज़ के पास, कभी फिर लिखने की मेज़ के पास, कभी रस्कोलनिकोव की सन्देह भरी नज़रों से बचने की कोशिश करता, और कभी चुपचाप खड़ा होकर उसकी नज़रों में नज़रें डालकर देखने लगता। उसका गोलमटोल छोटा सा शरीर देखने में बहुत अजीब लग रहा था, जैसे कोई गेंद इधर से उधर लुढ़क रही हो और किसी चीज़ से टकराकर फिर लौट आती हो।

"हमारे पास बहुत वक़्त है !...सिगरेट पीते हो ? सिगरेट है तुम्हारे पास ? लो, सिगरेट पियो..." अपने मेहमान की ओर सिगरेट बढ़ाते हुए वह कहता रहा, "बात यह है कि मैं तुमसे मिल तो यहाँ रहा हूँ, लेकिन मेरा अपना घर, मतलब यह कि मेरा सरकारी घर, वहाँ उस पार है। अभी तो मैं वहाँ से बाहर रहता हूँ, क्योंकि उस घर में कुछ मरम्मत का काम कराना था। अब मरम्मत लगभग पूरी हो चुकी है...सरकारी घर, तुम तो जानते ही हो, बहुत बढ़िया होते हैं। क्यों, क्या ख़्याल है तुम्हारा ?"

"हाँ, बहुत बढ़िया," रस्कोलनिकोव ने लगभग व्यंग्य से उसे देखते हुए कहा।

"बहुत बढ़िया, बहुत ही बढ़िया," पोर्फ़िरी पेत्रोविच ने फिर दोहराया, मानो उसे अभी किसी बिलकुल ही दूसरी चीज़ का ख़्याल आया हो। "हाँ, बेहद बढ़िया," आख़िरकार वह लगभग चिल्ला पड़ा और रस्कोलनिकोव से कोई दो क़दम की दूरी पर खड़ा होकर आँखों में आँखें डालकर उसे घूरने लगा। वह अपने मेहमान को जिस गम्भीर, विचारमग्न और रहस्यमयी दृष्टि से देख रहा था उसके साथ इतने फूहड़पन से एक ही बात को बार-बार दोहराना बिलकुल मेल नहीं खाता था।

लेकिन इस चीज़ ने रस्कोलनिकोव का गुस्सा पहले से भी ज़्यादा भड़का दिया और वह उसे व्यंग्य भरी और कुछ हद तक सतर्कताहीन चुनौती देने से अपने आपको रोक न सका।

"अच्छा, मुझे एक बात बताइए," रस्कोलनिकोव ने लगभग ढिठाई से उसे देखते हुए अचानक पूछा, जैसे उसे अपनी इस ढिठाई में मज़ा आ रहा हो, "मैं समझता हूँ कि यह एक तरह का क़ानूनी नियम है, एक तरह की क़ानूनी परम्परा—छानबीन करनेवाले सभी वकीलों के लिए—कि वे अपना हमला दूर से शुरू करते हैं, किसी बहुत ही छोटी बात से, या कम-से-कम किसी ऐसी बात से जिसका उस मामले से कोई सम्बन्ध न हो, ताकि जिस आदमी से वे सवाल-जवाब कर रहे हों उसे

बढ़ावा मिले, या उसका ध्यान दूसरी ओर हट जाए, वह सतर्क न रह पाए, और तब वे कोई घातक सवाल करके उस पर अचानक ऐसा वार करें जिसके सामने वह टिक न सके। इसकी चर्चा, मैं समझता हूँ, इस कला की सभी किताबों में बड़ी पाबन्दी से की जाती है ?''

''क्यों, क्या तुम्हारा ख़्याल है कि मैं सरकारी घर की बात इसलिए कर रहा था...क्यों ?'' यह कहते हुए पोर्फ़िरी पेत्रोविच ने आँखें तरेरकर आँख मारी। उसके चेहरे पर ज़रा सी देर को खुशमिज़ाजी मिली चालाकी का भाव उभर आया, उसके माथे पर पड़े हुए बल सीधे हो गए, उसकी आँखें सिकुड़ गईं, चेहरा-मोहरा कुछ और चौड़ा हो गया, और अचानक वह देर तक घबराई हुई हँसी हँसता रहा। उसका सारा शरीर हिल रहा था और वह आँखों में आँखें डालकर रस्कोलनिकोव को देख रहा था। रस्कोलनिकोव भी जी न चाहते हुए हँसने लगा; लेकिन जब पोर्फ़िरी ने उसे भी हँसते देखकर ऐसा ठहाका मारा कि उसका चेहरा बिलकुल लाल हो गया, तो उसके प्रति रस्कोलनिकोव की घृणा सावधानी की सीमाएँ तोड़कर बाहर फूट निकलीं : उसने हँसना बन्द कर दिया, आँखें तरेरीं और नफ़रत भरी नज़रों से पोर्फ़िरी को घूरता रहा; जब तक वह जान-बूझकर अपनी हँसी को लम्बा खींचता गया तब तक वह भी उस पर आँखें जमाए रहा। लेकिन लापरवाही दोनों ओर से बरती जा रही थी, क्योंकि ऐसा लग रहा था कि पोर्फ़िरी पेत्रोविच अपने मेहमान को चिढ़ाने के लिए हँस रहा था और उसे इस बात की तनिक भी परवाह नहीं थी कि उनके मेहमान को उसकी हँसी से कितनी घृणा हो रही थी। यह बादवाली बात रस्कोलनिकोव के लिए बहुत महत्त्व रखती थी। उसने देखा कि इससे फ़ौरन पहले भी पोर्फ़िरी बिलकुल अटपटा नहीं महसूस कर रहा था, लेकिन वह खुद, यानी रस्कोलनिकोव जाल में फँस गया था; कि इसमें कोई ऐसी बात, कोई ऐसा उद्देश्य ज़रूर होगा जिसका उसे कुछ भी पता नहीं था; कि शायद हर चीज़ पहले से तैयार करके रखी गई थी और अभी एक क्षण में अचानक उसके सामने खोल दी जाएगी और वह अचक्के में पकड़ा जाएगा...

वह फ़ौरन मतलब की बात पर आ गया, कुर्सी से उठ खड़ा हुआ और उसने अपनी टोपी उठा ली।

''पोर्फ़िरी पेत्रोविच,'' उसने बड़ी दृढ़ता से लेकिन कुछ चिड़चिड़ाहट के साथ कहना शुरू किया, ''कल आपने यह कहा था कि आप चाहते हैं मैं आपके पास किसी जाँच-पड़ताल के लिए आऊँ। (उसने 'जाँच-पड़ताल' शब्द पर ख़ासतौर पर ज़ोर दिया।) मैं आ गया हूँ, अगर आपको मुझसे कुछ पूछना है तो पूछ लीजिए, और अगर नहीं पूछना है तो मुझे जाने दीजिए। मेरे पास फ़ालतू वक़्त नहीं है..., मुझे काम है...मुझे उस आदमी के जनाज़े में जाना है जो घोड़ागाड़ी से कुचलकर मर गया था, जिसका आपको...पता भी है।'' उसने कहा, यह बात जोड़ देने पर उसे फ़ौरन गुस्सा आया और अपने इस गुस्से पर उसे और भी चिड़चिड़ाहट हुई। ''मैं इन सब बातों से तंग आ चुका हूँ, सुन लिया आपने ? और बहुत अरसे से तंग हूँ। कुछ हद तक मेरी बीमारी की वजह भी यही है। कहने का मतलब यह,'' यह महसूस करके कि यहाँ अपनी बीमारी की चर्चा करने का कोई मौक़ा नहीं था, वह ज़ोर से बोला, ''कहने का मतलब यह कि या तो जो पूछताछ करनी हो फ़ौरन कर लीजिए या मुझे जाने दीजिए...और अगर आपको पूछताछ करनी ही है तो बाक़ायदा सही तरीक़े से कीजिए ! किसी दूसरे तरीक़े से ऐसा करने की मैं इजाज़त नहीं दूँगा; और इस वक़्त तो मैं चलता हूँ क्योंकि ज़ाहिर है कि हमारे पास अब कोई ऐसा काम नहीं है जिसके लिए मैं यहा रुकूँ।''

''कमाल है ! आख़िर तुम बात किस चीज़ के बारे में कर रहे हो ? तुम चाहते क्या हो, मैं तुमसे पूछताछ किस चीज़ के बारे में करूँ ?'' पोर्फ़िरी पेत्रोविच फ़ौरन हँसना बन्द करके अपना

लहजा बदलते हुए चहककर बोला। "बिला वजह परेशान न हो," वह बेचैनी से कभी इधर जाता, कभी उधर और बड़े आग्रह से रस्कोलनिकोव से बैठ जाने को बार-बार कहता। "कोई जल्दी नहीं है, कोई जल्दी नहीं है, यह बस बकवास है। नहीं, मैं तो बहुत खुश हूँ कि आख़िरकार तुम मुझसे मिलने आए...मैं तो तुम्हें बस अपना मेहमान मानता हूँ। और जहाँ तक मेरी इस कमबख़्त हँसी का सवाल है, तो उसके लिए मुझे माफ़ कर देना, रोदिओन रोमानोविच। रोदिओन रोमानोविच ? यही नाम है न तुम्हारा ?...मेरा स्वभाव ही ऐसा बन गया है, तुमने इतनी दिलचस्प बात कहकर जैसे मुझे गुदगुदा दिया। मैं तुम्हें यक़ीन दिलाता हूँ, कभी-कभी तो मैं आधे-आधे घंटे तक रबर की गेंद की तरह उछल-उछलकर हँसता रहता हूँ...हाँ, मेरे मिज़ाज में हँसी-मज़ाक़ बहुत है। मेरे जैसे डीलडौल के आदमी के लिए यह ज़रा ख़तरनाक बात होती है। अक्सर तो मुझे यह डर लगने लगता है कि कहीं मुझे लक़वा न मार जाए। बैठ जाओ। बैठ भी जाओ, नहीं तो मैं समझूँगा कि तुम नाराज़ हो..."

रस्कोलनिकोव कुछ नहीं बोला; वह सुनता रहा, उसे देखता रहा, और पहले की तरह ही ग़ुस्से से उसके माथे पर बल पड़े रहे। वह बैठ तो गया लेकिन अपनी टोपी हाथ में लिये रहा।

"रोदिओन रोमानोविच, मैं तुम्हें अपने बारे में एक बात बता दूँ," पोर्फ़िरी पेत्रोविच कमरे में इधर-उधर तेज़ी से चलता हुआ और फिर अपने मेहमान से नज़रें मिलाने से बचता हुआ अपनी बात कहता रहा, "देखो, बात यह है कि मैंने कभी शादी नहीं की, मेरी कोई हैसियत नहीं है, और मैं लोगों के बीच बहुत ज़्यादा उठने-बैठने का आदी नहीं हूँ। इसके अलावा, मुझे अब ज़िन्दगी से कुछ मिलना नहीं है। मैं एक लीक में पड़ गया हूँ, मैं पुराना पड़ता जा रहा हूँ और...और एक बात देखी है तुमने, रोदिओन रोमानोविच, कि हमारे यहाँ, यानी रूस में, ख़ासकर इस पीटर्सबर्ग के समाज में, अगर दो ऐसे समझदार आदमी कहीं मिल जाएँ जो एक-दूसरे को अच्छी तरह न जानते हों, लेकिन एक तरह से, एक-दूसरे की इज़्ज़त करते हों, जैसे तुम और मैं, तो उन्हें बातचीत करने के लिए कुछ ढूँढ़ने में आधा घंटा लग जाता है—वे गूँगे बन जाते हैं, एक-दूसरे के सामने बैठे अटपटा महसूस करते रहते हैं। हर आदमी के पास बातचीत करने के लिए कुछ न कुछ होता ज़रूर है। मिसाल के लिए, बड़े घरों की औरतों के पास...समाज के ऊँचे वर्गों के लोगों के पास हमेशा बातचीत करने के लिए अपने विषय होते हैं, बिलकुल बँधे-बँधाए, लेकिन हम जैसे मामूली लोग, मेरा मतलब है सोचनेवाले लोग, उनकी ज़बान हमेशा बन्द रहती है और वे अटपटा महसूस करते हैं। इसकी वजह क्या है ? मुझे मालूम नहीं कि ऐसा इसलिए होता है कि हम लोगों में कोई समाजी दिलचस्पी नहीं होती, या इसलिए कि हम इतने ईमानदार होते हैं कि एक-दूसरे को धोखा नहीं देना चाहते। तुम्हारा क्या ख़्याल है ? टोपी रख दो, नहीं तो ऐसा लगता है कि तुम जानेवाले हो, मुझे बड़ी उलझन होती है...मुझे इतनी ख़ुशी है..."

रस्कोलनिकोव ने अपनी टोपी रख दी और गम्भीर मुद्रा बनाए, त्योरियों पर बल डाले चुपचाप बैठा पोर्फ़िरी पेत्रोविच की गोल-मोल बातें और खोखली बकबक सुनता रहा। 'क्या वह सचमुच अपनी बेवक़ूफ़ी की बातों से मेरा ध्यान बँटाना चाहता है ?'

"मैं यहाँ तुम्हें कॉफ़ी तो पिला नहीं सकता। उस काम के लिए यह जगह है भी नहीं, लेकिन एक दोस्त के साथ पाँच मिनट क्यों नहीं बिताए जा सकते ?" पोर्फ़िरी बड़-बड़ करता रहा, "और तुम तो जानते ही हो सरकारी काम का हाल।...मेरे इस तरह इधर-उधर टहलते रहने का बुरा न मानना; इसके लिए मैं माफ़ी चाहता हूँ। मुझे बहुत डर लगता है कि तुम कहीं मेरी किसी बात का बुरा न मान जाओ, लेकिन यह कसरत मेरे लिए बेहद ज़रूरी है। मुझे हर वक़्त बैठे रहना पड़ता

है और पाँच मिनट को भी चलने-फिरने को मिल जाता है तो मुझे बेहद ख़ुशी होती है...हरदम बैठे रहना तो जी का जंजाल हो गया है...बवासीर है न...मैं हमेशा यही सोचता रहता हूँ कि इलाज के लिए कसरत करने लगूँ। सुना है कि बड़े-बड़े अफ़सर, प्रिवी कौंसिलर तक, बीच-बीच में बहुत ख़ुश होकर रस्सी कूदते रहते हैं; यही तो है आधुनिक विज्ञान !...हाँ, हाँ...लेकिन जहाँ तक यहाँ के मेरे काम का सवाल है, यह सारी जाँच-पड़ताल और इसी तरह की बाक़ी सारी रस्मी कार्रवाई... जाँच-पड़ताल की बात अभी तुम ख़ुद ही कर रहे थे...तो मैं तुम्हें यक़ीन दिलाता हूँ कि कभी-कभी इस जाँच-पड़ताल में उसको उतनी परेशानी नहीं होती है जिससे पूछताछ की जाती है, जितनी कि पूछताछ करनेवाले को होती है...अभी तुमने ख़ुद यह बात बहुत अच्छे और दिलचस्प तरीक़े से कही थी। (रस्कोलनिकोव ने इस तरह की कोई बात नहीं कही थी।) आदमी उलझकर रह जाता है ! बिलकुल उलझकर ! वह एक ही सुर में अलापता रहता है, बिलकुल ढोलक की तरह ! सुना है कोई सुधार होनेवाला है और हम लोगों के ओहदे का नाम बदल दिया जाएगा। चलो, कम-से-कम इतना तो होगा, हिः-हिः-हिः ! और जहाँ तक हमारी क़ानूनी परम्परा का सवाल है, जैसा कि तुमने बहुत दिलचस्प तरीक़े से उसे बयान किया था, तो मैं तुमसे सोलह आने सहमत हूँ। जिस क़ैदी पर भी मुक़द्दमा चलाया जाता है, वह गँवार-से-गँवार किसान ही क्यों न हो, वह जानता है कि ये लोग शुरू में उससे बेमतलब सवाल करके उसे ग़ाफ़िल कर देते हैं (जैसा कि तुमने बहुत अच्छे ढंग से इसे बयान किया था) और फिर अचानक उस पर ऐसी करारी चोट करते हैं कि वह ढेर हो जाता है, हिः-हिः-हिः ! तुम्हारी ही दी हुई बहुत ही मुनासिब मिसाल है, हिः-हिः-हिः ! तो तुम्हारा सचमुच यह ख़्याल था कि 'सरकारी घर' से मेरा मतलब था...हिः-हिः-हिः ! तुम भी बहुत डंक मारनेवाले आदमी हो। अच्छा, अब यह बात नहीं करता ! अरे हाँ, अच्छा याद आया ! बात में से बात निकलती है। तुमने अभी बाक़ायदा कार्रवाई की बात कही थी, जाँच-पड़ताल के सिलसिले में, याद है ? लेकिन बाक़ायदा कार्रवाई से फ़ायदा क्या है ? कई मामलों में तो वह सरासर बकवास होती है। कभी-कभी तो दोस्ताना बातचीत करके उससे कहीं ज़्यादा मालूम किया जा सकता है। बाक़ायदा कार्रवाई का सहारा तो कभी भी लिया जा सकता है, इतना मैं तुम्हें यक़ीन दिला दूँ। बहरहाल, उससे नतीजा क्या निकलता है ? छानबीन करनेवाला वकील हर क़दम पर बाक़ायदा कार्रवाई की हदों में जकड़ा तो नहीं रह सकता। छानबीन का काम, कहना चाहिए, अपने ढंग की अलग ही एक कला है...हिः-हिः-हिः !..."

पोर्फ़िरी पेत्रोविच ने एक मिनट के लिए दम दिया। वह थके बिना धाराप्रवाह बोलता रहा, बस कभी-कभी अपनी खोखली निरर्थक बातों के बीच कोई पहेली जैसे शब्द कह देता था, और फिर वही बेसिर-पैर की बकवास करने लगता था। वह ज़मीन की ओर देखता हुआ कमरे में इधर से उधर लगभग दौड़ रहा था, उसकी छोटी-छोटी मोटी टाँगों की रफ़्तार लगातार तेज़ होती जा रही थी। उसने अपना दाहिना हाथ पीठ के पीछे कर रखा था और बाएँ हाथ को हिला-हिलाकर ऐसे भाव व्यक्त करने की कोशिश कर रहा था, जो उसके शब्दों से बिलकुल मेल नहीं खाते थे। रस्कोलनिकोव का ध्यान अचानक एक बात की ओर गया—कमरे में इधर से उधर भागते वक़्त दो बार ऐसा लगा कि वह दरवाज़े के पास एक क्षण के लिए ठिठका, मानो कुछ सुनने की कोशिश कर रहा हो...'क्या उसे किसी चीज़ का इन्तजार है ?'

"तुम्हारा कहना बिलकुल ठीक है," पोर्फ़िरी ने रस्कोलनिकोव की ओर बेहद सादगी से देखते हुए बहुत ख़ुश होकर कहना शुरू किया (जिस बात से रस्कोलनिकोव चौंक पड़ा और फ़ौरन सतर्क हो गया), "हमारे क़ानूनी तौर-तरीक़ों पर तुम्हारा इस तरह मज़े ले-लेकर हँसना बिलकुल ठीक ही

है, हिः-हिः-हिः ! हमारे ये पेचीदा मनोवैज्ञानिक तरीक़े तो इतने बेतुके हैं कि उन पर हँसी आती है, उनमें कम-से-कम कुछ तो ज़रूर ऐसे हैं। अगर कोई बहुत सख़्ती से क़ानूनी कार्रवाई के नियमों की पाबन्दी करे तो वे बिलकुल बेकार भी साबित होते हैं। हाँ...मैं फिर क़ानूनी कार्रवाई की बात कर रहा हूँ। ख़ैर, जो भी छोटा-मोटा मामला मेरे सुपुर्द किया जाता है उसमें अगर मैं किसी आदमी को पहचान लेता हूँ, बल्कि कहना चाहिए कि अगर किसी पर मुझे शक होता है, कि वह अपराधी है...तुम क़ानून ही पढ़ रहे हो न, रोदिओन रोमानोविच ?''

''जी हाँ, पढ़ रहा था...''

''अच्छा तो यह एक ऐसी मिसाल है जो आगे चलकर तुम्हारे काम आएगी—हालाँकि अपराध के बारे में तुम्हारे जैसे बढ़िया लेख छपे हैं उसके बाद, यह न समझना, मैं तुम्हें कुछ भी सिखाने की हिम्मत कर रहा हूँ, यह तो मैं बस एक मिसाल दे रहा हूँ...यों समझ लो अगर मैं किसी आदमी को अपराधी समझ भी लूँ तो, मैं पूछता हूँ, इसकी क्या ज़रूरत है कि उसके ख़िलाफ़ सबूत होते हुए भी मैं उसे वक़्त से पहले परेशान करूँ ? एक मामले में हो सकता है कि मेरे लिए, मिसाल के तौर पर, किसी आदमी को फ़ौरन गिरफ़्तार कर लेना ज़रूरी हो, लेकिन दूसरे मामले में हालत बिलकुल ही दूसरी हो सकती है। तुम तो जानते ही हो। तो मैं उसे शहर में थोड़ा घूम-फिर लेने का मौक़ा क्यों न दूँ ? हिः-हिः-हिः ! लेकिन मैं देख रहा हूँ कि बात तुम्हारी समझ में कुछ आ नहीं रही है, इसलिए मैं तुम्हें इससे भी ज़्यादा साफ़ मिसाल देता हूँ : अगर मैं उसे ज़रूरत से ज़्यादा जल्दी जेल में डाल दूँ तो, एक तरह से, यह हो सकता है कि उसे मेरी वजह से नैतिक सहारा मिल जाए, हिः-हिः ! तुम हँस रहे हो ? (रस्कोलनिकोव हँसने की बात सोच भी नहीं रहा था। वह अपने होंठ भींचे और अपनी बुख़ार भरी आँखें पोर्फ़िरी पेत्रोविच पर गड़ाए बैठा था।) फिर भी होता यही है, ख़ासतौर पर कुछ लोगों के मामले में, क्योंकि आदमी तो हर तरह के होते हैं, लेकिन उन सबसे निबटने का सरकारी तरीक़ा एक ही होता है। तुम सबूत की बात करते हो। तो, सबूत तो हो सकता है। लेकिन तुम जानो, सबूत तो आमतौर पर दोनों तरह से इस्तेमाल किया जा सकता है। मैं जाँच-पड़ताल करनेवाला वकील ज़रूर हूँ, लेकिन मैं भी इंसान हूँ। मैं ऐसा सबूत जुटाना चाहूँगा, जो, समझ लो, हिसाब की तरह साफ़ हो। मैं सबूतों का एक ऐसा पूरा सिलसिला क़ायम करना चाहूँगा जैसे दो और दो चार होते हैं; सबूत सीधा और ऐसा होना चाहिए कि उसकी काट न की जा सके ! और अगर मैं ज़रूरत से ज़्यादा पहले उसे बन्द कर दूँ, चाहे मुझे उसके अपराधी होने का पूरा विश्वास ही क्यों न हो—तो बहुत मुमकिन है कि मैं उसके ख़िलाफ़ और ज़्यादा सबूत जुटाने का रास्ता ही अपने लिए बन्द कर लूँ। तुम पूछोगे कैसे ? उसे, एक तरह से, एक निश्चित स्थिति में पहुँचाकर मैं उसकी सारी दुविधा दूर कर दूँगा और उसे निश्चिन्त कर दूँगा, और इस तरह वह अपने ख़ोल में वापस चला जाएगा। लोग कहते हैं कि सेवास्तोपोल में, आल्मा के फ़ौरन बाद, वहाँ के होशियार लोगों के दिल में यह डर समा गया था कि दुश्मन खुला हमला करेगा और सेवास्तोपोल पर फ़ौरन क़ब्ज़ा कर लेगा। लेकिन जब उन्होंने देखा कि दुश्मन बाक़ायदा घेरेबन्दी करने के पक्ष में है तो उन्हें बहुत ख़ुशी हुई; वे ख़ुश इसलिए थे कि घेरेबन्दी कम-से-कम दो महीने तक खिंचेगी। तुम हँस रहे हो, तुम्हें फिर मेरी बात पर यक़ीन नहीं आता ? तुम्हारा कहना भी ठीक ही है। तुम ठीक कहते हो, बिलकुल ठीक कहते हो। ये सब ख़ास मिसालें हैं, मैं मानता हूँ, ख़ासतौर पर यह आख़िरी मिसाल। लेकिन तुम्हें यह बात देखनी चाहिए, मेरे भाई रोदिओन रोमानोविच, कि वह आम मिसाल कहीं होती ही नहीं। वह मिसाल जिसके लिए सारे क़ानूनी तौर-तरीक़े और क़ायदे बनाए जाते हैं, जिसे देखते हुए सारा हिसाब लगाया गया और किताबों में दर्ज कर दिया गया, इसलिए

कि हर मामला, मिसाल के लिए हर अपराध, जैसे ही वह होता है वैसे ही फ़ौरन वह एक ख़ास मामला बन जाता है और कभी-कभी तो वह ऐसा मामला बन जाता है जैसा उससे पहले कभी सामने आया ही नहीं। कभी-कभी इस तरह के बहुत ही हास्यास्पद के मामले होते हैं। अगर मैं ऐसे किसी भले आदमी को उसके हाल पर छोड़ दूँ, अगर उसे बिलकुल न छेड़ूँ और उसे बिलकुल परेशान न करूँ, लेकिन उसे यह जता दूँ, या कम-से-कम उसके दिल में यह शक पैदा कर दूँ कि मुझे उस मामले के बारे में सब कुछ मालूम है और मैं उस पर दिन-रात नज़र रख रहा हूँ, और अगर वह हरदम शक और डर का शिकार रहे, तो यक़ीनन वह अपने होश-हवास खो बैठेगा। वह अपने आप मेरे पास आएगा, या शायद कोई ऐसी हरकत कर बैठेगा जिससे सारी बात उसी तरह साफ़ हो जाएगी जैसे यह कि दो और दो चार होते हैं—इसमें बड़ा मज़ा आता है। जाहिल किसान के मामले में भी ऐसा मुमकिन होता है, लेकिन हम लोगों जैसे पढ़े-लिखे और समझदार आदमी के मामले में तो, जिसमें, इसके अलावा, कुछ—क्या कहना चाहिए ?—ख़ास प्रवृत्तियाँ भी हों, ऐसा होना बिलकुल यक़ीनी है। क्योंकि, मेरे दोस्त, यह जानना बहुत ज़रूरी होता है कि किसी आदमी के दिमाग़ में किस तरह की प्रवृत्तियाँ सबसे ज़्यादा हावी हैं। और फिर धीरज का भी सवाल होता है, किसमें कितना धीरज है ? इस बात की ओर तो तुमने ध्यान ही नहीं दिया ! क्योंकि आजकल सभी कितने बीमार, अधीर और चिड़चिड़े दिखाई देते हैं !...और, ज़रा सोचो, वे सब दुनिया से कितने तंग रहते हैं। सोचो तो उनमें से हर एक में कितना ज़हर भरा होता है : मैं तुम्हें यक़ीन दिलाता हूँ, ये सारी बातें हमारे लिए एक सोने की खान होती हैं। और सारे शहर में उसके खुले घूमते-फिरते रहने से मुझे क्या परेशानी ? घूमने दो ! जितना जी चाहे घूम-फिर लेने दो ! मैं अच्छी तरह जानता हूँ कि मैंने उसे पकड़ लिया है और वह मेरे पंजों से बचकर निकल नहीं सकता। भागकर जाएगा कहाँ, हिः-हिः-हिः ? विदेश ? पोलिस्तानी विदेश भाग जाएगा, लेकिन 'यह आदमी' नहीं, ख़ासतौर पर इसलिए कि उस पर मेरी नज़र है और मैंने सारी रोकथाम कर ली है। शायद वह कहीं दूर देहात में भाग जाए ? लेकिन उसे वहाँ किसानों के अलावा कोई नहीं मिलेगा, असली रूसी किसान। आजकल का पढ़ा-लिखा रूसी आदमी हमारे किसानों जैसे अजनबियों के बीच रहने के बजाय जेल में रहना ज़्यादा पसन्द करेगा। हिः-हिः ! लेकिन यह सब तो बकवास है और सो भी बिलकुल छिछोरी बकवास है। 'वह भाग जाएगा'—इसका मतलब क्या है ? यह महज़ अटकल है। बात यह है ही नहीं। देखो, वह मुझसे भागकर इसलिए नहीं जा सकता कि उसके पास भागकर जाने के लिए कोई जगह ही नहीं है; उसकी दिमाग़ी हालत ऐसी होती है कि वह मुझसे भागकर जा ही नहीं सकता, हिः-हिः! कैसी लाजवाब बात है ! वह क़ुदरत के क़ानून में ऐसा बँधा रहता है कि अगर उसके पास भागकर जाने को कोई जगह हो भी तब भी वह मुझसे भागकर जा नहीं सकता। तुमने कभी मोमबत्ती पर पतंगे को मँडलाते देखा है ? उसी तरह वह भी मेरे चारों ओर, मोमबत्ती के चारों ओर मँडलाता रहेगा। उसे आज़ादी की कोई चाह नहीं रह जाएगी। वह अपने ही विचारों में घुटता रहेगा, वह अपने चारों ओर एक जाल बुन लेगा, वह चिन्ता करते-करते मर जाएगा ! इतना ही नहीं, वह मेरे लिए गणित के हिसाब जैसा साफ़ सबूत जुटा देगा—अगर मैं उसे काफ़ी लम्बा वक़्त दूँ...और वह मेरे चारों ओर मँडलाता रहेगा, मँडलाता रहेगा, धीरे-धीरे मेरे पास आता जाएगा और फिर—झप् ! वह सीधे मेरे मुँह में आ जाएगा और मैं उसे निगल जाऊँगा, और उसमें बड़ा मज़ा आता है, हिः-हिः-हिः ! तुम्हें मेरी बात पर यक़ीन नहीं आता ?''

रस्कोलनिकोव ने कोई जवाब नहीं दिया। उसका रंग पीला पड़ गया था। वह पत्थर की मूरत की तरह बैठा उसी तरह नज़रें गड़ाकर पोर्फ़िरी के चेहरे को घूर रहा था।

'अच्छा पाठ पढ़ा रहा है !' उसने सोचा और उसका सारा शरीर ठंडा पड़ने लगा। 'यह कल जैसी बात ही नहीं है कि बिल्ली के पंजे में चूहा आ गया है और वह उससे खेल रही है। वह किसी ख़ास मतलब के बिना सिर्फ़ मुझे अपनी ताक़त तो नहीं दिखा रहा होगा...मुझे कोई ख़ास दिशा अपनाने का उकसावा देने के लिए; वह इससे कहीं ज़्यादा चालाक है...उसकी ज़रूर कोई दूसरी चाल होगी। वह चाल क्या है ? यह सब बकवास है, मेरे दोस्त, तुम बन रहे हो, मुझे डराने के लिए ! तुम्हारे पास कोई सबूत नहीं है और जो आदमी कल मेरे पास आया था वह असल में कहीं है ही नहीं। तुम बस यह चाहते हो कि मैं अपना सन्तुलन खो बैठूँ। तुम पहले से मुझे भड़का देना चाहते हो और इस तरह मुझे कुचल देना चाहते हो। लेकिन यह तुम्हारी भूल है, तुम ऐसा कर नहीं पाओगे, ऐसा कर नहीं पाओगे ! लेकिन मुझे इस तरह अपनी सारी चाल पहले से बता देने के लिए वह इतनी तकलीफ़ क्यों उठा रहा है ? वह किस चीज़ की आस लगाए बैठा है ? मेरे उलझे हुए दिमाग़ की ? नहीं, मेरे दोस्त, यह तुम्हारी भूल है, तुम ऐसा कभी नहीं कर पाओगे, भले ही तुम्हारे पास कोई जाल हो...देखते हैं कि तुम्हारे पास मेरे ख़िलाफ़ क्या-क्या चालें हैं।'

वह एक भयानक और अज्ञात अग्नि-परीक्षा के लिए तैयार हो गया। कभी-कभी उसका जी चाहता था कि वह पोर्फ़िरी पर टूट पड़े और उसका गला घोंट दे। इसी गुस्से से उसे शुरू से डर लग रहा था। उसने महसूस किया कि उसके सूखे होंठों पर झाग आ गया है, उसका दिल धड़क रहा था। लेकिन वह अब भी अपने इस इरादे पर डटा हुआ था कि सही वक़्त आने से पहले नहीं बोलेगा। उसने अच्छी तरह समझ लिया था कि वह जिस हालत में था उसके लिए सबसे अच्छा रवैया यही था, क्योंकि ज़रूरत से ज़्यादा कुछ कह जाने के बजाय उसकी ख़ामोशी से उसका दुश्मन चिड़चिड़ाएगा और उसे ज़रूरत से ज़्यादा खुलकर बात करने का उकसावा मिलेगा। बहरहाल, उसे उम्मीद तो कम-से-कम यही थी।

"नहीं, मैं देख रहा हूँ कि तुम्हें मेरी बात पर यक़ीन नहीं आ रहा है, तुम समझ रहे हो कि तुम्हारे साथ यों ही कोई बेमतलब मज़ाक कर रहा हूँ," पोर्फ़िरी ने फिर कहना शुरू किया। हर क्षण उसका जोश बढ़ता जा रहा था। थोड़ी-थोड़ी देर बाद वह चहक उठता था। वह एक बार फिर कमरे में इधर से उधर टहलने लगा था। "और यक़ीनन तुम्हारा ऐसा समझना ठीक ही है : भगवान ने मुझे डीलडौल ही ऐसा दिया है कि उसे देखकर दूसरा आदमी हँसने के अलावा और कर ही क्या सकता है। बिलकुल मसख़रा लगता हूँ; लेकिन इतना मैं तुम्हें बता दूँ, और इस बात को दोहराना चाहता हूँ, मुझे बूढ़ा समझकर माफ़ कर देना। रोदिओन रोमानोविच, तुम अभी नौजवान हो, एक तरह से तुम्हारी जवानी अभी शुरू ही हुई है और इसलिए तुम सभी नौजवानों की तरह अक़्ल को सबसे बड़ा समझते हो। मज़ाक़िया हाज़िर-जवाबी और गोल-मोल हवाई दलीलें तुम्हें अच्छी लगती हैं और जहाँ तक मैं फ़ौजी मामलात को समझ पाया हूँ, यह बिलकुल आस्ट्रिया की उस पुरानी शाही फ़ौजी कौंसिल जैसी बात है, मतलब यह कि काग़ज़ पर तो उन्होंने नेपोलियन को हरा भी दिया था और उसे क़ैदी भी बना लिया था, और अपने अध्ययन-कक्षों में उन्होंने बड़ी होशियारी से सारा हिसाब-किताब ठीक कर लिया था, लेकिन यह देखा तुमने कि जनरल मैक ने अपनी पूरी फ़ौज सहित हथियार डाल दिए थे, हिः-हिः-हिः ! मैं देख रहा हूँ, मैं देख रहा हूँ, रोदिओन रोमानोविच कि तुम इस बात पर हँस रहे हो कि मुझ जैसा ग़ैर-फ़ौजी आदमी फ़ौजी इतिहास में से मिसालें निकालकर दे रहा है। लेकिन मैं मजबूर हूँ, यह मेरी कमज़ोरी है। मुझे सैन्य विद्या का बड़ा चाव है। और सारे फ़ौजी इतिहास पढ़ने का उससे भी ज़्यादा शौक़ है। ज़िन्दगी के लिए सही रास्ता चुनने में मैं चूक गया। मुझे फ़ौज में होना चाहिए था, क़सम से कहता हूँ, मुझे वहीं होना चाहिए था।

नेपोलियन तो मैं न हो पाता, लेकिन मेजर तो बन ही जाता, हिः-हिः ! ख़ैर, मैं तुम्हें सारी बात सच-सच बताए देता हूँ, मेरे दोस्त, मेरा मतलब है कि इस ख़ास मिसाल के बारे में : असल सच्चाई और आदमी का स्वभाव, जनाब, ऐसी चीज़ें हैं जो बहुत महत्त्व रखती हैं और हैरत होती है कि कभी-कभी इनकी वजह से सही से सही हिसाब भी कैसा ग़लत हो जाता है ! मैं—एक बूढ़े आदमी की बात सुनो—बहुत संजीदगी से कह रहा हूँ, रोदिओन रोमानोविच, (यह बात कहते हुए पोर्फ़िरी पेत्रोविच, जो मुश्किल से पैंतीस साल का होगा, सचमुच बूढ़ा लगने लगा; उसकी आवाज़ तक बदल गई और ऐसा कि वह कुछ सिकुड़ भी गया है), इसके अलावा, मैं खरी बात कहनेवाला आदमी हूँ...मैं खरी बात कहनेवाला आदमी हूँ कि नहीं ? तुम्हारा क्या ख़्याल है ? मैं समझता हूँ कि मैं सचमुच हूँ : ये सारी बातें मैं तुम्हें तुमसे कुछ लिये बिना ही बताए दे रहा हूँ और मुझे यह उम्मीद भी नहीं है कि मुझे इसका कोई इनाम मिलेगा, हिः-हिः ! हाँ, तो मैं कह रहा था, मेरी राय में हाज़िर-जवाबी बहुत अच्छी चीज़ है। वह, एक तरह से, प्रकृति का वरदान है और ज़िन्दगी के लिए बहुत बड़ी तसल्ली की चीज़ है। क्या-क्या गुल खिला सकती है वह ! यहाँ तक कि कभी-कभी तो बेचारे जाँच-पड़ताल करनेवाले वकील के लिए यह पता लगाना भी मुश्किल हो जाता है कि आख़िर वह है कहाँ, ख़ासतौर पर उस हालत में जब इस बात का ख़तरा हो कि वह भी कहीं अपने मन में सोची हुई बातों की धारा में न बह जाए, क्योंकि बहरहाल वह भी तो इंसान ही होता है ! लेकिन आमतौर पर मानव-स्वभाव उसे बचा लेता है—यही तो मुसीबत है ! लेकिन अपनी हाज़िर-जवाबी के बहाव में बह जानेवाले नौजवान लोग 'सारी अड़चनों को पार करके आगे निकल जाते वक़्त,' जैसा कि तुमने इस बात को कल बड़े दिलचस्प ढंग से और बड़ी होशियारी से बयान किया था, इस बात के बारे में नहीं सोचते। वह झूठ बोलेगा—मेरा मतलब उस आदमी से है जो 'ख़ास मिसाल' होता है, जो भेस बदले रहता है—और वह अच्छी तरह झूठ बोलेगा, हद दर्जे की चालाकी से; आप समझेंगे कि उसकी जीत हो जाएगी और वह अपनी हाज़िर-जवाबी के फल चखेगा, लेकिन तब सबसे दिलचस्प, सबसे बेतुके मौक़े पर उसे ग़श आ जाएगा। ज़ाहिर है कि बीमारी भी हो सकती है, कमरे में घुटन भी हो सकती है, लेकिन फिर भी ! बहरहाल, उससे हमें कुछ सुराग़ तो मिल ही जाता है ! वह झूठ तो लाजवाब बोला, लेकिन वह अपने स्वभाव को भूल गया। उसी से इसका भाँडा फूट गया ! फिर कभी ऐसा भी होता है कि अपनी मज़ाक़िया हाज़िर-जवाबी की धारा में बहकर वह उस आदमी का मज़ाक़ उड़ाने लगता है जो उस पर शक करता है; उसका रंग पीला पड़ जाता है, जैसे वह जान-बूझकर गुमराह करने के लिए ऐसा कर रहा हो, लेकिन उसके चेहरे का पीलापन 'बेहद स्वाभाविक' होता है, बिलकुल असली चीज़ जैसा, और इससे भी हमें सुराग़ मिल जाता है ! हो सकता है कि उससे सवाल करनेवाला शुरू-शुरू में धोखा खा जाए, लेकिन अगर वह बेवक़ूफ़ नहीं है तो वह रात को उसके बारे में सोचेगा और असलियत का पता लगा लेगा; और हर क़दम पर यही होता रहता है ? वह लगातार बोलता रहता है जबकि उसे चुप रहना चाहिए, वह दुनिया भर की मिसालें ढूँढ़कर देता है, हिः-हिः ! वह आकर पूछता है कि आपने हमें बहुत पहले ही क्यों नहीं पकड़ लिया ? हिः-हिः-हिः ! और, यह जान लो, ऐसा चालाक से चालाक आदमी के साथ, सारा मनोविज्ञान जाननेवाले के साथ, साहित्यिक प्रवृत्ति के आदमी के साथ भी हो सकता है। स्वभाव के आईने में हर चीज़ बिलकुल साफ़ दिखाई देती है ! आईने को ध्यान से देखो और जो कुछ दिखाई दे उसे सराहो ! लेकिन तुम्हारा रंग इतना पीला क्यों पड़ गया है, रोदिओन रोमानोविच ? क्या कमरे में घुटन है ? खिड़की खोल दूँ ?"

"नहीं, आप तकलीफ़ न कीजिए," रस्कोलनिकोव ने ज़ोर ने कहा और अचानक हँस पड़ा,

“आप बिलकुल तकलीफ़ न कीजिए !”

पोर्फ़िरी उसके सामने आकर खड़ा हो गया, एक क्षण रुका और फिर यकायक वह भी हँस पड़ा। रस्कोलनिकोव अचानक अपनी दीवानों जैसी हँसी को रोककर सोफ़े से उठ खड़ा हुआ।

“पोर्फ़िरी पेत्रोविच,” उसने ऊँचे स्वर में साफ़-साफ़ कहना शुरू किया, हालाँकि उसकी टाँगें काँप रही थीं और उससे ठीक से खड़ा भी नहीं हुआ जा रहा था। “आख़िरकार अब मेरी समझ में बिलकुल साफ़-साफ़ आ गया है कि आपको मुझ पर उस बुढ़िया को और उसकी बहन लिज़ावेता को क़त्ल करने का शक है। अपनी हद तक मैं आपको यह बता दूँ कि मैं इन सब बातों से तंग आ चुका हूँ। अगर आप समझते हैं कि आपको मुझ पर क़त्ल का इल्ज़ाम लगाने का क़ानूनी अधिकार है तो लगाइए मुझ पर यह इल्ज़ाम। लेकिन मैं इस बात की इजाज़त नहीं दूँगा कि मेरे मुँह पर मेरा मज़ाक़ उड़ाया जाए और मुझे परेशान किया जाए।”

उसके होंठ काँप रहे थे, आँखें गुस्से से दहक रही थीं और वह अपनी आवाज़ को भी क़ाबू में नहीं रख पा रहा था।

“मैं ऐसा नहीं होने दूँगा !” उसने मेज़ पर ज़ोर से मुक्का मारते हुए चिल्लाकर कहा, “सुन लिया आपने, पोर्फ़िरी पेत्रोविच ! मैं इसकी इजाज़त नहीं दूँगा !”

“कमाल है ! इसका मतलब क्या है ?” पोर्फ़िरी पेत्रोविच भी ज़ोर से बोला; उसकी सूरत से लग रहा था कि वह काफ़ी डर गया था। “रोदिओन रोमानोविच, मेरे दोस्त, तुम्हें हो क्या गया है ?”

“मैं ऐसा नहीं होने दूँगा !” रस्कोलनिकोव फिर चिल्लाया।

“धीरे बोलो, मेरे दोस्त ! वे लोग सुन लेंगे तो अन्दर आ जाएँगे। ज़रा सोचो तो, हम उनसे क्या कहेंगे ?” पोर्फ़िरी पेत्रोविच ने अपना मुँह रस्कोलनिकोव के मुँह के पास लाते हुए घबराकर धीरे से कहा।

“मैं ऐसा नहीं होने दूँगा, मैं ऐसा नहीं होने दूँगा !” रस्कोलनिकोव यन्त्रवत् दोहराता रहा, लेकिन वह भी अचानक बहुत ही धीमे स्वर में बोलने लगा था।

पोर्फ़िरी तेज़ी से मुड़ा और खिड़की खोलने के लिए लपका।

“कुछ ताज़ा हवा आने दो ! और, मेरे भाई, तुम थोड़ा सा पानी पी लो। तुम्हारी तबियत ठीक नहीं है !” और वह पानी मँगाने के लिए दरवाज़े की ओर लपका ही था कि उसे कोने में एक जग में पानी रखा दिखाई दिया।

“लो, थोड़ा सा पी लो,” जग लेकर तेज़ी से उसकी ओर आते हुए उसने धीमे स्वर में कहा, “इससे तुम्हारी तबियत सँभल जाएगी...” पोर्फ़िरी की बौखलाहट और उसकी हमदर्दी इतनी स्वाभाविक थी कि रस्कोलनिकोव चुप हो गया और उसे बड़े कौतूहल से देखता रहा। लेकिन उसने पानी नहीं पिया।

“रोदिओन रोमानोविच मेरे दोस्त, तुम अपने आपको सिड़ी कर लोगे, मैं तुमसे सच कहता हूँ, छिः-छिः ! थोड़ा सा पानी पी लो, थोड़ा सा पी भी लो !”

उसने गिलास ज़बर्दस्ती उसे पकड़ा दिया। रस्कोलनिकोव यन्त्रवत् उसे होंठों तक ले गया, लेकिन बड़ी अरुचि से उसे फिर मेज़ पर रख दिया।

“हाँ, तुम्हें हल्का सा दौरा पड़ा था ! इस तरह तो तुम अपनी बीमारी फिर वापस बुला लोगे, मेरे दोस्त,” पोर्फ़िरी पेत्रोविच दोस्ताना हमदर्दी से चहककर बोला, हालाँकि वह अभी तक कुछ घबराया हुआ लग रहा था। “भगवान के लिए, अपना थोड़ा सा तो और ध्यान रखा करो ! द्मित्री

प्रोकोफ़िच यहाँ आया था, कल मुझसे मिलने। मैं जानता हूँ, मैं जानता हूँ कि मेरा मिज़ाज बहुत बुरा और ताने देने का है, लेकिन लोग उसका न जाने क्या-क्या मतलब निकाल लेते हैं !...हे भगवान, कल तुम्हारे चले जाने के बाद वह आया था। हम लोगों ने साथ खाना खाया और वह बातें करता रहा, बोलता रहा, बोलता रहा, यहाँ तक कि आख़िर में मैं निराश होकर दुहाई माँगने लगा ! मैंने सोचा—हे भगवान !...क्या वह तुम्हारे पास से आया था ? लेकिन बैठ तो जाओ, मेरे हाल पर रहम खाकर बैठ जाओ !''

''नहीं, मेरे पास से तो नहीं आया था, लेकिन मुझे मालूम था कि वह आपके पास गया था और किसलिए गया था,'' रस्कोलनिकोव ने तीखेपन से जवाब दिया।

''तुम्हें मालूम था ?''

''मुझे मालूम था। लेकिन उससे क्या हुआ ?''

''हुआ यह, रोदिओन रोमानोविच, कि मुझे तुम्हारे बारे में उससे ज़्यादा मालूम है; मुझे हर बात का पता है। मुझे यह मालूम है कि तुम रात के वक़्त अँधेरे में 'फ़्लैट किराए पर लेने' गए थे। तुमने घंटी बजाई थी और ख़ून के बारे में पूछकर मज़दूरों और दरबानों को चक्कर में डाल दिया था। हाँ, उस वक़्त तुम्हारे दिमाग़ की जो हालत थी उसे मैं समझता हूँ...लेकिन इस तरह तो तुम पागल हो जाओगे, मैं सच कहता हूँ ! तुम्हारा दिमाग़ ठिकाने नहीं रहेगा ! तुम्हारे साथ जो ज़्यादतियाँ हुई हैं, पहले तो तुम्हारे मुक़द्दर की तरफ़ से और फिर पुलिस के अफ़सरों की तरफ़ से, उन पर तुम्हारे दिल में बेहद गुस्सा भरा हुआ है, और इसीलिए तुम एक चीज़ से दूसरी चीज़ की ओर भागते रहते हो कि उन्हें खुलकर बोलने पर मजबूर कर दो और इस पूरे क़िस्से का ख़ात्मा कर दो, क्योंकि तुम इस सारे शक-शुबहे और बेवक़ूफ़ी की बातों से तंग आ चुके हो। है न यही बात ? मैंने बिलकुल ठीक अन्दाज़ा लगा लिया है कि तुम क्या महसूस करते हो, है न ?...बस इतनी बात है कि इस तरह तुम अपना भी दिमाग़ ख़राब कर लोगे और रज़ुमीख़िन का भी। वह इतना 'नेक' आदमी है कि उसे इस हालत में नहीं होना चाहिए, यह बात तुम्हें मालूम होनी चाहिए। तुम बीमार हो और वह नेक है, और तुम्हारी बीमारी की छूत उसे भी लग सकती है...जब तुम्हारे होश-हवास ज़रा और ज़्यादा ठीक होंगे तब मैं तुम्हें इसके बारे में बताऊँगा...लेकिन, भले आदमी, बैठो तो। थोड़ा आराम करो, तुम्हारी सूरत डरावनी लगती है, बैठ भी जाओ !''

रस्कोलनिकोव बैठ गया। अब वह काँप नहीं रहा था, उसका सारा शरीर तप रहा था। वह बड़े आश्चर्य से और ध्यान देने की कोशिश करके पोर्फ़िरी पेत्रोविच की बातें सुनता रहा, जो बड़े दोस्ताना ढंग से उसकी आवभगत करते हुए भी कुछ डरा-डरा सा लग रहा था। लेकिन रस्कोलनिकोव उसके एक शब्द पर भी विश्वास नहीं कर रहा था, हालाँकि विचित्र बात यह थी कि उसका विश्वास करने को जी चाहता था। फ़्लैट के बारे में पोर्फ़िरी ने जो कुछ कहा था उससे वह बिलकुल बेबस हो गया था, क्योंकि उसके मुँह से यह बात सुनने के बारे में उसने कभी सोचा भी नहीं था। 'यह कैसे हो सकता है; इसका मतलब है कि उसे फ़्लैट के बारे में मालूम है,' उसने अचानक सोचा, 'और वह खुद मुझे उसके बारे में बता रहा है !'

''हाँ, क़ानूनी कार्रवाइयों के हमारे इतिहास में लगभग बिलकुल ऐसे ही एक मामले की मिसाल मिलती है, बीमार मनोदशा का मामला,'' पोर्फ़िरी ने जल्दी से अपनी बात का टूटा हुआ सिरा फिर से पकड़ते हुए कहना शुरू किया, ''किसी और को भी यह सूझी कि क़त्ल करने का इक़बाल कर ले। और, सच कहता हूँ, कैसे कमाल से उसने यह काम किया ! उसने हम लोगों को एक बिलकुल ऊटपटाँग क़िस्सा सुनाया, जैसे सचमुच वे सारी बातें उसकी आँखों के सामने हो रही हों—उसने

ठोस तथ्य पेश किए, सारी परिस्थितियाँ बयान कीं और हर आदमी को बुरी तरह चक्कर में डाल दिया। किसलिए ? क्योंकि कुछ हद तक, लेकिन बस कुछ हद तक ही, अनजाने में वह भी उस क़त्ल की वजह था और जब उसे पता चला कि उसकी वजह से क़ातिलों को मौक़ा मिला था तो वह घोर निराशा में डूब गया; उसके मन में यह बात बैठ गई और उसका दिमाग़ फिर गया। वह तरह-तरह की बातों की कल्पना करने लगा और धीरे-धीरे उसने अपने आपको समझा लिया कि क़त्ल उसी ने किया है। लेकिन आख़िर में सीनेट में अपील के दौरान पूरे मामले की छानबीन की गई और वह बेचारा बरी कर दिया गया। उसकी देखभाल का पूरा इन्तज़ाम कर दिया गया। सब कुछ सीनेट की बदौलत ! चिः-चिः-चिः ! लोग भी कैसी-कैसी हरकतें करते हैं ! अरे, मेरे दोस्त, अगर तुम्हारा यही हाल रहा तो आगे चलकर क्या होगा ? इसी तरह तो आदमी पर जुनून सवार हो जाता है। एक बार जहाँ इस तरह की किसी सनक को अपने दिमाग़ में पनपने दिया तो आदमी रात-बिरात जाकर घंटियाँ बजाने लगता है और ख़ून के बारे में पूछने लगता है। अपने काम के दौरान मैंने इस तरह की मनोदशा का अच्छी तरह अध्ययन किया है। कभी-कभी आदमी का जी चाहने लगता है कि वह खिड़की के बाहर या गिरजाघर की बुर्ज़ी पर से नीचे फाँद पड़े। घंटियाँ बजाने में भी यही होता है...यह एक तरह की बीमारी है, रोदिओन रोमानोविच ! तुम अपनी बीमारी की तरफ़ लापरवाही बरतने लगे हो। तुम्हें किसी अच्छे तजुर्बेकार डॉक्टर की सलाह लेनी चाहिए, उस मोटे से भला क्या होगा ? तुम्हारे होश-हवास ठिकाने नहीं रहते ! जिस वक़्त तुमने यह सब कुछ किया उस वक़्त भी तुम सरसामी हालत में थे !..."

एक क्षण के लिए रस्कोलनिकोव को लगा कि हर चीज़ घूम रही है।

'क्या यह मुमकिन है, क्या ऐसा हो सकता है,' अचानक उसके दिमाग़ में यह विचार बिजली की तरह कौंध गया, 'कि वह अब भी झूठ बोल रहा हो ? नहीं, ऐसा नहीं हो सकता, ऐसा नहीं हो सकता !' उसने इस विचार को अपने दिमाग़ से निकाल देने की कोशिश की क्योंकि वह पहले ही से महसूस करने लगा था कि यह उसे जुनून की किस हद तक पहुँचा सकता है, वह महसूस करने लगा कि यह विचार उसे पागल बना सकता है।

"मैं सरसामी हालत में नहीं था। मुझे अच्छी तरह मालूम था कि मैं क्या कर रहा हूँ," वह पोर्फ़िरी की चाल को समझने के लिए अपने दिमाग़ का पूरा ज़ोर लगाते हुए चिल्लाकर बोला, "मैं पूरी तरह अपने होश में था, सुन रहे हैं आप ?"

"हाँ, मैं सुन भी रहा हूँ और समझ भी रहा हूँ। तुमने कल भी कहा था कि तुम सरसामी हालत में नहीं थे, और तुमने इस बात पर ख़ास तौर पर ज़ोर दिया था ! तुम जो कुछ भी मुझे बता सकते हो वह सब मैं समझता हूँ ! अच्छा !...सुनो, रोदिओन रोमानोविच, मेरे दोस्त ! मिसाल के लिए इसी बात को ले लो...अगर तुम सचमुच अपराधी होते, या इस कमबख़्त मामले में किसी भी तरह तुम्हारा हाथ होता, तो क्या तुम इस बात पर अड़े रहते कि तुम सरसामी हालत में नहीं थे, बल्कि पूरी तरह अपने होश-हवास में थे ? और वह भी इतना ज़ोर देकर और इस तरह लगातार ? क्या यह मुमकिन है ? मैं तो समझता हूँ कि बिलकुल नामुमकिन है। अगर तुम्हारे अन्तःकरण पर ज़रा सा भी बोझ होता तो तुम यही कहते कि तुम सरसामी हालत में थे। है न यही बात ?"

उसके इस सवाल में काँइयाँपन की एक झलक थी। जैसे ही पोर्फ़िरी उसकी ओर झुका रस्कोलनिकोव सोफ़े पर पीछे खिसक गया और चुपचाप उलझन में पड़ा हुआ उसे घूरता रहा।

"या रज़ुमीख़िन को ही ले लो। मेरा मतलब है, इस सवाल को कि वह मुझसे बात करने अपनी मर्ज़ी से आया था या तुम्हारे कहने पर। तुम्हें यक़ीनन कहना चाहिए था कि वह अपनी मर्ज़ी से

आया था, ताकि तुम इसमें अपना हाथ होने की बात पर परदा डाल सको ! लेकिन इसे छिपाने की बात तुम्हारे दिमाग़ में आई ही नहीं ! बल्कि तुम इस बात पर ज़ोर ही देते हो कि वह तुम्हारे कहने से यहाँ आया था।"

रस्कोलनिकोव ने ऐसा कभी नहीं किया था। उसकी पीठ पर ऊपर से नीचे तक सिहरन दौड़ गई।

"आप लगातार झूठ बोले जा रहे हैं," उसने अपने होंठों को टेढ़ा करके उन पर एक बीमार मुस्कुराहट लाकर धीरे-धीरे और कमज़ोर स्वर में कहा, "आप एक बार फिर यह जताने की कोशिश कर रहे हैं कि आपको मेरी सारी चालें मालूम हैं, कि मैं जो कुछ भी कहूँगा वह सब आपको पहले से मालूम है," उसने कहा और वह खुद यह महसूस करने लगा कि वह अपने शब्दों को उतनी अच्छी तरह तोल नहीं रहा था जितना कि उसे करना चाहिए था। "या तो आप मुझे डराना चाहते हैं...या आप सिर्फ़ मुझ पर हँस रहे हैं।"

यह बात कहते हुए भी वह उसे घूरता रहा और एक बार फिर उसकी आँखों में गहरी नफ़रत की चमक पैदा हो गई।

"आप सरासर झूठ बोले जाते हैं !" उसने चिल्लाकर कहा, "आप अच्छी तरह जानते हैं कि अपराधी के लिए सबसे अच्छा रवैया यही होता है कि वह जहाँ तक मुमकिन हो सके सारी बात सच-सच बता दे, जहाँ तक मुमकिन हो, कम-से-कम बातें छिपाए। मैं आपकी बात का यक़ीन नहीं करता !"

"तुम भी बड़े चालाक आदमी हो !" पोर्फ़िरी दबी हुई हँसी के साथ बोला, "तुम्हें खुश करना नामुमकिन है; तुमने तो बस एक बात अपने दिमाग़ में बिठा ली है। तुम्हें मेरी बात का यक़ीन नहीं आता ? फिर भी मैं तुम्हें बता दूँ, मेरे दोस्त, कि तुम्हें मेरी बात का थोड़ा बहुत यक़ीन आता है और मुझे पूरा भरोसा है कि जल्दी ही मैं तुम्हें पूरा यक़ीन दिला दूँगा, क्योंकि तुम सचमुच मुझे बहुत अच्छे लगते हो और मैं सच्चे दिल से तुम्हारी भलाई चाहता हूँ।"

रस्कोलनिकोव के होंठ फड़कने लगे।

"हाँ, सच कहता हूँ," पोर्फ़िरी ने मित्रता के भाव से कुहनी से ऊपर रस्कोलनिकोव की बाँह धीरे से पकड़ते हुए अपनी बात का सिलसिला जारी रखा, "तुम्हें अपनी बीमारी का ख़्याल रखना चाहिए। इसके अलावा, अब तो तुम्हारी माँ और बहन भी यहाँ हैं; तुम्हें उनके बारे में भी सोचना चाहिए। तुम्हें चाहिए कि उन्हें तसल्ली दो, कुछ आराम पहुँचाओ, और तुम उल्टे उन्हें डराते रहने के अलावा कुछ नहीं करते..."

"आपको इन सब बातों से क्या लेना-देना है ? आपको यह सब मालूम कैसे हुआ ? आपको इन बातों से मतलब क्या है ? यही न कि आप मेरे ऊपर नज़र रख रहे हैं और मुझे यह बात बता देना चाहते हैं ?"

"कमाल कर दिया ! अरे, यह सब कुछ तो मुझे खुद तुमसे मालूम हुआ। तुम्हें पता नहीं चलता कि तुम ताव में आकर मुझे और दूसरे लोगों को सब बता देते हो। कल रज़ुमीख़िन से भी मुझे बहुत सी दिलचस्प बातें मालूम हुईं। तुमने मेरी बात काट दी, लेकिन मैं तुम्हें बता दूँ कि अपनी तमाम होशियारी के बावजूद, अपने शक्कीपन की वजह से तुममें चीज़ों को समझदारी से देखने की क्षमता नहीं रह गई है। मिसाल के लिए, घंटी बजाने की उस बात को ही ले लो। छानबीन करनेवाला वकील होते हुए भी मैंने ऐसी अनमोल बात तुम्हें बता दी (क्योंकि यह एक अटल सच्चाई है), और तुम्हें इसमें कुछ भी नज़र नहीं आता ! अरे, अगर मुझे तुम्हारे ऊपर ज़रा भी शक होता

तो क्या मैं कभी इस तरह की बात करता ? नहीं, पहले मैं तुम्हारे सारे शक दूर करता और तुम्हें यह न मालूम होने देता कि मुझे इस बात का पता है। तुम्हारा ध्यान किसी और चीज़ की तरफ़ हटा देता और फिर अचानक ऐसा वार करता जिसके सामने तुम टिक न सकते (तुम्हारी ही कही हुई बात है) और कहता : 'जनाब, मेहरबानी करके यह तो बताएँ कि रात को दस या लगभग ग्यारह बजे आप उस औरत के फ़्लैट में क्या कर रहे थे, जिसका क़त्ल हुआ था, और आपने घंटी क्यों बजाई थी और आपने ख़ून के बारे में क्यों पूछा था ? और आपने दरबानों से यह क्यों कहा था कि वे आपके साथ थाने चलें, पुलिस के असिस्टेंट कमिश्नर साहब के पास ?' अगर मुझे तुम्हारे ऊपर रत्ती भर भी शक होता तो मैं यह करता : मैं बाक़ायदा तुम्हारी गवाही लेता, तुम्हारे घर की तलाशी लेता और शायद तुम्हें गिरफ़्तार भी कर लेता।...इसका मतलब है कि मुझे तुम्हारे ऊपर कोई शक नहीं है, क्योंकि मैंने यह सब कुछ नहीं किया है ! लेकिन तुम इस बात को सहज भाव से नहीं देख सकते और तम्हें कुछ दिखाई नहीं देता, मैं एक बार फिर यही कहता हूँ।"

रस्कोलनिकोव इतने ज़ोर से चौंक पड़ा कि पोर्फ़िरी के लिए उसकी इस प्रतिक्रिया को न देख पाना नामुमकिन था।

"आप तमाम वक़्त झूठ बोलते हैं !" वह चिल्लाकर बोला, "मुझे यह तो नहीं मालूम कि आप चाहते क्या हैं, लेकिन आप झूठ बोल रहे हैं।...आप अभी इस तरह बात नहीं कर रहे थे और मेरे समझने में ग़लती नहीं हो सकती।...आप झूठ बोल रहे हैं !"

"मैं झूठ बोल रहा हूँ ?" पोर्फ़िरी ने दोहराया। उसकी सूरत से लग रहा था कि उसका गुस्सा भड़क उठा था, लेकिन वह अपने चेहरे पर हँसी-मज़ाक़ और व्यंग्य का भाव बनाए रहा, जैसे उसे अपनी तनिक भी परवाह न हो कि उसके बारे में रस्कोलनिकोव की राय क्या है। "मैं झूठ बोल रहा हूँ ?...लेकिन अभी मैंने तुम्हारे साथ कैसा बर्ताव किया ? मैंने, छानबीन करनेवाले वकील ने ? तुम्हें बताया कि तुम्हें क्या कहना चाहिए और तुम्हें अपने बचाव की सारी तरकीबें बताईं : बीमारी, सरसामी हालत, चोट, उदासी और पुलिस के अफ़सर और दुनिया भर की न जाने कितनी और बातें ? है न ? हिः-हिः-हिः ! हालाँकि सच तो यह है कि बचाव के ये सारे मनोवैज्ञानिक हथियार बहुत भरोसे के नहीं होते और दोनों तरफ़ काट करते हैं : बीमारी, सरसामी हालत, मुझे याद नहीं—यह सब तो ठीक है, लेकिन इसकी क्या वजह है, जनाब, कि आपकी बीमारी में और सरसामी हालत में आपके सिर पर इन्हीं भ्रमों का भूत सवार रहता था, किन्हीं दूसरे भ्रमों का नहीं ? दूसरे भ्रम भी रहे होंगे, क्यों ? हिः-हिः-हिः !"

रस्कोलनिकोव ने बड़ी ढिठाई और तिरस्कार के साथ उसकी ओर देखा।

"थोड़े से शब्दों में," उसने उठकर खड़े होते हुए और ऐसा करने में पोर्फ़िरी को थोड़ा सा पीछे ढकेलते हुए ऊँचे स्वर में और बड़े रोब के साथ कहा, "थोड़े से शब्दों में मैं यह जानना चाहता हूँ कि आप मुझे शुबहे से पूरी तरह बरी मानते हैं कि 'नहीं' ? बताइए, पोर्फ़िरी पेत्रोविच, मुझे आख़िरी तौर पर बता दीजिए और जल्दी कीजिए।"

"तुम्हारे ऐसे आदमी से निबटना भी कैसा जंजाल है !" पोर्फ़िरी ने बिलकुल हँसी-मज़ाक़ की मुद्रा बनाए रखकर ज़ोर से कहा, लेकिन उसके चेहरे से, जिस पर तनिक भी घबराहट नहीं थी, काँइयाँपन साफ़ झलक रहा था। "और तुम जानना क्यों चाहते हो, इतनी बहुत सी बातें तुम क्यों जानना चाहते हो, अभी तो तुम्हें किसी ने परेशान करना शुरू नहीं किया है ! अरे, तुम तो बिलकुल बच्चों की तरह माचिस माँग रहे हो ! और तुम इतने बेचैन क्यों हो ? तुम अपने आपको हम लोगों पर थोपते क्यों हो, बोलो ? हिः-हिः-हिः।"

"मैं एक बार फिर कहता हूँ," रस्कोलनिकोव गुस्से से बिफरकर चिल्लाया, "मैं यह सब बर्दाश्त नहीं कर सकता..."

"क्या नहीं बर्दाश्त कर सकते ? दुविधा ?" पोर्फ़िरी ने बात काटकर कहा।

"ख़बरदार, जो मेरा मज़ाक़ उड़ाया ! मैं इसे बर्दाश्त नहीं करूँगा ! मैं कहे देता हूँ कि मैं इसे बर्दाश्त नहीं करूँगा। मैं इसे न बर्दाश्त कर सकता हूँ और न करूँगा ! सुन लिया, सुन लिया कि नहीं ?" एक बार फिर मेज़ पर मुक्का मारते हुए वह ज़ोर से चिल्लाया।

"धीरे-धीरे ! कोई सुन लेगा ! मैं संजीदगी से तुम्हें बताए देता हूँ, अपना ख़्याल रखो। मैं मज़ाक़ नहीं कर रहा हूँ !" पोर्फ़िरी ने चुपके से कहा, लेकिन इस बार उसके चेहरे पर वह बुढ़ियों जैसी नेकदिली का और घबराहट का भाव नहीं था। इसके विपरीत उस वक़्त वह उसे खुलेआम 'आदेश' दे रहा था, उसकी मुद्रा कठोर थी और उसके माथे पर बल थे, मानो एक ही झटके में उसने हर अस्पष्टता और हर रहस्य पर से परदा हटा दिया हो। लेकिन ऐसा केवल एक क्षण के लिए ही रहा। रस्कोलनिकोव बौखलाकर अचानक सचमुच के उन्माद का शिकार हो गया, लेकिन अजीब बात थी कि इस बार फिर उसने धीरे बोलने का हुक्म मान लिया, हालाँकि उसका गुस्सा भड़ककर आसमान पर पहुँच चुका था।

"मैं इसकी इजाज़त नहीं दूँगा कि मुझे सताया जाए," उसने पहले की तरह धीमे स्वर में कहा, और फ़ौरन यह महसूस करके उसे बड़ी नफ़रत हुई कि हुक्म मान लेने के अलावा उसके पास और कोई चारा नहीं था और यह सोचकर उसका गुस्सा और भी भड़क उठा। "मुझे गिरफ़्तार कर लीजिए, मेरी तलाशी ले लीजिए, लेकिन मेहरबानी करके जो कुछ भी कीजिए बाक़ायदा सही ढंग से, मेरे साथ खिलवाड़ न कीजिए ! कभी इसकी हिम्मत न कीजिएगा..."

"सही ढंग की चिन्ता न करो," पोर्फ़िरी ने उसी कुटिल मुस्कुराहट के साथ उसकी बात काटते हुए कहा, मानो रस्कोलनिकोव को इस हालत में देखकर उसे बहुत मज़ा आ रहा हो। "मैंने तुम्हें मिलने के लिए बिलकुल दोस्ताना ढंग से बुलाया था।"

"मुझे नहीं चाहिए आपकी दोस्ती। मैं थूकता हूँ ऐसी दोस्ती पर ! सुन लिया आपने ? और यह लीजिए, मैंने अपनी टोपी उठाई और मैं चला। अगर आपका इरादा मुझे गिरफ़्तार करने का है तो आप मुझसे क्या कहेंगे ?"

अपनी टोपी उठाकर वह दरवाज़े तक गया।

"क्या तुम मेरा छोटा सा अचम्भा भी नहीं देखोगे ?" पोर्फ़िरी ने एक बार फिर उसकी बाँह पकड़कर उसे दरवाज़े पर रोकते हुए चहककर कहा। ऐसा लग रहा था कि पोर्फ़िरी का रवैया पहले से भी ज़्यादा हँसी-मज़ाक़ और चुहलबाज़ी का हो गया था, जिस पर रस्कोलनिकोव गुस्से से पागल हो उठा।

"कैसा छोटा सा अचम्भा ?" उसने पूछा। वह सन्न रह गया था और पोर्फ़िरी को सहमी हुई नज़रों से देख रहा था।

"मेरा छोटा सा अचम्भा, वह वहाँ दरवाज़े के पीछे बैठा है, हिः-हिः-हिः ! (उसने बन्द दरवाज़े की तरफ़ इशारा किया।) मैंने उसे ताले में बन्द कर रखा है कि कहीं भाग न जाए।"

"क्या है वह ? कहाँ ? क्या ?..." रस्कोलनिकोव चलकर उस दरवाज़े तक गया और उसे खोलना चाहा, लेकिन उसमें ताला पड़ा हुआ था।

"उसमें ताला बन्द है, यह रही चाभी !"

यह कहकर उसने अपनी जेब से एक चाभी निकाली।

"तुम झूठ बोल रहे हो," रस्कोलनिकोव ने सारा संयम खोते हुए गरजकर कहा, "तुम झूठे हो, कमबख़्त मसख़रे कहीं के !" और यह कहकर वह पोर्फ़िरी की ओर झपटा, जो पीछे हटकर दूसरे दरवाज़े की तरफ़ चला गया; वह बिलकुल भी नहीं डरा।

"मैं सब समझता हूँ ! सब कुछ !" रस्कोलनिकोव झपटकर उसके पास पहुँच गया। "तुम झूठ बोल रहे हो और मुझे चिढ़ा रहे हो ताकि मैं अपना सारा भेद तुम्हें बता दूँ..."

"अरे, अब भेद बताने को रह ही क्या गया है, मेरे दोस्त रोदिओन रोमानोविच ! तुम्हारे सिर पर जुनून सवार है। चिल्लाओ नहीं, वरना मैं अभी दफ़्तर के क्लर्कों को बुलवाता हूँ।"

"तुम झूठ बोल रहे हो ! तुम कुछ भी नहीं कर सकते। बुलवाओ अपने आदमियों को ! तुम जानते थे कि मैं बीमार हूँ और तुमने मुझे उकसाकर जुनून की हालत तक पहुँचा देने की कोशिश की ताकि मैं अपना भेद खोल दूँ, यही तुम चाहते थे ! अपने सबूत पेश करो ! मैं सब समझ गया हूँ। तुम्हारे पास कोई सबूत नहीं है, तुम्हारे दिमाग़ में भी बस ज़ेमेतोव की तरह कमबख़्त शक का गोबर भरा है ! तुम्हें मेरा स्वभाव मालूम था, तुम चाहते थे कि मैं गुस्से से आपे के बाहर हो जाऊँ और तब तुम पादरियों और सभासदों का सहारा लेकर मेरे ऊपर ऐसा वार करो जिसके सामने मैं टिक न सकूँ।...क्या तुम उन्हीं का इन्तज़ार कर रहे हो ? क्यों ? किस बात का इन्तज़ार कर रहे हो ? कहाँ हैं वे लोग ? लाओ उन्हें !"

"सभासद क्यों, भले आदमी ? लोग भी कैसी-कैसी बातें सोच लेते हैं ! और ऐसा करना तो, जिसे तुम कहते हो, बाक़ायदा, सही ढंग से काम करना नहीं होगा। तुम्हें इस काम का कुछ पता नहीं है, मेरे दोस्त।...और बाक़ायदा काम करने से बचा नहीं जा सकता, यह तो तुम ख़ुद देखोगे," पोर्फ़िरी बुदबुदाता रहा और दरवाज़े पर कान लगाए सुनता रहा। सचमुच, दरवाज़े के उस पार दूसरे कमरे में कुछ हलचल सी हो रही थी।

"लो, वे आ रहे हैं !" रस्कोलनिकोव चिल्लाया, "तुमने उनको बुलवा ही लिया ! तुम उन्हीं की राह देख रहे थे ! अच्छी बात है, पेश करो सबको, तुम्हारे सभासद, तुम्हारे गवाह, और जिसे तुम चाहो !...मैं तैयार हूँ ! तैयार हूँ !"

लेकिन उसी क्षण एक विचित्र घटना हुई, एक ऐसी अप्रत्याशित घटना कि रस्कोलनिकोव और पोर्फ़िरी पेत्रोविच दोनों में से किसी को गुमान तक न था कि उनकी मुलाक़ात इस तरह ख़त्म होगी !

6

बाद में याद करने पर यह दृश्य रस्कोलनिकोव को इस तरह दिखाई दिया—

दरवाज़े के पीछे अचानक शोर बढ़ा और दरवाज़ा थोड़ा सा खुला।

"यह है क्या ?" पोर्फ़िरी पेत्रोविच झुंझलाकर चिल्लाया, "क्यों, मैंने तुमको हुक्म दिया था न..."

एक क्षण के लिए कोई जवाब नहीं मिला, लेकिन इतनी बात साफ़ थी कि दरवाज़े के पास बहुत से लोग थे, और वे किसी को पीछे ढकेलने की कोशिश कर रहे थे।

"यह है क्या ?" पोर्फ़िरी पेत्रोविच ने बेचैन होकर दोहराया।

"क़ैदी निकोलाई हाज़िर है," किसी ने जवाब दिया।

"उसकी कोई ज़रूरत नहीं है, ले जाओ उसे ! उसे थोड़ी देर इन्तज़ार करने दो ! वह यहाँ क्या कर रहा है ? कैसी गड़बड़ी मचा रखी है !" पोर्फ़िरी दरवाज़े की ओर झपटते हुए चिल्लाया।

"लेकिन वह..." उसी आवाज़ ने फिर कहना शुरू किया और अचानक बीच में ही रुक गई।

बस दो सेकंड तक खींचातानी चलती रही फिर किसी ने ज़ोर का झटका दिया और एक आदमी, जिसका चेहरा बिलकुल पीला पड़ चुका था, लम्बे डग भरता हुआ कमरे में आया।

पहली बार देखने में इस आदमी का हुलिया कुछ अजीब लगता था। वह अपने ठीक सामने नज़रें गड़ाए घूर रहा था, मानो उसे कुछ भी दिखाई न दे रहा हो। उसकी आँखों में दृढ़ संकल्प की चमक थी, साथ ही उसके चेहरे पर बिलकुल मुर्दनी छाई हुई थी, जैसे उसे फाँसी के तख़्ते पर खड़ा कर दिया गया हो। उसके सफ़ेद होंठ थोड़ा-थोड़ा फड़क रहे थे।

वह मज़दूरों जैसे कपड़े पहने था; मँझोला क़द, बहुत नौजवान, छरहरा बदन, बाल गोल टोपी की शक्ल में कटे हुए, बेहद दुबला-पतला सूखा हुआ नाक-नक़्शा। जिस आदमी को झटका देकर उसने ढकेल दिया था वह भी उसके पीछे-पीछे कमरे में आ गया और उसने लपककर उसका कन्धा पकड़ लिया। वह वार्डर था; लेकिन निकोलाई ने झटककर फिर अपनी बाँह खींच ली।

दरवाज़े पर बहुत से लोग बड़े कौतूहल से भीड़ लगाए खड़े थे। उनमें से कुछ ने अन्दर आने की भी कोशिश की। यह सब कुछ लगभग पलक झपकते हो गया।

"जाओ, अभी ऐसी जल्दी क्या है ! जब तक बुलाया न जाए तब तक इन्तज़ार करो !...तुम लोग इसे इतनी जल्दी क्यों ले आए ?" पोर्फ़िरी पेत्रोविच बेहद झुँझलाकर बुड़बुड़ाया, मानो उसका सारा हिसाब गड़बड़ हो गया हो। लेकिन निकोलाई अचानक घुटनों के बल बैठ गया।

"बात क्या है ?" पोर्फ़िरी ने बड़े आश्चर्य से चिल्लाकर पूछा।

"मैं अपराधी हूँ ! यह पाप मैंने किया है ! हत्यारा मैं हूँ," निकोलाई ने कुछ हाँफते हुए अचानक कहा, लेकिन वह काफ़ी ऊँचे स्वर में बोल रहा था।

दस सेकंड तक बिलकुल ख़ामोशी रही, जैसे सब गूँगे हो गए हों; वार्डर भी यन्त्रवत् पीछे की ओर हटता हुआ दरवाज़े तक पहुँच गया और वहाँ जाकर चुपचाप खड़ा हो गया।

"यह है क्या ?" पोर्फ़िरी पेत्रोविच ने अपनी क्षणिक स्तब्धता से मुक्त होकर डपटकर पूछा।

"मैं...हत्यारा हूँ..." निकोलाई ने कुछ देर रुककर दोहराया।

"क्या...तुम...क्या...किसकी हत्या की तुमने ?"

पोर्फ़िरी पेत्रोविच को देखने से ही लगता था कि वह हक्का-बक्का रह गया है।

निकोलाई एक क्षण तक फिर चुप रहा।

"अल्योना इवानोव्ना और उसकी बहन लिज़ावेता इवानोव्ना को मैंने...मारा है...कुल्हाड़ी से। मेरी आँखों के सामने अँधेरा छा गया था," उसने अचानक कहा, और फिर चुप हो गया। वह अभी तक अपने घुटनों के बल बैठा हुआ था।

पोर्फ़िरी पेत्रोविच कुछ क्षण विचारमग्न सा खड़ा रहा, लेकिन अचानक सँभलकर उसने हाथ के इशारे से बिन-बुलाए तमाशबीनों से चले जाने को कहा। वे फ़ौरन वहाँ से खिसक गए और दरवाज़ा बन्द हो गया। इसके बाद पोर्फ़िरी ने रस्कोलनिकोव की ओर देखा, जो कोने में खड़ा फटी-फटी आँखों से दीवानों की तरह निकोलाई को घूर रहा था। वह उसकी ओर बढ़ा, लेकिन अचानक ठिठककर खड़ा हो गया और उसकी ओर देखा फिर निकोलाई की ओर और उसके बाद एक बार फिर रस्कोलनिकोव की ओर, फिर निकोलाई की ओर और अपने आपको क़ाबू में न रख पाकर वह तीर की तरह निकोलाई की ओर लपका।

"आँखों के आगे अँधेरा छा जाने की बात तुम बीच में क्यों घुसेड़ रहे हो," उसने कुछ गुस्से से डपटकर उससे कहा, "मैंने तुमसे पूछा तो नहीं था कि तुम्हारे ऊपर कौन सा भूत सवार हो गया

था...अच्छा बोलो, क्या तुमने उनकी हत्या की थी ?''

''मैं हत्यारा हूँ... मैं बयान देना चाहता हूँ,'' निकोलाई ने कहा।

''अच्छा ! तुमने उन्हें किस चीज़ से मारा ?''

''कुल्हाड़ी से। वह पहले से मेरे पास थी।''

''चिः, इसे बड़ी जल्दी है ! अकेले ?''

यह सवाल निकोलाई की समझ में नहीं आया।

''क्या यह काम तुमने अकेले किया था ?''

''जी हाँ, बिलकुल अकेले। मित्का का कोई क़सूर नहीं है, उसका उसमें कोई हाथ नहीं था।''

''मित्का की अभी कोई जल्दी नहीं है ! अच्छा ! तुम उस वक़्त इस तरह नीचे भाग कैसे गए ? दरबानों ने तुम दोनों को साथ देखा !''

''ऐसा मैंने उन लोगों को भटकाने के लिए किया था...मैं मित्का के पीछे भागा,'' निकोलाई ने जल्दी से जवाब दिया मानो उसने यह जवाब पहले से तैयार कर रखा हो।

''मुझे यह मालूम था !'' पोर्फ़िरी झुँझलाकर चिल्लाया। ''यह अपनी बात नहीं कह रहा है,'' मानो अपने आपसे बुदबुदाकर कहा और उसकी बाँह पकड़कर उसने दरवाज़े की तरफ़ इशारा किया।

साफ मालूम हो रहा था कि वह निकोलाई से सवाल-जवाब करने में इतना व्यस्त था कि एक क्षण के लिए उसे रस्कोलनिकोव का ध्यान ही नहीं रह गया था। उसने अचानक अपने आपको सँभाला; वह कुछ सिटपिटाया हुआ भी लग रहा था।

''मेरे दोस्त, रोदिओन रोमानोविच, मुझे माफ़ करना !'' वह लपककर उसके पास पहुँच गया। ''इस तरह काम नहीं चलेगा; मैं समझता हूँ कि तुम्हें यहाँ से चले जाना चाहिए...यहाँ ठहरना तुम्हारे लिए ठीक नहीं है।...मैं ऐसा करूँगा...देखो, बात यह है, कैसी अचम्भे की बात है !...अच्छा, फिर मिलेंगे !...''

और उसकी बाँह पकड़कर उसने दरवाज़े की तरफ़ इशारा किया।

''मैं समझता हूँ आप इसकी उम्मीद नहीं कर रहे थे ?'' रस्कोलनिकोव ने कहा, वह स्थिति को पूरी तरह समझ तो नहीं पाया था लेकिन उसका साहस लौट आया था।

''तुम्हें भी तो इसकी उम्मीद नहीं होगी, मेरे दोस्त ! देखो तो तुम्हारा हाथ कैसा काँप रहा है ! हिः-हिः !''

''आप भी तो काँप रहे हैं, पोर्फ़िरी पेत्रोविच !''

''हाँ, मैं तो काँप रहा हूँ; मैंने इसकी उम्मीद नहीं की थी...''

वे लोग दरवाज़े पर पहुँच चुके थे; पोर्फ़िरी अधीर हो रहा था कि रस्कोलनिकोव किसी तरह चला जाए।

''और वह आपका छोटा सा अचम्भा, वह नहीं दिखाएँगे मुझे ?'' रस्कोलनिकोव ने अचानक कहा।

''बोल तो रहा है, लेकिन दाँत तो देखो कैसे बज रहे हैं इसके, हिः-हिः ! तुम भी बहुत ज़हर के बुझे हुए आदमी हो। अच्छा, फिर मिलेंगे !''

''मैं समझता हूँ कि हम 'हमेशा के लिए' एक-दूसरे से विदा भी ले सकते हैं।''

''वह तो भगवान के हाथों में है,'' पोर्फ़िरी एक अस्वाभाविक हँसी के साथ बुदबुदाया।

दफ़्तर से गुज़रते वक़्त रस्कोलनिकोव का ध्यान इस बात की ओर गया कि बहुत से लोग

उसकी ओर देख रहे थे। उनमें उसे उस घर के दोनों दरबान भी दिखाई दिए, जिन्हें उसने उस रात को थाने चलने की चुनौती दी थी। वे वहाँ खड़े इन्तज़ार कर रहे थे। लेकिन वह अभी सीढ़ियों पर पहुँचा ही था कि उसे पोर्फ़िरी पेत्रोविच की आवाज़ पीछे से सुनाई दी। उसने मुड़कर देखा तो वह हाँफता हुआ उसके पीछे भागा चला आ रहा था।

''एक बात, रोदिओन रोमानोविच; जहाँ तक बाक़ी सब बातों का सवाल है, सो तो भगवान के हाथों में है, लेकिन बाक़ायदा कार्रवाई के सिलसिले में मुझे तुमसे कुछ सवाल पूछने होंगे...इसलिए हम फिर कभी मिलेंगे, मिलेंगे न ?''

और पोर्फ़िरी मुस्कुराता हुआ चुपचाप उसके सामने खड़ा रहा।

''मिलेंगे न ?'' उसने फिर कहा।

ऐसा लग रहा था कि वह कुछ और कहना चाहता था लेकिन कह नहीं पा रहा था।

''अभी जो कुछ हुआ है उसके लिए मैं माफ़ी चाहता हूँ, पोर्फ़िरी पेत्रोविच, मुझे ताव आ गया था,'' रस्कोलनिकोव ने कहा; उसमें एक बार फिर इतना साहस पैदा हो गया था कि उसका बेहद जी चाह रहा था कि साबित कर दे कि वह बिलकुल शान्त है।

''अरे नहीं, कोई बात नहीं, कैसी बात करते हो,'' पोर्फ़िरी ने बेहद ख़ुश होकर जवाब दिया, ''मैं ख़ुद भी तो...मेरा मिज़ाज बहुत बुरा है, यह मैं मानता हूँ ! लेकिन हमारी मुलाक़ात फिर होगी। अगर भगवान ने चाहा तो हम दोनों की अभी तो बहुत मुलाक़ातें होंगी।''

''और हम लोग एक-दूसरे को पूरी तरह समझ लेंगे ?'' रस्कोलनिकोव ने जोड़ा।

''हाँ, एक-दूसरे को पूरी तरह समझ लेंगे,'' पोर्फ़िरी पेत्रोविच ने सहमति प्रकट की और आँखें सिकोड़कर बड़े ध्यान से रस्कोलनिकोव को देखने लगा। ''इस वक़्त तो तुम किसी की सालगिरह की पार्टी में जा रहे हो न ?''

''जनाज़े में।''

''अरे हाँ, जनाज़े में ! अपना ध्यान रखना, मेरे दोस्त, अपना ध्यान रखना...''

''मेरी समझ में नहीं आ रहा है कि इसके बदले में मैं आपके लिए किस चीज़ की कामना करूँ,'' रस्कोलनिकोव सीढ़ियाँ उतरने लगा था, लेकिन उसने एक बार फिर पीछे मुड़कर पोर्फ़िरी की ओर देखकर कहा, ''मैं आपकी और अधिक सफलता की कामना करना चाहता हूँ, लेकिन आप ख़ुद ही समझ सकते हैं कि आपका काम अजीब मसख़रेपन का है।''

''मसख़रेपन का क्यों ?'' पोर्फ़िरी पेत्रोविच वापस जाने के लिए मुड़ चुका था, लेकिन यह सुनकर उसके कान खड़े हुए।

''अरे, आप लोगों ने उस बेचारे निकोलाई को अपने ढंग से कैसी-कैसी मानसिक यातनाएँ दी होंगी, किस-किस तरह परेशान किया होगा, तब कहीं जाकर उसने अपना जुर्म क़बूल किया होगा ! आप लोगों ने दिन-रात एक करके उसके दिल में यह बात बिठा दी होगी कि वही हत्यारा है, और अब चूँकि उसने यह क़बूल कर लिया है तो आप लोग फिर उसकी धज्जियाँ बिखेरना शुरू करेंगे। आप लोग कहेंगे : 'तुम झूठ बोल रहे हो। तुम हत्यारे नहीं हो सकते ! तुम अपनी बात नहीं कह रहे हो !' यह सब...आपका यह काम अगर मसख़रापन नहीं तो और क्या है !''

''हिः-हिः-हिः ! अच्छा तो तुमने मेरी यह बात पकड़ ली थी कि अभी मैंने निकोलाई से कहा था कि तुम यह अपनी बात नहीं कह रहे हो !''

''बात ही ऐसी थी, न कैसे पकड़ता ?''

''हिः-हिः ! तुम्हारा दिमाग़ बहुत तेज़ काम करता है। हर चीज़ की तरफ़ ध्यान रखता है !

सचमुच बड़ा चुलबुलापन है तुम्हारे दिमाग़ में ! और तुम हमेशा मसख़रेपन के पहलू को पकड़ लेते हो...हिः-हिः ! लोग कहते हैं कि लेखकों में गोगोल की भी यही ख़ास ख़ूबी थी।''

''जी हाँ, गोगोल की।''

''हाँ, गोगोल की...तुमसे दुबारा से मिलकर मुझे बड़ी ख़ुशी होगी।''

''मुझे भी होगी...''

रस्कोलनिकोव सीधे अपने घर गया। वह इतना उलझा और बौखलाया हुआ था कि घर पहुँचकर पन्द्रह मिनट तक सोफ़े पर बैठा अपने विचारों को सुलझाने की कोशिश करता रहा। उसने निकोलाई के बारे में सोचने की कोशिश तक नहीं की। वह महसूस कर रहा था कि निकोलाई का अपराध स्वीकार करना एक हैरत की बात थी, जिसकी कोई वजह समझ में नहीं आती थी—वह एक ऐसी बात थी जो अब उसकी समझ में कभी नहीं आ सकती थी। लेकिन यह भी एक ठोस हक़ीक़त थी कि निकोलाई ने अपना जुर्म क़बूल किया था। इस हक़ीक़त के नतीजे उसे फ़ौरन साफ़ दिखाई देने लगे : सच्चाई कभी न कभी तो सामने आएगी और तब वे लोग फिर उसके पीछे पड़ जाएँगे। कम से कम तब तक के लिए तो वह आज़ाद था, और इस बीच में उसे अपने लिए कुछ करना चाहिए, क्योंकि ख़तरा किसी वक़्त भी उसके सामने आ सकता था।

लेकिन वह किस हद तक ख़तरे में था ? स्थिति स्पष्ट होती जा रही थी। पोर्फ़िरी के साथ अभी उसकी जो नोकझोंक हुई थी उसकी मोटी-मोटी रूपरेखा को याद करके वह एक बार फिर दहशत के मारे बरबस काँप उठा। ज़ाहिर है, उसे अभी तक पोर्फ़िरी के सारे मंसूबे नहीं मालूम हो सके थे, वह उसकी सारी चालों की थाह नहीं पा सका था। लेकिन उसने कुछ हद तक अपने दाँव-पेंच की झलक दे दी थी, और इस बात को रस्कोलनिकोव से ज़्यादा अच्छी तरह कोई नहीं जानता था कि पोर्फ़िरी की यह 'चाल' उसके लिए कितनी ख़तरनाक थी। बस थोड़ी ही सी कसर रह गई थी नहीं तो उसका 'भाँडा' पूरी तरह फूट गया होता। यह जानते हुए कि उसका चिड़चिड़ापन बीमारी की हद तक पहुँच चुका था और पहली ही नज़र में उसकी नस-नस पहचान लेने के बाद, पोर्फ़िरी अपने खेल में थोड़ा दुस्साहस तो दिखा रहा था, लेकिन आख़िर में उसकी जीत निश्चित थी। इससे तो इनकार नहीं किया जा सकता कि रस्कोलनिकोव ने बहुत बुरी तरह अपने आपको ख़ुद शुबहे का निशाना बना लिया था, लेकिन अभी तक कोई 'तथ्य' सामने नहीं आए थे; अभी तो हर बात को बस किसी दूसरी बात की तुलना में जाँचा जा सकता था। लेकिन क्या वह स्थिति को सही ढंग से देख रहा था ? कहीं वह कोई ग़लती तो नहीं कर रहा था ? पोर्फ़िरी आख़िर साबित क्या करना चाहता था आज ? क्या आज उसने सचमुच उसके लिए कोई अचम्भा तैयार कर रखा था ? और वह अचम्भा क्या था ? वह सचमुच किसी चीज़ का इन्तज़ार कर रहा था या नहीं ? अगर निकोलाई अचानक उस तरह वहाँ न आ गया होता तो उन दोनों की मुलाक़ात किस तरह ख़त्म होती ?

पोर्फ़िरी ने अपने लगभग सारे ही पत्ते दिखा दिये थे; बेशक उसने कुछ जोखिम तो मोल लिया था लेकिन उसने अपने सारे पत्ते सामने खोलकर रख दिये थे—और अगर उसके पास सचमुच कोई तुरुप का पत्ता होता (रस्कोलनिकोव को कम से कम ऐसा ही लगा) तो वह उसे भी दिखा देता। आख़िर वह 'अचम्भा' था क्या ? क्या वह मज़ाक़ था ? क्या उसका सचमुच कोई मतलब था ? कहीं ऐसा तो नहीं था कि उसके पीछे कोई ठोस हक़ीक़त, कोई पक्का सबूत, छिपा हो ? वह आदमी जो कल उससे मिला था, वह कहाँ ग़ायब हो गया ? वह आज कहाँ था ? अगर पोर्फ़िरी के पास सचमुच कोई सबूत होगा तो उसका ज़रूर उस आदमी के साथ कोई सम्बन्ध होगा...

वह अपनी कुहनियाँ घुटनों पर टिकाए और अपना चेहरा हाथों में छिपाए सोफ़े पर बैठा रहा। वह अब भी घबराहट के मारे काँप रहा था। आख़िरकार वह उठ खड़ा हुआ, उसने अपनी टोपी उठाई, एक मिनट तक कुछ सोचा और दरवाज़े की ओर चल दिया।

उसका मन कुछ अन्दर से कह रहा था कि कम-से-कम आज के लिए तो वह अपने आपको ख़तरे से बाहर समझ सकता था। अचानक उसे उल्लास का सा आभास हुआ : वह जल्दी से कतेरीना इवानोव्ना के यहाँ पहुँच जाना चाहता था। ज़ाहिर है, जनाज़े में शरीक होने के लिए तो बहुत देर हो चुकी होगी, लेकिन मरनेवाले की याद में जो दावत हो रही थी उसमें वह वक़्त से पहुँच जाएगा, और वहाँ फ़ौरन उसकी मुलाक़ात सोनिया से होगी।

वह चुपचाप खड़ा एक क्षण कुछ सोचता रहा और पल भर के लिए उसके होंठों पर एक व्यथा भरी मुस्कुराहट दौड़ गई।

'आज ! आज !'' उसने मन-ही-मन दोहराया, 'हाँ, आज ! ऐसा ही होगा...'

वह दरवाज़ा खोलने ही को था कि वह अपने आप खुलने लगा। वह चौंककर पीछे हट गया। दरवाज़ा धीरे-धीरे खुला और अचानक उसमें से एक आकृति दिखाई दी—वही आदमी जो कल उससे मिला था, 'धरती का सीना चीरकर' प्रकट हो गया था।

वह आदमी दरवाज़े पर खड़ा रहा, कुछ भी बोले बिना रस्कोलनिकोव की ओर देखता रहा, और फिर एक क़दम आगे बढ़कर कमरे में आ गया। आज भी वह बिलकुल वैसा ही था जैसा कल था—वही हुलिया, वही पोशाक—लेकिन आज उसका चेहरा बहुत बदला हुआ था : वह निराश दिखाई दे रहा था; थोड़ी देर बाद उसने गहरी आह भरी। अगर वह अपना हाथ गाल पर रखकर सिर एक ओर को झुका लेता तो बिलकुल बूढ़ी औरत जैसा लगता।

''क्या चाहिए तुम्हें ?'' रस्कोलनिकोव ने पूछा; वह दहशत के मारे सुन्न पड़ गया था।

वह आदमी अब भी ख़ामोश था, लेकिन अचानक वह लगभग ज़मीन पर झुका, कम-से-कम उसने दाएँ हाथ की उँगली से ज़मीन को छू लिया।

''क्या है, क्या ?'' रस्कोलनिकोव ने चिल्लाकर पूछा।

''मैंने बहुत बड़ा पाप किया है,'' वह आदमी धीरे से बोला।

''कैसे ?''

''बुरी-बुरी बातें सोचकर।''

दोनों ने एक-दूसरे की ओर देखा।

''मुझे बहुत झुँझलाहट हो रही थी। आप जब आए थे, शायद पिए हुए, और आपने दरबानों से थाने चलने को कहा था और ख़ून के बारे में पूछा था, तो मैं इस बात पर बहुत परेशान था कि उन लोगों ने आपको नशे में समझकर चला क्यों जाने दिया। मैं इतना परेशान था कि मेरी नींद उड़ गई। आपका पता याद था ही मुझे; हम कल यहाँ आए थे और हमने पूछा था...''

''कौन आया था ?'' रस्कोलनिकोव ने उसकी बात काटकर पूछा; फ़ौरन उसे कुछ याद आने लगा था।

''मैं आया था, मैंने आपके साथ बहुत बड़ी बुराई की है।''

''तो तुम उसी घर में रहते हो ?''

''मैं उन लोगों के साथ फाटक पर खड़ा था...आपको याद नहीं ? हम लोग उस घर में बरसों से अपना धन्धा करते आए हैं। हम लोग चमड़ा कमाने और उसे तैयार करने का काम करते हैं, हम लोग काम घर ले आते हैं।...असल बात तो यह थी कि मैं परेशान था...''

परसों उस मकान के फाटक पर का पूरा दृश्य रस्कोलनिकोव की आँखों के सामने साफ़ घूम गया; उसे याद आया कि वहाँ दरबानों के अलावा और भी कई लोग थे, जिनमें कुछ औरतें भी थीं। उसे किसी एक आदमी की आवाज़ की याद आई जिसने उसे फ़ौरन थाने ले जाने का सुझाव दिया था। उसे उस आदमी का चेहरा तो नहीं याद था, जिसने यह बात कही थी और उस वक़्त भी उसे नहीं पहचान पा रहा था, लेकिन इतना उसे याद था कि उसने मुड़कर उसे जवाब दिया था...

तो कल के भयानक अनुभव का रहस्य यह था। सबसे ज़्यादा डर तो उसे यह सोचकर लग रहा था कि सचमुच उसकी नैया तो लगभग डूब ही गई थी, इतनी 'छोटी सी' बात की वजह से उसने अपने पाँव पर ख़ुद कुल्हाड़ी मार ली थी। तो यह आदमी उन्हें इसके अलावा और कुछ भी नहीं बता सका होगा कि मैंने फ़्लैट और ख़ून के धब्बों के बारे में पूछा था। इसीलिए पोर्फ़िरी के पास भी उस 'सरसामी हालत' के अलावा कहने को और कुछ नहीं था, कोई तथ्य नहीं थे, कोई ठोस बात नहीं थी। बस यही 'मनोविज्ञान' था जो 'दोनों तरफ़ काट करता है।' इसीलिए अगर अब कोई ठोस तथ्य सामने न आए (और न ही आने चाहिए, नहीं आने चाहिए !), तब...तब वे उसका क्या बिगाड़ सकते हैं ? अगर उसे गिरफ़्तार भी कर लिया तब भी उसे सज़ा कैसे दिला सकेंगे ? और पोर्फ़िरी ने भी फ़्लैटवाली बात उसी वक़्त सुनी थी, उसे पहले इस बात का कोई पता नहीं था।

"पोर्फ़िरी को तुमने बताया...कि मैं वहाँ गया था ?" अचानक एक विचार दिमाग़ में आने पर उसने ऊँचे स्वर में पूछा।

"पोर्फ़िरी कौन ?"

"वह छानबीन का वकील।"

"जी हाँ, दरबान तो नहीं गए थे, लेकिन मैं गया था।"

"आज ?"

"मैं वहाँ आपसे दो मिनट पहले पहुँचा था। और मैंने सुना, मैंने सब कुछ सुना कि उन्होंने आपको कैसा परेशान किया।"

"कहाँ ? क्या ? कब ?"

"अरे, बग़लवाले कमरे में। तमाम वक़्त मैं वहीं बैठा था।"

"क्या कहा ? अच्छा, तो तुम थे वह अचम्भा ? लेकिन यह कैसे हो सकता है ? अब, सचमुच !...."

"मैंने देखा कि जो कुछ मैं कह रहा था वह करने को दरबान राज़ी नहीं थे," उस आदमी ने कहना शुरू किया, "क्योंकि, उन्होंने कहा, अब बहुत देर हो चुकी है और कौन जाने वह इसी बात पर बिगड़ने लगें कि हम उसी वक़्त क्यों नहीं आए। मैं बहुत झल्लाया हुआ था; मुझे नींद नहीं आई, और मैं पूछताछ करने लगा। और कल जब मुझे मालूम हुआ तो आज मैं वहाँ गया। पहली बार तो जब मैं गया तब वह वहाँ नहीं थे, घंटे भर बाद जब मैं गया तो उनके पास मुझसे मिलने का वक़्त नहीं था। जब मैं तीसरी बार गया तब मुझे अन्दर भेज दिया गया। जो कुछ हुआ था सब मैंने उन्हें सच-सच बता दिया, और वह कमरे में उछलने लगे और मुट्ठियों से अपना सीना पीटने लगे। 'आख़िर, बदमाशो, तुम लोग मेरे साथ कर क्या रहे हो यह ? अगर मुझे पहले मालूम होता तो मैं उसे गिरफ़्तार कर लेता !' फिर वह भागकर बाहर गए, किसी को बुलाया और उसे कोने में ले जाकर उससे बातें करने लगे; फिर वह मेरी तरफ़ मुड़े और डाँट-फटकार करते हुए मुझसे

सवाल पूछने लगे। उन्होंने मुझे बहुत फटकारा; मैंने सब कुछ बता दिया। मैंने उन्हें यह भी बता दिया कि कल आपकी मेरे प्रश्न के जवाब में एक बात भी कहने की हिम्मत नहीं पड़ी थी और आपने मुझे पहचाना भी नहीं था। यह सुनकर वह एक बार फिर कमरे में इधर-उधर भागने लगे, अपने सीने पर मुक्के मारने लगे और बेहद नाराज़ होकर तेज़ी से इधर-उधर टहलने लगे। फिर जब आपके आने की ख़बर उन्हें दी गई तो उन्होंने मुझसे बग़लवाले कमरे में चले जाने को कहा। 'थोड़ी देर वहाँ बैठो,' वह बोले। 'चाहे जो बात भी कान में पड़े, अपनी जगह से हिलना नहीं।' उन्होंने वहाँ मेरे लिए एक कुर्सी रखवा दी और मुझे ताले में बन्द कर दिया। 'शायद,' वह बोले, 'मैं तुम्हें बुलाऊँ।' और जब निकोलाई लाया गया तो आपके आते ही मुझे भी छोड़ दिया गया। 'मैं तुम्हें फिर बुलवाकर तुमसे कुछ पूछताछ करूँगा,' उन्होंने मुझसे कहा।"

"तुम्हारे सामने उन्होंने निकोलाई से कोई पूछताछ की थी ?"

"निकोलाई से बात करने से पहले उन्होंने मुझसे भी आप ही की तरह पीछा छुड़ा लिया था।"

वह आदमी थोड़ी देर बिलकुल चुपचाप खड़ा रहा और फिर अचानक झुककर उसने अपनी उँगली से ज़मीन को छू लिया।

"मेरे दिमाग़ में जो बुरे विचार आए और मैंने आपको जिस तरह बदनाम किया उसके लिए मुझे माफ़ कर दीजिए।"

"भगवान तुम्हें माफ़ करेगा," रस्कोलनिकोव ने जवाब दिया। यह सुनकर वह आदमी एक बार फिर झुका, लेकिन ज़मीन तक नहीं, और धीरे-धीरे मुड़कर कमरे के बाहर चला गया। "हर चीज़ की काट दोहरी है, अब हर चीज़ दोनों तरफ़ काट करती है," रस्कोलनिकोव ने एक ही बात को दो बार दोहराया और अपूर्व आत्म-विश्वास के साथ बाहर चला गया।

"अब डटकर मुक़ाबला होगा," सीढ़ियाँ उतरते हुए उसने द्वेषपूर्ण मुस्कुराहट के साथ कहा। अपने द्वेष का लक्ष्य वह स्वयं था; अपनी 'कायरता' को याद करके उसे बहुत लज्जा और तिरस्कार का आभास हुआ।

भाग : 5

•

1

दूनिया और उसकी माँ के साथ उस निर्णायक भेंट के बाद अगले दिन सुबह प्योत्र पेत्रोविच का दिमाग़ कुछ ठिकाने आया। हालाँकि उसके लिए यह अरुचिकर तो बहुत था लेकिन धीरे-धीरे वह उस बात को, जो अभी कल तक कल्पनातीत और अनहोनी मालूम होती थी, एक अटल सत्य के रूप में स्वीकार करने पर मजबूर हो गया। आहत अहंकार का विषधर नाग उसके हृदय को सारी रात डसता रहा था। बिस्तर से उठते ही प्योत्र पेत्रोविच ने आईने में अपनी सूरत देखी। उसे डर लगा कि रात को उसे कहीं पीलिया न हो गया हो। लेकिन अभी तक तो ऐसा नहीं लगता था कि उसक़ी तन्दुरुस्ती पर कोई आँच आई हो। और आईने में अपने कुलीन गोरे-चिट्टे चेहरे को देखते हुए, जो इधर कुछ दिनों से कुछ भर आया था, प्योत्र पेत्रोविच को एक क्षण के लिए इस दृढ़ विश्वास से निश्चित सांत्वना मिली कि उसे दूसरी दुल्हन मिल जाएगी, जो शायद इससे भी अच्छी हो। लेकिन उसने फ़ौरन अपने आपको सँभाला और ज़ोर से गाली दी; उसकी इस हरकत को देखकर उसके नौजवान मित्र आन्द्रेई सेम्योनोविच लेबेज़ियातनिकोव के चेंहरे पर, जिनके साथ वह ठहरा हुआ था, एक व्यंग्यपूर्ण मुस्कुराहट दौड़ गई। प्योत्र पेत्रोविच का ध्यान उस मुस्कुराहट की ओर गया और उसने फ़ौरन उसे अपने नौजवान मित्र के नाम चढ़ा लिया कि उसका भी हिसाब चुकाना होगा। इधर पिछले कुछ दिनों में उसने उसके नाम बहुत सी चीज़ें चढ़ा ली थीं। यह सोचकर उसका गुस्सा दुगुना हो गया कि उसे आंद्रेई सेम्योनोविच को कल की मुलाक़ात के नतीजे के बारे में नहीं बताना चाहिए था। वह दूसरी ग़लती थी जो कल उसने अपनी जल्दबाज़ी और चिड़चिड़ाहट की वजह से गुस्से में आकर की थी। इसके अलावा, उस दिन सुबह एक के बाद एक कई अरुचिकर घटनाएँ होती रही थीं। सीनेट के सामने उसका जो मामला था उसमें भी कुछ बाधा सामने आने का ख़तरा दिखाई देने लगा था। वह उस फ़्लैट के मालिक पर ख़ासतौर पर झुँझला रहा था, जो उसने अपनी होनेवाली शादी को ध्यान में रखते हुए किराये पर लिया था और जिसे वह अपने खर्च से नए सिरे से सजा-सँवार रहा था; फ्लैट का मालिक जो एक अमीर जर्मन व्यापारी था, उस सौदे को रद्द करने को तैयार नहीं था और बयाने की पूरी रक़म ज़ब्त कर लेने पर अड़ा हुआ था, हालाँकि प्योत्र पेत्रोविच उसे वह फ़्लैट नए सिर से ठीक कराकर सजा-सजाया वापस कर रहा था। इस तरह फ़र्नीचरवाला भी उस फ़र्नीचर के लिए दी गई क़िस्त तक वापस करने को तैयार नहीं था, जो ख़रीद तो लिया गया था, लेकिन अभी तक उसकी दुकान से उठाया नहीं गया था। 'क्या मुझे सिर्फ़ उस फ़र्नीचर की ख़ातिर शादी करनी पड़ेगी ?' प्योत्र पेत्रोविच दाँत पीसकर रह गया और

इसके साथ ही उसके हृदय में एक बार फिर आशा की अंतिम किरण जगमगा उठी : 'क्या वह सब कुछ सचमुच हमेशा के लिए ख़त्म हो चुका है ? क्या अब एक कोशिश और कर देखने से कोई फ़ायदा नहीं होगा ?' दुनिया का ध्यान आते ही उसके हृदय में एक बार फिर ललचाई हुई टीस उठी। उसके लिए वह गहरी व्यथा का क्षण था, लेकिन अगर केवल अपनी इच्छा मात्र से रस्कोलनिकोव को क़त्ल कर सकना प्योत्र पेत्रोविच के लिए सम्भव होता तो वह अपनी यह इच्छा फ़ौरन प्रकट कर देता।

'उन्हें पैसा न देना भी मेरी ही ग़लती थी,' घोर निराशा में डूबकर लेबेज़ियातनिकोव के कमरे की ओर लौटते समय उसने सोचा था, 'और मैं ऐसा मक्खीचूस बन क्यों गया ? यह झूठी किफ़ायतशारी थी ! मैं उन्हें कौड़ी-कौड़ी को मोहताज रखना चाहता था ताकि वे मुझे अपना दाता समझें, और अब देखो तो उन्हें ! छिः ! अगर मैंने, मिसाल के तौर पर, उन्हें पन्द्रह सौ रूबल नॉप के यहाँ से और उस विलायती दुकान से दुल्हन के लिए साज़-सामान और तोहफ़े, छोटी-मोटी चीज़ें, कपड़े-लत्ते, ज़ेवर-गहने और इसी तरह की दूसरी खुराफ़ात चीज़ें खरीदने के लिए दे दिए होते तो आज मेरी स्थिति कहीं बेहतर होती...और कहीं मज़बूत ! वे मुझे इतनी आसानी से ठुकरा न सकतीं ! वे उस क़िस्म के लोग हैं कि अगर वे रिश्ता तोड़ते तो पैसा और तोहफ़े भी वापस कर देने पर अपने को बाध्य समझते; और ऐसा कर सकना उनके लिए कठिन होता ! और उनका अन्तःकरण अन्दर-ही-अन्दर उन्हें कचोटता रहता : हम ऐसे आदमी को कैसे ठुकरा सकते हैं जो अब तक हमारे साथ इतनी उदारता और इतनी नरमी का बर्ताव करता रहा है ?...हुँः ! मैंने बहुत बड़ी ग़लती की !' और एक बार फिर दाँत पीसकर प्योत्र पेत्रोविच ने अपने आपको बेवक़ूफ़ कहा—लेकिन, ज़ाहिर है, ज़ोर से नहीं।

वह घर लौटा तो पहले से दुगुना चिढ़ा हुआ और नाराज़ था। कतेरीना इवानोव्ना के यहाँ जनाज़े की दावत की जो तैयारी हो रही थी, उसे देखकर उसके मन में उत्सुकता जाग्रत हुई। उसने कल उसके बारे में कुछ सुना था, उसे कुछ-कुछ यह भी याद था कि उसे भी बुलाया गया था, लेकिन वह अपनी चिन्ताओं में इतना डूबा हुआ था कि उसने उसकी ओर ध्यान ही नहीं दिया था। कतेरीना इवानोव्ना तो क़ब्रिस्तान गई हुई थी; उसके पीछे मादाम लिप्पेवेख़्सेल बड़ी मुस्तैदी से मेज़ पर खाना लगवा रही थी। उससे पूछने पर मालूम हुआ कि जश्न बहुत शानदार होगा, उस मकान में रहनेवाले सभी लोगों को न्योता दिया गया था, जिनमें से कुछ तो ऐसे भी थे जो मरनेवाले को जानते भी नहीं थे, कि कतेरीना इवानोव्ना से पहले झगड़ा हो चुकने के बावजूद आन्द्रेई सेम्योनोविच लेबेज़ियातनिकोव को भी बुलाया गया था, कि उस—प्योत्र पेत्रोविच को—न केवल न्योता दिया गया था बल्कि उसके आने की बड़ी उत्सुकता से उम्मीद की जा रही थी क्योंकि वह उस घर में रहनेवालों में सबसे महत्त्वपूर्ण आदमी था। तमाम पिछले झगड़ों के बावजूद अमालिया इवानोव्ना को भी ख़ासतौर से न्योता दिया गया था, इसलिए वह तैयारियों में बड़ी लगन से जुटी हुई थी और उसे इस काम में बड़ा मज़ा आ रहा था। इसके अलावा वह काले रंग की नई रेशमी पोशाक पहने अपनी सज-धज पर इतरा भी रही थी। इन सब बातों को देखकर प्योत्र पेत्रोविच के मन में एक विचार उठा और वह विचारों में कुछ डूबा हुआ सा अपने, बल्कि कहना चाहिए लेबेज़ियातनिकोव के कमरे में गया। उसने सुन रखा था कि मेहमानों में रस्कोलनिकोव भी शामिल था।

किसी वजह से आन्द्रेई सेम्योनोविच सबेरे से घर पर ही था। इस भले आदमी के प्रति प्योत्र पेत्रोविच का रवैया कुछ अजीब था, हालाँकि शायद वह स्वाभाविक ही था : प्योत्र पेत्रोविच जिस दिन से उसके साथ रहने आया था उसी दिन से वह उससे नफ़रत करता आया था, लेकिन साथ

ही ऐसा भी लगता था कि वह उससे कुछ डरता भी था। पीटर्सबर्ग पहुँचने पर वह उसके साथ रहने के लिए सिर्फ़ पैसे बचाने के ख़्याल से नहीं आया था, हालाँकि उसका मुख्य उद्‌देश्य यही था। एक वजह और भी थी। आन्द्रेई सेम्योनोविच किसी ज़माने में उसकी निगरानी में रह चुका था, और उसने सुन रखा था कि वह शहर का एक प्रमुखतम प्रगतिशील नौजवान था जो कुछ ऐसी दिलचस्प मंडलियों में महत्त्वपूर्ण भूमिका अदा कर रहा था जिनके कारनामों की दूर-दूर तक चर्चा थी। प्योत्र पेत्रोविच पर इस बात का रोब पड़ा था। हर आदमी से नफ़रत करनेवाली, सबका कच्चा चिट्‌ठा खोलकर रख देनेवाली और हर चीज़ पर नज़र रखनेवाली इन शक्तिशाली मंडलियों पर उसके दिल में बहुत अरसे से एक अजीब और अस्पष्ट सा डर बैठा हुआ था। ज़ाहिर है, वह अपने मन में 'इस क़िस्म' की किसी भी चीज़ के बारे में कोई मोटी-मोटी धारणा भी नहीं बना सकता था, ख़ासतौर पर शहरों से दूर रहते हुए। सभी लोगों की तरह उसने भी सुन रखा था कि ख़ासतौर पर पीटर्सबर्ग में किसी क़िस्म के प्रगतिशील लोग, विनाशवादी वग़ैरह होते हैं, और बहुत से लोगों की तरह उसने भी इन शब्दों के महत्त्व को बढ़ा-चढ़ाकर और तोड़-मरोड़कर बेतुकेपन की हद तक पहुँचा दिया था। पिछले कई साल से वह सबसे ज़्यादा इस चीज़ से डरता आया था कि कहीं उसका 'कच्चा चिट्‌ठा न खोल दिया जाए' और यही उसके लगातार बेहद परेशान रहने की वजह थी, ख़ासतौर पर अपना कारोबार हटाकर पीटर्सबर्ग ले आने के सिलसिले में। वह इस बात से उसी तरह 'डरा हुआ' था जैसे कभी-कभी छोटे बच्चे किसी चीज़ से 'डर जाते हैं।' कुछ साल पहले, जब वह ज़िन्दगी में आगे बढ़ना शुरू कर ही रहा था, उसके सामने दो मिसालें ऐसी आई थीं जिनमें देहात की दो काफ़ी नामवर हस्तियों की, जो उसकी सरपरस्त भी थीं, काफ़ी बेरहमी से धज्जियाँ उड़ाई गई थीं। एक मामले में तो जिस आदमी पर हमला किया गया था उसकी बड़ी छीछालेदर हुई थी और दूसरे मामले में भी गम्भीर मुसीबत पैदा होते-होते रह गई थी। इसीलिए प्योत्र पेत्रोविच ने फ़ैसला किया था कि पीटर्सबर्ग पहुँचते ही वह इस समस्या की वजह मालूम करने की कोशिश करेगा और अगर ज़रूरी हुआ तो 'हमारी नौजवान पीढ़ी' की ख़ुशामद करके कोई मुसीबत खड़ी होने से पहले ही उसकी रोकथाम कर लेगा। उसे भरोसा था कि इस काम में उसे आन्द्रेई सेम्योनोविच से मदद मिलेगी। जब वह रस्कोलनिकोव से मिलने गया था, उस वक़्त भी उसने यह जता दिया था कि उसने भी प्रचलित परम्परा के अनुसार कुछ शब्दों और मुहावरों का प्रयोग करने की कला सीख ली थी।...

बेशक उसे जल्दी ही पता चल गया कि आन्द्रेई सेम्योनोविच बहुत ही घटिया और कुछ बुद्धू क़िस्म का आदमी था, लेकिन यह जानकर प्योत्र पेत्रोविच को न तो कोई तसल्ली हुई और न ही कोई ख़ास ख़ुशी। अगर उसे यह भी यक़ीन हो जाता कि सभी प्रगतिशील उसके जैसे ही बेवक़ूफ़ होते हैं तब भी उसकी बेचैनी दूर न होती। आन्द्रेई सेम्योनोविच जिन सारे सिद्धान्तों, विचारों और प्रणालियों की बौछार उस पर करता रहता था उनमें उसे तनिक भी दिलचस्पी नहीं थी। उसका अपना अलग ही उद्‌देश्य था। वह तो बस फ़ौरन यह मालूम कर लेना चाहता था कि 'यहाँ' क्या हो रहा है। 'इन' लोगों की कोई ताक़त है या नहीं ? उसके लिए निजी तौर पर उनसे डरने की कोई वजह है कि नहीं ? अगर उसने किसी काम का बीड़ा उठाया तो क्या वे लोग उसकी क़लई खोल देंगे ? और अगर वे लोग उसकी क़लई खोलने पर तुले ही हुए थे तो इस वक़्त उनके हमलों का असली निशाना क्या था और क्यों ? इससे भी महत्त्वपूर्ण बात यह थी : क्या वह उनसे मेल-जोल पैदा कर सकता था और अगर वे सचमुच ताक़तवर हों तो क्या वह उनको किसी तरह चरका दे सकता था ? ऐसा करना चाहिए या नहीं ? क्या वह उनकी मदद से कुछ हासिल नहीं

कर सकता ? सच तो यह है कि इस तरह के सैकड़ों सवाल सामने आ रहे थे।

आन्द्रेई सेम्योनोविच छोटे डीलडौल का दुबला-पतला मरियल सा आदमी था, उसे अपने अजीब से सफ़ेद बालों और मटन-चॉप की शक्ल के गलमुच्छों पर बड़ा नाज़ था। वह किसी सरकारी दफ़्तर में नौकर था और उसकी आँखों में हमेशा कोई-न-कोई ख़राबी रहती थी। वह दिल का बहुत नरम आदमी था, लेकिन उसमें आत्मविश्वास भरपूर था और कभी-कभी वह बेहद रोब के साथ बोलता था, जो—उसके छोटे से डीलडौल को देखते हुए—प्रायः बहुत ही बेमेल और बेतुकी बात लगती थी। वह उन किराएदारों में से था जिनकी अमालिया इवानोव्ना सबसे ज़्यादा इज़्ज़त करती थी; मतलब यह कि वह कभी नशे में चूर नहीं होता था और अपना किराया वक़्त पर अदा करता था। इन सारे गुणों के बावजूद लेबेज़ियातनिकोव सचमुच थोड़ा सा बुद्धू था। वह बस जोश में आकर प्रगति के ध्येय और 'हमारी नौजवान पीढ़ी' के साथ हो गया था। वह उन भाँति-भाँति के और अनगिनत मन्दबुद्धि लोगों में से, मानो गर्भपात से जन्मे उन अधमुए लोगों में से, उन घमंडी, जाहिल छिछोरे लोगों में से था जो सबसे अधिक प्रचलित विचार के साथ केवल उसकी मिट्टी पलीद करने के लिए चिपक जाते हैं और जिस ध्येय की भी वे सेवा करते हैं, चाहे कितने ही सच्चे मन से क्यों न करें, उसे वे एक मज़ाक़ बनाकर रख देते हैं।

इतने अच्छे स्वभाव का होने के बावजूद लेबेज़ियातनिकोव भी अपने भूतपूर्व अभिभावक को नापसन्द करने लगा था, जो इस वक़्त उसके साथ एक ही कमरे में रहता था। यह रवैया दोनों तरफ अनजाने ही पैदा हो गया था। आन्द्रेई सेम्योनोविच कितना ही सीधा क्यों न रहा हो, लेकिन यह बात उसकी समझ में भी आने लगी थी कि प्योत्र पेत्रोविच उसे बेवक़ूफ़ बना रहा था और अन्दर-ही-अन्दर वह उससे नफ़रत करता था, और यह कि 'वह ऐसा आदमी बिलकुल नहीं था'। उसने उसे फ़ूरिए की विचार-प्रणाली और डार्विन का सिद्धान्त समझाने की कोशिश की थी, लेकिन इधर कुछ समय से प्योत्र पेत्रोविच उसकी बातें बड़े व्यंग्य के साथ सुनने लगा था और कभी-कभी उसके साथ बदतमीज़ी से भी पेश आने लगा था। सच तो यह था कि उसने सहज ही यह अनुमान लगा लिया था कि लेबेज़ियातनिकोव न सिर्फ़ बहुत ही मामूली क़िस्म का बुद्धू आदमी था बल्कि शायद झूठा भी था, और यह कि ख़ुद अपने क्षेत्र में भी उसकी कोई पहुँच नहीं थी, उसने बस कुछ सुनी-सुनाई बातें पकड़ ली थीं; और बहुत मुमकिन था कि अपने प्रचार के काम के बारे में भी उसे कोई ख़ास जानकारी न रही हो, क्योंकि उसका दिमाग़ बेहद उलझा हुआ था। वह किसी का कच्चा चिट्ठा भला क्या खोल पाएगा ! लगे हाथ, यह बात भी ध्यान देने की है कि इन दस दिनों के दौरान प्योत्र पेत्रोविच ने बड़ी उत्सुकता से, ख़ासकर शुरू में आन्द्रेई सेम्योनोविच के मुँह से अपनी प्रशंसा में विचित्र से विचित्र बातें भी स्वीकार कर ली थीं। मिसाल के लिए, जब आन्द्रेई सेम्योनोविच ने उसे इस बात के लिए सराहा था कि कहीं मेश्चान्स्काया सड़क पर वह एक नए 'कम्यून' की स्थापना में योगदान करने को तैयार था, या इस बात के लिए कि वह अपने बच्चों का गिरजाघर में विधिवत् नामकरण नहीं कराएगा, या यह कि अगर शादी के महीने भर बाद ही दूनिया ने कोई दूसरा प्रेमी ढूँढ़ लिया तब भी वह चुपचाप इसे सह लेगा, वग़ैरह-वग़ैरह, तो उसने इन सब बातों के ख़िलाफ़ कोई आवाज़ नहीं उठाई थी। प्योत्र पेत्रोविच को अपनी तारीफ़ सुनने का इतना शौक़ था कि जब इस तरह की खूबियाँ भी इसके मत्थे मढ़ी जाती थीं तब भी उसे बुरा न लगता था।

प्योत्र पेत्रोविच ने उसी दिन सबेरे अपने किसी निजी काम के लिए पाँच फ़ीसदी सूदवाली कुछ हुंडियाँ भुनाई थीं और वह मेज़ पर बैठा नोटों की गड्डियाँ गिन रहा था। आन्द्रेई सेम्योनोविच,

जिसके पास कभी अपना पैसा रहता ही नहीं था, कमरे में टहल-टहलकर अपने मन को बहला रहा था कि उसे उन नोटों में कोई दिलचस्पी नहीं थी, बल्कि वह उन्हें बहुत ही तुच्छ समझता था। प्योत्र पेत्रोविच, मिसाल के लिए, कभी यह मान ही नहीं सकता था कि इतना पैसा देखकर आन्द्रेई सेम्योनोविच पर सचमुच कोई असर न हो, और दूसरी तरफ़ आंद्रेई सेम्योनोविच यह सोच-सोचकर कुढ़ रहा था कि प्योत्र पेत्रोविच के मन में इस तरह की बात थी और शायद वह नोटों की गड्डियाँ सजाकर अपने नौजवान दोस्त को उसकी हीनता की याद दिलाकर और यह जताकर कि उन दोनों के बीच कितना अन्तर था, उसे छेड़ने का यह मौक़ा पाकर ख़ुश भी था।

हालाँकि आन्द्रेई सेम्योनोविच एक नए विशेष 'कम्यून' की स्थापना के अपने प्रिय विषय के बारे में अपने विचार विस्तार से बता रहा था लेकिन उसने देखा कि प्योत्र पेत्रोविच न जाने क्यों उसकी ओर कोई ध्यान नहीं दे रहा था और चिड़चिड़ा हो रहा था। हिसाब जोड़ने के चौखटे पर गोलियाँ खटाखट इधर से उधर सटकाने के बीच प्योत्र पेत्रोविच जो थोड़े से शब्द बोल देता था उनसे खुले अशिष्ट व्यंग्य का पता चलता था। लेकिन 'दयालु' आन्द्रेई सेम्योनोविच ने यह सोचकर टाल दिया कि अभी कल रात ही दूनिया से अनबन हो जाने की वजह से प्योत्र पेत्रोविच इतना चिड़चिड़ा हो रहा था। वह इस विषय पर बहस करने को सचमुच बेचैन था। उसे इस विषय के बारे में कुछ प्रगतिशील बातें कहनी थीं, कुछ ऐसी बातें जो प्रचार के लिए सचमुच मूल्यवान थीं, जिनसे उसके योग्य मित्र को तसल्ली होती और जिनसे 'निश्चित रूप से' उसके विकास को बढ़ावा मिलता।

"किसी जश्न की तैयारी हो रही है उधर...उस विधवा के यहाँ, है न ?" प्योत्र पेत्रोविच ने आन्द्रेई सेम्योनोविच की बात सबसे दिलचस्प जगह पर काटते हुए अचानक पूछा।

"क्यों, क्या तुम्हें मालूम नहीं था ? अरे, अभी कल रात ही तो मैं तुम्हें बता रहा था कि इस तरह की सारी रस्मों के बारे में मैं क्या समझता हूँ...और मैंने तो सुना था कि उसने तुम्हें भी बुलाया है। कल तुम उससे बातें तो कर रहे थे..."

"मैंने कभी सोचा भी नहीं था कि इस मूरख कंगाल को उस दूसरे बेवक़ूफ़ रस्कोलनिकोव से जितना पैसा मिला था, सारे का सारा वह इस दावत पर ख़र्च कर देगी। अभी जब मैं उधर से होकर आ रहा था तो मैं तैयारियाँ देखकर दंग रह गया, इतनी शराब !...बहुत से लोगों को न्योता दिया गया है। मेरी तो बिलकुल समझ में नहीं आता !" प्योत्र पेत्रोविच कहता रहा; ऐसा लग रहा था कि यह बातचीत जारी रखने में उसका कोई उद्‌देश्य था। "क्या ? तुमने कहा कि मुझे भी बुलाया गया है ?" सिर उठाकर उसने अचानक कहा, "कब बुलाया गया ? मुझे तो याद नहीं। लेकिन मैं जाऊँगा नहीं। मैं क्यों जाऊँ ? मैंने तो कल यों ही लगे हाथ उससे कह दिया था कि एक सरकारी नौकर की कंगाल विधवा होने के नाते राहत के तौर पर उसे साल भर की तनख़्वाह मिल सकती है। मैं समझता हूँ कि उसने मुझे इसी वजह से न्योता दिया होगा, क्यों, है न यही बात ? हिः-हिः-हिः !"

"मेरा भी जाने का कोई इरादा नहीं है," लेबेज़ियातनिकोव ने कहा।

"मैं तो नहीं समझता कि तुम्हें जाना चाहिए, उसकी ऐसी पिटाई करने के बाद ! तुम्हें संकोच होना भी चाहिए, हिः-हिः !"

"किसने पिटाई की ? किसकी ?" लेबेज़ियातनिकोव ने चिल्लाकर पूछा; वह सिटपिटा गया था और उसका चेहरा लाल हो गया था।

"अरे, अभी महीना भर हुआ, तुम्हीं ने तो कतेरीना इवानोव्ना को पीटा था। मैंने कल ही

किसी से सुना...तो यह है तुम्हारे विश्वासों का कुल निचोड़ !...मुझे तो लगता है कि नारी-समस्या के बारे में अपने सारे विचारों को तुमने भुला दिया है, हिः-हिः-हिः !''

और प्योत्र पेत्रोविच फिर चौखटे पर गोलियाँ सटकाने लगा, मानो यह बात कहकर उसके कलेजे में ठंडक पड़ गई थी।

''यह सब झूठ और बकवास है !'' लेबेज़ियातनिकोव ज़ोर से चिल्लाया; वह इस बात की चर्चा निकलने से हमेशा डरता था। ''यह सब कुछ नहीं हुआ था ! बात बिलकुल ही दूसरी थी...तुमने ग़लत सुना है; सब मुझे बदनाम करने की बातें हैं ! मैं तो बस अपना बचाव कर रहा था। पहले वह मेरे ऊपर झपटी थी, अपने नाखूनों से खरोंचने...उसने मेरे सारे गलमुच्छे नोंच डाले थे।...मैं समझता हूँ कि इस बात की तो सबको इजाज़त होनी चाहिए कि वह अपना बचाव कर सके और मेरा सिद्धान्त है कि मैं किसी को अपने ख़िलाफ़ हिंसा नहीं करने देता, क्योंकि यह निरंकुशता का काम है। मैं करता भी क्या ? मैंने तो बस उसे पीछे ढकेल दिया था।''

''हिः-हिः-हिः !'' लूजिन द्वेष के भाव से हँसता रहा।

''तुम तो मुझे इसलिए चिढ़ा रहे हो कि तुम ख़ुद चिढ़े हुए हो...लेकिन यह सरासर बकवास है और इसका नारी-समस्या से कोई सम्बन्ध नहीं है, कोई भी नहीं ! तुम समझते नहीं हो; मैं भी यही सोचा करता था कि अगर औरतें हर मामले में मर्दों के बराबर हैं, ताक़त के मामले में भी (जैसा कि अब कहा जाता है), तो उसमें भी बराबरी होनी चाहिए। लेकिन बाद में मैंने सोचा कि इस तरह का सवाल उठना ही नहीं चाहिए, क्योंकि लड़ाई-झगड़ा होना ही नहीं चाहिए और आगे चलकर जो समाज बनेगा उसमें लड़ाई की बात सोची भी नहीं जा सकती...और यह कि लड़ाई के मामले में बराबरी क़ायम करने की कोशिश करना तो बड़ी अजीब बात होगी। मैं ऐसा नासमझ नहीं हूँ... ज़ाहिर है, लड़ाई होती है...यानी बाद में चलकर नहीं होगी, लेकिन अभी तो होती है...लानत है ! तुम्हारे साथ बात करके दिमाग़ कितना उलझ जाता है ! मेरे वहाँ न जाने की वजह यह नहीं है। मैं सिद्धान्त की वजह से नहीं जा रहा हूँ, मरनेवाले की याद में दावत करने की इस घृणित परम्परा में हिस्सा न लेने का सिद्धान्त—असली वजह यह है ! हालाँकि वहाँ इस रिवाज़ का मज़ाक़ उड़ाने के लिए भी जाया जा सकता है।...मुझे अफ़सोस तो इस बात का है कि वहाँ कोई पादरी नहीं होगा। अगर होता तो मैं ज़रूर जाता।''

''तब तुम दूसरे आदमी की मेज़ पर बैठकर उस खाने का और अपने मेज़बान का अपमान करते। क्यों ?''

''अपमान बिलकुल नहीं करता, सिर्फ़ उसके ख़िलाफ़ अपनी आवाज़ उठाता। ऐसा मैं अच्छे उद्देश्य से करता। इस तरह मैं जागृति फैलाने और प्रचार करने के काम में एक तरह से मदद ही करता। हर आदमी का कर्त्तव्य है कि वह जागृति फैलाने और प्रचार करने के लिए काम करे और यह काम जितनी ही सख़्ती से क्रिया जाए उतना ही अच्छा है। मैं एक बीज डाल सकता हूँ, एक विचार का बीज !...और तह बीज उगकर किसी तथ्य का रूप धारण कर सकता है। इसमें मैं उनका अपमान क्या करूँगा ? हो सकता है कि शुरू में वे बुरा मानें लेकिन बाद में चलकर उनकी समझ में आएगा कि मैंने उनकी सेवा की थी। जानते हो, तेरेब्येवा को (जो अब कम्यून में है) बहुत बुरा-भला कहा गया था, क्योंकि जब उसने अपने परिवार को छोड़ा था और...अपनी पसन्द के आदमी के साथ रहने लगी थी, तो उसने अपने माँ-बाप को चिट्ठी लिखी थी कि वह परम्पराओं में जकड़ी हुई जिन्दगी बिताने को तैयार नहीं थी और इसलिए वह शादी किए बिना अपनी पसन्द के आदमी के साथ रहने जा रही थी। उस वक़्त कहा गया था कि उसने बहुत सख़्त बात लिख

दी थी। उसे अपने माँ-बाप को इतनी तक़लीफ़ नहीं पहुँचानी चाहिए थी और ज़्यादा नरमी से लिखना चाहिए था। मैं समझता हूँ कि यह सब बकवास है और नरमी की कोई ज़रूरत नहीं है, बल्कि उल्टे ज़रूरत इस बात की है कि इन बातों के ख़िलाफ़ आवाज़ उठाई जाए। वारेंत्स की शादी को सात साल हो चुके थे; उसने अपने दो बच्चों को छोड़ दिया और अपने पति को एक ख़त में साफ़-साफ़ लिख दिया : 'मैंने यह बात समझ ली कि मैं तुम्हारे साथ खुश नहीं रह सकती। मैं तुम्हें इस बात के लिए कभी माफ़ नहीं कर सकती कि तुमने मुझसे यह बात छिपाकर मुझे धोखा दिया कि समाज का एक तरह का संगठन और है जिसकी बुनियाद कम्यून पर है। इसका पता मुझे हाल ही में एक ऊँचे विचारोंवाले आदमी से चला, जिसे मैं अपना सब कुछ अर्पित कर चुकी हूँ और जिसके साथ मैं एक कम्यून स्थापित कर रही हूँ। मैं यह बात साफ़-साफ़ इसलिए बताए दे रही हूँ कि मैं तुम्हें धोखा देने को बेईमानी समझती हूँ। जैसा ठीक समझना वैसा क़रना। मुझे वापस पाने की उम्मीद न रखना, उसके लिए बहुत देर हो चुकी है। मैं उम्मीद करती हूँ कि तुम सुखी रहोगे।' इस तरह के ख़त ऐसे ही लिखे जाने चाहिए !"

"वही तेरेब्येवा जिसके बारे में तुम बताते थे कि यह तीसरी बार है कि वह बिना शादी किए किसी आदमी के साथ रह रही है ?"

"नहीं, दरअसल यह दूसरी ही बार है ! लेकिन अगर चौथी बार भी होता, या पन्द्रहवीं बार भी होता, तो क्या हुआ, ये सब बातें बकवास हैं ! अगर मुझे अपने माँ-बाप के मरने का कभी अफ़सोस हुआ है तो इस वक़्त; कई बार मेरे मन में यह विचार उठा है कि कितने अफ़सोस की बात है कि वे ज़िन्दा नहीं हैं, क्योंकि अगर वे ज़िन्दा होते तो मुझे उनके ख़िलाफ़ आवाज़ उठाकर उन्हें चौका देने का कैसा मौक़ा मिलता ! मैं जान-बूझकर कुछ-न-कुछ कर बैठता। बच्चे के घर छोड़कर चले जाने और आजाद हो जाने के बारे में ये सारी बेवक़ूफ़ी की बातें ! मैं उन्हें बता देता ! वे सचमुच दंग रह जाते। मैं बता नहीं सकता कि मुझे कितना अफ़सोस है कि कोई है नहीं !"

"उन्हें अचम्भे में डाल देने के लिए ! हिः-हिः ! ख़ैर, वह तो तुम्हारा जैसा जी चाहे करो," प्योत्र पेत्रोविच बीच में बोला, "लेकिन मुझे यह बताओ कि क्या तुम मरनेवाले की बेटी को जानते हो, वह जो छोटी सी नाजुक सी लड़की है ? उसके बारे में जो कहा जाता है वह सच है न ?"

"तो क्या हुआ ? मैं समझता हूँ, मेरा मतलब यह मेरी निजी राय है कि औरतों के लिए सबसे स्वाभाविक स्थिति यही है। और क्यों न हो ? मेरा मतलब है कि हमें अन्तर करना चाहिए। हमारे मौजूदा समाज में इसे पूरी तरह स्वाभाविक इसलिए नहीं समझा जाता कि वे मजबूर होकर ऐसा करती हैं, लेकिन आनेवाले समाज में इसे बिलकुल स्वाभाविक समझा जाएगा क्योंकि वे अपनी मर्ज़ी से ऐसा करेंगी। लेकिन इस हालत में भी उसे ऐसा करने का पूरा अधिकार था : वह मुसीबतें झेल रही थी और उसके पास यही एक सहारा था, एक तरह से यही दौलत थी जिसे अपनी मर्ज़ी से इस्तेमाल करने का उसे पूरा अधिकार था। ज़ाहिर है, आनेवाले समाज में इस तरह की दौलत की कोई ज़रूरत नहीं होगी, लेकिन उसकी भूमिका बिलकुल ही दूसरे ढंग से तै की जाएगी; उसका फ़ैसला बिलकुल बुद्धिसंगत और सामंजस्यपूर्ण ढंग से किया जाएगा। जहाँ तक निजी तौर पर सोफ़्या सेम्योनोव्ना का सवाल है, तो मैं समझता हूँ कि उसने ऐसा करके समाज के संगठन के ख़िलाफ़ ज़ोरदार आवाज़ उठाई है। इसके लिए मैं उसकी बहुत इज़्ज़त करता हूँ और जब मैं उसे देखता हूँ तो सचमुच मुझे बहुत ख़ुशी होती है !"

"मुझे तो बताया गया था कि यहाँ से उसे तुम्हीं ने निकलवाया था !"

लेबेज़ियातनिकोव को ग़ुस्सा आ गया।

"यह मेरे ख़िलाफ़ एक और तोहमत है," उसने चिल्लाकर कहा, "ऐसा बिलकुल नहीं हुआ था ! कतई नहीं ! यह सब कतेरीना इवानोव्ना के मन की गढ़ी हुई बात है, क्योंकि वह ठीक से समझ नहीं पाई ! सोफ़्या सेम्योनोव्ना के साथ कभी मेरी मुहब्बत नहीं रही ! मैं तो बस बिलकुल निःस्वार्थ भाव से उसके विचारों को विकसित कर रहा था, उसे विरोध करने के लिए उकसाने की कोशिश कर रहा था...मैं तो बस इतना चाहता था कि वह इन सब बातों के ख़िलाफ़ अपनी आवाज़ उठाए और सोफ़्या सेम्योनोव्ना रह तो यहाँ किसी हालत में नहीं सकती थी !"

"क्या, तुमने उससे अपने कम्यून में शामिल हो जाने को कहा है ?"

"तुम हर बात का मज़ाक़ उड़ा रहे हो और बिलकुल बेकार मज़ाक़ उड़ा रहे हो, इतना मैं तुम्हें बता दूँ। तुम बात को समझते नहीं ! कम्यून में इस तरह की कोई भूमिका नहीं होती। कम्यून बनाया ही इसलिए जाता है कि उसमें इस तरह की कोई भूमिका न हो। कम्यून में इस तरह की भूमिका का रूप बुनियादी तौर पर बदलेगा और जो कुछ यहाँ मूर्खता समझी जाती है वह वहाँ समझदारी की बात बन जाएगी। मौजूदा हालत में जो कुछ अस्वाभाविक समझा जाता है वह कम्यून में बिलकुल स्वाभाविक बन जाएगा। सब कुछ परिवेश पर निर्भर है। परिवेश ही सब कुछ होता है, मनुष्य कुछ नहीं होता। आज तक सोफ़्या सेम्योनोव्ना के साथ मेरे सम्बन्ध बहुत अच्छे हैं, जो इस बात का सबूत है कि उसने कभी यह नहीं समझा कि मैंने उसके साथ कोई बुराई की। हाँ, अब मैं उसे कम्यून की ओर खींचकर लाने की कोशिश कर रहा हूँ, लेकिन बिलकुल ही दूसरी बुनियाद पर ! तुम हँस किस बात पर रहे हो ? हम अपना एक अलग कम्यून बनाने की कोशिश कर रहे हैं, एक ख़ास कम्यून, जिसकी बुनियाद ज़्यादा व्यापक होगी। अपने विश्वासों के मामले में हम और आगे बढ़ गए हैं। हम और ज़्यादा बातों को अस्वीकार करने लगे हैं ! अगर दोब्रोल्यूबोव अपनी क़ब्र से निकल आते तो मेरी उनसे ख़ूब बहस होती। जहाँ तक बेलींस्की का सवाल है—उनकी तो मैं धज्जियाँ उड़ा देता। इसी बीच मैं अब भी सोफ़्या सेम्योनोव्ना के विचारों को विकसित कर रहा हूँ। उसका चरित्र बहुत सुन्दर है, बहुत ही सुन्दर !"

"और तुम उसके इस बहुत अच्छे चरित्र का फ़ायदा उठाते हो, क्यों ? हिः-हिः !"

"नहीं, नहीं ! बिलकुल नहीं ! बल्कि बात कुछ उल्टी ही है !"

"अच्छा, बात उल्टी है ! हिः-हिः-हिः ! कैसी अजीब बात है !"

"मेरी बात मानो ! मैं तुमसे छिपाऊँगा क्यों, बताओ ? सच तो यह है कि मुझे ख़ुद ताज्जुब होता है कि मेरे साथ वह कैसी भीरुता, पवित्रता और शील-संकोच से पेश आती है !"

"और तुम, ज़ाहिर है, उसके विचारों को विकसित कर रहे हो...हिः-हिः ! उसके सामने यह साबित करना चाहते हो कि यह सारा शील-संकोच बकवास है ?..."

"बिलकुल नहीं ! बिलकुल नहीं ! तुमने भी—माफ़ करना—विकास शब्द का कितना भोंडे तरीक़े से और कितनी नासमझी से ग़लत मतलब निकाला है ! तुम्हारी समझ में कुछ नहीं आता। कुछ भी नहीं। लानत है...तुम...अभी तक तुम्हारे विचार बहुत कच्चे हैं। हम तो औरतों की आज़ादी के लिए कोशिश कर रहे हैं और तुम्हारे दिमाग़ में बस एक बात है...स्त्रियों की सच्चरित्रता और शील-संकोच के आम सवाल को मैं बेकार की बातें और पूर्वाग्रह मानकर उनकी ओर कोई ध्यान नहीं देता, लेकिन मेरे साथ वह जो सच्चरित्रता बरतती है उसे मैं स्वीकार करता हूँ, क्योंकि यह उसकी अपनी इच्छा की बात है, इसका उसे पूरा अधिकार है। ज़ाहिर है, अगर वह ख़ुद मुझसे कहे कि वह मुझे चाहती है तो मैं अपने आपको बहुत भाग्यशाली समझूँगा, क्योंकि मुझे वह लड़की बहुत अच्छी लगती है; लेकिन मैं इस वक़्त की बात तो यह जानता हूँ कि किसी ने उसके साथ मुझसे

ज़्यादा शराफ़त का बर्ताव नहीं किया है, उसके स्वाभिमान के लिए किसी ने उसे उतनी इज़्ज़त की नज़र से नहीं देखा है जितना मैं देखता हूँ...मैं तो उम्मीद लगाए राह देखता हूँ, बस !''

''बेहतर यह होगा कि तुम उसे कोई चीज़ तोहफ़े में दे दो। मैं दावे से कह सकता हूँ कि यह बात तुम्हें कभी सूझी नहीं होगी।''

''मैं तुमसे कह चुका हूँ कि तुम बात को समझते नहीं ! यह सच है कि वह ऐसी हालत में है, लेकिन वह दूसरा सवाल है ! बिलकुल ही दूसरा सवाल ! तुम उससे सिर्फ़ नफ़रत करते हो। एक ऐसी बात को देखकर जिसके बारे में तुम्हारी यह ग़लत राय है कि उसका तिरस्कार ही किया जा सकता है। तुम अपने ही जैसे एक इंसान को इंसानियत की नज़र से देखने से इनकार करते हो। तुम्हें नहीं मालूम कि उसका चरित्र कैसा है ! मुझे तो अफ़सोस इस बात का है कि इधर कुछ दिनों से उसने किताबें पढ़ना और किताबें माँगकर ले जाना बन्द कर दिया है। पहले मैं उसे किताबें पढ़ने को दिया करता था। मुझे इस बात का भी अफ़सोस है कि चीज़ों के ख़िलाफ़ आवाज़ उठाने का जोश और पक्का इरादा होते हुए भी—जिसका सबूत वह एक बार दे चुकी है—उसे अपने आप पर भरोसा बहुत कम है। कहना चाहिए, उसमें आज़ादी बहुत कम है, इतनी कम कि वह कुछ पूर्वाग्रहों से और...कुछ बेवक़ूफ़ी के विचारों से छुटकारा नहीं पा सकती। फिर भी वह कुछ सवालों को बहुत अच्छी तरह समझती है। मिसाल के लिए, हाथ चूमने के सवाल को; मतलब यह कि वह समझती है कि यह औरत का अपमान है कि कोई आदमी उसका हाथ चूमे, क्योंकि वह उसे अपने बराबर न समझने की निशानी है। हमारी इसके बारे में बहस हुई थी और मैंने यह बात उसे अच्छी तरह बयान करके समझाई थी। उसने फ़्रांस के मज़दूरों के संगठनों का ब्योरा भी बड़े ध्यान से सुना था। अब मैं उसे आनेवाले समाज में किसी के भी कमरे में बेरोक-टोक घुसने का सवाल समझा रहा हूँ।''

''वह क्या है ?''

''अभी कुछ ही दिन पहले हम लोगों में इस सवाल पर बहस हुई थी : क्या कम्यून के एक सदस्य को किसी भी समय दूसरे सदस्य के कमरे में, वह मर्द हो या औरत, घुसने का अधिकार है या नहीं...और हम इस नतीजे पर पहुँचे कि उसे यह अधिकार है !''

''लेकिन उस वक़्त वे कोई बहुत ही निजी क़िस्म का काम कर रहे हों तो, हिः-हिः !''

लेबेज़ियातनिकोव को सचमुच ग़ुस्सा आ गया।

''तुम हमेशा कोई-न-कोई बेहूदा बात सोचते रहते हो,'' वह सच्ची नफ़रत से भरे स्वर में ज़ोर से बोला, ''हमेशा वही बात। जब देखो तब वही कमबख़्त 'कोई निजी क़िस्म का काम'। छिः ! मुझे कितनी झुँझलाहट होती है यह सोचकर कि तुम्हें अपनी व्यवस्था समझाते समय मैंने वक़्त से पहले ही उन कमबख़्त निजी क़िस्म की समस्याओं का सवाल क्यों उठा दिया! तुम्हारे जैसे लोग हमेशा यहीं पर अटक जाते हैं, वे बात को समझने से पहले ही—और इसी पर तो झुँझलाहट होती है—उसका मज़ाक़ उड़ाने लगते हैं ! और वे सचमुच समझते हैं कि वे जानते हैं कि वे क्या कह रहे हैं। और इस पर बड़ा गर्व भी करते हैं ! छिः ! मैं बार-बार कह चुका हूँ कि यह पूरा सवाल किसी अनाड़ी को आख़िर तक नहीं समझाया जाना चाहिए, जब तक कि उसे इस व्यवस्था के सही होने का पक्का विश्वास न हो जाए, जब तक उसके विचार विकसित न हो जाएँ और जब तक वे सही दिशा में आगे न बढ़ने लगें। और मेहरबानी करके मुझे यह बताओ कि तुम्हें मिसाल के तौर पर, नाबदानों में भी ऐसी शर्मनाक क्या बात दिखाई देती है ? और मैं तो जो भी नाबदान तुम कहो, उसे साफ़ करने को सबसे पहले तैयार हूँ ! यह आत्म-बलिदान का सवाल नहीं है, यह

तो बस काम है, इज़्ज़तदार, उपयोगी काम जो उतना ही अच्छा है जितना कोई दूसरा काम; और यह काम तो किसी रफ़ाएल और पुश्किन के काम से भी अच्छा है, क्योंकि यह ज़्यादा उपयोगी काम है !''

''और ज़्यादा इज़्ज़तदार, ज़्यादा इज़्ज़तदार, हिः-हिः !''

''क्या मतलब है तुम्हारा 'ज़्यादा इज़्ज़तदार' से ? आदमी के किसी भी काम को बयान करने के लिए मुझे इस तरह के फ़िकरे समझ में नहीं आते। 'ज़्यादा इज़्ज़तदार', 'अधिक उदात्त'—ये सब पुराने ढंग के पूर्वाग्रह हैं जिन्हें मैं नहीं मानता। जो चीज़ भी मानव जाति के लिए 'उपयोगी' हो वह इज़्ज़तदार है ! मैं तो बस एक शब्द समझता हूँ : 'उपयोगी' ! तुम चाहे जितना हँसो, लेकिन बात यही है !''

प्योत्र पेत्रोविच दिल खोलकर हँस पड़ा। वह पैसे गिन चुका था और उन्हें सँभालकर रख चुका था। लेकिन कुछ नोट उसने मेज़ पर क्यों छोड़ दिए थे, यह तो वही जानता था। इस 'नाबदान के सवाल' पर प्योत्र पेत्रोविच और उसके नौजवान दोस्त के बीच कई बार झगड़ा हो चुका था। सबसे बेतुकी बात यह थी कि लेबेज़ियातनिकोव को इस पर सचमुच गुस्सा आता था, जबकि लूजिन को इसमें मज़ा आता था, और इस वक़्त तो ख़ासतौर पर वह अपने नौजवान दोस्त को गुस्सा दिलाना चाहता था।

''कल तुम्हारे साथ जो दुर्भाग्य की बात हुई है, उसी की वजह से तुम इतने बदमिज़ाज और चिड़चिड़े हो रहे हो,'' लेबेज़ियातनिकोव ने साफ़-साफ़ कह दिया; अपनी 'आज़ादी' और अपने तमाम 'विरोधों' के बावजूद वह प्योत्र पेत्रोविच से टक्कर लेने की हिम्मत नहीं करता था और अब भी वह कुछ हद तक उसके साथ उसी इज़्ज़त के साथ पेश आता था जिसका भी वह पहले कई वर्ष तक आदी रह चुका था।

''अच्छा, मुझे यह बताओ,'' प्योत्र पेत्रोविच ने चिढ़कर बड़े रोब से उसकी बात काटते हुए कहा, ''क्या तुम...या यों समझ लो, क्या सचमुच तुम उस नौजवान लड़की को इतनी अच्छी तरह जानते हो कि उसे यहाँ एक मिनट के लिए ले आओ ? मैं समझता हूँ कि वे सब लोग क़ब्रिस्तान से लौट आए हैं...मैंने क़दमों की आहट सुनी है...मैं उससे मिलना चाहता हूँ, उस नौजवान लड़की से।''

''किसलिए ?'' लेबेज़ियातनिकोव ने ताज्जुब से पूछा।

''अरे, बस मिलना चाहता हूँ। मैं कल या परसों यहाँ से चला जाऊँगा, इसलिए उससे बात करना चाहता था कि...लेकिन, जब मैं उससे बात करूँ उस वक़्त तुम भी मौजूद रह सकते हो। दरअसल, अच्छा यही होगा कि तुम मौजूद रहो। वरना कौन जाने तुम क्या-क्या सोचने लगो।''

''मैं कुछ भी नहीं सोचूँगा...मैंने तो बस यों ही पूछा था। और अगर तुम्हें उससे कुछ कहना है तो उसे यहाँ बुला लाना कोई मुश्किल काम नहीं है। मैं अभी जाता हूँ और मैं तुम्हें यक़ीन दिलाता हूँ कि मैं बीच में बाधा नहीं बनूँगा।''

पाँच मिनट बाद लेबेज़ियातनिकोव सचमुच सोनिया को साथ लेकर अन्दर आया। वहाँ आने पर सोनिया को बड़ा ताज्जुब हो रहा था और हमेशा की तरह वह बेहद शरमा रही थी। ऐसी परिस्थितियों में वह हमेशा शरमा जाती थी और उसे नए लोगों से हमेशा डर लगता था; डरपोक तो वह बचपन से ही थी लेकिन अब तो और भी हो गई थी।...प्योत्र पेत्रोविच उससे बड़ी 'शिष्टता और मिलनसारी' के साथ मिला, लेकिन उसमें कुछ हँसी-दिल्लगी और बेतकल्लुफ़ी का भी पुट था, क्योंकि उसकी राय में उसकी जैसी नौजवान और एक तरह से दिलचस्प हस्ती के साथ उसके जैसे

इज़्ज़तदार और हैसियतवाले आदमी के लिए इसी तरह पेश आना मुनासिब था। उसने जल्दी से उसको 'आश्वस्त कर दिया' और उसे मेज़ के दूसरी ओर सामने बिठा लिया। सोनिया बैठ गई और उसने अपने चारों ओर नज़र डाली—लेबेज़ियातनिकोव पर, मेज़ पर पड़े हुए नोटों पर और एक बार फिर प्योत्र पेत्रोविच पर और उसकी नज़रें उसी पर जमी रह गईं। लेबेज़ियातनिकोव दरवाज़े की ओर जा रहा था। प्योत्र पेत्रोविच ने सोनिया को बैठे रहने का इशारा करके जाकर लेबेज़ियातनिकोव को रोका।

"रस्कोलनिकोव है वहाँ ? वह आया है कि नहीं ?" उसने चुपके से उससे पूछा।

"रस्कोलनिकोव ? हाँ ! क्यों ? हाँ, वह है वहाँ...मैंने अभी उसे अन्दर आते देखा था... क्यों ?"

"ख़ैर, मैं तुमसे ख़ासतौर पर यह प्रार्थना करना चाहता हूँ कि तुम यहाँ हम लोगों के साथ रहो और हमें अकेला छोड़कर न जाओ, इस...इस नौजवान औरत के साथ...मुझे इससे बस कुछ बातें करनी हैं, और भगवान जाने लोग उसका क्या-क्या मतलब लगायें। मैं नहीं चाहता कि रस्कोलनिकोव फिर वहाँ यह कहे....तुम मेरा मतलब समझ रहे हो न ?"

"मैं समझ रहा हूँ ! समझ रहा हूँ !" अचानक बात लेबेज़ियातनिकोव की समझ में आ गई थी। "हाँ, तुम्हें इसका अधिकार है...लेकिन, मेरा अपना ख़्याल है कि तुम्हें इतना परेशान होने की कोई ज़रूरत नहीं है, लेकिन...फिर भी, तुम्हें इसका अधिकार है। मैं यहीं रुकता हूँ। मैं यहाँ खिड़की के पास खड़ा रहूँगा और तुम्हारी बातों में कोई बाधा नहीं डालूँगा...मैं समझता हूँ कि तुम्हें इसका अधिकार है..."

प्योत्र पेत्रोविच वापस जाकर सोनिया के सामने सोफ़े पर बैठ गया और उसे बड़े ग़ौर से देखने लगा। उसने बेहद रोबदार, बल्कि कुछ हद तक कठोर, मुद्रा धारण कर ली, मानो उससे कह रहा हो, "मिस साहब, आपको किसी तरह की ग़लतफ़हमी न हो।" सोनिया बुरी तरह सिटपिटा गई।

"पहली बात तो यह है, सोफ़्या सेम्योनोव्ना, कि तुम मेरी तरफ़ से अपनी माँ से माफ़ी माँग लेना...ठीक बात है न ? कतेरीना इवानोव्ना की हैसियत तुम्हारी माँ की ही है न ?" प्योत्र पेत्रोविच ने बड़े रोब से, लेकिन काफ़ी मिलनसारी के साथ कहना शुरू किया। ज़ाहिर था कि उसके इरादे दोस्ताना ही थे।

"बिलकुल, जी हाँ, माँ की ही हैसियत है," सोनिया ने डरते-डरते जल्दी से जवाब दिया।

"तो तुम उससे मेरी तरफ़ से माफ़ी माँग लोगी न ? कुछ ऐसी ही मजबूरियों की वजह से मैं वहाँ आ नहीं सकूँगा हालाँकि तुम्हारी माँ ने बड़ी मेहरबानी के साथ मुझे बुलाया है लेकिन मैं दावत में शरीक न हो सकूँगा।"

"जी हाँ...मैं उनसे कह दूँगी...अभी।" और यह कहकर सोनिया जल्दी से अपनी कुर्सी से उछलकर खड़ी हो गई।

"ठहरो, 'अभी' बात पूरी नहीं हुई," प्योत्र पेत्रोविच ने उसकी सादगी पर और उसके शिष्टाचार न जानने पर मुस्कुराते हुए उसे रोका, "और, सोफ़्या सेम्योनोव्ना, अगर तुम समझती हो कि मैं इतनी छोटी सी बात के लिए, जिसका सम्बन्ध सिर्फ़ मुझसे है, तुम्हारे जैसे आदमी को तकलीफ़ देने की हिम्मत करता तो तुम ठीक से जानतीं नहीं। मुझे एक और भी काम था।"

सोनिया जल्दी से बैठ गई। उसकी आँखें एक बार फिर मेज़ पर रखे हुए स्लेटी और इन्द्रधनुषी रंगों के नोटों पर जाकर एक क्षण के लिए टिक गईं, लेकिन उसने जल्दी से अपनी नज़रें वहाँ से हटाकर प्योत्र पेत्रोविच पर जमा लीं। उसने अचानक महसूस किया कि किसी दूसरे के पैसे को

देखना बहुत ही बेहूदा बात थी, ख़ासतौर पर उसके लिए। वह प्योत्र पेत्रोविच के हाथ में सुनहरी ऐनक को और उसकी बीच की उँगली पर बड़े से पीले रंग के पत्थरवाली बेहद ख़ूबसूरत बड़ी सी अँगूठी को घूरने लगी, लेकिन अचानक उसने अपनी नज़रें वहाँ से भी हटा लीं और जब उसकी समझ में कुछ न आया कि किस चीज़ पर नज़रें जमाए तो वह आख़िर में प्योत्र पेत्रोविच के चेहरे पर ही सीधे नज़रें जमाकर उसे घूरने लगी। थोड़ी देर रुककर वह और भी ज़्यादा रोब के साथ बोला :

"कल यों ही लगे हाथ मुझे बेचारी कतेरीना इवानोव्ना से दो बातें करने का संयोग हुआ था। बस उतना ही मेरे लिए यह अन्दाज़ा लगा लेने को काफ़ी था कि उसकी हालत–कहना चाहिए–कुछ असाधारण ही थी..."

"जी हाँ...असाधारण," सोनिया ने जल्दी से हामी भरी।

"या अगर ज़्यादा सीधे-सादे और ज़्यादा आसानी से समझ में आनेवाले तरीक़े से कहा जाए तो वह बीमार है।"

"जी हाँ, ज़्यादा सीधे-सादे और ज़्यादा आम...जी हाँ, बीमार।"

"बिलकुल यही बात है। इसलिए उसकी इस दुर्दशा को देखते हुए इंसानियत के नाते और कहना चाहिए, दया के भाव से, मुझे बहुत ख़ुशी होगी अगर मैं उसकी कोई ख़िदमत कर सकूँ। मुझे पता चला है कि अब इस पूरे कंगाल परिवार का सारा बोझ तुम्हारे कन्धों पर है ?"

"मैं एक बात पूछना चाहती हूँ," सोनिया ने उठकर खड़े होते हुए कहा, "आपने कल उनसे पेंशन मिल सकने के बारे में क्या कहा था ? क्योंकि कल वह मुझसे कह रही थीं कि आपने वादा किया है कि आप उन्हें पेंशन दिला देंगे। क्या वह बात सच थी ?"

"क़तई नहीं। दरअसल यह तो बिलकुल बेसिर-पैर की बात है। मैंने तो बस इस बात की तरफ़ इशारा किया था कि नौकरी के दौरान मर जानेवाले अफ़सर की विधवा होने के नाते थोड़ी-बहुत मदद मिल सकती है–वह भी अगर उसकी पहुँच कहीं ऊपर तक हो...लेकिन मालूम हुआ कि तुम्हारे बाप ने पूरी मुद्दत तक नौकरी नहीं की थी और इधर काफ़ी दिनों से तो वह नौकरी पर लगे हुए भी नहीं थे। सच तो यह है कि अगर कोई उम्मीद हो भी तो वह बहुत ही थोड़ी होगी, क्योंकि, देखो, ऐसी हालत में उसका मदद पाने का कोई हक़ दूर-दूर तक नहीं बनता। बल्कि सच पूछा जाए तो बात उसकी उल्टी ही है ! तो वह अभी से पेंशन के सपने देखने लगी है, क्यों ? हिः-हिः-हिः !...बहुत ही तेज़ औरत है !"

"जी हाँ, वह पेंशन की उम्मीद लगाए हैं क्योंकि वह आसानी से सबकी बात पर विश्वास कर लेती हैं और दिल की बहुत अच्छी हैं; और दिल की अच्छी होने की वजह से ही हर बात पर भरोसा कर लेती हैं और...और...और वह हैं ही ऐसी।...जी हाँ...आप उनकी बात का बुरा न मानिएगा," और यह कहकर सोनिया एक बार फिर चल देने के लिए उठ खड़ी हुई।

"लेकिन मुझे जो बात कहनी थी वह तो तुमने सुनी ही नहीं।"

"जी नहीं, मैंने नहीं सुनी," सोनिया ने बुदबुदाकर कहा।

"तो बैठ जाओ।"

सोनिया बेहद सिटपिटाई हुई थी और वह तीसरी बार बैठ गई।

"अभागे छोटे-छोटे बच्चों के साथ उसकी दुर्दशा को देखते हुए, जैसा कि मैं पहले भी कह चुका हूँ, मुझे बहुत ख़ुशी होगी, अगर मैं, जहाँ तक मेरे बस में है, उसकी कोई ख़िदमत कर सकूँ, मतलब यह कि जहाँ तक मेरे बस में है, उससे ज़्यादा नहीं। मिसाल के लिए, उसके लिए चन्दा

जमा किया जा सकता है, या कोई लॉटरी निकाली जा सकती है, या इसी तरह की कोई और चीज़, जैसा कि ऐसी हालत में रिश्तेदार, या बाहर के लोग भी जो मदद करना चाहते हैं, अक्सर बन्दोबस्त कर देते हैं। मैं तुमसे इसी के बारे में बात करना चाहता था। यह तो किया जा सकता है।''

''जी हाँ, जी हाँ...भगवान आपको इसके बदले बहुत देगा,'' सोनिया ने प्योत्र पेत्रोविच को बड़े ध्यान से देखते हुए लड़खड़ाती ज़बान से कहा।

''ऐसा हो सकता है, लेकिन उसके बारे में हम बाद में बातें करेंगे...यानी हम यह काम आज ही शुरू कर सकते हैं। आज शाम को हम मिलेंगे और इसके बारे में बात करेंगे और, कहना चाहिए, इसकी नींव डाल देंगे। मेरे पास सात बजे आ जाना। मुझे उम्मीद है कि लेबेज़ियातनिकोव साहब भी इस काम में हमारी मदद करेंगे। लेकिन...एक बात के बारे में तुम्हें पहले से सावधान कर दूँ और, सोफ़्या सेम्योनोव्ना, उसी बात के लिए मैंने तुम्हें यहाँ आने की तक़लीफ़ दी है। मेरी राय में, सच पूछो तो पैसा कतेरीना इवानोव्ना के हाथों में देना ख़तरे से ख़ाली नहीं होगा। आज की दावत इस बात का सबूत है। हालाँकि कल के लिए, कहना चाहिए, खाने की रोटी का एक टुकड़ा भी नहीं है और...ख़ैर, न किसी के पाँव में जूते हैं, न कोई और चीज़ है, लेकिन आज जमैका की रम ख़रीदी गई है, और मैं समझता हूँ मदीरा भी है और...और कॉफ़ी भी। उधर से गुज़रते वक़्त मैंने देखा था। कल तुम्हें फिर पूरे परिवार के लिए बन्दोबस्त करना पड़ेगा जो कि, मेरे कहे का बुरा न मानना, सचमुच बहुत ही बेतुकी बात है, इसलिए मैं समझता हूँ कि चन्दा इस तरह जमा किया जाए कि उस अभागिन को पैसे का पता न चलने पाए, बल्कि, मिसाल के लिए, सिर्फ़ तुम्हें उसका पता रहे। ठीक बात है न ?''

''मालूम नहीं...यह तो बस आज की बात है। ज़िन्दगी में एक बार...उनकी बड़ी इच्छा थी कि मरनेवाले का सम्मान किया जाए, उसकी याद मनाई जाए...वैसे वह बहुत समझदार हैं...लेकिन जैसा आप समझें, मुझे तो बहुत ही बहुत...उन सबको...और भगवान आपको इसके बदले बहुत देगा...और अनाथ बच्चे...''

सोनिया अपनी बात पूरी करने से पहले ही फूट-फूटकर रोने लगी।

''अच्छी बात है, तो इस बात का ध्यान रखना। इस वक़्त मैं निजी तौर पर अपनी ओर से जो थोड़ा-बहुत दे सकता हूँ वह तुम्हारे परिवार के लिए देना चाहता हूँ, उसे ले लो। और मैं यह बिलकुल नहीं चाहता कि इस सिलसिले में कहीं भी मेरा नाम लिया जाए। यह लो...एक तरह से मेरी अपनी भी बहुत सी परेशानियाँ हैं, इसलिए मैं ज़्यादा कुछ नहीं कर सकता...''

यह कहकर प्योत्र पेत्रोविच ने दस रूबल का एक नोट बड़ी सावधानी से सीधा करके सोनिया को दे दिया। सोनिया ने नोट ले लिया और उसका चेहरा बिलकुल लाल हो गया; वह उछलकर उठ खड़ी हुई और मुँह-ही-मुँह में कुछ बुदबुदाकर चल देने को तैयार हो गई। प्योत्र पेत्रोविच बड़ी शिष्टता से उसे दरवाज़े तक पहुँचाने आया। आख़िरकार वह बौखलाई हुई और परेशान कमरे के बाहर निकल गई और जब वह कतेरीना इवानोव्ना के पास वापस पहुँची तो बुरी तरह सिटपिटाई हुई थी।

इस पूरी बातचीत के दौरान लेबेज़ियातनिकोव या तो खिड़की के पास खड़ा रहा था या कमरे में टहलता रहा था क्योंकि वह बातचीत में बाधा नहीं डालना चाहता था। सोनिया के चले जाने के बाद वह चलकर प्योत्र पेत्रोविच के पास गया और उसने बड़ी गम्भीरता से उसकी ओर अपना हाथ बढ़ाया।

''मैंने सब कुछ सुना है और 'देखा' है,'' उसने आख़िरी शब्दों पर ज़ोर देते हुए कहा, ''यह होती है शराफ़त, मेरा कहने का मतलब कि इसे कहते हैं इंसानियत ! मैंने देखा कि तुम उन पर

एहसान का बोझ नहीं डालना चाहते थे ! और हालाँकि, मैं मानता हूँ, मैं सिद्धान्त की हद तक इस तरह की निजी ख़ैरात की हिमायत नहीं कर सकता, क्योंकि इससे न सिर्फ़ यह कि बुराई दूर नहीं होती बल्कि उल्टे उसे बढ़ावा मिलता है, फिर भी मुझे मानना पड़ता है कि जो कुछ तुमने किया वह मैंने देखा और उसे देखकर मुझे ख़ुशी हुई–हाँ, हाँ, मुझे यह बात बहुत अच्छी लगी।''

''ये सब बेकार की बातें हैं,'' प्योत्र पेत्रोविच ने विचित्र भाव से लेबेज़ियातनिकोव की ओर देखते हुए कुछ उत्तेजित होकर कहा।

''नहीं, बेकार की बातें नहीं हैं ! जिस आदमी को ख़ुद मुसीबत और परेशानी का सामना करना पड़ा हो, जैसा कि कल तुम्हारे साथ हुआ, और फिर भी वह दूसरों की मुसीबत देखकर उनके साथ हमदर्दी कर सके, तो ऐसा आदमी–वह भले ही सामाजिक ग़लती कर रहा हो–इज़्ज़त करने लायक़ होता है ! मुझे सचमुच तुमसे इस बात की उम्मीद नहीं थी, प्योत्र पेत्रोविच, ख़ासतौर पर इसलिए कि तुम्हारे विचारों के हिसाब से...ओह ! तुम्हारे विचार भी तुम्हारे लिए कैसी मुसीबत हैं ! मिसाल के लिए, अपनी कल की बदनसीबी पर तुम कितने दुखी हो,'' लेबेज़ियातनिकोव ने बड़े भोलेपन से सहानुभूति दिखाते हुए कहा; उसके दिल में प्योत्र पेत्रोविच के लिए फिर प्यार उमड़ आया था। ''और, मेरे नेक दोस्त प्योत्र पेत्रोविच, तुम्हें इस शादी से, इस 'क़ानूनी' शादी से, क्या मिल जाएगा ? तुम शादी की इस 'क़ानूनियत' से क्यों चिपके रहना चाहते हो ? ख़ैर, तुम चाहो तो मुझे पीट सकते हो, लेकिन मुझे ख़ुशी है, सचमुच बहुत ख़ुशी है, कि यह शादी नहीं हो पाई, कि तुम आज़ाद हो, कि अभी तक तुम्हारी गिनती इंसानों में होती है।...देखो, मैंने अपने दिल की बात साफ़-साफ़ कह दी है !''

''इसलिए कि मैं नहीं चाहता कि तुम्हारी बिना बन्धन की शादी के चक्कर में पड़कर मैं जोरू का गुलाम बना रहूँ, सिर पर सींग लगाकर जगहँसाई कराऊँ और किसी दूसरे के बच्चे पालता रहूँ, इसीलिए मैं क़ानूनी शादी करना चाहता हूँ,'' लूजिन ने कुछ-न-कुछ जवाब देने की ख़ातिर जवाब दिया। ऐसा लग रहा था कि वह चिन्तित और विचारमग्न है।

''बच्चे ? तुम अभी बच्चों की बात कर रहे थे ?'' लेबेज़ियातनिकोव ऐसे चौंक पड़ा जैसे बिगुल की आवाज़ सुनकर लड़ाई का घोड़ा चौंक पड़ता है। ''बच्चे एक सामाजिक समस्या हैं और सबसे बड़े महत्त्व की समस्या हैं, यह मैं मानता हूँ, लेकिन बच्चों की समस्या का एक दूसरा हल भी है। कुछ लोग तो बच्चों के अस्तित्व को बिलकुल मानते ही नहीं, और न ही किसी ऐसी चीज़ को जिसका कोई भी सम्बन्ध परिवार से हो। बच्चों की बात हम बाद में करेंगे, लेकिन जहाँ तक सिर पर सींग लगाकर जगहँसाई कराने का सवाल है, तो मैं मानता हूँ कि वह मेरी कमज़ोरी है। यह बेहूदा, फ़ौजी, 'पुश्किनवाला' शब्द भविष्य के किसी शब्दकोष में मिलेगा ही नहीं। और, यह तो बताइए, ये सींग क्या होते हैं ? शब्द का कैसा ग़लत प्रयोग है। कैसे सींग ? सींग क्यों ? क्या बकवास है ! खुली शादी में सींग लगाने का कोई सवाल ही नहीं होगा ! सींग तो बस क़ानूनी शादी का एक स्वाभाविक नतीजा होते हैं, वे एक तरह से उस ग़लती को ठीक करने का ज़रिया होते हैं, वे एक तरह का विरोध होते हैं। इसलिए इसमें अपमान की कोई बात है ही नहीं...और अगर–थोड़ी देर को, दलील के लिए, यह बेतुकी बात मान भी ली जाए और कभी मैं क़ानूनी शादी करूँ, तो तुम्हारे वे कमबख़्त सींग लगाकर मुझे बहुत ख़ुशी होगी ! क्योंकि तब मैं अपनी बीवी से कह सकूँगा : 'मेरी जान, अभी तक तो मैं तुम्हें सिर्फ़ प्यार करता था, लेकिन अब मैं तुम्हारी इज़्ज़त करता हूँ, क्योंकि तुमने विरोध करने की हिम्मत की है !' तुम हँस रहे हो ? इसकी वजह यह है कि तुम पूर्वाग्रहों से छुटकारा नहीं पा सकते ! लानत है इन सब बातों पर ! यह तो मेरी समझ में आया कि क़ानूनी शादी में धोखा

खाना आदमी को इतना बुरा क्यों लगता है, लेकिन यह तो एक ऐसी शर्मनाक स्थिति का, जिसमें दोनों ही का अपमान होता रहता है, शर्मनाक नतीजा है। जब खुल्लमखुल्ला सींग लगा लिये जाते हैं, जैसे बिना बन्धन की शादी में, तो वे बाक़ी ही नहीं रहते, उनका विचार भी मन में नहीं आता और वे सींग ही नहीं रह जाते। आपकी बीवी जब यह समझने लगेगी कि आप उसकी ख़ुशी का विरोध कर ही नहीं सकते, कि आप उनके नए शौहर की वजह से उससे बदला लेने की बात सोच भी नहीं सकते, तभी वह साबित कर पाएगी कि वह आपकी कितनी इज़्ज़त करती है। लानत है ! कभी-कभी मैं भी सपना देखने लगता हूँ कि कभी मजबूरन किसी आदमी से मेरी शादी हो जाए, छिः ! मेरा कहने का मतलब है किसी औरत से, वह शादी क़ानूनी हो या नहीं, उससे कोई फ़र्क नहीं पड़ता, तो अगर मेरी बीवी ख़ुद अपने लिए कोई प्रेमी न ढूँढ़ पाए तो मैं उसके लिए एक प्रेमी ढूँढ़ दूँगा। मैं उससे कहूँगा : 'मेरी जान, मैं तुम्हें प्यार करता हूँ, लेकिन उससे भी बढ़कर मैं चाहता हूँ कि तुम मेरी इज़्ज़त करो इसलिए यह लो !' मैं ठीक बात कह रहा हूँ न ?..."

प्योत्र पेत्रोविच उसकी बातें सुनकर धीरे-धीरे हँसता रहा, लेकिन उसे इन बातों में कोई ख़ास मज़ा नहीं आ रहा था। सच तो यह है कि वह ठीक से सुन भी नहीं रहा था। वह कुछ और ही सोच रहा था और आख़िरकार लेबेज़ियातनिकोव का ध्यान भी इस बात की ओर गया। प्योत्र पेत्रोविच उद्विग्न सा लग रहा था। वह हाथ मल रहा था और अपने विचारों में डूबा हुआ था। लेबेज़ियातनिकोव को यह सब कुछ बाद में याद आया और तब उसकी समझ में आया कि बात क्या थी।...

2

यह तो सही-सही बताना कठिन होगा कि कतेरीना इवानोव्ना के उलझे हुए दिमाग़ में उस बेतुकी जनाज़े की दावत का विचार कहाँ से पैदा हुआ था। मार्मेलादोव के जनाज़े के लिए रस्कोलनिकोव ने जो बीस-एक रूबल दिए थे उनमें से लगभग दस रूबल इस दावत पर बर्बाद कर दिए गए थे। शायद कतेरीना इवानोव्ना मरनेवाले की याद का 'उचित ढंग से' सम्मान करने को इसलिए ज़रूरी समझती थी कि वहाँ रहनेवाले सभी लोगों को, और सबसे बढ़कर अमालिया इवानोव्ना को यह मालूम हो जाए कि 'वह किसी भी तरह उनसे घटिया नहीं था, बल्कि शायद उनसे बहुत ऊँचा ही था,' और यह कि किसी को भी 'उस पर नाक-भौं सिकोड़ने' का अधिकार नहीं था। शायद इसकी सबसे बड़ी वजह थी वह विचित्र 'ग़रीबों की आन' जो बहुत ग़रीब लोगों को मजबूर कर देती है कि वे अपनी बचत की आख़िरी दमड़ी तक समाज की किसी परम्परागत रस्म को निभाने पर सिर्फ़ इसलिए ख़र्च कर दें कि 'जैसा दूसरे लोग करते हैं वैसा ही' वे भी करें, और ये दूसरे लोग उन्हें 'तुच्छ न समझें'। यह भी बहुत मुमकिन है कि ठीक उस वक़्त जब लगता था कि दुनिया में हर आदमी ने उसे बेसहारा छोड़ दिया था, वह उन 'कमबख़्त टुच्चे किराएदारों' को यह दिखा देना चाहती थी कि उसे भी 'धूमधाम से काम करना, ठाठदार दावतें करना' आता था, और यह कि उसका पालन-पोषण 'बेहद शरीफ़, बल्कि कहना चाहिए पुश्तैनी रईस, कर्नल के घर में' हुआ था। वह झाड़ू देने और रात-रात भर बच्चों के फटे-पुराने कपड़े धोने के लिए नहीं पैदा हुई थी। कभी-कभी ग़रीब-से-ग़रीब और बिलकुल टूटे हुए लोगों पर भी इस तरह के अभिमान और अहंकार का दौरा पड़ता है, जो बढ़ते-बढ़ते अदम्य लालसा का रूप धारण कर लेता है। लेकिन कतेरीना इवानोव्ना का हौसला अभी तक टूटा नहीं था; परिस्थितियों ने उसे भले ही मार डाला हो, लेकिन उसका हौसला 'नहीं तोड़ा जा सकता था,' उसे धौंस देकर दबाया नहीं जा सकता था, उसकी

इच्छा-शक्ति को कुचला नहीं जा सकता था। इसके अलावा, सोनिया ने यह बात अकारण ही नहीं कही थी कि उसका दिमाग़ ठिकाने नहीं था। यह सच है कि उसे यक़ीन के साथ बिलकुल पागल तो नहीं कहा जा सकता था, लेकिन इसमें कोई शक नहीं था कि इधर हाल में, ख़ासतौर से पिछले एक साल से उसे इतनी मुसीबतें झेलनी पड़ी थीं कि अगर उसका दिमाग़ थोड़ा-बहुत ख़राब न हो जाता तो ताज्जुब की बात होती। डॉक्टरों का कहना है कि तपेदिक़ की आख़िरी मंज़िलों में दिमाग़ पर भी असर हो जाता है।

वहाँ न तो तरह-तरह की शराबें थीं; और न ही 'मदीरा' थी; यह तो अतिशयोक्ति थी; लेकिन पीने-पिलाने का इन्तज़ाम था ज़रूर। वोदका थी, रम थी, पुर्तगाली अंगूरी थी; सभी सबसे घटिया क़िस्म की थीं, लेकिन थीं काफ़ी मात्रा में। परम्परा निभाने के लिए चावल और किशमिश का हलवा तो था ही, इसके अलावा तीन-चार चीज़ें खाने की और थीं, जिनमें से एक मीठी टिकियाँ भी थीं। ये सभी चीज़ें अमालिया इवानोव्ना की रसोई में तैयार की गई थीं। खाने के बाद चाय और पंच पिलाने के लिए दो समोवारों में पानी खौल रहा था। मादाम लिप्पेवेख़्सेल के यहाँ न जाने कहाँ से भटकता हुआ मुसीबत का मारा छोटे से क़द का एक पोलिस्तानी किराएदार आ गया था; कतेरीना इवानोव्ना ने उसी की मदद से खुद अपनी निगरानी में खाने-पीने का सारा सामान मँगवाया था। वह बड़ी मुस्तैदी से कतेरीना इवानोव्ना की ख़िदमत में जुट गया था और उस दिन सबेरे से और पूरे पिछले दिन वह अपनी टाँगों की पूरी सकत भर इधर से उधर भागता रहा था, यहाँ तक कि उसकी ज़बान बाहर लटक आई थी और उसे इस बात की बहुत फ़िक्र थी कि सब उसकी इस हालत को ख़ासतौर पर ज़रूर देख लें। छोटी से छोटी बात के लिए वह भागकर कतेरीना इवानोव्ना के पास जाता था, यहाँ तक कि बाज़ार में भी उसे खोज निकालता था, और हरदम 'मैडम' कहकर पुकारता रहता था। सारा काम पूरा होने से पहले ही वह उससे बुरी तरह तंग आ चुकी थी, हालाँकि शुरू में उसने कहा था कि अगर वह 'बेहद सेवा करनेवाला और ऊँचे विचारोंवाला आदमी' न होता तो उसके तो हाथ-पाँव फूल जाते। कतेरीना इवानोव्ना की एक ख़ूबी यह थी कि जिससे भी वह मिलती थी, शुरू में उसकी तारीफ़ के पुल बाँध देती थी। कभी-कभी तो उसे इतना आसमान पर चढ़ा देती थी कि जिसकी तारीफ़ की जाती थी वह खुद शर्मिन्दा हो जाता था। वह उसकी तारीफ़ में तरह-तरह की बातें गढ़ लेती थी और उन पर पक्का यक़ीन करने लगती थी। फिर अचानक वह उससे निराश हो जाती थी और अभी कुछ ही घंटे पहले तक वह जिस आदमी की पूजा करती थी, उसी के मुँह पर उसके बारे में बुरी से बुरी बात कहने में कोई संकोच नहीं करती थी, यहाँ तक कि उसे लगभग ठोकर मारकर निकाल देती थी। स्वभाव से वह बहुत खुशमिज़ाज, ज़िन्दादिल और शान्तिप्रेमी थी, लेकिन लगातार मुसीबतें और विफलताएँ झेलते-झेलते उसका इतनी 'उग्रता से जी' चाहने लगा था कि सब लोग शान्ति और सन्तोष के साथ रहें और कोई भी शान्ति भंग करने का 'साहस न करे' कि ज़रा सी अरुचिकर बात से, छोटी-से-छोटी असफलता से भी वह उद्विग्न हो उठती थी और सुखद से सुखद आशाओं और कल्पनाओं की दुनिया से निकलकर एक क्षण में वह निराशा के अथाह सागर में डूब जाती थी—उल्टी-सीधी बातें करने लगती थी, अपने भाग्य को कोसने लगती थी, और दीवार से अपना सिर टकराने लगती थी। अचानक अमालिया इवानोव्ना का भी कतेरीना इवानोव्ना की नज़रों में असाधारण महत्त्व हो गया था और वह उसकी बेहद इज़्ज़त करने लगी थी, शायद महज़ इसलिए कि जैसे ही जनाज़े की दावत का फ़ैसला हुआ था, अमालिया इवानोव्ना तन-मन से उसकी तैयारियों में जुट गई थी : उसने मेज़ पर खाने-पीने की चीज़ें सजाने, मेज़पोश और बर्तन वग़ैरह देने और सारा खाना अपनी रसोई में पकवाने का

ज़िम्मा ले लिया था और कतेरीना इवानोव्ना सब कुछ उसके हाथों में छोड़कर ख़ुद क़ब्रिस्तान चली गई थी। सारा बन्दोबस्त सचमुच बहुत अच्छा हो गया था : मेज़ काफ़ी साफ़-सुथरी लग रही थी, प्लेटें, छुरी-काँटे और गिलास, ज़ाहिर है, अलग-अलग शक्लों और नमूनों के थे क्योंकि वे अलग-अलग किराएदारों के यहाँ से मँगाए गए थे, लेकिन मेज़ ठीक वक़्त पर सज़ा दी गई थी। अमालिया इवानोव्ना ने यह महसूस करके कि उसने अपना काम बड़े अच्छे ढंग से पूरा कर दिया था, एक काली पोशाक पहन ली थी और अपनी टोपी पर नए मातमी फ़ीते लगाकर बड़े गर्व के साथ क़ब्रिस्तान से लौटनेवालों का स्वागत करने खड़ी हो गई थी। उसका यह गर्व उचित ही था, लेकिन न जाने क्यों कतेरीना इवानोव्ना को यह बात अच्छी नहीं लगी : 'जैसे अमालिया इवानोव्ना के अलावा कोई और मेज़ सजा ही नहीं सकता था !' कतेरीना इवानोव्ना को उसकी नए फ़ीतोंवाली टोपी भी अच्छी नहीं लगी थी। 'क्या वह इस बात पर इतरा रही है, यह बेवक़ूफ़ जर्मन औरत, कि वह मकान-मालकिन है और उसने अपने ग़रीब किराएदारों की मदद करके उन पर एहसान किया ? एहसान ! ज़रा देखो तो ! कतेरीना इवानोव्ना के पिता, जो कर्नल रह चुके थे और उनके गवर्नर बनने में बस थोड़ी सी कसर रह गई थी, कभी-कभी एक साथ चालीस-चालीस आदमियों की दावत करते थे और उस मौक़े पर अमालिया इवानोव्ना, बल्कि कहना चाहिए लूदविगोव्ना, जैसे किसी आदमी को रसोई में भी घुसने की इजाज़त नहीं होती थी।...' लेकिन कतेरीना इवानोव्ना ने उस वक़्त अपनी भावनाओं को व्यक्त करने का विचार टाल दिया और उसकी तरफ़ रुखाई का रवैया अपनाकर सन्तोष कर लिया, हालाँकि मन ही मन उसने ठान लिया था कि आज ही उसे अमालिया इवानोव्ना का गर्व चूर करना होगा और उसे उसकी असली हैसियत बता देनी होगी, ऐसा न किया गया तो वह, भगवान जाने अपने आपको कितना महत्त्वपूर्ण आदमी समझने लगे। कतेरीना इवानोव्ना इस बात से भी चिढ़ी हुई थी कि उस घर में रहनेवाले जिन लोगों को निमन्त्रण दिया गया था उनमें से शायद ही कोई जनाज़े में शरीक हुआ था, उस नाटे पोलिस्तानी को छोड़कर जो किसी तरह वहाँ पहुँच गया था; जनाज़े की दावत में भी सबसे ग़रीब और सबसे महत्त्वहीन लोग ही आए थे, जिनमें से कई तो पूरी तरह होश में भी नहीं थे—कुल मिलाकर बहुत फटीचर लोग। जो ज़्यादा उम्र के और ज़्यादा इज़्ज़तदार लोग थे वे सभी, मानो आपस में तै करके, दावत में नहीं आए थे। मिसाल के लिए, प्योत्र पेत्रोविच लूज़िन, जिसे उस घर में रहनेवालों में सबसे इज़्ज़तदार आदमी कहा जा सकता था, नहीं आया था, हालाँकि कतेरीना इवानोव्ना ने अभी कल शाम को ही सारी दुनिया के सामने, यानी अमालिया इवानोव्ना, पोलेंका, सोनिया और उस नाटे पोलिस्तानी के सामने, कहा था कि वह बेहद उदार और बेहद नेकदिल आदमी था, जो बहुत बड़ी जायदाद का मालिक था और जिसकी दूर-दूर तक पहुँच थी, जो उसके पहले पति का दोस्त रह चुका था और उसके पिता के घर में मेहमान की हैसियत से आ चुका था, और यह कि उसने वादा किया था कि वह अपना असर इस्तेमाल करके उसे काफ़ी पेंशन दिलवा देगा। ध्यान रहे कि कतेरीना इवानोव्ना जब किसी की पहुँच और उसकी दौलत का गुणगान करती थी तो उसके पीछे उसका कोई छिपा हुआ उद्‌देश्य नहीं होता था; वह बिलकुल निःस्वार्थ भाव से केवल प्रशंसित व्यक्ति का महत्त्व बढ़ाकर खुश होने के लिए ही ऐसा करती थी। शायद लूज़िन की ही 'देखादेखी' वह 'कमबख़्त कमीना' लेबेज़ियातनिकोव भी नहीं आया था। 'आख़िर वह अपने आपको समझता क्या है ? उसे तो बस रहम खाकर बुला लिया गया था और चूँकि वह प्योत्र पेत्रोविच के साथ एक ही कमरे में रहता था और उसका दोस्त था, इसलिए उसे न बुलाना कुछ बेतुका लगता।' न आनेवालों में वह बेहद तमीज़दार वृद्ध महिला और उनकी 'काफ़ी बड़ी उम्र की बिनब्याही' बेटी भी थीं, जिन्हें

उस घर में रहते अभी एक पखवाड़ा ही हुआ था लेकिन वे कई बार इस बात की शिकायत कर चुकी थीं कि कतेरीना इवानोव्ना के कमरे में बहुत हो-हंगामा होता था, ख़ासतौर पर उस दिन जब मार्मेलादोव शराब के नशे में धुत्त आता था। कतेरीना इवानोव्ना को इस बात का पता अमालिया इवानोव्ना से चला था, जो कतेरीना इवानोव्ना से बहुत लड़ी थी और उसने धमकी दी थी कि वह पूरे परिवार को घर से निकाल देगी; वह उसके ऊपर चिल्लाई थी कि वे लोग जिन किराएदारों की शान्ति में विघ्न डालते थे उनके 'पाँव की धोवन के बराबर भी' नहीं थे वे। कतेरीना इवानोव्ना ने इन महिला और उनकी बेटी को, 'जिनके पाँव की धोवन के बराबर भी वह नहीं थी,' और जो राह चलते अचानक उससे मिल जाने पर बड़ी अकड़ के साथ मुँह फेर लेती थीं, इस मौक़े पर बुलाने का फ़ैसला इसलिए किया था कि उन्हें पता चल जाए कि 'अपने विचारों और भावनाओं में वह उनसे कहीं बढ़कर थी और वह अपने मन में किसी के प्रति द्वेष नहीं रखती थी,' और इसलिए भी कि वे आकर देख लें कि वह जिस तरह रहती थी उसकी वह आदी नहीं थी। उसका इरादा था कि वह खाने के वक़्त अपने स्वर्गीय पिता की गवर्नरी की चर्चा करके यह बात उन्हें अच्छी तरह समझा देगी, और इसके साथ ही इस बात की ओर भी इशारा कर देगी कि उससे मिलने पर उनका मुँह फेर लेना सरासर बेवक़ूफ़ी की हरकत थी। वह मोटा लेफ़्टिनेंट कर्नल भी ग़ैर-हाज़िर था (असल में वह पेंशनयाफ़्ता फ़र्स्ट लेफ्टिनेंट ही था), सुना यह गया था कि पिछले दो दिन से वह 'अपने होश में नहीं था'। दावत में जो लोग आए थे उनमें वह नाटा पोलिस्तानी था, चीकट कोट पहने चित्तीदार चेहरेवाला एक मनहूस-सूरत क्लर्क था, जो एक शब्द भी नहीं बोलता था और जिसके बदन से बेहद बदबू आ रही थी; इनके अलावा एक बहरा और लगभग बिलकुल अन्धा बूढ़ा आदमी भी आया था, जो पहले डाकख़ाने में क्लर्क था और न जाने क्यों एक ज़माने से कोई गुमनाम परोपकारी उसके खाने और रहने का ख़र्च देता आया था। फ़ौज़ की कमिसरियट का एक पेंशनयाफ़्ता सेकंड-लेफ़्टिनेंट भी आया था; वह पिए हुए था, ज़ोर से ठहाका मारकर बहुत ही बेहूदा तरीक़े से हँसता था और 'क्या आप कल्पना कर सकते हैं ?'—उसने वास्कट तक नहीं पहन रखी थी ! एक मेहमान तो कतेरीना इवानोव्ना से दुआ-सलाम किए बिना ही सीधा जाकर मेज़ पर बैठ गया था। आख़िर में एक आदमी, जिसके पास कोई कपड़े नहीं थे, अपना ड्रेसिंग गाऊन पहने ही आ गया, लेकिन यह तो उसने हद ही कर दी थी और बड़ी मुश्किल से अमालिया इवानोव्ना और उस नाटे पोलिस्तानी ने उसे वहाँ से किसी तरह निकाला था। लेकिन वह पोलिस्तानी अपने साथ दो और पोलिस्तानियों को ले आया था, जो अमालिया इवानोव्ना के घर में रहते भी नहीं थे और जिन्हें किसी ने पहले वहाँ देखा भी नहीं था। इन सब बातों से कतेरीना इवानोव्ना को बेहद चिड़चिड़ाहट हो रही थी। 'फिर आख़िर ये सब तैयारियाँ किसके लिए की गई थीं ?' मेहमानों के लिए जगह रखने के ख़्याल से मेज़ पर बच्चों के खाने का भी इन्तज़ाम नहीं किया गया था; दोनों छोटे बच्चे सबसे दूरवाले कोने में अपना खाना सन्दूक़ पर रखे बैठे थे और बड़ी बहन होने के नाते पोलेंका को उनका ध्यान रखना पड़ रहा था, उन्हें खिलाना पड़ रहा था और 'शरीफ़ बच्चों की तरह' उनकी नाक पोंछनी पड़ रही थी। इसलिए कतेरीना इवानोव्ना को मजबूरन यह रवैया अपनाना पड़ा कि मेहमानों का स्वागत करते समय वह उनसे पहले से भी ज़्यादा रोब-दाब के साथ, बल्कि कुछ अकड़ के साथ मिले। उनमें से कुछ को उसने ख़ासतौर पर सख़्ती से घूरकर सिर से पाँव तक देखा और उनसे अपनी-अपनी जगह बैठ जाने के लिए ऐसे स्वर में कहा जैसे वे बहुत तुच्छ हों। फ़ौरन इस नतीजे पर पहुँचकर कि इतने बहुत से लोगों के न आने के लिए अमालिया इवानोव्ना ही ज़िम्मेदार होगी, वह उसके साथ बेहद रूखेपन का बर्ताव करने लगी, जिसे अमालिया ने फ़ौरन ताड़

लिया और यह बात उसे बुरी लगी। इस तरह की शुरुआत के बाद अंजाम बहुत अच्छा होने की उम्मीद नहीं की जा सकती थी। आख़िरकार सब लोग बैठ गए।

रस्कोलनिकोव लगभग उसी वक़्त आया था जब वे लोग क़ब्रिस्तान से लौटकर आए थे। कतेरीना इवानोव्ना उसे देखकर बहुत खुश हुई, सबसे पहले तो इसलिए कि वह अकेला, 'पढ़ा-लिखा मेहमान था,' और, 'जैसा कि सभी जानते थे, दो साल में वह यहाँ यूनिवर्सिटी में प्रोफ़ेसर बननेवाला था,' और दूसरे इसलिए कि उसने फ़ौरन बड़े अदब से जनाज़े में शरीक न हो सकने के लिए माफ़ी माँगी थी। वह बिलकुल उस पर झपट पड़ी और उसे अपने बाईं ओर बिठा लिया (उसके दाहिनी ओर अमालिया इवानोव्ना बैठी थी)। उसे बराबर इस बात की चिन्ता लगी हुई थी कि खाने की तश्तरियाँ ठीक तरीक़े से बारी-बारी सबके सामने पेश की जाएँ ताकि हर आदमी हर चीज़ का स्वाद ले सके। इसके अलावा अपनी जानलेवा खाँसी के बावजूद, जो पिछले दो दिनों से पहले से भी ज़्यादा बिगड़ गई थी, हर मिनट उसके बात करने में बाधा डाल रही थी। वह लगातार रस्कोलनिकोव से बातें करती रही और लगभग कानाफूसी के स्वर में, जिसे दूसरे लोग सुन सकते थे, वह जल्दी-जल्दी अपनी सारी दबी हुई भावनाएँ और जनाज़े की दावत की असफलता पर अपना उचित क्रोध उसके कानों में उँडेलती रही; बीच-बीच में वह अपने मेहमानों पर और ख़ासतौर पर अपनी मकान-मालकिन पर अनायास खिलखिलाकर हँस देती थी।

"यह सब उस कलमुँही का क़सूर है ! आप समझ गए न मेरा मतलब किससे है ? उसका, उसका !" कतेरीना इवानोव्ना ने सिर के झटके के साथ मकान-मालकिन की तरफ़ इशारा किया। "देखो तो उसे, कैसी गोल-गोल आँखें करके देख रही है; वह जानती है कि हम लोग उसी की बातें कर रहे हैं लेकिन वह कुछ समझ नहीं पा रही है। उल्लू कहीं की ! हः-हः !" इसके बाद वह देर तक खाँसती रही। "और वह टोपी उसने किसलिए पहन रखी है ?" उसने पूछा; खाँसी ने अभी तक उसका पीछा नहीं छोड़ा था। "आपने यह बात देखी कि वह चाहती है हर आदमी यही समझे कि वह मेरे ऊपर एहसान कर रही है और यहाँ आकर मेरा मान बढ़ा रही है। मैंने शराफ़त के नाते उससे कह दिया था कि वह कुछ इज़्ज़तदार लोगों को न्योता दे दे, ख़ासतौर पर उन लोगों को जो मेरे शौहर को जानते थे, और देखिए उसने कैसे-कैसे लोग बुलाकर बिठा दिए हैं : मैले-कुचैले मसख़रों की भीड़ लगा दी है ! उस गन्दे चेहरेवाले को देखिए। दो टाँगोंवाला बन्दर ! और वे कमबख़्त पोलिस्तानी, हः-हः-हः !" उसे फिर खाँसी का दौरा पड़ा। "इनमें कोई भी पहले कभी यहाँ झाँकने तक नहीं आया, और मैंने इनमें से किसी को पहले कभी देखा तक नहीं। ये लोग यहाँ किसलिए आए हैं, मैं आपसे पूछती हूँ ? देखिए, कैसी क़तार बाँधे बैठे हैं। ऐ, भले आदमी, सुनते हो," उसने अचानक उनमें से एक को पुकारकर कहा, "मीठी टिकियाँ खाईं ? और लो ! थोड़ी बियर लो ! बियर ! या वोदका पिओगे ? देखिए, कैसा उछल पड़ा और झुककर सलाम भी कर रहा है। देखिए, देखिए ! बिलकुल मरभुक्खे होंगे, बेचारे ! कोई बात नहीं, जी भरकर खाने दो ! कम-से-कम शोर तो नहीं करते हैं, लेकिन...लेकिन मुझे मकान-मालकिन के चाँदी के चम्मचों का डर है।...अमालिया इवानोव्ना !" उसने अचानक काफ़ी ऊँचे स्वर में उसे सम्बोधित करके कहा, "अगर तुम्हारे चम्मच चोरी हो जाएँ तो मैं ज़िम्मेदार नहीं हूँ, मैं अभी से बताए देती हूँ ! हः-हः-हः !" वह रस्कोलनिकोव की ओर मुड़कर हँसी, और एक बार फिर उसने अपनी इस चुटकी पर बेहद खुश होकर सिर झटकते हुए मकान-मालकिन की ओर इशारा किया। "उसकी समझ में कुछ नहीं आया, फिर उसकी समझ में कुछ नहीं आया ! देखिए, कैसी मुँह बाए बैठी है ! उल्लू, बिलकुल उल्लू ! नए फ़ीतों में सजा हुआ उल्लू ! हः-हः-हः !"

यहाँ पर उसकी हँसी एक बार फिर खाँसी के असह्य दौरे में बदल गई, जो पाँच मिनट तक चलता रहा। उसके माथे पर पसीने की बूँदें छलक आईं और उसके रूमाल पर खून के धब्बे दिखाई पड़ने लगे। उसने रस्कोलनिकोव को चुपचाप खून के धब्बे दिखाए, और जैसे ही उसकी साँस समाई वह एक बार फिर बहुत जोश के साथ उसके कान में कुछ कहने लगी; उसके गाल तमतमा उठे थे।

''आपको मालूम है, मैंने इसे एक तरह से बहुत नाजुक काम सौंपा था—उन महिला को और उनकी बेटी को बुलाने का। आप समझ गए न मैं किसकी बात कर रही हूँ ? उसके लिए बेहद समझ-बूझ से, बेहद सलीक़े से काम करने की ज़रूरत थी, लेकिन इसने ऐसी गड़बड़ की कि उस बेवक़ूफ़ देहाती औरत ने, उस शेख़ीबाज़ ने, दो कौड़ी की उस औरत ने यहाँ आना मुनासिब नहीं समझा, महज़ इसलिए कि वह एक फ़ौजी मेजर की विधवा है, और यहाँ पेंशन हासिल करने की कोशिश करने और सरकारी दफ़्तरों में जूतियों चटख़ाने आई है, क्योंकि पचपन बरस की होकर भी वह अपने मुँह पर सुर्ख़ी-पाउडर पोतने से बाज़ नहीं आती (हर आदमी इस बात को जानता है)...और तो और, उसने न्योते का जवाब तक नहीं दिया, जैसा कि मामूली से मामूली शिष्टाचार जाननेवाले को भी करना चाहिए। मेरी समझ में नहीं आता कि प्योत्र पेत्रोविच लूजिन क्यों नहीं आए ? लेकिन सोनिया कहाँ है ? कहाँ चली गई वह ? चलो आख़िरकार वह आ तो गई। यह क्या है, सोनिया, कहाँ थीं तुम ? अजीब बात है कि अपने बाप के कफ़न-दफ़न के दिन भी तुम इतनी देर से आई हो। रोदिओन रोमानोविच, अपने पास उसके लिए थोड़ी सी जगह कर दीजिए। वह तुम्हारी जगह है, सोनिया...जो जी चाहे ले लो। वह ठंडा गोश्त लो, जेली के साथ, वह सबसे अच्छा है। मीठी टिकियाँ अभी आई जाती हैं। बच्चों को दिया कुछ ? पोलेंका, तुम्हें सब मिल गया ?'' वह फिर खाँसने लगी। ''सब ठीक है। लीदा, अच्छी बच्ची की तरह खाओ। और, कोल्या, पाँव मत रगड़ो, सीधे बैठो भले मानसों की तरह। तुम क्या कह रही थीं, सोनिया ?''

सोनिया ने जल्दी से उसे प्योत्र पेत्रोविच का क्षमा-याचना का सन्देश सुनाया; वह इतने ज़ोर से बोलने की कोशिश कर रही थीं कि सब लोग सुन लें और अपने मन से गढ़कर इस तरह अत्यन्त सम्मानपूर्ण शब्दों का इस्तेमाल कर रही थी, जैसे वे शब्द लूजिन ने ही कहे हों। उसने कतेरीना इवानोव्ना को यह भी बताया कि प्योत्र पेत्रोविच ने उससे ख़ासतौर पर यह कहने को कहा था कि जितनी जल्दी भी मुमकिन हुआ वह अकेले उसके साथ काम की बात करने आएँगे और इस पर विचार करेंगे कि उनके लिए क्या किया जा सकता है, वग़ैरह वग़ैरह।

सोनिया जानती थी कि इससे कतेरीना इवानोव्ना को तसल्ली होगी, वह अधिक गौरव अनुभव करेगी और उसकी स्वाभिमान की भावना को सन्तोष मिलेगा। वह रस्कोलनिकोव के पास बैठ गई। उसने जल्दी से झुककर उसका अभिवादन किया और कौतूहल से एक नज़र उसकी ओर देखा। लेकिन बाक़ी वक़्त ऐसा लग रहा था कि वह उसकी ओर देखने या उससे बात करने से कतरा रही थी। ऐसा लग रहा था कि उसका दिमाग़ कहीं और था, हालाँकि कतेरीना इवानोव्ना को खुश करने की कोशिश में वह बार-बार उसकी ओर देख रही थी। मातमी लिबास न उसे मिल सका था और न कतेरीना इवानोव्ना को; सोनिया गहरे कत्थई रंग की पोशाक पहने थी और कतेरीना इवानोव्ना के पास तो पोशाक ही कुल एक थी, सूती गहरे रंग की धारियोंवाली। प्योत्र पेत्रोविच का सन्देश बहुत सफल रहा। बड़ी मर्यादा से सोनिया की बात सुनने के बाद कतेरीना इवानोव्ना ने उतनी ही मर्यादा के साथ प्योत्र पेत्रोविच का हालचाल पूछा, और फिर काफ़ी ऊँचे स्वर से रस्कोलनिकोव के कान में फुसफुसाया कि प्योत्र पेत्रोविच जैसी हैसियतवाले आदमी के लिए, मेरे परिवार से गहरे लगाव और मेरे बाप के साथ पुरानी दोस्ती के बावजूद, ऐसी 'बेजोड़ संगत में' अपने

आपको पाना बहुत अजीब बात होती।

"इसीलिए, रोदिओन रोमानोविच, मैं आपका बड़ा एहसान मानती हूँ कि आपने मेरी दावत को ऐसे माहौल में भी ठुकराया नहीं," उसने काफ़ी ज़ोर से कहा, "लेकिन मुझे पूरा यक़ीन है कि मेरे बेचारे शौहर से आपको जो ख़ास लगाव था उसी की वजह से आपने यहाँ आने का वादा पूरा किया।"

इसके बाद उसने एक बार फिर बड़े रोब से अपने मेहमानों पर नज़र डाली और अचानक मेज़ के उस पार बैठे हुए बूढ़े आदमी से पूछा : "और गोश्त तो नहीं चाहिए, और किसी ने शराब भी दी कि नहीं ?" उस बूढ़े ने कोई जवाब नहीं दिया और बहुत देर तक उसकी समझ में ही नहीं आया कि उससे पूछा क्या गया था, हालाँकि उसके पास बैठे हुए लोग उसे कोंच-कोंचकर और झँझोड़-झँझोड़कर मज़ा लेते रहे। वह बस मुँह बाए फटी-फटी आँखों से अपने चारों ओर देखता रहा, जिस पर सभी लोगों को और भी मज़ा आया।

"कैसा बौड़म है ! देखो, देखो तो ! इसे यहाँ लाया ही क्यों गया ? लेकिन जहाँ तक प्योत्र पेत्रोविच का सवाल है, मुझे उन पर हमेशा भरोसा था," कतेरीना इवानोव्ना अपनी बात कहती रही, "और, ज़ाहिर है, वह वैसे नहीं हैं..." उसने बड़ी कठोर मुद्रा बनाकर अमालिया इवानोव्ना को ऐसी सख़्ती से और ऐसी ऊँची आवाज़ में सम्बोधित किया कि वह बिलकुल सकपका गई, "तुम्हारी उन ज़रूरत से ज़्यादा कपड़ों से लदी गूदड़ की गुड़ियों जैसे, जिन्हें मेरे बाप अपने बावर्चीख़ाने में खाना पकानेवालों की हैसियत से भी न घुसने देते, और अगर मेरे शौहर अपनी नेकदिली की वजह से उन्हें बुला भी लेते तो उनकी इज़्ज़त ही बढ़ाते।"

"हाँ, उसे वोदका की चुस्की लगाने का बहुत शौक़ था, पीता ख़ूब था !" फ़ौज की कमिसरियट के पेंशनयाफ़्ता अफ़सर ने वोदका का बारहवाँ गिलास चढ़ाते हुए कहा।

"मेरे शौहर की एक कमज़ोरी ज़रूर थी, और हर आदमी इस बात को जानता है," कतेरीना इवानोव्ना ने फ़ौरन उस पर हमला किया, "लेकिन वह बहुत नेकदिल और इज़्ज़तदार आदमी थे, जिन्हें अपने बाल-बच्चों से प्यार था और जो अपने परिवार की इज़्ज़त करते थे। सबसे बुरी बात यह थी कि अपने अच्छे स्वभाव की वजह से वह तरह-तरह के और घटिया बदनाम लोगों के साथ बैठकर पीते थे जो उनके जूते के तले बराबर भी नहीं थे। क्या आप यक़ीन करेंगे, रोदिओन रोमानोविच, कि उनकी जेब से मुर्ग़े की शक्ल का एक बिस्कुट निकला था; वह नशे में चूर थे, लेकिन अपने बच्चों को नहीं भूलते थे !"

"मुर्ग़े की शक्ल का ? क्या कहा आपने, मुर्ग़े की शक्ल का ?" कमिसरियटवाले सज्जन चिल्लाए।

कतेरीना इवानोव्ना ने उसका जवाब देना ज़रूरी नहीं समझा। वह आह भरकर विचारों में डूब गई।

"बेशक, आप भी और सब लोगों की तरह यही सोचते होंगे कि मैं उनके साथ ज़रूरत से ज़्यादा सख़्ती करती थी," रस्कोलनिकोव को सम्बोधित करके उसने अपनी बात जारी रखी, "लेकिन ऐसी बात नहीं है ! वह मेरी इज़्ज़त करते थे, वह मेरी बहुत इज़्ज़त करते थे ! वह बहुत नेकदिल आदमी थे ! और कभी-कभी तो मुझे उन पर ऐसा तरस आता था ! वह कोने में बैठे मेरी ओर देखते रहते थे और मुझे उन पर बड़ा तरस आता था। मैं उनके साथ नरमी का बरताव करना चाहती थी, लेकिन फिर अपने मन में सोचती थी : 'अगर मैंने नरमी बरती तो फिर जाकर पिएँगे,' सख़्ती करके ही उन्हें हद के अन्दर रखा जा सकता था।"

"हाँ, वह अपने बाल तो अक्सर खिंचवाते थे," कमिसरियटवाले सज्जन वोदका का एक और गिलास अपनी हलक़ में उँडेलकर फिर गरजे।

"यह तो कोई बात नहीं है। कुछ बेवक़ूफ़ों के लिए बेहतर यही होता है कि झाडू से उनकी अच्छी तरह पिटाई की जाए। मैं इस वक़्त अपने शौहर की बात नहीं कर रही हूँ !" कतेरीना इवानोव्ना ने झिड़ककर उससे कहा।

कतेरीना इवानोव्ना के गालों की लाली और गहरी होती गई और उसका सीना धौंकनी की तरह चलने लगा। थोड़ी ही देर में हंगामा खड़ा कर देने को तैयार हो जाती। कई मेहमान होंठ दबाकर हँस रहे थे; कुछ और लोगों को, ज़ाहिर है, बहुत मज़ा आ रहा था। वे कमिसरियटवाले सज्जन को कोंच-कोंचकर उनसे कुछ कहने लगे। साफ़ मालूम हो रहा था कि वे उन्हें उकसाने की कोशिश कर रहे थे।

"मैं पूछना चाहूँगा कि आपका इशारा किसकी तरफ़ है," कमिसरियटवाले सज्जन ने कहना शुरू किया, "मेरा मतलब है किसकी...किसके बारे में...आप अभी चर्चा कर रही थीं ?...लेकिन मुझे कोई परवाह नहीं ! यह सब बकवास है ! विधवा है बेचारी ! जाओ, माफ़ कर दिया...जाओ !" और यह कहकर उसने वोदका का एक गिलास और चढ़ा लिया।

रस्कोलनिकोव चुपचाप बैठा बड़ी अरुचि से सुन रहा था। वह केवल शिष्टाचार के नाते खा रहा था। कतेरीना इवानोव्ना उसकी प्लेट में खाने की जो भी चीज़ रख देती थी उसे वह चख भर लेता था, ताकि उसे बुरा न लगे। वह सोनिया को ग़ौर से देख रहा था। लेकिन सोनिया की आशंका और उसकी चिन्ता हर क्षण बढ़ती जा रही थी। उसकी समझ में भी अभी से आने लगा था कि दावत शान्तिपूर्वक ख़त्म नहीं होगी। कतेरीना इवानोव्ना की बढ़ती चिड़चिड़ाहट देखकर उसके दिल में दहशत समाती जा रही थी। सोनिया जानती थी कि सबसे बढ़कर उसी की वजह से उन दो महिलाओं ने, जो हाल ही में आई थीं, इतने तिरस्कार से कतेरीना इवानोव्ना का निमन्त्रण ठुकरा दिया था। उसने अमालिया इवानोव्ना से सुना था कि माँ तो इस न्योते पर बिलकुल आपे से बाहर हो गई थी और उसने पूछा था कि वह अपनी बेटी को 'उस लड़की' के पास बैठने कैसे देगी ? सोनिया को ऐसा लग रहा था कि यह बात कतेरीना इवानोव्ना के भी कानों तक पहुँच चुकी थी और वह सोनिया के अपमान को स्वयं अपने, अपने बच्चों के, या अपने बाप के अपमान से सौ गुना बदतर समझती थी। सोनिया जानती थी कि कतेरीना इवानोव्ना को अब उस वक़्त तक चैन नहीं आएगा 'जब तक वह उन दो गूदड़ की गुड़ियों को यह न बता दे कि वे...' वग़ैरह-वग़ैरह। मानो जले पर नमक छिड़कने के लिए किसी ने मेज़ के दूसरे सिरे से एक प्लेट में काली डबल रोटी के दो टुकड़े दिल की शक्ल में काटकर और उनमें तीर लगाकर सोनिया के आगे बढ़ा दिए। कतेरीना इवानोव्ना का चेहरा तमतमा उठा और उसने फ़ौरन मेज़ के पार चिल्लाकर कहा कि जिस आदमी ने भी यह हरकत की थी वह 'शराबी गदहा' था ! अमालिया इवानोव्ना को धड़का लगा हुआ था कि कोई गड़बड़ होनेवाली है, इसके साथ ही कतेरीना इवानोव्ना की अहंकार भरी बातों से उसके दिल को गहरी चोट भी लगी थी; इसलिए वहाँ एकत्रित लोगों में एक बार फिर हँसी-खुशी का वातावरण पैदा करने के लिए, और अपने आपको उनकी नज़रों में ऊँचा चढ़ाने के लिए वह बिना किसी प्रसंग के अपने जान-पहचान के एक आदमी 'दवा की दुकान में काम करनेवाले कार्ल' का क़िस्सा सुनाने लगी कि एक रात वह किराए की गाड़ी में जा रहा था, 'गाड़ीवान उसे माँगता होता कि मार डालने को, और कार्ल उससे बहुत गिड़गिड़ाने को लगा मार नईं डालने को, और रोने को लगा और हाथ जोड़ने को लगा, और डर जाता होता और डरके-डरके अपना दिल का छलनी

बना लिया।' मुस्कुराने को तो कतेरीना इवानोव्ना मुस्कुरा दी लेकिन फ़ौरन ही उसने यह राय भी ज़ाहिर की कि अमालिया इवानोव्ना को रूसी में क़िस्से नहीं सुनाने चाहिए। अमालिया इवानोव्ना को और भी बुरा लगा और उसने पलटकर जवाब दिया कि बर्लिन में उसका बाप 'बहुत बड़ा आदमी होता और हमेशा अपना दोनों हाथ जेबों में डाल देता होता।' कतेरीना इवानोव्ना अपने आपको रोक न सकी और वह इतना हँसी कि अमालिया इवानोव्ना भी अपना धीरज खो बैठी और बड़ी मुश्किल से अपने आपको क़ाबू में रख सकी।

"इस उल्लू की बातें सुनो !" कतेरीना इवानोव्ना फ़ौरन चुपके से रस्कोलनिकोव से बोली, उसकी चिड़चिड़ाहट दूर हो गई थी, "कहना चाहती थी कि वह अपने हाथ अपनी जेबों में डालकर चलते थे लेकिन जो कुछ उसने कहा उसका मतलब यह निकलता है कि वह अपने हाथ लोगों की जेबों में डाल देते थे। आपने भला एक बात देखी है, रोदिओन रोमानोविच," उसने खाँसी के एक और दौरे से छुटकारा पाकर कहा, "पीटर्सबर्ग के ये सारे विदेशी, ख़ासतौर पर जर्मन, जो हमारे यहाँ पता नहीं कहाँ से आते हैं, हमसे ज़्यादा बेवक़ूफ़ होते हैं ? आप कभी सोच भी सकते हैं कि हममें से कोई यह क़िस्सा बयान करे कि कैसे 'दवा की दुकान में काम करनेवाले कार्ल' ने 'डरके-डरके अपने दिल का छलनी बना लिया' और यह कि वह मूरख गाड़ीवान ख़बर लेने के बजाय 'हाथ जोड़ने को लगा और रोने को लगा और बहुत गिड़गिड़ाने को लगा ?' अरे, बेवक़ूफ़ कहीं की ! और आप जानते हैं, वह समझती है कि यह क़िस्सा बहुत दर्दनाक है, उसे यह शक तक नहीं होता कि वह कैसी बेवक़ूफ़ी की बातें कर रही है ! मैं तो समझती हूँ कि वह कमिसरियटवाला आदमी इससे कहीं ज़्यादा होशियार है। कम से कम यह दिखाई तो देता है कि वह पियक्कड़ है और पीते-पीते उसमें अब अक़्ल नाम को भी नहीं रह गई है। लेकिन ये सारे जर्मन हमेशा इतने शरीफ़ और संजीदा बने रहते हैं...देखिए तो उसे, बैठी कैसा घूर रही है मुझे ! नाराज़ है ! नाराज़ है ! हः-हः-हः !" वह फिर खाँसने लगी।

गुस्सा ठंडा हो जाने पर कतेरीना इवानोव्ना ने फ़ौरन रस्कोलनिकोव को बताना शुरू किया कि उसका इरादा पेंशन के पैसे से अपने क़स्बे त. में जाकर भले घरों की लड़कियों के लिए एक स्कूल खोलने का है। कतेरीना इवानोव्ना से इस योजना की चर्चा रस्कोलनिकोव ने इससे पहले कभी नहीं सुनी थी। वह बड़े आकर्षक ढंग से उस योजना का पूरा ब्योरा बयान करने लगी। कतेरीना इवानोव्ना ने (न जाने कहाँ से) 'अच्छे आचरण और प्रगति' का वही प्रशंसापत्र निकाला जिसका ज़िक्र मार्मेलादोव ने शराबख़ाने में रस्कोलनिकोव से किया था, जब उसने उसे अपनी बीवी कतेरीना इवानोव्ना के बारे में बताया था कि वह स्कूल के पुरस्कार-वितरण समारोह के अवसर पर 'गवर्नर और दूसरी बड़ी-बड़ी हस्तियों के सामने' शाल लेकर नाची थी। इस वक़्त उस प्रशंसापत्र का मक़सद यह साबित करना मालूम होता था कि कतेरीना इवानोव्ना को बोर्डिंग स्कूल खोलने का पूरा अधिकार था; लेकिन वह उस प्रशंसापत्र से लैस होकर ख़ासतौर पर इसलिए आई थी कि अगर 'वे दोनों गूदड़ की गुड़ियाँ' दावत में आएँ तो वह उन पर रोब जमा सके और इस बात का पक्का सबूत दे सके कि कतेरीना इवानोव्ना बेहद शरीफ़, 'बल्कि कहना चाहिए कि पुश्तैनी रईसों के ख़ानदान से थी, वह कर्नल की बेटी थी, और इधर कुछ दिनों से तरक़्क़ी करके बहुत आगे आ जानेवाली कुछ छिछोरी औरतों से बहुत बढ़-चढ़कर थी'। स्कूल का वह प्रशंसापत्र हाथोंहाथ शराबी मेहमानों के बीच पहुँच गया और सबने उसे बड़े ध्यान से देखा। कतेरीना इवानोव्ना ने उन्हें ऐसा करने से रोकने की भी कोई कोशिश नहीं की, क्योंकि उसमें toutes letters[1] यह बयान मौजूद था

1. साफ़-साफ़ शब्दों में। (फ़्रांसीसी)

कि उसका बाप मध्यम श्रेणी का सरकारी अफ़सर था जिसे ख़िताब भी मिल चुका था, इसलिए वह दरअसल लगभग एक कर्नल की बेटी थी। जोश में आकर कतेरीना इवानोव्ना ने विस्तार से बताना शुरू किया कि त. में उसका जीवन कैसा शान्तिमय और सुखी होगा—कॉलेज की उन अध्यापिकाओं के बारे में जिन्हें वह अपने बोर्डिंग स्कूल में पढ़ाने के लिए नौकर रखेगी, माँगों नामक एक बहुत सम्मानित बूढ़े फ्रांसीसी के बारे में जिसने किसी ज़माने में ख़ुद कतेरीना इवानोव्ना को पढ़ाया था और जो अभी तक त. में रहता था, और बहुत ही मामूली तनख़्वाह लेकर उसके स्कूल में पढ़ाने से इनकार नहीं करेगा। इसके बाद उसने सोनिया के बारे में बताना शुरू किया कि 'वह उसके साथ त. जाएगी और उसकी सारी योजनाओं में उसका हाथ बँटाएगी'। यह सुनकर मेज़ के उस छोर पर बैठा हुआ कोई आदमी खी-खी करके हँस पड़ा। हालाँकि कतेरीना इवानोव्ना ने बड़े तिरस्कार से उस हँसी के बारे में अनजान रहने की कोशिश की, लेकिन साथ ही जान-बूझकर अपनी आवाज़ ऊँची करके उसने बड़े उत्साह के साथ सोनिया में उसकी मदद करने की निश्चित योग्यता का, 'उसकी शराफ़त, धैर्य, लगन, उदारता और अच्छी शिक्षा' का बखान करना शुरू किया, और यह कहते समय उसने सोनिया का गाल थपथपाया और उसकी ओर झुककर दो बार उसे प्यार भी किया। सोनिया का चेहरा लाल हो गया, और अचानक कतेरीना इवानोव्ना के आँसू निकल पड़े। फ़ौरन ही उसने अपने बारे में यह राय ज़ाहिर की कि वह 'बेवक़ूफ़ी की बातें कर रही थी,' और यह भी कहा कि वह 'बेहद परेशान थी, कि अब यह सिलसिला ख़त्म करने का वक़्त आ गया, और चूँकि खाना ख़त्म हो गया था इसलिए सबको चाय दे दी जानी चाहिए।' अमालिया इवानोव्ना को इस बात की बेहद कुढ़न थी कि बातचीत के दौरान उसकी ओर कोई ध्यान नहीं दिया गया था और ऐसा लगता था कि कोई उसकी बात सुन नहीं रहा है; इसलिए फ़ौरन उसने एक आख़िरी कोशिश की और मन-ही-मन अपनी ढिठाई पर खिन्न होकर उसने कतेरीना इवानोव्ना का ध्यान इस बात की ओर आकर्षित करने की हिम्मत की कि आगे चलकर जो बोर्डिंग स्कूल खोला जानेवाला था उसमें लड़कियों के कपड़े साफ़ रहें और एक ऐसी 'अच्छी औरत' रखी जाए जो 'कपड़ों का अच्छा माफिक देखभाल' कर सके। दूसरी बात यह कि 'वहाँ लड़कियों को रात को उपन्यास नईं पढ़ने को देना माँगता।' कतेरीना इवानोव्ना ने, जो सचमुच परेशान और बहुत थकी हुई थी, साथ ही इस दावत से पूरी तरह तंग आ चुकी थी, फ़ौरन अमालिया इवानोव्ना की बात काटते हुए कहा कि 'उसे इसके बारे में कुछ भी नहीं मालूम था और वह बकवास कर रही थी,' क्योंकि उच्च कोटि के बोर्डिंग स्कूल में धुलाई का ख़्याल रखना प्रधानाध्यापिका का नहीं बल्कि वस्त्र-प्रबन्धिका का काम होता है; और जहाँ तक उपन्यास पढ़ने का सवाल था, तो यह सारा विषय इतना बेहूदा था कि उस पर चर्चा न करना ही बेहतर था और उसने उससे चुप रहने की प्रार्थना की। अमालिया इवानोव्ना को ताव आ गया और उसने सचमुच गुस्सा होकर कहा कि वह तो बस 'उसका भलाई करने को माँगता होता,' और यह कि वह हमेशा से उसके साथ 'भलाई' ही करती आई थी और यह भी कि कतेरीना इवानोव्ना के घर के किराए की मद में बहुत सा गोल्ड (सोना) क़र्ज़ चढ़ चुका था। कतेरीना इवानोव्ना ने फ़ौरन यह कहकर उसे 'उसकी हैसियत बता दी' कि यह कहना बिलकुल झूठ था कि वह उसकी 'भलाई करने को माँगता था,' क्योंकि कल ही जब उसके शौहर की लाश अभी मेज़ पर ही पड़ी थी, उसने उसे घर ख़ाली करने के बारे में परेशान करना शुरू कर दिया था। इसके जवाब में अमालिया इवानोव्ना ने बड़ी दलील के साथ समझाया कि 'उसने उन महिलाओं को न्योता दिया था, लेकिन Damen[1] इसलिए नहीं आई थीं कि वे सचमुच इज़्ज़तवाली Damen

1. महिलाएँ। (जर्मन)

हैं और वे ऐसी Damen के यहाँ नहीं आ सकतीं जो इज़्ज़तवाली नहीं है।' कतेरीना इवानोव्ना ने फ़ौरन यह बात 'साफ़ कर दी' कि चूँकि वह ख़ुद छिनाल है इसलिए वह यह नहीं जान सकती कि शराफ़त सचमुच क्या होती है। अमालिया इवानोव्ना ने इसे बर्दाश्त नहीं किया और फ़ौरन एलान किया कि 'बर्लिन में उसका बाप बहुत बड़ा आदमी होता और अपना दोनों हाथ जेब में डालकर चलता होता और हमेशा 'पूफ़ ! पूफ़ !' करता होता।' इसके साथ ही वह अपने बाप की सच्ची तस्वीर सबके सामने पेश करने के लिए कुर्सी से उछलकर खड़ी हो गई और दोनों हाथ जेबों में डालकर गाल फुलाकर 'पूफ़ ! पूफ़ !' जैसी अस्पष्ट सी आवाज़ें निकालने लगी। इस पर उस घर के सभी किराएदार क़हक़हा लगाकर हँस पड़े और जान-बूझकर अपनी मकान-मालकिन की तारीफ़ करके उसको बढ़ावा देने लगे कि दोनों में झड़प हो जाए। लेकिन यह बात कतेरीना इवानोव्ना की बर्दाश्त के बाहर थी; उसने फ़ौरन सबको सुनाकर 'अपने मन की बात कही' कि वह यह मानने को तैयार नहीं थी कि अमालिया इवानोव्ना का कोई बाप था भी, बल्कि अमालिया इवानोव्ना तो महज़ पीटर्सबर्ग में रहनेवाली फ़िनलैंड की एक शराबी औरत थी, और यह कि उसे यक़ीन था कि वह किसी ज़माने में कहीं खाना पकाने का या उससे भी बदतर कोई काम करती रही होगी। इस पर अमालिया इवानोव्ना का रंग टमाटर की तरह लाल हो गया और वह चिंचियाकर बोली कि शायद कतेरीना इवानोव्ना का कभी कोई बाप था ही नहीं, 'लेकिन उसका अपुन का तो बर्लिन में बाप होता और वह लम्बा-लम्बा कोट पहनता होता और हमेशा पूफ़-पूफ़-पूफ़ करता होता !' कतेरीना इवानोव्ना ने बड़े तिरस्कार भाव से कहा कि सभी लोग जानते थे कि उसका अपना परिवार कैसा था, और यह कि उस प्रशंसापत्र तक में यह बात छपी हुई थी कि उसका बाप कर्नल था, जबकि उसकी मकान-मालकिन अमालिया इवानोव्ना का बाप (अगर सचमुच उसका कोई बाप था), शायद पीटर्सबर्ग में रहनेवाला फ़िनलैंड का कोई आदमी था जो सड़कों पर घूम-घूमकर दूध बेचता था, लेकिन बहुत मुमकिन तो यही था कि उसका कोई बाप था ही नहीं, क्योंकि अभी तक इसका भी पक्का पता नहीं चल सका था कि उसका नाम अमालिया इवानोव्ना था या अमालिया लूदविगोव्ना। इस पर अमालिया इवानोव्ना का गुस्सा ज्वालामुखी की तरह फूट पड़ा और वह मेज़ पर ज़ोर से घूँसा मारकर चिल्लाई कि वह लूदविगोव्ना नहीं बल्कि अमालिया इवानोव्ना थी, कि 'उसका बाप का नाम जोहान होता और वह शहर का मेयर होता,' और कतेरीना इवानोव्ना के बाप को 'कभी मेयर बनने को नसीब नहीं होने को होता'। कतेरीना इवानोव्ना अपनी कुर्सी पर से उठ खड़ी हुई और उसने बहुत कठोर, लेकिन बज़ाहिर शान्त स्वर में (हालाँकि उसका चेहरा पीला पड़ गया था और उसका दम बुरी तरह फूल रहा था), कहा कि 'अगर उसने फिर कभी अपने उस कमबख़्त दो कौड़ी के बाप को उसके पापा की बराबरी पर खड़ा करने की कोशिश की तो वह, यानी कतेरीना इवानोव्ना, उसकी टोपी नोंचकर अपने पाँवों तले रौंद डालेगी।' यह सुनकर अमालिया इवानोव्ना कमरे में इधर से उधर भाग-भागकर पूरी आवाज़ में चिल्लाने लगी कि वह इस मकान की मालकिन थी और कतेरीना इवानोव्ना 'उसी टाइम घर खाली करने का।' फिर न जाने क्यों वह झपटकर मेज़ पर से अपने चाँदी के चम्मच जमा करने लगी। बहुत शोरगुल होने लगा और हंगामा मच गया; बच्चे रोने लगे। सोनिया जल्दी से कतेरीना इवानोव्ना को रोकने के लिए भागी, लेकिन जब अमालिया इवानोव्ना ने चिल्लाकर पीले टिकट के बारे में कुछ कहा तो कतेरीना इवानोव्ना ने सोनिया को ढकेलकर अलग कर दिया और अपनी धमकी को पूरा करने के लिए मकान-मालकिन की ओर झपटी। उसी वक़्त दरवाज़ा खुला और चौखट पर प्योत्र पेत्रोविच लूजिन की सूरत दिखाई दी। वह बहुत कठोर और सतर्क दृष्टि से दावत का निरीक्षण कर रहा था। कतेरीना इवानोव्ना लपककर उसके पास पहुँची।

3

"प्योत्र पेत्रोविच," वह चिल्लाई, "मैं उम्मीद करती हूँ कि कम-से-कम आप तो मेरी रक्षा करेंगे ! इस बेवक़ूफ़ औरत को समझाइए कि एक मुसीबत की मारी शरीफ़ औरत के साथ वह ऐसा बर्ताव नहीं कर सकती, इस तरह की बातों के बारे में क़ानून है...मैं ख़ुद गवर्नर-जनरल साहब के पास जाऊँगी...इसे अपनी इस हरकत का जवाब देना होगा।...आप मेरे पापा के मेहमान रह चुके हैं, उसी को याद करके इन अनाथ बच्चों की रक्षा कीजिए।"

"रास्ता तो दीजिए, मैडम...मुझे अन्दर तो आने दीजिए," प्योत्र पेत्रोविच ने हाथ के इशारे से उसे दूर हट जाने को कहा, "आपके पापा को, जैसा कि आपको अच्छी तरह मालूम है, जानने का सौभाग्य मुझे कभी नहीं मिला (इस पर कोई ज़ोर से हँसा) और अमालिया इवानोव्ना के साथ आपके आए दिन के झगड़ों में पड़ने का मेरा कोई इरादा नहीं है।...मैं तो यहाँ अपने ही मामलों के बारे में कुछ करने आया हूँ...और मैं कुछ बातें आपकी सौतेली बेटी सोफ़्या...इवानोव्ना...से करना चाहता हूँ, यही नाम है न उसका ? मुझे जाने का रास्ता तो दीजिए..."

प्योत्र पेत्रोविच उससे कतराता हुआ कमरे के सामनेवाले कोने में चला गया जहाँ सोनिया थी।

कतेरीना इवानोव्ना वहीं-की-वहीं गड़ी रह गई, जैसे उस पर बिजली गिर पड़ी हो। उसकी समझ में नहीं आ रहा था कि प्योत्र पेत्रोविच ने इस बात से इनकार कैसे किया कि वह उसके बाप का मेहमान रह चुका था, क्योंकि एक बार यह बात गढ़ लेने के बाद वह उस वक़्त तक ख़ुद इस पर पक्का विश्वास करने लगी थी। इसके अलावा प्योत्र पेत्रोविच का बात करने का बिलकुल कारोबारी, रूखा ढंग देखकर, जिसमें तिरस्कार भरी धमकी का एक पुट था, वह अचम्भे में आ गई। लूजिन के आते ही हर आदमी धीरे-धीरे चुप हो गया था। बात सिर्फ़ इतनी ही नहीं थी कि 'इस संजीदा कारोबारी आदमी' का दावत में आए हुए लोगों से कोई मेल नहीं था, बल्कि यह भी साफ़ था कि वह किसी बेहद ज़रूरी काम से आया था, कि कोई ऐसी ही असाधारण बात होगी जिसकी वजह से उसे यहाँ आना पड़ा था और इसलिए अब ज़रूर कुछ-न-कुछ होनेवाला था। रस्कोलनिकोव सोनिया के पास खड़ा था; वह प्योत्र पेत्रोविच को रास्ता देने के लिए एक तरफ़ को हट गया, लेकिन ऐसा लग रहा था कि प्योत्र पेत्रोविच ने उसे देखा ही नहीं। एक मिनट बाद लेबेज़ियातनिकोव भी दरवाज़े पर आकर खड़ा हो गया; वह अन्दर नहीं आया बल्कि चुपचाप वहीं खड़ा बड़ी दिलचस्पी के साथ, लगभग हैरत से, सब कुछ सुनता रहा और बड़ी देर तक ऐसा लगा कि कोई बात उसकी समझ में नहीं आ रही थी।

"मुझे अफ़सोस है कि मैं आप लोगों की बातों में शायद बाधा डाल रहा हूँ" प्योत्र पेत्रोविच ने किसी ख़ास आदमी को सम्बोधित न करते हुए वहाँ एकत्रित सभी लोगों से आमतौर पर कहा, "लेकिन काम ही कुछ ऐसा ज़रूरी है। सच पूछिए तो मुझे इस बात की ख़ुशी ही है कि यहाँ इतने लोग मौजूद हैं। अमालिया इवानोव्ना, यहाँ की मकान-मालकिन की हैसियत से मैं आपसे ख़ासतौर पर यह कहना चाहूँगा कि मुझे सोफ़्या इवानोव्ना से जो कुछ कहना है उसकी ओर आप अच्छी तरह ध्यान दें। सोफ़्या इवानोव्ना," वह सीधे सोनिया को सम्बोधित करते कहता रहा, जो बहुत आश्चर्यचकित और अभी से कुछ डरी हुई दिखाई पड़ रही थी, "मेरा एक सौ रूबल का नोट मेरे दोस्त लेबेज़ियातनिकोव के कमरे में मेरी मेज़ पर से तुम्हारे वहाँ आने के फ़ौरन बाद ग़ायब हो गया। अगर तुम्हें उसके बारे में कुछ भी मालूम हो और तुम उसके बारे में बता दो कि वह कहाँ है तो मैं अपनी इज़्ज़त की क़सम खाकर कहता हूँ—और मैं चाहता हूँ कि इस कमरे में मौजूद हर आदमी

इस बात का गवाह रहे—कि मामला यहीं पर ख़त्म हो जाएगा। वरना मुझे मजबूर होकर बहुत सख़्त कार्रवाई करनी पड़ेगी और...उसका सारा दोष ख़ुद तुम्हारे ऊपर होगा !"

कमरे में सन्नाटा छा गया। बच्चों तक ने रोना बन्द कर दिया। सोनिया का चेहरा मुर्दों की तरह पीला पड़ गया और वह खड़ी लूज़िन को एकटक देखती रही; उससे कुछ कहते न बन पड़ा। ऐसा लग रहा था कि उसकी समझ में कुछ भी नहीं आया था कि लूज़िन किस चीज़ के बारे में बातें कर रहा था। इसी तरह कुछ सेकंड बीत गए।

"तो, क्या कहना है आपको, मेम साहब," लूज़िन ने उसे ग़ौर से देखकर पूछा।

"मैं...मैं नहीं जानती...मुझे कुछ नहीं मालूम..." आख़िरकार सोनिया ने बहुत ही धीमी आवाज़ में कहा।

"नहीं मालूम ? पक्की बात है कि कुछ नहीं मालूम ?" लूज़िन ने पूछा और एक बार फिर वह कुछ सेकंड के लिए रुक गया। "सोच लो, मेम साहब," उसने बहुत कठोर स्वर में कहना शुरू किया लेकिन अब भी कुछ इस ढंग से जैसे उसे चेतावनी दे रहा हो, "अच्छी तरह सोच लो ! मैं तुम्हें सोचने के लिए और वक़्त देने को तैयार हूँ। क्योंकि यह समझ लो कि दुनिया का इतना तजुर्बा रखते हुए अगर मुझे बिलकुल पक्का यक़ीन न होता तो मैं तुम्हारे ऊपर इस तरह खुला इल्ज़ाम लगाने का जोखिम न उठाता। क्योंकि अगर यह बात झूठ निकले, या सिर्फ़ मेरी ग़लतफ़हमी भी हो, तो मुझे भी सरेआम इस तरह का खुला इल्ज़ाम लगाने का कुछ हद तक जवाब देना पड़ेगा। इतना मैं जानता हूँ। तो, आज सबेरे मैंने अपनी ज़रूरत के लिए पाँच फ़ीसदी सूदवाली कई हुंडियाँ भुनाई थीं, जो कुल तीन हज़ार रूबल की थीं। इसका सारा हिसाब मेरी डायरी में लिखा है। घर लौटकर मैंने यह रक़म गिनना शुरू की—जिसकी गवाही मिस्टर लेबेज़ियातनिकोव दे सकते हैं—और दो हज़ार तीन सौ रूबल के नोट गिनकर मैंने अपने बटुए में रखे, जिसे मैंने अपने कोट की अन्दरवाली जेब में वापस रख दिया। मेज़ पर लगभग पाँच सौ रूबल बचे रह गए, जो सारे के सारे नोटों की शक्ल में थे, और उनमें सौ-सौ रूबल के तीन नोट थे। उसी वक़्त तुम वहाँ आईं (मेरे बुलाने पर), और जितनी देर भी तुम मेरे कमरे में रहीं तुम बेहद घबराई हुई लग रही थीं, यहाँ तक कि हमारी बातचीत के दौरान तीन बार तुम उठ खड़ी हुईं और किसी वजह से तुम्हें उस कमरे से चले जाने की जल्दी थी, हालाँकि हमारी बातचीत ख़त्म भी नहीं हुई थी। मिस्टर लेबेज़ियातनिकोव इसके गवाह हैं। मैं समझता हूँ मेम साहब कि, इस बात से तो आप भी इनकार नहीं करेंगी कि मिस्टर लेबेज़ियातनिकोव के ज़रिए मैंने आपको सिर्फ़ आपकी रिश्तेदार कतेरीना इवानोव्ना की बदहाली और कंगाली के बारे में (जिनकी दावत में न आ सकने का मुझे अफ़सोस है) और चन्दे, या लॉटरी, या इसी तरह की किसी और चीज़ की शक्ल में उनके लिए कुछ पैसा जुटाने की तदबीरों के बारे में बातचीत करने के लिए बुलवाया था। तुमने मेरा शुक्रिया अदा किया और आँसू तक बहाए (जो कुछ हुआ उसे मैं ज्यों-का-त्यों इसलिए बयान कर रहा हूँ कि पहली बात तो यह कि मैं तुम्हें इन सब बातों की याद दिलाना चाहता हूँ और, दूसरे, मैं तुम्हें यह बता देना चाहता हूँ कि कोई छोटी-से-छोटी बात भी ऐसी नहीं है जो मुझे याद न हो)। फिर मैंने मेज़ पर से एक दस रूबल का नोट उठाया और तुम्हारी रिश्तेदार की मदद के लिए जो रक़म जुटाई जानेवाली थी उसकी पहली क़िस्त की शक्ल में अपनी तरफ़ से वह नोट तुम्हें दे दिया। मिस्टर लेबेज़ियातनिकोव ने यह सब कुछ देखा। उसके बाद मैं तुम्हें दरवाज़े तक पहुँचाने आया—तुम उस वक़्त भी बहुत सिटपिटाई हुई लग रही थीं—इसके बाद मैं मिस्टर लेबेज़ियातनिकोव के साथ अकेला रह गया और मैं कोई दस मिनट तक उनसे बातें करता रहा। फिर मिस्टर लेबेज़ियातनिकोव बाहर चले गए, और एक बार

फिर मैंने मेज़ पर पड़ी हुई रक़म की ओर ध्यान दिया, क्योंकि मैं उसे गिनकर अलग रख देना चाहता था, जैसा कि मेरा शुरू में ही इरादा था। मुझे यह देखकर ताज्जुब हुआ कि मेज़ पर जो रक़म रखी थी उसमें से सौ रूबल का एक नोट ग़ायब था। अब तुम ख़ुद सोचो : मैं मिस्टर लेबेज़ियातनिकोव को तो इल्ज़ाम दे नहीं सकता और इस तरह की बात की तरफ़ इशारा करते भी मुझे शर्म आती है। यह भी मुमकिन नहीं है कि मैंने नोट गिनने की ग़लती की हो क्योंकि तुम्हारे आने से फ़ौरन पहले मैंने हिसाब लगाकर देखा था और जोड़ सही निकला था। तुम्हें मानना पड़ेगा कि तुम्हारी घबराहट को, कमरे से जाने की तुम्हारी बेक़रारी को और इस बात को देखते हुए कि कई मिनट तक तुम अपने हाथ मेज़ पर रखे रही थीं, और इसके अलावा, आख़िर में तुम्हारी समाजी हालत और उन आदतों को ध्यान में रखते हुए जो उस हालत का एक लाज़िमी हिस्सा होती हैं, मुझे, एक तरह से, 'मजबूर होकर,' जिससे मुझे बहुत धक्का भी पहुँचा और ताज्जुब भी हुआ, बिलकुल अपनी मर्ज़ी के ख़िलाफ़ अपने दिल में एक शक लाना पड़ा—जो बेशक बहुत ही तकलीफ़देह शक है, लेकिन बिलकुल सही शक है ! मैं यह भी बता दूँ, बल्कि मैं इस बात पर ज़ोर देना चाहूँगा, कि इस बात के बावजूद कि मुझे पूरा यक़ीन है कि मेरा यह शक बिलकुल सही है, मैं इस बात को भी अच्छी तरह जानता हूँ कि इस वक़्त तुम्हारे ऊपर यह इल्ज़ाम लगाकर मैं कुछ जोखिम भी मोल ले रहा हूँ। लेकिन, यह तो तुम भी जानती हो, मैं इस बात को अनदेखा नहीं कर सकता था। मैं यह जोखिम मोल लेने को बिलकुल तैयार हूँ, और मैं बताता हूँ क्यों : सिर्फ़ इसलिए, मेम साहब, सिर्फ़ आपकी सरासर एहसान फ़रामोशी की वजह से। ज़रा सोचिए, मैंने आपको आपकी कंगाल रिश्तेदार की भलाई की ख़ातिर मिलने के लिए बुलाया, आपको अपनी तरफ़ से दस रूबल दिए, जो मेरे लिए बहुत आसान बात नहीं थी, लेकिन मैंने आपके लिए तो कुछ किया उसका बदला आपने इस हरकत से चुकाया ! यह तो कोई अच्छी बात नहीं है ! आपको सबक़ सिखाना ज़रूरी है, मेम साहब ! अच्छी तरह सोच लो ! इसके अलावा, एक सच्चे दोस्त की तरह (क्योंकि इस वक़्त मुझसे बेहतर तुम्हारा कोई दोस्त हो ही नहीं सकता), मैं तुमसे कहता हूँ कि अच्छी तरह सोच-समझ लो। वरना मुझसे फिर किसी मुरौवत की उम्मीद न रखना। हाँ, तो क्या कहती हो ?"

"मैंने आपकी कोई चीज़ नहीं ली है," सोनिया ने सहमकर धीमे स्वर में कहा। "आपने मुझे दस रूबल दिए थे। सो ये रहे। ये लीजिए।" सोनिया ने अपना रूमाल निकालकर उसमें लगी हुई गाँठ खोली और दस रूबल का नोट निकालकर लूज़िन को दे दिया।

"तो तुम इनकार करती हो कि सौ रूबल तुमने लिये हैं ?" उसने दस रूबल का नोट वापस लिये बिना डपटकर कहा।

सोनिया ने कमरे में चारों ओर नज़र दौड़ाई। सब लोग उसे नफ़रत भरी मुद्रा से देख रहे थे—डरावनी, कठोर, उपहास भरी मुद्रा। उसने रस्कोलनिकोव की ओर देखा। वह दोनों हाथ सीने पर बाँधे दीवार का सहारा लिये खड़ा था और अंगारों की तरह दहकती आँखों से उसे देख रहा था।

"हे भगवान !" वह कराहते हुए बोली।

"मैडम," लूज़िन ने अमालिया इवानोव्ना से बहुत शान्त स्वर में और बड़ी नरमी से कहा, "माफ़ कीजिएगा, मुझे पुलिस को बुलवाना पड़ेगा, इसलिए क्या आप पहले दरबान को बुलवा देंगी ?"

"भगवान बचाए !" अमालिया इवानोव्ना ने आहत स्वर में जर्मन में कहा, "अपुन को पहले

ही जानता होता कि वह चोर होना।"

"आप जानती थीं ?" लूजिन ने उसकी बात दोहराई, "तो मैं समझता हूँ कि आप किसी ठोस वजह की बुनियाद पर ही ऐसा सोचती होंगी। मैं आपसे कहना चाहूँगा, मैडम लिप्पेवेख़्सेल, कि आप अपनी इस बात को याद रखिएगा जो आपने गवाहों के सामने कही है।"

कमरे के हर कोने से ज़ोर-ज़ोर से बातें करने का शोर सुनाई दिया। एक हलचल सी मच गई।

"क्य-या ?" कतेरीना इवानोव्ना ने अचानक अपने आपको सँभालते हुए चिल्लाकर कहा और इस तरह लूजिन पर झपटी जैसे उसे किसी मज़बूत स्प्रिंग की तरह छोड़ दिया गया हो। "क्या ? इस पर चोरी का इल्ज़ाम लगाते हो ? सोनिया पर ? अरे, कमीनो ! बदमाशो !" और फिर तेज़ी से सोनिया की ओर जाकर उसने अपनी सूखी हुई बाँहों में उसे शिकंजे की तरह जकड़ लिया।

"सोनिया ! तूने इनसे दस रूबल लेने की हिम्मत कैसे की ? नादान लड़की ! ला, मुझे दे ! वह दस रूबल फ़ौरन मुझे दे—ला इधर !"

और दस रूबल का नोट सोनिया से छीनकर उसे अपने हाथ से मींजते हुए कतेरीना इवानोव्ना ने उसे बड़े ज़ोर से लूजिन की आँख पर फेंककर मारा। मिंजे हुए काग़ज़ का गोला जाकर लूजिन की आँख में लगा और वहाँ से टकराकर ज़मीन पर आ गिरा। अमालिया इवानोव्ना उसे उठाने के लिए लपकी। प्योत्र पेत्रोविच गुस्से से आगबबूला हो उठा।

"रोको इस पागल को !" वह चिल्लाया।

"उसी वक़्त कुछ और लोग दरवाज़े पर लेबेज़ियातनिकोव के पास जाकर खड़े हो गए, उनमें वे दोनों महिलाएँ भी थीं जो हाल ही में वहाँ आई थीं।

"क्या कहा ? पागल ? मैं पागल हूँ ? बेवक़ूफ़ कहीं के !" कतेरीना इवानोव्ना चीखने लगी, "तुम खुद बेवक़ूफ़ हो, बेईमान वकील, नीच, कमीना ! सोनिया, मेरी सोनिया इसका पैसा लेगी ? कोई और भी नहीं, सोनिया चोरी करेगी ? अरे बेवक़ूफ़, वह तुझे पैसा दे सकती है !" और यह कहकर कतेरीना इवानोव्ना दीवानों की तरह हँस पड़ी। "कभी ऐसा बेवक़ूफ़ देखा है आप लोगों ने ?" वह कमरे में भाग-भागकर उँगली से लूजिन की तरफ़ इशारा करके एक-एक आदमी को दिखाने लगी। "क्या ? तू भी ?" अचानक मकान-मालकिन पर उसकी नज़र पड़ी। "तू, जर्मन छिनाल, तू भी कहती है कि वह चोर है ? सूरत तो देख अपनी, लगता है पर-नुची मुर्ग़ी को कलफ़दार लहँगा पहना दिया गया हो। अरे बेवक़ूफ़ो ! अरे, तेरे यहाँ से आने के बाद तो वह इस कमरे के बाहर भी नहीं गई है ! सीधे आकर रोदिओन रोमानोविच के पास बैठ गई इसलिए पैसा अब भी उसके पास ही होगा ! मैं कहती हूँ, तलाशी ले लो ! ले लो तलाशी ! लेकिन, साहब, इतना मैं बताए देती हूँ, कि अगर पैसा न निकला तो आपको इसका जवाब देना पड़ेगा ! मैं खुद ज़ार के पास तक जाऊँगी, अपने ज़ार के पास, वह बड़े दयालु हैं ! मैं जाकर उनके पाँवों पर गिर पड़ूँगी, आज ही ! इसी दम ! मैं एक लाचार विधवा हूँ ! मुझे कोई नहीं रोकेगा ! आप समझते हैं कि मुझे अन्दर नहीं जाने देंगे ? आप ग़लत सोचते हैं ! मैं वहाँ तक पहुँच जाऊँगी ! मैं पहुँच जाऊँगी, मैं आपको बताए देती हूँ! आपने समझा था वह बिलकुल भीगी बिल्ली है, यही न ? आप इसी की उम्मीद लगाए बैठे थे न ? तो सुन लीजिए, साहब, मुझे आप इतनी आसानी से नहीं दबा सकते ! आपको लेने के देने पड़ जाएँगे ! आइए, लीजिए तलाशी ! तलाशी लीजिए, मैं कहती हूँ ! लीजिए न तलाशी !"

और यह कहकर कतेरीना इवानोव्ना ने लूजिन को पकड़ लिया और उसे खींचकर सोनिया की ओर ले चली।

"मैं बिलकुल तैयार हूँ, मैडम, और...मैं पूरी ज़िम्मेदारी लेने को तैयार हूँ...लेकिन मेहरबानी करके पहले आप शान्त हो जाइए ! मैं बहुत अच्छी तरह समझता हूँ कि आपको आसानी से दबाया नहीं जा सकता ! लेकिन...वह...मेरा मतलब है कि वह काम तो पुलिस के सामने ही किया जाएगा," लूजिन बुदबुदाकर बोला, "वैसे यहाँ काफ़ी गवाह मैजूद हैं और...मैं तैयार हूँ...लेकिन यह ज़रा... मुश्किल काम है किसी मर्द के लिए, है न ? मेरा मतलब है कि किसी मर्द के लिए औरत की तलाशी लेना। अगर अमालिया इवानोव्ना मदद करने को तैयार हों और...लेकिन यह ठीक तरीक़ा नहीं है इस काम को करने का...नहीं, बिलकुल नहीं !"

"जैसे आप चाहें !" कतेरीना इवानोव्ना ने चिल्लाकर कहा, "आप जिसे चाहें तलाशी लेने को कह दें ! सोनिया, अपनी जेबें उलटकर दिखा दो ! हाँ, ठीक है ! ले, चंडाल, देख लिया ? यह जेब ख़ाली है ! इसमें उसका रूमाल था, और अब उसमें कुछ भी नहीं है ! और यह रही दूसरी जेब ! देखी ? देखी ? देख ली ?"

यह कहकर कतेरीना इवानोव्ना ने दोनों जेबों को एक के बाद एक उलटकर नहीं बल्कि झटके के साथ खींचकर दिखा दिया। लेकिन दूसरी, दाहिनी तरफ़वाली जेब से अचानक काग़ज़ का एक टुकड़ा फिसला और हवा में कमान जैसी शक्ल बनाता हुआ जाकर लूजिन के पाँव के पास गिरा। सभी लोगों ने उसे देखा और कई लोगों के मुँह से आश्चर्य की चीख़ निकल गई। प्योत्र पेत्रोविच ने झुककर चुटकी से काग़ज़ का टुकड़ा फ़र्श पर से उठा लिया, उसे ऊँचा किया ताकि सब लोग देख लें, और उसकी तहों को खोला। यह आठ तहों में मुड़ा हुआ सौ रूबल का नोट था। प्योत्र पेत्रोविच नोट सबको दिखाने के लिए उसे अपने हाथ में ऊपर उठाए धीरे-धीरे एक सिरे से दूसरे सिरे तक घूमा।

"चोट्टी कहीं की ! निकल जाने का हमारा घर से ! पुलिस ! पुलिस !" अमालिया इवानोव्ना चिल्लाई, "साइबेरिया भिजवा देने को माँगता इनको ! निकल जाने का यहाँ से !"

कमरे में हर तरफ़ एक शोर उठा। रस्कोलनिकोव चुप था और बीच-बीच में जल्दी से लूजिन पर एक नज़र डाल लेने के अलावा उसने सोनिया पर से अपनी नज़र नहीं हटाई थी, जो उसी जगह मानो मन्त्रमुग्ध सी जमी रह गई थी। ऐसा लग रहा था कि उसे आश्चर्य भी नहीं हो रहा था। अचानक उसके गालों पर लाली दौड़ गई और उसने चीख़कर अपना मुँह दोनों हाथों में छिपा लिया।

"नहीं, मैंने कुछ नहीं किया ! मैंने नहीं लिया था ! मुझे इसका कुछ भी पता नहीं !" वह दिल हिला देनेवाली आवाज़ में चिल्लाई और भागकर कतेरीना इवानोव्ना के पास चली गई, जिसने उसे कसकर कलेजे से चिपटा लिया मानो सारी दुनिया से उसे बचा रही हो।

"सोनिया ! सोनिया ! मैं विश्वास नहीं करती ! देख तो, मैं विश्वास नहीं करती !" कतेरीना इवानोव्ना रो-रोकर बोली (उस हक़ीक़त के बावजूद जो सबकी आँखों के सामने थी); वह उसे अपनी बाँहों में बच्चे की तरह झुलाने लगी और उसे बार-बार चूमने लगी; फिर उसने उसके दोनों हाथों को अपने हाथों में लेकर उन्हें ज़ोर से चूमा। "तू भला इसका पैसा लेगी ? अरे, कैसे मूरख हैं ये लोग भी ! हे भगवान, तुम लोग भी कैसे मूरख हो, कैसे मूरख हो !" कमरे में सभी लोगों को सम्बोधित करके वह रो-रोकर कहती रही, "तुम्हें नहीं मालूम कैसा दिल पाया है इसने। कैसी लड़की है यह, तुम लोग नहीं जानते। यह पैसे चुराएगी ? यह ? अरे, यह तो अपने मन का आख़िरी चीथड़ा तक बेच देगी, नंगे पाँव घूमेगी, और अगर तुम्हें ज़रूरत हो तो अपनी हर चीज़ तुम्हें दे देगी। ऐसी है यह लड़की ! यह सड़क पर इसलिए निकल गई कि मेरे बच्चे भूखों मर रहे थे ! इसीलिए उसे पीला टिकट मिला। इसने हमारी ख़ातिर अपने आपको बेच दिया !...अरे, कहाँ चले गए तुम,

यह देख रहे हो, देख रहे हो यह सब कुछ ? कैसी दावत हो रही है तुम्हारे जनाज़े की ! मेरे भगवान ! रोदिओन रोमानोविच, आप इसकी तरफ़ से कुछ बोलते क्यों नहीं ? वहाँ इस तरह क्यों खड़े हैं ? आप इस बात पर विश्वास तो नहीं करते हैं न ? तुम सब, सब, सारे-के-सारे—इसकी कानी उँगली के बराबर भी नहीं हो ! हे भगवान, कम-से-कम तुम तो इसकी रक्षा करो !''

ऐसा लग रहा था कि देखनेवालों पर तपेदिक़ की मारी उस लाचार विधवा के आँसुओं का गहरा असर पड़ा था। पीड़ा से विकृत हो गए उस मुरझाए हुए तपेदिक़ के मारे चेहरे पर, सूखे हुए ख़ून के धब्बे पड़े उन होंठों पर, भर्राई सी रोती हुई बच्चे की तरह सिसक-सिसककर रोनेवाली आवाज़ में, उन ज़ोरदार सिसकियों में, और रक्षा की उस विश्वास भरी, और साथ ही घोर निराशा में डूबी हुई फ़रियाद में ऐसी व्यथा और पीड़ा थी कि लगता था कि हर आदमी को उस अभागी औरत पर तरस आ रहा था। बहरहाल, प्योत्र पेत्रोविच को तो फ़ौरन 'तरस आ ही गया'।

''मैडम ! मैडम !'' वह रोबदार ऊँची आवाज़ में कहता रहा, ''आपका इस मामले में कोई भी हाथ नहीं है। आपको यह दोष देने की बात तो कोई सपने में भी नहीं सोच सकता कि इसमें आपकी मिलीभगत होगी या आपने इसकी मंजूरी दी होगी, ख़ासतौर पर इसलिए कि आपने खुद जेबें उलटकर इस अपराध को सबके सामने खोलकर रख दिया, जो इस बात का पक्का सबूत है कि आपको इसका कुछ भी पता नहीं था। मुझे बहुत ही बहुत अफ़सोस है कि, कहना चाहिए, ग़रीबी की वजह से मजबूर होकर सोफ़्या सेम्योनोव्ना ने ऐसा काम किया; लेकिन, मेम साहब, आपने अपना अपराध मान लेने से इनकार क्यों किया ? क्या तुम बदनामी से डरती थीं ? या यह तुम्हारा इस तरह का पहला अपराध था ? या शायद, तुम्हारा दिमाग़ काम नहीं कर रहा था ? ख़ैर, सारा मामला साफ़ है, बिलकुल साफ़ ! लेकिन आख़िर तुमने ऐसा किया ही क्यों ? सज्जनो और देवियो !'' उसने वहाँ मौजूद सभी लोगों को सम्बोधित करके कहा, ''सज्जनो और देवियो, जो कुछ हुआ है उस पर मुझे बेहद अफ़सोस तो है ही, और एक तरह से, मुझे बहुत गहरी हमदर्दी भी है, लेकिन मैं अब भी हर चीज़ को भूल जाने और माफ़ कर देने को तैयार हूँ, इसके बावजूद कि ज़ाती तौर पर मेरी बेइज़्ज़ती की गई। और, मेम साहब, अपनी इस मौजूदा बदनामी से,'' उसने सोनिया को सम्बोधित करके कहा, ''आइन्दा के लिए तुम्हें सबक़ लेना चाहिए। अपनी तरफ़ से, मैं तुम्हारे ख़िलाफ़ कोई कार्रवाई न करने को तैयार हूँ, मैं इस पूरे मामले को यहीं ख़त्म करके बिलकुल सन्तुष्ट हूँ। बस, इतना ही काफ़ी है !''

प्योत्र पेत्रोविच ने कनखियों से रस्कोलनिकोव की तरफ़ देखा। उनकी आँखें चार हुईं। रस्कोलनिकोव की दहकती हुई नज़रें उसे भस्म कर देने को तैयार थीं। इसी बीच, ऐसा लग रहा था कि कतेरीना इवानोव्ना ने कुछ सुना ही नहीं था : वह सोनिया को अपने सीने से चिपटाए रही और पागलों की तरह उसे चूमती रही। बच्चे भी चारों ओर से सोनिया से चिपटे हुए थे, और नन्हीं पोलेंका, जिसे ठीक से यह भी पता नहीं था कि हो क्या रहा है, अपना सुन्दर छोटा सा चेहरा सोनिया के कन्धे पर रखे लगातार आँसू बहा रही थी और इस तरह सिसकियाँ ले-लेकर रो रही थी जैसे उसे दौरा पड़ गया हो; उसका चेहरा रोते-रोते सूज गया था।

''कैसी कमीनेपन की हरकत है !'' दरवाज़े के पास से किसी की ऊँची आवाज़ सुनाई दी।

प्योत्र पेत्रोविच ने जल्दी से मुड़कर देखा।

''कैसी कमीनेपन की हरकत है !'' लेबेज़ियातनिकोव ने उसकी आँखों में आँखें डालकर दोहराया।

प्योत्र पेत्रोविच चौंक पड़ा। इस बात को सभी ने देखा। (बाद में सभी को इस बात की याद

आई।) लेबेज़ियातनिकोव कमरे में आ गया।

"और तुम्हारी यह मजाल कि तुमने मुझे गवाह बनाने की कोशिश की ?" उसने लूजिन के पास जाकर कहा।

"क्या मतलब आपका, जनाब ? आप किस चीज़ के बारे में बात कर रहे हैं ?" लूजिन बुदबुदाया।

"मेरा मतलब यह है कि तुम...बिला वजह दूसरों पर कीचड़ उछाल रहे हो ! मैं जो कुछ कह रहा हूँ उसका यही मतलब है," लेबेज़ियातनिकोव ने ताव खाकर अपनी चुंधी आँखों से उसे कठोरता से देखते हुए कहा। उसे बेहद गुस्सा आ रहा था। रस्कोलनिकोव उसे ग़ौर से देख रहा था, मानो उसके एक-एक शब्द को अच्छी तरह समझने और तोलने की कोशिश कर रहा हो। एक बार फिर कमरे में सन्नाटा छा गया। प्योत्र पेत्रोविच बिलकुल बौखला उठा, कम से कम पहले क्षण लगा तो ऐसा ही।

"अगर आप मुझसे बात कर रहे हैं..." उसने हकलाकर कहना शुरू किया, "लेकिन हे भगवान, तुम्हें हो क्या गया है ? तुम्हारा दिमाग़ तो ठिकाने है ?"

"मेरा दिमाग़ बिलकुल ठिकाने है, जनाब ! असल में, आप हैं...छँटे हुए बदमाश ! कमीनेपन की भी हद होती है ! मैं वहाँ खड़ा तमाम वक़्त सुन रहा था, और जान-बूझकर कुछ नहीं कह रहा था, क्योंकि मैं समझना चाहता था कि आख़िर यह सारा मामला है क्या, क्योंकि मैं मानता हूँ कि अब भी मुझे इस पूरे मामले में कोई तुक दिखाई नहीं देता...बात यह है, मेरी समझ में नहीं आता कि आख़िर तुमने यह किया क्यों।"

"लेकिन मैंने किया ही क्या है ? तुम अपनी ये पहेलियाँ बुझाना बन्द भी करोगे कि नहीं ? या कहीं तुम नशे में तो नहीं हो ?"

"नशे में होगे तुम, जहन्नुमी बदमाश, मैं नहीं हूँ नशे में ! मैं कभी वोदका को हाथ भी नहीं लगाता क्योंकि यह मेरे उसूल के ख़िलाफ़ है ! आप लोग यह जान लीजिए कि इसने, ख़ुद इसने, अपने हाथों से वह नोट सोफ़्या सेम्योनोव्ना को दिया था—मैंने देखा था ! मैं गवाह हूँ और मैं क़सम खाकर इस बात को कहने को तैयार हूँ ! यह हरकत इसकी है, इसी की !" लेबेज़ियातनिकोव कमरे में सभी को सम्बोधित करके बार-बार कहता रहा।

"पागल तो नहीं हो गए हो तुम, बेवक़ूफ़ नौजवान ?" लूजिन चिल्लाया, "यह ख़ुद तुम्हारे सामने खड़ी है, उसने ख़ुद अभी तुम्हारे सामने माना है कि मैंने उसे सिर्फ़ दस रूबल का नोट दिया था। उसके बाद मैं उसे सौ रूबल का नोट कैसे दे सकता था?"

"मैंने देखा था ! मैंने देखा था !" लेबेज़ियातनिकोव ज़ोर से चिल्लाया, "और यह बात हालाँकि मेरे उसूलों के ख़िलाफ़ है, लेकिन मैं इसी वक़्त अदालत के सामने क़सम खाने को तैयार हूँ, क्योंकि मैंने ख़ुद देखा था कि तुमने किस तरह सौ रूबल का नोट उसके जाने बिना ही उसकी जेब में सरका दिया था। बस, अपनी बेवक़ूफ़ी में मैं यह समझा था कि तुम अपनी उदारता की वजह से परोपकार की भावना से ऐसा कर रहे हो। दरवाज़े पर उसे विदा करते समय, जैसे ही वह बाहर जाने के लिए मुड़ी थी, और जिस वक़्त तुम उससे हाथ मिला रहे थे, तुमने बाएँ हाथ से यह नोट उसकी जेब में सरका दिया था, जेब में, उसके जाने बिना ही। मैंने देखा था ! मैंने देखा था !"

लूजिन का चेहरा पीला पड़ गया।

"तुम भी इस वक़्त कैसा झूठ बोल रहे हो !" उसने ढिठाई से चिल्लाकर कहा, "अरे, खिड़की के पास खड़े-खड़े तुमने नोट देख कैसे लिया ? तुम्हारी चुंधी आँखों को धोखा हुआ होगा, तुमने

सोच लिया होगा ! तुम पागलपन की बातें कर रहे हो !"

"नहीं, मैंने सोच नहीं लिया है ! यह सच है कि मैं वहाँ से कुछ दूर खड़ा था, लेकिन मैंने देखा था, मैंने सब कुछ देखा था और हालाँकि खिड़की के पास खड़े होकर वहाँ से नोट को पहचानना मुश्किल है—यह तुम्हारा कहना ठीक है—लेकिन मैं पक्के तौर पर जानता हूँ कि वह सौ रूबल का ही नोट था, क्योंकि जब तुमने सोफ़्या सेम्योनोव्ना को दस रूबल का नोट दिया था उसी वक़्त मैंने देखा था तुमने मेज़ पर से एक सौ रूबल का नोट भी उठाया था (यह मैंने बिलकुल साफ़ देखा था, क्योंकि उस वक़्त मैं पास ही खड़ा था, और चूँकि उस वक़्त फ़ौरन मेरे दिमाग़ में एक ख़्याल आया था, इसलिए मैं इस बात को भूला नहीं कि तुम्हारे हाथ में सौ रूबल का नोट था)। तुमने उसे तह किया था और सारा समय तुम उसे हाथ में लिये रहे थे। फिर मैं उसके बारे में लगभग बिलकुल भूल ही गया था, लेकिन जब तुम उठे थे तो तुमने वह नोट अपने दाहिने हाथ से बाएँ हाथ में ले लिया था, वह तुम्हारे हाथ से गिरते-गिरते बचा था, और उस वक़्त मुझे फिर उसकी याद आयी थी, क्योंकि उस वक़्त फिर वही ख़्याल मेरे दिमाग़ में आया था, यानी यह कि तुम उसके साथ इस तरह उपकार करना चाहते थे कि मुझे पता न चले। तुम सोच सकते हो कि मैंने तुम्हें कितने ग़ौर से देखना शुरू किया था, और ज़ाहिर है कि मैंने यह भी देखा था कि तुमने किस कामयाबी से यह नोट उसकी जेब में सरका दिया था। मैंने देखा था, मैं तुम्हें बताता हूँ कि मैंने देखा था, और मैं क़सम खाकर यह बात कहने को तैयार हूँ !"

लेबेज़ियातनिकोव हाँफ रहा था। कमरे के हर कोने से तरह-तरह के भाव व्यक्त किए जा रहे थे, ज़्यादातर घोर आश्चर्य का भाव, लेकिन कुछ लोगों का स्वर धमकी भरा भी था। सब लोग प्योत्र पेत्रोविच को घेरकर खड़े हो गए। कतेरीना इवानोव्ना लपककर लेबेज़ियातनिकोव के पास पहुँची।

"मुझे माफ़ कीजिएगा," वह रो-रोकर बोली, "मैंने आपके बारे में ग़लत सोचा था ! उसे बचाइए ! अकेले आप ही तो इसका पक्ष ले रहे हैं ! वह अनाथ है, और भगवान ने आपको उसकी रक्षा के लिए भेजा है ! भगवान आपका भला करे ! आपका बहुत-बहुत शुक्रिया !"

और यह जाने बिना ही कि वह क्या कर रही है, कतेरीना इवानोव्ना उसके सामने घुटने टेककर बैठ गई।

"बकवास !" लूजिन गुस्से से आगबबूला होकर चिल्लाया, "आप बकवास कर रहे हैं, जनाब ! 'मैं भूल गया, मुझे याद आया, मुझे याद आया, मैं भूल गया'—आख़िर आप कहना क्या चाहते हैं ? क्या आप यह कहना चाहते हैं कि मैंने जान-बूझकर यह नोट उसकी जेब में रख दिया था ? आख़िर किसलिए ? मेरे लिए ऐसा करने की वजह क्या हो सकती थी ? मुझे क्या लेना-देना है इससे, इस...?"

"किसलिए ? यही तो मेरी समझ में नहीं आता, लेकिन इसमें ज़रा भी शक नहीं है कि जो कुछ मैं कह रहा हूँ, वह बिलकुल सच है ! वह बिलकुल सच है। कमीने, दुष्ट आदमी, मैं जानता हूँ कि मेरी बात ग़लत नहीं है, क्योंकि मुझे अच्छी तरह याद है कि जब मैं तुम्हारा शुक्रिया अदा कर रहा था और तुम्हारा हाथ दबा रहा था उसी वक़्त इस सिलसिले में मेरे दिमाग़ में एक सवाल उठा था। मैंने अपने आपसे यह सवाल पूछा था कि आख़िर तुमने यह नोट उसकी जेब में चुपके से क्यों सरकाया ? मेरा मतलब है, चुपके से क्यों ? क्या इसकी वजह सिर्फ़ यह थी कि तुम इस बात को मुझसे छिपाना चाहते थे, क्योंकि तुम जानते थे कि मेरे उसूल इस तरह की हरकत के ख़िलाफ़ हैं, चूँकि मैं निजी ख़ैरात को बेकार समझता हूँ क्योंकि उससे बुनियादी तौर पर कोई भी बुराई दूर नहीं होती ? ख़ैर, मैं इस नतीजे पर पहुँचा कि तुम इतनी बड़ी रक़म मेरे सामने देते हुए

दरअसल शरमा रहे थे। और, मैंने यह भी सोचा कि कौन जाने तुम यह चाहते हो कि जब उसे अपनी जेब से सौ रूबल का वह नोट मिले तो वह चौंक पड़े, अचानक ख़ुश हो जाए। (क्योंकि मैं जानता हूँ कि कुछ परोपकारी ऐसे होते हैं जिन्हें अपने उपकार के असर को ज़्यादा देर तक क़ायम रखने में ख़ास मज़ा आता है।) इसके अलावा, यह बात भी मेरे मन में आई कि शायद तुम उसको परखकर यह देखना चाहते थे कि नोट मिलने पर वह तुम्हारा शुक्रिया अदा करने आती है या नहीं। फिर मैंने यह भी सोचा कि शायद सिर्फ़ यह बात हो कि तुम न चाहते हो कि इसके बदले तुम्हारा एहसान मानते हुए कुछ कहा जाए, और, जैसी कि मसल मशहूर है, तुम्हारे दाहिने हाथ को पता न चले...मतलब यह कि इसी तरह की कोई बात...बहरहाल, उस वक़्त इतने बहुत से विचार मेरे मन में उठे कि मैंने इस मामले के बारे में सोचने का काम बाद के लिए टाल दिया, लेकिन साथ ही मैंने यह भी सोचा कि तुम्हारे सामने इस बात को ज़ाहिर करना मुनासिब नहीं होगा कि मैं तुम्हारा भेद जानता हूँ। लेकिन फ़ौरन ही मेरे दिल में एक बिलकुल ही दूसरा सवाल भी उठा : मैंने सोचा, अगर सोफ़्या सेम्योनोव्ना को उस नोट का पता चलने से पहले ही वह कहीं खो जाए तो क्या होगा ? इसीलिए मैंने यहाँ आने का फ़ैसला किया। मैं कमरे के बाहर बुलाकर उसे बता देना चाहता था कि तुमने उसकी जेब में सौ रूबल का नोट रखा है। लेकिन रास्ते में मैं कोबिल्यातनिकोव के यहाँ उन्हें 'प्रत्यक्षवादी प्रणाली के सामान्य निष्कर्ष' नामक निबन्ध-संग्रह देने और उसमें डॉ. पिदेरित के निबन्ध 'मन और आत्मा' की ओर ख़ासतौर पर उनका ध्यान आकर्षित करने के लिए गया (और लगे हाथ, वैगनर के निबन्ध की ओर भी)। उसके बाद मैं यहाँ पहुँचा और मैंने देखा कि यहाँ यह हंगामा मचा हुआ है ! अब आप ही मुझे बताइए, अगर मैंने आपको उसकी जेब में सौ रूबल का वह नोट रखते न देखा होता तो क्या मेरे दिमाग़ में ये सारे विचार उठ सकते थे, और क्या मैं ये सारे नतीजे निकाल सकता था ?''

जब लेबेज़ियातनिकोव ने अपना यह लम्बा-चौड़ा चक्करदार भाषण ख़त्म किया, जिसके अन्त में इतना तर्कपूर्ण निष्कर्ष था, तो वह बहुत थक चुका था और उसका चेहरा पसीने में तर था। बेचारा ! वह रूसी में अपनी बात भी ठीक से नहीं कह पाया था, हालाँकि वह कोई और भाषाएँ भी नहीं जानता था, इसलिए अपराधी को पकड़ने के सिलसिले में अपनी इस शानदार कामयाबी के बाद अचानक ऐसा लगा कि वह थककर चूर हो गया है, यहाँ तक कि कुछ दुबला भी हो गया है। फिर भी उसके भाषण का बेहद गहरा असर पड़ा। वह इतने जोश और इतने विश्वास के साथ बोला था कि सब लोगों को बज़ाहिर उस पर विश्वास आ गया। प्योत्र पेत्रोविच ने महसूस किया कि उसका सारा खेल बिगड़ता जा रहा है।

''मुझे इससे क्या मतलब कि तुम्हारे दिमाग़ में कैसे-कैसे बेवक़ूफ़ी के सवाल उठते हैं ?'' उसने चिल्लाकर कहा, ''इससे कुछ भी साबित नहीं होता, जनाब। मैं तो यही समझता हूँ कि आप सपना देख रहे होंगे। और मैं आपको यह भी बता दूँ, जनाब, कि आप झूठ बोल रहे होंगे। आप इसलिए झूठ बोल रहे हैं और मुझे बदनाम करने की कोशिश कर रहे हैं कि आपको मुझसे कुछ शिकायत है, आप मुझसे इसलिए नाराज़ हैं कि मैंने आपके निर्द्वन्द्व विचारों की और समाज के बारे में आपके नास्तिकता के सुझावों को मानने से इनकार कर दिया है। असल बात तो यह है, जनाब !''

लेकिन इस गहरे संकट से बच निकलने की इस कोशिश से प्योत्र पेत्रोविच को कोई फ़ायदा नहीं हुआ। बल्कि उल्टा ही असर हुआ, कमरे के हर कोने से उसके ख़िलाफ़ आवाज़ें सुनाई देने लगीं।

''तो अब यह ढर्रा पकड़ा है आपने, क्यों ?'' लेबेज़ियातनिकोव ज़ोर से बोला, ''जी नहीं, इससे

आपको कोई मदद नहीं मिलेगी। पुलिस को बुलवाइए, मैं हलफ़ उठाऊँगा। हालाँकि एक बात मेरी समझ में नहीं आती : इस तरह की घिनौनी हरकत करने का जोखिम आपने उठाया क्यों ? कमबख़्त कहीं के !''

''मैं बताता हूँ कि इस तरह की हरकत करने का जोखिम इन्होंने क्यों उठाया,'' रस्कोलनिकोव आख़िरकार आगे बढ़कर दृढ़ स्वर में बोला, ''और अगर ज़रूरत हो तो मैं भी हलफ़ उठाने को तैयार हूँ।''

देखने में वह बिलकुल शान्त और दृढ़ लग रहा था। उसे एक नज़र देख भर लेने से न जाने क्यों सबको यह लग रहा था कि उसे सचमुच मालूम था कि रहस्य क्या था, और यह कि अभी फ़ौरन ही सारी बात साफ़ हुई जाती है।

''अब मुझे बिलकुल साफ़ दिखाई दे रहा है कि यह सारा क़िस्सा है क्या,'' रस्कोलनिकोव सीधे लेबेज़ियातनिकोव को सम्बोधित करके कहता रहा, ''इस पूरे मामले के शुरू से ही मुझे इसमें कोई चाल—कोई गन्दी चाल—होने का शक था। मुझे यह शक कुछ ऐसी बातों की वजह से होने लगा था जिन्हें सिर्फ़ मैं जानता हूँ, और जो मैं अभी आपको बताऊँगा : वही बातें इस सारे क़िस्से की जड़ हैं। लेकिन, लेबेज़ियातनिकोव साहब, आपने अपनी अनमोल गवाही से आख़िर में सारी बातें मेरे दिमाग़ में बिलकुल साफ़ कर दीं। मैं आप सब लोगों से कहता हूँ कि मेरी बात ध्यान से सुनिए। यह जो सज्जन हैं,'' उसने लूजिन की तरफ़ इशारा किया, ''उनकी हाल ही में एक लड़की से, दरअसल मेरी बहन से, मँगनी हुई थी। लेकिन यहाँ पीटर्सबर्ग आने पर, अभी दो दिन हुए मुझसे पहली मुलाक़ात में ही यह मुझसे झगड़ लिये, और मैंने इन्हें अपने कमरे से बाहर निकाल दिया; इस बात को साबित करने के लिए मेरे पास दो गवाह हैं। यह आदमी द्वेष से भरा हुआ है...दो दिन पहले तक, लेबेज़ियातनिकोव साहब, मुझे नहीं मालूम था कि यह यहाँ आपके साथ ठहरे हुए हैं और इसलिए उसी दिन जिस दिन हम लोगों का झगड़ा हुआ था—यानी परसों—इन्होंने मुझे कतेरीना इवानोव्ना को स्वर्गीय मार्मेलादोव साहब के एक दोस्त की हैसियत से उनसे जनाज़े के लिए कुछ पैसे देते देखा। इन्होंने फ़ौरन मेरी माँ को एक चिट्ठी लिखकर उन्हें ख़बर दी कि मैंने अपना सारा पैसा कतेरीना इवानोव्ना को नहीं बल्कि सोफ़्या सेम्योनोव्ना को दिया है। साथ ही इन्होंने सोफ़्या सेम्योनोव्ना का...चाल-चलन बयान करते हुए कुछ बहुत ही घिनौनी बातें लिखीं, यानी उसके साथ मेरे ताल्लुक़ात की तरफ़ कुछ इशारा किया। ध्यान रहे कि यह सब कुछ इन्होंने मेरे और मेरी माँ और बहन के बीच झगड़ा डालने के लिए किया था, उनके मन में यह बात बिठाकर कि जो पैसा उन्होंने इतनी मुश्किल से जोड़कर मुझे भेजा था उसे मैं वाही-तबाही उड़ा रहा था। कल रात मैंने अपनी माँ और बहन से इनके सामने कहा कि इनकी यह तोहमत सरासर झूठ है और यह कि मैंने पैसा सोफ़्या सेम्योनोव्ना को नहीं बल्कि कतेरीना इवानोव्ना को कफ़न-दफ़न के लिए दिया था। यह भी कि परसों तक मैं सोफ़्या सेम्योनोव्ना को जानता भी नहीं था क्योंकि मैं उससे कभी मिला तक नहीं था। इसके अलावा मैंने यह भी कहा था कि यह, प्योत्र पेत्रोविच लूजिन, अपनी तमाम खूबियों के बावजूद सोफ़्या सेम्योनोव्ना की कानी उँगली के बराबर भी नहीं हैं, यह उनके बारे में इतनी बुरी राय रखते हैं। जब इन्होंने मुझसे पूछा कि क्या मैं सोफ़्या सेम्योनोव्ना को अपनी बहन के साथ बैठने दूँगा, तो मैंने जवाब दिया था कि मैं उसी दिन ऐसा कर भी चुका हूँ। इस बात पर भड़ककर कि मेरी माँ और बहन ने इनकी ओछी तोहमतों की बुनियाद पर मुझसे झगड़ा नहीं किया, यह ढिठाई पर उतर आए और उनसे ऐसी बातें कहने लगे जिन्हें कोई भी माफ़ नहीं कर सकता। आख़िर में इनसे सारा नाता ख़त्म कर दिया गया और इन्हें घर से निकाल दिया गया।

यह सब कुछ कल शाम को हुआ। अब मैं चाहूँगा कि मैं जो कुछ कहने जा रहा हूँ उसकी ओर आप ख़ासतौर पर ध्यान दें : एक मिनट के लिए मान लीजिए कि यह इस बात को साबित करने में कामयाब हो जाते कि सोफ़्या सेम्योनोव्ना चोर है। तो सबसे पहले तो इन्होंने मेरी माँ और बहन की नज़रों में यह साबित कर दिया होता कि इनका हर शुबहा ठीक ही था; कि इनका इस बात पर नाराज़ होना भी ठीक ही था कि मैंने अपनी बहन को सोफ़्या सेम्योनोव्ना के साथ बराबरी का दर्जा दिया; और आख़िर में यह कि मुझ पर हमला करके दरअसल यह मेरी बहन और अपनी मंगेतर की इज़्ज़त का बचाव कर रहे थे। सच तो यह है कि इन बातों के ज़रिए यह मेरे और मेरे परिवार के बीच झगड़ा डालने में कामयाब हो जाते, और ज़ाहिर है इनको उम्मीद थी कि इससे इन्हें उन लोगों की नज़रों में चढ़ने में मदद मिलेगी। मेरे लिए यह बताने की तो कोई ख़ास ज़रूरत नहीं है कि इसके अलावा यह ज़ाती तौर पर मुझसे बदला लेने की भी कोशिश कर रहे थे, क्योंकि यह अच्छी तरह जानते थे कि सोफ़्या सेम्योनोव्ना की इज़्ज़त और खुशी से मुझे बहुत लगाव है। यह थी इनकी सारी चाल ! मुझे तो सारा क़िस्सा यही लगता है ! इनके पास यही एक वजह हो सकती है, कोई दूसरी वजह हो ही नहीं सकती !''

रस्कोलनिकोव ने इसी तरह, या लगभग इसी तरह, अपना भाषण ख़त्म किया, जिसे वहाँ पर मौजूद लोगों ने बड़े ध्यान से सुना, हालाँकि बीच-बीच में लोग अपनी प्रतिक्रिया व्यक्त करने के लिए कुछ कह भी देते थे। लेकिन बीच-बीच में लोगों के इस तरह बोल पड़ने के बावजूद वह बहुत तीखे ढंग से, शान्त भाव से, नपे-तुले शब्दों में, साफ़-साफ़ और दृढ़ता के साथ बोला। उसकी बेधती हुई आवाज़, उसके दृढ़ विश्वास के स्वर और उसकी कठोर मुद्रा का सबके ऊपर बहुत गहरा असर पड़ा।

''हाँ, यही बात है !'' लेबेज़ियातनिकोव ने बड़े जोश से उसका समर्थन किया, ''ज़रूर ऐसी ही बात होगी, क्योंकि कमरे में सोफ़्या सेम्योनोव्ना के आते ही इन्होंने मुझसे पूछा था कि तुम यहाँ हो कि नहीं, और यह कि कतेरीना इवानोव्ना के मेहमानों में मैंने तुम्हें देखा था कि नहीं। इन्होंने मुझे खिड़की के पास ले जाकर यह बात चुपके से पूछी थी। ज़ाहिर है, इसका मतलब सिर्फ़ यह हो सकता है कि यह ज़रूर यही चाहते होंगे कि तुम यहाँ पर हो ! हाँ, यही बात है ! यही बात है !''

लूजिन चुप रहा और बड़े तिरस्कार भाव से मुस्कुराता रहा। अलबत्ता, उसका चेहरा बिलकुल पीला पड़ गया था। ऐसा लग रहा था कि वह अपनी मौजूदा स्थिति से बाहर निकलने की कोई तरकीब सोंचने की कोशिश कर रहा था। बहुत मुमकिन है कि उसे स्थिति और ज़्यादा बिगड़ने से पहले यहाँ से निकल जाने में बड़ी खुशी होती, लेकिन उस वक़्त तो ऐसा कर सकना लगभग असम्भव था, क्योंकि ऐसा करने का मतलब इस बात को मान लेने के बराबर होता कि उसके खिलाफ़ जो इल्जाम लगाए गए थे वे सच थे और यह कि उसने सचमुच सोफ़्या सेम्योनोव्ना को बिला वजह बदनाम करने की कोशिश की थी। इसके अलावा कमरे में जो लोग मौजूद थे वे काफ़ी पिए हुए थे और उनके तेवर ख़राब थे। कमिसरियट का पेंशनयाफ़्ता अफ़सर सबसे ज़्यादा ज़ोर से चिल्ला रहा था, हालाँकि वह पूरी तरह समझ नहीं पाया था कि आख़िर मामला क्या है, वह कुछ ऐसे संकेत भी कर रहा था कि जो लूजिन को अच्छे नहीं लग रहे थे। लेकिन कुछ लोग ऐसे भी थे जो पिए हुए नहीं थे : सभी कमरों से निकलकर लोग वहाँ आकर जमा हो गए थे। वे तीनों पोलिस्तानी बेहद उत्तेजित थे, वे पोलिस्तानी भाषा में लूजिन को बुरा-भला कह रहे थे और उसे अपनी भाषा में दबी ज़बान से कुछ धमकियाँ भी दे रहे थे। सोनिया रस्कोलनिकोव के भाषण के

प्रवाह को समझने की भरपूर कोशिश कर रही थी, लेकिन ऐसा लग रहा था कि उसकी समझ में भी कुछ आ नहीं रहा है। उसे देखने से ऐसा लगता था कि जैसे उस पर अभी मूर्च्छा का दौरा पड़ चुका हो। उसने बस रस्कोलनिकोव पर से अपनी नज़रें नहीं हटाईं, क्योंकि वह महसूस कर रही थी कि उसे बचानेवाला सिर्फ़ वही है। कतेरीना इवानोव्ना ख़र-ख़र की आवाज़ के साथ बड़ी कठिनाई से साँस ले रही थी, और ऐसा लग रहा था कि वह थककर बिलकुल निढाल हो चुकी है। अमालिया इवानोव्ना सबसे ज़्यादा बेवक़ूफ़ लग रही थी; वह मुँह बाये खड़ी थी और उसकी समझ में कुछ नहीं आ रहा था कि हुआ क्या था। उसकी समझ में बस इतना आया कि प्योत्र पेत्रोविच किसी तरह बड़ी मुसीबत में फँस गया था। रस्कोलनिकोव ने उसे कुछ और कहने का मौक़ा देने को कहा, लेकिन उन लोगों ने उसे अपनी बात पूरी नहीं करने दी : वे सब लोग शोर मचा रहे थे और लूजिन को घेरकर उसे गालियाँ और धमकियाँ दे रहे थे। लेकिन लूजिन बिलकुल चिकना घड़ा बना रहा। जब उसने देखा कि सोनिया पर चोरी का इल्ज़ाम लगाने की उसकी चाल बिलकुल नाकाम रही है, तो उसने धौंस से काम लेने की कोशिश की।

"ज़रा मेहरबानी कीजिए, बहनो और भाइयो, मेरे चारों ओर भीड़ न लगाइए, मुझे निकलने का रास्ता तो दीजिए," वह भीड़ के बीच से अपने लिए रास्ता बनाते हुए कहता रहा, "और मेहरबानी करके मुझे धमकाइए नहीं। मैं सच कहता हूँ कि इससे कोई नतीजा नहीं निकलेगा। आप मेरा कुछ भी नहीं बिगाड़ पाएँगे। मैं आप लोगों से डरता नहीं हूँ। बल्कि इसके ख़िलाफ़ अगर आपने उस आदमी पर हाथ उठाया, जिसने एक जुर्म का पर्दाफ़ाश किया है, तो आपको भी उस जुर्म में शामिल होने के लिए जवाबदेह होना पड़ेगा। चोर की असलियत पूरी तरह खुल चुकी है, और मैं मुक़दमा चलाऊँगा। अदालत में लोग न तो इतने अन्धे होते हैं और...न ही वे नशे में होते हैं कि वे दो बदनाम नास्तिकों, क्रान्तिकारियों और निर्द्वन्द्व विचारवालों की गवाही को मान लें, जो ज़ाती तौर पर मुझसे बदला लेने के लिए मुझ पर इल्ज़ाम लगा रहे हैं और इतने बेवक़ूफ़ हैं कि इस बात को ख़ुद मान भी रहे हैं...जी हाँ, अच्छा, अब मेरा रास्ता छोड़ दीजिए, मेहरबानी करके !"

"मेरे कमरे से फ़ौरन निकल जाओ, समझे ? अपना बोरिया-बिस्तर लेकर चले जाओ। अब हमारा और तुम्हारा कोई वास्ता नहीं रह गया ! और ज़रा सोचिए, पूरे दो हफ़्ते से मैं इस आदमी को अपने सारे सिद्धान्त समझाने में दिमाग़ खपाता रहा हूँ !"

"अरे, लेबेज़ियातनिकोव साहब, अभी कुछ ही मिनट पहले, जब आप मुझे ठहर जाने के लिए मनाने की कोशिश कर रहे थे, मैंने ख़ुद आपसे कहा था कि मैं आज ही जा रहा हूँ। और अब मैं बस इतना और कहना चाहूँगा कि आप सरासर बेवक़ूफ़ हैं, जनाब। मैं उम्मीद करता हूँ कि आप जल्दी ही अपने कमज़ोर दिमाग़ का और अपनी चुंधी आँखों का इलाज करवा लेंगे। आप लोग मुझे जाने दीजिए, रास्ता छोड़िए !"

भीड़ के बीच धक्कामुक्की करके उसने अपने लिए रास्ता बना लिया। लेकिन कमिसरियट का वह पेंशनयाफ़्ता अफ़सर उसे सिर्फ़ कुछ गालियाँ ही देकर छोड़नेवाला नहीं था; उसने मेज़ पर से एक गिलास उठाकर ज़ोर से प्योत्र पेत्रोविच की तरफ़ फेंका, लेकिन निशाना चूक गया। गिलास जाकर अमालिया इवानोव्ना के लगा, जिसके मुँह से चीख़ निकल गई, और कमिसरियट का अफ़सर लड़खड़ाकर धड़ाम से मेज़ के नीचे गिर पड़ा। प्योत्र पेत्रोविच सीधे अपने कमरे में वापस चला गया और आधे घंटे बाद वह उस घर में नहीं था। सोनिया स्वभाव से ही भीरु थी; वह हमेशा से जानती थी कि उसे सबसे ज़्यादा आसानी से तबाह किया जा सकता था और कोई भी आदमी इसके लिए दंड पाने के डर के बिना उसका अपमान कर सकता था, उसे नीचा दिखा सकता था। लेकिन उस

समय तक उसे यह उम्मीद बनी हुई थी कि किसी-न-किसी तरह वह मुसीबत में फँसने से बची रह सकती थी—बेहद सावधानी बरतकर, बिलकुल भीगी बिल्ली बनी रहकर, और सबकी बात मानकर। इसलिए उसे बहुत गहरा आघात पहुँचा था। इसमें तो शक नहीं कि वह बड़े धैर्य से उफ़ किए बिना कुछ भी बर्दाश्त कर सकती थी, यह भी। लेकिन पहले एक मिनट तक उसे यह बहुत बुरा लगा। इस बात के बावजूद कि उसकी विजय हुई थी और वह निर्दोष ठहराई गई थी, आतंक और स्तब्धता का पहला क्षण बीत जाने के बाद और जब हर चीज़ उसके दिमाग़ में बिलकुल साफ़ हो गई, तो पूरी लाचारी का आभास और जो आघात उसे पहुँचा था उसका आभास हृदय तक बेध गया। उस पर उन्माद सा छा गया। आख़िरकार जब उससे और अधिक सहन न हो सका तो जल्दी से कमरे के बाहर निकलकर वह सीधे अपने घर भाग गई। यह बात लूजिन के चले जाने के लगभग फ़ौरन बाद हुई। जब कमरे में मौजूद सभी लोगों के क़हक़हे के बीच गिलास अमालिया इवानोव्ना के जाकर लगा तो वह भी इस बात को और ज़्यादा बर्दाश्त न कर सकी कि उसका कोई दोष न होने पर भी उसका हर तरह से अपमान किया जाए। हर बात के लिए कतेरीना इवानोव्ना को ज़िम्मेदार ठहराती हुई वह चीख़कर उसके ऊपर तूफ़ान की तरह झपटी—

"निकल जाने का हमारा घर से ! फ़ौरन ! बाहर !" और यह कहकर कतेरीना इवानोव्ना की जो भी चीज़ उसके साथ लगी उसे वह झपटकर फ़र्श पर फेंकने लगी। कतेरीना इवानोव्ना पहले ही बिलकुल पस्त हो चुकी थी, उसका रंग पीला पड़ गया था, वह लगभग बेहोश हुई जा रही थी और बुरी तरह हाँफ रही थी; वह पलंग पर से उछलकर खड़ी हो गई (जिस पर वह बिलकुल निढाल होकर गिर पड़ी थी) और अमालिया इवानोव्ना पर टूट पड़ी। लेकिन मुक़ाबला बराबर का नहीं था : मकान-मालकिन ने तनिक भी ज़ोर लगाए बिना उसे पीछे ढकेल दिया।

"इसकी हिम्मत तो देखो ! मानो ऐसी बेहयाई से कीचड़ उछालकर इसका कलेजा ठंडा नहीं हुआ—अब यह छिनाल मुझ पर भी हमला कर रही है। मेरे शौहर के जनाज़े के दिन छोटे-छोटे अनाथ बच्चों के साथ मुझे सड़क पर निकाल दिया है ! और सो भी मेरी मेज़ पर खाना खाने के बाद ! अब मैं कहाँ जाऊँ ?" वह बेचारी सिसक-सिसककर रो रही थी और हाँफते हुए चिल्ला रही थी। "हे प्रभु !" अचानक उसकी आँखों में बिजली जैसी चमक पैदा हुई और वह चीख़ी, "क्या इस दुनिया से न्याय बिलकुल उठ गया है ? अगर हम अनाथों की रक्षा नहीं करोगे तो फिर किसकी रक्षा करोगे तुम ? अच्छी बात है, हम भी देखेंगे ! इस धरती पर न्याय और सच्चाई अभी बाक़ी है। बाक़ी है, बाक़ी है ! मैं ढूँढ़ निकालूँगी ! तू देखती जा, अधर्मी छिनाल कहीं की ! बेटी पोलेंका, तुम ज़रा बच्चों को देखना। मैं अभी लौटकर आती हूँ। मेरा इन्तज़ार करना, चाहे तुम्हें सड़क पर ही इन्तज़ार करना पड़े ! देखते हैं कि इस धरती पर कहीं न्याय है कि नहीं ?"

और अपने सिर पर वही द्रा-द-देम्स की शाल डालकर, जिसकी चर्चा मार्मेलादोव ने रस्कोलनिकोव के साथ अपनी बातचीत के दौरान की थी, शराब के नशे में चूर शोर मचाते किराएदारों की भीड़ को चीरती हुई, जो अभी तक कमरे में भरे हुए थे, कतेरीना इवानोव्ना रोती-सिसकती अपने मन में फ़ौरन और हर क़ीमत पर न्याय पाने की धुँधली सी उम्मीद लिए भागकर सड़क पर निकल गई। पोलेंका दोनों छोटे बच्चों के साथ कमरे के कोने में सन्दूक़ पर सहमी हुई दबी-सिकुड़ी बैठी रही, और दोनों छोटे बच्चों के गले में बाँहें डालकर सिर से पाँव तक काँपती हुई अपनी माँ के वापस आने का इन्तज़ार करने लगी। अमालिया इवानोव्ना ने कमरे में एक तूफ़ान मचा रखा था; वह चीख़ रही थी, रो रही थी, और जो भी चीज़ उसके हाथ लग जाती थी उसे वह गुस्से में आकर फ़र्श पर फेंक देती थी। किराएदार तरह-तरह की आवाज़ों में ऐसे चिल्ला रहे थे कि कुछ भी समझ में

नहीं आ रहा था—कुछ लोग तो जो कुछ हुआ था उस पर अपने-अपने ढंग से टीका-टिप्पणी कर रहे थे, कुछ और लोग आपस में झगड़ा कर रहे थे और एक-दूसरे को गालियाँ दे रहे थे, और कुछ लोगों ने एक गाने की धुन छेड़ दी थी...

'अब मैं भी चलूँ,' रस्कोलनिकोव ने सोचा। 'अच्छा, सोफ़्या सेम्योनोव्ना, देखना है कि अब तुम क्या कहती हो !'

और वह सोनिया के घर की ओर चल पड़ा।

4

रस्कोलनिकोव के दिल पर हालाँकि अपनी ही मुसीबतों और दहशत का बोझ कुछ कम नहीं था फिर भी लूजिन के ख़िलाफ़ सोनिया की ओर से पैरवी करने में उसने बहुत डटकर और सक्रिय रूप से भाग लिया था। लेकिन सबेरे से उस पर इतना कुछ बीत चुका था कि सोनिया का पक्ष लेने की स्वयं अपनी उत्कट इच्छा के अलावा भी वह इस बात से खुश था कि उसे स्वयं अपनी भावनाओं से दूर भागने का अवसर मिला था, जो उसके लिए असह्य होती जा रही थीं। इसके अलावा, वह एक क्षण के लिए भी उस मुलाक़ात की बात नहीं भूल सकता था जो उसने उस शाम के लिए सोनिया के साथ तै की थी, और उसके बारे में सोचकर वह रह-रहकर बहुत चिन्तित हो उठता था : उसे उसको बताना ही पड़ेगा कि लिज़ावेता की हत्या किसने की थी, और यह जानते हुए कि इसमें उसे कितनी तकलीफ़ होगी, उसने इस बात के विचार को ही अपने दिमाग़ से निकाल देने को कोशिश की। इसलिए कतेरीना इवानोव्ना के कमरे से चलते वक़्त जब उसने ऊँचे स्वर में कहा था, 'अच्छा, सोफ़्या सेम्योनोव्ना, देखना है कि अब तुम क्या कहती हो !' तो उस वक़्त भी वह लूजिन के ख़िलाफ़ अभी थोड़ी ही देर पहले की अपनी विजय के फलस्वरूप बेहद उद्विग्न, उल्लसित और किसी से भी टक्कर लेने को तैयार रहा होगा। लेकिन उसके साथ एक अजीब बात हुई। जब वह कापरनाउमोव के फ़्लैट पर पहुँचा तो अचानक उसे लगा कि उसकी सारी शक्ति निचुड़ती जा रही है और उस पर भय छा गया। वह झिझककर दरवाज़े पर रुक गया और उसने अपने आपसे यह विचित्र सवाल पूछा : 'क्या ज़रूरी है कि मैं उसे बता ही दूँ कि लिज़ावेता को किसने मारा है ?' यह सवाल विचित्र इसलिए था कि अचानक और लगभग उसी क्षण उसने यह भी महसूस किया कि न वह उसे बताए बिना रह सकता था, और न ही अपने अपराध को स्वीकार करना थोड़ी देर के लिए भी टाल सकता था। अभी तक उसे यह नहीं मालूम था कि यह असम्भव क्यों था; वह इसे सिर्फ़ महसूस करता था और होनी के सामने स्वयं अपनी बेबसी के इस कष्टप्रद आभास ने उसे लगभग बिलकुल कुचलकर रख दिया था। और अधिक विचारों तथा यातनाओं से छुटकारा पाने के लिए उसने जल्दी से दरवाज़ा खोला और चौखट के पार सोनिया को देखने लगा। वह छोटी मेज़ पर कुहनियाँ टिकाए अपना चेहरा दोनों हाथों से छिपाए बैठी थी, लेकिन रस्कोलनिकोव को देखते ही वह जल्दी से उठ खड़ी हुई और उसका स्वागत करने के लिए आगे बढ़ी, मानो वह उसके आने की प्रतीक्षा ही कर रही हो।

"अरे, आप न होते तो मेरा न जाने क्या हाल होता !" उसने कमरे के बीच में ही उससे मिलकर जल्दी से कहा। साफ़ मालूम हो रहा था कि वह उससे यही बात कहने को बेहद उत्सुक थी। वह इसी की प्रतीक्षा कर रही थी।

रस्कोलनिकोव मेज़ के पास जाकर उसी कुर्सी पर बैठ गया, जिस पर से सोनिया अभी उठी

थी। वह उससे दो क़दम दूर आकर खड़ी हो गई, ठीक उसी तरह जैसे उसने कल शाम को किया था।

"अच्छा, सोनिया।" उसने कहा और अचानक उसे इस बात का आभास हुआ कि उसकी आवाज़ काँप रही है। "तुम्हारे ख़िलाफ़ सारे मामले की बुनियाद 'तुम्हारी समाजी हालत और उन आदतों पर थी जो लाज़िमी तौर पर उस हालत के साथ जुड़ी होती हैं।' यह बात तुम्हारी समझ में आई ?"

वह दुखी हो गई।

"मेहरबानी करके मुझसे उस तरह बातें न कीजिए जैसे आप कल कर रहे थे !" सोनिया बीच में बोली, "फिर से वही सिलसिला शुरू न कीजिए। इसके बिना भी मुझ पर बहुत कुछ बीत चुकी है..."

यह सोचकर कि उसका यह उलाहना शायद रस्कोलनिकोव को अच्छा न लगे, वह जल्दी से मुस्कुरा दी।

"मैं समझती हूँ कि वहाँ से चले आकर मैंने ग़लती की। वहाँ इस वक़्त न जाने क्या हो रहा होगा ? मैं तो वापस जानेवाली थी, लेकिन मुझे आपका ख़्याल आया—कि शायद आप आएँ।"

उसने सोनिया को बताया कि अमालिया इवानोव्ना उन्हें घर से निकाले दे रही थी और कतेरीना इवानोव्ना 'न्याय की खोज में' भागकर न जाने कहाँ चली गई थी।

"ग़ज़ब हो गया," सोनिया चिन्तित दिखाई देने लगी, "चलिए, फ़ौरन चलें !..."

और यह कहकर उसने अपना कोट उठा लिया।

"हमेशा वही बात !" रस्कोलनिकोव चिढ़कर ज़ोर से चिल्लाया, "तुम बस उन्हीं के बारे में सोचती रहती हो। थोड़ी देर मेरे पास बैठो।"

"लेकिन...कतेरीना इवानोव्ना ?"

"कतेरीना इवानोव्ना की चिन्ता न करो। चूँकि वह घर से बाहर निकल गई इसलिए अब वह ख़ुद तुम्हारे पास आएगी," उसने चिड़चिड़ाकर कहा, "अगर तुम यहाँ न मिलीं, तो क़सूर तुम्हारा ही होगा..."

सोनिया तकलीफ़देह उलझन में पड़कर कुर्सी के किनारे बैठ गई। रस्कोलनिकोव फ़र्श पर नज़रें गड़ाए चुप बैठा था; वह किसी चीज़ के बारे में सोच रहा था।

"मान लो कि अब लूज़िन कोई मुसीबत खड़ी नहीं करना चाहता," उसने सोनिया की ओर देखे बिना कहना शुरू किया, "लेकिन अगर वह करना चाहता, और अगर उससे उसका कोई फ़ायदा होता, तो वह तुम्हें जेल भिजवा सकता था, ख़ासकर अगर लेबेज़ियातनिकोव और मैं इत्तफ़ाक से वहाँ न होते। भिजवा देता न ?"

"जी हाँ," उसने क्षीण स्वर में कहा। "जी हाँ," उसने व्यथित और उद्विग्न स्वर में एक बार फिर दोहराया।

"लेकिन, तुम ख़ुद देखो यह तो बिलकुल मुमकिन था कि मैं वहाँ न होता और यह भी बिलकुल इत्तफ़ाक़ की ही बात थी कि लेबेज़ियातनिकोव भी उसी वक़्त वहाँ आ गया।"

सोनिया चुप रही।

"और अगर उन लोगों ने तुम्हें जेल भिजवा दिया होता तो क्या होता ? याद है, कल मैंने क्या कहा था तुमसे ?"

इस बार भी वह कुछ नहीं बोली। वह कुछ देर इन्तज़ार करता रहा।

"और मैंने सोचा था कि तुम फिर चिल्लाने लगोगी, 'बस, रहने दीजिए ! मत कीजिए ये सब बातें !' " रस्कोलनिकोव हँस पड़ा, लेकिन यह ज़बर्दस्ती की हँसी थी। "तुम फिर चुप हो ?" उसने एक मिनट बाद पूछा, "लेकिन हम लोगों को किसी चीज़ के बारे में बातें करनी हैं, क्यों है न ? देखो, मुझे यह जानने में दिलचस्पी है कि तुम एक 'सवाल' को कैसे हल करतीं, जैसे कि लेबेज़ियातनिकोव कहता है। (ऐसा लग रहा था कि वह उलझता जा रहा है।) नहीं, नहीं। मैं संजीदगी से बातें कर रहा हूँ। सचमुच, मैं संजीदा हूँ। एक क्षण के लिए सोचो, सोनिया, कि तुम्हें लूजिन के तमाम इरादे पहले से मालूम होते (मेरा मतलब है, पक्के तौर पर) और उनकी वजह से कतेरीना इवानोव्ना और उसके छोटे-छोटे बच्चे बिलकुल तबाह हो गए होते और तुम भी (चूँकि तुम समझती हो कि तुम्हारी वजह से ज़रा भी फ़र्क़ नहीं पड़ता, इसलिए मैंने वह 'भी' की बात जोड़ दी)। और नन्ही पोलेंका भी...क्योंकि वह भी तुम्हारे ही रास्ते लग जाएगी किसी दिन। तो, मुझे यह बताओ : मान लो, इन सब बातों का फ़ैसला अचानक तुम्हारे ऊपर छोड़ दिया जाता—मेरा मतलब है कि वह या वे लोग ज़िन्दा रहें या न रहें, यानी लूजिन ज़िन्दा रहे और अपनी बेहूदगियाँ करता रहे या नहीं, या कतेरीना इवानोव्ना को मर जाने दिया जाए या नहीं। तुम इस बात का फ़ैसला किस तरह करोगी कि दोनों में से किसको मरना चाहिए ? मैं यह सवाल तुमसे पूछता हूँ।"

सोनिया ने बेचैन होकर उसे देखा : उसे शक हुआ कि उसने जिस तरह झिझकते-झिझकते और घुमा-फिराकर उससे यह सवाल पूछा था उसमें कोई छिपा हुआ मतलब ज़रूर होगा।

"मैं जानती थी कि आप मुझसे इसी तरह की कोई बात पूछेंगे," सोनिया ने जिज्ञासा भरी दृष्टि से उसकी ओर देखा।

"तो तुम जानती थीं, अच्छी बात है। लेकिन मैं अब भी यह जानना चाहूँगा कि तुम्हारा फ़ैसला क्या होता।"

"आप मुझसे ऐसी बात क्यों पूछते हैं जो कभी हो ही नहीं सकती थी ?" सोनिया ने झिझकते हुए जवाब दिया।

"तो तुम्हारी राय में बेहतर यही है कि लूजिन को ज़िन्दा रहने दिया जाए और वह अपनी बेहूदगियाँ करता रहे ? तुममें इस बात का फ़ैसला करने की भी हिम्मत नहीं है ?"

"लेकिन मुझे कैसे मालूम हो कि भगवान की इच्छा क्या होगी ?...और मुझसे आप ऐसी बात पूछते ही क्यों हैं जो किसी को कभी पूछनी नहीं चाहिए ? इस तरह के बेसिर-पैर के सवाल करते ही क्यों हैं ? इस बात का दारोमदार मेरे फ़ैसले पर कैसे हो सकता है ? इस बात का फ़ैसला करनेवाली मैं कौन होती हूँ कि कौन ज़िन्दा रहे और कौन ज़िन्दा न रहे ?"

"ख़ैर, ज़ाहिर है, अगर तुम बीच में भगवान की इच्छा को घसीटकर लाती हो, तब तो इसके बारे में कुछ और कहा ही नहीं जा सकता," रस्कोलनिकोव खिसियाकर बुड़बुड़ाया।

"आप मुझे साफ़-साफ़ बता दीजिए कि आप चाहते क्या हैं," सोनिया ने बड़ी बेबसी से चिल्लाकर कहा, "आप फिर इस सिलसिले को किसी दूसरी बात की ओर ले जाना चाहते हैं...क्या आप मुझे बस तकलीफ़ देने के लिए आए हैं ?"

वह अपने आपको क़ाबू में न रख सकी और अचानक फूट-फूटकर रोने लगी। रस्कोलनिकोव उसे उदास और निराश होकर देखता रहा। इसी तरह कोई पाँच मिनट बीत गए।

"लेकिन, सोनिया, तुम ठीक कहती हो," आख़िरकार वह धीरे से बोला। अचानक उसमें एक परिवर्तन आ गया था; उसने जान-बूझकर ढिठाई और बेबस चुनौती का जो रवैया अपना रखा था वह ग़ायब हो गया; उसकी आवाज़ भी अचानक कमज़ोर पड़ गई। "मैंने कल तुमसे कहा था कि

मैं तुम्हारे पास किसी बात के लिए क्षमा माँगने नहीं आऊँगा, और अभी मैं क्षमा ही तो माँगने लगा था।...देखो, जब मैं लूजिन की और भगवान की इच्छा की बातें कर रहा था तो दरअसल मैं अपनी ही बात कर रहा था...क्षमा माँगने का वह मेरा अपना ढंग था, सोनिया।''

रस्कोलनिकोव ने मुस्कुराने की कोशिश की लेकिन उसकी मुरझाई हुई मुस्कुराहट में एक तरह की कमज़ोरी थी, एक तरह का अधूरापन था। उसने सिर झुकाकर हाथों में अपना चेहरा छिपा लिया।

लेकिन अचानक सोनिया से गहरी नफ़रत की एक विचित्र और आश्चर्यजनक संवेदना ने उसे आ दबोचा। उसने जल्दी से अपना सिर उठाकर सोनिया को ग़ौर से देखा, मानो इस संवेदना से वह आश्चर्यचकित रह गया हो और डर गया हो; लेकिन उसे बस सोनिया की परेशान और कष्ट की हद तक चिन्तित नज़रें ही दिखाई दीं; उसकी उस दृष्टि में प्यार था; उसकी सारी नफ़रत देखते-देखते ग़ायब हो गई। वह नफ़रत थी ही नहीं : उसने एक भावना को दूसरी भावना समझ लिया था। इसका मतलब सिर्फ़ यह था कि वह क्षण आ गया था।

उसने एक बार अपना मुँह अपने हाथों में छिपाकर सिर झुका लिया। अचानक उसका रंग पीला पड़ गया। वह कुर्सी से उठ खड़ा हुआ और सोनिया को देखने लगा, फिर एक शब्द भी कहे बिना यन्त्रवत् उसके पलंग पर बैठ गया।

उसके दिमाग़ में वह क्षण कुछ रहस्यमय ढंग से बिलकुल उस क्षण जैसा था जब वह उस बुढ़िया के पीछे खड़ा हुआ था और कुल्हाड़ी को फन्दे में से छुड़ाते हुए उसने महसूस किया था कि 'उसके सामने खोने के लिए अब एक क्षण का समय भी नहीं है।'

''बात क्या है ?'' सोनिया ने सहमकर पूछा।

रस्कोलनिकोव से कुछ भी कहते न बन पड़ा। उसने जिस ढंग से उसे बताने की योजना बनाई थी वह ढंग यह नहीं था, और उसे ख़ुद नहीं मालूम था कि इस समय उसे क्या हो रहा था। सोनिया धीरे-धीरे उसके पास गई, पलंग पर उसकी बग़ल में बैठ गई और उस पर नज़रें जमाए इन्तज़ार करती रही। उसका दिल धड़क रहा था और डूबा जा रहा था। स्थिति असह्य होती जा रही थी। उसने अपना चेहरा, जिस पर मौत का सा पीलापन छाया हुआ था, सोनिया की ओर घुमाया; उसने कुछ कहने की कोशिश की लेकिन कोई आवाज़ निकले बिना ही उसके होंठ हिलते रहे। सोनिया बुरी तरह डर गई।

''बात क्या है ?'' सोनिया ने सिमटकर उससे कुछ दूर हटते हुए फिर दोहराया।

''कुछ भी नहीं, सोनिया। डरो नहीं...सब बकवास है ! सोचने की बात है, सब बकवास है,'' वह इस तरह बुड़बुड़ाया जैसे उसे पूरी तरह होश न हो। ''मैं तुम्हें तकलीफ़ पहुँचाने के लिए यहाँ आया ही क्यों ?'' उसने अचानक सोनिया की ओर देखकर कहा, ''मैं क्यों आया ? क्यों ? अपने आपसे यही सवाल करता रहता हूँ, सोनिया...''

वह शायद यह सवाल अपने आपसे पन्द्रह मिनट पहले पूछ रहा था। लेकिन इस वक्त तो उसने यह बात बेबसी की हालत में कही, जबकि उसे ठीक से यह भी नहीं मालूम था कि वह कह क्या रहा है, बल्कि उसे यह महसूस हो रहा था कि उसका सारा शरीर ऐसे काँप रहा था जैसे उसे बुख़ार हो।

''ओह, आप अपने आपको कितनी तकलीफ़ पहुँचा रहे हैं !'' सोनिया ने उसे ग़ौर से देखते हुए बहुत विचलित होकर कहा।

''यह सब बकवास है ....देखो, सोनिया,'' वह अचानक कुछ उदासी और लाचारी से एक-दो

सेकंड तक मुस्कुराता रहा, ''याद है, मैं कल तुम्हें क्या बताना चाहता था ?''

सोनिया बेचैनी से इन्तज़ार करती रही।

''जब मैं जा रहा था तो मैंने कहा था कि शायद मैं तुमसे हमेशा के लिए विदा हो रहा हूँ, लेकिन अगर मैं आज आया तो मैं तुम्हें बता दूँगा कि...लिज़ावेता को किसने मारा है।''

सोनिया सहसा सिर से पाँव तक काँप उठी।

''तो मैं तुम्हें वही बताने आया हूँ।''

''तो कल आपका सचमुच यही मतलब था...'' उसने बड़ी कठिनाई से बहुत धीमे स्वर में कहा।

''आपको कैसे मालूम ?'' सोनिया ने, मानो अचानक अपने आपको सँभालते हुए जल्दी से कहा।

वह बुरी तरह हाँफ रही थी। उसका रंग लगातार पीला पड़ता जा रहा था।

''मुझे मालूम है।''

सोनिया एक मिनट तक चुप रही।

''क्यों ? क्या वह आदमी मिल गया है ?'' उसने दबी ज़बान से पूछा।

''नहीं, उन लोगों को तो नहीं मिला है।''

''तो आपको 'वह' कैसे मालूम हो सकता है ?'' उसने एक बार फिर इतनी धीमी आवाज़ में पूछा कि सुनना भी मुश्किल था और एक बार फिर कोई एक मिनट रुककर।

रस्कोलनिकोव ने उसकी ओर मुड़कर उसे बेधती हुई नज़रों से देखा।

''अन्दाज़ा लगाओ,'' उसने उसी विकृति और लाचार मुस्कुराहट के साथ कहा।

सोनिया थर-थर काँपने लगी।

''लेकिन आप तो...आप मुझे...इस तरह डरा क्यों रहे हैं ?'' सोनिया ने बच्चों की तरह मुस्कुराते हुए कहा।

''तुम्हारी समझ में नहीं आता ? मैं 'उसका' बहुत अच्छा दोस्त हूँगा अगर...अगर मुझे मालूम है,'' रस्कोलनिकोव उसकी ओर से एक क्षण को भी नज़रें हटाए बिना कहता रहा, ऐसा लग रहा था जैसे वह नज़रें हटा ही न सकता हो। ''उसका कोई इरादा लिज़ावेता को मारने का नहीं था। उसने...उसने उसे तो इत्तफ़ाक़ से मार डाला था। वह तो उस बुढ़िया को मारना चाहता था...जब वह अकेली हो और...और वह वहाँ गया...और इतने में लिज़ावेता आ गई। इसलिए...इसलिए उसने उसे भी मार डाला।''

एक और डरावना मिनट बीता। दोनों अभी तक एक-दूसरे को देख रहे थे।

''अब भी अन्दाज़ा नहीं लगा सकतीं ?'' उसने अचानक पूछा, और उसे ऐसा लगा कि उसकी हालत उस आदमी जैसी है जो गिरजाघर की बहुत ऊँची चोटी से नीचे कूदनेवाला हो।

''न-हीं,'' सोनिया ने इतने धीरे से कहा कि मुश्किल से ही सुनाई दिया।

''अच्छी तरह देखो।''

और यह बात कहते समय एक और पुरानी और जानी-पहचानी संवेदना उसके हृदय में सिहरन की तरह समा गई : उसने सोनिया की ओर देखा और अचानक उसे उसके चेहरे में लिज़ावेता का चेहरा दिखाई देने का आभास हुआ। उसे लिज़ावेता के चेहरे पर उस समय का भाव बहुत अच्छी तरह याद था जब उस दिन शाम को वह कुल्हाड़ी लेकर उसकी ओर बढ़ रहा था और वह धीरे-धीरे उससे दूर हटती हुई दीवार की ओर सरकती जा रही थी; उसने अपना हाथ सामने की ओर तान

रखा था, उसके चेहरे पर बच्चों जैसा भय था; वह बिलकुल उन बच्चों जैसी लग रही थी जो अचानक किसी चीज़ से सहम जाते हैं और निश्चिन्त होकर विस्मय से उस चीज़ को देखते रहते हैं जिससे उन्हें डर लगता है, और सिमटकर पीछे हट जाते हैं, अपने छोटे-छोटे हाथ आगे की ओर तान लेते हैं और उनकी आँखों में आँसू छलक आते हैं। सोनिया के साथ भी इस समय लगभग ऐसा ही हो रहा था : वह कुछ देर तक बेबसी से रस्कोलनिकोव को देखती रही। उसके चेहरे पर भय का वही भाव था और अचानक उसने अपना बायाँ हाथ आगे तानकर अपनी उँगलियों से उसका सीना हल्के से छुआ और धीरे-धीरे पलंग पर से उठने लगी। वह उससे दूर हटती गई और उसे लगातार नज़रें और ज़्यादा गड़ाकर घूरती रही। सोनिया के आतंकित होने का यह भाव अचानक रस्कोलनिकोव में संचारित हो गया; उसके चेहरे पर भी आतंक का वही भाव पैदा हो गया; वह भी उसे उसी तरह और बच्चों जैसी मुस्कुराहट के साथ घूरने लगा।

"कुछ अन्दाजा लगा पाईं ?" उसने आख़िरकार धीमे स्वर में पूछा।

"हे भगवान !" उसके सीने से एक भयानक चीख़ निकली। वह बेबस होकर पलंग पर गिर पड़ी और उसने तकियों में अपना मुँह छिपा लिया। लेकिन एक ही क्षण बाद वह जल्दी से उठ बैठी, झपटकर उसकी ओर बढ़ी और उसके दोनों हाथ कसकर अपनी पतली-पतली उँगलियों में भींच लिये, मानो शिकंजे में जकड़ लिये हों। वह उसे एकटक घूरती रही, मानो उसकी नज़रें उसके चेहरे पर चिपककर रह गई हों। अन्तिम बार उसे घोर निराशा की दृष्टि से इस तरह देखकर सोनिया ने कम-से-कम अपने लिए आशा की कोई किरण खोजने और उसे पकड़े रहने की कोशिश की। लेकिन कहीं कोई उम्मीद रह ही नहीं गई थी; कोई भी सन्देह नहीं रह गया था—वह बात 'सच' थी ! वास्तव में, जब बहुत समय बाद उसने उस क्षण को याद किया तो उसे इस बात का आश्चर्य हुए बिना न रह सका कि उसने फ़ौरन यह कैसे समझ लिया था कि उसके बारे में कोई भी सन्देह नहीं हो सकता था ? उदाहरण के लिए, वह यह नहीं कह सकती थी कि उसे किसी प्रकार का पूर्वाभास हुआ था। फिर भी जिस क्षण रस्कोलनिकोव ने वह बात कही थी, उस समय सोनिया को बरबस ऐसा लगा था कि सचमुच उसे इस बात का पूर्वाभास हुआ था।

"रहने दो, सोनिया, बस बहुत हो गया ! मुझे सताओ नहीं," उसने व्यथित होकर उससे प्रार्थना की।

उसने यह बात उसे इस तरह बताने के बारे में कभी सोचा भी नहीं था, लेकिन बस कुछ 'इस' तरह हो ही गया।

सोनिया उछलकर खड़ी हो गई, मानो उसे यह भी न मालूम हो रहा हो कि वह क्या कर रही है। वह अपने हाथ मलते हुए कमरे के बीच तक गई लेकिन फिर फ़ौरन ही वह वापस जाकर उसकी बग़ल में उसके कन्धे से अपना कन्धा लगभग सटाकर बैठ गई। अचानक वह इस तरह चौंक पड़ी जैसे किसी ने उसके छुरा भोंक दिया हो, और ज़ोर से चीख़कर, बिना यह जाने ही कि वह ऐसा क्यों कर रही है, वह उसके सामने घुटने टेककर बैठ गई।

"आपने यह अपनी क्या हालत कर ली है ?" वह घोर निराशा में डूबे स्वर में चीख़ी और उछलकर खड़े होते हुए झपटकर उसकी गर्दन से चिपट गई और कसकर उसे अपनी बाँहों में जकड़ लिया।

रस्कोलनिकोव ने अपने आपको उसके बाहुपाश से छुड़ाया और उदासी भरी मुस्कुराहट से उसकी ओर देखता रहा।

"तुम भी अजीब हो, सोनिया, कि मेरे 'वह बात' बता देने पर मुझे गले लगा रही हो और

प्यार कर रही हो। तुम नहीं जानतीं कि तुम क्या कर रही हो।"

"मैं नहीं समझती कि दुनिया में कोई भी तुमसे ज़्यादा दुखी होगा !" वह उन्माद भरे स्वर में चिल्लाई; उसने सुना भी नहीं कि उसने क्या कहा था। वह अचानक फूट-फूटकर रोने लगी।

रस्कोलनिकोव के हृदय में एक ऐसी भावना उमड़ पड़ी जिससे वह बहुत समय से परिचित नहीं रह गया था, उसका हृदय सहसा मोम की तरह पिघल गया। उसने इस भावना का विरोध करने की कोई कोशिश नहीं की : उसकी आँखों में आँसू छलक आए और पलकों पर आकर अटक गए।

"तुम मुझे छोड़ तो नहीं दोगी, सोनिया ?" उसने लगभग आशा के साथ उसकी ओर देखते हुए कहा।

"नहीं, नहीं; कभी नहीं, कभी नहीं !" सोनिया ने भाव-विह्वल होकर कहा, "तुम जहाँ भी जाओगे मैं तुम्हारे साथ जाऊँगी ! हे भगवान !...मैं भी कैसी अभागी हूँ !...मैं तुमसे पहले क्यों नहीं मिली ? तुम मेरे पास पहले क्यों नहीं आए ? हे भगवान !"

"लो, अब तो आ गया हूँ !"

"अब ? अब हम क्या कर सकते हैं ?....हम दोनों एक-दूसरे के साथ रहें, एक-दूसरे के साथ," वह बार-बार दोहराती रही, मानो उसे इस बात का भी आभास न हो कि वह क्या कह रही है, और उसने एक बार फिर उसे कसकर अपनी बाँहों में जकड़ लिया। "मैं तुम्हारे पीछे-पीछे साइबेरिया भी जाऊँगी।" सोनिया के अन्तिम शब्द उसके दिल में तीर की तरह लगे, और उसके होंठों पर वही पुरानी, कुछ तिरस्कार भरी मुस्कुराहट लौट आई।

"मैं तो शायद जेल जाने की बात सोच भी नहीं रहा हूँ, सोनिया," उसने कहा।

सोनिया ने जल्दी से उसे एक नज़र देखा।

उस दुखी आदमी पर तरस खाने के उस प्रथम भावावेगपूर्ण और कष्टप्रद क्षण के बाद, हत्या का भयानक विचार मन में उठते ही सोनिया एक बार फिर मूक हो गई। उसकी आवाज़ के बदले हुए लहजे में उसे एक बार फिर इस बात का आभास हुआ कि वह हत्यारा है। वह विस्मय से उसे देखती रही। अभी तक उसे कुछ भी नहीं मालूम था—न यह कि जो कुछ हुआ था वह क्यों हुआ था, किसलिए हुआ था या कैसे हुआ था। अब ये सारे सवाल एक साथ उसके मन में प्रबल धारा की तरह फूट पड़े और एक बार फिर वह विश्वास न कर सकी : 'वह, वह हत्यारा है ? क्या ऐसा हो सकता है ?'

"लेकिन यह सब आख़िर है क्या ? मैं कहाँ हूँ ?" सोनिया ने बिलकुल बौखलाकर कहा, मानो उसके होश-हवास अभी तक ठिकाने न हुए हों। "लेकिन तुम कैसे—'तुम्हारे जैसा आदमी' ऐसा काम कर कैसे सका ? आख़िर यह सब क्या है ?"

"देखो, बात यह है, मैं डाका डालना चाहता था। मेरे हाल पर रहम खाकर छोड़ो भी इन बातों को, सोनिया," वह थके हुए स्वर में झुंझलाकर बोला।

सोनिया अवाक् खड़ी थी, लेकिन अचानक वह ऊँचे स्वर में बोली—

"तुम भूखे थे, क्यों, है न ? तुमने...तुमने यह काम अपनी माँ की मदद करने के लिए किया था, है न ?"

"नहीं, सोनिया, नहीं," उसने बुदबुदाकर कहा और मुँह फेरकर सिर झुका लिया, "मैं इतना भूखा भी नहीं था और...और मैं अपनी माँ की मदद ज़रूर करना चाहता था, लेकिन...लेकिन वह भी वजह नहीं थी।...मेरे ज़ख़्म को कुरेदो नहीं, सोनिया !"

"लेकिन यह बात हरगिज़-हरगिज़ सच नहीं हो सकती," सोनिया आश्चर्य से चिल्लाई, "हे

भगवान, यह बात सच कैसे हो सकती है ? तुम्हारी बात पर भला कौन विश्वास करेगा ? यह कैसे मुमकिन है कि तुम अपनी आख़िरी पाई तक दूसरों को दे दो और इसके साथ ही हत्या करने और डाका डालने के अपराधी भी हो ? अच्छा, मैं समझी !'' उसके अचानक चौंककर कहा, ''वह पैसा जो तुमने कतेरीना इवानोव्ना को दिया था...वह पैसा...हे भगवान ! क्या वह पैसा भी...''

''नहीं, सोनिया,'' उसने जल्दी से उसकी बात काटते हुए कहा, ''वह पैसा वहाँ से नहीं आया था। तुम उसकी वजह से परेशान न हो। मेरी माँ ने यहाँ के एक व्यापारी के हाथ पैसे भिजवाए थे, और वह रक़म मुझे उस वक़्त मिली थी जब मैं बीमार था और मैंने वह उसी दिन दे दी थी...रज़ुमीख़िन ने देखा था...मेरी तरफ़ से उसी ने पैसे लिये थे...वह मेरा पैसा था...मेरा अपना।''

सोनिया विस्मय से आँखें फाड़े उसकी बात सुनती रही और समझने की पूरी कोशिश करती रही।

''जहाँ तक 'उस' पैसे का सवाल है,'' उसने बहुत धीमे स्वर में, मानो कुछ सोचते हुए कहा, ''मुझे...दरअसल, मुझे तो यह भी नहीं मालूम है कि उसमें कोई पैसा था भी कि नहीं। मैंने उसकी गर्दन से मख़मली चमड़े का बना हुआ एक बटुआ लिया था...उसमें कोई चीज़ इस तरह ठूँस-ठूँसकर भरी हुई थी कि वह फटा जा रहा था...काफ़ी भारी था।...लेकिन मैंने उसे खोलकर देखा नहीं था; शायद मुझे इसका वक़्त ही नहीं मिला...और जो चीज़ें मैंने ली थीं वे ज़ंजीरें और दूसरी छोटी-मोटी चीज़ें थीं...उन्हें मैंने अगले ही दिन सबेरे वोज़्नेसेंस्की प्रॉस्पेक्ट पर एक अहाते में उस बटुए के साथ ही पत्थर के नीचे गाड़ दिया था। वे अब भी वहीं हैं...''

सोनिया बड़ी उत्सुकता से सुनती रही।

''लेकिन अगर तुमने, जैसा कि तुमने अभी कहा था, यह काम महज़...डाका डालने के लिए किया था, तो तुमने कोई चीज़ ली क्यों नहीं ?'' उसने डूबते आदमी की तरह तिनके का सहारा लेते हुए जल्दी से पूछा।

''मालूम नहीं...मैं अभी तक अपना मन पक्का नहीं कर पाया हूँ कि वह पैसा लूँ या न लूँ,'' उसने एक बार फिर मानो सारी बातों के बारे में सोचते हुए कहा और अपने आपको सँभालकर अचानक मुस्कुरा दिया। ''मैं बहुत बकवास करता रहा हूँ, है न ?''

सोनिया के दिमाग़ में अचानक यह विचार बिजली की तरह कौंध गया : 'क्या वह पागल है ?' लेकिन उसने फ़ौरन ही उसे अपने दिमाग़ से निकाल दिया : 'नहीं, कोई और बात है।' उसकी समझ में कुछ न आया, कुछ भी नहीं !

''जानती हो, सोनिया,'' उसने कहा मानो उसके मन में अचानक कोई प्रेरणा जाग्रत हो गई हो, ''क्या तुम्हें मालूम है कि अगर मैंने उसकी हत्या सिर्फ़ इसलिए की होती कि मैं भूखा था,'' वह एक-एक शब्द पर ज़ोर देकर और रहस्यमय ढंग से उसे देखते हुए लेकिन बड़ी सच्चाई से कहता रहा, ''तो मैं इस वक़्त...खुश होता ! मैं चाहता हूँ कि यह बात तुम जान लो !''

''और,'' एक क्षण बाद वह कुछ हताश सा होकर बोला, ''तुम्हें इससे क्या फ़र्क़ पड़ता है कि मैं इस बात को मानूँ या न मानूँ कि मैंने ग़लती की है ? मुझ पर इस तरह की खोखली विजय पाकर तुम्हें क्या मिलेगा ? आह, सोनिया, क्या मैं यहाँ इसीलिए आया था ?''

सोनिया फिर कुछ कहना चाहती थी, लेकिन उसने अपने आपको रोक लिया।

''मैंने कल तुमसे साथ चलने को इसलिए कहा था कि मेरे पास तो अब तुम्हारा ही सहारा रह गया है।''

''कहाँ चलने को ?'' सोनिया ने दबी ज़बान से पूछा।

"डाके डालने और क़त्ल करने नहीं, तुम चिन्ता न करो," वह बड़ी कटुता से मुस्कुराया। "हम एक-दूसरे से अलग हैं...बहुत अलग। और, सोनिया, तुम्हें मालूम है, मैंने अभी, इसी क्षण, महसूस किया कि मैं तुमसे 'कहाँ' साथ चलने को कह रहा था। जब मैंने कल पूछा था तब मुझे ख़ुद नहीं मालूम था। मैं तुम्हारे पास बस एक चीज़ के लिए आया था : मैं चाहता था कि तुम मुझे छोड़कर चली न जाना। तुम मुझे छोड़कर जाओगी तो नहीं, सोनिया ?"

सोनिया ने उसका हाथ धीरे से दबाया।

"आख़िर क्यों, मैंने उसे बताया क्यों ? मैंने उसके सामने हर बात मान क्यों ली ?" एक ही मिनट बाद वह घोर निराशा से बेचैन होकर चिल्लाया और सोनिया की ओर बेहद व्यथा से देखता रहा। "सोनिया, तुम मुझसे कुछ बातों की वजह जानना चाहती होगी; तुम बैठी इसी का इन्तज़ार कर रही हो। यह तो मुझे दिखाई दे रहा है; लेकिन मैं तुम्हें क्या बता सकता हूँ ? तुम्हारी कुछ भी समझ में नहीं आएगा। बेकार तुम अपना दिल दुखाओगी...मेरी ख़ातिर ! वही बात हुई न ! फिर रोने लगीं और मुझे गले लगाने लगीं ! मुझे गले किसलिए लगा रही हो ? इसीलिए न कि वह बोझ मैं अकेले बर्दाश्त न कर सका और उसे किसी दूसरे के कन्धों पर डाल देने के लिए यहाँ आया ? 'तुम भी तकलीफ़ क्यों न उठाओ ? तब मुझे कुछ राहत मिलेगी !' तुम ऐसे कमीने आदमी को प्यार कैसे कर सकती हो ?"

"लेकिन क्या तुम भी तकलीफ़ नहीं उठा रहे हो ?" सोनिया ने रुँधे हुए स्वर में पूछा।

रस्कोलनिकोव पर एक बार फिर वही भावना छा गई और एक क्षण के लिए उसका हृदय पसीज उठा।

"सोनिया, मेरा दिल बहुत काला है ! यह बात याद रखना : शायद इससे बहुत सी बातें तुम्हारी समझ में आ जाएँ। मैं यहाँ इसलिए आया हूँ कि मैं दुष्ट हूँ। ऐसे भी लोग हैं जो न आते। लेकिन मैं कायर हूँ और...और कमीना हूँ ! लेकिन...तुम इसकी चिन्ता न करो ! असल बात यह नहीं है...मैं अब सब कुछ कह देना चाहता हूँ, लेकिन मेरी समझ में नहीं आ रहा है कि शुरू किस तरह करूँ..."

कुछ देर रुककर वह सोचता रहा।

"ओह, हम लोग एक-दूसरे से कितने अलग हैं," वह फिर व्यथित होकर बोला, "बिलकुल एक जैसे नहीं हैं हम दोनों। आख़िर क्यों, क्यों आया मैं यहाँ ! मैं इसके लिए अपने आपको कभी माफ़ नहीं करूँगा !"

"नहीं, नहीं, मुझे ख़ुशी है कि तुम आए !" सोनिया ने भाव-विह्वल होकर कहा, "अच्छा ही है कि मुझे मालूम हो जाए ! कहीं अच्छा है !"

रस्कोलनिकोव ने कातर दृष्टि से उसे देखा।

"और अगर वैसा था भी तो क्या हुआ ?" वह बोला, मानो किसी निर्णय पर पहुँच गया हो, "हाँ, यक़ीनन यही बात थी ! सुनो : मैं नेपोलियन बनना चाहता था, इसलिए मैंने उस बुढ़िया का ख़ून किया था...अब तुम्हारी समझ में आया ?"

"न-हीं," सोनिया ने भोलेपन से और बड़ी भीरुता से दबे स्वर में कहा, "लेकिन...तुम कहते रहो ! मैं समझ जाऊँगी, 'अपने दिल की गहराई में' मैं समझ जाऊँगी !" वह उससे अनुरोध करती रही।

"समझ जाओगी ? अच्छी बात है, देखते हैं !"

वह बड़ी देर तक चुप रहा और सोचता रहा।

"देखो, हुआ यह कि एक दिन मैंने अपने आपसे यह सवाल पूछा : मिसाल के लिए, अगर मेरी जगह नेपोलियन होता और अपना जीवन आरम्भ करने के लिए उसके पास न तूलोन होता, न मिस्र होता, और न ही पार करने को कोई मोन-ब्लांक होता, बल्कि इन तमाम शानदार और भारी-भरकम चीज़ों के बजाय कोई खूसट बुढ़िया होती, किसी छोटे-मोटे सरकारी नौकर की विधवा, जिसके सन्दूक़ से पैसा निकालने के लिए (ज़ाहिर है, अपना ऐतिहासिक जीवन शुरू करने के लिए) उसका ख़ून करना भी ज़रूरी होता। तो, अगर उसके सामने कोई दूसरा रास्ता न होता तो क्या वह यह काम करने का फ़ैसला करता ? क्या उसे भी यह काम करने से इसलिए नफ़रत होती कि यह काम किसी भी तरह शानदार नहीं था और...और फिर पाप का भी काम था ? तो, मैं यह बता दूँ कि इस 'सवाल' पर सिर खपाने में मैंने बहुत वक़्त ख़र्च किया, यहाँ तक कि आख़िर में जब मेरे दिमाग़ में यह बात आई (न जाने कैसे, बिलकुल अचानक) कि उसे बिलकुल नफ़रत न होती और सच तो यह है कि यह बात उसके मन में उठती ही नहीं कि यह काम इतना शानदार नहीं था, तो मुझे बेहद शर्म आई। सच तो यह है कि उसकी समझ में न आता कि आख़िर इसमें इतना आगा-पीछा सोचने की क्या बात है। और अगर उसके सामने कोई दूसरा रास्ता न होता तो तनिक भी संकोच किए बिना उसने उसका गला घोंट दिया होता, और इस काम में किसी तरह की कोई कसर न छोड़ी होती।...ख़ैर, आख़िरकार ऐसा वक़्त आया कि मुझे भी कोई संकोच नहीं रह गया और...और मैंने उसका ख़ून कर दिया...उसी आदमी के क़दमों पर चलते हुए जिसे मैं अपना आदर्श मानता था...और सारी घटना ठीक इसी तरह हुई ! तुम्हें यह बात अजीब लगती है ? हाँ, सोनिया, अजीब बात तो यह है कि ठीक यही हुआ था।..."

सोनिया को यह बात बिलकुल अजीब नहीं लग रही थी।

"मुझे साफ़-साफ़ बताओ कोई मिसालें दिए बिना," उसने और भी भीरुता से और इतने धीमे स्वर में कहा कि ठीक से सुनाई भी नहीं देता था।

रस्कोलनिकोव उसकी ओर मुड़ा, उदास भाव से उसे देखा, और उसके हाथ थाम लिए।

"यह भी तुम ठीक ही कहती हो, सोनिया। यह सब बकवास है—कोरी बातें। देखो, तुम जानती हो कि मेरी माँ के पास कुछ नहीं है, लगभग कुछ भी नहीं। मेरी बहन ने काफी अच्छी शिक्षा पाई। लेकिन वह तो बस संयोग की बात थी, और इसके बाद भी उसे बच्चों की देखभाल करने की ही नौकरी मिल पाई। उन लोगों ने सारी उम्मीदें मुझसे लगा रखी थीं—सिर्फ़ मुझसे। मैं पढ़ रहा था, लेकिन मैं यूनिवर्सिटी का ख़र्च पूरा नहीं कर सकता था, इसलिए मजबूरन मुझे कुछ अरसे के लिए पढ़ाई छोड़ देनी पड़ी। अगर वह सिलसिला चलता रहता तो शायद (अगर सब कुछ ठीक-ठाक रहता) मुझे दस-बारह साल में हज़ार रूबल सालाना की कहीं पढ़ाने की या किसी सरकारी दफ़्तर की नौकरी मिल गई होती," वह इस तरह बोलता रहा जैसे उसने यह सब कुछ रट रखा हो, "और उस वक़्त तक मेरी माँ चिन्ता करते-करते और दुख झेलते-झेलते बिलकुल टूट चुकी होतीं। मैं उन्हें कोई सुख न पहुँचा पाता। और जहाँ तक मेरी बहन का सवाल है...तो उसकी हालत इससे भी बदतर हो सकती थी। बहरहाल, इससे क्या फ़ायदा कि ज़िन्दगी में हर चीज़ अपने पास से कतराकर निकल जाए और हम देखते रह जाएँ, या हम हर चीज़ की ओर से मुँह फेर लें ? अपनी माँ को भूल जाऊँ और, मिसाल के लिए, मेरी बहन पर अपमानों की जो बौछार की गई है उन्हें मैं चुपचाप सिर झुकाकर पी जाऊँ। ऐसा क्यों करूँ ? क्या इसलिए कि जब मैं उन्हें दफ़न कर दूँ तो अपने कन्धों पर नई ज़िम्मेदारियाँ सँभाल लूँ ? बीवी और बच्चे, और फिर उन्हें भी कंगाल छोड़ जाऊँ ? तो इसलिए...इसलिए मैंने यह फ़ैसला किया कि उस बुढ़िया का पैसा हथिया लूँ और

उसे इसलिए इस्तेमाल करूँ कि अपनी माँ को परेशान किए बिना मैं यूनिवर्सिटी की पढ़ाई पूरी कर लूँ, यूनिवर्सिटी से निकलने के बाद पहले कुछ बरसों तक अपनी ज़िन्दगी बनाने के लिए उस पैसे की मदद लूँ, और यह सब कुछ बड़े पैमाने पर, अच्छी तरह करूँ ताकि अपनी ज़िन्दगी के लिए जो काम भी मैं चुनूँ उसमें मेरी कामयाबी का पूरी तरह भरोसा हो जाए और मैं किसी के सहारे का मोहताज न रहूँ।...तो...तो, यह है सारा क़िस्सा।...बेशक मैंने...मैंने उस बुढ़िया का ख़ून करके बुरा किया...और...और यह...बस इतना ही काफ़ी है !''

उसने बड़ी मुश्किल से अपना क़िस्सा ख़त्म किया। उसे ऐसा महसूस हुआ कि वह थककर बिलकुल चूर हो गया और उसने अपना सिर झुका लिया।

''ऐसा नहीं है ! नहीं, ऐसा नहीं है !'' सोनिया ने निराशा में डूबे स्वर में चिल्लाकर कहा, ''ऐसा हो ही कैसे सकता है...नहीं, ऐसा नहीं है, ऐसा बिलकुल नहीं है !''

''तो तुम ख़ुद यह समझती हो कि ऐसा नहीं है !...फिर भी मैंने अपने दिल की बात कही है ! मैंने जो सच्चाई थी वही तुम्हें बताई है।''

''लेकिन यह कैसी सच्चाई है ? हे भगवान !''

''मैंने तो सिर्फ़ एक जूँ को मारा है, सोनिया। एक बेकार, गन्दी, नुक़सान पहुँचानेवाली जूँ को।''

''इंसान—जूँ है ?''

''मैं जानता हूँ, मैं जानता हूँ कि वह जूँ नहीं थी,'' उसने सोनिया की ओर विचित्र ढंग से देखते हुए जवाब दिया। ''लेकिन मैं समझता हूँ कि मैं सरासर बकवास कर रहा हूँ, सोनिया,'' उसने आगे कहा। ''मैं बहुत अरसे से बकवास करता रहा हूँ। बात वह नहीं है—तुम बिलकुल ठीक कहती हो। इस मामले में कुछ बिलकुल ही दूसरे कारण भी काम कर रहे थे। मैंने एक ज़माने से किसी से बात नहीं की है, सोनिया।...इस वक़्त मेरा सिर दर्द के मारे फटा जा रहा है।''

उसकी आँखों में बुख़ार जैसी चमक थी। वह लगभग सरसाम की सी हालत में बक रहा था। उसके होंठों पर एक बेचैन मुस्कुराहट मँडला रही थी। उसकी इस उत्तेजना की दशा से इस बात की झलक मिलती थी कि वह थककर कैसा चूर हो चुका है। सोनिया ने महसूस किया कि वह कितनी तकलीफ़ झेल रहा है। उसका सिर भी चकराने लगा था। और वह बातें भी कैसे अजीब ढंग से कर रहा था : उसकी बातों का मतलब कुछ-कुछ तो समझ में आता था, लेकिन...''हे भगवान ! यह कैसे हो सकता है...यह कैसे हो सकता है ?'' और घोर निराशा से वह अपने हाथ मलने लगी।

''नहीं, सोनिया, यह बात नहीं है !'' उसने अचानक अपना सिर उठाकर फिर कहना शुरू किया, मानो उसके विचारों में कोई ऐसा नया मोड़ आ गया हो जिसने उसे नए सिरे से आश्चर्यचकित और उत्तेजित कर दिया हो। ''यह बात नहीं है ! नहीं, सोनिया, बेहतर होगा कि तुम यों समझ लो (हाँ, यक़ीनन, यह बेहतर होगा), यह मान लो कि मैं घमंडी हूँ, दूसरों से जलता हूँ, ईर्ष्या करता हूँ, कमीना हूँ और दूसरे को नीचा दिखाना चाहता हूँ और...और शायद मुझमें पागलपन की तरफ़ भी कुछ झुकाव है। (सारी बातें एक साथ ही क्यों न साफ़ कर दी जाएँ ! मैंने देखा है कि मेरे पागलपन की चर्चा पहले की जा चुकी है !) मैंने अभी कुछ देर पहले तुमसे कहा था कि मैं यूनिवर्सिटी का ख़र्च पूरा नहीं कर सकता था। लेकिन, जानती हो, शायद मैं ऐसा कर भी सकता था ? माँ मुझे फ़ीस अदा करने भर को काफ़ी पैसे भेज देतीं, और अपने कपड़ों, जूतों और खाने के लिए मैं ख़ुद कमा सकता था। मुझे यक़ीन है कि मैं कमा सकता था ! आधा रूबल फ़ी घंटे के हिसाब से मुझे पढ़ाने का काम मिल सकता था। बहरहाल, रज़ुमीख़िन को ही देखो। उसे कहीं न कहीं से काम

मिल ही जाता है। लेकिन मेरा मन खट्टा हो गया था और मेरा जी काम करने को नहीं चाहता था। हाँ, 'मेरा मन खट्टा हो गया था' (यही कहना ठीक है !)। मैं अपने कमरे में काम से जी चुराए मकड़ी की तरह बैठा रहता था। तुमने मेरी वह कोठरी तो देखी है...और, सोनिया, क्या तुम इस बात को महसूस करती हो कि नीची छतें और छोटी-छोटी अँधेरी कोठरियाँ दिमाग़ और आत्मा दोनों को विकृत कर देती हैं ? कितनी नफ़रत थी मुझे अपनी उस कोठरी से ! फिर भी मैं उसे छोड़ता नहीं था। जान-बूझकर नहीं छोड़ता था ! कई-कई दिन बाहर नहीं जाता था। कोई काम नहीं करना चाहता था। खाने को भी जी नहीं चाहता था। बस पड़ा रहता था। नस्तास्या कुछ ले आती थी तो खा लेता था, वरना दिन भर मुँह में दाना तक नहीं जाता था। मैं अपनी तरफ़ से कुछ भी नहीं माँगता था, महज़ कुढ़न के मारे ! रात को जलाने के लिए बत्ती थी नहीं, इसलिए अँधेरे में ही पड़ा रहता था। इतना भी पैसा कमाने की कोशिश नहीं करता था कि एक मोमबत्ती ख़रीद लूँ। मुझे पढ़ना चाहिए था, लेकिन मैंने अपनी किताबें तक बेच दीं और मेरी मेज़ पर अभी तक कॉपियों पर एक-एक इंच मोटी गर्द जमी है। लेटे-लेटे सोचते रहना मुझे सबसे अच्छा लगता था। और मैं बस सोचता रहता था..और ऐसे-ऐसे अजीब सपने मुझे दिखाई देते थे, भयानक सपने, तरह-तरह के सपने—मैं तुम्हें यह बताने की ज़रूरत नहीं समझता कि कैसे होते थे वे सपने। तभी यह दिखाई देने लगा, कि...नहीं ! ऐसी बात नहीं है। नहीं, फिर मैं तुम्हें ठीक से नहीं बता रहा हूँ ! देखो, बात यह है, मैं लगातार अपने आपसे यही सवाल करता रहता था कि मैं इतना बड़ा बेवक़ूफ़ क्यों हूँ, और अगर दूसरे लोग भी बेवक़ूफ़ हैं, और मैं पक्के तौर पर जानता हूँ कि वे बेवक़ूफ़ हैं, तो मैं ज़्यादा समझदार बनने की कोशिश क्यों नहीं करता ? और तब मेरी समझ में आया, सोनिया, कि अगर मैंने सब लोगों के समझदार बन जाने का इन्तज़ार किया तो मुझे बहुत समय तक इन्तज़ार करना पड़ेगा...और उसके भी बाद मेरी समझ में यह आया कि ऐसा कभी हो नहीं सकेगा, कि लोग कभी नहीं बदलेंगे, कि कोई भी उन्हें कभी नहीं बदल पाएगा, और यह कि उसकी कोशिश करना भी बेकार है ! हाँ, ऐसी ही बात है ! यह उनके अस्तित्व का नियम है...यह एक नियम है, सोनिया ! यही बात है !...और अब मैं जानता हूँ, सोनिया, कि जिसका मन और मस्तिष्क दृढ़ और मज़बूत होगा वही उन पर राज करेगा ! जो बहुत हिम्मत करता है वही सही होता है। जिस चीज़ को लोग पवित्र मानते हैं, उसे जो तिरस्कार से ठुकरा देता है उसी को वे विधाता मानते हैं, और जो सबसे बढ़कर साहस करता है उसे वे सबसे बढ़कर सही मानते हैं ! अब तक ऐसा ही होता आया है और हमेशा ऐसा ही होता रहेगा ! सिर्फ़ जो अन्धे हैं वे ही इस बात को नहीं देख पाते !''

ये बातें कहते समय रस्कोलनिकोव हालाँकि सोनिया की ओर देख रहा था, लेकिन अब उसे इसकी कोई परवाह नहीं थी कि वह उसकी बातें समझ भी रही है या नहीं। अब बुख़ार उस पर पूरी तरह छा चुका था। वह एक विचित्र निराशा भरे हर्षोन्माद की हालत में था। (सचमुच बहुत दिन से उसने किसी से बात नहीं की थी !) सोनिया ने महसूस किया कि यह निराशापूर्ण स्वीकारोक्ति ही रस्कोलनिकोव का धर्म, उसका नियम बन चुकी है।

''तब जाकर मैंने महसूस किया, सोनिया,'' वह हर्षोन्माद के साथ कहता रहा, ''कि ताक़त उसी के हाथ लगती है जो झुककर उसे ले लेने का साहस करता है। यहाँ बस एक चीज़ का महत्त्व है : आदमी में साहस करने की हिम्मत होनी चाहिए ! उस वक़्त अपनी ज़िन्दगी में पहली बार मेरे दिमाग़ में वह विचार आया जिसके बारे में उससे पहले किसी ने भी नहीं सोचा था ! किसी ने भी नहीं ! अचानक यह बात मेरे सामने दिन की रोशनी की तरह साफ़ हो गई कि न तो इससे पहले कभी और न उस वक़्त ही किसी ने इन सब बेतुकी बातों के पास से होकर गुज़रते वक़्त

यह साहस किया था कि इन सारी बातों को दुम से पकड़कर जहन्नुम में झोंक दे ! मैं...मैं 'यह साहस करना' चाहता था और मैंने एक ख़ून कर दिया...मैं सिर्फ़ साहस करना चाहता था, सोनिया ! मेरे सामने बस यही उद्देश्य था !''

''चुप रहो, चुप रहो !'' सोनिया ने विषाद भरे स्वर में कहा; उसे बहुत गहरा आघात पहुँचा था। ''तुम ईश्वर से विमुख हो गए हो और भगवान ने तुम्हारे ऊपर प्रहार करके तुम्हें शैतान के हवाले कर दिया !...''

''और हाँ, सोनिया, जानती हो, जब मैं अँधेरे में लेटा रहता था और मेरी आँखों के सामने चित्र घूमते रहते थे, तो वह शैतान ही मुझे लालच दे रहा होता था। अजीब बात है न ?''

''चुप रहो ! हँसो नहीं, भगवान की निन्दा न करो ! तुम कुछ भी नहीं समझते, कुछ भी नहीं ! भगवान, इनकी समझ में क्या कभी कुछ नहीं आएगा ?''

''बेवक़ूफ़ी की बातें न करो, सोनिया, मैं हँस नहीं रहा हूँ, मैं अच्छी तरह जानता हूँ कि शैतान मुझे अपने इशारे पर चला रहा था। चुप रहो, सोनिया, चुप रहो !'' उसने बड़ी निराशा से आग्रहपूर्वक कहा, ''मैं सब जानता हूँ। वहाँ अँधेरे में लेटे-लेटे मैं इन सारी बातों के बारे में सोचता रहता था और चुपके-चुपके अपने आपसे ये सारी बातें कहता रहता था...इन सारी बातों के बारे में रत्ती-रत्ती अपने आपसे बहस कर चुका हूँ, और मैं सब कुछ जानता हूँ, सब कुछ ! और इस सारी बेवक़ूफ़ी की बकवास से कितना तंग आ चुका था ! मैं हर बात को भूल जाना चाहता था और सब कुछ नए सिरे से शुरू करना चाहता था, सोनिया। मैं बकबक करना बन्द कर देना चाहता था ! क्या तुम सचमुच समझती हो कि कुछ भी सोचे बिना मैंने अचानक नादानी में यह सब कुछ कर डाला ? अरे, नहीं। मैंने बड़ी चालाकी से यह सारा काम शुरू किया, और यही मेरी तबाही की वजह थी ! और क्या तुम सचमुच समझती हो कि, मिसाल के लिए, मैं यह नहीं जानता था अगर मैं अपने आपसे यही सवाल करता रहा कि मुझे शक्ति रखने का अधिकार है कि नहीं, तो उसका मतलब सिर्फ़ यह होगा कि मुझे शक्ति रखने का कोई अधिकार नहीं है। या यह कि मैंने अपने आपसे यह सवाल पूछा कि आदमी जूँ है कि नहीं, तो इसका मतलब सिर्फ़ यह होगा कि मेरी नज़र में आदमी जूँ नहीं है, हालाँकि उस आदमी की नज़र में वह जूँ हो सकता है जिसने कभी इसके बारे में सोचा नहीं और जो अपने आपसे कोई सवाल पूछे बिना सीधा आगे बढ़ता गया।...इसलिए अगर मैं इतने दिन तक यह फ़ैसला करने की कोशिश में परेशान रहा कि नेपोलियन ऐसा करता कि नहीं, तो इसकी वजह यही थी कि मैं अच्छी तरह जानता था कि मैं नेपोलियन नहीं था।...मैं उस बेवक़ूफ़ी की बकवास की सारी पीड़ा झेलता रहा था, सोनिया, और मैं उस सबसे छुटकारा पाने के लिए तड़प रहा था : मैं ख़ून करना चाहता था, सोनिया, कोई भला-बुरा सोचे बिना खून करना चाहता था, अपने सन्तोष के लिए ख़ून करना चाहता था, सिर्फ़ अपनी ख़ातिर ! मैं इसके बारे में अपने आपसे भी कोई झूठ नहीं बोलना चाहता था। मैंने यह ख़ून इसलिए नहीं किया कि मैं अपनी माँ की मदद करूँ—यह बकवास है ! मैंने यह ख़ून इसलिए नहीं किया था कि दौलत और ताक़त हासिल करके मैं मानवता का उपकार करना चाहता था—यह भी बकवास है ! मैंने बस यह काम कर डाला : मैंने सिर्फ़ अपनी ख़ातिर यह काम किया, और उस वक़्त मुझे इसकी ज़रा भी परवाह नहीं थी कि मैं किसी का उपकारी बनूँगा या नहीं, या मैं अपनी बाक़ी ज़िन्दगी उन सबको एक मकड़ी की तरह अपने जाल में फाँसकर और उनका जीवन-रस चूसकर बिता दूँगा। और जिस वक़्त मैंने यह किया था, सोनिया, उस वक़्त मुझे पैसे की भी लालसा नहीं थी। नहीं, उस वक़्त मुझे पैसे की उतनी ज़रूरत नहीं थी जितनी किसी और चीज़ की ज़रूरत

थी...अब मुझे सब कुछ मालूम है...सोनिया, मुझे समझने की कोशिश करो। अगर मैं उसी रास्ते पर चलता रहता तो शायद मैं फिर कभी किसी का ख़ून न करता। मैं कोई दूसरी ही बात मालूम करना चाहता था, कोई दूसरी ही चीज़ मुझे आगे बढ़ा रही थी : उस वक़्त मुझे यह मालूम करना था, और जल्दी-से-जल्दी मालूम करना था, कि क्या मैं भी दूसरे लोगों की तरह जूँ हूँ या इंसान ? क्या मैं हद को लाँघ सकता हूँ या नहीं ! क्या मुझमें झुकने और हासिल करने का साहस है या नहीं ? मैं कोई रेंगनेवाला कीड़ा हूँ या मुझे अधिकार है...''

''ख़ून करने का ? ख़ून करने का अधिकार है ?'' सोनिया भयभीत होकर चिल्लाई।

''ओह, भगवान के लिए, सोनिया,'' वह चिढ़कर ऊँचे स्वर में बोला। वह जवाब में कुछ कहना चाहता था, लेकिन उसके बजाय वह बड़े तिरस्कार से चुप हो गया। ''बीच में मत बोलो, सोनिया ! मैं तो सिर्फ़ यह बताने की कोशिश कर रहा था कि शैतान मुझे खींचकर वहाँ ले गया था, और यह कि उसने बाद में जाकर मुझे समझाया कि मुझे वहाँ जाने का कोई अधिकार नहीं था क्योंकि मैं भी बाक़ी लोगों जैसी ही जूँ हूँ ! उसने मेरी हँसी उड़ाई और इसलिए मैं अब तुम्हारे पास आया हूँ। अपने मेहमान का स्वागत करो ! अगर मैं जूँ न होता तो क्या मैं तुम्हारे पास आता ? सुनो : उस दिन शाम को जब मैं बुढ़िया के यहाँ गया था तो मैं सिर्फ़ आज़माने गया था...मैं चाहता हूँ कि यह बात तुम जान लो !''

''और तुमने ख़ून कर डाला ! तुमने ख़ून किया !''

''लेकिन मैंने ख़ून किस तरह किया ? क्या लोग इसी तरह ख़ून करते हैं ? क्यों लोग ख़ून करने वैसे ही जाते हैं जैसे मैं उस दिन वहाँ गया था ? किसी दिन मैं तुम्हें बताऊँगा कि मैं वहाँ किस तरह गया था...क्या मैंने उस खूसट बुढ़िया की हत्या की ? नहीं, मैंने ख़ुद अपनी हत्या की, उस खूसट बुढ़िया की नहीं ! एक ही वार में मैंने हमेशा के लिए ख़ुद अपना सफ़ाया कर दिया ! उस खूसट बुढ़िया की हत्या तो शैतान ने की, मैंने नहीं।...लेकिन, बहुत हो चुका ! बहुत हो चुका, सोनिया ! बस ! मुझे मेरे हाल पर छोड़ दो !'' वह घोर निराशा में डूबकर अचानक चिल्लाया, ''मुझे मेरे हाल पर छोड़ दो !''

दोनों कुहनियाँ घुटनों पर टिकाकर उसने अपना सिर दोनों हाथों में शिकंजे की तरह जकड़ लिया।

''तुम भी कितना दुख झेल रहे हो !'' सोनिया व्यथा से विह्वल होकर सहसा चिल्लाई।

''अच्छा, अब मैं क्या करूँ ? बताओ मुझे !'' उसने अचानक अपना सिर ऊपर उठाकर और घोर निराशा के कारण भयानक रूप से विकृत मुद्रा से सोनिया की ओर देखते हुए कहा।

''क्या करो तुम ?'' वह अचानक उछलकर खड़े होते हुए चिल्लाई और उसकी आँखों से, जिसमें उस वक़्त तक आँसू भरे थे, आग बरसने लगी। ''उठो ! (सोनिया ने उसका कन्धा पकड़कर कहा और वह लगभग विस्मय से उसकी ओर देखते हुए उठ खड़ा हुआ।) फ़ौरन, इसी क्षण, जाओ और चौराहे पर खड़े होकर झुककर पहले उस धरती को चूमो जिसे तुमने अपवित्र किया है, और फिर चारों दिशाओं में झुको और सभी लोगों से चिल्ला-चिल्लाकर कहो : 'मैं हत्यारा हूँ !' तब भगवान तुम्हें फिर नया जीवन भेजेगा। क्या तुम जाओगे ? जाओगे ?'' सोनिया ने सिर से पाँव तक काँपते हुए उसके दोनों हाथ कसकर अपने हाथों में थामकर और उसे दहकती हुई आँखों से देखते हुए पूछा।

रस्कोलनिकोव उस लड़की में सहसा यह उत्तेजना देखकर आश्चर्यचकित रह गया।

''क्या तुम साइबेरिया की बात सोच रही हो, सोनिया ? क्या तुम चाहती हो कि मैं

आत्मसमर्पण कर दूँ ?" उसने निराश भाव से पूछा।

"पीड़ा को स्वीकार करो और इस तरह प्रायश्चित पूरा करो—यही करना होगा तुम्हें।"

"नहीं, मैं उनके पास नहीं जाऊँगा, सोनिया।"

"फिर तुम अपनी ज़िन्दगी किस तरह बसर करना चाहते हो ? सोचो, तुम्हें क्या झेलना होगा ?" सोनिया ने चिल्लाकर कहा, "क्या अब वह मुमकिन है ? तुम अब अपनी माँ से बात कैसे कर सकोगे ? (ज़रा सोचो, अब उनका क्या होगा !) लेकिन मैं क्या बातें कर रही हूँ ? अपनी माँ और बहन को तो तुम पहले ही छोड़ चुके हो, है न ? हे भगवान !" उसने व्यथित स्वर में कहा, "उसे सब कुछ पहले ही से मालूम है। किसी इंसान के साथ के बिना तुम अपना सारा जीवन कैसे काटोगे ? अब तुम्हारा क्या होगा ?"

"बच्चों जैसी बातें न करो, सोनिया," उसने शान्त भाव से कहा, "उनकी नज़रों में मैं किस तरह अपराधी हूँ ? मैं क्यों जाऊँ ? मैं उनसे क्या कहूँगा ? यह सब कुछ एक छलावा है।...वे ख़ुद लाखों-करोड़ों लोगों को तबाह कर रहे हैं और इसे अच्छी बात समझते हैं। वे दग़ाबाज़ और बदमाश हैं, सोनिया !...मैं नहीं जाऊँगा। और मैं जाकर कहूँगा भी क्या ? कि मैंने एक बुढ़िया का ख़ून किया और पैसा लेने की मेरी हिम्मत नहीं पड़ी ? उसे मैंने पत्थर के नीचे छिपा दिया ?" उसने कटुता से मुस्कुराते हुए कहा, "वे सब मुझ पर हँसेंगे और पैसा न लेने पर मुझे बेवक़ूफ़ कहेंगे। कायर और मूर्ख ! वे कुछ भी नहीं समझेंगे, सोनिया। कुछ भी नहीं। और उन्हें कुछ समझने का हक़ भी नहीं है। मैं क्यों जाऊँ ? बच्चों जैसी बातें न करो, सोनिया..."

"तुम यह बर्दाश्त नहीं कर पाओगे। नहीं कर पाओगे, नहीं कर पाओगे !" वह निराश होकर विनीत भाव से उसकी ओर अपने दोनों हाथ बढ़ाकर बार-बार यही कहती रही।

"मुझे ऐसा लगता है कि मैं पहले से अपनी निन्दा करता रहा हूँ," उसने मानो सारी बातों पर विचार करते हुए उदास भाव से कहा, "शायद मैं जूँ नहीं, इंसान ही हूँ। शायद मैंने अपनी निन्दा करने में बहुत जल्दबाज़ी से काम लिया है...मैं उनसे डटकर टक्कर भी लूँगा।"

उसके होंठ तिरस्कार भरी मुस्कुराहट से खुल गए।

"अपने अन्तःकरण पर यह बोझ लेकर ! और सो भी जीवन भर, जीवन भर !"

"आदत पड़ जाएगी," उसने विचारमग्न होकर उदास भाव से कहा। "सुनो," उसने एक मिनट बाद कहा, "यह रोना-धोना बन्द करो। यह काम की बातें करने का वक़्त है। मैं तुम्हें यह बताने आया हूँ कि वे लोग मेरे पीछे पड़े हैं। वे मुझे पकड़ने की कोशिश कर रहे हैं।"

"ओह !" सोनिया भय-विह्वल होकर चिल्लाई।

"तुम इतना डरती किस बात से हो ? क्या तुम ख़ुद नहीं चाहतीं कि मैं साइबेरिया चला जाऊँ ? ख़ैर, इतना परेशान होने की क्या ज़रूरत है। देखो, वे मुझे पकड़ नहीं पाएँगे। मैं उन्हें ख़ूब छकाऊँगा, और मैं दावे के साथ कह सकता हूँ कि वे कुछ भी नहीं कर पाएँगे। उनके पास कोई भी पक्का सबूत नहीं है। कल मैं बहुत ख़तरे में था और मैं समझ रहा था कि मेरा खेल ख़त्म हो गया है, लेकिन आज परिस्थिति बहुत अच्छी दिखाई देती है। मेरे ख़िलाफ़ उनके पास जो भी सबूत हैं वे बिलकुल कच्चे हैं। उनकी काट दोनों तरफ़ होती है। मेरा मतलब है, मैं उनके सारे इल्ज़ामों को अपने पक्ष में मोड़ सकता हूँ। समझ में आती है यह बात ? और मैं ऐसा करूँगा भी; क्योंकि मैं अपना सबक़ सीख चुका हूँ।...लेकिन यह पक्की बात है कि वे मुझे जेल में डाल देंगे। आज कुछ ऐसी ही एक बात हो गई, वरना तो वे मुझे जेल में डाल भी चुके होते, और शायद 'अब भी' वे आज ही मुझे जेल भेज दें।...लेकिन इससे कोई फ़र्क़ नहीं पड़ता, सोनिया : मैं एक-दो हफ़्ते जेल

में काटूँगा और फिर उन्हें मुझको छोड़ देना पड़ेगा...क्योंकि बात यह है कि उनके पास मेरे ख़िलाफ़ कोई ठोस सबूत नहीं है। और उन्हें कोई सबूत मिलेगा भी नहीं, यह मैं तुम्हें यक़ीन दिलाता हूँ। और उनके पास जो सबूत हैं उनके बल पर वे किसी आदमी को सज़ा नहीं दिलवा सकते। अच्छा, छोड़ो भी यह बात...मैं तुम्हें सिर्फ़ इसलिए बता रहा हूँ कि तुम्हें पता रहे।...मैं अपनी तरफ़ से इस बात का पक्का बन्दोबस्त करने की कोशिश करूँगा कि मेरी माँ और बहन को ज़रूरत से ज़्यादा चिन्ता न हो...मेरी बहन के पास तो, मैं समझता हूँ, अब काफ़ी बन्दोबस्त है...और ज़ाहिर है इसका मतलब है कि माँ भी ठीक-ठाक ही हैं।...तो, यह है सारी बात। फिर भी सावधान रहना। जब मैं जेल चला जाऊँगा तो क्या तुम मुझसे मिलने वहाँ आया करोगी ?''

''आऊँगी, ज़रूर आऊँगी !''

दोनों एक-दूसरे की बग़ल में बैठे बहुत उदास और निराश लग रहे थे, जैसे तूफ़ान के बाद किसी डूबे हुए जहाज़ के दो यात्री निर्जन तट पर आ लगे हों। उसने सोनिया की ओर देखा और महसूस किया कि सोनिया को उससे कितना अधिक प्यार था, और अजीब बात थी कि उसे यह महसूस करके बहुत दुख हुआ और बहुत पीड़ा पहुँची कि कोई उससे इतना अधिक प्यार करे। हाँ, वह एक विचित्र और भयानक आभास था ! जब वह सोनिया से मिलने आ रहा था तब वह महसूस कर रहा था कि उसकी सारी आशाओं का केन्द्र वही थी और सब कुछ उसी पर निर्भर था। उसने सोचा था कि वह अपनी पीड़ा तो कम कर सकेगा, लेकिन अब जबकि सोनिया का सारा हृदय उसकी ओर झुक चुका था, अचानक उसने महसूस किया और उसे मालूम हुआ कि वह पहले से बेहद अधिक दुखी हो गया था।

''सोनिया,'' वह बोला, ''शायद बेहतर यही होगा कि जब मैं जेल जाऊँ तो तुम मुझसे मिलने वहाँ न आना।''

सोनिया ने कोई जवाब नहीं दिया। वह रो रही थी। इस तरह कई मिनट बीत गए।

''तुम गले में सलीब पहनते हो ?'' सोनिया ने अप्रत्याशित प्रश्न किया, मानो उसे अचानक इस बात का ध्यान आया हो।

तुरन्त उसका सवाल रस्कोलनिकोव की समझ में नहीं आया।

''नहीं पहनते हो न ? लो, यह ले लो। यह साइप्रेस की लकड़ी की है। मेरे पास एक और है, ताँबे की, लिज़ावेता की। मैंने लिज़ावेता से सलीबों की अदला-बदली की थी। उसने मुझे अपनी सलीब दी थी और मैंने उसे एक छोटी सी मूर्ति दी थी। ले लो। यह मेरी है—मेरी !'' उसने बड़े अनुरोध से कहा। ''यह बात तुम्हारी समझ में नहीं आती ? हम लोग साथ दुख झेल रहे हैं, इसलिए हम लोग अपनी सलीबें भी साथ ही मिलकर ढोएँ।''

''लाओ, दे दो,'' रस्कोलनिकोव ने कहा। वह उसे निराश नहीं करना चाहता था। लेकिन सलीब लेने के लिए जो हाथ उसने बढ़ाया था उसे उसने फ़ौरन वापस खींच लिया।

''अभी नहीं, सोनिया,'' वह बोला, और सोनिया को तसल्ली देने के लिए उसने फिर धीरे से कहा, ''अच्छा यही होगा कि बाद में ले लूँ।''

''हाँ, हाँ, बाद में ही ठीक रहेगा,'' उसने बड़े उत्साह से हामी भरी, ''जब तुम अपनी पीड़ा स्वीकार करने जाने लगना तो इसे पहन लेना। मेरे पास आना, मैं पहना दूँगी। हम प्रार्थना करेंगे और साथ-साथ जाएँगे।''

उसी समय किसी ने तीन बार दरवाज़ा खटखटाया।

''सोफ़्या सेम्योनोव्ना, क्या मैं अन्दर आ सकता हूँ ?'' किसी ने जानी-पहचानी और विनम्र

आवाज़ में कहा।

सोनिया विस्मित होकर दरवाज़े की ओर भागी। दरवाज़े पर लेबेज़ियातनिकोव का सन जैसे बालोंवाला सिर दिखाई दिया।

5

लेबेज़ियातनिकोव चिन्तित दिखाई दे रहा था।

"मैं एक मिनट तुमसे बात करना चाहता हूँ, सोफ़्या सेम्योनोव्ना," उसने कहना शुरू किया। "माफ़ कीजिएगा...मैं सोच रहा था कि शायद आप भी यहाँ होंगे," उसने अचानक रस्कोलनिकोव को सम्बोधित करते हुए कहा, "मेरा मतलब है...मैंने उस तरह की...कोई बात नहीं सोची थी...मैं बस सोच रहा था।...कतेरीना इवानोव्ना पागल हो गई हैं !" उसने रस्कोलनिकोव की ओर से ध्यान हटाकर सोनिया की ओर मुड़ते हुए अचानक सूचना दी।

सोनिया के मुँह से चीख़ निकल गई।

"कम-से-कम लगता तो ऐसा ही है। लेकिन...बात यह है कि हम लोगों की समझ में नहीं आता कि किया क्या जाए, मुश्किल तो यह है। वह लौटकर आईं...शायद कहीं से निकाल दी गई थीं, थोड़ी-बहुत पिटाई भी हुई थी शायद...कम-से-कम लगता तो ऐसा ही था।...वह भागी-भागी मार्मेलादोव साहब के पुराने बड़े अफ़सर से मिलने गई थीं, लेकिन वह घर पर थे नहीं। किसी दूसरे जनरल के यहाँ खाना खाने गए हुए थे। जानती हो क्या किया उन्होंने ? सीधी चली गईं, दूसरे जनरल से यहाँ और...जानती हो ?...और इस बात पर अड़ गईं कि मिले बिना नहीं जाएँगी। ऐसा लगता है कि उन्हें खाने की मेज़ से ज़बर्दस्ती खींच लाईं। तुम समझ सकती हो कि फिर क्या हुआ होगा। ज़ाहिर है, उन्हें निकाल दिया गया। कहती हैं कि उन्होंने जनरल साहब को ढेरों गालियाँ दीं और कोई चीज़ उन्हें फेंककर मारी भी। और बहुत मुमकिन है कि उन्होंने यह सब किया भी हो। उन्हें गिरफ़्तार क्यों नहीं किया गया, यह मुझे नहीं मालूम। अब वह सबको इसके बारे में बता रही हैं, और अमालिया इवानोव्ना को भी, बस यह पता लगाना मुश्किल है कि वह कह क्या रही हैं। बस चीख़ती-चिल्लाती रहती हैं और रो-रोकर बैन करती रहती हैं। और हाँ, वह चिल्ला-चिल्लाकर यह कहती रहती हैं कि हर आदमी चूँकि उनसे दामन छुड़ाकर अलग हो गया है इसलिए वह बच्चों के साथ सड़क पर बाजा लेकर निकल जाएँगी; बच्चे सड़क पर नाचें-गाएँगे, और वह खुद भी, और पैसे जमा करेंगी; रोज़ जनरल साहब की खिड़की के नीचे जाएँगी। कहती हैं कि सब लोग देखें तो कि एक सरकारी अफ़सर के भले घर के बच्चे सड़क पर कैसे भीख माँगते फिर रहे हैं। वह बच्चों को पीटती रहती हैं और उन्हें रुलाती रहती हैं। वह लीदा को 'पुरवा मेरा' गाना सिखा रही हैं और लड़के को नाचना, और पोलेंका को भी। वह उनके सारे कपड़े फाड़-फाड़कर वैसी छोटी-छोटी टोपियाँ बना रही हैं जैसी ऐक्टर लोग पहनते हैं और संगीत की जगह वह तसला बजाने का इरादा रखती हैं। किसी की कोई बात सुनने को तैयार नहीं हैं। समझ में नहीं आता कि हम लोग क्या करें ? हम लोग उन्हें यह सब कुछ तो नहीं करते रहने दे सकते !"

लेबेज़ियातनिकोव इसी तरह बोलता रहता, लेकिन सोनिया ने, जो अब तक दम साधे उसकी बातें सुन रही थी, अचानक अपना कोट और हैट उठाई और तीर की तरह कमरे के बाहर निकल गई; भागते-भागते उसने अपना कोट पहना और हैट लगाई। रस्कोलनिकोव भी उसके पीछे-पीछे चल दिया और उसके पीछे लेबेज़ियातनिकोव हो लिया।

"इसमें कोई शक ही नहीं है कि वह पागल हो गई हैं," बाहर सड़क पर निकलकर वह रस्कोलनिकोव से कह रहा था। मैं सोफ़्या सेम्योनोव्ना को डराना नहीं चाहता था, इसीलिए मैंने कहा था कि 'ऐसा लगता है,' लेकिन इसमें किसी तरह का कोई शक नहीं है। मैंने सुना है कि जिन लोगों को तपेदिक़ होती है उनके दिमाग़ में गिल्टियाँ पड़ जाती हैं। अफ़सोस कि मुझे डॉक्टरी के बारे में कुछ भी मालूम नहीं है। मैंने समझाने-बुझाने की बहुत कोशिश की लेकिन वह कुछ सुनतीं ही नहीं।"

"आपने उन्हें गिल्टियों के बारे में तो नहीं बताया न ?"

"गिल्टियों के बारे में तो नहीं बताया। और यों भी वह उनकी समझ में न आता। मेरा मतलब यह है कि अगर आप किसी आदमी को यह समझाने में कामयाब हो जाएँ कि उसके रोने की कोई वजह नहीं है तो वह रोना बन्द कर देगा, है न ? यह तो ज़ाहिर बात है। आप ऐसा नहीं समझते ?"

"अगर ऐसा होता तो ज़िन्दगी बहुत आसान हो जाती," रस्कोलनिकोव ने जवाब दिया।

"मैं यह नहीं मानता। ज़ाहिर है कतेरीना इवानोव्ना के लिए यह बात समझना मुश्किल है, लेकिन क्या आप जानते हैं कि पेरिस में इस तरह के प्रयोग गम्भीरता से किए जा रहे हैं कि लोगों को दलील से समझा-बुझाकर उनके पागलपन का इलाज किया जाए ? वहाँ के एक प्रोफ़ेसर की, जो एक नामी वैज्ञानिक थे और अभी हाल ही में मरे हैं, यह राय थी कि इस तरह उनका इलाज किया जा सकता है। उनका कहना था कि पागल आदमी के शरीर के अंगों में कोई ख़राबी नहीं होती, और यह कि पागलपन एक तरह की तर्क की ग़लती, एक तरह की विवेक की भूल और चीज़ों के बारे में ग़लत रवैये के अलावा कुछ नहीं होता। वह धीरे-धीरे अपने मरीज़ की राय को ग़लत साबित करते रहते थे, और, जानते हैं आप, लोगों का कहना है कि इसमें उन्हें कामयाबी मिली। लेकिन चूँकि इसके साथ ही वे मरीज़ को ख़ास तरीक़े से नहलाते भी थे, इसलिए इलाज के इस तरीक़े के बारे में कुछ शक भी हैं...कम-से-कम, लगता तो ऐसा ही है।..."

रस्कोलनिकोव ने बहुत देर से उसकी बातें सुनना बन्द कर दिया था। अपने घर पहुँचकर उसने सिर हिलाकर लेबेज़ियातनिकोव से विदा ली और फाटक में मुड़ गया। लेबेज़ियातनिकोव अचानक चौंक पड़ा, उसने अपने चारों ओर नज़र दौड़ाई और तेज़ क़दम बढ़ाता हुआ आगे चल दिया।

रस्कोलनिकोव अपनी छोटी सी कोठरी में घुसा और उसके बीच में रुक गया। 'वह यहाँ वापस क्यों आया था ?' उसने दीवारों के फटे हुए और मटमैले पीले काग़ज़ पर, धूल पर और अपने सोफ़े पर नज़र डाली।...नीचे आँगन से लगातार खट-खट की तेज़ आवाज़ आ रही थी; ऐसा लग रहा था कि जैसे कोई आदमी कोई चीज़ ठोंक रहा था, शायद कोई कील।...वह खिड़की के पास गया और पंजों के बल खड़े होकर बड़ी देर तक यह पता लगाने की कोशिश करता रहा कि आँगन से खट-खट की आवाज़ क्यों आ रही थी। उसके चेहरे पर एकाग्रता का भाव था। लेकिन आँगन ख़ाली पड़ा था और जो लोग खट-खट की आवाज़ कर रहे थे वे उसे दिखाई नहीं दे रहे थे। मकान के बाईं तरफ़वाली छोटी इमारत में उसे कुछ खुली हुई खिड़कियाँ दिखाई दे रही थीं; खिड़कियों की सिल पर जेरेनियम के पतले-पतले पौधों के गमले रखे हुए थे। खिड़कियों के बाहर कपड़े सुखाने के लिए फैला रखे गए थे। यह सब कुछ उसे अच्छी तरह याद था। उधर से मुँह फेरकर वह आकर सोफ़े पर बैठ गया।

इससे पहले उसने कभी इतना अकेलापन नहीं महसूस किया था, कभी नहीं !

हाँ, उसने एक बार फिर महसूस किया कि शायद वह सचमुच सोनिया से नफ़रत करने लगेगा, और ख़ासतौर पर अब जबकि उसने उसे इतना दुखी बना दिया था। 'वह उसके पास उनके आँसुओं की भीख माँगने क्यों गया था ? उसके लिए यह इतना ज़रूरी क्यों था कि वह उसके जीवन

में ज़हर घोल दे ? कैसी नीचता थी !'

"मैं अकेला ही रहूँगा," अचानक उसने दृढ़तापूर्वक कहा, "और मैं उसे जेल नहीं आने दूँगा।"

पाँच मिनट बाद उसने अपना सिर ऊपर उठाया और विचित्र ढंग से मुस्कुरा दिया। उसके मन में एक अजीब विचार उठा था : 'साइबेरिया में शायद इससे बेहतर होगा,' उसने अचानक सोचा।

उसे कुछ पता नहीं था कि वह इस तरह अपने दिमाग़ में धुँधले-धुँधले विचारों की भीड़ लिये अपने कमरे में कितनी देर रहा। अचानक दरवाज़ा खुला और दूनिया अन्दर आई। पहले तो उसने चौखट पर ही रुककर रस्कोलनिकोव की ओर देखा, ठीक उसी तरह जैसे अभी कुछ देर पहले रस्कोलनिकोव ने सोनिया को देखा था; फिर वह अन्दर आई और उसके सामने कुर्सी पर बैठ गई, उसी जगह जहाँ वह कल बैठी थी। रस्कोलनिकोव उसे इस तरह चुपचाप देखता रहा जैसे उसका दिमाग़ बिलकुल शून्य हो गया हो।

"नाराज़ न होना, रोद्या," दूनिया बोली, "मैं बस एक मिनट के लिए आई हूँ।" दूनिया की मुद्रा विचारमग्न अवश्य थी पर कठोर नहीं थी। उसकी आँखें चमक रही थीं और शान्त थीं। रस्कोलनिकोव को साफ़ दिखाई दे रहा था कि दूनिया भी उसके पास प्रेम का भाव लेकर आई थी।

"मुझे अब सब कुछ मालूम हो गया है, रोद्या, 'सब कुछ'। रज़ुमीख़िन ने मुझे सब कुछ बता दिया है और मुझे सब कुछ समझा दिया है। किसी अहमक़ाना और नफ़रत भरे शुबहे की वजह से तुम्हें सताया जा रहा है और परेशान किया जा रहा है...रज़ुमीख़िन ने मुझे बताया कि ख़तरे की कोई बात नहीं है और यह कि इन सब बातों का बोझ अपने दिल पर लिये फिरना तुम्हारी नादानी है। मैं नहीं समझती कि तुम इतने नादान हो, और मैं यह बात 'बिलकुल समझ सकती हूँ' कि तुम इन सब बातों से कितना तंग आ चुके होगे। मैं बस यह उम्मीद करती हूँ कि तुम कटुता की अपनी इस भावना का शिकार नहीं हो जाओगे और यह भावना उम्र भर के लिए तुम्हारे ऊपर अपनी छाप नहीं डाल देगी। मुझे इसी बात का डर है। मैं तुम्हें कोई दोष नहीं देती कि तुमने हम लोगों को छोड़ दिया। मुझे तुमको दोष देने का कोई अधिकार भी नहीं है, और मुझे अफ़सोस है कि मैंने पहले तुम्हें इस बात के लिए बुरा-भला कहा। मैं यह महसूस किए बिना नहीं रह सकती कि अगर मैं भी इतनी मुसीबत में होती तो मैं सबसे दूर भाग जाती। मैं माँ को इसके बारे में कुछ भी नहीं बताऊँगी, लेकिन मैं उनसे तुम्हारे बारे में बातें बराबर करती रहूँगी और मैं उन्हें बता दूँगी कि तुमने जल्दी वापस आने का वादा किया है। तुम उनके बारे में चिन्ता न करना, मैं उन्हें शान्त रखने की पूरी कोशिश करूँगी। लेकिन तुम भी उन्हें बहुत दुखी न करना : आकर कम-से-कम एक बार उनसे मिल ज़रूर जाना। यह याद रखना कि वह माँ हैं ! और अब मैं तुम्हें बस यह बताना चाहती हूँ," दूनिया ने उठकर खड़े होते हुए अपनी बात ख़त्म की, "कि अगर कभी तुम्हें मेरी मदद दरकार हो या अगर तुम्हें मेरी जान की या किसी भी चीज़ की ज़रूरत हो तो मुझे बुलवा भेजना, मैं आ जाऊँगी। अच्छा, अब मैं चलती हूँ !"

वह अचानक मुड़कर दरवाज़े की ओर चल दी।

"दूनिया," रस्कोलनिकोव ने उठकर उसके पास जाते हुए उसे रोका और बोला, "रज़ुमीख़िन हुत अच्छा आदमी है।"

दूनिया के चेहरे पर कुछ लाली दौड़ गई।

"तो ?" दूनिया ने एक क्षण रुककर पूछा।

"वह बहुत कामकाजी, मेहनती और ईमानदार आदमी है; सच्चे दिल से प्यार करना जानता है।...अच्छा, दूनिया, फिर मिलेंगे।"

दूनिया शरमा गई, फिर अचानक वह चिन्तित दिखाई देने लगी।

"कैसी बातें करते हो, रोद्या, हम कोई हमेशा के लिए तो नहीं विदा हो रहे हैं। तुम इस तरह क्यों बातें कर रहे हो कि जैसे...जैसे अपनी वसीयत पढ़कर सुना रहे हो मुझे ?"

"कोई बात नहीं...फिर मिलेंगे !"

रस्कोलनिकोव अपनी बहन की ओर से मुँह मोड़कर खिड़की की ओर चला गया। दूनिया एक क्षण इन्तज़ार करती रही, फिर उसने चिन्तित होकर अपने भाई की ओर देखा और बहुत परेशान सी बाहर चली गई।

नहीं, वह उसके साथ रुखाई से पेश नहीं आया था। एक क्षण ऐसा भी आया था (बिलकुल अन्तिम क्षण) जब उसका जी चाहा था कि अपनी बहन को गले लगाकर उससे विदा ले और उसे बता भी दे, लेकिन वह उसकी ओर अपना हाथ भी नहीं बढ़ा सका था।

'बाद में जब वह इस बात को याद करती,' रस्कोलनिकोव ने सोचा, 'तो शायद यह सोचकर वह काँप उठती कि मैंने उसे गले लगाया था। शायद वह कहती कि मैंने चुपके से उसको प्यार भी किया था !'

'और क्या वह उस परीक्षा को झेल सकेगी ?' कुछ मिनट बाद उसने फिर अपने मन में कहा। 'नहीं, वह नहीं कर पाएगी। उसकी जैसी औरतें कभी नहीं कर पाती हैं। वे परीक्षा कभी नहीं झेल पातीं...'

और वह सोनिया के बारे में सोचने लगा।

खिड़की से ठंडी हवा का एक झोंका आया। बाहर अँधेरा हो चला था। अचानक उसने अपनी टोपी उठाई और बाहर चला गया।

अपनी तन्दुरुस्ती की चिन्ता न वह कर सकता था और न करना ही चाहता था। लेकिन यह भी तो नहीं हो सकता था कि वह लगातार इतनी मानसिक पीड़ा और व्यथा झेलता रहे और उस पर कोई असर न हो। और अगर अभी तक तेज़ बुख़ार का शिकार होकर उसने चारपाई नहीं पकड़ ली थी तो शायद इसी वजह से कि अपनी इस निरन्तर आन्तरिक चिन्ता के कारण वह चलता-फिरता रहा था और अपने होश में रहा था, हालाँकि बनावटी तौर पर ही और कुछ समय के लिए ही।

वह सड़क पर निरुद्देश्य घूमता रहा। सूरज डूब रहा था। इधर कुछ दिनों से उदास एकाकीपन की एक विचित्र भावना ने उसे आ घेरा था। उसमें कोई पैनापन या विषाद नहीं था, लेकिन उसकी वजह से उसे ऐसा महसूस होने लगा था कि यह भावना निरन्तर बनी रहेगी, और बरसों उसे यही क्रूर और उदास एकाकीपन झेलना था—'एक गज़ लम्बी-चौड़ी जगह' पर एक तरह का अनन्तकाल। शाम को यह भावना आमतौर पर अधिक प्रबल और उत्पीड़क हो उठती थी।

"जब डूबते सूरज की वजह से पैदा होनेवाली इस तरह की बेवक़ूफ़ी की और ख़ालिस जिस्मानी बीमारी किसी को आ घेरती है तो वह कोई-न-कोई नादानी की हरकत किए बिना नहीं रह सकता। सोनिया की तो बात दूर रही, वह दूनिया की तरफ़ भागता है," वह बड़ी कटुता से बुड़बुड़ाया।

किसी ने उसे नाम लेकर पुकारा। उसने मुड़कर देखा। लेबेज़ियातनिकोव उसकी ओर लपका आ रहा था।

"मैं अभी आपके कमरे से आ रहा हूँ। मैं आप ही को ढूँढ़ रहा था। ज़रा सोचिए, जैसा उन्होंने अपने जी में ठाना था, वह बच्चों को लेकर निकल गई। हमने, मैंने और सोफ़्या सेम्योनोव्ना ने,

बड़ी मुश्किल से उन्हें ढूँढ़ा। वह एक तसला बजा रही हैं और बच्चों को उसकी ताल पर गाने और नाचने पर मजबूर कर रही हैं। बच्चे रो रहे हैं। वह चौराहों पर और दूकानों के सामने खड़ी होकर यह तमाशा कर रही हैं। बहुत से बेवक़ूफ़ लोग उनके पीछे भाग रहे हैं। आइए, चलिए !''

''और सोनिया ?...'' रस्कोलनिकोव ने जल्दी-जल्दी लेबेज़ियातनिकोव के पीछे क़दम बढ़ाते हुए चिन्तित स्वर में पूछा।

''उन पर तो जुनून सवार है। मेरा मतलब है, सोफ़्या सेम्योनोव्ना पर नहीं, बल्कि कतेरीना इवानोव्ना पर जुनून सवार है। और सच पूछिए तो सोफ़्या सेम्योनोव्ना पर भी जुनून सवार है। लेकिन कतेरीना इवानोव्ना तो बिलकुल सिड़ी हो गई हैं। मैं आपको बताता हूँ वह बिलकुल पागल हो चुकी हैं। उन लोगों को पुलिस के हवाले कर दिया जाएगा। आप सोच सकते हैं कि इसका क्या नतीजा होगा...इस वक़्त वे लोग नहर के बाँध पर हैं, वोज़्नेसेंस्की पुल के पास, सोफ़्या सेम्योनोव्ना के घर से बहुत दूर नहीं। काफ़ी नज़दीक है।''

बाँध पर पुल के पास ही, जहाँ सोनिया रहती थी वहाँ से लगभग दो मकानों की दूरी पर, एक छोटी सी भीड़ जमा हो गई थी। उनमें ख़ासतौर पर बहुत बड़ी संख्या सड़क पर मारे-मारे घूमनेवाले बच्चों की थी, लड़कों और लड़कियों की। कतेरीना इवानोव्ना की भर्राई और फटी हुई आवाज़ पुल से सुनाई दे रही थी। और सचमुच वह पूरा दृश्य ही एक अजब तमाशा था, जिसे देखने के लिए भीड़ जमा हो जाना कोई बड़ी बात नहीं थी। कतेरीना इवानोव्ना अपनी पुरानी मैली-कुचैली पोशाक पहने थी; उस पर उसने वह हरे रंग की द्रा-द-देम्स की शाल ओढ़ रखी थी और सिर पर तिनकों की फटी हुई हैट लगा रखी थी, जो एक तरफ़ पिचककर बदसूरत पोटली जैसी बन गई थी; उसके होश सचमुच ठिकाने नहीं थे। वह थककर चूर हो गई थी और हाँफ रही थी। उसका तपेदिक़ का मारा सन्तप्त चेहरा हमेशा से ज़्यादा पीड़ाग्रस्त लग रहा था (और फिर, तपेदिक़ के मरीज़ों की हालत घर के बाहर धूप में तो और भी बदतर लगने लगती है); लेकिन उसकी उत्तेजना किसी तरह कम नहीं हो रही थी और हर क्षण उसकी झुंझलाहट बढ़ती जा रही थी। वह बार-बार भागकर बच्चों के पास जाती, उन्हें डाँटती-डपटती, बहलाती-फुसलाती और सारी भीड़ के सामने उन्हें बताती कि वे कैसे नाचें और क्या गाएँ, उन्हें यह समझाती कि उनके लिए यह सब करना क्यों ज़रूरी है; जब वे समझ न पाते तो वह गुस्से से पागल हो उठती और उन्हें पीटने लगती।...फिर अपना यह काम अधूरा ही छोड़कर वह भागकर भीड़ की ओर जाती और अगर उसमें उसे कोई आदमी अच्छे कपड़े पहने दिखाई दे जाता, जो तमाशा देखने के लिए रुक गया था, तो वह फ़ौरन उसे बताने लगती कि 'एक शरीफ़, बल्कि कहना चाहिए ख़ानदानी रईस घर के' ये बच्चे कैसी दुर्घटना को पहुँच गए थे। अगर वह भीड़ में से किसी की हँसी या कोई ताव दिलानेवाली बात सुनती तो फ़ौरन ऐसा करनेवालों पर झपट पड़ती और उनसे लड़ने लगती। कुछ लोग सचमुच हँस रहे थे, कुछ लोग सिर हिला रहे थे; लेकिन सहमे हुए बच्चों को साथ लेकर घूमनेवाली पागल औरत को देखने की उत्सुकता सभी को थी। लेबेज़ियातनिकोव ने जिस तसले की चर्चा की थी वह कहाँ था; कम-से-कम रस्कोलनिकोव ने तो नहीं देखा। कतेरीना इवानोव्ना जब भी पोलेंका को गाने के लिए और लीदा और कोल्या को नाचने के लिए मजबूर करती थी तो तसला पीटने के बजाय वह अपने सूखे हुए हाथों से ताली बजाकर ताल देती थी; बीच-बीच में वह ख़ुद भी गाने लगती थी लेकिन दूसरे ही सुर पर पहुँचकर उसको खाँसी का ज़बर्दस्त दौरा पड़ता था और उसका गाना बन्द हो जाता था, जिसकी वजह से वह बेहद निराश

होकर अपनी खाँसी को कोसने लगती थी और रोने तक लगती थी। उसे जिस बात पर सबसे ज़्यादा गुस्सा आता था वह था कोल्या और लीदा का रोना और उनका सहमे रहना। उसने सचमुच बच्चों को सड़क पर घूम-घूमकर गानेवालों जैसी पोशाक पहनाने की कोशिश की थी। लड़के के सिर पर लाल और सफ़ेद रंग के किसी कपड़े की पगड़ी थी ताकि वह तुर्क लगे। लेकिन लीदा की पोशाक के लिए काफ़ी कपड़ा नहीं मिल सका था, इसलिए उसे सजाने के लिए बस एक ऊनी टोपी, बल्कि कहना चाहिए रात को पहनने की टोपी, उसे पहना दी गई थी, जो पहले मार्मेलादोव की हुआ करती थी, और उसमें शुतुरमुर्ग के सफ़ेद पर का एक टुकड़ा लगा दिया गया था, जो किसी ज़माने में कतेरीना इवानोव्ना की नानी का था और ख़ानदान की एक निशानी के तौर पर सन्दूक़ में सुरक्षित रखा था। पोलेंका अपनी मामूली पोशाक पहने थी। वह सहमी-सहमी और कुछ सिटपिटाई हुई अपनी माँ की ओर देख रही थी; वह अपनी माँ से सटी खड़ी थी और अपने आँसू छिपाने की कोशिश कर रही थी। वह समझ गई थी कि उसकी माँ पागल हो गई है और इसलिए वह बेचैन होकर अपने चारों ओर देख रही थी। सड़क के वातावरण से और भीड़ से उसे बहुत डर लग रहा था। सोनिया अपनी माँ के साथ परछाईं की तरह लगी थी और रो-रोकर हर क्षण उससे घर लौट चलने का अनुरोध कर रही थी। लेकिन कतेरीना इवानोव्ना किसी तरह तैयार ही नहीं होती थी।

"चुप रहो, सोनिया, बस रहने दो," वह हाँफते हुए और खाँसते हुए बड़ी तेज़ी से बोलते हुए चिल्लाई। "तुम नहीं जानतीं कि तुम मुझसे क्या करने को कह रही हो। तुम अभी बच्ची हो। मैं तुमसे सौ बार कह चुकी हूँ कि मैं उस जर्मन छिनाल के यहाँ नहीं जाऊँगी। सब लोग देखें तो, सारा पीटर्सबर्ग देखे, कि एक भले आदमी के बच्चे, जिसने बड़ी लगन और वफ़ादारी से अपने देश की सेवा की थी और जिसके बारे में सचमुच कहा जा सकता है कि वह अपना काम करते-करते मरा, किस तरह ऐसी दुर्दशा को पहुँच गए हैं कि आज सड़क पर भीख माँग रहे हैं," कतेरीना इवानोव्ना ने, जिसने अब तक यह निराधार क़िस्सा गढ़ लिया था और उस पर विश्वास करने लगी थी, उत्तेजित होकर कहा, "वह कमबख़्त दो कौड़ी का जनरल भी देखे। तुम तो बिलकुल बेवक़ूफ़ हो, सोनिया, बिलकुल बेवक़ूफ़ ! इसके अलावा अब हम लोगों को खाना कहाँ से मिलेगा, तुम ही बताओ ? हम लोग तुम्हें बहुत दुख दे रहे हैं, मैं इस तरह नहीं चलने दूँगी ! अरे, रोदिओन रोमानोविच, आप हैं ?" रस्कोलनिकोव को देखकर कतेरीना इवानोव्ना ने बड़ी उत्सुकता से उसकी ओर तेज़ी से लपकते हुए कहा, "आप इस नादान लड़की को समझाइए कि अब हमारे पास करने के लिए इससे ज़्यादा समझदारी का कोई काम नहीं रह गया है। रोज़ी तो हर गाने-बजानेवाला कमाता है लेकिन यह बात हर आदमी की समझ में फ़ौरन आ जाएगी कि हम लोग उनसे अलग हैं, कि हम लोग ग़रीब सही पर भले घर के लोग हैं जो भीख माँगने पर मजबूर हो गए हैं। और, मेरी बात याद रखिएगा, वह कमबख़्त दो कौड़ी का जनरल अपनी नौकरी से हाथ धोएगा ! हम लोग रोज़ जाकर उसकी खिड़की के नीचे धरना देंगे, और अगर सम्राट की सवारी उधर से गुज़रेगी तो मैं बच्चों को अपने आगे करके उनके सामने घुटने टेककर बच्चों को उन्हें दिखाकर कहूँगी, 'माई-बाप, इनकी रक्षा कीजिए !' वह सब अनाथों के नाथ हैं, वह दयालु हैं और वह उनकी रक्षा करेंगे। आप देखिएगा, वह उनकी रक्षा करेंगे...और वह कमबख़्त दो कौड़ी का जनरल—लीदा, tenez-vous droite ![1] कोल्या, अभी थोड़ी देर में तुम्हें फिर नाचना है ! पिनपिना क्यों रहे हो ? देखो, फिर पिनपिनाने लगा ! डरता किस बात से है, बेवक़ूफ़ कहीं का ? हे भगवान, मैं क्या करूँ इन सबका ? आप नहीं जानते ये कितने नासमझ हैं ! कोई करे तो क्या ऐसे बच्चों का ?..."

---

1. सीधी खड़ी हो ! (फ़्रांसीसी)

और स्वयं लगभग रोते हुए, जिसकी वजह से उसकी बातों की अविराम धारा में कोई रुकावट पैदा नहीं हुई, उसने बिसूरते हुए बच्चों की तरफ़ इशारा किया। रस्कोलनिकोव ने उसे समझा-बुझाकर घर वापस भेज देने की बहुत कोशिश की, और यह कहकर उसने स्वाभिमान को भी छेड़ने की कोशिश की कि वह चूँकि लड़कियों के बोर्डिंग स्कूल की हेडमिस्ट्रेस बनने की सोच रही है इसलिए उसको गाने-बजानेवालों की तरह सड़क पर मारे-मारे फिरना शोभा नहीं देता।

''बोर्डिंग स्कूल, हः-हः-हः ! दूर के ढोल सुहावने !'' कतेरीना इवानोव्ना ने व्यंग्य से कहा और हँसते-हँसते उसे खाँसी आ गई। ''नहीं, रोदिओन रोमानोविच, वह सपना टूट चुका है ! सब लोग हमें छोड़ चुके हैं ! और वह नासमझ दो कौड़ी का जनरल...आपको मालूम है ? मैंने उसे दवात फेंककर मारी थी ! क़िस्मत से उस वक़्त हॉल की मेज़ पर उस काग़ज़ के पास जिस पर लोग आकर अपने दस्तख़त करते हैं, एक दवात रखी थी। मैंने काग़ज़ पर अपना नाम लिखा और दवात उसके ऊपर फेंककर भाग आई। बदमाश कहीं के ! लेकिन अब मुझे उनमें से किसी की भी परवाह नहीं है। अब बच्चों का पेट भरने का बन्दोबस्त मैं ख़ुद करूँगी। अब मैं किसी के आगे नाक रगड़ने नहीं जाऊँगी ! हम लोगों की वजह से यह काफ़ी मुसीबतें झेल चुकी,'' कतेरीना इवानोव्ना ने सोनिया की तरफ़ इशारा करते हुए कहा। ''पोलेंका, कितने पैसे जमा हो गए ? दिखाओ तो मुझे। क्या ? बस दो कोपेक ? कमीने कहीं के ! देते कुछ नहीं। बस ज़बान बाहर लटकाए हमारे पीछे भागते रहते हैं। देखो तो उस बेवक़ूफ़ को ! हँस न जाने किस बात पर रहा है ?'' उसने भीड़ में एक आदमी की तरफ़ इशारा करते हुए कहा। ''यह सब कुछ इसलिए है कि कोल्या इतना बुद्धू है ! क्या बात है, पोलेंका ? मुझे फ़्रांसीसी में बताओ–parlez moi francais[1] मैंने तुम्हें फ़्रांसीसी सिखाई है न ? कुछ जुमले बोलना तो आता है न ?...नहीं तो फिर लोगों को यह कैसे मालूम होगा कि तुम लोग भले घर के हो, कि तुम आम गाने-बजानेवाले नहीं हो बल्कि शरीफ़ों के घर में पले-बढ़े हो ! हम लोग सड़क पर कोई बाज़ारू तमाशा दिखाने नहीं निकले हैं। बिलकुल नहीं ! हम लोग शरीफ़ों की महफ़िल में सुनाया जानेवाला गाना गाएँगे।...अच्छा, तो...अब कौन सा गाना गाएँगे ? आप लोग, मेहरबानी करके बीच में न बोलिए। हम लोग...रोदिओन रोमानोविच, हम लोग यहाँ यह सोचने के लिए रुके थे कि अब कौन सा गाना गाया जाए जिसकी धुन पर कोल्या नाच सके, क्योंकि, आपको तो मालूम ही है कि हमें ठीक से तैयारी करने का वक़्त नहीं मिला। हमें तै करना होगा कि अब हमें क्या करना है और उसकी ठीक से तैयारी करनी होगी, और तब हम लोग नेव्स्की ऐवेन्यू पर जाएँगे, जहाँ सबसे अच्छी क़िस्म के बहुत ज़्यादा लोग होते हैं और वहाँ हम लोगों की ओर उनका ध्यान जाएगा। लीदा को 'पुरवा मेरा' आता है।...बस, 'पुरवा मेरा' और कुछ नहीं, और हर आदमी वही गाना गाता है ! हम लोगों को इससे कहीं ज़्यादा शरीफ़ोंवाली चीज़ गानी होगी।...पोलेंका, भला तुमने कोई गाना सोचा है ? बेटी, अपनी माँ का थोड़ा तो हाथ बँटाया कर ! मेरी याद पर तो पत्थर पड़ गए हैं, नहीं तो मुझी को कुछ याद आता ! हम लोग वह 'हुसार' वाला गाना तो नहीं गा सकते ! अच्छा, हम लोग वह फ़्रांसीसी गाना गाएँगे 'Cinq sous ![2] मैंने तुम्हें सिखाया था न ? और असली बात तो यह है कि जब लोग तुम्हें फ़्रांसीसी गाना गाते सुनेंगे तो वे फ़ौरन समझ जाएँगे कि तुम लोग भले घर के बच्चे हो, और इस बात से उन्हें और ज़्यादा तरस आएगा...हम 'Malborough s'en va-t-en querre'[3] भी गाने की कोशिश कर सकते हैं, और

1. मुझसे फ्रांसीसी में बात करो ! (फ्रांसीसी)
2. 'पाँच पैसे'। (फ्रांसीसी)
3. माल्बरो कूच को तैयार हुए। (फ्रांसीसी)

वह है भी लोरी...हाँ, असली लोरी, और सभी रईसों के घरों में यह गाना लोरी की तरह ही गाया जाता है–

Malborough s'en va-t-en guerre,
Ne sait quand reviendra..."[1]

उसने गाना शुरू किया। "लेकिन नहीं, 'Cinq sous' ज़्यादा अच्छा रहेगा ! अच्छा, बेटा कोल्या, कमर पर हाथ तो रखो। जल्दी करो, बेटे ! और लीदा, तुम दूसरी तरफ़ घूमती रहो, और पोलेंका और मैं ताली बजा-बजाकर गाएँगे।

Cinq sous, cinq sous...
Pour monter notre ménage..."[2]

और गाते-गाते उसे खाँसी का दौरा पड़ गया। "बेटी पोलेंका, अपनी पोशाक ठीक करो; कन्धे के नीचे सरक आई है," खाँसी के दौरे के बाद साँस लेने की कोशिश करते हुए उसने कहा, "अच्छा, अब तुम लोग इस बात का ख़ासतौर पर ध्यान रखना कि तुम्हारी चाल-ढाल बिलकुल ठीक रहे ताकि हर आदमी देख सके कि तुम लोग किसी शरीफ़ आदमी के बच्चे हो। मैंने तुमसे कहा था कि कुरती लम्बी काटना, और पूरे दो अरज़ की बनाना। यह सब तुम्हारी ग़लती है, सोनिया। तुम्हीं मुझसे बराबर यही कहे जा रही थीं कि और छोटी रखो, और छोटी रखो। अब देखो, बेचारी बच्ची का हाल ! क्या हुलिया बना है ! तुम लोग फिर क्यों रो रहे हो ? बात क्या है, नासझो ? चलो, कोल्या, शुरू करो ! जल्दी, जल्दी ! अरे, कैसा नटखट लड़का है !

Cinq sous, cinq sous...

लो, फिर वह पुलिसवाला आ गया ! अरे, क्या चाहिए तुझे ?"

सचमुच, एक पुलिसवाला भीड़ को चीरता हुआ आगे आ रहा था। लेकिन उसी समय कोई 50 साल के एक सज्जन सरकारी अफ़सरों की पोशाक पहने हुए कतेरीना इवानोव्ना के पास आए और उन्होंने चुपचाप तीन रूबल का एक हरा नोट उसे दे दिया। वह गम्भीर मुद्रावाले आदमी थे और उनकी गर्दन में एक तमग़ा लटक रहा था (जिसे देखकर कतेरीना इवानोव्ना बहुत खुश हुई और पुलिसवाले पर भी काफ़ी रोब पड़ा)। उन सज्जन के चेहरे पर सच्चा दया का भाव था। कतेरीना इवानोव्ना ने पैसे ले लिये और विनम्रता तथा औपचारिक शिष्टता से झुककर उनके प्रति आभार प्रकट किया।

"आपका बहुत-बहुत शुक्रिया," कतेरीना इवानोव्ना ने बड़ी प्रतिष्ठा के भाव से कहना शुरू किया, "जिन वजहों से हम लोगों को...पोलेंका बेटी, ये पैसे रख लो। देखो, ऐसे शरीफ़ और उदार लोग भी होते हैं जो मुसीबत की मारी बेचारी भली औरत की मदद करने को तैयार रहते हैं। देखिए, साहब, आपके सामने ये एक भले घर के अनाथ बच्चे हैं, जिनकी रिश्तेदारी कहना चाहिए, बहुत बड़े-बड़े रईसों में है।...और वह बेवक़ूफ़ दो कौड़ी का जनरल बैठा तीतर खाता रहा...और उसने मेरे इस तरह विघ्न डालने पर बहुत पाँव पटके।...'योर ऐक्सीलेंसी,' मैंने उससे कहा, 'मेरे इन अनाथ बच्चों के लिए कुछ कीजिए। आप मेरे स्वर्गीय पति को जानते थे; और उनकी मौत के दिन ही उनकी बेटी का एक बेहद कमीने बदमाश ने बड़ी बेरहमी से अपमान किया। लीजिए, फिर वह पुलिसवाला आ गया ! मेहरबानी करके,' उसने फ़रियाद करते हुए उस अफ़सर से चिल्लाकर कहा, 'कुछ तो कीजिए। यह पुलिसवाला चाहता क्या है ? अभी हम लोग मेश्चांस्काया स्ट्रीट से एक

1. माल्बरो कूच को तैयार हुए, न जाने कब लौटेंगे रण से...(फ्रांसीसी)
2. पाँच पैसे, पाँच पैसे, घरबार जुटाने को...(फ्रांसीसी)

पुलिसवाले से पीछा छुड़ाकर आए हैं।...क्या, चाहिए क्या तुझे, बेवक़ूफ़' ?''

''सड़क पर यह सब करने की इजाज़त नहीं है, मेम साहब। यहाँ हुल्लड़ न मचाओ।''

''तुम ख़ुद हुल्लड़ न मचाओ ! सभी लोग सड़क पर गाते-बजाते रहते हैं। तुम्हें इससे क्या लेना-देना है ?''

''सड़क पर गाने-बजाने के लिए लाइसेंस लेना पड़ता है, मेम साहब, और आप यह सब कुछ अपनी मर्ज़ी से कर रही हैं और इस तरह भीड़ जमा कर रही हैं। घर कहाँ है आपका ?''

''लाइसेंस ?'' कतेरीना इवानोव्ना गुस्से से चिल्लाई। ''आज ही मैं अपने शौहर को दफ़न करके आई हूँ, और यह चला है मुझसे लाइसेंस माँगने।''

''आप शान्त रहिए,'' सरकारी अफ़सर ने कहना शुरू किया, ''मेरे साथ आइए, मैं आपको घर पहुँचाए देता हूँ।...आपके लिए यहाँ भीड़ में रहना अच्छा नहीं है।...आपकी तबियत ठीक नहीं है।...''

''साहब,'' कतेरीना इवानोव्ना ने चिल्लाकर कहा, ''आप कुछ नहीं जानते ! हम लोग नेव्स्की ऐवेन्यू चले जाएँगे। सोनिया, सोनिया ! कहाँ चली गई ? वह भी रो रही है ! तुम सबको हो क्या गया है ? कोल्या, लीदा, कहाँ चले तुम लोग ?'' वह अचानक भयभीत होकर चिल्लाई, ''अरे, नादान बच्चो ! कोल्या, लीदा, कहाँ चले गए सबके सब ?...''

हुआ यह था कि कोल्या और लीदा भीड़ से और अपनी पागल माँ की बहकी-बहकी हरकतों से डरकर, और यह देखकर कि पुलिसवाला उन्हें पकड़कर कहीं ले जानेवाला था, एक-दूसरे का हाथ पकड़कर वहाँ से भाग गए थे, मानो शुरू से ही उनका ऐसा करने का इरादा रहा हो। बेचारी कतेरीना इवानोव्ना रोती-सिसकती उनके पीछे भागी। उसे इस तरह भागते और रोते-हाँफते देखकर बड़ा तरस आता था और तकलीफ़ होती थी। सोनिया और नन्ही पोलेंका उनके पीछे-पीछे भागीं।

''उन्हें पकड़ लाओ, सोनिया। वापस ले आओ उन्हें ! नासमझ, नाशुक्रे बच्चे। पोलेंका, पकड़ना तो उन्हें...तुम्हीं लोगों की वजह से मुझे...''

भागते-भागते उसका पाँव फिसला और वह धड़ाम से गिर पड़ी।

''देखो तो, कितना खून बह रहा है ! कहीं कट गया है ! हे भगवान !'' सोनिया उसके ऊपर झुककर रोते हुए बोली।

सब लोग भागकर उसके चारों ओर भीड़ लगाकर खड़े हो गए। रस्कोलनिकोव और लेबेज़ियातनिकोव सबसे पहले वहाँ पहुँचे थे। वह सरकारी अफ़सर भी जल्दी से उनके पास पहुँच गया था, और उनके पीछे-पीछे पुलिसवाला भी वहीं जा पहुँचा और बुड़बुड़ाया, ''हाय नसीब !'' और यह सोचकर उसने अपने कन्धे उचकाए कि अब उसे बड़ी मुसीबत का सामना करना पड़ेगा।

''चलो यहाँ से ! चलो, आगे बढ़ो !'' उसने चारों ओर जमा हो जानेवाले लोगों को तितर-बितर करने की कोशिश करते हुए कहा।

''मरनेवाली है !'' कोई चिल्लाया।

''पागल हो गई है !'' कोई और बोला।

''भगवान भला करे !'' एक औरत ने अपने सीने पर सलीब का निशान बनाते हुए कहा, ''वह छोटा लड़का और लड़की पकड़े गए कि नहीं ? वह रहे, भगवान भला करे। बड़ीवाली पकड़ लाई उन्हें।....नासमझ बच्चे !''

लेकिन जब उन लोगों ने कतेरीना इवानोव्ना को अच्छी तरह देखा तो मालूम हुआ कि पत्थर से टकराकर कहीं चोट नहीं आई थी, जैसा कि सोनिया ने समझा था, बल्कि सड़क पर जो खून

फैला हुआ था वह उसके मुँह से निकला था।

"मैंने ऐसा पहले भी होते देखा है," सरकारी अफ़सर ने बुदबुदाकर रस्कोलनिकोव और लेबेज़ियातनिकोव से कहा, "तपेदिक़ है। ख़ून ऐसे ही बहता है और बीमार का दम घुट जाता है। बहुत दिन नहीं हुए, मेरे रिश्ते की एक औरत के साथ ऐसा होते मैंने खुद देखा था...लगभग आधी बोतल ख़ून और वह भी अचानक।...लेकिन किया क्या जाए ? बिलकुल मरनेवाली है।"

"इधर ! इधर ! इन्हें मेरे कमरे पर ले चलिए," सोनिया ने गिड़गिड़ाकर कहा। "मैं यहीं रहती हूँ !...वह रहा घर, यहाँ से दूसरावाला...इन्हें मेरे कमरे में ले चलिए। जल्दी ! जल्दी !..." वह भाग-भागकर एक-एक से कहने लगी। "कोई डॉक्टर को बुला लाए।...हे भगवान !"

सरकारी अफ़सर की कोशिशों की बदौलत सब कुछ सन्तोषजनक ढंग से हो गया; पुलिसवाले ने कतेरीना इवानोव्ना को सोनिया के कमरे तक पहुँचाने में मदद भी की। कतेरीना इवानोव्ना को लगभग मुर्दा हालत में वहाँ लाकर पलंग पर लिटा दिया गया। ख़ून अब भी बह रहा था लेकिन ऐसा लगता था कि उसे धीरे-धीरे होश आता जा रहा था। रस्कोलनिकोव, लेबेज़ियातनिकोव, सरकारी अफ़सर और पुलिसवाला सोनिया के पीछे-पीछे कमरे में आए; पुलिसवाले ने सबसे पहले तो भीड़ को तितर-बितर कर दिया और जो थोड़े से लोग उनके साथ दरवाज़े तक आ गए थे उन्हें वहाँ से भगा दिया। उनके बाद पोलेंका हाथ पकड़कर कोल्या और लीदा को लिये हुए अन्दर आई, जो दोनों रो रहे थे और सिर से पाँव तक काँप रहे थे। कापरनाउमोव परिवार के लोग भी अन्दर आ गए : लँगड़ा और काना कापरनाउमोव खुद, जो देखने में कुछ अजीब सा आदमी लगता था और जिसके गलमुच्छों के तथा सिर के बाल हमेशा खड़े रहते थे; उसकी बीवी जो हमेशा सहमी-सहमी सी दिखाई देती थी, और उनके कुछ बच्चे, जो हमेशा मुँह खोले रहते थे और जिनके चेहरे पर हमेशा विस्मय का भाव बना रहता था। उन्हीं सबके बीच स्विद्रिगाइलोव भी अचानक वहाँ आ गया। रस्कोलनिकोव ने उसे आश्चर्य से देखा; उसे यह मालूम नहीं था कि वह कहाँ से आ गया था और उसे यह भी याद नहीं था कि उसने उसको भीड़ में देखा हो।

डॉक्टर और पादरी की भी चर्चा हो रही थी। हालाँकि उस सरकारी अफ़सर ने चुपके से रस्कोलनिकोव के कान में कहा था कि वह नहीं समझता था कि अब डॉक्टर के आने से कोई फ़ायदा होगा, लेकिन उसने डॉक्टर को बुलवाने का पक्का प्रबन्ध कर दिया था। कापरनाउमोव खुद उसको बुलाने गया था।

इसी बीच कतेरीना इवानोव्ना की साँस फिर ठीक से चलने लगी थी और ख़ून बहना कुछ देर के लिए बन्द हो गया था। उसने कुछ देर सोनिया को बुख़ार भरी आँखों से लेकिन पैनी और बेधती हुई नज़रों से देखा। सोनिया का रंग पीला पड़ गया था, वह काँप रही थी और रूमाल से उसके माथे का पसीना पोंछ रही थी। आख़िरकार कतेरीना इवानोव्ना ने उसे उठाकर तकिए के सहारे बिठा दिए जाने को कहा। लोगों ने उसके दोनों ओर तकियों का सहारा लगाकर उसे बिस्तर पर बिठा दिया।

"बच्चे...बच्चे कहाँ हैं?" उसने क्षीण स्वर में पूछा, "पोलेंका, तू उन्हें ले आई थी ? अरे, नासमझ बच्चो !...तुम भाग क्यों गए थे ?...आह !"

उसके सूखे होंठों पर अभी तक ख़ून जमा हुआ था। उसने चारों ओर नज़रें दौड़ाकर कमरे को देखा।

"तो तुम इस हालत में रहती हो, सोनिया ! मैं पहले कभी तुम्हारे कमरे में नहीं आई...और अब आई हूँ तो इस हाल में !..."

उसने सोनिया को व्यथा भरी दृष्टि से देखा।

"सोनिया, हम लोगों ने तेरा सारा ख़ून निचोड़ लिया। पोलेंका, लीदा, कोल्या, इधर आओ। लो, ये रहे, सोनिया...सारे के सारे...इन्हें सँभालो। मैं इनको तुम्हारे हवाले कर रही हूँ। मुझमें तो अब दम रहा नहीं। मेरा खेल तो ख़त्म हो चुका है ! आ-ह ! मुझे लिटा दो। कम-से-कम मर तो चैन से जाऊँ।..."

एक बार फिर उसे तकिये के सहारे लिटा दिया गया।

"क्या ? पादरी ?...नहीं, मुझे पादरी नहीं चाहिए...पादरी को देने के लिए रूबल कहाँ से आएगा ? मैंने कोई पाप नहीं किया है। भगवान मुझे इसके बिना ही माफ़ कर देगा...वह जानता है कि मैंने कितना दुख झेला है ! और अगर वह मुझे माफ़ नहीं कर सकता तो यही सही !..."

उसके विचार भटकने लगे थे और वह बिस्तर पर पड़ी छटपटा रही थी। वह रह-रहकर सिहर उठती थी, चारों ओर देखती थी और एक क्षण के लिए सबको पहचान लेती थी, लेकिन फिर लगभग फ़ौरन ही बेहोश हो जाती थी और उसके विचार भटकने लगते थे। वह ख़र-ख़र की आवाज़ के साथ बड़ी मुश्किल से साँस ले रही थी। ऐसा लग रहा था कि उसके गले में कोई चीज़ फँस रही थी।

"मैंने उनसे कहा, योर एक्सीलेंसी," वह कह रही थी और बीच-बीच में हर शब्द के बाद साँस लेने के लिए रुक जाती थी, "कि अमालिया लूदविगोव्ना...आह ! लीदा, कोल्या, अपनी कमर पर हाथ रखो, चलो, जल्दी करो...ग्लिस्से, ग्लिस्से...पा-द-बास्क ! एड़ियों से ताल दो, चलो, अच्छे बच्चों की तरह...

Du hast Diamanten und Perlen...[1]

इसके बाद क्या है ? हमें यही गाना चाहिए...

Du hast die schönsten Augen,
Mädchen, was willst du mehr ?[2]

ख़ैर, उस बेवक़ूफ़ से और उम्मीद ही क्या की जा सकती है ! was willst du mehr... तुम्हें और क्या चाहिए।...वह मूरख भी कैसी-कैसी बातें अपने मन से सोचता रहता है !...अरे हाँ, अच्छा याद आया,

दोपहर की गर्मी में दाग़िस्तान की घाटी में...

कितना अच्छा लगता था मुझे यह गाना...मैं तो इस गाने की दीवानी थी, पोलेंका ! जानती है, जब हमारी मँगनी हुई थी तब तेरे पापा यह गाना गाया करते थे।...कितने सुख के थे वे दिन !...हम यही गाना गाएँगे ! लेकिन इसके बोल हैं क्या...मैं तो भूल ही गई...कोई बताओ न...क्या है यह गाना ?" उसका जोश उमड़ आया और उसने उठकर बैठने की कोशिश की। आख़िरकार उसने बेहद भर्राई और फटी हुई आवाज़ में चीख़-चीख़कर गाना शुरू किया। हर शब्द पर उसका गला रुँध जाता था। उसकी आँखों में भय समाया हुआ था :

दोपहर की गर्मी में !...दाग़िस्तान की !...घाटी में...
अपने सीने में सीसा भरे !...

"योर एक्सीलेंसी !" अचानक वह हृदय-विदारक करुण स्वर में चीख़ी और उसकी आँखों से आँसू बह निकले, "मेरे अनाथ बच्चों के लिए कुछ कीजिए ! आप मेरे स्वर्गीय पति के यहाँ मेहमान

1. पास तुम्हारे हीरे-मोती...(जर्मन)
2. पास तुम्हारे सुन्दर नैन, काहे की अब चाह तुम्हें, ए गोरी ? (जर्मन)

रह चुके हैं !...कहना चाहिए ख़ानदानी रईस !...आ-ह !'' वह अचानक सिहर उठी, और फिर होश में आकर उसने कातर दृष्टि से सबकी ओर देखा, लेकिन फ़ौरन वह बस सोनिया को ही पहचान सकी। ''सोनिया ! सोनिया !'' उसने बड़ी नरमी और बड़े प्यार से कहा, मानो सोनिया को अपने सामने पाकर उसे बहुत आश्चर्य हुआ हो, ''प्यारी बेटी सोनिया, तू भी यहाँ है ?''

उसे फिर उठाकर बिठा दिया गया।

''बस !...अब वक़्त आ गया !...अच्छा, मैं चली, मेरी बदनसीब बच्ची !...घोड़ी को दौड़ा-दौड़ाकर उन्होंने उसकी जान ले ली ! मैं तो मिट गई ! तबाह हो गई !'' वह घोर निराशा और घृणा में डूबे स्वर में चिल्लाई और उसका सिर फिर तकिये पर लुढ़क गया।

वह एक बार फिर बेहोश हो गई, लेकिन इस बार उसकी बेहोशी बहुत देर तक नहीं रही। उसका मुरझाया हुआ पीला बेजान चेहरा पीछे की ओर झुक गया, मुँह खुल गया और उसकी टाँगें झटके के साथ तन गईं। उसने एक गहरी, बहुत गहरी आह भरी और दम तोड़ दिया।

सोनिया लाश पर गिर पड़ी; उसने अपनी बाँहें लाश के चारों ओर जकड़ लीं और मृत शरीर के सूखे हुए सीने पर अपना सिर रखे चुपचाप लेटी रही। नन्ही पोलेंका ने माँ के पाँवों पर अपने होंठ रखकर उन्हें ज़ोर से चूमा और फूट-फूटकर रोने लगी। कोल्या और लीदा की समझ में अभी तक नहीं आया था कि क्या हो गया है, लेकिन यह महसूस करके कि कोई भयानक बात हुई है वे एक-दूसरे के गले में बाँहें डालकर एक-दूसरे को घूरते रहे। अचानक उन दोनों के मुँह एक साथ खुले और वे चीख़ पड़े। दोनों अभी तक अपना वही स्वाँगवाला लिबास पहने थे : लड़के के सिर पर पगड़ी थी और छोटी बच्ची के सिर पर वह टोपी जिसमें शुतुरमुर्ग़ का पर लगा हुआ था।

और न जाने कैसे वह प्रशंसापत्र कतेरीना इवानोव्ना की बग़ल में बिस्तर पर पहुँच गया ? वह तकिये के पास पड़ा था; रस्कोलनिकोव ने उसे देखा।

वह खिड़की के पास चला गया। लेबेज़ियातनिकोव भी लपककर उसके पास पहुँच गया।

''मर चुकी है,'' लेबेज़ियातनिकोव ने कहा।

''मैं आपसे कुछ बातें करना चाहता हूँ, रोदिओन रोमानोविच,'' स्विद्रिगाइलोव ने उसके पास आकर कहा। लेबेज़ियातनिकोव परिस्थिति को समझते हुए चुपचाप वहाँ से हट गया। स्विद्रिगाइलोव आश्चर्यचकित रस्कोलनिकोव को लेकर दूर कमरे के एक कोने में पहुँच गया।

''यह सारा काम, मेरा मतलब है कफ़न-दफ़न का काम आप मुझ पर छोड़ सकते हैं। यह तो आप जानते ही हैं कि इसमें पैसा लगेगा और जैसा कि मैं आपको बता चुका हूँ, मेरे पास कुछ फ़ालतू पैसा है। इन दोनों बच्चों को और एक छोटी लड़की पोलेंका को मैं किसी अनाथालय में रखवा दूँगा, किसी अच्छे अनाथालय में, और मैं उनमें से हर एक के नाम पन्द्रह-पन्द्रह सौ रूबल जमा करवा दूँगा जो बालिग़ होने पर उन्हें मिल जाएँगे, ताकि सोफ़्या सेम्योनोव्ना को किसी बात की चिन्ता न करनी पड़े और मैं उसे भी इस कीचड़ से बाहर निकाल लाऊँगा, क्योंकि वह बहुत अच्छी लड़की है, है न ? तो साहब, आप अपनी बहन से कह सकते हैं कि उनके नाम के दस हज़ार रूबल मैंने इस तरह ख़र्च कर दिए।''

''आप अचानक इतने उदार क्यों हो गए ?'' रस्कोलनिकोव ने पूछा।

''भगवान बचाए, आप भी अजीब शक्की आदमी हैं।'' स्विद्रिगाइलोव ने हँसकर कहा, ''मैंने आपको बताया था कि मुझे पैसे की ज़रूरत नहीं है। क्या आप यह नहीं समझ सकते कि मैं महज़ इंसानियत के नाते यह कर रहा हूँ ? बहरहाल, वह...'' उसने कमरे के उस कोने की तरफ़ इशारा किया जहाँ कतेरीना इवानोव्ना मरी पड़ी थी, ''कोई 'जूँ' तो थीं नहीं, किसी खूसट सूदख़ोर बुढ़िया

की तरह, या थीं ? या आप सचमुच यह समझते हैं कि 'लूजिन को ज़िन्दा रहना चाहिए और उसे अपनी बेहूदगियाँ करते रहना चाहिए और इसको मर जाना चाहिए ?' और मैं उन्हें बचाने न आता तो 'नन्ही पोलेंका भी, मिसाल के लिए, उसी रास्ते पर लग गई होती...' "

उसने ये सारी बातें चटख़ारा ले-लेकर, 'आँख मारते हुए' और शरारत भरे अन्दाज़ में कहीं और लगातार रस्कोलनिकोव पर अपनी नज़रें जमाए रहा। उसके मुँह से हूबहू वही शब्द सुनकर जो ख़ुद उसने सोनिया के साथ अपनी बातचीत के दौरान इस्तेमाल किए थे, रस्कोलनिकोव का रंग सफ़ेद हो गया और उसका शरीर ठंडा पड़ गया। वह चौंककर पीछे हट गया और फटी-फटी आँखों से स्विद्रिगाइलोव को देखने लगा।

"कैसे...आपको कैसे मालूम ?" उसने बहुत ही धीमे स्वर में कहा; उसकी साँस भी ठीक से नहीं समा रही थी।

"अरे, मेरे दोस्त, मैं यहीं मिसेज़ रेसलिख़ के यहाँ रहता हूँ, उस लकड़ी की ओट के पीछे। इस फ़्लैट में कापरनाउमोव रहता है और मिसेज़ रेसलिख़ उस फ़्लैट में रहती हैं। मिसेज़ रेसलिख़ से मेरी पुरानी दोस्ती है। मुझे बहुत मानती हैं। मैं पड़ोसी हूँ।"

"आप ?"

"हाँ, मैं," स्विद्रिगाइलोव ने ठट्ठा लगाकर कहा, "और, मेरे दोस्त, मैं अपनी इज़्ज़त की क़सम ख़ाकर तुम्हें यक़ीन दिलाता हूँ कि मुझे तुमसे बेहद दिलचस्पी है। मैंने तुमसे कहा था कि हम दोनों गहरे दोस्त बन जाएँगे, कहा था न ? मैंने पहले ही तुम्हें बता दिया था। तो हम दोस्त बन गए। तुम देखोगे कि मैं कितना समझदार आदमी हूँ। तुम देखोगे कि मुझसे कैसी अच्छी निभती है तुम्हारी !"

भाग : 6

•

1

रस्कोलनिकोव के जीवन में एक विचित्र दौर आरम्भ हुआ : ऐसा लगता था कि उसके ऊपर घना कुहरा उतर आया था जिसने उसे घोर निराशापूर्ण एकाकीपन की चादर में लपेट दिया था जिससे छुटकारे का कोई रास्ता नहीं था। बाद में—बहुत बाद में—इस ज़माने को याद करने पर उसने महसूस किया कि इसमें ऐसे क्षण भी आए थे जब चीज़ों को देखने-समझने की क्षमता धुँधली पड़ती हुई प्रतीत हुई थी। और यह सिलसिला आख़िरी तबाही आने तक चलता रहा था, बस बीच में कभी-कभी रुक जाता था। उसे पूरा यक़ीन हो गया था कि उस ज़माने में कई बातों के बारे में उसके विचार ग़लत थे। मिसाल के तौर पर कुछ घटनाओं की तारीख़ और उनकी अवधि के बारे में। बहरहाल, बाद में जब उसने इन घटनाओं को याद किया और उसकी वजह मालूम करने की कोशिश की तो दूसरे लोगों से हासिल की गई जानकारी को जोड़कर उसने अपने बारे में कई ऐसी बातों का पता लगाया जो उसे पहले नहीं मालूम थीं। मिसाल के लिए, वह एक घटना को कोई दूसरी घटना समझ लेता था; और किसी दूसरी चीज़ को वह किसी ऐसी घटना का नतीजा समझ बैठता था जिसका अस्तित्व केवल उसकी कल्पना में था। कभी-कभी उस पर चिन्ता की ऐसी पीड़ाजनक और रुग्ण भावना छा जाती थी, जो बौखलाहट का रूप धारण कर लेती थी। लेकिन उसे ऐसे क्षण भी याद थे, ऐसे घंटे, बल्कि ऐसे पूरे-पूरे दिन, जब उस पर मानो पहलेवाली बौखलाहट के विपरीत बिलकुल उदासीनता छा जाती थी, ऐसी उदासीनता जो बिलकुल उस रुग्ण निरीहता के समान होती है जो कभी-कभी मरने से फ़ौरन पहले कुछ लोगों पर छा जाती है। उन अन्तिम दिनों में कुल मिलाकर ऐसा लगता था कि वह अपनी स्थिति को पूरी तरह और स्पष्ट रूप में समझने से कतराने की चिन्ता में रहता था; तात्कालिक महत्त्व की कुछ बातें जिनकी वजह को फ़ौरन समझना ज़रूरी होता था दिमाग़ पर ख़ासतौर पर बोझ बनी रहती थीं। लेकिन उसे अपनी चिन्ताओं से बच निकलने से कितनी ही खुशी क्यों न होती, फिर भी उसने महसूस किया कि जो आदमी उसकी जैसी स्थिति में हो उसके लिए उन चिन्ताओं की ओर बिलकुल ही ध्यान न देना अनिवार्य तबाही का कारण बन सकता था।

स्विद्रिगाइलोव की वजह से वह ख़ासतौर पर चिन्तित था। वस्तुतः यह कहना ग़लत न होगा कि उसके सारे विचार स्विद्रिगाइलोव पर केन्द्रित थे। जब से स्विद्रिगाइलोव ने कतेरीना इवानोव्ना की मौत के समय सोनिया के कमरे में रस्कोलनिकोव से उन धमकी भरे और, उसकी नज़रों में असंदिग्ध, शब्दों का इस्तेमाल किया था तब से ऐसा लगने लगा था कि उसके विचारों का

स्वाभाविक प्रवाह भंग हो गया था। हालाँकि इस नई बात से रस्कोलनिकोव को बेहद चिन्ता हुई थी, फिर भी उसे उसका कारण जानने की कोई जल्दी नहीं मालूम होती थी। कभी-कभी जब वह शहर के किसी दूर के और एकान्त हिस्से में, किसी घटिया शराबख़ाने की मेज़ पर अपने आपको विचारों में खोया हुआ पाता और उसे ठीक से यह भी याद न आता कि वह वहाँ पहुँचा कैसे था, तब वह अचानक स्विद्रिगाइलोव के बारे में सोचने लगता था। वह अचानक बड़े विस्मय से और बहुत स्पष्ट रूप से यह महसूस करने लगा था कि उसे जितनी भी जल्दी हो सके, उस आदमी के साथ मेल-जोल पैदा करना चाहिए और कोई अन्तिम समझौता कर लेना चाहिए। एक दिन, अपने आपको शहर के बाहर पाकर वह यह भी कल्पना करने लगा कि वह स्विद्रिगाइलोव का इन्तज़ार कर रहा था और यह कि उसने उससे वहाँ मिलने की बात तै की थी। फिर एक बार ऐसा हुआ कि पौ फटने से पहले उसकी आँख खुली तो वह झाड़ियों के बीच ज़मीन पर पड़ा हुआ था, उसे यह भी नहीं मालूम था कि वह वहाँ पहुँचा कैसे था। लेकिन कतेरीना इवानोव्ना के मरने के बाद दो-तीन दिन के अन्दर वह स्विद्रिगाइलोव से कई बार मिला था, लगभग हर बार सोनिया के कमरे में, जहाँ वह यों देखने में बिना किसी काम के जाता था प्रायः ही एक मिनट के लिए। वे एक-दूसरे से कुछ शब्द कहते थे लेकिन कभी उस मामले के बारे में बातें नहीं करते थे जिसमें उन दोनों को सबसे ज़्यादा दिलचस्पी थी, जैसे उन दोनों में फ़िलहाल उसके बारे में कुछ न कहने का फ़ैसला अपने आप हो गया हो। कतेरीना इवानोव्ना की लाश अभी तक ताबूत में रखी थी। स्विद्रिगाइलोव कफ़न-दफ़न की भाग-दौड़ में लगा हुआ था। सोनिया भी बहुत व्यस्त थी। पिछली मुलाक़ात में स्विद्रिगाइलोव ने रस्कोलनिकोव को बताया था कि उसने कतेरीना इवानोव्ना के बच्चों का पक्का बन्दोबस्त कर दिया था और बहुत सन्तोषजनक बन्दोबस्त कर दिया था; अपनी जान-पहचान के कुछ लोगों से उसने कुछ ऐसे लोगों का पता लगाया था जिनकी मदद से उन तीनों अनाथ बच्चों को फ़ौरन उचित संस्थाओं में रखा जा सका था। उसने यह भी बताया कि उसने उनके नाम जो पैसा जमा कराया था उसकी वजह से बहुत मदद मिली थी क्योंकि जिन बच्चों के पास अपना कुछ पैसा होता था उनका बन्दोबस्त कंगाल बच्चों की अपेक्षा कहीं ज़्यादा आसानी से होता था। उसने सोनिया के बारे में भी कुछ कहा था, और एक-दो दिन में खुद आकर रस्कोलनिकोव से मिलने का वादा किया था। उसने इस बात का ज़िक्र किया था कि वह उसकी 'सलाह' लेना चाहेगा, कि वह उसके साथ 'सारी बातें सुलझा लेने' को बहुत उत्सुक था, और यह कि उसे उससे कुछ 'काम की' बातें करनी थीं। यह बातचीत ड्योढ़ी में या सीढ़ियों पर होती थी। स्विद्रिगाइलोव ने एक क्षण रस्कोलनिकोव की आँखों में आँखें डालकर बड़े ग़ौर से देखा और फिर अपनी आवाज़ नीची करके उसने अचानक पूछा–

"लेकिन, मेरे दोस्त, तुम इतने परेशान क्यों दिखाई देते हो ? तुम परेशान दिखाई देते हो, सचमुच ! तुम देखते रहते हो और सुनते रहते हो लेकिन ऐसा लगता है कि तुम्हारी समझ में कुछ नहीं आता। अरे यार, चिन्ता छोड़ो, खुश रहो ! हम लोगों की बातचीत हो जाने के बाद देखना; अफ़सोस की बात है कि इस वक़्त मैं खुद अपने और दूसरे लोगों के मामलों में इतनी बुरी तरह उलझा हुआ हूँ। अरे, मेरे दोस्त," उसने अचानक कहा, "हर इंसान को ज़रूरत होती है खुली हवा की, हवा की, हवा की !...सबसे बढ़कर बस इस चीज़ की !"

और अचानक वह पादरी और उसके सहायक को रास्ता देने के लिए एक ओर को हट गया, जो सीढ़ियों से ऊपर आ रहे थे। वे लोग मृतात्मा के लिए प्रार्थना करने आए थे। स्विद्रिगाइलोव ने बन्दोबस्त कर दिया था कि जब तक कफ़न-दफ़न न हो जाए तब तक रोज़ दो बार यह प्रार्थना

हुआ करे। स्विद्रिगाइलोव चला गया। रस्कोलनिकोव कुछ क्षण खड़ा सोचता रहा और फिर वह पादरी के पीछे-पीछे सोनिया के कमरे में चला गया।

वह चौखट पर खड़ा रहा। प्रार्थना शुरू हुई, मन्द गति से; शान्त और उदास भाव से। बचपन के दिनों से ही वह हमेशा महसूस करता आया था कि मृत्यु के विचार में और मृत्यु की उपस्थिति की संवेदना में कोई बहुत ही मनहूस और रहस्यमय ढंग से भयावह बात थी। इसके अलावा यह भी बात थी कि किसी मृतात्मा के शोक की प्रार्थना में गए उसे बहुत दिन हो गए थे। और यहाँ तो कुछ और भी था, कोई बहुत ही भयानक और बेचैन करनेवाली बात। उसने बच्चों की ओर देखा : वे सभी घुटनों के बल ताबूत के पास बैठे थे। पोलेंका रो रही थी। उनके पीछे सोनिया चुके-चुपके, मानो डरते-डरते, रोते हुए प्रार्थना कर रही थी। 'क्या बात है,' रस्कोलनिकोव ने अचानक सोचा, 'कि पिछले कुछ दिनों से उसने मेरी ओर देखा तक नहीं है और न ही मुझसे कोई बात की है !' कमरे में धूप फैली हुई थी; लोबान के धुएँ के बादल उठ रहे थे; पादरी पढ़ रहा था, 'हे प्रभु, इसे चिर शान्ति देना।' पूरी प्रार्थना के दौरान रस्कोलनिकोव वहीं मौजूद रहा। उन्हें आशीर्वाद देने और उनसे विदा लेने के समय ऐसा लगा कि पादरी ने विचित्र ढंग से मुड़कर अपने चारों ओर देखा। प्रार्थना के बाद रस्कोलनिकोव सोनिया के पास गया : सोनिया ने अचानक उसके हाथ अपने हाथों में लेकर अपना सिर उसके कन्धे पर टिका दिया। उसकी थोड़ी सी देर की इस दोस्ताना हरकत से रस्कोलनिकोव आश्चर्य में पड़ गया। उसे यह बात बेहद अजीब भी लगी। हे भगवान, उसकी तरफ़ उसके दिल में तनिक भी घृणा और तिरस्कार की भावना नहीं थी ? उसके हाथ ज़रा भी नहीं काँप रहे थे ? यह तो अपने आपको अपमानित करने की हद है। कम-से-कम उसने इसे इसी रूप में समझा। सोनिया ने कुछ नहीं कहा। रस्कोलनिकोव ने उसका हाथ धीरे से दबाया और बाहर चला गया। वह बहुत खिन्न अनुभव कर रहा था। अगर वह उस क्षण कहीं चला जाता, वहाँ भले ही अपने शेष जीवन भर बिलकुल अकेला ही रहता, तो वह अपने आपको सचमुच धन्य समझता। लेकिन मुसीबत यह थी कि इधर कुछ समय से हालाँकि वह बिलकुल अकेला रहा था, फिर भी वह कभी यह महसूस नहीं कर सका था कि वह अकेला है। कभी-कभी वह शहर के बाहर निकल जाता था, बड़ी सड़क पर चलता रहता था, और एक दिन तो वह एक छोटे से जंगल में भी पहुँच गया था। लेकिन जगह जितनी ही अधिक एकान्त होती थी, उसे किसी की निकट और भयावह उपस्थिति का आभास उतना ही अधिक होता था, किसी की ऐसी उपस्थिति का जो उसमें भय तो उतना नहीं पैदा करती थी जितना उसको झुँझला देती थी, और वह जल्दी से शहर वापस जाता था, भीड़ में घुल-मिल जाता था, किसी रेस्तराँ या शराबख़ाने में जाकर बैठ जाता था, पैदल चलता हुआ कबाड़ी बाज़ार या भूसा मंडी पहुँच जाता था। वहाँ उसे ज़्यादा शान्ति मिलती थी और वह ज़्यादा अकेला भी महसूस करता था। एक दिन शाम को किसी शराबख़ाने में लोग गाने गा रहे थे। वह लगभग घंटे भर तक वहाँ बैठा गाने सुनता रहा। उसे याद था कि उसे उसमें बहुत आनन्द आया था। लेकिन अन्त में वह फिर बेचैन हो उठा था, मानो उसका अन्तःकरण उसे कचोट रहा हो : 'यहाँ बैठा मैं गाने सुन रहा हूँ हालाँकि मुझे यह नहीं करना चाहिए, है न ?' वह बरबस सोचने लगा। लेकिन उसने फ़ौरन महसूस किया कि उसे यही एक बात परेशान नहीं कर रही थी; कोई बात ऐसी थी जिसे फ़ौरन हल करना ज़रूरी था, लेकिन वह क्या बात थी, इसे वह न तो साफ़ तौर पर देख ही पाता था और न ही शब्दों में व्यक्त कर पाता था। हर चीज़ कैसी बुरी तरह उलझी हुई मालूम होती थी। 'नहीं,' उसने सोचा, 'इससे तो कहीं अच्छा लड़ना होगा ! कहीं बेहतर होगा कि वह फिर पोर्फ़िरी से टक्कर ले...या स्विद्रिगाइलोव से ही...कहीं बेहतर

होगा कि वह किसी सम्मन का—किसी हमले का सामना करे !' वह शराबख़ाने के बाहर चला गया और लगभग दौड़ने लगा। न जाने क्यों दूनिया और अपनी माँ का ख़्याल आने से वह अचानक बौखला उठा। यह उस रात की बात है जब पौ फटने से पहले क्रेस्तोव्स्की द्वीप की कुछ झाड़ियों के बीच उसकी आँख खुली थी, उसकी हड्डियों तक में सर्दी समा गई थी और उसे बुख़ार महसूस हो रहा था। वह घर चला गया था और बहुत तड़के वहाँ पहुँच गया था। कुछ घंटे सो लेने के बाद उसका बुख़ार तो उतर गया था, लेकिन वह देर से सोकर उठा था : तीसरे पहर के दो बजे थे।

उसे याद आया कि उसी दिन कतेरीना इवानोव्ना को दफ़न किया जानेवाला था और उसे इस बात की खुशी थी कि वह उसके जनाज़े में नहीं गया था। नस्तास्या उसके लिए कुछ खाना लाई थी; उसने जी भरकर खाया-पिया था, बिलकुल नदीदों की तरह। उसके दिमाग़ में पहले से ज़्यादा ताज़गी आ गई थी, इस समय वह जितनी शान्ति अनुभव कर रहा था उतनी उसने पिछले तीन दिन में कभी महसूस नहीं की थी। एक क्षण के लिए उसे इससे पहले के बौखला देनेवाले भय के अपने दौरों पर कुछ आश्चर्य भी हुआ। इतने में दरवाज़ा खुला और रज़ुमीख़िन अन्दर आया।

"अच्छा, तो तुम खाना खा रहे हो ! इसका मतलब है कि तुम बीमार नहीं हो," रज़ुमीख़िन ने कुर्सी लेकर मेज़ की दूसरी तरफ़ रस्कोलनिकोव के सामने बैठते हुए कहा। वह बहुत परेशान था और उसने इस बात को छिपाने की कोशिश भी नहीं थी। वह खुली झुँझलाहट के साथ बोल रहा था, लेकिन बिना किसी जल्दी के और बिना अपनी आवाज़ ऊँची किए हुए। साफ़ दिखाई दे रहा था कि वह किसी ख़ास, बल्कि ग़ैर-मामूली, काम से आया था।

"देखो," उसने दृढ़ स्वर में कहना शुरू किया, "जहाँ तक मेरा सवाल है, तुम सब लोग भाड़ में भी जाओ तो मेरी बला से, लेकिन मैं, अब मैं उस जगह पहुँच गया हूँ जहाँ मैं यह महसूस करने लगा हूँ कि मेरी समझ में कुछ भी नहीं आता। भगवान के लिए, यह न सोचना कि मैं तुमसे जवाब माँगने आया हूँ। मेरी बला से ! मेरा ऐसा करने का कोई इरादा नहीं है ! अगर तुम मुझे ख़ुद सारी बातें, अपने सारे मनहूस भेद बताना शुरू कर दो तब भी बहुत मुमकिन यही है कि मैं सुनने के लिए रुकूँगा नहीं। मैं उठकर फ़ौरन चला जाऊँगा। मैं निजी तौर पर और आख़िरी बार जिस बात का पता लगाने आया हूँ वह सबसे पहले तो यह है कि तुम सचमुच पागल हो या नहीं ? देखो, तुम्हारे बारे में कुछ लोग यह राय रखते हैं (इसकी चिन्ता न करो कि कहाँ) कि तुम या तो पागल हो या पागल होनेवाले हो। मैं तुम्हें साफ़-साफ़ बता दूँ कि मैं ख़ुद इस राय को मानने को तैयार था, पहले तो तुम्हारी बेवक़ूफ़ी की और कुछ हद तक नफ़रत पैदा करनेवाली हरकतों की वजह से (जिनकी, मैं लगे हाथ यह भी कह दूँ, कोई वजह समझ में नहीं आती) दूसरे, इधर हाल में अपनी माँ और बहन के साथ तुम्हारे बर्ताव की वजह से। सिर्फ़ कोई पिशाच और नीच आदमी, या कोई पागल ही उस तरह का बर्ताव कर सकता था जैसा कि तुमने किया। इसलिए साबित हुआ कि तुम ज़रूर पागल होगे..."

"तुम क्या अभी हाल में उनसे मिले हो ?"

"अभी-अभी। और क्या उस दिन के बाद से तुम उनसे नहीं मिले ? तुम आख़िर घूमते कहाँ रहते हो, मैं यह जानना चाहता हूँ ? मैं यहाँ तीन बार पहले भी आ चुका हूँ। तुम्हारी माँ बीमार हैं। कल से उनकी तबीयत बहुत ख़राब है। वह तुम्हारे पास आना चाहती थीं। तुम्हारी बहन ने उन्हें रोकने कोशिश की, लेकिन वह किसी तरह सुनती ही नहीं थीं। 'अगर वह बीमार है,' वह बोलीं, 'अगर वह पागल हो रहा है, तो उसकी मदद करना उसकी माँ का फ़र्ज़ है।' इसलिए हम

सब लोग साथ यहाँ आए थे, क्योंकि हम उन्हें अकेला नहीं आने दे सकते थे। रास्ते भर हम उनसे शान्त रहने की मिन्नत करते रहे। हम यहाँ अन्दर भी आए, लेकिन तुम कहीं बाहर गए हुए थे। वह दस मिनट तक यहाँ बैठी राह देखती रहीं और हम लोग चुपचाप उनके पास खड़े रहे। फिर वह उठीं और बोलीं, 'अगर वह बाहर जा सकता है तो इसका मतलब है कि वह चंगा होगा और बस अपनी माँ को भूल गया है, किन्तु उसकी माँ के लिए यह बड़े अपमान की बात है और उसे यह शोभा नहीं देता कि वह उसके दरवाज़े पर खड़ी होकर उसके प्यार की भीख माँगे।' घर वापस आते ही उन्होंने चारपाई पकड़ ली। अब उन्हें बुख़ार है। 'मैं देखती हूँ,' वह कहती रहती हैं, 'उनके पास 'अपनी छोकरी' के लिए ढेरों वक़्त है।' उन्हें विश्वास है कि 'तुम्हारी छोकरी' सोफ़्या सेम्योनोव्ना है, जिसे वह तुम्हारी मंगेतर या तुम्हारी रखैल समझती हैं, मुझे नहीं मालूम क्या। मैं फ़ौरन सोफ़्या सेम्योनोव्ना के यहाँ गया था, क्योंकि बात यह है, मेरे यार, कि मैं इस पूरे मामले की तह तक पहुँचना चाहता हूँ। वहाँ पहुँचकर मैंने ताबूत रखा हुआ देखा; बच्चे रो रहे थे और सोफ़्या सेम्योनोव्ना उन्हें मातमी कपड़े पहना रही थीं। तुम वहाँ नहीं थे। मैंने बस एक नज़र झाँका, और माफ़ी माँगकर चला आया। फिर मैंने फ़ौरन जाकर सारी बात तुम्हारी बहन को बता दी। इसलिए यह सारी बात बकवास है। तुम्हारी कोई 'छोकरी' नहीं है, और तुम शायद सरासर, बिलकुल पागल हो। लेकिन तुम यहाँ बैठे उबले गोश्त पर ऐसे हाथ साफ़ कर रहे हो जैसे तीन दिन से तुम्हारे मुँह में कौर न गया हो। यह सच है कि पागल भी खाना खाते हैं, लेकिन तुमने हालाँकि मुझसे अभी तक एक शब्द भी नहीं कहा है पर मैं देख सकता हूँ कि तुम...पागल नहीं हो ! मैं क़सम खाकर यह कह सकता हूँ, तुम क़तई पागल नहीं हो। इसलिए तुम सब लोग जाओ भाड़ में, क्योंकि ज़ाहिर है कि इसमें कोई भेद है, कोई रहस्य है, और लानत है मुझ पर अगर मैं तुम्हारे रहस्यों का पता लगाने में अपना सिर खपाऊँ। इसलिए मैं तुमसे बस इतना बताने आया हूँ कि मैं तुम्हारे बारे में क्या सोचता हूँ," उसने उठते हुए अपनी बात ख़त्म की, "अपने दिमाग़ पर से बोझ उतारने के लिए। क्योंकि अब मुझे मालूम है कि मुझे क्या करना है !"

"तो अब तुम क्या करनेवाले हो ?"

"तुमसे क्या मतलब कि मैं क्या करनेवाला हूँ ?"

"देखो, सावधान रहना ! तुम शराब पीना शुरू कर दोगे !"

"कैसे...तुमने कैसे अन्दाज़ा लगाया ?"

"हे भगवान, यह तो बड़ी सीधी सी बात है !"

रज़ुमीख़िन एक मिनट चुप रहा।

"तुम हमेशा बहुत समझदार आदमी रहे हो," अचानक उसने बड़े जोश से कहा, "और तुम कभी पागल नहीं रहे हो–कभी नहीं। तुम बिलकुल ठीक कहते हो : मैं शराब पीने लगूँगा। अच्छा, मैं चला।" और यह कहकर वह दरवाज़े की ओर चल दिया।

"रज़ुमीख़िन, मैं अपनी बहन से तुम्हारे बारे में बातें कर रहा था। मेरा ख़्याल है परसों।"

"मेरे बारे में ? लेकिन परसों तुम उनसे कहाँ मिले होगे ?" रज़ुमीख़िन अचानक ठिठक गया और उसके चेहरे का रंग कुछ उतर गया। साफ़ दिखाई दे रहा था कि उसका दिल धीरे-धीरे लेकिन भारी आवाज़ से धड़क रहा था।

"वह यहाँ अकेली आई थी। यहीं बैठकर मुझसे बातें करती रही थी।"

"ऐसी बात है ?"

"हाँ।"

"तुमने उनसे क्या बातें कीं ? मेरा मतलब है, तुमने मेरे बारे में क्या कहा ?"

"मैंने उसे बताया कि तुम बहुत भले, ईमानदार और मेहनती आदमी हो। मैंने उसे यह नहीं बताया कि तुम उससे प्यार करते हो, क्योंकि यह तो वह ख़ुद जानती है।"

"ख़ुद जानती है ?"

"बिलकुल जानती है ! तो, मैं कहीं भी जाऊँ और मेरा जो भी हाल हो, तुम उनके साथ ही रहना और उनकी देखभाल करना। यह समझ लो कि उन्हें मैं तुम्हारे हवाले कर रहा हूँ, रजुमीख़िन। मैं यह बात तुम्हें इसलिए बता रहा हूँ कि मैं जानता हूँ तुम्हें उससे कितना प्यार है और इसलिए कि मुझे पक्का यक़ीन है तुम भले आदमी हो। मैं यह भी जानता हूँ कि अगर इस वक़्त उसे तुमसे प्यार न भी हो तब भी आगे चलकर वह तुमसे प्यार कर सकती है। अब तुम ख़ुद फ़ैसला कर लो कि तुम्हें शराब पीना शुरू करना चाहिए या नहीं।"

"रोदया...देखो...ख़ैर...अच्छा, जाने दो यह बात ! लेकिन तुम कहाँ जाने की सोच रहे हो ? मेरा मतलब है, अगर यह कोई भेद की बात है तो मैं तुम्हारे ऊपर जवाब देने के लिए ज़ोर नहीं डालूँगा। लेकिन मैं...मैं इस भेद का पता लगा लूँगा...और मुझे पूरा यक़ीन है कि यह सब ख़ुराफ़ात है...सरासर बकवास है, और यह सारा सिलसिला तुमने ख़ुद शुरू किया है। फिर भी, तुम आदमी बहुत अच्छे हो ! बहुत अच्छे !..."

"ख़ैर, मैं तो तुम्हें ख़ुद बताने जा रहा था, लेकिन तुमने मेरी बात बीच में ही काट दी, कि अभी एक मिनट पहले तुम्हारे मुँह से यह बात सुनकर मैं बहुत ख़ुश हुआ था कि तुम मेरे किसी भेद या रहस्य का पता लगाने की कोशिश नहीं करोगे। फ़िलहाल उन्हें रहने ही दो, तुम बड़े अच्छे हो, और उनके बारे में परेशान न हो। वक़्त आने पर हर बात तुम्हें मालूम हो जाएगी, मेरा मतलब है जब तुम्हारे जानने का वक़्त आएगा। कल कोई मुझे बता रहा था कि आदमी के लिए जिस चीज़ की ज़रूरत है वह है ताज़ा हवा, हवा ! मैं इस वक़्त उसके पास जाकर यह मालूम करना चाहता हूँ कि इससे उसका मतलब क्या था।"

रजुमीख़िन विचारमग्न और उत्तेजित दिखाई दे रहा था और ऐसा लग रहा था कि वह किसी बात के बारे में सोच रहा है।

'यह राजनीतिक षड्यन्त्रकारी है ! इसमें कोई शक नहीं है ! और यह जान की बाज़ी लगाकर कुछ करनेवाला है—यह भी पक्की बात है। इसके अलावा और कुछ हो ही नहीं सकता और...और दूनिया इस बात को जानती है,' उसने सहसा मन-ही-मन सोचा।

"तो तुम्हारी बहन तुमसे मिलने आती है," उसने हर शब्द के एक-एक टुकड़े पर ज़ोर देते हुए कहा, "और तुम ख़ुद ऐसे आदमी से मिलने को बेचैन हो जो कहता है कि हमें और ज़्यादा हवा की ज़रूरत है, हवा और...और मैं समझता हूँ कि वह ख़त भी इसी तरह की कोई चीज़ है," उसने अपनी बात ख़त्म करते हुए कहा, मानो अपने आपसे बातें कर रहा हो।

"कौन सा ख़त ?"

"आज सबेरे उनके पास एक ख़त आया था जिसे पढ़कर वह बहुत परेशान हो गईं। बहुत ज़्यादा। मैं तुम्हारे बारे में बातें करने लगा तो उन्होंने लगभग डाँटकर मुझे चुप कर दिया। फिर...फिर वह बोलीं कि शायद जल्दी ही हम लोगों को एक-दूसरे से अलग होना पड़े और फिर वह किसी बात के लिए मेरा शुक्रिया अदा करने लगीं। उसके बाद उन्होंने अपने कमरे में जाकर कमरा अन्दर से बन्द कर लिया।"

"उसके पास कोई ख़त आया था ?" रस्कोलनिकोव ने कुछ सोचते हुए पूछा।

''हाँ, ख़त आया था। तुम्हें नहीं मालूम था ? अच्छा !''

दोनों चुप रहे।

''अच्छा, मैं चला, रोद्या। देखो, मेरे यार...एक वह भी ज़माना था..ख़ैर, मैं चलता हूँ ! मुझे जाना भी है। मैं शराब के चक्कर में नहीं पड़ूँगा। अब कोई ज़रूरत नहीं रह गई...कोई ख़तरे की बात नहीं है !''

उसे जाने की जल्दी थी, लेकिन बाहर निकलते-निकलते जब वह दरवाज़ा बन्द कर रहा था, तब उसने अचानक दरवाज़ा फिर खोला और रस्कोलनिकोव की ओर देखे बिना बोला–

''अरे हाँ, तुम्हें उस क़त्ल की याद है न ? पोर्फ़िरी और...वह बुढ़िया ? तो मैं तुम्हें यह बताना चाहता हूँ कि हत्यारे का पता चल गया है। उसने अपना अपराध मान लिया है और सारे सबूत भी पेश कर दिए हैं। उन्हीं मज़दूरों में से एक था जो घर की रँगाई-पुताई कर रहे थे। है न कमाल की बात ? याद है, मैं यहीं उनकी तरफ़ से पैरवी कर रहा था। क्या तुम यक़ीन करोगे कि जिस वक़्त दरबान और दो गवाह सीढ़ियों से ऊपर जा रहे थे तब उसने जान-बूझकर अपनी तरफ़ से शक दूर करने के लिए अपने साथी के साथ सीढ़ियों पर मार-पीट और हँसी-मज़ाक़ का वह नाटक रचा था। ऐसे नौजवान आदमी में इतनी चालाकी और ऐसी कमाल की हाज़िर-दिमाग़ी ! किसी तरह यक़ीन नहीं आता, लेकिन उसने हर बात की वजह समझा दी है और सब कुछ साफ़-साफ़ मान लिया है। और मैं भी कैसा बेवक़ूफ़ बना ! मैं तो समझता हूँ कि मक्कारी और सूझ-बूझ के मामले में उसका जवाब नहीं है, हमारे बड़े-बड़े क़ानून जाननेवालों की आँखों में धूल झोंकने में उस्ताद है वह, इसलिए ताज्जुब की कोई बात नहीं है इसमें ! बहरहाल, ऐसे लोग भी इस दुनिया में क्यों न हों ? जहाँ तक इस नाटक को खेलते न रह पाने का और अपना अपराध मान लेने की बात है, तो यह और वजह है कि उसका यक़ीन किया जाए। बात ज़्यादा यक़ीन करने लायक़ हो जाती है...लेकिन उस दिन मैं कैसा सरासर बेवक़ूफ़ बना ! उनकी तरफ़ से पैरवी करने में ज़मीन-आसमान एक कर दिया !''

''अच्छा, यह तो बताओ कि ये सब बातें तुम्हें मालूभ कहाँ से हुईं, और तुम्हें इसमें इतनी दिलचस्पी क्यों है ?'' रस्कोलनिकोव ने स्पष्टतः उत्तेजित होकर पूछा।

''हे भगवान, मुझे इसमें दिलचस्पी होने की भी एक ही कही ! क्या ख़ूब सवाल है ! मुझे यह बात औरों के अलावा पोर्फ़िरी से मालूम हुई। सच तो यह है कि लगभग सारी बातें उसी ने मुझे बताईं।''

''पोर्फ़िरी ने ?''

''हाँ, पोर्फ़िरी ने।''

''अच्छा, क्या...क्या कहा उसने ?'' रस्कोलनिकोव ने चौंककर पूछा।

''अरे, उसने सारी बातें बड़े ख़ूबसूरत तरीक़े से समझाईं। मनोवैज्ञानिक ढंग से, अपने ख़ास तरीक़े से।''

''उसने समझाया ? उसने खुद तुम्हें समझाया ?''

''हाँ, उसने ख़ुद। अच्छा, मैं चला। बाद में तुम्हें और बातें बताऊँगा। माफ़ करना, अब मैं भागूँगा। देखो, बात यह है कि एक ज़माना था जब मैं सोचा करता था...लेकिन जाने दो, अभी नहीं, बाद में बताऊँगा...अब मैं नशे में चूर नहीं होना चाहता, तुमने शराब के बिना ही मुझे मदहोश कर दिया है। मैं नशे में हूँ, रोद्या ! एक बूँद भी शराब पिए बिना नशे में हूँ। ख़ैर, फिर मिलेंगे। बहुत जल्दी ही मैं फिर आऊँगा।''

वह बाहर चला गया।

'किसी राजनीतिक षड्यन्त्र में इसका हाथ है, यह तो पक्की बात है...बिलकुल पक्की बात है,' रज़ुमीख़िन ने धीरे-धीरे सीढ़ियाँ उतरते हुए आख़िरी तौर पर फ़ैसला किया, 'और इसने अपनी बहन को भी उसमें खींच लिया है। दूनिया जैसी लड़की के साथ ऐसा होना बिलकुल मुमकिन है। फिर एक-दूसरे से छिप-छिपकर मिलने भी लगे हैं...और उसने भी इशारे-इशारे में मुझसे यह बात कही थी। हाँ, उसकी बातों से और...उसके हाव-भाव से...और उसके इशारों से तो लगता है कि यही बात होगी ! वरना इस गुत्थी को और कैसे सुलझाया जा सकता है ? और मैं सोचता था...हे भगवान, मैंने ऐसी बात सोची कैसे ! मैं बिलकुल पागल था कि मैंने इस तरह की बात सोची और ऐसा सोचकर मैंने उसके साथ बड़ी ज्यादती की। उस दिन रात को गलियारे में लैंप के नीचे उसी ने मुझे ऐसा सोचने पर मजबूर किया। लानत है ? कैसा बेहूदा, भोंडा और कायरता का विचार था वह ! भला हो उस निकोलाई का कि उसने अपराध मान लिया ! और उसकी वजह से कितनी मदद मिलती है सारी बातों को समझने में। इसकी वह बीमारी, इसकी अजीब-अजीब हरकतें। यूनिवर्सिटी में भी यह बहुत उखड़ा-उखड़ा और उदास रहता था...लेकिन उस ख़त का क्या रहस्य है ? उसमें भी, मैं समझता हूँ, कोई न कोई बात है ज़रूर। किसका ख़त था ? मुझे तो शक है...ख़ैर, मैं सब पता लगा लूँगा !"

दूनिया का विचित्र व्यवहार याद करके उसका दिल डूबने लगा। वह तेज़ क़दम बढ़ाता हुआ चलता रहा।

रज़ुमीख़िन के बाहर जाते ही रस्कोलनिकोव उठा, खिड़की की ओर मुड़ा और कमरे के एक कोने से दूसरे कोने तक टहलने लगा, मानो उसे याद ही न रह गया हो कि कमरा कितना छोटा था, और...एक बार फिर वह सोफ़े पर बैठ गया। ऐसा लग रहा था कि वह बिलकुल बदल गया है। 'तो एक और लड़ाई होनेवाली है...और उसमें उसके जीतने की गुंजाइश है !'

'हाँ, गुंजाइश तो है ! हवा की बेहद कमी हो गई है, बड़ी घुटन है !' उसे ऐसा लगा कि वह किसी बहुत बड़े बोझ के नीचे दबा हुआ है जो उसे ज़मीन से उठने नहीं दे रहा है, जैसे उसे किसी ने नशीली दवा पिला दी है। पोर्फ़िरी के दफ़्तर में उस दिन निकोलाई के साथ जो घटना हुई थी उसके बाद से वह बहुत जकड़ा हुआ और घुटा-घुटा सा महसूस करने लगा था। उसी दिन निकोलाईवाली घटना के बाद सोनिया के कमरे में वह घटना हुई थी। उस घटना में उसने जो कुछ किया और उसके अन्त में जो कुछ उसने कहा उसकी उसने पहले से कल्पना भी नहीं की थी—हाँ, वह बहुत कमज़ोर हो गया था, और सो भी अचानक और पूरी तरह ! एक ही झटके में ! और उस वक़्त वह सोनिया की इस बात से सहमत था कि अपने अन्तःकरण पर ऐसी चीज़ का बोझ लेकर वह चल नहीं पाएगा ! और स्विद्रिगाइलोव ? स्विद्रिगाइलोव एक पहेली था...यह सच था कि स्विद्रिगाइलोव की वजह से उसे बड़ी चिन्ता रहती थी, लेकिन न जाने क्यों उस तरह की चिन्ता नहीं। शायद उसे स्विद्रिगाइलोव से भी लड़ना पड़े। शायद उसके लिए स्विद्रिगाइलोव को पछाड़ देने की उम्मीद भी बहुत थी। लेकिन पोर्फ़िरी की बात ही बिलकुल अलग थी।

तो पोर्फ़िरी ने रज़ुमीख़िन को सारी बात समझाई थी, 'मनोवैज्ञानिक ढंग से' समझाई थी ! फिर उसने अपना वही मनहूस मनोविज्ञान घुसेड़ दिया ! पोर्फ़िरी ? उस दिन उसके दफ़्तर में उन दोनों के बीच जो घटना हुई थी उसके बाद, निकोलाई के आने से पहले उन दोनों की जो झड़प हुई थी उसके बाद, जिसकी बस एक वजह हो सकती थी, क्या यह मुमकिन था कि पोर्फ़िरी एक क्षण के लिए भी यह यक़ीन करे कि निकोलाई अपराधी था ! (पिछले कुछ दिनों के दौरान रस्कोलनिकोव

को कई बार पोर्फ़िरी के साथ उस झड़प के अलग-अलग टुकड़े याद आए थे; पूरी घटना को याद करना उसकी बर्दाश्त के बाहर था।) उस दिन ऐसी बातें कही गई थीं, दोनों के बीच इस तरह के संकेत हुए थे, दोनों ने एक-दूसरे को ऐसी नज़रों से देखा था, ऐसे लहजे में बातें कही गई थीं और आख़िर में नौबत यहाँ तक पहुँच गई थी कि इतना सब कुछ होने के बाद निकोलाई (जिसे पोर्फ़िरी ने उसके पहले शब्द और उसकी पहली मुद्रा से एक किताब की तरह पढ़ लिया था) उसके दृढ़ विश्वास को डिगा नहीं सकता था।

और कमाल तो यह कि रज़ुमीख़िन भी शक करने लगा था ! उस दिन गलियारे में लैंप के नीचे जो घटना हुई थी उसका भी असर पड़े बिना नहीं रह सका था। इसलिए वह भागा-भागा पोर्फ़िरी के पास गया था।...लेकिन पोर्फ़िरी उसे धोखे में क्यों रखना चाहता था ? रज़ुमीख़िन का ध्यान निकोलाई की ओर मोड़ने के पीछे क्या चाल थी ? उसके मन में कोई बात तो होगी। उसके कोई इरादे तो होंगे। वे इरादे क्या थे ? यह सच था कि उस सुबह के बाद से बहुत वक़्त गुज़र गया था—बहुत ज़्यादा वक़्त—और पोर्फ़िरी की तरफ़ से कोई भी बात नहीं कही गई थी। तो यह यक़ीनन कोई बहुत अच्छा संकेत नहीं है।... रस्कोलनिकोव गहरे विचार में डूबा हुआ था। उसने बाहर जाने के इरादे से अपनी टोपी उठाई। इतने दिनों में पहली बार उसे ऐसा महसूस हुआ कि उसके दिमाग़ पर जो बादल छाए हुए थे वे छँट गए हैं। 'मुझे स्विद्रिगाइलोव से निबट लेना होगा,' उसने सोचा, 'हर क़ीमत पर और जल्दी-से-जल्दी उससे निबट लेना होगा। शायद वह भी यही राह देख रहा है कि मैं उसके पास जाऊँ।' उस क्षण उसके थके हुए हृदय में इतनी घृणा भर गई कि वह उन दोनों में से एक को क़त्ल भी कर सकता था : स्विद्रिगाइलोव को या पोर्फ़िरी को। कम-से-कम उसने महसूस यही किया कि अगर अभी नहीं तो बाद में चलकर तो वह ऐसा कर ही सकता है। 'देखा जाएगा, देखा जाएगा,' वह बार-बार मन-ही-मन कहता रहा।

लेकिन अभी उसने दरवाज़ा खोला ही था कि उसकी मुठभेड़ ख़ुद पोर्फ़िरी से हो गई। वह उससे मिलने ही आ रहा था। एक क्षण के लिए रस्कोलनिकोव हक्का-बक्का रह गया, लेकिन बस एक क्षण के लिए। अजीब बात है कि उसे पोर्फ़िरी को देखकर बिलकुल ताज्जुब नहीं हुआ और उससे उसे कुछ ख़ास डर भी नहीं लगा। वह बस चौंक पड़ा; लेकिन लगभग फ़ौरन ही उसने अपने आपको इस बात के लिए तैयार कर लिया कि जो भी होना हो, हो। 'शायद यह अन्त है ! लेकिन वह इस तरह बिलकुल चूहे की तरह चुपके-चुपके ऊपर आया कैसे कि मैंने उसकी आहट तक नहीं सुनी ? कहीं वह छिपकर कान लगाए सुन तो नहीं रहा था ?'

"तुम्हें मेहमान के आने की उम्मीद तो नहीं रही होगी, मेरे दोस्त ?" पोर्फ़िरी हँसकर ज़ोर से बोला, "मैं बहुत अरसे से तुमसे मिलने आने का इरादा कर रहा था। मैं इधर से गुज़र रहा था, इसलिए मैंने सोचा कि क्यों न पाँच मिनट के लिए होता चलूँ और देख लूँ कि तुम्हारा क्या हालचाल है ? तुम बाहर जा रहे हो ? मैं तुम्हारा ज़्यादा वक़्त नहीं लूँगा। अगर तुम्हें कोई एतराज़ न हो तो एक सिगरेट पी लूँ।"

"बैठिए, पोर्फ़िरी पेत्रोविच, तशरीफ़ रखिए !" रस्कोलनिकोव इतनी शिष्टता और मित्रता के भाव से अपने मेहमान से बैठने को कह रहा था कि अगर वह ख़ुद देखता तो उसे ताज्जुब होता। तो बर्तन में से आख़िरी खुरचन निकाली जा रही थी ! आदमी आधा घंटा क़ातिल के साथ बिताता है और उसका दम निकलता रहता है, लेकिन आख़िरकार जब छुरा उसकी गर्दन पर रख दिया जाता है तो उसे बिलकुल डर नहीं लगता। रस्कोलनिकोव पोर्फ़िरी के सामने बैठ गया और पलक झपकाए बिना उसे देखता रहा। पोर्फ़िरी ने आँखें सिकोड़कर देखा और सिगरेट जलाने लगा।

'अच्छा, कहिए, कहिए, कहिए !' ऐसा लग रहा था कि शब्द रस्कोलनिकोव के हृदय से फूटे पड़ रहे थे, 'कुछ बोलते क्यों नहीं, कमबख़्त !'

2

"इन सिगरेटों को ही ले लो," पोर्फ़िरी ने सिगरेट जला चुकने के बाद धुआँ फूँकते हुए कहना शुरू किया, "मैं जानता हूँ कि ये मेरे लिए अच्छी नहीं हैं लेकिन मैं इन्हें छोड़ नहीं सकता। हरदम खाँसी आती रहती है, गले में ख़राश रहती है, दम फूलता है। तुम तो जानते ही हो, मैं जरा डरपोक क़िस्म का आदमी हूँ। अभी उस दिन मैं एक स्पेशलिस्ट के पास गया था—डॉ. बोतकिन के पास; वह हर मरीज़ को देखने में कम-से-कम आधा घंटा लगाते हैं, लेकिन मुझे देखकर वह बस हँस दिए। ख़ूब ठोंक-बजाकर देखा, सीने पर आला लगाकर सुना। लगे हाथ मुझसे बोले, तम्बाकू तुम्हारे लिए बुरी है, तुम्हारे फेफड़ों पर असर हो गया। लेकिन मैं इसे छोड़ूँ कैसे ? इसकी जगह लेने के लिए क्या चीज़ है ? मुसीबत यह है कि शराब मैं छूता नहीं, हः-हः-हः ! हाँ, मैं तो समझता हूँ कि यही सारी मुसीबत है। देखो, बात यह है कि चीज़ कोई भी अच्छी या बुरी नहीं होती; आदमी-आदमी की और वक़्त-वक़्त की बात होती है !"

'अपनी वही पुरानी क़ानूनी चालें कहीं फिर तो नहीं चल रहा है ?' रस्कोलनिकोव ने झुँझलाकर सोचा। उनकी पिछली मुलाक़ात का सारा दृश्य अचानक उसकी आँखों के सामने आ गया और एक बार फिर उसने उसी भावना को तेज़ी से उमड़ता हुआ अनुभव किया जो उसने उस समय अनुभव की थी।

"मैं परसों भी तुमसे मिलने आया था, शाम को," पोर्फ़िरी कमरे में चारों ओर नज़रें दौड़ाते हुए कहता रहा, "तुम्हें मालूम नहीं ? यहाँ आया था, इसी कमरे में ! मैं इधर से होकर गुज़र रहा था, आज ही की तरह। मैंने दिल में सोचा, क्यों न एक मिनट को होता चलूँ ? सो मैं आया। तुम्हारे कमरे का दरवाज़ा भाड़ जैसा खुला था। मैंने इधर-उधर देखा और तुम्हारी नौकरानी तक को बताए बग़ैर वापस चला गया। तुम अपने दरवाज़े में ताला नहीं लगाते, क्यों ?"

रस्कोलनिकोव का चेहरा और गम्भीर होता गया। ऐसा लगता था कि पोर्फ़िरी ने उसके विचारों को भाँप लिया था।

"मैं तुमसे बातें करने आया हूँ, मेरे दोस्त ! बस, बातें करने ! यहाँ आने की वजह तुम्हें बताना मेरे लिए ज़रूरी है, बल्कि सच तो यह है कि यह मेरा फ़र्ज़ है," वह कुछ मुस्कुराते हुए कहता रहा, बल्कि उसने रस्कोलनिकोव का घुटना धीरे से थपथपाया भी। लेकिन लगभग उसी क्षण उसका चेहरा गम्भीर और विचारमग्न हो गया; रस्कोलनिकोव को यह देखकर आश्चर्य हुआ कि उसकी मुद्रा में उदासी का भी एक पुट था। उसने कभी उसे ऐसा नहीं देखा था, और, सच तो यह है कि उसने कभी सोचा तक नहीं था कि वह देखने में कभी ऐसा भी लग सकता है। "मैं समझता हूँ कि पिछली मुलाक़ात के वक़्त हम दोनों के बीच एक अजीब झड़प सी हो गई थी। यह भी सच है कि पहली मुलाक़ात के वक़्त भी हम दोनों के बीच कुछ अजीब सी झड़प हुई थी,...लेकिन छोड़ो, एक ही बात है। अब मैं तुमसे सिर्फ़ यह कहना चाहता हूँ कि शायद मैंने तुम्हारे साथ ज्यादती की है। मुझे यही ख़्याल आता रहता है कि मैंने ज़्यादती की है। तुम्हें याद है कि हम लोग पिछली बार किस तरह एक-दूसरे से अलग हुए थे, याद है न ? तुम बुरी तरह झुँझलाए हुए थे और तुम्हारी टाँगें बुरी तरह काँप रही थीं, और मेरी भी। देखो, मैं तो समझता हूँ कि उस दिन जो कुछ भी हुआ वह बहुत भद्दा

था, बिलकुल शरीफ़ों जैसी बात नहीं थी। और, बहरहाल, हम लोग हैं तो शरीफ़ ही, है न ? कुछ भी हो जाए, सबसे पहले और सबसे बढ़कर हम शरीफ़ ही रहेंगे। यह बात ध्यान में रखनी चाहिए। लेकिन तुम्हें याद होगा कि हम लोग किस हद तक पहुँच गए थे...सच पूछो तो लगभग बेहूदगी की हद तक।''

'यह कहना क्या चाहता है ? यह मुझे समझता क्या है ?' रस्कोलनिकोव आश्चर्य में पड़ा सोचता रहा, और अपना सिर उठाकर नज़रें जमाए पोर्फ़िरी को घूरता रहा।

''अब मैंने फ़ैसला किया है कि हमारे लिए अब बेहतर यही होगा कि हम दोनों एक-दूसरे से बिलकुल खोलकर बातें करें,'' पोर्फ़िरी अपना सिर थोड़ा पीछे करके कहता रहा, मानो उसे अपने पुराने शिकार को परेशान करना अच्छा न लग रहा हो और जैसे उसने बड़े तिरस्कार भाव से अपने पुराने तरीक़ों और तरकीबों को ठुकरा दिया हो। ''जी हाँ; इस तरह की झड़पें और शंकाएँ बहुत दिन तक नहीं चल सकतीं। वह तो निकोलाई ने आकर उस झड़प को ख़त्म करा दिया, वरना हम दोनों के बीच न जाने क्या हो जाता। वह कमबख़्त चमड़ा कमानेवाला तमाम वक़्त ओट के पीछे बैठा था—तुम कभी सोच भी सकते हो ? ज़ाहिर है, तुम्हें यह बात मालूम भी है, और मैं यह भी जानता हूँ कि बाद में वह तुमसे मिलने आया था। लेकिन उस वक़्त तुम जो समझते थे वैसा कुछ भी नहीं हुआ था; मैंने किसी को नहीं बुलवाया था और मैंने उस वक़्त किसी तरह का कोई हुक्म नहीं दिया था। तुम पूछोगे—क्यों नहीं ? तो मैं तुम्हें क्या बताऊँ ? इस सबका असर मुझ पर भी पड़ा था। दरबानों को भी मैं मुश्किल के बुलवा पाया था। (मैं समझता हूँ कि तुमने बाहर जाते वक़्त दरबानों को देखा होगा।) देखो, बात यह है कि उस वक़्त मुझे एक बात सूझी थी—बिलकुल बिजली की तरह वह विचार मेरे दिमाग़ में कौंध गया था। जैसा कि तुम देखोगे, मेरे दोस्त, मुझे उस वक़्त ही पक्का यक़ीन हो चुका था। मैंने सोचा, क्यों न आज़माकर देखा जाए। हो सकता है कि कोई चीज़ थोड़ी देर के लिए मेरे हाथों से निकल जाए, लेकिन आख़िर में यक़ीनन दूसरी चीज़ मेरे हाथ लग जाएगी, और कम-से-कम...कम-से-कम, मेरे दोस्त, जो चीज़ मैं चाहता हूँ उसे तो मैं हाथ से निकलने नहीं दूँगा। मैं समझता हूँ, मेरे दोस्त, कि तुम स्वभाव से ही बेहद चिड़चिड़े हो। तुम्हारी दूसरी ख़ूबियों को देखते हुए, कुछ ज़रूरत से ज़्यादा ही चिड़चिड़े हो, और मैं इसे अपना बहुत बड़ा कमाल समझता हूँ कि मैंने कुछ हद तक उसकी थाह पा ली है। दरअसल यह बात मुझे उस वक़्त ही समझ लेनी चाहिए थी। ऐसा हमेशा नहीं होता कि आदमी उठे और अपने बारे में सारी सच्चाई उगल दे। कभी-कभी ऐसा होता ज़रूर है, अगर आप किसी तरकीब से उसे इतना गुस्सा दिला दें कि वह बिलकुल आपे से बाहर हो जाए, लेकिन बहरहाल ऐसा अक्सर नहीं होता। यह बात मुझे समझनी चाहिए था। ख़ैर, मैंने सोचा था कि मुझे तो दरअसल बस एक छोटे से तथ्य की, एक बहुत ही छोटे से तथ्य की, बस एक तथ्य की ज़रूरत है, किसी ऐसी चीज़ की जो मेरे हाथ लग सके, कोई ऐसी चीज़ जो ठोस हो, बस वह कमबख़्त निरा मनोविज्ञान न हो। क्योंकि मैं सोचता था कि अगर कोई आदमी अपराधी है तो वक़्त आने पर आपको उससे कोई ठोस नतीजा हासिल करने का भी भरोसा रखने का हक़ है जिसकी आपको बिलकुल उम्मीद न हो। मैं आपके स्वभाव से आस लगाए बैठा था, जनाब, सबसे बढ़कर आपके स्वभाव से। लेकिन मैं समझता हूँ कि उस वक़्त मुझे तुम्हारा ज़रूरत से ज़्यादा भरोसा था।''

''लेकिन...लेकिन आप इस वक़्त भी इसी तरह बातें क्यों किए जा रहे हैं ?'' रस्कोलनिकोव ने आख़िकार बुदबुदाकर पूछा : उसे यह भी ठीक से नहीं मालूम था कि उससे क्या पूछा जा रहा है। 'यह किस चीज़ के बारे में बातें कर रहा है ?' उसने कुछ भी न समझ पाकर मन-ही-मन अपने

आपसे पूछा। 'क्या यह सचमुच मुझे बेक़सूर समझता है ?'

"मैं इस तरह की बातें क्यों कर रहा हूँ ? बात यह है कि मैं अपनी सफ़ाई देने आया हूँ। एक तरह से मैं इसे अपना पवित्र कर्त्तव्य समझता हूँ। मैं तुम्हें बस कुछ बता देना चाहता हूँ, हर बात जिस तरह कि वह हुई, एक तरह से मेरे उस वक़्त के भटकाव का सारा इतिहास। मैं समझता हूँ, मेरे दोस्त, कि मैंने तुम्हें बहुत तकलीफ़ पहुँचाई है। मैं कोई राक्षस नहीं हूँ। मैं अच्छी तरह समझता हूँ कि इन सब बातों को झेलने का उस आदमी के लिए क्या मतलब होता है जो निराश होने के बावजूद स्वाभिमानी हो, दबंग हो और अधीर हो, ख़ासतौर पर अधीर ! बहरहाल, मैं तुम्हें बहुत ही इज़्ज़तदार आदमी समझता हूँ, बल्कि तुम्हारे स्वभाव में उदारता की भी एक झलक है, हालाँकि मैं तुम्हारी हर राय से सहमत नहीं हूँ, मैं इसे मुनासिब ही समझता हूँ कि मैं फ़ौरन यह बात तुम्हें साफ़-साफ़ और पूरी ईमानदारी के साथ बता दूँ, क्योंकि सबसे पहली बात तो यह है कि मैं तुम्हें धोखा नहीं देना चाहता। यह पता लगा लेने के बाद कि तुम किस तरह के आदमी हो, मुझे अपने आप ही तुमसे कुछ लगाव सा हो गया। शायद मेरे इस तरह बात करने की वजह से तुम मुझ पर हँसोगे ! ख़ैर, तुम्हें अधिकार है। मैं जानता हूँ कि तुम शुरू से ही मुझे नापसन्द करते थे, क्योंकि सच बात तो यह है कि तुम मुझे पसन्द करो भी क्यों। तुम मेरे बारे में चाहे जो भी सोचो, लेकिन अपनी तरफ़ से मैं कोई कोशिश उठा नहीं रखना चाहता कि मेरे बारे में तुम्हारी जो राय बन गई है उसे मिटा दूँ और तुम्हें बता दूँ कि मैं एक ऐसा आदमी हूँ जिसके दिल में भावनाएँ भी हैं, और जो अन्तःकरण रखता है। मैं सच कह रहा हूँ।"

पोर्फ़िरी बड़ी गरिमा के साथ रुका। रस्कोलनिकोव के दिल में अचानक एक नया डर समा गया। अचानक यह सोचकर वह सहम उठा कि पोर्फ़िरी उसे बेक़ूसर समझता है।

"यह शायद ज़रूरी तो नहीं है कि मैं सारी बातें तुम्हें उसी तरह सिलसिलेवार बताऊँ जिस तरह कि वे हुईं," पोर्फ़िरी कहता रहा, "मुझे डर है कि अगर मैं चाहूँ भी तो मैं ऐसा कर नहीं पाऊँगा। क्योंकि इन सारी बातों को विस्तार से कैसे समझाया जा सकता है ? शुरू में तरह-तरह की अफ़वाहें फैली हुई थीं। वे किस तरह की अफ़वाहें थीं और कब या किसने उन्हें फैलाया था और किस तरह...किस तरह तुम उस चक्कर में आ गए—यह सब भी बताने की, मैं समझता हूँ, कोई ख़ास ज़रूरत नहीं है। जहाँ तक मेरा सवाल है, यह पूरा सिलसिला बिलकुल इत्तफ़ाक से शुरू हुआ था, जो स्वाभाविक ही था। कौन सा इत्तफ़ाक ? मैं समझता हूँ कि इस बात की भी चर्चा करने की कोई ज़रूरत नहीं है। इन सब बातों से—इन अफ़वाहों और इत्तफ़ाकों से—मेरे मन में एक विचार पैदा हुआ। मैं बिलकुल साफ़-साफ़ मानने को तैयार हूँ—क्योंकि अगर मुझे मानना ही है तो मैं सारी बातें ही क्यों न मान लूँ—कि सबसे पहले तुम्हारे ऊपर शक मुझे हुआ था। बात यह है कि गिरवी रखी गई चीज़ों वग़ैरह के साथ बुढ़िया जो सुराग़ छोड़ गई थी वे बिलकुल बेकार हैं। इस तरह के तो सैकड़ों सुराग़ मिल सकते हैं। पुलिस थाने में जो कुछ हुआ था उसका ब्योरा भी मुझे उसी वक़्त मालूम हुआ था। और वह भी बिलकुल इत्तफ़ाक से, लेकिन यह बात मुझे एक ऐसे आदमी से मालूम हुई थी जो ऐसी बातों को बयान करने का ख़ास गुर जानता था और जिसने, ख़ुद इस बात को जाने बिना, मुझे उस घटना का बहुत ही बढ़िया ब्योरा दिया था। और यह सब कुछ ताबड़तोड़ हुआ, एक चीज़ में से दूसरी चीज़ निकलती आई, यहाँ तक कि, मेरे दोस्त, मेरे लिए एक ख़ास दिशा में अपना ध्यान मोड़ने के अलावा कोई चारा ही नहीं रह गया। सौ ख़रगोशों के मिलने से जिस तरह एक घोड़ा नहीं बन सकता उसी तरह सौ शुबहों के मिलने से एक सबूत नहीं बनता—मैं समझता हूँ कि यह अंग्रेजों की एक कहावत है और यह सीधी-सादी समझदारी की बात

है। लेकिन किसी आदमी को जिस चीज़ की धुन हो जाए उस पर वह क़ाबू नहीं पा सकता, ख़ुद अपनी धुन पर, और छानबीन करनेवाला वकील भी आदमी ही होता है। मुझे उस पत्रिका में तुम्हारा लेख भी याद था—तुम्हें याद होगा कि जब तुम पहली बार आए थे तो हम लोगों ने उस पर बहुत विस्तार से बहस की थी। उस वक़्त मैंने उसका मज़ाक़ उड़ाया था, लेकिन वह मैंने तुम्हें उकसाने के लिए किया था कि तुम मुझे और बातें बता दो। मैं एक बार फिर कहता हूँ कि तुम ज़रूरत से ज़्यादा अधीर हो, मेरे दोस्त, और बीमार भी, बहुत ज़्यादा बीमार। तुम बहादुर हो, स्वाभिमानी और ज़िद्दी हो, गम्भीर विचारोंवाले हो, और...और बड़ी मुसीबतें झेल चुके हो, यह सब कुछ मुझे काफ़ी दिनों से मालूम है।...ये सब भावनाएँ मेरे लिए भी अनजानी नहीं हैं, और इसलिए मैंने तुम्हारा लेख अपनी जानी-पहचानी किसी चीज़ की तरह पढ़ा था। वह सब कुछ तुमने अपनी रातों की नींद हराम करके, बहुत उत्तेजना की हालत में, धड़कते दिल से और अपने उत्साह को दबाकर सोचा था। और यह दबा हुआ, स्वाभिमान भरा उत्साह नौजवानों के लिए बहुत ख़तरनाक होता है ! उस वक़्त मैंने तुम्हारे लेख का मज़ाक़ उड़ाया था, लेकिन इतना मैं बता दूँ कि साहित्यप्रेमी होने के नाते मैं नौजवानों की सच्ची लगन से की गई इन पहली साहित्यिक कोशिशों की तरफ़ पक्षपात बरतता हूँ। धुआँ, कुहासा और उस कुहासे में एक टूटती हुई तान की आवाज़। तुम्हारा लेख कल्पनातीत और बेतुका है, लेकिन उसमें सच्ची लगन की ताज़गी भरा एक श्वास है, उसमें निष्कलंक युवा स्वाभिमान है, उसमें सब कुछ दाँव पर लगा देने का साहस है। वह वीभत्स लेख है लेकिन उससे कोई फ़र्क़ नहीं पड़ता। मैंने तुम्हारा लेख पढ़ा और अलग रख दिया और...और उसे अलग रखते ही मैंने सोचा : 'यह आदमी किसी दिन मुसीबत में पड़ जाएगा !' इसलिए मुझे बताओ कि पहले जो कुछ हो चुका था उसे देखते हुए यह कैसे मुमकिन था कि बाद में जो कुछ हुआ उसकी धारा में मैं न बह जाता ? लेकिन, भगवान जानता है, मैं कुछ कह नहीं रहा हूँ। मैं इस वक़्त किसी ख़ास बात का दावा नहीं कर रहा हूँ। मैंने तो बस उस वक़्त अपने दिमाग़ में टाँक लिया था। आख़िर क्या है इसमें ? मैंने सोचा। इसमें कुछ भी तो नहीं है, मेरा मतलब है बिलकुल कुछ नहीं। शायद, रत्ती भर भी कुछ नहीं। और फिर, मेरे जैसे छानबीन करनेवाले वकील के लिए यह ठीक भी नहीं है कि वह इस तरह की बातों से प्रभावित होकर धारा में बह जाए। मुझे उस आदमी निकोलाई से निबटना है। मेरे सामने ऐसे ठोस तथ्य हैं जिनसे उसके अपराधी होने का संकेत मिलता है, और कोई कुछ भी कहे तथ्य तो तथ्य ही होता है। और वह भी तो मेरे पास अपनी मनोदशा लेकर आया था। मुझे उससे निबटना है क्योंकि यह ज़िन्दगी और मौत का सवाल है। इस वक़्त यह सारी सफ़ाई मैं तुम्हें क्यों दे रहा हूँ ? मैं ऐसा इसलिए कर रहा हूँ कि मैं चाहता हूँ हर बात तुम्हें मालूम हो जाए। मैं नहीं चाहता कि उस मौक़े पर मैंने तुम्हारे साथ जैसा दुश्मनी का सलूक किया था उसकी वजह से तुम्हारे दिल में मेरे ख़िलाफ़ कोई शिक़ायत बनी रहे। मैं तुम्हें यक़ीन दिलाता हूँ कि उसमें कोई दुश्मनी की बात नहीं थी...हः-हः ! तुम्हारा क्या ख़्याल है ? उस वक़्त तुम्हारे कमरे की तलाशी ली गई थी कि नहीं ? ली गई थी...हः ह !...और सो भी उस वक़्त जब तुम बीमार पड़े थे। लेकिन याद रखना, सरकारी तौर पर नहीं; ख़ुद मैंने तलाशी नहीं ली थी, लेकिन तलाशी ली गई थी। तुम्हारे कमरे की एक-एक चीज़, एक-एक तिनका, उलट-पुलटकर देखा गया था, और सो भी उस वक़्त जब बात अभी बिलकुल ताज़ा थी, लेकिन—बेकार ! मैंने अपने मन में सोचा कि अब वह आदमी मेरे पास आएगा, वह ख़ुद मेरे पास आएगा और बहुत जल्दी आएगा। अगर वह दोषी होगा तो ज़रूर आएगा। कोई दूसरा होता तो न आता, लेकिन वह ज़रूर आएगा। और तुम्हें याद है किस तरह रज़ुमीख़िन ने तुम्हारे साथ अपनी बातचीत के दौरान सारा भेद खोल दिया था ? यही सोचकर

हमने यह मंसूबा बनाया था कि तुम भड़क उठो। इसलिए हमने जान-बूझकर अफ़वाह फैलवाई थी, ताकि तुमसे बात करते वक़्त रज़ुमीख़िन सारा भेद खोल दे, क्योंकि वह ऐसा आदमी है कि अपने गुस्से पर क़ाबू नहीं रख सकता। सबसे पहले तुम्हारे गुस्से और खुली ढिठाई का निशाना बना ज़मेतोव : समझ में नहीं आता कि तुमने शराबख़ाने में कैसे उसके सामने साफ़-साफ़ कह दिया कि 'मैंने उसे मारा है !' बेहद हिम्मत, बेहद ढिठाई की बात थी। मैं अपने मन में यह सोचने पर मजबूर हो गया कि अगर यह आदमी सचमुच अपराधी है तो बहुत डटकर लड़ेगा ! उस वक़्त मैंने यही सोचा था। इसलिए मैं इन्तज़ार करता रहा। मैं बड़ी बेचैनी से तुम्हारा इन्तज़ार करता रहा। जहाँ तक ज़मेतोव का सवाल है, उस दिन तो तुमने उसकी धज्जियाँ उड़ाकर रख दी थीं, और...और, देखो, मुसीबत यह है कि यह सारा कमबख़्त मनोविज्ञान...इसकी काट दोहरी होती है ! तो मैं तुम्हारा इन्तज़ार कर रहा था, और इतने में देखता क्या हूँ कि तुम आ गए ! मेरा दिल धक् से रह गया। आह ! मैं पूछता हूँ : उस दिन सबेरे तुम्हारे आने की ज़रूरत क्या थी, तुम आए क्यों ? तुम्हारी हँसी...जिस वक़्त तुम अन्दर आए थे उस वक़्त की तुम्हारी हँसी—याद है ?—मैंने फ़ौरन उसके पीछे छिपा हुआ भेद ताड़ लिया था। लेकिन अगर मैं उस तरह तुम्हारा इन्तज़ार न कर रहा होता तो मुझे तुम्हारी उस हँसी में कभी कोई ख़ास बात दिखाई न देती। सही दिमाग़ी हालत का यही मतलब होता है। और रज़ुमीख़िन—अरे हाँ, वह पत्थर ! तुम्हें उस पत्थर की याद है ? वह पत्थर जिसके नीचे चीज़ें छिपाई गई थीं ? तो, बिलकुल ऐसा लगता था कि मैंने किसी बग़ीचे में उसे देखा है...तुमने ज़मेतोव से किसी के बग़ीचे की बात कही थी और फिर दूसरी बार मेरे दफ़्तर में कही थी न ? और जब हमने तुम्हारे लेख की छानबीन शुरू की, जब तुमने उसका मतलब समझाना शुरू किया, तो तुम्हारे हर शब्द में मुझे दो अर्थ दिखाई देने लगे, जैसे हर शब्द के नीचे कोई दूसरा शब्द छिपा हो ! तो, मेरे दोस्त, इस तरह मैं मील के आख़िरी पत्थर तक पहुँचा और जब मैंने उससे अपना सिर टकराया तब मुझे होश आया। हे भगवान, मैंने अपने आपसे कहा, मैं कर क्या रहा हूँ ? क्योंकि अगर कोई चाहे तो इस पूरी चीज़ को सिर के बल खड़ा कर दे और वह ज़्यादा स्वाभाविक लगने लगेगी। मैं परेशानी से तड़प उठा। नहीं, मैंने अपने मन में कहा, इससे काम नहीं चलेगा। मेरे पास कोई ठोस चीज़ होनी चाहिए जिसका मैं सहारा ले सकूँ। इसलिए जब मुझे दरवाज़े की घंटीवाली बात का पता चला तो मैं सन्न रह गया और मेरे अन्दर ऐसी खलबली मच गई कि मैं काँपने लगा। मैंने दिल में सोचा कि आख़िरकार कोई ठोस चीज़ तो हाथ आई। यही है वह ! और उस वक़्त मैंने इस बात पर पूरी तरह सोच-विचार करने की भी परवाह नहीं की। बस जी ही नहीं चाहा। उस क्षण अगर मैं खुद अपनी आँखों से देख पाता कि किस तरह तुम सौ गज़ तक उस कमबख़्त आदमी के साथ गए थे जिसने तुम्हारे मुँह पर तुम्हें 'हत्यारा' कहा था और रास्ते भर तुम्हें उससे एक भी सवाल पूछने की हिम्मत नहीं हुई थी !...रीढ़ की हड्डी में ऊपर से नीचे तक सिहरन दौड़ जाना ! और दरवाज़े की घंटी बजाना ! क्या यह सब कुछ तब हुआ था जब तुम बीमार थे। जब तुम आधी बेहोशी की हालत में थे ? और इसलिए, मेरे दोस्त, मैंने तुम्हारे साथ जिस तरह के मज़ाक़ किए थे उन पर तुम्हें कोई ताज्जुब नहीं होना चाहिए। और तुम ठीक उसी वक़्त क्यों आए ? क्या, एक तरह से, ऐसा नहीं था कि जैसे कोई तुम्हें भी पीछे से ढकेल रहा था ? ढकेल रहा था न ? और अगर निकोलाई हम दोनों के बीच में न आ गया होता... निकोलाई की याद है न ? तुम्हें अच्छी तरह याद है न उसकी ? आसमान से टपक पड़ा था ! जैसे तूफ़ान के बादल से बिजली टूट पड़ी हो ! कड़कती हुई बिजली ! और मैं उससे किस तरह मिला था ? मैं बिजली टूटकर गिरने पर यक़ीन नहीं करता था। रत्ती भर नहीं ! तुमने खुद देखा था !

लेकिन, भगवान जानता है, बाद में भी, तुम्हारे चले आने के बाद भी, जब वह मेरे कुछ सवालों के समझदारी के साथ ऐसे जवाब देने लगा कि मुझे ख़ुद उस पर ताज्जुब हुआ, तब भी मैंने उसकी किसी बात का यक़ीन नहीं किया ! दृढ़ रहने का—अटल रहने का—यही मतलब होता है। नहीं, मैंने अपने मन में सोचा, ऐसा नहीं हो सकता ! निकोलाई का इसमें कोई हाथ नहीं है।''

''मिस्टर रज़ुमीख़िन ने मुझे अभी बताया कि आपको अभी तक यक़ीन है कि निकोलाई ही अपराधी है और यह कि ख़ुद आपने रज़ुमीख़िन को यक़ीन दिलाया है कि निकोलाई ही अपराधी है...''

उसकी साँस फूलने लगी और वह अपनी बात पूरी नहीं कर सका। वह अकथनीय उत्तेजना के साथ उस आदमी की बातें सुनता रहा था जिसने उसके भेद का पता लगा लिया था और जो अब अपनी पिछली बात से मुकर रहा था। वह यक़ीन करने से डरता था और यह यक़ीन करना भी नहीं था। वह उसके शब्दों में, जो अभी तक अस्पष्ट थे, किसी ज़्यादा ठोस और अकाट्य चीज़ की लगातार तलाश कर रहा था।

''मिस्टर रज़ुमीख़िन !'' पोर्फ़िरी चिल्लाया, मानो रस्कोलनिकोव के मुँह से, जो अभी तक बिलकुल चुप रहा था, 'मिस्टर रज़ुमीख़िन' सुनकर उसे बहुत ख़ुशी हुई हो। ''हः-हः-हः ! अरे, मिस्टर रज़ुमीख़िन को तो मुझे रास्ते से हटाना ही था : दो आदमी हों तो संगत कहलाती है, तीन हों तो भीड़। मिस्टर रज़ुमीख़िन का इस मामले से कोई वास्ता नहीं है। वह बाहर का आदमी है। वह मेरे पास भागा-भागा आया था, उसका चेहरा बिलकुल उतरा हुआ था।...लेकिन, छोड़ो भी उसे, इस मामले में उसे क्यों बीच में लाते हो ? जहाँ तक निकोलाई का सवाल है, क्या तुम जानना चाहोगे कि वह किस तरह का आदमी है, मेरा मतलब है कि उसके बारे में मेरी क्या राय है ? पहली बात तो यह कि वह अभी बच्चा है, अभी बालिग़ भी नहीं हुआ है, मैं यह तो नहीं कहूँगा कि वह सही माने में बुज़दिल है, लेकिन मेरा मतलब है...यों समझ लो...कि वह एक तरह का कलाकार है। उसके बारे में इस तरह की राय होने पर हँसो...नहीं। वह मासूम है और बड़ी जल्दी किसी भी चीज़ के असर में आ सकता है। बड़ा भावुक आदमी है। कमाल का आदमी है। गाना जानता है, नाचना जानता है, और किसी ने मुझे बताया कि परियों की कहानियाँ तो इतनी अच्छी तरह सुनता है कि लोग मीलों दूर से उसकी कहानियाँ सुनने आते हैं। वह अभी तक स्कूल जाता है। अगर उसकी ओर उँगली भी उठा दो तो हँसते-हँसते उसके आँसू निकल आते हैं, और शराब तो इतनी पी जाता है कि उसे कुछ सुझाई नहीं देता, इसलिए नहीं कि वह शराब पिए बिना रह नहीं सकता, बल्कि जब मौज आती है तब पीता है, क्योंकि लोग उसे शराब पिलाते हैं; बिलकुल बच्चों जैसा है ! उसने कानों की बालियाँ चुराई तो थीं लेकिन उसने यह नहीं समझा था कि वह कोई ग़लत काम कर रहा है, क्योंकि उसका कहना तो यह है कि 'जो चीज़ पड़ी मिल जाए उसे रख लो !' और, जानते हो, वह पुराने धर्म को माननेवाला है, और पुराने धर्म को माननेवाला भी नहीं बल्कि प्रतिष्ठित धर्म का विरोधी है। उसके परिवार में कुछ लोग 'भगोड़े' भी थे, और अभी हाल ही में वह ख़ुद दो साल तक गाँव में किसी पहुँचे हुए फ़क़ीर का चेला रह चुका है। ये सारी बातें मुझे ख़ुद निकोलाई से और ज़रायस्क के उसके साथियों से मालूम हुईं। अरे, एक वक़्त तो ऐसा था जब यह आदमी भागकर जंगल में चला जाना चाहता था और संन्यासी बन जाना चाहता था। उसमें बड़ा जोश था। वह रात-रात भर पूजा-पाठ किया करता था, पुरानी, 'सच्ची' किताबें पढ़ता रहता था और उनके पीछे सब कुछ भूल जाता था। पीटर्सबर्ग का उस पर बहुत असर पड़ा था। ख़ासतौर पर यहाँ की औरतों का, और, ज़ाहिर है, शराब का। बड़ी जल्दी असर में आ जाता है। फ़क़ीर-वक़ीर सब कुछ

भूल गया। मैं पक्के तौर पर जानता हूँ कि एक कलाकार उसे बहुत पसन्द करने लगा था और उसके पास उससे मिलने जाया करता था, और अब वह इस चक्कर में फँस गया। तो हुआ यह कि उसके दिल में ऐसा डर समा गया कि उसने फाँसी लगाकर मर जाने की कोशिश की। और उसके बाद उसने भाग जाने की कोशिश की। आम लोगों के बीच हमारी क़ानूनी कार्रवाइयों के बारे में जो विचित्र धारणाएँ इतनी बुरी तरह फैल गई हैं, उनका कोई क्या करे ? कुछ लोग तो अदालत के नाम से ही डरते हैं। मुझे नहीं मालूम कि इसमें किसका क़सूर है। मैं तो बस यह उम्मीद करता हूँ कि हमारी नई अदालतें इस हालत को बदल देंगी। मैं तो भगवान से मनाता रहता हूँ कि वे ऐसा कर दें। तो लगता है कि जेल में निकोलाई को उस फ़क़ीर की याद आई। वह बाइबिल भी पढ़ने लगा। भला तुम्हें मालूम है, मेरे दोस्त, कि कुछ लोग 'तकलीफ़ उठाने' का क्या मतलब समझते हैं ? सवाल बस किसी की ख़ातिर तकलीफ़ उठाने का नहीं होता है, बल्कि महज़ तकलीफ़ उठाने की ख़ातिर उठाने का सवाल होता है। मतलब यह कि आदमी को तकलीफ़ उठाना ही चाहिए, और अगर यह तकलीफ़ हाकिमों की तरफ़ से पहुँचाई जाए तो और भी अच्छा है। मुझे उस क़ैदी का मामला याद आता है—बहुत ही सीधा-सादा आदमी था बेचारा—जिसने जेल में पूरा साल आतिशदान पर बैठकर रात-रात भर बाइबिल पढ़ने में काट दिया था, और बाइबिल पढ़ने का उस पर ऐसा असर हुआ कि एक दिन उसने गुम्मा उठाया और बिना किसी वजह के जेलर को फेंककर मारा, जिसने उसे किसी तरह का नुक़सान नहीं पहुँचाया था। और गुम्मा फेंका भी कैसे था ! जान-बूझकर उससे कई गज़ दूर—इस बात का पक्का बन्दोबस्त करके कि उसे कोई चोट न लगने पाए। यह तो तुम जानते ही हो कि जो क़ैदी जेल के किसी अफ़सर पर घातक हथियार से हमला करता है उसके साथ क्या सलूक किया जाता है। तो उसने 'तकलीफ़ उठाई' इसलिए अब मुझे शक होता है कि निकोलाई भी 'तकलीफ़ उठाना' चाहता है, या इसी तरह की कोई बात। मैं यह पक्के तौर पर जानता हूँ—ठोस सबूतों की बुनियाद पर। लेकिन उसे यह मालूम नहीं है कि मैं जानता हूँ। तो क्या तुम इस बात को नहीं मानते कि इनमें से ऐसे अनोखे लोगों का निकल आना बिलकुल मुमकिन है ? अरे, ऐसा तो जहाँ देखो वहीं होता रहता है। अब वह फिर उस फ़क़ीर के चक्कर में पड़ता जा रहा है; फाँसी लगाकर मर जाने की कोशिश करने के बाद से उसे उसके बारे में सब कुछ याद आने लगा। लेकिन मुझे यक़ीन है कि वह खुद ही मुझे सब कुछ बता देगा। वह आकर मुझे बताएगा। या तुम समझते हो कि वह ऐसा नहीं करेगा ? तुम देखते जाओ, उसने अपराध स्वीकार करते हुए जो बयान दिया है उसे वह वापस ले लेगा ! मैं उम्मीद कर रहा हूँ कि वह अब किसी भी वक़्त आकर ऐसा कर सकता है। मुझे यह आदमी निकोलाई बहुत अच्छा लगने लगा है, और मैं उसे अच्छी तरह समझने की कोशिश कर रहा हूँ। क्यों, तुम्हारा क्या ख़्याल है ? हः-हः-हः ! कुछ बातों के बारे में उसके जवाब सचमुच बहुत समझदारी के थे। साफ़ ज़ाहिर है कि उसने सारी ज़रूरी जानकारी जमा कर ली थी और हर चीज़ बड़ी होशियारी से तैयार की थी। लेकिन कुछ दूसरी बातों के बारे में वह बिलकुल कोरा मालूम होता है—उनके बारे में उसे कुछ भी नहीं मालूम और उसे शक भी नहीं होता है कि उसे कुछ नहीं मालूम है ! नहीं, मेरे दोस्त, यह करतूत निकोलाई की नहीं है ! हमारा पाला एक बिलकुल ही अनोखे मामले से पड़ा है, एक बहुत ही निराशाजनक मामले से, बिलकुल आजकल के मामले से, एक ऐसे मामले से जो ठेठ हमारे इस ज़माने का मामला है, जब लोगों के दिलों में खोट और बदी पैदा हो गई है; जब हमें बार-बार यह सुनने को मिलता है कि ख़ून में 'नई जान पड़ जाती है'; जब ऐशो-आराम को ज़िन्दगी में काम की अकेली चीज़ समझा जाने लगा है। इस मामले में हमारा पाला पड़ा है किताबी सपनों से, एक

ऐसे दिल से जो सिद्धान्तों के चक्कर में पड़कर छलनी हो चुका है; हमारा पाला पड़ा है पहला क़दम उठाने के दृढ़ संकल्प से, लेकिन यह एक ख़ास क़िस्म का दृढ़ संकल्प है : उस आदमी ने यह काम करने की ठानी, और फिर मानो वह एक पहाड़ के नीचे गिर पड़ा या गिरजाघर के घंटाघर से नीचे कूद पड़ा, और वह अपराध के घटनास्थल पर इस तरह प्रकट हुआ जैसे उसको वहाँ उसकी मर्ज़ी के ख़िलाफ़ लाया गया हो। वह सामनेवाला दरवाज़ा बन्द करना तो भूल गया, लेकिन क़त्ल कर दिया, एक सिद्धान्त की ख़ातिर दो जानें ले लीं। उसने उन्हें क़त्ल कर दिया, लेकिन पैसा लेने की अक़्ल नहीं आई, और जो कुछ उसने लिया भी उसे भी पत्थर के नीचे छिपा दिया। और दरवाज़े के पीछे खड़े रहकर, जबकि बाहर से लोग उसे भड़भड़ा रहे थे और घंटी बजा रहे थे, उसने घोर व्यथा के क्षण बिताए। वे उसके लिए काफ़ी नहीं थे—नहीं, वह आधी बेहोशी की हालत में एक बार फिर उस ख़ाली फ़्लैट में गया, एक बार फिर उसे घंटी बजने की आवाज़ को याद करने और एक बार फिर रीढ़ की हड्डी में ऊपर से नीचे तक सिहरन की लहर दौड़ती हुई महसूस करने की ज़रूरत पड़ी...लेकिन, हो सकता है कि यह सब कुछ उसने अपनी बीमारी के दौरान किया हो; लेकिन इसके बारे में तुम क्या कहोगे ? उसने क़त्ल किया है, लेकिन अब भी वह अपने आपको ईमानदार आदमी समझता है; वह दूसरे लोगों को नफ़रत की नज़र से देखता है; उतरा हुआ चेहरा लिये शहीद बना फिरता है। नहीं, मेरे दोस्त, ये सब बातें मैं निकोलाई के बारे में नहीं कह रहा हूँ। निकोलाई के बारे में नहीं !"

पहले जो कुछ कहा जा चुका था, जो सुनने में ऐसा लगता था कि जैसे कोई आदमी अपनी ही बातों का खंडन कर रहा हो, उसके बाद ये अन्तिम शब्द बहुत ही अप्रत्याशित थे। रस्कोलनिकोव बुरी तरह काँप उठा, जैसे किसी ने उसके दिल में छुरा भोंक दिया हो।

"फिर कौन है...कौन है क़ातिल ?" उसने हाँफते हुए पूछा, मानो वह अपने आप पर क़ाबू न रख पा रहा हो। पोर्फ़िरी को इस सवाल पर इतना ताज्जुब हुआ कि वह अपनी कुर्सी में धँसकर बैठ गया, जैसे उसे इस सवाल की उम्मीद न रही हो।

"क्या मतलब है तुम्हारा कि क़ातिल कौन है ?..." उसने उसी की बात दोहराई जैसे उसे अपने कानों पर विश्वास न हो रहा हो। "क्यों, क़ातिल तुम हो, मेरे दोस्त ! तुम हो क़ातिल," उसने रस्कोलनिकोव के कान में लगभग फुसफुसाकर दृढ़ विश्वास के स्वर में कहा।

रस्कोलनिकोव सोफ़े पर से उछल पड़ा, कुछ क्षण तक निश्चल खड़ा रहा और एक शब्द भी बोले बिना फिर बैठ गया। उसका चेहरा रह-रहकर फड़क रहा था।

"तुम्हारे होंठ फिर पहले की तरह ही फड़क रहे हैं," पोर्फ़िरी कुछ सहानुभूति के साथ बड़बड़ाया। "मुझे ऐसा लगता है, मेरे दोस्त, कि तुम मेरी बात ठीक से समझे नहीं," कुछ देर रुककर उसने फिर कहा, "इसलिए तुम इतने चकित हो गए हो। मैं यहाँ जान-बूझकर तुम्हें सब बता देने और अपने सारे पत्ते तुम्हारे सामने रख देने के लिए ही आया था।"

"मैंने नहीं किया है यह काम," रस्कोलनिकोव ने शरारत करते पकड़े गए सहमे हुए बच्चे की तरह बहुत ही धीमे स्वर में कहा।

"नहीं, मेरे दोस्त, तुम्हारा ही काम है, कोई दूसरा हो ही नहीं सकता," पोर्फ़िरी ने बड़ी कठोरता से और दृढ़ विश्वास के साथ कहा।

दोनों चुप हो गए, और उनकी यह ख़ामोशी असाधारण रूप से बहुत देर तक बनी रही, कोई दस मिनट तक। रस्कोलनिकोव ने अपनी कुहनियाँ मेज़ पर टिका दीं और चुपचाप अपने बालों में उँगलियाँ फेरता रहा। पोर्फ़िरी चुपचाप बैठा इन्तज़ार करता रहा। अचानक रस्कोलनिकोव ने बड़े

तिरस्कार से पोर्फ़िरी की ओर देखा।

"फिर वही सिलसिला शुरू करने लगे आप, पोर्फ़िरी पेत्रोविच," वह बोला, "वही पुराने हथकंडे। मुझे ताज्जुब होता है कि आप उनसे तंग नहीं आ जाते।"

"हे भगवान, इस वक़्त मेरे हथकंडे मेरे किस काम के ? अगर यहाँ कोई गवाह मौजूद होते तब भी कोई बात थी, लेकिन हम लोग तो चुपके-चुपके एक-दूसरे से अपने दिल की बात कह रहे हैं। तुम ख़ुद देख़ रहे हो कि मैं यहाँ तुम्हारा पीछा करने और तुम्हें ख़रगोश की तरह पकड़ने नहीं आया हूँ। इस वक़्त मुझे इस बात से कोई फ़र्क़ नहीं पड़ता कि तुम अपना अपराध मान लेते हो कि नहीं। अपनी हद तक तो मुझे यों भी पक्का यक़ीन हो चुका है।"

"अगर ऐसी बात है तो फिर आप यहाँ आए किसलिए थे ?" रस्कोलनिकोव ने चिढ़कर पूछा, "मैं एक बार फिर आपसे वही सवाल पूछना चाहूँगा : अगर आप समझते हैं कि क़सूर मेरा है तो आप मुझे गिरफ़्तार क्यों नहीं कर लेते ?"

"हाँ, बहुत मुनासिब सवाल है। मैं एक-एक बात को लेकर इसका जवाब दूँगा : सबसे पहली बात तो यह कि मैं नहीं समझता कि फ़ौरन तुम्हें गिरफ़्तार कर लेने से मुझे कोई फ़ायदा होगा।"

"क्या मतलब है आपका कि आपको कोई फ़ायदा नहीं होगा ? अगर आपको पक्का यक़ीन है कि मैं अपराधी हूँ तो आपका यह फ़र्ज़ है..."

"अरे, मेरे पक्के यक़ीन का इस बात से क्या मतलब ? इस वक़्त तो ये सारी अटकल की बातें हैं। मैं तुम्हें 'आराम करने के लिए' जेल में क्यों डालूँ ? अगर तुम ख़ुद मुझसे ऐसा करने को कह रहे हो, तो तुम यह बात जानते होगे। मिसाल के लिए, अगर अभी मैं उस कमबख़्त कारीगर से तुम्हारा सामना करा दूँ तो तुम्हारे लिए उससे बस इतना ही कहना काफ़ी होगा : 'पिए हुए तो नहीं हो ? मुझे किसने देखा तुम्हारे साथ ? मैं तो तुम्हें बस शराब के नशे में चूर समझा था, और सचमुच तुम पिए हुए थे भी !'—और इसके जवाब में मैं तुमसे कहता भी क्या ? ख़ासतौर पर इस वजह से कि तुम्हारे बयान पर उसकी बात के मुक़ाबले में ज़्यादा आसानी से यक़ीन किया जा सकता था, क्योंकि उसकी बात के पक्ष में मनोविज्ञान के अलावा कुछ भी नहीं होता। उस तरह के आदमी से बहुत उम्मीद नहीं की जाती, जबकि तुम्हारा तीर जाकर ठीक निशाने पर बैठता, क्योंकि वह बदमाश पीता तो पानी की तरह है और सारे समाज में बतौर पक्का शराबी बदनाम है। इसके अलावा मैं ख़ुद तुम्हारे सामने यह बात बिलकुल साफ़-साफ़ मान चुका हूँ कि यह मनोविज्ञान दोतरफ़ा काट करनेवाला हथियार है, जिसकी एक धार दूसरी से ज़्यादा पैनी है। इसके अलावा अभी तक मेरे पास तुम्हारे ख़िलाफ़ कोई भी सबूत नहीं है। और हालाँकि मैं तुम्हें गिरफ़्तार तो ज़रूर करूँगा, बल्कि, सच तो यह है कि मैं—हर क़ायदे-क़ानून के ख़िलाफ़—तुम्हें इसकी चेतावनी देने के लिए ही यहाँ आया हूँ, फिर भी मैं तुमसे साफ़-साफ़ बताता हूँ—और यह भी क़ायदे-क़ानून के ख़िलाफ़ है—कि ऐसा करने से मुझे कोई फ़ायदा नहीं होगा। और, दूसरे, मैं इसलिए यहाँ आया हूँ..."

"हाँ, तो 'दूसरे' किसलिए ?" रस्कोलनिकोव अब भी हाँफ रहा था।

"इसलिए कि, जैसा कि मैं तुम्हें पहले ही बता चुका हूँ, तुम्हारे सामने अपनी सफ़ाई पेश करना मैं अपना फ़र्ज़ समझता हूँ। मैं नहीं चाहता कि तुम मुझे राक्षस समझो, ख़ासतौर पर इसलिए कि, तुम मानो या न मानो, मैं सच्चे दिल से तुम्हारा भला चाहता हूँ। इसी वजह से मैं यहाँ, तीसरे, तुम्हारे पास एक बहुत साफ़ और सीधा सुझाव लेकर आया हूँ—तुम पुलिस के पास जाओ और सारी बातें साफ़-साफ़ मान लो। इससे तुम्हारा बहुत भला होगा और मुझे भी ज़्यादा फ़ायदा होगा,

क्योंकि मुझे इस सारे झंझट से छुटकारा मिल जाएगा। तो, मैं तुमसे दिल खोलकर साफ़ बात कह रहा हूँ कि नहीं ?"

रस्कोलनिकोव एक मिनट तक सोचता रहा।

"देखिए," वह बोला, "आप खुद मानते हैं कि मेरे ख़िलाफ़ आपने जो भी मामला बनाया है उसकी बुनियाद सिर्फ़ मनोविज्ञान पर है, और फिर भी ऐसा लगता है कि आप अचानक गणित में कूद पड़े हैं। अगर इस वक़्त आप ग़लती कर रहे हों तो ?"

"नहीं, मेरे दोस्त, मैं ग़लती नहीं कर रहा हूँ। मेरे पास एक छोटा सा सुराग़ है। एक छोटा सा सुराग़, जो अचानक मेरे हाथ लग गया था। तक़दीर ने साथ दिया !"

"किस तरह का सुराग़ ?"

"मैं तुम्हें बताऊँगा नहीं। और, बहरहाल, अब मुझे और ज़्यादा टालने का कोई हक़ भी नहीं है ! मुझे तुमको गिरफ़्तार करना ही पड़ेगा। इसलिए, देखो, अब मुझे इस बात से कोई फ़र्क़ नहीं पड़ता, और जो कुछ भी मैं कर रहा हूँ वह तुम्हारी भलाई के लिए ही। मैं तुम्हें यक़ीन दिलाता हूँ, मेरे दोस्त, कि यही बेहतर होगा।"

रस्कोलनिकोव बड़ी कटुता से हँस दिया।

"यह हँसी की तो बात ही नहीं है : यह सरासर ढिठाई है। समझ लीजिए कि मैं अपराधी हूँ (जिसे मैं बिलकुल नहीं मानता), तो मैं आपके पास आकर अपना अपराध क्यों मानूँ, जबकि आप खुद मुझसे कह रहे हैं कि अगर मुझे जेल भेज भी दिया गया तो वह बिलकुल वैसी ही बात होगी जैसे मुझे वहाँ 'आराम करने के लिए' रख दिया गया हो ?"

"आह, मेरे दोस्त, तुम शब्दों पर पूरी तरह यक़ीन न कर लिया करो; शायद जेल जाना 'आराम करने के लिए' बिलकुल नहीं होगा ! क्योंकि, बहरहाल, यह तो बस एक सिद्धान्त है, और सो भी मेरा सिद्धान्त; और तुम्हारे लिए मेरी बात कोई प्रामाणिक बात तो है नहीं ? हो सकता है कि इस वक़्त भी मैं तुमसे कुछ छिपा रहा हूँ। तुम यह तो उम्मीद नहीं करते कि मैं अपने सारे पत्ते तुम्हारे सामने खोलकर रख दूँगा ? हः-हः-हः ! दूसरे, इस बात से तुम्हारा क्या मतलब है कि तुम्हें क्या फ़ायदा होगा ? यह बात तुम्हारी समझ में नहीं आती कि अगर तुम अपना अपराध मान लोगे तो तुम्हारी सज़ा कितनी कम हो जाएगी ? क्योंकि, ज़रा सोचो तो कि तुम अपना अपराध कब स्वीकार कर रहे होगे—किस वक़्त ? ज़रा सोचो ! ठीक उस वक़्त जब एक दूसरा आदमी यह मान चुका है कि अपराध उसने किया है और सारे मामले को बुरी तरह उलझा दिया है। और मैं तुमसे भगवान की क़सम खाकर कहता हूँ कि 'वहाँ' मैं ऐसा बन्दोबस्त कर दूँगा कि तुम्हारा अपराध स्वीकार करना सबके लिए एक अचम्भे की बात बन जाएगा। हम लोग मनोविज्ञान के बारे में सब कुछ भूल जाएँगे और मैं तुम्हारे बारे में सभी शुबहों को बेबुनियाद बताऊँगा, ताकि तुम्हारा अपराध एक तरह का दिमाग़ी भटकाव मालूम हो; क्योंकि सच पूछो तो वह था भी भटकाव ही। मैं ईमानदार आदमी हूँ, मेरे दोस्त, और मैं अपना वचन पूरा करूँगा।"

रस्कोलनिकोव चुप था। उसने उदास होकर अपना सिर झुका लिया। वह बड़ी देर तक सोचता रहा और आख़िरकार फिर मुस्कुराया, लेकिन इस बार उसकी मुस्कुराहट बहुत उदास और हल्की थी।

"मुझे यह नहीं चाहिए," उसने कहा, मानो अब वह पोर्फ़िरी से अपना अपराध छिपाने की कोशिश भी न कर रहा हो, "ऐसा करने से कोई फ़ायदा नहीं है ! मुझे आपकी यह सज़ा में कमी नहीं चाहिए !"

"लो, मुझे इसी बात का डर था !" पोर्फ़िरी ने मानो अनायास ही बड़ी सहृदयता से कहा,

"मुझे डर था कि तुम अपनी सज़ा में कमी करवाना नहीं चाहोगे।"

रस्कोलनिकोव ने बड़े उदास भाव से और गम्भीर होकर उसकी ओर देखा।

"ज़िन्दगी को इस तरह न ठुकराओ, मेरे दोस्त," पोर्फ़िरी कहता रहा, "अभी तो तुम्हारे आगे बहुत ज़िन्दगी पड़ी है। तुम्हारा यह कहने का मतलब क्या है कि तुम अपनी सज़ा कम करवाना नहीं चाहते ? तुम भी बहुत अधीर आदमी हो !"

"मेरे आगे अभी क्या चीज़ बहुत पड़ी है ?"

"ज़िन्दगी ! बड़े पैग़म्बर बने फिरते हो, तुम्हें मालूम क्या है ? ढूँढ़ और तुझे मिलेगा : शायद यह ईश्वर का तुम्हें अपने पास तक पहुँचने का रास्ता बताने का तरीक़ा था। और, फिर यह कोई हमेशा के लिए तो होगा नहीं—मेरा मतलब है, पाँवों में बेड़ियाँ...."

"आप मेरी सज़ा कम करवा देंगे..." रस्कोलनिकोव हँसा।

"अरे, कहीं बदनामी का बुर्जुआ विचार तो तुम्हें परेशान नहीं कर रहा है ? मैं समझता हूँ कि तुम इसी बात से डर रहे हो, चाहे तुम्हें ख़ुद इस बात का पता न हो, क्योंकि तुम अभी नौजवान हो। फिर भी, कम-से-कम तुम्हारे लिए तो अपना अपराध मान लेने में डर या शर्म की कोई बात नहीं है।"

"भाड़ में जाए !" रस्कोलनिकोव ने बड़े तिरस्कार और घोर विरक्ति के भाव से बहुत धीमे स्वर में कहा, मानो वह इसके बारे में बात भी न करना चाहता हो। वह एक बार फिर उठा मानो कमरे के बाहर चला जाना चाहता हो, लेकिन फिर बैठ गया; उसके चेहरे पर घोर निराशा का भाव बिलकुल स्पष्ट था।

"भाड़ में जाए, क्यों यही बात है न ? तुम्हारे साथ मुसीबत यह है कि तुम्हें अब किसी चीज़ पर भरोसा नहीं रह गया है, और शायद तुम यह समझते हो कि मैं खुल्लमखुल्ला तुम्हारी ख़ुशामद कर रहा हूँ; लेकिन तुम्हें अभी ज़िन्दगी का अनुभव ही कितना है और तुम सचमुच कितनी बातें समझते हो ? बस एक सिद्धान्त गढ़ लिया, और अब यह सोचकर शर्म आती है कि वह ग़लत साबित हो गया और बहुत मौलिक भी नहीं निकला। वह बिलकुल दुष्ट भले ही निकला हो लेकिन तुम ऐसे दुष्ट नहीं हो। तुम क़तई ऐसे दुष्ट नहीं हो। कम-से-कम तुम अपने आपको बहुत अरसे से धोखा तो नहीं देते रहे हो; तुम तो रास्ते के आख़िरी छोर पर एकदम से पहुँच गए। जानते हो तुम्हारे बारे में मेरी राय क्या है ? मेरी राय में तुम उस तरह के आदमी हो जिसकी अगर आँतें भी बाहर निकालकर रख दी जाएँ तो वह अपने सतानेवालों को मुस्कुराकर देखेगा, यदि उसे कोई ऐसी चीज़ मिल गई हो जिस पर वह विश्वास रख सकता हो या अगर उसे भगवान मिल गया हो। तो, उसे खोजो और तुम ज़िन्दा रहोगे। तुम्हें जिस चीज़ की बहुत अर्से से ज़रूरत रही है वह है हवा में परिवर्तन। लेकिन, तकलीफ़ उठाना भी कोई ऐसी बुरी बात नहीं है। तकलीफ़ उठाओ ! अगर निकोलाई तकलीफ़ उठाना चाहता है तो शायद वह ठीक ही है। मैं जानता हूँ कि किसी चीज़ पर विश्वास रखना इतना आसान नहीं है, लेकिन बहुत ज़्यादा चालाक न बनो; बिना सोच-विचार किए अपने आपको ज़िन्दगी के हवाले कर दो; चिन्ता न करो, ज़िन्दगी तुम्हें सीधे ले जाकर किनारे पर लगा देगी और तुम्हें अपने पाँवों पर खड़ा कर देगी। किस किनारे पर ? यह मैं क्या जानूँ ? मैं तो बस इतना जानता हूँ कि अभी तुम्हारे आगे बरसों लम्बी ज़िन्दगी पड़ी है। मैं जानता हूँ कि इस वक़्त तुम मेरी इन बातों को एक रटे हुए उपदेश का हिस्सा समझ रहे हो, लेकिन बाद में चलकर शायद तुम्हें इनकी याद आएगी, शायद किसी दिन यही बातें तुम्हारे काम आएँ। इसीलिए मैं इस वक़्त तुमसे बातें कर रहा हूँ। मैं समझता हूँ कि यह अच्छा ही हुआ कि तुमने एक बुढ़िया की जान

ली। अगर तुम्हें कोई दूसरा सिद्धान्त सूझा होता तो शायद तुम इससे भी हज़ार गुनी बदतर कोई हरकत कर बैठते। शायद तुम्हें भगवान का उपकार मानना चाहिए। कौन जाने ? शायद भगवान किसी काम के लिए तुम्हें ज़िन्दा रख रहा हो। तुम्हें अपना दिल छोटा नहीं करना चाहिए और इतना डरना नहीं चाहिए। या, तुम्हारे सामने जो महान प्रायश्चित है उससे तुम डरते हो ? नहीं, उससे डरना तुम्हारे लिए बड़ी शर्म की बात है। ऐसा क़दम उठा लेने के बाद तुम्हें हिम्मत भी रखनी चाहिए। अब वह न्याय का सवाल बन चुका है। इसलिए न्याय का जो तक़ाज़ा है वही करो। मैं जानता हूँ कि तुम किसी चीज़ में विश्वास नहीं रखते, लेकिन मेरी बात मानो, ज़िन्दगी तुम्हें हर मुसीबत से बाहर निकाल ले जाएगी। वक़्त के साथ वह तुम्हें अच्छी भी लगने लगेगी। तुम्हें बस जिस चीज़ की ज़रूरत है वह है हवा, हवा, हवा !''

रस्कोलनिकोव न चाहते हुए भी चौंक पड़ा।

''आप हैं कौन ?'' वह ज़ोर से चिल्लाया, ''आप कहाँ के पैग़म्बर हैं ? आप शान्ति के किस भव्य शिखर पर खड़े होकर मुझसे ये भविष्यवाणियाँ कर रहे हैं ?''

''मैं कौन हूँ ? मैं एक आदमी हूँ जिसे अब ज़िन्दगी से और कुछ नहीं चाहिए। एक ऐसा आदमी जो फिर भी महसूस करता है और सहानुभूति रखता है, और जिसे शायद कुछ बातें मालूम भी हैं, लेकिन जिसे ज़िन्दगी से अब और कुछ भी नहीं चाहिए। मगर तुम्हारी बात बिलकुल ही दूसरी है : भगवान ने तुम्हें ज़िन्दगी दी है (हालाँकि भगवान ही जानता है कि कहीं तुम्हारी ज़िन्दगी भी तो महज़ एक धुआँ बनकर ख़त्म नहीं हो जाएगी और तुम्हारा कुछ भी नहीं बन पाएगा)। अगर तुम अपने आपको दूसरी ही कोटि के लोगों में समझते हो तो इससे क्या होता है ? तुम्हारे जैसे आदमी को इस बात का अफ़सोस तो नहीं हो सकता कि तुम्हारा ऐशो-आराम तुमसे छिन जाएगा। अगर कोई बहुत दिन तक तुम्हें नहीं देखेगा तो क्या हुआ ? असली चीज़ समय नहीं है, बल्कि तुम ख़ुद हो। सूरज बनो, हर आदमी तुम्हें देखेगा। लेकिन सूरज को सबसे पहले सूरज होना चाहिए। तुम फिर मुस्कुरा किस बात पर रहे हो ? कि मैं शिलर जैसा कोई आदमी हूँ ? मैं दावे के साथ कह सकता हूँ कि तुम यह सोच रहे होगे कि मैं तुम्हारी चापलूसी करने की कोशिश कर रहा हूँ। शायद ऐसा ही हो—हः-हः-हः ! शायद बेहतर यही हो कि तुम मेरी हर बात को ज्यों-का-त्यों मान न लो, मेरे दोस्त ! शायद तुम्हें कभी मेरा यक़ीन नहीं करना चाहिए—पूरी तरह नहीं—मैं हूँ ही ऐसा आदमी। लेकिन इतना मैं और कहना चाहूँगा : मैं समझता हूँ कि इस बात का फ़ैसला तुम ख़ुद कर सकते हो कि मैं ईमानदार हूँ कि नहीं।''

''आप मुझे गिरफ़्तार कब करनेवाले हैं ?''

''मैं समझता हूँ कि डेढ़ या दो दिन और मैं तुम्हें आज़ादी से घूमने दे सकता हूँ। सोच लो, मेरे दोस्त ! भगवान से प्रार्थना करो। और याद रखो, इससे तुम्हारा भला ही होगा। मैं तुम्हें इसका यक़ीन दिलाता हूँ।''

''और अगर मैं भाग जाऊँ तो ?'' रस्कोलनिकोव ने कुछ विचित्र ढंग से मुस्कुराते हुए पूछा।

''नहीं, तुम भागोगे नहीं। कोई किसान होता तो भाग जाता, फ़ैशनेबुल समाज का कोई आदमी होता तो भाग जाता, किसी दूसरे के विचारों का गुलाम होता तो भाग जाता—क्योंकि उसकी तरफ़ तो तुम अपनी छोटी उँगली से भी इशारा कर दो तो वह अपनी बाक़ी ज़िन्दगी भर किसी भी चीज़ पर विश्वास रखने को तैयार हो जाएगा। लेकिन तुम अब अपने सिद्धान्त पर विश्वास नहीं रख सकते, इसलिए तुम अपने साथ क्या लेकर भागोगे ? और भागते रहने से तुम्हें मिलेगा क्या ? भागते रहना बहुत ही गन्दा और मुश्किल काम है, और तुम्हें जिस चीज़ की सबसे ज़्यादा ज़रूरत

है वह है ज़िन्दगी में एक ख़ास हैसियत और मुनासिब हवा और जिस तरह की हवा तुम चाहते हो, क्या वह तुम्हें वहाँ मिल सकेगी ? तुम भाग भी जाओगे, तो अपने आप वापस आ जाओगे। 'हम लोगों के बिना तुम्हारा काम नहीं चलेगा।' और अगर मैं तुम्हें काल कोठरी में डाल दूँ–तो तुम वहाँ महीने, दो महीने, या शायद तीन महीने रहोगे और तब तुम्हें याद आएगा कि मैंने तुमसे क्या कहा था। तब तुम ख़ुद मेरे पास आओगे, और बहुत मुमकिन है कि तुम्हें ख़ुद इस बात पर ताज्जुब हो। आने से एक घंटा पहले भी तुम्हें यह पता नहीं होगा कि तुम मेरे पास अपना अपराध स्वीकार करने आ रहे हो। सचमुच, मैं यह सोचे बिना नहीं रह सकता कि आख़िर में चलकर तुम 'तकलीफ़ उठाना स्वीकार कर लेने' का फ़ैसला करोगे। तुम इस वक़्त मेरी बात नहीं मानोगे, लेकिन यह बात ख़ुद तुम्हारी समझ में आ जाएगी, क्योंकि, मेरे दोस्त, तकलीफ़ उठाना बहुत बड़ी चीज़ है। मुझे इस तरह न देखो। मैं जानता हूँ कि मैं मोटा हो गया हूँ, लेकिन वह कोई बात नहीं है। मैं जानता हूँ–मेरी बात पर हँसो नहीं–कि तकलीफ़ उठाने में कोई बात है ज़रूर। हाँ, निकोलाई ठीक कहता है। नहीं, मेरे दोस्त, तुम भाग नहीं सकते।"

रस्कोलनिकोव उठ खड़ा हुआ और उसने अपनी टोपी उठा ली। पोर्फ़िरी भी उठ खड़ा हुआ।

"टहलने जा रहे हो ? बहुत सुहानी शाम है। बस, आँधी न आए। लेकिन वह भी कुछ ऐसा बुरा न होगा। हवा साफ़ हो जाएगी।..."

पोर्फ़िरी ने भी अपनी टोपी उठा ली।

"कहीं यह न समझ लीजिएगा," रस्कोलनिकोव ने कठोर स्वर में बड़े आग्रह से कहा "कि आज मैंने आपके सामने अपना कोई अपराध स्वीकार किया है। आप बहुत ही अजीब आदमी हैं, और मैंने आपकी बातें कौतूहल की वजह से ही सुनी हैं। मैंने कोई अपराध नहीं स्वीकार किया है। इतना याद रखिएगा।"

"ज़ाहिर है, ज़ाहिर है, इतना तो मैं जानता हूँ। मैं याद रखूँगा। देखो तो, काँप कितना रहे हो। फ़िक्र न करो, मेरे दोस्त; जैसा तुम चाहोगे वैसा ही होगा। थोड़ा-बहुत घूम-फिर लो; लेकिन यह याद रखना मैं तुम्हें बहुत दिन तक इस तरह घूमने नहीं दे सकता। बहरहाल, मैं तुमसे एक एहसान मेरे साथ करने को ज़रूर कहूँगा," पोर्फ़िरी ने अपनी आवाज़ नीची करते हुए कहा, "बात कुछ टेढ़ी तो है, लेकिन है बहुत ज़रूरी। मेरा मतलब यह है अगर कभी तुम यह फ़ैसला करो (याद रहे, मैं एक क्षण के लिए ऐसा नहीं समझता कि तुम ऐसा फ़ैसला करोगे, और, सच तो यह है कि मैं समझता हूँ कि तुममें इसकी क्षमता भी नहीं है), लेकिन अगर तुम अगले कोई चालीस-पचास घंटों में फ़ैसला करो कि तुम इस मामले को किसी दूसरे तरीक़े से ख़त्म करना चाहते हो–मेरा मतलब है, अपने आपको ख़त्म कर देना चाहते हो (बिलकुल बेतुका विचार है, और मैं माफ़ी चाहता हूँ कि मैं इस तरह का सुझाव रख भी रहा हूँ), तो मुझे बहुत ख़ुशी होगी अगर तुम पूरा ब्योरा लिखकर एक छोटी सी पर्ची मेरे लिए छोड़ जाओ। बस दो लाइनें–दरअसल, दो छोटी-छोटी लाइनों से ज़्यादा मुझे कुछ चाहिए भी नहीं–और मेहरबानी करके उस पत्थर की बात लिखना न भूलना। इस तरह ज़्यादा अच्छा रहेगा। अच्छा, तो मैं अब चलता हूँ। कोई बुरी बात न सोचना और कोई ग़लत फ़ैसला न करना !"

पोर्फ़िरी झुककर रस्कोलनिकोव से नज़रें बचाता हुआ बाहर चला गया। रस्कोलनिकोव खिड़की के पास जाकर बड़ी चिड़चिड़ाहट के साथ अधीरता से उस वक़्त तक इन्तज़ार करता रहा जब तक उसके हिसाब से पोर्फ़िरी को काफ़ी दूर चला जाना चाहिए था। फिर वह भी जल्दी से कमरे के बाहर चला गया।

3

वह स्विद्रिगाइलोव से जल्दी-से-जल्दी मिलने को बेचैन था। वह उस आदमी से क्या पाने की उम्मीद कर सकता था यह तो उसे भी नहीं मालूम था, लेकिन ऐसा लगता था कि उस पर उस आदमी का किसी-न-किसी तरह का ज़ोर था। इस बात को एक बार समझ लेने के बाद वह अब चैन से नहीं बैठ सकता था। इसके अलावा, अब वक़्त भी आ गया था।

रास्ते में एक सवाल ख़ासतौर पर उसे परेशान करता रहा : क्या स्विद्रिगाइलोव पोर्फ़िरी से मिलने गया था ?

जहाँ तक वह समझ सकता था—और यह बात वह क़सम खाकर कहने को तैयार था—वह नहीं गया था। उसने एक बार फिर बड़े ध्यान से इस सवाल के बारे में सोचा, पोर्फ़िरी के साथ अपनी मुलाक़ात की छोटी-से-छोटी हर बात को याद किया और इसी नतीजे पर पहुँचा : वह नहीं गया था; वह क़तई नहीं गया था !

लेकिन अगर वह अभी तक नहीं गया था तो क्या वह पोर्फ़िरी के पास जाएगा या नहीं ?

उस वक़्त उसे पूरा यक़ीन था कि वह नहीं जाएगा। क्यों ? वह इसकी कोई वजह नहीं बता सकता था, लेकिन अगर वह बता भी सकता होता तो वह इस वक़्त उस पर ज़्यादा वक़्त ख़राब करने को तैयार नहीं था। ये सारी बातें उसे परेशान तो करती थीं, फिर भी न जाने क्यों ऐसा लगता था कि उसे उनकी कोई परवाह नहीं है। यह एक अजीब बात थी, और शायद कोई इस पर यक़ीन भी न करता, लेकिन उसे न तो अपनी वर्तमान स्थिति की वजह से बहुत परेशानी थी और न अपने तात्कालिक भविष्य से। उसे चिन्ता किसी दूसरी ही बात की थी, एक ऐसी बात की जो कहीं अधिक महत्त्वपूर्ण थी, एक ऐसी बात की जो ख़ास अहमियत रखती थी, एक ऐसी बात जिसका किसी दूसरे से सम्बन्ध नहीं था; लेकिन वह बिलकुल ही दूसरी बात थी और उसका महत्त्व भी बहुत ख़ास था। इसके अलावा वह बहुत गहरी नैतिक गिरावट महसूस कर रहा था, हालाँकि आज उसका दिमाग़ जितनी अच्छी तरह काम कर रहा था उतनी उच्छी तरह उसने इधर हाल में कभी काम नहीं किया था।

और जो कुछ हो चुका था उसके बाद इन सब छोटी-मोटी कठिनाइयों पर क़ाबू पाने से सचमुच क्या कोई फ़ायदा था ? मिसाल के लिए, क्या इस बात से कोई फ़ायदा था कि स्विद्रिगाइलोव को पोर्फ़िरी से मिलने जाने से रोकने की योजना बनाई जाए और उसके लिए कोई साज़िश की जाए ? क्या फ़ायदा हो सकता था स्विद्रिगाइलोव जैसे आदमी को समझने, उसके बारे में मालूम करने की कोशिश करने और उस पर वक़्त ख़राब करने से ?

उफ़, इन सब बातों से कितना तंग आ चुका था !

बावजूद इन तमाम बातों के स्विद्रिगाइलोव से मिलने के लिए वह भागा चला जा रहा था; कहीं ऐसा तो नहीं था कि वह उससे किसी 'नई' चीज़ की उम्मीद लगाकर जा रहा था ? किन्हीं हिदायतों की ? बच निकलने के किसी रास्ते की ? डूबते को तिनके का सहारा होता है ! क्या नियति और कोई सहज भावना उन दोनों को एक-दूसरे के पास ला रही थीं ? शायद वह महज़ थका हुआ महसूस कर रहा था। शायद यह घोर निराशा थी। शायद उसे स्विद्रिगाइलोव की नहीं, बल्कि किसी दूसरे ही आदमी की ज़रूरत थी, और स्विद्रिगाइलोव तो बस रास्ते में आ गया था। सोनिया ? लेकिन अब वह सोनिया के पास क्यों जाए ? एक बार फिर आँसुओं की भीख माँगने ? इसके अलावा उसे सोनिया से डर भी लगता था। उसकी दृष्टि में सोनिया एक निर्मम भर्त्सना का, एक

अटल निर्णय का प्रतीक थीं। वहाँ तो बस यह था कि या सोनिया का रास्ता या उसका अपना रास्ता। ख़ासतौर पर, उस समय वह अपने आपको उससे मिलने के लिए तैयार नहीं कर सकता था। नहीं। शायद इससे कहीं अच्छा था कि वह स्विद्रिगाइलोव को आज़माकर देखे और यह मालूम करे कि वह किस क़िस्म का आदमी है और अपने दिल की गहराई में वह इस बात को मानने पर विवश था कि उसे बहुत अर्से से किसी बात के लिए उसकी ज़रूरत थी।

फिर भी कौन सी ऐसी चीज़ थी जो उन दोनों के बीच एक जैसी थी ? उन दोनों ने जो क़त्ल किए थे वे भी तो एक ही तरह के नहीं हो सकते थे। इसके अलावा वह आदमी बेहद आपत्तिजनक, अत्यधिक अनैतिक, असंदिग्ध रूप से कुटिल और धोखेबाज़ और शायद द्वेषी भी था। उसके बारे में कैसे-कैसे भयानक क़िस्से सुनाए जाते थे। यह सच था कि कतेरीना इवानोव्ना के बच्चों के लिए वह अपनी तरफ़ से पूरी कोशिश कर रहा था, लेकिन कौन जाने उसका मक़सद क्या था या उन सब बातों के पीछे क्या रहस्य था ? उस आदमी के पास भाँति-भाँति की योजनाओं और मंसूबों की कभी कोई कमी नहीं रहती थी।

एक और विचार था जो उन दिनों रस्कोलनिकोव के दिमाग़ पर छाया हुआ था और जिसने उसे बहुत परेशान कर रखा था, हालाँकि उसने उस विचार को अपने दिमाग़ से निकाल देने की पूरी कोशिश की थी, क्योंकि वह उसके लिए बहुत कष्टदायक था। कभी-कभी वह यह सोचे बिना रह नहीं सकता था कि स्विद्रिगाइलोव उसका पीछा करता रहा था और अब भी कर रहा था, कि स्विद्रिगाइलोव ने उसके भेद का पता लगा लिया था, कि स्विद्रिगाइलोव के दिल में दूनिया के बारे में कुछ मंसूबे रह चुके थे। और अगर ये मंसूबे अब भी हों तो ? लगभग पक्की बात थी कि 'उसके दिल में ये मंसूबे अब भी थे।' अगर उसके भेद का पता लगा लेने के बाद और इस तरह उसे अपने शिकंजे में कस लेने के बाद, वह इस ताक़त को दूनिया के ख़िलाफ़ एक हथियार की तरह इस्तेमाल करे तो क्या होगा ?

यह विचार, जो उसे सोते में सताता रहा था, उसके मन में कभी इतने प्रबल रूप में नहीं उठा था जितने प्रबल रूप में इस वक़्त उठ रहा था जब वह स्विद्रिगाइलोव के पास जा रहा था। इस विचार के उठते ही वह गुस्से से पागल हो उठता था। पहली बात तो यह कि इससे हर चीज़, उसकी अपनी स्थिति भी बदल जाएगी : उसे अपना भेद दूनिया को फ़ौरन बता देना होगा। उसे शायद पूरी तरह आत्मसमर्पण कर देना होगा ताकि दूनिया को कोई नासमझी का क़दम उठाने से रोका जा सके। वह ख़त ? दूनिया को उसी दिन सबेरे तो कोई ख़त मिला था। पीटर्सबर्ग में उसे किसने ख़त भेजा होगा ? (शायद लूजिन ने ?) यह सच था कि रज़ुमीख़िन वहाँ नज़र रख रहा था, लेकिन रज़ुमीख़िन कुछ नहीं जानता है। शायद उसे अपना भेद रज़ुमीख़िन से फ़ौरन बता देना चाहिए ? यह सोचकर रस्कोलनिकोव को बड़ी अरुचि हुई।

बहरहाल, उसे स्विद्रिगाइलोव से जल्दी-से-जल्दी मिलना होगा, उसने मन-ही-मन अन्तिम रूप से निर्णय किया। ख़ैरियत थी कि इस मामले में ब्योरे की बातों का उतना महत्त्व नहीं था जितना मुख्य बात का; लेकिन, अगर वह सचमुच ऐसी बात कर सकता हो, अगर स्विद्रिगाइलोव सचमुच दूनिया के ख़िलाफ़ कोई मंसूबे बना रहा हो तो।...

रस्कोलनिकोव पिछले एक महीने की घटनाओं से थककर इतना चूर हो चुका था कि वह इस तरह के सवालों का फ़ैसला एक ही तरीक़े से कर सकता था—'तो फिर मैं उसे मार डालूँगा,' उसने क्रूर निराशा के भाव से सोचा। वह बेहद उदास हो गया। यह देखने के लिए कि वह किधर जा रहा था और कहाँ पहुँच गया था, वह सड़क के बीच में रुक गया। वह ओबुख़ोव्स्की ऐवेन्यू पर

था, भूसा मंडी से कोई तीस-चालीस गज़ दूर, जहाँ से वह चला था। बाईं ओर के मकान की पूरी दूसरी मंज़िल में एक रेस्तराँ था। सारी खिड़कियाँ पूरी खुली हुई थीं; अन्दर खिड़कियों के सामने से जो लोग गुज़र रहे थे उन्हें देखने से पता चलता था कि रेस्तराँ खचाखच भरा हुआ था। खाने के कमरे से गाने की, एक वायलिन और क्लेरिनेट की आवाज़ें और एक तुर्की ढोल की ढम-ढम की आवाज़ें आ रही थीं। औरतों की चीख़ें सुनाई दे रही थीं। यह सोचकर कि वह ओबुख़ोव्स्की ऐवेन्यू में मुड़ा ही क्यों था, वह वापस जाने ही वाला था कि उसे अचानक स्विद्रिगाइलोव दिखाई पड़ गया; वह रेस्तराँ की एक सबसे दूरवाली खुली हुई खिड़की के पास मुँह में पाइप लगाए चाय की मेज़ के सामने बैठा था। इस संयोग पर उसे बेहद आश्चर्य हुआ, बल्कि कहना चाहिए कि वह धक् से रह गया। स्विद्रिगाइलोव उसे चुपचाप देख रहा था, और रस्कोलनिकोव को यह बात बरबस खटकी कि उसे ऐसा क्यों लगा कि स्विद्रिगाइलोव उठना चाह रहा था ताकि इससे पहले कि उसे देखा जा सके वह चुपचाप वहाँ से खिसक जाए। रस्कोलनिकोव ने भी फ़ौरन ऐसा जताया कि जैसे उसने उसे देखा न हो, बल्कि दूसरी ही दिशा में किसी चीज़ को देख रहा हो, लेकिन वह कनखियों से बराबर उसे देखे जा रहा था। उसका दिल बेचैनी से धड़क रहा था। उसका अनुमान ठीक था; स्पष्ट लग रहा था कि स्विद्रिगाइलोव नहीं चाहता था कि कोई उसे देख पाए। उसने अपने मुँह से पाइप निकाला और वह छिप जाने की कोशिश करने लगा; लेकिन ज्यों ही वह उठा और उसने अपनी कुर्सी पीछे खिसकाई तो उसे अचानक ज़रूर यह आभास हुआ होगा कि रस्कोलनिकोव ने उसे देख लिया था और वह लगातार उस पर नज़र रख रहा था। इस समय उन दोनों के बीच जो कुछ हुआ वह बहुत कुछ उस दृश्य जैसा ही था जो रस्कोलनिकोव के कमरे में उनकी पहली मुलाक़ात के समय सामने आया था, जब रस्कोलनिकोव सो रहा था। स्विद्रिगाइलोव के चेहरे पर एक कुटिल मुस्कुराहट दिखाई दी, जो धीरे-धीरे फैलकर बड़ी होती गई। दोनों ही को मालूम था कि दूसरे ने उसे देख लिया था और उस पर नज़र रख रहा था। आख़िरकार स्विद्रिगाइलोव ठहाका मारकर हँसा।

"अरे, जी चाहे तो अन्दर आ जाओ...मैं यहाँ हूँ !" उसने खिड़की में से पुकारकर कहा।

रस्कोलनिकोव सीढ़ियाँ चढ़कर रेस्तराँ में पहुँच गया।

उसने देखा कि स्विद्रिगाइलोव खाने के बड़े कमरे से मिले हुए पीछ के एक बहुत ही छोटे कमरे में बैठा था जिसमें बस एक ही खिड़की थी; खाने के बड़े कमरे में कई व्यापारी, सरकारी नौकर और बहुत से दूसरे लोग जान लड़ाकर गानेवालों की टोली के शोर के बीच बीस छोटी-छोटी मेज़ों पर बैठे चाय पी रहे थे। कहीं से बिलियर्ड की गेंदों के टकराने की आवाज़ आ रही थी। स्विद्रिगाइलोव के सामने मेज़ पर शैम्पेन की एक खुली बोतल और एक आधा भरा हुआ गिलास रखा था। उसी कमरे में हाथ में छोटा सा आर्गन बाजा लिये हुए एक लड़का और कोई अठारह साल की, तन्दुरुस्त और लाल-लाल गालोंवाली एक लड़की भी थी जो धारीदार स्कर्ट उड़सकर पहने थी और सिर पर फ़ीतों में सजी हुई टाइरोलियन हैट लगाए थी; बग़लवाले कमरे में गाने के शोर के बावजूद वह आर्गन की धुन पर ऊँची भर्राई हुई आवाज़ में बाज़ारू ढंग का चालू गाना गा रही थी...

"अच्छा, बस अब रहने दो !" रस्कोलनिकोव के अन्दर आते ही स्विद्रिगाइलोव ने उसे टोकते हुए कहा।

लड़की ने गाना फ़ौरन बन्द कर दिया और बड़े अदब से खड़ी इन्तज़ार करती रही। वह बाज़ारू गाना गाते समय भी उसके चेहरे पर आदर और गम्भीरता का यही भाव था।

"फ़िलिप, एक गिलास लाना !" स्विद्रिगाइलोव ने आवाज़ दी।

"मैं शराब नहीं पिऊँगा," रस्कोलनिकोव ने कहा।

"जैसी तुम्हारी मर्ज़ी। लेकिन गिलास तुम्हारे लिए है भी नहीं। लो, पियो, कात्या ! अब आज मैं और गाना नहीं सुनूँगा। तुम जा सकती हो !" उसने कात्या के लिए एक गिलास भर दिया और एक पीला नोट निकालकर उसे दिया। कात्या ने एक घूँट में गिलास ख़ाली कर दिया, जैसा कि औरतें आमतौर पर करती हैं—यानी बीस चुस्कियाँ लेने के लिए बीच में रुके बिना—नोट लिया, स्विद्रिगाइलोव का हाथ चूमा, जो स्विद्रिगाइलोव ने बड़ी गम्भीर मुद्रा बनाकर उसे करने दिया और कमरे के बाहर चली गई; लड़का भी आर्गन बाजा लिये हुए उसके पीछे-पीछे चला गया। उन दोनों को सड़क पर से लाया गया था। स्विद्रिगाइलोव को पीटर्सबर्ग आए अभी मुश्किल से एक हफ़्ता हुआ था, लेकिन इतने थोड़े से दिनों में ही उसके सारे तौर-तरीक़े एक ख़ास ढंग के बन चुके थे। वेटर फ़िलिप इतनी जल्दी ही उसका 'पुराना दोस्त' बन चुका था, और बड़ी मुस्तैदी से उसका सारा हुक्म बजा लाने को तैयार रहता था। खाने के कमरे में जानेवाला दरवाज़ा आमतौर पर बन्द रहता था : इस छोटे कमरे में स्विद्रिगाइलोव को हर तरह की सुख-सुविधा रहती थी और वह शायद पूरे-के-पूरे दिन उसी में काट देता था। रेस्तराँ बहुत गन्दा और सस्ता था और शायद दूसरी श्रेणी का भी नहीं था।

"मैं आप ही से मिलने जा रहा था," रस्कोलनिकोव ने कहना शुरू किया, "आप ही की खोज में। लेकिन न जाने क्यों मैं भूसा मंडी से ओबुख़ोव्स्की ऐवेन्यू की तरफ़ मुड़ गया। मालूम नहीं किसलिए। मैं इधर कभी नहीं आता। आमतौर पर भूसा मंडी से मैं दाहिनी ओर मुड़ जाता हूँ। और यह आपके यहाँ जाने का रास्ता भी तो नहीं है। सड़क के नुक्कड़ पर मुड़ते ही मेरी नज़र आप पर पड़ी ! अजीब बात है !"

"साफ़-साफ़ क्यों नहीं कहते कि चमत्कार है ?"

"इसलिए कि शायद यह महज़ इत्तफ़ाक की बात है।"

"तुम लोग भी अजीब मसख़रे हो," स्विद्रिगाइलोव ठहाका मारकर हँस पड़ा, "मानोगे नहीं, हालाँकि दिल में चमत्कारों में विश्वास रखते हो। तुमने अभी कहा कि 'शायद' यह इत्तफ़ाक था। और, मेरे दोस्त, जब ख़ुद अपनी कोई राय ज़ाहिर करने का सवाल आता है तो उस मामले में यहाँ के तुम लोग भी कितने बुज़दिल हो कि सोचा भी नहीं जा सकता। मैं तुम्हारी बात नहीं कर रहा हूँ। तुम अपने दिमाग़ से सोचते हो और इस बात से डरते भी नहीं हो। इसी वजह से मेरे मन में तुम्हारे बारे में जानने की इच्छा पैदा हुई।"

"क्या इसके अलावा और कोई बात नहीं थी ?"

"क्यों, क्या इतना ही काफ़ी नहीं है ?"

स्विद्रिगाइलोव सचमुच तरंग में था, हालाँकि बहुत थोड़ा ही सा; उसने आधा गिलास ही शराब पी थी।

"मुझे तो ऐसा लगता है कि आप जिस चीज़ को मेरा अपना दिमाग़ कहते हैं उसका पता लगने से पहले ही आप मुझसे मिलने आए थे," रस्कोलनिकोव ने अपना मत प्रकट किया।

"ख़ैर, उस वक़्त दूसरी ही बात थी। हर आदमी का काम करने का अपना ढंग होता है। और जहाँ तक चमत्कार का सवाल है, तो मैं तुम्हें इतना ही बता सकता हूँ कि तुम पिछले दो-तीन दिन से सोते रहे हो। मैंने ख़ुद तुम्हें इस रेस्तराँ के बारे में बताया था, और यहाँ तुम्हारे आने में कोई ऐसी चमत्कार की बात नहीं है। मैंने तुम्हें यहाँ आने का रास्ता बताया था, तुम्हें इस जगह के बारे

में बताया था, यह बताया था कि यह जगह कहाँ है और यह भी बताया था कि किस वक़्त मैं यहाँ मिल सकता हूँ। याद नहीं तुम्हें ?''

''मुझे तो याद नहीं पड़ता,'' रस्कोलनिकोव ने आश्चर्य से जवाब दिया।

''मैं तुम्हारी बात माने लेता हूँ। मैंने दो बार तुम्हें इसके बारे में बताया था। पता तुम्हारे दिमाग़ में अनजाने ही चिपका रह गया होगा और तुम अपने आप ही ठीक मेरे बताए हुए रास्ते पर चलते हुए इस सड़क पर मुड़ गए होगे, हालाँकि यह बात तुम्हें ख़ुद मालूम नहीं रही होगी। अभी उस दिन जब मैं तुम्हें इसके बारे में बता रहा था तब मेरे ख़्याल में तुम मेरी बात समझे नहीं थे। मेरे दोस्त, तुम अपना भेद ख़ुद बहुत ज़्यादा खोल देते हो। एक बात और भी है। मुझे पूरा यक़ीन है कि पीटर्सबर्ग में ऐसे बहुत से लोग हैं जो चलते-चलते अपने आपसे बातें करते रहते हैं। यह आधे पागलों का शहर है। अगर हम वैज्ञानिकों का राष्ट्र होते तो हमारे डॉक्टर, वकील और दार्शनिक यहाँ पीटर्सबर्ग में अपने-अपने क्षेत्रों में बहुमूल्य ख़ोजें कर सकते थे। तुम्हें पीटर्सबर्ग जैसी जगह आसानी से नहीं मिलेगी जहाँ आदमी के दिमाग़ पर इतनी बहुत सी विचित्र, कठोर और निराशाजनक चीज़ों का असर पड़ता होगा ! ज़रा सोचो तो कि अकेले यहाँ की जलवायु का ही कितना असर पड़ता होगा ! और फिर, यह रूस के प्रशासन का भी केन्द्र है, और इसके चरित्र की झलक हर चीज़ में दिखाई देना ज़रूरी है। लेकिन इस वक़्त मैं यह बात समझना नहीं चाह रहा हूँ। बात यह है कि मैं तुम्हारे जाने बिना ही अब तक कई बार तुम्हें बड़े ग़ौर से देख चुका हूँ। जब तुम अपने घर से निकलते हो तब तुम अपना सिर ऊँचा उठाए रखते हो। बीस क़दम चलने के बाद तुम्हारा सिर झुक जाता है और तुम अपने हाथ पीठ के पीछे बाँध लेते हो। तुम आँखें खोले चीज़ों पर नज़र तो डालते हो लेकिन साफ़ मालूम होता है कि न तो तुम अपने सामने कोई चीज़ देखते हो और न अपने दोनों तरफ़। आख़िरकार तुम्हारे होंठ हिलने लगते हैं। और तुम अपने आप से बातें करने लगते हो, और इसके साथ ही अक्सर तुम अपना एक हाथ दूसरे से छुड़ाकर कविता का पाठ जैसा करने लगते हो। आख़िर में तुम सड़क के बीच में रुक जाते हो और बड़ी देर तक वहीं खड़े रहते हो। और, जनाब, यह बहुत बुरी बात है। मेरे अलावा दूसरे लोगों का ध्यान भी इस बात की ओर जा सकता है, और हो सकता है कि तुम ऐसा न चाहते हो । ज़ाहिर है, मैं इसकी ज़रा भी परवाह नहीं करता, और न ही मैं यह उम्मीद करता हूँ कि मैं तुम्हारी यह बीमारी ठीक कर सकता हूँ, लेकिन अलबत्ता तुम मेरा मतलब तो समझ गए होगे, न ?''

''क्या यह बात आप जानते हैं कि मेरा पीछा किया जा रहा है ?'' रस्कोलनिकोव ने पैनी नज़रों से स्विद्रिगाइलोव को देखते हुए पूछा।

''नहीं, मुझे इसके बारे में कुछ भी मालूम नहीं,'' स्विद्रिगाइलोव ने इस तरह जवाब दिया मानो उसे यह सुनकर ताज्जुब हुआ हो।

''अच्छा, तो मुझे मेरे हाल पर छोड़ दीजिए,'' रस्कोलनिकोव माथे पर बल डालकर बुड़बुड़ाया।

''अच्छी बात है, छोड़े देते हैं तुम्हें तुम्हारे हाल पर।''

''मुझे तो आप यह बताइए कि अभी जब मैं सड़क से ऊपर खिड़की की ओर देख रहा था तो आप मुझसे छिप क्यों रहे थे। अगर आप यहाँ आमतौर पर पीने आते हैं और दो बार मुझसे यहाँ आकर मिलने को कह चुके हैं तो आपने मेरी नज़र बचाकर यहाँ से खिसक जाने की कोशिश क्यों की ? मैं सब देख रहा था।''

''हः-हः ! और जब मैं तुम्हारी चौखट पर खड़ा था और तुम आँखें बन्द किए सोफ़े पर पड़े

थे तो तुम सोने का बहाना क्यों कर रहे थे जबकि तुम सो नहीं रहे थे ? मैंने भी अच्छी तरह सब कुछ देखा था।''

''हो सकता है कि...मेरे ऐसा करने की कुछ वजह रही हो, जैसा कि आप ख़ुद जानते हैं।''

''मेरे पास भी ऐसा करने की वजहें हो सकती हैं, हालाँकि तुम उन्हें जान नहीं सकोगे।''

रस्कोलनिकोव ने अपनी दाहिनी कुहनी मेज़ पर टिका ली और अपने दाहिने हाथ की उँगलियों से अपनी ठोड़ी को नीचे से सहारा देकर ग़ौर से स्विद्रिगाइलोव को घूरने लगा। लगभग एक मिनट तक वह उसके चेहरे को नज़रें जमाकर देखता रहा, क्योंकि हमेशा से वह उसके चेहरे से बहुत प्रभावित था। वह अजीब क़िस्म का चेहरा था, जो देखने में मुखौटे जैसा लगता था : उजली मुखाकृति, लाल गाल, गहरे लाल रंग के होंठ, हल्के रंग के सन जैसे बालों की दाढ़ी और सुनहरे बाल जो अभी तक काफ़ी घने थे। लेकिन उसकी आँखें कुछ ज़रूरत से ज़्यादा ही नीली लगती थीं, और उसकी नज़र ज़रूरत से ज़्यादा बोझल और निश्चल थी। इस ख़ूबसूरत चेहरे में, जो उसकी उम्र को देखते हुए बेहद नौजवान चेहरा था, कोई बात ऐसी थी जिससे नफ़रत पैदा होती थी। स्विद्रिगाइलोव की पोशाक गर्मियों में पहनने के हल्के कपड़े की बनी हुई थी और ऐसा लगता था कि उसे अपनी क़मीज़ पर ख़ासतौर पर गर्व था। उसकी एक उँगली पर बड़ी सी अँगूठी थी जिसमें क़ीमती नग जड़ा हुआ था।

''क्या मुझे अब आपके पीछे भी वक़्त ख़राब करना होगा ?'' रस्कोलनिकोव ने अचानक अधीरता से कसमसाते हुए सीधे मतलब की बात पर आते हुए कहा, ''हो सकता है कि अगर आप कोई मुसीबत खड़ी करना चाहें तो आप बहुत ही ख़तरनाक आदमी साबित हों, लेकिन आपकी वजह से मैं अपनी ज़िन्दगी में उलझाव पैदा करने को तैयार नहीं हूँ। मैं आपको साफ़-साफ़ बता देना चाहता हूँ कि मुझे अपनी उतनी चिन्ता क़तई नहीं है जितनी कि शायद आप समझते हैं। इतना आप समझ लीजिए, जनाब, कि मैं आपसे साफ़-साफ़ यह कहने आया हूँ कि अगर आप अभी तक मेरी बहन की तरफ़ वही पहलेवाले इरादे रखते हैं, और अगर आप समझते हैं कि आपको अभी हाल में मेरे बारे में जिस बात का पता लगा है उसे इस्तेमाल करके आप अपनी मंशा पूरी कर लेंगे, तो इससे पहले कि आप मुझे जेल भिजवाएँ, मैं आपको जान से मार दूँगा। मेरी आदत कोरी धमकियाँ देने की नहीं है और मैं समझता हूँ कि यह आप जानते ही होंगे कि मैं अपनी बात का पक्का हूँ। दूसरे, अगर आपको मुझसे कोई बात कहनी है—क्योंकि हर वक़्त मुझे ऐसा लगता रहता है कि आपको मुझसे कोई बात कहनी है—तो वह बात आप मुझे फ़ौरन बता दीजिए, क्योंकि वक़्त बहुत क़ीमती है और बहुत मुमकिन है कि जल्दी ही इतनी देर हो जाए कि वह बात बताने का वक़्त न रह जाए।''

''ऐसी जल्दी क्या है ? तुम्हें कहीं जाना है क्या ?'' स्विद्रिगाइलोव ने अचरज से देखते हुए पूछा।

''हर आदमी का काम करने का अपना ढंग होता है,'' रस्कोलनिकोव ने अधीरता से और गम्भीर होकर जवाब दिया।

''अभी तुमने ख़ुद मुझे ललकारा था कि मैं तुमसे साफ़-साफ़ बातें करूँ और अब तुम मेरे पहले ही सवाल का जवाब देने से इनकार कर रहे हो,'' स्विद्रिगाइलोव ने मुस्कुराते हुए अपनी राय ज़ाहिर की, ''हमेशा ऐसा लगता है कि तुम समझते हो मेरे मन में कोई बातें है, और इसीलिए तुम मुझे शक की नज़र से देखते हो। ख़ैर, यह बात तो बिलकुल समझ में आ सकती है, तुम्हारी हालत को देखते हुए। लेकिन यह चाहते हुए भी कि मैं तुम्हारे साथ दोस्ती निभाऊँ, मैं तुम्हें यह समझाने की

कोशिश नहीं करूँगा कि ऐसा समझना तुम्हारी भूल है। मैं तुम्हें यक़ीन दिलाता हूँ कि यह कोई ऐसी बात नहीं है जिसमें इतना दिमाग़ खपाया जाए। सच तो यह है कि तुमसे किसी ख़ास वात के बारे में चर्चा करने का मेरा कोई इरादा ही नहीं था।''

''तो फिर आपको मेरी इतनी ज़रूरत क्यों पड़ी थी ? आप ही मेरे आगे-पीछे घूम रहे थे, है कि नहीं ?''

''मैं तो तुम्हें बस देखने-समझने के लिए एक दिलचस्प चीज़ मानता था। मेरे मन में तुम्हारे लिए दिलचस्पी सिर्फ़ इसलिए पैदा हुई थी कि तुम जिस हालत में थे वह अजीबोग़रीब थी। हाँ, यही बात थी ! इसके अलावा तुम एक ऐसी नौजवान महिला के भाई हो जिनसे मुझे बहुत दिलचस्पी रही है और जिनसे मैंने तुम्हारे बारे में इतना बहुत कुछ सुना था कि मेरे लिए इस नतीजे पर पहुँचना लाज़िमी था कि उन पर तुम्हारा बहुत गहरा असर रहा है। क्या इतना काफ़ी नहीं है ? हः-हः-हः ! फिर भी, यह मैं मानने को तैयार हूँ कि तुम्हारा सवाल कुछ टेढ़ा है और उसका जवाब देना मेरे लिए मुश्किल है। मिसाल के लिए, तुम मेरे पास न सिर्फ़ एक ख़ास मक़सद से आए हो, बल्कि इसलिए भी कि तुम कोई नई बात जानने के लिए बेचैन हो। है न ऐसी बात ? यही बात है न ?'' स्विद्रिगाइलोव कुटिल मुस्कुराहट के साथ बार-बार अपना सवाल पूछता रहा, ''अच्छा, तुम क्या कहोगे अगर मैं तुम्हें बताऊँ कि यहाँ आते वक़्त रास्ते में रेलगाड़ी पर मैं भी यही आस लगाए था कि तुम मुझे कोई नई बात बताओगे और मुझे तुमसे कोई अनमोल चीज़ मिल सकेगी ? देखो न, हम दोनों कितने दौलतमन्द हैं !''

''आप मुझसे क्या पाना चाहते थे ?''

''क्या बताऊँ ? सच पूछो तो मुझे ख़ुद भी नहीं मालूम। तुम देख रहे हो कि मैं किस तरह के गन्दे होटल में अपना सारा वक़्त बिताता हूँ, और यह मुझे अच्छा भी लगता है—या शायद यह कहना ज़्यादा ठीक होगा कि यह जगह मुझे इतनी ज़्यादा अच्छी नहीं लगती है जितनी कि यह बात है कि मुझे इतनी कोई जगह ऐसी चाहिए जहाँ मुझे सुख-चैन मिल सके। अब, मिसाल के लिए, उस बेचारी कात्या को ही ले लो—तुमने देखा था न उसे ?....अगर मैं बहुत पेटू होता, या क्लबों में अच्छा खाना खाने का शौक़ीन होता तब भी कोई बात थी, लेकिन यह रहा वह खाना जो मैं खाता हूँ। (यह कहकर उसने कोने में रखी हुई एक छोटी सी मेज़ की तरफ़ इशारा किया जिस पर टीन की एक तश्तरी में बहुत ही बुरी बीफ़स्टेक का बचा हुआ टुकड़ा और आलू के कुछ क़तले पड़े थे।) अरे हाँ, तुमने खाना खाया है ? मैं अभी थोड़ा सा खा चुका हूँ और अब मेरा कुछ खाने को जी नहीं चाहता। मिसाल के लिए, मैं शराब बिलकुल नहीं पीता। शैम्पेन के अलावा कुछ हल्की शराब भी नहीं पीता और उसका भी पूरी शाम में एक गिलास, और उतने से भी मेरे सिर में दर्द होने लगता है। इस वक़्त तो मैंने बस अपना हौसला बढ़ाने के लिए थोड़ी सी मँगा ली थी, क्योंकि अभी मुझे किसी से मिलने जाना है और इसीलिए तुम मुझे एक ख़ास क़िस्म की दिमाग़ी हालत में देख रहे हो। मैंने स्कूली लड़कों की तरह छिप जाने की कोशिश इसीलिए की थी कि मुझे डर था कि इस वक़्त तुम मेरे लिए एक मुसीबत बन जाओगे। लेकिन,'' उसने घड़ी निकालकर देखते हुए कहा, ''मैं समझता हूँ कि अभी मेरे पास तुम्हारे लिए एक घंटे का वक़्त है। इस वक़्त साढ़े चार बजा है। देखो, बात यह है कि मेरा बहुत जी चाहता है कि मेरे पास करने को कुछ होता। काश, मैं ज़मींदार होता, या बाप होता, या घुड़सवार फ़ौज का अफ़सर होता, या फ़ोटोग्राफ़र होता, या पत्रकार होता...लेकिन मैं कुछ भी तो नहीं हूँ...मुझे कोई काम भी तो नहीं आता है। कभी-कभी मैं बेहद ऊब जाता हूँ। मैं उम्मीद करता था कि तुम मुझे कोई नई बात बताओगे।''

"लेकिन आप हैं कौन, और आप यहाँ आए किसलिए हैं ?"

"मैं कौन हूँ ? क्यों, तुम्हें मालूम नहीं ? मैं एक शरीफ़ आदमी हूँ। दो साल तक मैंने घुड़सवार फ़ौज में नौकरी की, उसके बाद कुछ समय तक मैं यहाँ पीटर्सबर्ग में भटकता रहा। मैंने उस औरत से शादी कर ली, जो अब मर चुकी है और देहात में रहने लगा। बस यही है मेरी ज़िन्दगी की कहानी !"

"आप जुआरी भी हैं, मैं समझता हूँ।' "

"नहीं, सही माने में जुआरी नहीं हूँ। मैं पत्तेबाज़ हूँ, जुआरी नहीं।"

"अच्छा ? क्या आप सचमुच पत्तेबाज़ रह चुके हैं ?"

"हाँ, मैं पत्तेबाज़ भी रह चुका हूँ।"

"और कभी आपकी पिटाई भी हुई है ?"

"हुई है। क्यों ?"

"अच्छा, तो मैं समझता हूँ कि आपके सामने ऐसे मौक़े भी आए होंगे जब लोगों ने आपको द्वन्द्व-युद्ध के लिए ललकारा भी होगा...और आमतौर पर इस तरह की बातों से ज़िन्दगी में आदमी की दिलचस्पी बनी रहती है।"

"मैं तुम्हारी बात को झुठलाना नहीं चाहता और इसके अलावा मैं दार्शनिक जैसी बातें करने में भी कोई ख़ास अच्छा नहीं हूँ। लेकिन, यह मान लेने में मुझे कोई एतराज़ नहीं है कि यहाँ मैं ख़ासतौर पर औरतों की वजह से ही आया था।"

"लेकिन अभी कुछ ही दिन पहले तो आप अपनी बीवी को दफ़न करके आए हैं न ?"

"हाँ, तो ?" स्विद्रिगाइलोव निष्कपट भाव से मुस्कुराया, "तो उससे क्या हुआ ? मुझे ऐसा लगता है कि तुम यह सोचते हो कि मेरा इस तरह औरतों के बारे में बातें करना बहुत ही बेहूदा बात है। है न ?"

"आपका मतलब है कि मैं बदकारी को किसी तरह बुरा समझता हूँ कि नहीं ?"

"बदकारी को ? तो तुम यह सोच रहे थे ! लेकिन पहले मैं आमतौर पर औरतों के बारे में अपनी राय साफ़-साफ़ बता दूँ। तुम जानते हो, मेरा इस वक़्त दिल खोलकर बातें करने को जी चाह रहा है। अब तुम ही बताओ, मैं अपने आपको क़ाबू में किसलिए रखूँ ? अगर औरतें अच्छी लगती हैं तो मैं उन्हें छोड़ क्यों दूँ ? कम-से-कम मेरा वक़्त तो कट जाता है।"

"तो आप यहाँ जिस चीज़ की उम्मीद लेकर आए हैं वह सिर्फ़ बदकारी है ?"

"अच्छा, तो क्या हुआ ? मान लो बदकारी ही है ! तुम्हारे दिमाग़ पर तो बदकारी सवार है। हाँ, मैं बदकारी को पसन्द करता हूँ; कम-से-कम सवाल सीधा तो पूछा गया। इस बदकारी में कोई चीज़ ऐसी है जो हमेशा रहती है; कोई ऐसी चीज़ जिसकी बुनियाद प्रकृति पर होती है और जो महज़ कल्पना की उड़ान की पाबन्द नहीं होती; कोई ऐसी चीज़ जो ख़ून में हमेशा दहकते हुए अंगारे की तरह मौजूद रहती है; कोई ऐसी चीज़ जो ऐसी आग भड़का देती है जिसे उम्र गुज़रने के साथ भी बहुत अर्से तक बुझाया नहीं जा सकता। तुम्हें मानना पड़ेगा कि यह भी वक़्त काटने का एक तरह का ढंग है, है न ?"

"इसमें इतना ख़ुश होने की क्या बात है ? यह एक बीमारी है और सो भी ख़तरनाक बीमारी।"

"अच्छा, तो तुम यह कहना चाहते हो ? मैं मानता हूँ कि यह एक बीमारी है, हर उस चीज़ की तरह जो हद से आगे बढ़ जाती है, लेकिन इस तरह की चीज़ में कोई भी आदमी हद से आगे

बढ़ जाने से बच नहीं सकता। पहली बात तो यह कि इसका दारोमदार इस पर होता है कि कौन आदमी किस क़िस्म का है, और दूसरे यह कि हर चीज़ में आदमी को कोई-न-कोई सन्तुलन, कोई-न-कोई हिसाब तो रखना ही पड़ता है, चाहे वह हिसाब कितना ही बुरा क्यों न हो ! अगर ऐसा न हो तो आदमी अपने भेजे में गोली मारकर मर जाए। यह याद रखना, मैं इस बात को बिलकुल मानता हूँ कि शरीफ़ आदमी का यह कर्त्तव्य होता है कि वह उकताहट बर्दाश्त करे, लेकिन बहरहाल...''

''और क्या आप अपने भेजे में गोली मारकर मर सकते हैं ?''

''हे भगवान !'' स्विद्रिगाइलोव ने बड़ी अरुचि से उसके सवाल को टालते हुए कहा, ''मेहरबानी करके इसकी बात न करो,'' उसने जल्दी से कहा; उसकी बात में अब वह पहलेवाला डींग मारने का भाव नहीं था और उसके चेहरे का भाव भी बदला हुआ लग रहा था। ''माफ़ करना, लेकिन मुझे डर है कि मैं एक ऐसी कमज़ोरी का अपराधी हूँ जिसे माफ़ नहीं किया जा सकता : मेरे दिल में मौत का डर है और मैं नहीं चाहता कि लोग उसकी चर्चा करें। क्या तुम जानते हो कि मैं थोड़ा-थोड़ा रहस्यवादी हूँ ?''

''अच्छा ! आपकी बीवी का भूत ! क्या वह अब भी आता है ?''

''उसकी चर्चा न करो, भगवान के लिए ! वह अभी तक पीटर्सबर्ग में तो नहीं आया है। लानत है उस पर !'' उसने अचानक चिढ़कर ज़ोर से कहा, ''नहीं, बेहतर हो कि हम लोग कुछ और बातें करें...लेकिन...अफ़सोस की बात है कि मेरे पास वक़्त नहीं है और मैं तुम्हारे साथ अब और ज़्यादा देर नहीं रह सकता। वक़्त होता तो मैं तुम्हें कुछ बताता।''

''क्यों ? क्या बात है ? कोई औरत है ?''

''हाँ, एक औरत है। यों ही इत्तफ़ाक से मुलाक़ात हो गई थी...लेकिन मैं उसकी बात नहीं कर रहा था।''

''लेकिन क्या इन सारी बातों के घिनौनेपन का आप पर कोई असर नहीं होता ? क्या आपमें इस सिलसिले को रोक देने की ताक़त नहीं रह गई है।''

''तो तुम ताक़त की बात कर रहे हो ? हः-हः-हः ! मानना पड़ेगा, मेरे दोस्त, कि अभी तुमने मुझे अचम्भे में डाल दिया, हालाँकि मैं पहले से जानता था कि ऐसा ही होगा। तुम मुझसे बदकारी और ज़िन्दगी की ख़ूबसूरती की बात कर रहे हो ! तुम शिलर हो, तुम आदर्शवादी हो ! ख़ैर, यह सब कुछ तो वैसा ही है जैसा कि होना चाहिए, और ताज्जुब तो तब होता अगर ऐसा न होता; फिर भी जब ज़िन्दगी में इस तरह की चीज़ से पाला पड़ता है तो ताज्जुब होता है...बहुत अफ़सोस है कि मेरे पास इतना थोड़ा वक़्त है, क्योंकि तुम बहुत ही दिलचस्प आदमी हो ! अच्छा, यह बताओ, क्या शिलर तुम्हें पसन्द है ? मुझे तो बेहद पसन्द है।''

''हे भगवान, आप भी कितनी घटिया क़िस्म के शेखीबाज़ हैं !'' रस्कोलनिकोव ने कुछ अरुचि से कहा।

''नहीं, मेरे दोस्त,'' स्विद्रिगाइलोव ने हँसते हुए जवाब दिया। ''लेकिन मैं बहस नहीं करूँगा। शायद मैं हूँ शेखीबाज़। अगर उससे किसी को कोई नुक़सान न होता हो तो थोड़ा सा शेख़ीबाज़ होने में हर्ज ही क्या है ? देखो, मैंने सात साल अपनी बीवी के साथ देहात में बिताए हैं, इसलिए जब मेरी मुलाक़ात तुम्हारे जैसे होशियार, समझदार और बेहद दिलचस्प आदमी से हुई है तो मुझे बातचीत करके ख़ुशी हो रही है, इसके अलावा, मैंने आधा गिलास शराब भी पी रखी है, और मुझे ऐसा लगता है कि वह मुझे कुछ चढ़ गई है। और सबसे बड़ी बात तो यह है कि एक चीज़ ऐसी

हुई है जिसने मेरे अन्दर बहुत जोश भर दिया है, लेकिन जिसके बारे में मैं...एक शब्द भी नहीं कहूँगा। तुम चल कहाँ दिए ?'' स्विद्रिगाइलोव ने अचानक घबराकर पूछा।

रस्कोलनिकोव उठने जा रहा था। न जाने क्यों वह उदास हो गया था। उसका दम घुट रहा था और वह कुछ अटपटा महसूस कर रहा था। वह मन-ही-मन पूछता रहा था कि वह यहाँ आया ही क्यों। अब उसे पक्का यक़ीन हो गया था कि स्विद्रिगाइलोव दुनिया में सबसे निकम्मा और सबसे बेकार दुष्ट आदमी था।

''अरे, भले आदमी, भगवान के लिए बैठ भी जाओ ! थोड़ी देर तो ठहरो,'' स्विद्रिगाइलोव ने गिड़गिड़ाकर कहा, ''कम-से-कम मुझे चाय पिलाने का मौक़ा तो दो। चलो, थोड़ी देर और बैठो मेरे साथ। मैं कोई बकवास नहीं करूँगा—मेरा मतलब है अपने बारे में। मैं तुम्हें कुछ और बात बताऊँगा। अच्छा, यह बताओ क्या तुम चाहते हो कि मैं तुम्हें बताऊँ किस तरह एक औरत ने, जिसे तुम कहोगे, मुझे 'बचाने' की कोशिश की थी ? यह सचमुच तुम्हारे पहले सवाल का जवाब होगा, क्योंकि वह औरत तुम्हारी बहन थी। मैं तुम्हें बताऊँ वह बात ? और उससे वक़्त काटने में भी मदद मिलेगी।''

''अच्छी बात है, बताइए, लेकिन मैं उम्मीद करता हूँ कि आप...''

''अरे, तुम परेशान न हो ! मेरे जैसे बद और निकम्मे आदमी के दिल में भी अव्दोत्या रोमानोव्ना के लिए गहरी से गहरी इज़्ज़त के अलावा और कोई भावना नहीं हो सकती।''

4

''शायद तुम्हें मालूम हो (मैंने तुम्हें ख़ुद बताया था न ?),'' स्विद्रिगाइलोव ने कहना शुरू किया, ''कि मुझे यहाँ क़र्ज़ न चुकाने के जुर्म में जेल में भेज दिया गया था। मेरे ऊपर बहुत बड़ी रक़म क़र्ज़ थी और मेरे पास उसे चुकाने के न साधन थे और न ही उसकी कोई उम्मीद थी। शायद विस्तार से वे सारी बातें बताना मेरे लिए ज़रूरी नहीं है कि मेरी बीवी ने किस तरह मेरा क़र्ज़ चुकाकर मुझे छुटकारा दिलाया था। क्या तुम्हें मालूम है कि औरत कभी-कभी मुहब्बत में कैसी पागल हो सकती है ? वह बहुत ईमानदार औरत थी और कुछ ऐसी नासमझ भी नहीं थी (हालाँकि वह पढ़ी-लिखी बिलकुल नहीं थी)। अब ज़रा सोचो : इस ईमानदार और ईर्ष्यालु औरत ने रोने-धोने और कहा-सुनी की कई भयानक वारदातों के बाद बड़ा एहसान करके मेरे साथ एक तरह का क़रार कर लिया जिसे उसने हमारे पूरे विवाहित जीवन भर निभाया। मुसीबत यह थी कि वह उम्र में मुझसे बहुत बड़ी थी और इसके अलावा, वह हर वक़्त लौंग चबाती रहती थी। मैं भी कुछ हद तक इतना पाजी था कि मैंने उससे साफ़-साफ़ कह दिया कि मैं उसके साथ पूरी वफ़ादारी नहीं बरत सकता। इस बात को इस तरह मेरे मान लेने पर वह आगबबूला हो गई। लेकिन ऐसा लगता है कि मेरा दो-टूक बात कह देना उसे एक तरह से अच्छा भी लगा, क्योंकि उसने सोचा कि मैंने पहले से उसे जो चेतावनी दे दी थी उसका मतलब यह था कि मैं उसे धोखा नहीं देना चाहता था, और ईर्ष्यालु औरत के लिए यही सबसे बड़ी बात होती है। आँसुओं की नदियाँ बहाने के बाद हमने आपस में यह ज़बानी समझौता 'कर' लिया : पहली बात यह कि मैं उसे कभी छोड़कर नहीं जाऊँगा और हमेशा उसका शौहर रहूँगा; दूसरे यह कि मैं उसकी इजाज़त के बिना कभी कहीं नहीं जाऊँगा; तीसरे यह कि मैं कभी कोई रखैल हमेशा के लिए नहीं रखूँगा; चौथे यह कि इसके बदले में मेरी बीवी इस बात पर कभी कोई एतराज़ नहीं करेगी कि कभी-कभार मैं अपनी किसी नौकरानी के साथ कोई मामला कर

लूँ, लेकिन कभी इस तरह नहीं कि मेरी बीवी को अन्दर-ही-अन्दर उसका पता न हो; पाँचवें यह कि किसी भी हालत में मैं अपने वर्ग की किसी औरत के प्यार के चक्कर में नहीं पड़ूँगा; छठे यह कि अगर, भगवान न करे, कभी मुझे किसी से बहुत गहरा प्यार हो जाए तो मुझे अपनी बीवी को बता देना पड़ेगा। लेकिन इस आख़िरी शर्त के बारे में मेरी बीवी को कभी सचमुच कोई चिन्ता नहीं हुई; वह समझदार औरत थी और इसलिए वह मुझे ऐसे ऐयाश और बदचलन के अलावा और कुछ समझ ही नहीं सकती थी जो किसी से संजीदगी से प्यार कर ही नहीं सकता था। लेकिन समझदार औरत और ईर्ष्यालु औरत दो अलग-अलग चीज़ें होती हैं, और यही सारी मुसीबत है। लेकिन कुछ लोगों के बारे में निष्पक्ष राय क़ायम करने के लिए सबसे पहले ज़रूरी यह होता है कि हम अपने चारों ओर की परिस्थितियों और अपने चारों ओर के लोगों के बारे में पहले से क़ायम कर लिये गए अपने कुछ विचारों को और उनकी तरफ़ अपने आम रवैये को छोड़ दें। मैं समझता हूँ कि मैं किसी भी दूसरे आदमी के मुक़ाबले में तुम्हारे फ़ैसले पर ज़्यादा भरोसा कर सकता हूँ। तुमने मेरी बीवी के बारे में बहुत से दिलचस्प और बेतुके क़िस्से सुने होंगे। यह सच है कि उसकी कुछ आदतें बेतुकी थीं भी; लेकिन मैं तुमसे साफ़ कहता हूँ कि मेरी वजह से उसे जो कई बहुत गहरी निराशाएँ हुईं उसका मुझे बहुत अफ़सोस है। तो मैं समझता हूँ कि एक बेहद प्यार करनेवाली और वफ़ादार बीवी के मरने पर एक बेहद प्यार करनेवाले और वफ़ादार शौहर की तरफ़ से एक भावपूर्ण श्रद्धांजलि के रूप में इतना ही कहा जाना काफ़ी है। अपने झगड़ों के दौरान मैं ज़्यादातर चुप रहता था और पूरी कोशिश करता था कि किसी तरह की चिड़चिड़ाहट न दिखाऊँ, और अपने इस शराफ़त के रवैये की वजह से मुझे लगभग हमेशा ही कामयाबी मिली। इसका न सिर्फ़ उस पर असर होता था बल्कि वह यक़ीनन इसे पसन्द करती थी। सच तो यह है कि ऐसे भी मौक़े आए जब वह मुझ पर गर्व तक करती थी। लेकिन इसके बावजूद मेरी ओर से तुम्हारी बहन के साथ इस तरह की कोई बात वह बर्दाश्त नहीं कर सकी। और यह बात मैं कभी समझ ही नहीं सका कि उसने इतनी बेपनाह ख़ूबसूरत लड़की को बच्चों की देखभाल के लिए नौकर रखने का जोखिम मोल कैसे लिया ! इसकी एक ही वजह मेरी समझ में आती है कि मेरी बीवी बहुत ही भावुक और जोशीली औरत थी, और उसे ख़ुद तुम्हारी बहन से प्यार हो गया था—सचमुच उसे उससे प्यार हो गया था। अव्दोत्या रोमानोव्ना भी कमाल थीं ! जवाब नहीं था उनका ! उन्हें देखते ही मैं अच्छी तरह समझ गया था कि इस बार मेरी ख़ैर नहीं है, और—जानते हो ? मैंने जी में ठान ली थी कि उनकी तरफ़ देखूँगा भी नहीं। लेकिन अव्दोत्या रोमानोव्ना ने ख़ुद पहल की...मानो या न मानो। और क्या तुम इस बात पर भी यक़ीन करोगे अगर मैं तुमसे कहूँ कि शुरू में मेरी बीवी ख़ुद मुझसे बहुत नाराज़ होती थी कि मैं तुम्हारी बहन के सामने कभी ज़बान तक नहीं खोलता था और वह अव्दोत्या रोमानोव्ना की शान में लगातार जो क़सीदे पढ़ती रहती थी उनकी तरफ़ कोई ध्यान ही नहीं देता था ? मुझे नहीं मालूम कि वह चाहती क्या थी। और ज़ाहिर है कि मेरी बीवी ने अव्दोत्या रोमानोव्ना को मेरे बारे में सब कुछ बता दिया था। उसकी यह बहुत बुरी आदत थी कि वह हमारे परिवार की सारी भेद की बातें सभी को बता देती थी और हर आदमी से मेरी शिकायत करती थी। इसलिए वह इस मामले में अपनी इस नई और ख़ूबसूरत दोस्त को कैसे नज़रअन्दाज़ कर सकती थी ? मैं दावे के साथ कह सकता हूँ कि वे दोनों मेरे अलावा और किसी चीज़ के बारे में बात ही नहीं करती थीं, और मुझे इसमें भी शक नहीं है कि अव्दोत्या रोमानोव्ना को जल्दी ही उन शर्मनाक और रहस्यमय भयानक क़िस्सों का पता चल गया होगा जिन्हें लोग मेरे नाम के साथ जोड़ते हैं...मैं शर्त लगाकर कह सकता हूँ कि तुम ख़ुद भी इस तरह की कुछ बातें सुन चुके होगे।"

"सुन चुका हूँ। लूजिन ने आपके ख़िलाफ़ इल्ज़ाम लगाया था कि आपकी वजह से एक बच्ची की मौत हुई। क्या यह सच है ?"

"मेरे साथ इतना एहसान करो कि इन तमाम बेहूदा क़िस्सों की चर्चा न करो," स्विद्रिगाइलोव ने बड़ी नफ़रत से इस विषय को अन्तिम रूप से टालते हुए कहा, "अगर तुम ख़ासतौर पर इस बेतुके क़िस्से के बारे में सब कुछ जानना ही चाहते हो तो मैं इसके बारे में तुम्हें किसी और वक़्त बता दूँगा, लेकिन अभी..."

"मैंने लोगों को गाँव में आपके एक नौकर की भी चर्चा करते सुना है और यह कि उसके ऊपर भी आपकी वजह से ही कोई मुसीबत आई थी।"

"छोड़ो भी इस बात को, तुम तो भले आदमी हो !" स्विद्रिगाइलोव ने एक बार फिर स्पष्टतः अधीर होकर उसे टोका।

"क्या यह वही नौकर था जो मर जाने के बाद आपके पास आपका पाइप भरने आया था ?...मुझे इसके बारे में ख़ुद आपने बताया था।" रस्कोलनिकोव की चिड़चिड़ाहट बढ़ती जा रही थी।

स्विद्रिगाइलोव ने रस्कोलनिकोव को बड़े ग़ौर से देखा; रस्कोलनिकोव को ऐसा लगा कि एक क्षण के लिए बिजली के कौंध की तरह स्विद्रिगाइलोव की आँखों में एक द्वेषपूर्ण चमक पैदा हुई थी।

"वही था," स्विद्रिगाइलोव ने अपने आपको सँभालते हुए बड़ी शिष्टता से जवाब दिया, "मैं देखता हूँ कि तुम्हें भी इन सब बातों से बड़ी दिलचस्पी है, और इसलिए मैं अपना फ़र्ज़ समझता हूँ कि पहला मुनासिब मौक़ा मिलने पर मैं इन सब बातों के बारे में तुम्हें वह सब कुछ बता दूँ जो तुम जानना चाहते हो। लानत है, अब मेरी समझ में आ रहा है कि कुछ लोगों को मैं सचमुच रोमांटिक लग सकता हूँ। तुम ख़ुद समझ सकते हो कि इसके बाद मैंने अपनी बीवी का, जो अब मर चुकी है, कितना एहसान माना होगा कि उसने तुम्हारी बहन को मेरे बारे में इतनी बहुत सी रहस्यभरी और दिलचस्प बातें बता दीं। मैं यह तो नहीं बता सकता कि तुम्हारी बहन पर उसका क्या असर हुआ लेकिन बहरहाल उससे मुझे फ़ायदा ही हुआ। अव्दोत्या रोमानोव्ना को मुझसे जो क़ुदरती दुराव था उसके बावजूद, और मैं हमेशा जो गुस्सैल और चिढ़ी हुई मुद्रा बनाए रहता था उसके बावजूद, आख़िरकार उनके दिल में मेरे लिए तरस पैदा हुआ, एक बिलकुल ही गए-गुज़रे आदमी के लिए तरस पैदा हुआ। और जब किसी नौजवान लड़की के दिल में किसी के लिए तरस पैदा होता है तो यह चीज़ उस लड़की के लिए ख़तरनाक साबित होती है। क्योंकि ऐसी हालत में वह लाज़िमी तौर पर उसे 'बचाने' की कोशिश करती है, यह कोशिश करती है कि वह आदमी अपनी ग़लतियों को समझे; वह उसे एक नया आदमी बना देना चाहती है, वह उसके दिल में ज़्यादा ऊँची चीज़ों के लिए दिलचस्पी पैदा करना चाहती है, और उसे एक नई ज़िन्दगी के लिए और नए कामों के लिए उबारना चाहती है—यह तो हम सभी जानते हैं कि एक नौजवान लड़की के सपने किस तरह के होते हैं। मैं फ़ौरन ताड़ गया कि वह प्यारी सी ख़ूबसूरत चिड़िया उड़कर सीधे मेरे जाल में आ रही है, और मैं भी तैयार हो गया। लगता है तुम्हारी त्योरियों पर बल आ रहे हैं, मेरे दोस्त ? परेशान न हो, जैसा कि तुम जानते ही हो, इन सब बातों का कोई नतीजा नहीं निकला। (लानत है, ऐसा लगता है कि मैं शराब बहुत ज़्यादा पीने लगा हूँ !) बात यह है कि शुरू से ही मैं हमेशा यह सोचा करता था कि कितने अफ़सोस की बात है कि तुम्हारी बहन दूसरी या तीसरी शताब्दी ईसवी में किसी छोटे-मोटे राजे-रजवाड़े, या किसी सूबे के गवर्नर, या एशिया-ए-कोचक के

राजदूत के घर में क्यों नहीं पैदा हुईं। वह यक़ीनन उन लोगों में से होतीं जिन्हें शहीद कर दिया गया; और जब उनके स्तनों को दहकते हुए चिमटों से दाग़ा जाता तब भी वह यक़ीनन मुस्कुरातीं। वह हँसी-ख़ुशी शहीद होने को तैयार हो जातीं, और अगर वह चौथी या पाँचवीं शताब्दी में होतीं तो मिस्र के किसी निर्जन रेगिस्तान में संन्यास लेकर चली गई होतीं और वहाँ तीस साल तक कन्द-मूल खाकर ध्यान-तपस्या और चिन्तन-मनन में उन्होंने अपने दिन काट दिए होते। वह इस चीज़ के लिए तड़प रही हैं, वह किसी की ख़ातिर भी शहीद होने को तुली बैठी हैं, और अगर उन्हें शहीद होने का मौक़ा न मिला तो बहुत मुमकिन है वह खिड़की से छलाँग लगाकर अपनी जान दे दें। मैंने रज़ुमीख़िन नाम के किसी आदमी के बारे में कुछ सुना है। मैंने सुना है कि वह समझदार आदमी है (जिसका अन्दाज़ा आप उसके परिवार के नाम से ही लगा सकते हैं, क्योंकि वह जिस शब्द से बना है उसका अर्थ होता है 'विवेक'; मैं समझता हूँ कि वह धर्मशास्त्र का विद्यार्थी होगा)। ख़ैर, वह अगर तुम्हारी बहन को ख़ुश रख सके तो बड़ी अच्छी बात है। मतलब यह कि मेरा ख़्याल है कि मैं तुम्हारी बहन को अच्छी तरह समझता था और यह मेरे लिए बहुत इज़्ज़त की बात है। लेकिन इसके साथ ही, जैसा कि तुम जानते हो, किसी भी जान-पहचान के शुरू में हर आदमी कुछ ज़्यादा नादान और नासमझ होता ही है। वह हमेशा ग़लत सिरा पकड़ लेता है। सामने की चीज़ उसे दिखाई नहीं देती। आख़िर वह इतनी ख़ूबसूरत हैं ही क्यों ? यह मेरा क़सूर तो नहीं है। तो, बात यह है कि जहाँ तक मेरा सवाल है, यह सारा सिलसिला मेरे दिल में वासना की एक ऐसी लहर उठने से शुरू हुआ जिसे दबा सकना मेरे लिए नामुमकिन था। अव्दोत्या रोमानोव्ना बेहद पवित्र और सच्चरित्र हैं, इतनी कि समझना और यक़ीन करना मुश्किल है। (याद रहे कि तुम्हारी बहन के बारे में यह सब कुछ मैं बिलकुल सच-सच बता रहा हूँ। उनकी पवित्रता और सच्चरित्रता बीमारी की हद तक पहुँच गई है, बावजूद इसके कि वह बहुत समझदार हैं, और इसकी वजह से उन्हें बहुत मुसीबतों का सामना करना पड़ सकता है।) तो हुआ यह कि उन्हीं दिनों हमारे यहाँ एक नई नौकरानी आई—पराशा, काली आँखोंवाली पराशा। वह ऊपर का काम करने के लिए रखी गई थी। वह नई-नई किसी दूसरे गाँव से आई थी, मैंने उसे पहले कभी नहीं देखा था। बला की ख़ूबसूरत थी, लेकिन हद दर्जे की बेवक़ूफ़ : एक हंगामा खड़ा कर दिया उसने, चीख़-चीख़कर आसमान सिर पर उठा लिया; और क्या छीछालेदर हुई ! अफ़सोस की बात है कि आख़िर में एक दिन दोपहर के खाने के बाद अव्दोत्या रोमानोव्ना ने बड़ी कोशिश करके मुझे बाग़ के छायादार पेड़ोंवाले एक रास्ते पर खोज निकाला और गुस्से से चमकती हुई आँखों से मुझसे माँग की कि मैं बेचारी पराशा का पीछा छोड़ दूँ। यह शायद पहला मौक़ा था जब हम दोनों ने बिलकुल अकेले आपस में बातचीत की थी। ज़ाहिर है, मुझे उनकी इस प्रार्थना को पूरा करके बेहद ख़ुशी हुई। मैंने अपनी तरफ़ से यह जताने की पूरी कोशिश की कि मुझे उनकी बात से बहुत ताज्जुब हुआ था और मैं बहुत अटपटा महसूस कर रहा था; और सच तो है कि मैंने यह नाटक काफ़ी अच्छी तरह किया था। इसके बाद हम दोनों छिप-छिपकर मिलने लगे; गुपचुप बातें होतीं, उपदेश दिए जाते, व्याख्यान दिए जाते, शिकवे-शिकायतें होतीं, और कभी-कभी आँसुओं तक की नौबत आ जाती—क्या तुम यक़ीन करोगे ?—आँसुओं तक की ! दूसरों को सुधारने की धुन कुछ लड़कियों को यहाँ तक पहुँचा देती है ! ज़ाहिर है कि मैंने हर बात के लिए अपने अभागे सितारों को दोषी ठहराया, यह जताया कि मैं इस अँधेरे से बाहर निकलने के लिए रोशनी की तलाश में तड़प रहा हूँ, और आख़िर में औरत का दिल जीतने के सबसे अच्छे और अचूक तरीक़े का सहारा लिया, उस तरीक़े का जिसने अभी तक किसी को कभी निराश नहीं किया है, और जो हर औरत के मामले में उतना ही कारगर साबित

होता है। वह था जाना-पहचाना तरीक़ा—ख़ुशामद और चापलूसी का। दुनिया में साफ़ बात कहने से ज़्यादा मुश्किल कोई काम नहीं है और चापलूसी से ज़्यादा आसान कोई काम नहीं है। अगर आपकी साफ़-साफ़ बातों का सौवाँ हिस्सा भी झूठ का हो तो फ़ौरन कोई मनमुटाव पैदा हो जाता है और उसके तुरन्त बाद झगड़ा शुरू हो जाता है। लेकिन, दूसरी तरफ़, अगर चापलूसी में शुरू से आख़िर तक हर बात झूठी हो तब भी वह बड़ी सुखद होती है और सन्तोष के साथ सुनी जाती है; बहुत भोंडे क़िस्म का सन्तोष होता है लेकिन सन्तोष तो होता है। और चापलूसी कितनी ही भोंडी क्यों न हो, कम-से-कम उसका आधा हिस्सा तो हमेशा सच मालूम ही होता है। और यह बात हर तरह के और हर वर्ग के लोगों के बारे में सच है। सच्चरित्र से सच्चरित्र चिरकुमारी को भी चापलूसी से अपने जाल में फँसाया जा सकता है। जहाँ तक मामूली इंसानों का सवाल है, वे तो इसके आगे बिलकुल बेबस हो जाते हैं। मुझे तो हँसी आती है जब मैं याद करता हूँ कि किस तरह मैंने एक बार समाज में ऊँची हैसियत रखनेवाली एक ऐसी महिला को फाँस लिया था जिन्हें अपने पति से, अपने बच्चों से, और अपनी सच्चरित्रता से बड़ा लगाव था। कितना मज़ा आया था, और कैसी आसानी से हो गया था वह काम ! और वह महिला सचमुच और सही माने में सच्चरित्र थीं, कम-से-कम अपने ढंग से तो थीं ही। मेरा सारा दाँव यह था कि मैंने यह जताया कि मैं उनकी सच्चरित्रता से पूरी तरह प्रभावित हो गया हूँ। मैं बड़ी बेशर्मी से उनकी चापलूसी करता था, और ज्यों ही मैं उनसे कुछ पाने में सफल हो गया, यानी अगर कभी ज़रा सा हाथ दबा दिया या कभी उन्होंने कनखियों से मेरी ओर देख भी लिया, तो मैं फ़ौरन अपने आपको धिक्कारने लगता था कि मैंने जो कुछ पाया था वह मैंने ज़बर्दस्ती हासिल किया था, मैं हमेशा उन्हें यह बताता रहता था कि वह तो लगातार डटकर मेरा विरोध करती रही थीं, दरअसल इतना डटकर कि अगर मैं खुद इतना बदचलन न होता तो मुझे कुछ भी नहीं मिल सकता था; कि अपने भोलेपन में वह मेरी मक्कारी को पहले से समझ नहीं पाई थीं और इस बात को खुद समझे बिना या किसी तरह का शक किए बिना, अनजाने ही मेरे हथकंडों का शिकार हो गई थीं, वग़ैरह-वग़ैरह। आख़िर में, जो कुछ भी मैं चाहता था वह मुझे मिल गया, और उन देवीजी को आख़िर तक यही पक्का विश्वास रहा कि वह निर्दोष और सच्चरित्र थीं और उन्होंने अपने किसी भी कर्त्तव्य और दायित्व का उल्लंघन नहीं किया था और यह भी कि उनका पथभ्रष्ट हो जाना संयोग की ही बात थी और तुम सोच नहीं सकते कि वह कितना नाराज़ हुईं जब आख़िर में मैंने उन्हें जताया कि पूरी ईमानदारी के साथ मैं यह समझता था कि यह आनन्द लूटने के लिए वह भी उतनी ही बेचैन थीं जितना कि मैं था। बेचारी मेरी बीवी भी बड़ी आसानी से चापलूसी के चक्कर में आ जाती थी, और अगर मैं चाहता तो उसकी ज़िन्दगी में ही मैं उसकी सारी ज़मीन-जायदाद अपने नाम लिखवा सकता था। (मुझे अफ़सोस है कि मैं अब बेहद ज़्यादा पीने लगा हूँ और ज़रूरत से ज़्यादा बातें करने लगा हूँ।) मैं उम्मीद करता हूँ कि तुम नाराज़ नहीं होगे अगर मैं तुम्हें अब यह बता दूँ कि यही बात अव्दोत्या रोमानोव्ना के साथ भी होने लगी थी। लेकिन मैंने अपनी नासमझी और बेसब्री की वजह से सारा बना-बनाया खेल बिगाड़ दिया। हमारी दोस्ती के शुरू में ही तुम्हारी बहन ने कई बार (और एक बार तो ख़ासतौर पर) मेरी आँखों के भाव पर सख़्त एतराज़ किया—तुम यक़ीन करोगे इस बात पर ? उनमें एक ऐसी रोशनी रहती थी जिसकी चमक लगातार ज़्यादा तेज़ और ज़्यादा बेझिझक होती जाती थी, यहाँ तक कि उन्हें उस चमक से डर लगने लगा, और आख़िर में चलकर वह उससे नफ़रत करने लगीं। मैं ब्योरे की बातों में नहीं जाऊँगा, लेकिन हम दोनों की अनबन हो गई। और इस मंज़िल पर पहुँचकर मैंने फिर बेवक़ूफ़ी की। मैं उनकी आदेश देने की और मुझे सुधारने की

सारी कोशिशों का बेहद बदतमीज़ी से खुल्लमखुल्ला मज़ाक़ उड़ाने लगा। पराशा एक बार फिर मेरी ज़िन्दगी में आ गई, और अकेली वही नहीं और भी कई आईं; मतलब यह कि एक बहुत बड़ा बखेड़ा खड़ा हो गया। अरे, मेरे दोस्त, काश तुम अपनी ज़िन्दगी में एक बार भी देख पाते कि तुम्हारी बहन की आँखें कभी-कभी किस तरह चमक सकती हैं ! इस बात की कोई परवाह न करो कि इस वक़्त मैं नशे में हूँ, या मैं शराब का एक पूरा गिलास चढ़ा चुका हूँ—मैं तुमसे सच बात कह रहा हूँ। मैं तुम्हें यक़ीन दिलाता हूँ कि तुम्हारी बहन की नज़र मेरे सपनों में मुझे सताने लगी, और फिर एक ऐसा वक़्त आया जब उनकी पोशाक की सरसराहट सुनना भी मेरी बर्दाश्त के बाहर हो गया। मैं सचमुच सोचने लगा कि मुझे मिरगी का दौरा पड़ जाएगा। मैंने कभी सोचा भी नहीं था कि मुझ पर ऐसा जुनून सवार हो जाएगा। मेरे लिए यह बहुत ज़रूरी हो गया था कि तुम्हारी बहन के साथ मेरा सुलह-समझौता हो जाए; लेकिन अब यह मुमकिन नहीं रह गया था। तो फिर तुम क्या समझते हो कि मैंने क्या किया ? गुस्सा आदमी को कितना निकम्मा बना देता है ! जब तुम्हें बेहद गुस्सा आ रहा हो तब कभी कोई काम न करना, मेरे दोस्त ! इस बात को ध्यान में रखते हुए कि अव्दोत्या रोमानोव्ना हर एतबार से बिलकुल कंगाल थीं (माफ़ करना ! मैं यह बात कहना नहीं चाहता था...लेकिन फ़र्क़ भी क्या पड़ता है, एक ही बात है ?), दरअसल, इस बात को देखते हुए कि उन्हें अपनी रोज़ी कमाने के लिए काम करना पड़ता था और अपनी माँ के लिए और तुम्हारे लिए भी बन्दोबस्त करना पड़ता था (तुम्हारी त्योरियों पर फिर बल पड़ गए !....), मैंने अपना सारा पैसा उन्हें दे देने का फ़ैसला किया (उस वक़्त भी मैं तीस हज़ार रूबल जुटा सकता था) इस शर्त पर कि वह मेरे साथ भाग चलने को तैयार हों—अगर उनका जी चाहे तो पीटर्सबर्ग ही सही। इस सिलसिले में यह बताने की तो ज़रूरत नहीं कि मैं उनसे उम्र भर प्यार करने का वचन देता, उन्हें यक़ीन दिलाता कि मैं उन्हें सुखी रखूँगा, वग़ैरह, वग़ैरह। तुम जानो, उस वक़्त मैं उनके प्यार में इतना पागल हो गया था कि अगर वह मुझसे कहतीं कि मैं अपनी बीवी की गर्दन काट दूँ या उसे ज़हर दे दूँ और उनसे शादी कर लूँ तो मैं फ़ौरन कर लेता ! लेकिन, जैसा कि तुम्हें मालूम ही है, सारा मामला जिस तरह ख़त्म हुआ वह बहुत ही बदनसीबी की बात थी, और तुम सोच सकते हो कि मुझे कितना ताव आया होगा जब मैंने यह सुना कि मेरी बीवी ने उस लुच्चे वकील लूज़िन को पकड़कर उसके साथ तुम्हारी बहन की शादी करवा देने में कोई कसर बाक़ी नहीं रखी थी, जो, सच पूछो तो वैसी ही बात होती जैसा कि मैंने उनके सामने सुझाव रखा था। है न ऐसी बात ? यही बात है न ? है न यही बात ? मैं देख रहा हूँ, मेरे दिलचस्प नौजवान दोस्त, कि तुम मेरी बात बड़े ध्यान से सुनने लगे हो !..."

स्विद्रिगाइलोव ने अधीर होकर मेज़ पर ज़ोर से मुक्का मारा। उसका चेहरा तमतमा उठा। रस्कोलनिकोव समझ गया कि बिना जाने हुए, चुस्कियाँ ले-लेकर और घूँट-घूँट करके वह जो डेढ़ गिलास शैम्पेन पी गया था उसका उस पर बुरी तरह असर हुआ था, और उसने इस मौक़े का भरपूर फ़ायदा उठाने का फ़ैसला किया। वह स्विद्रिगाइलोव को बहुत शक की नज़र से देखता था।

"ख़ैर, इसके बाद तो मुझे पहले से भी ज़्यादा पक्का यक़ीन हो गया है कि आप यहाँ मेरी बहन की वजह से ही आए हैं," उसने स्विद्रिगाइलोव से कुछ भी छिपाए बिना बिलकुल खुल्लमखुल्ला कहा ताकि वह और भी खीझ उठे।

"भगवान की क़सम, नहीं, यह बात नहीं है !" ऐसा लगा कि स्विद्रिगाइलोव ने अपने आपको सँभाल लिया है। "मैं तुम्हें बता चुका हूँ न ?...और, इसके अलावा, तुम्हारी बहन मेरी सूरत तक देखने को तैयार नहीं हैं।"

"मुझे यक़ीन है कि ऐसी ही बात होगी, लेकिन अब सवाल इसका नहीं है।"

"अच्छा, तो तुम्हें यक़ीन है कि वह कभी ऐसा करने को तैयार हो ही नहीं सकतीं, क्यों ? (स्विद्रिगाइलोव आँखें तरेरकर उसका मज़ाक़ उड़ाने के अन्दाज़ से मुस्कुराया) तुम बिलकुल ठीक कहते हो। वह मुझसे प्यार नहीं करती हैं। लेकिन भरोसे के साथ कुछ नहीं कहा जा सकता कि शौहर और उसकी बीवी के बीच या किसी आशिक़ और उसकी महबूबा के बीच कब क्या हो जाए। एक कोना हमेशा ऐसा होता है जो बाक़ी दुनिया की नज़रों से छिपा रहता है और जिसका पता बस उन दोनों को ही होता है। क्या तुम्हें पक्का यक़ीन है कि अव्दोत्या रोमानोव्ना को मुझसे सख़्त नफ़रत है ?"

"आपकी कुछ बातों और कुछ शब्दों से मुझे ऐसा लगता है कि दूनिया के सिलसिले में अभी तक आपके कुछ इरादे हैं–ज़ाहिर है, वे शर्मनाक ही हैं–और आप उन्हें पूरा करने पर तुले हुए हैं।"

"क्या मतलब है तुम्हारा ? क्या मैंने कोई भी ऐसी बात कही है या कोई भी ऐसा शब्द इस्तेमाल किया है ?" स्विद्रिगाइलोव ने निष्कपट विस्मय से और उसके इरादों के बारे में जो विशेषण इस्तेमाल किया गया था उसकी ओर कोई ध्यान दिए बिना चिल्लाकर कहा।

"आप इस वक़्त भी इस्तेमाल कर रहे हैं। मिसाल के लिए आप इतना डरे हुए क्यों हैं ? आप अचानक इतना सहम क्यों गए हैं ?"

"मैं डरा और सहमा हुआ हूँ ? किससे ? तुमसे ? मेरे दोस्त, डरना तो तुम्हें चाहिए मुझसे। लेकिन यह भी कैसी सरासर बकवास है...मैं कुछ नशे में हूँ। यह मैं समझ रहा हूँ। एक बार फिर एक ऐसी बात मेरे मुँह से निकलते-निकलते रह गई, जो मुझे नहीं कहनी चाहिए। लानत है इस शराब पर। वेटर, पानी लाओ !"

उसने बोतल उठाकर सीधे खिड़की के बाहर फेंक दी। फ़िलिप पानी लेकर आया।

"यह सब बकवास है !" स्विद्रिगाइलोव ने तौलिया भिगोकर अपने सिर पर रखते हुए कहा, "लेकिन मैं बड़ी आसानी से तुम्हारी सारी उलझन दूर कर सकता हूँ और तुम्हारे सारे शक-शुबहे मिटा सकता हूँ। मिसाल के लिए, क्या तुम्हें मालूम है कि मेरी शादी होनेवाली है ?"

"आप मुझे पहले बता चुके हैं।"

"बता चुका हूँ ? मैं भूल गया। लेकिन उस वक़्त मैंने तुम्हें पक्के तौर पर नहीं बताया होगा, क्योंकि मैंने तब तक लड़की को देखा भी नहीं था। मेरा बस इरादा था। लेकिन अब बाक़ायदा मँगनी हो चुकी है, और सब कुछ तै हो चुका है। अगर इस वक़्त मुझे कारोबार के एक ज़रूरी काम से जाना न होता तो मैं तुम्हें फ़ौरन वहाँ ले जाता, क्योंकि मैं तुम्हारी राय जानना चाहता हूँ। लानत है, मेरे पास दस मिनट का वक़्त रह गया है। टाइम देख रहे हो ? फिर मैं समझता हूँ मैं तुम्हें उसके बारे में बता ही दूँ–मेरा मतलब है अपनी शादी के बारे में, क्योंकि वह अपने ढंग का बहुत ही दिलचस्प मामला है। तुम चल कहाँ दिए ? फिर चल पड़े ?"

"नहीं, मैं अब नहीं जाऊँगा।"

"तुम्हारा मतलब है कि तुम बिलकुल नहीं जाओगे ? देखा जाएगा। मैं तुम्हें ले जाऊँगा और अपनी मंगेतर से मिलाऊँगा; लेकिन अभी नहीं, क्योंकि शायद तुम्हें जल्दी ही जाना पड़ेगा। तुम दाहिनी ओर जाना और मैं बाईं ओर जाऊँगा। तुम मादाम रेसलिख़ को तो जानते ही होगे ? वही औरत जिसके यहाँ मैं रहता हूँ। मैं पूछता हूँ, तुम सुन भी रहे हो कि नहीं ? मेरा मतलब उस औरत से है जिसके बारे में लोग कहते हैं कि वह छोटी बच्ची उसी के घर में डूबकर मर गई थी–इसी जाड़े में–हाँ, तो–तुम सुन रहे हो न, भले आदमी ? सुन रहे हो ? अच्छा। तो, यह सारा मामला

मेरे लिए उसी ने तै किया है। उसने मुझसे कहा, तुम उकताए हुए रहते हो, इसमें तुम्हारा जी ही कुछ बहल जाएगा। और यह बात बिलकुल ठीक है : मैं बहुत उदास और नीरस आदमी हूँ। क्यों, तुम यह तो नहीं समझते होगे कि मैं बहुत ख़ुशमिज़ाज हूँ ? अरे नहीं, मैं बहुत ही उदास आदमी हूँ। मैं किसी को कोई नुक़सान नहीं पहुँचाता, लेकिन मैं बस एक कोने में बैठा रहता हूँ, और कभी-कभी तो तुम तीन-तीन दिन तक मेरे मुँह से एक बात भी नहीं सुन सकते। लेकिन वह औरत मादाम रेसलिख़ बड़ी चालाक कुतिया है, इतना मैं बताए देता हूँ। जानते हो उसके मन में क्या बात है ? वह सोचती है कि मैं अपनी बीवी से उकता जाऊँगा और उसे छोड़कर चला जाऊँगा। तब मेरी बीवी उसके क़ब्ज़े में आ जाएगी और वह उसे जिस तरह चाहेगी इस्तेमाल करेगी, और वह उसे हमारे वर्ग के लोगों के बीच, या शायद उससे भी ऊँचे लोगों के बीच, चालू कर देगी। उसने मुझे बताया कि लड़की का बाप सरकारी नौकर था। अब पेंशन पाता है और अपाहिज है; उसकी टाँगों को लक़वा मार गया है और पिछले तीन साल उसने अपाहिजों की कुर्सी पर ही काटे हैं। उसने मुझे बताया कि लड़की की माँ लेकिन बहुत समझदार औरत है। उनके एक बेटा भी है जो किसी दूसरी जगह रहता है—किसी सरकारी नौकरी पर लगा हुआ है—और उनकी कोई मदद नहीं करता। उनकी एक बेटी की शादी हो चुकी है लेकिन वह उनके यहाँ नहीं आती, और उनके दो छोटे भतीजे भी उनके साथ ही रहते हैं (जैसे उनके अपने ही बच्चे कम हों)। अपनी दूसरी बेटी को उन लोगों ने पढ़ाई पूरी करने से पहले ही स्कूल से निकाल लिया था। एक महीने बाद वह सोलह साल की हो जाएगी और तब क़ानूनी तौर पर उसकी शादी हो सकती है। यानी, मेरे साथ। तो हम लोग उनसे जान-पहचान पैदा करने गए। ख़ूब चहल-पहल और हुल्लड़-हंगामा रहा। मैंने अपना परिचय दिया—मैं ज़मींदार हूँ, मेरी बीवी मर चुकी है, अच्छे घराने का आदमी हूँ, दूर-दूर तक पहुँच है और अपने बल पर अच्छा खाता-पहनता हूँ, इससे क्या हुआ कि मैं पचास साल का हूँ और वह अभी सोलह साल की भी नहीं है ? इसकी कौन परवाह करता है ? लेकिन मुँह में पानी तो आ ही जाता है, है न ? बहुत मज़े की बात है, हः-हः ! उसके माँ-बाप से बात करते देखते मुझे ! उस वक़्त मुझे देखना पैसा ख़र्च करके देखने लायक़ तमाशा था। वह अन्दर आई, स्कर्ट के दोनों छोर पकड़कर बड़ी अदा से झुककर सलाम किया, और, जानते हो, वह अभी तक ऊँचा स्कर्ट पहनती है, बहुत प्यारी सी मुँहबन्द कली, डूबते सूरज की लाली की तरह लजाती हुई (ज़ाहिर है, उन लोगों ने उसे बता दिया होगा)। मालूम नहीं औरतों के चेहरों के बारे में तुम क्या राय रखते हो, लेकिन मुझे तो सोलह साल की लड़की—वे छोटी-छोटी बकचानी आँखें, वह लजाना, और संकोच के आँसू—मुझे तो यह सब कुछ सुन्दरता से कहीं अच्छा लगता है, और वह तो देखने में है भी बिलकुल तस्वीर जैसी। ख़ूबसूरत सुनहरे बाल, छोटे-छोटे घूँघर पड़े हुए, भरे-भरे कोमल लाल होंठ, नन्हे-नन्हे प्यारे-प्यारे पाँव। ख़ैर, हम लोगों का परिचय हुआ। मैंने उन लोगों को बताया कि मुझे बहुत जल्दी है क्योंकि मुझे अपने परिवार के बहुत से मामलात निबटाने हैं, और अगले ही दिन—यानी परसों—हमारी बाक़ायदा मँगनी हो गई। अब मैं जब भी वहाँ जाता हूँ तो उसे फ़ौरन अपनी गोद में बिठा लेता हूँ और वहीं बिठाए रखता हूँ। तो, होता यह है कि वह डूबते सूरज की तरह शर्म के मारे लाल हो जाती है, और मैं उसे चूमता रहता हूँ। ज़ाहिर है, उसकी माँ उसे बताती है कि मैं उसका होनेवाला शौहर हूँ और जो कुछ हो रहा है वह ठीक ही है—मतलब यह कि बड़ा मज़ा आता है ! और सच पूछो तो इस वक़्त मंगेतर की मेरी हैसियत शौहर की हैसियत से कहीं अच्छी है। इस वक़्त तो मेरे पास वह चीज़ है जिसे फ़्रांसीसी में कहते हैं la nature et la vérité[1] हः-हः !

1. स्वाभाविकता भी और निष्कपटता भी ! (फ़्रांसीसी)

मैंने उससे बात की है—एक या दो बार—और वह किसी भी तरह नासमझ लड़की नहीं है। कभी-कभी वह नज़रें बचाकर मुझे इस तरह देखती है कि एक तीर सा दिल के पार उतर जाता है। सच कहता हूँ। उसकी सूरत देखकर मुझे रफ़ाएल का मैडोना का चित्र याद आ जाता है। सिस्टीन की मैडोना का चेहरा बिलकुल अनोखा है, एक उदास धर्म-विभोर स्त्री का चेहरा। तुमने यह बात देखी है न ? ख़ैर, बहरहाल, कुछ उसी क़िस्म की चीज़। मँगनी के अगले दिन मैंने उसे पन्द्रह सौ रूबल के तोहफ़े खरीदकर दिए : हीरों का एक जड़ाऊ सेट, मोतियों का एक सेट और एक इतना बड़ा चाँदी का सिंगारदान, जिसमें तरह-तरह की चीज़ें थीं; उन्हें देखकर उसका प्यारा सा भोला सा चेहरा, मैडोना का चेहरा बस खिल उठा। कल मैंने उसे अपनी गोद में बिठाया था, लेकिन मैंने शायद ज़रूरत से ज़्यादा बेतकल्लुफ़ी से काम लिया था—लाज से उसकी कान की लवें तक लाल हो गईं, और उसकी आँखों में आँसू छलक आए, लेकिन वह नहीं चाहती थी कि किसी को इसका पता चले; उसके अन्दर खुद एक आग सुलग रही थी। वे सब लोग एक मिनट को बाहर चले गए और वह अचानक मेरी गर्दन से लिपट गई (खुद अपनी मर्ज़ी से पहली बार), उसने अपनी छोटी-छोटी बाँहों में मुझे जकड़ लिया और मुझे बार-बार चूमने लगी; उसने क़समें खा-खाकर मुझसे कहा कि वह हमेशा मेरा कहना मानेगी और मेरी अच्छी और वफ़ादार बीवी रहेगी, मुझे सुखी रखेगी, अपना सारा जीवन—उसका एक-एक पल—मुझे अर्पित कर देगी, हर चीज़ त्याग देगी, और यह कि इसके बदले में वह सिर्फ़ इतना चाहती है कि उसे 'मेरा सम्मान' मिले और वह बोली, 'मुझे कुछ नहीं चाहिए, इससे ज़्यादा कुछ नहीं चाहिए, किसी तरह का कोई भेंट-उपहार नहीं चाहिए !' अब तो तुम्हें मानना पड़ेगा कि एकान्त में ऐसी सोलह साल की फ़रिश्ता लड़की के मुँह से, जिसके गालों पर कुआँरेपन की मासूमियत की लाली हो, और जिसकी आँखों में अनन्त उल्लास के आँसू हों, ऐसी दिल से निकली हुई बात सुनकर जी ललचा उठता है। क्या ख़्याल है तुम्हारा, है न यही बात ? इसे कहते हैं कि कुछ बात हुई, है न ? क्यों, है न ? अच्छा—सुनो तो—ख़ैर, मैं तुम्हें अपनी मंगेतर के पास ले चलूँगा...लेकिन अभी नहीं !"

"मतलब यह कि आप दोनों की उम्रों में और मानसिक विकास में जो इतना बड़ा अन्तर है उसी की वजह से आपके मन में वासना जागती है ! क्या आप सचमुच इस लड़की से शादी करनेवाले हैं ?"

"क्यों नहीं ? मैं उससे यक़ीनन शादी करूँगा। हर आदमी अपने ही मतलब की बात सोचता है, और जो अपने आपको सबसे ज़्यादा अच्छी तरह धोखा देना चाहता है वही सबसे ज़्यादा ख़ुश रहता है। हः-हः ! और तुम अचानक ऐसे सदाचारी क्यों बन गए ? मुझे बख़्शो, मेरे दोस्त, मैं बड़ा अभागा पापी हूँ। हः-हः-हः !"

"लेकिन आपने भी तो कतेरीना इवानोव्ना के बच्चों का सारा बन्दोबस्त किया। लेकिन...मैं समझता हूँ कि आपने किसी ख़ास वजह से ही ऐसा किया होगा...अब मेरी समझ में सब कुछ आ गया है।"

"मुझे आमतौर पर बच्चे बहुत अच्छे लगते हैं, बहुत ही अच्छे लगते हैं मुझे बच्चे," स्विद्रिगाइलोव ठहाका मारकर हँस पड़ा, "इस सिलसिले में मैं तुम्हें एक बहुत ही मज़ेदार क़िस्सा सुना सकता हूँ जो अभी तक ख़त्म नहीं हुआ है। यहाँ आने के बाद पहले ही दिन मैंने यहाँ कई बदनाम अड्डों का चक्कर लगाया, और...तो, मेरा मतलब यह है कि सात साल बाद मैं बहाव में बह गया। यक़ीनन, तुमने देखा होगा कि मुझे अपने पुराने दोस्तों और मिलनेवालों से फिर से सम्पर्क बनाने की कोई ख़ास जल्दी नहीं है। सच तो यह है कि मैं उम्मीद यही करता हूँ कि जितने दिन

भी हो सकेगा मैं उनके बिना ही काम चलाऊँगा। बात यह है कि जब मैं अपनी प्यारी बीवी के साथ देहात में रहता था तो मुझे मन बहलाने की उन छोटी-छोटी रहस्यमय जगहों की याद सताती थी, जहाँ किसी भी जानकार आदमी को दिलचस्पी की कितनी ही चीज़ें मिल सकती हैं। लानत है ! आम लोग नशे में धुत्त हो जाते हैं; पढ़े-लिखे नौजवान, जिनके पास कोई उपयोगी काम करने को नहीं होता, ऐसे कभी पूरे न हो सकनेवाले सपनों और कोरी कल्पनाओं में खोए रहकर घुलते रहते हैं और ज़रूरत से ज़्यादा सिद्धान्त बघारने की वजह से उनकी बाढ़ मारी जाती है; यहूदी न जाने कहाँ से एक मुसीबत की तरह आ धमके हैं और पैसा बटोरते रहते हैं; और बाक़ी लोग बदकारी और बदचलनी की ज़िन्दगी बिताते हैं। तो हुआ यह कि शहर में पहुँचते ही जानी-पहचानी खुशबुएँ मेरी नाक में आने लगीं। मैं एक जगह गया जिसे नाच-क्लब कहा जाता था, बदकारी का भयानक अड्डा था वह (मुझे अच्छा लगता है कि ये अड्डे गन्दे हों)। ख़ैर, वहाँ लोग कैन-कैन नाच इस तरह नाच रहे थे जिस तरह वह कहीं और नहीं नाचा जाता, और हमारे ज़माने में तो यह नाच कहीं देखने को भी नहीं मिलता था। हाँ, साहब, इसी को तरक़्क़ी कहा जाता है। अचानक मैंने बहुत ख़ूबसूरत कपड़े पहने हुए, एक तेरह साल की लड़की को देखा, जो एक उस्ताद के साथ नाच रही थी। एक दूसरा उस्ताद उसके सामने था। लड़की की माँ दीवार के पास एक कुर्सी पर बैठी थी। अब तुम सोच सकते हो कि वह किस तरह का कैन-कैन नाच रहा होगा। लड़की बिलकुल बौखला उठी, शर्म से लाल हो गई और अन्त में इतनी बुरी तरह लज्जित और इतनी दुखी हुई कि फूट-फूटकर रोने लगी। लेकिन उस्ताद ने उसे कसकर पकड़ लिया, उसे लेकर बड़ी तेज़ी से चक्कर काटने लगा और उसके सामने अपनी कला दिखाने लगा। हर आदमी ज़ोर से चिल्ला-चिल्लाकर हँसने लगा—इस तरह के मौक़ों पर मुझे अपनी पब्लिक बहुत अच्छी लगती है, कैन-कैन नाच देखनेवाली पब्लिक भी—वे हँसते रहे और चिल्लाते रहे, 'इसकी यही सज़ा है। यहाँ बच्चों को लाना ही नहीं चाहिए !' ख़ैर, मुझे रत्ती भर परवाह नहीं थी। इसके अलावा, मुझे इससे क्या मतलब था कि वे लोग जिस तरह अपना मन बहला रहे थे वह समझदारी का तरीक़ा था या नहीं। मैंने फ़ौरन माँ के पास एक ख़ाली कुर्सी देखी और झपटकर उस पर क़ब्ज़ा कर लिया। मैंने उन्हें बताना शुरू किया कि मैं भी शहर में नया-नया ही आया था, कि यहाँ के लोग बहुत ही उजड्ड थे जो न सच्चे गुण को पहचानते थे और न ही उसका उचित सम्मान करना जानते थे। मैंने यह भी जता दिया कि मेरे पास ढेरों पैसा था, और उन्हें अपनी गाड़ी पर घर तक पहुँचा देने का वादा किया। मैं उन्हें उनके घर ले गया और उनसे जान-पहचान पैदा कर ली। वे लोग हाल ही में आए थे और किसी किराएदार से एक छोटा सा कमरा लेकर उसमें रहते थे। मुझे बताया गया कि माँ और बेटी दोनों ने मुझसे जान-पहचान पैदा करना अपने लिए बहुत बड़ी इज़्ज़त की बात समझी, और मैंने यह भी पता लगा लिया कि उनके पास कानी कौड़ी भी नहीं थी और वे किसी मन्त्रालय से मदद के लिए कुछ पैसों की मंजूरी लेने शहर आई थीं। मैंने इस काम के लिए अपनी सेवाएँ और पैसे की मदद देने को कहा। मुझे पता चला कि वे उस जगह ग़लती से यह समझकर चली गई थीं कि वहाँ सचमुच नाचना सिखाया जाता है। मैंने फ़ौरन उस लड़की को फ़्रांसीसी भाषा और नाचना सिखाए जाने के लिए अपनी सेवाएँ पेश कीं। उन्होंने मेरा सुझाव फ़ौरन मान लिया, और इसे अपने लिए बड़ी इज़्ज़त की बात समझा। मैं अब भी उनसे मिलता रहता हूँ...अगर चाहो तो मैं तुम्हें वहाँ ले चलूँ—लेकिन अभी नहीं।''

''मैं आपकी बेहूदा और शर्मनाक कहानियाँ बहुत सुन चुका ! नीच, बदकार, व्यभिचारी !''

''ज़रा शिलर को तो देखो ! बिलकुल शिलर ! Où va-t-elle la vertu se nicher ?[1] जानते

1. सदाचार कहीं भी डेरा डाल सकता है ? (फ़्रांसीसी)

हो, मैं तो सोचता हूँ कि मैं तुम्हें ये क़िस्से सुनाता रहूँगा ताकि इनके ख़िलाफ़ तुम्हारी झल्लाई हुई बातें सुनने को मिलें। बड़ा मज़ा आता है !''

''क्यों नहीं ! क्या मैं जानता नहीं कि इस वक़्त मैं कितना हास्यजनक लग रहा हूँ ?'' रस्कोलनिकोव गुस्से से बुड़बुड़ाया।

स्विद्रिगाइलोव की हँसी गूँज उठी। आख़िरकार उसने फ़िलिप को बुलाया, बिल चुकाया और उठने लगा।

''कमाल है, मैं सचमुच नशे में हूँ,'' वह बोला, ''ख़ैर, हमारी बातचीत अच्छी रही—मज़ा आया !''

''मैं समझता हूँ कि आपको मज़ा आना भी चाहिए था,'' रस्कोलनिकोव ने भी उठते हुए ज़ोर से कहा, ''आपके जैसे घिसे-पिटे ऐयाश को अपने इस तरह के कारनामे बयान करने में मज़ा तो आएगा ही, जबकि वह वैसी ही परिस्थितियों में उतने ही बेहूदा एक और कारनामे की बात सोच रहा हो, और सो भी मुझ जैसे आदमी से बयान करने में...मज़ा तो आएगा ही !''

''अच्छा, अगर ऐसी बात है,'' स्विद्रिगाइलोव ने रस्कोलनिकोव को ग़ौर से देखते हुए कुछ आश्चर्य से जवाब दिया, ''अगर ऐसी बात है तो तुम भी बिलकुल आदम-बेज़ार हो। कम से कम तुम्हारे अन्दर ऐसा बनने की संभावनाएँ तो सभी मौजूद हैं। तुम बहुत कुछ समझ सकते हो, बहुत कुछ और...और तुम बहुत कुछ कर भी सकते हो, कर सकते हो न ? लेकिन, बस, बहुत हो चुका। मुझे अफ़सोस है कि मैं तुम्हारे साथ और ज़्यादा देर बातचीत नहीं कर सका, लेकिन अभी तो तुम हो ही। बस थोड़ा सा इन्तज़ार करो...''

स्विद्रिगाइलोव लम्बे-लम्बे क़दम बढ़ाता हुआ रेस्तराँ के बाहर चला गया। रस्कोलनिकोव भी उसके पीछे हो लिया। लेकिन, स्विद्रिगाइलोव बहुत ज़्यादा नशे में नहीं था; शराब बस थोड़ी देर को उसे चढ़ गई थी और उसका असर बड़ी तेज़ी से हर मिनट कम होता जा रहा था। वह किसी बात के बारे में बहुत परेशान था, किसी बहुत ज़रूरी बात के बारे में, और उसकी त्योरियों पर अभी तक बल थे। साफ़ लग रहा था कि उसे किसी ऐसी चीज़ का इन्तज़ार था जो उसे बेचैन और परेशान कर रही थी। पिछले कुछ मिनटों के दौरान रस्कोलनिकोव की तरफ़ भी उसका रवैया अचानक बदल गया था और हर क्षण वह उसके साथ ज़्यादा रुखाई से पेश आ रहा था और उसका ज़्यादा मज़ाक़ उड़ा रहा था। रस्कोलनिकोव का ध्यान इन बातों की ओर गया था और वह भी कुछ डरा-डरा सा था। स्विद्रिगाइलोव के बारे में उसके दिल में बहुत शक पैदा होता जा रहा था इसलिए उसने उसका पीछा करने का फ़ैसला किया।

वे दोनों सड़क की पटरी पर पहुँचे।

''तुम दाहिनी ओर जाओ और मैं बाईं ओर, या अगर तुम चाहो तो हम आपस में दिशाएँ बदल लें...लेकिन इस वक़्त तो हमें अलग होना पड़ेगा, मेरे दोस्त ! अच्छा, फिर मिलेंगे !''

और इतना कहकर वह दाहिनी तरफ़ भूसा मंडी की ओर चल दिया।

5

रस्कोलनिकोव उसके पीछे हो लिया।

''यह क्या ?'' स्विद्रिगाइलोव ने पीछे मुड़कर देखा और चिल्लाकर कहा, ''मैंने तुमसे कहा था न...''

''इसका मतलब बस यह है कि अब मैं आपको आँख से ओझल नहीं होने दूँगा।''

''क्य-या ?''

दोनों ठहर गए और एक मिनट तक एक-दूसरे को देखते रहे, जैसे एक-दूसरे की थाह ले रहे हों।

''आधे नशे की हालत में आपने जो सारे क़िस्से सुनाए हैं,'' रस्कोलनिकोव ने तीखेपन से जवाब दिया, ''उनसे मैं 'पक्के तौर पर' इस नतीजे पर पहुँच गया हूँ कि मेरी बहन के सिलसिले में आपने अभी अपने ग़लत इरादे छोड़े नहीं हैं, बल्कि उन्हें पूरा करने में और भी मुस्तैदी से जुटे हुए हैं। मैं जानता हूँ कि आज सबेरे मेरी बहन को एक ख़त मिला है। इस पूरे दौरान आप चैन से नहीं बैठ सके हैं।....मैं मानता हूँ कि बहुत मुमकिन है इसी बीच आपने अपने लिए एक बीवी खोज निकाली हो, लेकिन उसका कोई मतलब नहीं है। मैं खुद पक्का भरोसा कर लेना चाहता हूँ...''

रस्कोलनिकोव ख़ुद नहीं बता सकता था कि वह सचमुच क्या चाहता था या वह किस बात का भरोसा कर लेना चाहता था।

''अच्छा, तो यह बात है ! तुम यह तो नहीं चाहते होगे कि मैं पुलिस को बुलवाऊँ ?''

''बुलवाओ पुलिस को !''

वे दोनों फिर एक मिनट तक आमने-सामने खड़े रहे। आख़िरकार स्विद्रिगाइलोव की मुद्रा बदली। यह महसूस करके कि रस्कोलनिकोव उसकी धमकी से बिलकुल डरा नहीं था, उसने अचानक हँसी-मज़ाक़ का और दोस्ताना रवैया अपना लिया।

''तुम भी अजीब आदमी हो ! मैं तो जान-बूझकर तुम्हारे मामले की चर्चा करने से कतरा रहा था, हालाँकि क़ुदरती तौर पर मैं उसके बारे में जानने के लिए बेताब हूँ। कमाल का मामला है। मैंने उसे किसी दूसरे वक़्त के लिए उठा रखा था, लेकिन तुम तो बड़े-से-बड़े सन्त को भी उकसाकर उसका मौन भंग कर सकते हो...अच्छी बात है, चलो; लेकिन मैं तुम्हें इतना बता दूँ कि मैं घर बस एक मिनट के लिए कुछ पैसे लेने जा रहा हूँ। उसके बाद मैं अपने कमरे में ताला बन्द कर दूँगा, एक गाड़ी लूँगा और पूरी शाम द्वीपों पर बिताऊँगा। बोलो, तुम अब भी मेरे साथ आना चाहते हो ?''

''मैं तुम्हारे साथ तुम्हारे यहाँ तक चलूँगा लेकिन मैं अन्दर नहीं जाऊँगा। मैं सोफ़्या सेम्योनोव्ना से मिलकर जनाज़े में न आ सकने की माफ़ी माँगना चाहता हूँ।''

''जैसी तुम्हारी मर्ज़ी, लेकिन सोफ़्या सेम्योनोव्ना घर पर नहीं है। वह बच्चों को लेकर मेरी पुरानी जान-पहचान की एक वृद्ध महिला के पास गई हैं, जिनका ऊँचे लोगों में बड़ा नाम है और जो कुछ अनाथालय चलाती हैं। जब मैंने इन वृद्ध महिला को कतेरीना इवानोव्ना के तीन बच्चों की देखभाल के पैसे दिए और उसके साथ ही उनके अनाथालयों के लिए भी कुछ चन्दा दिया तो वह मुझ पर मुग्ध हो गईं। फिर मैंने उन्हें सोफ़्या सेम्योनोव्ना का पूरा क़िस्सा ब्योरे की तमाम भयानक बातों सहित सुनाया। उन पर इसका जो असर हुआ उसे बयान नहीं किया जा सकता। इसीलिए आज सोफ़्या सेम्योनोव्ना को उस होटल में बुलाया गया है जहाँ वह महिला गर्मी बिताकर वापस आने के बाद कुछ दिन के लिए ठहरी हुई हैं।''

''कोई बात नहीं। मैं फिर भी जाऊँगा।''

''जैसी तुम्हारी मर्ज़ी, लेकिन मुझे साथ ले चलने की ज़िद न करना। बाक़ी मुझे कोई परवाह नहीं। लो, हम लगभग वहाँ पहुँच ही गए। अच्छा, यह बताओ कि क्या मेरा यह सोचना ठीक है

कि तुम मेरे ऊपर इतना शक इसलिए करते हो कि मैंने समझदारी से काम लेकर अब तक तुमसे एक भी सवाल नहीं पूछा है...मेरी बात समझ गए न ? तुमने सोचा होगा कि आमतौर पर ऐसा होना तो नहीं चाहिए था, है न ? मैं दावे के साथ कह सकता हूँ कि तुमने यही सोचा होगा। ख़ैर, इससे यही साबित होता है कि बहुत ज़्यादा समझदारी से काम लेना भी ग़लत है।

"आपको छिपकर लोगों की बातें सुनने में तो कोई संकोच नहीं होता। है न ?"

"अच्छा, तो तुम यह कहना चाहते हो, क्यों ?" स्विद्रिगाइलोव हँसा, "ख़ैर, मैं समझता हूँ कि इतना सब कुछ हो जाने के बाद अगर तुमने यह बात न कही होती तो मुझे ताज्जुब होता। हः-हः ! हो सकता है कि तुम जो कुछ करते रहे हो और जिसके बारे में तुम सोफ़्या सेम्योनोव्ना को बता रहे थे, उसकी कुछ भनक मेरे कानों में पड़ी हो; लेकिन उन सब बातों का मतलब क्या निकलता है ? शायद मैं वक़्त से बहुत पीछे हूँ और कुछ भी नहीं समझ पाता। भगवान के लिए, मुझे कुछ समझाओ तो, मेरे दोस्त। कुछ मेरे दिमाग़ का भी अँधेरा दूर हो। मुझे बताओ तो तुम्हारे सबसे नए सिद्धान्त क्या हैं !"

"आपने कुछ भी नहीं सुना है ! आप झूठ बोल रहे हैं।"

"लेकिन मैं उसकी बात तो कर भी नहीं रहा था (हालाँकि मैंने थोड़ा-बहुत सुना ज़रूर था)। नहीं, मेरा मतलब इस वक़्त तुम्हारे लगातार आहें भरने और कराहने से है। तुम्हारे अन्दर जो शिलर है वह रह-रहकर बेचैन हो उठता है। और अब तुम मुझे बता रहे हो कि छिपकर दूसरों की बातें न सुना करूँ। अगर ऐसी बात है तो तुम जाकर पुलिस को बता क्यों नहीं देते कि तुम्हारे सिद्धान्त में छोटी सी चूक हो गई, और अगर तुम्हारा पक्का विश्वास है कि छिपकर दूसरों की बातें सुनना बुरा है, लेकिन जो भी हाथ लगे उससे बुढ़ियों की खोपड़ी खोल देने में कोई हर्ज नहीं है तो तुम्हारे लिए फ़ौरन अमरीका चला जाना ही अच्छा है। भाग जाओ, मेरे नौजवान दोस्त, भाग जाओ ! शायद अब भी वक़्त हो। मैं सच्चे दिल से कह रहा हूँ। तुम्हारे पास पैसा है कि नहीं ? तुम्हारा किराया मैं दे दूँगा।"

"मैं इसके बारे में बिलकुल नहीं सोच रहा हूँ," रस्कोलनिकोव ने झल्लाकर उसे बीच में टोकते हुए कहा।

"मैं समझता हूँ (अगर तुम्हारा जी नहीं चाह रहा है तो बहुत ज़्यादा बातें करने की कोशिश न करो)। मैं समझ रहा हूँ कि तुम्हें किस तरह के सवाल परेशान कर रहे हैं—शायद नैतिक सवाल ? समाज में मनुष्य की स्थिति के सवाल ? तो, उनसे अपना पीछा छुड़ा लो। अब तुम्हें उनकी ज़रूरत ही क्या रह गई है ? हः-हः ! क्योंकि तुम अभी तक एक इंसान और एक नागरिक हो ? लेकिन अगर ऐसी बात है तो तुम्हें यह सिलसिला शुरू ही नहीं करना चाहिए था। तुम्हें ऐसे काम का बीड़ा ही नहीं उठाना चाहिए था जिसे तुम पूरा नहीं कर सकते थे। गोली मारकर अपना भेजा उड़ा क्यों नहीं देते ? या ऐसा करने को तुम्हारा जी नहीं चाहता ?"

"मैं समझता हूँ आप जान-बूझकर मुझे उकसाने की कोशिश कर रहे हैं ताकि मैं अब आपका पीछा छोड़ दूँ..."

"तुम भी अजीब आदमी हो ! लो, हम लोग पहुँच ही गए। आओ, ऊपर चलें। देखा तुमने ? यह रहा सोफ़्या सेम्योनोव्ना के कमरे का दरवाज़ा। अन्दर कोई भी नहीं है। तुम्हें मेरी बात का यक़ीन नहीं आता ? कापरनाउमोव से पूछ लो : वह आमतौर पर अपनी चाभी उसी के पास छोड़ जाती हैं। लो, मादाम कापरनाउमोव ख़ुद ही आ गईं। तो ? (वह कुछ ऊँचा सुनती हैं।) क्या ? बाहर गई हैं ? कहाँ ? अब तो तसल्ली हो गई ? वह चली गई हैं और रात तक वापस नहीं आएँगी।

चलो, हमारे कमरे में चलो। तुम मुझसे मिलने भी तो आनेवाले थे न ? तो लो, हम आ गए। मादाम रेसलिख़ घर पर नहीं हैं। यह औरत हमेशा किसी-न-किसी चक्कर में रहती है, लेकिन, मैं सच कहता हूँ, हैं बहुत अच्छी औरत।...अगर तुम कुछ और समझदारी से काम लेते तो वह तुम्हारे कुछ काम आ सकती थीं। तो, देखो, मैं दराज़ में से पाँच फ़ीसदी सूदवाली यह हुंडी निकाल रहा हूँ (देखते हो अभी मेरे पास कितनी और हैं ?) इसे मैं आज भुनाऊँगा। देख लिया तुमने ? माफ़ करना, अब मेरे पास ज़्यादा वक़्त नहीं है। यह लो, दराज़ में ताला बन्द कर दिया, फ़्लैट में भी ताला लगा दिया, और यह लो, हम लोग फिर सीढ़ियों पर आ गए। अगर चाहो तो हम लोग एक गाड़ी कर लें : मैं तो द्वीपों की तरफ़ जा रहा हूँ। सैर करने चलते हो ? मैं इस गाड़ी को येलागिन द्वीप ले जा रहा हूँ। क्या ? तुम मेरे साथ नहीं आना चाहते ? चलो, हिम्मत न हारो ! चलो, सैर करने चलते हैं। मैं समझता हूँ कि बारिश होगी, लेकिन फ़िक्र मत करो, छतरी चढ़ा लेंगे...''

स्विद्रिगाइलोव गाड़ी में बैठ चुका था। रस्कोलनिकोव इस नतीजे पर पहुँचा कि कम-से-कम इस वक़्त तो उसके सारे शक-शुबहे बेबुनियाद हैं। कुछ भी कहे बिना वह पीछे मुड़ा और वापस भूसा मंडी की ओर चल दिया। अगर वह एक बार भी पीछे मुड़ा होता तो वह देख लेता कि स्विद्रिगाइलोव ने मुश्किल से सौ गज़ जाकर गाड़ीवाले को पैसे चुका दिए थे और वह सड़क की पटरी पर चला जा रहा था। लेकिन वह नुक्कड़ पर मुड़ चुका था और अब कुछ भी नहीं देख सकता। गहरी घृणा की भावना उसे स्विद्रिगाइलोव से ज़्यादा-से-ज़्यादा दूर खींचे लिये जा रही थी। ''क्या एक क्षण के लिए भी मुझे उस घिनौने बदमाश और ऐयाश व्यभिचारी और लुच्चे से सचमुच कुछ पाने की उम्मीद थी ?'' वह अनायास ही चिल्ला पड़ा। यह सच है कि रस्कोलनिकोव ने अपना यह मत बहुत जल्दी में और बिना कुछ सोचे-समझे व्यक्त कर दिया था। स्विद्रिगाइलोव में कोई बात ऐसी थी जो उसके व्यक्तित्व में अगर रहस्य का नहीं तो कम-से-कम मौलिकता का एक पुट तो पैदा कर ही देती थी। रस्कोलनिकोव का यह विश्वास भी बना रहा कि जहाँ तक उसकी बहन का सवाल था, स्विद्रिगाइलोव उसका पीछा छोड़नेवाला नहीं था। लेकिन अब यह सब कुछ उसकी बर्दाश्त के बाहर होता जा रहा था और वह महसूस कर रहा था कि इसके बारे में सोचते रहना उसके लिए असह्य होता जा रहा था।

जैसा हमेशा होता था, अकेले रह जाने पर वह बीस ही गज़ चलने के बाद गहरे विचारों में डूब गया। अपने आपको पुल पर पाकर वह जंगले के पास जाकर खड़ा हो गया और पानी को देखने लगा। इसी बीच दूनिया भी चलती हुई पुल पर आ गई थी और उसके पास ही खड़ी थी।

पुल शुरू होते ही वह उसके पास से होकर गुज़रा था लेकिन उसे देख नहीं पाया था। दूनिया ने उसे कभी सड़क पर इस हालत में नहीं देखा था, इसलिए वह बुरी तरह डर गई। वह चौंक पड़ी; उसकी समझ में नहीं आ रहा था कि उसे पुकारे या न पुकारे। अचानक दूनिया ने स्विद्रिगाइलोव को देखा, जो जल्दी-जल्दी पुल के दूसरी ओर से आ रहा था।

ऐसा लग रहा था कि वह बड़े रहस्यमय ढंग से और सतर्क रहकर आगे बढ़ रहा था। वह पुल पर नहीं आया बल्कि एक तरफ़ हटकर पटरी पर ही ठहर गया; वह पूरी कोशिश कर रहा था कि रस्कोलनिकोव उसे न देखने पाए। स्विद्रिगाइलोव ने दूनिया को कुछ देर पहले ही देख लिया था और उसकी तरफ़ इशारे कर रहा था। दूनिया को लगा कि वह उसे इशारा कर रहा है कि वह अपने भाई कों वहीं खड़ा रहने दे और उससे न बोले। इसके साथ ही वह दूनिया को अपने पास भी बुला रहा था।

दूनिया ने ऐसा ही किया। दबे पाँव अपने भाई के पास से उसकी नज़रें बचाकर आगे बढ़ती

हुई वह स्विद्रिगाइलोव के पास पहुँच गई।

"जल्दी जाओ," स्विद्रिगाइलोव ने दबी आवाज़ में उससे कहा, "मैं नहीं चाहता कि तुम्हारे भाई को हमारी इस मुलाक़ात का पता चले। मैं तुम्हें इतना बता दूँ कि अभी मैं यहाँ से थोड़ी ही दूर उसके साथ एक रेस्तराँ में बैठा था जहाँ वह ख़ुद मुझसे मिलने आया था, और बड़ी मुश्किल से मैं उससे पीछा छुड़ा पाया। ऐसा लगता है कि मैंने तुम्हें जो ख़त लिखा था उसकी उसे कुछ सुनगुन मिल गई है और उसे किसी बात का शक पैदा हो गया है। तुमने तो उसे नहीं बताया उसके बारे में ? लेकिन अगर तुमने नहीं बताया तो फिर किसने बताया होगा ?"

"चलो, हम लोग मोड़ तो मुड़ लिये," दूनिया ने बात काटते हुए कहा, "अब भैया हम लोगों को नहीं देख सकते। मैं आपके साथ अब और आगे नहीं जाऊँगी। जो कुछ बताना है यहीं बता दीजिए मुझे। कोई वजह नहीं है कि आप मुझे यहाँ सड़क पर न बता सकें।"

"पहली वजह तो यह कि मैं वह बात यहाँ सड़क पर नहीं बता सकता। दूसरे, तुम्हें सोफ़्या सेम्योनोव्ना की बात सुननी है, और तीसरे, मुझे तुमको कुछ दस्तावेज़ दिखाने हैं।...अच्छी बात है, अगर तुम मेरे साथ नहीं आना चाहतीं तो मैं तुम्हें कोई सफ़ाई नहीं दूँगा और फ़ौरन यहाँ से चला जाऊँगा। यह न भूलना कि तुम्हारे जान से प्यारे भाई का भेद पूरी तरह मेरे हाथ में है।"

दूनिया चौंक पड़ी और पैनी नज़रों से स्विद्रिगाइलोव को देखने लगी; उसकी समझ में नहीं आ रहा था कि क्या करे।

"तुम डरती किस बात से हो ?" स्विद्रिगाइलोव ने शान्त भाव से कहा, "शहर देहात नहीं है, और वहाँ देहात में भी जितना नुक़सान मैंने तुम्हें पहुँचाया था, तुमने मुझे उससे ज़्यादा ही नुक़सान पहुँचाया था, जबकि यहाँ..."

"क्या आपने सोफ़्या सेम्योनोव्ना को बता दिया है ?"

"नहीं, मैंने उनसे एक बात भी नहीं कही है और सच तो यह है कि मुझे यह भी भरोसा नहीं है कि वह इस वक़्त घर पर होंगी। लेकिन मैं उम्मीद करता हूँ कि वह होंगी। वह आज अपनी सौतेली माँ के जनाज़े में गई थीं, और ऐसे दिन वह शायद ही बाहर किसी के यहाँ जाएँ। फ़िलहाल मैं किसी को उसके बारे में बताना नहीं चाहता, और मुझे अफ़सोस है कि मैंने तुम्हें बता दिया। इस तरह के मामले में ज़रा सी भी लापरवाही होने से पुलिस को यक़ीनन पता लग जाएगा। लो, हम पहुँच गए। मैं यहीं रहता हूँ, इस घर में। वह रहा हमारे घर का दरबान। वह मुझे अच्छी तरह जानता है। वह देखो, झुककर मुझे सलाम कर रहा है। वह देख रहा है कि मैं एक शरीफ़ औरत के साथ हूँ, और मुझे यक़ीन है उसने तुम्हारी सूरत देख भी ली है। अगर तुम मुझसे डरती हो और तुम्हें मुझ पर किसी तरह का शक है तो यह बात आगे चलकर तुम्हारे काम आएगी। माफ़ करना, मैं इस तरफ़ साफ़-साफ़ खुलकर बात कर रहा हूँ। मैं ख़ुद एक किराएदार से कमरा लेकर रहता हूँ। सोफ़्या सेम्योनोव्ना बग़लवाले कमरे में रहती हैं। वह भी किराएदार हैं। यह पूरी मंज़िल किराएदारों को उठा रखी गई है। तुम बच्चों की तरह डरती क्यों हो ? या मैं सचमुच इतना डरावना लगता हूँ ?"

स्विद्रिगाइलोव का चेहरा तिरस्कार भरी मुस्कुराहट से ऐंठ गया; उसका जी मुस्कुराने को नहीं चाह रहा था। उसका दिल ज़ोर से धड़क रहा था और वह साँस भी मुश्किल से ले पा रहा था। अपनी बढ़ती हुई उत्तेजना को छिपाने के लिए वह जान-बूझकर ज़ोर-ज़ोर से बोल रहा था। लेकिन दूनिया का ध्यान उसकी इस ख़ास क़िस्म की उत्तेजना की ओर नहीं गया था। वह उसकी इस बात को सुनकर बेहद बौखला उठी थी कि वह उससे बच्चों की तरह डरती थी और वह उसे बहुत

डरावना लगता था।

"हालाँकि मैं अच्छी तरह जानती हूँ कि...कि आप शरीफ़ आदमी नहीं हैं लेकिन मुझे आपसे ज़रा भी डर नहीं लगता। आप ज़रा आगे-आगे चलिए," उसने कहा। देखने में तो वह बिलकुल शान्त लग रही थी लेकिन उसके चेहरे का रंग उड़ा हुआ था।

स्विद्रिगाइलोव सोनिया के कमरे के सामने पहुँचकर रुक गया।

"मैं देख लूँ कि वह घर पर हैं कि नहीं। नहीं, वह नहीं हैं। यह तो बहुत बुरा हुआ। लेकिन मैं जानता हूँ कि वह जल्दी ही लौट आएँगी। अगर वह बाहर गई हैं तो अनाथ बच्चों के सिलसिले में एक महिला से मिलने ही गई होंगी। उन बच्चों की माँ मर चुकी है। मैंने अपनी ओर से उनकी मदद करने की पूरी कोशिश की है और सारा ज़रूरी बन्दोबस्त कर दिया है। अगर सोफ़्या सेम्योनोव्ना दस मिनट में वापस नहीं आ जाती हैं तो, अगर तुम कहो, मैं आज ही उन्हें तुम्हारे पास भेज दूँगा। तो, यहाँ रहता हूँ मैं। ये रहे मेरे दो कमरे। इस दरवाज़े के पीछे मेरी मकान-मालकिन मादाम रेसलिख़ रहती हैं। अब इधर देखो : मैं तुम्हें अपना ज़्यादा महत्त्वपूर्ण दस्तावेज़ दिखाता हूँ। मेरे सोने के कमरे के इस दरवाज़े से होकर दो बिलकुल ख़ाली कमरों में रास्ता जाता है, जो अभी किराए पर नहीं उठे हैं। ये रहे वे कमरे...मैं चाहता हूँ कि तुम इन्हें ख़ासतौर पर बड़े ग़ौर से देखो..."

स्विद्रिगाइलोव दो काफ़ी बड़े कमरों में रहता था जिनमें ज़रूरत का हर फ़र्नीचर मौजूद था। दूनिया सन्देह भरी नज़रों से चारों ओर देख रही थी, लेकिन उसे न तो फ़र्नीचर में ही कोई ख़ास बात दिखाई दी और न ही उन कमरों की स्थिति में, हालाँकि एक बात ज़रूर ऐसी थी जिसकी ओर शायद उसका ध्यान गया हो—मिसाल के लिए, यह बात कि स्विद्रिगाइलोव के कमरों के दोनों तरफ़ के फ़्लैट लगभग बिलकुल ख़ाली थे। उसके कमरों में जाने का रास्ता सीधे बाहर के गलियारे में से न होकर मकान-मालकिन के उन दो कमरों में से था, जो लगभग बिलकुल ख़ाली थे। अपने सोने के कमरे के एक दरवाज़े का ताला खोलकर स्विद्रिगाइलोव ने दूनिया को एक और ख़ाली फ़्लैट दिखाया जो किराए पर उठा हुआ नहीं था। दूनिया चौखट पर ही ठिठककर खड़ी हो गई; उसकी समझ में नहीं आ रहा था कि उससे क्या चीज़ देखने को कहा जा रहा है, लेकिन स्विद्रिगाइलोव ने जल्दी से उसे समझाना शुरू किया—

"ज़रा इस दूसरेवाले बड़े ख़ाली कमरे को देखो। वह दरवाज़ा देखती हो। उसमें ताला पड़ा है। उसके पास एक कुर्सी रखी है; इन दोनों कमरों में बस यही एक कुर्सी है। यह कुर्सी मैं अपने कमरे से लेकर आया था ताकि ज़्यादा आराम से बैठकर सुन सकूँ। इस दरवाज़े के ठीक पीछे सोफ़्या सेम्योनोव्ना की मेज़ है। उसी के पास बैठकर वह तुम्हारे भाई से बातें कर रही थीं। और मैंने इस कुर्सी पर बैठकर लगातार दो रातों को, रोज लगभग दो-दो घंटे, उनकी बातें सुनीं। क्या ख़्याल है तुम्हारा ? मैं कुछ पता लगा पाया हूँगा कि नहीं ?"

"आप छिपकर चोरी से बातें सुन रहे थे ?"

"हाँ, मैं चोरी से बातें सुन रहा था। अब आओ, अपने कमरे में वापस चलें। यहाँ बैठने को भी तो कुछ नहीं है।"

वह दूनिया को लेकर अपने बैठने के कमरे में वापस गया और उसे बैठने को एक कुर्सी दी। वह ख़ुद मेज़ के दूसरे सिरे पर, उससे कोई सात फ़ुट की दूरी पर बैठ गया; लेकिन शायद उसकी आँखों में वही ज्वाला धधक उठी थी जिससे दूनिया किसी ज़माने में काफ़ी डरती थी। वह चौंक पड़ी और एक बार फिर सन्देह भरी नज़रों से कमरे में चारों ओर देखने लगी। वह यह सब कुछ

अनायास ही कर रही थी; वह नहीं चाहती थी कि उसका सन्देह किसी पर प्रकट हो। लेकिन आख़िरकार, स्विद्रिगाइलोव के कमरों का इस तरह बाक़ी कमरों से अलग-थलग होना उसे खटका। वह उससे पूछने ही वाली थी कि कम-से-कम उसकी मकान-मालकिन तो घर पर हैं, लेकिन उसने पूछा नहीं...स्वाभिमान के मारे। इसके अलावा, वह स्वयं अपने लिए जो ख़तरा महसूस कर रही थी उससे बड़ी एक व्यथा उसके दिल में भरी हुई थी। वह बेहद चिन्तित थी।

"यह रहा आपका ख़त," उसने ख़त मेज़ पर रखते हुए कहना शुरू किया, "आपने जो कुछ लिखा है, क्या वह मुमकिन है ? आपने किसी ऐसे अपराध की तरफ़ इशारा किया है जिसके बारे में समझा यह जाता है कि वह अपराध मेरे भाई ने किया है। आपका इशारा बिलकुल साफ़ है, और आप अब उससे मुकर नहीं सकते। तो, मैं इतना बता दूँ कि आपके यह ख़त लिखने से पहले भी मैं यह बेसिर-पैर का क़िस्सा सुन चुकी हूँ और मैं इसके एक शब्द पर भी विश्वास नहीं करती। यह बिलकुल बेतुका और बेहूदा शुबहा है। मैं यह पूरा क़िस्सा जानती हूँ और यह भी जानती हूँ कि इसे कैसे और क्यों गढ़ा गया था। आपके पास कोई सबूत हो ही नहीं सकता। आपने इसे साबित करने का वादा किया था...तो, कीजिए साबित ! लेकिन इतना मैं आपको पहले से बताए देती हूँ कि मैं आपकी बात का यक़ीन नहीं करती। मैं आपका बिलकुल यक़ीन नहीं करती !..."

दूनिया ने ये सारी बातें जल्दी-जल्दी हाँफते हुए कह डालीं, और एक क्षण के लिए उसके चेहरे पर लाली दौड़ गई।

"अगर तुम्हें मेरा यक़ीन न होता तो तुम यहाँ अकेले आने का जोखिम कभी न मोल लेतीं। तुम यहाँ आई क्यों हो ? बस अपना कौतूहल मिटाने ?"

"मुझे सताइए नहीं ! बताइए मुझे !"

"मुझे इसमें कोई शक नहीं है कि तुम बहादुर लड़की हो। मैंने सचमुच सोचा था कि तुम मिस्टर रज़ुमीख़िन को यहाँ अपने साथ लेकर आओगी। लेकिन वह न तुम्हारे साथ थे और न ही तुम्हारे आसपास कहीं थे। मैंने देखा था। सचमुच बड़ी हिम्मत की तुमने। इससे पता चलता है कि तुम्हें अपने भाई को बचाने की फ़िक्र थी। लेकिन तुम हर तरह से बिलकुल देवी हो...और जहाँ तक तुम्हारे भाई का सवाल है, तो मैं तुम्हें क्या बताऊँ ? तुमने ख़ुद अभी उनको देखा है। क्या ख़्याल है तुम्हारा उनके बारे में ?"

"आप कहीं सिर्फ़ इसी बात को तो उनके ख़िलाफ़ अपने इल्ज़ामों की बुनियाद नहीं बना रहे हैं ?"

"नहीं, इस बात को नहीं, बल्कि ख़ुद उनकी कही हुई बातों को। देखो, वह यहाँ लगातार दो रातों को सोफ़्या सेम्योनोव्ना से मिलने आए थे। मैं तुम्हें दिखा चुका हूँ कि वे कहाँ बैठे थे। उन्होंने उसको सारी बात बताई थी। उन्होंने सब कुछ साफ़-साफ़ मान लिया था। उन्होंने क़त्ल किया है। उन्होंने उस सूदख़ोर बुढ़िया का क़त्ल किया है, जिसके यहाँ उन्होंने ख़ुद कुछ चीज़ें गिरवी रखी थीं। उन्होंने उसकी बहन लिज़ावेता का भी क़त्ल किया है, जो पुराने कपड़े बेचती थी। वह इत्तफ़ाक़ से अपनी बहन के क़त्ल के वक़्त वहाँ आ गई थी। उन्होंने उन दोनों का क़त्ल एक कुल्हाड़ी से किया था जो वह अपने साथ लाए थे। उन्होंने उनका क़त्ल उनके यहाँ डाका डालने के इरादे से किया था और उन्होंने उनके यहाँ डाका डाला भी। उन्होंने वहाँ से कुछ रक़म और कुछ दूसरी चीज़ें लीं।...उन्होंने ख़ुद ये सारी बातें, एक-एक शब्द, सोफ़्या सेम्योनोव्ना को बताईं, और यह भेद सिर्फ़ सोनिया को मालूम है। लेकिन क़त्ल में सोनिया ने किसी तरह का हिस्सा नहीं लिया था, उन्होंने न कुछ कहा था, न कुछ किया था; बल्कि जब उनने पहली बार इसके बारे में सुना तो वह भी

इसी तरह सहम गई थीं जिस तरह इस वक़्त तुम सहम गई हो। फ़िक्र न करो, वह उनका भेद किसी को बताएँगी नहीं।''

''यह नामुमकिन है !'' दूनिया ने बुदबुदाकर कहा; उसके होंठ मुर्दों की तरह सफ़ेद पड़ गए थे और वह ठीक से साँस नहीं ले पा रही थी। ''यह बिलकुल नामुमकिन है ! ऐसा करने के लिए कोई मक़सद नहीं था, बिलकुल कोई वजह नहीं थी—यह झूठ है ! झूठ है !''

''उन्होंने उसके यहाँ डाका डाला—यही मक़सद था। उन्होंने वहाँ से रक़म और कुछ चीज़ें लीं। यह सच है, जैसा कि उन्होंने ख़ुद माना है, कि उन्होंने उस रक़म को और उन चीज़ों को इस्तेमाल नहीं किया, बल्कि उन्हें किसी जगह पत्थर के नीचे छिपा दिया जहाँ वे अभी तक हैं। लेकिन अगर उन्होंने उनका कोई इस्तेमाल नहीं किया तो उसकी वजह सिर्फ़ यह है कि उनकी हिम्मत नहीं हुई।''

''लेकिन क्या यह मुमकिन है कि वह चोरी करें या डाका डालें ? क्या वह ऐसा करने की बात सोच भी सकते हैं ?'' दूनिया ज़ोर से चिल्लाई और अपनी कुर्सी से उछल पड़ी। ''आप तो उन्हें जानते हैं न ? आपने उन्हें देखा है। क्या आप सचमुच समझते हैं कि वह चोर हो सकते हैं ?''

ऐसा लग रहा था कि वह गिड़गिड़ाकर स्विद्रिगाइलोव से प्रार्थना कर रही है; उसके दिल में जो डर था उसे वह बिलकुल भूल चुकी थी।

''हज़ारों-लाखों बातें मुमकिन हैं, अव्दोत्या रोमानोव्ना। चोर चोरी करता है, जिसे अच्छी तरह पता होता है कि वह बदमाश है, लेकिन मैंने एक ऐसे बहुत ही इज़्ज़तदार आदमी का क़िस्सा सुना है जिसने डाक लूटी थी, और बिलकुल मुमकिन है कि उसने सोचा हो कि वह बिलकुल ठीक कर रहा है। ज़ाहिर है कि अगर तुम्हारी ही तरह मुझे भी यह बात किसी और ने बताई होती तो मैं यक़ीन न करता। लेकिन ख़ुद अपने कानों पर तो मुझे विश्वास करना ही पड़ा। उन्होंने सोफ़्या सेम्योनोव्ना को सब कुछ समझाया था कि उन्होंने ऐसा क्यों किया, जिसने शुरू में तो ख़ुद अपने कानों पर यक़ीन नहीं किया था लेकिन आख़िरकार उसे अपने कानों पर तो यक़ीन करना ही पड़ा। देखो न, उन्होंने ख़ुद उसे बताया था।''

''क्यों...आख़िर किसलिए किया था उन्होंने यह काम ?''

''वह बहुत लम्बी कहानी है। बात यह है...मैं कैसे समझाऊँ तुम्हें ?...कि एक तरह का सिद्धान्त है, एक तरह की ऐसी चीज़ है जिसकी वजह से मुझे यक़ीन करना ही पड़ता है कि, मिसाल के लिए, एक अकेला अपराध करने में कोई हर्ज नहीं है, अगर वह किसी अच्छे काम के लिए किया जाए। एक बुराई और सौ नेक काम ! ज़ाहिर है, एक बहुत ही गुणी नौजवान को जिसके हौसले बहुत बुलन्द हों, यह सोचकर बहुत ताव आता है कि, मिसाल के लिए, अगर उसके पास सिर्फ़ तीन हज़ार रूबल होते तो उसकी पूरी ज़िन्दगी, उसका पूरा भविष्य दूसरे ही क़िस्म का होता, और वे तीन हज़ार रूबल उसके पास नहीं हैं। इसके साथ ही यह भी जोड़ दीजिए कि ठीक से खाना न मिलने की वजह से, अपने बिल जैसे कमरे की वजह से, अपने फटे-पुराने कपड़ों की वजह से वह हरदम झुंझलाता रहता हो, वह इस बात को बिलकुल साफ़ तौर पर महसूस करता हो कि समाज में उसकी हैसियत की वजह से और साथ ही अपनी माँ और बहन की बेहद बदहाली की वजह से उसे कितनी कठिनाइयों का सामना करना पड़ता है। सबसे बढ़कर यह अहंकार की, स्वाभिमान और अहंकार की बात है, हालाँकि कौन जाने शायद उसमें बहुत सी अच्छाइयाँ होते हुए भी...देखो, मैं उन्हें दोष नहीं दे रहा हूँ। ऐसा न सोचना। और, इसके अलावा, इससे मुझे कोई सरोकार भी नहीं है। उनका अपना ही एक सिद्धान्त था—सिद्धान्त ऐसा बुरा भी नहीं था—जिसके अनुसार सारे लोग, यों समझ लो, दो हिस्सों में बँटे होते हैं, आम लोग और ख़ास क़िस्म के लोग, यानी वे लोग

जो अपनी ऊँची हैसियत की वजह से क़ानून से परे होते हैं, जो बाक़ी सभी इंसानों के लिए, आम लोगों के लिए, इंसानियत के कचरे के लिए, ख़ुद क़ानून बनाते हैं। अच्छा-ख़ासा छोटा सा सिद्धान्त था; une thérorie comme une autre[1]. नेपोलियन से वह बुरी तरह प्रभावित थे, बल्कि यह कहना ज़्यादा ठीक होगा कि वह जिस बात से प्रभावित थे वह यह थी कि यह मेधावी महापुरुष बुराई की अलग-अलग मिसालों की ओर कोई ध्यान नहीं देते थे, बल्कि उनके बारे में सोचे बिना ही उन्हें लाँघकर आगे निकल जाते थे। मैं समझता हूँ कि उन्होंने भी सोचा होगा कि वह भी मेधावी महापुरुष हैं—मतलब यह कि कुछ अर्से के लिए उन्हें इस बात का पूरा यक़ीन रहा होगा। उन्होंने बहुत मुसीबतें उठाई हैं और अब भी यह विचार उन्हें सता रहा है कि उनमें एक सिद्धान्त ईजाद करने की क्षमता तो थी, लेकिन उनमें संकोच की सीमा को पार कर जाने की क्षमता नहीं थी, और इसलिए वह मेधावी महापुरुष नहीं हैं। और यह बात बुलन्द हौसलेवाले ख़ासतौर पर हमारे इस ज़माने के नौजवानों के लिए बहुत ही अपमानजनक होती है..."

"लेकिन उनके अन्तःकरण को क्या हुआ ? क्या उनके अन्तःकरण ने उन्हें धिक्कारा नहीं होगा ? क्या आप इस बात से इनकार करते हैं कि उनको नैतिकता का कोई आभास है ? क्या वह ऐसे आदमी हैं ?"

"लेकिन, अव्दोत्या रोमानोव्ना, इस वक़्त उनका दिमाग़ बेहद उलझा हुआ है। मेरा मतलब है कि ख़ासतौर पर बहुत ठीक तो वह कभी भी काम नहीं करता था। रूसी, आमतौर पर, बहुत ही विशाल और विस्तृत स्वभाव के आदमी होते हैं, उतने ही विशाल और व्यापक स्वभाव के जितना कि उनका देश है, और जो चीज़ कल्पनातीत हो, अस्त-व्यस्त हो, उसकी ओर उनका बेहद झुकाव रहता है। लेकिन बहुत ही दुर्भाग्य की बात होती है कि आदमी का स्वभाव तो इतना विशाल और विस्तृत हो, लेकिन इसके साथ ही उसमें मेधावी प्रतिभा की चिनगारी न हो। तुम्हें याद है हम लोगों ने रात को खाना खाने के बाद बाग़ में बरामदे में बैठकर इसी सवाल के बारे में कितनी बातें की थीं। तुम्हीं ने मुझे इतना विशाल और विस्तृत स्वभाव रखने पर लताड़ा था। शायद तुम वह बात उसी वक़्त कह रही थीं जब वह यहाँ लेटे अपने विचारों के बारे में उधेड़बुन करते रहते थे। देखो बात यह है कि हम पढ़े-लिखे लोगों की कोई ख़ास ऐसी परम्पराएँ नहीं होतीं जिन्हें हम पवित्र मानते हों, जब तक कि उनमें से कोई अपने लिए किताबों में से निकालकर उन्हें गढ़ न ले—या किसी पुराने वृत्तान्त में से उसकी नक़ल तक न करने लगे। लेकिन वे लोग ज़्यादातर विद्वान होते हैं, एक तरह से सबकी तरह बेवक़ूफ़, यहाँ तक कि किसी भी व्यावहारिक दुनियादार आदमी को उनके जैसा होना शोभा नहीं देता। लेकिन, मेरे विचार तो तुम मोटे तौर पर जानती ही हो। मैं किसी को दोष नहीं देता। किसी को भी नहीं। मैं ख़ुद निकम्मे रईस लोगों में से हूँ। न मैं काम करता हूँ और न ही काम करने का मेरा कोई इरादा है। लेकिन इस बात पर तो हम लोग पहले भी कई बार बहस कर चुके हैं। मैं अपने आपको बहुत भाग्यशाली समझता हूँ कि मैं तुम्हारे दिल में अपने विचारों के बारे में दिलचस्पी पैदा कर सका !...दूनिया, तुम्हारा चेहरा बहुत पीला पड़ गया है !"

"मुझे उनका यह सिद्धान्त मालूम है। मैंने उन लोगों के बारे में उनका लेख पढ़ा था जिन्हें अपनी मर्ज़ी का कोई भी काम करने का अधिकार होता है।...रज़ुमीख़िन ने मुझे वह पत्रिका लाकर दी थी जिसमें वह लेख छपा था..."

"मिस्टर रज़ुमीख़िन ने ? तुम्हारे भाई का लेख ? पत्रिका में ? क्या इस तरह का कोई लेख है ? मुझे नहीं मालूम था। वह तो बहुत दिलचस्प होगा ! लेकिन तुम जा कहाँ रही हो ?"

---

1. दूसरे सभी सिद्धान्तों की तरह। (फ्रांसीसी)

"मुझे सोफ़्या सेम्योनोव्ना से मिलना है," दूनिया ने क्षीण स्वर में कहा, "किधर है उनके कमरे का रास्ता ? शायद वह अब आ गई होंगी। मुझे उनसे फ़ौरन मिलना ही पड़ेगा। वह ख़ुद..."

दूनिया अपनी बात पूरी नहीं कर सकी : उसकी साँस ने उसका साथ नहीं दिया।

"सोफ़्या सेम्योनोव्ना बहुत रात गए तक वापस नहीं आएँगी। मैं नहीं समझता हूँ कि वह आ गई होंगी। चूँकि वह सीधे लौटकर नहीं आई हैं इसलिए मैं समझता हूँ कि वह रात को बहुत देर से ही आएँगी..."

"अच्छा, तो आप झूठ बोल रहे थे ! अब मेरी समझ में आया...आप झूठ बोल रहे थे...आप तमाम वक़्त झूठ बोल रहे थे ! मैं आपकी बात का यक़ीन नहीं करती ! नहीं ! बिलकुल नहीं !" दूनिया अपना मानसिक सन्तुलन पूरी तरह खोकर उन्मादियों की तरह चिल्लाई।

वह लगभग मूर्च्छित होकर उस कुर्सी पर धम से बैठ गई जो स्विद्रिगाइलोव ने जल्दी से उसकी ओर बढ़ा दी थी।

"अव्दोत्या रोमानोव्ना, क्या हुआ तुम्हें ? भगवान के लिए होश में आओ। लो, पानी पी लो। थोड़ा सा पी लो..."

उसने थोड़ा सा पानी दूनिया के मुँह पर छिड़का। दूनिया चौंककर उठ बैठी।

"ज़्यादती हो गई उसके साथ," स्विद्रिगाइलोव भवें सिकोड़कर मन-ही-मन बुड़बुड़ाया। "परेशान न हो। यह न भूलो कि उनके बहुत से दोस्त हैं। हम लोग उन्हें बचा लेंगे। हम उनकी मदद करेंगे। अगर कहो तो मैं उन्हें लेकर विदेश चला जाऊँ। मेरे पास पैसा है। तीन दिन में मैं टिकट का इन्तज़ाम कर सकता हूँ। और जहाँ तक क़त्ल का सवाल है, तो वह बहुत से नेक काम करेंगे और सब कुछ भुला दिया जाएगा। फ़िक्र न करो, वह अब भी बहुत बड़े आदमी बन सकते हैं। अच्छा, जी कैसा है ? तबियत तो ठीक है न ?"

"अरे नीच, पापी ! तू मेरा मज़ाक़ उड़ा रहा है न ? मुझे जाने दे !"

"लेकिन कहाँ ? कहाँ जा रही हो तुम ?"

"उनके पास। कहाँ हैं वह ? मालूम है ? यह दरवाज़ा बन्द क्यों है ? हम इसी दरवाज़े से तो अन्दर आए थे, और अब यह बन्द है। आपने इसमें ताला कब लगा दिया ?"

"लेकिन हमें जो बातें करनी थीं वे कुछ बहुत ही निजी क़िस्म की थीं, है न ? दरवाज़ा तो मुझे बन्द करना ही पड़ता और मैं मज़ाक़ बिलकुल नहीं उड़ा रहा हूँ। मैं बस भारी-भरकम शब्दों में बातें करते-करते उकता गया हूँ। लेकिन तुम ऐसी हालत में जाओगी कहाँ ? या तुम चाहती हो कि उनका भेद सबको मालूम हो जाए ? तुम उन्हें पागल कर दोगी और वह अपने आपको पुलिस के हवाले कर देंगे। मैं समझता हूँ कि मुझे तुमको यह बता देना चाहिए कि उनके ऊपर निगरानी रखी जा रही है; इस वक़्त भी उनका पीछा किया जा रहा है। तुम बस उनका भेद खोल दोगी, और कुछ नहीं। थोड़ा सब्र करो। मैं अभी उनसे मिला था और मैंने उनसे बातें की थीं। उन्हें अब भी बचाया जा सकता है। ज़रा ठहरो, बैठ जाओ, हम लोग इसके बारे में मिलकर सोचें। मैंने तुमसे यहाँ आने को इसीलिए कहा था कि मैं तुमसे इसके बारे में बातें करना चाहता था और इसके बारे में ठीक से सोच-विचार करना चाहता था। बैठ तो जाओ।"

"कैसे बचाएँगे ? क्या उन्हें बचाया जा भी सकता है ?"

दूनिया बैठ गई। स्विद्रिगाइलोव भी उसके पास बैठ गया।

"इसका दारोमदार तुम्हारे ऊपर है, सिर्फ़ तुम्हारे ऊपर," उसने बिजली की तरह चमकती हुई आँखों से लगभग कानाफूसी के स्वर में कहना शुरू किया; अपनी उद्विग्नता के कारण वह कुछ

शब्दों का उच्चारण भी ठीक से नहीं कर पा रहा था।

दूनिया सहमकर उससे दूर हट गई। वह भी सिर से पाँव तक थरथर काँप रही थी।

"तुम...तुम बस एक शब्द कह दो तो वह बच जाएँगे ! मैं...मैं उन्हें बचा लूँगा। मेरे पास पैसा है और मेरे बहुत से दोस्त हैं। मैं उन्हें फ़ौरन यहाँ से कहीं बाहर भिजवा दूँगा। मैं पासपोर्ट ख़ुद बनवा दूँगा, दो पासपोर्ट। एक उनके लिए और एक अपने लिए। मेरे बहुत से दोस्त हैं, काम के लोग...कहो तो तुम्हारा पासपोर्ट भी बनवा दूँ...और तुम्हारी माँ का ? रज़ुमीख़िन तुम्हारे किस काम का आदमी है ? मैं तुमसे उतना ही प्यार करता हूँ, जितना वह करता है...मैं तुम्हारे प्यार में पागल हूँ। मुझे अपने लिबास का छोर चूम लेने दो। चूम लेने दो ! चूम लेने दो ! मुझसे उसकी सरसराहट की आवाज़ नहीं सुनी जाती। मुझसे जो भी करने को कहोगी, मैं कर दूँगा। मैं कोई भी काम कर दूँगा। अनहोनी से अनहोनी बात पूरी कर दिखाऊँगा। जिस बात पर तुम विश्वास करोगी, उसी पर मैं भी विश्वास करूँगा। मैं कुछ भी करने को तैयार हूँ—कुछ भी ! मुझे इस तरह न देखो ! न देखो इस तरह ! तुम मुझे मारे डाल रही हो ! मालूम है तुम्हें ?"

वह पागलों की तरह बकने लगा था। उसे अचानक कुछ हो गया था, जैसे अचानक उसका दिमाग़ फिर गया हो। दूनिया उछलकर दरवाज़े की ओर भागी।

"दरवाज़ा खोलो ! दरवाज़ा खोलो !" वह दरवाज़े को हिला-हिलाकर चीख़ने लगी जैसे किसी को मदद के लिए बुला रही हो। "दरवाज़ा खोलो ! अरे, कोई है बाहर ?"

स्विद्रिगाइलोव उठ खड़ा हुआ और उसने अपने आपको सँभाला। उसके होंठों पर, जो अभी तक काँप रहे थे, धीरे-धीरे दुष्टतापूर्ण उपहास की मुस्कुराहट फैल गई।

"घर में कोई नहीं है," उसने शान्त स्वर में एक-एक शब्द को तौल-तौलकर कहा, "मकान-मालकिन बाहर गई हुई है, तुम इस तरह चिल्लाकर बस अपना गला ही ख़राब कर रही हो। बेकार इस तरह ताव खा रही हो।"

"चाभी कहाँ है ? दरवाज़ा फ़ौरन खोल दे, दुष्ट !"

"लगता है कहीं खो गई है, मुझे मिल नहीं रही है।"

"अच्छा ? तो तू मुझे ज़बर्दस्ती अपने काबू में करना चाहता है ?" दूनिया ने चिल्लाकर कहा, उसका चेहरा पीला पड़ गया था। वह कमरे के कोने की ओर भागी, जहाँ उसने अपने आपको एक छोटी सी मेज़ की आड़ में कर लिया जो संयोग से उसके हाथ लग गई थी। वह चीख़ी नहीं, बल्कि अपने सतानेवाले पर नज़रें जमाकर बड़े ग़ौर से उसकी एक-एक हरकत को देखने लगी। स्विद्रिगाइलोव भी अपनी जगह से नहीं हिला, बल्कि कमरे के दूसरे सिरे पर उसकी ओर मुँह किए खड़ा रहा। कम-से-कम देखने में तो यही लगता था कि उसने फिर से पूरी तरह अपने आप पर क़ाबू पा लिया था। लेकिन उसके चेहरे का रंग पहले की तरह ही उड़ा हुआ था। उपहास भरी मुस्कुराहट अब भी उस पर खेल रही थी।

"तुमने अभी 'ज़बर्दस्ती' की बात कही थी। तो, अगर मेरा इरादा तुम्हारे साथ ज़बर्दस्ती करने का होगा तो यह भी तुम्हें यक़ीन होगा कि मैंने पहले से हर तरह की रोकथाम कर ली होगी। सोफ़्या सेम्योनोव्ना घर पर हैं नहीं, कापरनाउमोव परिवार यहाँ से काफ़ी दूरी पर रहता है—बीच में पाँच कमरे हैं जिनमें ताला पड़ा हुआ है। आख़िरी बात यह है कि मैं तुमसे कम-से-कम दुगुना ताक़तवर हूँ और, इसके अलावा मुझे किसी बात का डर भी नहीं है; क्योंकि तुम यह तो नहीं चाहोगी कि मैं तुम्हारे भाई का भेद खोल दूँ, क्यों ? और, फिर, कोई तुम्हारी बात पर विश्वास भी नहीं करेगा : आख़िर, कोई लड़की किसी को साथ लिये बिना किसी अकेले आदमी के कमरे में जाए ही क्यों ?

तुम अपने भाई को क़ुर्बान भी कर दो, तब भी कुछ साबित नहीं कर पाओगी, बलात्कार साबित करना बहुत मुश्किल है।"

"नीच !" दूनिया ने गुस्से से लाल होकर धीमे स्वर में कहा।

"जैसी तुम्हारी मर्ज़ी। लेकिन इतना याद रखना कि इसकी चर्चा मैं सिर्फ़ इस तरह कर रहा था कि मान लो ऐसा हो जाए। निजी तौर पर मैं समझता हूँ कि तुम बिलकुल ठीक कहती हो : बलात्कार बहुत घिनौनी चीज़ है। मैं तो बस यह कहने की कोशिश कर रहा था कि अगर...अगर तुम अपने भाई को बचाने के लिए अपनी ख़ुशी से मेरी बात मान लो, जैसा कि मेरा सुझाव है, तब भी तुम्हारा अन्तःकरण साफ़ रहेगा। क्योंकि उस हालत में तुमने परिस्थितियों से मजबूर होकर ऐसा किया होगा—अगर तुम चाहो, और हमारे लिए यह शब्द इस्तेमाल करना ज़रूरी ही हो, तो तुम इसे ज़बर्दस्ती भी कह सकती हो। सोच लो। तुम्हारे भाई की और तुम्हारी माँ की तक़दीर का फ़ैसला तुम्हारे हाथों में है। और मैं तुम्हारा गुलाम रहूँगा—ज़िन्दगी भर। मैं यहाँ बैठकर तुम्हारे फ़ैसले का इन्तज़ार करूँगा..."

स्विद्रिगाइलोव इतना कहकर दूनिया से लगभग आठ क़दम की दूरी पर सोफ़े पर बैठ गया। दूनिया का उसके अटल इरादे के बारे में तनिक भी सन्देह नहीं था। और फिर वह उसे जानती भी तो थी।

अचानक उसने अपनी जेब में से रिवाल्वर निकाला, उसका घोड़ा चढ़ाया और जिस हाथ में रिवाल्वर था उसे मेज़ पर टिका लिया। स्विद्रिगाइलोव उछलकर खड़ा हो गया।

"ओहो ! तो यह बात है !" वह चौंककर चिल्लाया, लेकिन उसके होंठों पर द्वेषपूर्ण मुस्कुराहट थी। "तो, इससे तो परिस्थिति बिलकुल ही बदल गई है। तुम तो मेरे लिए हर चीज़ बहुत आसान बनाए दे रही हो, अव्दोत्या रोमानोव्ना ! लेकिन रिवाल्वर तुम्हें कहाँ से मिला ? मिस्टर रज़ुमीख़िन ने तो नहीं दिया ? हे भगवान ! अरे, यह तो मेरा ही रिवाल्वर है ! मेरा पुराना दोस्त ! और मैं इसे ढूँढ़-ढूँढ़कर थक गया !...मैं देखता हूँ कि देहात में गोली चलाने का अभ्यास बेकार नहीं गया है।"

"यह रिवाल्वर तेरा नहीं है, तेरी बीवी का है, जिसे तूने मार डाला, पापी। मैंने इसे उसी वक़्त ले लिया था जब मुझे शक होने लगा था कि तू क्या कर सकता है। अगर एक क़दम भी आगे बढ़ा तो, क़सम खाकर कहती हूँ, मैं तुझे मार डालूँगी।"

दूनिया पर भूत सवार हो गया था। वह रिवाल्वर का निशाना साधे हुए थी।

"अच्छा, तुम्हारे भाई का क्या होगा ? मैं बस यों ही जानने के लिए पूछ रहा हूँ," स्विद्रिगाइलोव ने अब भी अपनी जगह से हिले बिना कहा।

"बता दे पुलिस को, अगर तेरा जी चाहे ! हिलना नहीं ! एक क़दम भी आगे बढ़ाया तो मैं गोली चला दूँगी ! तूने अपनी बीवी को ज़हर देकर मार डाला। यह मुझे मालूम है। तू ख़ुद हत्यारा है !..."

"और तुम्हें पक्का यक़ीन है कि मैंने अपनी बीवी को ज़हर दिया ?"

"तूने दिया ज़हर ! तूने ख़ुद मुझसे इशारे में यह बात कही थी।...तूने मुझसे ज़हर की बात कही थी। मैं जानती हूँ कि तू ज़हर लेने शहर गया था...वह तेरे पास तैयार था...तूने दिया ज़हर...तूने यक़ीनन दिया, बदमाश !"

"लेकिन अगर यह बात सच भी हो, तब भी मैंने तुम्हारी ख़ातिर ही तो ऐसा किया होगा...इसकी वजह फिर भी तुम ही होगी।"

"तू झूठ बोलता है ! मुझे हमेशा तुझसे नफ़रत थी, हमेशा !..."

"ओहो, अव्दोत्या रोमानोव्ना ! लगता है तुम बिलकुल भूल ही गईं कि मुझे सुधारने के जोश की गर्मी में तुम कैसा नरम पड़ने लगी थीं और पिघलने लगी थीं। मुझे यह बात तुम्हारी आँखों में साफ़ दिखाई देने लगी थी। वह रात याद है, चाँदनी रात में, जब बुलबुलें चहक रही थीं ?"

"तू झूठा है !" दूनिया की आँखें गुस्से से दहकने लगीं, "तू झूठा है ! यह सरासर तोहमत है !"

"मैं झूठा हूँ, क्यों ? अच्छी बात है, मान लो मैं झूठ ही बोल रहा हूँ। अच्छी बात है, मैं झूठ बोल रहा हूँ। औरतों को इस तरह की बातों की याद नहीं दिलानी चाहिए।" वह खीसें निकालकर हँसने लगा, "मुझे यक़ीन है कि तुम गोली चलाओगी। अच्छी बात है, चलाओ गोली !"

दूनिया ने रिवाल्वर ऊपर उठाया। उसका रंग सफ़ेद पड़ गया था, उसका नीचेवाला सफ़ेद होंठ काँप रहा था, और उसकी बड़ी-बड़ी काली आँखें अंगारों की तरह दहक रही थीं। गोली चलाने का पक्का फ़ैसला करके, अपने दोनों के बीच की दूरी का अन्दाज़ा लगाते हुए और उसके ज़रा सा भी हिलने का इन्तज़ार करते हुए वह उसकी ओर देखने लगी। स्विद्रिगाइलोव को वह इतनी ख़ूबसूरत कभी नहीं लगी थी। जिस क्षण उसने रिवाल्वर ऊँचा किया था उस समय उसकी आँखों में जो आग धधक रही थी उससे वह झुलसने लगा और उसका दिल पीड़ा के मारे सिकुड़ने लगा। वह एक क़दम आगे बढ़ा। गोली चलने की आवाज़ गूँज उठी, और गोली उसके बालों को छूती हुई पीछे दीवार में जाकर धँस गई। वह रुका और धीरे से हँसा—

"भिड़ ने मुझे डंक मार दिया ! और निशाना भी सीधा मेरे सिर पर लगाया। यह क्या ? ख़ून ?" उसने दाहिनी कनपटी पर बहता हुआ ख़ून पोंछने के लिए अपना रूमाल निकाला। गोली उसकी खोपड़ी की खाल को छूती हुई निकल गई होगी। दूनिया ने रिवाल्वर नीचा कर लिया और स्विद्रिगाइलोव को आतंक से उतना नहीं जितना क्रोधोन्मत्त विस्मय से घूरने लगी। ऐसा लग रहा था कि उसकी समझ में खुद नहीं आ रहा था कि उसने क्या किया था और क्या हो रहा था।

"ख़ैर, वह निशाना तो चूक गया ! फिर गोली चलाओ, मैं इन्तज़ार कर रहा हूँ !" स्विद्रिगाइलोव ने अब भी खीसें निकालकर हँसते हुए लेकिन कुछ उदास होकर धीरे से कहा, "अगर तुमने जल्दी न की तो रिवाल्वर का घोड़ा चढ़ाने का वक़्त मिलने से पहले ही मैं तुम्हें पकड़ लूँगा।"

दूनिया चौंक पड़ी; उसने जल्दी से रिवाल्वर का घोड़ा चढ़ाकर उसे ऊपर उठाया।

"मुझे छोड़ दे !" दूनिया घोर निराशा से चिलाई, "क़सम खाकर कहती हूँ मैं फिर गोली चला दूँगी...मैं...तुझे मार डालूँगी !..."

"ख़ैर, तीन फुट की दूरी पर तो निशाना नहीं चूकेगा, है न ?" लेकिन अगर चूक गया...तो मैं..." स्विद्रिगाइलोव की आँखें चमक उठीं और वह दो क़दम और आगे बढ़ा।

दूनिया ने घोड़ा दबाया, लेकिन रिवाल्वर ठीक से चला नहीं।

"तुमने उसे ठीक से भरा नहीं था। कोई बात नहीं, मैं समझता हूँ अभी उसमें एक गोली और होगी। ठीक से तैयार कर लो। मैं खड़ा हूँ।"

वह दूनिया से बस दो फ़ुट की दूरी पर था। वह उन्माद भरे दृढ़ संकल्प के साथ उसे देखते हुए इन्तज़ार करता रहा। वह भावावेशपूर्ण, दहकती हुई नज़रें जमाए उसे घूर रहा था। दूनिया समझ गई कि वह मर जाएगा लेकिन उसे छोड़ेगा नहीं। 'और...और यक़ीनन, अब वह उसे मार डालेगी...सिर्फ़ दो फुट की ही तो दूरी थी !...'

अचानक उसने रिवाल्वर फेंक दिया।

"फेंक दिया !" स्विद्रिगाइलोव ने चकित होकर कहा और गहरी साँस ली। ऐसा लगा कि जैसे

अचानक उसके दिल पर से एक भारी बोझ हट गया हो, लेकिन वह मौत के डर का ही बोझ नहीं था, क्यों यह डर तो उसने उस समय महसूस भी नहीं किया होगा। उसे एक दूसरी ही, अधिक उदास और वीभत्स भावना से छुटकारा मिल गया था जिसकी वह उसके प्रबलतम रूप में स्वयं व्याख्या नहीं कर सकता था।

वह आगे बढ़कर दूनिया के पास गया और बड़ी नरमी से उसकी कमर को अपनी बाँह में लपेट लिया। दूनिया ने विरोध नहीं किया; लेकिन बुरी तरह काँपते हुए वह विनय भरी नज़रों से उसे देखती रही। वह कुछ कहना चाहता था, लेकिन उसके होंठ फड़के और वह एक शब्द भी नहीं कह सका।

''मुझे जाने दो,'' दूनिया ने विनय भरे स्वर में कहा।

स्विद्रिगाइलोव काँप उठा : दूनिया की आवाज़ में एक विचित्र आत्मीयता का पुट आ गया था जो पहले नहीं था।

''तो तुम मुझसे प्यार नहीं करती हो ?'' उसने धीरे से पूछा।

दूनिया ने सिर हिला दिया।

''और...तुम कर भी नहीं सकतीं ? कभी नहीं ?'' उसने निराश होकर बहुत धीमी आवाज़ में कहा।

''कभी नहीं !'' दूनिया ने भी धीमे स्वर में कहा।

एक क्षण तक स्विद्रिगाइलोव के हृदय में एक भीषण मूक संघर्ष चलता रहा। उसने दूनिया को अकथनीय पीड़ा की मुद्रा से देखा। फिर अचानक उसने अपनी बाँह खींच ली, पीछे मुड़ा और जल्दी से खिड़की के पास जाकर उसके सामने ठहर गया।

एक क्षण और बीता।

''यह लो चाभी !'' उसने अपने कोट की बाईं जेब से चाभी निकाली और मुड़कर दूनिया की ओर देखे बिना ही उसे अपने पीछे मेज़ पर रख दिया। ''यह लीजिए और फ़ौरन यहाँ से चली जाइए !''

वह नज़रें जमाए खिड़की के बाहर घूरता रहा।

दूनिया चाभी लेने मेज़ के पास गई।

''फ़ौरन ! फ़ौरन !'' स्विद्रिगाइलोव ने दोहराया; अब भी वह न तो अपनी जगह से हिला और न ही उसने पीछे मुड़कर देखा। लेकिन स्पष्टतः उसके उस 'फ़ौरन' में एक भयानक ख़तरा छिपा हुआ था।

दूनिया उसे समझ गई और चाभी लेकर वह दरवाज़े की ओर झपटी और जल्दी से ताला खोलकर कमरे के बारह चली गई। एक मिनट बाद वह बाँध पर पहुँच चुकी थी और इस बात से बेख़बर कि वह क्या कर रही है वह वोज़्नेसेंस्की पुल की ओर पागलों की तरह भागी जा रही थी।

स्विद्रिगाइलोव कोई तीन मिनट तक और खिड़की के पास खड़ा रहा। आख़िरकार वह धीरे-धीरे पीछे मुड़ा, उसने अपने चारों ओर देखा और अपने माथे पर हाथ फेरा। एक विचित्र मुस्कुराहट से उसका चेहरा विकृत हो गया—दयनीय, उदास, क्षीण मुस्कुराहट, घोर निराशा की मुस्कुराहट। उसका हाथ सूखते हुए ख़ून में सन गया। उसने बेहद क्रोध से उसे देखा। फिर उसने एक तौलिया भिगोकर अपनी कनपटी पोंछी। अचानक उसकी नज़र दूनिया के फेंके हुए रिवाल्वर पर पड़ी, जो दरवाज़े के पास पड़ा हुआ था। उसने उसे उठा लिया और उलट-पुलटकर देखा। वह तीन गोलियोंवाला पुराने ढंग का छोटा सा रिवाल्वर था। उसमें अब भी दो गोलियाँ और गोली दागने

की एक टोपी बची हुई थी। उससे एक गोली अभी और दागी जा सकती थी। उसने एक क्षण तक कुछ सोचा, रिवाल्वर जेब में रखा, अपनी हैट उठाई और बाहर चला गया।

6

स्विद्रिगाइलोव ने दस बजे तक सारी शाम घटिया क़िस्म के मनोरंजन के एक केन्द्र से दूसरे केन्द्र और एक शराबख़ाने से दूसरे शराबख़ाने में जाकर काट दी। कहीं से कात्या भी फिर आ गई और किसी 'ज़ुल्मी और बेदर्दी' के बारे में चलता हुआ बाज़ारू गाना गाने लगी, जो

चूमने लगा कात्या को।

स्विद्रिगाइलोव ने कात्या के लिए, आर्गन बजानेवाले के लिए, गानेवालों की टोली के लिए और उन दो क्लर्कों के लिए शराब ख़रीदी जिनसे उसने बस इसलिए दोस्ती कर ली थी कि दोनों की नाकें टेढ़ी थीं, एक की दाहिनी ओर और दूसरे की बाईं ओर। स्विद्रिगाइलोव को यह बात कुछ अजीब लगी थी। आख़िरकार उन दोनों ने उसे उनको किसी मनोरंजन पार्क में ले चलने पर राज़ी कर लिया, जिसमें जाने का टिकट उसने उनके लिए ख़रीद दिया। इस पार्क में बस एक पतला सा तीन साल पुराना फ़र का पेड़ और तीन छोटी-छोटी झाड़ियाँ थीं। इसके अलावा वहाँ एक 'स्टेशन' भी था जो दरअसल एक तरह का शराबख़ाना था जिसमें चाय भी पिलाई जाती थी। बाग़ में कुछ हरी मेज़ें और कुर्सियाँ भी पड़ी हुई थीं। गानेवालों की एक टोली और शराब के नशे में चूर म्यूनिख का एक जर्मन, जो जोकरों जैसा लगता था और जिसकी नाक लाल थी, लेकिन जो न जाने क्यों देखने में बहुत उदास लगता था, दर्शकों का मनोरंजन कर रहे थे। दोनों क्लर्क कुछ दूसरे क्लर्कों से झगड़ पड़े और उनके बीच लड़ाई शुरू हो गई। स्विद्रिगाइलोव को मध्यस्थ चुना गया। वह पन्द्रह मिनट तक उनके बीच सुलह-समझौता कराने की कोशिश करता रहा, लेकिन उन लोगों ने ऐसा हंगामा खड़ा कर दिया कि कुछ भी समझ पाना नामुमकिन था। तमाम बातों से पता यही चलता था कि उनमें से एक ने कोई चीज़ चुराई थी और उसे किसी यहूदी के हाथ बेच दिया था, जो इत्तफ़ाक़ से वहाँ मौजूद था, लेकिन उसे जो पैसा मिला था उसमें से वह अपने दोस्तों को उनका हिस्सा देने को तैयार नहीं था। आख़िरकार यह बात साबित हो गई कि वह चुराई गई चीज़ चाय का एक चम्मच थी जो उस 'स्टेशन' की सम्पत्ति थी। उसके ग़ायब होने का पता चल गया था और यह सारा मामला कुछ दुर्भाग्यपूर्ण मोड़ लेता जा रहा था। स्विद्रिगाइलोव चम्मच के पैसे चुकाकर उठ खड़ा हुआ और पार्क से बाहर चला गया। उस वक़्त लगभग दस बजे थे। उसने ख़ुद एक बूँद भी शराब नहीं पी थी, और 'स्टेशन' में महज़ दिखाने के लिए अपने लिए चाय मँगवा ली थी। अँधेरा हो चला था और उमस बढ़ती जा रही थी। दस बजते-बजते आसमान पर डरावने बादल घिर आए। अचानक बिजली कड़की और मूसलाधार बारिश होने लगी। बारिश बूँदों में नहीं हो रही थी बल्कि पानी मोटी धार की शक्ल में गिर रहा था। हर मिनट बिजली के कौंधे लपक रहे थे और हर कौंधा पाँच सेकंड तक चमकता था। स्विद्रिगाइलोव सिर से पाँव तक तर-बतर घर लौटा; उसने अपने आपको कमरे में बन्द कर लिया, मेज़ की दराज़ खोली, अपना सारा पैसा निकाला और दो-तीन काग़ज़ फाड़कर फेंक दिए। फिर सारे नोट जेब में रखकर वह अपने कपड़े बदलने जा रहा था, लेकिन खिड़की के बाहर देखकर और बिजली की कड़क और बारिश की आवाज़ सुनकर उसने अपना इरादा बदल दिया और अपनी हैट उठाकर कमरे में ताला बन्द किए बिना ही बाहर चला गया। वह सीधा सोनिया के पास गया। वह घर पर थी।

वह अकेली नहीं थी; कापरनाउमोव के चार बच्चे कमरे में उसके साथ थे। वह उन्हें चाय पिला रही थी। उसने चुपचाप बड़े सम्मान से स्विद्रिगाइलोव का स्वागत किया, उसके तर-बतर कपड़ों को बड़े आश्चर्य से देखा लेकिन बोली कुछ नहीं। बच्चे डरकर फ़ौरन भाग गए।

स्विद्रिगाइलोव मेज़ के पास बैठ गया और उसने सोनिया से पास ही बैठ जाने को कहा। सहमी-सहमी वह उसकी बात सुनने को तैयार हो गई।

''मैं शायद अमरीका चला जाऊँ, सोफ़्या सेम्योनोव्ना,'' स्विद्रिगाइलोव ने कहा, ''और चूँकि शायद यह हमारी आख़िरी मुलाक़ात हो, इसलिए मैं जाने से पहले कुछ बातें निबटा जाना चाहता हूँ। तुम आज उन महिला से मिली थीं ? मुझे मालूम है कि उन्होंने तुमसे क्या कहा था। मुझे वह सब कुछ फिर से बताने की कोई ज़रूरत नहीं है। (सोनिया कसमसाई और शरमा गई।) उनकी तरह के लोगों का चीज़ों को देखने का अपना अलग एक ढंग होता है। जहाँ तक तुम्हारे छोटे भाई-बहनों का सवाल है, उन्हें अच्छी संस्थाओं में रख दिया गया है, और बाद में चलकर उन्हें जो पैसा मिलना है वह मैंने भरोसे के लोगों के पास रखवा दिया है और उनसे बाक़ायदा रसीदें भी ले ली हैं। ये रसीदें तुम रख लो, शायद बाद में ज़रूरत पड़े। यह लो ! अब यह मामला तो तै हो गया; ये रहीं पाँच फ़ीसदी सूदवाली तीन हुंडियाँ जो कुल मिलाकर तीन हज़ार रूबल की हैं। इन्हें रख लो और जैसे तुम्हारा जी चाहे ख़र्च करना। लेकिन यह बात बिलकुल हम दोनों तक ही रहे, ताकि बाद में चलकर तुम चाहे जो सुनो यह बात किसी को मालूम न होने पाए। तुम्हें इस पैसे की ज़रूरत पड़ेगी, क्योंकि, सोफ़्या सेम्योनोव्ना, तुम जिस तरह ज़िन्दगी बिता रही हो वह बहुत बुरी बात है, और अब कोई वजह नहीं रही है कि तुम इसी तरह अपनी ज़िन्दगी बिताती रहो।''

''आप मेरे लिए, बच्चों के लिए और कतेरीना इवानोव्ना के लिए पहले भी इतना कुछ कर चुके हैं,'' सोनिया ने जल्दी से कहा, ''और सचमुच इतना मौक़ा भी नहीं मिला कि मैं ठीक से आपका शुक्रिया भी अदा कर सकूँ, लेकिन आप यह न सोचिएगा...''

''यह कहने की कोई ज़रूरत नहीं !''

''और जहाँ तक इस पैसे का सवाल है, तो मैं आपका बहुत एहसान मानती हूँ, लेकिन मुझे अब इसकी ज़रूरत नहीं है। मैं अपना पेट पालने भर को हमेशा कमा सकती हूँ, इसलिए अगर मैं इसे लेने से इनकार कर दूँ तो यह न समझिएगा कि मैं आपका एहसान नहीं मानती। अगर आप उपकार करना ही चाहते हैं तो यह पैसा...''

''तुम्हारे लिए है, तुम्हारे लिए, सोफ़्या सेम्योनोव्ना, और अब इसके बारे में ज़्यादा बातें न करो, क्योंकि मुझे जल्दी है। तुम्हें इसकी ज़रूरत पड़ेगी। रोदिओन रोमानोविच के सामने दो ही रास्ते हैं : या वह अपने भेजे में गोली मार लें या साइबेरिया चले जाएँ। (सोनिया ने फटी-फटी आँखों से स्विद्रिगाइलोव की ओर देखा और सिर से पाँव तक सिहर उठी।) फ़िक्र न करो, मुझे सब मालूम है। उन्होंने मुझे खुद बताया है। मैं बातूनी नहीं हूँ, मैं किसी को बताऊँगा नहीं। उस दिन तुमने उनसे ठीक ही कहा था कि वह अपने आपको पुलिस के हवाले कर दें और सब कुछ साफ़-साफ़ मान लें। इसमें उनकी कहीं ज़्यादा भलाई है। अगर उन्हें साइबेरिया जाना पड़ा, तो मैं समझता हूँ कि उनके पीछे-पीछे तुम भी वहाँ चली जाओगी, है न ? चली जाओगी न ? अगर ऐसी बात है तो तुम्हें यक़ीनन इस पैसे की ज़रूरत पड़ेगी। तुम्हें उनके लिए इसकी ज़रूरत पड़ेगी, यह बात तुम्हारी समझ में नहीं आती ? ये पैसे तुम्हें देकर मैं दरअसल उन्हीं को दे रहा हूँ। और फिर, तुमने अमालिया इवानोव्ना से भी तो बक़ाया किराया चुका देने का वादा किया था; मैंने तुम्हें उनसे वादा करते सुना था। सोफ़्या सेम्योनोव्ना, तुम ये सारी जिम्मेदारियाँ और ये सारे भुगतान बिना

सोचे-समझे अपने ऊपर क्यों ले लेती हो ? उस जर्मन औरत का क़र्ज़ कोई तुम्हारे ऊपर तो नहीं, कतेरीना इवानोव्ना के ऊपर था, इसलिए तुम्हें उस जर्मन औरत से कह देना चाहिए था कि वह भाड़ में जाए। इस तरह तो दुनिया में तुम्हारा काम नहीं चलेगा। अच्छा, अगर कोई तुमसे कभी मेरे बारे में कुछ पूछे—कल या परसों—(और लोग तुमसे पूछेंगे ज़रूर) तो इस वक़्त मिलने के लिए मेरे आने के बारे में कुछ न कहना। और, भगवान के लिए, उन्हें यह पैसा न दिखाना और न ही यह बताना कि मैंने यह पैसा तुम्हें दिया है। अच्छा, अब मैं चलता हूँ।'' उसने उठते हुए कहा, रोदिओन रोमानोविच से मेरा सलाम कह देना। और हाँ, फ़िलहाल यह पैसा मिस्टर रज़ुमीख़िन के पास रखवा देना। मिस्टर रज़ुमीख़िन को तो जानती हो न ? ज़रूर जानती होगी। अच्छे-ख़ासे आदमी हैं। उनके पास लेकर चली जाना...जब भी वक़्त आए। और तब तक के लिए इसे किसी जगह रख दो जहाँ सुरक्षित रहे।''

सोनिया भी अपनी कुर्सी से उछलकर खड़ी हो गई और भयभीत होकर उसे देखने लगी। उसका कुछ कहने को, उससे कुछ पूछने को बहुत जी चाह रहा था, लेकिन उसकी हिम्मत नहीं पड़ रही थी, और इसके अलावा उसकी समझ में यह भी तो नहीं आ रहा था कि शुरू किस तरह करे।

''लेकिन ऐसी बारिश में आप...आप जाएँगे कैसे ?''

''अरे, जिन लोगों को अमरीका जाना होता है वे बारिश से नहीं डरते, हः-हः ! अच्छा, अब चलूँ, सोफ़्या सेम्योनोव्ना ! बहुत-बहुत दिन जियो...दूसरे लोगों का तुमसे भला होगा। और हाँ... मिस्टर रज़ुमीख़िन से भी मेरा सलाम कह देना। कहना, मिस्टर स्विद्रिगाइलोव ने बहुत-बहुत सलाम कहलाया है। भूलना नहीं।''

वह सोनिया को उसी तरह बौखलाया और सहमा हुआ छोड़कर बाहर चला गया; सोनिया के दिल में तरह-तरह के अस्पष्ट और बेचैन करनेवाले सन्देह उठ रहे थे।

बाद में पता यह चला कि उसी रात ग्यारह बजे के बाद स्विद्रिगाइलोव अपनी सनक में इसी तरह अप्रत्याशित ढंग से एक जगह और गया था। पानी अभी तक बरस रहा था। बुरी तरह भीगा हुआ, ग्यारह बजकर बीस मिनट पर वह वसील्येव्स्की द्वीप पर माली ऐवेन्यू के पास तीसरी लाइन में अपनी मंगेतर के माँ-बाप के छोटे से फ़्लैट में गया। उसे बहुत देर तक दरवाज़ा खटखटाना पड़ा तब कहीं वह अन्दर जा सका। उसे देखते ही वहाँ काफ़ी हलचल मच गई। लेकिन जब स्विद्रिगाइलोव का जी चाहता था तो वह बड़ी भलमनसाहत से पेश आकर दूसरों का मन मोह लेता था। इसलिए लड़की के समझदार माँ-बाप ने जो पहला अनुमान लगाया था (जो बहुत गहरी सूझ-बूझ का अनुमान भी था) कि स्विद्रिगाइलोव ने शायद इतनी पी रखी है कि उसे यह भी नहीं पता है कि वह कर क्या रहा है, उसके ग़लत निकलने पर उसे फ़ौरन छोड़ दिया गया। दयालु और समझदार माँ अपाहिज बाप की पहिएदार कुर्सी ढकेलकर वहाँ ले आई और, जैसी कि उसकी आदत थी, स्विद्रिगाइलोव से तरह-तरह के बेतुके और गोलमोल सवाल करने लगी। यह बात भी थी कि यह औरत सीधा सवाल पूछ ही नहीं सकती थी, बल्कि हमेशा शुरू में मुस्कुराती थी और अपने हाथ मलने लगती थी, और फिर, मिसाल के लिए, जब यह मालूम करना बिलकुल ज़रूरी हो जाता था कि स्विद्रिगाइलोव शादी कब करना चाहता था तब वह बड़ी उत्सुकता से पेरिस और फ्रांस के राजदरबार के जीवन के बारे में बेहद दिलचस्प सवाल पूछती थी और उसके बाद कहीं जाकर वह धीरे-धीरे धरती पर और वसील्येव्स्की द्वीप की तीसरी लाइन पर उतरती थी। अगर कोई दूसरा वक़्त होता तो, ज़ाहिर है, उसके इस आचरण को देखकर सम्मान की भावना जाग्रत होती, लेकिन इस समय अर्कादी इवानोविच कुछ असाधारण रूप से अधीर मालूम हो रहा था। उसने फ़ौरन अपनी

मंगेतर से मिलने का आग्रह किया हालाँकि उसे शुरू में ही बता दिया गया था कि वह सो चुकी है। लेकिन, ज़ाहिर है, वह आ गई। स्विद्रिगाइलोव ने फ़ौरन उसे बताया कि उसे किसी बहुत ज़रूरी काम से कुछ समय के लिए पीटर्सबर्ग से जाना पड़ रहा है, और इसलिए वह उसके वास्ते पन्द्रह हज़ार रूबल लाया था। उसने उससे अनुरोध किया कि वह इस रक़म को उसकी ओर से उपहार समझकर स्वीकार कर ले, क्योंकि बहुत दिन से उसकी इच्छा थी कि वह शादी से पहले यह तुच्छ रक़म उसे उपहार में दे। उस उपहार और आधी रात को मूसलाधार बारिश में उसके वहाँ आने की तात्कालिक आवश्यकता के बीच कोई तर्कसंगत सम्बन्ध दिखाई नहीं देता था, लेकिन सारा मामला बड़े सन्तोषजनक ढंग से निबट गया। आश्चर्य और सहानुभूति की अत्यन्त आवश्यक अभिव्यक्तियाँ भी अचानक असाधारण रूप से मन्द पड़ गईं और सीमित हो गईं; लेकिन, दूसरी ओर, कृतज्ञता का भाव अत्यन्त प्रशंसा भरे शब्दों में व्यक्त किया गया और उसकी पुष्टि अति व्यवहारकुशल माँ के आँसुओं से की गई। स्विद्रिगाइलोव उठ खड़ा हुआ, हँसा, उसने अपनी मंगेतर को चूमा, उसके गाल को थपथपाया, एक बार फिर कहा कि वह जल्दी ही वापस आ जाएगा और अपनी मंगेतर की आँखों में न केवल बाल-सुलभ जिज्ञासा का भाव बल्कि एक प्रकार का मूक और गम्भीर प्रश्न भी देखकर वह कुछ देर तक सोचता रहा, उसे एक बार फिर चूमा और फ़ौरन यह विचार मन में आते ही झुँझला उठा कि उसका वह उपहार अति व्यवहारकुशल माँ तुरन्त ताले-चाभी में बन्द कर देगी ताकि वह सुरक्षित रहे। वह उन लोगों को असाधारणतम उद्विग्नता की हालत में छोड़कर चला गया लेकिन उस दयावान माँ ने इस रहस्यमय साक्षात् की कई अधिक महत्त्वपूर्ण गुत्थियों को बहुत धीमी आवाज़ में जल्दी-जल्दी बोलते हुए यह कहकर सुलझा दिया कि स्विद्रिगाइलोव बहुत ऊँची सामाजिक हैसियत के आदमी थे, उनके ज़िम्मे बहुत बड़े-बड़े काम थे और उनकी दूर-दूर तक पहुँच थी। वह बेहद अमीर आदमी थे, और भगवान ही जानता था कि उनके दिमाग़ में क्या-क्या मंसूबे पल रहे थे। अगर वह अपने जी में ठान लेते थे कि उन्हें पीटर्सबर्ग से जाना है तो बस चले जाते थे, और अगर उनके जी में आता था कि किसी को पैसा दे दें तो बस दे डालते थे; इसलिए इसमें ताज्जुब करने की कोई बात नहीं थी। बेशक यह बात कुछ अजीब ज़रूर थी कि वह सिर से पाँव तक बिलकुल भीगे हुए थे; लेकिन, मिसाल के लिए, अंग्रेज़ तो इससे भी ज़्यादा सनकी होते हैं; और, इसके अलावा, वे लोग जो दुनिया में कहीं पहुँच गए हैं इस बात की परवाह नहीं करते, कि लोग उनके बारे में क्या कहते हैं और वे बहुत ज़्यादा औपचारिकता से काम नहीं लेते हैं। शायद वह जान-बूझकर यह दिखाने के लिए भीगे कपड़े पहने फिरते रहते हैं कि उन्हें किसी की परवाह नहीं है। लेकिन उन सबको याद रखना चाहिए कि किसी को कानोंकान इसकी ख़बर न होने पाए, क्योंकि भगवान जाने उसका क्या नतीजा हो। पैसा फ़ौरन ताले-चाभी में बन्द कर दिया जाए, और यह तो अच्छा हुआ कि फ़ेदोस्या तमाम वक़्त रसोई में ही रही। और मेहरबानी करके, भगवान के लिए, कोई उस कुलटा औरत मादाम रेसलिख़ से एक शब्द भी न कहे, वग़ैरह-वग़ैरह। वे दो बजे रात तक बैठे कानाफूसी करते रहे। लेकिन स्विद्रिगाइलोव की मंगेतर बहुत पहले सोने चली गई; वह स्तब्ध और कुछ उदास लग रही थी।

इसी बीच स्विद्रिगाइलोव ठीक बारह बजे तुचकोव पुल पार करके पीटर्सबर्ग के उपनगर की ओर जा रहा था। बारिश रुक गई थी लेकिन हवा अभी तक तेज़ चल रही थी। वह काँपने लगा था और एक क्षण के लिए उसने छोटी नेवा के गहरे रंग के पानी को कुछ विशेष उत्सुकता से, बल्कि कुछ सवालिया अन्दाज़ से भी देखा। लेकिन जल्दी ही पुल पर उसे बहुत सर्दी लगने लगी। वह मुड़कर बोल्शोई ऐवेन्यू की ओर चल दिया। बड़ी देर तक, लगभग आधे घंटे तक, वह अनन्त

बोल्शोई ऐवेन्यू पर चलता रहा और अँधेरे में कई बार सड़क की पटरी के लकड़ी के फ़र्श पर लड़खड़ाया भी, लेकिन वह लगातार सड़क के दाहिनी ओर किसी चीज़ को देखने की कोशिश करता रहा। अभी कुछ ही समय पहले गाड़ी पर उधर से होकर गुज़रते वक़्त यहीं कही उसने लकड़ी का एक बड़ा सा होटल देखा था और कुछ-कुछ याद आ रहा था कि उसका एड्रियानोपल जैसा कोई नाम था। उसका ख़्याल ग़लत नहीं था : शहर के उस सुनसान इलाक़े में वह होटल ऐसी उजागर जगह थी कि अँधेरे में भी उसे न देख पाना असम्भव था। लम्बी सी मैली-कुचैली लकड़ी की इमारत थी, जिसमें इतनी रात बीत जाने के बावजूद अभी तक बत्तियाँ जल रही थीं और ज़िन्दगी की कुछ चहल-पहल दिखाई दे रही थी। वह अन्दर गया और गलियारे में फटे-पुराने कपड़े पहने जो वेटर उसे मिला उससे उसने एक कमरे के बारे में बात की। वेटर ने एक नज़र स्विद्रिगाइलोव को देखा, अपने आपको झँझोड़कर चेतन हुआ और फ़ौरन उसे बहुत दूर सीढ़ियों के नीचे एक कोने में गलियारे के छोर पर छोटे से घुटे हुए कमरे में ले गया। कोई दूसरा कमरा ख़ाली नहीं था; सब कमरे भरे हुए थे। फटे-पुराने कपड़ोंवाले वेटर ने उसे सवालिया नज़रों से देखा।

"चाय मिल जाएगी ?"

"जी हाँ।"

"कुछ और ?"

"बछड़े का गोश्त है, साहब; वोदका और चाय के साथ खाने का छोटा-मोटा सामान है।"

"गोश्त और चाय लाओ।"

"और कुछ नहीं लेंगे, साहब ?" फटी वर्दीवाले वेटर ने कुछ आश्चर्यचकित होकर पूछा।

"नहीं, और कुछ नहीं चाहिए।"

फटी वर्दीवाला वेटर बहुत निराश होकर चला गया।

'काफ़ी अच्छी जगह है !' स्विद्रिगाइलोव ने सोचा, 'अजीब बात है कि मुझे इसका पता ही नहीं था। मैं समझता हूँ कि मैं भी ऐसा आदमी लग रहा हूँगा जो किसी कॉफ़ी-हाउस में गाना-वाना सुनकर आ रहा था और रास्ते में कहीं मज़ा लूटने के लिए रुक गया था। लेकिन...न जाने यहाँ रात को आकर टिकता कौन होगा ?'

उसने मोमबत्ती जलाकर कमरे को और ध्यान से देखा। कमरा इतना छोटा था और उसकी छत इतनी नीची थी कि स्विद्रिगाइलोव के लिए उसमें सीधे खड़ा होना भी मुश्किल था। कमरे में एक खिड़की थी, बिस्तर बहुत गन्दा था और रँगी हुई छोटी सी मेज़ और कुर्सी ने लगभग सारी जगह घेर रखी थी। दीवारें ऐसी लग रही थीं कि जैसे वे लकड़ी के तख़्तों की बनी हुई हों और दीवारों पर चिपका हुआ काग़ज़ इतना फटा हुआ और धूल से इतना अटा था कि उसका शुरू का (पीला) रंग बड़ी मुश्किल से ही पहचाना जाता था, उस पर बने हुए बेल-बूटे तो तब दिखाई भी नहीं देते थे। कमरा देखने में अटारी जैसा लगता था, जिसकी ढलवाँ छत की वजह से उसकी एक दीवार बाक़ी सब दीवारों से नीची थी; लेकिन इसकी वजह यह थी कि उसके ऊपर से होकर सीढ़ियाँ जाती थीं। स्विद्रिगाइलोव मोमबत्ती नीचे रखकर बिस्तर पर बैठ गया और विचारों में डूब गया। लेकिन आख़िरकार बग़लवाले कमरे से लगातार आती हुई कानाफूसी की एक अजीब सी आवाज़ की ओर उसका ध्यान आकर्षित हुआ जो बीच-बीच में ऊँची होकर ज़ोर से चिल्लाने का रूप धारण कर लेती थी। जब से वह कमरे में आया था, यह कानाफूसी कभी बन्द नहीं हुई थी। वह सुनने लगा : एक आदमी लगभग रुआँसी आवाज़ में किसी दूसरे को डाँट-फटकार रहा था, लेकिन उसे बस एक ही आवाज़ सुनाई दे रही थी। स्विद्रिगाइलोव उठ खड़ा हुआ; उसने मोमबत्ती

पर हाथ से आड़ की और उसे फ़ौरन दीवार में एक पतली सी दरार दिखाई दी जिसमें से होकर बग़लवाले कमरे की रोशनी आ रही थी। वह उठकर दरार के पास गया और उसमें से देखने लगा। बग़लवाले कमरे में दो आदमी थे; वह कमरा उसके अपने कमरे से कुछ बड़ा था। उनमें से एक आदमी, जिसके सिर के बाल बहुत घुँघराले थे और जिसका चेहरा लाल और सूजा हुआ था, ख़ाली क़मीज़ पहने, सन्तुलन बनाए रखने के लिए अपनी दोनों टाँगें एक-दूसरे से काफ़ी दूर टिकाए वक्ता की मुद्रा में खड़ा हुआ था। अपना सीना पीट-पीटकर वह अपने दोस्त को लताड़ रहा था कि वह बिलकुल कंगाल था और निचले दर्जे के सरकारी नौकर की भी हैसियत नहीं रखता था। उसने अपने दोस्त से कहा कि वह उसे कीचड़ से बाहर खींचकर लाया था और अगर चाहे तो उसे फिर किसी भी वक़्त निकालकर बाहर कर सकता है, और यह कि यह सब कुछ बस भगवान ही देख रहा था। उसका दोस्त कुर्सी पर बैठा डाँट-फटकार सुन रहा था; वह देखने में उस आदमी जैसा लग रहा था जो ज़ोर से छींकना चाहता हो पर छींक न पा रहा हो। थोड़ी-थोड़ी देर बाद वह बौखलाकर भीगी बिल्ली की तरह वक़्ता की ओर देखता था, लेकिन साफ़ मालूम पड़ता था कि उसकी समझ में कुछ नहीं आ रहा था कि वह किस चीज़ के बारे में बातें कर रहा था और बहुत मुमकिन है कि वह कुछ सुन भी न रहा हो। मेज़ पर एक मोमबत्ती धीमी लौ से जल रही थी; साथ ही वोदका की लगभग ख़ाली हो चुकी एक काँच की सुराही, कुछ शराब के गिलास, रोटी, पानी पीने के गिलास, खीरे और एक ख़ाली चायदानी रखी हुई थी। इस पूरे दृश्य को बड़े ध्यान से देखने के बाद स्विद्रिगाइलोव उचाट होकर दीवार के पास से हट आया और एक बार फिर आकर पलंग पर बैठ गया।

फटी वर्दीवाले वेटर ने, जो चाय और गोश्त लेकर आया था, एक बार फिर स्विद्रिगाइलोव से पूछा कि उसे कुछ और तो नहीं चाहिए, और जब उसने एक बार फिर इनकार कर दिया तो वह आख़िरकार वहाँ से चला गया। स्विद्रिगाइलोव ने शरीर में कुछ गर्मी पैदा करने के लिए फ़ौरन गिलास में चाय उँडेली। उसने गिलास भर चाय तो पी ली, लेकिन वह कुछ खा न सका क्योंकि उसकी भूख बिलकुल मर चुकी थी। उसे कुछ-कुछ हरारत महसूस हो रही थी। अपना ओवरकोट और कोट उतारकर वह कम्बल लपेटकर बिस्तर पर लेट गया। वह झुँझला रहा था 'इस वक़्त तबियत ठीक रहना अच्छा होता,' उसने सोचा और मुस्कुरा पड़ा। कमरे में घुटन थी, मोमबत्ती धीमी रोशनी बिखेरती हुई जल रही थी, बाहर तेज़ हवा गरज रही थी, किसी कोने में एक चूहा अपने पंजों से ज़मीन को खुरच रहा था, और सारे कमरे में चूहों और चमड़े की बू बसी हुई थी। वह विचारों में डूबा पलंग पर लेटा रहा; एक के बाद दूसरा विचार उसके दिमाग़ में आ रहा था। ऐसा लग रहा था कि वह किसी चीज़ पर अपना ध्यान केन्द्रित करने को बेचैन था। 'खिड़की के नीचे बाग़ होगा,' उसने सोचा। 'मुझे पत्तियों की सरसराहट सुनाई दे रही है। कितनी नफ़रत होती है मुझे तूफ़ानी रात के अँधेरे में पत्तियों की यह सरसराहट सुनकर ! कैसा भयानक महसूस होता है !' और उसे याद आया कि किस तरह अभी कुछ देर पहले जब वह पेत्रोव्स्की पार्क के पास से होकर गुज़र रहा था तो बड़ी नफ़रत से उसने इसके बारे में सोचा था। उसे तुचकोव पुल और छोटी नेवा नदी की भी याद आई और उसे एक बार फिर सर्दी लगने लगी, ठीक उसी तरह जैसे उस वक़्त लगी थी जब वह पुल पर खड़ा था। 'अपनी ज़िन्दगी में कभी मैं पानी को बर्दाश्त नहीं कर पाया,' उसने सोचा, 'प्राकृतिक दृश्य के चित्रों में भी नहीं' और दिमाग़ में कोई अजीब विचार आते ही उसने एक बार फिर खीसें निकाल दीं : 'ऐसा लगता है कि अब आराम और लालित्य की अनुभूति की मुझे तनिक भी परवाह नहीं होनी चाहिए, फिर भी ठीक इसी वक़्त मुझे इन बातों का ख़्याल रहने

लगा है, ठीक उस जानवर की तरह जो...इस तरह के अवसर के लिए सही स्थान चुनने में इतनी सावधानी बरतता है। मुझे पेत्रोव्स्की पार्क में मुड़ जाना चाहिए था ! लेकिन वहाँ तो बहुत अँधेरा और सर्दी थी न, हः-हः ! बिलकुल ऐसा लगता है कि जैसे मुझे सुखद संवेदनाओं की ज़रूरत हो !...अरे हाँ, मैं मोमबत्ती बुझा क्यों नहीं देता ?' (उसने फूँक मारकर मोमबत्ती बुझा दी।) 'बग़लवाले कमरे में शायद वे लोग सो गए हैं,' उसने दीवार की दरार में से रोशनी न आते देखकर सोचा, 'ओ, मार्फ़ा पेत्रोव्ना, यही तो वक़्त है जब तुम्हें अपने प्यारे शौहर से मिलने आना चाहिए। अँधेरा हो चुका है, जगह भी बहुत सही है और वक़्त भी बेहद मुनासिब है। लेकिन इस वक़्त तुम आओगी नहीं !...'

न जाने क्यों उसे अचानक याद आया कि कुछ देर पहले दिन में, दूनिया पर अपना जाल फेंकने से लगभग घंटा भर पहले, उसने रस्कोलनिकोव को सलाह दी थी कि वह दूनिया को रज़ुमीख़िन की देखरेख में सौंप दे। 'मैं समझता हूँ कि मैंने यह बात, जैसा कि रस्कोलनिकोव ने अन्दाज़ा लगा लिया था, अपने आपको उकसाने के लिए कही होगी। लेकिन वह रस्कोलनिकोव भी कैसा बदमाश है ! उसने बहुत कुछ झेला है। अगर वह अपने बेवक़ूफ़ी के विचारों से छुटकारा पा ले, तो वह आगे चलकर बहुत बड़ा धूर्त्त बन सकता है, लेकिन अभी तो उसे जीने की बेहद लालसा है। इस मामले में ये लोग सचमुच बदमाश होते हैं। उसका जो जी चाहे करे। मुझसे क्या मतलब ?'

वह सो नहीं सका। धीरे-धीरे दूनिया की शक्ल उसकी आँखों के सामने उभरी। उसने उसे उस रूप में देखा जैसी कि वह अभी कुछ घंटे पहले थी और अचानक उसके शरीर में सिहरन की लहर दौड़ गई। 'नहीं,' उसने होश सँभालते हुए सोचा, 'मुझे अब इन सब बातों से छुटकारा पा लेना चाहिए। मुझे किसी और बात के बारे में सोचना चाहिए। कैसी मज़े की और अजीब बात है यह : मैंने कभी किसी के लिए कोई ख़ास नफ़रत नहीं महसूस की और मैंने कभी किसी से बदला लेने की बात भी नहीं सोची। यह एक बहुत बुरा संकेत है, बहुत बुरा संकेत ! मुझे कभी किसी से झगड़ा करना भी अच्छा नहीं लगा और मुझे कभी ताव भी नहीं आया—यह भी बहुत बुरा संकेत है ! और अभी मैं उससे कैसी-कैसी बातों का वादा कर रहा था, हे भगवान ! लेकिन शायद वह किसी तरह मुझे बिलकुल ही दूसरा आदमी बना देती।...' वह फिर शान्त हो गया और उसने अपने दाँत कसकर भींच लिये : एक बार फिर दूनिया की तस्वीर उसकी आँखों के सामने आई, ठीक वही तस्वीर जैसी कि वह उस वक़्त लग रही थी जब पहली गोली चलाने के बाद वह बेहद डर गई थी, उसने रिवॉल्वर नीचा कर लिया था और उसकी तरफ़ इस तरह देखने लगी थी जैसे वह ज़िन्दा से ज़्यादा मुर्दा हो, यहाँ तक कि वह बड़ी आसानी से उसे दो बार पकड़ सकता था और उसे अपना बचाव करने के लिए हाथ उठाने का भी मौक़ा नहीं मिलता, जब तक कि वह ख़ुद उसे याद न दिलाता। उसे याद आया कि उस क्षण किस तरह उसे दूनिया पर तरस आ गया था और उसका मन मसोस उठा था...'उफ़, लानत है ! फिर वही विचार...मुझे इन सब बातों को अपने दिमाग़ से निकाल फेंकना होगा, निकाल फेंकना होगा !...'

उसे अब नींद आने लगी थी। बुख़ार की कँपकँपी कम होने लगी थी। अचानक उसे ऐसा लगा जैसे कम्बल के अन्दर कोई चीज़ उसकी बाँह और टाँग पर दौड़ रही है। वह चौंका—

'लानत है ! कहीं चूहा तो नहीं है ?' उसने सोचा, 'मुझे गोश्त मेज़ पर नहीं छोड़ना चाहिए था।...' उसे कम्बल उतारने और उठकर ठिठुरने के विचार से ही नफ़रत हो रही थी, लेकिन अचानक कोई चीज़ फिर तेज़ी से उसकी टाँग पर दौड़ गई। उसने झिटककर कम्बल उतार दिया

और मोमबत्ती जला दी। बुख़ार की सर्दी से काँपते हुए उसने झुककर पलंग को ऊपर-नीचे अच्छी तरह देखा—कहीं कुछ भी नहीं था। उसने कम्बल को झिटका और अचानक एक चूहा उछलकर चादर पर आ गिरा। उसने उसे पकड़ने की कोशिश की, लेकिन चूहा पलंग पर से गया नहीं। इसके बजाय वह झिंकाइयाँ देकर पलंग पर इधर-उधर भागता रहा, उसकी उँगलियों में से बार-बार फिसलता रहा, उसके हाथ पर दौड़ता रहा और अचानक तीर की तरह भागकर तकिए के नीचे जा छिपा। उसने तकिया नीचे फेंक दिया और फ़ौरन उसे महसूस हुआ कि कोई चीज़ तेज़ी से उसकी क़मीज़ के अन्दर घुस गई है और फुर्ती से उसके सारे बदन पर और क़मीज़ के नीचे उसकी पीठ पर दौड़ रही है। वह घबराकर काँपने लगा और उसकी आँख खुल गई। कमरे में अँधेरा था। वह पहले की तरह ही कम्बल लपेटे पलंग पर लेटा था और खिड़की के नीचे साँय-साँय हवा चल रही थी। 'उफ़, क्या बेहूदगी है !' उसने झुँझलाकर सोचा।

वह उठ पड़ा और खिड़की की ओर पीठ करके पलंग के कगर पर बैठ गया। 'बेहतर होगा कि मैं जागता रहूँ,' उसने फ़ैसला किया। खिड़की से ठंडी और नम हवा आ रही थी; पलंग से उठे बिना ही उसने कम्बल खींचा और अपने चारों ओर लपेट लिया। उसने मोमबत्ती नहीं जलाई। वह किसी भी चीज़ के बारे में नहीं सोच रहा था और सोचना चाहता भी नहीं था; लेकिन उसके दिमाग़ में एक के बाद एक हर तरह की कल्पनाओं की भीड़ जमा होती जा रही थी, विचारों के बिखरे हुए टुकड़े जिनका न कोई आदि था न अन्त और न ही जिनमें कोई सम्बन्ध था। वह फिर ऊँघने लगा था। चाहे वह सर्दी की वजह से हो, या अँधेरे की वजह से, नमी की वजह से हो या खिड़की के नीचे साँय-साँय चलती हुई और पेड़ों को झिंझोड़ती हुई हवा की वजह से हो, लेकिन वह कल्पनातीत चीज़ों के प्रति अत्यन्त प्रबल और निरन्तर झुकाव और लालसा अनुभव कर रहा था—फिर भी उसे हर जगह फूल दिखाई देने लगे। उसकी कल्पना में मनोरम फूलों भरा प्राकृतिक एक दृश्य आया—धूप निकली हुई थी, थोड़ी-थोड़ी गर्मी थी, बल्कि काफ़ी गर्मी थी; छुट्टी का दिन था—ट्रिनिटी दिवस। गाँव में एक ठाठदार आलीशान अंग्रेज़ी ढंग का बंगला, चारों ओर फूलों की क्यारियाँ जिनमें ढेरों ख़ुशबूदार फूल खिले हुए; सामने बेलों से मढ़ी हुई एक बरसाती और उसके चारों ओर गुलाब की क्यारियाँ; सीढ़ियों पर, जिनमें काफ़ी रोशनी और ठंडक थी, शानदार मोटा क़ालीन बिछा हुआ और दोनों ओर चीनी फूलदानों में देश-विदेश के फूल-पौधे लगे हुए। खिड़कियों पर पानी से भरे हुए गुलदानों में उसे नरगिस के सफ़ेद, कोमल और सुगन्ध से बोझल फूलों के गुलदस्ते दिखाई दिए जो अपने मोटे-मोटे, चटकीले गहरे रंग के लम्बे-लम्बे डंठलों पर झुके पड़ रहे थे। उनको छोड़कर जाने का उसका जी नहीं चाह रहा था, लेकिन वह सीढ़ियाँ चढ़कर ऊँची छतवाले एक कमरे में पहुँचा, और वहाँ भी हर जगह फूल ही फूल थे—खिड़कियों में, बड़ी सी बाल्कनी में जानेवाले खुले दरवाज़ों के पास, और बाल्कनी पर भी। फ़र्श पर ताज़ा कटा हुआ सोंधी-सोंधी ख़ुशबूवाला पयाल बिछा हुआ था, खिड़कियाँ खुली हुई थीं, कमरे में ताज़ा हवा के ठंडे-ठंडे हल्के झोंके आ रहे थे, खिड़कियों के नीचे चिड़ियाँ चहचहा रही थीं। कमरे के बीच में कई मेज़ों को जोड़कर, जिन पर सफ़ेद साटन की चादरें बिछी हुई थीं, एक ताबूत रखा हुआ था। ताबूत ग्रास-द-नेप्लस के सफ़ेद रेशमी कपड़े से ढका हुआ था, जिसके किनारे-किनारे चारों ओर सफ़ेद जाली की मोटी झालर टँकी हुई थी। ताबूत फूलों के हारों से सजा हुआ था। एक नौजवान लड़की, सफ़ेद जाली की फ्राक पहने फूलों से लदी हुई ताबूत में लेटी थी; उसके हाथ उसके सीने पर रखे हुए थे और ऐसे लग रहे थे जैसे संगमरमर से तराशे गए हों। लेकिन उसके खुले हुए हल्के सुनहरे रंग के बाल गीले थे; उसके सिर पर गुलाब के फूलों का मुकुट था। उसके चेहरे को, जिसकी मुद्रा

कठोर थी और जो निश्चेत हो चुका था, बग़ल की ओर से देखने में ऐसा लगता था जैसे संगमरमर को काटकर बनाया गया हो; लेकिन उसके मुर्दा पीले होंठों पर जो मुस्कुराहट थी उनमें अथाह उदासी और गहरी शिकायत का भाव था, जो बिलकुल बाल-सुलभ नहीं लग रहा था। स्विद्रिगाइलोव इस लड़की को पहचानता था। आस-पास न कोई प्रतिमा थी और न ही ताबूत के पास कोई मोमबत्ती जल रही थी। प्रार्थना के स्वर भी नहीं सुनाई दे रहे थे। इस लड़की ने आत्महत्या कर ली थी—वह पानी में डूबकर मर गई थी। वह अभी चौदह साल की ही थी, लेकिन उसका दिल टूट गया था। उसको एक अपमान में ऐसा गहरा आघात पहुँचा था कि उसका बच्चों जैसा भोला मन चौंक पड़ा था और चीत्कार कर उठा। उसकी फ़रिश्तों जैसी निष्कलंक आत्मा एक ऐसे अपराध पर लज्जित होने की ग्लानि में डूब गई थी जो उसने किया भी नहीं था; उसके हृदय से बरबस घोर निराशा की अन्तिम चीख़ निकल गई थी; सबकी ओर से उपेक्षित रहकर और बड़े निर्लज्ज दुराचार का शिकार होकर उसने अपनी हस्ती को मिटा दिया था; एक ऐसी डरावनी काली रात को, जब चारों ओर घोर अँधेरा छाया हुआ था, जब बहुत सर्दी पड़ रही थी, जब बाहर बर्फ़ पिघल रही थी और हवा साँय-साँय चल रही थी, उसने अपनी हस्ती को मिटा दिया था।

स्विद्रिगाइलोव की आँख खुल गई; वह बिस्तर से उठा और खिड़की के पास चला गया। उसने टटोलकर चटकनी ढूँढ़ी और खिड़की खोल दी। तेज़ हवा का झोंका दनदनाता हुआ छोटे से कमरे में घुस आया और उसके चेहरे और सीने पर, जो सिर्फ़ उसकी क़मीज़ से ढका हुआ था, पाले की तरह चिपक गया। ऐसा लगता था कि खिड़की के नीचे सचमुच कोई बाग़ था, एक तरह का मनोरंजन पार्क; यक़ीनन दिन में वहाँ भी गानेवालों की टोली गाती होगी और छोटी-छोटी मेज़ों पर बैठकर लोग चाय पीते होंगे। लेकिन इस वक़्त तो झाड़ियों और पेड़ों से बारिश के पानी की बूँदें खिड़की के अन्दर आ रही थीं; चारों ओर तहख़ाने जैसा अँधेरा था और बड़ी मुश्किल से ही कुछ चीज़ों की काली-काली रूपरेखा पहचानी जा सकती थी। स्विद्रिगाइलोव नीचे झुका और अपने हाथ खिड़की की सिल पर टिकाकर पाँच मिनट तक अँधेरे में घूरता रहा। अचानक रात के अँधेरे में तोप चलने की आवाज़ गूँजी और उसके फ़ौरन बाद दूसरी बार यही आवाज़ आई।

'ओह, ख़तरे की चेतावनी है ! पानी चढ़ रहा है !' उसने सोचा, 'सबेरे तक शहर के निचले हिस्सों की सड़कें पानी में डूब जाएँगी, तहख़ानों में पानी भर जाएगा, डूबकर मर जानेवाले चूहे पानी की सतह पर तैरने लगेंगे, और इस आँधी-पानी में सिर से पाँव तक भीगे हुए लोग गालियाँ दे-देकर अपना काठ-कबाड़ ऊपर की मंज़िलों पर पहुँचाने लगेंगे।...इस वक़्त क्या बजा होगा ?' उसने अभी यह सवाल अपने आपसे पूछा ही था कि पास ही कहीं तेज़ी से टिक्-टिक् करती हुई घड़ी ने तीन का घंटा बजाया। 'हे भगवान, अभी घंटे भर में उजाला होने लगेगा ! मैं राह किस बात की देख रहा हूँ ? क्यों न अभी यहाँ से निकल चलूँ, सीधे पेत्रोव्स्की पार्क में जाऊँ, वहाँ बारिश के पानी में नहाई हुई कोई बड़ी सी झाड़ी चुन लूँ, जिसमें मेरा कन्धा लगते ही सिर पर अनगिनत बूँदें बरस पड़ें, और...' वह खिड़की के पास से हट आया, उसने खिड़की बन्द कर दी, मोमबत्ती जलाई, अपना कोट पहना, फिर अपना ओवरकोट पहना, अपनी हैट लगाई और मोमबत्ती लेकर फटी वर्दीवाले वेटर को ढूँढ़ने गलियारे में निकल गया, जो शायद इस वक़्त दुनिया भर के कूड़े-कचरे और जली हुई मोमबत्तियों के टुकड़ों के बीच किसी कोने में सो रहा था; वह उसे पैसे चुकाकर होटल छोड़ देना चाहता था। 'यही सबसे अच्छा वक़्त है ! इससे अच्छा वक़्त चुनना नामुमकिन है !'

वह बड़ी देर तक शैतान की आँत की तरह उस लम्बे सँकरे गलियारे में चलता रहा लेकिन उसे कोई दिखाई नहीं दिया। वह वेटर को पुकारने ही जा रहा था कि अचानक एक पुरानी अल्मारी

और दरवाज़े के बीच उसकी नज़र एक अजीब सी चीज़ पर पड़ी जो ज़िन्दा मालूम होती थी। मोमबत्ती हाथ में लिये वह नीचे झुका और उसे एक बच्ची दिखाई दी—कोई पाँच साल की छोटी सी लड़की थी—जो काँप रही थी और रो रही थी। उसके कपड़े फ़र्श पोंछने के झाड़न की तरह गीले थे। ऐसा तो नहीं लग रहा था कि वह स्विद्रिगाइलोव को देखकर डरी हो, लेकिन वह उसे अपनी बड़ी-बड़ी काली आँखों से निरीह आश्चर्य के भाव से घूरती रही। बीच-बीच में वह सिसक उठती थी, जिस तरह वे बच्चे, जो बड़ी देर से रो रहे हों, उस समय करते हैं जब वे रोना बन्द कर देते हैं और कुछ तसल्ली महसूस करने लगते हैं, लेकिन फिर भी रह-रहकर सिसकियाँ लेते रहते हैं। बच्ची का चेहरा बिलकुल पीला पड़ चुका था। वह बिलकुल निढाल और सर्दी से ठिठुरी हुई लग रही थी। लेकिन 'वह यहाँ पहुँची कैसे ? ज़रूर यहाँ छिप गई होगी और रात भर जैसे सोई नहीं है।' वह उससे पूछने लगा। उस लड़की में अचानक जैसे जान आ गई, और वह अपनी बच्चों की भाषा में तुतला-तुतलाकर तेज़ी से बोलने लगी। वह अपनी 'अम्मा' के बारे में कुछ बता रही थी और कह रही थी कि 'अम्मा मुझे मालेंगी,' और वह किसी प्याले के बारे में बता रही थी जो उसने 'तोल' दिया था। बच्ची धाराप्रवाह बोले चली जा रही थी। उसकी बातों से स्विद्रिगाइलोव ने बड़ी मुश्किल से पता लगाया कि वह प्यार की भूखी बच्ची थी, जिसे उसकी माँ, जो शायद उसी होटल में खाना पकाने का काम करती थी और शराबी थी, बुरी तरह पीटती रहती थी और वह सहमकर रह गई थी। उसकी समझ में यह भी आया कि लड़की ने अपनी माँ का कोई प्याला तोड़ दिया था और वह इतना डर गई थी कि शाम को भाग आई थी और घंटों मूसलाधार बारिश के आँगन में कहीं छिपी बैठी रही थी, और आख़िरकार रेंगकर उस कोने में पहुँच गई थी और अल्मारी के पीछे छिप गई थी, जहाँ उसने रोते-रोते सारी रात काट दी थी। वह सर्दी और सीलन से और इस डर से काँपती रही थी कि उसने जो कुछ किया था उसके लिए उसे मार पड़ेगी। स्विद्रिगाइलोव ने उसे गोद में उठा लिया, अपने कमरे में जाकर उसे बिस्तर पर बिठा दिया और उसके कपड़े उतारने लगा। अपने नंगे पाँवों पर उसने जो फटे हुए जूते पहन रखे थे वे इतने भीगे हुए थे कि लगता था कि वे रात भर पानी के किसी गड्ढे में पड़े रहे थे। कपड़े उतारकर उसने उसे सुला दिया और कम्बल खींचकर अच्छी तरह उसे सिर पर लपेट दिया। वह फ़ौरन सो गई। यह सारा काम पूरा करके वह एक बार फिर अपने उदास विचारों में डूब गया।

'मैं आख़िर इस सारे पचड़े में पड़ा ही क्यों ?' उसने अचानक अपने आपसे सवाल किया; वह झुंझला रहा था और उसे अपने आप पर गुस्सा आ रहा था। 'कैसी बेवक़ूफ़ी की मैंने !' झुंझलाहट में उसने मोमबत्ती उठा ली; वह जाकर फ़ौरन उस फटी वर्दीवाले वेटर को खोजकर तुरन्त होटल छोड़ देना चाहता था। 'हे भगवान, इस लड़की का क्या होगा ?' उसने दरवाज़ा खोलते हुए सोचा। लेकिन यह देखने के लिए फिर कमरे में चला गया कि बच्ची सो रही है कि नहीं। उसने बड़ी सावधानी से कम्बल उठाया। बच्ची चैन से गहरी नींद सो रही थी, कम्बल के अन्दर उसके शरीर में कुछ गर्मी आ गई थी और उसके पीले गालों पर कुछ-कुछ लाली दौड़ने लगी थी। लेकिन कैसी अजीब बात थी ! बच्ची के गालों का रंग बच्चों के चेहरे के आम रंग से ज़्यादा गहरा और खुला हुआ लग रहा था। 'बुख़ार की तमतमाहट है,' स्विद्रिगाइलोव ने सोचा। लगता था जैसे वह नशे में चूर हो, जैसे किसी ने उसे गिलास भर शराब पिला दी हो। उसके लाल होंठ गर्म हैं और तप रहे हैं। लेकिन यह क्या ? अचानक उसे ऐसा लगा जैसे उस बच्ची की लम्बी काली पलकें काँप रही थीं और फड़फड़ा रही थीं, जैसे उसके पपोटे धीरे-धीरे खुल रहे थे, जैसे दो छोटी-छोटी चंचल तेज़ आँखें इस अन्दाज़ से आँख मार रही हों, जो बिलकुल बच्चों जैसा अन्दाज़ नहीं था, और ऐसा

लग रहा था कि वह बच्ची सिर्फ़ सोने का बहाना कर रही थी। हाँ, हाँ, बिलकुल यही बात थी : उसके खुले हुए होंठ मुस्कुरा रहे थे; उसके मुँह के दोनों कोने फड़क रहे थे, मानो वह अब भी अपने आपको रोकने की कोशिश कर रही हो। लेकिन अगले ही क्षण उसने यह नाटक करना छोड़ दिया। वह हँस रही थी ! हाँ, वह हँस रही थी। उसके चेहरे में, जो अब बच्चों जैसा नहीं रह गया था, कुछ निर्लज्जता जैसी और उकसावा देनेवाली बात थी। उसमें वासना थी, वह वेश्या का चेहरा था, फ़्रांसीसी वेश्या का निर्लज्ज चेहरा। अब उसने कुछ भी छिपाने की कोशिश किए बिना अपनी दोनों आँखें खोल दी थीं : उन आँखों ने स्विद्रिगाइलोव पर एक दहकती हुई निर्लज्जता भरी नज़र डाली—उनमें निमन्त्रण था, वे हँस रही थीं।...उसकी हँसी में, उन आँखों में, बच्चों जैसे चेहरे के उस तमाम घिनौनेपन में कोई चीज़ बेहद भयानक और शर्मनाक थी। "क्या ? पाँच साल की लड़की ?" स्विद्रिगाइलोव ने अस्फुट स्वर में खुली नफ़रत के साथ कहा। "क्या...क्या है यह ?" लेकिन अब वह उसकी ओर पूरी तरह मुड़कर देख रही थी, उसके चेहरे से लपटें निकल रही थीं; वह अपनी दोनों बाँहें उनकी ओर फैलाए हुए थी।..."लानत है !" स्विद्रिगाइलोव भयभीत होकर चिल्ला पड़ा और उसने बच्ची को मारने के लिए अपना हाथ उठाया...लेकिन उसी क्षण उसकी आँख खुल गई।

वह अभी तक उसी बिस्तर पर लेटा हुआ था। उसने अभी तक अपना शरीर कम्बल में लपेट रखा था। मोमबत्ती नहीं जल रही थी, और खिड़की में से दिन की रोशनी आ रही थी।

'मैं रात भर डरावना सपना देखता रहा हूँ !' वह झुँझलाकर उठा। उसे ऐसा लग रहा था कि वह बिलकुल टूट चुका है; उसकी एक-एक हड्डी में दर्द हो रहा था। बाहर घना कुहरा छाया हुआ था और उसे कुछ दिखाई नहीं दे रहा था। लगभग पाँच बजे थे; उसे बहुत देर हो गई थी ! वह उठ खड़ा हुआ और उसने अपना कोट और ओवरकोट पहन लिया, जो दोनों अभी तक ओदे थे। जेब में टटोलकर उसने रिवॉल्वर बाहर निकाला और गोली दागने की टोपी ठीक की। फिर उसने बैठकर अपनी जेब से एक नोटबुक निकाली और उसके पहले पन्ने पर, जिस पर सबसे जल्दी नज़र पड़े, बड़े-बड़े अक्षरों में कुछ पंक्तियाँ लिखीं। उन्हें एक बार फिर पढ़ने के बाद वह मेज़ पर कुहनियाँ टिकाकर विचारों में खो गया। रिवॉल्वर और नोटबुक उसके पास ही मेज़ पर पड़े थे। जागी हुई मक्खियों के झुंड अभी तक मेज़ पर रखे बचे हुए गोश्त पर मँडला रहे थे। वह कुछ मक्खियों को देखता रहा और फिर उसने अपने दाहिने हाथ से, जो ख़ाली था, एक मक्खी को पकड़ने की कोशिश की। वह बड़ी देर तक इस काम में व्यस्त रहा, लेकिन सफल न हुआ। आख़िरकार उसे होश आया और वह चौंक पड़ा; वह उठा और दृढ़ संकल्प के साथ कमरे से बाहर चला गया। एक मिनट बाद वह सड़क पर आ निकला था।

शहर पर घना दूधिया कुहरा छाया हुआ था। स्विद्रिगाइलोव सड़क के किनारे की लकड़ी की फिसलन भरी गन्दी पटरी पर चलता हुआ छोटी नेवा की ओर बढ़ा। अपनी कल्पना में उसने छोटी नेवा को, जिसका पानी रात में ऊपर चढ़ आया था, पेत्रोव्स्की द्वीप को, गीले रास्तों को, भीगी-भीगी घास को, भीगे हुए पेड़ों और झाड़ियों को और आख़िरकार उस झाड़ी को देखा।...वह मकानों को ग़ौर से देखने लगा; वह अपने आप पर झुँझला रहा था और किसी दूसरी चीज़ के बारे में सोचने की कोशिश कर रहा था। चौड़ी सड़क पर कोई घोड़ागाड़ी नहीं थी; कहीं कोई आदमी नहीं दिखाई पड़ रहा था। बन्द खिड़कियोंवाले छोटे-छोटे चटकीले पीले रंग के लकड़ी के मकान उदास और गन्दे दिखाई दे रहे थे। सर्दी और सीलन उसके शरीर में समाई जा रही थी और वह काँपने लगा था। थोड़ी-थोड़ी देर बाद वह किसी पंसारी या किसी सब्ज़ीवाले की दुकान के साइनबोर्ड के सामने से

होकर गुज़रता, और हर एक को बड़े ध्यान से पढ़ता। सड़क के किनारे की लकड़ी की पटरी अब ख़त्म हो गई थी। वह एक बड़े से पत्थर के मकान के सामने जा पहुँचा। एक छोटा सा गन्दा कुत्ता टाँगों के बीच दुम दबाए सर्दी में ठिठुरता हुआ उसका रास्ता काट गया। एक आदमी ओवरकोट पहने सड़क की पटरी के आर-पार मुँह के बल मदहोश पड़ा हुआ था। स्विद्रिगाइलोव ने उसकी ओर देखा और आगे बढ़ गया। फिर उसे बाईं ओर एक ऊँची सी मीनार दिखाई दी। 'अरे,' उसने सोचा, 'इसी जगह को तो मैं खोज रहा था। पेत्रोव्स्की द्वीप जाने की क्या ज़रूरत है ? यहाँ कम-से-कम सरकारी गवाह तो होगा।...' यह सोचकर वह लगभग खीसें निकालकर हँस दिया, और स्नेज़िंस्काया स्ट्रीट में मुड़ गया। यह रहा वह मीनारवाला बड़ा सा घर। एक नाटे क़द का आदमी भूरे रंग का सिपाहियोंवाला कोट अपने शरीर पर कसकर लपेटे और सिर पर यूनानी सूरमा अकिलीज़ जैसा पीतल का टोप पहने उस मकान के बड़े से बन्द फाटक पर कन्धा टिकाए झुका खड़ा था। उसने स्विद्रिगाइलोव पर अलसाई हुई उचटती नज़र डाली। उसके चेहरे पर चिड़चिड़ेपन और उदासी का वही चिरन्तन भाव था जो बिना किसी अपवाद के यहूदी नस्ल के हर आदमी के चेहरे पर बड़ी कटुता से अंकित रहता है। वे दोनों, स्विद्रिगाइलोव और अकिलीज़, कुछ देर तक चुपचाप एक-दूसरे को घूरते रहे। आख़िरकार अकिलीज़ को यह बात बहुत अजीब लगी कि एक आदमी, जो नशे में भी नहीं था, उससे गज़ भर की दूरी पर खड़ा होकर एक शब्द भी कहे बिना उसे घूरता रहे।

"तुमको क्या माँगता, सा'ब ?" उसने अपनी जगह से हिले बिना या अपनी मुद्रा बदले बिना कहा।

"कुछ नहीं, बड़े मियाँ," स्विद्रिगाइलोव ने जवाब दिया, "सलाम !"

"यह भी आपके आने का कोई जगह होता।"

"मैं विलायत जा रहा हूँ, बड़े मियाँ।"

"विलायत ?"

"अमरीका।"

"अमरीका ?"

स्विद्रिगाइलोव ने रिवॉल्वर निकालकर उसका घोड़ा चढ़ाया। अकिलीज़ ने भवें तानकर देखा।

"माँगता क्या तुमको ? यह मसखरी करने का जगह नईं।"

"क्यों नहीं, यह तो बताओ ?"

"काहे से कि नईं है यह जगह।"

"अरे, बड़े मियाँ, मुझे फ़र्क़ ही क्या पड़ता है। जगह तो ठीक ही लगती है। कोई तुमसे पूछे तो कह देना अमरीका गया है।"

उसने रिवॉल्वर अपनी दाईं कनपटी पर रखा।

"यह काम इधर नईं करने को माँगता—यह जगह नईं है इसका !" अकिलीज़ बुरी तरह चौंककर चिल्लाया और उसकी आँखें फटती चली गईं।

स्विद्रिगाइलोव ने रिवॉल्वर की लिबलिबी दबा दी।

7

उसी दिन, लेकिन शाम को, लगभग सात बजे, रस्कोलनिकोव उस फ़्लैट की ओर जा रहा था जहाँ

उसकी माँ और बहन रहती थीं—बकालेयेव के मकान में वह फ़्लैट जो रज़ुमीख़िन ने उनके लिए किराए पर ले दिया था। सीढ़ियों पर जाने का रास्ता सड़क पर से था। उनके पास पहुँचकर रस्कोलनिकोव ने अपनी रफ़्तार धीमी कर दी, मानो झिझक रहा हो कि अन्दर जाए या न जाए। लेकिन अब दुनिया की कोई चीज़ उसे अपने क़दम पीछे लौटाने पर मजबूर नहीं कर सकती थी : उसने अपना इरादा पक्का कर लिया था। 'और फिर,' उसने सोचा। 'अभी तक उन लोगों को कुछ मालूम भी तो नहीं है, और वे मुझे सनकी समझने की आदी हो चुकी हैं।...' उसके कपड़ों की हालत बहुत बुरी थी : उसने सारी रात बारिश में बिताई थी, और हर वह चीज़ जो वह पहने हुए थी गन्दी थी और फटकर तार-तार हो गई थी। थकन के मारे, खुले में रहने की वजह से, शारीरिक क्लान्ति के कारण, और लगभग पिछले चौबीस घंटे से उसके मन में अपने ही ख़िलाफ़ जो द्वन्द्व मचा हुआ था उसके फलस्वरूप उसका चेहरा भयानक लग रहा था। पिछली रात भर वह अकेला रहा था, भगवान जाने कहाँ। लेकिन, बहरहाल, उसने अपना इरादा पक्का कर लिया था।

उसने दरवाज़ा खटखटाया; माँ ने दरवाज़ा खोला। दूनिया घर पर नहीं थी। नौकरानी भी उस वक़्त कहीं गई थी। पुल्ख़ेरिया अलेक्सान्द्रोव्ना पहले तो उसे देखकर ख़ुशी और आश्चर्य के मारे अवाक् रह गईं; फिर वह उसका हाथ पकड़कर उसे कमरे में ले आईं।

"तो, तुम आ गए !" उन्होंने ख़ुशी के मारे हाँफते हुए कहा, "रोद्या, मुझसे नाराज़ न होना कि मैं आँसू बहाकर इस तरह बेवक़ूफ़ी से तुम्हारा स्वागत कर रही हूँ। मैं रो नहीं रही हूँ, ये ख़ुशी के आँसू हैं। तुम समझते हो मैं रो रही हूँ ? अरे नहीं, बेटा, मैं बहुत ख़ुश हूँ। यह मेरी नादानी की आदत है : रोने पर मेरा बस नहीं चलता। जब से तुम्हारे पिता मरे हैं, ज़रा सी बात पर मेरे आँसू निकल पड़ते हैं। बैठ जाओ, बेटा, थक गए होगे। देख तो रही हूँ कि तुम कितना थक गए हो। अरे, तुम्हारे कपड़े कितने मैले हो गए हैं !"

"कल बारिश में फँस गया था, माँ"...रस्कोलनिकोव ने कहना शुरू किया।

"नहीं, नहीं !" पुल्ख़ेरिया अलेक्सान्द्रोव्ना ने जल्दी से उसकी बात काटते हुए कहा, "तुम समझे मैं तुमसे फ़ौरन सवाल-जवाब शुरू कर दूँगी, है न ? मैं जानती हूँ कि बुढ़ियों की तरह मेरी भी बेवक़ूफ़ी की आदत थी। लेकिन, बेटा, तुम फ़िक्र न करो। मैं समझती हूँ। यहाँ तुम लोग जिस ढंग से काम करते हो उसकी मुझे अब आदत पड़ गई है, और सचमुच मैं मानती हूँ कि वह कहीं ज़्यादा समझदारी का तरीक़ा है। देखो बेटा, अब मैंने हमेशा के लिए फ़ैसला कर लिया है कि तुम्हारे विचार तो मेरी समझ में आ नहीं सकते इसलिए मुझे तुमसे कोई जवाब नहीं तलब करना चाहिए। शायद तुम्हारे दिमाग़ में तरह-तरह के विचार और न जाने क्या-क्या योजनाएँ हैं, या तुम्हारे दिमाग़ में और भी तरह-तरह के विचार आ सकते हैं, इसलिए यह मेरी नादानी होगी कि मैं हर वक़्त तुम्हें यह पूछ-पूछकर तंग करती रहूँ कि तुम क्या सोच रहे हो। देखो, बात यह है कि मैं...लेकिन, हे भगवान ! मैं पागलों की तरह भटक क्यों रही हूँ ?...देखो रोद्या, मैं अभी उस पत्रिका में तुम्हारा लेख तीसरी बार पढ़ रही थी—द्मित्री प्रोकोफ़िच ने लाकर मुझे दिया था। तुम अन्दाज़ा लगा सकते हो कि उसे देखकर मुझे कितना ताज्जुब हुआ होगा। मैं भी कितनी नासमझ बेवक़ूफ़ हूँ, मैंने अपने मन में सोचा। तो यह कर रहा है वह ! तो यह है सारी बातों की वजह ! हो सकता है कि अभी उसके दिमाग़ में कुछ नए विचार हों। वह उनके बारे में सोच रहा है, और मैं उसे तंग करती रहती हूँ और उसकी बातों में टाँग अड़ाती रहती हूँ। मैं तुम्हारा लेख पढ़ रही हूँ, बेटा, और उसमें, ज़ाहिर है, बहुत सी बातें ऐसी हैं जो मेरी समझ में नहीं आतीं। लेकिन इसमें ऐसी ताज्जुब की क्या बात है ? मैं समझ भी कैसे सकती हूँ ?"

"मुझे दिखाओ तो, माँ।"

रस्कोलनिकोव ने पत्रिका ले ली और अपने लेख पर सरसरी सी नज़र डाली। यह बात उसकी मौजूदा हालत और उसकी मानसिक स्थिति के कितनी ही ख़िलाफ़ क्यों न रही हो, लेकिन उसके मन में भी बरबस वही कड़वी-मीठी भावना पैदा हुई जो अपनी कोई चीज़ पहली बार छपी हुई देखकर हर लेखक के मन में पैदा होती है; इसके अलावा वह तो अभी केवल तेईस साल का था। लेकिन यह भावना क्षण भर ही रही। कुछ पंक्तियाँ पढ़ने के बाद उसने अपनी भवें सिकोड़ीं और चुपके से उसके हृदय में घोर निराशा की भावना पैदा हुई। फ़ौरन उसके दिमाग़ में उसका पिछले कुछ महीनों का आन्तरिक द्वन्द्व उभर आया। उसने झुँझलाकर बड़ी अरुचि से लेख मेज़ पर फेंक दिया।

"लेकिन, बेटा रोद्या, मैं कितनी ही नासमझ क्यों न हूँ, इतना तो मैं समझ ही सकती हूँ कि जल्दी ही तुम हमारी वैज्ञानिक दुनिया में सबसे बड़े आदमी न सही तो सबसे बड़े लोगों में से एक तो होगे ही। और उन लोगों की यह मजाल कि उन्होंने तुम्हें पागल समझा ! हः-हः-हः ! तुम्हें तो यह बात नहीं मालूम है न ? लेकिन उन लोगों ने सचमुच ऐसा समझा था ! उफ़, कैसे नीच लोग हैं ! उनसे असली प्रतिभा को पहचानने की उम्मीद ही कैसे की जा सकती है ! और दूनिया...दूनिया भी लगभग ऐसा ही समझने लगी थी, जानते हो ? तुम्हारे पापा ने दो बार पत्रिकाओं में छपने के लिए चीज़ें भेजी थीं—पहली बार कुछ कविताएँ (अभी तक मेरे पास रखी हैं, कभी तुम्हें दिखाऊँगी), और फिर एक पूरा उपन्यास (मैंने उनकी बड़ी मिन्नत की थी कि मुझे उसको नक़ल कर लेने दें), और हम दोनों कितना मनाते रहते थे कि वे स्वीकार कर ली जाएँ ! लेकिन उन लोगों ने उन्हें स्वीकार नहीं किया। जानते हो, रोद्या, जिस तरह तुम रहते थे, जैसे कपड़े तुम पहनते थे और जैसा खाना तुम खाते थे उसे देखकर अभी छः-सात दिन पहले मैं बहुत परेशान हुई थी। लेकिन अब मेरी समझ में आ गया है कि यह मेरी कैसी नादानी थी; क्योंकि, बेटा, जैसा दिमाग़ तुमने पाया है और जैसा गुण तुम्हारे पास है उसे देखते हुए तुम जब भी जो कुछ चाहोगे वह तुम्हें मिल जाएगा। मैं समझती हूँ कि इस वक़्त तुम कुछ चाहते ही नहीं हो, क्योंकि तुम्हें और बहुत सी बड़ी-बड़ी बातों के बारे में सोचना है।..."

"दूनिया घर पर नहीं है, माँ ?"

"नहीं बेटा, वह नहीं है। वह इधर कुछ दिन से बहुत ज़्यादा बाहर रहने लगी है, मुझे घर पर अकेला छोड़ जाती है। द्मित्री प्रोकोफ़िच, भगवान भला करे उसका, आकर कुछ देर को मेरे पास बैठ जाता है। वह हमेशा तुम्हारी चर्चा करता रहता है। वह तुमसे बहुत प्यार करता है और तुम्हारी बड़ी इज़्ज़त करता है, बेटा। लेकिन मैं यह नहीं चाहती कि तुम यह समझो कि तुम्हारी बहन मेरा ध्यान नहीं रखती है। मैं शिकायत नहीं कर रही हूँ। उसके अपने ढंग हैं, मेरा अपना ढंग है। इधर कुछ दिन से वह न जाने कितनी बातें छिपाने लगी है, लेकिन मैं तुम दोनों से कोई बात नहीं छिपाती। यह तो मैं जानती हूँ, बेटा, कि दूनिया बेहद समझदार लड़की है, और इसके अलावा, वह तुम्हें और मुझे प्यार भी बहुत करती है...लेकिन न जाने इस सबका नतीजा क्या होगा। मुझे बहुत ख़ुशी हुई, रोद्या, कि इस वक़्त तुम मुझसे मिलने आए; लेकिन उससे मुलाक़ात नहीं हो पाई। जब वह आएगी तो मैं उससे कह दूँगी कि जब वह सारे शहर में तितली की तरह उड़ती फिर रही थी तब उसका भाई यहाँ आया था। बेटा, मेरा बहुत लाड़ करके मुझे बिगाड़ न देना : जब आ सको आ जाया करना, और अगर न आ सको तो कोई बात नहीं है। मैं इन्तज़ार कर सकती हूँ। क्योंकि, देखो बेटा, यह तो मैं जानती ही हूँ कि तुम मुझसे प्यार करते हो, और मेरे लिए इतना ही बहुत

है। जो कुछ तुम लिखोगे वह मैं पढ़ा करूँगी, सबके मुँह से तुम्हारी चर्चा सुना करूँगी, और बीच-बीच में तुम ख़ुद भी तो मुझसे मिलने आया करोगे—इससे अच्छी और क्या बात हो सकती है ? तुम इस वक़्त भी तो अपनी माँ का कलेजा ठंडा करने आए हो न ? इतना क्या मैं समझती नहीं हूँ !...''

यह कहकर पुल्ख़ेरिया अलेक्सान्द्रोव्ना की आँखों से अचानक आँसू बह निकले।

''लो; फिर वही करने लगी मैं। बुरा न मानना, बेटा ! मैं तो हूँ ही नासमझ बुढ़िया ! हे भगवान,'' वह अचानक चिल्लाईं और कुर्सी से उछलकर खड़ी हो गईं। ''मैं यहाँ बैठी क्यों हूँ। कॉफ़ी बनी रखी है और तुम्हें देती नहीं। देखो न, बूढ़ी औरतें कैसी स्वार्थी होती हैं। मैं अभी आई, बेटा !''

''कॉफ़ी रहने दो, माँ। मुझे अभी एक मिनट में जाना है। मैं यहाँ इसलिए नहीं आया हूँ। मेरी बात ध्यान देकर सुनो, माँ।''

पुल्ख़ेरिया अलेक्सान्द्रोव्ना डरते-डरते उसके पास आ गईं।

''माँ, कुछ भी हो जाए, तुम मेरे बारे में कुछ भी सुनो, लोग मेरे बारे में कुछ भी बताएँ, क्या तुम मुझे उसी तरह प्यार करती रहोगी जैसे अब करती हो ?'' उसने अचानक पूछा। ये शब्द सहज भाव से उसके दिल की गहराई से निकले थे, मानो वह अपने शब्दों के बारे में न सोच रहा हो, न ही उन्हें बोलने से पहले तौल रहा हो।

''रोद्या, मेरे बेटे, क्या, बात क्या है ? तुम मुझसे ऐसी बात पूछ क्यों रहे हो ? क्यों, मुझसे तुम्हारे बारे में कोई बात कौन कहेगा ? मैं किसी की बात पर विश्वास ही नहीं करूँगी, वह कोई भी क्यों न हो। मैं उसे खड़े-खड़े निकाल दूँगी, सचमुच।''

''मैं तुम्हें यह बताने आया हूँ कि मैंने हमेशा तुम्हें प्यार किया है और मुझे ख़ुशी है कि हम यहाँ अकेले ही हैं, मैं ख़ुश हूँ कि दूनिया भी यहाँ नहीं है,'' वह उसी भावावेग के साथ बोलता रहा, ''मैं तुम्हें साफ़-साफ़ बताने आया हूँ, तुम्हें दुख तो होगा, लेकिन मैं चाहता हूँ कि तुम यह जान लो कि तुम्हारा बेटा अब जितना प्यार तुमसे करता है उतना वह अपने आपसे भी नहीं करता, और यह कि तुम मेरे बारे में जो कुछ भी सोचती थीं—कि मैं निर्दयी हूँ और तुमसे प्यार नहीं करता हूँ—वह सच नहीं है। मैं तुम्हें हमेशा प्यार करता रहूँगा। बस, इतना ही काफ़ी है। माँ, यह बात तुम्हें बताना मेरे लिए ज़रूरी था...इसलिए मैंने यहीं से शुरू करने का फ़ैसला किया।''

पुल्ख़ेरिया अलेक्सान्द्रोव्ना ने उसे चुपचाप गले से लगा लिया, उसे कसकर अपने सीने से चिपटा लिया और चुपके-चुपके रोने लगीं।

''न जाने तुम्हें क्या हो गया है, रोद्या,'' वह आख़िरकार बोलीं, ''मैं तमाम वक़्त यही सोचती रही हूँ कि हम लोगों से तुम तंग आते जा रहे थे; लेकिन अब हर बात से मेरी समझ में यही आता है कि तुम्हारे ऊपर कोई बहुत बड़ी आफ़त आनेवाली है, इसलिए तुम इतने दुखी हो। मुझे बहुत दिन से लगता था कि ऐसा होनेवाला है, बेटा। बुरा न मानना, बेटा, कि मैं इसकी चर्चा कर रही हूँ, लेकिन मैं हमेशा इसी के बारे में सोचती रहती हूँ, और रात-रात भर पड़ी जागती रहती हूँ। कल रात तुम्हारी बहन भी बिस्तर पर पड़ी करवटें बदल रही थी। उसे बुख़ार सा था और वह लगातार तुम्हारी ही बातें कर रही थी। मैंने कुछ सुना तो था, लेकिन मेरी समझ में कुछ नहीं आया। सुबह तक मेरी बड़ी बुरी हालत रही, बेटा, मैं किसी बात का इन्तज़ार करती रही, मुझे लग रहा था कि अब कुछ होनेवाला है, और अब वही बात हुई। तुम जा कहाँ रहे हो, रोद्या ? क्या तुम कहीं बाहर जा रहे हो, बेटा ?''

"हाँ, माँ।"

"मैं भी यही समझ रही थी। मगर, बेटा, अगर तुम चाहो तो मैं तुम्हारे साथ चल सकती हूँ। और दूनिया भी। वह तुम्हें बहुत प्यार करती है, बेटा। और, अगर तुम चाहो, तो सोफ़्या सेम्योनोव्ना भी हमारे साथ चल सकती है। देखो बेटा, मैं उसे बड़ी खुशी से अपनी बेटी बना लूँगी। द्मित्री प्रोकोफ़िच हम सब लोगों के साथ जाने में मदद करेगा...लेकिन...कहाँ जा रहे हो, बेटा ?..."

"अच्छा, अब चलूँगा, माँ।"

"हे भगवान, आज ही तो नहीं जा रहे हो ?" वह चिल्लाईं, मानो वह हमेशा के लिए उनसे बिछुड़ रहा हो।

"मुझे अफ़सोस है कि मैं रुक नहीं सकता, माँ। मुझे जाना ही होगा। मुझे जाना है।..."

"लेकिन क्या मैं तुम्हारे साथ नहीं चल सकती, बेटा ?"

"नहीं माँ, तुम नहीं चल सकतीं। अच्छा यही होगा कि तुम घुटने टेककर मेरे लिए प्रार्थना करो। शायद तुम्हारी प्रार्थना सुन ली जाए।"

"अच्छा, कम-से-कम तुम्हें आशीर्वाद तो दे दूँ और तुम्हारे ऊपर सलीब का निशान तो बना दूँ, बेटा ! ऐसे...ऐसे। हे भगवान, हम लोग कर क्या रहे हैं ?"

हाँ, बहुत खुश था, वह बहुत खुश था कि वहाँ कोई नहीं था, कि वह अपनी माँ के पास अकेला ही था। ऐसा लग रहा था कि इस पूरी दुखद अवधि के बाद उसका हृदय अचानक कोमल हो गया था। वह अपनी माँ के पाँवों पर गिर पड़ा और उन्हें चूमने लगा। दोनों एक-दूसरे से लिपटकर रोते रहे। माँ को कोई आश्चर्य भी नहीं हुआ। इस बार उसने अपने बेटे से कोई सवाल भी नहीं पूछा। उसने बहुत पहले ही समझ लिया था कि उसके बेटे के साथ कोई बहुत ही बुरी बात हो रही है और यह कि अब वह भयानक घड़ी आ गई थी।

"बेटा रोद्या, मेरे लाड़ले," माँ ने सिसक-सिसककर रोते हुए कहा, "तुम अब भी बिलकुल वैसे ही हो जैसे छुटपन में थे। तुम आकर इसी तरह मेरे कलेजे से लग जाते थे और मुझे प्यार करते थे। जब तुम्हारे पिता ज़िन्दा थे और हमारे ऊपर बुरा वक़्त पड़ा था तब तुम हमारे पास रहकर हमें धीरज बँधाते थे; और पिता के मरने के बाद, बेटा, कितनी ही बार हम उनकी क़ब्र पर जाकर रोए थे और तब भी इसी वक़्त की तरह हमने एक-दूसरे को गले लगाया था। और अगर मैं तमाम वक़्त रोती रही हूँ तो उसकी वजह बस यह है कि मेरे माँ के दिल ने यह महसूस किया कि तुम किसी मुसीबत में हो, बेटा। उस दिन शाम को जब मैंने तुम्हें पहली बार देखा था, याद है, जब हम लोग यहाँ पहुँचे ही थे, तभी तुम्हें देखकर मुझे सारी बातों का अन्दाज़ा हो गया था, और मेरा दिल उस वक़्त डूबने लगा था, और आज भी जब मैंने तुम्हारे लिए दरवाज़ा खोला और तुम्हें देखा तो मैंने फ़ौरन सोचा कि जिस घड़ी का मुझे डर था वह घड़ी आ गई है। रोद्या, तुम अभी, इसी वक़्त तो नहीं जा रहे हो, बेटा ?"

"नहीं, माँ।"

"तुम फिर आओगे न ?"

"हाँ...आऊँगा।"

"रोद्या, नाराज़ न होना, बेटा। मुझे तुम्हारी बातों के बारे में पूछने का कोई अधिकार नहीं है। मैं जानती हूँ कि मुझे यह अधिकार नहीं है, लेकिन, बेटा, मुझे बता दो...बस इतना बता दो कि तुम कहीं बहुत दूर जा रहे हो ?"

"हाँ, बहुत दूर।"

''वहाँ क्या करने जा रहे हो ? वहाँ कोई नौकरी मिली है क्या, कोई रोज़गार ?''

''कुछ ठीक से पता नहीं अभी, माँ...बस मेरे लिए प्रार्थना करना...''

रस्कोलनिकोव दरवाज़े के पास गया, लेकिन माँ ने उसे पकड़ लिया और बड़ी निराशा से उसे घूरने लगी। उसका चेहरा डर के मारे विकृत हो गया था।

''बस, अब रहने दो, माँ,'' रस्कोलनिकोव ने कहा; उसे अब अफ़सोस हो रहा था कि वह यहाँ आया ही क्यों।

''हमेशा के लिए तो नहीं जा रहे हो न, बेटा ? हमेशा के लिए नहीं न ? कल आओगे न ?''

''आऊँगा, आऊँगा। अच्छा, अब चलता हूँ।''

उसने आख़िरकार अपने आपको छुड़ा लिया।

शाम में ताज़गी थी, हल्की-हल्की गर्मी थी और चमक थी। सुबह के बाद से मौसम खुल गया था। रस्कोलनिकोव अपने कमरे में वापस जा रहा था; उसे बड़ी जल्दी थी। वह सूरज डूबने से पहले सब कुछ ख़त्म कर लेना चाहता था। तब तक वह किसी से नहीं मिलना चाहता था। आख़िरी सीढ़ियाँ चढ़ते वक़्त उसने देखा कि नस्तास्या समोवार छोड़कर निकल आई थी और ग़ौर से उसे ऊपर चढ़ते हुए देख रही थी। 'मेरे कमरे में कोई है तो नहीं ?' वह सोचने लगा। उसे यह सोचकर बड़ी नफ़रत हुई कि शायद पोर्फ़िरी इन्तज़ार कर रहा हो। लेकिन जब वह अपने कमरे पर पहुँचा और उसने दरवाज़ा खोला तो दूनिया दिखाई दी। वह वहाँ सोच में डूबी हुई अकेली बैठी थी, और ऐसा लग रहा था कि वह बड़ी देर से उसकी राह देख रही थी। वह चौखट पर ही रुक गया। वह विस्मित होकर सोफ़े से उठ पड़ी और उसके सामने आकर सीधी तनकर खड़ी हो गई। उनकी आँखों से, जो रस्कोलनिकोव पर जमी हुई थीं, दहशत और बेहद उदासी टपक रही थी। और उसके इस तरह देखने से ही वह समझ गया कि वह सब कुछ जानती है।

''तो, मैं अन्दर आऊँ या चला जाऊँ ?'' उसने ढिठाई से पूछा।

''मैं दिन भर सोफ़्या सेम्योनोव्ना के साथ थी। हम दोनों तुम्हारी राह देख रहे थे। हमने सोचा था कि तुम ज़रूर उसके पास आओगे।''

रस्कोलनिकोव कमरे में जाकर बैठ गया; वह बेहद थका हुआ महसूस कर रहा था।

''मुझे बहुत कमज़ोरी महसूस हो रही है, दूनिया। मैं बहुत थक गया हूँ। और इस वक़्त तो सबसे ज़्यादा मैं यह चाह रहा हूँ कि अपने आप पर क़ाबू पा लूँ।''

रस्कोलनिकोव ने उसे अविश्वास से देखा।

''कल सारी रात कहाँ बिताई ?''

''ठीक से याद नहीं। देखो दूनिया, मैं कोई पक्का फ़ैसला कर लेना चाहता था और मैं कई बार नेवा के किनारे गया था। इतना मुझे याद है। मैं सब कुछ वहीं ख़त्म कर देना चाहता था, लेकिन...मैं पक्का फ़ैसला नहीं कर पाया...'' उसने कानाफूसी के ढंग से कहा और उसे फिर अविश्वास से देखा।

''भगवान की दया है ! यही हम लोगों को भी डर था, सोफ़्या सेम्योनोव्ना को और मुझे ! तो तुम्हें अभी तक ज़िन्दगी पर भरोसा है ? भगवान की दया है ! भगवान की दया है !''

रस्कोलनिकोव बड़ी कटुता से मुस्कुराया।

''मुझे कभी कोई भरोसा नहीं था, लेकिन अभी कुछ ही मिनट पहले माँ और मैं एक-दूसरे को गले लगाकर रो रहे थे। मैं ईश्वर में विश्वास नहीं रखता, फिर भी मैंने माँ से मेरे लिए प्रार्थना करने को कहा। न जाने ऐसा कैसे होता है। मेरी समझ में नहीं आता।''

''तुम माँ के पास गए थे ? क्या तुमने उन्हें बता दिया ?'' दूनिया चिल्ला पड़ी, ''क्या सचमुच तुममें उन्हें बताने की ताक़त थी ?''

''नहीं, मैंने उन्हें बताया नहीं...बिलकुल साफ़-साफ़ शब्दों में नहीं। लेकिन मेरा ख़्याल है कि वह बहुत-कुछ समझती हैं। कल रात उन्होंने तुम्हें सोते में बड़बड़ाते सुना था। मुझे यक़ीन है कि तुम्हें सच्चाई का कुछ-कुछ अन्दाज़ा हो चला है। शायद मैंने वहाँ जाकर ग़लती की। मालूम नहीं, मैं वहाँ क्यों गया था। मैं बहुत नीच हूँ, दूनिया।''

''नीच ? और फिर तुम तकलीफ़ उठाने को तैयार हो ! है न ?''

''हाँ, मैं हूँ। मैं अभी जा रहा हूँ। इसी वक़्त। इस कलंक से बचने के लिए मैं डूब मरना चाहता था, लेकिन जब मैं वहाँ नदी पर खड़ा था तो मैंने सोचा कि अगर मैं अभी तक अपने आपको इतना मज़बूत समझता रहा हूँ तो मुझे कलंक से डरना नहीं चाहिए,'' उसने जल्दी-जल्दी कहा, ''क्या यह स्वाभिमान है, दूनिया ?''

''स्वाभिमान ही है, रोद्या।''

ऐसा लग रहा था कि जैसे रस्कोलनिकोव की निस्तेज आँखों में एक ज्वाला धधक उठी हो : वह इस बात पर ख़ुश लग रहा था कि अभी तक उसमें स्वाभिमान बाक़ी था।

''और तुम यह तो नहीं समझतीं, दूनिया, कि मैं बस पानी से डर गया ?'' उसने बड़ी विकराल मुस्कुराहट के साथ उसके चेहरे को घूरते हुए कहा।

''ओह, रोद्या, बस रहने दो !'' दूनिया ने बड़ी कटुता से चिल्लाकर कहा।

अगले दो मिनट तक दोनों में से कोई भी नहीं बोला। वह सिर लटकाए ज़मीन पर नज़रें गड़ाए बैठा रहा; दूनिया मेज़ के दूसरे छोर पर खड़ी व्यथित भाव से उसे देखती रही। अचानक वह उठ खड़ा हुआ—

''बहुत देर हो गई। अब मुझे चलना चाहिए। मैं इस वक़्त आत्मसमर्पण करने जा रहा हूँ। लेकिन मुझे नहीं मालूम कि मैं ऐसा क्यों कर रहा हूँ।''

दूनिया के गालों पर बड़े-बड़े आँसू बह चले।

''तुम रो रही हो, दूनिया; लेकिन तुम मुझसे हाथ तो मिलाओगी न ?''

''क्या तुम्हें इसमें कोई शक था ?''

दूनिया अपने भाई के गले में बाँहें डालकर उससे लिपट गई।

''क्या तुमने अपना आधा अपराध बस इसी बात से धो नहीं डाला है कि तुम तकलीफ़ उठाने को तैयार हो ?'' उसने रोते-रोते कहा; उसने रस्कोलनिकोव को कसकर अपने सीने से लगा लिया और उसे प्यार करने लगी।

''अपराध ? कैसा अपराध ?'' उसने एक प्रकार के आकस्मिक उन्माद के वशीभूत होकर कहा, ''कि एक घिनौनी, नुक़सान पहुँचानेवाली, दुष्ट जूँ को मार डाला, एक खूसट सूदख़ोर बुढ़िया को, एक ऐसी औरत को जो किसी का कोई भला नहीं कर सकती थी, जिसकी हत्या करने पर बीसियों पाप माफ़ कर दिए जाने चाहिए, एक ऐसी औरत को, जिसने इस धरती पर ग़रीबों को नरक बना दिया था—तुम इसे अपराध कहती हो ? मैं तो इसकी बात सोच भी नहीं रहा हूँ, और मैं इसे धो डालने की बात भी नहीं सोच रहा हूँ। और उन लोगों का क्या मतलब है कि वे चारों ओर से मुझ पर उँगली उठा रहे हैं : 'अपराध, अपराध !' अब जाकर मुझे अपनी कायरता का सारा बेतुकापन साफ़ दिखाई दे रहा है, अब जबकि मैंने इस बेकार के कलंक को स्वीकार कर लेने की ठान ली है ! मैंने ऐसा करने का फ़ैसला सिर्फ़ इसलिए किया है कि मैं एक कमीना और घटिया

दर्जे का आदमी हूँ, और शायद इसलिए भी कि यह मेरे हित में हो, जैसा कि...जैसा कि पोर्फ़िरी ने कहा था !...''

''रोद्या, तुम कह क्या रहे हो ? तुमने ख़ून बहाया था, है न ?'' दूनिया घोर निराशा से चिल्लाई।

''जो सभी लोग बहाते हैं,'' उसने लगभग उन्माद की हालत में जल्दी से कहा, ''जो बहाया जा रहा है, और दुनिया में हमेशा बहाया गया है, इतना कि कई समुद्र भर जाएँ; जो शैम्पेन की तरह उँडेला जा रहा है, और जिसके इनाम में लोगों को राज-मन्दिर में ले जाकर मुकुट पहनाया जाता है। तुम ज़्यादा ध्यान से क्यों नहीं देखतीं ? तुम देखतीं क्यों नहीं ! मैं लोगों का भला करना चाहता था, और इस मूर्खता के बदले, जो कि सच पूछा जाए तो ऐसी मूर्खता थी भी नहीं, मैं लाखों नेकी के काम करने को तैयार था। और यह पूरा विचार ऐसा मूर्खता का विचार था भी नहीं, जैसा कि अब विफल हो जाने के बाद वह लगता है (विफल हो जाने के बाद हर चीज़ मूर्खता लगती है !)...यह नादानी की हरकत करके मैं अपने आपको स्वतन्त्र बनाने की, पहला क़दम उठाने की, आवश्यक साधन जुटाने की कोशिश कर रहा था, और बाद में चलकर जो अपार (तुलनात्मक दृष्टि से) लाभ होते उनसे हर चीज़ ठीक हो जाती...लेकिन मैं, मैं पहला क़दम ही नहीं उठा सका, क्योंकि...क्योंकि मैं बिलकुल निकम्मा हूँ ! बस इतनी सी बात है ! लेकिन इसके बावजूद मैं इस पूरी चीज़ को उस तरह नहीं देखूँगा जैसे तुम सब देखते हो। अगर मैं कामयाब हो जाता तो हर तरफ़ मेरी वाह-वाह होती, लेकिन अब...जेल में सड़ने दो इसे !''

''लेकिन बात ऐसी नहीं है, रोद्या ! तुम कह क्या रहे हो ?''

''अच्छा, मैं समझा ! अच्छा लगने की दृष्टि से यह ठीक तरीक़ा नहीं है ! ख़ैर, मेरी समझ में यह नहीं आता कि लोगों को गोलों से उड़ा देना या बाक़ायदा घेरेबन्दी करके उनको मार डालना ज़्यादा इज़्ज़तदार तरीक़ा क्यों है ? अच्छा न लगने का डर ही बेबसी की पहली निशानी है !...यह बात पहले कभी मेरी समझ में इतने साफ़ ढंग से नहीं आई थी जितनी कि अब आ रही है। और इसी वक़्त यह बात भी मेरी समझ में सबसे कम आ रही है कि जो कुछ मैंने किया वह अपराध क्यों है। इसका मुझे इससे पक्का यक़ीन कभी नहीं रहा जितना कि अब है !...''

उसके पीले और मुरझाए हुए चेहरे पर लाली दौड़ गई थी। लेकिन अन्तिम वाक्य कहते-कहते उसकी आँखें दूनिया की आँखों से चार हुईं; दूनिया की आँखों में उसके लिए इतनी पीड़ा थी कि वह बरबस सँभल गया। उसने महसूस किया कि उसने यक़ीनन उन दोनों बेचारी औरतों को बहुत दुख पहुँचाया था। सही हो या ग़लत, निश्चित रूप से वही उनके दुख का कारण था।

''दूनिया, मेरी प्यारी बहन ! अगर मैं अपराधी हूँ तो मुझे माफ़ कर देना (हालाँकि अगर अपराधी हूँ तो मुझे माफ़ नहीं किया जा सकता)। अब मैं चलूँगा ! अब झगड़ा करने से कोई फ़ायदा नहीं ! वक़्त हो गया है। अब तनिक भी देर करना ठीक नहीं। मेहरबानी करके मेरा पीछा न करना। मुझे अभी जाकर देखना है...अच्छा यही होगा कि तुम फ़ौरन चली जाओ और माँ के पास रहो। मेरी बात मान लो। यह मैं तुमसे आख़िरी और सबसे बड़ी प्रार्थना कर रहा हूँ। उन्हें अकेला बिलकुल न छोड़ना। अभी जब मैं उनके पास से आया तो वह इतनी परेशान हो गईं कि मैं नहीं समझता कि वह इसे बर्दाश्त कर पाएँगी : वह या तो मर जाएँगी या पागल हो जाएँगी। इसलिए, मेहरबानी करके उनके साथ ही रहना ! रज़ुमीख़िन तुम लोगों के साथ रहेगा; मैंने उससे कह दिया है...मेरे लिए रोना नहीं : भले ही मैं हत्यारा हूँ, लेकिन मैं जीवन भर साहसी और ईमानदार रहने की कोशिश करूँगा। किसी दिन शायद तुम मेरी चर्चा सुनोगी। मैं तुम लोगों के लिए कलंक

नहीं बनूँगा, देख लेना। मैं उन लोगों को अब भी दिखा दूँगा ! लेकिन अभी तो मैं चलता हूँ,'' उसने जल्दी-जल्दी अपनी बात ख़त्म की और अपने शब्दों और वादों पर उसे दूनिया की आँखों में फिर एक विचित्र भाव दिखाई दिया। ''तुम इस तरह रो क्यों रही हो ? रोओ नहीं। मेरा कहा मानो, रोओ नहीं। हम लोग हमेशा के लिए तो नहीं अलग हो रहे हैं !...अरे हाँ, मैं भूल ही गया...''

वह मेज़ के पास गया, एक मोटी सी धूल भरी किताब उठाई, उसे खोला और उसके पन्नों के बीच से हाथीदाँत पर जल-रंगों से बनी एक तस्वीर निकाली—किसी का छोटा सा चित्र था। यह उसकी मकान-मालकिन की बेटी की तस्वीर थी जो बुख़ार में मर गई थी, उस अजीब लड़की की तस्वीर जो जाकर किसी मठ में रहना चाहती थी। एक मिनट तक वह उस भावपूर्ण और नाज़ुक चेहरे को ग़ौर से देखता रहा, फिर उसने तस्वीर को चूमा और उसे दूनिया को दे दिया।

''उससे मैं बहुत बातें किया करता था 'इसकी,' सिर्फ़ उससे,'' उसने यादों में खोकर कहा, ''बाद में जो कुछ इतने भयानक ढंग से हुआ उसका बहुत-कुछ हिस्सा मैंने उसके ही सामने दिल खोलकर बताया था। परेशान न हो,'' उसने दूनिया की ओर मुड़कर कहा, ''तुम्हारी ही तरह वह भी मेरी बात से सहमत नहीं थी, और मुझे इस बात की ख़ुशी है कि इस वक़्त वह हम लोगों के बीच नहीं है। असली बात सिर्फ़ यह है अब से हर चीज़ बिलकुल बदल जाएगी, हर चीज़ दो टुकड़ों में टूट जाएगी,'' वह एक बार फिर घोर अकेलेपन की अपनी मनोदशा में खोकर अचानक चिल्लाया। ''हर चीज़, हर चीज़, और क्या मैं इसके लिए तैयार हूँ ? क्या मैं ख़ुद ऐसा चाहता हूँ ? मुझसे कहा जाता है कि एक परीक्षा के रूप में यह मेरे लिए ज़रूरी है ! लेकिन क्यों—आख़िर ये बेमतलब परीक्षाएँ क्यों ? उनसे क्या फ़ायदा है ? बीस साल की कड़ी मेहनत की सज़ा काटने के बाद जब मुसीबतों ने और मूर्खता ने मुझे कुचलकर रख दिया होगा और मैं बुढ़ापे से कमज़ोर हो जाऊँगा, तब क्या मैं ज़िन्दगी को इस वक़्त के मुक़ाबले में ज़्यादा अच्छी तरह समझ सकूँगा ? और तब मेरे पास ज़िन्दा रहने के लिए बचेगा ही क्या ? इस वक़्त मैं इस तरह की ज़िन्दगी बिताने को राज़ी क्यों हो गया हूँ ? उफ़, आज सबेरे भोर पहर जब मैं नेवा के किनारे खड़ा था, तब मुझे मालूम था कि मैं बदमाश हूँ।''

आख़िरकार, वे दोनों घर के बाहर निकल गए। दूनिया के लिए यह सब कुछ बर्दाश्त करना बहुत कठिन था, लेकिन वह उसे प्यार करती थी ! वह चलते-चलते उससे दूर होती गई लेकिन कोई पचास क़दम जाने के बाद उसने मुड़कर एक बार फिर उसे देखा। वह अब भी उसे दिखाई दे रहा था। सड़क के मोड़ पर पहुँचकर उसने भी पीछे मुड़कर देखा। आख़िरी बार उनकी आँखें चार हुईं। लेकिन यह देखकर कि वह उसे देख रही है उसने अधीर होकर, बल्कि झुँझलाहट के साथ, हाथ के इशारे से उससे चले जाने को कहा, और तेज़ी से मोड़ पर मुड़ गया।

'मैंने यह बहुत बुरा किया, मैं जानता हूँ,' क्षण भर बाद ही दूनिया पर इस तरह झल्लाने पर लज्जित होकर उसने मन-ही-मन सोचा। 'लेकिन ये लोग मुझसे इतना प्यार करते ही क्यों हैं, अगर मैं इस तरह के प्यार के क़ाबिल नहीं हूँ ? काश, मैं अकेला होता और कोई मुझसे प्यार न करता होता और मैंने भी कभी किसी से प्यार न किया होता ! 'तब यह सब कुछ न होता' ! लेकिन मैं सोचता हूँ कि अगले पन्द्रह-बीस साल में कहीं मेरे स्वभाव में इतना दब्बूपन तो नहीं आ जाएगा कि मैं लोगों के सामने गिड़गिड़ाता फिरूँ, और हर बात पर अपने आपको अपराधी कहने लगूँ ? हाँ, यही बात है ! वे लोग इसीलिए मुझे साइबेरिया भेज रहे हैं। यही तो वे लोग चाहते हैं...देखो तो उन्हें ! और इनमें से हर एक स्वभाव से ही बदमाश और अपराधी है, बल्कि उससे भी बदतर—इनमें हर एक मूर्ख है ! और अगर मैं साइबेरिया भेजे जाने से बच गया तो वे सब बहुत

पुण्यात्मा बनकर अपना गुस्सा मेरे ऊपर उतारेंगे ! उफ़, मुझे कितनी नफ़रत है इन सब लोगों से !'

वह सोचने लगा कि ऐसा कैसे हुआ कि वह विरोध किए बिना ही उन सबके सामने हीन बनने को, दंड भुगतने का अपमान सहने को तैयार हो गया ? लेकिन, क्यों नहीं ? ऐसा ही तो होना भी चाहिए ! क्या बीस साल का निरन्तर उत्पीड़न उसे बिलकुल कुचल नहीं देगा ? पानी पत्थर को घिस देता है। और उसके बाद किसलिए जिया जाए, किसलिए ? वह इस वक़्त आत्मसमर्पण करने क्यों जा रहा था, जबकि वह जानता था कि ठीक ऐसा ही होगा, मानो यह सब कुछ किसी किताब में लिख दिया गया हो ?

पिछली रात के बाद से शायद सौवीं बार उसने अपने आपसे यह सवाल पूछा था, फिर भी वह जा रहा था।

8

जब उसने सोनिया के कमरे में क़दम रखा उस वक़्त अँधेरा हो चला था। सारे दिन सोनिया बड़ी बेचैनी से उसकी राह देखती रही थी। दूनिया भी उसके साथ ही राह देख रही थी; स्विद्रिगाइलोव की यह बात याद करके 'सोनिया को सब कुछ मालूम है,' वह सबेरे ही वहाँ आ गई थी। हम उन दोनों लड़कियों की बातचीत का या उनके आँसुओं का वर्णन नहीं करेंगे, और न ही इस बात का कि उन दोनों में कितनी गहरी दोस्ती हो गई। इस मुलाक़ात से दूनिया को कम-से-कम एक तसल्ली तो हो गई थी, यानी यह कि उसका भाई अकेला नहीं रहेगा। वह सबसे पहले अपना अपराध स्वीकार करने उसी के पास, सोनिया के पास गया था; जब उसे इस बात की ज़रूरत पड़ी कि कोई इंसान उसके साथ हो, तो उसी की शक्ल में उसको वह इंसान मिला था; और वह जहाँ भी जाएगा, वह उसके साथ रहेगी। उसने यह बात पूछी भी नहीं, वह जानती थी ऐसा ही होगा। उसके मन में सोनिया के लिए एक तरह की श्रद्धा थी। शुरू में जब उसने सोनिया के प्रति ऐसी श्रद्धा दिखाई थी तो सोनिया ने कुछ अटपटा भी महसूस किया था। यहाँ तक कि उसकी आँखें भर आई थीं, क्योंकि, इसके विपरीत वह अपने आपको इस लायक़ भी नहीं समझती थी कि दूनिया की ओर आँख उठाकर देख सके। जब रस्कोलनिकोव के कमरे में पहली बार उन दोनों की मुलाक़ात हुई थी, उस वक़्त का दूनिया का वह चित्र, जब उसने इतने लगाव और सम्मान के भाव से झुककर उसका स्वागत किया था, उसके मन पर हमेशा के लिए उसके जीवन की सबसे सुन्दर और सबसे अन्तरंग स्मृतियों के रूप में अंकित हो गया था।

आख़िरकार दूनिया इस दुविधा को और अधिक सहन न कर सकी और अपने भाई की राह देखने के लिए सोनिया को उसके कमरे में अकेला छोड़कर चली गई; उसे ऐसा लग रहा था कि वह पहले वहीं जाएगा। जैस ही सोनिया अकेली रह गई, वैसे ही वह विचार उसे सताने लगा कि वह आत्महत्या कर लेगा। दूनिया को भी इसका डर था। लेकिन दिन भर वे दोनों एक-दूसरे को तरह-तरह के तर्कों के सहारे आश्वस्त करती रही थीं कि वह ऐसा नहीं कर सकता, और जब तक वे दोनों साथ थीं तब तक वे इतनी चिन्तित नहीं थीं। लेकिन, जैसे ही वे दोनों एक-दूसरे से अलग हुईं, उन दोनों में से कोई भी इसके अलावा और कुछ सोच ही नहीं पा रहा था। सोनिया इस बात को भुला नहीं पा रही थी कि स्विद्रिगाइलोव ने कल उससे कहा था कि रस्कोलनिकोव के सामने दो ही रास्ते थे—साइबेरिया या...और उसके अलावा वह यह भी तो जानती थी कि वह कितना अहंकारी, घमंडी, स्वाभिमानी और अविश्वासी था। 'कहीं ऐसा तो नहीं है कि कायरता और मौत

का डर ही ऐसी चीज़ें हैं जो उसे ज़िन्दा रख सकती हैं ?' उसने आख़िरकार घोर निराशा में डूबकर सोचा। इसी बीच सूरज डूब चला था। वह उदास मन से खिड़की के सामने खड़ी नज़रें जमाए बाहर देख रही थी, लेकिन खिड़की में से उसे बस सामनेवाले घर की बिना पुती हुई दीवार ही दिखाई दे रही थी। आख़िरकार, जब उसे उस अभागे आदमी की मौत का लगभग पूरा यक़ीन हो गया था उसी वक़्त उसने उसके कमरे में प्रवेश किया।

सोनिया के मुँह से ख़ुशी की चीख़ निकल गई, लेकिन उसके चेहरे को और ग़ौर से देखने के बाद उसका रंग अचानक पीला पड़ गया।

"लो," रस्कोलनिकोव ने मुस्कुराते हुए कहा, "मैं तुम्हारी सलीबें लेने आ गया, सोनिया। तुम्हीं ने तो मुझसे चौराहे पर जाने को कहा था, इसलिए अब जबकि उसका वक़्त आ गया है तो तुम डर क्यों रही हो ?"

सोनिया ने उसे आश्चर्य से देखा। उसका लहजा उसे कुछ अजीब सा लगा और उसकी पीठ पर सिहरन की एक लहर दौड़ गई, लेकिन क्षण भर बाद ही उसने महसूस किया कि न उसका लहजा सच्चा था और न उसके शब्द ही। वह उससे बात भी आँखें चुराकर कर रहा था और वह कोशिश कर रहा था कि उसे सीधे उसके चेहरे की ओर न देखना पड़े।

"देखो सोनिया, मैं इस नतीजे पर पहुँच गया हूँ कि यह रास्ता शायद मेरे लिए ज़्यादा फ़ायदेमन्द रहेगा। एक बात अलबत्ता है...लेकिन वह लम्बी कहानी है, और उसकी चर्चा करने से अब कोई ख़ास फ़ायदा भी नहीं। जानती हो, मुझे इतना गुस्सा किस बात पर आता है ? मुझे इतनी झुँझलाहट इस बात पर होती है कि वे सारे बेवक़ूफ़ जंगली जानवर मुझे घेरकर खड़े हो जाएँगे, मुझे घूरेंगे और मुझसे अपने बेवक़ूफ़ी के सवाल पूछेंगे, जिनका मुझे जवाब देना पड़ेगा—वे मुझ पर उँगलियाँ उठाएँगे।...उफ़ ! जानती हो, मैं पोर्फ़िरी के पास नहीं जा रहा हूँ; मैं उससे ऊब गया हूँ। मैं समझता हूँ कि अच्छा यही रहेगा कि मैं अपने पुराने दोस्त के पास चला जाऊँ, उस बारूदी लेफ़्टिनेंट के पास। कैसा चकराएगा वह मुझे देखकर ! कैसी सनसनी फैल जाएगी ! लेकिन मुझे शान्त रहना होगा। इधर कुछ दिनों से मैं बहुत चिड़चिड़ा हो गया हूँ। अरे, जानती हो, अभी मैंने अपनी बहन को लगभग मुक्का दिखाकर इसलिए धमकाया था कि उसने आख़िरी बार मुड़कर मेरी ओर देखा था। ऐसी हालत में रहना भी कितना भयानक है ! उफ़, मेरा कितना पतन हो गया है। अच्छा, कहाँ हैं तुम्हारी सलीबें ?"

ऐसा लग रहा था कि वह अपने होश में नहीं है। वह किसी एक जगह मिनट भर शान्त खड़ा भी नहीं रह सकता था और न ही किसी एक बात पर अपना ध्यान केन्द्रित कर सकता था। उसके विचार एक-दूसरे को फलाँगकर आगे निकले जा रहे थे; वह ऐसी बातें कह रहा था जो उसे नहीं कहनी चाहिए थीं; उसके हाथ थोड़ा-थोड़ा काँप रहे थे।

सोनिया ने चुपचाप एक दराज़ में से दो सलीबें निकालीं, एक साइप्रेस की लकड़ी की और दूसरी ताँबे की। उँगलियों से अपने सीने पर सलीब का निशान बनाया, फिर उसके सीने पर सलीब का निशान बनाया और साइप्रेस की लकड़ी की सलीब उसे पहना दी।

"तो यह मेरे सलीब उठा लेने का प्रतीक है, हः-हः ! जैसे मैं अभी तक काफ़ी मुसीबतें झेल नहीं चुका हूँ ! साइप्रेस की लकड़ी की सलीब—यानी, जैसी कि आम लोग पहनते हैं। ताँबेवाली लिज़ावेता की है, और उसे तुम अपने लिए रखेगी। लाओ, ज़रा देखूँ तो। तो इसे वह पहने हुए थी...उस वक़्त ? मुझे इस वक़्त ऐसी ही दो चीज़ों की याद आ रही है—एक चाँदी की सलीब और एक छोटी सी प्रतिमा। मैंने उस दिन उन्हें उस बुढ़िया की लाश पर फेंक दिया था। दरअसल, इस

वक़्त तो मुझको उन्हें ही पहनना चाहिए था।...लेकिन, मैं बकवास कर रहा हूँ। मुझे असली बात नहीं भूलना चाहिए था। शायद मैं खब्तुलहवास होता जा रहा हूँ ! देखो सोनिया, मैं तुम्हें पहले से बता देने आया हूँ, ताकि तुम्हें मालूम रहे...बस इतना ही कहना है मुझे...मैं इसलिए आया था। (हालाँकि मैं सच-सच बता दूँ, मैंने सोचा था कि मैं और भी कुछ कहूँगा।) लेकिन तुम ख़ुद चाहती थीं कि मैं चला जाऊँ। तो मैं जेल भेज दिया जाऊँगा, और तुम जो चाहती थीं वह पूरा हो जाएगा। तुम भी रो रही हो ? बस, रहने भी दो। रोओ नहीं। उफ़, कितनी असह्य बात है !''

लेकिन उसकी भावनाएँ उद्वेलित हो उठीं; सोनिया को देखकर उसका हृदय ख़ून के आँसू रो उठा। 'आख़िर क्यों,' उसने सोचा, 'आख़िर वह इतनी परेशान क्यों है ? मैं उसका कौन हूँ ? वह रो क्यों रही है ? वह मेरी माँ या दूनिया की तरह मुझसे विदा क्यों ले रही है ? आगे चलकर वही मेरी देखभाल करेगी !'

''अपने सीने पर सलीब का निशान बनाकर कम-से-कम एक बार तो प्रार्थना कर लो,'' सोनिया ने काँपती हुई डरी-डरी आवाज़ में उससे अनुरोध किया।

''क्यों नहीं, ज़रूर, जितनी बार तुम कहो ! और बड़ी ईमानदारी से, सोनिया। सच्चे दिल से !...''

लेकिन दरअसल वह कुछ और ही कहना चाहता था।

उसने कई बार अपने सीने पर सलीब का निशान बनाया। सोनिया ने झपटकर शाल उठा ली और अपने सिर पर डाल ली। हरे रंग की द्रा-द-देम्स की शाल थी, शायद वही जिसका ज़िक्र मार्मेलादोव ने रस्कोलनिकोव से किया था, 'उस परिवार की शाल'। यह विचार बिजली की तरह रस्कोलनिकोव के दिमाग़ में कौंध गया, लेकिन उसने पूछा नहीं। और सचमुच वह ख़ुद महसूस करने लगा था कि वह बहुत अनमना, और किसी वजह से बहुत चिन्तित रहने लगा था। वह डर गया। अचानक उसके दिमाग़ में यह बात भी आई कि सोनिया उसके साथ जाने का इरादा रखती है।

''हे भगवान ! तुम कहाँ जा रही हो ? तुम यहीं रहो ! मैं अकेला ही जाऊँगा !'' उसने कायरतापूर्ण झुँझलाहट के साथ कहा और आवेश में आकर दरवाज़े की ओर लपका। ''मैं वहाँ पूरी फ़ौज ले जाकर क्या करूँगा ?'' बाहर जाते-जाते वह बुड़बुड़ाया।

सोनिया कमरे के बीच में खड़ी रही। रस्कोलनिकोव ने उससे विदा तक नहीं ली, वह उसे भूल चुका था। एक कटुतापूर्ण और विद्रोही शंका उसे झंझोड़ रही थी।

''क्या मैं ठीक कर रहा हूँ ? क्या मुझे यह सब करना चाहिए ?'' सीढ़ियों से नीचे उतरते हुए बरबस उसके मन में ये सवाल उठे, ''क्यों न मैं यहीं रुककर सारा मामला सुलझा लूँ...और न जाऊँ ?''

लेकिन इसके बावजूद वह गया। अचानक यह विश्वास उसके मन में बैठ गया था कि सवाल पूछने का समय बीत चुका है। बाहर सड़क पर पहुँचकर उसे याद आया कि उसने सोनिया से विदा का सलाम भी नहीं कहा था और उसे हरी शाल ओढ़े कमरे के बीच में खड़ा छोड़ आया था; बेचारी की हिलने की भी हिम्मत नहीं पड़ी थी क्योंकि वह उस पर चिल्लाया था। यह याद आते ही वह क्षण भर को ठिठक गया। उसी क्षण उसके दिमाग़ में एक और विचार उठा; ऐसा लगा कि यह विचार उस पर अन्तिम घातक वार करने की ताक में दुबका बैठा था।

'इस वक़्त मैं उससे मिलने गया क्यों था ? मैंने उससे कहा था कि मैं काम से आया था। कौन सा काम ? मुझे उससे काम तो कोई भी नहीं था ! उसे यह बताने के लिए कि मैं 'जा रहा हूँ ?' क्यों ? क्या यह ज़रूरी था ? क्या मैं उसे प्यार करता हूँ ? बिलकुल नहीं ! अरे, अभी तो

मैं उसे कुत्ते की तरह दुतकारकर आया हूँ। या मैं सचमुच उससे वे सलीबें लेना चाहता था ? उफ़, मैं भी कितना पतित हो गया हूँ ! नहीं ! मुझे जिस चीज़ की ज़रूरत थी वह थी उसके आँसू ! मैं उसकी दहशत देखना चाहता था, मैं देखना चाहता था कि उसका दिल कैसे दुखता है और कैसे ख़ून के आँसू रोता है ! मुझे किसी ऐसी चीज़ की ज़रूरत थी जिसका मैं सहारा ले सकूँ, ताकि मुझे कुछ मोहलत मिल सके, ताकि मैं किसी इंसान को देख सकूँ ! और मुझे अपने आप पर इतना भरोसा था, मैं अपने आपको इतना समझता था। मैं एक भिखारी, मैं एक नीच अभागा, मैं जो किसी काम का नहीं हूँ, बदमाश हूँ !'

वह येकातेरीनिंस्की नहर के बाँध के किनारे-किनारे चला जा रहा था। उसे अब बहुत दूर नहीं जाना था। लेकिन पुल पर पहुँचकर वह एक क्षण के लिए रुका और अपना इरादा बदलकर पुल पार करके भूसा मंडी चला गया।

वह बड़ी उत्सुकता से चारों ओर देख रहा था; कभी दाहिनी ओर देखता, कभी बाईं ओर देखता। वह रास्ते में पड़नेवाली हर चीज़ को बड़े ग़ौर से देखने की कोशिश कर रहा था, लेकिन किसी भी चीज़ पर अपना ध्यान केन्द्रित नहीं कर पा रहा था; हर चीज़ उसकी पकड़ से निकल जाती थी। 'एक हफ़्ते में या एक महीने में मुझे जेल की गाड़ी में बिठाकर इसी पुल को पार करके कहीं ले जाया जाएगा; उस वक़्त मैं इस नहर को किस तरह देखूँगा ? क्या यह सब कुछ मुझे याद आएगा ?' उसके दिमाग़ में यह विचार बिजली की तरह कौंध गया। "मिसाल के लिए, वह साइनबोर्ड। उस वक़्त मैं उन अक्षरों को किस तरह पढ़ूँगा ? उस पर लिखा है 'कम्पनी'—अच्छा, मैं इस अक्षर 'क' को याद कर लूँ, और महीने भर बाद इसी को, इसी अक्षर 'क' को फिर देखूँ : उस वक़्त मैं इसे किस तरह देखूँगा ? उस वक़्त मैं क्या महसूस कर रहा हूँगा और क्या सोच रहा हूँगा ?...हे भगवान, यह सब कुछ कितना तिरस्कार के योग्य लग रहा होगा, इस वक़्त की ये सारी...चिन्ताएँ ! अलबत्ता, यह काफ़ी दिलचस्प है...एक तरह से (हः-हः-हः ! जिन चीज़ों के बारे में मैं इस वक़्त सोच रहा हूँ)...मैं बिलकुल एक बच्चे की तरह हूँ—अपने मुँह मियाँ मिट्ठू बन रहा हूँ। लेकिन मैं अपने आपको ताना क्यों दे रहा हूँ ? हे भगवान, ये लोग धक्का कैसा देते हैं ! वह मोटा—शायद जर्मन है—जिसने मुझे अभी धक्का दिया—क्या उसे मालूम है कि उसने किसे धक्का दिया ? उस भिखारिन को देखो—बच्चे के साथ वह किसान औरत : अजीब बात है कि वह मुझे अपने से ज़्यादा भाग्यशाली समझ रही होगी। इसे कुछ दे क्यों न दूँ, बस यह देखने के लिए कि वह करती क्या है ? अच्छा, अच्छा, यह रहा पाँच कोपेक का सिक्का मेरी जेब में। समझ में नहीं आता कि यह यहाँ पहुँचा कैसे ? लो माई, यह लो !"

"जुग-जुग जिएँ, साहब, भगवान आपका भला करे !" भिखारिन का करुण स्वर सुनाई दिया।

वह भूसा मंडी में गया। उसे लोगों के बीच घिरे होने से चिढ़ थी, सख़्त चिढ़; लेकिन इस वक़्त वह जान-बूझकर उसी जगह गया जहाँ भीड़ सबसे घनी थी। वह एकान्त पाने के लिए सारी दुनिया की दौलत लुटा सकता था, लेकिन वह ख़ुद महसूस कर रहा था कि वह एक मिनट के लिए भी एकान्त सहन नहीं कर सकता था। भीड़ में एक आदमी शराब के नशे में चूर था जो अपनी हरकतों से सबका ध्यान अपनी ओर आकर्षित कर रहा था : वह नाचने की कोशिश कर रहा था, लेकिन हर बार जब वह ठेका देने के लिए पाँव चलाता था तो धड़ाम से गिर पड़ता था। लोग उसके चारों ओर भीड़ लगाए खड़े थे। रस्कोलनिकोव भीड़ को चीरता हुआ आगे आ गया, कई मिनट तक उस शराबी को देखता रहा और अचानक ज़रा सा हँस दिया। एक ही मिनट बाद वह उसके बारे में सब कुछ भूल चुका था, वह उसे दिखाई भी नहीं दे रहा था, हालाँकि वह अपनी नज़रें उस पर

जमाए हुए था। आख़िरकार वह वहाँ से चला गया; उसे यह भी नहीं याद था कि वह कहाँ था। लेकिन जब वह चौक के बीच में पहुँचा तो एक अदम्य आवेग ने उसे आ दबोचा—अचानक एक भावना पैदा होकर उसके पूरे शरीर और उसकी आत्मा पर छा गई।

अचानक उसे सोनिया के शब्द याद आए : 'जाओ, चौराहे पर खड़े हो जाओ, लोगों के आगे सिर झुकाओ, धरती को चूमो क्योंकि तुमने उसे अपवित्र किया है और फिर सारी दुनिया के सामने चिल्लाकर कहो : मैं हत्यारा हूँ !' ये शब्द याद आते ही वह सिर से पाँव तक काँप उठा। और वह अपनी निराशा और अपने एकाकीपन की भावना; उन तमाम दिनों की, लेकिन ख़ासतौर पर पिछले कुछ घंटों की उस गहरी चिन्ता के भारी बोझ के नीचे इतनी बुरी तरह दब चुका था कि उसने झपटकर इस नई और प्रबलतम संवेदना की शरण ले ली। इस संवेदना ने उसे इस तरह सहसा आ दबोचा था जैसे उसे कोई दौरा पड़ा हो; यह संवेदना उसकी आत्मा में एक चिंगारी की तरह भड़की थी और फिर एक ज्वाला की तरह उसके पूरे शरीर में छा गई थी। उसके अन्दर हर चीज़ सहसा कोमल हो गई और उसकी आँखों में आँसू उमड़ आए। वह जहाँ खड़ा था वहीं ज़मीन पर गिर पड़ा।

वह चौक के बीच में घुटनों के बल बैठ गया, धरती पर सिर झुकाया और बड़े उल्लास से और हर्षोन्मत्त होकर उसने वहाँ की गन्दी धरती को चूम लिया। फिर वह उठा और एक बार फिर उसने सिर झुका लिया।

"पिए हैं," उसके पास खड़े हुए एक लड़के ने कहा।

लोग ठहाका मारकर हँस पड़े।

"येरूशलम जा रहा है, छोकरो, वहीं जा रहा है। अपने बच्चों से और अपने देश से विदा ले रहा है, सारी दुनिया के आगे सिर झुका रहा है, और राजधानी सेंट पीटर्सबर्ग को और उसकी धरती को चूम रहा है," एक शराबी ने तरंग में आकर बात जोड़ी।

"अभी बिलकुल नौजवान छोकरा है !" कोई तीसरा बोला।

"अरे, किसी शरीफ़ घर का लगता है," किसी ने गम्भीर स्वर में कहा।

"आजकल कोई नहीं बता सकता कि कौन शरीफ़ घर का है और कौन नहीं है।"

इन सब टिप्पणियों और उद्‌गारों को सुनकर रस्कोलनिकोव रुक गया, और उसके मुँह से 'मैं हत्यारा हूँ' के जो शब्द निकलनेवाले थे उन्होंने उसके होंठों तक आकर ही दम तोड़ दिया। लेकिन इन टिप्पणियों को सुनकर भी वह शान्त रहा और अपने चारों ओर देखे बिना ही वह थाने की ओर एक गली में मुड़ गया। रास्ते में उसकी नज़र एक ऐसी चीज़ पर पड़ी जिससे उसे कोई आश्चर्य नहीं हुआ; उसे पहले से आभास था कि ऐसा ही होगा। भूसा मंडी में जब वह दूसरी बार धरती पर झुका था तब उसने बाईं ओर मुड़ने पर देखा था कि सोनिया वहाँ से कोई पचास क़दम की दूरी पर खड़ी थी; वह चौक में बनी हुई लकड़ी की झोंपड़ियों में से एक की आड़ लेकर उसकी नज़रों से छिपने की कोशिश कर रही थी। तो वह उसके इस पूरे दुखमय रास्ते भर उसके साथ आई थी ! उस क्षण रस्कोलनिकोव ने महसूस किया और समझ लिया कि सोनिया हमेशा उसके साथ रहेगी, और यह कि उसकी नियति उसे दुनिया के जिस छोर तक ले जाएगी वहाँ तक सोनिया भी उसके पीछे-पीछे आएगी। उसका हृदय मसोस उठा...लेकिन—अब वह अपनी मंज़िल पर पहुँच चुका था।

काफ़ी तेज़ी से चलता हुआ वह आँगन में पहुँच गया। उसे सीढ़ियाँ चढ़कर तीसरी मंज़िल पर जाना था। 'ऊपर जाने में तो और वक़्त लगेगा,' उसने सोचा। आमतौर पर उसे लग रहा था कि वह घातक क्षण अभी बहुत दूर था, कि अभी उसके पास बहुत वक़्त था, और यह कि इसी बीच वह सारे मामले पर सोच-विचार कर लेगा और अपना इरादा बदल दे सकेगा।

फिर वही कचरा, चक्करदार सीढ़ियों पर फिर वही अंडों के छिलके, फिर वही फ़्लैटों के दरवाज़े पूरे खुले हुए, फिर वही रसोइयाँ, जिनसे खाना पकाने की दुर्गन्ध और भभक आ रही थी। रस्कोलनिकोव उस दिन के बाद से यहाँ नहीं आया था। उसकी टाँगें सुन्न पड़ गईं और जवाब देने लगीं, लेकिन वह आगे बढ़ता गया। दम लेने के लिए, अपने आपको सँभालने के लिए और मर्द की तरह अन्दर जाने के लिए एक क्षण को रुका। 'लेकिन क्यों ? आख़िर किसलिए ?' यह महसूस करके कि वह किसलिए रुका था उसने अचानक सोचा। 'अगर मुझे ज़हर का एक प्याला पीना ही है, तो फ़र्क़ ही क्या पड़ता है ? जितनी ही दुर्गति हो उतना ही अच्छा है।' एक क्षण के लिए बारूदी लेफ़्टिनेंट की आकृति बिजली की तरह उसके दिमाग़ में उभरी और ग़ायब हो गई। 'क्या उसे सचमुच उसके पास जाना चाहिए ? क्या वह किसी और के पास नहीं जा सकता ? मिसाल के लिए, पुलिस सुपरिंटेंडेंट के पास ? क्यों न अभी लौट पड़े और सीधा पुलिस सुपरिंटेंडेंट के घर चला जाए ? कम-से-कम, वहाँ सब कुछ एकान्त में तो होगा।...नहीं, नहीं ! बारूदी के पास ! बारूदी के पास ! अगर उसे पीना ही है, तो सारा एक ही घूँट में पीना होगा !...'

निरीह भाव से उसने थाने का दरवाज़ा खोला; उसे ठीक से यह भी नहीं पता था कि वह क्या कर रहा है। उस वक़्त वहाँ थोड़े ही लोग थे—बस एक दरबान और एक मज़दूर। चौकीदार ने अपनी ओट के पीछ से झाँककर भी नहीं देखा। रस्कोलनिकोव अगले कमरे में चला गया। 'शायद अब भी मौक़ा है कि मैं कुछ न कहूँ,' सोचता रहा। एक आदमी, वहाँ का एक क्लर्क, जो पुलिस की वर्दी नहीं पहने था, मेज़ पर बैठा कुछ लिख रहा था। कमरे के कोने में एक दूसरा क्लर्क अपनी मेज़ पर बैठने जा रहा था। ज़मेतोव वहाँ नहीं था। ज़ाहिर है, पुलिस सुपरिंटेंडेंट भी वहाँ नहीं था।

"कोई है नहीं क्या ?" रस्कोलनिकोव ने उस क्लर्क से पूछा जो मेज़ पर बैठा कुछ लिख रहा था।

"किससे मिलना है ?"

"ओ-ह ! उसे कभी किसी ने सुना नहीं, कभी किसी ने देखा नहीं, लेकिन रूसी अन्तरात्मा...परियों की कहानी में यह बात कैसे कही गई है?...मैं भूल गया ! कैसे हो तुम ?" एक जानी-पहचानी आवाज ने अचानक ज़ोर से कहा।

रस्कोलनिकोव चौंक पड़ा। बारूदी लेफ़्टिनेंट उसके सामने खड़ा था। वह उसी वक़्त तीसरे कमरे में वहाँ आया था। 'इसे होनी कहते हैं !' रस्कोलनिकोव ने सोचा, 'वह यहाँ क्यों है ?'

"तुम यहाँ ? बोलो, क्या काम है ?" असिस्टेंट सुपरिंटेंडेंट ऊँची आवाज़ में बोला। (वह बहुत जोश में मालूम होता था और शायद उसने थोड़ी सी पी रखी थी।) "अगर किसी काम से आए हो, तब तो अभी बहुत जल्दी है। मैं भी बस यहाँ इत्तफ़ाक से ही मौजूद हूँ...लेकिन, मैं बड़ी ख़ुशी से कोई भी मदद करने को तैयार हूँ। एक बात माननी पड़ेगी, मैं...क्या था ? माफ़ करना, मैं..."

"मैं रस्कोलनिकोव हूँ।"

"हाँ, हाँ, मैं जानता हूँ, तुम रस्कोलनिकोव हो ! तुम समझे थे कि मैं तुम्हें भूल गया ? यह न समझना कि मैं ऐसा हूँ...एँ...रोदिओन रो...रो...रोदिओनिच, यही नाम है न ?"

"रोदिओन रोमानोविच।"

"अरे, हाँ, हाँ, रोदिओन रोमानोविच, रोदिओन रोमानोविच ! यही मैं याद करने की कोशिश कर रहा था ! जानते हो, मैं तुम्हारे बारे में जाँच-पड़ताल भी कर चुका हूँ। सचमुच मुझे बेहद अफ़सोस है कि तब हम-तुम...एँ...बाद में बात मुझे समझाई गई, मेरा मतलब है, मैंने पता लगाया कि तुम एक नौजवान लेखक हो और विद्वान भी हो...मैं समझता हूँ, अभी शुरू ही कर रहे

हो।...भगवान जानता है, कौन सा साहित्यकार या...एँ...विद्वान ऐसा है, जिसने शुरू-शुरू में कोई ऐसा काम न किया हो ! साहब, मेरी बीवी को तो उसकी अच्छी-ख़ासी धुन सवार रहती है !... साहित्य और कलात्मकता की ! असली शर्त तो यह है कि आदमी शरीफ़ घर का हो, साहब, बाक़ी सब कुछ तो बड़ी आसानी से प्रतिभा से, विद्या से, बुद्धि से और मेधा से हासिल किया जा सकता है ! मेरा मतलब है, हैट को ही ले लीजिए। हैट, मिसाल के लिए, क्या चीज़ है ? हैट कुछ भी नहीं है। आप जो भी हैट कहें, मैं ज़िम्मरमैन के यहाँ से ख़रीद सकता हूँ। लेकिन, साहब, जो चीज़ हैट के नीचे होती है, जिस चीज़ को हैट ढककर और सुरक्षित रखती है, उसे मैं नहीं ख़रीद सकता !...मैं सच बात बताऊँ, मैं तुम्हारे यहाँ आकर तुमसे माफ़ी भी माँगना चाहता था, लेकिन...एँ...मैंने सोचा कि शायद तुम...एँ...लेकिन, भगवान जानता है, मैं तुमसे यह क्यों नहीं पूछता कि तुम आए किसलिए हो ? क्या तुम्हें सचमुच कुछ चाहिए ? मैंने सुना है कि तुम्हारे परिवारवाले तुमसे मिलने आए हैं।"

"जी हाँ, मेरी माँ और बहन।"

"तुम्हारी बहन से मिलने का सौभाग्य मुझे मिल चुका है...बहुत ही पढ़ी-लिखी और ख़ूबसूरत लड़की है। मैं सच कहता हूँ कि मुझे बेहद अफ़सोस है कि उस दिन हमारी वह झड़प हुई। बहुत ही अजीबोग़रीब मामला था ! और फिर मैं...एँ...मेरे दिमाग़ में तुम्हें ग़श आ जाने की वजह से एक अजीब सी बात बैठ गई और मैं तुम्हें कुछ...एँ...ख़ैर, बहरहाल, सारी गुत्थियाँ बाद में बड़ी अच्छी तरह सुलझ गईं। उन्माद और कट्टरपन ! मैं तुम्हारा गुस्सा बिलकुल समझ सकता हूँ। परिवार के लोगों के आ जाने से पता बदलवाने तो नहीं आए हो ?"

"न-हीं, मैं तो यों ही आ गया था...मैं पूछने आया था...मैंने सोचा था शायद ज़मेतोव यहाँ हो।"

"अच्छा, यह बात है ! तुम्हारी और उसकी बड़ी दोस्ती हो गई है, है न ? मैंने इसके बारे में सुना था। मगर ज़मेतोव तो यहाँ नहीं है। तुम ज़रा देर से आए। मुझे बहुत अफ़सोस के साथ कहना पड़ता है कि अब वह हमारे यहाँ काम नहीं करता है। कल से उसने यहाँ काम करना छोड़ दिया। उसने अपनी बदली करवा ली...और, मुझे अफ़सोस के साथ यह भी कहना पड़ता है कि जाने से पहले वह यहाँ सबसे ख़ूब लड़ा...बहुत ही बौड़म आदमी था, और कुछ नहीं। पर एक बात है, आदमी था होनहार, लेकिन बस ! हमारे आजकल के इन होनहार नौजवानों का कोई करे क्या ? सुना है कि वह किसी इम्तहान में बैठना चाहता है; लेकिन मैं समझता हूँ कि वह इसकी चर्चा कर-करके सबका दिमाग़ चाट जाएगा और इसके बारे में डींग हाँकता रहेगा—बस यहीं उसका इम्तहान ख़त्म हो जाएगा। देखो, तुम्हारी या तुम्हारे दोस्त मिस्टर रज़ुमीख़िन की बात दूसरी है ! तुम लोगों को आगे चलकर विद्वानों का जीवन बिताना है, और एक या दो बार नाकामयाब हो जाने से तुम लोगों की हिम्मत नहीं टूटेगी ! तुम लोगों के लिए ज़िन्दगी की...एँ...ये सारी सजावटी चीज़ें, एक तरह से, जैसे हैं ही नहीं, जिसे कहते हैं nihil est[1], तुम लोग तपस्वी हो, संन्यासी हो, साधु हो !...तुम्हें तो बस इसकी फ़िक्र रहती है कि किताब हो, कान पर क़लम रखा हो, और शोध का काम हो, यहीं तो तुम्हारी आत्मा को उड़ान भरने का मौक़ा मिलता है ! मैं ख़ुद थोड़ा-थोड़ा...तुमने लिविंगस्टन का यात्रा वृत्तान्त पढ़ा है ?"

"नहीं।"

"मैंने पढ़ा है। मगर आजकल बहुत से निषेधवादी घूमते रहते हैं; लेकिन, ज़ाहिर है, और

---

1. कुछ नहीं। (लैटिन)

उम्मीद ही क्या की जा सकती है ? मैं तुमसे कहता हूँ, जिस तरह के ज़माने में हम लोग रहते हैं उसे देखो। फिर भी, मैं तुमसे बिलकुल साफ़ बात करता हूँ...एँ...तुम खुद तो कहीं निषेधवादी नहीं हो न ? मुझे साफ़-साफ़ बता दो, बिलकुल साफ़-साफ़ !"

"न-हीं..."

"अच्छा, तो देखो, तुम मुझसे बिलकुल खुलकर बातें कर सकते हो, किसी तरह की कोई रुकावट महसूस करने की ज़रूरत नहीं है। मुझसे बिलकुल वैसे ही बात करो जैसे खुद अपने से करते हो। नौकरी एक चीज़ होती है और...तुम समझे थे कि मैं कहने जा रहा हूँ : 'दोस्ती', है न ? नहीं, यह बात नहीं है ! नहीं, दोस्ती नहीं, बल्कि एक इंसान की और एक नागरिक की भावना, इंसानियत की भावना और ईश्वर से लगन। भले ही मैं एक अफ़सर की हैसियत से ड्यूटी पर हूँ, लेकिन मुझे यह हमेशा याद रखना चाहिए कि मैं भी एक इंसान और एक नागरिक हूँ, और मुझे अपने हर काम के लिए ज़िम्मेदार होना चाहिए। तुमने अभी ज़मेतोव का ज़िक्र किया था। तो, ज़मेतोव के बारे में तो यह बात यक़ीन के साथ कही जा सकती है कि वह किसी बदनाम अड्डे में शैम्पेन या दोन की शराब पीते वक़्त फ़्रांसीसी ढंग से झगड़ा ज़रूर शुरू कर देगा—वह शख़्स ज़मेतोव है ही ऐसा ! लेकिन मैं, जनाब, हमेशा, यों समझ लीजिए, अपने फ़र्ज़ का भी पाबन्द रहा हूँ और मेरी भावनाएँ भी हमेशा बहुत उच्च कोटि की रही हैं और इसके अलावा मेरे बीवी-बच्चे हैं। मैं एक इंसान की हैसियत से और एक नागरिक की हैसियत से अपना फ़र्ज़ निभा रहा हूँ; लेकिन क्या मैं पूछ सकता हूँ कि वह कौन है ? मैं तुमसे यह बात इसलिए कह रहा हूँ कि शिक्षा ने तुम्हारी भावनाओं को निखार दिया है। और फिर, इधर हाल में ये दाइयाँ भी बड़ी तेज़ी से बढ़ती जा रही हैं।"

रस्कोलनिकोव ने जिज्ञासा के भाव से अपनी भवें सिकोड़ीं। असिस्टेंट सुपरिंटेंडेंट के मुँह से—ज़ाहिर था कि अभी वह खाना खाकर आ रहा था—ये शब्द इस तरह धाराप्रवाह निकल रहे थे कि वे रस्कोलनिकोव को ज़्यादातर खोखली आवाज़ों जैसे ही लग रहे थे। लेकिन उनमें से कुछ का मतलब एक हद तक उसकी समझ में ज़रूर आया। उसने पुलिस अफ़सर को सवालिया नज़रों से देखा, क्योंकि वह समझ नहीं पा रहा था कि वह कहना क्या चाहता था।

"मैं उन छोटे बालोंवाली नौजवान औरतों की बातें कर रहा हूँ," बातूनी असिस्टेंट बोलता रहा, "मैंने उनका नाम दाइयाँ रखा है, और मेरी समझ में यह नाम बेहद मुनासिब है। हः-हः ! वे अकादमी में भरती हो जाती हैं और शरीर-रचना पढ़ लेती हैं। क्या तुम सचमुच समझते हो कि अगर मैं बीमार पड़ जाऊँगा तो मैं अपना इलाज कराने के लिए इनमें से किसी औरत को बुलाऊँगा ? हः-हः !"

असिस्टेंट सुपरिंटेंडेंट दिल खोलकर हँसा; अपने इन छोटे-छोटे मज़ाकों में उसे खुद बहुत मज़ा आ रहा था।

"देखो, मैं मानता हूँ कि ज्ञान की प्यास कभी नहीं बुझती; बस कुछ ज्ञान प्राप्त करके सन्तोष करना चाहिए ! उसका दुरुपयोग क्यों किया जाए ? इज़्ज़तदार लोगों को बेइज़्ज़त क्यों किया जाए, जैसा कि वह बदमाश ज़मेतोव करता है? मैं पूछता हूँ, जनाब, उसने मेरी बेइज़्ज़ती क्यों की ? फिर आए दिन ये खुदकुशी के मामले आते रहते हैं—तुम सोच नहीं सकते कि इधर हाल में वे कितने बढ़ गए हैं। ये लोग अपनी आख़िरी कौड़ी तक फूँक देते हैं और फिर अपने भेजे में गोली मारकर मर जाते हैं। लड़के, लड़कियाँ और बूढ़े लोग, सभी...आज सबेरे ही इस तरह का एक मामला हमारे सामने आया। एक साहब जो अभी कुछ ही अर्सा हुआ इस शहर में आए थे—निल पेत्रोविच !"

उसने दूसरे कमरे में किसी को पुकारकर पूछा, "निल पेत्रोविच, क्या नाम था उन साहब का जिन्होंने आज सबेरे पीटर्सबर्ग के उपनगर में अपने को गोली मार ली थी ?"

"स्विद्रिगाइलोव," किसी ने दूसरे कमरे से विरक्त भाव से भर्राई हुई आवाज़ में जवाब दिया।

रस्कोलनिकोव चौंक पड़ा।

"स्विद्रिगाइलोव !" वह चिल्ला पड़ा, "स्विद्रिगाइलोव ने अपने को गोली मार ली !"

"क्यों ? क्या तुम इन स्विद्रिगाइलोव साहब को जानते थे ?"

"जी हाँ...मैं जानता था...वह यहाँ कुछ ही अर्सा हुआ, आए थे..."

"बिलकुल वही। मैं जानता हूँ, वह यहाँ कुछ दिन पहले ही आए थे। उनकी बीवी अभी हाल ही में मरी हैं। सुना है, बहुत बदचलन आदमी थे, और अब अपने को गोली मार ली, और सो भी ऐसी शर्मनाक हालत में कि कोई सोच भी नहीं सकता।...अपनी नोटबुक में एक छोटा सा सन्देश लिखकर छोड़ गए हैं कि जब वह मरने जा रहे थे तो पूरी तरह होश-हवास में थे। और उन्होंने किसी को अपनी मौत के लिए दोषी भी नहीं ठहराया है। सुना है बहुत पैसेवाले आदमी थे। तुम उन्हें कहाँ से जानते हो ?"

"मैं...जानता था...मेरी बहन उनके यहाँ बच्चों को पढ़ाने का काम करती थी।"

"यह बात है ! तब तो तुम हमें उनके बारे में कुछ बता सकते हो। तुम्हें किसी तरह का कोई शक तो नहीं था ?"

"मैं कल ही मिला था उनसे...वह...शराब पी रहे थे...मुझे इस तरह का कोई ख़्याल भी नहीं था।"

रस्कोलनिकोव को ऐसा लगा कि जैसे कोई भारी बोझ उसके ऊपर आ गिरा हो और उसने उसे ज़मीन पर गिराकर बुरी तरह दबा रखा हो।

"तुम्हारा रंग फिर उड़ गया। शायद यहाँ बड़ी घुटन है।"

"अच्छा, मैं समझता हूँ कि अब मुझे चलना चाहिए," रस्कोलनिकोव ने बुदबुदाकर कहा, "माफ़ कीजिए, मैंने आपको तकलीफ़ दी।..."

"अरे साहब, बिलकुल नहीं ! मुझे तो बड़ी ख़ुशी हुई !"

असिस्टेंट सुपरिंटेंडेंट ने अपना हाथ तक बढ़ा दिया।

"मैं...मैं तो बस ज़मेतोव से मिलने आया था।"

"मैं बिलकुल समझ गया और मैं...बड़ी ख़ुशी हुई तुमसे मिलकर।"

"मुझे भी बहुत ख़ुशी हुई...अच्छी बात है, मैं चला," रस्कोलनिकोव ने मुस्कुराकर कहा।

वह बाहर चला गया। उससे सीधे चला नहीं जा रहा था। उसका सिर चकरा रहा था और उसकी टाँगें सुन्न पड़ गई थीं। वह अपने दाहिने हाथ से दीवार का सहारा लेकर सीढ़ियाँ उतरने लगा। उसे आभास हुआ कि एक दरबान हाथ में रजिस्टर लिये उसे धक्का देकर सीढ़ियाँ चढ़ता हुआ ऊपर थाने की ओर चला गया। उसे यह भी आभास हुआ कि नीचे कहीं पहली मंज़िल पर एक कुत्ता भूँक-भूँककर कान खाए जा रहा था, जिसे एक औरत ने उसे बेलन फेंककर मारा था और वह चिल्ला रही थी। सीढ़ियाँ उतरकर वह नीचे आँगन में पहुँच गया। वहाँ फाटक के पास सोनिया खड़ी थी, उसका चेहरा मुर्दों की तरह पीला पड़ गया था और वह फटी-फटी आँखों से उसे देख रही थी। वह उसके सामने जाकर रुक गया। सोनिया के चेहरे पर निराशा का व्यथित भाव उभर आया। वह अपने दोनों हाथ उठाकर रह गई। रस्कोलनिकोव के होंठों पर एक उजड़ी हुई भयानक मुस्कुराहट मँडला रही थी। वह एक क्षण तक चुपचाप खड़ा मुस्कुराता रहा, और फिर थाने में चला गया।

असिस्टेंट सुपरिंटेंडेंट अपनी मेज़ पर बैठा कुछ काग़ज़ उलट-पुलटकर देख रहा था। वह दरबान, जिसने अभी सीढ़ियों पर रस्कोलनिकोव को धक्का दिया था, उसके सामने खड़ा था।

"अ-रे ! तुम फिर आ गए ? यहाँ कुछ भूल गए थे क्या ? बात क्या है ?"

रस्कोलनिकोव के होंठ पीले पड़ गए थे और वह निश्चल आँखों से सामने घूर रहा था। वह धीरे-धीरे आगे बढ़ता हुआ मेज़ के पास पहुँच गया, एक हाथ उस पर टिकाकर झुका, उसने कुछ कहने की कोशिश की, लेकिन कह न सका; उसके मुँह से केवल कुछ उखड़ी-उखड़ी आवाज़ें ही निकल सकीं।

"तुम्हारी तबियत ठीक नहीं है ! कुर्सी ! यह लो, कुर्सी पर बैठ जाओ ! पानी !"

रस्कोलनिकोव धम से कुर्सी पर बैठ गया, लेकिन उसने अपनी नज़रें असिस्टेंट सुपरिंटेंडेंट पर से नहीं हटाईं, जिसके चेहरे पर अरुचि और आश्चर्य का भाव झलक रहा था। एक क्षण तक दोनों एक-दूसरे को चुपचाप देखते रहे और इन्तज़ार करते रहे। पानी आ गया।

"मैंने ही..." रस्कोलनिकोव ने कहना शुरू किया।

"लो, थोड़ा सा पानी पी लो।"

रस्कोलनिकोव ने पानी का गिलास हाथ से दूर हटा दिया और धीमी आवाज़ में लेकिन साफ़-साफ़, हर शब्द के बाद रुकते कहा–

"मैंने ही उस सूदख़ोर बुढ़िया और उसकी बहन लिज़ावेता का कुल्हाड़ी से ख़ून किया था और उनके यहाँ डाका डाला था।"

असिस्टेंट सुपरिंटेंडेंट हक्का-बक्का रह गया। लोग चारों ओर से दौड़ पड़े।

रस्कोलनिकोव ने अपना बयान एक बार फिर दोहराया।

उपसंहार

●

1

साइबेरिया। एक सुनसान चौड़ी सी नदी के किनारे एक शहर है, जो रूस का एक प्रशासन केन्द्र है। उस शहर में एक क़िला है। उस क़िले में एक जेल है। उस जेल में दूसरे दर्जे का एक क़ैदी नौ महीने से बन्द है। रोदिओन रस्कोलनिकोव। जब अपराध किया गया था, तब से लगभग अठारह महीने बीत चुके हैं।

उसके मुक़द्दमे के दौरान कोई ख़ास कठिनाई नहीं हुई थी। अपराधी सही-सही, दृढ़तापूर्वक और बिलकुल स्पष्ट रूप से अपने बयान पर अटल रहा था। उसने परिस्थितियों को न उलझाया था, न उनके बारे में कोई ग़लतबयानी की थी; न ही उसने अपने हित में तथ्यों को तोड़ा-मरोड़ा था, न ही कोई छोटी-से-छोटी बात छिपाई थी। उसने अदालत को बताया था कि उसने कब और कैसे हत्या करने की योजना बनाई थी और उसे पूरा किया था; उसने 'गिरवी रखी गई चीज़' का रहस्य समझाया था (लकड़ी का वह छोटा सा चपटा टुकड़ा जिसके साथ धातु की पट्टी लगी हुई थी), जो उस औरत के हाथ में पाया गया था, जिसका ख़ून किया गया था; उसने पूरे विस्तार के साथ बताया कि उसने किस तरह मरी हुई औरत के पास से चाभियाँ ली थीं; चाभियों का वर्णन किया, सन्दूक़ का और जो चीज़ें उसमें थीं उनका वर्णन किया, बल्कि उनमें से कुछ के नाम भी गिनवाए; लिज़ावेता की हत्या का रहस्य समझाया; उसने बताया किस तरह कोख़ ने आकर दरवाज़ा खटखटाया था, और उसके बाद वह विद्यार्थी आया था; उनकी बातचीत का ब्योरा दिया और बताया कि किस तरह वह (हत्यारा) बाद में सीढ़ियों पर नीचे भागा था और उसने निकोलाई और मित्का को चिल्लाते हुए सुना था; किस तरह वह ख़ाली फ़्लैट में छिप गया था और बाद में घर चला गया था और, अन्त में, उसने उस जगह का ठीक-ठीक वर्णन दिया जहाँ वोज़्नेसेंस्की ऐवेन्यू में वह पत्थर पड़ा था जिसके नीचे बटुआ और दूसरी चीज़ें पाई गईं। दरअसल, सारा मामला बिलकुल साफ़ हो गया। अलबत्ता, छानबीन करनेवाले वकीलों और जजों को इस बात पर बहुत ताज्जुब हुआ कि उसने उस फ़्लैट से जो बटुआ और दूसरी चीज़ें ली थीं उन्हें इस्तेमाल करने की कोशिश किए बिना ही उसने उन्हें पत्थर के नीचे छिपा दिया था। उन्हें इस बात पर और भी ताज्जुब था कि उसे पूरे विस्तार के साथ यह नहीं याद था कि वे चीज़ें क्या थीं, यहाँ तक कि उसे यह भी याद नहीं था कि कितनी चीज़ें थीं। सच तो यह है कि यह बात किसी तरह उनकी समझ में ही नहीं आती थी कि उसने बटुआ कभी खोला ही नहीं था और उसे यह भी नहीं मालूम था कि उसमें कितना पैसा था। (पता यह चला कि बटुए में तीन सौ सत्रह रूबल और साठ कोपेक

थे; और कुछ नोट, ख़ासतौर पर बड़ी रक़मवाले नोट, जो ऊपर रखे थे और इतने दिन तक पत्थर के नीचे पड़े रहने की वजह से बुरी तरह ख़राब हो गए थे।) उन्होंने इसका पता लगाने की कोशिश में बहुत वक़्त ख़र्च किया कि अपराधी ने जब बाक़ी सारी बातें अपनी मर्ज़ी से और सच-सच मान ली थीं तो वह इसी एक बात के बारे में झूठ क्यों बोल रहा होगा। आख़िरकार उनमें से कुछ ने (ख़ासतौर पर जिन्हें मनोविज्ञान की थोड़ी-बहुत जानकारी थी) इस बात को माना कि मुमकिन है उसने बटुए को कभी खोलकर देखा ही न हो और इसलिए उसे यह न मालूम हो कि जिस वक़्त उसने उसे पत्थर के नीचे छिपाया था तब उसमें क्या था। लेकिन इससे उन्होंने नतीजा यही निकाला कि अपराध वक़्ती पागलपन के दौरान ही किया गया होगा, या, दूसरे शब्दों में, ऐसे वक़्त जब अभियुक्त किसी अन्तिम उद्देश्य के बिना या निजी लाभ के किसी विचार के बिना केवल हत्या करने और डाका डालने की ख़ातिर हत्या और डाके के एकोन्माद का शिकार रहा होगा। यह बात वक़्ती पागलपन के उस प्रचलित सिद्धान्त से बहुत अच्छी तरह मेल खाती थी, जो अचानक कुछ प्रकार के अपराधियों पर अक्सर लागू किया जाता है। इसके अलावा यह बात कि रस्कोलनिकोव को हाइपोकांड्रिया की पुरानी बीमारी थी, जिसकी वजह से वह हमेशा उदास रहता था, कई लोगों की गवाही से पूरी तरह साबित हो चुकी थी, जिनमें डॉ. ज़ोसिमोव, उसके पुराने सहपाठी, उसकी मकान-मालकिन और उसकी नौकरानी शामिल थे। ये सब बातें इस निष्कर्ष की ओर प्रबल संकेत करती थीं कि रस्कोलनिकोव किसी आम हत्यारे, चोर और डाकू जैसा बिलकुल नहीं था, बल्कि यह कि वे लोग इस मामले में एक बिलकुल ही दूसरी तरह के आदमी से निबट रहे थे। इस सिद्धान्त के समर्थकों को यह देखकर बड़ी निराशा हुई कि अभियुक्त ने ख़ुद अपनी तरफ़ से कोई सफ़ाई पेश करने की कोशिश नहीं की। अन्तिम प्रश्नों के उत्तर में—कि किस चीज़ ने उसे हत्या करने पर मजबूर किया और किस चीज़ ने उसे डाका डालने के लिए प्रेरित किया—उसने बिलकुल साफ़-साफ़ और बहुत बुरी लगनेवाली स्पष्टता के साथ कहा कि इन सब बातों की वजह थी उसकी दयनीय भौतिक स्थिति, उसकी ग़रीबी और लाचारी, और उसकी यह इच्छा कि वह कम-से-कम तीन हज़ार रूबल की मदद से अपने जीवन की पहली मंज़िल के दौरान तो अपनी माली हालत मज़बूत कर ले, जिसके बारे में उसे पूरी उम्मीद थी कि जिस औरत का ख़ून किया गया था उसके फ़्लैट में इतनी रक़म तो मिल ही जाएगी। लेकिन उसने हत्या करने का फ़ैसला ख़ासतौर पर अपने विवेकहीन और कायर स्वभाव के कारण किया था, और इसके अलावा इसलिए कि वह अपनी मुसीबतों और अपनी असफलताओं से तंग आ चुका था। जब उससे पूछा गया कि उसने अपना अपराध स्वीकार क्यों किया, तो उसने साफ़-साफ़ जवाब दिया कि उसने जो कुछ किया था उसका उसे सचमुच अफ़सोस था। यह सब कुछ लगभग भोंडा लग रहा था।

लेकिन अदालत ने जो सज़ा सुनाई वह उसके मुक़ाबले में बहुत कम थी जितनी कि इस अपराध को देखते हुए दी जानी चाहिए थी, और इसकी एकमात्र वजह शायद यह थी कि अपराधी ने अपने काम को उचित ठहराने की कोशिश करने के बजाय अपने आपको उसमें ज़्यादा दोषी ठहराने की उत्सुकता दिखाई थी। अपराध के सभी विचित्र और विशिष्ट लक्षणों को ध्यान में रखा गया था। अपराध किए जाने से पहले क़ैदी के बुरे स्वास्थ्य और उसकी दरिद्रता की परिस्थितियों के बारे में कोई सन्देह नहीं रह गया था। जो चीज़ें उसने चुराई थीं उन्हें अगर उसने किसी तरह इस्तेमाल नहीं किया था तो इसकी वजह कुछ हद तक यह बताई गई कि उसमें पश्चात्ताप की भावना जाग्रत हो गई थी और कुछ हद तक यह कि जिस वक़्त अपराध किया गया था उस वक़्त उसके होशो-हवास पूरी तरह ठिकाने नहीं थे। पहले से योजना बनाए बिना जिस तरह लिज़ावेता

की हत्या की गई थी उससे इस अन्तिम सिद्धान्त की पुष्टि ही होती थी : एक आदमी दो हत्याएँ करता है और यह भूल जाता है कि सामने का दरवाज़ा खुला है ! आख़िरी बात यह कि रस्कोलनिकोव ने अपना अपराध ऐसे वक़्त स्वीकार किया था जब धर्मोन्मादी (निकोलाई) के उदासी का दौरा पड़ने की हालत में झूठा अपराध स्वीकार कर लेने की वजह से मामला बेहद उलझ गया था, और सो भी ऐसे वक़्त जबकि असली अपराधी के ख़िलाफ़ कोई सीधा सबूत नहीं था और उसके ख़िलाफ़ लगभग किसी तरह का शुबहा भी नहीं था (पोर्फ़िरी पेत्रोविच ने अपना वचन पूरी तरह निभाया था)—इन सब बातों का सज़ा घटाए जाने में बहुत बड़ा हाथ था।

कई दूसरी परिस्थितियाँ भी, जो बड़ी हद तक क़ैदी के पक्ष में थीं, अप्रत्याशित रूप से सामने आ गई थीं। भूतपूर्व विद्यार्थी रज़ुमीख़िन ने कुछ ऐसी जानकारी खोद निकाली थी, जिससे साबित होता था कि क़ैदी रस्कोलनिकोव ने, जब वह यूनिवर्सिटी में पढ़ता था, अपने एक ग़रीब और तपेदिक़ के बीमार साथी की मदद की थी और अपने बहुत ही थोड़े साधनों में छः महीने तक उसका लगभग पूरा ख़र्च उठाया था। जब यह विद्यार्थी मर गया तब उसने उसके अपाहिज बाप की (जिसकी देखभाल रस्कोलनिकोव का दोस्त लगभग तेरह साल की उम्र से करता आया था) उस वक़्त तक देखभाल की जब तक कि उसे अस्पताल में भरती नहीं कर लिया गया, और उसके मरने पर उसके कफ़न-दफ़न का ख़र्च भी रस्कोलनिकोव ने ही दिया था। इन सब बातों का अदालत के फ़ैसले पर बहुत अच्छा असर पड़ा। इसके अलावा, रस्कोलनिकोव की पहलेवाली मकान-मालकिन विधवा ज़रनीत्सिना ने, जो अभियुक्त की मंगेतर की माँ थी, गवाही दी जब वे पंचकोनिया में एक दूसरे मकान में रहते थे तब रस्कोलनिकोव ने दो बच्चों को एक जलते हुए घर में से निकाला था और ऐसा करने में ख़ुद बुरी तरह जल गया था। इस बात की पूरी तरह जाँच की गई, और कई गवाहों ने काफ़ी पक्के तौर पर इस बात की पुष्टि की। सारांश यह कि अन्त में अपराधी को केवल आठ वर्ष के लिए दूसरी कोटि के कठोर कारावास की सज़ा दी गई; अदालत ने अपराधी के स्वयं अपना अपराध स्वीकार कर लेने को और उसके अपराध की गम्भीरता को कम करनेवाली कई दूसरी परिस्थितियों को पूरी तरह ध्यान में रखा था।

रस्कोलनिकोव की माँ मुक़द्दमे के शुरू में ही बीमार पड़ गई थीं। दूनिया और रज़ुमीख़िन ने मुक़द्दमे के दौरान तक के लिए उन्हें पीटर्सबर्ग से बाहर भिजवा दिया था। इसके लिए रज़ुमीख़िन ने पीटर्सबर्ग के पास ही एक रेलवे जंक्शन चुना था ताकि मुक़द्दमे की पूरी कार्रवाई पर भी नज़र रख सके और साथ ही दूनिया से भी ज़्यादा-से-ज़्यादा बार मिल सके। पुल्ख़ेरिया अलेक्सान्द्रोव्ना की बीमारी बहुत ही अजीब क़िस्म की थी, किसी तरह की तन्त्रिकाओं की गड़बड़ी थी, और उसके साथ ही उनका दिमाग़ अगर पूरी तरह नहीं तो कुछ हद तक तो ख़राब हो ही गया था। जब दूनिया अपने भाई से आख़िरी बार मिलकर लौटी थी तब उसने अपनी माँ को बहुत बीमार पाया था। उन्हें बहुत तेज़ बुख़ार था और सरसाम हो गया था। उसी दिन शाम को दूनिया और रज़ुमीख़िन ने तै कर लिया था कि उसके भाई के बारे में माँ जो सवाल पूछेंगी उनके वे लोग क्या जवाब देंगे। रज़ुमीख़िन की मदद से दूनिया ने एक पूरा क़िस्सा गढ़ लिया था कि रस्कोलनिकोव किसी ऐसे निजी काम से रूस के बाहर जा रहा था, जिससे अन्त में वह बहुत पैसा और बहुत नाम कमाएगा। लेकिन उन्हें जिस बात पर ताज्जुब हुआ वह यह थी कि पुल्ख़ेरिया अलेक्सान्द्रोव्ना ने उनसे इसके बारे में कभी कोई सवाल पूछा ही नहीं, न उस वक़्त और न बाद में। इसके विपरीत, उन्होंने अपने बेटे के इस तरह अचानक चले जाने के बारे में ख़ुद एक क़िस्सा गढ़ लिया था। उन्होंने रो-रोकर उन लोगों को बताया कि किस तरह वह उनसे विदा लेने आया था। इसके साथ ही उन्होंने यह भी

संकेत दिया कि कुछ बहुत महत्त्वपूर्ण और रहस्यमय बातें ऐसी थीं जो सिर्फ़ उन्हीं को मालूम थीं। यह भी कि रोद्या के कई बहुत ताक़तवर दुश्मन थे, इसलिए वह उनसे छिपकर रहने पर भी मजबूर था। जहाँ तक उसके भविष्य का सवाल था, उन्हें इसमें तनिक भी सन्देह नहीं था कि जब कुछ विरोधी प्रभाव काम करना बन्द कर देंगे तब उसका भविष्य बहुत उज्ज्वल होगा। उन्होंने रज़ुमीख़िन को यक़ीन दिलाया कि उनका बेटा एक दिन बहुत बड़ा राजनेता भी बनेगा, जो बात उसके प्रकाशित लेख और उसकी साहित्यिक प्रतिभा से प्रमाणित हो चुकी थी। वह लगातार उसका लेख पढ़ती रहती थीं। कभी-कभी तो ज़ोर से भी पढ़ती थीं, और प्रायः उसे पढ़ते-पढ़ते ही सो जाती थीं। लेकिन वह शायद ही कभी यह पूछती थीं कि रोद्या कहाँ है, इस बात के बावजूद कि वे लोग बिलकुल खुले तौर पर उनसे उसकी चर्चा करने से कतराते थे, और केवल इसी बात से उनके मन में सन्देह पैदा होना चाहिए था। आख़िरकार कुछ बातों के बारे में पुल्ख़ेरिया अलेक्सान्द्रोव्ना की अजीब ख़ामोशी पर उन लोगों के मन में कुछ आशंका पैदा हुई। मिसाल के लिए, वह कभी शिकायत नहीं करती थीं कि उसका कोई ख़त नहीं आया, जबकि पहले जब वे लोग उस छोटे से क़स्बे में रहते थे, तब वह अपने प्यारे रोद्या का पत्र आने की आस-उम्मीद में ही ज़िन्दा रहती थीं। इस आख़िरी बात की कोई वजह समझ में नहीं आती थी और इसकी वजह से दूनिया बहुत चिन्तित रहती थी : वह यह सोचने पर मजबूर हो जाती थी कि उसकी माँ को यह मालूम था कि उनके बेटे के साथ कोई भयानक बात हो गई है और वह उसके बारे में पूछने से डरती थीं कि उन्हें कोई उससे भी भयानक बात न मालूम हो जाए। दूनिया को साफ़ दिखाई देता था कि उसकी माँ के होश-हवास पूरी तरह ठिकाने नहीं थे।

लेकिन एक-दो बार पुल्ख़ेरिया अलेक्सान्द्रोव्ना ने ख़ुद बातचीत को ऐसा मोड़ दे दिया कि इस बात का ज़िक्र किए बिना कि रोद्या उस वक़्त कहाँ था उनके सवाल का जवाब देना नाममुकिन हो गया; और जब जवाब कुछ गोलमोल तरीक़े से असन्तोषजनक और शंकास्पद होते थे, तब वह अचानक बहुत दुखी, उदास और चुप हो जाती थीं। यह सिलसिला काफ़ी लम्बे अर्से तक चलता रहा। आख़िरकार दूनिया ने महसूस किया कि झूठ बोलना और कहानियाँ गढ़ना बहुत मुमकिन है, और वह इस नतीजे पर पहुँची कि कुछ बातों के बारे में बिलकुल चुप्पी साध लेना ही बेहतर है; लेकिन यह बात अधिकाधिक स्पष्ट होती जा रही थी कि बेचारी माँ को सन्देह था कि कोई बहुत भयानक बात हो गई है। दूनिया को याद आया कि उसके भाई ने उसे बताया था कि उसकी माँ ने स्विद्रिगाइलोव से उसकी मुलाक़ात के बाद रात को, रस्कोलनिकोव के आत्मसमर्पण करने से ठीक पहलेवाले दिन, उसे सोते में बड़बड़ाते सुना था। कहीं माँ को उस वक़्त तो किसी बात का पता नहीं चल गया था ? अक्सर, कभी-कभी तो कई दिन, और यहाँ तक कि कई हफ़्ते, बहुत दुखी और उदास होकर चुप रहने के बाद उस बीमार औरत में अचानक इतनी जान आ जाती थी कि जैसे उसे हिस्टीरिया का दौरा पड़ गया हो। वह बहुत ऊँची आवाज़ में अपने बेटे, अपनी उम्मीदों और भविष्य के बारे में बातें करने लगती थीं...उनके भ्रम कभी-कभी बहुत विचित्र होते थे। वे उन्हें ख़ुश रखने की कोशिश करते, उनकी हाँ में हाँ मिलाते (वह स्वयं अच्छी तरह समझती थीं कि वे महज़ उन्हें ख़ुश करने के लिए ऐसा कर रहे हैं और उनसे सहमत होने का ढोंग कर रहे हैं।), लेकिन वह फिर भी बातें करती रहती थीं।

रस्कोलनिकोव के अपराध स्वीकार करने के पाँच महीने बाद अदालत का फ़ैसला सुनाया गया। जब भी मुमकिन होता था रज़ुमीख़िन उससे जेल में मिलने जाता था। सोनिया भी। आख़िरकार बिछुड़ने की घड़ी आ पहुँची। दूनिया ने क़समें खा-खाकर अपने भाई को यक़ीन दिलाया

कि उनका यह बिछुड़ना हमेशा के लिए नहीं होगा; रजुमीख़िन ने भी ऐसा ही किया। रजुमीख़िन ने अपने जवानी के जोश में पक्का फ़ैसला किया कि अगले तीन-चार वर्ष अपने भविष्य को कमोबेश सुरक्षित बना लेने और ज़्यादा-से-ज़्यादा पैसा बचाने में ख़र्च करेगा ताकि वह जाकर साइबेरिया में बस सके, जो विपुल प्राकृतिक साधनों का देश था और जिसे अधिक लोगों, मज़दूरों और पूँजी की ज़रूरत थी। उसने योजना बना ली थी कि वह उसी शहर में जाकर बस जाएगा जहाँ रोद्या था और...वे सभी एक साथ नई ज़िन्दगी शुरू करेंगे। बिछुड़ते समय वे सभी रोए। अन्तिम कुछ दिनों के दौरान रस्कोलनिकोव बहुत विचारमग्न रहने लगा था। वह अपनी माँ के बारे में बहुत पूछता रहता था और लगातार उनके बारे में चिन्तित रहता था। वह उनके बारे में असामान्य रूप से चिन्तित लगता था, जिसकी वजह से दूनिया बड़ी परेशान रहती थी। अपनी माँ के स्वास्थ्य के बारे में सारी बातें मालूम होने पर वह बहुत उदास हो गया। किसी वजह से वह सोनिया से हमेशा बहुत ही कम बातें करता था। स्विद्रिगाइलोव ने उसे जो पैसा दिया था उसकी मदद से सोनिया ने बहुत पहले ही क़ैदियों की उस टोली के साथ, जिसमें रस्कोलनिकोव शामिल था, साइबेरिया जाने की सारी तैयारियाँ पूरी कर ली थीं। उसने रस्कोलनिकोव से कभी इसकी चर्चा नहीं की थी, और उसने भी इसके बारे में कुछ नहीं कहा था; लेकिन दोनों जानते थे कि ऐसा ही होगा। अन्तिम विदाई के समय जब उसकी बहन और रजुमीख़िन ने बड़े उत्साह से उसे आश्वस्त किया था कि उसके जेल से छूटने के बाद वे सब लोग साथ रहेंगे और उनका भविष्य बहुत सुखमय होगा तो उसके जवाब में वह बड़े विचित्र ढंग से मुस्कुरा दिया था। उसने भय व्यक्त किया था कि उसकी माँ इस बीमारी की वजह से जल्दी ही मर जाएँगी। आख़िरकार वह और सोनिया रवाना हो जाए।

दो महीने बाद दूनिया और रजुमीख़िन की शादी हो गई। उनकी शादी बिना किसी धूमधाम के और बहुत उदास वातावरण में हुई। लेकिन आमन्त्रित मेहमानों में पोर्फ़िरी पेत्रोविच और ज़ोसिमोव भी थे। इस पूरे अर्से के दौरान रजुमीख़िन एक ऐसा आदमी लगता था जिसने अपने मन में कुछ ठान लिया हो। दूनिया को पूरा विश्वास था कि वह अपनी सारी योजनाएँ पूरी करेगा, और वह उस पर विश्वास करने के अलावा और कुछ कर ही नहीं सकती थी : हर आदमी जानता था कि उसका संकल्प पत्थर की तरह दृढ़ है। और हाँ, उसने अपनी पढ़ाई पूरी करने के लिए फिर से यूनिवर्सिटी में नाम भी लिखा लिया था। वे दोनों लगातार भविष्य की योजनाएँ बनाते रहते थे; दोनों ने जाकर साइबेरिया में बस जाने का पक्का इरादा कर लिया था। तब तक के लिए उनकी सारी उम्मीदें सोनिया के साथ जुड़ी हुई थीं।

रजुमीख़िन के साथ दूनिया की शादी को अपना आशीर्वाद देकर पुल्ख़ेरिया अलेक्सान्द्रोव्ना बहुत ख़ुश थीं, लेकिन शादी के बाद वह और उदास और परेशान रहने लगीं। उनकी उदासी दूर करने के लिए रजुमीख़िन ने उन्हें उस विद्यार्थी और उसके अपाहिज बाप के बारे में बताया था। यह भी कि किस तरह साल भर पहले रस्कोलनिकोव जलते हुए घर में से दो बच्चों को निकालकर लाने में ख़ुद बुरी तरह जल गया था और घायल हो गया था। पुल्ख़ेरिया अलेक्सान्द्रोव्ना, जिनका दिमाग़ तो कुछ-कुछ ख़राब हो ही चला था, अपने बेटे के बारे में ये नई बातें मालूम करके ख़ुशी से बिलकुल पागल हो उठती थीं। वह लगातार उसके बारे में बातें करती रहती थीं; और सड़क पर अजनबियों को रोक-रोककर भी उनसे बातें करने लगती थीं (हालाँकि दूनिया हमेशा उनके साथ रहती थी)। राह चलते और दुकानों में जो भी उनकी बातें सुनने को तैयार हो जाता था उसे वह पकड़ लेती थीं और उससे अपने बेटे के बारे में, उसके लेख के बारे में, इसके बारे में कि किस तरह उसने एक ग़रीब विद्यार्थी की मदद की थी और किस तरह वह आग में जल गया था और

इसी तरह की न जाने कितनी दूसरी चीज़ों के बारे में बातें करने लगती थीं। दूनिया की समझ में नहीं आ रहा था कि उन्हें कैसे रोका जाए। इस तरह की दिमाग़ी उत्तेजना के अपने ख़तरे तो थे ही, उनके अलावा इस बात की भी सम्भावना थी कि किसी को रस्कोलनिकोव का नाम उसके मुक़द्दमे के प्रसंग में याद आ जाए और वह उसके बारे में बातें करने लगे। दूनिया महसूस करती थी कि उसकी माँ के स्वास्थ्य पर इसका विनाशकारी प्रभाव पड़ सकता था। पुल्ख़ेरिया अलेक्सान्द्रोव्ना ने उन दोनों बच्चों की माँ का भी पता मालूम कर लिया था जिन्हें उनके बेटे ने बचाया था, और वह उससे मिलने जाने की ज़िद करती रहती थीं। अन्ततः उनकी चिन्ता अपने चरम शिखर पर पहुँच गई। कभी-कभी वह अचानक रोने लगती थीं। वह अक्सर बीमार रहने लगी थीं। उन्हें बहुत तेज़ बुख़ार चढ़ जाता था और सरसाम हो जाता था।

एक दिन सुबह उन्होंने ज़ोर देकर एलान किया कि उनके हिसाब से रोद्या जल्दी ही घर लौटकर आनेवाला है। उन्होंने कहा कि उन्हें याद था उनसे विदा होते समय उसने कहा था कि नौ महीने में उसके लौट आने की उम्मीद की जा सकती है। वह फ़्लैट की सफ़ाई करने लगीं और अपने आपको उसकी वापसी के लिए तैयार करने लगीं। उन्होंने उसके लिए ख़ुद अपना कमरा सजाना-सँवारना, फ़र्नीचर पर पॉलिश करना, पर्दे धोना और नए पर्दे टाँगना वग़ैरह शुरू कर दिया। दूनिया बहुत चिन्तित थी, लेकिन उसने कुछ कहा नहीं, बल्कि वह अपने भाई के लिए कमरा तैयार करने में उनका हाथ भी बँटाती रही। अविराम कल्पनाओं, सुखद सपनों और आँसुओं के बीच एक कष्टप्रद दिन बिताने के बाद रात को वह बीमार पड़ गईं, सबेरे उन्हें तेज़ बुख़ार चढ़ आया और सरसाम हो गया। बुख़ार उनके दिमाग़ को चढ़ गया था। दो हफ़्ते के अन्दर वह मर गईं। सरसामी हालत में वह बीच-बीच में कुछ ऐसे शब्द बोल देती थीं जिनसे पता चलता था कि अपने बेटे के भयानक अंजाम के बारे में उन्हें उससे ज़्यादा मालूम था जितना कि वे लोग सोचते थे।

रस्कोलनिकोव को अपनी माँ के मरने की ख़बर बहुत दिन तक नहीं मिली, हालाँकि साइबेरिया पहुँचने के प्रथम दिनों के बाद से ही उसे पीटर्सबर्ग से नियमित रूप से ख़बरें मिलने लगी थीं। यह पत्रव्यवहार सोनिया के माध्यम से होता था। वह हर महीने पीटर्सबर्ग रज़ुमीख़िन को पत्र लिखती थी, और हर महीने उसके पास जवाब आ जाता था। शुरू-शुरू में सोनिया के पत्र दूनिया और रज़ुमीख़िन को बहुत नीरस और असन्तोषजनक लगते थे, लेकिन आख़िर में वे दोनों इस नतीजे पर पहुँचे कि उसके पत्र इससे बेहतर हो ही नहीं सकते थे क्योंकि उनमें उसके अभागे भाई की ज़िन्दगी की पूरी तस्वीर होती थी। सोनिया के पत्रों में अत्यन्त नीरस ब्योरे की बातें, जेल में रस्कोलनिकोव के जीवन की परिस्थितियों का स्पष्टतम विवरण होता था। उसमें सोनिया की अपनी उम्मीदों, या भविष्य के बारे में उसकी अपनी आशाओं की कोई चर्चा, या स्वयं अपनी भावनाओं का कोई वर्णन नहीं होता था। रस्कोलनिकोव की मानसिक दशा तथा उसके विचारों और भावनाओं को आमतौर पर बयान कर देने की कोशिश करने के बजाय वह केवल तथ्य लिखकर भेजती थी—यानी उसके अपने शब्द, इन बातों का विस्तृत ब्योरा कि उसका स्वास्थ्य कैसा है, जब वह उससे मिलती है तब वह क्या पूछता है, वह उससे क्या करने को कहता है, वग़ैरह-वग़ैरह। ये सारी बातें बड़े विस्तार से लिख भेजी जाती थीं। अन्त में उन्हें दूनिया के अभागे भाई की ज़िन्दगी का एक बहुत स्पष्ट चित्र मिल गया, और उसके बारे में किसी तरह का कोई सन्देह नहीं हो सकता था, क्योंकि सोनिया ने जो बातें बयान की थीं वे सब सच्ची बातें थीं।

लेकिन इन ख़तों से दूनिया और रज़ुमीख़िन को कोई तसल्ली नहीं होती थी, ख़ासतौर पर शुरू में। सोनिया लिखती थी कि वह उदास और चुप-चुप रहता था, कि हर बार उससे मिलने जाने पर

जब सोनिया उसे घर का हालचाल बताती थी तो वह उसमें कोई दिलचस्पी नहीं दिखाता था, कि वह कभी-कभी अपनी माँ के बारे में पूछता था, और यह कि जब सोनिया ने यह देखकर कि उसे कुछ-कुछ शक होने लगा था उसे आख़िरकार माँ के मरने की बात बताई थी तब उसे यह देखकर ताज्जुब हुआ था कि माँ के मरने की ख़बर सुनकर भी उस पर कोई गहरा असर नहीं पड़ा था—कम-से-कम उसने किसी तरह की भावुकता नहीं दिखाई थी। सोनिया ने उन लोगों को यह भी लिखा था कि देखने में हालाँकि वह अपने ही में बहुत ज़्यादा खोया हुआ लगता था, लेकिन अपने नए जीवन की तरफ़ उसका रवैया बिलकुल सीधा-सादा था। उसे अपनी स्थिति के बारे में किसी तरह का भ्रम नहीं था। वह निकट भविष्य में हालत किसी भी प्रकार बेहतर होने की उम्मीद नहीं रखता था। उसके मन में कोई मूर्खतापूर्ण आशाएँ नहीं थीं (जो उसकी स्थिति में स्वाभाविक ही था) और ऐसा लगता था कि उसे अपने नए परिवेश की बातों पर कोई आश्चर्य नहीं होता था, हालाँकि यह परिवेश उन सब चीज़ों से बिलकुल भिन्न था जिनसे वह अब तक परिचित रहा था। उसने यह भी लिखा था कि उसका स्वास्थ्य सन्तोषजनक था। उसे काम पर बाहर भेजा जाता था, और वह न तो काम से जी चुराता था और न ही माँग-माँगकर काम लेता था। खाने के प्रति वह लगभग बिलकुल उदासीन था, जो इतवार को और छुट्टी के दिनों को छोड़कर इतना बुरा होता था कि आख़िर में वह ख़ुशी-ख़ुशी सोनिया से कुछ पैसे लेने पर राज़ी हो गया था ताकि अपने लिए रोज़ चाय बना लिया करे। जहाँ तक बाक़ी बातों का सवाल था, वह सोनिया से कह देता था कि वह उसकी चिन्ता न किया करे, क्योंकि उसे इस बात से उलझन होती थी कि कोई उसके बारे में चिन्ता करे। सोनिया ने यह भी लिखा था कि जेल में वह दूसरे क़ैदियों के साथ एक बड़ी सी बैरक में रहता था, कि सोनिया ने उन बैरकों को अन्दर से तो नहीं देखा था लेकिन उसने नतीजा यही निकाला था कि वह जगह खचाखच भरी हुई, बहुत तकलीफ़देह और गन्दी होगी। उसने लिखा था कि वह लकड़ी के एक तख़्त पर सोता था जिस पर एक कम्बल बिछा रहता था और यह कि इसके अलावा वह और कुछ नहीं चाहता था। लेकिन वह इतनी तकलीफ़ और तंगी की हालत में इसलिए नहीं रहता था कि उसने ऐसी योजना बनाई थी कि या यही वह चाहता था; बल्कि महज़ इसलिए कि वह अपने अंजाम से बिलकुल बेख़बर और बेपरवाह था। सोनिया ने उनसे यह बात भी नहीं छिपाई थी कि ख़ासतौर पर शुरू-शुरू में उससे मुलाक़ात करने के लिए उसके वहाँ जाने में वह कोई दिलचस्पी नहीं दिखाता था, बल्कि सच तो यह है कि वह इस बात पर बहुत झुँझलाता था, बहुत ही कम बोलता था, और उसके साथ बड़ी रुखाई का बर्ताव करता था। लेकिन अन्त में सोनिया का उससे मिलने जाना रस्कोलनिकोव के लिए आदत और लगभग ज़रूरत की बात बन गई थी, इसलिए जब वह कुछ दिन बीमार थी और उससे मिलने नहीं जा सकी थी तो वह बहुत निराश हुआ था। वह आमतौर पर उससे इतवार को और छुट्टी के दिन मिलती थी, या तो जेल के फाटक पर या गारद के कमरे में, जहाँ वह उससे मिलने के लिए कुछ मिनट के वास्ते लाया जाता था। सप्ताह के बाक़ी दिनों में वह उससे कारख़ानों में या ईंटों के भट्ठों में, या इर्तीश नदी के किनारे बने हुए शेडों में मिलती थी, जहाँ वह काम करने जाता था। ख़ुद अपने बारे में सोनिया ने उन्हें लिखा था कि शहर में उसने कुछ लोगों से जान-पहचान पैदा कर ली थी और कुछ लोग उसका हाल-चाल जानने में दिलचस्पी भी लेने लगे थे; कि वह सिलाई का काम करती थी और चूँकि शहर में लगभग कोई भी पोशाक सिलनेवाला नहीं था इसलिए कई घरों में तो उसके बिना काम ही नहीं चलता था। जो बात उसने नहीं लिखी थी वह यह थी कि उसी के असर की वजह से रस्कोलनिकोव को अधिकारियों की ओर से कुछ सुविधाएँ भी मिल गई थीं, कि उसे कम मेहनत

का काम दिया जाता था, वग़ैरह-वग़ैरह। आख़िरकार यह ख़बर पहुँची (दूनिया को पिछले कुछ ख़तों में ही एक असाधारण उद्विग्नता और चिन्ता का आभास हो चला था) कि रस्कोलनिकोव सबसे अलग-थलग रहता था और वह क़ैदियों के बीच लोकप्रिय नहीं था, कि वह कई-कई दिन तक बोलता नहीं था और बहुत पीला पड़ गया था। अचानक अपने आख़िरी ख़त में सोनिया ने लिखा कि वह बहुत बीमार हो गया था और अस्पताल में क़ैदियों के वार्ड में भरती कर दिया गया था।

2

वह बहुत दिन बीमार रहा। लेकिन उसकी हिम्मत जेल के जीवन की भयानक परिस्थितियों की वजह से नहीं टूटी थी, न कठिन काम की वजह से, न बुरे खाने की वजह से, न इस वजह से कि उसका सिर मूँड दिया गया था, और न ही उन चीथड़ों की वजह से जो उसे पहनने पड़ते थे : इन सब कठिनाइयों और मुसीबतों से उसे क्या फ़र्क़ पड़ता था ! इसके विपरीत, कड़ी मेहनत के काम से तो वह ख़ुश होता था : काम करते-करते जब उसका शरीर थककर बिलकुल चूर हो जाता था तब कुछ घंटे कम-से-कम उसे शान्ति से नींद तो आ जाती थी। और खाने से उसे क्या फ़र्क़ पड़ता था ? बन्दगोभी का पतला शोरबा, जिसमें काले-काले झींगुर तैरते रहते थे ? जिन दिनों वह पढ़ता था तब तो कभी-कभी उसे यह भी नसीब नहीं होता था। उसके कपड़े गर्म थे और जिस तरह का जीवन वह बिता रहा था उसके लिए मुनासिब थे। पाँव की बेड़ियों का बोझ भी वह महसूस नहीं करता था। क्या ज़रूरी था कि वह अपने मुँडे हुए सिर और अपने दो रंग के कोट पर लज्जित हो ? किसके सामने ? सोनिया के सामने ? सोनिया तो उससे डरती थी, फिर क्या ज़रूरी था कि वह उसके सामने लज्जित हो ?

लेकिन क्यों न हो ? वह सोनिया के सामने भी लज्जित था, जिसकी तरफ़ रुखाई और तिरस्कार का रवैया अपनाकर वह इस बात के लिए उसे तक़लीफ़ पहुँचाता था। लेकिन वह अपने मुँडे हुए सिर या अपनी बेड़ियों की वजह से लज्जित नहीं था; उसके स्वाभिमान को गहरी ठेस लगी थी; वह आहत स्वाभिमान के कारण बीमार पड़ गया था। उफ़, अगर वह अपने आपको सचमुच किसी अपराध का दोषी समझ पाता तो वह कितना ख़ुश होता ! तब वह सब कुछ सहन कर लेता, अपना यह कलंक और अपमान भी। लेकिन वह अपने आपको बड़ी सख़्ती से जाँचता था, और उसके ज़िद्दी अन्तःकरण को उसके अतीत में कोई ऐसी बात नहीं दिखाई देती थी कि जो ख़ासतौर पर भयानक हो, अलावा शायद इस दोष के कि उसने एक मामूली सी भूल कर दी थी, जो किसी से भी हो सकती थी। वह जिस बात पर लज्जित था वह यह थी कि वह, रस्कोलनिकोव, तक़दीर के किसी अन्धे फ़ैसले की वजह से इतनी पूरी तरह, इतनी निराशाजनक हद तक और इतनी मूर्खता से बिलकुल मिट गया था, और यह कि अगर वह मन की तनिक भी शान्ति चाहता था तो उसे इस तरह के फ़ैसले के 'बेतुकेपन' के सामने झुकना पड़ेगा, उसे शिरोधार्य करना पड़ेगा।

वर्तमान में व्यर्थ और निरुद्देश्य चिन्ता, और भविष्य में आत्मबलिदान का ऐसा जीवन जिसके बदले में उसे कुछ भी नहीं मिलनेवाला था—उसका सारा जीवन ऐसा ही होगा। और इससे क्या फ़र्क़ पड़ता था कि अगले आठ वर्षों बाद वह केवल बत्तीस साल का होगा, और यह कि वह नए सिरे से जीवन शुरू कर सकता था ? वह किस चीज़ के लिए ज़िन्दा रहे ? जीवन में उसका उद्देश्य क्या होगा ? उसका अभीष्ट क्या होगा ? केवल अस्तित्व बनाए रखने के लिए जीवित रहना ? लेकिन इससे पहले भी तो वह एक विचार के लिए, एक आशा के लिए, एक स्वप्न तक के लिए

हज़ार बार अपने जीवन की बलि देने को तैयार रह चुका था। केवल अस्तित्व उसके लिए कभी पर्याप्त नहीं रहा था; उसने हमेशा इससे अधिक कुछ चाहा था। और शायद इसीलिए कि उसकी इच्छाएँ इतनी प्रबल थीं, किसी समय वह अपने आपको ऐसा आदमी समझता था जिसे किसी भी दूसरे आदमी की अपेक्षा अधिक बातों की छूट थी।

काश, भाग्य ने उसे पश्चात्ताप ही दिया होता—अंगारों की तरह दहकता हुआ ऐसा पश्चात्ताप जिसने उसका हृदय छलनी कर दिया होता और उसकी रातों की नींद उड़ा दी होती, वैसा पश्चात्ताप जिसके साथ ऐसी भयानक पीड़ा जुड़ी होती है कि आदमी फाँसी लगा लेने या नदी में कूद पड़ने के लिए बेचैन हो उठता है ! अगर उसे ऐसा पश्चात्ताप मिल पाता तो वह कितना सुखी होता ! पीड़ा और आँसू—आख़िर वह भी तो जीवन है ! लेकिन उसे अपने अपराध का कोई पछतावा नहीं था।

तब वह कम-से-कम अपनी नादानी पर अपने आपसे नाराज़ तो हो सकता था, जिस तरह वह पहले अपनी बेतुकी और नादानी की हरकतों पर हुआ करता था जिनकी वजह से वह आज जेल में बैठा था। लेकिन अब जेल में आकर, 'इस स्वतन्त्रता में,' उसने अपने दिमाग़ में एक बार फिर अपने किए पर विचार किया, और उसमें उसे कोई वैसा बेतुकापन या वैसी नादानी दिखाई नहीं दी जैसी कि पहले उसे उस घातक निर्णायक क्षण में दिखाई दी थी।

'किस तरह,' उसने सोचा, 'किस तरह मेरा विचार उन दूसरों विचारों या सिद्धान्तों से ज़्यादा नादानी का विचार था जो सृष्टि के आदिकाल से इस दुनिया में झुंड के झुंड प्रचलित रहे हैं और आपस में टकराते रहे हैं ? अगर कोई इस चीज़ को बस गम्भीरता से देखे, उसके बारे में व्यापक दृष्टिकोण अपनाए, ऐसा दृष्टिकोण जो परम्परागत दुराग्रहों से मुक्त हो, तब मेरा विचार बिलकुल ऐसा नहीं लगेगा...ऐसा विचित्र। अरे, तुम लोग जो हर चीज़ के बारे में सवाल उठाते हो, दो कौड़ी के दार्शनिको, तुम आधे रास्ते में रुक क्यों जाते हो ?

'मेरा यह काम उन्हें इतना वीभत्स क्यों लगता है ?' वह मन-ही-मन कहता रहा, 'क्या इसलिए कि वह कुकर्म था ? 'कुकर्म' का क्या अर्थ होता है ? मेरा अन्तःकरण साफ़ है। बेशक क़ानून में जो कुछ लिखा है उसका मैंने उल्लंघन किया है और ख़ून बहाया गया है। अच्छी बात है, क़ानून में जो कुछ लिखा है उसकी ख़ातिर मुझे मौत के घाट उतार दो...और क़िस्सा ख़त्म करो। अलबत्ता, अगर ऐसा है तो मानवता का उद्धार करनेवाले उन बहुत से लोगों को, जिन्हें सत्ता उत्तराधिकार में नहीं मिली थी, बल्कि जिन्होंने सत्ता छीनी थी, उनके गौरवान्वित जीवन के आरम्भ में ही उन्हें मौत के घाट उतार दिया जाना चाहिए था। लेकिन वे लोग सफल रहे थे और इसलिए वे सही थे, और मैं सफल नहीं हुआ था इसलिए मुझे क़दम उठाने का कोई अधिकार नहीं था।'

वह बस इसी बात को अपना अपराध मानता था कि वह इस काम में सफल नहीं हुआ था और उसने इस बात को स्वीकार कर लिया था।

उसे यह विचार भी सताता रहता था कि उसने उस वक़्त अपने आपको मार क्यों नहीं डाला था ? वह नदी में कूद पड़ने से झिझक क्यों गया था और इसके बजाय उसने पुलिस के सामने जाकर सब कुछ मान लेना बेहतर क्यों समझा था ? क्या जीवित रहने की आकांक्षा सचमुच ऐसी प्रबल थी कि उस पर क़ाबू पाना इतना कठिन था ? क्या स्विद्रिगाइलोव ने, जो मौत से डरता था, उस पर क़ाबू नहीं पा लिया था ?

वह इन प्रश्नों के बारे में परेशान होता रहा और इस बात को समझ न सका कि जब वह आत्महत्या करने की बात सोच रहा था, शायद उस समय भी उसे अपने अन्दर और अपने दृढ़

विश्वासों में छिपे हुए बहुत बड़े झूठ का आभास था। वह इस बात को नहीं समझ पाया कि वह अस्पष्ट सी भावना उसके भावी जीवन में अतीत से पूरी तरह नाता तोड़ लेने की, उसके भावी नवोत्थान की, जीवन के प्रति उसके नए दृष्टिकोण की अग्रदूत हो सकती थी।

उसे अधिक सम्भावना इसी बात की लगती थी कि वह भावना सहज वृत्ति का वह मुर्दा बोझ रही हो जिस पर वह अपनी कमज़ोरी और अपने निकम्मेपन की वजह से क़ाबू नहीं पा सका था या जिसे वह पार करके आगे नहीं बढ़ पाया था। वह अपने साथ के दूसरे क़ैदियों को देखता और अनायास ही उसे उन पर आश्चर्य होता : उन सबको जीवन से कितना प्यार था ! वे उसे कितना मूल्यवान समझते थे ! उसे ऐसा लगता कि बाहर की अपेक्षा जेल में लोग जीवन से अधिक प्यार करते हैं, उसे अधिक मूल्यवान समझते हैं। उन लोगों ने—मिसाल के लिए, आवारागर्दों ने—कैसी-कैसी पीड़ाएँ सही थीं, कैसी-कैसी यातनाएँ झेली थीं। क्या धूप की एक किरण का या आदिकाल से खड़े हुए जंगल का उनके लिए भी इतना ही महत्त्व है ? या किसी सुदूर एकान्त स्थान में उस शीतल जल-धारा का जिसे तीन साल पहले उस आवारागर्द ने देखकर अपने मन पर अंकित कर लिया था और उसे दुबारा देखने के लिए वह उसी तरह लालायित रहता था जैसे कोई अपनी प्रेमिका से मिलने को लालायित रहता है, लगातार उसके स्वप्न देखता है, और उसके चारों ओर की घास के, और झाड़ी में गाती हुई चिड़ियों के ? और जैसे-जैसे वह जेल के जीवन से अधिक परिचित होता गया, वैसे-वैसे उसके सामने इसी तरह के और उदाहरण आते गए जिन्हें वह समझ नहीं पाता था।

अलबत्ता, जेल में और उसके चारों ओर बहुत कुछ ऐसा था जिसकी ओर उसका ध्यान नहीं जाता था और वह उसकी ओर ध्यान देना चाहता भी नहीं था। वह मानो नज़रें झुकाए हुए रहता था। यह सब कुछ उसे देखने में असह्य और घृणित लगता था। लेकिन अन्त में न चाहते हुए भी उसे बहुत सी चीज़ों पर आश्चर्य होने लगा, और मानो अनमनेपन से वह उन चीज़ों की ओर ध्यान देने लगा, जिनके अस्तित्व का पहले उसे गुमान तक नहीं था। लेकिन आमतौर पर उसे जिस चीज़ पर सबसे अधिक आश्चर्य होता था वह थी उसके और उन सभी दूसरे लोगों के बीच की भयानक दूरी जिसे ख़त्म नहीं किया जा सकता था। उसे ऐसा लगता था कि वे किसी बिलकुल ही दूसरी नस्ल के लोग हैं। वह उन्हें और वे उसे अविश्वास और द्वेष की भावना से देखते थे। वह इस अलगाव के सामान्य कारणों को समझता और जानता था, लेकिन पहले कभी उसने इस बात को न स्वीकार किया होता कि इन कारणों की जड़ें इतनी गहरी और मज़बूत थीं। जेल में कुछ पोलिस्तानी निर्वासित लोग भी थे, राजनीतिक क़ैदी। वे आम क़ैदियों को बस अनपढ़ भूदास समझते थे और उनसे नफ़रत करते थे। लेकिन रस्कोलनिकोव उन्हें इस नज़र से नहीं देख सकता था क्योंकि उसे साफ़ दिखाई देता था कि वे जाहिल किसान कई बातों में उन पोलिस्तानियों से ज़्यादा समझदार थे। वहाँ ऐसे रूसी भी थे जो आम क़ैदियों से इतनी ही नफ़रत करते थे—एक भूतपूर्व फ़ौजी अफ़सर और दो धर्मशास्त्र के विद्यार्थी रस्कोलनिकोव को उनकी ग़लती भी साफ़ दिखाई देती थी।

उसे सभी लोग नापसन्द करते थे और सभी उससे कतराते थे; अन्त में वे उससे नफ़रत तक करने लगे थे। क्यों ? यह उसे नहीं मालूम था। वे उससे नफ़रत करते थे और उस पर हँसते थे; जो लोग उससे भी ज़्यादा अपराधी थे वे भी उसके अपराध पर हँसते थे।

"तुम तो भले घर के आदमी हो," वे उससे कहा करते थे, "तुम्हें कुल्हाड़ी से लोगों का ख़ून नहीं करना चाहिए था; यह कोई भले घर के लोगों का काम नहीं है।"

उपवास के महीने के दूसरे सप्ताह में अपनी बैरक के दूसरे क़ैदियों के साथ गिरजाघर में प्रार्थना के लिए जाने की उसकी बारी आई। उसने गिरजाघर जाकर दूसरों के साथ प्रार्थना की। उसे कुछ पता नहीं था कि यह कैसे हुआ, लेकिन एक दिन झगड़ा हो गया : वे लोग मिलकर पागलों की तरह उस पर टूट पड़े।

"तुम नास्तिक हो !" वे चिल्लाए, "तुम ईश्वर को नहीं मानते ! तुम्हें मार डाला जाना चाहिए !"

उसने उन लोगों से ईश्वर के बारे में या धर्म के बारे में कभी कोई बात नहीं की थी, लेकिन वे उसे नास्तिक कहकर मार डालना चाहते थे। वह चुप रहा और उसने उन लोगों का कोई जवाब नहीं दिया। एक क़ैदी पाशविक क्रोध से पागल होकर उस पर टूट पड़ने को तैयार था। रस्कोलनिकोव शान्त भाव से और चुपचाप उसकी राह देखता रहा : वह नज़रें गड़ाए उसे देख रहा था, और उसका चेहरा बिलकुल निश्चल था। ऐन वक़्त पर सन्तरी उन दोनों के बीच में आ गया, वरना ख़ूनख़राबा हो जाता।

एक और सवाल जो उसे चक्कर में डाल देता था, यह था कि वे सब लोग सोनिया को इतना पसन्द क्यों करते थे। वह उन लोगों को ख़ुश करने की अपनी ओर से तो कोई कोशिश नहीं करती थी, और उनकी भेंट भी कभी-कभार ही होती थी, जब वे काम पर जाते थे और सोनिया क्षण भर को उससे मिलने आती थी। लेकिन वे सभी उसे जानते थे—वे यह भी जानते थे कि वह 'उसके पीछे-पीछे' आई थी; वे जानते थे कि वह कैसे और कहाँ रहती है। वह न उन्हें पैसा देती थी और न ही उनके साथ कोई विशेष उपकार करती थी। सिर्फ़ एक बार क्रिसमस के अवसर पर वह उनके लिए तोहफ़े में मीठी टिकियाँ और सफ़ेद डबल रोटी लाई थी। लेकिन धीरे-धीरे सोनिया के साथ उनके सम्बन्ध अधिक घनिष्ठ होते गए : वह उनकी तरफ़ से उनके परिवारवालों के नाम पत्र लिखकर डाक में डाल देती थी। देश के कोने-कोने से उनसे मिलने आनेवाले उनके रिश्तेदार उनके कहने पर सोनिया के पास पार्सल और पैसा तक छोड़ जाते थे। उनकी बीवियाँ और प्रेमिकाएँ सोनिया को जानती थीं और उससे मिलने जाती थीं। और जब वह काम के वक़्त रस्कोलनिकोव से मिलने आती थी या जब काम पर जाते हुए क़ैदियों की टोली से रास्ते में उसकी मुलाक़ात हो जाती थी तब वे सब टोपियाँ उतारकर उसका स्वागत करते थे : "तुम हम लोगों के साथ बड़ी नेकी और बड़ा उपकार करती हो, बिटिया ! तुम हम लोगों के लिए एक छोटी सी माँ की तरह हो !" उजड्ड, नम्बरी क़ैदी उस दुबली-पतली छोटी सी लड़की से यह बात कहते थे। वह मुस्कुराकर उनके सलाम का जवाब देती थी, और जब वह उन्हें देखकर मुस्कुरा देती थी तो हर आदमी ख़ुश हो जाता था। जिस तरह वह चलती थी वह भी उन्हें बहुत अच्छा लगता था, और वे मुड़-मुड़कर उसे चलता हुआ देखते रहते थे, और उसकी तारीफ़ करते थे। वे इस बात के लिए भी उसकी प्रशंसा और सराहना करते थे कि वह इतनी छोटी सी थी। सच तो यह है कि वे यह भी नहीं जानते थे कि और किस-किस बात के लिए उसकी प्रशंसा करें। वे अपनी बीमारियों का इलाज तक कराने उसके पास जाते थे।

उपवास के महीने के अन्तिम सप्ताहों के दौरान और ईस्टर के सप्ताह में रस्कोलनिकोव अस्पताल में था। बीमारी के बाद जब वह आराम कर रहा था तब उसे वे सपने याद आए जो उसने तेज़ बुख़ार चढ़ा होने के दौरान और सरसाम की हालत में देखे थे। उसने सपना देखा था कि एशिया के सुदूरतम भागों से चलकर एक अज्ञात और भयानक महामारी सारे यूरोप में फैल गई थी जिसने सारी दुनिया को तबाह कर दिया था। कुछ चुने हुए लोगों को छोड़कर बाक़ी सब मौत

के मुँह में चले गए थे। नई तरह के कीटाणु—मनुष्य के शरीर में रहनेवाले सूक्ष्म जीव—पैदा हो गए थे। लेकिन ये जीव विवेक और इच्छा-शक्ति से सम्पन्न प्रेतात्माएँ थे। जो लोग इनका शिकार हो जाते थे वे तुरन्त पागल और हिंसक हो जाते थे। लेकिन सत्य की खोज में लोगों ने कभी अपने आपको इतना बुद्धिमान और शक्तिशाली नहीं समझा था जितना कि ये रोगग्रस्त लोग अपने को समझते थे। इससे पहले उन्होंने अपने निर्णयों को, अपने वैज्ञानिक निष्कर्षों को और अपनी नैतिक आस्थाओं को कभी इतना अटल और इतना अखंडनीय नहीं समझा था। पूरे-पूरे नगर और पूरी-पूरी जातियाँ इसका शिकार होकर पागल हो गईं। लोग लगातार भयभीत रहने लगे थे। वे एक-दूसरे की बात नहीं समझते थे। उनमें से हर एक समझता था कि सत्य का वास केवल उसके अन्दर है, और दूसरों को देखकर वह खिन्न हो उठता था, अपनी छाती पीटने लगता था, रोता था और अपने हाथ मलता था। उनकी समझ में नहीं आता था कि किस पर मुक़द्दमा चलाएँ या किस तरह फ़ैसला सुनाएँ; वे इस बात पर एकमत नहीं हो पाते थे कि क्या अच्छा है और क्या बुरा। उनकी समझ में नहीं आता था कि किसे दोषी बताएँ और किसे दोष-मुक्त कर दें। लोग एक प्रकार के निरर्थक उन्माद में एक-दूसरे की जान ले रहे थे। वे एक-दूसरे के ख़िलाफ़ पूरी-पूरी फ़ौजें जुटाते थे; लेकिन ये फ़ौजें कूच के दौरान ही अचानक आपस में लड़ने लगती थीं, उनकी पाँतें बिखर जाती थीं। सिपाही एक-दूसरे पर टूट पड़ते थे, एक-दूसरे के संगीनें और खंजर भोंकते थे, एक-दूसरे को काटते थे और खा जाते थे। शहरों में दिन भर ढिंढोरा पीटा जाता था : लोगों को जमा किया जाता था, लेकिन किसी को यह पता नहीं होता था कि उन्हें किसने बुलाया है या किसलिए उन्हें बुलाया गया है, सभी के दिलों में गहरी दहशत समाई रहती थी। सबसे मामूली धन्धे भी छोड़ दिए गए थे क्योंकि हर आदमी स्वयं अपने सिद्धान्तों का प्रचार कर रहा था, अपने हल पेश कर रहा था, और वे किसी बात पर सहमत नहीं हो पाते थे; ज़मीन जोतना भी छोड़ दिया गया था। जहाँ-तहाँ लोग भीड़ लगाकर जमा हो जाते थे, कोई फ़ैसला कर लेते थे और एक-दूसरे का साथ न छोड़ने की प्रतिज्ञा करते थे, लेकिन फ़ौरन ही वे कुछ दूसरी ही बात करने लगते थे, जो फ़ैसला उन्होंने किया था उससे बिलकुल ही अलग बात। वे एक-दूसरे पर आरोप लगाते थे, लड़ते थे और एक-दूसरे को मार डालते थे। जगह-जगह आग लगी, अकाल फैला। पृथ्वी पर भरपूर तबाही का नंगा नाच हो रहा था। यह महामारी बढ़ती गई और दूर-दूर तक फैलती गई। सारी दुनिया में बस कुछ ही लोग अपनी जान बचा पाए : वे शुद्ध और चुने हुए लोग थे, जिनकी नियति यह थी कि वे इंसानों की एक नई नस्ल और एक नई ज़िन्दगी की बुनियाद रखें, इस धरती को नया रूप दें और शुद्ध करें, लेकिन अब तक किसी ने उन लोगों को देखा नहीं था, किसी ने उनकी बातें या उनकी आवाज़ नहीं सुनी थी।

जो चीज़ रस्कोलनिकोव को परेशान करती रहती थी वह यह थी कि यह निरर्थक डरावना सपना इतने उदास और इतने पीड़ाजनक ढंग से उसकी याद में रह-रहकर उभरता था, और यह कि बुख़ार की हालत में देखे गए उन सपनों की छाप इतने लम्बे अर्से तब बनी रहती थी। ईस्टर के बाद का दूसरा सप्ताह था; गर्मी बढ़ने लगी थी और रोशनी तेज़ होती जा रही थी—असली वसन्त के दिन थे। क़ैदियों के वार्ड की खिड़कियाँ खोल दी गई थीं (खिड़कियों में लोहे की छड़ें लगी थीं और उनके नीचे एक सन्तरी इधर से उधर चक्कर लगाता रहता था)। सोनिया अस्पताल में सिर्फ़ दो बार उससे मिलने आई थी : दोनों बार उसे ख़ास इजाज़त लेनी पड़ी थी, और यह बहुत मुश्किल काम था। लेकिन वह अक्सर अस्पताल के आँगन में आकर शाम के वक़्त खिड़कियों के नीचे खड़ी हो जाती थी, कभी-कभी तो बस इसलिए कि आँगन में एक मिनट के लिए खड़े होकर दूर से वार्ड

की खिड़कियों को देखती रहे। एक दिन शाम को रस्कोलनिकोव, जो उस वक़्त तक बिलकुल ठीक हो गया था, सो गया। जब वह सोकर उठा तो ऐसे ही टहलता हुआ खिड़की के पास चला गया, और अचानक उसने बहुत दूर अस्पताल के फाटक पर सोनिया को देखा। वह वहाँ खड़ी थी, और ऐसा लग रहा था कि वह किसी चीज़ का इन्तज़ार कर रही है। उस समय उसे ऐसा लगा था जैसे कोई चीज़ उसके दिल में छुरी की तरह उतर गई हो : वह चौंक पड़ा और जल्दी से खिड़की के पास से हट गया। अगले दिन सोनिया नहीं आई, और न उसके अगले दिन; उसने महसूस किया कि वह बड़ी बेचैनी से उसकी राह देख रहा था। आख़िरकार उसे अस्पताल से छुट्टी मिल गई, और जेल पहुँचने पर उसे क़ैदियों से मालूम हुआ कि सोनिया बीमार हो गई थी और बाहर नहीं निकल पा रही थी।

वह बहुत परेशान हो गया और उसने किसी को भेजकर उसका हाल पुछवाया। जल्दी ही उसे मालूम हो गया कि सोनिया की बीमारी ख़तरनाक नहीं थी। और उधर, जब सोनिया को मालूम हुआ कि रस्कोलनिकोव उसके बारे में इतना परेशान और चिन्तित रहता है, तो उसने उसके पास पेंसिल से लिखा हुआ एक पर्चा भिजवाया, जिसमें उसने बताया कि वह अब पहले से बहुत अच्छी है, कि उसे मामूली सी ठंग लग गई है और यह कि वह जल्दी ही काम के वक़्त आकर उससे मिलने की उम्मीद करती है। यह पर्चा पढ़ते वक़्त उसका दिल ज़ोर से धड़क रहा था।

आज फिर दिन बहुत सुहावना था—हल्की-हल्की गर्मी और तेज़ रोशनी। बहुत सबेरे, लगभग छः बजे वह नदी के किनारे एक शेड में काम करने गया, जहाँ सिलखड़ी जलाने का भट्ठा था और जहाँ उसे पीसा भी जाता था। वहाँ सिर्फ़ तीन क़ैदी थे। एक क़ैदी सन्तरी के साथ कुछ औज़ार लेने क़िले गया हुआ था; दूसरा लकड़ी काट-काटकर भट्ठी में झोंक रहा था। रस्कोलनिकोव शेड से निकलकर नदी किनारे आ गया। वह शेड के पास लट्ठों के एक ढेर पर बैठ गया और नदी के चौड़े, निर्जन विस्तार को देखने लगा। तेज़ी से ऊपर उठते हुए उसके किनारे से एक बहुत चौड़ा विस्तृत दृश्य उसकी आँखों के सामने फैल गया। नदी के दूसरे किनारे से किसी गीत के टुकड़े हौले-हौले तैरते हुए उसके पास तक पहुँच रहे थे। धूप में नहाए हुए स्तेपी के अपार विस्तार में उसे ख़ानाबदोशों के काले-काले तम्बू दूर पर छोटे-छोटे धब्बों की तरह दिखाई दे रहे थे। वहाँ आज़ादी थी, वहाँ दूसरे लोग रहते थे, ऐसे लोग जो उन लोगों जैसे बिलकुल नहीं थे जिन्हें वह जानता था; वहाँ समय स्वयं ठहरा हुआ लगता था, मानो हज़रत इब्राहीम और उनकी भेड़ों के गल्लों का ज़माना अभी बीता न हो। रस्कोलनिकोव वहाँ निश्चल बैठा इस विस्तृत दृश्य को एकटक देखता रहा; उसके विचार दिवास्वप्नों में, चिन्तन-मनन में बदलते गए; वह किसी चीज़ के बारे में नहीं सोच रहा था, लेकिन घोर सूनेपन की भावना उस पर छा गई और उसे परेशान करने लगी।

अचानक सोनिया उसके पास थी। वह चुपके से आकर उसके पास बैठ गई थी। अभी बहुत जल्दी थी; सबेरे की ठिठुरन अभी कम नहीं हुई थी। वह अपना पुराना कोट पहने थी और हरी शाल ओढ़े थी। उसके चेहरे पर अभी तक बीमारी का असर बाक़ी था : वह बहुत दुबला और पीला हो गया था। उसे देखकर वह बहुत ख़ुश होकर बड़े प्यार से मुस्कुराई लेकिन हमेशा की तरह उसने अपना हाथ उसकी ओर बहुत डरते-डरते बढ़ाया।

उसकी ओर वह अपना हाथ हमेशा बहुत डरते-डरते बढ़ाती थी, और कभी-कभी तो हाथ बढ़ाती ही नहीं थी, मानो डरती हो कि कहीं वह उसका हाथ झिटककर हटा न दे। वह हमेशा बड़ी अरुचि से उससे हाथ मिलाता था, उससे मिलने पर हमेशा झुँझलाया हुआ लगता था, और कभी-कभी तो उसके साथ मुलाक़ात के पूरे दौरान हठधर्मी के साथ बिलकुल चुप रहता था।

कभी-कभी तो वह उससे भयभीत हो उठती थी और बहुत दुखी होकर चली जाती थी। लेकिन इस बार उनके हाथ मिले तो फिर अलग नहीं हुए। उसने जल्दी से एक नज़र सोनिया को देखा, लेकिन कुछ कहे बिना नज़रें ज़मीन की ओर झुका लीं। वे अकेले थे और कोई उन्हें देख नहीं रहा था। उस वक़्त सन्तरी ने भी दूसरी ओर मुँह फेर लिया था।

यह कैसे हुआ यह तो उसे नहीं मालूम था, लेकिन अचानक उसे ऐसा लगा कि किसी चीज़ ने उसे पकड़कर ज़मीन पर गिरा दिया है। वह सोनिया के घुटनों से लिपटकर रोने लगा। पहले तो वह बहुत डर गई, और उसके चेहरे पर मौत का सा पीलापन छा गया। वह झट से उठ खड़ी हुई और सिर से पाँव तक काँपते हुए उसे देखती रही। लेकिन तुरन्त उसी क्षण सब कुछ उसकी समझ में आ गया। उसकी आँखें अपार हर्ष से चमक उठीं; वह समझ गई थी, और इसमें तनिक भी सन्देह नहीं रह गया था कि वह उससे प्यार करता था, उससे बेहद प्यार करता था, और यह कि जिस घड़ी की वह इतने दिन से राह देख रही थी, वह आ गई थी।

वे कुछ कहना चाहते थे, लेकिन कह न सके; उनकी आँखों में आँसू डबडबा आए थे। दोनों का रंग पीला पड़ गया था और दोनों बहुत दुबले हो गए थे; लेकिन उन बीमार और पीले चेहरों में एक नए भविष्य का, एक नए जीवन की ओर पूर्ण नवोत्थान का प्रभात जगमगा रहा था। प्यार ने उन्हें फिर से जीवन दे दिया था : एक के हृदय दूसरे के हृदय के लिए जीवन के अक्षय स्रोत थे।

उन्होंने प्रतीक्षा करने और धैर्य रखने का फ़ैसला किया। उन्हें अभी सात साल और इन्तज़ार करना था, और तब तक उन्हें कितनी पीड़ा सहन करनी थी और उन्हें कितना अपार हर्ष मिलना था ! उसे फिर से जीवन मिल गया था—वह इस बात को जानता था और वह अपने नए अस्तित्व के रोम-रोम से इस बात को महसूस कर रहा था। और वह—अरे, वह तो जी ही उसके लिए रही थी !

उसी दिन शाम को जब बैरकों में ताला लगा दिया गया, रस्कोलनिकोव अपने तख़्त पर लेटा उसके बारे में सोचता रहा। उस दिन उसे ऐसा लगा कि जो क़ैदी उसके दुश्मन थे वे उसे आज कुछ दूसरे ही ढंग से देख रहे थे। वह अपने आप ही उनसे बातें भी करने लगा था, और उन्होंने उसकी बातों का जवाब भी बड़ी मित्रता के भाव से दिया था। उसे अब वह सब कुछ याद आ रहा था, लेकिन उस समय तो सब कुछ वैसा ही था जैसा कि होना चाहिए था : क्योंकि अब तो हर चीज़ बदल जानेवाली थी न ?

वह उसके बारे में सोच रहा था। उसे याद आ रहा था कि किस तरह वह लगातार उसे सताता रहता था और उसका दिल दुखाता रहता था। उसे उसका मुरझाया हुआ, दुबला-पतला, छोटा सा चेहरा याद आया, लेकिन अब उसे इन स्मृतियों से कोई ख़ास परेशानी नहीं हो रही थी : वह जानता था कि कितने अथाह प्यार से अब वह सोनिया की व्यथाओं का प्रायश्चित करेगा।

और अब बीते दिनों की 'सारी' यातनाओं का महत्त्व ही क्या रह गया था ? अब, भावनाओं के इस प्रथम ज्वार में उसे हर चीज़, यहाँ तक कि अपना अपराध भी, अपना कारावास भी और अपना दंड भी एक ऐसी विचित्र निरर्थक घटना लग रही थी जो उसके साथ शायद कभी घटी ही नहीं थी। लेकिन उस शाम को वह किसी चीज़ के बारे में देर तक और लगातार नहीं सोच पा रहा था और न ही किसी चीज़ पर अपना ध्यान केन्द्रित कर पा रहा था। इसके अलावा, अब वह अपनी किसी समस्या को सजग रूप से शायद ही हल कर सकता था; वह बस महसूस कर सकता था। तर्क-वितर्क का स्थान जीवन ने ले लिया था, और उसके दिमाग़ में अब किसी बिलकुल ही दूसरी

चीज़ को पनपना था।

उसके तकिए के नीचे बाइबिल का नवविधान रखा था। उसने यन्त्रवत उसे उठा लिया। वह किताब सोनिया की थी। इसी में से उसने उसे लैज़रस के फिर से ज़िन्दा होने का क़िस्सा पढ़कर सुनाया था। जेल के अपने जीवन के शुरू में उसे ऐसा लगा था कि वह अपनी धर्म की बातों से उसे पागल बना देगी, कि वह लगातार बाइबिल की ही बातें करेगी, और अपनी किताबें ज़बर्दस्ती उस पर थोपेगी। लेकिन उसे यह देखकर आश्चर्य हुआ कि उसने कभी उससे उसकी चर्चा भी नहीं की थी, और कभी उसे बाइबिल का नवविधान देने की बात तक नहीं छेड़ी थी। उसने अपनी बीमारी से पहले स्वयं ही उससे यह किताब माँगी थी। उसने अब तक कभी उसे खोलकर देखा तक नहीं था।

उसने अब भी उसे नहीं खोला। लेकिन एक विचार उसके दिमाग़ में बिजली की तरह कौंध गया : 'क्या ऐसा हो सकता है कि अब उसकी आस्थाएँ मेरी आस्थाएँ भी बन जाएँ ? कम-से-कम उसकी भावनाएँ, उसकी आकांक्षाएँ ही...'

वह भी दिन भर बहुत उद्विग्न रही थी और रात को बीमार भी पड़ गई थी। वह इतनी ख़ुश थी, और इस ख़ुशी की उसे आशा तक नहीं थी, कि उसे अपनी ख़ुशी से डर सा लगने लगा था। सात वर्ष, 'केवल' सात वर्ष ! उनके उल्लास के आरम्भ में कुछ क्षण ऐसे भी आते थे जब वे दोनों इन सात वर्षों को सात दिन मानने को तैयार हो जाते थे। उसने इस बात को महसूस ही नहीं किया था कि यह नया जीवन उसे मुफ़्त ही नहीं मिल गया था, कि उसे इसके लिए बहुत भारी क़ीमत चुकानी होगी, कि भविष्य में वीरता का बहुत बड़ा काम करके उसे इसकी क़ीमत चुकानी होगी।

लेकिन वह तो एक नई ही कहानी की शुरुआत है, एक मनुष्य के क्रमिक पुनर्जन्म की कहानी, उसके क्रमिक पुनरुत्थान की कहानी, एक दुनिया से दूसरी दुनिया में उसके क्रमिक संक्रमण की कहानी, एक नई और अब तक अज्ञात वास्तविकता से उसके परिचय की कहानी। वह एक नई कहानी का विषय बन सकता है—हमारी यह कहानी तो समाप्त हो गई।

[1866]

टिप्पणियाँ

दोस्तोयेव्स्की के उपन्यास 'अपराध और दंड' का पहला प्रकाशन 1866 में 'रूस्की वेस्तनिक' पत्रिका के जनवरी से दिसम्बर तक के अंकों में हुआ। पुस्तक के रूप में पहला संस्करण 1867 में निकला।

पृष्ठ 29 : ...स. गली..., क. पुल...—उपन्यास सम्बन्धी अपने नोटों में दोस्तोयेव्स्की ने उन सभी स्थानों के नाम पर लिखे थे, जहाँ उपन्यास की घटनाएँ हुई थीं। संक्षिप्त रूप में उल्लिखित सड़कें, गलियाँ, चौक, पुल, आदि—रूस की तत्कालीन राजधानी पीटर्सबर्ग (वर्तमान लेनिनग्राद) में वास्तव में थे और आज भी हैं। उपन्यास के रूसी संस्करण की टिप्पणियों में संक्षिप्त नामों को आमतौर पर पूर्ण रूप में लिखा जाता है। मसलन, स. गली का अर्थ है स्तोल्यार्नी गली, क. पुल—कोकूश्किन पुल, इत्यादि।

पृष्ठ 30 : ...भूसा मंडी...—पीटर्सबर्ग का सेन्नाया चौक, जहाँ दुकानें, शराबख़ाने, भटियारख़ाने, चकले वग़ैरह थे।

पृष्ठ 31 : ज़िम्मरमैन की...टोपी...ज़िम्मरमैन—पीटर्सबर्ग में टोपियाँ बनानेवाली फ़ैक्टरी और दुकान का मालिक।

: ...मकान के पास पहुँचा जिसके सामने एक ओर नहर थी...—एकतेरीनिंस्की (अब ग्रिबोयेदोव) नहर।

पृष्ठ 37 : क्लर्कों की तरह उसकी दाढ़ी-मूँछें भी सफ़ाचट थीं...—पिछली सदी के सातवें दशक में रूसी अफ़सरों के बीच दाढ़ी-मूँछें मुँडवाने का चलन था। प्रायः वे गलमुच्छे रखते थे।

...टाइटुलर काउंसेलर—1722 से 1917 तक रूस में पद और सेवाकार्य का नियमन करनेवाले 'पदसोपान' के अनुसार सब सिविल पदाधिकारी 14 श्रेणियों में विभाजित थे। हर श्रेणी के अपने-अपने पद थे। टाइटुलर काउंसेलर—9वीं श्रेणी का ओहदा था, जो फ़ौजी कप्तान के समान था।

पृष्ठ 38 : ...आपने कभी भूसे की नाव पर रात बसर की है, नेवा नदी पर ?—पीटर्सबर्ग नेवा नदी के किनारे बसा था। भूसे की नावें—बिना डेकवाली चपटी पेंदी की नौकाएँ, जिन पर लादकर घास और चारा ढोया जाता था। पिछली शताब्दी के सातवें दशक में ये भिखमंगों और आवारागर्दों का रैनबसेरा होती थीं।

पृष्ठ 39 : ...पीला टिकट—रूस में वेश्याओं को थाने में अपना नाम दर्ज करवाना पड़ता था। उन्हें अपना 'पेशा' करने के लिए ख़ास (पीले रंग का) सर्टिफ़िकेट दिया जाता था।

...जो कुछ ढका-छुपा होता है वह खुलकर सामने आ जाता है...—एक सूक्ति, जिसका मूल बाइबिल में मार्क के गास्पेल में है (अध्याय 4, छन्द 22)। गास्पेल या नवविधान—बाइबिल का एक भाग, जो चार पुस्तकों का संग्रह है जिनके रचयिता ईसा के शिष्य जॉन, ल्यूक, मार्क और मैथ्यू माने जाते हैं (उदाहरण के लिए जॉन का गास्पेल, ल्यूक का गास्पेल आदि)। गास्पेल में ईसाई धर्म

के संस्थापक–ईसा मसीह–की जीवनी तथा ईसाई धर्म की मुख्य प्रस्थापनाओं का विवरण दिया गया है।

"इंसान को देखो !"–ईसा के बारे में पोन्ती पिलात के शब्द (जॉन का गास्पेल, अध्याय 19, छन्द 5)।

पृष्ठ 42 : फ़ारस के बादशाह साइरस तक पहुँचकर...–यानी अभी प्राचीन इतिहास पढ़ना ही आरम्भ किया। साइरस–प्राचीन फ़ारस का सम्राट (छठी सदी, ई.पू.)।

: ल्यूइस का 'शरीरक्रियाशास्त्र'–संकेत अंग्रेज़ी दार्शनिक जॉर्ज ल्यूइस (1817-1848) की पुस्तक 'प्रतिदिन का शरीरक्रियाविज्ञान' की ओर है जो 1861 में रूसी में छपी थी और जनवादी विचार रखनेवाले युवक-युवतियों में बहुत लोकप्रिय थी।

: ...सिविल काउंसेलर...–'पदसोपान' के अनुसार (देखें पृष्ठ 57 की टिप्पणी) पाँचवीं श्रेणी का पद, अर्थात सिविल पदों में से एक उच्च पद।

पृष्ठ 44 : ...लड़का...'पुरवा मेरा' गा रहा था–रूसी कवि अलेक्सेई कोल्त्सोव (1809-1842) की कविता पर संगीतकार ये. क्लिमोव्स्की द्वारा रचित लोकप्रिय गीत।

पृष्ठ 47 : ...लेकिन मुझ पर तरस तो वह ऊपरवाला खाएगा जिसके दिल में हर इंसान के लिए रहम है...वह उस दिन आएगा...–संकेत धरती पर ईसा मसीह के दूसरे अवतार की ओर है, जो नवविधान के अनुसार प्रलय के पूर्व अपेक्षित है।

: तेरे गुनाह...बख़्शे जाते हैं...क्योंकि तूने बहुत प्यार किया है...–ल्यूक के गास्पेल का उद्धरण (अध्याय 7, वाक्य 44-48); यहाँ संकेत एक पापी स्त्री की ओर है।

: ...तुम लोग सूअर हो, तुम जानवरों के साँचे में ढले हुए हो...–यहाँ संकेत ख्रीस्त-विरोधी की ओर है। (ईसाई धर्म के अनुसार ईसा का मुख्य और अन्तिम शत्रु प्रलय के पूर्व प्रकट होगा; उसे गास्पेल में दरिन्दे के रूप में चित्रित किया गया है जो अपने अनुयायियों पर अपनी मुहर लगा देता था।)

पृष्ठ 48 : ...पीटर्सबर्ग में हालाँकि गर्मियों में रात तो होती ही नहीं है...रूस के उत्तर और पश्चिम भाग में मई-जून तथाकथित "श्वेत रात्रि" का काल है, जब अँधेरा नहीं होने पाता; गोधूलिवेला धीरे-धीरे भोर में बदल जाती है। "श्वेत रात्रि" दोनों गोलार्द्धों में 60^0 से अधिक अक्षांशवाले इलाक़ों में होती है।

पृष्ठ 55 : ...हमारे घर के दरवाज़े पर तारकोल पोतकर बहुत बेहूदा ढंग से हमारा अपमान करने की भी सोच रहे थे...–क्रान्तिपूर्व रूस में उस घर के फाटक पर तारकोल लगाने का प्रचलन था, जिसमें विवाह तक अपना कौमार्य सुरक्षित न रखनेवाली युवती रहती थी।

पृष्ठ 57 : ...काउंसेलर के ओहदे पर पहुँच चुके हैं–'पदसोपान' के अनुसार (देखें पृष्ठ 37 की टिप्पणी) सातवीं श्रेणी का सिविल पद, जो लेफ़्टिनेंट-कर्नल के समान था।

पृष्ठ 58 : ...सीनेट के सामने उनके एक बहुत बड़े मुक़दमे की सुनवाई है–सीनेट–क्रान्तिपूर्व रूस में न्याय की उच्चतम संस्था, जो सभी अदालतों पर निगरानी रखती थी और क्षमा-याचना के लिए सर्वोच्च संस्था थी।

पृष्ठ 61 : वह वसील्येव्स्की ओस्त्रोव की दिशा में मुड़ा...वसील्येव्स्की ओस्त्रोव–उन अनेक द्वीपों में से एक, जिन पर पीटर्सबर्ग बसा है। यह नगर का घनी आबादीवाला इलाक़ा है।

: ...कज़ान की देवी-माता की प्रतिमा के सामने प्रार्थना की...-यहाँ चर्चा ईसाइयों द्वारा विशेष रूप से पूज्य 16वीं सदी की एक प्रतिमा की है, जो पीटर्सबर्ग के कज़ान गिरजाघर में स्थापित की

गयी थी।

कलवारी बलिवेदी तक पहुँचने की चढ़ाई बड़ी कष्टमय होती है—कलवारी-येरूशलम के पास एक पहाड़ी। गास्पेल के अनुसार ईसा मसीह इसी जगह सूली पर चढ़ाए गये थे।

पृष्ठ 63 : ...शिलर के पात्रों जैसे...-जोहान फ्रेडरिक शिलर (1759-1805), स्वतन्त्रता और सद्भावनापूर्ण विचारों का यशगान करनेवाले महान जर्मन कवि तथा नाटककार द्वारा वर्णित पात्रों के सरीखे।

: ...कालर पर फूल के काज में लगाने का आन्ना का तमग़ा...—पुण्य आन्ना का तमग़ा सराहनीय सरकारी सेवा के लिए दिया जाता था। इस तमगे के चार दर्जे थे।

पृष्ठ 64 : ...वह श्लेसविग-हाल्सटाइन की सारी जागीर के बदले भी उसका सौदा नहीं करेगी—जटलैण्ड प्रायद्वीप के दक्षिणी भाग में स्थित श्लेसविग और हाल्सटाइन राज्यों के लिए प्रशा ने डेनमार्क (1864) और अस्ट्रिया (1866) से लड़ाई लड़ी थी। 1867 में दोनों राज्य प्रशा के प्रान्त बन गए थे। गत शती के सातवें दशक में रूसी पत्र-पत्रिकाओं में इस घटना का विस्तृत वर्णन किया जाता था।

: ...बागान में हब्शी मज़दूरों की तरह काम कर लेगी—सातवें दशक के रूस भर में अमरीकी हब्शियों की आज़ादी की लड़ाई तथा अमरीका में उत्तर व दक्षिण के बीच गृहयुद्ध (1861-1865) सम्बन्धी समस्याओं पर व्यापक टीका-टिप्पणी हो रही थी।

: ...जर्मन ज़मींदार के यहाँ बाल्टिक प्रदेश से आनेवाले खेत मज़दूरों की तरह—ज़ारशाही रूस के बाल्टिक सागर के किनारे के (ओस्तज़ेया) प्रदेशों में, ख़ासतौर पर वर्तमान लाटविया में, ज़मींदार प्रधानतः जर्मन जाति के लोग थे, जो वहाँ की आबादी का पाशविक शोषण करते थे। पिछली शताब्दी के सातवें दशक में इन प्रदेशों के लाटवियाई बाशिंदों की दुर्दशा के समाचार अख़बारों में छपते रहते थे।

पृष्ठ 65 : ...उनके भाग्य-विधाता ज़ियस—ज़ियस—प्राचीन यूनानियों का प्रमुख देवता।

पृष्ठ 70 : हमको बताया जाता है कि हर साल कुछ प्रतिशत...—अपराध और वेश्यावृत्ति के शिकार बननेवाले लोगों के स्थायी 'प्रतिशत' सम्बन्धी विचार 1865-1866 में रूसी अख़बारों में प्रायः पढ़ने को मिलते थे। इसका कारण बेल्जियम के गणितज्ञ और अर्थशास्त्री अ. केत्ले तथा उनके विचारों का प्रचार करनेवाले बाज़ारू जर्मन अर्थशास्त्री अ. वैगनर की पुस्तकों का रूसी में प्रकाशन था।

पृष्ठ 72 : ...पुल पार करके वह द्वीपों की ओर मुड़ा—संकेत पीटर्सबर्ग के गिर्द नेवा नदी के टापुओं (अप्तेकार्स्की, येलागिन, कामेन्नी आदि) की ओर है, जहाँ मनोरंजन पार्क तथा बहुत से आलीशान बंगले बनाए गए थे और जहाँ मन-बहलाव के तरह-तरह के केन्द्र कायम थे।

पृष्ठ 73 : ...वह पुश्किन या तुर्गेनेव जैसा कलाकार ही क्यों न हो...-अलेक्सान्द्र पुश्किन (1799-1837)—महान रूसी कवि; इवान तुर्गेनेव (1818-1883)—सुख्यात रूसी लेखक।

पृष्ठ 79 : ...भूसा मण्डी के रास्ते लौटा था...—देखें पृष्ठ 30 की टिप्पणी।

पृष्ठ 89 : ...युसूपोव बाग़ के पास से होकर...—पीटर्सबर्ग में स्थिति विशाल सार्वजनिक उद्यान, जिसका नाम उसके पहलेवाले मालिकों—युसूपोव ड्यूकों—के नाम पर रखा गया था।

: ...इस ग्रीष्म-उद्यान को बढ़ाकर अगर मार्स के मैदान तक फैला दिया जाए, और शायद मिख़ाइलोव्स्की शाही बाग़ से जोड़ दिया जाए...—ग्रीष्म—उद्यान—पीटर्सबर्ग के बीचोंबीच, नेवा नदी के किनारे स्थिति बड़ा सार्वजनिक उद्यान; मार्स का मैदान—पीटर्सबर्ग के ऐन बीच एक चौक, जहाँ

फ़ौजी परेडों का आयोजन होता था और जहाँ रूसी सेनापतियों के स्मारक थे; मिख़ाइलोव्स्की क़िले में फैला उद्यान।

पृष्ठ 98 : ...अभी परसों ही तो 'गैंब्रिनुस' में...-'गैंब्रिनुस'—पीटर्सबर्ग के वसील्येव्स्की टापू पर एक शराबख़ाना। 'गैंब्रिनुस'—लोककथाओं के एक नायक फ़्लेमी राजा का नाम है, जिसे बियर का आविष्कारक माना जाता है।

पृष्ठ 110 : ...असेसर ज़ारनीत्सिन की विधवा—याने असेसर—आठवें दर्जे के सिविल अफ़सर (देखें पृष्ठ 37 की टिप्पणी) की विधवा।

...काउंसेलर चेबारोव...—देखें पृष्ठ 37 की टिप्पणी।

पृष्ठ 112 : ...सिविल काउंसेलर साहब के ख़ानदान—देखें पृष्ठ 42 की टिप्पणी।

पृष्ठ 121 : अब वह भी एक प्रवृत्ति अपनाने की सोच रहा है...—गत शती के सातवें दशक में 'प्रवृत्तिवाला' उन लेखकों को कहा जाता था, जो अपनी रचनाओं में ज़्यादातर प्रगतिशील विचारों को व्यक्त करते थे

: ...इसमें इस सवाल पर बहस की गई है कि क्या औरत इंसान है ?—इन शब्दों में नारी-समानता के प्रश्न पर व्यंग्य है। सातवें दशक में नारी-समानता का प्रश्न एक ज्वलन्त समस्या बनी हुई थी।

पृष्ठ 122 : 'स्वीकारोक्तियों' के दूसरे भाग में से—संकेत लब्धप्रतिष्ठ फ्रांसीसी चिन्तक और ज्ञान-प्रसारक जान-जाक रूसो (1712-1778) की आत्म-कथात्मक कृति की ओर है।

...कि रूसो बहुत कुछ रदीश्चेव जैसा आदमी है—अलेक्सान्द्र रदीश्चेव (1749-1809)—महान रूसी क्रान्तिकारी, लेखक, भौतिकवादी दार्शनिक और ज्ञान-प्रसारक। ख्यातिप्राप्त लेखक, दार्शनिक और पत्रकार, रूसी क्रान्तिकारी जनवाद के एक अग्रणी कार्यकर्ता निकोलाई चेर्निशेव्स्की (1828-1889) ने अपने एक लेख में रूसो को क्रान्तिकारी जनवादी कहा था।

पृष्ठ 123 : ...मुड़कर नेवा नदी की ओर मुँह करके खड़ा हो गया और महल की ओर देखने लगा—नेवा नदी के किनारे रूसी सम्राटों का भूतपूर्व निवास-स्थान शिशिर प्रासाद है।

पृष्ठ 136 : ...पामर्स्टन...—यह नाम 19वीं शताब्दी के मध्य के ब्रिटिश राजनेता लॉर्ड पामर्स्टन के नाम पर रखा गया था।

पृष्ठ 137 : ...यही होता है जब आदमी शार्मेर के यहाँ से कोई कपड़ा ख़रीदता है !—इ. शार्मेर पिछली शताब्दी के सातवें दशक में पीटर्सबर्ग का एक नामी दर्ज़ी था।

पृष्ठ 138 : ...हम लोग युसूपोव बाग़ जाएँगे और फिर 'बिल्लूर महल' जाएँगे—युसूपोव बाग़ के बारे में देखें पृष्ठ 89 की टिप्पणी; 'बिल्लूर महल' पीटर्सबर्ग के केन्द्रीय भाग के निकट एक शराबख़ाने का नाम।

पृष्ठ 142 : पेस्की में, कोलोम्नावाले लोगों के साथ—पेस्की और कोलोम्ना पीटर्सबर्ग के दो अलग-अलग सिरों पर स्थित दो मुहल्ले हैं। इस तरह निकोलाई इस प्रश्न का, कि उसने रात कहाँ बिताई थी, उत्तर देते हुए साफ़ तौर पर घबरा जाता है।

पृष्ठ 149 : ...असली जूवें के...दस्ताने—क्साव्ये जूवें—एक फ्रांसीसी दस्ताने बनानेवाला, जिसके माल की बड़ी माँग थी।

पृष्ठ 151 : अब विज्ञान हमें बताता है कि सबसे बढ़कर अपने आपको प्यार करो क्योंकि दुनिया में हर चीज़ का दारोमदार स्वार्थ पर है—यहाँ नीतिशास्त्र के प्रश्न पर बहस-मुबाहिसों की ओर साफ़ संकेत है, जो रूसी में अंग्रेज़ अर्थशास्त्री जॉन स्टुअर्ट मिल (1806-1873) की रचनाओं

के प्रकाशन के सम्बन्ध में चल रहे थे। दूसरी ओर, लूजिन के शब्दों में विवेकसंगत अहंवाद के सिद्धान्त पर साफ़ व्यंग्य प्रकट होता है, जिसका रूसी क्रान्तिकारी जनवादी निकोलाई चेर्नीशेव्स्की ने अपनी कई कृतियों में विकास किया था (साथ ही देखें पृष्ठ 121 की टिप्पणी)।

पृष्ठ 153 : ...कहीं और अच्छी-ख़ासी सामाजिक हैसियत के लोग जाली नोट बनाते हैं।...–गत शती के सातवें दशक के आरम्भ में रूस के दक्षिणी इलाक़े में एक ज़बर्दस्त फ़ौजदारी का मुक़द्दमा चलाया गया था, जब 70 हज़ार रूबल के जाली नोटों का सुराग़ मिला था। इस मामले में कई बड़े रईसों और एक अवकाशप्राप्त कर्नल पर आरोप लगाया गया था। यहाँ 'प्रगतिशील' शब्द का प्रयोग 'प्रतिष्ठित' के अर्थ में किया गया है।

आगे लूजिन जिन घटनाओं का हवाला देता है, उनकी तह में भी इसी प्रकार के असली तथ्य थे (जाली ऋणपत्र, पेरिस में रूसी दूतावास के कर्मचारियों की हत्या इत्यादि)।

पृष्ठ 159 : कहाँ पढ़ा था मैंने कि जब किसी को मौत की सज़ा सुना दी जाती है...–आशय फ़्रांसीसी लेखक विक्टर ह्यूगो (1802-1885) के उपन्यास 'पेरिस में देवी मरियम का गिरजा' से है।

छिः ! 'बिल्लूर महल' !–देखें पृष्ठ 138 की टिप्पणी।

पृष्ठ 160 : ...पेस्की में आग लग गई–पेटेर्बुर्ग्स्कॉया में आग लग गई–पेस्की और पेटेर्बुर्ग्स्कॉया (वर्तमान पेत्रोग्राद्स्काया) पीटर्सबर्ग के मुहल्ले थे।

पृष्ठ 161 : मैं छः साल जिम्नेज़ियम स्कूल में पढ़ा हूँ–जिम्नेज़ियम–क्रान्तिपूर्व रूस में माध्यमिक शिक्षालय। इसमें पढ़ाई सात साल तक होती थी (सात दर्जे)।

पृष्ठ 163 : ...मैंने 'मोस्कोव्स्कीये वेदोमोस्ती' में पढ़ा था–1863 से 1887 तक प्रकाशित प्रतिक्रियावादी रूसी दैनिक।

पृष्ठ 166 : Assez causé !'–बहुत हो चुका !–फ़्रांसीसी लेखक बल्ज़ाक (1799-1850) के कुछ उपन्यासों के नायक फ़रार मुजरिम वोत्रेन के शब्द।

पृष्ठ 175 : नाना सिविल कर्नल थे और गवर्नर से एक ही ओहदा नीचे थे...–सिविल कर्नल याने सिविल काउंसिलर–चौथे दर्जे का सिविल पद, जो कर्नल के बराबर था।

पृष्ठ 184 : ...सबसे पहले तो वे 'देवी मरियम की वन्दना' दोहराते हैं...–ईसा मसीह की जननी पूज्य देवी मरियम की प्रार्थना।

पृष्ठ 194 : उनकी अड़ यह है कि किसी आदमी की अलग अपनी कोई हस्ती होनी ही नहीं चाहिए और इसी में उनको मज़ा आता है !...–यहाँ भावी समाजवादी राज्य-व्यवस्था के लिए लड़नेवाले क्रान्तिकारी जनवादियों के कट्टर विरोधियों की एक प्रिय उक्ति, याने सभी लोगों के समानीकरण, हर वैयक्तिक गुण-अवगुण के निराकरण की ओर संकेत किया गया है।

पृष्ठ 195 : ...स्कूल की तैयारी की कक्षा में हैं–जिम्नेज़ियम में भरती होने की तैयारी के लिए छात्र को प्राथमिक स्कूल में अथवा घर पर तीन दर्जों का शिक्षा-कार्यक्रम पूरा करना पड़ता था।

पृष्ठ 200 : ...उस्ताद...रूबिंस्टाइन–अन्तोन रूबिंस्टाइन (1829-1894)–सुख्यात रूसी संगीतकार और पियानोवादक।

पृष्ठ 201 : ...प्रशा की संसद का अभिजात सदन–प्रशा की विधानसभा का ऊपरी सदन।

: ...तीन मछलियाँ जो धरती को अपने ऊपर रोके हुए हैं...–प्राचीन धार्मिक और लोक आस्थाओं के अनुसार धरती तीन ह्वेल मछलियों पर टिकी हुई है।

पृष्ठ 210 : वह रानी जो क़ैदख़ाने में अपने मोज़े रफ़ू करती थी...–यहाँ अभिप्राय फ़्रांस के राजा लुई 14वें की पत्नी मारी अन्तुआनेत (1755-1793) से है, जिसे महान फ़्रांसीसी क्रान्ति के

समय जेल में डाल दिया गया था और फिर मृत्यु-दंड दिया गया था।

पृष्ठ 225 : ...कल सबेरे...मित्रोफ़ानियेव्स्की में...जनाज़े पर ज़रूर आइएगा...—मित्रोफ़ानियेव्स्की क़ब्रिस्तान—पीटर्सबर्ग में निर्धन नौकरीपेशा लोगों, सिपाहियों और दस्तकारों-कारीगरों को दफ़न करने की जगह।

पृष्ठ 233 : वही पुराना ठोस सबूतवाला तरीक़ा...जाँच-पड़ताल का वह तरीक़ा, जो केवल तथ्यों पर ही आधारित होता था न कि मनोविज्ञान की खोजों पर।

पृष्ठ 235 : लेकिन कुर्सियाँ क्यों तोड़ रहे हैं आप लोग ?—रूसी लेखक न. गोगोल (1809-1852) की कामदी 'इंस्पेक्टर जनरल' (1836) से उद्धृत, जिसमें एक नायक इतिहास के अध्यापक की चर्चा करते हुए, जो ऐतिहासिक घटनाओं के बारे में बड़े जोश के साथ बोलते थे, कहता है कि 'सिकन्दर महान बेशक एक वीर था लेकिन कुर्सियों को क्यों तोड़ा जाए ?'

पृष्ठ 242 : ...वे हर चीज़ को एक बिरादरी के रहने की इमारत की दीवारें खड़ी करने और उसमें कमरों और गलियारों की योजना तैयार करने के स्तर पर उतार लाते हैं !—न. चेर्निशेव्स्की कृत 'क्या करें ?' उपन्यास (1863) के एक अध्याय की ओर संकेत है, जिसमें समाजवादी उसूलों पर निर्मित भावी जीवन का चित्रण किया गया है।

: ...इवान महान घंटाघर पैंतीस साजेन ऊँचा है...चर्चा मास्को क्रेमलिन में स्थित इवान महान घंटाघर की है, जो 80 मीटर ऊँचा है। साजेन—लम्बाई की पुरानी रूसी माप, जो 2.13 मीटर के बराबर होती थी।

पृष्ठ 245 : ...केपलर और न्यूटन की खोजें...जोहान केपलर (1571-1630) जर्मन खगोलशास्त्री, जिन्होंने ग्रहों की गति के नियमों का पता लगाया; आइज़क न्यूटन (1643-1727)—अंग्रेज़ी भौतिकशास्त्री और गणितज्ञ, जिन्होंने गुरुत्वाकर्षण आदि के नियमों की खोज की, जो आधुनिक भौतिकशास्त्र का आधार बने।

: ...लिकुर्गस, सोलोन, मुहम्मद, नेपोलियन—लिकुर्गस—स्पार्टा (प्राचीन यूनान) के प्रख्यात विधि-निर्माता; सोलोन (लगभग 638-559 ई.पू.)—प्राचीन एथेंस के राजनेता और विधि-निर्माता; हज़रत मुहम्मद (लगभग 570-632 ई.) पैग़म्बर, इस्लाम धर्म के संस्थापक; नेपोलियन बोनापार्ट (1769-1821)— ख्यातिप्राप्त फ्रांसीसी राजनायक और सेनापति, फ्रांस के सम्राट (1804-1814)।

पृष्ठ 246 : और...आप लैज़रस के फिर से ज़िन्दा हो जाने में विश्वास रखते हैं ?—चर्चा गास्पेल के एक उपदेश की है, जिसमें ईसा मसीह के चमत्कार का बयान है और जिसे सोनिया मार्मेलादोवा पढ़कर रस्कोलनिकोव को सुनाती है।

पृष्ठ 248 : ...कि वह लिकुर्गस या मुहम्मद...—देखें पृष्ठ 245 की टिप्पणी।

पृष्ठ 252 : ...तीस रिआमर गर्मी...—यानी फ्रांसीसी प्रकृतिशास्त्री रिआमर (1683-1757) द्वारा बनाए थर्मोमीटर के अनुसार। इस थर्मोमीटर का स्केल पानी के उबलने और जमने के बिन्दुओं से सीमित था और 100 अंशों (जैसा कि सेल्सियस के स्केल में है) में नहीं बल्कि 80 अंशों में बँटा था। तीस रिआमर डिग्री 37.5^0 सें. के बराबर है।

पृष्ठ 257 : ...जो सच्चा स्वामी होता है...वह तूलोन पर...चढ़ाई करता है—यहाँ और आगे इशारा नेपोलियन की जीवनी के यथार्थ तथ्यों की ओर है—फ्रांस के दक्षिण में तूलोन नगर पर क़ब्ज़ा (1793), जिसके सम्मानस्वरूप नेपोलियन को जनरल की पदवी मिली, पेरिस में राजतन्त्रवादियों के उपद्रव का ज़बर्दस्ती कुचला जाना (1795); 1799 में मिस्र का अभियान, जब नेपोलियन अपनी फ़ौजें छोड़कर चुपके से पेरिस आ गया और उसने राज्य-सत्ता पर अधिकार कर लिया। रूस के

ख़िलाफ़ लड़ाई (1812) में 5,50,000 सैनिकों से हाथ धोया जाना, जिसका अन्त फ़्रांसीसी सेनाओं की पराजय से हुआ, रूस से भागते समय विल्नो में नेपोलियन के प्रसिद्ध शब्द–''महान से हास्यास्पद तक की दूरी बस एक पग की है।''

: नेपोलियन, मिस्र के पिरामिड, वाटरलू...–मिस्र में, अलेक्सान्द्रिया के समीप, पिरामिडों से थोड़ी ही दूर नेपोलियन की सेनाओं की टक्कर मिस्री फ़ौजों से हुई। वाटरलू–नेपोलियनी दस्तों की अन्तिम लड़ाई अंग्रेज़-डच और प्रशियाई फ़ौजों के साथ 18 जून, 1815 को बेल्जियम में वाटरलू के पास हुई, जिसमें निपोलियन हार गए।

पृष्ठ 258 : सबके सुख की इमारत खड़ी करने के लिए मैं भी अपनी एक छोटी सी ईंट उसमें लगा रहा हूँ...न. चेर्निशेव्स्की कृत 'क्या करें ?' उपन्यास पर व्यंग्य (देखें पृष्ठ 185 की टिप्पणी)। इस उपन्यास के पात्र कल्पनावादी समाजवादियों के विचारों की प्रशस्ति करते हैं। 'अपनी एक छोटी सी ईंट इसमें लगा रहा हूँ' वाक्य कल्पनावादी समाजवादियों की रचनाओं में पाया जाता है।

पृष्ठ 265-66 : ...भू-दासों की आज़ादी का मेरे ऊपर कोई असर नहीं पड़ा है : मेरी जायदाद में ज़्यादातर जंगलात और नदी के क़िनारे की चरागाहें...मेरी आमदनी कम नहीं हुई है...–1861 में भू-दासता से किसानों की मुक्ति के बाद जिन ज़मींदारों को ज़्यादातर नफ़ा गेहूँ और रई की खेती से होता था, और जिन्हें ज़मीन की जुताई खेत-मज़दूरों से करानी पड़ती थी, उनकी बड़ी हद तक बधिया बैठ गई थी। जहाँ तक स्विद्रिगाइलोव का सवाल है, उसे नफ़ा जंगलों और चरागाहों के उपयोग से मिलता था, जहाँ ज़्यादा काम करनेवालों की ज़रूरत नहीं थी।

: ...लेकिन जहाँ तक इन क्लबों, दूसो, पुआन्तों का सवाल है...दूसो–पीटर्सबर्ग के कुलीनों के लोकप्रिय रेस्तराँ का मालिक; पुआन्त–फ़्रांसीसी शब्द point का अर्थ है–अन्तरीप का सिरा। मालूम पड़ता है कि यहाँ चर्चा येलागिन टापू (नेवा नदी में अनेक टापुओं में से एक) के सिरे की हो रही है, जो घूमने-टहलने की एक फ़ैशनेबुल जगह थी।

पृष्ठ 266 : इस वक़्त शायद मुझे उत्तरी ध्रुव पर चले जाने की चाह है..–समाचारों के अनुसार 1865 में पृथ्वी के उत्तरी ध्रुव तक पहुँचने और उसकी खोज करने की तैयारी हो रही थी।

पृष्ठ 266-67 : ...किसी ने मुझे बताया है कि अगले इतवार को बेर्ग एक बहुत बड़े गुब्बारे में युसूपोव बाग़ से उड़नेवाला है...बेर्ग–पीटर्सबर्ग की एक प्रसिद्ध मनोरंजन मंडली का मालिक, जिसने 1865-1866 में युसूपोव बाग़ से कई उड़ानें भरी थीं (देखें पृष्ठ 89 की टिप्पणी)।

पृष्ठ 273 : ...एल्बम में रफ़ाएल की मैडोना के बारे में लिख सकता था–रफ़ाएल, सान्ती (1483-1520)–महान इतालवी कलाकार। चर्चा रफ़ाएल के विश्वविख्यात चित्र 'सिस्टीन मैडोना' की है।

: ...और किसी ज़माने में भूसा मंडी में वियाज़ेम्स्की के घर में रात-रात भर रह जाता था–इस मकान में शराबख़ाने, भटियारख़ाने, चकले और रैनबसेरे थे।

पृष्ठ 300 : ...बाइबिल के नए टेस्टामेंट का रूसी अनुवाद था–देखें पृष्ठ 39 की टिप्पणी।

...इसमें लैज़रस का क़िस्सा कहाँ है ?–प्रसंग लैज़रस के पुनः जीवित होने की दन्तकथा का है। (जॉन का गास्पेल, अध्याय 11, पृष्ठ 1-45)।

पृष्ठ 301 : आप ठीक जगह पर नहीं देख रहे हैं...चौथे पर्व में है–देखें पृष्ठ 39 की टिप्पणी।

पृष्ठ 304 : ...लेकिन आख़िर में तुम भूसा मंडी पहुँच जाओगी...–भूसा मंडी के चौक में (देखें पृष्ठ 30 की टिप्पणी) सस्ते चकले थे।

पृष्ठ 305 : ...उनका जीवन स्वर्ग है !–मैथ्यू के गास्पेल से उद्धृत (अध्याय 19, पृष्ठ 14)।

पृष्ठ 311 : ...सुना है कोई सुधार होनेवाला है और हम लोगों के ओहदे का नाम बदल दिया जाएगा...—1864 में रूस में अदालती सुधार लागू किया गया था, जिसके अनुसार सरकारी अधिकारियों से स्वतन्त्र अदालतें क़ायम की गई थीं, जूरियों की अदालतें बनाई गई थीं, श्रेणीगत अदालतों का अन्त किया गया था, आदि-आदि। मिसाल के तौर पर पुलिस के अधीन रहकर जाँच करनेवालों की जगह पुलिस से स्वतन्त्र अदालती जाँच करनेवालों की व्यवस्था की गई थी।

पृष्ठ 312 : ...सेवास्तोपोल में, आल्मा के फ़ौरन बाद...—1853-1856 की क्रीमिया की लड़ाई के दौरान (ब्रिटेन, फ्रांस और तुर्की के गँठजोड़ के ख़िलाफ़ रूस की लड़ाई) 8 सितम्बर, 1854 को आल्मा नदी पर रूसी सेना के पाँव उखड़ने के बाद अंग्रेज-फ्रांसीसी फ़ौजों ने सेवास्तोपोल नगर की घेरेबन्दी शुरू की, जो ग्यारह महीने तक जारी रही।

पृष्ठ 314 : ...लेकिन यह देखा तुमने कि जनरल मैक़ ने अपनी पूरी फ़ौज सहित हथियार डाल दिए थे...—आस्ट्रियाई फ़ील्डमार्शल कार्ल मैक (1752-1828) 1805 में उल्म नाम के आस्ट्रियाई क़िले के नज़दीक फ्रांसीसी फ़ौजों के घेरे में पड़ गया और उसे नेपोलियन के सामने आत्मसमर्पण करना पड़ा।

पृष्ठ 326 : लोग कहते हैं कि लेखकों में गोगोल की भी यही ख़ास ख़ूबी थी...—निकोलाई गोगोल (1809- 1852)—प्रख्यात रूसी लेखक—कई व्यंग्यात्मक रचनाओं के सृजनकार।

पृष्ठ 331 : ...नॉप के यहाँ से और उस विलायती दुकान से...—नॉप पीटर्सबर्ग के केन्द्र में बहुत बड़े बिसातख़ाने का मालिक; विलायती दुकान—इंग्लैंड से लाई जानेवाली चीज़ों की बिक्री करनेवाली दूकान।

पृष्ठ 333 : उसने उसे फ़ूरिए की विचार-प्रणाली और डार्विन का सिद्धान्त समझाने की कोशिश की थी...—शार्ल फ़ूरिए (1772-1837)—महान फ्रांसीसी कल्पनावादी समाजवादी; अपनी रचनाओं में भावी समाज का चित्रण किया; चार्ल्स डार्विन (1809-1882)—विश्वविख्यात अंग्रेज़ वैज्ञानिक, प्राणी-जगत के विकास सिद्धान्त के प्रणेता।

: ...कहीं मेश्चांस्काया सड़क पर वह एक नए 'कम्यून' की स्थापना में...—गत शती के 7वें दशक में पीटर्सबर्ग के जनवादी विचारोंवाले युवकों ने कई कम्यून क़ायम किए थे। उनमें से एक स्रेद्न्याया मेश्चांस्काया सड़क पर, यानी उस मुहल्ले में था जहाँ दोस्तोयेव्स्की 'अपराध और दंड' लिखते समय रह रहे थे। कम्यूनों के बारे में लेबेज़ियातनिकोव के तर्क-वितर्क में कम्यूनों के प्रति दोस्तोयेव्स्की का नकारात्मक रुख़ प्रकट हुआ है।

पृष्ठ 335 : ...मैं भी यही सोचा करता था कि अगर औरतें हर मामले में मर्दों के बराबर हैं...—इस वाक्य में और आगेवाले कई वाक्यों में लेबेज़ियातनिकोव के मुँह से दोस्तोयेव्स्की ने न. चेर्निशेव्स्की के उपन्यास 'क्या करें ?' में उद्घोषित कई विचारों (स्त्री-पुरुष के समानाधिकार, नारी मुक्ति और प्रेम करने की स्वतन्त्रता की माँग आदि) पर व्यंग्य किया है।

पृष्ठ 337 : ...और अगर दोब्रोल्यूबोव अपनी कब्र से निकल आते तो मेरी उनसे ख़ूब बहस होती। और जहाँ तक बेलींस्की का सवाल है—उनकी तो मैं धज्जियाँ उड़ा देता...—निकोलाई दोब्रोल्यूबोव (1836-1861)—रूसी क्रान्तिकारी जनवादी, दार्शनिक और साहित्य-समालोचक; विस्सारियोन बेलींस्की (1811-1848)—रूसी क्रान्तिकारी जनवाद के एक अग्रणी कार्यकर्ता, साहित्य-समालोचक, पत्रकार और भौतिकवादी दार्शनिक।

पृष्ठ 339 : ...किसी रफ़ाएल और पुश्किन के काम से भी अच्छा है...—रफ़ाएल—देखें पृष्ठ 255 की टिप्पणी, पुश्किन—देखें पृष्ठ 73 की टिप्पणी।

पृष्ठ 343 : ...जहाँ तक सिर पर सींग लगाकर जगहँसाई कराने का सवाल है तो...यह बेहूदा, फ़ौजी 'पुश्किनवाला शब्द'...–यहाँ संकेत पुश्किन कृत काव्यरूपी उपन्यास 'येव्गेनी ओनेगिन' की पंक्तियों की ओर है–

सींग लगाए दम्भी पति
सन्तुष्ट रहे खुद अपने से,
अपने भोजन से और अपनी पत्नी से।

पृष्ठ 363 : ...तुम्हारे दाहिने हाथ को पता न चले–'दाएँ हाथ को मालूम नहीं जो बायाँ करता है' कहावत का पदन्यास।

: ...उन्हें 'प्रत्यक्षवादी प्रणाली के सामान्य निष्कर्ष' नामक निबन्ध-संग्रह देने और उसमें डॉ. पिदेरित के निबन्ध 'मन और आत्मा' की ओर ख़ासतौर पर उनका ध्यान आकर्षित करने के लिए (और लगे हाथ वैगनर के निबन्ध की ओर भी)...–1866 में पीटर्सबर्ग में इस नाम से अनूदित प्रकृतिविज्ञान-सम्बन्धी लेखों का संग्रह छापा गया था, जिसमें औरों के अलावा जर्मन शरीरविज्ञानी त. पिदेरित और जर्मन अर्थशास्त्री अ. वैगनर के लेख भी शामिल थे।

पृष्ठ 377 : ...उसके पास न तूलोन होता, न मिस्र होता, और न ही पार करने को कोई मोन-ब्लांक होता...–तूलोन, मिस्र के लिए देखें पृष्ठ 257 की टिप्पणी, मोन-ब्लांक–फ्रांस, इटली और स्विटजरलैंड की सीमा पर आल्प्स पर्वत माला का एक पहाड़ जिसे पार करके नेपोलियन ने मई, 1800 में इटली पर अपनी सेनाएँ चढ़ा दी थीं और 14 जून, 1800 को मारेंगो के पास आस्ट्रिया की फ़ौज को हरा दिया था।

पृष्ठ 387 : ...'एक गज़ लम्बी-चौड़ी जगह पर' एक तरह का अनन्तकाल–देखें इस पुस्तक का पृष्ठ 159 और उससे सम्बद्ध टिप्पणी।

पृष्ठ 390 : ...हम लोग 'हुसार' वाला गाना तो नहीं गा सकते !–कवि क. बात्युश्कोव (1787-1855) की कविता 'जुदाई' पर रचा गया गीत, जो 19वीं सदी में बड़ा लोकप्रिय था।

: ...अच्छा, हम लोग वह फ्रांसीसी गाना गाएँगे 'Cinq sous'–('पाँच सिक्के')–एक गीत की पुनरावृत्ति जिसे अ. देन्नेरी और ग. लेमुआन कृत और पाँचवें दशक में पीटर्सबर्ग में सफलतापूर्वक अभिनीष फ्रांसीसी नाटक 'ईश्वर की कृपादृष्टि' में गाया जाता था।

पृष्ठ 390-91 : हम 'Malborough s'en va-t-en guerre' भी गाने की कोशिश कर सकते हैं...(माल्बरो कूच को तैयार हुए)–लोकप्रिय हल्का-फुल्का फ्रांसीसी गीत, जो कुलीन घरानों में लोरी की तरह गाया जाता था।

पृष्ठ 394 : Du hast Diamanten und Perlen महान जर्मन कवि हेनरी हाइने (1797-1856) कृत 'मातृभूमि से पुनः भेंट' काव्य-संग्रह की एक कविता पर आस्ट्रियाई संगीतकार फ़. शुबर्त द्वारा (1797-1828) रचा गया गीत।

...दोपहर की गर्मी में दाग़िस्तान की घाटी में...–सुप्रसिद्ध रूसी कवि मिख़ाईल लेर्मोन्तोव (1814-1841) के छन्द 'सपना' (1841) पर ख.ग. पौफ़्लेर (1854) द्वारा लिखा गया गीत। दाग़िस्तान–काकेशिया का पहाड़ी इलाक़ा।

पृष्ठ 399 : पादरी पढ़ रहा था, "हे प्रभु, इसे चिर शान्ति देना..."–अन्तिम संस्कार के समय शव पर पढ़ी जानेवाली प्रार्थना।

पृष्ठ 406 : ...उस दिन मैं गया था...डॉ. बोतकिन के पास...–आशय प्रसिद्ध रूसी डॉक्टर प्रोफ़ेसर स. बोतकिन से है।

पृष्ठ 411 : ...और, जानते हो, वह पुराने धर्म को माननेवाला है, और पुराने धर्म को माननेवाला भी नहीं बल्कि प्रतिष्ठित धर्म का विरोधी है। उसके परिवार में कुछ लोग 'भगोड़े' भी थे...–पुराने धर्म को माननेवाला–रूस में प्रतिष्ठित चर्च के विरुद्ध चल रहे आन्दोलन में भाग लेनेवाला। यह आन्दोलन 17वीं सदी में रूसी कट्टरपन्थी चर्च के महाधर्माचार्य नीकोन द्वारा चर्च के रस्म-रिवाज़ों में किए गए परिवर्तनों के विरोधस्वरूप आरम्भ हुआ था। भगोड़े–रूस के पुराने धर्म का एक सम्प्रदाय थे, जो 18वीं सदी के अन्त में भू-दासता के विरोध के रूप में अस्तित्व में आया था और ज़्यादातर किसानों, शहरी ग़रीबों और फ़ौज से भागे हुए सिपाहियों में फैला था। 'भगोड़े' स्वेच्छा से तकलीफ़ उठाने की माँग करते थे।

: ...पुरानी 'सच्ची' किताबें पढ़ता रहता था...–याने पुस्तकें, जिन्हें औपचारिक चर्च की मान्य ...कों के मुक़ाबले रखा गया था।

पृष्ठ 412 : ...नई अदालतें इस हालत को बदल देंगी...–देखें पृष्ठ 311 की टिप्पणी।

: ...वह बाइबिल भी पढ़ने लगा...–देखें पृष्ठ 39 की टिप्पणी।

...यह तो तुम जानते ही हो कि जो क़ैदी जेल के किसी अफ़सर पर घातक हथियार से हमला ...उसके साथ क्या सलूक किया जाता है...–रूस में प्रचलित क़ानून के मुताबिक सन्तरी ...लस अधिकारियों पर हमला करने पर मुजरिम को मौत की सज़ा दी जाती थी।

... 416 : ...ढूँढ़ और तुझे मिलेगा–मैथ्यू के गास्पेल से उद्धृत सूक्ति (अध्याय 7, ...।

... 431 : ...मिस्र के निर्जन रेगिस्तान में...चली गई होतीं...–अभिप्राय ईसाई धर्म की अनन्य ...त्र की पुण्य मरियम की वीरता से है जिसने रेगिस्तान के एकान्त में 47 साल बिताए थे।

... 436 : उसकी सूरत देखकर मुझे रफ़ाएल का मैडोना का चित्र याद आ जाता है...–देखें ... की टिप्पणी।

... 439 : ...पूरी शाम द्वीपों पर बिताऊँगा...–देखें पृष्ठ 72 की टिप्पणी।

... 454 : ...वसील्येव्स्की द्वीप पर माली ऐवेन्यू के पास तीसरी लाइन में–वसील्येव्स्की ...व–पीटर्सबर्ग की नगर सीमा में आनेवाला एक टापू, शहर का एक बड़ा मोहल्ला है। बोल्शोय ...लो प्रोस्पेक्ट उसके आर-पार चले गए हैं जबकि इन दो राजमार्गों के समानान्तर जानेवाली ... सड़कें लाइन कहलाती हैं।

पृष्ठ 459 : ...छुट्टी का दिन था–ट्रिनिटी दिवस–एक प्रमुख ईसाई पर्व है, जो मई के अन्त ... जून के आरम्भ में मनाया जाता है।

पृष्ठ 460 : ओह, ख़तरे की चेतावनी है ! पानी चढ़ रहा है !...–पीटर्सबर्ग में, जहाँ बाढ़ें ...क्सर आया करती थीं, आबादी को बाढ़ के ख़तरे की चेतावनी तोपें दाग़कर दी जाती थी।

पृष्ठ 463 : ...यूनानी सूरमा अकिलीज़ जैसा पीतल का टोप पहने...वे दोनों, स्विद्रिगाइलोव और अकिलीज़...–प्राचीन यूनानी महाकाव्य के नायक अकिलीज़ को कंघीवाले टोप पहने चित्रित किया जाता था। लगता है स्विद्रिगाइलोव को कोई आग बुझानेवाला मिल गया था, जो ड्यूटी पर कंघीवाले पीतल के टोप पहने रहते हैं।

पृष्ठ 478 : ...मैं ज़िम्मरमैन के यहाँ से ख़रीद सकता हूँ...–देखें पृष्ठ 30 की टिप्पणी।

: ...तुमने लिविंग्सटन का यात्रा वृत्तान्त पढ़ा है ?–गत शती के सातवें दशक में अफ़्रीका की खोज करनेवाले अंग्रेज़ यात्री डेविड लिविंग्सटन (1813-1873) की लिखी पुस्तक 'ज़म्बेज़ी की यात्रा' ख़ूब पढ़ी जाती थी।

पृष्ठ 479 : और फिर इधर हाल में ये दाइयाँ भी बड़ी तेज़ी से बढ़ती जा रही हैं...मैं उन छोटे बालोंवाली नौजवान औरतों की बात कर रहा हूँ...—यहाँ गत शती के 7वें दशक में महिलाओं की शिक्षा के समर्थकों के प्रति रूसी समाज के प्रतिक्रियावादी तबक़ों का रुख़ प्रकट होता है; उस समय रूस में स्त्रियाँ केवल दो व्यवसाय सीख सकती थीं—नर्स का और अध्यापिका का। पढ़नेवाली लड़कियों और स्त्रियों की केश-भूषा प्रायः सीधी-सादी ही होती थी, कई छोटे बाल कटवाने लगी थीं।

पृष्ठ 483 : ...दूसरे दर्जे के क़ैदी...—अपराध की गम्भीरता के अनुसार कठोर श्रम का दंड पानेवाले अपराधी तीन श्रेणियों में बाँटे जाते थे। और उनको आमतौर पर सभी अधिकारों से वंचित करके साइबेरिया भेज दिया जाता था।

पृष्ठ 485 : ...को दूसरी कोटि के कठोर कारावास की सज़ा दी गई—देखें पृष्ठ 483 टिप्पणी।

पृष्ठ 490 : ...न इस वजह से कि उसका सिर मूँड दिया गया था, और न ही उन की वजह से जो उसे पहनने पड़ते थे...—कठोर श्रम का दंड पानेवाले अपराधियों का आ मूँड दिया जाता था, दूसरे दर्जे के अपराधी ख़ास तरह का कुर्ता पहनते थे, जिसका एक रंग का और दूसरा काले रंग का होता था। पीठ पर पीले रंग के ईंट के इक्के का ठप्पा था।

पृष्ठ 492 : ...जेल में कुछ पोलिस्तानी निर्वासित लोग भी थे, राजनीतिक क़ैदी—आ के क्रान्तिकारियों से है, जिन्होंने 1830-1831 और 1863-1864 के विद्रोहों में भाग ज़ारशाही सरकार ने इन विद्रोहों को बेरहमी से कुचल दिया था।

पृष्ठ 493 : ...उपवास के महीने के दूसरे सप्ताह में...ईसा मसीह के पुनरुज्जीवन में मनाए जानेवाले प्रमुख पर्व ईस्टर से पहले सात हफ़्तों तक उपवास रखा जाता है। इ तिथि चान्द्र-पंचांग के अनुसार तय की जाती है। ईस्टर 5 अप्रैल से 8 मई तक की अवधि है और पूरे हफ़्ते भर मनाया जाता है। उपवास में ईसाई लोग मांस नहीं खाते और कुछ अंडे, दूध और दूध की बनी चीज़ें भी खाने से परहेज़ करते हैं।

...सिर्फ़ एक बार क्रिसमस के अवसर पर वह उनके लिए तोहफ़े में मीठी टिकियाँ और डबल रोटी लाई थी...—रूसी जनता में एक परम्परा सी प्रचलित थी कि त्योहार के दिन ब और कठोर श्रम के दंडितों को दान लाकर दिया जाता था।

...उजड्ड, नम्बरी क़ैदी...—रूस में कठोर श्रम का दंड पानेवाले अपराधियों—किसानों, सिपाहि आम शहरी लोगों—के माथे और गालों पर ठप्पा लगा दिया जाता था। कुलीन अपराधियों के ठप्पा नहीं लगाया जाता था।

...उपवास के महीने के अन्तिम सप्ताह के दौरान और ईस्टर के सप्ताह में रस्कोलनिको अस्पताल में था...—पवित्र (सप्ताह)—ईस्टर पर्व का सप्ताह (देखें पृष्ठ 492 की टिप्पणी)।

पृष्ठ 495 : ...मानो हज़रत इब्राहीम और उनकी भेड़ों के गल्लों का ज़माना अभी बीता न हो...—बाइबिल की दन्तकथा के अनुसार महाधर्माचार्य इब्राहीम का जन्म ईसा मसीह के जन्म से लगभग 2000 साल पहले हुआ था।

पृष्ठ 497 : ...उसने उसे लैज़रस के फिर से ज़िन्दा होने का क़िस्सा पढ़कर सुनाया था...—देखें पृष्ठ 300 की टिप्पणी।

●●●